colle

Guy Breton

Histoires d'amour de l'Histoire de France

1

Les amours qui ont fait la France
Les grandes dames de la Renaissance
La cour du Vert-Galant
Les favorites de Louis XIV
Le siècle du libertinage

PRESSES DE LA CITÉ

ISBN 2-258-03360-8 N° Éditeur : 5886
Dépôt légal : février 1991

SOMMAIRE

Livre I. Les amours qui ont fait la France 7

Livre II. Les grandes dames de la Renaissance 227

Livre III. La cour du Vert-Galant 457

Livre IV. Les favorites de Louis XIV 677

Livre V. Le siècle du libertinage 875

Bibliographie 1101

Les graves historiens qui rédigent les manuels scolaires font de l'Histoire de notre pays un roman fort ennuyeux car ils en éliminent l'un des éléments déterminants : l'amour. Pour eux, les événements qui ont bouleversé la France au cours des siècles ne doivent avoir que des causes sérieuses. Ils croiraient déchoir en avouant qu'un roi a déclaré une guerre uniquement parce qu'il était ivre de joie après une nuit d'amour, ou que telle conquête célèbre a été décidée sur le caprice d'une favorite...

Faussant la vérité, on met ainsi dans l'ombre le principal personnage de l'Histoire : celui qui n'a pas cessé, depuis le paradis terrestre, de bouleverser le destin de l'humanité.

Car derrière les « quarante rois qui ont fait la France en mille ans », il faut — comme partout — chercher la femme... La femme qui, dans l'Histoire de notre pays, est constamment présente. C'est elle qui a fait les rois, c'est elle qui leur a fait parfois perdre le trône, c'est pour elle que des guerres ont été déclarées, c'est par elle que des provinces ont été réunies à la Couronne, c'est pour lui plaire qu'on a tué, égorgé, décoré des héros, détruit des villes, bâti des châteaux.

L'Histoire de France est une histoire galante. C'est ce que j'ai tenté de prouver en puisant aux sources les plus dignes de foi.

Mais une telle entreprise n'est pas sans risque. Certains critiques austères ou hypocrites s'en émeuvent et disent tout crûment son fait à l'auteur qui a voulu identifier les dessous de l'Histoire avec ceux des favorites...

Ils écrivent, par exemple :

« Il y a chez lui trop de préoccupations de rapports sexuels, trop d'allusions à la bagatelle ; c'est un faune rieur qui regarde par-dessus l'épaule et jusque dans le sein de Clio... »

Ou encore :

« Il est incapable de toucher à la femme sans lui relever les cottes par-dessus la tête. »

Je ne sais ce que vous pensez de ces phrases. Elles me laissent, quant à moi, totalement indifférent. Il est vrai que la première a été écrite par Sainte-Beuve, la seconde par George Sand, et que toutes deux concernent Michelet...

G.B.

Livre I

LES AMOURS QUI ONT FAIT LA FRANCE

Combien la France ne doit-elle pas aux femmes et à combien de galanteries les habitants de ce pays ne sont-ils pas obligés ne fût-ce que par reconnaissance !

FONTENELLE

A Pierrette

1

Clovis aurait pu dire : Clotilde vaut bien une messe

> Le rôle de Clotilde doit être considéré comme l'un des plus importants de toute notre histoire.
>
> ANDRÉE LEHMANN

Au printemps de l'an 492, alors que l'aubépine fleurissait dans tous les buissons de Gaule, cinq cavaliers partis de Valence traversaient à vive allure la Burgondie, remontaient le long du Rhône, doublaient Lyon, Dijon, Langres, pénétraient en territoire franc et, sans ralentir leur galop, dépassaient Troyes, Châlons, Reims pour arriver un beau matin de mai, fourbus, essoufflés, mais éclatants d'orgueil, devant la villa royale de Clovis, à Soissons.

Ils apportaient une nouvelle dont ils savaient que le jeune roi serait satisfait. Clovis les reçut aussitôt.

— Nous avons trouvé pour toi la plus belle femme du monde, dit un des cavaliers.

Clovis, l'œil allumé, eut un large sourire qui découvrit ses crocs de Barbare. Il avait vingt-cinq ans et cherchait une épouse qui fût à la fois jolie, riche et de noble famille.

— De qui est-elle la fille ? demanda-t-il.

— De Chilpéric, roi des Burgondes, qui régnait naguère à Lyon[1]. Mais elle est orpheline.

Et l'homme conta l'histoire atroce de cette pauvre jeune fille. Un jour, son oncle Gondebaud était venu, accompagné d'une petite troupe, attaquer Chilpéric dont il convoitait le domaine. Il l'avait trouvé à table avec sa famille et s'était fort mal conduit. Pour commencer, d'un coup de hache bien appliqué, il avait fait voler la tête du roi dans une écuelle.

Ce qui avait interrompu le repas.

Caréténe, l'épouse de Chilpéric, s'était mise alors à se tordre les bras comme dans les tragédies antiques et à pousser des cris épouvantables. Agacé, Gondebaud avait donné l'ordre à deux de ses hommes d'aller la jeter dans le Rhône avec une pierre au cou. Puis les Barbares s'étaient amusés à massacrer les enfants, ne laissant la vie sauve qu'à deux fillettes, âgées de cinq et six ans, que Gondebaud avait ramenées chez lui et finalement adoptées. L'une d'elles était entrée au couvent ;

1. Du vivant de Chilpéric, la Burgondie était divisée en quatre territoires, gouvernés chacun par un des fils du feu roi Gundioch : Chilpéric, qui régnait à Lyon, Gondebaud à Dijon, Godegisil à Genève et Godomar à Vienne. Les quatre frères se haïssaient, comme bien on pense...

l'autre était cette merveille de grâce et d'intelligence que les ambassadeurs de Clovis avaient vue à Valence[2].

— Comment s'appelle-t-elle ?

— Clotilde. Elle a dix-huit ans. Elle est blonde et ses yeux sont verts, piquetés d'or...

Clovis, ayant remercié ses envoyés, appela son ami Aurélien qu'il savait habile et le chargea d'obtenir le double consentement de Clotilde et de Gondebaud.

Aurélien partit immédiatement. Quelques jours plus tard, il était à Valence, déguisé en mendiant pour approcher Clotilde sans attirer l'attention des serviteurs de Gondebaud. Et un soir, nous dit le moine Aymoin, à l'heure où elle distribuait les aumônes à la porte intérieure du palais, il se mêla à la foule des miséreux. Quand il fut près de Clotilde, il s'inclina et baisa le bas de sa robe qu'il tira légèrement[3]. Intriguée, la jeune fille se pencha.

— Maîtresse, lui dit-il à voix basse, j'ai à vous parler.

— Parle, dit Clotilde en s'inclinant davantage.

— Le roi Clovis désire vous épouser et m'envoie pour vous demander votre consentement. En témoignage de la vérité de ma mission, voici l'anneau du roi.

La jeune fille aurait pu s'étonner d'une aussi curieuse demande en mariage. Elle n'en fit rien si l'on en croit le bon moine Aymoin qui nous rapporte la scène. Écoutons-le :

— Donne, dit-elle. Maintenant, va dire à ton maître qu'il me fasse promptement demander à Gondebaud et je serai sa femme.

En échange de l'anneau, Clotilde donna à l'ambassadeur une pièce de monnaie, comme elle l'eût fait pour un véritable mendiant.

Aurélien, sans perdre de temps, alla à Genève où se trouvait alors Gondebaud et demanda officiellement la main de Clotilde. Le roi burgonde fut, nous dit-on, « surpris et ulcéré », mais il n'osa pas irriter Clovis par un refus.

— Ma nièce consentira-t-elle à ce que tu demandes ?

— Elle est prévenue et elle y consent ; si tu consens aussi, je la mènerai au roi.

— Mène-la, répondit Gondebaud, tout à fait désappointé[4].

Aurélien retourna à Valence où des chariots furent aussitôt préparés pour le voyage de Clotilde. Quand les trésors qui constituaient la dot furent entassés dans les premières voitures, la jeune fille prit place dans une basterne[5] que des fourrures rendaient presque confortable. Alors, toute joyeuse de quitter la Burgondie et d'aller vers ce fiancé

2. Grégoire de Tours, *Histoire des Francs*, livre II.

3. D'après les *Chroniques de Saint-Denis*, Aurélien aurait retroussé la manche de Clotilde et baisé sa main. Geste jugé fort audacieux puisque l'auteur ajoute : « Elle commença à rougir de la honte qu'elle en eut, comme sainte pucelle qu'elle était... »

4. Tout ce dialogue est rapporté par Aymoin, bénédictin et abbé de Fleury-sur-Loire, qui écrivit une *Histoire de France* en l'an 1000.

5. Char couvert, traîné par des bœufs.

dont on lui avait vanté la force, le courage et la beauté du regard, elle donna l'ordre du départ.

Bientôt, par de mauvais chemins, le convoi se dirigea vers le nord.

Hélas ! on était encore loin de la frontière quand un cavalier vint avertir Clotilde que Gondebaud regrettait d'avoir donné son consentement et voulait la reprendre.

— Un groupe commandé par Aridius est parti à votre poursuite, dit-il.

Épouvantée, Clotilde quitta aussitôt sa lourde basterne, sauta sur un cheval et, abandonnant sa dot au milieu de la forêt, partit au galop en compagnie d'Aurélien.

Après cinq jours d'une épuisante chevauchée, elle franchissait les limites de la Burgondie et échappait ainsi à ses poursuivants. Une semaine plus tard, elle arrivait à Soissons.

Clovis fut ébloui en la voyant. Ses pommettes devinrent cramoisies et sa mâchoire trembla.

— Nous devions nous marier demain, dit-il ; je t'épouserai tout à l'heure.

Bien qu'elle fût encore très pure, Clotilde sentit qu'il y avait quelque chose de peu convenable dans cette précipitation et elle rougit.

Des femmes du palais la conduisirent alors dans sa chambre et lui passèrent la robe nuptiale. Elles avaient à peine fini de la lui mettre que Clovis entrait avec l'intention évidente de la lui retirer.

Les femmes prirent la fuite et le roi des Francs épousa la belle Burgonde...

Dès lors, leurs jours furent faits de désir et leurs nuits de caresses. Clovis, qui était un amant expert (ayant eu pour première femme une princesse nordique), avait fait découvrir à Clotilde un véritable paradis. Reconnaissante, elle voulut, en retour, lui en faire connaître un autre et résolut de le convertir au christianisme.

La jeune femme, qui avait été instruite dans la religion du Christ, souffrait de voir son cher Clovis adorer les dieux barbares.

Elle commença par lui démontrer le peu de valeur de sa religion en usant d'arguments que, dans l'ombre, saint Remi lui soufflait.

Le roi, qui était fort épris, écouta Clotilde et fut troublé. Pourtant, il hésitait à recevoir le baptême car le fait d'abandonner les dieux de ses pères risquait de mettre en péril son autorité. Ainsi que le dit Kurth : « Les Francs, en effet, voyaient dans leurs rois les descendants de leurs dieux... Seuls les dieux et leurs enfants avaient le droit de commander aux peuples... Se faire chrétien, c'était renier ses ancêtres, c'était couper la chaîne de sa généalogie, c'était se priver de son titre à régner. Il fallait un courage très grand pour embrasser la foi du Christ [6]. »

Clotilde savait tout cela. Aussi se promit-elle de donner à Clovis le

6. KURTH, *Clovis*.

courage de se convertir et la force de faire admettre à ses guerriers le principe d'une royauté détachée des dieux ancestraux.

Pour commencer, elle obtint que leur premier enfant, prénommé Ingomir, fût baptisé. Pensant que le faste de la cérémonie pourrait avoir un heureux effet sur l'esprit de son mari, Clotilde eut soin de faire décorer l'église de voiles et de riches tapisseries. De tels détails étaient bien faits pour toucher un Barbare. Clovis fut émerveillé [7].

— Quelle belle religion ! dit-il.

Hélas ! quelques jours plus tard, le petit Ingomir tomba malade et mourut. Toute l'œuvre patiente de la reine s'écroulait.

— Si cet enfant avait été consacré à mes dieux, dit le roi en colère, il serait vivant ; mais, comme il a été baptisé au nom de votre Christ, il n'a pu vivre [8] !

Clotilde ne se troubla pas.

— Je rends grâce, dit-elle, au puissant Créateur de toutes choses de ce qu'Il ne m'a pas jugée indigne de voir associé à Son royaume l'enfant né de mon sein ; car je sais que les enfants que Dieu retire du monde pendant qu'ils sont encore dans les aubes (vêtus de blanc) sont nourris de Sa vue.

Clovis fut interloqué. Jamais il n'aurait pensé à cela. Cette sainte résignation le remplit d'une telle admiration qu'il en aima davantage encore la belle Clotilde et qu'il eut le désir de lui en fournir la preuve sans tarder.

Le résultat de ses bons soins ne se fit pas attendre : la reine donna bientôt le jour à un petit Mérovingien — qu'on appela Clodomir.

Cette naissance mit Clovis de bonne humeur. Clotilde en profita pour lui dire qu'elle serait fort heureuse s'il acceptait que l'enfant fût baptisé. Le roi, de nouveau, céda aux instances de sa chère épouse et la cérémonie eut lieu, surpassant en magnificence le baptême du premier-né. Mais, le lendemain, Clodomir tombait malade à son tour. Alors, Clovis commença à se lasser.

— Il ne peut arriver à celui-ci que ce qui est arrivé à son frère, dit-il avec amertume ; baptisé au nom de votre Christ, il va naturellement mourir.

La pauvre Clotilde avait peine à cacher sa grande gêne. Elle courut à l'église, s'y enferma pendant deux jours et pria tant, nous dit Grégoire de Tours, qu'elle obtint la guérison de l'enfant [9].

Il était temps ! Clovis avait déjà décidé de ne jamais se convertir à une religion aussi dangereuse.

Clotilde, on s'en doute, sut le ramener rapidement à de meilleurs sentiments...

Le roi, pourtant, refusait toujours de recevoir le baptême. Il est vrai qu'il avait, pour l'heure, d'autres préoccupations : les tribus

7. Grégoire de Tours, *op. cit.*, livre II.
8. Grégoire de Tours, *ibid.*
9. Grégoire de Tours, *ibid.*

germaniques, qui, de tout temps, ont été fort turbulentes, menaçaient sans cesse de franchir le Rhin et de s'établir en Gaule. Or, un matin, on apprit que les Alamans, peuple de pillards audacieux, avaient envahi la plaine d'Alsace. Sans leur laisser le temps d'avancer à l'intérieur des terres, Clovis courut à leur rencontre avec tous ses Francs et les arrêta non pas à Tolbiac (Zulpich), près de Cologne, comme on l'a cru longtemps et comme la plupart des manuels d'histoire l'indiquent encore, mais non loin de Strasbourg, en un lieu qui n'a pas été identifié.

La légende veut qu'au cours de cette bataille, Clovis, voyant que l'avantage tournait en faveur de son ennemi, ait eu l'idée d'adresser une prière au « Dieu de Clotilde ». Aussitôt, les Alamans se seraient enfuis en désordre, et le roi franc aurait alors décidé de se faire baptiser pour remercier le Seigneur Christ...

Les historiens modernes rejettent cette thèse. Et ce n'est plus à la victoire sur les Alamans qu'ils attribuent le rôle déterminant de la conversion de Clovis, mais à l'amour du roi franc pour Clotilde.

Après avoir défait les Germains, Clovis revint auprès de sa femme dont il retrouva l'ardeur brûlante et l'adorable langueur. Entre deux baisers, Clotilde, qui était tenace, lui reparla de son âme, et, un matin, le roi accepta enfin d'être instruit par saint Remi dans la religion chrétienne.

Le pieux évêque lui donna donc quelques leçons d'un catéchisme encore rudimentaire et, pour Noël 496, Clovis fut baptisé à Reims devant une foule immense accourue de tous les points de la Gaule. Après que le « fier Sicambre » eut courbé le front devant l'évêque, trois mille de ses guerriers vinrent, sur son ordre, recevoir à leur tour le baptême. Manœuvre d'une grande habileté car les Francs, en adoptant la foi du roi, demeuraient liés à lui, comme par le passé...

Cette conversion due à l'amour devait avoir des conséquences politiques extrêmement importantes. A une époque où les autres rois barbares, Goths et Burgondes, étaient ariens[10], Clovis fut reconnu comme chef par les millions de Gallo-Romains catholiques qui peuplaient la Gaule. Qualité qui allait lui permettre d'être soutenu par les évêques dont la puissance était immense, et de conquérir sur les Wisigoths un territoire considérable allant de la Loire aux Pyrénées[11]...

Plus tard, le titre de « rois catholiques » aidera ses fils à conquérir la Burgondie.

Miracle d'un sourire !

Car on peut dire sans exagérer que c'est au sourire adorable de Clotilde que le royaume franc dut de pouvoir réaliser pour la première fois son unité. Cette unité qui allait décider de l'avenir de la France[12]...

10. C'est-à-dire disciples d'Arius, hérésiarque qui niait la nature divine du Christ.

11. C'est en revenant de cette campagne que Clovis, devenu souverain puissant, voulut avoir sa capitale et s'installa à Paris...

12. Devenue veuve, Clotilde se retira à Tours où elle mourut en 545.

2

La guerre entre Frédégonde et Brunehaut met la Gaule à feu et à sang

Chacune haïssait cordialement l'autre.

A. THOMAS

Au VIe siècle, les fils de Clotaire avaient divisé leur héritage en trois royaumes : celui de Paris (la Neustrie) qui appartenait à Chilpéric ; celui de Metz (l'Austrasie) qui avait Sigebert pour roi, et celui d'Autun (la Burgondie) sur lequel régnait Gontran.

Or, chacun de ces trois souverains rêvait de posséder l'ensemble du territoire et leurs relations étaient, de ce fait, assez tendues. C'est ainsi que Chilpéric, à plusieurs reprises, essaya de faire assassiner ses deux frères... Ceux-ci n'en furent d'ailleurs pas autrement émus, le meurtre étant alors considéré comme un acte de la vie quotidienne. Tuer un homme n'avait pas plus d'importance qu'écraser une mouche. Leur père, lorsqu'un visiteur l'importunait, ne se donnait pas la peine de le congédier : il lui faisait trancher la tête par un de ses serviteurs [13].

En outre, les frères de Chilpéric connaissaient les usages en cours dans la famille Mérovée et se souvenaient de la façon désinvolte dont Clotaire s'était débarrassé de ses neveux. Lorsque leur oncle Clodomir était mort, laissant trois orphelins en bas âge qui, selon le droit franc, auraient dû se partager le royaume de leur père, Clotaire avait pensé que ces enfants étaient bien gênants.

Après avoir réfléchi, il les avait invités à passer l'après-midi chez lui. Leur grand-mère, la reine Clotilde, était sans méfiance ; elle les avait confiés à un serviteur qui s'était bientôt présenté à la porte du palais avec les trois bambins. Immédiatement, Clotaire avait dépêché un émissaire auprès de sa mère, porteur d'un petit mot ainsi conçu : « Je voudrais connaître ta volonté au sujet de ces enfants : veux-tu qu'ils vivent avec les cheveux coupés ou qu'ils soient égorgés ? »

Les cheveux coupés étaient alors un signe infamant. La grand-mère, dans un cri digne des héros cornéliens, avait dit à l'émissaire :

— J'aime mieux les savoir morts que tondus !

Clotaire n'attendait que cette réponse pour agir. Dès qu'on la lui avait rapportée, il était allé dans la salle où jouaient les enfants et, avec l'aide de son frère Childebert, il les avait tués à coups de couteau. Après quoi, les deux criminels s'étaient partagé le royaume de Clodomir...

Instruits de ces méthodes, Sigebert et Gontran (ainsi que Chilpéric, d'ailleurs) se tenaient donc sur leurs gardes. Ce qui ne les empêchait pas de mener joyeuse vie et même de se livrer à la plus effrénée des

13. Dans ses bons jours, il se contentait, nous dit-on, de lui faire couper la langue. Mais Clotaire était rarement de bonne humeur...

débauches. Chilpéric surtout menait une vie parfaitement dissolue. Bien qu'il possédât un véritable sérail où chacune de ses préférées avait le titre de reine, il n'hésitait pas à trousser ses servantes et à leur faire sur un coin de table ce que les Américains font dans des lits jumeaux.

D'ailleurs, Grégoire de Tours, qui le connaissait bien, écrit : « Il est impossible d'imaginer un acte de luxure que Chilpéric n'ait accompli. »

Un jour, il s'éprit de la servante d'Audovère, sa « reine » du moment. Cette jeune fille franque, d'une grande beauté, s'appelait Frédégonde. Ambitieuse, elle rêva immédiatement d'accéder au trône et mit tout en œuvre pour évincer Audovère. Alors qu'elle allait y parvenir, une guerre contre les Saxons obligea le roi à quitter précipitamment son palais. « Cachant son dépit, nous dit André Thomas, la belle servante fut contrainte de ronger son frein. »

Or, pendant l'absence de Chilpéric, Audovère mit au monde une fille. Tout de suite, Frédégonde eut une idée diabolique. Elle alla trouver la reine.

— Vous devriez faire baptiser cette petite sans attendre le retour du roi, lui dit-elle.

Ajoutant hypocritement :

— Je suis sûre qu'il serait ravi si vous en étiez vous-même la marraine...

Audovère était sans malice. Elle accepta et le baptême eut lieu.

Un mois plus tard, Chilpéric revint, entouré de ses guerriers. Frédégonde se précipita au-devant de lui.

— Avec qui Monseigneur couchera-t-il cette nuit ? demanda-t-elle, l'air humble.

Et comme le roi paraissait étonné d'une telle question, elle expliqua en cachant mal son envie de rire :

— La reine est la marraine de ta fille [14] !

Chilpéric eut l'œil brillant.

— Eh bien ! dit-il ravi, si je ne puis coucher avec elle, je coucherai avec toi [15] !

Trois heures après, Frédégonde devenait reine de Neustrie et, le lendemain, Audovère était répudiée, définitivement chassée du palais et enfermée dans un monastère.

A Metz, pendant ce temps, Sigebert menait une vie un peu plus calme. Il n'avait que quinze maîtresses. Un jour, renonçant aux servantes lubriques et aux « reines d'une nuit », il annonça qu'il allait épouser Brunehaut, fille du roi des Wisigoths d'Espagne, et que celle-ci serait son unique femme. Cette jeune personne était jolie, élégante, gracieuse, distinguée, instruite et « aimable dans la conversation », ce qui ne gâtait rien.

Leur mariage eut lieu en grande pompe à Metz et donna lieu à des

14. Les relations entre le père et la marraine d'un enfant (ou la mère et le parrain) étaient alors tenues pour incestueuses, donc interdites par l'Église.

15. AUGUSTIN THIERRY, *Récits des temps mérovingiens.*

fêtes qui rendirent jaloux le roi Chilpéric. Quand il apprit qu'un poète, Fortunat, était venu réciter un épithalame de sa composition à la fin de la cérémonie, son amertume fut immense. Et, pensant à la façon dont il épousait ses servantes, il lui sembla qu'il menait une vie moins royale que son frère.

Alors il chercha un moyen de rendre son existence plus digne de son état. Finalement, comme il manquait d'imagination, il s'adressa, lui aussi, au roi des Wisigoths d'Espagne et lui demanda s'il n'avait pas encore une fille.

— Il me reste mon aînée, répondit le roi Athanagilde, mais je ne vous accorderai sa main que si vous vous engagez à vous séparer de toutes vos concubines.

Chilpéric avait une telle envie d'imiter son frère qu'il accepta, renvoya ses femmes, y compris Frédégonde, et épousa la belle Galswinthe.

La cérémonie eut lieu à Rouen avec d'autant plus d'éclat que la jeune épouse apportait en dot des caisses pleines de joyaux et de pierreries.

Pendant quelques mois, le ménage fut heureux. Mais le diable était dans la maison. Frédégonde, en effet, avait obtenu, après sa répudiation, de rester attachée au service du palais. Et elle ne ratait pas une occasion de se placer sur le passage du roi qui la lorgnait en soupirant. Dès qu'elle le voyait approcher, elle se tortillait de façon lubrique et le malheureux Chilpéric rentrait dans ses appartements tout congestionné. Un jour enfin, il ne put résister et alla retrouver Frédégonde dans sa chambre.

Dès lors, la vie fut intenable pour la reine Galswinthe. Le jour, elle était bafouée, la nuit elle dormait seule. Écœurée, elle demanda finalement à Chilpéric de l'autoriser à rentrer chez ses parents, ce qu'il refusa, craignant de perdre les trésors qu'elle avait apportés.

— Je serai gentil, promit-il. Et je te jure que tes nuits seront moins monotones.

Il tint parole : la nuit suivante, il la fit étrangler, pendant son sommeil, par un serviteur [16].

Huit jours après, Chilpéric épousait Frédégonde qui devenait, cette fois, officiellement reine de Neustrie.

Comme bien on pense, le meurtre de Galswinthe ne plut pas à Brunehaut. Elle alla trouver son mari, le roi Sigebert, et lui demanda de déclarer la guerre à Chilpéric, ce qu'il fit sans discuter.

Gontran, roi de Burgondie, intervint alors comme médiateur et proposa un arrangement qui fut accepté par ses deux frères : Sigebert et Brunehaut renonçaient à leur droit de vengeance en échange des villes de Bordeaux, Limoges, Cahors, Lescar et Tarbes que Galswinthe avait apportées en dot à Chilpéric.

La paix était sauvée. Pas pour longtemps. En 573, le roi de Neustrie,

16. Grégoire de Tours, *op. cit.*, livre IV.

qui ne pouvait se consoler de la perte de ses cités, envahit brusquement le territoire austrasien. De terribles combats eurent lieu. Finalement, Sigebert, ayant appelé à son secours des troupes barbares d'outre-Rhin, écrasa l'armée de Chilpéric. Épouvanté, celui-ci alla se réfugier avec Frédégonde à Tournai, tandis que Sigebert entrait dans Paris où Brunehaut vint le retrouver avec son fils Childebert et ses deux filles gracieusement prénommées Ingonde et Clodosinde.

Après quelques jours de repos, il se rendit à Vitry, près d'Arras, où la grande assemblée des Francs devait le proclamer roi de Neustrie après avoir prononcé la déchéance de Chilpéric. Hélas ! son règne fut court. A peine avait-il été, selon la coutume, élevé sur le pavois que deux hommes envoyés par Frédégonde se précipitèrent sur lui et le tuèrent au moyen de couteaux « dont la reine elle-même avait empoisonné les pointes ».

La mort de Sigebert renversait la situation. Immédiatement les Austrasiens qui assiégeaient Chilpéric à Tournai rentrèrent chez eux, libérant le roi de Neustrie ; lequel s'empressa de gagner Paris où Brunehaut, qui attendait son mari, fut bien étonnée de le voir surgir.

Elle se croyait reine : elle était prisonnière. Tout de suite, elle chercha à sauver son fils, Childebert, âgé de cinq ans. Une nuit, elle parvint à le faire sortir de la ville en le mettant dans une corbeille d'osier qui fut descendue par une corde le long des remparts. Un fidèle ami, le duc Gondwald, emporta l'enfant jusqu'à Metz où il fut proclamé roi aussitôt pour empêcher que Chilpéric ne mît la main sur l'Austrasie.

En apprenant cette évasion, le roi de Neustrie entra dans une grande fureur et, sur les conseils de Frédégonde, fit conduire la reine captive à Rouen où il pensa que, désormais, elle ne lui causerait plus aucun souci.

Or, pendant son séjour à Paris, la blonde et capiteuse Brunehaut avait fortement ému un petit jeune homme qui était tombé amoureux d'elle. La chose ne vaudrait pas la peine d'être mentionnée ; mais le destin qui, on le sait, a toutes les malices, voulut que ce soupirant fût précisément l'un des fils de Chilpéric : le jeune Mérovée que le roi avait eu de la malheureuse Audovère[17].

Tourmenté par un désir qui ne tarda pas à être gênant, un beau matin, l'adolescent quitta le palais et alla retrouver la veuve de Sigebert en Normandie. Elle le connaissait peu et fut étonnée de le voir surgir dans ses appartements.

— Que voulez-vous ? demanda-t-elle.

Il se jeta à genoux.

— Je vous aime ! dit-il.

Puis il la porta sur un lit et lui fit oublier sous des caresses expertes le souvenir de Sigebert, mort quelques semaines plus tôt...

Cette idylle nouée à la hussarde prit rapidement un tour plus sérieux. Et, un jour, un émissaire arriva essoufflé à Paris. Il venait de Rouen en courant.

17. Grégoire de Tours, *op. cit.*, livre V.

— Votre fils vient d'épouser sa tante, dit-il à Chilpéric.

Puis il tomba mort.

Cette nouvelle rendit le roi furieux, on s'en doute, mais réjouit Frédégonde. Depuis longtemps, elle cherchait à se débarrasser des fils que son époux avait eus d'Audovère, afin que ses propres enfants pussent, un jour, hériter du trône de Neustrie. Déjà, elle avait fait tuer Théodebert, l'aîné. Maintenant, elle tenait le moyen d'éliminer Mérovée.

Elle conseilla à Chilpéric de l'enfermer dans un couvent et de le faire tondre, sachant que le malheureux ne pourrait supporter cette marque infamante. En effet, lorsqu'on lui eut coupé ses longs cheveux blonds, Mérovée, désespéré, supplia son plus fidèle ami de le tuer et en reçut un coup de poignard mortel.

Mais on ne peut avoir l'œil à tout. Tandis que Frédégonde préparait l'accès au trône à ses fils, Brunehaut s'échappait de Rouen et rentrait dans ses États pour y gouverner au nom de Childebert, alors âgé de sept ans...

Il y eut alors une sorte de trêve et, pendant quelques années, Frédégonde sembla se désintéresser de l'Austrasie. Pourtant, elle ne restait pas inactive. Tout son temps était pris par la mise au point de supplices nouveaux qu'elle inventait pour faire souffrir ceux qui la servaient mal ou avaient le malheur de posséder un visage qui ne lui plaisait pas.

Un jour, elle fit attacher sur la roue le préfet du palais et ordonna qu'on le frappât jusqu'à ce qu'il mourût. Au bout de cinq heures, elle vint voir où en était sa victime. Elle entendit :

— Assez ! Assez !

Déjà elle se réjouissait d'assister à la fin de son ennemi lorsque, s'approchant, elle s'aperçut que c'étaient les bourreaux qui criaient. Fatigués de taper sur le préfet, ceux-ci demandaient grâce — pour eux. Frédégonde, furieuse, leur fit couper les mains, les pieds, et demanda à l'un de ses favoris d'enfoncer des épines sous les ongles du supplicié qui jugea prudent de passer dans l'autre monde...

En 580, une terrible épidémie de dysenterie s'abattit sur la France, faisant des milliers de victimes. Tous les enfants de Frédégonde moururent en quelques jours et la reine se demanda ce qu'elle avait bien pu faire au ciel pour avoir tant de malheurs.

Chilpéric la consola avec une telle gentillesse qu'elle eut bientôt un autre fils [18].

Cette naissance fit à Frédégonde l'effet d'un bain de jouvence. Se sentant plus jeune et plus ardente que jamais, elle fit entrer dans son lit tous les hommes de belle tournure qu'on lui présentait. Elle eut ainsi pour amants des ducs, des militaires, des palefreniers, des gardes du palais, et même — car ses vices ne l'empêchaient pas d'avoir de la religion — le très auguste Bertrand, évêque de Bordeaux.

18. Futur Clotaire II.

Ce tempérament accueillant faillit causer sa perte.

Un matin, à Chelles où il avait une villa, Chilpéric pénétra dans la chambre de sa femme. La trouvant occupée à sa toilette, il lui donna par plaisanterie un léger coup de baguette sur les fesses.

— Que faites-vous, Landry ? s'écria Frédégonde sans se retourner.

Puis elle ajouta quelques paroles assez gaillardes, croyant parler à son favori du moment.

Lorsqu'elle s'aperçut de sa méprise, elle fut épouvantée et, nous dit-on, « craignit la colère du roi ». Mais celui-ci n'eut pas la réaction à laquelle elle s'attendait : il s'élança hors de la maison comme un forcené, sauta sur son cheval et « partit dans les bois pour oublier et soulager la tristesse de son cœur [19] ».

Frédégonde pensa avec quelque raison qu'elle ne perdait rien pour attendre. Aussi, le soir même, fit-elle assassiner son mari alors qu'il rentrait à la maison.

Libre d'agir à sa guise, Frédégonde partagea désormais sa vie entre la luxure et le crime.

En 585, elle ordonna à l'un de ses amants de se rendre en Austrasie avec la mission d'assassiner Brunehaut. Il y courut ; mais le complot fut découvert et le jeune homme jeté en prison. Torturé, il dévoila le nom de celle qui l'avait envoyé. On le relâcha. Le malheureux crut bon alors d'aller rendre compte de son échec à Frédégonde. C'était mal connaître cette terrible femme, car dès qu'il eut parlé elle entra dans une grande colère et lui fit couper les pieds et les mains.

Puis elle organisa un second complot dans le but de faire assassiner, cette fois, non seulement Brunehaut, mais également son fils Childebert et ses petits-fils. Là encore elle échoua ; mais ne s'avoua pas vaincue. Par deux fois, elle envoya en Austrasie de jeunes clercs armés de couteaux empoisonnés. Par deux fois « son coup manqua », comme dira un jour l'auteur de *la Carmagnole*. Elle devint alors folle de fureur, car faire disparaître Brunehaut et ses descendants était pour elle le seul moyen de permettre à son fils, Clotaire II, âgé de huit ans, de devenir, sous sa tutelle, maître de l'Austrasie et de recevoir un jour en héritage le royaume de Burgondie.

Elle n'y parviendra pas. En 593, Gontran mourut, laissant le royaume burgonde à Childebert qui régna, dès lors, sur un immense territoire. Frédégonde en tomba malade. Pendant trois ans, elle dépérit de haine et de jalousie. Le sourire ne lui revint qu'en 596, en apprenant la mort de Childebert. Celui-ci laissait deux fils, l'un de onze ans, l'autre de neuf, qui se partagèrent son royaume. L'aîné, Théodebert, eut l'Austrasie, et Thierry la Burgondie [20].

Ces enfants étant trop jeunes pour régner, Brunehaut prit en main le gouvernement des territoires qu'ils venaient d'hériter. De son côté,

19. *Chroniques de Saint-Denis.*

20. Chez les Francs, l'aîné des fils ne succédait pas au père. Le royaume était divisé à chaque héritage. D'où source inévitable de conflits.

Frédégonde, remise sur pied, exerçait sur les États de son fils un pouvoir analogue. Les deux femmes se retrouvaient donc face à face.

Aussitôt, ce fut la guerre. Frédégonde fit envahir une partie de l'Austrasie, et de terribles combats eurent lieu.

Finalement, après quelques succès, ses troupes durent se replier devant les forces bien organisées de Brunehaut. Écœurée, elle rentra à Paris et, quelques mois plus tard, en 597, cette femme qui avait commis tant de crimes mourut paisiblement dans son lit avec un seul regret au cœur : celui de n'avoir pu faire assassiner la reine d'Austrasie...

Celle-ci, pour lors, se portait bien. Elle gouvernait avec autorité le royaume de ses petits-fils et, dans sa grande sagesse, ne faisait assassiner ceux qui la gênaient qu'avec parcimonie.

En 612, Théodebert mourut. Thierry, héritant l'Austrasie, devint alors maître, à vingt-cinq ans, d'un royaume représentant les deux tiers de la Gaule. Hélas ! l'année suivante, il rendait l'âme à son tour, laissant quatre fils.

Brunehaut, qui avait compris que le partage des royaumes entre les enfants constituait la grande faiblesse du système politique mérovingien, rompit avec la tradition et fit élire roi d'Austrasie et de Burgondie l'aîné seul de ses arrière-petits-fils.

Cette décision, qui lui permettait, en outre, de régner de nouveau, irrita les grands d'Austrasie. Furieux d'être gouvernés par cette reine dont la fermeté et la finesse politique les agaçaient, ils décidèrent de s'en débarrasser en la livrant à Clotaire II. Répondant à leur appel, celui-ci vint bientôt avec une armée. Lorsqu'il fut sur la rive gauche du Rhin, Brunehaut quitta Worms où elle vivait et alla se réfugier à Orbe. Là, elle fut arrêtée par l'un des traîtres austrasiens, le connétable Herpon, qui l'amena devant le roi de Neustrie. Le fils de Frédégonde, ravi de détenir enfin cette reine qu'il haïssait, la fit torturer pendant trois jours. En signe d'opprobre, la malheureuse, qui avait alors soixante-dix ans, fut promenée, loque vivante et nue, sur un chameau [21]. Enfin, on l'attela par les cheveux, un bras et un pied à la queue d'un cheval indompté qui la traîna sur les cailloux. Quand l'animal s'arrêta, le corps de Brunehaut n'était plus qu'un paquet informe de chairs sanglantes...

21. Les chameaux étaient fréquemment employés en Gaule, du temps des Mérovingiens, comme bêtes de somme. On se servait de leur poil pour faire une étoffe feutrée, bon marché, qu'utilisaient surtout les pauvres et que l'on appelait *camelotum*. C'est l'origine du mot « camelote »...

3

Nanthilde fut la reine la plus trompée de l'Histoire

Le grand saint Éloi disait : « Oh ! mon roi ! »

Un jour qu'il entendait la messe à Reuilly[22], le roi Dagobert remarqua une voix pure qui s'élevait sous les voûtes de la basilique. Il en eut quelques distractions.

Après l'office, il s'enquit du nom de la chanteuse qui l'avait troublé.

— C'est Nanthilde, une novice, lui dit le prêtre.

Dagobert, comme tous les rois francs, était brutal et autoritaire.

— Qu'on me l'amène. Je veux la connaître.

Quelques minutes plus tard, une jeune fille aux yeux de pervenche et aux longues tresses blondes lui était présentée. Elle était jolie et gracieuse.

— Chante ! lui dit Dagobert.

Nanthilde chanta.

— C'est bien toi, en effet, que j'ai remarquée tout à l'heure. Viens avec moi.

Le prêtre connaissait le tempérament ardent du roi...

— Eh là ! Eh là ! dit-il, vous oubliez, Monseigneur, qu'il s'agit d'une novice. Que voulez-vous en faire ?

Dagobert, dont le regard brillait en considérant les formes de la jeune fille, fit entendre un juron et repoussa le prêtre.

— Que t'importe ! Je suis le roi. Elle est à moi !

— Elle est d'abord à Dieu, dit l'ecclésiastique d'un ton doucereux, mais ferme.

Dagobert était pieux. Il comprit que l'enlèvement d'une novice pouvait constituer un délit sérieux qui risquait de le conduire en enfer.

— Et si j'en fais ma femme ? dit-il.

— N'avez-vous point déjà une épouse légitime ? demanda le prêtre.

— Si. Mais comme elle n'a pas été capable de me donner d'héritier, je vais la chasser tout à l'heure.

— Est-ce bien vrai ? dit encore le prêtre.

— Je te le promets !

— Alors, vous pouvez emmener Nanthilde.

Dagobert ne se le fit pas dire deux fois : prenant la jeune fille dans ses bras, il monta à cheval et partit en direction de la villa royale. En chemin, une idée lui vint à l'esprit :

— Es-tu bien de race franque ?

— Oui, Monseigneur.

Dagobert, rassuré, embrassa Nanthilde sur la bouche. Un instant, il

22. Bourg alors situé au sud-est de Paris où les rois francs possédaient une villa et qui constitue, aujourd'hui, une partie du XIIe arrondissement.

avait craint, en effet, que cette belle fille ne fût une étrangère de race impure et veule, une de ces Slaves qui pullulaient en Gaule et dont le nom avait été déformé en *esclaves*...

Le lendemain, Dagobert répudia sa femme, la charmante Gomatrude, réunit ses conseillers pour leur annoncer sa décision et fit bénir son union par l'évêque du lieu.

Celui-ci, nullement choqué par la désinvolture avec laquelle le roi avait répudié Gomatrude, se montra charmant et souhaita beaucoup d'enfants aux nouveaux époux[23].

Quelques jours après son mariage, Dagobert, constatant que les réserves alimentaires amassées dans la villa de Reuilly s'épuisaient, décida de changer de résidence et fixa son choix sur sa ville natale de Clipiacum (Clichy), au nord de Paris, où il savait trouver des greniers et des celliers remplis de nourriture.

Et un matin, une suite de trente lourds chariots à roues pleines quitta Reuilly. Il y avait des voitures réservées aux filles du palais, d'autres aux armes, à la vaisselle, aux robes, aux bijoux, etc. Nanthilde avait un chariot spécial où elle reposait, allongée sur des fourrures.

Tandis que le convoi avançait lentement à travers les forêts, Dagobert, à cheval, songeait à un voyage qu'il avait effectué dans les mêmes conditions, cinq ans plus tôt. Il avait alors quinze ans, et son père, Clotaire II, venait de le nommer roi d'Austrasie. Un matin, il était parti de Braine pour s'installer à Trèves, capitale de ses États. En route, il avait trouvé, à l'orée d'un bois, une jeune fille qui tressait des corbeilles d'osier. Elle était si jolie, avec ses boucles blondes et sa gorge parfaite, qu'il l'avait fait monter dans un chariot. A Trèves, elle était devenue maîtresse en titre, et Dagobert l'avait surnommée sa Colombe. Puis un jour — c'était en 626 — un envoyé de Clotaire II était venu dire au jeune roi :

— Ton père veut que tu te maries et que tu épouses Gomatrude, la jeune sœur de Sichilde, sa nouvelle femme. Les noces auront lieu à Clipiacum. N'aie aucune crainte, la femme qu'il te destine est fort belle.

Alors Dagobert, en fils obéissant, était parti pour Clipiacum. Mais, son éducation laissant un peu à désirer, il n'avait pas trouvé anormal d'emmener la Colombe assister à son mariage. Ils étaient donc arrivés tous les deux à la cour de Neustrie où Gomatrude, qui ignorait l'existence de la favorite, avait été un peu surprise. Toutefois, habituée aux mœurs de son époque, elle s'était contentée de dire :

— Tiens, nous serons trois !...

Naturellement, les noces avaient été fastueuses, car Clotaire II, pour fêter cette union qui faisait de lui le beau-frère de son fils, avait dépensé beaucoup d'argent. Puis on était revenu à Trèves où Dagobert avait, dès lors, vécu avec Gomatrude et sa Colombe.

23. Cette attitude peut surprendre. Il faut se souvenir qu'à l'époque, les femmes n'étaient l'objet d'aucune considération. On les prenait, on les violait, on les rejetait, on les tuait au besoin. Les théologiens se demandaient même si elles avaient une âme...

Pensant à la vie qu'il avait menée, tiraillé entre ses deux femmes, Dagobert soupira. Gomatrude s'était montrée, par la suite, si bêtement jalouse de la concubine que le roi, pour oublier un peu ses soucis domestiques, était allé guerroyer contre les Saxons.

Un an avait passé. Clotaire II était mort subitement et Dagobert lui avait succédé, devenant à la fois roi de Neustrie, d'Austrasie et de Burgondie, c'est-à-dire d'un immense territoire qui allait de la Bretagne à la Bavière et de la Manche à Marseille.

Pendant quelque temps, il s'était senti puissant et heureux ; puis la Colombe était morte ainsi que le fils qu'elle avait eu de lui. Et l'on avait jasé. Car cette double disparition arrangeait si bien les affaires de Gomatrude que certains s'étaient demandé si elle n'avait pas aidé quelque peu les choses.

Quoi qu'il en fût, la mort de la Colombe n'avait pas rendu plus féconde la malheureuse reine qui méditait maintenant, au fond d'un couvent parisien, sur les inconvénients de la stérilité.

A cette pensée, Dagobert sourit.

— Pourvu que Nanthilde me donne un fils ! murmura-t-il.

Et, plein d'espoir, il lança son cheval au galop et rejoignit la tête du convoi...

A Clipiacum, Dagobert et Nanthilde vécurent heureux pendant tout l'hiver. Le roi, pour la première fois de sa vie (et la dernière), était fidèle à la femme qu'il aimait.

Il avait d'elle un besoin permanent. Au point qu'on le voyait parfois quitter brusquement un conseil politique pour aller la retrouver dans sa chambre, et que chacune des promenades qu'il aimait faire avec elle au long de la Seine était ponctuée de plusieurs arrêts dans les buissons...

Pourtant Dagobert s'inquiétait car, malgré ce traitement exceptionnel, Nanthilde n'avait toujours pas de grandes espérances à lui faire partager. Et il en était fort triste.

Un matin, il prit son cheval, car le galop l'aidait à penser, et il partit dans les bois qui séparaient Clipiacum du mont des Martyrs.

L'air frais qui lui fouettait le visage activait son esprit. Il pensa qu'il allait avoir trente ans (ce qui était vieux à cette époque où peu d'hommes dépassaient quarante ans) et qu'il lui fallait un fils sans retard pour que le royaume franc demeurât le bien des descendants de Clovis. De nombreux cousins, il le savait, attendaient sa mort pour se précipiter sur le trône.

A cette idée, ses yeux verts brillèrent de haine.

— Si je n'ai pas de fils, j'imite Clovis, murmura-t-il.

Le grand Clovis avait utilisé pour régner tranquillement un moyen peu honnête, sans doute, mais fort efficace. Ayant fait périr presque tous les membres de sa famille, il faisait semblant de pleurer : « Malheur à moi qui suis resté comme un voyageur parmi les étrangers et qui n'ai plus de parents pour me secourir dans l'adversité », disait-il.

Cette ruse était grossière ; mais il y avait toujours un cousin caché dans quelque province qui, pris de compassion, venait se jeter à ses pieds.

— Je suis là, moi, Monseigneur, et je suis de ta famille.

Alors, Clovis le faisait tuer aussitôt...

Cette perfidie amusait beaucoup le bon roi Dagobert.

— Pourtant, se dit-il, la solution la plus agréable serait de prendre une troisième femme.

Comme les filles du palais n'avaient pas été renouvelées depuis son mariage avec Nanthilde et qu'il les avait toutes mises dans son lit du temps de Gomatrude, il pensa qu'il valait mieux chercher ailleurs. Il décida donc de faire un petit voyage de prospection en Austrasie où les femmes avaient la réputation d'être belles et ardentes.

Le lendemain, il se mettait en route en compagnie de Nanthilde — qui, naturellement, ignorait les buts réels du voyage.

Dans chaque ville qu'il rencontrait, le roi faisait étape sous prétexte de rendre la justice ou de recevoir l'hommage de ses sujets. En réalité, il regardait avec attention toutes les jeunes filles qui défilaient devant lui. C'est ainsi qu'il remarqua, un soir, la ravissante Ragnétrude. L'ayant abordée, et s'étant fait connaître, il la ramena à la villa royale et demeura enfermée avec elle pendant trois jours et trois nuits.

Nanthilde était plus fine que Gomatrude. Elle cacha ses larmes et accueillit avec bonté la jeune Austrasienne lorsque celle-ci vint s'asseoir près du roi, à la table commune. Touché par son attitude, Dagobert ne la répudia pas. De temps à autre, il lui demandait même de partager sa couche. Délicate attention qui consolait pendant un moment la douce Nanthilde.

Puis Dagobert, craignant que Ragnétrude ne fût aussi stérile que ses premières femmes, renouvela les filles du palais et en fit ses maîtresses. Nanthilde, apprenant que le roi, chaque nuit, s'efforçait, avec une demoiselle différente, de prolonger la dynastie des Mérovée, souffrit cruellement — comme bien on pense.

Un jour, Dagobert entra dans la chambre de la reine en criant de joie.

— Réjouis-toi, dit-il. Ragnétrude va être mère.

La malheureuse eut la force de féliciter son mari, mais lorsque celui-ci la quitta pour aller remercier le ciel d'avoir béni une de ses unions, elle s'effondra sur son lit.

L'enfant de Ragnétrude naquit en 631. On le nomma Sigebert.

Pour fêter cet événement, Dagobert engagea une jolie servante de quinze ans et lui montra de bons sentiments. Cette activité amoureuse ne l'empêchait pas de s'occuper des affaires du royaume. C'est ainsi que, se souvenant qu'il avait à Toulouse un demi-frère qui pouvait un jour se dresser contre Sigebert, il le fit étrangler.

Cet acte réjouit fort les grands du royaume. Dagobert n'ayant fait assassiner aucun parent depuis longtemps, ils craignaient de le voir s'efféminer. Pour leur prouver qu'il était encore viril malgré ses trente-trois ans, le roi prit une nouvelle concubine nommée Wulfgunde[24].

Cette fois, il y eut deux femmes en pleurs au palais : Nanthilde et Ragnétrude, que la douleur rapprocha.

Pris subitement d'une sorte de folie amoureuse, le roi transforma, alors, sa cour en un lieu de débauche ; au point qu'on le surnomma le Salomon des Francs et que Frédégaire écrit avec lassitude dans sa *Chronique* : « Je m'ennuierais d'insérer ici les noms de ses concubines tant elles étaient en grand nombre... »

Pendant ce temps, la pauvre Nanthilde passait de longues heures à prier pour que le Seigneur fermât les yeux sur les péchés de son mari...

D'accord avec le ministre Éloi, elle eût voulu arracher le souverain à cette vie dissolue et l'obliger à s'occuper, comme jadis, des affaires de son royaume. Mais le malheureux n'était plus le grand roi qui avait gouverné pendant quinze ans et que certains historiens, comme Funck-Brentano, comparent à Louis XIV : les orgies l'avaient affaibli.

Les mois passèrent. Un jour, la reine eut la joie de donner un fils à Dagobert qui fut ravi et le baptisa Clovis.

— C'est celui-ci, dit-il, qui sera mon successeur, car il me vient de ma douce Nanthilde.

Toutefois, pour consoler Ragnétrude, il nomma immédiatement Sigebert, alors âgé d'un an, roi d'Austrasie[25].

C'est vers ce moment qu'il prit une quatrième épouse officielle, la capiteuse Berthilde[24]...

« L'amour des femmes, disent les chroniqueurs, poussa Dagobert aux plus honteux excès. » Il devait en mourir en 639, à l'âge de trente-six ans, complètement épuisé.

Nanthilde, qui avait su par sa douceur et sa diplomatie rester toujours la première épouse du roi et la reine en titre, s'occupa des affaires de l'État pendant l'enfance de Clovis II. Tous les historiens sont d'accord pour lui reconnaître une grande habileté dans sa façon de gouverner. Elle mourut en 642, sans se douter qu'un jour, un moine indulgent écrirait sur son débauché de mari cette phrase que l'on aimerait voir gravée en guise d'épitaphe sur la tombe de tous les chefs d'État : « Il eut la sagesse de limiter à ses ébats amoureux une force que d'autres employaient aux combats[26]... »

24. FRÉDÉGAIRE, *Chroniques*.

25. Quand il eut trois ans, l'enfant fut conduit à Metz où, nous dit-on, « il tint sa cour »... L'auteur de la *Gesta Dagoberti* ajoute : « De cet enfant de l'amour, Dagobert fit l'instrument de sa politique. L'élévation de Sigebert au trône d'Austrasie, en 633 ou 634, n'était d'abord qu'un artifice, un moyen pour donner satisfaction aux Austrasiens sans trop briser l'unité du royaume. Pour accomplir cet acte, le roi avait d'abord convoqué les évêques et les grands. Nul ne trouva à reprendre à la naissance illégitime de l'enfant. C'était là, aux époques franques, une considération sans importance. En revanche, il n'était pas indifférent aux Austrasiens que ce jeune roi fût de leur sang. »

26. *Gesta Dagoberti*.

4

Charlemagne, enfant de l'amour

La reine Berthe vivait sur un grand pied.

A. ÉTIEVANT

Il y avait, en 741, à Laon, une magnifique villa qui appartenait au comte Caribert. Cette demeure, une des plus imposantes de l'Austrasie, annonçait tout un régime politique.

Avec ses nombreux corps de bâtiment, construits presque entièrement en bois, ses cours et ses jardins intérieurs, son enceinte de pieux, ses réserves d'armes, son puits particulier, ses étables, ses salles de gardes et sa tour de guet, elle était, en effet, comme une ébauche du château féodal que l'on allait édifier trois siècles plus tard.

Caribert y vivait en compagnie de sa femme, de sa fille Bertrade, âgée de quinze ans, de ses domestiques et de ses gens d'armes.

Les chroniqueurs nous ont laissé peu de détails sur cet homme, et son nom serait sans doute oublié si le ciel ne lui avait donné une fille d'une ravissante beauté... Car Bertrade était jolie. Si jolie même que Caribert se méfiait toujours un peu lorsqu'un seigneur du voisinage venait lui rendre visite. Les Francs avaient, il est vrai, une réputation de paillards bien établie... Quand Bertrade participait à un repas, les hôtes, fort troublés, commettaient de grosses bévues : au lieu de s'essuyer délicatement la bouche sur leur manche, comme le voulait le bon ton d'alors, ils restaient avec le visage dégoulinant de sauce, ou bien encore ils oubliaient de se lécher les doigts et tachaient leurs vêtements. Bref, ils étaient éblouis par les longs cheveux blonds, les yeux bleus et le sourire éclatant de la jeune fille.

Quelques méchantes langues disaient bien qu'elle avait un pied un peu grand, mais, à cela, ceux qui l'admiraient répondaient aussitôt que cette apparence était due au fait que l'autre pied était un peu petit...

Débat sans fin, dont les médisants finirent, comme toujours, par avoir le dernier mot, puisque, au Moyen Âge, Bertrade reçut des poètes le surnom que l'Histoire lui a conservé : celui de Berthe au grand pied...

Oublions ces racontars d'amoureux évincés et imaginons Bertrade telle qu'elle devait être en sa quinzième année : une jeune fille gracieuse et enjouée, qui filait la laine au côté de sa mère en fredonnant de vieilles chansons mérovingiennes... Comment aurait-elle pu se douter que le destin lui réservait d'être la première reine d'une nouvelle dynastie et la mère d'un empereur comme on n'en avait pas vu depuis Jules César ?...

Un jour, une troupe arriva chez Caribert. Elle avait à sa tête un cavalier dont la petite taille étonna lorsqu'il mit pied à terre.

Bertrade, de sa fenêtre, vit son père se précipiter avec déférence vers le visiteur et entrer avec lui dans la plus belle pièce de la villa.

— C'est Pépin, le maire du Palais, expliqua-t-on à la jeune fille. Sa courte taille l'a fait surnommer le Bref.

Bertrade resta songeuse.

A cette époque, le maire du Palais était une sorte de Premier ministre disposant de pouvoirs considérables, et la jeune fille avait entendu dire qu'il était plus puissant que le roi. Il est vrai qu'en ce début du VIIIe siècle le dernier roi mérovingien, Childéric III, n'était pas grand-chose. Les excès de toute sorte avaient épuisé la race de Clovis. Après avoir sombré dans la luxure, elle s'éteignait dans la paresse. Voici d'ailleurs ce qu'en dit avec une grande franchise le chroniqueur Éginhard : « La famille des Mérovingiens ne faisait, depuis longtemps, preuve d'aucune vertu. Le prince en était réduit à se contenter de porter le nom de roi, d'avoir les cheveux flottants et la barbe longue, de s'asseoir sur le trône et de jouer le personnage du monarque. Il donnait audience aux ambassadeurs et leur faisait les réponses qui lui étaient dictées. A l'exception d'une pension alimentaire mal assurée que lui payait le maire du Palais selon son bon plaisir, il n'avait en propre qu'une unique propriété d'un très petit revenu ; c'est dans cette propriété qu'il vivait avec un très petit nombre de domestiques. S'il fallait que le roi allât quelque part, il voyageait sur un chariot traîné à la manière des paysans par des bœufs qu'un bouvier conduisait ; quant à l'administration du royaume et à toutes les mesures de gouvernement, les maires du Palais en étaient seuls chargés. »

Bertrade savait tout cela et lorsque son père, avant le déjeuner, la présenta à Pépin, elle fut très intimidée.

Au cours du repas, elle regarda du coin de l'œil ce personnage important et le trouva beau. Lui, de son côté, ne fut point indifférent.

Tout en mangeant, il la considérait d'un œil enflammé et s'évertuait à raconter des histoires de guerre susceptibles de la faire vibrer.

Il y réussit plusieurs fois et en fut heureux.

A la fin du banquet, Bertrade sut gré à Pépin de ne pas jeter tous les os qui se trouvaient dans son assiette à la tête des autres convives, comme le faisaient généralement les invités de Caribert.

Or c'est une chose que Pépin avait l'habitude de faire par manière de plaisanterie et pour finir gaiement le repas. Mais, ce jour-là, il n'avait qu'un désir : s'en aller au plus vite et emmener la jolie Bertrade avec lui.

Lorsqu'il fit part de cette décision à Caribert, celui-ci pleura de joie.

Jamais il n'aurait espéré un si beau parti pour sa fille. Quant à celle-ci, qui était amoureuse pour la première fois de sa vie, il lui semblait entrer en paradis.

Deux heures plus tard, Pépin chevauchait fièrement en tête de ses hommes avec Bertrade tendrement blottie entre ses bras.

Le soir même, ils travaillaient à la naissance de Charlemagne.

Devenue l'unique favorite du maire du Palais, Bertrade eut une vie fort agréable. Pendant le jour, elle jouait avec des compagnes de son âge, et, le soir, elle retrouvait son cher Pépin qui la caressait avec ardeur. Il la caressa tant — et si bien — que, le 2 avril 742[27], elle mit au monde un gros bébé que l'on appela Charles.

A sept ans, cet enfant montrait une telle intelligence que Bertrade conçut l'ambition folle d'en faire un roi. Puisque Childéric III n'était plus qu'un fantôme et que le trône pouvait être à celui qui aurait l'audace de le prendre, pourquoi Pépin, son cher amant, ne serait-il pas celui-là ?

Avant toute chose, elle se fit épouser pour que son fils, enfant de l'amour, devînt légitime. Ce mariage eut lieu en l'an 749[28]. Dès le lendemain, elle poussa son mari à chasser le dernier Mérovingien et à devenir roi. Pépin le Bref, bien qu'assuré de réussir, se montra hésitant ; il craignait la réaction des grands. Sans doute ceux-ci n'obéissaient-ils plus au malheureux Childéric, mais ils pouvaient fort bien être hostiles à un usurpateur. Alors, Bertrade, astucieuse, lui suggéra le moyen d'obtenir l'appui du pape.

— Pose-lui cette simple question, dit-elle : convient-il d'appeler roi celui qui a la *réalité* ou celui qui a l'*apparence* du pouvoir ?

Pépin obéit et, quelques mois plus tard, il recevait la réponse de Rome : « Celui-là est roi qui a la réalité des pouvoirs. » C'était clair. Aussitôt, il réunit les grands à Soissons et leur fit part de l'opinion du pape. L'affaire ne traîna pas. Dès qu'il eut fini de parler, il fut proclamé roi.

Le lendemain, Childéric III, sans même comprendre ce qui lui arrivait, était tondu et enfermé dans un couvent...

Bertrade, qui attendait ce moment avec impatience, fut fière d'avoir contribué à faire de Pépin, dont elle était toujours amoureuse, un roi puissant et respecté. Elle était aussi très heureuse d'être saluée du nom de reine ; mais son plus grand bonheur resta secret : il consistait à pouvoir penser que son fils était maintenant prince héritier du royaume franc...

Un an plus tard, en 752, Pépin et Bertrade étaient sacrés par saint Boniface. Cette cérémonie, que les Mérovingiens avaient ignorée, rehaussait le prestige du roi et de la reine et faisait d'eux de véritables représentants de Dieu.

En 753, le pape, qui était en difficulté avec les Lombards, vint jusqu'en Neustrie demander le secours du roi des Francs. Il profita de son séjour pour sacrer solennellement une seconde fois Pépin et Bertrade en la basilique de Saint-Denis, ce qui rendit jaloux tous les autres rois, de la mer du Nord jusqu'en Bulgarie.

27. Manuscrit de l'abbaye de Lorsch.
27. *Annales* de saint Bertin.

A partir de ce moment, la reine, qui avait eu un second fils qu'on avait nommé Carloman, s'occupa plus activement encore des affaires de l'État et accompagna Pépin dans toutes ses expéditions militaires.

Lorsque celui-ci mourut, en 768, le royaume fut partagé, suivant la coutume, entre les deux héritiers. Mais à peine étaient-ils sacrés, Charles à Noyon et Carloman à Soissons, qu'ils commencèrent à se quereller, au point que Bertrade dut user de toute son influence pour que la guerre n'éclatât pas entre ses deux fils.

Carloman, depuis longtemps, jalousait Charles. Il le considérait comme un bâtard et prétendait être le seul héritier de Pépin le Bref. Aussi se jugeait-il frustré par le partage des terres. Poussé par le duc de Bavière et Didier, le roi des Lombards, il ne cessait de protester.

Bertrade, comprenant qu'il serait difficile d'empêcher longtemps les deux frères de se battre, eut une idée : retirer à Carloman son principal appui en faisant épouser à Charles la fille du roi des Lombards.

Elle partit pour Pavie afin de négocier cette union. Par la même occasion et pour mieux resserrer les liens entre la Lombardie et le royaume franc, elle organisa l'union de sa fille avec le fils de Didier.

Ce double projet, qui faisait de Charles l'allié des Lombards, effraya le pape. Il avisa Bertrade qu'il s'opposait au mariage, donnant pour prétexte que Charles avait déjà une épouse.

La reine mère passa outre, fit répudier sa première bru, Himiltrude, et ramena Désirée de Lombardie à Saint-Denis.

Charles ne sembla pas très excité par la perspective de passer ses nuits avec cette demoiselle dont le visage était ingrat et les formes plates. Pourtant, il obéit à sa mère et les noces eurent lieu le jour de Noël 770 avec beaucoup d'éclat.

Carloman, ayant perdu son principal allié, dut accepter les faits. Finalement il se réconcilia avec son frère et la paix régna de nouveau entre eux ainsi que Bertrade l'avait prévu.

C'était une grande victoire diplomatique, et pendant quelques années la finaude reine mère put contempler son œuvre avec une certaine satisfaction.

5

Les femmes de Charlemagne ont influencé sa politique

> La plupart des grands hommes ont été faits
> par des femmes.
>
> Balzac

Tout le monde sait que Charlemagne fut sacré empereur d'Occident en l'an 800.

C'est un des rares faits historiques qui restent gravés dans les mémoires avec la prise de la Bastille et la bataille de Marignan, en 1515...

Mais ce qu'on ignore généralement, c'est que, sans les femmes, *Carolus,* dit *Magnus,* ou Charlemagne, n'aurait peut-être jamais occupé une aussi belle situation. Il serait resté roi des Francs, comme son père, Pépin le Bref, et ne serait pas devenu, pour l'éternité — et pour les fabricants de jeux de cartes —, l'égal de David, de César et d'Alexandre...

Heureusement pour lui, Charlemagne ne pouvait vivre sans femme. Il en eut cinq légitimes, et quatre qui le furent un peu moins.

Ces neuf compagnes ont peu ou prou contribué à faire l'homme cultivé, fin, audacieux et diplomate que les historiens nous ont dépeint. Toutes, en effet, ont eu une influence considérable sur la politique de l'empereur carolingien, sur ses idées, ses mœurs, ses décisions d'ordre militaire, la conduite de ses finances, etc. Sans avoir l'air d'y toucher, et mues par une ambition légitime, elles lui firent entreprendre des choses étonnantes.

Mon Dieu, que c'est habile, une femme !

Alors, vous pensez, neuf !...

Pour conter l'histoire des femmes de Charlemagne, il faudrait un livre entier. Je vais tâcher de la résumer ici, en m'efforçant de montrer que chacune d'elles correspondit à un moment très précis de la vie de l'empereur.

La première, qui s'appelait Himiltrude, fut, semble-t-il, assez insignifiante. Elle servit, tout juste, à lui faire passer son acné, ce dont il fut content. Elle symbolise la période d'apprentissage du grand Charles. Il avait dix-huit ans, il était beau, et les filles commençaient à le considérer avec envie. Aussi, sa mère, Bertrade, dans sa grande sagesse, avait-elle pensé qu'il valait mieux lui permettre d'avoir, si j'ose dire, sous la main ce qu'il eût, peut-être, été tenté d'aller chercher ailleurs...

Himiltrude était jolie, vertueuse, douce, calme, et Charles, que son tempérament portait à une certaine fougue amoureuse, l'étonna plus d'une fois.

Les performances de son mari la laissaient épuisée et un peu effarouchée. On pense qu'elle était frigide. Ce qui n'empêcha pas Charles, dans son ardeur adolescente, de s'en donner à cœur joie. Elle le débarrassa de la timidité propre aux jeunes gens, en fit un garçon au regard assuré et lui donna un fils que l'on appela Pépin le Bossu, pour ce qu'il l'était effectivement un peu.

Le deuxième mariage de Charles, je l'ai dit, fut contracté pour des raisons politiques. Afin d'empêcher son frère, l'ombrageux Carloman (qui avait reçu en héritage la Burgondie), de s'allier avec le roi des Lombards, Charles épousa la fille de celui-ci.

Elle était terne, effacée, s'appelait Désirée, et n'avait aucune espèce de charme.

Mais l'État a des raisons que la raison du cœur ne connaît pas, et

Charles répudia Himiltrude, qui alla s'enfermer dans un couvent, la mémoire pleine d'exaltants souvenirs amoureux. Après quoi, il épousa cette Désirée au prénom qui lui convenait si peu.

Bien sûr, elle était laide ; mais il avait du savoir-vivre. Il sut dissimuler sa répulsion et lui fit même, de temps en temps, une petite politesse...

Au bout d'un an, Carloman mourut, et Charles, ne voyant plus la nécessité de demeurer l'allié du roi des Lombards, renvoya Désirée à son père, par le premier train de chars à bœufs en partance pour Pavie.

C'est alors qu'il rencontra la gracieuse Hildegarde, en tomba éperdument amoureux et l'épousa. Elle était si belle que l'auteur de son épigraphe n'a pas hésité à écrire que « ses charmes n'avaient point de rivaux parmi les filles des Francs ».

En outre, elle était gaie, vigoureuse et de tempérament ardent, trois qualités bien faites pour séduire Charles. Aussi Hildegarde eut-elle une influence considérable sur son époux. Au point que l'on peut vraiment dire, sans exagérer, que c'est elle qui a fait Charlemagne. A lui qui était embarrassé, méfiant, timoré dans ses décisions, elle communiqua son optimisme, son entrain, sa bonne humeur. Ce troisième mariage le transforma complètement [29].

C'est peu de temps après qu'il organisa sa première expédition contre les Saxons. Hildegarde, dont il ne pouvait se séparer, fut à ses côtés pendant toute la campagne. Elle coucha dans des chariots, marcha dans la boue, traversa des fleuves sur des ponts de bateaux, partagea la vie des guerriers francs, heureuse d'apporter à son roi la seule chose dont il ne pouvait se passer, même en pleine bataille : la douceur d'une présence féminine.

Charles revint de Saxe vainqueur, et s'en alla incontinent à Rome défendre le pape qui était attaqué par les Lombards. Hildegarde, bien entendu, le suivit.

La campagne fut dure et longue. Finalement, après avoir assiégé Pavie, Charles battit le roi Didier, son ex-beau-père, et le fit enfermer dans un cloître de Neustrie.

La jeune reine, en voyant comment son mari traitait la famille de Désirée, éprouva un plaisir que toutes les femmes qui ont épousé un divorcé comprendront...

Puis Charles se fit couronner roi des Lombards au lieu et place de Didier. Mais il n'eut pas le temps de s'attarder à Pavie, car les Saxons venaient de se révolter. Aussitôt, il remonta à cheval et alla leur dire deux mots...

Hildegarde s'allongea dans un luxueux chariot et suivit une fois encore son époux...

Pendant des années, la jeune femme passa sa vie à courir ainsi les chemins mal dessinés d'un empire en formation.

Puis, en 778, alors que l'armée franque campait sur la route de

29. B. Haureau, *Charlemagne et sa cour.*

Roncevaux, elle annonça une grande nouvelle à Charles : un nouvel héritier était en marche.

Il en fut ravi et, le soir même, il convia tous ses amis à partager un grand festin : il y avait là, entre autres, Éginhard, le grand sommelier, Anselme, comte du Palais, et Roland, le gouverneur des marches de Bretagne. La fête fut joyeuse, et Roland s'amusa plus que les autres [30]. Le pauvre était loin de se douter qu'il allait mourir quelques jours plus tard en soufflant dans un cor...

Hildegarde donna neuf enfants à son mari. Quatre fils : Charles, Pépin, Louis et Lothaire, et cinq filles : Adélaïde, Rotrude, Berthe, Gisèle et Hildegarde.

Lorsqu'elle mourut, après onze ans de mariage, épuisée par la vie exténuante que lui avait fait mener Charles, tout le monde la pleura. Et ses historiens, pour montrer à quel point le roi fut peiné lui-même, nous disent qu'« il ne partit en guerre qu'après l'avoir fait ensevelir », ce qui, pour l'époque, témoignait d'une grande délicatesse...

Pourtant, quelques mois plus tard, Charles épousait la fille d'un comte franc, l'altière Fastrade. C'était sa quatrième femme. Elle allait avoir, elle aussi, sur le roi, une grande influence que les chroniqueurs sont d'ailleurs unanimes à déplorer. En effet, elle passa son temps à exciter Charles contre les personnages qu'elle détestait, faisant chasser des serviteurs et persécuter de braves gens dont la tête ne lui revenait pas.

Méchante et envieuse, elle jalousait les femmes des grands du royaume et poussait son mari à ordonner des répressions rigoureuses contre d'imaginaires trublions, ce qui conduisit le brave Éginhard à écrire que, « pour satisfaire la cruauté de son épouse, Charles sortit, plus d'une fois, de sa bonté naturelle »...

Faible devant Fastrade, le futur maître de l'Europe occidentale commit quelques erreurs qui suscitèrent un grand mécontentement. Ses ennemis en profitèrent pour conspirer contre lui. Averti du danger, il revint de Saxe, où il était pour l'heure en train de guerroyer, et les fit arrêter.

Fastrade lui inspira alors une manœuvre fort peu élégante : après avoir feint d'accorder son pardon aux conspirateurs, Charles les envoya prier dans une église.

— Quand vous aurez fait vos dévotions, leur dit-il, vous ne me verrez plus jamais en colère contre vous.

En effet, ils ne devaient plus jamais le voir en colère. Ils ne devaient même plus jamais le voir du tout, car, à la sortie du sanctuaire, des soldats leur crevèrent les yeux.

Ce genre d'humour noir n'est généralement apprécié que d'un petit nombre, aussi bien des gens se scandalisèrent, et finalement une conjuration se forma. Les grands, décidés à supprimer Fastrade, se

30. D'après certaines chansons de geste, notamment la *Chanson de Roland,* dans sa version primitive, et le *Ronsavals,* Roland n'était pas seulement, comme on le dit, le neveu de Charles, mais aussi son fils. Il l'aurait eu avec une de ses sœurs, fille de Pépin le Bref et d'une concubine de celui-ci.

groupèrent autour de Pépin le Bossu (fils que Charles avait eu d'Himiltrude), sachant bien que celui-ci était animé par la haine depuis qu'il se savait écarté de la succession. Puis ils conspirèrent la mort de la reine et celle du roi [31].

Il s'en fallut de peu que le complot ne réussît. Si un diacre, caché sous le maître-autel d'une église, n'avait pas surpris une conversation entre les amis de Pépin le Bossu, Charles ne serait jamais devenu empereur.

Tous les conjurés furent condamnés à mort, et Pépin, après avoir été fouetté et tondu, termina son existence dans un couvent.

L'alerte avait été chaude. Et sans doute Charles se fût-il à l'avenir méfié des conseils de Fastrade si celle-ci n'avait eu la bonne idée de mourir.

Charles, aussitôt débarrassé de cette mégère, chercha une compagne plus douce. Il trouva la fille d'un comte allemand, une nommée Liutgarde, qui lui parut réunir toutes les qualités qu'il avait aimées jadis chez Hildegarde. Elle était belle, généreuse, enjouée, studieuse. Il l'épousa.

A ce moment, Charles avait cinquante-neuf ans. Il était, dit-on, le plus bel homme de son royaume, et la charmante Liutgarde en fut très amoureuse. Il avait un regard brillant, portait une grande moustache (contrairement à la légende inventée par les poètes du XIIe siècle, il ne porta jamais la barbe), et son corps était d'une souplesse extraordinaire. Il est vrai que chaque jour Charles plongeait dans sa piscine et faisait une demi-heure de brasse mérovingienne...

Liutgarde était fort jeune. Elle avait à peu près l'âge des filles de son mari ; aussi partageait-elle leurs jeux et leurs travaux. Charles, à son contact, retrouva une jeunesse nouvelle et l'optimisme nécessaire à l'accomplissement de grandes choses.

Heureux en amour, il fut heureux en politique et se dirigea sans le savoir, mais confiant en son étoile, vers la cérémonie qui devait avoir lieu à Rome le jour de Noël 800. Hélas ! la douce, la charmante Liutgarde ne devait pas assister à cet extraordinaire couronnement. Elle mourut, sans laisser d'enfant, le 4 juin 800, à Tours.

Et, par une triste fantaisie du destin, cet homme, qui ne pouvait pas vivre sans femmes et qui avait, en quelque sorte, été « fait » par elles, fut seul, sans épouse, au jour de sa plus grande gloire...

A partir de ce moment, Charlemagne, arrivé au faîte du pouvoir, n'eut plus jamais de femmes légitimes, mais seulement des concubines.

Il est difficile d'en tirer une morale...

31. *Annales royales.*

6

Les concubines de Charlemagne

L'empereur franc était assez porté sur le sexe.

DR LESLIE TAYLOR

Si Charles, qui adorait les femmes, décida de ne point se remarier après la mort de sa chère Liutgarde, ce n'est pas, comme on pourrait le croire, pour mieux courir le jupon ; mais pour des raisons politiques. Il rêvait alors d'avoir sous sa domination un territoire gigantesque allant de l'Atlantique au Bosphore et de l'embouchure de la Vistule aux Baléares, et il envisageait d'épouser l'impératrice Irène, qui régnait — de Constantinople — sur l'empire d'Orient.

Ce projet l'obligeait donc à rester libre de tous liens matrimoniaux.

Malheureusement, Charlemagne, qui voyait surtout dans cette affaire le moyen de coiffer la couronne impériale sans rien devoir au pape, n'eut pas le temps de mener à bien ces négociations politico-sentimentales.

Le souverain pontife lui joua un tour auquel il était bien loin de s'attendre et qui, d'après Éginhard, le rendit furieux.

Tout avait commencé en 799 : le pape, accusé pour lors d'infamie, avait été, le 25 avril de cette année-là, brutalisé au cours d'une procession. Des énergumènes s'étaient jetés sur lui et avaient même essayé de lui crever les yeux. Irrité, à juste titre, le pontife avait demandé l'aide et la protection de Charles.

Celui-ci était, à ce moment, dans sa capitale d'Aix-la-Chapelle. En apprenant ce qui était arrivé au pape, il fut sincèrement navré. Mais il lui sembla agir finement en refusant de se rendre à Rome.

« Venez à Aix, m'expliquer vos ennuis », écrivit-il à Léon III.

Le pape fut horriblement vexé en recevant ce mot qu'il trouva un peu cavalier.

Toutefois, comme il avait absolument besoin du concours de Charles, il fit préparer un chariot attelé de deux bœufs, s'y installa avec une grande dignité et partit en direction d'Aix-la-Chapelle. En plein hiver, et malgré son âge, il passa le Grand-Saint-Bernard. Deux mois plus tard, il arrivait à la cour carolingienne.

La réception qu'on lui fit fut grandiose et Charles l'embrassa avec une telle déférence que la foule put croire que les deux hommes s'aimaient sincèrement.

Le pape, bien entendu, rendit le baiser de bienvenue, mais, au cours des entretiens privés, ne cacha pas son mécontentement. Il reprocha à Charles de le ridiculiser aux yeux de toute la chrétienté et de le faire passer pour un simple domestique du roi des Francs.

Charles le rassura et lui promit la protection qu'il désirait.

Accompagné d'une petite troupe, Léon III repartit pour Rome en ruminant sa colère et son humiliation. En arrivant chez lui, il était plus souriant, car, en chemin, il avait imaginé un moyen de se venger et de montrer à Charles que le roi des Francs, malgré toute sa puissance, avait besoin de lui...

A la fin de l'automne, Charles se rendit à Rome. Il était de fort bonne humeur, car il allait présider un tribunal qui avait pour mission d'examiner les accusations portées contre Léon III... Il allait juger le pape ! Cette idée le ravissait !...

Le procès commença dès son arrivée. Il fut long, touffu et riche en incidents, car la plupart des témoins, ayant été achetés, mentaient avec un plaisir non dissimulé ; certains, même, vinrent suggérer, dans un sourire, que Léon III était peut-être pédéraste, ce qui n'avait aucun rapport avec le chef d'accusation, mais embrouilla un peu plus les choses et mit une note gaie dans le débat. Finalement, devant tant de mauvaise foi et en l'absence de preuves, Charles décida que le pape pouvait se disculper par le serment.

Lorsque ce serment eut été prononcé, l'affaire sembla terminée, et le roi franc, qui venait, une fois de plus, d'affirmer sa puissance et son indépendance à l'égard de la papauté, se frotta les mains avec une grande satisfaction.

Alors il pensa de nouveau à l'impératrice Irène qui régnait à Constantinople et dont il avait fait demander la main par des ambassadeurs.

« Si je réussis à l'épouser, pensa-t-il, je deviens empereur sans rien devoir au pape ! »

Cette idée le rendit heureux et tellement optimiste qu'il n'eut aucune méfiance lorsque Léon III lui demanda de venir, *en grande tenue romaine,* assister, le lendemain, 25 décembre 800, à la messe de Noël.

Il arriva donc à cet office en brillant équipage. Le pape l'attendait à la porte de l'église Saint-Pierre. Après s'être congratulés, ils entrèrent ensemble dans la nef.

— Prions Dieu, murmura suavement le souverain pontife.

Charles, qui était très pieux, ne se le fit pas dire deux fois. Il s'agenouilla devant le maître-autel et pria.

Mais, soudain, il sentit quelque chose de rond et de froid sur sa tête. Il se redressa, un peu abasourdi.

Le pape venait de le couronner empereur *par surprise.*

Immédiatement, tout le haut clergé, qui était dans le secret de Léon III, se mit à crier : « A Charles Auguste, couronné par Dieu grand et pacifique empereur, vie et victoire !... »

Devant Charles, encore tout décontenancé, le pape souriait avec un petit air hypocrite...

Le nouvel empereur, furieux d'avoir été joué, serra les poings[32]. Il n'était pas question de faire un scandale dans l'église où la foule des

32. ÉGINHARD, *Vie de Charlemagne.*

fidèles l'acclamait. Il contint sa colère, prit un air recueilli et se rendit à la place qui lui était réservée pour entendre la messe.

Ainsi, il était empereur « par la bonne grâce du pape »...

Léon III avait gagné la partie.

Or les choses avaient eu lieu de telle façon qu'il était impossible à Charlemagne de protester. Personne, en effet, dans cette ville qui était en liesse à la suite du couronnement, n'aurait compris son mécontentement.

Mais, quelques jours plus tard, le Franc se vengea : il gracia les auteurs de l'attentat du 25 avril ; ceux-là mêmes qui avaient voulu crever les yeux du pape...

Après la fête de Noël, l'empereur Charlemagne retourna à Aix-la-Chapelle et continua ses négociations en vue d'une union avec l'impératrice Irène. Comme les pourparlers étaient longs et qu'il ne pouvait vivre sans femme, il prit une concubine nommée Maldegarde. Il avait à ce moment plus de soixante ans.

Cette jeune femme connut la vie normale des épouses de Charles : elle le suivit dans tous ses déplacements chez les Saxons, les Frisons, les Hongrois et même à la chasse, lorsque l'empereur allait tuer le taureau sauvage dans les forêts de Mayence.

Elle sut se montrer douce, enjouée et ardente aux jeux du lit, trois qualités qui permirent à Charles d'attendre patiemment la réponse de l'impératrice Irène.

Mais, un jour, les ambassadeurs francs revinrent de Constantinople, apportant une mauvaise nouvelle : Irène avait été chassée du pouvoir. Ses négociations secrètes avec Charles ayant été découvertes à la suite de l'indiscrétion d'un eunuque, on l'avait arrêtée, puis enfermée dans un couvent.

Son trésorier, Nicéphore, était monté sur le trône.

Cette révolution déjouait les plans de Charlemagne ; mais celui-ci n'était pas homme à se laisser abattre. Puisque la turbulente Irène n'était plus rien, il l'oublia et dirigea son esprit vers d'autres projets.

Justement, les Danois lui causaient quelques ennuis. Il dut organiser un plan de bataille, faire construire une ville fortifiée (qui devint Hambourg) et envisager le problème nouveau pour lui des combats navals.

Or, on était au printemps, et, comme Charles se sentait un vague à l'âme peu compatible avec son rôle de chef militaire, il répudia Maldegarde, dont il était las, et prit une nouvelle concubine nommée Guersuinde.

Précisons à ce propos que les concubines (comme les femmes légitimes, d'ailleurs) n'étaient pas désœuvrées entre les moments — fréquents — où Charles leur contait gaillardement fleurette. Elles avaient la charge de l'administration de la maison et des domaines de l'État. Leurs fonctions étaient à peu près celles qu'exercent aujourd'hui les ministres des Finances, de l'Intérieur et de la Justice.

C'étaient elles qui géraient les revenus de Charles : cadeaux des rois étrangers, tributs des peuples soumis, butin fait sur l'ennemi, amendes, etc. C'étaient elles aussi qui surveillaient toutes les dépenses royales, payaient l'armée, réglaient les constructeurs de bâtiments royaux, etc. Guersuinde sut se montrer à la hauteur de sa tâche, et, sans doute, eût-elle vécu heureuse au palais d'Aix-la-Chapelle, si la fougue amoureuse de son « mari » ne lui avait causé quelques tourments...

L'empereur, qui, toute sa vie, avait fait montre d'une virilité peu commune, devenait, en vieillissant, un véritable paillard. Il ne pouvait pas voir une jolie fille sans se livrer à des extravagances impudiques.

Un jour, il s'éprit d'une blonde adolescente nommée Amalberge. La rencontrant dans un couloir du palais, il se précipita sur elle et voulut la violer. Apeurée, la jeune fille se débattit, parvint à se dégager et courut se réfugier dans une chapelle. Charles, troublé par le désir, la suivit en courant et la rattrapa au moment où elle se prosternait devant l'autel. Il la saisit alors avec une telle véhémence qu'il lui cassa le bras.

Mais la Vierge Marie veillait, et les deux morceaux de l'humérus se ressoudèrent aussitôt.

Charles, en voyant ce miracle, crut bon de contenir son ardeur et, laissant Amalberge en prière, il alla faire une petite marche d'un quart d'heure...

L'aventure d'Amalberge fut rapidement connue au palais, et la jeune fille devint l'objet d'un grand respect de la part de toute la cour. Pour avoir résisté à Charlemagne, se disait-on, il fallait qu'elle eût montré un courage surnaturel. Finalement, l'Église en fit une sainte ; et l'empereur, beau joueur, fut le premier à louer sa vertu...

Après Guersuinde, Charlemagne eut encore deux concubines connues : Régine et Adélaïde. Mais ce ne furent pas les dernières, car jusqu'à la fin de sa vie, il se montra « fougueux dans son comportement avec les dames ».

Ce goût un peu excessif pour la bagatelle donna d'ailleurs naissance à de nombreuses histoires assez curieuses, que le bon peuple franc se répétait avec malice.

On racontait, par exemple, que l'abbé Gilles (futur saint Gilles), étant à l'autel et officiant, avait vu surgir l'ange Gabriel. Celui-ci, d'un air contrit, lui avait remis une lettre.

— Prends. Cela vient de Charlemagne. L'empereur, qui n'ose pas se confesser de vive voix, a écrit ici ses principaux péchés.

Et, pendant que l'abbé Gilles décachetait la lettre, l'ange Gabriel, poliment, s'était éclipsé.

Le prêtre avait lu la confession avec une gêne fort compréhensible. Par cette lettre, en effet, l'empereur s'accusait d'avoir violé une de ses propres sœurs et de l'avoir rendue mère... (Voir note page 32.)

On racontait également qu'un moine de Reichenau, nommé Wetin, avait eu une étrange vision : Charlemagne était enchaîné comme

Prométhée, et un vautour lui dévorait incessamment les organes de la virilité.

— Qu'as-tu donc fait pour mériter un tel supplice ? n'avait pu s'empêcher de dire Wetin.

Alors un ange s'était écrié :

— Joins donc au récit de ses grandes actions celui de ses honteuses débauches, et tu comprendras alors qu'il devait subir cette pénitence avant d'aller vers Dieu goûter l'éternelle béatitude...

Quand Charlemagne mourut, le 28 janvier 814, ayant unifié pour un temps l'Europe occidentale, de nombreuses femmes le pleurèrent. Larmes chaudes de celles qu'il avait mises dans sa couche, et larmes amères des innombrables jeunes filles de bonne famille qui auraient tant voulu que l'empereur les violât avant de s'en aller dans l'autre monde...

7

Parce que Louis a aimé Judith, la France est née

Si le monde fait l'amour,
C'est l'amour qui fait le monde.

vieille chanson

Il régnait à la cour d'Aix-la-Chapelle, en 815, une atmosphère de scandale. Les officiers de l'empereur, les fonctionnaires du palais, les femmes des grands ne pouvaient se rencontrer dans les couloirs ou dans les jardins sans se chuchoter à l'oreille des choses mystérieuses. Et l'on entendait des :

— Ô Seigneur Dieu !

Ou encore :

— Cette fille est un démon et l'empereur est trop naïf !

Car il s'agissait, naturellement, d'une aventure galante.

Louis, qu'on nommera plus tard le Pieux ou le Débonnaire, et qui avait hérité de son père, Charlemagne, à la fois un empire trop grand pour lui et un titre trop lourd à porter, se conduisait, en effet, de curieuse manière.

Alors que, l'année précédente, à la mort de Charles, on l'avait vu jouer les Pères-la-Vertu et chasser du palais des jeunes femmes qui trafiquaient de leurs charmes, le souverain venait de prendre une maîtresse parmi les chambrières.

Celle-ci était une jeune israélite de seize ans qui s'appelait Judith et qui avait non seulement une incomparable beauté mais encore toutes les grâces de l'esprit. Elle était la fille du comte bavarois Welf.

Louis, qui avait alors trente-six ans, l'avait remarquée et, bien qu'il fût marié avec la charmante Hermengarde, s'était donné la liberté de devenir son amant [33].

Le fait qu'un souverain prenne une maîtresse n'a jamais constitué un acte exceptionnel, et le IXe siècle, à ce sujet, n'était pas plus sévère que ne le sera le XVIIIe, par exemple. Aussi personne n'eût pensé à se scandaliser de cette liaison si l'empereur Louis avait été le seul à bénéficier des charmes exquis de Judith. Or il avait un rival.

Jusqu'alors, les jeunes femmes qui devenaient les maîtresses d'un roi étaient si heureuses de cette bonne fortune qu'elles rompaient avec leurs anciens amants. Judith, elle, avait conservé le sien.

C'était un jeune homme attaché à la cour. Il se nommait Bernard et était le petit-cousin de l'empereur, puisque, par son père, le comte Guilhem, duc de Toulouse, il descendait de Charles Martel.

Louis, qui, naturellement, ignorait tout de cette liaison, vivait dans une douce félicité, et son aveuglement peinait tout le monde.

Trois ans plus tard, lorsque, le 3 octobre 818, l'impératrice Hermengarde mourut à Angers, Judith était toujours la maîtresse de Bernard et de Louis.

— Vous verrez, chuchotaient les gens du palais, que la rusée parviendra à se faire épouser par l'empereur.

Ils avaient raison. Au mois de février 819, on célébrait les noces de Louis et de Judith, et les poètes de la cour s'écriaient qu'elle surpassait en beauté toutes les reines qu'ils avaient pu voir, ce qui était vrai d'ailleurs [34].

Le mariage n'empêcha pas Judith de demeurer la maîtresse de Bernard, et, un jour, elle sentit « tressaillir dans son sein le fruit de ses amours coupables [35] ».

Très ennuyée, car elle avait de bonnes raisons pour être sûre que Louis n'était pour rien dans cette affaire, elle commença par éloigner Bernard, qui reçut, en guise de compensation, le duché de Septimanie. Après quoi, elle se montra tendre avec son benêt de mari, l'attira sur un lit et fit en sorte qu'il n'eût jamais aucun soupçon...

Tout se passa bien. Et, en 820, elle mit au monde un gros garçon qui fut baptisé Charles ; c'était le futur Charles le Chauve [36].

Cette naissance fit grand plaisir à Louis, à Judith (et à Bernard), mais elle posa un problème politique. En effet, l'empereur, qui avait déjà trois fils de sa première femme : Lothaire, Pépin et Louis, avait réglé sa succession en 817. Voulant, sur le conseil de l'Église — et principalement de saint Benoît d'Aniane —, assurer l'indivisibilité de

33. Car Judith ne fut pas présentée à Louis, comme on le dit généralement, au cours d'un tournoi de beauté organisé en 829 entre les plus jolies filles de leudes. Elle était au palais d'Aix depuis longtemps, et l'empereur n'avait eu besoin de personne pour la remarquer. Je tiens ces renseignements de M. Jacques Alphaud, biographe de Judith, qui a bien voulu me permettre de profiter de ses travaux.

34. *Annales royales*.

35. THÉGAN, *Vie et geste de Louis le Débonnaire*.

36. Je dis bien en 820 et non en 823 comme l'indiquent, par erreur, tous les manuels d'histoire de France.

l'empire, il avait promulgué l'acte fameux appelé *Ordinatio imperii,* en vertu duquel aucun partage n'était possible.

Par cet acte, il était prévu qu'à la mort de Louis, Lothaire, son fils aîné, devait lui succéder comme empereur.

Quant aux deux cadets (Louis et Pépin), le Débonnaire leur léguait à l'un l'Aquitaine, à l'autre la Bavière.

Générosité dangereuse, certes, mais point contraire à l'esprit de l'*Ordinatio,* puisque ces deux États étaient considérés comme des provinces dont Pépin et Louis ne devaient être que les administrateurs sous l'étroite dépendance de Lothaire.

L'arrivée du petit Charles détruisait tout ce bel édifice politique, un peu prématurément construit. Aucune législation n'admet, en effet, qu'une donation faite par un père puisse porter préjudice à un fils *à naître*. Il était donc juste que l'empereur assurât sa part d'héritage à Charles.

C'est d'ailleurs ce que Judith, à peine relevée de couches, démontra à son mari. Comme celui-ci hésitait à refaire l'acte successoral de 817, elle lui suggéra de ne rien changer au partage, mais de rogner sur les territoires qui revenaient à Pépin et à Louis, et de former un troisième État dont Charles serait un jour le roi. Cette solution, on s'en doute, ne faisait pas du tout l'affaire des deux frères cadets, et Judith comprit qu'elle devait craindre leur réaction. Pour y parer, elle eut une idée fort astucieuse : *elle demanda à Lothaire d'être le parrain de son fils.* Celui-ci ne vit pas que ce choix était un piège qui le séparait de ses deux frères et, sur la demande de Judith, s'engagea même par serment à défendre le petit Charles contre tous ses ennemis.

Judith, qui n'avait qu'un but : donner une couronne de roi au fils de Bernard, pouvait être fière, elle avait bien mené ses affaires.

Mais il y avait à la cour un homme qui savait beaucoup de choses sur les amours de l'impératrice. C'était Wala, l'ancien conseiller de Charlemagne. Il avait épousé la demi-sœur de Bernard et haïssait celui-ci pour des raisons familiales. Wala se rendit auprès de Lothaire et lui révéla que Charles n'était pas le fils de Louis le Débonnaire et que, par conséquent, il n'avait aucun droit à l'héritage impérial.

Lothaire, comprenant la manœuvre de Judith et se jugeant trompé, estima qu'il était délié de son serment.

Quelques semaines plus tard, un parti s'organisait contre Louis le Débonnaire et Judith. Il était dirigé par Wala, Lothaire et ses deux frères, qui avaient été, bien entendu, mis au courant de l'origine de Charles.

Immédiatement, l'impératrice fit disgracier Wala et créa un parti destiné à défendre les intérêts de son fils. Pour diriger ce mouvement, elle appela Bernard, qui se réinstalla à Aix-la-Chapelle... et redevint son amant.

Ce retour fit jaser, naturellement : surtout lorsqu'on apprit que

Judith avait poussé l'audace et l'ironie jusqu'à faire nommer Bernard chambrier de l'empereur [37].

Ce qui était pour le moins paradoxal !

Bientôt, les événements se précipitèrent.

En 829, Louis le Débonnaire annonça à l'assemblée de Worms sa décision de constituer un royaume en faveur de Charles. Aussitôt, les trois frères, poussés par Wala, déclenchèrent une violente campagne contre Judith et l'accusèrent clairement d'être la maîtresse de Bernard.

Louis, qui avait toute confiance en la fidélité de son épouse, tint ces accusations pour des calomnies et continua à dormir tranquille.

Mais seul.

Finalement, le groupe de Lothaire parvint à provoquer un soulèvement de l'armée et à s'emparer de Judith. L'ambitieuse impératrice fut jetée dans un couvent, tandis que l'empereur, tombé, lui aussi, à la merci de ses trois fils, devait s'engager à respecter l'*Ordinatio* de 817.

Un an plus tard, Louis, ayant réussi à retourner la situation, fit revenir Judith à Aix. Pour se laver de toutes les « calomnies » dont elle avait été l'objet, elle jura sur son honneur et sur la foi chrétienne qu'elle n'avait jamais trompé son mari...

Ce serment, fait sans sourciller, stupéfia les gens de la cour.

— Il est vrai, disait-on, qu'elle n'est pas chrétienne...

Louis le Débonnaire, qui adorait Judith comme au premier jour de leur rencontre, fut si heureux de retrouver sa femme qu'il accepta de reconsidérer la question du partage de l'empire.

Judith lui apportait d'ailleurs une solution à laquelle il n'avait pas osé penser : partager le territoire en quatre parties, sans qu'aucun des fils eût droit au titre d'empereur. Ce qui mettait Charles sur un pied d'égalité avec ses frères.

En 831, ce partage était fait, et aussitôt les trois fils aînés de Louis le Débonnaire reprenaient la lutte contre Judith.

Encore une fois, elle fut prise, jetée au couvent, puis rétablie dans ses droits. Finalement, elle parvint, à force de ténacité, d'énergie, d'habileté et de ruse, à vaincre de façon définitive le parti des trois fils d'Hermengarde. Alors, elle travailla à la constitution du royaume dont elle rêvait pour son fils bien-aimé.

En 838, la mort de Pépin remit tout en question. Lothaire demanda l'exécution de l'*Ordinatio*.

— Puisque nous ne sommes, de nouveau, que trois héritiers, dit-il, je prétends au titre d'empereur. Charles aura l'Aquitaine et Louis les territoires de Germanie.

Mais Judith ne voulait pas que son fils fût le vassal de Lothaire. Elle exigea de son mari une nouvelle répartition. Louis le Débonnaire divisa alors son empire en trois royaumes dont les frontières — et c'était là l'innovation — allaient *du nord au sud*.

37. THÉGAN, *Vie et geste de Louis le Débonnaire.*

LE PARTAGE DE L'EMPIRE CAROLINGIEN

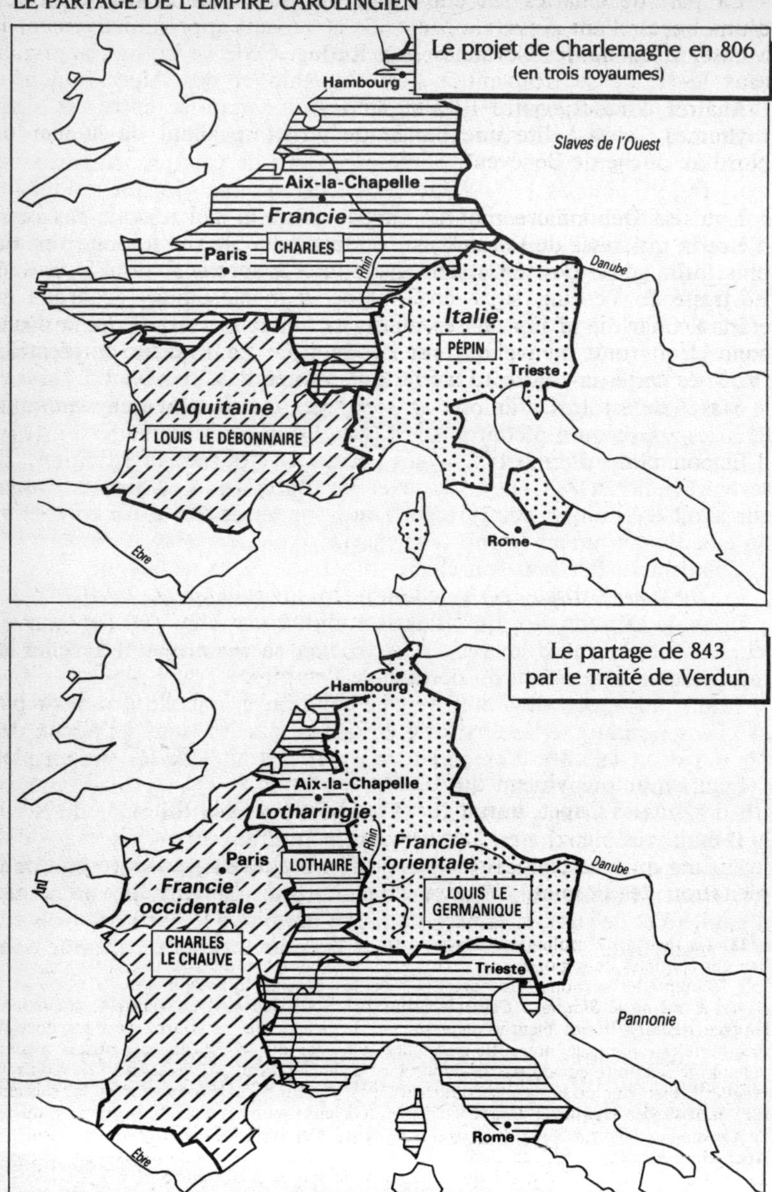

La France a failli ne pas exister. Le partage de Charlemagne, en 806, ne la prévoyait pas ; grâce à la ténacité de Judith, un royaume de Francie occidentale fut constitué en 843. C'était la France.

La part de Charles fut constituée par le territoire situé à l'ouest d'une ligne reliant Anvers à Marseille et suivant approximativement la Meuse, la Saône, les Cévennes et le Rhône. Celle de Louis comprenait tous les États se trouvant à l'est du Rhin et des Alpes. Quant à Lothaire, il reçut, outre l'Italie, la région comprise entre ces deux royaumes ; c'est-à-dire une bande de territoire allant de la mer du Nord au duché de Bénévent.

Louis le Débonnaire mourut en 840. Judith, qui n'avait pas cessé d'être la maîtresse de Bernard, suivit son mari dans la tombe trois ans plus tard, le 19 avril 843, sans avoir vu l'achèvement de son œuvre. Le traité de Verdun, signé en août de la même année, accordait en effet à Charles, le fils de ses amours coupables, un royaume d'une conception toute neuve qui prenait le nom de Francie occidentale. (Voir les cartes ci-contre.) La France était née !

Mais les histoires d'amour ont souvent une fin tragique. Un jour, Charles apprit qu'il n'était pas le fils de Louis le Débonnaire. Furieux, il fit poignarder Bernard [38]...

8

Robert le Pieux fut excommunié pour l'amour de Berthe

> Nous sommes toujours les obligés des femmes : bonnes, nous leur devons le bonheur ; mauvaises, nous leur devons l'expérience.
>
> LOUIS DEPRET

Sans un amour violent qui bouleversa toute sa vie, le roi Robert II, fils de Hugues Capet, aurait fort bien pu devenir un saint.

Il était très pieux, très doux, passait son temps en prières et avouait lui-même qu'il ne connaissait pas de distraction plus savoureuse que la récitation des litanies. Certains chroniqueurs assurent, en outre, que,

38. La race des Carolingiens dégénéra rapidement. Un détail amusant le prouve. Au lieu des épithètes de « glorieux », de « fort », de « grand » que portait Charlemagne, les rois reçurent des surnoms sans prestige : on les nomma le *Débonnaire,* le *Chauve,* le *Bègue* et même le *Simple*... Ces souverains privés de cheveux, au ventre flasque et au langage hésitant furent bientôt méprisés par le peuple qui se tourna vers les ducs de France (c'est-à-dire de notre Ile-de-France actuelle) qui, à plusieurs reprises, avaient défendu le territoire envahi par les Normands et les Hongres. Après la mort de Louis V, Hugues Capet, duc de France et comte de Paris, fut élu roi. Le fondateur de la troisième race était fils de Hugues le Grand et d'une délicieuse jeune femme, Edwige, fille du roi de Germanie, Henri l'Oiseleur. En 970, Hugues Capet épousa une gracieuse brunette, Adélaïde d'Aquitaine, fille de Guillaume Tête d'Étoupe... Dans son ouvrage sur les reines de France, A. Celliez écrit d'elle qu'« elle seconda son mari et contribua, par son adresse, à l'affermissement de la couronne dans la nouvelle dynastie ». Ce qui n'empêcha pas Hugues Capet de la tromper avec une jeune personne dont l'Histoire n'a pas retenu le nom, mais qui donna au nouveau roi un gros bâtard nommé Ganzlin, lequel devint évêque de Bourges et l'un des plus savants prélats de son temps...

lorsqu'il voulait se changer un peu les idées, il composait des chants d'église. C'est assez dire qu'il n'avait rien de particulièrement frivole.

Las ! Une femme allait changer tout cela et faire de cet austère moine couronné un amoureux capable des pires folies.

Cette femme, Berthe de Bourgogne, était mariée lorsque Robert la remarqua. Elle était l'épouse d'Eudes, comte de Chartres, et avait cinq enfants.

C'est à Orléans, croit-on, que le roi la vit pour la première fois. Devant la grâce souriante et majestueuse de Berthe, qui avait alors vingt-sept ans et se trouvait dans l'épanouissement de sa beauté, Robert sentit poindre en lui une tendance qui l'étonna.

Jusqu'alors, il n'avait pas réellement désiré une femme et, s'il avait dû, à dix-huit ans, épouser Rozala, la veuve d'Arnoul, cet acte lui avait été dicté par l'intérêt politique. D'ailleurs, Rozala avait trente-quatre ans de plus que lui et le jeune roi ne l'avait jamais considérée avec la moindre concupiscence ; ce dont elle se plaignait d'ailleurs journellement, au point que Robert, excédé par des exigences qu'il trouvait non seulement impudiques, mais encore démesurées, l'avait répudiée.

Le roi était donc resté chaste et, à vingt-deux ans, se trouvait aussi pur qu'un enfant de chœur.

Le regard chaud de Berthe, et surtout sa façon voluptueuse de marcher, lui ouvrit bien des horizons. Et il pensa qu'il avait perdu beaucoup de temps avec les litanies...

Le soir même, avec la précipitation des néophytes, il voulut entraîner la femme d'Eudes dans sa couche. Sans doute formula-t-il son désir de façon un peu trop directe, car Berthe prit un air offensé et se retira dignement dans ses appartements.

Robert, qui se trouvait dans un pénible état de surexcitation, pensa que l'amour, quand il n'est pas partagé, est un sentiment bien douloureux. Et il s'en fut prendre un bain froid...

Berthe, le lendemain, retournait à Chartres. Elle laissa le pauvre Robert un peu congestionné. Personne, à vrai dire, ne pouvait le reconnaître, car la passion dont il était animé faisait, nous dit-on, du débonnaire et gentil souverain « un dangereux taureau ».

Depuis que Berthe s'était refusée à lui, il avait, en effet, une idée fixe : la rendre veuve... Oubliant tous les préceptes religieux qu'il respectait la veille encore, il se mit à envisager quelques moyens rapides de se débarrasser d'Eudes.

Mais il fallait agir avec délicatesse. Robert, bien qu'il connût encore très mal les femmes, se doutait qu'un assassinat pur et simple risquerait d'effaroucher sa belle amie. Il pensa donc à utiliser fort habilement le crime indirect.

Pour cela, il alla trouver les ennemis du comte de Chartres et leur proposa le concours de son armée.

— Nous l'aurons mort ou vif ! dit-il.

Et, prenant lui-même le commandement des troupes, il engagea aussitôt de furieux combats contre son rival. Une guerre acharnée eut lieu, qui dura deux ans. Mais l'amour de Robert ne faiblit pas. Au contraire, lorsqu'il revoyait, en pensée, les formes adorables de Berthe, il était pris d'une telle rage sanguinaire que des régiments entiers s'enfuyaient à sa vue ; et, sans doute, serait-il parvenu un jour à trancher la tête de son rival, si Eudes n'était pas mort inopinément d'une grosse grippe mal soignée.

Ce décès arrêta la guerre immédiatement, et Robert, sans attendre une seconde, se précipita à Chartres pour demander sa main à Berthe. Celle-ci avait été touchée par la constance des sentiments du roi à son égard. Elle accepta. Et Robert réussit à prendre sur un bonheur futur l'acompte qu'il attendait depuis trois ans.

Prudente précaution d'ailleurs, car le mariage ne put avoir lieu aussi rapidement que les deux fiancés l'espéraient. De nouvelles difficultés surgirent bientôt, en effet, Berthe étant la cousine de Robert au troisième degré, et l'Église interdisant formellement toute union entre parents. Il fallut demander une dispense au pape. Celui-ci fut catégorique :

— Le roi de France est un chrétien comme les autres. Il doit se soumettre à la loi commune.

Des évêques indulgents aux faiblesses humaines (et royales) allèrent à Rome avec l'espoir de fléchir le souverain pontife. Grégoire V refusa de les recevoir.

Enfin, après un an de pourparlers, Robert, que la passion rendait décidément audacieux, brava les défenses de l'Église, épousa Berthe et parvint même à décider un archevêque, celui de Tours, à célébrer son mariage...

Le pape Grégoire V, en apprenant qu'on lui avait désobéi, entra dans une sainte colère. Il réunit en 996, à Pavie, un synode où fut décrété ce qui suit : « Le roi Robert, qui, malgré l'interdiction apostolique, a épousé sa parente, doit se rendre auprès de Nous pour Nous donner satisfaction, de même que les évêques qui ont autorisé ces noces incestueuses ; s'ils refusent de venir, qu'ils soient privés de la communion. »

Une telle menace, quatre ans avant ce fameux an mil que certains moines exaltés présentaient comme devant marquer la fin des temps, était très grave.

Pour essayer d'amadouer le pape, Robert envoya à Rome un ambassadeur réputé pour son habileté.

— Nous avons certaines affaires en litige avec le Saint-Siège, dit-il ; assurez Grégoire V que je lui donnerai satisfaction *sur tous les points* s'il me laisse ma femme.

Le pape refusa le compromis et ordonna, une fois encore, à Robert de quitter Berthe.

L'ambassadeur, très penaud, revint à la cour de France, où le roi accueillit son message avec une grande colère.

— Jamais je ne me séparerai de ma femme, dit-il. Elle m'est plus chère que tout au monde ! Je veux que l'univers entier le sache !

Quelques mois passèrent, et le pape, en voyant l'obstination de Robert, convoqua à Rome un concile général qui rendit les graves sentences suivantes. Canon I : « Le roi Robert quittera Berthe, sa parente, qu'il a épousée contre les lois. Il fera une pénitence de sept années, selon la discipline de l'Église. S'il refuse, qu'il soit anathème. La même sentence est rendue contre Berthe. » Canon II : « Archambaud, archevêque de Tours, qui a consacré cette union, et tous les évêques qui ont assisté à ce mariage incestueux sont suspendus de la sainte communion jusqu'à ce qu'ils soient venus à Rome pour y donner satisfaction. »

Cette décision de Grégoire V frappa Robert de stupeur. Malgré sa désobéissance au pape, il était resté profondément pieux. Or non seulement l'excommunication le rejetait hors de l'Église, mais l'anathème, qui était la plus forte peine que le pape pût prononcer, le condamnait vivant à la damnation éternelle.

Torturé dans son cœur, il ne céda point pourtant et garda près de lui la femme qu'il préférait au salut de son âme.

Cette attitude fut, comme bien on pense, diversement commentée. Certains reprochaient au roi de faire passer ses satisfactions personnelles avant l'intérêt du pays qui était de demeurer bien avec le Saint-Siège ; d'autres accusaient Robert d'entraîner la France entière dans le péché.

— Nous serons tous damnés par la faute de cette femme, criaient-ils.

Car, lorsqu'il est indigné, le gentil peuple est toujours porté à l'exagération...

Après la cérémonie d'excommunication, Robert et Berthe, glacés d'épouvante, s'enfermèrent dans leur palais.

Lorsque, par hasard, le roi sortait, tout le monde fuyait devant lui comme devant un pestiféré. On traçait des signes de croix sur les enfants qu'il avait pu voir et l'on brûlait les objets dont il s'était servi.

Bientôt, il demeura seul avec sa femme. Leur nourriture était préparée par deux serviteurs qui devaient, après chaque repas, purifier à la flamme les vases et les coupes auxquels les souverains avaient touché.

Cependant, malgré les tourments terribles que la sentence pontificale pouvait lui causer, Robert demeurait tendre et aimable avec Berthe, cette femme ardente pour qui il avait sacrifié plus que sa vie et qui lui avait appris l'amour.

Cinq années atroces passèrent.

Berthe, torturée par cette situation, commença à dépérir. Alors, le roi annonça au pape qu'il était prêt à se soumettre.

Ce retournement subit étonna et donna à penser au petit peuple que les deux époux ne s'entendaient plus. Le petit peuple se trompait. Robert voulait simplement permettre à Berthe d'avoir une vie normale et de ne plus être enterrée vivante dans un palais lugubre. Il la répudia donc officiellement, fournissant pour prétexte qu'elle ne lui avait pas donné d'enfant [39]. Toutefois, il la conserva dans son palais, où chaque nuit, secrètement, elle partageait sa couche.

Le pape, ravi d'avoir gagné la partie, admit de nouveau les deux amants dans le sein de l'Église ; mais, comme il était malin, il posa une question à Robert :

— Quand comptes-tu épouser une autre femme ?

Les tourments de Berthe n'étaient pas terminés...

Le roi, sommé de prendre une épouse, choisit Constance d'Aquitaine.

Cette femme dure, avare, vaniteuse et méchante était tellement occupée d'elle-même qu'elle ne s'aperçut jamais de la liaison qui dura entre Berthe et Robert jusqu'à leur mort.

Elle avait amené avec elle quelques-uns des poètes qui hantaient les cours du Midi. C'étaient les premiers troubadours. Ils avaient un air efféminé et des manières étranges qui choquèrent profondément les gens du palais. Voici comment un chroniqueur les décrit : « Leurs cheveux descendaient à peine au milieu de la tête. Vrais histrions chez qui le menton rasé, les hauts-de-chausse, les bottines ridicules, terminées par un bec recourbé, et tout l'extérieur mal composé annonçaient le dérèglement de l'âme. Hommes sans foi, sans loi, sans pudeur, dont les contagieux exemples corrompirent la nation française, autrefois si décente, et la précipitèrent dans toutes sortes de débauches et de méchancetés [40]. »

Comme la reine leur laissait faire exactement tout ce qu'ils voulaient, les troubadours en profitèrent pour organiser une cour d'amour d'un genre un peu spécial ; ce qui ne fit pas bon effet auprès des braves gens... Et le roi s'emporta contre Constance.

D'ailleurs, celle-ci se montra si acariâtre, si cupide, que Robert en fut rapidement las. La cruauté qu'elle manifestait en toute occasion lui était, en outre, particulièrement pénible. Un jour que l'on menait au supplice un groupe d'hérétiques, elle reconnut parmi eux son ancien confesseur et lui creva un œil avec une baguette... Le roi fut très gêné.

Cet incident lui donna un tel dégoût de Constance qu'il partit bientôt pour Rome avec l'espoir d'obtenir du nouveau pape (Grégoire V était mort) l'autorisation de divorcer et de reprendre sa chère Berthe. Il avait d'ailleurs emmené celle-ci avec lui, trouvant plus normal d'aller voir le pape avec la concubine qu'il aimait qu'avec l'épouse qu'il détestait.

39. D'après Abbon, elle aurait accouché d'un monstre qui avait le cou et la tête d'un oison. Mais les sources de ce chroniqueur sont généralement peu sûres.

40. RAOUL GLABER, *Chroniques*.

Le pape ne suivit pas Robert dans son raisonnement et refusa tout net de donner son autorisation.

Tristes, les deux amants rentrèrent à Paris, et la vie à trois recommença.

— L'Église, dans sa sévérité, disait le roi avec amertume, nous oblige parfois à vivre dans le péché...

Et cette situation paradoxale le chagrinait profondément.

En se fondant uniquement sur la dernière période de la vie de Robert II, on pourrait croire que ce roi fut un débauché. Ce serait commettre une erreur car sa pureté était très grande. Pourtant, s'il avait une sainte horreur du vice, il n'était point impitoyable à la faiblesse des autres. Un jour qu'il allait à l'office du matin, il surprit deux personnes qui étaient en train de se livrer, sur le bord du chemin, à des ébats fort tendres. Il ne les injuria pas, comme un autre dévot aurait pu le faire : il se contenta de les couvrir de son manteau royal. Après quoi, il alla tranquillement à la messe.

Berthe mourut en 1031. Robert, inconsolable, ne lui survécut que quelques mois.

9

Un jeune homme enlève une reine de France

La défense des mariages jusqu'au septième degré embarrassa extrêmement l'onzième et le douzième siècle.

MÉZERAY

En 1045, par un soir tiède de printemps, le roi Henri Ier, fils de Robert le Pieux et de Constance, se promenait dans le parc de son château d'Orléans, en compagnie de Baudouin, son beau-frère. Il était triste et marchait silencieusement.

Baudouin, qui connaissait les ennuis du souverain, suivait sans dire un mot. Il savait que Henri se demandait présentement avec inquiétude s'il pourrait un jour avoir une femme légitime...

Jusqu'alors, il est vrai, les essais du jeune roi avaient été plutôt malheureux.

A vingt-cinq ans, il s'était fiancé avec la fille de l'empereur d'Allemagne Conrad II, et cette jeune princesse était morte avant même de connaître l'époux qu'on lui destinait. A trente-cinq ans, il avait épousé la nièce de l'empereur Henri III d'Allemagne. Trois mois plus tard, la pauvre reine décédait.

— Vraiment, avait-il pensé, sans aucune ironie, je n'ai pas de chance !

Or il y avait maintenant deux ans qu'il était veuf, et cet état lui pesait.

Ajoutons que le printemps était fort doux en 1045, au dire des chroniqueurs, et que cela n'arrangeait pas les choses...

Depuis quelques jours, le roi avait bien pris une charmante concubine, mais cet expédient, s'il avait apaisé ses nerfs, n'était point parvenu à le libérer de son angoisse. Car c'est une épouse qu'il voulait, une épouse légitime capable d'être reine de France et de lui donner des héritiers...

C'est donc avec la mort dans l'âme qu'il se promenait, ce soir-là, dans son jardin où fleurissaient les premières roses. La nuit de mai était parfumée, le rossignol chantait, comme dans les chansons de troubadours, et Henri, qui avait laissé sa maîtresse au milieu d'un groupe de poètes, confia soudain ses tourments à son compagnon.

— Il y a deux ans que je cherche une femme en vain, soupira-t-il. Faudra-t-il donc que je fasse venir une épouse de Turquie, quand il y a de si jolies filles dans notre pays ?

— Avez-vous vu toutes celles qui pourraient devenir reines ? demanda Baudouin.

— Oui. Et, parmi elles, j'en ai bien remarqué dix qui me plairaient infiniment. Mais je ne peux les épouser, la loi est formelle.

Cette loi, Baudouin la connaissait. Elle émanait de l'Église.

A une époque où les rois se mariaient surtout pour agrandir leurs domaines et prenaient pour femmes leurs parentes les plus proches sans se soucier des inconvénients de tout genre qui pouvaient en résulter, le pape avait jugé utile, en effet, d'interdire les mariages consanguins. Mais, comme il arrive souvent lorsqu'on veut réprimer un abus, on tomba dans l'excès contraire, et l'Église considéra bien vite comme incestueuses toutes les unions entre parents, même très éloignés, et interdit les mariages entre cousins jusqu'au septième degré.

Cette mesure donna beaucoup d'embarras aux rois. Les pauvres, en effet, qui étaient presque tous parents au-dessous du degré indiqué par l'interdit, ne surent bientôt plus où prendre femme. Il en résulta des problèmes fort délicats à résoudre et pour certains souverains l'impossibilité complète d'épouser une princesse de sang royal.

C'était précisément ce qui gênait Henri Ier.

Tout en marchant, il murmura encore :

— L'Allemagne était mon seul espoir. Maintenant, cette famille m'est également interdite.

C'était vrai. Car l'alliance était assimilée par l'Église à la parenté, et toutes les cousines de la reine morte, jusqu'au septième degré, étaient interdites au malheureux veuf.

— A mon avis, dit Baudouin, vous devriez demander à quelques voyageurs de confiance de vous signaler toutes les princesses à marier dont ils peuvent entendre parler dans les pays lointains qu'ils visitent. Il serait vraiment étonnant qu'il n'y eût pas quelque part une femme dont vous puissiez faire votre épouse.

Henri trouva l'idée fort ingénieuse et décida sur-le-champ d'envoyer des observateurs dans tous les royaumes d'Orient. Après quoi, pour oublier ses ennuis matrimoniaux, il alla passer une belle nuit blanche avec sa concubine...

Pendant quatre ans, le pauvre Henri attendit qu'on lui signalât une fiancée possible. Hélas ! toutes les princesses dont on lui parlait étaient peu ou prou ses parentes et il se désespérait.

A la longue, son humeur s'en trouva modifiée. Il devint coléreux et méchant, même avec ses concubines, et lorsqu'elles manifestaient un désir de tendresse, « il faisait l'agacé, nous dit un chroniqueur, et les battait durement ». Elles finirent par s'enfuir du palais, laissant le roi déçu, amer et sans consolation.

Un jour d'avril 1049, enfin, un homme à l'air réjoui entra dans la chambre royale. Il était essoufflé, car il venait de l'extrémité de l'Europe à cheval.

— Assieds-toi, lui dit Henri, et parle.

L'autre alors révéla que le grand-duc Iaroslav Vladimirovitch, qui régnait à Kiev, avait une fille, prénommée Anne, qui n'avait aucun lien de parenté avec Henri et qui était, en outre, d'une beauté ravissante.

Le roi fit apporter à boire, s'installa de façon confortable dans un fauteuil et interrogea longuement le voyageur sur la fille du grand-duc. En apprenant qu'on parlait d'elle, de sa grâce, de son esprit, de ses cheveux blonds et de sa bouche sensuelle jusqu'à Constantinople, il eut l'œil pétillant.

Et, aussitôt, il manda Roger, l'évêque de Châlons-sur-Marne.

— Allez à Kiev, lui dit-il, portez ces bijoux à Iaroslav de la part du roi de France et demandez-lui la main de sa fille. Je vous attends avec impatience.

Roger partit incontinent.

A Kiev, où le grand-duc régnait sur une monarchie plus unie et plus puissante que la France royale du XIe siècle, l'évêque de Châlons fut reçu de façon fastueuse. Il dormit peu, but beaucoup, mangea énormément. Puis, ayant obtenu, sans peine, la main d'Anne pour son roi, il revint à la cour de France.

Henri fut enchanté de savoir qu'il était agréé. Il fit préparer des chariots remplis de présents somptueux et chargea deux autres évêques d'aller chercher sa fiancée.

Anne arriva à Reims au printemps de 1051, apportant une dot considérable en belles pièces d'or frappées à Byzance.

Henri l'attendait avec une grande émotion et un peu d'inquiétude. Il se demandait s'il avait bien fait de se fiancer, en quelque sorte, par correspondance et s'il n'allait pas regretter cette imprudence jusqu'à la fin de ses jours. Dès qu'il vit la fille du grand-duc, ses craintes s'évanouirent. Elle était encore plus belle et plus gracieuse qu'il ne l'espérait...

Il en devint immédiatement fort épris.

La légende veut qu'au moment où elle descendit de son chariot, le roi, incapable de se maîtriser plus longtemps, se soit précipité sur elle pour l'embrasser avec une belle ferveur. La princesse n'ayant pas protesté contre cette ardeur un peu hâtive, la foule, nous dit-on, put contempler des fiancés, qui ne s'étaient jamais vus encore, serrés l'un contre l'autre comme des amants.

On assure également que, lorsqu'ils eurent fini de s'embrasser, Anne se dégagea et dit à Henri, en rougissant un peu :

— Je suppose que c'est vous, n'est-ce pas, qui êtes le roi ?...

Et qu'il la rassura.

Le mariage eut lieu à Reims le 19 mai 1051. Henri avait à ce moment trente-neuf ans et Anne vingt-sept.

Heureux d'avoir enfin une épouse délicieuse, le roi retrouva sa bonne humeur et, en 1052, Anne mit au monde un fils que l'on baptisa Philippe. Par la suite, Henri, de plus en plus touché par le charme slave de sa compagne, fit tant (et si bien) qu'elle lui donna encore trois enfants.

Hélas ! cette première alliance franco-russe ne devait pas être longue. Le roi Henri mourut brusquement à Vitry-aux-Loges, près d'Orléans, le 4 août 1060, après neuf années de bonheur.

Aussitôt, Anne alla se retirer au château de Senlis avec son fils Philippe, qui avait été sacré roi du vivant de son père, le 23 mai 1059.

Le jeune roi n'étant âgé que de huit ans, Baudouin, beau-frère de Henri Ier, avait été nommé régent du royaume. Anne vivait donc libre de tout souci politique dans son domaine valoisien. Un chroniqueur nous dit qu'elle aimait beaucoup Senlis, « tant par la bonté de l'air qu'on y respirait que pour les agréables divertissements de la chasse à laquelle elle prenait un singulier plaisir ». Elle y ajouta rapidement d'autres agréments.

En effet, malgré son veuvage récent, la reine Anne se mit à organiser des réceptions mondaines qui furent très courues.

De nombreux seigneurs des environs prirent l'habitude de venir lui faire leur cour et plus d'un parmi eux, nous dit le vicomte de Caix de Saint-Aymour, « apportait *[sic]* ses hommages non seulement à la reine, mais aussi à la femme ». Il est vrai qu'Anne avait alors trente-cinq ans, et que sa beauté « s'auréolait d'un éclat incomparable ». Tous ses invités étaient amoureux d'elle. L'un d'eux pourtant paraissait plus empressé que les autres et Anne le préférait. Il s'appelait Raoul, était son aîné de quelques années et possédait de nombreux titres : comte de Crépy, de Valois, du Vexin, d'Amiens, de Bar-sur-Aube, de Vitry, de Péronne et de Montdidier. En fait, c'était un des plus puissants seigneurs de France. Il se plaisait même à dire qu'il ne craignait ni les armes du roi, ni les censures de l'Église.

Anne allait parfois se promener en forêt avec lui, ravie de l'écouter raconter ses récits de chasse ou de guerre en regrettant peut-être un peu que ce beau compagnon fût marié...

Un jour de juin 1063, comme ils étaient seuls et qu'ils se regardaient dans une fontaine, il s'approcha d'elle et l'embrassa.

Après avoir savouré ce baiser un long moment, la reine se sauva sans mot dire vers le château. Raoul, qui venait d'acquérir la certitude que la belle Anne était ardente, rentra précipitamment à Crépy, sa capitale, et, sur-le-champ, répudia son épouse, la tendre et juvénile Haquenez.

— Allez-vous-en ! dit-il simplement.

— Mais pourquoi ? cria la malheureuse qui ne s'attendait pas du tout à cela.

— Parce que vous me trompez, répliqua Raoul, un peu pris de court.

La pauvre comtesse, qui était un modèle de fidélité, fondit en larmes, fit ses bagages et partit le lendemain se réfugier dans un couvent.

Ayant ainsi fait place nette, Raoul retourna à Senlis quelques jours après, bien décidé à mener rondement les choses. Là, on lui apprit que la reine faisait une promenade en forêt. Il y courut, la trouva en train de cueillir des fleurs, la prit dans ses bras, la hissa sur son cheval, monta en selle et enleva la reine de France tout comme s'il se fût agi d'une simple bergère[41]...

Anne, précisons-le tout de suite, ne songea pas à pousser un seul cri de détresse. Au contraire, elle souriait, la joue contre la poitrine de son cher comte. Et, si quelqu'un lui avait demandé à ce moment ce qu'elle pensait de cet enlèvement, il est certain qu'elle eût murmuré la seule phrase qui convînt d'ailleurs en pareille circonstance :

— Je suis ravie !...

Raoul l'emmena à Crépy-en-Valois, où un prêtre complaisant — à moins qu'il ne fût terrorisé — les maria aussitôt.

L'enlèvement de la reine et son mariage semi-clandestin causèrent un grand scandale dans tout le royaume. Les braves gens s'indignèrent, disant, avec raison, d'ailleurs, que les petits princes avaient encore besoin de leur mère, que celle-ci les avait abandonnés sans l'ombre d'un regret pour suivre un homme marié, et qu'elle se trouvait présentement coupable d'adultère, trois ans après la mort du roi Henri.

— Elle n'a pas plus de dignité qu'une chienne, disait-on.

— Quant au comte Raoul, on devrait l'excommunier...

Pendant quelque temps, les deux amoureux ne furent pas au courant des bruits fâcheux qui couraient sur leur compte. Indifférents à l'émotion que leur conduite pouvait susciter, ils passaient la plus grande partie de leur temps couchés, occupés à satisfaire leur passion réciproque avec une belle fougue...

Mais un jour Haquenez, dans son couvent, apprit pour quelles raisons elle avait été répudiée. Justement indignée contre Raoul, elle

41. *Recueil de pièces historiques sur la reine Anne ou Agnès, fille de Iarosslaf Ier, grand-duc de Russie,* par le prince Alexandre Labanoff de Rostoff, aide de camp du tsar.

entreprit de se défendre et, comme elle n'hésitait pas à employer de grands moyens, elle se rendit à Rome pour se plaindre au pape Alexandre II.

Le Saint-Père l'accueillit avec bonté, écouta le récit de ses malheurs et se contenta de lui dire d'un ton doucereux :

— Je vous conseille de rentrer en France, ma fille, car vous voilà bien inutilement loin de tout ce qui vous est cher...

Et la pauvre Haquenez, le cœur amer, repartit vers son couvent.

Le pape, pourtant, avait été ému. Il chargea Gervais, archevêque de Reims, d'effectuer une enquête et, lorsqu'il eut confirmation des faits, il enjoignit Raoul de se séparer de la reine et de reprendre sa Haquenez. Naturellement, le comte refusa. Alors le pape l'excommunia et déclara son mariage nul.

Cette sentence, disons-le tout de suite, ne troubla pas la lune de miel des deux amoureux. Bravant les foudres de Rome, ils jurèrent de ne jamais se séparer...

Ils tinrent d'ailleurs parole.

Indifférents à l'hostilité du peuple, ils voyagèrent ensemble dans le royaume, se cachant si peu, montrant une telle absence de remords, qu'on finit par admettre leur union. Au bout de quelques années d'ailleurs, le roi Philippe trouva sage de se réconcilier avec eux, et Raoul fut même admis à la cour...

Anne y reparut à son tour avec le titre de reine mère quand le comte mourut, en 1074. On eut pour elle le plus grand respect, et elle régna sur le palais. Mais elle ne s'occupa point des affaires de l'État.

Certains historiens ont prétendu qu'elle était retournée l'année suivante en Russie pour y mourir. On se demande ce que cette vieille dame serait allée faire dans un pays où elle ne connaissait plus personne. En réalité, la reine Anne est morte en France, probablement vers 1076, et l'on pense qu'elle fut inhumée à l'abbaye de Villiers, près de La Ferté-Alais.

10

« Enlevez-moi », dit Bertrade, et la France fut frappée d'interdit

> Il y a des femmes qui traversent la vie comme ces souffles de printemps qui vivifient tout sur leur passage.
>
> Mme NECKER

Une interminable pluie d'automne tombait sur Orléans. La petite ville fortifiée, qui était, en cette fin du XIe siècle, la résidence préférée des rois de France, n'avait certes pas un aspect très riant. Une eau noirâtre dégoulinait à grand bruit de tous les toits, et la chaussée n'était qu'un lac de boue.

Aussi, dans les rues, où le vent du val de Loire s'engouffrait par moments, faisant claquer les volets, arrachant les enseignes, tournant la tête aux girouettes, on aurait cherché en vain un seul Orléanais.

Tous les habitants et les guetteurs eux-mêmes, qui auraient dû se trouver à leurs postes aux coins des remparts, étaient, pour l'heure, serrés devant des cheminées où brillaient de grands feux de bois.

En d'autres temps, ils eussent, les uns et les autres, profité de cette occasion pour boire un verre de vin pétillant ou pour se raconter quelque histoire gaillarde, en se chauffant la paume des mains aux tisons. Mais aujourd'hui, 15 novembre 1080, ils avaient tous, Orléanais et gens d'armes du roi, le même visage recueilli devant les flammes dansantes.

Agenouillés à même le sol, ils priaient. Et leur prière était bien curieuse.

— Seigneur Dieu, disaient-ils, faites que notre reine Berthe, femme de notre roi Philippe, donne bientôt le jour à un enfant... Faites que notre gentil sire trouve dans ses reins la force de procréer et, dans son sang, la semence de vie...

Depuis huit ans, en effet, cette prière était obligatoire dans tout le royaume. Chaque sujet disposant de quelques instants de répit dans son travail devait en profiter pour la réciter avec une pieuse ferveur. Les moines, dans leurs abbayes, les évêques, dans leurs chapelles, les religieuses, dans leurs couvents, avaient cette même obligation ; tout le monde priait pour que l'union royale ne demeurât pas stérile.

Or, ce jour-là, au moment où les Orléanais s'adressaient au ciel, avec, peut-être, quelque distraction, un homme et une femme agenouillés sur les dalles de la chapelle du château d'Orléans disaient, à tour de rôle et à haute voix, des paroles qui n'étaient pas pour eux une prière apprise, mais une émouvante requête qu'ils improvisaient en pleurant.

C'était Philippe Ier, roi de France, et Berthe de Hollande sa gracieuse épouse...

— Donnez-nous un petit enfant, Seigneur...

Après avoir prié pendant deux longues heures, ils remontèrent jusqu'à leur chambre, et, comme le moment du dîner n'était pas encore proche, ils se couchèrent et firent en sorte que le ciel pût les exaucer facilement...

Il y avait huit ans (depuis 1072, date du mariage royal) que le royaume entier priait en vain ; huit ans que le roi passait son temps à s'agenouiller et à se coucher sans résultat. Exténué par cette gymnastique, Philippe pensait à répudier la reine et à prendre pour femme une de ces filles d'Allemagne réputées pour leur fécondité extraordinaire.

Il n'en eut pas besoin. Les prières de toute cette ville rendue inactive par la pluie touchèrent le ciel, qui donna enfin aux reins de Philippe la force qu'il désirait...

Et, l'été suivant, la reine mit au monde un bébé qui devait être appelé un jour Louis VI le Gros.

Le royaume de France applaudit à grands cris et se remit aussitôt en prière.

Mais, cette fois, pour remercier le ciel...

Ravi et soulagé, le couple royal vécut heureux jusqu'en 1092. Puis il arriva que Philippe prit Berthe en dégoût et la répudia.

— Allez-vous-en, dit-il, vous êtes trop grosse !

Sans discuter, mais effondrée de douleur, la pauvre reine alla se retirer à Montreuil-sur-Mer.

Philippe avait, à ce moment, quarante ans et un tempérament ardent. Dès qu'il fut libre, il commença à chercher une autre épouse plus svelte.

Il n'avait pas encore fixé son choix, lorsqu'il reçut la visite d'un homme qui venait de la part de Bertrade de Montfort, femme de Foulques le Réchin, comte d'Anjou, et qui lui dit :

— Dame Bertrade a grand-peur de se voir répudier par son mari qui n'a pas craint de renvoyer ses deux premières femmes de la façon la plus honteuse. Aussi préfère-t-elle prendre les devants et le quitter pour épouser un autre homme. Comme elle vous admire beaucoup, messire, et que vous êtes présentement libre de femme, elle aimerait bien vous rencontrer.

Philippe, qui connaissait Bertrade de réputation, ne se le fit pas dire deux fois. Il partit aussitôt pour Tours, où elle se trouvait avec son mari.

Il fut littéralement subjugué par la jeune femme, qui avait non seulement les yeux les plus langoureux du monde, mais encore, dans la démarche, quelque chose de lascif qui plaisait généralement.

D'ailleurs, voici ce que nous dit le chroniqueur Suger de cette jolie, mais dangereuse personne : « C'était une femme remplie d'agréments et consommée dans ces admirables artifices naturels à son sexe, à l'aide desquels les femmes hardies mettent sous leurs pieds des maris qu'elles ont accablés d'outrages ; elle avait tellement plié à ses volontés le comte d'Anjou, quoique entièrement exclu de son lit, qu'il la respectait comme une souveraine et que le plus souvent, assis sur l'escabeau où elle posait ses pieds, et comme fasciné par ses enchantements, il obéissait aveuglément à ses ordres. »

Philippe, amoureux fou, réussit — assez aisément — à obtenir un rendez-vous très particulier avec Bertrade.

Après avoir passé ensemble un moment qu'ils jugèrent bien rempli, ils allaient se quitter sur un dernier baiser, lorsque l'ardente comtesse d'Anjou se rejeta furieusement dans les bras du roi.

— Enlevez-moi, dit-elle soudain.

Philippe lui sourit.

— Je vais préparer cette nuit notre départ. Trouvez-vous demain à l'église Saint-Jean à l'heure de la bénédiction...

Le lendemain, veille de la Pentecôte, Bertrade se rendit à l'église indiquée et suivit l'office le cœur battant. Philippe vint bientôt la rejoindre, s'agenouilla près d'elle et feignit de prier aussi pieusement qu'il le faisait jadis à Orléans, avec Berthe.

Tout à coup, au moment où les braves chanoines étaient occupés à bénir les fonts baptismaux, il la prit rapidement dans ses bras devant la foule stupéfaite et sortit de l'église en courant. A la porte, il avait posté un groupe de cavaliers.

— Que personne ne sorte de l'église ! leur cria-t-il.

Puis, montant à cheval, il prit sa belle en croupe et partit à vive allure vers Orléans.

Cet enlèvement causa le scandale qu'on imagine. Le haut clergé se réunit de toute urgence pour examiner la situation, et le comte d'Anjou, qui aimait tendrement sa femme, dut se mettre au lit tellement il était malheureux.

Au bout de quelques jours, pourtant, il se releva, envoya une lettre d'injures au roi et se prépara à la guerre.

Philippe, tout à son bonheur, ne prit même pas la peine de lui répondre. Alors Foulques devint menaçant :

« Rendez-moi ma femme, ou je prends la tête d'une coalition contre vous et j'assiège Orléans... Vous serez battu, car j'ai pour moi tous les hommes de France que votre conduite révolte... »

Philippe reçut cette lettre en riant.

— S'il a pour lui tous les cocus, dit-il, il se pourrait en effet que l'armée royale ne fût pas assez forte.

Finalement, Foulques se calma, et Bertrade, au bout de quelques mois, sachant que son pouvoir sur le malheureux comte d'Anjou était absolu, s'amusa à l'inviter au palais d'Orléans.

Foulques vint.

Pendant tout le repas, Bertrade se montra aussi tendre avec lui qu'avec Philippe. Elle les embrassait à tour de rôle et fut si habile qu'à la fin du dîner les deux hommes étaient réconciliés.

— Il faudra revenir, dit Bertrade aimablement.

Foulques, ayant baisé sa femme au front et serré la main du roi, retourna à Tours...

Bertrade et Philippe furent moins heureux dans leurs négociations avec l'Église. Celle-ci se montra intraitable et ordonna au roi de renvoyer sa concubine. Elle ajouta qu'il était navrant de voir les préoccupations d'un souverain qui se disait chrétien, au moment où de valeureux chevaliers se préparaient à partir délivrer le Saint Tombeau...

On était, en effet, en 1096 ; un Amiénois nommé Cucupiètre, mais plus connu sous le sobriquet de Pierre l'Ermite, venait de prêcher la première croisade. Événement considérable qui devait bouleverser la civilisation occidentale, mais dont Philippe, trop occupé par Bertrade, se désintéressa complètement. Son mariage avec la voluptueuse comtesse passait pour lui avant toute chose.

— Vous ne vous marierez point, avait dit le pape.

Sans s'émouvoir, Philippe convoqua à Paris quelques évêques de ses amis et fit célébrer son union avec Bertrade, qui était toujours la femme légitime de Foulques.

Le pape Urbain II, fort irrité de cette désobéissance, commença par excommunier le roi, puis il convoqua à Nîmes un concile qu'il vint présider personnellement. Philippe, un peu ennuyé de voir l'ampleur que prenaient les choses, promit de renoncer à Bertrade. Le pape donna son absolution et, satisfait, s'en retourna à Rome.

Mais, deux jours plus tard, Philippe reprenait Bertrade dans son lit...

Aussitôt informé, Urbain II entra dans une grande — mais sainte — colère et excommunia Philippe une seconde fois. De plus, il frappa d'interdit tout le royaume. Sentence qui empêchait de célébrer les offices, d'enterrer les défunts et d'administrer les sacrements dans le diocèse où séjournait le roi.

Philippe ne céda pas et garda près de lui l'onduleuse Bertrade.

— Je veux que le pape sache que l'amour est plus puissant que lui, dit-il.

C'était accepter d'un cœur léger bien des ennuis ; car, dès lors, la vie des deux époux devint fort compliquée et même franchement désagréable. Lorsqu'ils arrivaient dans une ville, les services religieux cessaient immédiatement, et les habitants regagnaient en courant leur demeure, pour y prier tous volets clos. Les excommuniés se promenaient alors dans des rues vides où leur parvenait par instants la rumeur des oraisons tristes que les braves gens récitaient à leur intention. Finalement ils s'en allaient, et les cloches aussitôt se remettaient en branle pour rappeler les fidèles cachés dans leurs maisons. En entendant ces carillons, Philippe essayait de plaisanter :

— Entends-tu, ma belle, disait-il, comme ils nous chassent en musique ?

Au bout de quelque temps, le roi, las de vivre comme un pestiféré, informa le pape qu'il s'engageait cette fois sincèrement à n'avoir plus aucune relation coupable avec Bertrade. Convoqué à Paris, il dut prononcer le serment suivant, la main sur les Évangiles : « Moi, Philippe, roi de France, je renonce à ma faute ; je n'aurai plus avec Bertrade aucun commerce illicite ; je ne la verrai plus qu'en présence de personnes non suspectes. Avec l'aide de Dieu, je serai fidèle à mes engagements. »

Bertrade fit le même serment, et tous les deux furent absous.

Hélas ! leur passion était si grande qu'un mois ne s'était pas écoulé qu'ils se retrouvaient tous les deux dans le même lit...

Cette fois, le pape, fatigué d'intervenir, ferma les yeux. Il est vrai qu'en lutte contre l'empereur d'Allemagne il avait alors besoin de l'appui du roi de France...

L'influence de Bertrade sur Philippe fut désastreuse. Suger nous dit : « Depuis qu'au détriment des droits de sa femme légitime Philippe s'était uni à la comtesse d'Anjou, il ne faisait plus rien qui fût digne de sa majesté royale ; entraîné par sa passion désordonnée pour cette femme qu'il avait enlevée, il ne connaissait d'autre soin que de se livrer à la volupté, ne pourvoyant à aucun des besoins de l'État, et, s'abandonnant aux plaisirs plus qu'il ne fallait, ne ménageait pas même la santé de son corps. »

Nous avons vu que ce roi véritablement ensorcelé par sa belle n'avait pris aucune part à la première croisade. Plus tard, il ne fit rien pour défendre son fils, le futur Louis le Gros, contre Bertrade. Celle-ci haïssait le jeune prince, car elle voulait que ce fût son fils à elle[42] qui héritât la couronne de France. Un jour, elle fit absorber à Louis une dose massive de poison dont il ne réchappa que par miracle...

A plusieurs reprises, d'ailleurs, elle tenta de faire assassiner ce gros garçon qui la gênait. Sans doute eût-elle finalement réussi, si Philippe n'était pas mort brusquement en 1108. Chassée immédiatement du palais, Bertrade se retira au couvent de Fontevrault où elle termina ses jours de façon fort édifiante[43]...

11

Aliénor fut victime des nuits d'Orient

> A Antioche, l'incontinence de cette femme fut publique. Elle se conduisit, non comme une reine, mais comme une fille commune.
>
> ALBÉRIC, moine du XIIe siècle.

Un matin de 1137, dans le jardin du château de Bordeaux, une ravissante jeune fille, dont la poitrine commençait à se dessiner agréablement, était en train de filer la laine.

C'était Aliénor, l'héritière de Guillaume VIII de Poitiers, duc d'Aquitaine, l'un des plus puissants seigneurs de France.

Elle n'avait, pour l'heure, que quatorze ans, mais l'éclat de ses yeux verts possédait un tel magnétisme que les chevaliers ne pouvaient la regarder sans se sentir fort troublés, et que certains troubadours avaient déjà composé pour elle des vers enflammés où ils lui disaient, sous le couvert d'un langage précieux, tout le plaisir qu'ils auraient à la mettre dans leur lit.

Ces hommages la ravissaient, car, de son côté, elle commençait à considérer les hommes avec un intérêt à peine dissimulé.

Un soir, elle avait même écrit, sur l'un de ses amoureux-poètes, une petite chanson dont l'audace avait plu à son destinataire.

Ce n'étaient encore là que jeux de l'esprit et de l'imagination, mais qui faisaient prévoir un tempérament ardent.

Il est vrai que la gracieuse Aliénor avait de qui tenir, puisque son grand-père, le troubadour Guillaume VII de Poitiers, s'était rendu

42. Bertrade avait donné trois enfants au roi.

43. Louis le Gros épousa d'abord — pour raisons politiques — Luciane de Rochefort, âgée de treize ans. Bientôt déçu par la trop grande candeur de sa compagne, il divorça. Sur le conseil de saint Yves, il prit alors pour femme la nièce du pape, Adélaïde de Maurienne, ardente luronne dont il se trouva bien.

célèbre en son temps par une grande « démangeaison d'amour ». Au point qu'un chroniqueur avait résumé sa vie en une phrase savoureuse : « Il courut longtemps le monde pour suborner les dames… »

Aliénor connaissait toutes les chansons de son grand-père, même les plus gaillardes, celles que le joyeux paillard avait composées pour conserver le souvenir de certaines nuits d'amour particulièrement exténuantes…

Mais ce matin-là, elle n'avait pas le cœur à chanter. Tout en filant la laine, elle pensait à son père parti depuis un mois faire un pèlerinage à Saint-Jacques-de-Compostelle, et dont elle s'ennuyait.

« Pour son retour, nous composerons une chanson avec ma sœur », pensa-t-elle.

Et cette idée la réjouit.

Tout à coup, trois hommes apparurent dans le jardin et s'approchèrent de la jeune fille. L'un d'eux était Geoffroy III, archevêque de Bordeaux. Ils avaient un air triste qui inquiéta Aliénor. Quand ils furent devant elle, ils s'agenouillèrent en pleurant.

— Madame, dit Geoffroy, nous avons une male nouvelle à vous apprendre.

— Mon père ? dit Aliénor.

L'archevêque baissa la tête.

— Il était tombé gravement malade sur la route, dit-il, et a trépassé avant d'arriver à Saint-Jacques !

Aliénor cacha son visage dans ses mains et sanglota.

— Vous êtes maintenant duchesse d'Aquitaine, dit encore Geoffroy, et c'est pourquoi nous sommes venus vous rendre hommage[44].

Ayant baisé le bas de sa jupe, les trois hommes se relevèrent.

— Avant de mourir, ajouta le prélat, votre père a eu le temps de faire connaître ses dernières volontés. Celles-ci engagent votre avenir, madame, nous devons vous en informer.

Et l'homme d'Église expliqua à la jeune duchesse que Guillaume de Poitiers, craignant que son duché ne fût la proie de quelque baron sans scrupules, avait envoyé des ambassadeurs en Ile-de-France pour demander au roi Louis VI de prendre ses deux héritières, Aliénor et Allix, sous sa protection.

— Votre père a fait plus encore, dit l'archevêque, il a chargé ses envoyés de dire au roi que le dernier vœu qu'il formait avant de mourir était que vous épousiez son fils Louis le Jeune[45]…

En entendant ces paroles, l'adolescente blémit. Épouser un homme du Nord lui faisait, certes, un peu peur, mais la pensée d'être un jour reine de France lui donnait le vertige…

— Croyez-vous que le roi acceptera ? demanda-t-elle.

Les trois hommes eurent un léger sourire.

— Je puis vous garantir que vous serez reine, dit le prélat.

Aliénor se leva.

44. La mère d'Aliénor était morte en 1132.
45. Suger, *Vie de Louis VI*.

— Allons prier, dit-elle simplement.

Lorsqu'il fut informé du désir de Guillaume de Poitiers, Louis VI ne se sentit plus de joie. Marier son fils à la puissante héritière d'Aquitaine était une véritable aubaine. En effet, le territoire appartenant à Aliénor représentait presque le tiers de la France, puisqu'il comportait l'Auvergne, le Poitou, la Marche, le Limousin, l'Angoumois, la Saintonge, le Périgord, la Gascogne et la Guyenne.

Bien qu'il fût précisé que le duché ne serait pas rattaché au domaine royal et que le futur roi de France n'aurait que le titre de duc d'Aquitaine, il sembla à Louis le Gros que c'était une étape importante vers l'unité nationale. Aussi accepta-t-il le mariage sans poser de condition.

Quelques semaines plus tard, l'héritier de la couronne arrivait à Bordeaux. Agé de dix-sept ans, il avait de beaux cheveux blonds, des yeux bleus, un air candide. Il plut aussitôt à Aliénor, qui l'attendait avec un peu d'inquiétude. Elle lui sourit, et ses yeux brillèrent si étrangement qu'il en fut comme électrisé.

Bref, ce fut, de part et d'autre, le coup de foudre.

Le surlendemain, le mariage était célébré dans la basilique de Saint-André à Bordeaux.

Tout de suite après la cérémonie, les jeunes époux partirent pour Paris où les attendait Louis VI. On assure même que leur nuit de noces n'eut pas lieu à Bordeaux, mais quelque part sur la route de Poitiers... Hélas ! le jeune Louis n'avait aucune expérience et Aliénor dut, paraît-il, lui donner quelques renseignements sur la marche à suivre pour mener à bien l'opération... En apprenant ce qu'elle attendait de lui, le pauvre, qui était la candeur même, fut effaré. Elle dut insister pour le convaincre et il se montra un piètre amant.

La déception fut cruelle pour Aliénor qui rêvait d'un mari vigoureux et ardent capable de lui faire subir mille violences délicieuses...

Ils reprirent leur route, le lendemain, fort tristement.

A Poitiers, une nouvelle les attendait : le roi Louis VI venait de mourir. Immédiatement, Aliénor oublia la fâcheuse impression que lui avait laissée sa nuit de noces, pour ne penser qu'à une chose : elle était reine...

Le couronnement des nouveaux souverains eut lieu à Bourges pendant les fêtes de Noël. Tous les grands seigneurs et tous les chevaliers qui assistèrent à la cérémonie furent éblouis par la beauté d'Aliénor et envièrent le roi. Les chroniqueurs nous disent que « nombreux furent les chevaliers qui retournèrent chez eux, le cœur gonflé d'amour pour la jeune reine aux yeux verts ».

Aliénor avait amené, avec elle, à la cour de France, sa sœur Allix, qui était d'un an sa cadette.

Cette gracieuse personne, dont le sang était particulièrement chaud, ne tarda pas à considérer avec un œil brillant les jeunes comtes qui fréquentaient au palais. Son air effronté de gamine précoce finit par séduire le beau Raoul de Vermandois qui avait le titre de sénéchal de France. Un soir, elle alla le retrouver dans sa chambre et devint sa maîtresse. Elle n'avait pas quinze ans. Leur plaisir fut si peu discret que tout le château passa une nuit blanche. Le lendemain, le roi, qui était d'une grande pruderie, convoqua Raoul et lui déclara qu'il était très mécontent. Un peu honteux, le sénéchal bredouilla quelques excuses et s'engagea à épouser l'ardente Allix.

Or il était déjà marié avec Gerberte de Champagne...

— Que ferez-vous de votre femme ?

— Je crois, répondit hypocritement Raoul, que nous sommes parents à un degré prohibé par l'Église. Je vais en aviser l'évêque de Reims, et notre mariage sera déclaré nul.

Naturellement, cette histoire de cousinage était entièrement inventée. Aussi l'évêque de Reims refusa-t-il d'autoriser la répudiation et, à plus forte raison, le remariage. Mais Raoul, soutenu par Aliénor qui voulait que sa sœur fût heureuse, passa outre et, deux mois plus tard, son union avec Gerberte ayant été déclarée nulle par un concile formé de prêtres amis de la reine, il épousa Allix.

Or Gerberte n'était pas femme à se laisser faire ; elle alla se plaindre à son oncle Thibaut de Champagne qui, furieux d'apprendre comment on traitait sa nièce à la cour de France, déclara la guerre à Louis VII. De durs combats s'engagèrent aussitôt entre les armées champenoise et française. Au cours d'une de ces opérations, le roi, qui avait pris déjà Dormans et Épernay, vint assiéger Vitry, où il pénétra après avoir fait preuve d'une grande cruauté. Affolés, les habitants se réfugièrent dans l'église. Alors, le roi, créant un précédent au crime d'Oradour, fit mettre le feu au monument et mille trois cents personnes moururent, brûlées vives...

Louis VII, lorsqu'il recouvra son sang-froid, eut de grands remords de cette action ; et, comme il était lâche, il en voulut à Aliénor d'être avec sa sœur à l'origine de cette guerre.

Rentré à Paris, il se confessa à saint Bernard qui lui suggéra de se racheter en allant combattre l'infidèle en Palestine.

Louis accepta et décida qu'Aliénor l'accompagnerait à Jérusalem. Était-il donc si amoureux d'elle qu'il ne pût la quitter ? Non, mais il était jaloux. Il savait que la jeune reine avait un tempérament fougueux et qu'elle n'attendait qu'une occasion pour tomber dans les bras d'un gaillard plus viril que lui. Aussi croyait-il, en l'emmenant à Jérusalem, agir avec une grande sagesse. Personne ne lui avait dit que les nuits chaudes de l'Orient avaient des effets désastreux sur les femmes...

Le départ pour la Terre Sainte eut lieu le 1er juin 1147. Les souverains, accompagnés de nombreux chevaliers, traversèrent l'Allemagne, franchirent le Danube à Ratisbonne, firent étape à Belgrade, à Andrinople, à Byzance, à Éphèse, puis ils embarquèrent.

Au printemps suivant, ayant remonté le cours de l'Oronte, ils arrivèrent à Antioche. Le prince de cette ville, Raymond de Guyenne, était l'oncle d'Aliénor. Il reçut les souverains dans son magnifique palais et se montra immédiatement fort galant avec sa nièce...

Or la pauvre reine, que Louis laissait dormir seule depuis le départ de France, commençait à ressentir les effets aphrodisiaques du climat.

Une nuit, alors qu'elle ne parvenait point à dormir, un homme pénétra dans sa chambre. Sans même lui demander qui il était, elle lui ouvrit son lit...

Cet amant mystérieux la quitta avant l'aube, la laissant épuisée et heureuse. Était-ce un Turc, comme le prétendent certains historiens [46], un croisé qui n'avait pu résister, cette nuit-là, au désir qu'il avait d'elle, ou simplement l'oncle Raymond ? Mystère !

Quoi qu'il en soit, le lendemain, Aliénor eut un air bizarre qui éveilla les soupçons du roi. Il décida de la surveiller. Or le prince Raymond avait, de temps à autre — et en particulier —, de longues conversations avec sa nièce. Il espérait user de l'influence énorme qu'elle avait sur Louis pour obtenir que l'armée des croisés l'aidât à défendre ses intérêts en Syrie. Un soir qu'il lui parlait de ses affaires, peut-être en la serrant d'un peu près, le roi entra brusquement dans la pièce.

Son premier mouvement fut de se jeter sur Raymond ; mais Aliénor s'interposa.

— Tu défends ton amant ! cria Louis.

— Non, dit Aliénor, j'empêche le roi de France de se battre comme un garde d'écuries...

— Une reine qui se conduit comme une fille publique, répliqua le roi, n'a aucune leçon à me donner. Elle n'a qu'à obéir ! D'ailleurs nous partirons dès demain pour Jérusalem. Nous avons respiré, depuis trop longtemps déjà, l'air malsain d'Antioche !

Les yeux verts d'Aliénor étincelèrent.

— Pars si tu veux, dit-elle, moi, je reste ici !...

Louis fut stupéfait.

— Tu oublies que tu es ma femme..., dit-il.

Puis il ajouta en la regardant droit dans les yeux :

— Il me semble même que, depuis quelque temps, tu l'oublies trop facilement.

Aliénor soutint le regard de Louis.

— C'est peut-être parce que tu l'oublies toi-même, dit-elle. Ce n'est pas un roi que j'ai épousé, c'est un moine [47].

Ce dernier mot rendit Louis furieux. Il se mit à hurler :

— Femme vicieuse ! Race du diable ! Famille de chiens et d'incestueux !

Fort gêné, le prince Raymond, debout dans un coin de la pièce, restait silencieux.

46. Mathieu Paris, *Chroniques* : « Cette folle fille s'était diffamée par l'adultère avec un infidèle, fils du diable. »

47. Suger, *Vie de Louis VII*.

— L'inceste ? ricana Aliénor. Tu sembles t'y complaire assez bien.

Le malheureux Louis, qui était la chasteté même, fut effaré.

— Quoi ?

— Tu ignores, mon pauvre ami, que nous sommes parents à un degré qui interdit le mariage. Notre union est donc incestueuse et notre lit sacrilège [48].

Louis était très respectueux des règlements de l'Église. Il baissa la tête.

— Parfait, dit-il. Dans ce cas, nous allons divorcer.

— C'est tout ce que je demande, répondit Aliénor.

N'ayant, dès lors, plus rien à se dire d'important, Aliénor et Louis rentrèrent dans leurs appartements respectifs.

Mais le roi était plus décidé que jamais à quitter Antioche. Craignant que Raymond ne s'opposât par la force au départ d'Aliénor, il résolut de partir nuitamment. Il réunit quelques chevaliers et leur exposa son plan. On prépara en silence les bagages et les chevaux, puis deux hommes furent chargés d'enlever la reine qui dormait — seule, cette nuit-là, heureusement.

A l'aube, le groupe de Français était déjà bien loin d'Antioche, sur la route de Jérusalem...

Pendant quelques jours, Aliénor, qui regrettait probablement les nuits voluptueuses d'Antioche, resta plongée dans un mutisme agressif.

Puis elle consentit à parler au roi. A Jérusalem, elle voulut bien lui sourire. Louis, qui avait été profondément blessé par les reproches touchant sa virilité, en profita pour aller la retrouver, le soir même, dans son lit.

Il fut accueilli, si j'ose dire, à bras ouverts...

Mais cette nuit de plaisir ne changea rien aux intentions du roi, qui écrivit à l'abbé Suger (régent du royaume en l'absence de Louis VII) pour lui annoncer qu'il voulait divorcer.

Suger était un fin politique. Il pensa avec effroi que, si les souverains divorçaient, Aliénor reprendrait l'immense territoire qu'elle avait apporté en dot. En outre, ce qui était plus grave encore, elle pouvait fort bien, à vingt-cinq ans, se remarier et donner une puissance considérable à un ennemi du roi de France.

Aussi, le régent, faisant taire ses scrupules religieux, répondit-il à Louis VII :

« Quant à la reine, votre femme, nous vous conseillons, si vous le voulez bien, de cacher l'inquiétude qui vous dévore, jusqu'à ce que, revenu en France, vous puissiez délibérer tranquillement sur cela comme sur tant d'autres choses. »

Cette lettre apaisa un peu le roi. Et c'est presque réconciliés que les souverains quittèrent la Terre Sainte pour rentrer en France.

A Rome, où ils s'arrêtèrent, le pape, prévenu par Suger, leur déclara

48. SUGER, *op. cit.*

qu'« il ne devait jamais être question entre eux d'empêchement par consanguinité », et il confirma solennellement leur mariage.

Louis VII, qui était toujours fort épris d'Aliénor, en éprouva une grande joie et voulut, le soir même, fêter gaillardement ces nouvelles épousailles.

Il le fit si bien que, quelques semaines plus tard, on annonçait que la reine attendait un héritier...

Les croisés rentrèrent en France, et Aliénor, qui mit au monde une fille, se montra pendant quelque temps une épouse parfaite, entourant le roi de tendresse et dorlotant son bébé. Mais cette attitude fut de courte durée. Ce que les chroniqueurs appellent son « besoin de plaire et de séduire » poussa bientôt la reine à commettre de nombreuses imprudences avec les jeunes seigneurs qui étaient conviés à la cour.

Elle se montra, dit-on, si légère que le roi manifesta de nouveau sa jalousie. Finalement, il eut la certitude qu'Aliénor avait un amant.

Cette fois, il n'en parla pas à l'abbé Suger, qu'il savait toujours hostile au divorce, et se contenta de demander conseil à quelques évêques de ses amis. Ceux-ci, comme la plupart des ministres, n'avaient que peu d'amitié pour l'ex-régent. Ravis de contrer sa politique, ils déclarèrent au roi que la consanguinité existait réellement et qu'une annulation du mariage royal était chose facile.

Sur ces entrefaites, Suger mourut brusquement... Et, en mars 1152, un concile réuni à Beaugency rendit la liberté aux deux époux.

Aliénor, qui était à Blois, à ce moment, accueillit la nouvelle avec joie. Elle était lasse, en effet, de ce trop scrupuleux et trop pieux mari qui passait son temps à la surveiller.

Et puis elle allait enfin pouvoir réaliser son rêve : organiser, avec quelques troubadours et quelques jolies dames de ses amies, une cour d'amour...

Cette jeune femme, qui possédait maintenant à elle seule plus du tiers de la France, fut aussitôt entourée de prétendants. Pour les fuir, elle se réfugia dans son château de Poitiers. C'est là qu'elle vit arriver, par un beau matin d'avril, un élégant jeune homme de dix-neuf ans, qu'elle connaissait bien pour avoir tendrement parlé d'amour avec lui à Paris, l'été précédent. Il était séduisant, il était comte d'Anjou et de Touraine et s'appelait Henri Plantagenêt [49]...

— Quand je serai libre, lui avait-elle dit à Paris, nous nous épouserons.

Ce jour était venu. Et, un mois plus tard, c'est-à-dire deux mois après la décision du concile de Beaugency, le 18 mai 1152, Aliénor épousait son jeune amant...

Immédiatement, ses possessions se soudèrent à celles de Plantagenêt, et il se forma tout à coup, à l'ouest du domaine royal, un puissant État, qui allait de la Picardie au Pays basque.

Louis VII comprit sa maladresse. Perdant tout sang-froid, il déclara

49. Dom Bouquet, *Histoire d'Aquitaine*.

la guerre à Henri Plantagenêt avec l'espoir de reprendre les provinces perdues ; mais il dut vite abandonner la lutte et regretta de n'avoir pas suivi les sages conseils de Suger.

Pendant ce temps, le mari d'Aliénor, qui était petit-fils de Guillaume le Conquérant, et qui avait des droits à la succession au trône d'Angleterre, renouait des amitiés outre-Manche. Finalement il se rendit à Londres où il passa près d'un an à jouer de son charme devant une cour émerveillée. Le résultat fut prodigieux : Plantagenêt réussit à se faire nommer héritier par le souverain anglais qui n'avait pas de fils.

Cette nouvelle parvint à Aliénor alors qu'elle venait de mettre au monde un gros garçon qu'on devait baptiser Guillaume. Elle soupira. Allait-elle donc être reine pour la deuxième fois ?

Oui. En 1154, le roi Étienne d'Angleterre mourut, et Henri lui succéda sur le trône.

Louis VII, cette fois, fut accablé, car toutes les possessions de Plantagenêt : la Normandie, l'Anjou, la Touraine, le Poitou, l'Angoumois, l'Auvergne, la Marche, le Limousin, la Saintonge, le Périgord, la Gascogne et la Guyenne, devenaient des colonies anglaises...

Le roi de France voulut protester. Le nouveau roi d'Angleterre se contenta de sourire.

Ainsi naissait entre les deux pays un différend qui allait être à l'origine de la première guerre de Cent Ans.

Le 15 décembre de la même année, Aliénor fut couronnée en la cathédrale de Westminster, en même temps que Henri.

On l'acclama, et sans doute la crut-on heureuse. Mais la nouvelle reine d'Angleterre était triste...

Elle était triste parce que, durant la longue absence de son mari, elle avait connu un troubadour qui composait des chansons pour elle, et qu'elle adorait. Il s'appelait Bernard de Ventadour, et c'est vers lui qu'en ce jour glorieux allait toute sa pensée [50]...

Le reverrait-elle jamais ?

Après le sacre, Aliénor s'installa sans joie dans son palais de Londres. Filant la laine ou jouant de la viole, elle pensait sans cesse à Bernard et à sa Guyenne ensoleillée... Pourquoi le destin l'avait-il faite reine de ce pays brumeux et froid ?

Elle pensait aussi à ses deux filles laissées à la cour de France, et à Louis VII qui venait de se remarier avec Constance de Castille... Elle essayait parfois d'imaginer la nouvelle vie de son ex-époux... Bien qu'elle ne fût plus attachée à Louis, cela la rendait triste sans qu'elle comprît pourquoi...

Assise devant la grande cheminée du château, où brûlaient en permanence deux troncs d'arbre, elle rêvait au royaume de France ; et, pendant des heures, les hautes flammes se reflétaient dans ses yeux verts.

50. Uc de Saint-Circ, *Chroniques*.

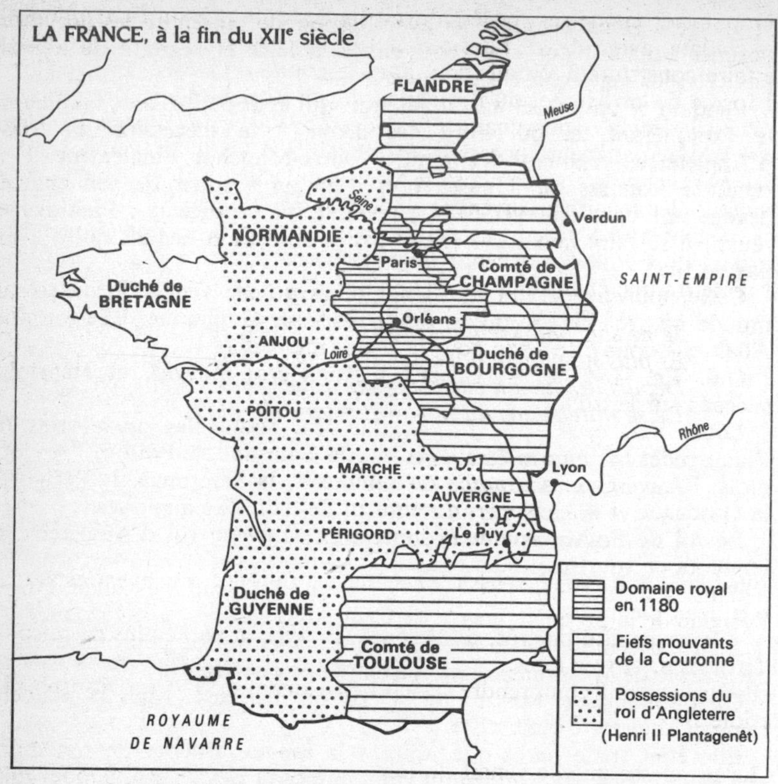

A cause du mariage d'Aliénor avec Henri Plantagenêt, un tiers de la France actuelle devint une colonie anglaise.

Un jour, les dames du palais la surprirent, pleurant doucement dans son fauteuil. Ces jeunes femmes étaient des Poitevines de sa suite.

— Est-ce sur la douceur du Poitou que vous pleurez, madame ?

— Non, répondit la reine, mais sur la mauvaiseté du roi...

Aliénor venait, en effet, d'apprendre que Henri avait une liaison. Il la trompait avec la fille d'un baron anglais, une jeune blonde aux yeux candides qui se nommait Rosamonde Cliffort.

Bien qu'elle fût de tempérament infidèle, Aliénor était fort jalouse. Le soir même, au cours d'une scène violente, elle exigea que son mari chassât immédiatement la favorite. Henri II promit ; mais Aliénor devait apprendre bientôt que le roi n'avait pas tenu parole et qu'il retrouvait Rosamonde dans un château voisin.

— Si je la trouve, je la tue, dit-elle calmement.

Henri frémit, il savait qu'une des aïeules d'Aliénor, ayant réussi à s'emparer d'une de ses rivales, l'avait livrée toute une nuit aux plaisirs des soldats, avant de lui faire crever les yeux. Aussi jugea-t-il prudent de faire construire à Woodstock, dans le comté d'Oxford, un pavillon en forme de labyrinthe, où il cacha la douce Rosamonde[51].

Puis il décida, pour changer les idées de la reine, d'organiser un petit voyage dans leurs possessions françaises. C'était agir habilement. Rien ne pouvait faire plus plaisir à Aliénor qui s'ennuyait en Angleterre. Ravie d'aller revoir sa Guyenne, elle oublia sa jalousie.

Les souverains furent accueillis avec enthousiasme de Rouen à Bordeaux. A Poitiers, Aliénor aperçut Bernard de Ventadour qui lui fit remettre une chanson :

Je ne sais plus me gouverner
Et plus ne puis m'appartenir
Depuis le jour où elle a permis à mes yeux
De se mirer dans un miroir qui tant me plaît

Miroir, pour m'être miré en toi
Mes profonds soupirs me tuent.
Oui, je me suis perdu en toi
Comme Narcisse en la fontaine...

La reine, fort émue, réussit à rencontrer Bernard quelques instants. Tous deux pleurèrent.

— Je reviendrai bientôt, dit Aliénor. Et vous n'aurez plus de raison d'être triste, croyez-moi...

Bernard savait comprendre les choses à demi-mot. Il fut transporté de joie...

La promesse qu'elle venait de faire à son beau troubadour n'empêchait pas Aliénor de se montrer une épouse affectueuse. C'est ainsi qu'au cours de ce voyage elle se trouva enceinte. Et c'est avec le futur Richard Cœur de Lion en son sein qu'elle rentra en Angleterre.

L'année suivante, Aliénor ne revint pas en France comme elle l'espérait, car son mari s'y trouvait pour régler quelques affaires. C'est alors qu'il signa une trêve avec Louis VII et conclut une promesse de mariage entre Marguerite, la dernière fille du roi de France, et son fils aîné âgé de trois ans... La fiancée, elle, avait deux ans. Selon la coutume, elle fut confiée immédiatement à son futur beau-père pour être élevée en Grande-Bretagne.

Aliénor eut donc à s'occuper d'une fillette que son ex-époux avait eue de sa nouvelle femme...

Elle le fit sans s'étonner et avec beaucoup de bonté.

Mais, un an plus tard, elle réussit à revenir en France pour les fêtes

51. Les auteurs de manuels prétendent généralement que la reine sut découvrir la retraite de sa rivale et qu'elle la tua de ses propres mains. Cette histoire, inventée par le poète anglais Dickenson, est non seulement fausse, mais absurde, puisque Rosamonde est morte en 1172, c'est-à-dire dix-huit ans plus tard. A ce moment, Henri II l'avait depuis longtemps oubliée et remplacée...

de Noël. Bernard de Ventadour, qui lui avait fait parvenir à Londres de nombreuses chansons pleines d'amour, l'attendait à Poitiers.

En la voyant enfin paraître, il écrivit un poème joyeux qu'il lui chanta le soir même au coin du feu, en s'accompagnant au rebec.

Mon cœur déborde de tant de joie
Que tout me paraît changé dans la nature.
Je ne vois dans l'hiver
Que des fleurs blanches, rouges et jaunes ;
Avec le vent et la pluie
Se grandit mon bonheur,
Mon talent s'en accroît
Et mon chant s'embellit.
J'ai au cœur tant d'amour,
De plaisir et de joie,
Que la grâce me semble fleur
Et la neige verdure.

Dehors, le vent d'hiver faisait tournoyer la neige.

Aliénor fut troublée par cette chanson. Elle pensa qu'il y avait trois ans que ce beau garçon soupirait d'amour pour elle, et qu'elle devrait bien faire quelque chose pour lui.

Elle se leva, s'approcha de Bernard en le regardant dans les yeux, et le baisa sur la bouche.

Le malheureux, que le désir tourmentait depuis trente-six mois, lui fit comprendre par un énorme soupir qu'il lui fallait davantage pour se sentir mieux.

Les appartements d'Aliénor n'étaient pas loin. Elle sut se montrer compréhensive...

Durant son séjour, Aliénor reconstitua la cour d'amour qu'elle avait créée à Poitiers avant de devenir reine d'Angleterre. Cette cour, où siégeaient une vingtaine de dames, quelques troubadours et des chevaliers connus pour leur galanterie avec les femmes, étudiait des problèmes amoureux et rendait des sentences en se fondant sur le *code d'amour* dont voici quelques-uns des trente et un articles :

« Le mariage n'est pas une excuse légitime contre l'amour. »

« Qui ne sait celer ne peut aimer. »

« Personne ne peut avoir à la fois deux attachements. »

« L'amour doit toujours ou augmenter, ou diminuer. »

« Il n'y a pas de saveur aux plaisirs qu'un amant dérobe à l'autre sans son consentement. »

« En amour, l'amant qui survit à l'autre est tenu de garder viduité [c'est-à-dire veuvage] pendant deux ans. »

« L'amour a coutume de ne pas loger dans la maison de l'avarice. »

« La facilité de la jouissance en diminue le prix, et la difficulté l'augmente. »

« Une fois que l'amour diminue, il finit bientôt : rarement il reprend des forces. »

« Le véritable amant est toujours timide. »

« Rien n'empêche qu'une femme soit aimée de deux hommes, ni qu'un homme soit aimé de deux femmes. »

Les questions auxquelles la cour avait à répondre étaient souvent fort savoureuses. En voici une qui dut intéresser particulièrement Aliénor : « Le véritable amour peut-il exister entre époux ? » Et peut-être fut-elle l'inspiratrice de ce jugement qui remporta tous les suffrages :

« Nous disons et assurons, par la teneur des présentes, que l'amour ne peut étendre ses droits sur deux personnes mariées. En effet, les amants s'accordent tout, mutuellement et gratuitement, sans être contraints par aucun motif de nécessité, tandis que les époux sont tenus par devoir de subir réciproquement leurs volontés et de ne se refuser rien les uns les autres... »

Voilà qui est clair et qui dut faire bien plaisir à Henri II lorsqu'il eut connaissance de cette sentence...

Une autre fois, la cour d'amour d'Aliénor eut à se prononcer sur le problème suivant : « Un chevalier requérait d'amour une dame dont il ne pouvait vaincre les refus. Il envoya quelques présents honnêtes que la dame accepta avec empressement. Cependant, elle ne diminua rien de sa sévérité accoutumée contre le chevalier qui se plaignit d'avoir été trompé par un faux espoir que la dame lui avait donné en acceptant les présents. »

Il fut répondu ceci : « Il faut, ou qu'une femme refuse les dons qu'on lui offre dans les vues d'amour, ou qu'elle compense ses présents. Si elle les accepte sans rien donner, elle doit supporter patiemment d'être mise au rang des vénales courtisanes. »

Certaines questions nous paraissent aujourd'hui assez curieuses. Celle-ci, par exemple : « Une demoiselle, attachée à un chevalier par un amour convenable, s'est ensuite mariée avec un autre. Doit-elle repousser son ancien amant et lui refuser ses bontés accoutumées ? »

Voici la réponse stupéfiante qui fut faite par l'assemblée : « La survenance du lien marital n'exclut pas de droit le premier attachement, à moins que la dame ne renonce entièrement à l'amour, et ne déclare y renoncer à jamais. »

On voit, par cette sentence, combien les romantiques ont faussé l'image des troubadours et le sens réel de l'amour courtois...

Quand elle repartit pour l'Angleterre, Aliénor emporta une dernière chanson de Bernard, lequel n'était pas encore remis de sa victoire :

Elle peut maintenant me dénier son amour
Je pourrai toujours me flatter
D'en avoir obtenu le doux témoignage...

Ce qui était gentil, mais peu discret.

Aliénor, pendant quinze ans, vécut plus souvent à Poitiers qu'à Londres. Elle y présidait sa cour d'amour et s'y occupait — avec passion et beaucoup d'intelligence — du gouvernement des provinces devenues « colonies britanniques ».

Et puis, elle n'était pas fâchée d'être loin de Henri II avec lequel elle ne s'entendait plus du tout.

Leur désaccord devint même si grand que, lorsque les fils du roi d'Angleterre se révoltèrent contre leur père, elle prit parti pour eux. Sous son impulsion, de sanglants combats eurent lieu alors en Touraine. Finalement, Aliénor fut faite prisonnière à Chinon par les troupes de son mari au moment où elle allait s'enfuir sous des habits d'homme.

Ramenée en Angleterre et tenue pour responsable de la rébellion, la malheureuse reine fut jetée dans un cachot de la tour de Salisbury.

Elle y resta seize ans !

Ce fut son fils, Richard Cœur de Lion, qui lui rendit la liberté à la mort de Henri II.

Aussitôt, la reine, qui était alors âgée de soixante-huit ans, quitta l'Angleterre et vint s'installer dans son cher Poitou. Mais ses soucis n'étaient pas terminés. Quatre ans plus tard, Richard Cœur de Lion, le roi troubadour, revenant de croisade, disparut mystérieusement.

Aliénor fut folle d'inquiétude. Qu'était devenu son fils préféré ? Elle lança de nombreux voyageurs à sa recherche. L'un d'eux, un nommé Blondiau, avec qui Richard avait composé une chanson, arriva, par hasard, nous assure la légende, au pied d'une forteresse située sur le bord du Danube. Dans le silence du soir, il entendit un chant venir d'une tour :

Personne, charmante dame,
Ne peut vous voir sans vous aimer.

C'était précisément la romance qu'il avait écrite jadis avec Richard. Alors Blondiau chanta la fin du couplet pour se faire reconnaître de son ami et revint en toute hâte aviser Aliénor que son fils était prisonnier de l'empereur d'Allemagne.

Cette anecdote est-elle authentique ? On l'ignore. Quoi qu'il en soit, la reine, malgré ses soixante-douze ans, ayant demandé à Henri IV d'Allemagne quelle rançon il exigeait, s'en fut porter elle-même outre-Rhin la somme, colossale pour l'époque, de cent mille marks d'argent...

Après avoir libéré son fils, Aliénor rentra en Aquitaine et négocia une alliance qui allait avoir beaucoup d'importance pour la France : elle maria Louis, fils de Philippe Auguste, avec sa petite-fille, Blanche de Castille...

Après quoi, celle qui signait « reine d'Angleterre par la colère de Dieu » se retira à l'abbaye de Fontevrault, où elle mourut à l'âge de quatre-vingt-deux ans.

12

Au lendemain de leur nuit de noces, Philippe Auguste répudia Ingeburge

Les mauvais ouvriers disent toujours
qu'ils ont de mauvais outils.

sagesse des nations

Un matin de mars 1184, les habitants de Senlis assistèrent à un bien étrange spectacle. Dans la rue principale, tortueuse et étroite, où commençait à jouer le premier soleil de printemps, une foule de mendiants, d'infirmes et de lépreux suivaient une jeune femme vêtue d'une longue chemise blanche qui marchait, pieds nus, un cierge à la main.

Ce cortège hallucinant avançait avec un bruit de frelon. Par moments, une plainte aiguë jaillissait d'une bouche féminine.

— Mon Dieu, ayez pitié...

La suite de la phrase retombait dans le bourdonnement de la prière commune.

Tous les Senlisiens étaient aux fenêtres et s'interrogeaient avec effarement : que se passait-il ? Était-ce la fin du monde ? Qui donc était cette jeune femme qui avait l'air si triste et dont les cheveux blonds flottaient si joliment ?

Soudain quelqu'un cria :

— C'est la reine !

Cette pénitente, que suivaient des miséreux en haillons, était, en effet, la jeune reine de France, Ysabelle de Hainaut [52].

L'inquiétude des braves bourgeois redoubla, et un grand silence s'établit.

Les archers, dont le premier mouvement avait été de « faire circuler » les gens qui envahissaient la voie publique, s'arrêtaient, paralysés d'ahurissement en reconnaissant, eux aussi, leur souveraine...

Le cortège, qui grossissait sans cesse, traversa la ville et s'arrêta devant le palais du roi.

Alors une porte s'ouvrit et Philippe Auguste parut. Il portait une robe de velours écarlate, et, bien qu'il n'eût que dix-neuf ans, son aspect était imposant. Il demeura immobile. Ses yeux qui étincelaient ne quittaient pas la reine. Il était à la fois humilié et bouleversé de la voir surgir en cette tenue et en cette compagnie...

Les cris que la foule s'était mise à pousser devinrent plus distincts :

— Ayez pitié de la reine !... Sire, ayez pitié de la reine !... Seigneur, ayez pitié de la reine !... Grâcc ! Grâce pour la reine !...

Pourquoi le peuple demandait-il donc au roi d'être pitoyable ?

Parce que, l'après-midi, une assemblée de prélats et de seigneurs,

52. RIGORD, *Gesta Philippi Augusti*.

réunis sur l'ordre de Philippe Auguste, devait se prononcer sur la répudiation de la souveraine.

Qu'avait donc fait cette jeune reine de quinze ans pour être ainsi traitée ? Rien ; mais le roi était en lutte contre une coalition de grands vassaux où se trouvaient le père et l'oncle d'Ysabelle, et il accusait celle-ci — à tort — de prendre le parti de sa famille.

Pour justifier le divorce, certains ecclésiastiques parlaient naturellement d'un lien de parenté existant entre les deux époux, et d'autres, plus perfides encore, allaient jusqu'à insinuer que la reine avait un amant...

C'est alors qu'affolée la pauvre Ysabelle avait eu l'idée de venir, en compagnie de ses plus pauvres sujets, demander sa grâce au roi.

Pour l'instant, les yeux pleins de larmes, elle regardait Philippe Auguste avec amour.

Lui, les traits crispés, toujours immobile, considérait l'immense foule qui le suppliait. Depuis le premier instant, il avait compris que la répudiation d'Ysabelle serait maintenant une faute politique, et il était furieux. Finalement, il s'avança vers la reine et lui prit la main. Un grand silence se fit sur la place.

— Dame, dit le roi, je veux que tous sachent que vous ne partez pas de moi par votre méfait, mais sans plus pour ce qu'il me semble que je ne puis avoir lignée de vous. Et s'il y a baron en mon royaume que vous vouliez avoir à seigneur, dites-le-moi et vous l'aurez, quoi qu'il doive m'en coûter.

Ysabelle répondit avec beaucoup de tendresse :

— Sire, à Dieu ne plaise qu'homme mortel entre dans le lit où vous avez dormi...

Puis, ses forces l'abandonnant soudain, elle éclata en sanglots et le roi, fort ému, la serra dans ses bras.

— Certes, bien avez dit, s'écria-t-il, car vous ne vous en irez jamais.

La foule poussa des exclamations de joie, et les deux souverains entrèrent dans le château...

Le peuple venait de rendre une reine à la France.

Au bout de quelque temps, le roi lui témoignant de nouveau une extrême froideur, Ysabelle rencontra son père et le conjura de ne plus se battre contre la Couronne. Le comte de Hainaut promit de se séparer de ses alliés, et Philippe Auguste rendit cette fois toute sa tendresse à la reine.

En retour, voulant faire bien les choses, Ysabelle, en 1187, accoucha d'un gros garçon, qu'on nomma Louis (futur Louis VIII).

Le roi, fou de joie, voua dès lors un amour infini à celle qui venait de lui donner un héritier et il exigea qu'on lui rendît un hommage particulier et fervent.

— Je veux qu'elle soit la plus grande et la plus honorée des reines de France, disait-il.

Hélas ! en 1190, alors qu'elle n'avait pas encore vingt ans, Ysabelle mourut en couches.

Philippe Auguste, écrasé de chagrin, s'en fut oublier sa peine en Terre Sainte...

A son retour, comme il commençait à se sentir un peu seul dans son lit, il songea à contracter un nouveau mariage. En bon politique, il chercha, de préférence, une princesse dont le père pouvait lui être utile dans la lutte qu'il menait alors contre l'Angleterre. Justement, le roi danois Kanut VI, qui possédait une flotte bien équipée et pouvait être un auxiliaire précieux contre Richard Cœur de Lion, avait une sœur, âgée de dix-huit ans, prénommée Ingeburge, qu'on disait jolie et fort appétissante. Philippe Auguste lui envoya des ambassadeurs.

— Le roi de France serait honoré que vous lui accordiez la main de votre sœur, dirent-ils à Kanut.

Le roi de Danemark, flatté, déclara aux envoyés qu'il acceptait. Puis il appela Ingeburge et lui apprit la nouvelle. La jeune princesse rougit consciencieusement pour montrer qu'elle était bien élevée, et affirma qu'elle était très contente.

— Dans ce cas, dirent les ambassadeurs qui n'aimaient pas perdre de temps, voulez-vous faire préparer vos bagages ? Nous allons vous conduire sans retard auprès de votre fiancé.

Et pendant qu'Ingeburge, ravie, et de plus en plus rougissante, allait remplir des coffres de robes, de joyaux et de pierreries, les ambassadeurs de Philippe Auguste abordèrent le sujet toujours délicat de la dot.

Ils expliquèrent que le roi de France ne voulait pas d'argent, mais simplement la cession des anciens droits de la maison de Danemark au trône d'Angleterre.

— Ainsi, ajoutèrent les hypocrites, le mari de votre sœur pourra un jour revendiquer ce trône et, peut-être, agrandir encore sa puissance...

Le roi Kanut était finaud.

— Aurait-il les moyens d'aller faire valoir ses droits, les armes à la main ? demanda-t-il.

Les ambassadeurs furent contraints de dévoiler leurs batteries. Ils le firent d'un ton bonhomme.

— Dans ce cas, dirent-ils en souriant, serait-il téméraire de penser qu'il pourrait compter sur l'appui de la flotte danoise ?

Kanut, qui était à ce moment en mauvais termes avec Henri IV, fils et successeur de Frédéric Barberousse, tenait à garder intact et toujours prêt l'ensemble de ses forces. Il refusa et les ambassadeurs français furent très ennuyés.

— En retour, dirent-ils en s'efforçant d'avoir l'air sincère, Philippe Auguste vous aiderait naturellement contre l'empereur d'Allemagne.

Cela sembla bien aléatoire au roi danois... Il préféra proposer une dot en espèces.

— Bien, dirent les envoyés d'un ton sec, dans ce cas, le roi de France exige dix mille marks d'argent.

Le roi Kanut était fort économe. La somme l'effraya.

Un instant, il songea à renoncer à ce mariage. Il fallut que son confident, l'abbé Guillaume, qui était français, lui démontrât qu'il pouvait être utile d'être l'allié du roi de France et qu'il serait ridicule de risquer de se fâcher avec ce puissant prince pour quelques pièces d'argent...

Le Danois finit par accepter, mais précisa qu'il verserait la somme en plusieurs fois...

— Nous vous faisons confiance, dirent les ambassadeurs, radoucis.

Quelques jours plus tard, ils emmenaient la belle Ingeburge vers la France...

Philippe Auguste avait décidé d'attendre sa fiancée à Amiens dont les maisons furent aussitôt décorées de draps brodés et de guirlandes de fleurs.

Un soir, vers cinq heures, on vint dire au roi que la longue file de chariots qui ramenaient du Danemark les ambassadeurs français, Ingeburge... et la dot, était en vue. Il revêtit son haubert à mailles d'argent et alla se poster avec ses porte-oriflammes et ses barons devant la porte de la ville.

Les cavaliers qui précédaient le convoi vinrent d'abord saluer Philippe Auguste et se rangèrent derrière lui. Puis un chariot garni de fourrures s'arrêta, et Ingeburge apparut.

Elle était si belle que le roi en fut saisi. Il sauta de son cheval et vint s'incliner devant elle.

Jamais il n'avait vu une femme aussi gracieuse et aussi désirable. Comprenant qu'il ne pouvait pas attendre jusqu'au lendemain soir pour la mettre dans son lit, il lui fit dire, par un interprète, qu'il voulait que leur mariage eût lieu immédiatement.

Ingeburge rougit, comme elle savait si bien le faire, et baissa les yeux.

— Allons vite à l'église, dit le roi en prenant sa fiancée par le bras.

Tout le peuple les suivit à la cathédrale où un prélat avait été mandé d'urgence.

Après la bénédiction nuptiale, et pendant que toutes les cloches d'Amiens carillonnaient, le roi annonça que le couronnement de la nouvelle reine aurait lieu le lendemain.

Le soir, tandis que tout le peuple d'Amiens célébrait joyeusement le mariage des souverains, Philippe Auguste alla retrouver Ingeburge qui l'attendait dans un lit parfumé.

Il se coucha près d'elle avec une grande émotion, l'embrassa très tendrement, se montra empressé tant qu'il fallait, puis se releva au bout d'un instant.

La jeune fille le considéra sans comprendre. Philippe Auguste, dont le front ruisselait de sueur, arpentait nerveusement la chambre.

Pensant qu'il était peut-être timide, Ingeburge lui fit signe, en souriant, de revenir près d'elle. Le roi se remit au lit...

Dix minutes après, il était de nouveau debout, les mains agitées par un furieux tremblement.

Ingeburge n'avait qu'une idée approximative de ce que devait être une nuit de noces. Pourtant, elle comprenait que celle-ci n'était pas tout à fait normale.

Trois fois encore, le roi remonta dans le lit. Trois fois il prit son épouse dans ses bras. Trois fois, il se releva pour marcher en serrant les poings. Finalement, le roi eut une pensée qui le fit pâlir :

— Je suis ensorcelé, on m'a noué l'aiguillette !...

Et, pris de tremblements, il s'allongea près d'Ingeburge, qui se réveilla le lendemain aussi pure que la veille...

Au petit matin, on vint chercher les souverains pour les conduire à la cathédrale où devait avoir lieu le couronnement de la reine.

Blêmes tous les deux, ils allèrent se placer devant l'autel et les braves gens qui emplissaient la nef furent surpris par l'étrange fixité de leurs regards. Certains mettaient cet air étrange sur le compte d'une nuit trop bien remplie. Qui donc aurait pu soupçonner la détresse intérieure des deux époux ?

La cérémonie commença.

L'archevêque de Reims, entouré de douze évêques, confirma d'abord le couronnement du roi. Puis, se tournant vers Ingeburge, il commença à accomplir les rites du sacre. Une onction devant être faite sur la poitrine de la reine, le prélat dénoua la tunique et traça une croix avec le saint chrême sur la peau d'Ingeburge.

A ce moment, un léger cri fit se retourner l'archevêque qui s'immobilisa d'effroi en voyant le roi en proie à une véritable crise de nerfs. Tremblant, frissonnant, les yeux écarquillés, Philippe Auguste agitait ses mains comme pour repousser des fantômes.

Quelques ecclésiastiques s'approchèrent pour cacher le roi aux yeux de la foule, et le sacre de la reine se termina.

Après la cérémonie, et pendant que le peuple, qui ne s'était aperçu de rien, se répandait dans la ville en fête, Philippe Auguste avouait à l'archevêque de Reims qu'il venait d'être pris d'une soudaine et violente répulsion pour Ingeburge.

— Cette femme est ensorcelée, disait-il, elle a fait de moi un impuissant. Il faut qu'elle retourne au Danemark [54].

Le prélat tenta de lui expliquer qu'un trop grand désir ou une trop grande fatigue était peut-être cause de son échec...

Philippe Auguste l'interrompit :

— Je veux qu'elle parte !

Les Danois qui avaient accompagné Ingeburge, informés des intentions du roi, déclarèrent que leur mission était terminée et quittèrent précipitamment le royaume.

54. Rigord, *op. cit.*

Alors, Philippe Auguste, furieux, fit enfermer la reine dans un couvent.

C'est là qu'il vint la voir, un mois plus tard, pour tenter une dernière fois d'en faire sa femme...

C'était son oncle, l'archevêque de Reims, qui lui avait conseillé d'accomplir cette tentative.

— Rendez-vous près d'elle, avait-il dit, et essayez de consommer. Si vous y parvenez, comme je le souhaite, vous retrouverez votre calme. Si vous n'y parvenez pas, vous aurez du moins montré une grande persévérance, et l'Église vous en tiendra compte dans le procès d'annulation.

Il avait ajouté en souriant :

— Allez, mon fils, et pensez que la France entière a les yeux fixés sur vous...

Cette phrase était maladroite. Philippe Auguste savait bien que tout son peuple était au courant de sa lamentable nuit de noces, et la pensée que la France aurait les yeux fixés sur lui au moment où il serait face à face avec Ingeburge n'était pas faite pour lui rendre ses moyens. Au contraire.

Toutefois, Philippe Auguste pensa que son oncle avait raison et qu'il était judicieux de tenter une ultime expérience... C'est pourquoi il se dirigeait, en cette fin d'après-midi de juin 1193, vers l'endroit où se trouvait enfermée la malheureuse reine de dix-huit ans.

Arrivé devant le couvent, il descendit de cheval, se tourna vers le groupe d'amis qui l'avait accompagné et dit d'un ton sec :

— Priez !

Puis il entra rapidement dans la tour où se lamentait Ingeburge...

Aussitôt, les chevaliers mirent pied à terre et, sans la moindre pensée grivoise, commencèrent à prier pour que le roi de France pût enfin dévirginiser la reine...

Un très long temps s'écoula, et les amis de Philippe Auguste se prirent à espérer. Soudain, la porte s'ouvrit, et le roi parut. Il était dans un état de nervosité extrême. Son visage livide ruisselait de sueur. Ses mains tremblaient.

Les chevaliers, interdits, n'osaient ni bouger, ni prononcer une parole. Ils considéraient leur souverain avec une immense émotion.

« Elle lui aura encore noué l'aiguillette », pensèrent-ils tristement.

Le roi s'approchait d'eux, les jambes vacillantes. Au moment de remonter à cheval, il se laissa aller à un violent mouvement de colère. Serrant les poings, les yeux exorbités, le corps entièrement agité d'un tremblement convulsif, il se mit à crier :

— Rien à faire ! Rien à faire ! Cette femme est vraiment ensorcelée...

Puis il eut une crise de nerfs, suivie d'un long moment de prostration...

Dès le lendemain, le nouvel échec du roi était connu de tout Paris, et chacun faisait des commentaires.

— Pour que le roi ne puisse point, disaient les uns, il faut que la reine ait quelque défaut caché. Peut-être bien une peau de lézard...

— Ou des écailles de poisson sur le ventre, comme cela s'est déjà vu, disaient les autres.

— Ouais ! Ouais ! ricanaient les commères. A moins que notre gentil souverain n'ait eu quelque mauvaise surprise en voulant dépuceler la reine...

— Et quoi donc par exemple ?

— Par exemple ? Eh bien ! de voir que sa virginité était restée au Danemark...

Cette dernière supposition, que l'on répéta bientôt, fut un jour émise sur la montagne Sainte-Geneviève où elle suscita la colère des étudiants danois. Des bagarres s'ensuivirent entre ceux qui croyaient à la virginité de la reine et ceux qui la disaient envolée depuis longtemps. Et l'on se demanda un moment si le roi de Danemark n'allait pas déclarer la guerre à la France.

Pendant ce temps, Philippe Auguste faisait activer les préparatifs du procès en annulation, et, le 5 novembre, un concile composé de prélats et de barons se réunissait à Compiègne. Il eût été facile de casser le mariage pour non-consommation. Cela parut, sans doute, humiliant au roi. On utilisa un autre argument, inattendu en vérité : des ecclésiastiques dénués de scrupules étaient parvenus à établir qu'il existait un lien de parenté entre Ingeburge et... Ysabelle de Hainaut, la première épouse de Philippe Auguste, et qu'en conséquence le second mariage était incestueux...

La jeune reine, que l'on avait extraite sans explications de son cachot, ne soupçonnait rien de cette machination. Elle était assise sur un trône devant l'assemblée et se demandait ce qu'on lui voulait encore. Comme elle ignorait la langue française, elle ne put saisir le sens des débats, et son regard de bête traquée se posait sur tous ces inconnus qui parlaient gravement en la désignant parfois. Désespérément, elle essayait de comprendre ce qui allait lui arriver...

Elle le sut bientôt. Brusquement, en effet, toute l'assemblée se leva, et un évêque vint lui dire, au moyen d'un interprète, que son mariage était annulé. Comme il commençait à lui donner les raisons invoquées par le concile, elle fondit en larmes et cria :

— Mala Francia ! (Mauvaise France !)

Puis elle se leva et dit avec énergie :

— Roma ! Roma !

Le légat du pape, qui était présent, blêmit. Il avait accepté de prononcer cette annulation parce qu'il pensait qu'Ingeburge se soumettrait sans protester. Mais le dernier cri qu'elle venait de pousser l'inquiétait. Si elle en appelait à Rome, il était à craindre que le pape n'exigeât une enquête sérieuse...

Le soir même, Philippe Auguste, conseillé par le légat, faisait conduire Ingeburge à l'abbaye de Cysoing, près de Tournai.

Dans ce couvent, la jeune reine allait être odieusement traitée. Rien n'était prévu pour elle, pas même la nourriture. Pour vivre, la pauvre, qui avait apporté une si belle dot au roi de France, dut vendre le peu de choses qu'elle possédait et jusqu'à ses vêtements... L'évêque de Tournai, mis au courant, mais incapable de venir en aide à la souveraine alors étroitement surveillée, écrivit cette lettre à l'archevêque de Reims, qui avait participé au concile :

En laissant à Dieu le jugement d'une affaire si délicate, je ne puis m'empêcher de plaindre une princesse réduite à demander sa nourriture après avoir vendu, pour subsister, sa vaisselle et la meilleure partie de ses vêtements. Les exercices sérieux et pénibles remplissent tous ses moments ; les ris et les jeux sont les seules choses pour lesquelles il lui reste peu de loisir : ils lui sont absolument inconnus. Elle prie chaque jour, sans interruption et avec effusion de larmes, depuis le matin jusqu'au milieu du jour ; et ce qu'on ne croirait pas d'une vertu moindre que la sienne, ses vœux les plus ardents ont pour objets non sa propre satisfaction, mais le bonheur parfait et le salut du roi[55].

En effet, Ingeburge, du fond de sa sinistre cellule, continuait à aimer passionnément cet homme dont elle avait rêvé en venant l'épouser et qui lui était apparu un soir dans toute sa gloire devant les portes de la ville d'Amiens. Elle ne cessait de penser à lui avec une infinie tendresse...

« Je suis sa femme », pensait-elle avec un grand trouble.

Car la pauvre, en sa naïveté, avait été abusée par les outrages insignifiants que lui avait fait subir Philippe Auguste, et elle croyait qu'il était vraiment son mari...

Pendant ce temps, Kanut, le roi de Danemark, envoyait deux ambassadeurs au pape Célestin III, chargés de dénoncer l'attitude ignominieuse de Philippe Auguste à l'égard d'Ingeburge et de démontrer clairement que les liens de parenté invoqués par le concile étaient une grossière invention.

Le souverain pontife étudia posément l'affaire et décida de casser la sentence de divorce illégalement rendue à Compiègne. Les envoyés danois reçurent acte de cette décision et, tout heureux de leur réussite, retournèrent vers Kanut.

Mais Philippe Auguste, tenu au courant de leurs négociations par son service d'espionnage, les fit arrêter non loin de Dijon, dépouiller et jeter en prison.

Alors le roi de Danemark et le pape adressèrent une protestation

55. Lettre citée dans l'*Histoire de l'Église,* de Bérault-Bercastel.

commune à Philippe Auguste. Pour toute réponse, celui-ci fit mettre Ingeburge dans une cellule encore plus inconfortable.

Puis il chercha un moyen de rendre son divorce irrévocable et crut l'avoir trouvé.

« Et si je me remariais ? » pensa-t-il.

L'idée lui sembla bonne, et il se mit aussitôt en quête d'une nouvelle épouse. Mais les malheurs d'Ingeburge, qui avaient inspiré de nombreuses complaintes à des trouvères, étaient maintenant connus de toute l'Europe, et le roi de France subit l'affront de plusieurs refus. Une princesse d'Allemagne répondit : « Je connais la conduite du roi de France envers la sœur du roi de Danemark ; cet exemple m'épouvante. » Et elle épousa le duc de Saxe. Il en fut de même de Jeanne d'Angleterre, qui devint comtesse de Toulouse. Et, pendant quelque temps, tous les princes d'Europe qui avaient des filles s'empressèrent de les marier pour n'avoir point à les refuser au roi de France. Ces humiliations rendirent furieux Philippe Auguste, et le ton de ses demandes en mariage en souffrit. Voici par exemple comment il se déclara à une princesse de Flandre qu'on lui avait signalée : « Je jure que je vous épouserai, à moins que vous ne soyez laide à faire peur. » La jeune fille ne jugea pas utile de répondre [56].

Finalement, en 1196, Philippe Auguste, qui avait alors trente et un ans, fut informé qu'Agnès, sœur d'Othon, duc de Méranie, acceptait de devenir sa femme.

Aussitôt des ambassadeurs français allèrent la chercher et la ramenèrent en grande pompe jusqu'à Compiègne, où Philippe Auguste tenait alors une cour plénière pour recevoir l'hommage du comte de Flandre.

Quand le cortège entra dans la ville, on vint prévenir le roi, qui suspendit les débats auxquels il présidait et s'en alla, vêtu d'une robe d'apparat et tête nue, attendre sa fiancée sur le seuil du château. Bientôt, précédant les chariots officiels, des cavaliers porteurs d'oriflammes parurent au détour du chemin, entourés d'une foule bruyante. Tout Compiègne, en effet, voulait assister à l'arrivée de leur future reine.

A cinquante pas du château, le cortège s'immobilisa, et une cavalière d'une extraordinaire beauté s'avança, seule, vers le roi. Il se fit alors un grand silence.

Philippe comprit que c'était Agnès et la contempla avec un ravissement mêlé de crainte.

« Dieu, qu'elle est belle et que ses yeux sont brillants ! pensait-il. Pourvu que mon aiguillette ne se noue pas encore... »

Souriante, Agnès s'approchait au pas lent de son cheval couleur de feu et considérait avec curiosité ce roi dont on lui avait tant parlé.

Émerveillée, elle découvrit qu'il était beau malgré sa calvitie, que sa stature était imposante, et qu'il émanait quelque chose de majestueux de toute sa personne. Puis elle fut fascinée par le regard à la fois tendre et dominateur de Philippe.

56. Guillaume Le Breton, *Chroniques*.

« Il doit être fort, pensait-elle naïvement, et il ferait bon se coucher avec lui... »

Bref, quand elle descendit de cheval, elle était amoureuse...

Le mariage fut célébré le lendemain en grande pompe. A la fin de la cérémonie, une foule nombreuse, massée sur le parvis de l'église, acclama le couple royal. Tout le monde remarqua alors que Philippe Auguste souriait — et son bonheur fit plaisir aux braves gens sans malice.

— Comme il est heureux, dit une femme, d'avoir une aussi jolie reine à mignoter...

— S'il y arrive !... lança quelqu'un en ricanant.

Il y eut un immense éclat de rire, et un gros homme s'écria :

— Oui, oui ! parce qu'il n'a pas l'air d'être très fort au jeu du pousse avant, notre gentil sire...

Le mot eut du succès, et bientôt tout le bon peuple de Compiègne se demanda si le roi pourrait ou ne pourrait pas, comme on disait alors, planter son mai...

Philippe Auguste traversa la ville sans soupçonner la part d'ironie qu'il pouvait y avoir dans les acclamations et conduisit Agnès, vêtue d'une longue robe en fils d'or, jusqu'au château.

Quand le soir arriva, quelques personnes pieuses se mirent à prier pour que le roi de France *sortît victorieux de toutes ses entreprises,* cependant que la plupart des habitants de Compiègne s'installaient dans une taverne, pour y passer la nuit à vider des brocs de vin blanc en se racontant des obscénités...

Le lendemain matin, un garde du château, soudoyé, entra en courant dans la salle où les consommateurs, qui avaient bu et chanté jusqu'à l'aube, somnolaient sur les tables. Il les réveilla d'un mot :

— Victoire !

Il y eut alors un brouhaha, et le garde, très entouré, s'écria de nouveau, avec un grand sérieux :

— Victoire ! Le roi a pu !

Aussitôt, on lui demanda s'il était sûr du fait. Il prit un air offensé :

— J'étais derrière la porte...

Puis il expliqua que les choses s'étaient admirablement passées et que le drap qui prouvait la virginité d'Agnès avait été promené dans le château.

Bientôt, tout Compiègne fut au courant. D'une fenêtre à l'autre, les gens s'interpellaient :

— Vous savez, le roi a pu !

— Vive le roi !

Des groupes se formaient dans la rue, commentant l'événement. On vida des pichets de vin, on trinqua et, à midi, tout le monde était d'accord pour dire que la nouvelle allait faire très bon effet à l'étranger...

Philippe Auguste et Agnès eurent une lune de miel qui émerveilla le bon peuple toujours sentimental. Le roi ne quittait pas la nouvelle reine. On les voyait ensemble à la chasse, aux tournois, aux assemblées de poètes. On les applaudissait, les trouvères composaient sur leur bonheur des chansons dithyrambiques et l'on finissait par oublier complètement Ingeburge, qui continuait à pleurer dans son couvent.

La pauvre avait été mise au courant du remariage de Philippe Auguste. Elle savait qu'il était passionnément épris d'Agnès, et cela lui causait « très grande douleur ». Des jours entiers, elle sanglotait en se demandant ce qu'elle avait pu faire pour que le roi lui vouât une haine aussi féroce, alors qu'elle l'aimait tant.

Parfois, soutenue par une confiance extraordinaire, elle reprenait espoir et imaginait Philippe Auguste entrant dans sa cellule et l'invitant tendrement à reprendre sa place de reine et d'épouse...

Et elle s'attardait sur cette image avec extase.

Pendant qu'Ingeburge pleurait ou se leurrait ainsi, la cour de Danemark ne restait pas inactive et envoyait des ambassadeurs auprès du pape pour protester contre le remariage de Philippe Auguste. Mais Célestin III, alors âgé de quatre-vingt-douze ans, n'avait plus l'énergie nécessaire pour entrer en lutte contre le bouillant roi de France. Il se contentait de hocher la tête avec désapprobation et d'envoyer sa bénédiction à Ingeburge.

Philippe Auguste et Agnès, que les seigneurs avaient surnommée *la fleur des dames*, pouvaient filer le parfait amour en toute tranquillité.

Pendant dix-huit mois, la cour fut en fêtes, et le peuple se félicitait déjà d'avoir enfin un roi heureux en ménage, lorsqu'une lettre foudroyante arriva de Rome. Célestin III venait de mourir, et son successeur, Innocent III, prenant la défense d'Ingeburge, ordonnait à Philippe Auguste de renvoyer Agnès, considérée comme une concubine, et de reprendre la vie commune avec la reine répudiée.

Le roi, furieux, déchira la lettre et ne répondit pas.

Alors, Innocent III envoya un légat avec une seconde missive. Philippe Auguste consentit à le recevoir, lut l'admonestation du pape et dit calmement :

— Vous direz au Saint-Père qu'Agnès est ma femme et que personne ne pourra m'en séparer.

Puis, avec le minimum d'égards, il reconduisit le légat jusqu'à la porte. Avant de s'en aller, l'envoyé pontifical fit une petite révérence et dit d'un ton ferme :

— C'était le dernier avertissement du souverain pontife. Maintenant, vous pouvez vous attendre au pire.

Et il quitta la pièce, laissant Philippe Auguste très mal à l'aise.

Philippe Auguste était bon chrétien ; il fut sincèrement bouleversé par les menaces du pape. Mais son amour pour Agnès était si grand qu'il répugnait à envisager une séparation même provisoire. Des conseillers lui suggérèrent d'installer la reine dans un endroit proche de Paris et de la rencontrer secrètement ; il refusa, disant que, céder à Innocent III, c'était humilier Agnès devant toute l'Europe.

Le pape patienta pendant dix mois. Finalement, excédé, il fit se réunir un concile à Dijon, le 6 décembre 1199, et l'interdit fut prononcé...

C'était là le « pire » annoncé par le légat.

Quand il apprit la nouvelle, Philippe Auguste, pâle et tremblant de colère, eut une réaction qui étonna tout le monde. Il lança l'ordre d'arrêter le légat du pape !... Mais celui-ci avait déjà, fort prudemment, passé la frontière.

Le peuple fut consterné en apprenant le malheur qui venait de s'abattre sur la France.

— La reine Agnès est une sorcière bien plus dangereuse que la reine Ingeburge, disait-on, car il a fallu qu'elle use d'un charme pour tenir ainsi le roi en son pouvoir.

Et, dans toutes les villes du royaume, on critiqua violemment l'attitude de Philippe Auguste. Personne ne comprenait, en effet, qu'un souverain pût accepter avec autant de désinvolture d'exclure la France de la chrétienté à cause d'une femme ! C'est à ce moment que l'on commença à désigner Agnès par le nom que lui avait donné le pape dans une de ses lettres : l'*Intruse*...

Lorsque la terrible sentence fut exécutée et que toute la vie religieuse eut été paralysée, les plaintes devinrent plus furieuses encore. Il est vrai que les effets de l'interdit étaient épouvantables.

Voici ce que dit Rodulph, moine cistercien qui vivait à cette époque : « Quel aspect misérable ! Les portes des églises et des couvents étaient verrouillées. On en chassait les chrétiens comme des chiens. Il n'y avait plus de service religieux, ni de sacrements du corps et du sang de N.-S. Plus de foule se réunissant les jours de fêtes saintes. Aucun mort ne fut enseveli selon le rite chrétien. Les cadavres, gisant par-ci, par-là, empestèrent l'air et inspirèrent une indicible terreur aux survivants. »

Philippe Auguste savait que tout son peuple lui reprochait de ne point céder devant le pape ; il savait que tous ces morts qu'on n'enterrait plus pouvaient provoquer des épidémies terribles ; il savait qu'en ces temps de foi ardente personne ne lui pardonnait de laisser fermer les églises ; pourtant, il ne pouvait se résoudre à se séparer d'Agnès.

Et, comme il lui fallait passer sa colère sur quelqu'un, il se tourna naturellement vers la malheureuse Ingeburge...

Un matin, des hommes d'armes entrèrent dans la cellule qu'elle occupait au couvent de Cysoing.

— Par ordre du roi, suivez-nous !

Tremblante, la pauvre recluse se leva.

— Où m'emmenez-vous ?

— Le roi nous a fait défense de le dire !

Ingeburge connaissait les usages. Elle pensa qu'on la conduisait en quelque endroit bien isolé pour la poignarder tranquillement, et elle regretta de mourir ainsi à vingt-cinq ans...

Pourtant, elle sortit de sa cellule et monta sur le cheval qu'on avait préparé pour elle.

Mais les envoyés du roi n'avaient pas reçu l'ordre de l'assassiner. Ils se contentèrent de l'emmener dans un cachot situé en un lieu que personne ne connut jamais.

Pendant ce temps, Agnès était moins heureuse que ne le pensait Ingeburge.

Elle se plaignait de voir son mari absorbé par les affaires du royaume alors qu'elle eût voulu qu'il s'occupât d'elle exclusivement, qu'il restât tout le jour à ses côtés, qu'il la prît sur ses genoux et lui fît, entre deux jeux d'amour sur une fourrure, au coin du feu, la lecture de quelques beaux poèmes d'amour courtois... Elle finit par supplier le roi de tout abandonner et de partir avec elle loin de Paris, loin de la France... ce qui était pour le moins extravagant !

Comment imaginer le roi loin de son royaume au moment où le pape l'attaquait et au moment où le pays se mettait à douter de lui ? Au contraire, Philippe entendait plus que jamais montrer son autorité. Il rattachait au domaine royal le comté d'Évreux, qui appartenait au roi d'Angleterre ; il mariait (en Normandie, à cause de l'interdit) son fils, le prince Louis, à la petite-fille d'Aliénor : Blanche de Castille (union qui pouvait faire espérer une réconciliation entre les deux dynasties rivales), et il publiait une charte restée fameuse qui précisait les privilèges de l'université de Paris. Enfin, pour montrer au pape qu'il était maître chez lui, il chassait les évêques de leurs sièges, les renvoyait hors des frontières de France et confisquait leurs biens.

Au mois de septembre 1200, après huit mois d'interdit, le peuple devint soudain menaçant. Dans certains endroits, les cadavres, que l'on n'avait pas le droit d'enterrer, dégageaient une telle puanteur que des villages entiers étaient incommodés. Le roi savait quels graves ennuis devaient supporter ses sujets, mais il ne voulait pas céder. Lorsqu'on lui conseillait d'éloigner Agnès et de reprendre les pourparlers avec le pape, il s'écriait, le regard brillant :

— Elle m'est unie par la chair ! J'aime mieux me faire mécréant plutôt que d'en être séparé !

Pourtant, devant la colère croissante d'un peuple qui menaçait de se soulever, il finit par s'incliner. Il envoya des émissaires à Rome supplier le pape de lever l'interdit et de réunir, pour étudier la validité de son union avec Ingeburge, un concile auquel il s'engageait par avance à se soumettre.

Innocent III, inflexible, exigea avant toute chose le renvoi d'Agnès et le rappel d'Ingeburge.

Philippe Auguste dut céder.

Après avoir fait conduire Agnès au château de Poissy, il fit installer la reine répudiée dans le château de Saint-Léger-en-Yvelines, près de Paris.

Aussitôt, l'interdit fut levé. Il avait duré neuf mois.

Quelque temps après, le concile qu'avait demandé le roi se réunit à Soissons en présence d'Ingeburge, fort étonnée. Les débats furent tumultueux, et Philippe Auguste s'aperçut vite que les choses ne tourneraient pas à son avantage.

Il eut alors une idée extraordinaire.

Se levant brusquement, il déclara qu'il reconnaissait Ingeburge pour sa femme légitime et lui rendait tous ses droits.

— Je n'ai jamais cessé de l'aimer, dit-il.

Et, tandis que les cardinaux demeuraient stupéfaits, il l'entraîna vers la cour du château, la fit monter sur son cheval et l'enleva[57]...

Immédiatement, le concile fut dissous.

C'est tout ce que voulait le roi, car, bien entendu, il s'agissait d'une feinte...

Lorsqu'elle apprit ce qui s'était passé à Soissons, Agnès, rendue extrêmement émotive par une maternité prochaine, eut une crise de désespoir.

— Philippe ! Mon Philippe bien-aimé, cria-t-elle, pourquoi m'as-tu abandonnée ?

Et elle sanglota longuement, croyant que le roi aimait de nouveau Ingeburge. De temps en temps, elle s'arrêtait de pleurer pour presser de questions les dames qui lui tenaient compagnie dans le château de Poissy :

— Lorsqu'il emmena Ingeburge sur son cheval, la tenait-il serrée contre lui ? Lui parlait-il ? Et elle, que faisait-elle ?

Personne ne pouvant lui répondre, elle tomba dans un état inquiétant de prostration.

Au bout d'un mois, elle accoucha toutefois d'un garçon.

— Croyez-vous que le roi viendra voir son fils ? demanda-t-elle.

Gentiment, on lui donna de l'espoir. Mais Philippe Auguste, qui ne voulait pas alerter la méfiance du pape, ne vint pas à Poissy.

Alors les forces d'Agnès déclinèrent ; elle refusa toute nourriture et passa ses jours et ses nuits à pleurer.

Un matin, on vint lui annoncer qu'Ingeburge avait été reconduite dans la prison d'Étampes. Peut-être crut-elle à un aimable mensonge, car elle sourit et dit simplement :

— Par ma faute, le roi a enduré bien des tourments...

Le soir même, elle mourut.

Un messager partit alors pour Paris, et quelques heures plus tard, dans son château du Louvre, le roi de France pleurait l'être qu'au monde il avait le plus aimé.

Agnès fut inhumée dans l'église de Saint-Corentin, près de Nantes.

57. GUILLAUME LE BRETON, *op. cit.*

Et Philippe Auguste, pour honorer sa mémoire, demanda au pape la légitimation des trois enfants qu'elle lui avait donnés.

Innocent III, désireux de faire la paix avec le roi de France, lui accorda cette faveur par une lettre où Agnès, qu'il appelait autrefois l'*intruse*, et la *femme du dehors*, était dénommée la « noble femme, fille du noble homme, duc de Méranie »...

Cette légitimation était la reconnaissance implicite du mariage d'Agnès et de Philippe Auguste. Le peuple, qui avait tant souffert des rigueurs de l'interdit, trouva ce revirement papal stupéfiant [58].

— On nous a donc ennuyés pour rien, disaient les gens, furieux.

Ce qui était une réaction point sotte du tout.

Philippe Auguste, dont la mauvaise foi n'est plus à démontrer, rendit Ingeburge responsable de la mort d'Agnès et donna des ordres pour que la prisonnière d'Étampes fût traitée avec la dernière sévérité. Puis il pensa qu'en lui rendant la vie intenable, il l'amènerait peut-être à demander elle-même le divorce, et il organisa contre la pauvre femme une persécution de tous les instants.

Ingeburge endura sans se plaindre les pires tourments. L'amour qu'elle portait à Philippe était si grand qu'elle préférait encore vivre dans une prison de France plutôt que de retourner au Danemark...

Un jour de 1203, pourtant, les souffrances étant trop vives, elle écrivit au pape cette lettre émouvante :

Je suis persécutée par mon seigneur et mari Philippe qui, non seulement ne me traite pas comme sa femme, mais me fait abreuver d'outrages et de calomnies. Dans cette prison il n'y a aucune consolation pour moi, mais de continuelles et intolérables souffrances. Personne n'a le droit de venir me voir, ni ne l'ose. Aucun religieux n'est admis à réconforter mon âme en m'apportant la parole divine. On empêche les gens de mon pays natal de m'apporter des lettres et de causer avec moi. La nourriture que l'on me donne est à peine suffisante ; on me prive même des soins médicaux les plus nécessaires à ma santé. Je ne peux pas me baigner. Si j'ai besoin d'une saignée, je n'ai personne pour y recourir. Et, à cause de cela, je crains que ma vue n'en souffre et que d'autres infirmités plus graves encore ne surviennent. Je n'ai pas non plus assez de vêtements et ceux que je mets ne sont pas dignes d'une reine. Enfin, ce qui rend ma misère plus insupportable, ce sont les femmes acariâtres que le roi m'a données comme société. Elles me parlent d'une façon railleuse et offensante. Je n'entends que des grossièretés ou des insultes.

Les lettres que Votre Sainteté m'a envoyées, je n'ai pu les recevoir. Découragée et incertaine de ce que je ferai dans l'état où je suis, dégoûtée de vivre, je tourne les yeux vers vous, Saint-Père. Je pense à mon âme, pas à mon corps. Je meurs chaque jour pour garder entièrement le droit au mariage.

58. RIGORD, *Gesta Philippi Augusti.*

Si mon seigneur Philippe, célèbre roi des Français, trompé par les ruses du diable, voulait encore une fois plaider sa cause contre moi, je désirerais être conduite dans un endroit où je puisse m'expliquer librement et, remise en liberté, obtenir de Votre Miséricorde Apostolique d'être relevée des déclarations qui auraient pu m'être arrachées par la contrainte.

Cette lettre émut le pape qui adressa de sérieuses remontrances à Philippe Auguste ; celui-ci, peu désireux de recommencer la guerre avec Rome, jugea prudent de se soumettre et fit adoucir la détention d'Ingeburge.

La reine répudiée en conçut immédiatement un espoir insensé qui l'aida à vivre dans l'inconfortable prison d'Étampes.

C'est alors que le roi pensa à se remarier pour la quatrième fois. Il avait bien, depuis quelque temps, une liaison avec une jeune personne que les chroniqueurs nomment « la demoiselle d'Arras[59] », mais c'était une femme légitime qu'il voulait, sachant bien que le pape ne s'opposerait plus à son remariage. En effet, Innocent III était maintenant disposé à reprendre la procédure de divorce, en tenant compte, cette fois, de l'*accusation de sorcellerie* portée contre Ingeburge...

Ce fait nouveau rassurait Philippe Auguste. Et sans doute serait-il arrivé à faire annuler son union et à chasser définitivement Ingeburge de son royaume, si certains événements politiques n'étaient venus bouleverser tous ses plans.

A cette époque, Jean sans Terre, roi d'Angleterre, qui, depuis longtemps, jalousait Philippe Auguste et voulait sa perte, trouva un allié sur le continent, en la personne de l'empereur germanique Othon de Brunswick.

Leur coalition fit peser immédiatement une menace extrême sur notre pays.

Fort inquiet, Philippe Auguste comprit qu'une bataille dont pouvait dépendre non seulement la couronne, mais l'avenir de la France, allait avoir lieu, et il se prépara. Il fit fortifier Paris et les principales villes du domaine royal : Reims, Châlons-sur-Marne, Péronne...

Puis il se dit qu'il lui faudrait une flotte pour tenir tête convenablement à l'Angleterre et il pensa au Danemark, dont les navires étaient les plus beaux d'Occident.

Il était difficile, toutefois, de négocier une alliance avec la cour danoise sans rendre d'abord à Ingeburge son rang de reine de France... L'instant était grave. Philippe n'hésita pas. Il courut à Étampes et parut dans la cellule où la prisonnière commençait, après vingt ans de réclusion en divers endroits, à perdre l'espoir d'être libre un jour.

En le voyant entrer, elle tomba à genoux. Il lui tendit une main, qu'elle baisa.

— Relevez-vous, madame, je viens vous chercher. Par suite d'une

59. Cette favorite lui donna un fils qui devint archevêque de Noyon.

male inspiration, je vous ai fait mauvaiseté. Pardonnez-moi. Votre place est sur le trône de France, à côté de moi.

Ingeburge avait toujours, et contre toute logique, espéré que cet instant viendrait. Elle pleura, s'accrocha aux mains de Philippe Auguste et essaya de se faire embrasser. Le roi, « qui avait encore quelques craintes, ne put s'y résoudre le premier jour... ». Mais c'est en lui tenant la main qu'il la ramena au palais.

Quelques années passèrent. Elles furent consacrées à des préparatifs de guerre, et Philippe Auguste, attentif à traiter Ingeburge en souveraine, lui exposait en détail la marche des événements.

Il s'aperçut alors qu'elle était de bon conseil et s'en réjouit. La présence de la reine au Louvre eut d'ailleurs un excellent effet sur le roi : délivré de la répulsion presque superstitieuse qu'il avait pour Ingeburge depuis vingt ans, et qui le rendait parfois extrêmement nerveux, il retrouva peu à peu son équilibre, et c'est en possession de tous ses moyens qu'il se prépara à livrer la plus importante bataille de notre histoire.

L'encerclement de la France ayant fait de rapides progrès, Philippe Auguste lança un appel à ses grands vassaux, qui vinrent se grouper autour de lui avec tous les hommes dont ils disposaient. Il y eut ainsi, en ce début de juillet 1214, une véritable atmosphère de mobilisation générale.

Le 12, le roi quitta le Louvre, après avoir reçu de la reine Ingeburge « long et doux baiser sur les lèvres en manière de protection », et monta vers le nord avec ses armées. Derrière Valenciennes, il y avait l'empereur Otho et quatre-vingt mille hommes. Il fallait leur livrer bataille et les vaincre...

La rencontre eut lieu le 27 juillet, non loin de Cysoing, où Ingeburge avait été longtemps détenue, et près d'un petit village appelé Bouvines. C'était un dimanche. Il faisait une chaleur écrasante. Après trois heures de combats épouvantables, l'armée de la coalition fut mise en pièces par les vingt-cinq mille Français qui firent des prodiges d'héroïsme.

Sans cette victoire « créatrice », la France n'eût jamais existé.

Philippe Auguste, qui, désarçonné et piétiné par les chevaux, avait failli être tué pendant la bataille, rentra triomphalement à Paris où l'attendait Ingeburge...

Pendant dix ans, les deux souverains vécurent heureux et unis. Jamais la reine n'eut un mot amer au sujet des vingt plus belles années de sa vie passées en captivité.

Et, lorsqu'en juillet 1223, le roi, qui avait contracté le paludisme à Saint-Jean-d'Acre, fut atteint d'une forte fièvre et se sentit décliner, il appela son fils, le futur Louis VIII, et lui dit :

— Mon fils, tu ne m'as jamais chagriné. Je te prie d'honorer Dieu et l'Église comme je l'ai fait moi-même. J'en ai recueilli une grande utilité et tu en recueilleras une grande aussi. Je te prie pour les pauvres. Je te prie pour Madame la Reine, à qui j'ai fait trop d'injures...

Puis, ajoutent les chroniqueurs, « il se mit à pleurer et ne dit plus rien d'autre ».

Après cette dernière pensée pour Ingeburge, il mourut. Il avait cinquante-huit ans.

La reine lui survécut treize ans, presque cachée dans une demeure qu'elle s'était fait construire dans une île de l'Essonne, à Corbeil. C'est là qu'elle mourut en 1236, encore éblouie par dix années de bonheur passées auprès de son seigneur Philippe...

13

L'amour de Thibaut de Champagne pour Blanche de Castille sauva la couronne de France

Elle s'aida du comte de Champagne et de son amour. Elle débrouilla, de ses mains très longues, le fil d'une interminable conspiration.

JEAN COCTEAU

En 1199, il y avait à la cour de Castille deux petites princesses fort jolies. L'une s'appelait Urraca, l'autre Blanche. Elles avaient respectivement douze et onze ans.

Dire qu'elles s'amusaient énormément dans l'austère château de Palencia serait excessif. En réalité, les deux fillettes s'ennuyaient affreusement.

Leur seule distraction consistait à prier pour que les Maures quittassent l'Espagne. Ce qui ne peut être tenu pour un passe-temps fort distrayant.

A cette époque, en effet, l'étendard vert de l'Islam flottait encore sur Grenade, Cordoue, Séville, ainsi que sur cette pointe que les infidèles appelaient Djebel al-Tarik, en attendant que les chrétiens transforment ce nom en « Gibraltar ».

Le soir, lorsqu'elles avaient fini de prier, Urraca et Blanche étaient parfois autorisées à venir écouter, dans la grande salle du château, des chants guerriers ou le récit de carnages épouvantables fait par quelque jongleur de passage. Après quoi, on les conduisait, tremblantes d'effroi, se coucher dans de grands lits.

Un jour d'hiver, Aliénor d'Aquitaine (qui — rappelons-le — était la mère du roi d'Angleterre et la grand-mère des deux princesses) arriva à Palencia. Tout le château fut immédiatement en révolution.

La vieille reine, âgée alors de quatre-vingts ans, venait négocier, avec son gendre Alphonse VIII de Castille[60], une union dont l'idée

60. Il avait épousé Aliénor d'Angleterre, fille d'Aliénor d'Aquitaine et de Henri II.

stupéfia toute la cour. Il s'agissait de marier l'une des petites princesses à Louis de France[61]...

Aliénor expliqua, avec sa fougue habituelle, que cette union était une des conditions du traité de paix que voulaient signer son fils Jean sans Terre, roi d'Angleterre, avec Philippe Auguste, roi de France.

Alphonse de Castille pensa tout d'abord que le roi d'Angleterre disposait de ses nièces avec beaucoup de désinvolture ; puis l'idée d'être un jour le père d'une reine de France flatta sa vanité et il accepta.

— Laquelle le prince veut-il pour femme ? demanda-t-il.

Aliénor répondit que le prince n'avait aucune opinion, attendu que, pour l'heure, il allait sur ses douze ans.

— Dans ce cas, dit Alphonse, qui voulait faire les choses avec soin, il faut poser la question au roi de France.

Des messagers partirent aussitôt pour Paris...

Philippe Auguste les reçut avec gentillesse, mais jugea prudent de ne prendre aucune décision.

— Dites à votre seigneur le roi de Castille que je vais lui envoyer ma réponse, dit-il.

Et il dépêcha des ambassadeurs de bon goût, et fort experts en matière de femmes, au château de Palencia, avec mission de ramener celle des princesses qui leur semblerait la plus désirable.

Les deux sœurs virent arriver un beau matin un groupe important de brillants cavaliers.

— Rentrez vite ! leur dit-on, ce sont des Français !

Et on les enferma dans une chambre.

Les ambassadeurs furent reçus en grande pompe par Alphonse VIII et sa cour ; puis on appela les princesses. Les Français remarquèrent immédiatement que la plus jolie était l'aînée et s'apprêtaient à déclarer sans plus tarder que Philippe Auguste avait fixé son choix sur elle, lorsque Alphonse VIII la présenta :

— La princesse Urraca !

En entendant ce prénom bizarre, les ambassadeurs, nous dit un chroniqueur, « éprouvèrent un sensible déplaisir » et se tournèrent vers la seconde fillette.

— La princesse Blanche, dit Alphonse en souriant.

Les Français furent soulagés. Avec beaucoup de grâce, ils déclarèrent alors au roi de Castille que son aînée avait sans doute une beauté sans pareille et que ses vertus étaient d'ailleurs connues de Philippe Auguste ; mais qu'elle portait un prénom qui constituait un empêchement majeur à son mariage avec le prince Louis.

— Jamais, dirent-ils, une reine de France ne s'est appelée Urraca. Et il est à craindre que le gentil peuple de chez nous ne conçoive un très vif étonnement en entendant ce nom, et même qu'il soit tenté de composer sur lui des chansons ironiques. C'est pourquoi nous avons

61. Fils que Philippe Auguste avait eu de sa première femme, Ysabelle de Hainaut.

l'honneur de vous demander, pour le prince Louis, la main de votre fille Blanche...

C'est ainsi que, à cause de son prénom, la plus jeune des filles d'Alphonse de Castille fut amenée à jouer un rôle dans l'histoire de France [62].

Au mois de mars 1200, Blanche dit adieu à ses parents et, en compagnie de son infatigable grand-mère, partit pour la France. A Pâques, elles étaient à Bordeaux. Là, la vieille reine prit soudain la décision d'entrer au couvent et, laissant sa petite-fille à la garde de l'archevêque Élie de Malmort, elle se dirigea vers l'abbaye de Fontevrault.

Blanche arriva au mois de mai en Normandie, où l'attendait Jean sans Terre dans son château de Boutavant, situé au bord de la Seine. Aussitôt, un messager traversa le fleuve et se rendit au château de Goulet pour avertir Philippe Auguste et Louis que le traité pouvait maintenant être signé.

Le lendemain, 22 mai 1200, dans un champ situé à égale distance des deux châteaux, les souverains, qui s'étaient si souvent affrontés dans les combats, se rencontrèrent en robes brillantes et en manteaux fourrés.

L'entrevue eut lieu sous une tente richement décorée de tapisseries flamandes. Devant la porte, flottaient, côte à côte, l'étendard anglais aux trois léopards écarlates et la bannière fleurdelisée...

Une dernière fois, Philippe Auguste relut le texte préparé par les secrétaires royaux. Jean sans Terre s'engageait à céder au roi de France le Vexin, l'Évrexin et Évreux. En outre, il donnait en dot à sa nièce les fiefs d'Issoudun et de Graçay, avec vingt mille marks d'argent. Enfin, et c'était peut-être là le point capital de ce traité, *il s'engageait, s'il mourait sans héritier, à léguer à Louis tous les domaines qu'il possédait encore en France.*

— Ce mariage, qui fait de ton fils mon neveu, dit Jean sans Terre, doit ouvrir une ère de paix.

— Désormais, il ne doit plus être question de guerre entre nous, dit Philippe Auguste.

Puis les deux souverains apposèrent leur signature sur le parchemin. Lorsqu'ils parurent ensemble à la porte de la tente, une ovation les accueillit.

« Nous voilà en paix pour mille ans ! » pensait le menu peuple, toujours prompt à s'enthousiasmer.

Le mariage devait avoir lieu le lendemain. Comme la France était alors frappée d'interdit par Rome, à cause de la détention injustifiée de la reine Ingeburge, les prêtres n'avaient pas le droit de bénir les nouveaux époux. Il fallait donc que le prince Louis se rendît en territoire anglais.

Cela ne plaisait pas à Philippe Auguste qui, malgré le traité et les

62. *Grandes chroniques de Castille*, rédigées par le roi Alphonse le Sage.

bonnes paroles prononcées sous la tente, demeurait sur ses gardes et craignait qu'on ne retînt son fils prisonnier. Pour être tout à fait tranquille, il demanda à Jean sans Terre de venir en France pendant la durée de la cérémonie.

Le roi d'Angleterre ne se froissa pas de cette marque de méfiance et accepta de servir d'otage.

Le mariage fut célébré dans l'église de Portmort avec beaucoup de faste. Pendant que l'archevêque de Bordeaux officiait, les deux enfants, que personne n'avait eu l'idée de réunir au moins une fois avant leur bénédiction nuptiale, se considéraient avec une curiosité amusée.

Ni l'un ni l'autre ne semblait comprendre ce qui se passait. Ils se souriaient et manifestaient parfois, par une grimace ou un soupir, leur impatience de quitter toutes ces grandes personnes qui chantaient de trop longues prières...

Après la cérémonie, on les emmena au château de Goulet où les deux jeunes mariés commencèrent à jouer ensemble fort gaiement.

Leur nuit de noces n'eut lieu que trois ans plus tard, à Paris[63].

Un amour violent unit alors Blanche et son mari. Et c'était un plaisir de voir ces jeunes époux de quinze ans se promener la main dans la main et rayonnants de bonheur, au Louvre, à Orléans, à Blois ou à Chaumont...

Pourtant, cette vie calme dura peu. Blanche savait qu'elle devait assurer la continuité de la dynastie et elle s'y appliqua consciencieusement.

Ses premiers essais furent, hélas ! malheureux.

En 1205, elle donna le jour à une petite fille qui mourut en bas âge. En 1209, elle eut un fils, Philippe, qui fut emporté à neuf ans par une forte fièvre. En 1213, elle mit au monde deux jumeaux, Alphonse et Jean, qui moururent jeunes. Enfin, en 1214, l'année de Bouvines, elle donna le jour au futur Saint Louis...

Six autres enfants suivirent. Mais celui-là devait être son préféré.

Le prince Louis, on le pense bien, ne passait pas tout son temps à la préparation de ces naissances. Il guerroyait à la tête d'une des armées royales partout où Philippe Auguste ne pouvait se trouver en

63. La paix entre Philippe Auguste et Jean sans Terre, que devait apporter ce mariage, fut rompue quelques mois plus tard à cause d'une histoire d'amour que je résume ici : en août, le roi d'Angleterre s'étant rendu en Charente fut reçu avec faste par les Lusignan. Or, l'un d'eux, Hugues, allait se marier avec Isabelle d'Angoulême qui était d'une grande beauté. Jean sans Terre en tomba amoureux, l'enleva, l'emmena en Angleterre et l'épousa après avoir répudié sa femme, Hervoise Gloucester.

Les Lusignan, furieux, portèrent l'affaire devant le roi de France qui cita à comparaître le roi Jean en qualité de duc de Normandie. L'Anglais refusa de venir à Paris. Philippe Auguste le fit juger par défaut et la cour le déclara déchu, pour forfaiture, de toute la terre que lui et ses ancêtres avaient pu tenir en fief du roi de France... Décision importante qui annulait *en droit* les funestes effets du second mariage d'Aliénor et permettait à Philippe Auguste de considérer comme siens tous les territoires anglais, des Pyrénées à la Picardie. L'amour de Jean sans Terre pour Isabelle d'Angoulême allait donc avoir pour effet de compliquer un peu plus les relations entre la France et l'Angleterre...

personne, et cherchait à montrer son courage. Il allait en avoir l'occasion.

En 1216, les barons anglais se révoltèrent contre Jean sans Terre, dont ils étaient las, et offrirent la couronne des Plantagenêts au roi de France. Philippe Auguste ayant accepté, bien entendu, allait envoyer quelques troupes en Angleterre, lorsque le cardinal Gualon, légat du pape, vint lui conseiller de « ne point se mêler des affaires des autres ». Redoutant de nouvelles complications avec Rome, le roi se montra docile.

Il n'en fut pas de même de Louis.

Celui-ci, en effet, qui croyait avoir des droits sur la couronne d'Angleterre par sa femme Blanche, dont la mère était sœur du roi Jean, refusa tout net de renoncer au royaume qu'on lui offrait.

— Mon Seigneur, dit-il à son père, devant le légat, pardonnez-moi si je poursuis contre sans votre aveu ; mais le royaume qui m'est offert ne dépend pas de votre hommage, et si poursuivrai-je mes droits...

Le cardinal Gualon parut si navré que Philippe Auguste crut bon de lui assurer que son fils n'aurait de lui aucune aide pour cette entreprise. Mais le saint homme comprit qu'il était berné et il quitta le palais dans un état très éloigné de la sérénité...

Le 20 mai, le prince Louis partit de Calais avec six cents vaisseaux et quatre-vingts barques, en direction de Douvres où il n'arriva que trois jours plus tard, à cause d'une tempête violente qui l'avait désorienté. Le 2 juin, il était à Londres. Toute la ville l'accueillit avec enthousiasme, et les barons vinrent lui rendre hommage à l'abbaye de Westminster. Ayant prêté serment sur l'Évangile, il s'installa au palais et put se croire un moment roi d'Angleterre.

Mais, le 18 octobre, Jean sans Terre mourut à Newark-Castle, et son fils, âgé de dix ans, fut conduit à Gloucester où le légat du pape le couronna sous le nom de Henri III. Les barons n'avaient aucun motif de haïr cet enfant ; au contraire, ils comptaient profiter de sa faiblesse... Aussi Louis fut-il peu à peu abandonné par ceux-là mêmes qui l'avaient fait venir et il en conçut une grande amertume. Un autre serait rentré sagement en France ; lui, voulut résister.

Blanche, qui suivait ses efforts de Paris, alla trouver Philippe Auguste et le supplia d'aider son fils. Le roi ayant refusé, trouvant — avec raison — l'entreprise inconsidérée, elle s'écria :

— Je sais ce que je ferai, monseigneur, j'ai biaux enfants, et, si vous me voulez éconduire, je les mettrai en gage à quelque haut seigneur qui me baillera hommes et argent...

Sans avoir eu besoin de recourir à ce moyen extrême, elle se rendit à Calais et, en compagnie d'un célèbre pirate, Eustache le Moine, grand écumeur de mer, elle organisa une flotte de secours pour son mari.

Ce fut sa première manifestation d'énergie et d'autorité.

Malheureusement, Eustache le Moine fut battu par la marine anglaise, et Louis dut revenir en France, abandonnant tout espoir de régner sur l'Angleterre. Presque aussitôt, le destin lui donna un autre trône, car, en juillet 1223, Philippe Auguste quittait ce monde. Quelques jours après, Louis VIII et Blanche de Castille étaient sacrés à Reims.

En 1226, le nouveau roi participa à la croisade contre les Albigeois. Après avoir soumis partiellement le Languedoc, il vint mettre le siège devant Avignon. Là, tout à coup, un certain nombre de grands vassaux l'abandonnèrent, plaçant ainsi l'armée royale dans une situation difficile. L'instigateur de cette trahison était le comte Thibaut de Champagne, un délicat poète qui n'allait pas tarder à nuire énormément à la réputation de la reine Blanche... L'opération put, néanmoins, être menée à bien.

En revenant de cette expédition, Louis VIII tomba gravement malade à Montpensier. Il souffrait d'une forte dysenterie, et l'on comprit rapidement qu'il serait difficile de le sauver. Alors, Archambaud de Bourbon déclara qu'il avait entendu dire que des rapports avec une vierge pouvaient apporter un soulagement dans ce genre de maladie. Aussitôt — à l'insu du roi — on se mit en quête d'une jolie fille pouvant servir de remède. Après plusieurs jours de recherches, un capitaine découvrit dans une excellente famille une adorable blonde de dix-huit ans qui lui sembla devoir faire l'affaire. Honnête et franc chevalier, il expliqua aux parents ce que l'on attendait de leur fille. Les braves gens ne purent cacher leur joie et se mirent à pleurer en disant que le ciel était bien bon d'avoir permis qu'un tel honneur tombât sur leur maison.

La jeune fille fut donc menée auprès du roi. Archambaud de Bourbon, après lui avoir fait mettre une chemise de nuit, lui donna quelques conseils pratiques et la conduisit dans la chambre où le moribond somnolait. Timide, elle s'assit sur le lit et attendit. Soudain, Louis VIII ouvrit les yeux.

— Qui êtes-vous ? dit-il, fort surpris.

La gracieuse personne expliqua en rougissant ce qu'elle venait faire, ajoutant que « ce n'était pas pour lui donner du plaisir, mais pour guérir sa maladie ».

Le roi la remercia :

— Je n'ai pas besoin de vous, ma fille. A aucun prix, je ne voudrais être infidèle à la reine Blanche.

Puis il mourut.

Après la mort de Louis VIII, des bruits fâcheux coururent dans le peuple. On disait que le roi n'avait pas succombé à une dysenterie, mais qu'il était mort empoisonné[64]...

— C'est une affreuse vilenie, se lamentaient les braves gens, un crime diabolique...

64. Mathieu Paris, *Chroniques*. « Comme le bruit en court, le comte Thibaut fit donner un poison au roi, à cause de la reine qu'il aimait criminellement d'une passion charnelle : ce sentiment libidineux ne lui permettait pas de supporter un plus long délai. »

Et tout le monde accusait le comte de Champagne, Thibaut le Chansonnier, d'avoir versé une poudre maléfique dans les aliments du roi. A ceux qui s'étonnaient d'un tel geste, on expliquait que Thibaut était amoureux de la reine au point de n'avoir pu supporter l'idée que Louis VIII dormît à côté d'elle.

— Il compose des chansons pleines de passion qu'il va lui chanter au Louvre, murmurait-on, et il l'appelle « sa Dame »...

— Il s'imagine sans doute qu'elle va maintenant lui accorder tout ce qu'il espère, le beau seigneur !

— Si ce n'est déjà fait, mon compère !...

De tous ces racontars, une chose était certaine : Thibaut de Champagne aimait Blanche de Castille. Et avec une ferveur que nul, parmi ces braves gens qui cancanaient en souriant, ne pouvait soupçonner. Comme il était vrai aussi que Thibaut composait pour elle des chansons dont il faisait à la fois le poème et la musique, et qu'à plusieurs reprises il avait osé lui chanter lorsqu'elle se trouvait seule au Louvre. Certaines, d'ailleurs, étaient exquises :

Dame, quand devant vous je fus
Et vous vis la première fois,
Mon cœur si fort a tressailli
Qu'il resta là quand je partis...

Et sans doute était-ce pour revenir plus vite auprès de la Dame de toutes ses pensées qu'il avait brusquement quitté le roi pendant le siège d'Avignon. Il ne pouvait vivre, en effet, qu'aux côtés de la reine. Pour elle, il désertait son château de Provins, tout fleuri de roses, où pourtant il avait su grouper les plus jolies femmes de Champagne et les plus délicats chevaliers en une cour d'amour qui avait bonne renommée... Mais il était ridicule de prendre Thibaut pour un assassin.

C'était un tendre que sa passion sans espoir rendait infiniment triste. « Fréquemment, nous dit une chronique du temps[65], il lui souvenait du doux regard de la reine et de sa belle contenance. Lors, il entrait dans son cœur une pensée douce et amoureuse. Mais, quand il se rappelait qu'elle était si haute dame, de si bonne vie et si pure, sa douce pensée amoureuse se muait en grande tristesse. »

Hélas ! le pauvre allait être bientôt entraîné, à cause de son amour, dans des aventures extraordinaires dont certaines mettraient en péril la couronne de France...

Pendant que le trouvère champenois se consumait d'amour, Blanche de Castille, que Louis VIII mourant avait désignée comme gardienne du royaume, n'avait qu'une idée : faire sacrer à Reims son fils aîné.

Devinant que certains grands vassaux n'allaient pas tarder à lui causer des ennuis, elle profita de l'occasion pour savoir sur qui elle pouvait compter ; et elle invita à la cérémonie tous les barons, tous les

65. *Grandes chroniques de Saint-Denis.*

grands officiers, tous les dignitaires religieux, tous les représentants des communes...

— Venir au sacre, dit-elle au chancelier Barthélémy de Roye, c'est accepter de rendre hommage à mon fils, donc de faire serment de fidélité. Nous allons voir ceux qui répondront à l'invitation...

Les plus importants vassaux, qui n'avaient alors qu'un espoir : voir s'effondrer le royaume pour s'y tailler de beaux domaines, firent savoir qu'ils ne viendraient pas à Reims. Certains, comme le comte de Bretagne, les princes de la maison de Dreux et les seigneurs poitevins, furent presque grossiers dans leur réponse. D'autres, plus habiles, répondirent hypocritement que la mort du roi les avait plongés dans une douleur si grande qu'ils n'en étaient pas encore sortis, et qu'en conséquence il leur était impossible de se rendre à une fête pour le moment... D'autres, enfin, acceptèrent de venir si on les payait...

Ainsi, Blanche de Castille, dès les premières semaines de sa régence, sut à quoi s'en tenir sur les sentiments de ses vassaux. Tous, pourtant, n'étaient pas hostiles à la Couronne. Et le 29 novembre 1226, à Reims, il y eut tout de même, autour de l'enfant qu'on allait sacrer roi de France, une grande assemblée de seigneurs heureux de prononcer leur serment d'allégeance.

Toutefois, le plus fidèle, celui qui offrait à Blanche non seulement sa foi de loyal chevalier, mais encore toute sa tendresse d'amoureux, n'était pas là.

Pourquoi ? Parce qu'un incident regrettable s'était produit aux portes de la ville. Lorsque le comte de Champagne avait voulu entrer dans Reims, des bourgeois s'étaient jetés sur lui en criant :

— Arrière, empoisonneur ! Arrière, assassin ! Tu es indésirable au couronnement !...

Et ils l'avaient repoussé hors des murs. Alors Thibaut, croyant que ces gens obéissaient à un ordre de la reine, était retourné dans son château de Troyes, le cœur ulcéré. Et, sans plus tarder, il avait décidé de se joindre à la ligue des barons qui s'apprêtaient à lever l'étendard de la révolte.

Deux mois plus tard, il se trouvait avec eux à Chinon, où se discutait un plan d'attaque.

— Nous allons faire fuir « l'étrangère », disait Enguerrand de Coucy qui, déjà, s'était fait faire une couronne royale.

— Nous la renverrons dans sa Castille, ricanait Pierre, comte de Bretagne, surnommé Mauclerc pour avoir jeté le froc aux orties. Là, elle pourra en toute tranquillité s'ébattre nuitamment avec les évêques de son choix...

Tandis que les barons perdaient ainsi lcur temps en palabres et en plaisanteries de corps de garde, Blanche de Castille agissait. Un jour, une puissante armée arriva devant Chinon. La reine venait surprendre les révoltés.

Ceux-ci n'avaient pas prévu une offensive aussi brusque. Ils furent affolés, se querellèrent et finirent par accepter d'engager des négociations.

Auparavant, chacun dut venir se présenter seul devant la reine. Quand ce fut son tour, le comte de Champagne se prosterna en tremblant. Blanche alors le regarda doucement et lui dit avec une grande tendresse :

— Par Dieu, comte Thibaut, vous ne devriez pas être notre adversaire.

Et l'auteur des *Chroniques de Saint-Denis* nous dit que « le comte, ayant considéré la reine qui était si belle et si sage, fut tout ébahi de sa grande beauté et lui répondit :

» — Par ma foi, madame, mon cœur, mon corps et toute ma terre sont en votre commandement, et il n'est rien qui vous plaise et puisse vous plaire, que je ne fasse volontiers ; et jamais, s'il plaît à Dieu, je ne serai contre vous ni contre les vôtres ».

Cette soumission de Thibaut consterna les barons et acheva de les désemparer. Finalement, le 16 mars 1227, à Vendôme, la reine signait avec eux des traités de paix fort avantageux pour la Couronne.

Ainsi, comme nous le dit un de ses biographes, « en très peu de temps, et sans répandre une goutte de sang, Blanche de Castille réduisit à néant une redoutable coalition de barons[66] ».

Thibaut, qui avait beaucoup à se faire pardonner, suivit la reine à Paris où il se remit à composer pour elle des chansons touchantes. Las ! la vertueuse Blanche continuait de le repousser, et le poète glissait parfois dans ses déclarations les plus enflammées des pointes acides qui témoignaient de son dépit et de son amertume. C'est ainsi que, dans la strophe suivante, les deux derniers vers ont l'air d'une épigramme :

Mes grands désirs et tous mes durs tourments
Viennent de là où sont tous mes pensers.
J'ai très grand peur, car tous ceux qui l'approchent
Et qui ont vu son beau corps si parfait
Sentent en eux besoin de lui complaire.
Même Dieu l'aime, à escient le sais,
Et merveille est qu'aussi longtemps s'en prive...

On ne s'étonnera pas dans ces conditions que Thibaut n'ait fait qu'un court séjour au Louvre. Un soir, sur un mot un peu trop dur de la reine, il se vexa de nouveau et repartit dans ses terres en jurant qu'à la première occasion il reprendrait les armes contre elle.

Justement, à quelque temps de là, les barons, qui s'étaient tenus un moment tranquilles, se groupèrent autour d'un bâtard de Philippe Auguste : Philippe Hurepel, ou le Malpeigné, qui rêvait de monter sur le trône à la place de son neveu.

Thibaut se joignit à eux.

66. Georges Devain, *Blanche de Castille*.

Les nouveaux révoltés établirent cette fois leurs plans avec soin et commencèrent par essayer de s'emparer du jeune roi.

Un jour que Louis IX revenait d'Orléans, il se trouva brusquement devant des cavaliers armés de pied en cap qui, baissant leurs lances, chargèrent furieusement. Le futur Saint Louis n'était pas équipé pour affronter de tels adversaires. Tournant bride, il galopa avec ses compagnons vers le château de Montlhéry où il trouva asile. Aussitôt, un messager alla jusqu'à Paris prévenir Blanche de Castille de la situation. La reine, fort inquiète, chercha avec ses conseillers un moyen de sauver son fils. Toutes les suggestions ayant paru hasardeuses, on se résolut à éprouver un beau désespoir. Heureusement, la nouvelle ayant filtré du Louvre jusque dans la rue, les Parisiens, émus de savoir le jeune souverain en danger, s'assemblèrent sur les places et trouvèrent rapidement la solution que les dignes conseillers de Blanche cherchaient en vain. Ils s'armèrent de gourdins, de masses et d'instruments divers en criant :

— A Montlhéry ! Allons chercher le roi. Sauvons notre petit roi !

Et, en une longue colonne fort pittoresque, ils se rendirent à Montlhéry avec les milices communales et « là, trouvèrent le jeune Louis ; si l'en amenèrent à Paris, tuit rengié et serré et appareillé de combattre, s'il en feust mestier [67] ».

Cette tentative de rapt se terminait par un retour triomphal, ce qui mécontenta fort les révoltés.

A quelque temps de là, les barons, qui étaient soutenus par le roi d'Angleterre, se réunirent au château de Bellême pour tenir conseil et décider de nouvelles opérations propres à déclencher une guerre civile dans tout le pays.

Blanche de Castille résolut de renouveler sa manœuvre de Chinon. Accompagnée d'une puissante armée, elle marcha sur Bellême.

Bientôt, des éclaireurs lui signalèrent une troupe dont l'avant-garde se dirigeait vers l'ost royal en ordre de bataille.

La reine, qui montait une haquenée blanche, piqua des deux pour aller reconnaître l'oriflamme du vassal révolté.

Quand elle fut assez près pour distinguer les couleurs de l'ennemi, elle pâlit.

C'était Thibaut qui, le premier, venait engager le combat.

Toute l'armée royale se tint prête à subir le choc.

— Préparez-vous à charger ! cria le maréchal Jean Clément.

L'ennemi n'était plus qu'à un jet de pierre. Tout à coup, les soldats de Blanche de Castille virent les hommes sur lesquels ils s'apprêtaient à s'élancer agiter gaiement leurs écus et leurs oriflammes. Puis un cavalier s'avança vers la reine, mit pied à terre et s'agenouilla. C'était Thibaut, qui, au dernier moment, n'avait pu se résoudre à combattre celle qu'il aimait.

67. *Grandes chroniques,* année 1227.

— Ma Dame, dit-il, je ne serai plus jamais votre adversaire. Je vous offre mes troupes pour que nous luttions ensemble contre vos ennemis...

Quelques semaines plus tard, grâce à l'appui de Thibaut, les révoltés, enfermés dans le château de Bellême, devaient capituler.

Une fois de plus, l'amour avait sauvé la couronne de France !

Alors, Blanche considéra Thibaut avec un mélange de reconnaissance et de tendresse ; puis elle le ramena au Louvre où il lui chanta, un soir, cette chanson quasi désespérée :

Chanson ferai, car désir m'en a pris,
Sur la meilleure qui soit en tout le monde.
Sur la meilleure ? Je crois que fais méprise
Si telle était, par la joie de Dieu !
Elle eût bien pris de moi quelque pitié
Qui suis tout sien et suis à son service.
Pourquoi, mon Dieu ! pitié ne loge-t-elle
En sa beauté ? Dame que je supplie,
Je sens le mal d'amour pour vous :
Le sentez-vous pour moi ?
La grande beauté, qui m'éprend et m'agrée,
Qui sur toutes est la plus désirée,
Si bien retient mon cœur en sa prison.
Dieu ! je ne pense qu'à elle :
A moi que ne pense-t-elle ?

Quand Thibaut eut terminé, il s'aperçut que la reine pleurait. Allait-elle enfin cesser d'être inhumaine ?

Quelques jours après, les habitués du Louvre remarquèrent dans l'attitude de Blanche de Castille à l'égard de Thibaut un changement qui les étonna. Elle était tendre. Elle le couvait d'un regard un peu trop lourd, et l'on en conclut que le trouvère avait réussi à se frayer un chemin vers le lit royal.

Certains, qui savaient manier habilement la gaudriole, firent courir des plaisanteries fort grivoises dont tout le palais se régala. D'autres se contentaient de cligner de l'œil ; mais avec un air si égrillard que l'on n'aurait su dire lesquels, des muets ou des bavards, étaient les plus déshonnêtes...

Naturellement, la « nouvelle » ne tarda pas à franchir les murailles du Louvre et à se répandre dans Paris.

Le surlendemain, toute la ville s'en entretenait comme d'une chose certaine.

— Ce trouveur de chansons lui a joué son air de flûte ! disaient les commères.

— C'était tout prévu. Elle est espagnole. Elle a le sang chaud !

Les ennemis de la Couronne profitèrent de l'occasion qui leur était offerte pour salir Blanche de Castille. Des pamphlets coururent le pays. On traita la reine de débauchée et de sournoise. Des poètes allèrent jusqu'à la baptiser *Dame Hersent*, du nom de l'impudique et dévote femelle d'Ysengrin (le loup) dans le *Roman de Renart*...

Puis un trouvère à la solde des barons, Hues de la Ferté, qui était d'ailleurs le cousin d'Enguerrand de Coucy, composa des chansons pleines de fiel que tout Paris sut bientôt. Il accusait, sans aucune preuve, Thibaut de Champagne de se mêler des affaires de l'État, et il soupirait :

La France est bien abâtardie.
Entendez-vous, seigneurs barons,
Quand une femme la tient en sa puissance
Et une femme telle que vous savez.
Lui et elle côte à côte,
La conduisent de compagnie.
Celui qui est depuis peu couronné
N'a de roi que le nom...

La reine fut fort irritée en apprenant que de telles chansons étaient chantées par le peuple. Pourtant, au lieu de demander à Thibaut de regagner son château de Provins, où l'attendait Agnès de Beaujeu son épouse, ce qui eût coupé court à toutes les calomnies, elle le garda près d'elle[68].

Les barons triomphèrent.

— Voyez, dirent-ils. Elle ne veut point se séparer de son amant. Même au prix de son honneur. Or souvenez-vous que ce Champenois a empoisonné Louis VIII. C'est donc de l'assassin de son mari que Blanche de Castille est la maîtresse...

Et pour le bon peuple de France, qui passait déjà pour avoir la mémoire courte, Hues de la Ferté rima aussitôt une chanson destinée à rappeler les accusations portées naguère contre Thibaut :

Par le Fils de sainte Marie,
Qui en la croix fut supplicié,
Il a fait telles choses dans sa vie
Pour lesquelles il mériterait
D'être cité en justice.
Seigneur Dieu, vous le savez bien
Il ne se défendrait pas,
Car il se sent trop coupable.
Seigneurs barons, qu'attendez-vous ?

Comte Thibaut, doré d'envie,
Frété de félonie,
Vous n'êtes pas très renommé
Pour faire chevalerie.
Mais vous êtes plus habile
A la science de médecine[69].

68. *Chroniques de saint Magloire.*
69. Allusion à la drogue qui aurait empoisonné le roi.

Vous êtes vieux[70]*, sale, boursouflé,*
Vous avez tous les vices.

A une époque où les journaux n'existaient pas, la chanson satirique tenait lieu à la fois de presse d'opposition et de « presse à scandale ». Aussi, les couplets venimeux que les barons faisaient composer par Hues de la Ferté amusaient-ils beaucoup les gentils sujets du royaume.

Pendant ce temps, au Louvre, que se passait-il entre Blanche et Thibaut ?

Bien malin, en vérité, qui aurait pu le dire sans se tromper, car si la reine était toujours extrêmement tendre avec son trouvère, rien ne prouvait que leurs relations fussent aussi intimes que Hues de la Ferté voulait le laisser entendre.

Elle se montrait avec lui en tout lieu ; mais le jeune roi les accompagnait généralement. Elle lui souriait tendrement, mais personne ne les avait jamais vus se tenir par la main. Elle restait de longues heures en tête à tête en sa compagnie, mais pas une demoiselle de la suite ne les avait tout de même surpris au lit...

Une seule chose était certaine. Les chansons que composait Thibaut n'étaient plus tristes ; au contraire.

Et l'une d'elles semblait même donner raison à ceux qui clignaient de l'œil. La voici :

Alors je me mis à lui demander
Tout doucement
Qu'elle daignât me regarder
Et me faire autre visage.
Elle commence à pleurer
Et dit à l'instant :

— Je ne puis vous écouter,
Ne sais ce qu'allez chantant.
Près d'elle m'approche et dis :
— Hé belle, pour Dieu, pitié.
Elle rit, et répondit :
— N'en dites rien à personne !

Ce « N'en dites rien à personne » en dit long ; mais constitue-t-il une preuve ? Non. C'est pourquoi, depuis sept cents ans, les amours de Blanche de Castille et de Thibaut de Champagne font l'objet de controverses passionnées. De nombreux historiens se portent garants de la vertu de Blanche de Castille avec une fougue qui pourrait laisser croire qu'il s'agit de leur propre fille. D'autres soutiennent, sans apporter plus de preuves, mais aussi furieusement, que la reine Blanche n'était qu'une vicieuse et qu'une hypocrite. Devant tant de partialité, on me permettra de me ranger à l'avis du grave Paulin Paris, qui écrit

70. Insulte grotesque. Thibaut avait alors trente ans.

dans son *Romancero françois* : « Je chercherai donc ici la vérité historique dans toute sa libre nudité ; persistant à voir dans Blanche de Castille une princesse dont la sagesse et l'habileté ne peuvent être sérieusement contestées, mais que les plus admirables qualités n'ont peut-être pas entièrement exemptée des faiblesses de son sexe. »

Cet historien, que l'on ne peut vraiment suspecter de légèreté, ajoute d'ailleurs, quelques pages plus loin : « Après tout, notre grande reine eût-elle été si coupable, quand même elle n'eut pas désespéré l'amant qui, tant de fois, lui avait sacrifié ses plus chers intérêts ? N'était-elle pas maîtresse d'elle-même après la mort de son mari qu'elle avait aimé, qu'elle avait tant regretté ? Et puis la France eut-elle à se plaindre de voir, par cette passion, ses intérêts abandonnés ou négligés ? »

Certes non ! Et ce dernier point devrait bien mettre tout le monde d'accord.

Le 11 juillet 1230, un fait vint troubler de façon paradoxale les amours de la reine : Thibaut perdit sa femme.

Bien qu'il n'ait jamais ressenti pour elle une grande passion, il en eut quelque chagrin et s'en fut à Provins pour organiser les funérailles. Le lendemain de la cérémonie, il reçut une visite inattendue : Pierre Mauclerc, comte de Bretagne, qui voulait à toute force et par tous les moyens le rallier au parti des barons, venait lui proposer sa fille Yolande.

Thibaut, malgré son amour pour la reine, fut ébloui. Il savait que Yolande était une belle adolescente aux cheveux blond cendré, gracieuse de visage et agréable de formes. Il se souvenait que tous les barons, lorsqu'ils parlaient d'elle, avaient des flammes dans le regard. Et il se laissa convaincre sans trop de difficultés.

— Ma fille est à l'abbaye de Val-Secret, près de Château-Thierry, dit Mauclerc, elle vous attend.

Et il s'en alla, ravi du bon tour qu'il venait de jouer à la reine.

Le lendemain, à l'aube, Thibaut, en grand équipage, prenait la route de Château-Thierry. Le soir, il fut rejoint par un envoyé de Blanche, qui lui remit la lettre suivante :

Sire comte Thibaut, ai entendu que vous avez convenancé et promis au comte Pierre de Bretagne de prendre à femme sa fille. Partant, vous mande que si vous aimez le royaume de France, ne le fassiez point. Car vous savez que le comte de Bretagne a pis fait au roi que nul homme qui vive[71].

La reine, qui pourtant devait souffrir de la trahison de son ami, ne laissait échapper aucune plainte, ne montrait aucune amertume. Cette discrétion toucha Thibaut. Les larmes aux yeux, il déclara au messager qu'il serait le lendemain au Louvre. Puis il envoya, sans plus attendre, une lettre à Mauclerc pour lui annoncer qu'il refusait la main de Yolande. La reine avait gagné la partie.

71. JOINVILLE, *Histoire de Saint Louis*.

Tandis qu'à Paris Thibaut obtenait son pardon, le comte de Bretagne, furieux de l'affront qu'il avait reçu, décidait de se venger. Quelques semaines plus tard, tous les grands vassaux amis de Mauclerc pénétraient en Champagne et ravageaient les domaines de Thibaut.

Blanche de Castille n'avait pas de rancune. Elle envoya immédiatement les armées royales au secours de son cher trouvère, ce qui permit à celui-ci de conclure une paix honorable.

Pendant cette guerre, qui dura assez longtemps, des gens malveillants firent courir le bruit que la reine était la maîtresse du légat du pape, le cardinal Frangipani.

Blanche commença par hausser les épaules.

Mais, quand les rumeurs devinrent trop précises, elle s'alarma. Son respect pour la religion était si grand qu'elle ne pouvait supporter des accusations aussi odieuses. Et, le jour où elle apprit qu'on allait jusqu'à affirmer qu'elle était enceinte du cardinal, elle se résigna à paraître devant une sorte de jury, vêtue d'une simple chemise.

D'autres accusations plus terribles allaient bientôt l'atteindre.

Les étudiants n'étaient pas les derniers, on le pense bien, à conter des anecdotes grivoises sur les « amours » de la reine et du cardinal. Celui-ci eut même, un jour, entre les mains, quelques couplets fort orduriers que les écoliers chantaient en chœur le soir quand ils avaient bu, et il en conçut une violente fureur.

— Madame, dit-il à la reine, les garçons qui fréquentent l'Université s'efforcent, en des chansons malhonnêtes, de ternir votre honneur. Je ne puis le supporter, d'autant que je suis mis en cause. Il faut prendre des mesures sévères...

Blanche de Castille connaissait toutes les calomnies qui couraient sur son compte.

— Il serait malhabile, dit-elle, de donner à penser que ces chansons ignobles nous atteignent. Attendons un prétexte pour sévir.

Elle savait qu'avec les étudiants (qui se livraient à tous les excès, enlevaient les femmes, tuaient et volaient les bourgeois) l'occasion ne pouvait manquer de se présenter rapidement.

Or, à quelque temps de là, un incident fâcheux se produisit dans le quartier des écoles. Un étudiant, ayant essayé, à la suite d'un pari, de violer sur une table la fille d'un tavernier, reçut un coup de couteau qui lui troua la poitrine. Aussitôt, ses camarades voulurent le venger et bondirent sur le tavernier qui appela à l'aide. Tous les marchands du voisinage accoururent à son secours, armés de bâtons, de dagues et d'épées. Ce fut une mêlée horrible. On se roua de coups pendant plusieurs heures et les écoliers durent battre en retraite, laissant sur le pavé trois cent vingt des leurs, tués par les marchands.

Ceux-ci furent d'ailleurs subitement pris de panique à la vue de ces corps sanglants qui jonchaient la chaussée et, traînant par les pieds les « pauvres escholiés occis », ils allèrent les jeter dans la Seine.

Pourtant, le lendemain, les hommes du guet furent fortement intrigués par le désordre qui régnait dans la rue du tavernier. Au milieu de flaques de sang, on trouvait des débris de cervelles, des paquets de cheveux et, par-ci par-là, un cadavre. Finauds, ils en déduisirent qu'il s'était passé quelque chose et interrogèrent les bourgeois.

Ceux-ci répondirent en chœur :

— Ce sont les écoliers de Paris qui violaient nos filles, qui abusaient de nos femmes et qui nous volaient, le soir, quand nous passions près d'eux. Hier, ils nous ont provoqués, alors, nous les avons tués.

Pendant que les hommes du guet, perplexes, faisaient leur rapport, les maîtres de l'Université se rendaient auprès de la reine Blanche pour lui demander justice d'une pareille hécatombe de clercs.

— Il faut bien que jeunesse se passe, dirent-ils. Ce n'est pas parce qu'un jeune homme un peu fougueux a voulu prouver sa virilité à une jeune fille que les marchands doivent tuer trois cent vingt de nos élèves. Sinon, mieux vaut fermer tout de suite l'Université.

Blanche de Castille, poussée par le cardinal Frangipani, déclara sèchement qu'elle donnait raison aux bourgeois contre les étudiants. Alors, les maîtres de l'Université décidèrent de quitter Paris. Certains s'installèrent à Angers, à Orléans, à Toulouse, d'autres allèrent même jusqu'en Angleterre où Henri III les reçut avec l'empressement que l'on devine.

Les étudiants suivirent naturellement leurs maîtres ; mais, avant d'abandonner la capitale, ils firent circuler ces deux vers latins qui mirent le comble à la fureur du légat :

Heu morimur strati, vincti, mersi, spoliati
Mentula legati nos facit ista pati[72].

Ce qui veut dire : « Hélas ! nous mourons, on nous abat, on nous enchaîne, on nous noie, on nous dépouille. C'est la lubricité du légat qui nous vaut tous ces maux ! »

Le départ des étudiants fit un grand vide dans Paris. Bien des gens les regrettèrent — en particulier les demoiselles oppressées par leur vertu et les femmes de bourgeois qui s'ennuyaient auprès de leurs maris.

On en vint à accuser la reine de s'être montrée injuste envers les turbulents garçons, et le légat fut encore une fois l'objet de chansons cruelles.

Puis le peuple se lassa de parler des prétendues nuits chaudes de la reine et de son favori. Certains chansonniers essayèrent bien de reprendre les attaques contre Thibaut ; mais le trouvère était dans son château de Troyes, où il se préparait à partir en croisade, et leurs nouvelles calomnies firent long feu. Alors, des gens, qui ne manquaient ni de méchanceté ni d'imagination, accusèrent le roi Louis IX, âgé de

72. Ménestrel de Reims.

dix-neuf ans, d'avoir des maîtresses et « de s'abandonner avec elles aux plaisirs les plus criminels[73] ».

Naturellement, quelques personnes se disant bien renseignées donnèrent des « détails ». Le scandale fut énorme. Tout Paris ne parla que des orgies du roi.

— C'est le mauvais exemple de la reine mère, disaient les commères.

Bientôt la rumeur s'envenima encore. On raconta que Blanche approuvait ces désordres, et même qu'elle en était l'instigatrice...

« Ces bruits étaient si publics, nous dit dom Charles Bévy, qu'un religieux en fit de vives réprimandes à la reine, qui lui répondit, avec la douceur dont l'innocence est toujours accompagnée, que, bien loin d'approuver ces désordres, elle aimerait mieux voir mourir son fils, malgré toute la tendresse qu'elle avait pour lui, que de le voir encourir la disgrâce de son Créateur par un seul péché mortel. »

Cependant, Blanche était fort ennuyée. Et, pour soustraire le jeune roi à des calomnies aussi ignobles, elle résolut de le marier.

Aussitôt, elle envoya des religieux à la recherche de princesses nubiles qui devaient remplir deux conditions : être vertueuses et n'être point trop jolies. Blanche, en effet, désirait que le jeune roi ne s'attachât pas excessivement à sa future épouse et qu'il ne tombât pas, à cause d'un minois trop gentil, dans les pièges de l'amour sensuel, c'est-à-dire dans le péché...

Et puis, la reine craignait qu'une jolie femme ne prît sur le roi trop d'ascendant... Or elle voulait continuer à régner sur le cœur et l'esprit de son fils comme par le passé.

Marguerite, fille aînée de Raimond Béranger, comte de Provence, âgée de quatorze ans, répondait exactement — d'après le religieux qui l'avait vue — aux désirs de la reine. Blanche envoya à Aix-en-Provence l'évêque de Sens avec mission de demander la main de Marguerite. Celle-ci lui ayant été accordée, il emmena immédiatement la princesse et fit prévenir la reine qu'il arrivait.

Blanche annonça alors à Louis IX qu'il avait une fiancée et qu'ils allaient partir au-devant de cette jeune personne.

— Comment est-elle ? demanda-t-il.

— Comme doit être une épouse, déclara Blanche : dévote et effacée.

Il serait faux de dire que la perspective de vivre avec une telle femme mit l'eau à la bouche du jeune roi. Aussi garda-t-il un air plutôt bougon pendant tout le voyage.

La rencontre eut lieu à Sens.

En voyant Marguerite, la reine fronça les sourcils et pensa que le religieux qu'elle avait envoyé en Provence n'avait pas une grande connaissance des femmes : la jeune princesse était ravissante...

Si ravissante même que Louis IX, en toute innocence, la considérait avec un plaisir évident qui n'échappa point à la reine. Furieuse, elle lança à son fils un regard qui lui fit prendre un air plus indifférent.

73. Dom Bévy, *Histoire des inaugurations des rois,* 1776.

Ainsi Blanche n'avait pas encore parlé à sa future belle-fille que, déjà, elle la haïssait...

Le mariage eut lieu le lendemain, 12 mai 1234, à Sens.

Pendant toute la journée, la reine montra une très mauvaise humeur, ce qui attrista les invités et assombrit la fête. Le repas fut lugubre. Les trouvères, par ordre, ne chantèrent que des refrains fort convenables, et l'après-midi fut consacré à des jeux d'esprit qui ennuyèrent tout le monde. Enfin, le soir tomba à la satisfaction générale et vers neuf heures, alors que les seigneurs les mieux élevés bâillaient à s'en décrocher la mâchoire, Marguerite de Provence fut conduite en grande pompe jusqu'à sa chambre. Avec une impatience mal dissimulée, elle se coucha et attendit son époux...

Comme, deux heures après, il n'était pas encore là, elle envoya une dame de sa suite voir ce qu'il faisait.

La dame revint, effarée :

— Le roi est à la chapelle, en prière.

A l'aube, Louis n'étant pas venu, Marguerite s'endormit en pleurant.

Le lendemain soir, nouvelle attente vaine. Le roi priait toujours. Cette fois, Marguerite griffa son oreiller et déchira un drap.

Le surlendemain, elle eut une véritable crise de nerfs lorsqu'à minuit sa suivante lui annonça que Louis était encore dans la chapelle...

Enfin, le quatrième soir, Louis reçut de Blanche l'autorisation d'aller remplir ses devoirs d'époux.

— Allez ! dit-elle d'un ton aigre, et songez à votre descendance !

Puis elle se plaça dans le couloir et attendit en faisant les cent pas.

Quand les choses lui semblèrent terminées, elle entra dans la chambre nuptiale.

— En voilà assez pour ce soir ! dit-elle. Maintenant, Louis, relevez-vous !

Et, sans un mot pour Marguerite, elle ordonna au roi d'aller finir la nuit tout seul dans une pièce voisine...

14

Louis IX devait se cacher dans un escalier en colimaçon pour aimer Marguerite de Provence

> Les duretés que la reine Blanche fit à la reine Marguerite furent telles que la reine Blanche ne voulait pas souffrir, autant qu'elle le pouvait, que son fils fût en la compagnie de sa femme, si ce n'est le soir quand il allait coucher avec elle.
>
> JOINVILLE

Rentrés à Paris, Louis et Marguerite vécurent sous la surveillance constante de Blanche. La reine mère était à ce point jalouse du cœur de son fils qu'elle ne pouvait supporter de voir les jeunes époux deviser ensemble, et ceux-ci devaient faire des prodiges pour parvenir à se rencontrer dans le palais du Louvre. Ils se cachaient entre deux portes, grimpaient dans les combles ou se glissaient dans les passages étroits qui menaient sous le manteau des hautes cheminées. Mais la reine mère, sans cesse à leurs trousses, finissait toujours par les découvrir. Son regard noir devenait alors terrible et, d'un ton sévère, elle réprimandait le roi de France.

— Que faites-vous ici, disait-elle, vous employez mal votre temps. Sortez !

Et, sans même adresser une parole à la pauvre Marguerite qui tremblait comme une coupable, elle prenait Louis par le bras et le menait vers des occupations plus sérieuses à son gré.

— Vous ne devez voir votre femme que le soir, dans votre appartement, affirmait Blanche lorsqu'elle était seule avec son fils. Tout autre genre de tête-à-tête conduit fatalement à des attouchements interdits, donc au péché...

Le jeune roi, accoutumé à se plier aux volontés de sa mère, ne songeait même pas à protester. Mais, comme il aimait Marguerite, et qu'il se plaisait en sa compagnie, il continua à ne pouvoir attendre le soir pour lui parler et la serrer dans ses bras.

Alors, il se fit suivre constamment d'un petit chien qu'il avait dressé et qui grognait quand la reine mère arrivait. Ainsi prévenu, Louis IX avait le temps de se séparer prestement de Marguerite qui s'enfuyait dans une autre pièce.

Malgré ces ruses et ces précautions, la vie au Louvre fut bientôt intenable pour les jeunes époux, et le roi décida de trouver une résidence plus adaptée à ses besoins conjugaux. Après quelques recherches, il s'aperçut que son hôtel de Pontoise faisait admirablement l'affaire. Dans cette maison, sa chambre était située au-dessus de celle de Marguerite, et toutes deux communiquaient par un escalier en vis où il pouvait enfin rencontrer sa femme en toute liberté et lui prouver sa tendresse à n'importe quel moment [74].

L'endroit était inconfortable, mais Louis et Marguerite étaient sûrs d'y être tranquilles.

D'autant plus que des gardes, habilement placés, étaient chargés de leur signaler l'approche de la reine Blanche qui passait son temps à rôder dans les couloirs. Voici d'ailleurs ce que nous conte le sire de Joinville à ce sujet : « Quand les huissiers voyaient venir la reine en la chambre de son fils, ils battaient les portes de leurs verges, et le roi s'en venait courant en sa chambre pour que sa mère l'y trouvât. Et ainsi refaisaient les huissiers à la chambre de la reine Marguerite quand la reine Blanche y venait pour qu'elle y trouvât la reine Marguerite. »

Blanche de Castille était naturellement bien loin de se douter d'une

74. Joinville, *op. cit.*

pareille organisation. Ne trouvant plus Louis caché dans les coins sombres en compagnie de sa bru, elle en conclut que l'ardeur impure des jeunes époux s'était calmée. Et elle en eut une grande satisfaction ; car elle craignait que Marguerite de Provence, qui avait été élevée dans une cour « où le plaisir était roi », ne pervertisse son cher fils. L'entourage de la jeune princesse demeurait pourtant un sujet de soucis pour Blanche. Marguerite était venue, en effet, avec toute une suite de troubadours galants et de demoiselles aux yeux trop chauds pour être honnêtes, qui déconcertaient par leurs verts propos les habitués du Louvre. De telles gens, toujours occupés à des jeux frivoles, risquaient non seulement de jeter le trouble au palais, mais encore de donner un exemple funeste au peuple de la capitale ; et cette pensée faisait trembler la reine.

D'autant que les troubadours ne se contentaient pas de s'amuser à la cour ; ils traînaient dans Paris à la recherche d'aventures déshonnêtes. On les trouvait dans tous les mauvais lieux, et Blanche en était fâchée. Aussi, malgré sa grande piété, ne put-elle s'empêcher d'être fort satisfaite en apprenant que le cadavre d'un de ces ménestrels — un nommé Catelan — avait été découvert, un matin, au milieu de la forêt de Rouvray (l'actuel bois de Boulogne), dans un pré auquel on a d'ailleurs donné son nom...

Ce meurtre d'un débauché en un lieu où — déjà — on se conduisait mal prouvait à la reine qu'il existait une justice immanente...

La famille royale ne pouvait rester toujours à Pontoise. Lorsqu'elle revint à Paris, Blanche de Castille, qui était parvenue à faire régner la paix dans le royaume et qui avait par conséquent quelques loisirs, recommença à patrouiller dans les couloirs. Naturellement, elle finit par découvrir, un jour, son fils et sa belle-fille enlacés, derrière une tenture... Elle en eut un tel saisissement qu'on put croire un moment qu'elle allait défaillir. Pourtant, elle parvint à reprendre ses esprits et à dire à Louis IX ce qu'elle pensait de sa conduite. Les termes qu'elle employa furent vifs. Sous la semonce, le roi et la reine, fort penauds, baissaient la tête comme des enfants coupables. Enfin, quand elle fut à bout d'insultes, Blanche entraîna son fils dans sa chambre et lui fit un peu de morale. Elle lui expliqua que l'union de deux époux ne visait qu'à la procréation des enfants, et lui conseilla de ne remplir dorénavant son devoir conjugal qu'en récitant quelque prière...

On ne sait si Louis IX suivit cette curieuse suggestion ; en tout cas, personne ne le retrouva plus jamais dans les encoignures en train d'embrasser sa femme à la sauvette.

Blanche de Castille n'en continua pas moins à se montrer aussi crucllc à l'égard de la malheureuse Marguerite, et six années passèrent ainsi.

Un jour, la reine annonça qu'elle attendait un héritier. Loin de s'en réjouir, Blanche prit un air pincé et chercha quelles tracasseries elle pourrait faire à cette bru qui se permettait de donner la plus grande des joies à son fils. Le destin l'aida. La jeune femme étant tombée malade, la reine mère l'enferma dans une chambre et lui interdit toute visite. Un soir, bravant la défense maternelle, Louis IX vint au chevet de Marguerite. Il s'assit sur le lit, prit les mains de sa femme et commençait à lui parler doucement, lorsque soudain Blanche entra. Elle fut scandalisée et furieuse de voir que son fils lui avait désobéi.

— Venez-vous-en, lui dit-elle durement, vous n'avez rien à faire ici !

Et elle l'entraîna au-dehors.

Marguerite, dans son lit, se mit à sangloter :

— Hélas ! madame, vous ne me laissez donc voir mon seigneur ni morte, ni vive !...

Puis elle se pâma et on eut le plus grand mal à la faire revenir à elle[75].

L'attitude de Blanche de Castille en cette occasion fut fortement blâmée au Louvre, où son austérité commençait d'ailleurs à ennuyer tout le monde.

— Elle était moins prude avec Thibaut de Champagne, murmurait-on.

— Et moins hypocrite avec le Frangipani !...

— Elle craint donc que notre jeune reine n'ensorcelle notre gentil roi ?

— Elle craint surtout, disaient des gens qui connaissaient bien Blanche, que la reine Marguerite ne prenne suffisamment d'autorité et ne se mêle des affaires de l'État...

Ils avaient raison : Blanche redoutait par-dessus tout de se voir retirer le pouvoir. Car, si Louis IX était roi en titre, c'était toujours elle qui régnait. Au point que, sur certains actes officiels, le nom de Louis IX n'était même pas mentionné.

Blanche, qui se souvenait de sa jeunesse auprès de Louis VIII et de Philippe Auguste, était anxieuse. Elle craignait que Marguerite ne cherchât, comme elle l'avait fait elle-même, à jouer un rôle politique ou, tout au moins, ne poussât Louis IX à s'occuper *seul* des affaires de l'État...

Certains événements allaient justifier en partie les craintes de la reine mère.

Aliénor de Provence, une sœur de Marguerite, avait épousé le roi Henri III d'Angleterre. Intelligente et ambitieuse, elle avait sur son mari une influence considérable. Elle s'intéressait aux affaires du royaume, prenait des décisions importantes, conseillait les ministres.

Toutes les lettres qu'elle écrivait à Marguerite étaient pleines de ses exploits. Émerveillée et quelque peu jalouse, la reine de France eut alors envie de jouer, elle aussi, un rôle politique.

Comme elle savait bien que Blanche s'opposerait toujours à ses désirs, elle résolut d'agir secrètement, et Hilaire Enjoubert nous dit qu'« elle reçut plusieurs fois en grand secret des ambassadeurs

75. JOINVILLE, *op. cit.*

d'Angleterre et qu'elle se mêla — habilement du reste — à diverses intrigues[76] ».

Blanche de Castille ne tarda pas à en être informée, ce qui lui permit de triompher auprès de Louis IX.

— Mon fils, lui dit-elle, vous n'avez épousé qu'une ambitieuse qui rêve de vous supplanter dans le gouvernement du royaume. Voyez que j'avais raison de m'en méfier !

Le roi ne répondit rien. Placé entre sa mère et sa femme, il lui était difficile d'agir selon sa volonté. Après avoir promis à Blanche d'être sévère avec Marguerite, il se contenta de demander à celle-ci de se tenir tranquille à l'avenir, et l'incident fut clos.

Mais Louis commençait à être fatigué de ces disputes continuelles, de cette guerre entre bru et belle-mère, et de cette atmosphère de haine qui empoisonnait le Louvre.

Parfois, il s'en ouvrait à Marguerite.

— Ah ! si l'on pouvait partir en croisade tous les deux, soupirait celle-ci, comme on serait heureux !

Partir en croisade ? Échapper au vacarme des discussions ? Aux scènes ? Aux criailleries ? A la surveillance constante ? Et pourquoi pas ?

Un jour, Louis IX s'enhardit jusqu'à en parler à Blanche de Castille.

Celle-ci sursauta :

— Vous n'y pensez pas, mon fils. Votre place n'est pas sur des chemins aventureux, mais au cœur de votre royaume.

Et comme le roi insistait, disant qu'il voulait aller délivrer le Saint-Tombeau et faire benoîtement un grand carnage d'infidèles, elle lui cita l'exemple de Thibaut de Champagne qui avait organisé deux ans auparavant une croisade avec Philippe de Nanteuil, et dont on était sans nouvelles.

Louis IX, baissant la tête, regagna ses appartements.

Or, à quelque temps de là, un messager vint apporter au Louvre une nouvelle qui réjouit tout le monde : le comte Thibaut, fatigué mais sain et sauf, venait de rentrer en France.

La reine mère en eut des larmes dans les yeux. Il y avait bien longtemps que ses amours avec Thibaut étaient finies ; mais elle ne pouvait oublier les heures ardentes qu'il lui avait données.

Thibaut, maintenant, était marié avec la princesse Marguerite de Bourbon ; il allait rentrer à Provins, où sa femme l'attendait, et sans doute ne reviendrait-il jamais au Louvre ; pourtant, Blanche était heureuse de le savoir vivant. Tandis qu'elle remerciait Dieu en pleurant doucement, Louis IX entra dans sa chambre.

Lui aussi était heureux du retour de Thibaut.

— Voyez, madame, dit-il à Blanche, le comte de Champagne est rentré de Terre Sainte. Messire Jésus protège ceux qui l'aiment. Laissez-moi me croiser.

76. Hilaire Enjoubert, *Les quatre sœurs qui furent reines.*

Blanche, qui venait secrètement de trembler pendant deux ans pour Thibaut, ne voulait pas connaître de nouvelles inquiétudes.

— Non, mon fils, je ne vous autoriserai jamais à partir ; car ce serait commettre une folie. Renoncez à ce projet. Je comprends votre soif d'aventures, mais vous devriez être heureux de gouverner un pays où règne la paix.

En effet, depuis quelques années la France — un moment troublée par l'approche des Tartares — vivait un véritable âge d'or.

L'agriculture et le commerce étaient prospères, le pays respirait l'ordre et la force, on voyageait en toute sécurité, et les finances royales étaient si bien gérées qu'elles montraient à chaque bilan de fin d'année un excédent qui permettait à Louis IX de supprimer certaines taxes et de diminuer les impôts...

Hélas ! cette paix magnifique allait être troublée — encore une fois, par une femme.

En juin 1241, Louis IX réunit à Saumur la noblesse et le clergé du royaume pour la remise des apanages qui revenaient à son frère Alphonse, lequel venait d'atteindre sa majorité. Il lui conféra l'ordre de chevalerie et l'investiture du comté de Poitou au cours de fêtes dont Joinville a décrit le faste extraordinaire.

Les cérémonies terminées, le roi conduisit Alphonse à Poitiers pour qu'il y reçût l'hommage de ses vassaux aquitains, parmi lesquels se trouvait Hugues X de Lusignan, comte de la Marche.

Après avoir prêté serment de fidélité à son nouveau suzerain, celui-ci retourna dans son château où sa femme, Isabelle d'Angoulême[77], l'accueillit fort mal. Jalouse et ambitieuse, cette princesse, qui avait été reine d'Angleterre, ne voulait dépendre de personne. Elle reprocha amèrement à son mari d'avoir fait hommage au frère du roi et le harcela de tant de plaintes et de récriminations qu'il finit par s'énerver. Ayant réuni une importante armée, il fit savoir à Louis IX, qui était encore à Poitiers avec son frère, qu'il était prêt à attaquer l'ost royal si certains privilèges ne lui étaient pas accordés. Louis IX n'avait amené avec lui qu'une faible escorte, il jugea prudent de se rendre à Lusignan pour connaître les conditions de Hugues.

Après deux jours de conversation fort courtoise, le roi s'en retourna à Poitiers, ayant accordé au comte de la Marche tout ce que celui-ci demandait.

Hugues, fort satisfait de sa victoire, se rendit immédiatement auprès de sa femme dans l'espoir de recevoir quelques compliments. Il la trouva furieuse et comme « enflammée de haine », nous disent les chroniqueurs. Lorsqu'elle eut appris que les négociations étaient terminées, elle courut vers l'appartement qu'avait occupé Louis IX, et, comme pour purger la ville des souillures du séjour royal, elle fit

77. Après la mort de Jean sans Terre, Isabelle était revenue en France où Hugues de Lusignan, toujours amoureux, avait eu la faiblesse de la reprendre.

enlever meubles, vêtements, ustensiles de cuisine, ornements de la chapelle, et envoya le tout à Angoulême.

Le comte, interdit et fort affligé, la regardait faire sans comprendre. Avec beaucoup de précautions, il lui demanda pourquoi elle dépouillait ainsi son château.

La réponse fit trembler les murs.

— Sortez ! hurla Isabelle. Sortez de ma présence, homme vil entre tous, abjection et opprobre de tout le peuple, qui avez honoré ceux qui vous déshéritent. Sortez, je ne veux plus vous voir.

Et elle partit pour Angoulême.

Au bout de deux jours, Hugues alla la rejoindre. Mais elle lui fit défendre l'entrée du château qu'elle habitait, et pendant trois jours entiers il mangea et coucha chez les Templiers. Enfin, il obtint, par l'intermédiaire d'un moine, un entretien avec sa femme. Sur un ton humble et doux, car il était toujours fort amoureux d'elle, il lui demanda la raison de sa haine profonde pour le roi Louis IX.

Isabelle, alors, s'expliqua en pleurant de colère.

— Comment ? N'avez-vous pas vu à Poitiers, où j'ai attendu trois jours pour rendre honneur à votre roi et à votre reine, que, lorsque j'ai comparu devant eux dans la chambre, le roi était assis sur une moitié du lit, et la reine sur l'autre avec la comtesse de Chartres ? N'avez-vous pas vu qu'ils ne m'ont pas appelée pour me prier de m'asseoir ? N'avez-vous pas vu qu'ils ne se sont même pas soulevés de leurs sièges à mon entrée et à ma sortie ? Je n'en puis dire plus de douleur et de honte. Mais Dieu ne voudra pas qu'ils soient impunis, ou bien je perdrai tout ce que j'ai et mourrai à la peine [78].

Hugues tenta de démontrer à Isabelle qu'elle pouvait s'estimer vengée en considérant les privilèges qu'il avait obtenus de Louis IX. Ce fut en vain. Elle voulait une révolte, une guerre, une tuerie...

Voyant qu'il hésitait encore, elle lui déclara fermement qu'elle le chassait de son lit jusqu'au jour où il aurait pris le commandement de la rébellion poitevine.

Hugues, qui avait un désir constant de sa femme, réunit aussitôt quelques barons et forma une ligue dont il devint le chef.

— Ce n'est pas tout, dit alors Isabelle. Maintenant, il faut faire la guerre.

Et elle s'enferma à clé dans sa chambre.

Alors Hugues convoqua sa chevalerie, se rendit à Poitiers et demanda à être reçu par son seigneur. Lorsqu'il fut devant le comte Alphonse, il s'écria, en présence de tout le baronnage stupéfait :

— Sire comte, je vous renie pour seigneur et je reprends ma foi.

Puis, sortant du palais, il monta à cheval au milieu de ses hommes qui l'attendaient, arbalète tenduc, alla mettre le feu au logis où il avait été reçu et courut à toute bride vers Lusignan.

Cette fois, c'était la guerre désirée par Isabelle.

78. J.-S. Doinel, *Histoire de Blanche de Castille*.

Les Anglais, qui avaient promis leur concours aux rebelles, débarquèrent bientôt à Royan, et des combats sanglants eurent lieu entre la ligue et les vingt-cinq mille soldats que commandait Louis IX en personne. Les troupes royales, mieux organisées, eurent rapidement le dessus. Ce que voyant, Isabelle, rendue folle par la rage, envoya vers Louis IX des assassins munis d'un excellent poison qu'elle avait préparé avec soin. Fort heureusement, le complot fut découvert.

L'annonce de cette perfidie décupla l'ardeur des hommes qui se battaient sous les ordres du roi, et la bouillante comtesse de Lusignan dut accepter de voir la situation des conjurés s'aggraver chaque jour. Finalement, le roi d'Angleterre comprit que la partie était perdue. Sans l'ombre d'une hésitation, il abandonna les barons rebelles et rembarqua avec célérité.

La conjuration se disloqua aussitôt, et Louis IX vit, un jour, Hugues et Isabelle venir se traîner à ses genoux implorant son pardon...

La guerre des barons était finie.

Hélas ! en revenant de cette campagne, Louis fut terrassé par une mauvaise fièvre. Les médecins se penchèrent sur lui tandis que, dans toutes les églises du royaume, des prières étaient dites.

Au bout de huit jours, le roi fut déclaré perdu. On le plaça, selon sa volonté, sur un lit de cendres et on attendit son dernier soupir.

Soudain, ses yeux se fermèrent, ses membres crispés se détendirent, sa tête roula sur le côté.

— Il est mort ! murmurèrent les assistants.

On alluma des cierges, on recouvrit le roi d'un drap, et des prêtres vinrent entonner des chants funèbres. Tout à coup, les veilleuses entendirent un soupir. Elles soulevèrent le drap : *Louis IX vivait...*

Quelques jours plus tard, il était au Louvre, et Blanche de Castille se penchait à son chevet.

— Au moment où j'ai cru mourir, lui dit-il, j'ai fait un vœu.

— Lequel ?

— J'ai promis à Dieu d'aller en croisade si je guérissais.

La reine mère crut défaillir. Malgré sa foi, elle tenta de dissuader le roi d'accomplir son vœu. Pour toute réponse, Louis se fit coudre la croix sur sa chemise. Alors, Blanche chargea un évêque de le raisonner.

— Sire, dit celui-ci, déposez la croix pour ne pas bouleverser la France. Vous étiez en délire ; vous n'aviez point l'usage de vos sens. Votre vœu ne vous lie donc pas.

Louis, qui attendait depuis longtemps cette occasion de partir avec Marguerite, se garda bien de changer d'avis.

Il fit fortifier le port d'Aigues-Mortes, commanda des galères à des armateurs génois, réunit l'argent nécessaire à l'expédition et en juin 1248, après avoir remis à Blanche la régence du royaume, il quitta Paris en compagnie de sa femme, de ses deux frères et d'une foule de chevaliers qui se croisaient avec lui.

La reine mère suivit les pèlerins jusqu'à l'abbaye de Cluny. C'est là qu'elle fit en pleurant ses adieux à Louis IX. Après quoi, la troupe, précédée de l'oriflamme de Saint-Denis, prit la route de Lyon...

— Enfin seuls ! soupira Marguerite de Provence qui, jusqu'au dernier moment, avait subi la jalousie de sa belle-mère.

Elle ajouta en souriant :

— Comme nous allons être heureux...

Hélas !

Lorsque les Croisés arrivèrent en Provence, Marguerite éprouva une joie très vive. Il y avait près de dix-huit ans qu'elle n'avait pas revu son pays et son soleil.

— Écoutez le chant des cigales, disait-elle à Louis IX, il a bercé mon enfance...

Souriante, heureuse, elle oubliait les couloirs sombres du Louvre, hantés par la silhouette terrible de Blanche de Castille. Il lui arrivait même parfois de fredonner une sautillante chanson de troubadour.

De son côté, Louis IX, qui, pour la première fois de sa vie, goûtait à la liberté, se sentait le cœur léger et considérait Marguerite avec une tendresse nouvelle.

Le soir, ils se retrouvaient dans des chambres dont les fenêtres restaient ouvertes sur les nuits chaudes de juillet, et leurs étreintes les laissaient essoufflés jusqu'au matin.

Ils firent, dans ce domaine, tant d'imprudentes prouesses, qu'avant d'arriver à Aigues-Mortes, où devait avoir lieu l'embarquement, Marguerite se trouva enceinte...

Louis IX craignit que la reine ne pût supporter les inconvénients d'un voyage en mer. Comme l'époque n'était pas à la précipitation et qu'on prenait facilement son temps pour faire les choses, il lui demanda si elle préférait qu'on attendît qu'elle eût accouché pour quitter la France.

— Non, non, dit Marguerite, vous êtes bien bon, mon seigneur, mais je ne veux pas retarder cette expédition et, de plus, j'ai grande hâte d'aller avec vous dessus la mer...

L'embarquement eut donc lieu, et Joinville, qui suivait le roi, nous conte les péripéties de son départ avec une naïveté savoureuse : « Nous entrâmes au mois d'août en la nef [le bateau] et fut ouverte la porte pour faire entrer nos chevaux, ceux que nous devions mener outre-mer. Et, quand tous furent entrés, la porte fut reclose et estoupée ainsi comme l'on voudrait faire d'un tonneau de vin parce que, quand la nef est en grande mer, toute la porte est dans l'eau. Alors le maître de la nef s'écria à ceux qui étaient au bec [à la proue] : « C'est votre besogne preste. Sommes-nous à point ? » Et ils dirent que oui vraiment. Et, quand les prêtres et clercs furent entrés, il les fit tous monter au château de la nef et leur fit chanter, au nom de Dieu, qu'il nous voulût bien conduire. Et incontinent le vent s'entonna dans la voile, et bientôt nous fit perdre la terre de vue. Si tant que nous ne vîmes plus que le ciel et la mer. Et, chaque jour, nous nous éloignâmes du lieu dont nous étions partis. »

La plupart des croisés qui s'étaient embarqués sur les cinquante bateaux de la flotte royale n'avaient jamais navigué. Le roulis et le tangage leur causèrent une grande frayeur qui les rendit malades et honteux. Louis IX et Marguerite, eux-mêmes, n'étaient pas très rassurés. Quant à Joinville, il nous dit : « Celui-ci est bien fol qui a quelque péché mortel en son âme et qui se boute en un tel danger. Car, si on s'endort au soir, l'on ne sait si on se trouvera le lendemain au fond de la mer. »

Au bout d'une semaine, Marguerite s'habitua aux mouvements du bateau et prit plaisir à contempler les vagues, aux côtés du roi.

Un jour, la flotte arriva en vue de Chypre où Louis IX avait fait, depuis longtemps, accumuler des tonneaux de vin et des « monceaux » de blé, prévoyant qu'il ferait là une dernière étape avant les pays peuplés d'infidèles.

Le 17 septembre 1248, les galères royales jetèrent l'ancre à Limassol et tous les croisés mirent pied à terre. Comme l'endroit était agréable, ils s'y attardèrent plus de six mois...

On était toujours en voyage de noces...

De temps en temps, dans le palais de Nicosie que le roi de Chypre, Henri de Lusignan, avait mis à sa disposition, Louis réunissait les hauts barons qui l'accompagnaient en Terre Sainte et étudiait avec eux quelque détail de l'expédition. Marguerite assistait toujours à ces « conseils » et donnait parfois très librement son avis. Les grands seigneurs s'en étonnèrent. Eux qui, pour la plupart, tenaient leurs femmes pour d'agréables passe-temps ne pouvaient comprendre la déférence du roi à l'égard de la reine.

— Elle est ma dame et ma compagne, leur expliqua Louis, et elle mérite trop mieux mon estime et ma confiance.

Enfin, après avoir passé un hiver confortable, les croisés, qui avaient été rejoints par de nombreux retardataires, rembarquèrent en mars 1249, et mirent le cap sur l'Égypte. Cette fois, la flotte royale était considérable. « Il semblait, dit Joinville, que toute la mer, tant comme l'on pouvait en voir à l'œil, fût couverte des voiles des vaisseaux, qui furent nombrés dix-huit cents, tant grands que petits. »

Au bout de trois semaines de navigation, Louis IX était devant Damiette, située à l'une des bouches du Nil. Aussitôt, la cloche de cuivre sonna dans la ville, et une multitude d'indigènes accourut sur le rivage pour en défendre l'approche.

Louis IX appela Marguerite :

— Venez, ma dame, et voyez les infidèles qui nous contemplent.

Puis il tint conseil et décida qu'on attendrait le lendemain matin pour débarquer. La nuit fut une extraordinaire veillée d'armes. Des torches brûlaient à la fois sur les navires et sur le rivage, éclairant la rade du Nil de lueurs féeriques.

A l'aube, le roi, le légat du pape, Joinville et mille chevaliers sautèrent dans des barques et s'approchèrent de Damiette.

Lorsqu'ils furent à quarante toises de la terre les archers criblèrent les Sarrasins de flèches ; ceux-ci répondirent immédiatement et avec une telle vigueur que les Français stoppèrent leurs embarcations. Louis IX, comprenant que la moindre hésitation pouvait faire tourner la chance, se jeta à la mer, le bouclier au cou et la lance à la main. Bien que l'eau lui arrivât jusqu'aux épaules, il marcha vers la plage, suivi bientôt de tous les chevaliers qui ne voulaient pas laisser leur roi s'exposer seul au danger.

En voyant sortir de l'eau ces hommes bardés de fer, les infidèles furent pris de frayeur et reculèrent. Sans même reprendre souffle, les croisés les poursuivirent et un combat terrible s'engagea qui dura toute la journée. A la nuit, les musulmans, se voyant perdus, quittèrent discrètement Damiette et s'enfuirent à toutes jambes.

Le lendemain, Louis et Marguerite entraient solennellement dans la ville.

— Ma dame, je vous fais cadeau de Damiette, dit le roi. Vous y passerez les derniers mois de votre attente, et c'est là que vous me donnerez un nouveau fils.

La reine s'installa dans une ravissante maison arabe dont le patio tout bruissant de fontaines lui donna, nous dit-on, « l'illusion d'être en paradis ». Tandis qu'elle y passait les jours les plus heureux de sa vie, les croisés, devenus oisifs, sombraient dans le péché. Ils festoyaient honteusement, s'enivraient et occupaient tout leur temps à échanger leurs épouses, ce qui fait dire à un chroniqueur que « les chrétiens, à Damiette, abusèrent des dons de Dieu... »

Pendant des semaines, le roi, lui-même, fut incapable de réprimer ces désordres navrants. Il est vrai qu'il était toujours en « voyage de noces » et que Marguerite occupait tout son temps. On les voyait se promener doucement au bord du Nil en se tenant par la main, ou deviser sur des terrasses.

Un jour, Louis comprit que cette inaction était dangereuse. Il convoqua ses barons et leur annonça qu'une armée partirait le lendemain sous sa direction pour prendre Mansourah, ville située sur la route du Caire.

Cette campagne fut désastreuse. Les croisés s'étant trouvés, dès le début, arrêtés par le débordement du Nil, Louis fit installer un camp près du fleuve et décida de construire une digue. On vit alors les chevaliers, et le roi lui-même, quitter leur armure et se transformer en terrassiers.

Ils n'eurent pas le temps de terminer l'ouvrage. Les Sarrasins vinrent les attaquer et utilisèrent pour la circonstance unc arme que les Français ne connaissaient pas et qui les terrifia : le feu grégeois. C'était une préparation de soufre et de bitume enfermée dans de petits pots de terre qui était lancée au moyen d'une arbalète et qui s'enflammait immédiatement en laissant derrière elle une longue traînée lumineuse.

« Il semblait, dit Joinville, qui relate un de ces « bombardements » nocturnes, qu'un dragon volât par l'air et tant jetait clarté qu'on voyait parmi l'ost [armée] comme s'il fût jour. »

Louis IX était moins lyrique que son sénéchal. Il se contenta de juger « discourtoise » cette arme qui jetait la terreur dans les rangs français...

Avant que la chaussée à laquelle travaillaient les croisés ne fût terminée, les eaux du Nil baissèrent, et une partie de l'armée put se lancer sur les Sarrasins qui prirent la fuite. Une folle poursuite s'engagea jusqu'à Mansourah, où de sanglants combats eurent lieu, au cours desquels le comte d'Artois, frère du roi, trouva la mort.

Alors, Louis IX songea à retourner à Damiette où l'attendait Marguerite. N'était-ce pas pour être près d'elle qu'il était parti de France ?

Par un fâcheux contretemps, les croisés, qui se nourrissaient de poissons engraissés par les cadavres que l'eau ne cessait de charrier, tombèrent gravement malades, et la retraite fut interrompue. Le roi, l'un des premiers, épuisé par la dysenterie, dut s'aliter. La colonne s'arrêta dans un petit village nommé Kiarcé, où les Sarrasins ne furent pas longs à apparaître. Incapables de combattre, les chrétiens se rendirent...

Saint Louis, pour avoir voulu connaître la liberté d'aimer sa femme, était prisonnier des infidèles.

Pendant ce temps, à Damiette, la reine, qui était tout près du terme de sa grossesse, vivait dans la terreur et croyait voir à tout moment les Sarrasins entrer dans la ville. La nuit, on l'entendait crier : « A mon aide ! A mon aide ! », car, dans l'excès de sa frayeur, il lui semblait, au plus léger bruit, que l'ennemi pénétrait dans le palais. Pour la rassurer, on fit veiller près d'elle un chevalier, moult âgé et ancien qui avait bien quatre-vingts ans, et, quand la reine s'écriait : « Les Sarrasins ! Les Sarrasins ! » — « Dame, lui disait-il, n'ayez pas peur, je suis là. » Un soir (on savait alors depuis trois jours que le roi était captif), la reine fit sortir tous ceux qui étaient dans sa chambre et se mit à genoux auprès du bon chevalier.

— Sire chevalier, lui dit-elle, j'ai une grâce et un don à requérir de vous, c'est que, si les Sarrasins entrent, vous me coupiez la tête.

— Madame, répondit gentiment le chevalier, le cas y échéant, je le ferai, car déjà j'y avais songé [79].

Le lendemain, la reine mit au monde un enfant né au milieu des craintes et des larmes et que l'on prénomma Jean-Tristan, « à cause du triste temps où elle se trouvait ». Presque aussitôt, on vint lui dire que les croisés italiens, qui étaient restés dans Damiette pour assurer la garde de la ville, parlaient de se retirer. Toute la cité était en tumulte. Marguerite, qui voulait utiliser Damiette comme monnaie

79. JOINVILLE, *op. cit.*

d'échange pour libérer le roi, fut affolée. Elle convoqua les chevaliers italiens dans sa chambre et leur parla :

— Seigneurs, on me dit que vous voulez vous en aller ; pour Dieu, je vous supplie de ne pas laisser cette ville ; car vous êtes seuls pour la défendre et mon seigneur le roi serait perdu, lui et tous ceux qui sont avec lui, si Damiette était abandonnée.

Les Italiens promirent de rester dans la cité tant qu'il y aurait des vivres.

Alors Marguerite quitta son lit et fit des prodiges pour que rien ne manquât dans la place.

Au bout de deux mois, grâce à son énergie et à son courage, Damiette pouvait être remise aux Sarrasins en échange de Louis IX [80].

Lorsque les deux époux se retrouvèrent, ils s'embrassèrent fougueusement en pleurant.

— Vous m'avez sauvé, ma dame, d'une mort horrible, dit le roi. Sans vous, les infidèles m'auraient écrasé les jambes, puis coupé le cou lentement avec un cimeterre...

A cette pensée, Marguerite s'évanouit.

La prudence la plus élémentaire eût exigé que le roi rentrât en France.

Mais Saint Louis n'était pas prudent.

Heureux d'être libre, il se rendit avec Marguerite en Palestine et y demeura quatre ans. Rien ne le pressait de revenir à Paris. Il lui arrivait bien de penser à Blanche de Castille qui les attendait au Louvre en pleurant, mais il se disait que la solitude n'avait pas dû améliorer son caractère, et il ne pouvait se décider à reprendre le bateau.

Après sa captivité, il avait retrouvé Marguerite avec une joie infinie, et sa tendresse, malgré les privations endurées chez les Sarrasins, était toujours aussi efficiente. C'est ainsi que la reine mit au monde, à Jaffa, une fille qui fut nommée Blanche « pour l'amour de la reine mère ».

Privé d'armée et ne pouvant, par conséquent, se rendre jusqu'à Jérusalem, qui était entre les mains des infidèles, le roi se contentait d'aller dans quelques-uns des lieux saints où le Christ avait vécu (notamment à Nazareth) pour y prier en compagnie de Marguerite et des quelques chevaliers qui n'avaient pas été massacrés à Damiette et à Mansourah.

Ces pèlerinages étaient fort émouvants et offraient un grand dérivatif aux croisés. Malgré tout, Marguerite s'ennuyait un peu. Elle rêvait parfois de Paris, de la cour, des robes qu'elle aurait pu y porter, et elle était triste... Alors le roi s'en affligea et, devinant les désirs secrets de son épouse, envoya un jour le sénéchal de Joinville à Damas chercher cent pièces de camelot [81] pour offrir aux seigneurs de France à son retour, et dix pièces destinées à Marguerite.

80. En outre, Louis IX fit verser une rançon par les Templiers.
81. Étoffe faite avec du poil de chameau.

Ayant accompli sa mission, Joinville fit porter les dix ballots d'étoffe dans la chambre de la reine.

— Qu'est ceci ? demanda Marguerite.

— On ne sait, répondirent les suivantes, mais cela vient de Damas, et c'est messire Joinville qui l'a rapporté pour vous.

— Alors ce sont de saintes reliques, dit la reine, habituée aux cadeaux qui se faisaient généralement en Terre Sainte. Mesdames, il faut les vénérer.

Et elle s'agenouilla devant les ballots d'étoffe, aussitôt imitée par ses suivantes.

Elles étaient en prière depuis fort longtemps lorsque Joinville, qui désirait savoir ce que la reine pensait de ses achats, entra dans la chambre. Il fut très surpris de trouver Marguerite à genoux devant des paquets d'étoffe de chameau.

— Madame, s'écria-t-il, à quoi pensez-vous donc, de vous agenouiller devant ces ballots ?

— Ne sont-ce point de saintes reliques ?

Joinville éclata de rire.

— Ce sont des pièces de camelot que j'ai rapportées pour vous, madame, au nom du roi qui vous les offre.

Alors Marguerite se releva en riant à son tour et s'en fut raconter sa méprise au roi.

Comme le séjour à Jaffa n'était pas fertile en drôlerie, l'incident amusa les croisés pendant des semaines. Puis on se lassa d'y faire allusion, et la vie morne reprit son cours.

Marguerite, drapée dans des robes de camelot, soupirait tristement et se demandait si elle reverrait jamais la France, lorsqu'un jour un messager vint annoncer aux croisés que la reine Blanche de Castille était morte.

Louis IX fut écrasé de chagrin. Pendant deux jours, il ne put parler à personne. Enfin, il envoya des ordres pour que des prières fussent dites dans tout le royaume et il se prépara à rentrer en France.

De son côté, Marguerite parut très affectée et « mena grand deuil ». Un matin, Joinville la trouva en larmes. Il ne put s'empêcher de s'étonner et dit :

— Comment ! Vous pleurez la mort de la reine Blanche. Mais c'était la femme que vous haïssiez le plus !

A quoi Marguerite lui répondit très franchement que ce n'était pas pour la reine mère qu'elle pleurait, mais pour le chagrin qu'avait le roi...

Quelques semaines après, le 24 avril 1254, la flotte royale quittait la Palestine.

Les premiers jours de traversée furent heureux, mais, à la hauteur de Chypre, le vaisseau sur lequel se trouvaient Louis IX et Marguerite donna sur un banc de rochers. Le coup fut si violent qu'on crut, sur le moment, que la nef allait s'ouvrir. Une grande panique s'ensuivit.

Les nourrices coururent demander à la reine ce qu'il fallait faire des enfants royaux qui dormaient.

— Ne faut-il pas les éveiller et les lever ? dirent-elles en pleurant.

Marguerite, fort émue, eut une très belle réponse.

— *Non,* dit-elle, vous ne les éveillerez ni ne les lèverez, *mais les laisserez aller à Dieu dormant*[82].

Fort heureusement, l'avarie fut moins grave qu'on ne le craignait, et le bateau put continuer sa route.

Trois mois plus tard, après de nombreuses émotions, les croisés arrivèrent en vue des côtes de France. Louis IX et Marguerite, qui avaient quitté leur pays depuis six ans, se mirent à pleurer, et la reine demanda que le débarquement eût lieu tout de suite.

— J'avais prévu de revenir par Aigues-Mortes, dit le roi.

— Je vous en prie, messire, dit Marguerite, je n'en peux plus.

Les bateaux se trouvaient alors devant Hyères. Louis IX donna des ordres et, pour plaire à la reine, le débarquement eut lieu dans ce port.

Après quoi, la caravane prit le chemin de Paris. Tout au long de la route, le menu peuple se pressait pour acclamer son roi qui lui revenait pâle, fatigué et amaigri. Mais bientôt les braves gens constataient qu'il avait conservé la croix (ce qui indiquait son intention de retourner un jour en Terre Sainte), et ils en étaient profondément peinés.

Aussitôt arrivé à Paris, Louis IX décida de quitter le Louvre où il n'avait que de mauvais souvenirs, et de transporter la cour au château de Vincennes qui lui semblait plus riant.

Pendant quelque temps, Marguerite vécut heureuse, choyée par son mari et entourée de ses enfants... Un jour, pourtant, ce bonheur faillit être brisé de curieuse façon : le roi vint trouver la reine, l'air grave, et lui annonça qu'il avait conçu la pensée de laisser le trône à son fils aîné et d'embrasser l'état religieux. Marguerite fut atterrée. Elle appela les petits princes et leur dit :

— Mes fils, voici que les moines ont persuadé au sire roi, votre père, qu'il ferait chose agréable à Dieu en quittant la couronne et en se faisant moine ; or lequel voulez-vous être appelé, fils de roi ou fils de moine ?

D'une seule voix, les princes répondirent qu'ils préféraient être appelés fils de roi. Après quoi, ils s'agenouillèrent devant leur père et le supplièrent de renoncer à prendre l'habit ecclésiastique. Marguerite elle-même se traîna à ses pieds. Bref, ils firent, les uns après les autres, tant et si bien que Louis IX renonça à son projet.

Et de nouveau la joie régna à Vincennes.

Mais Marguerite craignait que Louis ne repartît pour la Terre Sainte, et elle s'inquiétait.

« Il faudrait, pensait-elle, qu'une tâche importante le retînt en France. »

82. JOINVILLE, *op. cit.*

Cette tâche, Saint Louis allait bientôt la trouver, grâce à la reine, à qui il arriva une curieuse aventure alors qu'elle entendait la messe.

A cette époque, lorsque le prêtre avait prononcé, à l'issue de l'office, ces paroles : « Que la paix du Seigneur soit avec vous », l'usage voulait que chaque fidèle se penchât vers son voisin de droite et lui donnât un baiser.

Or la reine Marguerite ayant reçu ce baiser de paix le rendit à une fille publique dont l'habillement était celui d'une femme de condition honnête.

Informée de sa méprise après la cérémonie, la reine fut vivement offensée, et elle alla demander au roi de rédiger, sur-le-champ, une ordonnance défendant aux coureuses d'aiguillettes de porter « des robes à queues, à collets renversés et une ceinture dorée ». Lorsque Louis IX eut édicté cette ordonnance, Marguerite lui demanda d'étudier le problème de la prostitution à Paris et de supprimer les lieux de débauche.

Les « filles amoureuses » pullulaient alors dans les rues de la capitale et vivaient dans un état de prospérité inouï dont tous les chroniqueurs nous parlent avec une grande tristesse. Elles formaient, d'ailleurs, une corporation sous la juridiction du roi des Ribauds et se rendaient en groupe, une fois par mois, à la chapelle de la rue de la Jussienne (qui s'appelait alors rue de la Gippecienne — corruption de l'Égyptienne), paroisse attitrée des femmes publiques depuis sa fondation au XIIe siècle. Elles y faisaient brûler des cierges devant un curieux vitrail représentant sainte Sara sur un bateau, relevant sa robe. Dans le verre était gravée cette étrange inscription : « Comment la sainte offrit son corps aux bateliers pour son passage. »

Louis IX, scandalisé en apprenant ces faits, défendit aux habitants de Paris de louer leurs maisons aux ribaudes sous peine de poursuites et ordonna que ces filles fussent chassées de la ville, dépouillées de leurs vêtements et mises dans des maisons de force pour y être punies de leurs débordements.

Naturellement, l'ordonnance ne fut jamais exécutée, car les « folles femmes », grâce à de nombreuses complicités, parvinrent à se cacher et à exercer leur métier en secret. De ce fait, il y eut bientôt deux fois plus de prostituées qu'avant la promulgation de l'ordonnance.

Alors, Louis IX se vit dans la nécessité de modérer la rigueur de son édit et d'en rendre un autre par lequel il fut ordonné que toutes « les femmes folles de leur corps et communes » seraient « boutées et mises hors de toutes les bonnes cités et villes ; spécialement qu'elles fussent boutées hors des rues qui sont au cœur desdites bonnes villes, et mises hors des murs et loin de tous lieux saints comme églises et cimetières ».

Il était prévu, en outre, que ceux qui loueraient leurs maisons aux ribaudes devraient payer un impôt spécial. Ce qui était de la part de Saint Louis une manière détournée — et adroite — d'admettre la prostitution.

Presque toutes les filles publiques quittèrent donc la capitale pour s'installer dans de petites logettes dont les Parisiens connurent vite le chemin et qu'ils baptisèrent du nom saxon de *bord*[83], auquel on donna rapidement un diminutif qui subsiste encore de nos jours.

C'est ainsi que, sans la reine Marguerite, aussi curieux que cela puisse paraître, le mot *bordel* n'eût sans doute jamais existé...

La lutte contre les filles amoureuses et la réglementation de la prostitution avaient demandé près de dix ans à Saint Louis, et la reine se félicitait d'être à l'origine d'une occupation qui retenait le roi en France.

Hélas ! un jour de 1268, Louis IX annonça qu'il organisait une nouvelle croisade.

Quelques mois plus tard, sourd aux prières de Marguerite, il quittait Vincennes, laissant la charge du royaume à deux de ses conseillers et la tutelle de ses enfants à la reine qui le vit partir « le cœur navré ».

Elle ne devait jamais le revoir.

Louis IX mourut, en effet, de la peste sous les murs de Tunis, le 25 août 1270.

Alors Marguerite se retira dans une résidence qu'elle avait fait construire près de Paris et vécut encore vingt-cinq ans, évoquant avec mélancolie l'heureux temps où son mari n'était pas encore appelé le roi « Saint » Louis ; l'heureux temps où elle se cachait avec lui dans un escalier en colimaçon, à Pontoise...

15

La reine Marie de Brabant a-t-elle fait pendre un innocent ?

> On disait alors que la reine avait envoyé vilainement à Montfaucon celui qui était jaloux de ses amours...
>
> C. Lenient

Un jour de 1259, Louis IX convoqua son second fils en entretien particulier.

— Philippe, lui dit-il en souriant, je vous réserve une agréable surprise.

Le prince, qui venait d'avoir quatorze ans, pensa que son père voulait lui offrir une épée, et il en fut grandement réjoui.

A l'avance, il remercia le roi.

— Ne me remerciez point avant de connaître les choses, dit celui-ci. Voici de quoi il s'agit : je vous ai fiancé à la princesse Isabelle d'Aragon.

Philippe fut stupéfait. L'œil brillant, il demanda :

83. Petite loge.

— Quel âge a-t-elle ?

— Onze ans, dit Louis IX.

Le prince eut l'air déçu. Dans l'ardeur de ses quatorze ans, il ne lui aurait pas déplu de prouver sa virilité naissante à quelque dame plus âgée. Souvent, il y avait pensé, et son regard s'était attardé à maintes reprises sur les charmes un peu mûrs des suivantes de la reine, sa mère.

Il lui parut donc que le cadeau que lui faisait son père était insignifiant, et il eut une moue très significative.

— Vous ne semblez pas très enthousiaste, dit le roi. Vous avez tort. Votre fiancée est charmante. En outre, sachez que vous ne l'épouserez pas avant trois ans d'ici.

Cela rassura Philippe, qui, oubliant la petite fiancée aragonaise, continua de lorgner les dames de la cour...

Trois ans plus tard, le jeune prince, en compagnie de la reine Marguerite, sa mère, et du roi, son père, se rendit à Clermont-Ferrand où il devait rencontrer Isabelle et le roi d'Aragon. Il était inquiet et de fort méchante humeur, car il savait que, même si sa fiancée était un affreux laideron, il ne pourrait refuser de l'épouser. Son mariage avait, en effet, d'importantes conséquences politiques. Par cette union, qui était une des conditions d'un traité, Jacques Ier d'Aragon donnait à Louis IX les comtés de Forcalquier et d'Arles, ainsi que les villes de Marseille, de Béziers et de Milan. Il recevait, en échange, les comtés de Barcelone et de Catalogne.

Un soir, un grand fracas de trompettes retentit dans les rues de Clermont. C'était l'avant-garde du roi d'Aragon qui arrivait. Aussitôt, Louis IX, Marguerite et Philippe allèrent se placer devant la cathédrale et attendirent leurs hôtes.

Le bruit ayant couru rapidement que la rencontre allait avoir lieu en cet endroit, plus de dix mille personnes vinrent se masser sur le parvis pour voir la jeune fille que l'on destinait au prince royal.

Le roi Jacques parut le premier, chevauchant un palefroi blanc. Il fut longuement acclamé. Puis un chariot déboucha sur la place. La princesse Isabelle y souriait gentiment. Son apparition déchaîna un enthousiasme considérable. C'était une jolie brune, fort appétissante, dont les yeux chauds se fixèrent avec gourmandise sur Philippe. Celui-ci, troublé, oublia immédiatement ses craintes et se sentit devenir amoureux.

Le mariage eut lieu le lendemain, 28 mai 1262, avec beaucoup d'éclat, car depuis la mort du prince Louis, son frère aîné, survenue en 1260, Philippe était héritier du trône de France. La plupart des grands vassaux étaient donc présents à la cérémonie.

Lorsque les fêtes furent terminées, les nouveaux époux quittèrent l'Auvergne sous les acclamations et allèrent s'installer à Vincennes où, pendant six ans, ils vécurent très heureux. On manque de détails sur cette période de leur existence. Toutefois, on sait que, ayant à plusieurs reprises « œuvré charnellement », le ciel, en récompense, leur donna trois enfants.

En 1269, lorsque Saint Louis partit, pour la seconde fois, en croisade, il emmena avec lui ses fils Philippe, Jean et Pierre. Isabelle suivit son époux. Elle supporta avec beaucoup de courage les fatigues de cette malheureuse expédition, trouvant même la force de soigner les chevaliers minés par la fièvre. Son héroïsme fait encore l'admiration de tous les historiens, car, nous dit-on, personne « onc de son cuer n'ouit issir le plus petit plaint ou sospir[84] » ; pourtant, lorsque, sous les murs de Tunis, Louis IX mourut de la peste, les croisés souffraient de tant de maux qu'un chroniqueur a pu écrire qu'« ils étaient nombreux ceux qui eussent voulu suivre en Paradis le saint roi ».

A la mort de son père, Philippe, devenu roi de France, voulut d'abord poursuivre la croisade. Pendant plusieurs mois, il tenta de prendre Tunis. Finalement, il décida de quitter cette terre maudite et de rentrer en France.

Ce retour fut tragique.

Tout d'abord, au large de la Sicile, la flotte royale essuya une violente tempête. Plusieurs vaisseaux furent engloutis, et cinq mille hommes périrent. Après avoir franchi le détroit de Messine, Philippe soupira :

— Maintenant, nos malheurs sont finis !

Hélas, trois jours plus tard, en Calabre, la reine Isabelle, qui était alors enceinte de six mois, voulut passer un fleuve à gué, tomba de cheval et se blessa grièvement. Malgré les soins des médecins du roi, la jeune femme, transportée immédiatement dans la ville de Cosenza, mourut après dix-sept jours de souffrances atroces, en mettant au monde un enfant mâle qui ne vécut que quelques heures. Elle avait vingt-quatre ans.

La douleur de Philippe fut d'autant plus grande qu'il dut, pour ramener en France les restes de sa femme, se soumettre à un effroyable usage qui avait alors cours en Italie : le corps d'Isabelle fut confié à un spécialiste qui le fit bouillir. Après quoi, les chairs furent seules ensevelies, tandis que le squelette était mis en bière pour être rapporté à Paris.

Philippe rentra donc chez lui avec les cercueils de son père, de sa femme et de son fils, ce qui fit dire au peuple que « le roi ne rapporta de croisade que des coffres vides et des tombeaux pleins d'ossements ».

Au bout de trois ans, le roi, qui approchait de la trentaine, constata que le veuvage commençait à lui peser. Il se mit en quête d'une autre épouse et arrêta son choix sur Marie, fille de Henri III, duc de Brabant, qui était âgée de quatorze ans.

Il l'épousa au mois d'août 1274, et leur mariage fut célébré dans le bois de Vincennes.

84. Personne « jamais de son cœur n'entendit sortir la plus petite plainte ou soupir ».

Marie de Brabant était belle, élégante, instruite et spirituelle. Son père, qui était ami de Thibaut le Chansonnier et poète lui-même, lui avait donné le goût des lettres. Elle était, malgré son jeune âge, l'inspiratrice et la protectrice de nombreux trouvères. Elle aimait les réceptions brillantes, les fêtes et les bals. Aussi son arrivée à Vincennes rendit-elle un peu de gaieté à la cour.

Le roi se montrait tellement amoureux d'elle que certains grands seigneurs pensèrent qu'elle pouvait avoir sur lui une influence bénéfique et l'aider à se débarrasser d'un individu de moralité plus que douteuse qui avait réussi à capter sa confiance. Cet homme, nommé Pierre de La Broce, était un ancien barbier (c'est ainsi qu'on appelait les chirurgiens) dont Philippe III avait fait son chambellan et son Premier ministre. Comblé d'honneurs et de largesses, il s'enrichissait scandaleusement aux dépens du Trésor royal, confiant en l'aveuglement du roi.

Il se forma donc bientôt autour de la jeune reine une coterie, qui n'eut de cesse que le favori ne fût abattu. Mais celui-ci était malin. Voici ce que nous en dit Guillaume de Nangis[85] : « Comme la reine gagnait tous les jours davantage la faveur du roi et son amour, Pierre de La Broce, chambellan de Philippe, qui vivait en si grande familiarité avec son seigneur que chacun lui rendait plus d'honneur qu'à aucun autre, commença à s'affliger fort, à ce qu'on assure, de l'amour du roi pour la reine ; car c'était un homme envieux et qui maigrissait du bonheur d'autrui. Il craignit que cette femme trop subtile n'arrivât à le « connaître » et à lui faire perdre la faveur royale. Dès lors, à ce que quelques-uns ont dit, il conçut l'iniquité dans son cœur et il chercha de jour en jour comment il pourrait séparer le roi de la reine. »

Un événement imprévu allait lui fournir l'occasion qu'il cherchait.

Un soir, en sortant de la chambre de Marie où il avait bu un verre d'eau, le prince Louis, aîné des fils que Philippe avait eus d'Isabelle d'Aragon, tomba malade et mourut en quelques heures. Aussitôt, on parla d'empoisonnement et Pierre de La Broce accusa la reine d'avoir fait disparaître le jeune prince, ajoutant même qu'il avait la certitude que cette « intrigante » voulait se débarrasser de tous les enfants du premier lit pour assurer aux siens l'accès au trône. Cette accusation épouvantable arriva rapidement aux oreilles du roi qui ne put croire à la culpabilité de la femme qu'il aimait.

Il informa la reine des bruits qui couraient. Marie de Brabant accusa aussitôt le chambellan.

— C'est lui, dit-elle, qui a empoisonné votre fils dans le but de me perdre. Il faut le faire pendre.

Le faible Philippe fut très embarrassé. Ne sachant que faire, il envoya l'évêque de Bayeux consulter une béguine de la ville de Nivelle qui passait pour être inspirée et recevoir du ciel des révélations.

Or cet évêque était le beau-frère de Pierre de La Broce. Ayant pris conseil du favori, il se rendit à Nivelle et revint vers le roi pour annoncer qu'il avait rempli sa mission.

85. Guillaume de Nangis, *Chroniques*.

— Alors, lui demanda anxieusement Philippe, que vous a-t-elle dit ?

L'évêque prit un air hypocrite.

— Monseigneur, dit-il en baissant les yeux, je ne puis répondre, car j'ai entendu la béguine en confession et, par la loi divine, je suis tenu de garder le secret.

— Cela est fort mal à vous, répondit le roi, furieux. Je ne vous avais pas envoyé pour la confesser.

Et, tournant le dos à l'évêque, il fit appeler un chevalier du Temple.

— Courez à Nivelle, lui dit-il, et interrogez cette béguine sur la mort de mon fils et sur les accusations abominables que l'on propage[86].

Le Templier partit immédiatement et, malgré les embûches de toute sorte que Pierre de La Broce dressa sur son chemin, il parvint à rencontrer la béguine. Celle-ci sourit en le voyant arriver.

— Il était bon que vous veniez, murmura-t-elle en lui prenant les mains.

Puis elle le chargea de dire à Philippe « qu'il eût à ne rien croire de ce que l'on voulait insinuer contre sa femme ; qu'elle était bonne et fidèle, et qu'elle l'aimait de tout son cœur, lui et les siens ».

Cette réponse tranquillisa le roi.

— Maintenant que vous êtes sûr de mon innocence, dit Marie, je vous demande la tête de celui qui voudrait me faire perdre votre amour.

Quelques jours plus tard, Pierre de La Broce était condamné à être pendu. Il fut exécuté le 30 juin 1278, au gibet de Montfaucon, devant une foule considérable. Avant de lui mettre la corde au cou, le bourreau lui demanda s'il voulait parler.

— Je n'ai rien à dire, répondit l'ex-chambellan, très calme.

Alors, le bourreau retira l'échelle et le laissa aller dans le vide.

En apprenant sa mort, la reine eut un sourire. Mais sa joie disparut curieusement lorsqu'elle sut que tout Paris refusait de croire à la culpabilité de Pierre de La Broce.

— On a pendu un innocent, murmurait-on. D'ailleurs, sur quelles preuves l'a-t-on condamné ? Il n'y en avait aucune !

Certains allaient jusqu'à parler d'un crime politique, et l'opinion en fut remuée pendant quelque temps.

— Mais alors, disaient les bonnes gens, si le favori du roi est innocent, qui donc a empoisonné le prince Louis ?

C'est une question que les historiens se posent depuis sept cents ans...

86. *Grandes chroniques,* année 1276.

16

A la tour de Nesle, la reine Jeanne recevait des étudiants

Elle avait plus d'un sac dans sa tour…
G. B.

Un matin de 1273, sur le balcon du château de Pampelune, un homme et une femme s'amusaient, par manière de délassement, à un jeu curieux. Ils se lançaient et « se renvoyaient en les bras de l'un et de l'autre », nous dit un chroniqueur, un bébé complètement nu.

Ils le rattrapaient au vol comme un ballon et prenaient grand plaisir à ce divertissement. Soudain, l'un des joueurs commit une maladresse. Ayant eu une distraction, il laissa passer l'enfant, qui continua sa trajectoire, franchit le balcon et alla s'écraser dix mètres plus bas sur le sol.

… Thibaud, héritier du royaume de Navarre, venait de mourir à l'âge de quinze mois, par la faute d'un gouverneur et d'une nourrice stupides.

Cet événement allait déterminer le destin d'une petite fille née quelques semaines auparavant, à Bar-sur-Seine [87].

En effet, lorsqu'il fut informé de l'accident qui le privait de son fils, le roi Henri de Navarre appela ses barons et leur dit :

— Le prince Thibaud est mort. Je vous demande de considérer désormais sa sœur, la princesse Jeanne, qui est âgée de deux mois, comme la future reine de Navarre.

Puis il ajouta :

— Je ne suis pas en bonne santé ; si je mourais, je veux que ma succession ne fasse l'objet d'aucune discussion.

A quelque temps de là, le roi Henri eut une entrevue à Bouloc, près de Bayonne, avec Édouard Ier d'Angleterre. Au cours de leurs entretiens, les deux souverains s'entendirent si bien qu'avant de se quitter ils décidèrent de marier leurs enfants.

C'est ainsi que la future reine de Navarre, qui vagissait dans son berceau à Provins, devint, sans le savoir, la fiancée d'un prince d'Angleterre.

Ces fiançailles ne furent d'ailleurs pas de longue durée, car le prince, qui était âgé de six mois, les rompit en mourant subitement, et la princesse Jeanne recouvra sa liberté.

Quelques mois plus tard, Henri de Navarre étant mort d'un excédent d'embonpoint, la reine Blanche, sa femme, qui craignait que les rois de Castille et d'Aragon ne voulussent s'emparer de son royaume,

87. Le roi de Navarre était également comte de Champagne.

entreprit des négociations dans le but de transformer l'un de ses adversaires en allié. Elle se rendit auprès du roi Pierre d'Aragon.

— Que me proposez-vous en échange de mon aide ? lui demanda celui-ci.

— Je vous donne ma fille. Elle fera une épouse parfaite pour votre fils aîné.

Pierre d'Aragon, ravi à la pensée que son fils, qui avait pour l'heure dix mois, serait un jour roi d'Aragon et de Navarre, accepta.

Et Jeanne put, de nouveau, dormir tranquille en suçant son pouce. Elle avait un fiancé !

Rendus furieux par cette manœuvre diplomatique, les Castillans déclarèrent aussitôt la guerre aux Aragonais, et de sanglants combats eurent lieu. Or les gens de Castille montrèrent dans ces batailles une telle ardeur guerrière que la reine Blanche prit peur et demanda l'aide du roi de France, Philippe III, son cousin germain.

— Les Aragonais vont se faire battre, lui dit-elle, venez à mon secours.

Philippe III était réaliste.

— Que me proposez-vous en échange de mon soutien ? demanda-t-il.

— Je vous donne ma fille, dit la reine, qui avait peu d'imagination. Vous la marierez à votre fils aîné.

Philippe, pour les mêmes raisons qui avaient décidé Pierre d'Aragon, accepta, et la princesse Jeanne, qui allait maintenant sur ses quinze mois, fut fiancée pour la troisième fois.

Mais le roi de France, qui savait avec quelle facilité la reine Blanche donnait sa fille, exigea que la jeune princesse lui fût remise immédiatement.

— Je la ferai élever avec mes enfants dans mon palais de Vincennes, dit-il.

Jeanne fut donc amenée à la cour de France. Après quoi — et après quoi seulement — Philippe envoya une armée défendre le royaume de Navarre qui avait été abandonné par Pierre d'Aragon, fâché du manque de parole de la reine Blanche.

Malgré le très jeune âge du fiancé, on commença bientôt à penser au mariage qui devait avoir lieu douze ans plus tard.

Rien ne déplaisait tant à Philippe le Hardi que l'improvisé.

Tout d'abord, il demanda au pape Grégoire X une dispense pour l'union des deux cousins. Cette démarche faillit d'ailleurs priver une troisième fois la jeune princesse d'un fiancé ; car le souverain pontife, qui ne voulait pas favoriser le rattachement de la Navarre à la France, hésita longtemps. Finalement, il crut résoudre le problème de façon habile en accordant une dispense non pour Louis, le prince héritier de la couronne de France, *mais pour son frère cadet, Philippe.* Il ne pouvait prévoir que Louis mourrait l'année suivante et que ce serait son frère qui monterait sur le trône.

Pendant douze ans, Jeanne vécut au château de Vincennes, où elle reçut une instruction soignée. Elle voyait quotidiennement son fiancé — le quatrième — qui était de quatre ans son aîné, et elle ne cachait pas l'amour qu'elle avait pour lui.

— C'est le plus beau de tous les hommes du monde, disait-elle à qui voulait l'entendre.

De fait, Philippe avait des traits fort réguliers et une noble prestance qui, d'ailleurs, le faisaient déjà surnommer « le Bel » par le peuple de Paris.

Jeanne eût aimé monter sur ses genoux, caresser ses longs cheveux roux et l'embrasser ; mais l'adolescent avait un maintien sévère et un regard froid qui retiraient toute audace à la fillette. Enfin, le 16 août 1284, leur mariage eut lieu à Paris. Il avait seize ans, elle allait en avoir douze.

Après la cérémonie, Jeanne, qui pensait au moment où elle aurait enfin le droit de se blottir dans les bras de son mari, vit que celui-ci avait un air satisfait qu'elle ne lui connaissait pas.

— Il m'aime, pensa-t-elle, et il est heureux comme moi.

Sans doute il l'aimait. Mais sa satisfaction avait, à ce moment, une autre cause : l'ambitieux Philippe se délectait secrètement à la pensée qu'il portait maintenant les titres de roi de Navarre et de comte palatin de Champagne et de Brie...

L'année suivante, le 5 octobre 1285, Philippe III mourut, et son fils lui succéda sur le trône de France. Le sacre du nouveau roi et de la reine Jeanne eut lieu à Reims le 6 janvier 1286.

Devant la cathédrale, le peuple acclama sa petite reine, et chacun trouva, avec raison, que c'était la plus gracieuse fillette qui se puisse imaginer.

Avec l'âge, la beauté de Jeanne s'affirma et devint éblouissante. A dix-huit ans, la jeune souveraine avait un charme qui subjuguait littéralement tous ceux qui l'approchaient et qui fit écrire à l'historien Mézeray [88] : « Cette reine tenait tout le monde enchaîné par les yeux, par les oreilles, par le cœur, étant également belle, éloquente, généreuse et libérale. »

Hélas ! Jeanne ne tarda pas à s'ennuyer aux côtés de l'austère Philippe qui l'abandonnait des soirées entières pour s'occuper des affaires de l'État.

Elle, qui eût désiré un mari fougueux et tendre, allait le plus souvent dormir seule dans sa chambre. Parfois, au milieu de la nuit, énervée par sa solitude, elle se levait et regardait la Seine qui coulait sous sa fenêtre. Depuis que la cour était revenue au Louvre, ce fleuve l'attirait. Elle y voyait passer au petit matin de beaux bateliers râblés dont la peau brune et les muscles la faisaient rêver. Elle ne pouvait s'empêcher d'y penser le soir en soupirant, et tout le monde, sauf Philippe, bien entendu, remarquait son air mélancolique.

88. MÉZERAY, *Histoire de France.*

Un jour, elle cessa de soupirer. Son regard était toujours aussi brillant ; mais elle était plus calme, plus sûre d'elle-même, plus réservée aussi. On ne la voyait plus saisir, en jouant, les mains du roi pour les poser sur ses lèvres ou venir, de façon un peu trop câline, se serrer contre lui. Elle était digne et presque aussi sévère d'aspect que Philippe.

C'est alors que des bruits étranges commencèrent à courir dans Paris. On racontait à voix basse que la reine Jeanne, par certaines nuits sombres, quittait furtivement le Louvre, traversait la Seine et s'en allait à la tour de Nesle, qui était située en face. On assurait qu'elle y avait fait aménager, au premier étage, par des personnes de confiance, une grande salle où les soldats ne montaient jamais et que l'on ne pouvait atteindre que par un escalier indépendant. Cette salle, au dire des commères bien renseignées, était régulièrement approvisionnée en vin et en victuailles. Deux ou trois fois par semaine, la reine y faisait, paraît-il, monter des étudiants ou des bateliers qu'une mystérieuse entremetteuse lui envoyait afin qu'elle se livrât avec eux, jusqu'au petit jour, à la plus scandaleuse des débauches. Lorsque, enfin, sa fringale amoureuse était assouvie, on disait que la gracieuse et prudente reine appelait des gardes, faisait enfermer ses amants, las et repus, dans un sac lesté d'une grosse pierre et donnait l'ordre de les jeter dans le fleuve...

Et l'on citait le nom du jeune escholier qui, sorti vivant de l'aventure grâce à un sac mal ficelé, avait dévoilé l'infamie de la reine.

Ces bruits étaient naturellement parvenus aux oreilles du roi Philippe. Pourtant, il feignait de n'en rien savoir et n'y fit jamais allusion.

Après sept siècles, que faut-il penser de ces accusations — qui seront d'ailleurs, en grande partie, reprises vingt ans plus tard à propos de Marguerite de Bourgogne et de ses belles-sœurs ?

Il est difficile de le savoir. Sans doute le peuple a-t-il, avec son imagination coutumière, un peu noirci les faits. Mais il est probable que la reine Jeanne a bien eu quelques galants rendez-vous dans une pièce haute de la tour de Nesle.

Il y a rarement de fumée sans feu.

Cela expliquerait d'ailleurs l'attitude du roi, peu soucieux de faire éclater un scandale qui eût risqué de rendre publique l'inconduite de la reine et d'entraîner sa condamnation à la prison perpétuelle.

Car Philippe, malgré sa froideur, aimait Jeanne. A aucun moment, il ne cessa de lui montrer de l'estime. Pour faire taire les commères du royaume, il s'ingénia toujours, au contraire, à lui faire partager sa gloire. C'est ainsi qu'après la conquête de la Flandre ils allèrent tous deux visiter les régions nouvellement rattachées au domaine royal.

Il se passa là, d'ailleurs, un fait significatif.

Pour recevoir dignement les souverains, les habitants de Gand, d'Ypres et de Bruges mirent leurs plus beaux vêtements, étalèrent tout leur luxe. Mal leur en prit. En voyant les bourgeoises de Bruges en toilettes somptueuses et couvertes de bijoux, la reine Jeanne, qui était orgueilleuse et vindicative, se sentit blessée dans sa vanité de femme. Elle devint rouge de colère et s'écria :

— Je croyais qu'il n'y avait qu'une reine en France ; j'en vois six cents [89] !

Et elle obtint du roi Philippe, décidément bien faible devant son épouse, que la rançon des malheureux habitants de Bruges fût augmentée...

Vers 1294, Philippe le Bel connut de graves ennuis d'ordre financier. Comme il se trouvait dans l'impossibilité de frapper le peuple de nouveaux impôts — les lois féodales étant, à cet égard, très strictes —, il dut prendre la décision de réduire son train de vie, ce qui déplut énormément à la reine Jeanne, habituée aux robes élégantes, aux bijoux, aux tissus rares et aux pâtisseries fines.

Elle se plaignit au roi :

— Pourquoi devrais-je me priver seule quand toutes les femmes du royaume continueront, comme par le passé, à se vêtir somptueusement et à se nourrir à leur guise ? C'est insupportable.

Philippe le Bel posa sur elle son regard doré.

— L'exemple a d'autant plus de force, madame, qu'il vient de plus haut. Toutes les femmes de France voudront, dès demain, connaissant votre sacrifice, mener une existence aussi austère que la vôtre, et le pays tout entier fera des économies.

— Si c'est là votre but, dit la reine, alors, messire, faites une loi ; car je connais les femmes, elles imiteront peut-être mon luxe, mais jamais mes restrictions. Or je ne veux pas être seule à me vêtir pauvrement. Si je suis touchée par la mauvaiseté de vos finances, que tout le royaume soit frappé avec moi.

Puis, ayant dit, elle rentra dans ses appartements.

Docile, Philippe le Bel, quelques jours plus tard, promulgua sa fameuse loi somptuaire, destinée à régler le train de vie de chaque sujet, du haut prélat au « manœuvre léger »...

Cette loi indiquait la quantité de mets que l'on pouvait servir sur les tables, le nombre de robes auxquelles on avait droit par an, et le prix qu'on pouvait y mettre selon son état, sa naissance et ses facultés.

Elle défendait par exemple de servir au souper (qui était alors le grand repas) plus de deux mets et un potage au lard ; au dîner (qu'on nommait petit repas ou petit manger), un mets et un entremets. En outre, il était prescrit qu'on ne devait servir qu'une seule espèce de viande dans un plat ou une seule espèce de poisson.

Le deuxième article de cette loi précisait que les ducs, les comtes et les barons, qui avaient six mille livres de terres, ne pouvaient s'offrir plus de quatre robes par an (il en était de même pour leurs femmes) ; que les prélats et les chevaliers n'avaient droit qu'à deux robes, et que les dames ou demoiselles qui avaient deux mille livres de terres ne pouvaient en acheter qu'une — à moins qu'elles ne fussent châtelaines.

89. Guillaume de Nangis, *Chroniques*.

Le troisième article indiquait que nul prélat ou baron ne pouvait mettre plus de vingt-cinq sols tournois à l'aune de Paris pour sa robe. Et, si les femmes des barons avaient droit à trente sols, le châtelain ne devait pas dépasser dix-huit sols à l'aune ; l'écuyer, fils de baron, quinze ; l'écuyer qui se vêtait de pourpre, dix ; le clerc en dignité ou fils de comte, seize ; le chanoine d'église-cathédrale, quinze ; les femmes de bourgeois, seize (à condition toutefois que leurs maris aient la valeur de deux mille livres tournois de bien) ; quant aux autres, ils n'avaient droit qu'à douze sols au plus.

L'article 4 défendait aux bourgeois « d'avoir des chars, de se faire accompagner, la nuit, avec des torches de cire et de porter du petit-gris, de l'hermine, du menu-vair, de l'or et des pierres précieuses ».

Cette loi interdisait donc toute fantaisie vestimentaire, ce qui ravit la reine Jeanne.

— Ainsi, dit-elle en riant, tout le monde sera vêtu semblablement.

On l'aura peut-être remarqué, aucun article de la loi somptuaire ne concernait les chaussures. C'est donc dans ce domaine que les sujets du roi Philippe cherchèrent à se singulariser. Un soulier étrange, inventé par un sieur Poulain, eut bientôt la faveur du public. On l'appela *pouline* ou *poulaine*. Il s'agissait d'une chaussure qui finissait en pointe plus ou moins longue suivant la qualité des personnes qui la portaient ; car, sous l'influence de la loi somptuaire, il s'était établi tout naturellement une hiérarchie du costume que tout le monde respectait. Ainsi, la poulaine était de deux pieds de long pour les princes et les grands seigneurs, d'un pied pour les riches, et d'un demi-pied pour les gens du commun[90].

Cette chaussure, que l'on ornait de cornes, de griffes ou de figures grotesques, finit par attirer l'attention des évêques, qui fulminèrent contre elle sans succès. Certains faillirent même en déclarer l'usage hérétique.

Mais des sujets plus graves allaient bientôt occuper l'Église.

Si elle se mêlait parfois des affaires du royaume de France la reine Jeanne n'acceptait pas que Philippe le Bel s'immisçât dans celles du comté de Champagne qu'elle gérait personnellement avec sa mère. Elle le prouva en s'occupant seule d'une affaire assez curieuse qui fit quelque bruit et se termina bien mal.

La reine douairière de Navarre ayant soupçonné son trésorier, le chanoine Jean de Calais, d'avoir détourné des fonds, celui-ci prit la fuite et se réfugia en Italie, près de la cour romaine.

Jeanne, furieuse, accusa sans grande preuve, semble-t-il, Guichard, homme de mauvaise réputation, bien qu'évêque de Troyes et membre du Conseil du roi, d'avoir facilité la fuite du chanoine. Outré, le prélat protesta de son innocence ; ce qui n'empêcha pas Jeanne de le faire chasser du Parlement.

Or, quelques jours plus tard, le 2 mai 1302, la reine mère de Navarre,

90. C'est de là, d'ailleurs, qu'est venue l'expression « vivre sur un grand pied ».

dont la santé était cependant florissante, mourut subitement d'un mal mystérieux. Aussitôt, le peuple accusa Guichard, qui se livrait, disait-on, à des pratiques de sorcellerie, de l'avoir empoisonnée ou envoûtée par effet de charmes maléfiques. Naturellement, la reine Jeanne, qui voulait à toute force la perte de l'évêque, se déclara certaine de sa culpabilité et ordonna aux chefs de la police de faire mener sur lui une enquête serrée.

Celle-ci n'était pas terminée (peut-être était-elle sur le point d'aboutir) lorsque, le 2 avril 1304, la reine Jeanne, dans l'éclat de ses trente-deux ans, mourut à son tour subitement au château de Vincennes.

Philippe le Bel, profondément affligé, suivit le convoi funèbre jusqu'à l'église des Cordeliers, sourd aux propos de la foule qui ne se gênait pas pour accuser Guichard d'avoir fait mourir la reine par envoûtement.

Pendant quatre ans, le roi refusa de prêter attention à ces bruits. Mais, un jour de 1308, un vieil homme vêtu misérablement se présenta au Louvre.

— Je voudrais parler au confesseur du roi, dit-il. C'est très important.

On le fit entrer, et un dominicain le reçut.

Visiblement impressionné par le regard froid du religieux, l'étrange visiteur bredouilla :

— Je suis l'ermite de Saint-Avit. Je viens faire des révélations au sujet de la mort de la reine Jeanne.

— Je vous écoute.

— La reine, Dieu ait son âme, est bien morte par sorcellerie et sortilège, comme on l'a dit. Je connais l'homme qui l'a envoûtée, pour avoir été son complice : c'est messire Guichard, abbé de Moustier-la-Celle, évêque de Troyes.

Et, dans le cabinet silencieux, l'ermite conta à voix basse comment il avait été mêlé à ce crime.

— Un soir, dit-il, dans la cabane que j'occupe au milieu des bois, je reçus la visite de l'évêque. Il me remit une fiole et me demanda d'aller à Paris empoisonner les trois fils du roi. Horrifié, je refusai. Alors, il m'injuria, menaça de me tuer et, finalement, se retira en me maudissant.

Quelques mois plus tard, Guichard était revenu voir l'ermite en compagnie d'une sorcière nommée Margueronne de Bellevillette. Sous la menace, tous deux l'avaient obligé à participer à une impressionnante cérémonie. L'évêque, ayant modelé une petite poupée de cire à la ressemblance de la reine, avait allumé des cierges et prononcé quelques formules incompréhensibles, aussitôt répétées par la sorcière. Puis l'ermite avait dû dire des prières dont il n'avait pas compris le sens et, finalement, Guichard, s'étant saisi d'une longue aiguille, avait percé la poupée en différents endroits. Le lendemain, la reine Jeanne était morte à Vincennes d'une étrange maladie.

Dès qu'il connut la déposition de l'ermite, Philippe le Bel fit arrêter Guichard et Margueronne de Bellevillette. Tous deux nièrent énergiquement les faits rapportés par celui qui se disait leur complice, et l'affaire traîna pendant des années. Au bout de huit ans, on dut relâcher l'évêque, faute de preuves.

Néanmoins, un doute subsista dans l'esprit du peuple.

— Guichard a bénéficié des circonstances, disait-on. Si le roi Philippe n'avait pas été préoccupé par l'affaire des Templiers, l'enquête ouverte à la suite des révélations de l'ermite de Saint-Avit aurait été menée avec plus de zèle...

C'était vrai. Le roi, toujours à court d'argent, avait engagé contre le très puissant et très riche ordre du Temple, dont il convoitait les richesses, un procès qui occupait tout son esprit. La lutte était d'une importance considérable qui échappait, bien entendu, au menu peuple.

— Le roi fait passer ses intérêts et sa politique avant le culte dû aux défunts, murmurait-on. Il aime mieux prendre le trésor des Templiers que venger la mort de notre reine.

Quelques commères, il est vrai, ricanaient :

— A moins que notre gentil sire n'ait aucune envie de punir l'assassin d'une femme qui l'a, paraît-il, si effrontément trompé...

Mais on les faisait taire.

D'ailleurs, ces commères pouvaient bien reprendre haleine et ménager leur salive. Elles allaient en avoir grand besoin...

Le 14 mars 1314, Jacques de Molay, grand maître de l'ordre des Templiers, et quatre moines accusés d'hérésie et de sodomie furent brûlés vifs dans l'île aux Vaches, devenue aujourd'hui le terre-plein du Vert-Galant. Philippe le Bel, impassible, assista à leur supplice d'un balcon du Louvre. Lorsque les dernières flammes furent éteintes, sans doute le roi pensa-t-il que ses ennuis prenaient fin.

Or, au même balcon que lui, il y avait également trois jeunes princesses.

La plus âgée s'appelait Marguerite de Bourgogne.

17

Les débauches de Marguerite de Bourgogne firent exclure les femmes de la Couronne

> Le royaume de France est si noble qu'il ne peut aller à femelle.
>
> FROISSART

Philippe le Bel aimait beaucoup ses trois brus, car, grâce à elles, le Louvre était devenu un endroit presque gai. Elles organisaient des réjouissances, des bals fort animés, des soirées consacrées à quelque trouvère en vogue ou de passage à Paris, et leur vie ressemblait à une fête. On les rencontrait, à chaque instant, riant et tourbillonnant dans les couloirs, suivies de jeunes filles chuchoteuses et d'adolescents moqueurs.

La plus âgée des trois, je l'ai dit, se prénommait Marguerite ; elle avait vingt-trois ans. C'est elle que le roi préférait, pour sa grâce, son sourire et sa façon hardie de dire à chacun ce qu'elle pensait.

Elle était la fille de Robert II de Bourgogne, et Philippe le Bel l'avait fait épouser, en 1305, par son fils aîné, Louis, alors qu'elle n'avait pas quinze ans.

Il la trouvait jolie et intelligente et se plaisait à penser qu'un jour elle serait reine de France.

Parfois, le regard malicieux de Marguerite rencontrait celui du roi. Alors, le visage habituellement impassible s'animait et, sur les lèvres minces de Philippe, flottait un sourire...

— Pour faire sourire le roi, disaient les graves conseillers qui le connaissaient bien, il faut que cette princesse soit joliment habile.

Habile, certes elle l'était. Et, si Philippe avait su ce qui se passait dans la tête de sa bru préférée, sans doute eût-il cessé de sourire...

Lorsqu'elle s'était mariée, Marguerite, qui était fort précoce et d'un tempérament très au-dessus de la moyenne, avait cru pouvoir apaiser sa soif de caresses. Hélas ! le jeune Louis préférait les plaisirs grossiers du jeu de paume aux agréments plus délicats et plus variés de l'alcôve. Quand il avait joué toute la journée avec ses camarades, il s'endormait lourdement auprès de sa femme, sans même lui faire une de ces petites gentillesses qui témoignent d'une bonne éducation.

D'ailleurs, le chanoine de Saint-Victor n'hésite pas à dire de lui qu'« il était prodigue et dissipateur et n'avait que les goûts de l'enfance, quoiqu'il eût été, à plusieurs reprises, châtié, pour ce sujet, par son père. »

Marguerite, que la lecture de vers légers composés par les ménestrels émoustillait chaque jour davantage, devint bientôt aussi mélancolique que la reine Jeanne l'avait été jadis, et son esprit s'emplit d'idées que la morale réprouve généralement. Elle rêva d'étreintes brutales et de rendez-vous secrets...

Or, depuis qu'elle avait le titre de reine de Navarre[91], elle possédait une cour indépendante et jouissait de ce fait d'une extrême liberté.

Elle en profita pour s'entourer de jeunes femmes et de jeunes chevaliers plus intéressés que son mari aux jeux de l'esprit, et organisa des débats sur des sujets qui la passionnaient. La petite cour s'entretenait ainsi, pendant des heures, de poésie gaillarde, de philosophie et d'amour. Après quoi, Marguerite entraînait tout le monde dans un jeu de cache-cache qui lui permettait de se retrouver dans quelque placard en compagnie du plus beau des chevaliers de l'assemblée et d'attendre en frissonnant qu'il se passât quelque chose... Il faut bien le dire, la belle était chaque fois déçue. Aucun des vigoureux adolescents qu'elle

91. Depuis la mort de sa mère, Louis portait le titre de roi de Navarre et de comte de Champagne.

attirait dans ses cachettes n'osait lui manquer de respect ! Quelques-uns lui murmuraient bien à l'oreille de jolis compliments ; mais cela n'allait pas plus loin...

Pendant deux ans, la jeune reine vécut ainsi, de façon relativement sage. Ces intrigues sans aboutissement et tous ces simulacres galants pourtant l'épuisaient. Elle finit par se séparer de ces garçons trop vertueux ou trop prudents, et on la vit, à son tour, s'accouder le soir à la fenêtre qui s'ouvrait sur la Seine, et rêver en considérant les robustes bateliers...

Cette existence déprimante avait cessé en 1307, après que Philippe le Bel eut marié coup sur coup ses deux autres fils, Philippe et Charles, avec deux cousines de Marguerite : Jeanne de Bourgogne et sa sœur Blanche.

Immédiatement, la jeune femme avait repris espoir. Ce qu'elle n'osait faire avec des compagnes qui n'étaient point de son rang, et à qui elle ne pouvait confier ses intimes désirs, lui parut dès lors réalisable avec la complicité de ses jeunes belles-sœurs. Et, comme celles-ci n'avaient pas tardé à se plaindre également de la froideur de leurs époux, une entente spéciale, fondée sur des griefs communs, s'établit bientôt entre les trois femmes. Les fils du roi aimaient décidément trop le jeu de paume. Cela ne devait pas leur porter chance...

Marguerite commença par reformer sa cour où fut admise toute la jeunesse du palais. Puis les trois princesses organisèrent des fêtes, ce qui ne s'était pas fait depuis l'époque où la reine Jeanne, délaissée du roi, cherchait, elle aussi, à s'amuser... Elles se livrèrent à mille excentricités, commirent quantité d'imprudences qui eussent inquiété n'importe quel mari moins aveugle que les fils du roi et recherchèrent les compliments « pour faire entendre qu'il n'était point interdit de porter les yeux sur elles »...

Philippe le Bel assistait, impassible, à cette dangereuse exubérance. Pourtant, tout ne devait pas lui plaire dans le comportement de ses brus.

Un jour, celles-ci inventèrent — tant était grand leur désir de troubler les hommes de la cour — une mode nouvelle et singulièrement audacieuse. Elles se firent confectionner des robes dont la jupe était fendue d'un côté, jusqu'à la hanche, et qui laissait voir, à chaque pas qu'elles faisaient, beaucoup plus qu'il n'est convenable pour des princesses. De nombreux chevaliers furent éblouis par les rapides visions qu'offrait la démarche des trois rouées. Et, dans tout le château du Louvre, le bruit se répandit bientôt que les brus du roi n'étaient pas seulement jolies, mais qu'elles étaient admirablement faites.

L'attitude résolument provocante qu'avaient adoptée les trois princesses privées d'amour finit par donner quelque hardiesse à certains jeunes gens de leur suite. Et l'on parla à voix basse de baisers échangés furtivement dans l'ombre des escaliers, et même d'étreintes rapides entre deux portes. Toutefois, personne ne pouvait donner de précisions, et bien des gens considéraient ces histoires comme de vulgaires ragots inventés de toutes pièces.

Pourtant, il est quelqu'un qui s'y arrêta. C'est Jehan de Meung, le continuateur du *Roman de la rose.* Ayant fait une petite enquête, il acquit rapidement la certitude que ces bruits étaient fondés et que les gracieuses brus du roi de France n'étaient pas des modèles de vertu.

Un soir, qu'il était convié à la cour de la reine de Navarre pour y dire ses œuvres, il s'amusa à chanter une chanson de sa composition dans laquelle se trouvaient plusieurs allusions fort claires aux aventures galantes des trois princesses. Il espérait les faire rire. Il les fâcha.

Sans rien montrer de leur colère, elles lui demandèrent de demeurer dans leur chambre, puis elles se rendirent dans une pièce voisine afin de convenir de la punition qu'elles devaient lui infliger pour son indiscrétion.

Après un court débat, elles décidèrent qu'il serait frappé de verges. Rentrées dans leur chambre, elles mirent au courant le pauvre Jehan de Meung de ce qui l'attendait.

— Pour vous apprendre à trop parler, lui dit Marguerite de Bourgogne, nous allons vous lier les bras et, tandis que notre huissier de chambre veillera à la porte, nous vous frapperons à tour de rôle à coups de verge.

Le poète était loin de s'attendre à pareille chose. Ahuri, il allait se laisser ligoter lorsqu'il eut une idée.

— Fort bien, mesdames, dit-il respectueusement. J'ai, en effet, cent fois mérité cette punition. Toutefois, je requiers une grâce à genoux ; ce n'est pas pour éviter le châtiment, mais pour y mettre une juste et raisonnable condition : c'est que celle de vous qui est la plus coupable, donc la plus offensée par mes vers, me frappe la première.

Alors les princesses changèrent de ton, rangèrent leurs verges et déclarèrent en souriant que tout ceci n'était qu'une aimable plaisanterie...

Après cet incident, Jehan de Meung et les autres poètes se tinrent désormais sur leurs gardes, et personne ne parla plus des amours clandestines des trois jeunes femmes.

Pourtant, le scandale n'allait pas tarder à éclater...

De tout temps, il a suffi d'un beau soleil, de carillons et de draps piqués de fleurs aux façades des maisons pour qu'une ville ait un air de fête. Boulogne avait tout cela en ce jour de juin 1309, et les Boulonnais souriaient, heureux de vivre des heures inhabituelles. Depuis le matin, des héraults parcouraient les rues, annonçant au peuple hilare des réjouissances multiples qui devaient avoir lieu jusqu'au surlendemain, et les tavernes ne désemplissaient pas. Bref, on fêtait comme il se devait le mariage de la princesse Isabelle, fille de Philippe le Bel, avec Édouard II, roi d'Angleterre, dont la cérémonie s'était déroulée le matin, en la cathédrale.

Quelques commères, pourtant, ricanaient.

— Ce jeune roi anglais, disaient-elles, n'a pas l'air d'un homme. On croirait plutôt une jeune fille, tant sa voix est câline et ses gestes délicats... Notre princesse aurait-elle épousé un « faux-semblant » ?

Eh oui ! les commères boulonnaises avaient vu juste. Le jeune roi Édouard II était bien plus attiré par les damoiseaux que par les damoiselles. La pauvre Isabelle allait bientôt s'en apercevoir.

Pour l'instant, elle n'avait aucun soupçon. D'ailleurs, elle était bien trop occupée par les préparatifs de son départ pour remarquer quoi que ce fût d'anormal dans le comportement de ce mari qu'elle ne connaissait pas la veille encore. Elle faisait porter vers le bateau des coffres emplis de cadeaux et de robes élégantes, comme on n'en faisait déjà qu'à Paris, et veillait à l'embarquement des cassettes de bijoux dont elle voulait éblouir les dames d'Angleterre.

Quand vint l'heure des séparations, elle embrassa tous les membres de sa famille et remit un présent à chacun.

— Pour vous souvenir de moi lorsque je serai à Londres, dit-elle, car je ne sais quand je reviendrai.

A Marguerite et à Blanche, ses belles-sœurs, elle donna deux magnifiques bourses qu'elle avait brodées elle-même.

Ravies, les deux princesses accrochèrent immédiatement l'objet à leur ceinture.

— Que ces bourses vous portent bonheur, dit Isabelle.

Puis, accompagnée de son époux, elle s'embarqua sur la plus belle des nefs, celle dont le château[92] était tendu de drap d'or...

Qui donc aurait pu prédire que ces cadeaux anodins causeraient, un jour, la perte des trop légères brus du roi de France ?

C'est peu de temps après le départ d'Isabelle que Marguerite remarqua, parmi les nouveaux chevaliers de l'hôtel royal, un très beau garçon dont le regard lui donnait l'impression d'avoir des pelotes d'aiguilles au creux des mains. Elle demanda son nom et apprit que ce séduisant jeune homme s'appelait Philippe d'Aulnay.

Pendant plusieurs nuits, elle dormit fort mal. Pourtant, elle hésitait à convier ce beau chevalier à ses réunions littéraires et à ses jeux de cache-cache si particuliers. Elle craignait qu'avec lui les choses ne restassent pas sur le plan de la bagatelle, mais prissent un tour plus dangereux...

En vérité, elle avait peur de tomber amoureuse pour la première fois de sa vie. Elle pensait en effet — avec quelque ingénuité — qu'une femme mariée pouvait prendre du plaisir avec de vigoureux partenaires sans que cela pût être considéré comme une faute grave, mais que l'amour était un péché.

Pendant des semaines, elle s'efforça de ne plus penser à Philippe. Elle s'y efforça même avec unc telle passion qu'elle finit par tomber éperdument amoureuse de lui. Elle s'alanguit, perdit ses couleurs, se désintéressa de la poésie et s'enferma pendant des heures dans sa

92. Endroit habitable situé à l'arrière des bateaux.

chambre pour y pousser des soupirs qui inquiétaient les dames de sa suite.

Enfin, par un après-midi trop chaud de juillet, incapable de résister plus longtemps à son désir, elle fit appeler le chevalier.

Ils eurent un long entretien, pendant lequel l'huissier de chambre de Marguerite jugea discret de s'éloigner...

Devenue la maîtresse de Philippe d'Aulnay, la jeune princesse retrouva son équilibre, son entrain et ses couleurs. Pourtant, les rencontres des deux amants n'étaient pas faciles dans ce palais où le moindre fait était rapporté à Philippe le Bel par une police vigilante. Il leur fallait prendre d'incessantes précautions...

Bientôt, pour plus de sécurité, l'huissier de chambre fut mis dans le secret ainsi que les deux belles-sœurs de Marguerite.

Celles-ci, tout heureuses d'être mêlées à une telle aventure, montaient la garde dans les couloirs et chassaient les importuns. En échange de leur complicité, elles exigeaient que Marguerite leur fît ses confidences et leur relatât par le menu tous ses « entretiens » avec son amant.

Dans ce but, presque chaque matin, les trois jeunes femmes se réunissaient en grand secret, soit dans la chambre de Jeanne, soit dans celle de Blanche. Et ce que racontait à voix basse l'ardente reine de Navarre faisait briller d'envie les yeux des deux sœurs.

Elles aussi auraient bien voulu connaître les joies profondes d'un grand amour. Les étreintes furtives dont elles se contentaient jusqu'alors ne leur suffisaient plus, et c'est pourquoi elles furent dans un état d'exaltation peu commun le jour où elles apprirent que Philippe d'Aulnay avait un frère aussi beau que lui, qui se nommait Gautier.

— Il sera pour moi, décida Blanche.

Jeanne, qui était timide, ne protesta point. Et, le lendemain, Philippe fut prié d'amener son frère. Celui-ci plut aussitôt à Blanche qui le retint dans sa chambre pour une conversation particulière dont il ne sortit qu'au petit matin, haletant, les jambes molles et le regard vague.

Dès lors, Jeanne put se régaler de deux confidences...

Aussi montait-elle une garde vigilante auprès des amants, épiant l'arrivée possible des maris, facilitant parfois des fuites précipitées, allant jusqu'à cacher les chevaliers dans des coffres de sa chambre. Grâce à elle, pendant trois ans, personne ne soupçonna au palais ce qui se passait la nuit dans les appartements des princesses[93].

Malheureusement, une faute impardonnable allait tout compromettre.

En 1313, en effet, une inconcevable imprudence fut commise par Blanche et Marguerite. Sans doute l'atmosphère grisante des fêtes qui se déroulaient alors à Paris leur avait-elle quelque peu tourné la tête.

93. Précisons bien que toutes ces « nuits chaudes » avaient lieu au Louvre. Car, contrairement à ce que Dumas père a raconté dans son roman, Marguerite de Bourgogne n'a jamais mis les pieds à la tour de Nesle. Il a attribué à cette princesse les dévergondages supposés de la reine Jeanne de Navarre et peut-être ceux de Jeanne de Bourgogne qui, lorsqu'elle fut devenue reine de France, habita effectivement à l'hôtel de Nesle et mena une vie assez dissolue.

Philippe le Bel ayant solennellement armé ses fils chevaliers, toute la capitale était en liesse. Les chroniqueurs qui relatent ces festivités nous disent que « les princes et les seigneurs du royaume qui étaient venus assister à la cérémonie étalaient, à l'envi, la magnificence de leurs harnais et de leurs habits, dont ils changeaient jusqu'à trois fois par jour ».

Le roi, qui avait convié son gendre, Édouard II d'Angleterre, et Isabelle, donna dans les jardins de Saint-Germain-des-Prés un festin où les convives, installés sous des tentes de soie brochée d'or, étaient servis par des domestiques à cheval.

Les rues de la capitale furent illuminées pour que l'on pût danser et boire toute la nuit. Des fontaines de vin coulèrent aux carrefours. Bourgeois et gens du peuple se déguisèrent de plaisante manière, et des ribaudes en profitèrent pour se montrer presque entièrement dévêtues, sous le prétexte de représenter notre mère Ève avant le péché.

La première journée de fête se termina par un incident fâcheux. A peine les souverains anglais étaient-ils couchés dans l'hôtel que Philippe le Bel avait mis à leur disposition, qu'un incendie se déclara dans leur chambre. Ils n'eurent que le temps de se sauver en chemise, ce qui donna matière à plaisanterie...

Est-ce cette aventure qui mit Isabelle de mauvaise humeur ? C'est fort possible. Quoi qu'il en fût, le lendemain, la jeune femme, qui était d'un caractère vindicatif, se montra fort désagréable avec tout le monde, et particulièrement avec ses trois belles-sœurs.

Bouche pincée, l'œil mauvais, elle les considérait avec amertume, les enviant de pouvoir montrer cet air heureux de femmes comblées que son efféminé de mari ne parviendrait sans doute jamais à lui donner.

L'après-midi, les souverains, leurs invités et la cour assistèrent à la représentation d'un mystère et à une procession satirique dirigée contre le pape Boniface VIII.

Pendant que tout le monde s'esclaffait, Isabelle observait ses voisins, à la recherche d'un détail ridicule dont elle pût se régaler, selon son habitude. Soudain, son regard s'immobilisa. A quelques pas d'elle se trouvaient les frères d'Aulnay, et elle venait de reconnaître, *accrochées à leur ceinture, les bourses dont elle avait fait cadeau à Marguerite et à Blanche avant de quitter Boulogne...*

Les deux jeunes femmes, enhardies sans doute par trois années d'impunité, avaient, en effet, commis la faute insensée d'offrir ces bourses à leurs amants.

Le soir même, Isabelle alla chez le roi pour l'instruire de ce qu'elle avait découvert. Après l'avoir écoutée en silence, attentif à ne rien laisser paraître de son émotion, Philippe le Bel lui demanda le secret et la congédia sans dire un mot ; puis il donna des ordres pour qu'on surveillât étroitement ses brus.

Deux jours plus tard, les policiers lui faisaient un rapport qui ne laissait aucun doute...

Bouleversé, Philippe s'en fut à l'abbaye de Maubuisson pour se recueillir dans le silence et prendre une décision.

Devait-il étouffer le scandale, ou frapper les coupables d'un châtiment exemplaire ? Il hésita pendant une semaine. Finalement, ayant appris que les huissiers de chambre étaient au courant de l'inconduite des princesses, et pensant qu'un jour prochain tout le royaume pouvait se gausser de ses fils, il opta pour la sévérité. Il fallait qu'on sût que la justice du roi frappait tous les coupables, quels qu'ils fussent [94].

Il donna donc l'ordre d'arrêter ses brus...

Un soir, des archers se présentèrent à la porte de l'appartement de Marguerite.

— Ouvrez, par ordre du roi !

Affolé, l'huissier ouvrit. Il fut aussitôt ceinturé et mis hors d'état de se défendre, tandis que les hommes d'armes entraient dans la chambre où la princesse dormait déjà paisiblement.

— Par ordre du roi..., commença le sergent qui les dirigeait.

Marguerite s'éveilla, vit tous ces archers qui entouraient son lit et comprit que ce qu'elle redoutait depuis trois ans s'était accompli.

— Que me voulez-vous ?

— Sur l'ordre de messire le roi, madame, nous venons vous arrêter.

Alors elle se mit à pleurer, et les archers furent bien embarrassés. Pendant un long moment, ils considérèrent sans bouger et pleins d'admiration cette jolie personne en larmes dans son lit. Puis le sergent, avec beaucoup de respect, demanda à Marguerite de se lever et de le suivre, ce qu'elle fit sans protester.

A la même heure, des scènes semblables se déroulaient dans les appartements de Jeanne et de Blanche.

Toutes trois furent ensuite placées dans un chariot et conduites en prison. Jeanne, qui était pourtant la moins coupable, fut prise en chemin d'une véritable crise de désespoir. Les passants attardés l'entendirent crier d'une voix lamentable :

— Pour Dieu, dites à mon seigneur Philippe que je meurs sans péché.

Dès le lendemain, le bruit se répandit dans Paris, puis dans tout le royaume, que le roi avait fait arrêter ses brus. Aussitôt, le bon peuple, qui ne savait rien, se mit à colporter les histoires les plus extraordinaires : on disait que les princesses, imitant la reine Jeanne de Navarre, attiraient nuitamment les étudiants à la tour de Nesle et se livraient avec eux à la débauche ; après quoi, ajoutait-on, elles faisaient jeter dans la Seine leurs amants d'un soir. On disait aussi qu'un professeur de l'Université, nommé Buridan, invité par les trois belles-sœurs, avait été, au petit matin, cousu dans un sac et jeté dans le fleuve. Mais, assurait-on, Buridan connaissait le sort qui l'attendait, et il avait

94. Philippe le Bel avait peut-être une autre raison qui le poussait à être sévère. En se montrant implacable cette fois-ci, n'était-ce pas, du même coup, innocenter son épouse dont il avait couvert, jadis, les débordements ?

demandé à quelques-uns de ses élèves de conduire un bateau chargé de foin au pied de la tour de Nesle ; de sorte qu'il était tombé dans la molle cargaison, tandis que ses complices lançaient à l'eau une grosse pierre pour que les trois femmes n'eussent aucun soupçon...

Tout cela, bien entendu, était inventé de toutes pièces. Pourtant, la légende s'accrédita au point que Villon, cent cinquante ans après, y fit allusion dans sa *Ballade des Dames du temps jadis* :

Semblablement où est la reine
Qui commanda que Buridan
Fût jeté en un sac en Seine...

Et de doctes érudits assurèrent que c'est après cette aventure que le professeur nota son fameux sophisme :

« Il est permis de tuer une reine si cela est nécessaire. »

Comme si les philosophes avaient l'habitude de fonder leur raisonnement sur une expérience...

Quelques jours après leur arrestation, les trois princesses furent interrogées par une cour formée de hauts personnages. Marguerite comparut la première. Avant qu'elle n'ait eu le temps de nier, on lui apprit que son huissier de chambre, mis à la question, avait parlé. Puis, sans lui laisser le loisir de se reprendre, on lui annonça que Philippe d'Aulnay avait été arrêté. Elle chancela. C'est le moment que choisit un juge pour lui donner quelques précisions :

— Ce chevalier, madame, après avoir subi quelques-unes de ces tortures dont il nous faut user avec les gens discrets, a fini par avouer qu'il était depuis trois ans votre amant.

Marguerite, alors, s'effondra.

— Vous savez, madame, ajouta le juge en la regardant dans les yeux, ce qui attend un chevalier lorsqu'il a osé séduire la femme de son suzerain. Ce crime de haute trahison est puni de mort lente et atroce.

A la pensée que Philippe allait mourir, Marguerite éclata en sanglots, tomba à genoux et avoua tout.

Blanche fit de même lorsqu'elle sut que Gautier avait parlé, lui aussi, sur le chevalet de torture.

Quant à Jeanne, qui s'était reprise, elle se défendit pied à pied. Voulant se disculper complètement, elle prétendit qu'elle ne savait rien des agissements de Marguerite et de Blanche, qu'elle « n'était pas de leur cour ni en leurs secrets conseils appelée », et finalement demanda à voir le roi.

Philippe le Bel la reçut.

— Je jure, messire, que je suis prude femme ! s'écria-t-elle.

Le roi lui assura qu'on allait faire ce que nous appelons aujourd'hui un « complément d'enquête » et lui dit :

— Dame, nous saurons de ceci, et droit vous ferons, mais jusque-là, vous demeurerez par-devers nous.

Après quoi, il la fit conduire, avec quelques égards, au château de Dourdan, où elle fut gardée prisonnière.

Un traitement moins doux fut réservé aux deux coupables. Blanche et Marguerite, convaincues d'adultère, ne pouvaient espérer, il est vrai, la moindre indulgence. Elles furent tondues, vêtues de bure et incarcérées à Château-Gaillard, près des Andelys, dans d'humides cachots.

Pendant ce temps, Philippe et Gautier d'Aulnay attendaient dans une prison de Pontoise que la sentence de mort lente qui les frappait fût exécutée.

Un matin, des archers vinrent les chercher. Ils les conduisirent sur la place du Martroi où leur supplice devait avoir lieu, et où une foule immense les avait précédés, toute joyeuse d'assister à un spectacle à sensation...

Lorsque le prévôt en grande robe fourrée eut pris place sur son estrade, un silence impressionnant s'établit, et les deux frères furent confiés aux bourreaux qui se mirent aussitôt au travail. En raison de la nature du crime commis, ils commencèrent par leur couper d'un coup de dague les parties génitales. Puis les malheureux furent écorchés vifs. Ce supplice, qui leur faisait pousser d'effroyables hurlements, dura près d'une heure. Ensuite de quoi, on les écartela, et comme, malgré toutes ces tortures, ils vivaient encore, on les fit traîner par des chevaux sur un chaume fraîchement coupé. Enfin, on les décapita et on suspendit au gibet par les aisselles leurs pauvres corps en loques [95].

Justice n'était cependant pas faite pour autant. L'huissier de chambre qui avait ménagé les entrevues amoureuses, les dames de la cour qui avaient aidé les princesses dans leurs intrigues, des hommes, des femmes soupçonnés d'avoir favorisé, ou simplement connu les choses, furent arrêtés, mis à la question et pendus. Un évêque, compromis par les aveux arrachés dans les tourments à l'une de ces victimes, se vit, sans savoir pourquoi, soumis à l'inquisition d'Avignon, accusé de sortilège et brûlé.

Pendant des semaines, Philippe le Bel, animé par une sorte de rage, fit arrêter toute personne sur laquelle planait le moindre soupçon. Les chroniqueurs du temps nous disent « qu'on les pendait, qu'on les brûlait, qu'on en faisait périr par supplices secrets et qu'on en cousait dans des sacs qu'on jetait en rivière ».

Bientôt, tous ceux qui de près ou de loin avaient approché les princesses se mirent à trembler de peur, et la terreur régna sur le Louvre jusqu'au jour de 1314, le 29 novembre exactement, où une nouvelle stupéfiante arriva de Fontainebleau : Philippe le Bel venait de mourir brusquement après une partie de chasse.

Toute poursuite fut aussitôt suspendue.

Et c'est dans une atmosphère allégée que Louis le Hutin monta sur le trône.

95. Le continuateur de Nangis, *Chroniques*.

Pourtant, le nouveau roi était tourmenté, car Marguerite, dont il n'avait pu se séparer (l'adultère n'était pas une raison valable pour faire annuler un mariage par le pape), devenait reine de France. Or une reine de France ne pouvait vivre emprisonnée dans un cachot. Alors ? Sachant qu'il lui était impossible de pardonner à sa femme et de la rappeler auprès de lui, Louis le Hutin chercha une solution. Celle qu'il trouva avait le mérite d'être simple. Il appela deux hommes de confiance, leur donna discrètement quelques ordres et, un matin, la malheureuse Marguerite, qui ne cessait de clamer jour et nuit qu'elle méritait ses tourments, fut étranglée dans sa cellule.

Soulagé, Louis le Hutin se mit immédiatement en quête d'une autre épouse...

C'est vers cette époque que Jeanne, qui était parvenue à faire achever l'enquête qui la concernait, comparut de nouveau devant le Parlement en présence du comte de Valois et du comte d'Évreux, ses oncles. Malgré tout son courage, elle tremblait un peu en entrant dans la salle où se tenaient les juges, car elle savait que les policiers avaient retrouvé un jeune homme avec qui elle avait commis jadis quelques imprudences au cours des jeux de cache-cache un peu particuliers que Marguerite aimait organiser. Or, avant toute chose, l'ecclésiastique qui présidait la cour parla de ce jeune chevalier ; heureusement, ce fut pour dire que, malgré la torture à laquelle on l'avait soumis, il n'avait rien révélé. Il en conclut que les bruits qui circulaient étaient faux et que Jeanne devait, en conséquence, être tenue pour innocente et tirée de sa prison sans délai.

Sauvée ainsi par le courage du chevalier, Jeanne fut, en effet, libérée aussitôt et rappelée par son mari, le futur Philippe V, qui lui rendit tous les honneurs dus à son rang. Ce qui fit dire à l'historien Mézeray qu'il était « plus heureux ou plus sage que ses frères... ».

Le jeune roi Louis le Hutin, tout à la recherche d'une nouvelle compagne, délaissait quelque peu la politique... Il écrivait aux cours étrangères pour demander des renseignements sur toutes les princesses d'Europe, il envoyait des amis sur place pour juger de la beauté et du charme des postulantes, il faisait venir des portraits, etc.

Désirant que son mariage frappât l'esprit du peuple et parvînt à effacer le souvenir du lamentable procès qui venait d'avoir lieu, il envisageait de faire célébrer la cérémonie avec tout le faste possible.

Mais, quand il parla de ses intentions, les ministres baissèrent la tête.

— C'est que, dirent-ils, le Trésor est épuisé...

Cela porta un coup à Louis le Hutin qui demanda des explications.

Les conseillers eurent quelques scrupules à lui avouer la vérité. Ils ne lui dirent pas que, si les finances étaient mal en point, la faute en était d'abord à Philippe le Bel qui avait organisé des fêtes somptueuses à la fin de son règne, et ensuite à ses trois brus, dont les dépenses avaient été énormes pendant des années ; ils accusèrent de malversation un homme dont ils jalousaient depuis longtemps l'autorité à la cour : Enguerrand de Marigny, le principal ministre du roi défunt.

Louis X, fâché de voir le Trésor à sec, fit immédiatement emprisonner Enguerrand de Marigny à Vincennes et assembla les prélats et principaux seigneurs du royaume pour le juger. Après un bref débat, l'ancien ministre fut accusé d'avoir altéré les monnaies, détourné les deniers destinés au pape Clément V, saccagé les forêts royales et reçu de l'argent des Flamands pour trahir Philippe le Bel. Certains ajoutèrent même une calomnie plus grave encore en assurant qu'Enguerrand de Marigny se livrait à des pratiques de magie...

Incapable de répondre à ses accusateurs, car on ne lui avait pas permis de se défendre, le malheureux fut condamné à être pendu à la plus haute traverse du gibet de Montfaucon. L'exécution eut lieu le 30 avril 1315, au point du jour.

Aussitôt, Louis X s'empara de sa fortune, et certain, dès lors, de pouvoir se payer les noces fastueuses dont il rêvait, il se remit en quête d'une épouse agréable...

Deux mois plus tard, le jeune roi reçut les confidences d'un de ses conseillers qui était bourrelé de remords. Celui-ci lui apprit qu'Enguerrand de Marigny avait été victime d'une intrigue et condamné à tort.

Louis le Hutin, qui était bon, fut sincèrement désolé. Sans hésiter, il fit nommer une commission chargée d'examiner les comptes de l'infortuné ministre. Cette initiative, prise malheureusement un peu tard, permit de constater que le déficit du Trésor venait des dépenses royales et que l'intégrité d'Enguerrand ne pouvait être mise en doute. Le roi réhabilita la mémoire du supplicié et rendit à ses enfants une partie (mais une partie seulement) de la fortune dont il s'était emparé.

Et, de nouveau, il fut très ennuyé, car les finances de l'État se retrouvaient presque aussi mal en point qu'avant l'arrestation d'Enguerrand.

Il eut alors une idée, et il se mit à la recherche d'une princesse riche, dans l'espoir que celle-ci pourrait assumer les frais du mariage grandiose qu'il avait toujours en vue.

Une héritière bien dotée lui fut signalée. Elle s'appelait Clémence de Hongrie. On le prévint qu'elle n'était pas d'une beauté remarquable et que certains la trouvaient même assez laide ; mais Louis sut ne pas faire le difficile et l'envoya chercher à Naples où elle habitait avec son père.

Au début de juillet, Clémence, ravie d'avoir trouvé un mari, s'embarqua en grande pompe à destination de la France.

Hélas ! le bateau qui la portait fut pris dans une tempête épouvantable et fit naufrage. Grâce au sang-froid du chevalier de Bouville, la princesse put regagner la terre à bord d'une barque ; mais les coffres qui contenaient sa dot, ses bijoux et ses robes sombrèrent avec le navire.

Cette nouvelle accabla le pauvre Louis le Hutin.

Beau joueur, il reçut pourtant sa fiancée avec beaucoup de gentillesse, et le mariage eut lieu le 19 août 1315, dans la plus grande simplicité...

Après quoi, pour remplacer la dot perdue en mer, le roi décida de faire payer aux juifs le droit de résider en France : ce qui emplit rapidement les caisses du Trésor.

L'union de Louis et de Clémence ne devait pas être longue. L'année suivante, au mois de juin, le roi, qui avait conservé l'habitude de jouer à la paume, fit une longue partie au cours de laquelle il s'échauffa. Pour se rafraîchir, il descendit dans une cave et but un pichet de vin frais. Il fut saisi immédiatement d'un violent frisson. Le soir, il se mit au lit avec de la fièvre. Trois jours après, il était mort.

Le jeune roi ne laissait pas de fils, mais Clémence était enceinte de quatre mois. Alors, Philippe, comte de Bourgogne, frère de Louis le Hutin, convoqua les grands du royaume en une assemblée qui eut lieu au Palais de la Cité, le 16 juillet 1316, et où il fut décidé que la régence lui serait confiée jusqu'à ce que l'héritier royal ait atteint sa vingt-quatrième année. (Car personne ne doutait de la naissance d'un héritier mâle.)

Le 14 novembre 1316, la reine mit au monde un garçon qui fut prénommé Jean, et aussitôt proclamé roi sous le nom de Jean Ier. Il ne vécut que cinq jours. Porté à Saint-Denis entre deux haies de torches retournées, il fut enterré après que l'armée eut crié trois fois : « Le roi est mort ! » Le lendemain, Clémence de Hongrie, folle de douleur, se retirait dans un couvent de Provence[96]...

Sans perdre de temps, le régent, fort de la décision qui avait été prise à son sujet lors de l'assemblée du 16 juillet, fit savoir aux grands du royaume que son couronnement aurait lieu à Reims, le 9 janvier suivant...

Cette décision hâtive provoqua une grande émotion dans Paris. Quantité de princes et de hauts dignitaires de l'Église s'élevèrent contre les prétentions de Philippe et lui rappelèrent que Louis X avait eu de sa première femme, Marguerite de Bourgogne, une fille prénommée Jeanne qui avait six ans.

— Cette princesse est « droite héritière du feu roi Louis », dirent-ils. Elle doit régner !

Et ils sommèrent l'archevêque de Reims de ne point procéder au sacre du régent. Le prélat ne se laissa pas intimider. Le 9 janvier, les

96. Le petit roi Jean Ier eut une histoire posthume semblable à celle de Louis XVII. Le bruit courut, vers 1350, qu'il n'était pas mort. On racontait que la nourrice royale, ayant perdu son enfant, avait procédé à une substitution et que c'était ce dernier qui reposait à Saint-Denis. Sous Jean le Bon, un nommé Gianino, qui était le fils de cette nourrice, déclara que sa mère lui avait révélé le secret de sa naissance avant de mourir et affirma qu'il était l'héritier légitime du trône de France. Il fit de nombreuses démarches auprès des cours européennes sans jamais parvenir à persuader les souverains de son origine. Il mourut en 1361, jurant jusqu'à la fin qu'il était le fils de Louis X et de Clémence de Hongrie.

portes de la ville étant fermées et gardées, le sacre fut célébré sous la protection d'hommes d'armes.

La cérémonie ne se déroula pas, pour autant, sans incident. Au moment où l'on fit l'appel des pairs, la vieille duchesse de Bourgogne, Agnès de France, propre fille de Saint Louis et mère de Marguerite de Bourgogne, s'avança au milieu de l'assemblée et, s'adressant avec autorité aux prélats et pairs présents, leur demanda de différer le couronnement tant que les droits de sa petite-fille Jeanne ne seraient pas reconnus.

Personne ne lui répondit, et la cérémonie suivit son cours...

Après avoir été sacré, Philippe V, tourmenté par quelques scrupules tardifs — ou quelques craintes —, voulut faire ratifier son coup de force par la nation. Il convoqua les états généraux à Paris pour le 2 février 1317.

Au cours de cette réunion extraordinaire, un débat s'engagea sur la question suivante : une femme pouvait-elle monter sur le trône de France ?

En effet, bien que Philippe eût placé les grands devant le fait accompli, les droits de Jeanne devait être étudiés. Sa qualité de seule héritière du trône de France posait un problème nouveau et fort embarrassant. Depuis Hugues Capet, jamais l'occasion de débattre de l'admissibilité des femmes à la couronne ne s'était présentée, tous les rois ayant eu des héritiers mâles. Circonstance qui n'empêchait pas, bien entendu, les femmes de s'occuper de politique. De nombreuses grandes dames — parfois très jeunes — étaient seigneurs de fiefs, gouvernaient des comtés, des duchés, figuraient parmi les pairs de France et prenaient une part importante à la direction de l'État. Certaines avaient même détenu des couronnes : les reines de Navarre, par exemple. Rien n'empêchait donc Jeanne de monter sur le trône.

Philippe le savait. Aussi utilisa-t-il contre la petite princesse l'arme juridique la plus terrible qui fût : *il mit en doute sa légitimité* ; ses arguments étaient d'ailleurs valables, car, en raison des adultères de Marguerite de Bourgogne, on pouvait se demander si Jeanne était bien la fille de Louis X.

Alors, nous dit un chroniqueur, « les grands approuvèrent tous le couronnement du roi Philippe et jurèrent de lui obéir comme à leur roi et après lui à son fils aîné Loys[97] ».

Toutefois, il apparut difficile à Philippe V d'annoncer au royaume, à l'Europe, au monde, qu'il devenait roi parce que Marguerite de Bourgogne avait eu la cuisse légère. Il y a des choses que les chefs d'État préfèrent garder pour eux. L'assemblée partagea d'ailleurs l'opinion du nouveau souverain et décida de faire étudier les anciens textes dans l'espoir d'y trouver une phrase capable de justifier honnêtement l'élimination de la petite Jeanne. C'est ainsi qu'un légiste particulièrement rusé eut l'idée d'invoquer la vieille loi salique, que

97. GUILLAUME DE NANGIS, *Chroniques*.

tout le monde avait oubliée. Ce code, qui avait été rédigé vers 420 par les Francs Saliens, comportait effectivement un article précisant que la terre ne pouvait être héritée que par les mâles. Il suffisait de transporter ce principe du domaine civil au domaine politique, *ce qui ne s'était jamais fait jusque-là*, pour justifier l'accession au trône de Philippe V. Les légistes, ravis de leur découverte, ne s'embarrassèrent d'aucun scrupule et, d'un trait de plume, exclurent définitivement les femmes du droit à la couronne de France.

C'est ainsi que le comportement de Marguerite de Bourgogne, en faisant douter de la légitimité de sa fille, permit l'institution d'une des lois fondamentales de la monarchie française.

18

Une femme est à l'origine de la guerre de Cent Ans...

C'est au beau sexe que nous sommes
redevables de toutes les vertus.

G. AGRIPPA

Le 3 janvier 1322, Philippe V, qui n'avait que vingt-huit ans, mourut subitement à Long-Champ, emporté par une fièvre quarte. Lorsque son corps eut été mené à Saint-Denis, son cœur aux Cordeliers, et ses entrailles aux Jacobins, la reine Jeanne se trouva bien seule. Fort affligée, elle quitta le Louvre, décidée à vivre loin du bruit, des intrigues et des calomnies, et s'installa à l'hôtel de Nesle.

Idée curieuse, en vérité, qui autorisait mille suppositions que le peuple, toujours disposé à rire de ses princes, ne manqua pas de faire.

— Elle va reprendre la vie galante qu'elle menait naguère avec la reine Marguerite, disait-on.

Mais tout le monde s'accordait à trouver qu'il fallait une certaine hardiesse et un grand mépris des convenances pour aller s'installer, à peine veuve, sur le théâtre des opérations amoureuses de la reine Jeanne de Navarre, en cette tour de Nesle qui avait conservé sa mauvaise réputation...

Tandis que les bonnes gens de Paris commentaient ainsi l'attitude de la souveraine, Charles, frère du roi, montait sur le trône.

Son premier souci, lorsqu'il eut été sacré, fut de rompre son mariage avec Blanche de Bourgogne qui se trouvait toujours, la pauvre, emprisonnée à Château-Gaillard. Il s'adressa au pape, Jean XXII, en invoquant la mauvaise conduite de la reine avec le chevalier Gautier d'Aulnay ; mais, l'adultère n'étant pas alors une cause canonique de divorce, le souverain pontife lui répondit fort courtoisement que Blanche devait rester son épouse, et même qu'il devait l'aimer davantage, « justement pour cette raison qu'elle avait été coupable... ».

Cette réponse ne satisfit pas du tout Charles IV.

Il n'avait, en effet, aucune envie de pardonner à Blanche, surtout depuis qu'il savait que la jeune femme, malgré la surveillance étroite dont elle était l'objet, était devenue enceinte dans sa cellule[98]...

Alors, il écrivit de nouveau au pape en invoquant, cette fois, un prétexte différent. Il allégua qu'il était parent au quatrième degré avec son épouse et que, dans ces conditions, son mariage était nul. Après enquête, Jean XXII lui accorda enfin ce qu'il demandait.

Charles IV fut tellement heureux d'être débarrassé de Blanche qu'il donna aussitôt des ordres pour que sa peine fût adoucie. On la transféra de Château-Gaillard au château de Gauray, près de Coutances ; puis elle obtint la permission de prendre le voile à l'abbaye de Maubuisson où elle finit ses jours.

Quelques mois après l'annulation de son mariage, Charles IV épousa à Provins Marie de Luxembourg, « une aimable jeune fille », dit Guillaume de Nangis, âgée de dix-sept ans.

Un accident abrégea malheureusement les jours de cette gracieuse reine. Alors qu'étant enceinte elle se rendait à Montargis pour retrouver le roi, son chariot versa, et la chute qu'elle fit provoqua un accouchement prématuré dont elle mourut.

L'année suivante, en 1325, Charles IV, qui n'aimait pas vivre seul, épousa en troisièmes noces Jeanne d'Évreux, lui installa des appartements somptueux et décida qu'une grande partie du temps serait consacrée à la tendresse...

Tout alla bien jusqu'au jour où parvint au Louvre une nouvelle qui rendit le roi de mauvaise humeur : Isabelle, sa sœur, et femme d'Édouard II d'Angleterre, annonçait sa visite. Elle arriva le 16 octobre 1326 et fut reçue assez fraîchement par les Parisiens, qui n'avaient pas oublié le rôle ignoble qu'elle avait joué dans l'arrestation des trois brus de Philippe le Bel.

Quelques fêtes furent organisées cependant en son honneur par Charles IV et Jeanne d'Évreux. Isabelle, habituée aux fréquentations un peu spéciales de son mari, fut ravie d'y rencontrer des hommes qui s'intéressaient aux femmes... Un soir, au cours d'un bal donné au Louvre, elle retrouva un de ses anciens vassaux, Roger Mortimer, baron de Wigmore, comte de March, qui s'était réfugié en France. Elle savait qu'il avait participé à la révolte des barons anglais contre Édouard II, qu'il avait été emprisonné et qu'il s'était évadé ; néanmoins, comme il était beau, elle se montra fort aimable avec lui.

Et, le lendemain soir, elle devint sa maîtresse.

Ainsi donc, par une savoureuse ironie du destin, Isabelle imitait la conduite des princesses qu'elle avait fait châtier quelques années auparavant...

Cette liaison fut cimentée par de telles turpitudes qu'il apparut

98. A la vérité, les historiens se demandent aujourd'hui, après Michelet, si la prisonnière n'avait pas été victime de la bestialité d'un de ses gardiens.

bientôt à la reine d'Angleterre qu'elle ne pourrait jamais quitter son amant. Aussi lui demanda-t-elle de l'accompagner à Londres.

— Et le roi ? répondit Mortimer, un peu inquiet.

Isabelle sourit.

— N'ayez crainte ! Car, si vous voulez me donner aide, je le ferai détrôner !

Une semaine plus tard, ayant mis au point son projet et obtenu de son frère Charles les subsides nécessaires à la réussite du complot, elle s'embarqua pour l'Angleterre en compagnie de Mortimer.

A Londres, elle n'eut aucun mal à faire admettre l'infamie du roi dont les vices étaient connus de tous. Et, grâce à la complicité des barons dont elle s'était acquis l'amitié, elle parvint sans difficulté à faire proclamer la déchéance d'Édouard II qui fut enfermé à la Tour de Londres.

La politique n'étant qu'une suite de hauts et de bas, Isabelle craignit que le prisonnier ne parvînt, un jour, avec l'appui de quelques amis, à soulever la foule en sa faveur. Elle décida donc de le faire tuer. Un soir de 1327, quelques hommes pénétrèrent dans la cellule où se trouvait Édouard II, se saisirent de lui, le déshabillèrent et lui enfoncèrent dans le fondement un fer chauffé au rouge. Le pauvre roi, atteint au centre de sa sensibilité, mourut dans les douleurs qu'on imagine.

A partir de ce jour, et jusqu'à la majorité d'Édouard III, Isabelle régna sur l'Angleterre avec son amant[99].

Charles IV avait assisté avec joie aux malheurs du roi d'Angleterre. Sans doute pensait-il pouvoir en tirer profit. Il n'en eut pas le temps. Le 31 janvier 1328 il mourait subitement à l'âge de trente-quatre ans.

Comme il ne laissait que des filles, sa mort posait un problème extrêmement important ; avec lui, en effet, s'éteignait la lignée des Capétiens directs qui régnaient sur la France depuis trois cent quarante et un ans.

Qui allait lui succéder ?

Philippe, comte de Valois, cousin germain de Charles IV et premier prince du sang, se présenta et fut proclamé roi de France. Le 29 mai 1328, il se faisait sacrer en grande pompe à Reims avec sa femme Jeanne de Bourgogne, propre sœur de la malheureuse Marguerite morte étranglée à Château-Gaillard.

La félicité des nouveaux souverains fut bientôt troublée par une réclamation provenant de Londres : le jeune Édouard III, en effet, revendiquait la couronne de France. Il soutenait, avec quelque logique, qu'il était plus proche parent du roi défunt que Philippe de Valois, donc héritier indiscutable du trône.

Ses prétentions, qu'il avait fait connaître dès la mort de Charles IV, semblaient des plus fondées, puisqu'il était neveu, par sa mère (la reine

99. Mortimer montra un tel despotisme que la noblesse se révolta. Et, en 1330, Édouard III, qui régnait depuis un an, le fit arrêter et condamner à être à la fois pendu et écartelé. Ainsi l'amant d'Isabelle finit comme les chevaliers d'Aulnay qu'elle avait aidé à faire punir. Quant à la reine, Édouard III la fit enfermer dans un château.

Isabelle), du dernier Capétien, alors que Philippe n'était que cousin germain de celui-ci.

Toutefois, Édouard était héritier par les femmes, alors que Philippe l'était par les hommes. Dès lors, une question se posait : les femmes pouvaient-elles transmettre des droits successoraux qu'elles n'avaient pas ?

Les grands, réunis au Palais en assemblée extraordinaire, répondirent négativement et confirmèrent la loi salique « modifiée » à la mort de Louis X.

On se doute bien que ce n'était pas une décision de ce genre qui pouvait faire renoncer Édouard III à ses prétentions. Sûr de son droit, il se prépara lentement et avec beaucoup de soin à venir prendre le trône de France par les armes.

Dix ans plus tard, en 1338, il était prêt. En juillet, il franchit le pas de Calais avec deux cents nefs, débarqua à Middlebourg, puis passa à Gand. Quelques semaines plus tard, Le Tréport et Boulogne étaient saccagés sans merci.

La guerre de Cent Ans était commencée !

Pendant plus d'un siècle, deux peuples allaient s'entre-tuer parce qu'une princesse s'était montrée trop galante ou trop frivole.

En effet, si la loi salique n'avait pas été exhumée à la suite des débauches de Marguerite de Bourgogne, pour empêcher de régner la petite princesse Jeanne, la lignée des Capétiens directs ne se serait pas éteinte avec Charles IV et jamais les rois anglais n'eussent songé à revendiquer la couronne de France...

19

Le roi de France épouse la fiancée de son fils

Il n'y a de bonheur que dans la famille.

Mme DE GIRARDIN

Après leur coup de force de 1339, les Anglais rentrèrent chez eux, et Édouard III, dans la joie de la victoire, annonça à son peuple qu'il envahirait la France avec une immense armée pour la Saint-Jean suivante. Cette nouvelle ne fit pas plaisir à Philippe VI de Valois qui se mit à organiser, de son côté, une invasion de l'Angleterre.

L'entreprise n'était pas insensée, mais, pour la mener à bien, il eût fallu un homme plus énergique, plus habile et peut-être aussi plus intelligent que le roi de France. Celui-ci commença par commettre une erreur dont on parle encore : il nomma à la tête de sa flotte un amiral qui offrait cette particularité étonnante de n'avoir jamais navigué.

Puis il négligea, par orgueil ou par légèreté, d'utiliser les renseignements qu'il possédait sur l'armée anglaise, et maintint les très vétustes principes de guerre français, au lieu de prendre modèle sur l'organisation impeccable de l'ennemi qu'il allait avoir à combattre.

Depuis longtemps déjà, les rois d'Angleterre avaient établi, dans leur royaume, le service militaire obligatoire, auquel tout homme était soumis, de seize à soixante ans. En France, au contraire, il n'y avait pas d'armée organisée, mais seulement des chevaliers, dont l'idéal était de se battre avec beaucoup de bravoure, à condition qu'on ne les commandât point. L'idée d'une discipline semblable à celle que les soldats anglais, bien encadrés, acceptaient sans murmurer, les eût fait sourire. Ils avaient, d'ailleurs, une curieuse façon de concevoir l'engagement d'un combat. Dès que l'adversaire était en vue, ils s'élançaient sur lui, tous en même temps, chacun voulant être le premier à ferrailler. Il s'ensuivait une grande bousculade, et, souvent, « la fleur de la chevalerie française » était par terre avant d'avoir atteint l'ennemi...

Philippe VI fut donc bien coupable en ne mettant pas sur pied une véritable armée.

Mais peut-être avait-il quelques excuses. Car, au moment où il eût dû concentrer tout son effort et toute son attention sur la défense du royaume des lys, le roi était tourmenté par de graves soucis domestiques. Son épouse, que les chroniqueurs appelèrent la « male reine de France », lui en faisait voir, comme on dit, de toutes les couleurs...

Philippe VI avait épousé, je l'ai dit, Jeanne de Bourgogne, propre sœur de la fameuse Marguerite. C'était une femme volontaire, méchante, acariâtre, laide et insupportable. Sa cruauté était si grande que Froissart n'hésite pas à écrire qu'elle faisait mourir « sans merci » tous ceux qu'elle prenait en haine. Aussi le roi passait-il son temps à empêcher sa femme de commettre des crimes...

Je me bornerai à quelques exemples particulièrement significatifs.

Dans sa *Chronique normande*, Pierre Cochon nous dit que la reine détestait, pour des raisons obscures, un des « chevaliers du royaume que le roi aimait le mieux », qui se nommait Robert Bertrand. Celui-ci étant venu à Paris, Jeanne résolut de le faire disparaître. Elle fit écrire une lettre adressée au prévôt de Paris, ordonnant de conduire messire Robert Bertrand au gibet de Montfaucon, « sur l'heure, sans délai et quels que soient les mandements qui pourraient suivre, et de le pendre par le col ».

Le soir, en se couchant, elle s'étira comme une chatte et fit comprendre à son époux qu'elle était en humeur de lui préparer un héritier. Philippe, sans méfiance, se montra galant homme. Par sept fois, elle le remit en appétit et, par sept fois, le roi lui manifesta sa tendresse. Finalement, quand il fut complètement épuisé au fond du lit, elle se leva sans bruit, fouilla dans le coffre secret de son époux, y prit le cachet royal et scella sa lettre, qu'elle envoya, dès l'aube, au prévôt.

Celui-ci, qui se trouvait être un ami de Bertrand, fut très peiné en recevant cet « ordre de mission ». Les yeux pleins de larmes, il se rendit chez le chevalier qui s'étonna de lui voir une mine si lugubre.

— C'est, lui dit le prévôt, que je vous apporte une bien triste nouvelle.

Et il lui montra la lettre. L'ayant lue, Bertrand resta un moment hébété.

— Je vous jure, dit-il enfin, que je n'ai rien à me reprocher. Aussi, je vous demande une grâce : avant de me conduire à Montfaucon, menez-moi auprès du roi, je veux savoir au moins pourquoi l'on me pend.

Une demi-heure après, ils arrivaient au Louvre où Philippe les accueillit fort bien.

— Que me voulez-vous de si bonne heure, ami Bertrand ? demanda-t-il joyeusement.

Pour toute réponse, le chevalier tendit au roi la lettre que le prévôt avait reçue.

Philippe devint très pâle.

— C'est une erreur dont je vais châtier le coupable, dit-il.

Puis, ayant deviné d'où venait l'infamie, il rentra dans sa chambre, fit venir la reine et la battit copieusement.

Cette correction ne servit d'ailleurs pas de leçon à Jeanne, puisque, quelque temps après, elle tenta de se débarrasser d'un autre ami du roi, l'évêque de Beauvais, par un procédé différent, mais aussi mal imaginé.

Alors que le prélat était l'hôte de Philippe, la reine lui dit :

— Soyez ici le bienvenu. Nous et nos dames allons vous soigner du mieux que nous pourrons. Pour commencer, je vous ai fait préparer un excellent bain en nos étuves.

L'évêque, qui connaissait les sentiments de Jeanne à son égard, se méfia. Il alla trouver le fils aîné du roi et, très franchement, lui fit part de ses craintes.

— C'est bien simple, lui dit le jeune prince Jean, je vais me baigner avec vous, nous verrons ce qui arrivera.

Puis il demanda qu'on voulût bien préparer un deuxième bain pour lui. Lorsque les deux baquets furent prêts, la reine, un peu inquiète, vint rôder près des deux étuves. C'est alors que le prince dit à l'évêque de Beauvais :

— Bon Père, je vous propose un échange. Vous entrerez dans mon bain et j'entrerai dans le vôtre.

En entendant cette proposition qui déjouait ses plans, la reine s'affola et bondit pour empêcher son fils d'entrer dans le bain de l'évêque.

— Pourquoi ? dit le prince Jean. Ce bain est donc dangereux ?

Et, pendant que la reine commençait à se sentir mal à l'aise, il se saisit du chien qu'elle traînait toujours à sa suite et le jeta dans le baquet préparé pour le prélat. L'animal se mit à hurler de douleur et mourut en quelques secondes, agité par d'atroces convulsions.

La reine rentra dans sa chambre en courant. Mais le roi, instruit de l'affaire, alla la retrouver et lui administra une nouvelle correction qui l'empêcha de paraître en public pendant quelques semaines.

On comprend, dans ces conditions, que Philippe VI n'ait pas eu la tranquillité d'esprit voulue pour se préparer sérieusement à chasser les Anglais de son royaume.

C'est pourquoi la flotte française fut anéantie à L'Écluse lorsque Édouard III, tenant parole, débarqua le jour de la Saint-Jean ; c'est pourquoi aussi notre chevalerie fut sévèrement défaite à Crécy, quelques années plus tard.

Au cours de cette dernière bataille, l'infanterie anglaise, armée d'arcs légers à tir rapide, montra sa supériorité sur les fantassins français, gênés par leurs lourdes et encombrantes arbalètes. Tandis que les soldats de Philippe tiraient un « carreau », ceux d'Édouard III tiraient sept flèches. En outre, le roi d'Angleterre, nous dit Froissart, avait placé à côté des archers « des bombardes qui, avec du feu, lançaient de petites balles de fer pour effrayer et détruire les chevaux ; et les coups de ces bombardes causèrent tant de tremblement et de bruit qu'il semblait que Dieu tonnait avec grand massacre de gens et renversement de chevaux ». Cette première apparition de l'artillerie effraya énormément nos soldats : la France était déjà en retard d'une guerre dans ses armements...

Deux ans après le désastre de Crécy, un deuil vint frapper la cour de France : Jean, fils aîné du roi, perdit sa femme, la douce et charmante Bonne de Luxembourg. Immédiatement Philippe songea à le remarier et fixa son choix sur Blanche de Navarre, dont la beauté faisait alors rêver les princes d'Europe. Ayant obtenu sa main, il envoya chercher la jeune fille par des ambassadeurs. Elle était en route pour Paris, attendue avec impatience par le prince Jean, lorsque la reine Jeanne de Bourgogne mourut subitement de la peste bubonique. Sans même verser une larme, Philippe fit enterrer prestement cette épouse acariâtre qui l'avait tant ennuyé et attendit sa future bru.

Lorsque Blanche arriva au Louvre, tout le monde fut émerveillé par sa grâce.

— Jamais je n'ai vu plus belle femme ! s'écria Jean.

Le roi acquiesça discrètement, en se gardant bien de dire qu'il en était lui-même, à l'instant, tombé amoureux. Mais quelques jours plus tard, il envoya son fils faire un petit voyage en province et profita de ce qu'il était seul avec Blanche pour lui démontrer que, si elle voulait être reine de France, il était plus simple — et plus rapide — d'épouser le roi plutôt que son héritier. La jeune fille se laissa facilement convaincre. Elle accepta même que Philippe fît avec elle, sur-le-champ, ce que certains historiens appellent « un petit essai matrimonial ». Sans doute celui-ci fut-il satisfaisant, car ils se considérèrent désormais comme fiancés.

On imagine la surprise de Jean lorsqu'il rentra à Paris et qu'on lui apprit la nouvelle. Il rapportait un cadeau pour Blanche. Il le brisa sur le sol.

— Traîtres ! cria-t-il.

Et il quitta le palais, refusant d'assister aux noces de son père et de sa fiancée...

L'union de Philippe et de Blanche fut courte. Les cinquante-six ans du roi ne purent rester longtemps à l'unisson des fougueux seize ans de la reine. Affaibli par des excès amoureux, « qui lui avancèrent ses jours », nous dit Brantôme, Philippe mourut un an plus tard dans un état de grande déchéance cérébrale.

Blanche semble n'avoir eu qu'un chagrin très limité ; pourtant, elle ne prit pas de nouvel époux. Au roi de Castille, qui tentait de la fléchir en lui disant qu'elle était jeune et belle, elle répondit fièrement :

— Une reine de France ne se remarie point !

Ce qui n'empêcha pas, dit-on, la gracieuse souveraine d'organiser son veuvage en compagnie du sire de Rabauges, son maître d'hôtel...

20

Jean le Bon mourut prisonnier des Anglais pour l'amour d'une jeune Londonienne

En maintes occasions, l'histoire de l'Angleterre se trouva intimement liée à l'histoire de France...

J.-C. PICARD

Six mois avant la mort du roi, survenue le 22 août 1350, le prince Jean avait épousé par amour Jeanne d'Auvergne, fille de Guillaume XII, comte d'Auvergne et de Boulogne. C'était une jeune veuve au regard malicieux qui avait, de son premier mari, Philippe de Bourgogne, un fils de sept ans appelé Philippe de Rouvres « pour ce qu'il étoit né en le châtel de Rouvres emprès Dijon ».

De son côté, Jean avait sept héritiers, car, en dix-huit ans de mariage, Bonne de Luxembourg s'était appliquée à servir de son mieux la dynastie des Capétiens-Valois.

Le mariage avait été célébré à Nanterre, et les habitants de ce village s'étaient attendris en voyant la progéniture des nouveaux époux suivre le cortège. Tous ces enfants étaient fort beaux et, en constatant ce que le prince Jean et la comtesse Jeanne avaient pu faire séparément, chacun s'émerveillait à la pensée de ce qu'ils allaient pouvoir faire ensemble.

Le 26 septembre, le prince Jean, devenu roi de France, alla se faire sacrer à Reims. Cette solennité donna lieu à des fêtes fastueuses et à des réjouissances qui étonnèrent le menu peuple, lequel croyait naïvement la famille royale fort dolente de la mort du précédent roi et plus économe de ses écus en un moment où le pays tout entier était écrasé d'impôts.

Mais on oublia bien vite ces détails et, quelques jours après, les souverains firent leur entrée à Paris, qui les reçut magnifiquement. Défilant dans les rues fleuries et tendues de tapisseries, ils se rendirent au Louvre, tandis qu'une foule enthousiaste leur chantait des hymnes de bienvenue. Après quoi, les fontaines de vin que l'on avait installées aux carrefours se mirent à couler pour la plus grande joie des Parisiens.

Les fêtes durèrent huit jours. Elles étaient à peine terminées qu'une nouvelle vint combler d'aise le public encore ivre de danse, de banquets et de vin pétillant. On apprit, en effet, que le comte Raoul de Guines, connétable de France, qui avait été fait prisonnier par les Anglais en 1346, venait d'être libéré après avoir versé une partie de sa rançon. C'était un fort bel homme qui était très aimé dans le royaume, et dont les aventures galantes ne se comptaient plus. Il avait d'ailleurs séduit, pendant sa captivité, de nombreuses Londoniennes qui l'avaient vu partir « le cœur navré... ».

Dès son arrivée à Paris, le comte Raoul se rendit au Louvre pour saluer le roi. Le bruit s'en répandit rapidement, et une foule de Parisiennes, très excitées, courut à la poterne du château pour voir sortir le connétable et l'acclamer.

Mais la nuit tomba sans qu'elles l'aient vu, et elles durent rentrer chez elles fort piteuses et le cœur gros de chagrin. Le lendemain, pensant avoir plus de chance, elles revinrent, pour la plupart, monter la garde près du pont-levis. Hélas ! la journée s'acheva encore sans que le connétable parût.

— Sans doute, pensait-on, le roi Jean a-t-il organisé, en l'honneur du héros de la bataille de Caen, de grandes festivités.

A l'aube du troisième jour, les Parisiennes reprirent leur faction devant le Louvre. Soudain, une nouvelle frappa de stupeur la capitale : on apprit que le connétable avait eu la tête tranchée sur l'ordre du roi, « sans loi ni jugement ».

Cette exécution, qui ressemblait fort à un assassinat, ne fit pas bon effet. Jehan le Bel nous le dit clairement dans ses *Chroniques* : « Toutes gens furent dolents et courroucés ; et le roi durement blâmé et moins aimé ; et ne sut-on pourquoi ce fut fait, sauf les plus privés du roi ; mais aucunes gens devinaient que le roi avait été informé d'aucunes amours, lesquelles avaient été ou devaient être entre Mme Bonne et le gentil connétable. »

Que s'était-il donc passé ? Rien qu'un banal drame de la jalousie dont on put reconstituer les détails par la suite : lorsque le connétable s'était présenté au Louvre, Jean l'avait entraîné dans un salon particulier et lui avait tendu un papier, en disant :

— Regardez cette lettre ; la vîtes-vous jamais autre part qu'ici ?

Le connétable s'était senti fort déprimé en reconnaissant une lettre plus que tendre qu'il avait adressée, quelque temps avant sa captivité, à la reine Bonne de Luxembourg, première épouse du roi Jean.

Cette lettre, le roi l'avait découverte dans les papiers personnels de la reine après que celle-ci eut été emportée en vingt-quatre heures par la peste. Il s'était alors juré d'en faire expier les termes à son expéditeur.

L'arrivée du connétable avait réveillé sa colère, et le malheureux Raoul était allé vers le bourreau sans même avoir pu fournir un semblant d'explication.

Le roi aimait d'ailleurs ce genre de justice sommaire et expéditive. Brutal, incapable de contenir ses passions, peu intelligent, il est merveilleusement dépeint par cette phrase de Froissart : « Il était lent à informer et dur à oster en opinion », c'est-à-dire lent à comprendre et fort entêté...

Dans ces conditions, on pourrait s'étonner que Jean II ait été surnommé *le Bon* par ses contemporains. C'est que *Bon*, au XIVe siècle, signifiait *Brave*, et que le roi montra en différentes occasions une vaillance digne d'admiration.

Malheureusement, cette intrépidité et cette ardeur remplaçaient chez lui la finesse et le sens politique. Après avoir perdu du temps, injurié ses ministres, fait preuve de la plus grande indécision et d'une désastreuse incompétence, il partait, sourcils froncés, se battre comme un héros et comme une brute...

Jean II vécut cinq ans fort agréables avec Jeanne d'Auvergne. Ils passaient leur temps à organiser des fêtes fastueuses et des divertissements fort coûteux dont s'entretenaient avec étonnement les cours étrangères.

— C'est la trêve ! disait le roi en riant, il faut savoir en profiter !

En effet, la France et l'Angleterre avaient signé une trêve, après la prise de Calais ; mais, tandis que le roi de France ne songeait qu'à s'amuser, Édouard III, lui, organisait minutieusement son armée en vue de prochaines batailles.

Soudain, en 1355, la guerre recommença. Et, l'année suivante, les troupes britanniques se rencontraient avec les soldats de Jean II le Bon sur le plateau de Maupertuis, à quelques kilomètres de Poitiers. Le combat fut rude. Après une heure de corps à corps terrible, trois mille Français étaient étendus par terre, cinq cents s'étaient enfuis, et le roi Jean, au milieu d'une mêlée épouvantable, se battait avec une hache...

Son fils Philippe, âgé de quatorze ans, qui ne l'avait pas abandonné, l'avertissait du danger :

— Père, gardez-vous à gauche !... à droite !

Et Jean, d'un coup précis, ouvrait le crâne de tout Anglais qui s'approchait un peu trop.

Mais cette héroïque résistance n'avait d'autre utilité que de sauver l'honneur. Finalement, quelqu'un cria au roi de France :

— Rendez-vous ou vous êtes mort !

Jean II, qui venait d'être blessé au visage pour la deuxième fois, demanda :

— Où est mon cousin, le prince de Galles ? C'est lui que je veux voir.

— Sire, répondit un personnage en s'avançant, rendez-vous à moi et je vous conduirai jusqu'à lui.

— Qui êtes-vous ? dit le roi.

— Denis de Morbecque, chevalier de l'Artois. Je sers l'Angleterre parce que je ne peux plus servir la France, où j'ai perdu mon bien.

Cet homme était un chevalier meurtrier qui avait dû quitter la France pour échapper à des poursuites judiciaires. Jean II le connaissait. Il lui tendit son gantelet.

— C'est à vous que je me rends !

Aussitôt, le roi fut conduit vers le prince de Galles qui le reçut avec une grande courtoisie et tint, le soir, à lui servir lui-même son repas.

Quelques jours après, Jean était à Bordeaux, capitale de la Guyenne que les Anglais occupaient depuis deux siècles. On l'y fit demeurer pendant quelque temps, puis il fut transféré en Angleterre.

Naturellement, Jean II bénéficia d'un traitement tout à fait exceptionnel. Un personnage de cette importance ne pouvait être mis dans un cachot, ni même dans une quelconque « demeure surveillée » ; on l'installa magnifiquement au manoir de Savoy, où l'on peut dire sans exagérer qu'il fut plutôt traité en invité qu'en prisonnier.

Édouard III lui permit même d'avoir près de lui sa domesticité habituelle, et Jean II fit venir de Paris de nombreux membres de sa suite, et jusqu'à son bouffon personnel...

Cette captivité confortable dura quatre ans. Elle eût bien étonné le petit peuple français toujours prompt à s'apitoyer. Tandis qu'Édouard III, qui signait déjà « roi de France et d'Angleterre », établissait avec ses conseillers un traité de paix et calculait la rançon de Jean II, celui-ci était reçu fréquemment à Windsor, participait à de joyeuses fêtes et ne regrettait pas trop la France où, pendant ce temps, son fils, le dauphin [100] Charles, nommé lieutenant général du roi, était aux prises avec Charles le Mauvais, Étienne Marcel, la Jacquerie, etc.

Il ne regrettait pas trop non plus la reine Jeanne d'Auvergne, car il avait fait la connaissance à Windsor de charmantes jeunes femmes qui venaient parfois, le soir, lui demander de leur raconter la bataille de Poitiers et qui s'attardaient...

L'une d'elles lui plaisait plus que toutes les autres, à cause de son regard doré. Il la recevait secrètement dans sa chambre. Son nom ne nous est pas parvenu, mais certains historiens affirment qu'il s'agissait de la propre maîtresse d'Édouard III, la jolie comtesse de Salisbury, celle-là même qui fut à l'origine de l'ordre de la Jarretière.

On connaît l'histoire : un soir, au cours d'un bal, cette charmante

100. En 1349, Humbert II, dauphin du Viennois, vendit ses États à Philippe VI, sous la condition que le fils aîné des rois de France porterait à l'avenir le titre de dauphin. Charles, fils de Jean II, fut le premier à porter ce titre et à recevoir en échange le Viennois, que l'on nomma dès lors Dauphiné.

personne avait perdu une jarretière bleue, et le roi s'était empressée de la ramasser. Geste qui avait fait sourire les courtisans.

— Honni soit qui mal y pense ! s'était alors écrié Édouard III. Ceux qui rient seront un jour très heureux et très fiers de porter un pareil ruban.

Et, sur-le-champ, il avait fondé le célèbre ordre le la Jarretière.

En 1360, enfin, après bien des pourparlers, l'Angleterre et la France signèrent le traité de Brétigny, et le roi fut libéré. Mais il devait payer une rançon de trois millions d'écus d'or, et les caisses de l'État étaient vides. Alors, il chercha de l'argent par tous les moyens, même les plus honteux. En effet, comme le dit l'historien Matteo Villano, « le roi de France vendit sa chair et son sang ». Il livra pour six cent mille florins sa fille Isabelle, qui avait onze ans, au fils du plus féroce tyran d'Italie, ce Jean Galéas Visconti qui faisait la chasse à l'homme dans les rues de sa capitale et jetait ses victimes vivantes dans des fours. Grâce à cet argent Jean II fut libéré. Il regagna aussitôt Paris, mais il trouva le Louvre plus triste que Windsor et la reine moins jolie que les Anglaises qu'il avait connues durant sa captivité. Bientôt, il s'ennuya. Sa mélancolie était si visible que Jeanne d'Auvergne, un jour, lui demanda pourquoi « il lui arrivait de laisser aller, en manière d'expiration, des soupirs aussi conséquents ».

— C'est parce que je ne suis point encore déshabitué de Londres, répondit-il sans ménagement.

La pauvre reine, qui avait tant souffert de l'éloignement de son mari, fut profondément blessée et dut s'aliter. Quelques jours plus tard, elle mourait de chagrin...

Pour se changer les idées, Jean II décida de voyager et partit pour la Provence.

En Avignon, il fit des projets de mariage avec Jeanne de Naples, mais y renonça en apprenant que cette charmante femme avait fait étouffer son précédent mari entre deux matelas.

Après quelques excursions dans le Comtat, il reprit le chemin de Paris et revint par petites étapes en rêvant de Windsor, de la jolie comtesse qu'il avait laissée là-bas et du moyen qu'il pourrait trouver pour aller la rejoindre. Le destin allait le servir. A quelque temps de là, il apprit que son fils, qu'il avait laissé comme otage à Calais jusqu'au paiement intégral de sa rançon, s'était évadé. Il sauta sur l'occasion.

— Je ne peux pas faire autrement que de retourner me constituer prisonnier, dit-il. Si la justice et la bonne foi étaient bannies du reste du monde, elles devraient se retrouver dans la bouche et dans le cœur des rois !

Puis, laissant son fils dans un pétrin épouvantable, il prit le bateau et s'en fut le cœur joyeux vers Londres où, le 10 janvier 1364, il put enfin serrer sa bien-aimée dans ses bras.

Hélas ! « après avoir passé l'hiver en grandes réjouissances et récréations », nous dit Froissart, Jean II le Bon mourut subitement le 8 avril 1364.

Il n'avait profité que durant trois mois de sa belle petite Anglaise...

Mais ce galant et léger souverain était parvenu à tromper son monde. Et, bien que plusieurs chroniqueurs l'eussent accusé formellement d'être retourné en Angleterre pour retrouver une vie agréable et une douce amie, Jean II réussit à se faire dans l'Histoire la réputation flatteuse d'un roi qui préféra perdre la liberté et sauver son honneur... Cette légende est d'ailleurs perpétuée dans les manuels scolaires...

21

L'amour prépare un roi fou à la France

C'est très joli, l'inceste, mais il ne faut pas exagérer !

Dr Pierre Rousset

Au matin du 12 septembre 1360, une foule joyeuse et impatiente s'était groupée devant l'église de Dinan où deux fiancés recevaient la bénédiction nuptiale.

En attendant que les nouveaux époux parussent sur le parvis, les commères commentaient l'événement avec cette saine verdeur dans le propos qui caractérise les gens dénués de complexes.

— Pour Dieu, dit l'une, si ces deux-là peuvent s'accointer et jouer de la flûte douce, ils doivent bien en rendre grâce à messire le duc de Blois.

— C'est vrai, répondit une jeune Dinannaise en riant, sans lui, sire Bertrand n'aurait jamais pris femme, tant il est béjaune devant une paire de tétins.

Le mot fit rire la foule.

Soudain, les cloches s'ébranlèrent, annonçant la fin de la cérémonie, les portes s'ouvrirent, et le couple le plus disparate qui se pût voir parut sur le seuil de l'église. Une jeune femme, fort gracieuse, au visage fin et intelligent, donnait le bras à un homme quasi monstrueux qui portait, sur de trop larges épaules, une tête énorme et ronde comme une boule. Elle s'appelait Tiphaine Raguenel, et lui, Bertrand du Guesclin...

Après les avoir acclamés longuement, la foule accompagna les jeunes époux jusqu'en leur maison.

Tout au long des rues, Bertrand du Guesclin souriait. Pour la première fois de sa vie, il était heureux. Depuis sa naissance, en effet, victime de son effrayante laideur, il avait quêté en vain la tendresse et l'amour. Battu par sa mère qui lui reprochait son visage camus et le traitait comme une bête, il avait fini par cacher son besoin d'affection sous une extrême brutalité, ce qui n'avait pas arrangé les choses, il faut bien le dire.

Pendant des années, il avait pensé qu'aucune femme ne l'aimerait jamais.

« Je suis trop laid, se disait-il, je leur fais peur. »

Puis il avait connu Tiphaine Raguenel dans des circonstances curieuses. Un jour qu'il devait se battre en duel avec Cantorbéry, cette demoiselle, qui s'occupait d'astronomie et d'astrologie, avait prédit sa victoire aux habitants de Dinan [101].

Qu'une femme se soit intéressée à lui avait été doux au cœur de Bertrand, et il s'était battu avec une telle fougue qu'on avait dû lui retirer des mains le malheureux Cantorbéry, à demi déchiqueté.

Après le combat, Bertrand s'était rendu auprès de Tiphaine et avait été fortement impressionné par l'étrange regard vert de cette jeune fille de vingt-quatre ans. Elle avait d'ailleurs achevé de le décontenancer — et de le séduire — en lui disant avec une grande douceur :

— Sire Bertrand, je vous ai vu vous battre tout à l'heure, vous étiez fort beau.

Du Guesclin était extrêmement timide. Bouleversé par l'émotion, il avait grimpé sur son cheval sans dire un mot et était parti faire la guerre pendant quatre ans...

A son retour, par l'intermédiaire du duc de Blois, il avait demandé la main de Tiphaine. Agréé aussitôt, ce rude soldat, dont le courage et la hardiesse commençaient à remplir d'effroi « ceux d'Angleterre », avait pris sa grosse tête dans ses mains et s'était mis à pleurer.

Et, en ce 12 septembre 1360, tandis que les braves gens de Dinan acclamaient le jeune couple, c'est encore des larmes qu'il versait en souriant à la foule, des larmes de joie, à la pensée qu'il allait vivre dorénavant avec quelqu'un qui l'aimait.

La douceur de l'amour fut une telle révélation pour Bertrand du Guesclin qu'après son mariage il n'eut plus aucune envie d'aller se battre. Il demeurait des journées entières auprès de sa femme, tout à la joie de découvrir et de déguster les mille délices de la tendresse. Sa violence et son humeur belliqueuse, nées de son amertume, avaient fait place à une charmante indulgence venue avec la joie d'être aimé.

Il faisait de calmes projets, rêvait d'une existence tranquille dans une maison confortable. Tant et si bien qu'un jour Tiphaine s'inquiéta et lui demanda quand il devait retourner à la guerre.

Du Guesclin eut un geste vague.

— Boh !... fit-il.

Alors Tiphaine sursauta et, très courroucée, lui dit :

— Sire, par vous de beaux faits ont été commencés, et par vous seul la France doit recouvrer les provinces qu'elle a perdues. Or je vois que, pour mon amour, vous êtes prêt à perdre l'honneur. Cela, sire, ne peut exister, et, d'ailleurs, je ne pourrais l'endurer, car je me

101. *Chroniques de sire Bertrand du Guesclin.* Anonyme du XVe siècle.

verrais abaissée par vous qui, précisément, devez m'honorer. Sachez bien que, si vous ne poursuivez la guerre, aucune femme au monde ne pourra vous donner son amour. Moi, je ne suis que pauvre dame, mais mon cœur ne pourra jamais consentir à ce que j'eusse de l'amour pour vous si, par faiblesse, vous vous refusez à la vaillance[102].

Alors, Bertrand du Guesclin, un peu honteux de ces reproches et désespéré de quitter sa femme, partit se mettre à la disposition du dauphin Charles qui avait, pour l'heure, fort à faire avec les troupes de Charles le Mauvais, roi de Navarre et allié des Anglais.

Or, à quelque temps de là, Jean II le Bon mourut en Angleterre, et le dauphin monta sur le trône sous le nom de Charles V.

Sachant que le sacre du nouveau roi devait avoir lieu le 19 mai 1364, les Navarrais, qui étaient alors cantonnés à Évreux, décidèrent d'empêcher la cérémonie et même d'enlever le roi pendant son voyage de Paris à Reims.

Commandés par le captal Jean de Grailly, ils se dirigèrent vers l'Eure, qu'ils franchirent au pont de Cocherel, et dressèrent leur camp sur la colline. Tandis qu'ils se reposaient, le captal courut à Vernon pour y saluer sa fiancée, Jeanne de Navarre. « Et, nous dit un chroniqueur, au départir, il baisa madame Jeanne, car le roi de Navarre lui avait accordé qu'il l'aurait pour femme. Moult plut ce baiser au captal, car madame Jeanne était une des plus belles dames de la chrétienté. »

Ainsi mis en verve, Jean de Grailly rejoignit ses compagnons juste au moment où les Français, commandés par du Guesclin, arrivaient en vue de Cocherel.

Aussitôt, la bataille commença. Bataille étrange où deux hommes, deux chefs, étaient animés par l'amour.

Finalement, après deux jours de furieux combats, du Guesclin triompha, ramenant, pour la première fois depuis trente ans, la victoire du côté des Français. Ce fut son premier grand fait d'armes, celui qui décida de sa prodigieuse carrière.

Le surlendemain, Charles V, le cœur illuminé par cette victoire, se faisait sacrer sans incident à Reims ; mais on peut se demander ce qui se serait passé si Tiphaine n'avait pas poussé du Guesclin à reprendre les armes en lui disant que c'était là le « seul moyen de garder son cœur »...

Sans doute tout le cours de notre histoire s'en fût-il trouvé changé.

Le nouveau roi de France ne pouvait, bien entendu, supposer qu'il devait sa couronne à une femme. Ayant fait porter des remerciements à du Guesclin, il prit le chemin de la capitale avec son épouse, Jeanne de Bourbon.

Le 24 mai, ils entraient tous deux triomphalement à Paris. La jeune reine montait un splendide cheval dont Philippe le Hardi, frère du roi et duc de Bourgogne, tenait la bride. Le soir, un dîner de gala réunit

102. *Chroniques de sire Bertrand du Guesclin.*

au palais tous les prélats de passage à Paris, et la capitale se transforma pendant deux jours en une immense kermesse.

La reine fut comblée de louanges et de cadeaux, ce dont le roi fut heureux, car il aimait tendrement sa femme, bien qu'il eût commencé à la tromper au lendemain de leurs noces. Ce mariage, il est vrai, avait été célébré alors que Jeanne n'était pas encore nubile. Elle avait à peine douze ans. Charles qui, lui, venait d'en avoir treize, avait trouvé le lit conjugal un peu fade et s'était mis en quête de maîtresses expérimentées. A quinze ans, il était devenu l'amant d'une dame de la cour qui l'avait déniaisé avec raffinement. Doué d'un tempérament plutôt généreux, il avait ensuite « beluté », comme on disait alors, toutes les femmes qui couchaient au palais, depuis les cuisinières jusqu'aux épouses des conseillers du trône.

Il ne s'était d'ailleurs jamais caché de ses bonnes fortunes et, en 1363, alors qu'il était l'amant d'une Italienne nommée Biette Cassinel, il portait les armes parlantes : « K + Cygne + Ailes », rébus qui constituait un à-peu-près de Cassinel [103].

Cette vie de débauche était maintenant terminée. En montant sur le trône, Charles V avait chassé ses maîtresses ainsi que tous ceux qui s'étaient rendus complices de ses frasques. Il avait décidé de remplir de façon irréprochable son rôle d'époux et son rôle de roi.

En se rapprochant de Jeanne de Bourbon, Charles V s'était d'ailleurs aperçu qu'elle avait du charme et de l'esprit. Bientôt il l'amena à son gouvernement et la fit assister régulièrement à son Conseil où elle eut sa place marquée. De même, lorsque le Parlement se réunissait, elle venait s'asseoir aux côtés du roi qui lui demandait son avis sur les questions épineuses, et il l'appelait « sa belle lumière et le soleil de son royaume ».

Charles, après quatorze ans de mariage, découvrait sa femme. Transporté de joie, il ne pensait qu'à lui faire des cadeaux et la couvrait de pierreries.

— Quel beau jour, disait-il, que celui où l'on nous a mariés !

Hélas ! si ce mariage faisait maintenant le bonheur du roi, il allait être désastreux pour la France. En effet, Charles V et Jeanne de Bourbon étaient cousins. Il y avait fort longtemps que l'Église ne respectait plus les sages lois qu'elle avait édictées autrefois, touchant la consanguinité, et qu'elle accordait facilement des dispenses pour les mariages entre parents.

Ces graves erreurs étaient en train d'épuiser la Maison de Valois. Déjà, Charles, comte de Valois, qui était à l'origine de cette lignée, avait fait, en épousant sa cousine Marguerite de Sicile, un mariage triplement consanguin (par les familles de France, de Provence et de

103. Il eut de cette femme un bâtard nommé Jean de Montaigu qui devint ministre de Charles VI et mourut décapité. Auparavant, il avait eu un premier bâtard nommé Oudard d'Attainville qui devint bailli de Rouen.

Hongrie) *qui avait fait porter aux enfants issus de cette union le poids de six consanguinités.* Or, au lieu d'agir de façon un peu plus sage, l'un d'entre eux, Philippe VI de Valois, n'écouta que son amour et épousa sa cousine...

« Il eût été nécessaire, dit le Dr Brachet [104], pour corriger son excès de consanguinité, que Philippe VI s'attachât par un mariage étranger à infuser à la race des Valois un sang nouveau qui pût neutraliser l'influence héréditaire morbide.

» C'est tout juste le contraire que fait ce premier roi valois ; au lieu de sortir de la consanguinité de Saint Louis (déjà double chez lui), il y rentre une fois de plus en épousant sa propre tante à la mode de Bretagne, petite-fille du saint roi. »

Et, pour clore dignement la série, Charles V, petit-fils de Philippe VI, avait épousé Jeanne de Bourbon, qui descendait *comme lui* de Philippe II, de Hugues IV de Bourgogne et de Henri V de Luxembourg. C'est-à-dire que leur mariage était plus de six fois consanguin et risquait de provoquer des tares dangereuses chez leurs héritiers.

Dans leur ignorance des lois de l'hérédité, le roi et la reine désiraient bien entendu des enfants. Après trois essais malheureux, Jeanne mit au monde, en 1368, un garçon. Ses précédents accouchements ayant été difficiles, elle s'était fait attacher à la cuisse une aétite, cette pierre à laquelle les Anciens attribuaient des propriétés antiabortives et anticonvulsives, et tout s'était bien passé !

— Quelle joie ! messire Charles, dit-elle au roi qui n'avait pas quitté son chevet. Nous avons un héritier. Comment l'appellerons-nous ?

— Charles ! dit le roi. Et, si messire Dieu lui prête vie et s'il règne, on le nommera Charles VI !...

C'est ainsi que, d'une suite de dangereux mariages consanguins provoqués par l'amour aveugle, naquit un roi de France qui devait devenir fou...

22

La reine Isabeau et ses amants trahissent la France

— Madame, la déesse Vénus règne seule à votre cour !

JACQUES LEGRAND, dans un sermon
adressé à Isabeau de Bavière.

A ce moment, la cour était installée à l'hôtel Saint-Pol, situé non loin de cette bastide (ou bastille) que le roi faisait construire à l'est de Paris.

Charles V aimait cette résidence qui le reposait du Louvre, trop vieux et trop austère. Il l'avait fait édifier pour plaire à la reine et il y vivait simplement, entouré de ses intimes.

Parmi ceux-ci se trouvaient quelques personnages pour le moins

104. AUGUSTE BRACHET, *Pathologie mentale des rois de France.*

singuliers. Laids, contrefaits, difformes, vêtus de façon grotesque, ils passaient leur temps à gambader ou à tenir des propos saugrenus.

C'étaient des « fous ».

Charles le Sage, en effet, fut le premier roi de France qui n'eut pas seulement un bouffon, mais une troupe de fous à sa cour [105].

Christine de Pisan nous dit qu'il aimait énormément leur entretien. Chaque matin à son lever, après avoir fait sa prière, il les réunissait dans sa chambre et les interrogeait sur des sujets divers : les invités de la cour, les ministres, ou les affaires du temps. Les réponses extravagantes que lui faisaient les fous, garantis par une impunité absolue, l'amusaient beaucoup et le mettaient de joyeuse humeur pour aller ensuite présider son Conseil.

Ces fous, qui avaient rang d'officiers et dont la verve insolente et malicieuse s'exerçait sans considération de titre ni de grade, étaient au nombre de trois. Le seul dont le nom nous soit parvenu s'appelait Thévenin de Saint-Légier. Il était fort spirituel et fort méchant, aussi était-il craint de tous les courtisans.

Les femmes, au contraire, recherchaient sa compagnie. Elles le considéraient avec un intérêt un peu insolite auquel il feignait de ne pas prendre garde ; mais il voyait dans leurs prunelles un éclair de perversité annonciateur de nuits blanches dont il savourait à l'avance le délectable plaisir... Car toutes, rebutées de se donner à de beaux chevaliers, rêvaient de passer une nuit avec cet homme qui était à la fois nain et bossu. Thévenin savait à quoi s'en tenir sur les sentiments qu'il inspirait, mais il n'en éprouvait aucune amertume. Paillard avant tout, il profitait de ces bonnes fortunes avec un admirable sens de l'à-propos et de la philosophie. Aussi alla-t-il rouler sa bosse dans le lit de presque toutes les dames de la cour...

Pourtant, il n'en aima jamais aucune. Car il était amoureux de la seule femme qui pût l'aimer sans arrière-pensée perverse. La seule qui pût comprendre ses joies, ses peines et ses angoisses, c'est-à-dire une « folle » comme lui. Elle s'appelait Artaude du Puy et appartenait au service personnel de la reine Jeanne.

Thévenin eût voulu l'épouser, mais il craignit toujours qu'un mariage de bouffons ne fût un trop plaisant spectacle pour les gens de la cour.

Si Charles V le Sage pouvait s'entretenir quotidiennement avec ses fous sans que leurs propos eussent une influence quelconque sur son bon sens, il n'en était pas de même de Jeanne de Bourbon. Atteinte d'un léger déséquilibre mental dû aux mariages consanguins de sa famille, elle était parfois sujette à des troubles qui la rendaient « bizarre ». Très impressionnable, elle sortait toujours un peu nerveuse de ses conversations avec sa « folle ».

Et, un jour de 1373, la reine, alors âgée de trente-cinq ans, eut une véritable crise de démence. Elle se roula par terre en poussant des

105. La mode d'avoir un bouffon à la cour était ancienne. On en trouvait déjà au palais de Louis le Pieux, fils de Charlemagne, en 814...

hurlements et battit la pauvre Artaude du Puy qui, terrorisée, ameuta les autres fous. On assista alors à ce spectacle effrayant d'une reine frappée soudain d'aliénation mentale, gesticulant et tenant des propos incohérents devant ses bouffons terrifiés.

Alerté aussitôt, Charles V quitta la salle de son Conseil pour venir auprès de Jeanne. Il la trouva jupes par-dessus tête, en train de se livrer à des simulacres obscènes qui le consternèrent. Avec quelques douces paroles et beaucoup de ménagements, il parvint à la conduire jusque dans sa chambre, où un médecin vint la soigner après avoir déclaré qu'elle était probablement ensorcelée... Très déprimé, nous dit l'auteur de la *Chronique des quatre premiers Valois*, « le roi, qui moult aimait la reine, fit alors maints pèlerinages »...

Jeanne resta dans ce triste état pendant toute l'année 1373. Puis la raison et la « bonne mémoire » lui revinrent peu à peu.

En 1374, elle allait tout à fait mieux, lorsque Charles V tomba malade à son tour. Croyant sa fin prochaine, le roi fit son testament et déclara que, s'il disparaissait, son épouse bien-aimée serait régente du royaume. Il fallait que Charles fût bien amoureux pour prendre une décision aussi surprenante, car la pauvre pouvait retomber d'un moment à l'autre dans la folie...

Heureusement pour la France, la reine mourut en couches au printemps de 1377, pour avoir voulu se baigner alors qu'elle était enceinte[106].

Le roi fut terrassé par le chagrin au point qu'il cessa pendant plusieurs semaines de s'occuper des affaires de l'État et qu'on ne le vit plus jamais sourire. Voici d'ailleurs ce que nous dit Christine de Pisan à ce propos : « Samedi, la reine trépassa de ce siècle. De la quelle chose le roi fut merveilleusement dolent ; et nonobstant que la vertu de constance en lui fût plus grande que communément chez les autres hommes, cette départie [séparation] lui fut si grande douleur et si longuement lui dura, que jamais on ne le vit faire pareil deuil pour chose qui advînt : car moult s'aimaient de grande amour[107]. »

On fit à la reine Jeanne de magnifiques obsèques. Son corps vêtu richement fut conduit en grande pompe à Notre-Dame sur un lit couvert d'un drap d'or et surmonté d'un ciel. On avait mis sur sa tête un voile très fin pour que le menu peuple pût voir son visage...

Les cérémonies funèbres furent longues et eurent un éclat exceptionnel. « Le roi, qui avait tant aimé le corps de la reine, pensa à son âme », nous dit Christine de Pisan. Il fit dire tant d'oraisons, en effet, que les services religieux durèrent un jour entier.

Après quoi Charles V rentra à l'hôtel Saint-Pol, où il s'enferma dans la chapelle pour y pleurer celle qu'il ne devait jamais oublier. Incapable de surmonter sa douleur, il mourut d'ailleurs quelques années plus tard, à quarante-trois ans.

106. Froissart dit que, « la reine étant en gésine, les médecins lui avaient interdit le bain comme contraire et périlleux. Nonobstant ce, elle se voulut baigner et là conçut le mal de la mort ».

107. CHRISTINE DE PISAN, *Le Livre des faicts du sage roy Charles*.

Avant de s'éteindre, dans son château de Beauté-sur-Marne, près de Nogent, le 16 septembre 1380, le roi exprima le souhait que le dauphin Charles épousât une princesse allemande « pour les utiles conséquences politiques qui pourraient en résulter ».

Aussi, dès que le nouveau roi, qui n'avait alors que douze ans, fut sacré à Reims, son oncle, Philippe le Hardi, duc de Bourgogne, qui gouvernait le royaume en qualité de régent, se mit-il immédiatement en quête d'une princesse native d'outre-Rhin.

Au bout de quelques années, il apprit que le duc Étienne de Bavière avait une fille ravissante, âgée de quatorze ans, et nommée Isabeau [108]. Il lui fit demander s'il consentirait à la donner en mariage au roi de France. Le duc de Bavière fut très embarrassé, car un détail le gênait. Il avait entendu dire qu'il était d'usage, en France, que la fiancée du roi fût examinée toute nue par des dames de la cour « à seule fin de savoir si elle était bien conformée pour le plaisir et apte à avoir des enfants ». Et il trouvait humiliant pour une princesse de Bavière d'être obligée de se plier à une formalité aussi barbare.

De plus, il craignait qu'Isabeau ne plût pas à Charles VI.

« On dit ce jeune prince bizarre, pensait-il. Je ne veux pas que ma fille me soit enlevée pour m'être ensuite rendue. »

Et il répondit au régent de France qu'il n'accordait pas sa fille à Charles VI.

Philippe le Hardi était trop habile pour se froisser de cette réponse. En outre, il était lui-même lié à la Maison de Bavière et ne désirait pas détruire les alliances qu'il avait contractées. Il feignit donc de s'incliner devant le refus d'Étienne ; mais, trois mois plus tard, il chargeait la duchesse de Brabant, petite-fille de Philippe le Bel et femme fort adroite, de reprendre les négociations.

Le duc fut on ne peut plus flatté par cette nouvelle démarche et, cette fois, accepta que Charles vît Isabeau, à condition que les raisons de cette rencontre fussent cachées à la jeune fille.

— Ainsi, dit-il, je serai seul à subir une humiliation si le roi de France ne la trouve pas à son goût.

— Je puis vous assurer que vous n'aurez point à souffrir une telle humiliation, dit la duchesse de Brabant, la princesse Isabeau est bien trop belle. Mais, puisque votre volonté est de craindre le pire, je puis vous promettre que le roi et la princesse se rencontreront « par hasard »...

Il fut alors convenu qu'Isabeau, sous la conduite de son oncle Frédéric, irait en pèlerinage à Saint-Jean d'Amiens, où Charles devait également se rendre en compagnie de son oncle, Philippe le Hardi.

Un matin de juin 1385, la princesse fut prête à partir. Quand le duc

108. Les chroniqueurs du temps l'appellent indifféremment Isabelle, Élisabeth et Isabeau. On ignore pourquoi ce dernier prénom — le moins gracieux — a prévalu chez les historiens modernes.

de Bavière vit que sa fille allait le quitter, il l'embrassa longuement et tendrement ; puis il prit Frédéric à part et lui dit :

— Mon frère, je vous confie mon enfant avec crainte. Car, si le roi de France ne la veut pas pour épouse, elle sera déshonorée. Sachez que, si vous me la ramenez, vous n'aurez jamais de plus grand ennemi que moi.

Malheureusement pour le royaume de France, Isabeau de Bavière ne devait pas revenir chez son père.

Tout d'abord, la princesse s'arrêta à Bruxelles où la duchesse de Brabant lui donna des leçons de maintien et lui fit faire des robes élégantes, « celles qu'elle avait apportées étant trop simples selon l'État de France [109] ». Puis, quand elle fut prête, on lui fit prendre la route d'Amiens, où, déjà, le roi l'attendait avec impatience.

Charles VI avait alors dix-sept ans. Il était doué d'une sensualité quasi pathologique qui tournait à l'obsession sexuelle et dont se désolaient ses conseillers religieux [110]. Aussi avait-il l'œil brillant en imaginant la brune Allemande qu'on lui avait décrite.

Le 15 juillet, Isabeau, magnifiquement parée, arriva à Amiens où on la conduisit auprès du roi. Froissart nous conte en termes savoureux cette entrevue et le coup de foudre que ressentit Charles VI : « Quand elle fut auprès de lui, elle s'agenouilla bien bas. Le roi vint vers elle, la prit par la main, la fit se relever et la regarda de belle manière. Avec le regard, plaisance et amour entrèrent dans son cœur, car il la vit belle et jeune, et il avait grand désir de la prendre pour femme. Alors, le connétable de France dit au seigneur de Coucy et au seigneur de La Rivière :

» — Cette dame nous demeurera, le roi ne la peut quitter des yeux.

» Quand la princesse Isabeau et ses dames eurent pris congé du roi, le duc de La Rivière lui demanda :

» — Sire, que dites-vous de cette jeune dame ? Nous demeurera-t-elle ? Sera-t-elle reine de France ?

» — Par ma foi, dit le roi, oui, et nous n'en voulons point d'autre. Dites à mon oncle de Bourgogne, pour Dieu, qu'il s'en acquitte.

» Le duc de Bourgogne partit donc de la chambre du roi et s'en alla dans la chambre de la duchesse de Hainaut, où il trouva avec elle la princesse qui devait être sa nièce. Le duc la salua comme il lui appartenait et comme il le savait bien faire, et puis il dit à la duchesse tout en riant :

» — Madame et belle cousine, Monseigneur a brisé votre projet

109. FROISSART, *Chroniques*.

110. Lors de la réception du roi de Sicile dans l'ordre de la Chevalerie, des orgies stupéfiantes eurent lieu auprès de la basilique des rois de France. Et l'auteur de la *Chronique de Saint-Denis* précise que « chacun chercha à satisfaire sa luxure, si bien qu'il y eut des maris qui pâtirent de la mauvaise conduite de leurs femmes et qu'il y eut aussi des filles qui perdirent le soin de leur honneur ». Le docteur Cabanès, qui cite ce texte, ajoute que « le jeune roi de France, Charles VI, frère du prince fêté, fit en faveur des dames des « prodigalités » telles que, dès ce moment, on eut le droit de douter de son bon sens »...

d'aller à Arras, car ce mariage le presse trop fort. Vous vous reposerez donc aujourd'hui et demain en cette ville, et lundi seront les noces[111]. »

Il y eut des cris de joie.

Isabeau, qui ne comprenait pas le français, demanda à la duchesse de Hainaut ce que le duc de Bourgogne venait de dire de si drôle et de si heureux.

On lui apprit alors qu'elle se mariait le surlendemain avec le roi de France, ce qui ne laissa pas de l'étonner un peu...

Le soir même, un envoyé du duc de Bavière vint demander à Charles VI quelle dot il désirait qu'Isabeau lui apportât.

— Aucune, dit le jeune roi, surexcité par les formes émouvantes de la princesse allemande, les belles qualités de ma fiancée sont plus précieuses que tout l'or que l'on pourrait me donner !

Un mois plus tard, ces « belles qualités » allaient curieusement se manifester...

Le mariage eut lieu le 18 juillet en la cathédrale d'Amiens.

Mais les choses avaient été si promptement décidées que la plupart des dames de la cour n'eurent pas le temps de se faire confectionner les somptueuses toilettes qu'elles eussent désirées pour une telle cérémonie, et qu'Isabeau de Bavière elle-même n'eut pas de robe de mariée.

Les fêtes n'en furent pas moins fort brillantes. Un banquet fastueux eut lieu dans le palais épiscopal où le service fut fait par des comtes et des barons. Après quoi, tandis que les invités dansaient « fort innocemment », Charles VI, pressé de connaître les joies auxquelles il aspirait depuis trois jours, entraîna sa belle épouse vers une chambre où il sut se montrer d'une compagnie agréable...

Après avoir ainsi fait le point sur bien des choses, les nouveaux époux allèrent s'installer au château de Beauté-sur-Marne, que Charles VI avait adopté comme lieu de résidence habituel.

Isabeau fit alors la connaissance des personnages plus ou moins louches qui, dans l'espoir de participer au pillage du Trésor royal, gravitaient depuis quelques années autour du jeune souverain.

Ce sac éhonté et scandaleux avait pour auteurs les trois oncles de Charles : le duc de Bourgogne, le duc de Berry et le duc d'Anjou, qui avaient constitué un gouvernement des « princes des fleurs de lys », après la mort de Charles V. Profitant de la faiblesse du jeune roi, ils s'appropriaient des provinces entières, détournaient à leur profit les impôts et les taxes excessives dont ils frappaient le peuple, et puisaient à pleines mains dans l'or que Charles V avait péniblement amassé.

Cette malhonnêteté des trois « régents » avait fini par créer à la cour une atmosphère assez spéciale qui faisait bien plus ressembler le château de Beauté-sur-Marne à un repaire de brigands qu'à un palais royal.

L'arrivée d'Isabeau inquiéta quelque peu les personnages qui vivaient

111. FROISSART, *op. cit.*, livre IV.

dans le sillage du roi sous des prétextes étranges et qui parvenaient, au prix de combinaisons diaboliques, à grignoter les miettes du Trésor de l'État.

Certains craignaient que la jolie princesse allemande ne fût plus clairvoyante que Charles VI, et qu'elle ne démasquât leurs intrigues.

Pendant quelques semaines, tout le monde l'observa avec anxiété. Mais la jeune reine était trop habile pour manifester de quelque façon que ce fût les sentiments qu'elle éprouvait devant la friponnerie et l'immoralité profonde qui régnaient à la cour. Et l'on finit par se demander si elle comprenait ce qui se passait autour d'elle et si elle voyait même ces couples dont l'impudeur offrait parfois de curieux spectacles à la fin des banquets.

La résidence royale était en effet le théâtre d'orgies épouvantables auxquelles Charles VI ne participait plus depuis son mariage, mais qu'il tolérait avec beaucoup d'indulgence, connaissant, par expérience, la violence extrême de certains désirs.

Isabeau, par sa seule présence, avait donc réussi, d'une part, à inquiéter les intrigants et, d'autre part, à rendre au jeune souverain son équilibre sexuel. Pendant quelque temps, il y eut moins de malversations, et Charles VI montra des traits plus détendus... Cet apaisement des sens fut pour lui des plus bénéfiques. La tranquillité d'esprit qu'il y gagna lui permit, en effet, de s'occuper un peu des affaires de l'État, et il eut même de grands désirs d'action. Un matin, à l'issue d'ébats où sa virilité avait fait merveille, il se leva, ivre d'orgueil, la tête pleine de projets ambitieux, et, comme, à ce moment, rien au monde ne pouvait lui sembler impossible, il envisagea de débarquer en Angleterre...

Quelques jours plus tard, il partait pour L'Écluse, en Flandres, afin d'y voir sa flotte.

Isabeau resta seule à Beauté...

Cette princesse au sang chaud, que le roi venait d'initier aux jeux amoureux, ne tarda pas à sentir la solitude lui peser. Et un jour, fatiguée de regarder au loin pour voir si Charles ne paraissait pas à l'horizon, elle posa les yeux autour d'elle. La première personne qu'elle y vit était un garçon jeune et bien fait, rempli de grâce, infiniment spirituel et doté d'un grand pouvoir de séduction sur les femmes. Il se nommait Bois-Bourdon[112].

Cet élégant seigneur était, depuis le premier jour, amoureux d'Isabeau. Voyant que la reine le considérait d'un œil neuf et avec une attention particulière, il s'enhardit, un soir, jusqu'à lui dire qu'il l'aimait.

Isabeau n'avait que dix-sept ans, mais elle était de décision rapide. Dans la nuit qui suivit, elle devint la maîtresse de Bois-Bourdon.

Après quelques jours d'intimité totale, pendant lesquels le jeune favori avait pu percer le caractère ambitieux d'Isabeau, il la mit au

112. Et non Bois-Redon ou Bosredon, comme on l'appelle généralement.

courant des intrigues qui se nouaient à Beauté et lui donna quelques conseils assez machiavéliques :

— Madame, point ne serez forte tant que n'aurez imité par façon de geste, de manière et de contenance, les actes des intrigants qui entourent le roi. Alors, de crainte en laquelle ils sont, ils passeront en admiration et vous seront soumis. Certes, il ne serait point vertueux de s'engager la première dans cette voie ; mais, quand tous y passent, il serait malhabile, déshonnête et orgueilleux de demeurer hors[113].

La reine accepta immédiatement, et sans la moindre hésitation, de participer au désordre général et avoua qu'elle était prête à user de n'importe quel moyen pour réaliser ses ambitions.

— Le roi, dit-elle, est fort bon et moult le révère. Mais je ne fais compte de sa tête où ne se trouve que faiblesse. Ce pourquoi, il faut que je gouverne.

Et, sans plus tarder, elle organisa son plan de bataille. Devant Bois-Bourdon, éberlué de voir la jeune souveraine se transformer ainsi en un politique rusé et sans scrupules, elle envisagea froidement de faire disparaître les trois régents qui pouvaient être de grands obstacles à l'accomplissement de ses desseins, et de s'attacher par les liens les plus étroits et les plus solides Louis, duc de Touraine, frère du roi.

— Celui-ci est jeune et plein d'ardeur, dit-elle, il m'aidera, j'en suis sûre.

Bois-Bourdon fut très alarmé en entendant ce projet.

— Quel rival vous me faites craindre là, Madame, se permit-il de dire.

Isabeau le considéra avec tendresse.

— Mon ami, dit-elle, point jamais n'y aura pour vous de rival. Même si je dois, par froide raison, ouvrir mon lit à quelques puissants seigneurs, notre accointance sera la plus forte, car notre jeunesse et notre goût nous induisent à volupté.

Et elle ajouta, animée par une ardeur qui faisait briller ses yeux bleus :

— Tout le monde, en cette cour, ne pense qu'à prendre argent et plaisir, lesquelles choses me tentent fort comme délectables biens. Pourquoi me les interdirais-je ? Ami, vos avis sont bons, je ferai ainsi que vous dites...

Après quoi, elle sourit à son amant, et tous deux allèrent sceller leur accord funeste sur un grand lit...

Un mois plus tard, Charles VI revint passer quelques semaines à Beauté où la reine lui réserva le plus tendre et le plus fougueux accueil. Puis, sans éprouver le moindre soupçon sur ce qui se tramait, il repartit pour les Flandres, se faisant accompagner cette fois d'une partie de la cour.

113. Ces propos, ainsi que ceux qui suivent, ont été rapportés par Bois-Bourdon lui-même au cours de son procès, dont les minutes ont été retrouvées par le marquis de Sade.

Le duc de Touraine, pourtant, ne fut pas du voyage, et Isabeau mit à profit cette nouvelle période de solitude pour s'approcher de lui.

C'était un beau jeune homme, impétueux et bouillant. Il avait quinze ans, mais en paraissait dix-huit et avait eu déjà de nombreuses aventures fort brillantes avec quelques dames qui fréquentaient le palais...

Il fut fortement ému de rester ainsi, presque seul, en compagnie de sa troublante belle-sœur.

Un soir, celle-ci organisa une petite fête à laquelle assista, entre autres, le fidèle Bois-Bourdon. Après un banquet joyeux, on dansa. Isabeau ouvrit le bal avec le duc de Touraine et les invités vinrent faire de très savantes figures sur une musique lente et compliquée.

Quand tout le monde fut occupé à mettre, en mesure, un pied devant l'autre, Isabeau emmena discrètement le frère du roi, et le malheureux Bois-Bourdon les vit disparaître en direction d'une chambre qu'il connaissait bien...

Le jeune duc de Touraine, assez flatté de ce qui lui arrivait, tint à montrer à sa ravissante belle-sœur qu'il était déjà passé maître dans « l'art du belutage », comme on disait alors.

Leur nuit s'en trouva fort agitée, d'autant qu'Isabeau, conquise par le savoir-faire du jeune homme, oublia bien vite les raisons politiques qui lui avaient fait choisir ce deuxième amant pour se donner toute au plaisir.

Et, quand l'approche de l'aube commença à rendre plus fraîche la nuit de printemps, les deux amants, épuisés et « nerveux comme chiffes », tombèrent, encore enlacés, dans un sommeil profond qui leur fut comme une seconde volupté...

Vers dix heures du matin, la reine s'éveilla et sourit en voyant qu'un beau jour de mai était commencé. Près d'elle, le duc de Touraine dormait toujours. Elle lui caressa doucement les cheveux et fut heureuse de penser qu'il était à sa merci. Par jeu, elle l'embrassa, et il ouvrit les yeux.

— Bonjour, madame, quelles sont vos pensées ce matin ? dit Louis.

— Fort triste je suis, bel ami, dit Isabeau à qui le sommeil avait rendu toute sa lucidité. Il m'est venu en la pensée que vous n'occupiez pas une place digne de vos nobles vertus. Charles, mon gentil sire, est bon, mais de tête légère. C'est à vous que devrait appartenir le trône. Voulez-vous me donner aide pour tenir en haute main ce que le roi laisse aller ?...

Ce petit discours n'était pas pour déplaire au duc de Touraine qui avait beaucoup d'ambition et une belle idée de lui-même. Il promit donc à la reine de l'aider autant qu'il le pourrait et, faisant allusion à la malhonnêteté de ses oncles, il ajouta dans un sourire tendre :

— Il faut ou empêcher de pareilles choses, madame, ou nous en approprier le profit. Unissons nos intérêts comme nos cœurs. Il n'est plus, dans ce siècle d'intrigues et de faiblesse, d'autres moyens de réussir [114].

C'était exactement ce que voulait la reine Isabeau.

Aussitôt, elle échafauda un plan : éloigner tous ceux qui pouvaient avoir une influence quelconque sur le roi, le libérer de la tutelle des trois régents et l'amener à gouverner seul.

Les deux amants se jurèrent de tout faire pour arriver rapidement à ce résultat.

Après quoi, Isabeau se leva, s'habilla et alla mettre Bois-Bourdon au courant de ce qui s'était passé.

— Nos affaires sont en bonne voie, dit-elle.

Et, comme le favori, malgré tout, semblait triste, elle lui donna rendez-vous pour le soir même, dans sa chambre.

Isabeau ne parvint pas aussi rapidement qu'elle l'aurait cru à se débarrasser des régents. Trop habile pour précipiter les choses, elle attendit que le temps travaillât pour elle et continua de s'amuser.

L'un de ses grands plaisirs était d'assister aux duels judiciaires. On sait qu'à cette époque, lorsque la justice n'avait pas de preuves suffisantes pour continuer ses poursuites et ouvrir un procès, le roi autorisait plaignant et accusé à régler leur différend en un combat singulier. Le survivant était considéré comme désigné par le jugement de Dieu et félicité chaudement pour avoir si bien su montrer qu'il avait raison. Quant à l'autre, le simple fait qu'il fût mort prouvait assez combien il avait tort...

Un jour de 1386, Charles VI autorisa deux gentilshommes normands, Jean de Carrouges et Jacques Le Gris, à venir se battre à Paris pour régler une affaire très curieuse qui passionna le peuple, la cour, et tout particulièrement la jeune reine.

Le différend qui opposait les deux hommes avait une origine assez savoureuse.

Jean de Carrouges, qui habitait Alençon, était parti en voyage, laissant sa jeune et fort gracieuse épouse au logis, seule avec ses gens.

Un soir, un homme se présenta au château et demanda la permission de visiter le donjon.

— Qui êtes-vous ? lui demanda-t-on.

— Jacques Le Gris, votre voisin !

En entendant ce nom, la dame du château fit entrer le visiteur, l'accueillit avec beaucoup de gentillesse et le retint à dîner. Sans défiance, elle le mena ensuite au donjon, afin qu'il le pût visiter tout à son aise. Dès qu'ils furent entrés, Le Gris referma la porte et fit à l'épouse de Jean de Carrouges un aveu touchant le « plus tendre sentiment qu'il éprouvait pour elle ».

La dame, fort surprise, conçut quelque inquiétude et voulut ressortir ; mais, nous dit un chroniqueur, « le visiteur se saisit d'elle, lui fit subir

114. Propos rapportés par Bois-Bourdon lors de son interrogatoire (Arch. de Bourgogne).

incontinent l'outrage qu'il préméditait, puis, sortant du donjon, sauta sur son cheval et disparut ».

Lorsque Jean de Carrouges revint chez lui, sa femme lui raconta en pleurant ce qui s'était passé et comment elle avait été déshonorée. Le gentilhomme ne chercha pas à cacher son mécontentement.

— Je vous vengerai ! dit-il sur un ton noble.

Et, sans tarder, il écrivit pour se plaindre au duc d'Alençon, qui était son suzerain et celui de Jacques Le Gris. Le duc n'aimait pas que ce genre d'histoire arrivât dans son fief. Très agacé, il convoqua le mari, la femme et l'amant et ne leur cacha pas qu'il les suspectait tous les trois...

Au cours de cette étrange confrontation, la dame de Carrouges raconta en détail ce qui s'était passé dans le donjon, et accusa Le Gris d'être l'auteur de son viol. Celui-ci se défendit avec fougue, nia farouchement et fournit un alibi incontestable. Très ennuyé, le duc d'Alençon, voyant qu'il ne parviendrait pas à connaître la vérité, envoya les parties devant le Parlement de Paris.

Après un procès qui dura dix-huit mois, le Parlement, ne pouvant à son tour rien prouver contre Jacques Le Gris, décida que « champ de bataille jusqu'à outrance s'en ferait ».

Le roi était alors à L'Écluse et se disposait à passer avec ses barons en Angleterre ; lorsqu'il sut que les deux gentilshommes normands allaient se battre en duel, il revint à Paris, ne voulant pas manquer un pareil spectacle. Les régents firent de même, ainsi que de nombreux seigneurs, et, le jour de la rencontre, il y eut foule pour voir les deux combattants aux prises.

Le roi, la reine et toute la cour étaient au premier rang. Lorsque tout fut prêt, Jean de Carrouges s'approcha de sa femme, qui était vêtue de deuil, et lui dit :

— Dame, sur votre information, je vais aventurer ma vie et me battre contre Jacques Le Gris. Vous savez si ma querelle est juste et loyale.

— Monseigneur, répondit l'épouse, je vous jure que vous combattez sûrement, car la querelle est bonne.

— Au nom de Dieu, soit ! dit alors le chevalier.

Et, laissant sa femme agenouillée, il entra dans la lice. Aussitôt, les deux hommes s'attaquèrent à coups d'épée. Après un combat rapide, mais d'une extrême violence, Jacques Le Gris fut jeté à terre. D'un bond, Jean de Carrouges se précipita sur lui et, commençant à lui enfoncer son épée dans le défaut de la cuirasse, lui enjoignit d'avouer son crime.

— Je suis innocent, répondit Le Gris.

Alors Carrouges l'acheva sans sourciller. Se relevant, il demanda à l'assistance s'il avait bien fait.

— Oui ! Oui ! lui fut-il répondu.

Satisfait, il alla s'agenouiller devant le roi et la reine. Celle-ci avait suivi le spectacle avec tant de passion que ses yeux étaient pleins de flammes. Elle félicita chaleureusement le vainqueur et lui fit donner mille écus.

Carrouges, fort satisfait, alla chercher sa femme, et tous deux, portés en triomphe par la foule, se rendirent à Notre-Dame pour y faire une action de grâces.

Au même instant, le corps de Le Gris était conduit au gibet de Montfaucon où le bourreau le pendit.

Personne n'aurait plus jamais parlé de cette histoire si, un jour, un condamné à mort ne s'était accusé, au moment d'être pendu, d'avoir commis l'attentat sur la dame de Carrouges. Pressé de questions, il expliqua qu'il avait pris le nom de Le Gris — avec qui il avait d'ailleurs une vague ressemblance — pour se présenter au château et violer la femme du gentilhomme.

En apprenant qu'elle s'était trompée, la dame de Carrouges fut très sincèrement désolée ; et, lorsque son mari mourut quelque temps après dans une bataille, elle entra au couvent où, choisissant une pénitence en rapport avec le crime qui avait causé la mort d'un innocent, elle fit vœu de chasteté perpétuelle.

Cette décision, lorsqu'elle fut connue à la cour, fit bien rire la reine et ses amis. Il faut dire qu'à cette époque Isabeau avait créé à Vincennes une très curieuse et très indécente « cour amoureuse » où l'étalage du vice était de rigueur. Des fêtes licencieuses étaient organisées pendant les absences du roi, et chacun s'y déguisait à sa façon : en oiseau (avec des plumes collées sur le corps), en poisson, ou simplement en Adam et Ève...

Ces bacchanales se terminaient en orgies qui duraient des nuits entières. La jeune et ardente reine, on le pense, n'était pas la dernière à y faire don de sa personne.

L'une de ces fêtes scandaleuses devait, un jour, finir bien mal...

De tels jeux de société eussent épuisé n'importe quelle jeune femme normalement constituée. Ils étaient sans doute nécessaires au bon équilibre et à l'apaisement des nerfs d'Isabeau, car jamais on ne vit la reine plus forte et plus maîtresse d'elle-même qu'à cette époque. A peine sortie de ces folles réunions, elle se replongeait dans l'intrigue politique et reprenait sa lutte sourde contre les régents qui la gênaient.

Ce combat durait depuis un an déjà, et les oncles du roi semblaient ne devoir jamais abandonner leurs positions, lorsque, en automne 1388, Isabeau parvint à s'assurer l'appui du cardinal de Laon.

Immédiatement, par l'intermédiaire du duc de Touraine, elle poussa Charles à convoquer, sous un prétexte anodin, les princes du sang et plusieurs prélats. L'assemblée eut lieu à Reims. Presque aussitôt après l'ouverture des débats, le cardinal de Laon et quelques amis se levèrent.

— Je crois opportun de profiter de l'occasion qui nous réunit, dit le prélat ami d'Isabeau, pour demander au roi Charles, qui vient d'avoir vingt ans, de régner par lui-même.

Cette déclaration, qui fut acclamée, stupéfia les oncles du roi. Avant même qu'ils n'aient eu le temps de répondre, Charles se retourna vers eux en souriant, et, les ayant remerciés d'avoir gouverné la France pendant sa minorité, leur dit « qu'il se rendait au conseil qu'on lui donnait »...

Les régents quittèrent la salle dans un état de fureur qui les empêchait de parler.

Le lendemain, le cardinal de Laon était empoisonné.

La mort de son ami ne troubla point la reine Isabeau. Elle se dit qu'il était impossible d'enregistrer des profits sans accepter quelques pertes, et, après avoir salué d'un sourire la mémoire du digne ecclésiastique, elle pensa avec ivresse à cette première réussite.

La défaite des régents lui ouvrait pratiquement les portes du pouvoir. Elle allait, en effet, dicter désormais sa volonté au pauvre Charles VI qui lui était entièrement soumis. Cette pensée la remplit d'une joie immense et elle alla fêter sa victoire sur un lit bien solide avec Bois-Bourdon. Puis elle convia le duc de Touraine, qui devait avoir sa part de réjouissance, et lui donna, à son tour, le meilleur d'elle-même...

Dans la semaine qui suivit l'assemblée de Reims, Charles VI, sur les conseils d'Isabeau, transforma profondément la cour. Tous les courtisans qui avaient été plus ou moins complices des détournements commis par les régents furent chassés. Il ne resta plus que quelques chevaliers — dont Bois-Bourdon, naturellement —, le duc de Bourbon et le duc de Touraine.

Celui-ci eut même droit aux remerciements du roi :

— Cher frère, c'est grâce à vous que j'ai pu me débarrasser de la lourde tutelle de mes oncles. En récompense, je vais envisager d'augmenter votre apanage.

Malgré toutes ces gentillesses, Isabeau craignait que le roi ne soupçonnât les liens qui l'unissaient au jeune duc. Aussi conseilla-t-elle à son amant de chercher une épouse.

Louis fixa son choix sur Valentine de Milan, fille de Galéas Visconti et d'Isabelle de France, sœur de Charles V. Ce qui fait dire au marquis de Sade, historien d'Isabeau de Bavière, « que le duc de Touraine avait des sentiments qui ne sortaient pas de sa famille, puisqu'il avait sa cousine pour femme et sa belle-sœur pour maîtresse... ».

Ce mariage ne changea en rien, bien entendu, les rapports des deux amants, si ce n'est qu'il exigea de leur part une prudence supplémentaire.

Ses relations extra-conjugales n'empêchaient pas la reine de se montrer une bonne et ardente épouse. Pendant les deux premières années de son mariage, elle avait même donné le jour à un garçon et à une fille ; ce dont lui avait su gré Charles VI.

Le roi lui conservait d'ailleurs toute sa tendresse du premier jour. Bien qu'il se laissât entraîner parfois par son penchant pour la galanterie, puisque le chroniqueur de Saint-Denis nous parle de « ses appétits charnels, auxquels il se livrait contrairement aux devoirs du mariage », Charles VI se montrait plein d'attentions pour sa femme. Il lui faisait sans cesse des cadeaux magnifiques, qui tous étaient ornés d'un C et d'un I entrelacés, lettres qui se retrouvaient sur les bijoux, les vêtements les plus intimes de la reine, et jusque sur les ferrures de ses jarretières...

Bref, malgré leur infidélité réciproque, ils s'aimaient bien tous les deux, et, un jour de 1389, le roi décida qu'Isabeau ferait son entrée officielle dans Paris et serait sacrée à Notre-Dame.

Des fêtes extraordinaires marquèrent cet événement.

La reine partit de Saint-Denis en litière, entourée des dames de sa cour. Les princes et les gentilshommes qui conduisaient les dames étaient à pied, et toutes les princesses portaient au front des couronnes d'or et de pierreries.

Le cortège entra dans Paris par la porte Saint-Denis, où, d'après un chroniqueur, « la foule était si grande qu'on eût cru que tout le royaume se fût assemblé pour voir la cérémonie ».

Froissart, qui vint à Paris spécialement pour ces fêtes, nous dit qu'en entrant dans la capitale la reine vit qu'on avait représenté, sous la voûte de la bastide Saint-Denis, un ciel tout étoilé et, « dans ce ciel, de jeunes enfants appareillés et mis en ordonnances d'anges ». Il ajoute même ce détail amusant : « Il y avait une figure de Notre-Dame qui tenait un petit enfant, lequel s'ébattait à part soi avec un petit moulinet fait d'une grosse noix [115]... »

Ailleurs, il y avait des fontaines de vin et toutes les rues étaient tapissées de draps bleu ciel sur lesquels se détachaient des fleurs de lis d'or.

La reine et sa suite arrivèrent à l'entrée du grand pont. Là, un spectacle surprenant attendait tout le monde. Un funambule genevois, qui avait disposé une corde allant de l'une des tours de Notre-Dame au faîte de la première maison du pont [116], descendit de façon vertigineuse, tenant, en guise de balancier, une couronne dans la main droite et un flambeau allumé dans l'autre. Au moment où la reine allait s'engager sur le pont, il lui déposa la couronne de fleurs sur la tête et s'en retourna sur sa corde à une vitesse stupéfiante.

En voyant la torche remonter comme une étoile filante vers le sommet de la cathédrale, la foule poussa un immense cri d'admiration.

Enfin, le sacre eut lieu, suivi d'un repas où la presse, nous dit Froissart, fut si forte que plusieurs personnes furent étouffées par la chaleur et que la reine elle-même « fut obligée d'abattre une cloison derrière elle pour se donner de l'air... ».

115. FROISSART, *op. cit.*, livre IV.
116. A cette époque, les ponts étaient couverts de maisons.

Après ces fêtes, Isabeau reprit sa vie un peu compliquée avec le roi, le duc de Touraine et Bois-Bourdon.

Or les liens entre ces différents personnages se resserrèrent encore le jour où Charles VI, poussé par un démon plein d'ironie, devint l'amant de sa belle-sœur, Valentine Visconti...

Il eût voulu, bien entendu, tenir sa liaison secrète, mais Isabeau, grâce à sa police personnelle, en fut rapidement instruite. Jugeant inutile de manifester une jalousie inopportune, elle alla trouver Valentine et lui déclara qu'elle lui cédait volontiers le roi, sous condition de pouvoir « profiter » en retour du duc de Touraine. Ce qui fut accepté par la charmante et peu rigoriste Milanaise.

Le pauvre Charles VI, qui n'eut jamais connaissance de cette coupable association, fit donc, sans le savoir, partie d'un ménage à quatre.

Las ! le duc de Touraine avait un confident, le marquis de Craon, auquel il contait par le menu tous les exploits amoureux qu'il accomplissait avec la reine. Un jour, pour une raison que l'on ignore, le marquis trahit la confiance de son ami et révéla à Valentine Visconti que le duc était l'amant d'Isabeau bien avant que leur curieux accord ne fût conclu. La jeune femme, irritée, fit, le soir même, des reproches à son mari qui, aussitôt, mit la reine au courant des bavardages de Craon.

— Qu'il soit chassé du palais ! s'écria-t-elle.

Averti de sa disgrâce, le marquis, furieux, jura de se venger et partit se réfugier chez son ami le duc de Bretagne. Celui-ci, depuis longtemps, voulait la perte du connétable de Clisson, successeur de du Guesclin.

— C'est lui, j'en suis sûr, qui a dressé la reine contre vous, dit-il à Pierre de Craon. Vous savez combien il est attiré par les femmes. Peut-être était-il jaloux de vous savoir admis dans cette cour d'amour sur laquelle on m'a rapporté maints détails piquants...

Le marquis baissa le front, un peu honteux.

— Je vous fais serment de l'occire avant peu.

Un mois plus tard, le connétable de Clisson, qui sortait d'un dîner offert par le roi, était attaqué dans une rue du quartier Saint-Pol et laissé pour mort sur le pavé.

Charles VI l'aimait beaucoup ; il courut à son chevet.

— Connétable, comment vous sentez-vous ?

— Très petitement, sire !

— Qui vous a mis en ce parti ?

— Pierre de Craon et ses complices, traîtreusement et sans nulle défiance.

— Connétable, oncques chose ne fut si cher payée comme le sera celle-ci [117].

Et l'on ramena Clisson dans sa maison « où il fut long à guérir ».

Le lendemain, le roi décidait d'organiser une expédition punitive

117. Dialogue rapporté par Froissart, *Chroniques*, livre IV.

contre le duc de Bretagne, chez qui s'était réfugié, une fois encore, le marquis de Craon.

Hélas ! au cours de cette expédition, un malheur terrible allait frapper la France.

Le 5 mai 1392, le roi quittait Vincennes à la tête de ses troupes.

Isabeau lui fit des adieux touchants.

— J'ai grande navrance de votre départir, messire, dit-elle, car je n'approuve point cette entreprise. Il serait plus doux à mon cœur de vous voir demeurer ici près.

Puis, l'ayant embrassé, elle éclata en sanglots admirablement feints, bien qu'un peu bruyants, et murmura :

— Partez, puisque telle est votre volonté ; moi, je m'en vais prier pour vous.

Elle baisa encore, fort pudiquement, le duc de Touraine qui accompagnait son frère et, quand l'armée royale eut passé la poterne, elle rentra dans ses appartements où l'attendait son favori Bois-Bourdon.

— Belle journée, cher Bourdon, dit-elle en souriant.

C'était exprimer bien faiblement la joie immense qui l'enivrait.

Car elle savait qu'elle pouvait tout espérer de cette expédition. Trouvant peu sûr de se fier uniquement aux risques de la guerre pour se débarrasser de son mari — et reculant tout de même devant l'assassinat toujours dangereux —, elle avait organisé une effrayante mise en scène destinée à frapper l'esprit défaillant du pauvre roi.

Depuis quelque temps, en effet, Charles VI montrait une nervosité assez inquiétante. A plusieurs reprises, on l'avait vu « faire des gestes indignes de la majesté royale », à cause d'un cri d'enfant ou parce qu'une porte s'était ouverte un peu trop brusquement...

Aussi Isabeau avait-elle eu l'idée d'utiliser cette anxiété maladive pour achever de rendre fou le roi de France. Un incident, dont elle avait réglé avec soin tous les détails, devait se produire en route et causer à Charles VI une telle frayeur qu'aucun médecin ne pourrait jamais l'en guérir.

Le duc de Touraine emportait à ce sujet des consignes précises, car c'est lui qui était chargé d'organiser l'affaire.

Et la reine pensait avec volupté que, si le coup réussissait, elle pourrait enfin régner avec son jeune amant...

Tandis qu'Isabeau rêvait de tenir les rênes du pouvoir, la petite troupe dirigée par le roi marchait sur Saint-Germain-en-Laye où devait avoir lieu la première étape. Elle y arriva dans la soirée.

A cette époque, les expéditions guerrières prenaient souvent l'allure de promenades. Charles VI, se trouvant bien en ce magnifique château d'où il pouvait voir les clochetons et les murailles de Paris, décida qu'il y resterait quelques semaines. Des fêtes eurent lieu, et le roi s'amusa grandement, oubliant quelque peu Craon, Clisson et le duc de Bretagne.

Informée de ce qui se passait à Saint-Germain, Isabeau entra dans une violente colère et envoya au duc de Touraine un message secret l'enjoignant de faire pression sur le roi pour que le départ eût lieu promptement.

Le lendemain, l'armée royale quittait Saint-Germain-en-Laye et se dirigeait sur Le Mans que Charles VI atteignit au début de juillet.

Hélas ! à peine arrivé dans cette ville, il se mit à tenir des propos insensés et à courir dans les rues comme un enfant. On eut beaucoup de mal à le rattraper, car il détalait « tel un homme qui eût été privé de rate ».

Un médecin, appelé aussitôt, parla d'« empoisonnement, qui troublait la pensée du souverain ».

— Qui donc, disait-on, serait assez criminel pour s'attaquer à l'esprit de notre gentil sire ?

Seul le duc de Touraine eût peut-être pu répondre...

Il s'en gardait bien, naturellement, tout occupé qu'il était à mettre à profit les trois semaines que devait durer la maladie du roi pour préparer minutieusement l'*incident* imaginé par Isabeau.

Lorsque tout fut au point, il dit à son frère que le temps était peut-être venu de reprendre la route. Et, le 5 août, bien que le roi continuât de passer « de sombres apathies à des accès de fureur », l'armée royale quitta Le Mans sous un soleil « âprement chaud ».

Au moment où la troupe entrait dans la forêt du Mans qui couvrait alors la rive droite de l'Huisne, un homme de haute taille, couvert de haillons, ayant la tête et les pieds nus, s'élança tout à coup vers le cheval de Charles VI. Se saisissant de la bride, il cria d'une voix terrible :

— Ne va pas plus loin, noble roi, car tu es trahi !

« Alors, nous dit un chroniqueur[118], l'imagination du roi, déjà troublée, lui fit ajouter foi à ces paroles, et un nouvel incident acheva d'égarer ses esprits. Un des hommes d'armes qui chevauchait à ses côtés, se trouvant trop pressé dans la foule, laissa tomber à terre son épée. Au bruit du fer, le roi fut saisi tout à coup d'un accès de fureur : dans son égarement, il tira son épée du fourreau et tua cet homme. En même temps, il donna de l'éperon à son cheval et, pendant près d'une heure entière, il fut emporté de côté et d'autre avec une extrême rapidité, en criant : « On veut me livrer à mes ennemis », et en frappant ses amis aussi bien que les premiers venus. Tout le monde fuyait devant lui comme devant la foudre.

» Pendant cet accès de fureur, le roi tua quatre hommes, entre autres, un fameux chevalier de Gascogne, nommé de Polignac. Il aurait causé de plus grands malheurs encore si son épée ne s'était brisée. Alors, on l'entoura, on l'attacha sur un chariot et on le ramena au Mans pour lui faire prendre un peu de repos. Ses forces étaient

118. Religieux de Saint-Denis, *Chroniques*.

tellement épuisées qu'il resta deux jours sans connaissance et privé de l'usage de ses membres [119]. »

Le duc de Touraine pensa alors que l'affaire avait réussi. Il fit tenir un message victorieux à Isabeau et attendit que son frère fût transportable pour rentrer avec lui à Paris.

Aussitôt, la reine donna à l'événement une grande publicité, afin que Charles VI fût obligé de quitter le pouvoir.

— Un roi fou ne peut régner, déclarait-elle en soupirant.

C'était aussi l'avis des anciens régents.

— Il faut mettre le duc de Touraine sur le trône, suggéra Isabeau [120].

— Point, répondirent les oncles de Charles VI qui avaient vu clair dans le jeu de la reine, Louis est encore trop jeune. Pour le moment, nous reprenons la charge du gouvernement.

Isabeau était loin de s'attendre à cette réaction, elle fut prise d'une mauvaise colère qui lui fit venir des boutons sur le visage et la rendit malade pendant un mois.

L'affaire du Mans se soldait donc pour elle par un humiliant échec.

Mais le roi était fou !

Fin août, Charles VI fut mené, sur l'ordre de ses oncles, au château de Creil où il prit l'habitude de se tenir sur un petit balcon garni de barreaux de fer [121].

Au bout de quelques mois de silence et de solitude, Charles VI se sentit mieux, et son médecin lui permit de revenir à Paris, en cet hôtel Saint-Pol où la reine avait élu domicile. Là, il ne s'occupa plus que de fêtes et de plaisirs, laissant le soin des affaires de l'État aux mains de ceux qui ne demandaient d'ailleurs qu'à les diriger.

Isabeau, ne décolérant pas depuis le tour que lui avaient joué les anciens régents, chercha un moyen de se débarrasser complètement du roi pour amener le duc de Touraine à monter sur le trône. C'est alors qu'elle eut l'idée d'un crime effroyable.

Une de ses demoiselles d'honneur, Catherine de Fastavrin, s'étant remariée, le roi avait décidé de faire à celle-ci le charivari auquel avaient droit « toutes les veuves qui reprenaient époux ».

Ce divertissement burlesque eut lieu le 29 janvier 1393, à l'hôtel Saint-Pol. Charles VI et neuf jeunes seigneurs de ses amis se déguisèrent en hommes sauvages au moyen de vêtements formés d'une toile enduite de poix, à laquelle adhéraient des étoupes de lin en guise de poil [122].

119. Le destin est plein d'ironie. A l'endroit précis où le roi de France perdit la raison se trouvera plus tard l'asile d'aliénés du Mans...

120. Le fils d'Isabeau et de Charles VI était mort en bas âge.

121. Ce sont les grilles de ce balcon qui donnèrent naissance à la légende — rapportée par les manuels scolaires — suivant laquelle le roi aurait été enfermé dans une « cage de fer »...

122. Déposition du favori d'Isabeau, Bois-Bourdon (Archives des Chartreux de Dijon. Procédure du Procès de Bois-Bourdon, 4e liasse, f°3) :

La reine, m'ayant fait venir, me fit part du complot qu'elle avait formé contre les jours du roi, dans le bal qu'elle donnait pour le mariage de l'une de ses filles d'honneur avec un gentilhomme de Normandie. Il s'agissait d'abord d'employer des venins dans les rafraîchissements que l'on servirait au monarque, mais, ayant représenté à la reine que

Tandis que tout le monde dansait une « sarrasine », « accompagnée de gestes obscènes et grotesques », le duc de Touraine, obéissant encore une fois à la reine Isabeau, fit tomber une torche sur les « sauvages ». Il y eut un cri épouvantable et, en un instant, les dix danseurs furent en feu. Emprisonnés dans la poix et le lin embrasé, ils se tordaient en hurlant.

Charles VI eût sans doute péri comme quatre de ses compagnons, sans la présence d'esprit de la jeune duchesse de Berry qui se précipita sur lui et le recouvrit entièrement de ses jupes. Ce geste, qui « en toute autre occasion, nous dit un historien, eût été mal interprété[123] », étouffa les flammes et sauva le roi d'une mort atroce.

Cette fois encore, Isabeau et son amant avaient raté leur coup.

Son déguisement de sauvage ayant été en partie brûlé, le souverain sortit à demi nu de dessous les jupes de la duchesse de Berry.

Il était très calme, et son regard avait même quelque chose d'extatique qui étonna l'assistance. Il murmura en souriant :

— Les jolies flammes ! Elles couraient sur le bal tout à l'heure, où sont-elles ?

Quelques amis, fort peinés de constater que la folie obscurcissait sa pensée au point de l'empêcher de voir à quel danger il venait d'échapper, l'entraînèrent rapidement hors de la salle de danse. Ils voulaient le conduire dans sa chambre ; Charles les repoussa et courut vers l'appartement de la reine. Celle-ci, dès les premières flammes, s'était enfuie, persuadée que le roi allait périr. Elle attendait, assise sur son lit, qu'on vînt lui annoncer qu'elle était veuve. Lorsque Charles VI parut, hilare, elle s'évanouit.

Rapidement ranimée, elle déclara que cette syncope avait été causée par une joie trop grande. En réalité, elle était complètement effondrée. Tout s'écroulait encore une fois. Il lui fallait chercher un autre moyen de se débarrasser du roi.

Contrairement à ce que certains historiens ont prétendu, cette soirée tragique, qui reste dans l'Histoire sous le nom de Bal des Ardents, n'amena aucune aggravation dans l'état de santé de Charles VI. Émerveillé plus qu'effrayé par les flammes, il conserva de l'incendie un excellent souvenir.

Malheureusement, le 15 juin 1394, le pauvre souverain eut une rechute et, nous dit un chroniqueur, « son esprit se couvrit de ténèbres épaisses ». Il sombra dans une sorte d'abattement coupé de crises terribles pendant lesquelles il perdait complètement la notion de sa personnalité. Dans ces moments-là, il prétendait n'être pas marié et n'avoir jamais eu d'enfants. Il affirmait aussi qu'il s'appelait Georges et que ses armoiries étaient un lion traversé d'une épée.

l'obligation de s'adresser à quelqu'un pour s'en procurer pouvait devenir dangereuse et que je me ferais soupçonner moi-même si je m'en chargeais, elle changea tout à coup d'idée et proposa le déguisement des sauvages, vêtus de matières combustibles auxquelles le frère du roi mettrait le feu.

123. Antoine Gassot, *Le Bal des Ardents*.

Idée bizarre qui le conduisait à gratter frénétiquement ses véritables armoiries lorsqu'il les apercevait sur un mur ou sur sa vaisselle.

Parfois, il dansait de façon grotesque. A d'autres moments, ses familiers le rencontraient, courant à perdre haleine, dans les couloirs de l'hôtel Saint-Pol.

— Je suis poursuivi, criait-il, tuez-les !...

Un jour, au cours d'une crise particulièrement grave, il alla se coucher sur son lit. Aux princes qui vinrent le voir, accompagnés d'un médecin, il hurla :

— N'approchez pas et ne me touchez pas, vous me casseriez !

Il se croyait en verre.

Dès lors, pour éviter d'être brisé par ses amis, il exigea qu'on le bardât d'attelles de fer.

Puis il se prit de dégoût et même de haine pour Isabeau. Lorsqu'il la voyait, il entrait dans une grande fureur et criait :

— Quelle est cette femme dont la vue m'obsède ? Sachez si elle a besoin de quelque chose et délivrez-moi comme vous pourrez de ses persécutions et de ses importunités, afin qu'elle ne s'attache plus à mes pas.

A plusieurs reprises, il voulut la frapper, ce qui déplut à Isabeau, « pour ce que la reine, nous dit un historien, n'était pas d'une classe où les femmes ont coutume d'être battues ».

Elle quitta alors l'hôtel Saint-Pol pour aller s'installer avec son amant, le duc de Touraine, en l'hôtel Barbette, qu'elle avait acheté pour mener en toute tranquillité sa vie scandaleuse. Et le pauvre roi demeura seul avec ses angoisses, ses visions étranges et ses fantômes.

De temps à autre, pourtant, il recevait la visite de sa belle-sœur, la jolie Valentine Visconti, pour laquelle il conservait un « très tendre sentiment ». Lorsqu'il la voyait entrer dans sa chambre, son regard brillait, et il lui tendait les bras, comme un enfant.

— Comme elle est belle ! disait-il.

Et il lui baisait les lèvres.

Témoignage de tendresse que la charmante Milanaise acceptait volontiers, en souvenir du temps, bien proche, où le roi était son amant...

Hélas ! un jour, le duc de Touraine, sur l'ordre de la reine, envoya Valentine à Châteauneuf-sur-Loire, et Charles vécut délaissé de tous.

Pendant six mois, il ne reçut aucun soin de personne. Croupissant dans la crasse, il ne songait pas à changer de linge et eut bientôt le corps rongé de vermine. Couvert de pustules, la barbe inculte, les ongles longs, pâle et maigre, il finissait par ressembler au vieillard halluciné de la forêt du Mans...

Des heures durant, il errait dans les couloirs, parlant seul ou se disputant avec des personnages invisibles.

Tandis que le roi de France promenait lamentablement ses haillons pouilleux dans les salles de l'hôtel Saint-Pol, Isabeau menait une vie fort agréable et fort joyeuse en son hôtel Barbette.

Pourtant, les fêtes galantes et les nuits chaudes ne lui faisaient pas oublier ses buts ambitieux. Un soir, sachant que Charles VI était dans une période calme, elle alla le voir, lui parla doucement, accepta de s'étendre avec lui sur un lit malgré la saleté repoussante des draps, et lui suggéra, entre deux étreintes, d'augmenter l'apanage du duc de Touraine, en détachant le duché d'Orléans du domaine royal.

Le roi accepta, et son frère devint duc d'Orléans, titre sous lequel je le désignerai désormais.

Cette petite victoire, on s'en doute, ne suffisait pas à Isabeau. Elle voulait que son amant montât purement et simplement sur le trône, à la place de Charles VI, sachant bien que le jeune homme, qui lui était tout dévoué, la laisserait régner à sa guise.

Longtemps, elle chercha un moyen de se débarrasser de son mari. L'assassinat lui étant interdit, à cause de la surveillance étroite dont elle était l'objet de la part des oncles régents, elle finit par avoir une idée démoniaque : faire mourir de luxure le pauvre Charles VI.

Elle choisit la fille d'un marchand de chevaux, une adolescente jeune et belle, appelée Odette de Champdivert, et l'amena à l'hôtel Saint-Pol en lui donnant pour mission d'épuiser le roi.

A cet effet, elle lui avait enseigné, nous dit-on, « toutes manières de besogner, pour qu'il y prît un tel gaudissement qu'il s'en saoulât et vînt plus vite à fin ».

Le roi fut naturellement ravi d'avoir cette charmante et experte jeune fille dans son lit. Il s'attacha à elle et l'aima bientôt d'un amour exclusif, extravagant et jaloux.

De son côté, Odette de Champdivert, que le peuple devait surnommer *la petite reine*, se prit bien vite d'une tendre pitié pour le malheureux souverain. Après l'avoir rendu propre, elle chercha à le distraire de ses idées fixes.

Depuis quelque temps, un jeu bizarre avait été introduit en France. Il venait, disait-on, de l'Orient, et les Sarrasins l'appelaient *naïb*. Il s'agissait de morceaux de carton sur lesquels étaient dessinés des figures et des signes. Odette apprit les règles de ce jeu et les enseigna à Charles VI. Enthousiasmé, le roi demanda aussitôt à un artiste dont il appréciait le talent, Jacquemin Gringonneur, de redessiner les cartons (ou cartes) afin que les figures en fussent plus jolies.

Ce travail lui fut livré quelques semaines plus tard pour la somme de cinquante-six sols parisis, ainsi qu'en fait foi cette note sur le livre de comptes de Poupart, argentier du roi : « Donné à Jacquemin Gringonneur, pour trois jeux de cartes à or et à diverses figures, de plusieurs devises, pour porter devers le dict seigneur roy pour son esbatement, cinquante-six sols parisis. »

Ce sont les personnages de ces cartes richement enluminées qui donnèrent naissance aux rois, reines et valets que nous connaissons.

Charles VI et Odette passèrent, dès lors, des journées entières à jouer aux cartes.

— Si je gagne, disait le roi avant chaque partie, nous irons nous aimer...

Et Odette perdait — à la fois par amour et pour obéir aux ordres de la reine Isabeau...

Mais Charles VI, malgré ces excès amoureux, ne manifestait aucune fatigue particulière, et Bois-Bourdon finit par s'en inquiéter, trouvant que les choses n'allaient pas assez vite.

Isabeau calma l'impatience de son favori.

— Il y aurait, je le sais, dit-elle, des moyens plus prompts, mais, outre les conséquences que nous avons reconnues, j'ai pensé qu'il valait mieux que cet homme vécût encore quelque temps. Le duc d'Orléans et moi avons besoin de ce fantôme. Laissons faire celle qui me représente !

Après quoi, le duc d'Orléans étant en voyage, elle entraîna félinement Bois-Bourdon dans ses appartements...

La folie de Charles VI était coupée de courtes périodes de lucidité pendant lesquelles le souverain reprenait une activité presque normale. Mais, au bout de quelques jours, au milieu d'un conseil ou d'une réception d'ambassadeurs, on le voyait soudain frémir comme s'il eût été « piqué de mille pointes de fer » et détaler dans les couloirs en « hurlant tel un damné ».

Ces rechutes, incompréhensibles à une époque où l'on ignorait tout des maladies mentales, étonnaient beaucoup les familiers de l'hôtel Saint-Pol.

Un soir, à la fin d'une de ses périodes de rémission, le pauvre souverain, sentant que la folie le regagnait, éclata en sanglots et dit aux princes qui l'entouraient :

— Au nom de Jésus, s'il en est parmi vous qui soient complices du mal que j'endure, je les supplie de ne point me torturer plus longtemps et de me faire promptement mourir.

Ces étranges propos furent connus rapidement du menu peuple parisien, qui les commenta à sa façon.

— Voilà bien la preuve, dirent les braves gens, que la maladie du roi n'est pas naturelle.

Et certains, qui étaient fort écoutés à cause de leur bon sens ou simplement parce qu'ils tenaient une taverne, donnaient volontiers leur avis sur la question.

— Croyez-moi, disaient-ils, une démence aussi bizarre ne peut venir que de philtres propres à embrumer les esprits. Lorsque les fumées vénéneuses de ces maléfiques enchantements se dissipent, messire Charles retrouve pour quelque temps son calme et son sain jugement des choses... Puis quelqu'un lui verse de nouveau quelques gouttes d'un breuvage empoisonné, et il replonge dans la folie...

— Quelqu'un ? Mais qui donc, mon compère ? demandaient les braves gens en clignant de l'œil droit.

— Bah ! répondaient les autres en clignant de l'œil gauche, certaines personnes qui, peut-être, voudraient régner à la place de notre gentil sire...

— Le ciel nous a donné une fière putain, concluaient les braves gens. Elle et son amant conduiront le royaume à la ruine.

La reine et le duc d'Orléans s'affichaient, en effet, avec si peu de pudeur que personne n'ignorait plus leur liaison.

Au début de 1405, ils passèrent plusieurs jours ensemble au château de Saint-Germain et se conduisirent publiquement d'une façon tellement scandaleuse que le bruit de leurs débauches se propagea dans tout le royaume [124]. Quelque temps après, ils se rendirent à Melun, où ils demeurèrent deux mois entiers à festoyer gaiement sans chercher le moins du monde à cacher leur intimité.

Cet étalage impudent de luxe et de vice, au moment où des millions de Français, accablés d'impôts, avaient à peine de quoi manger, mécontenta le peuple. On commença à gronder sérieusement contre Isabeau et contre Louis d'Orléans, les accusant tous deux de dilapider le Trésor royal. Un chroniqueur s'est d'ailleurs fait l'écho de cette colère populaire : « Indifférents à la défense du royaume, écrit-il, la reine et le duc mettaient toute leur vanité dans les richesses, toute leur jouissance dans les délices du corps ; ils oubliaient tellement les règles et les devoirs de la royauté qu'ils étaient devenus un objet de scandale pour la France et la fable des nations étrangères. »

Isabeau, bien qu'elle eût pour habitude de faire emprisonner ses détracteurs, allait bientôt subir un blâme public.

A l'occasion des fêtes de l'Ascension, en effet, un moine augustin nommé Jacques Legrand, prêchant en la chapelle du palais, lui adressa des paroles d'une incroyable sévérité :

— Je voudrais, noble reine, ne rien dire qui ne vous fût agréable, mais votre salut m'est plus cher que vos bonnes grâces. Je dirai donc la vérité, quels que doivent être vos sentiments à mon égard. La déesse Vénus règne seule à votre cour. L'ivresse et la débauche lui servent de cortège et font de la nuit le jour, au milieu des danses les plus dissolues. Ces maudites et infernales suivantes, qui assiègent sans cesse votre cour, corrompent les mœurs et énervent les cœurs. Partout, noble reine, on parle de ces désordres et de beaucoup d'autres qui déshonorent votre cour. Si vous ne voulez m'en croire, parcourez la ville sous le déguisement d'une pauvre femme et vous entendrez ce que chacun dit.

C'était la première fois que de tels reproches étaient lancés publiquement à la face d'une reine, et il se trouva, bien entendu, quelques courtisans pour s'en offusquer. Dès la sortie de l'église, plusieurs dames, qui avaient participé aux nuits chaudes d'Isabeau, manifestèrent leur

124. Le peuple surnomma alors Isabeau « la grande gore », c'est-à-dire la grande truie...

mécontentement, disant qu'elles étaient fort surprises qu'un prédicateur eût osé parler ainsi, devant le peuple, des désordres des grands.

Le moine avait la repartie prompte.

— Et moi, leur répondit-il, je suis encore bien plus surpris que vous ayez l'effronterie de les commettre !

Les dames baissèrent le nez et s'en allèrent sans répliquer.

Mais certains princes, voulant que le prédicateur fût puni de sa hardiesse, allèrent dire à Charles VI que la reine avait été offensée en public. Le roi les écouta avec beaucoup d'attention et leur demanda en quels termes Jacques Legrand s'était adressé à Isabeau. Un des courtisans crut bon de lui citer quelques passages du sermon. En apprenant que la reine avait été traitée de débauchée et comparée à Vénus elle-même, Charles VI manifesta une grande satisfaction.

— Quel bon moine ! fit-il. Je veux le connaître.

Et, tandis que les princes se retiraient furieux, le roi décidait que Jacques Legrand prêcherait devant lui, le jour de la Pentecôte...

Toute la cour attendit ce jour avec une grande anxiété. Lorsqu'il arriva, le roi, la reine et les ducs de France se rendirent à l'église. La première partie de la messe, ainsi qu'on l'imagine, fut suivie distraitement par la plupart des fidèles qui n'étaient venus que pour assister à un scandale... Enfin, le moine monta en chaire. Il avait pris pour thème : « L'Esprit-Saint vous enseignera toute vérité. » Pendant les premières minutes, il déçut un peu son auditoire en se réjouissant de la venue du Saint-Esprit ; mais ce n'était que par manière de préambule, car, changeant brusquement de ton, il parla, en termes violents, de la débauche des princes, condamna les mœurs de la cour et s'éleva avec force contre les vices de ceux qui étaient à la tête des États.

« A peine le roi eut-il entendu ces choses, nous dit un chroniqueur [125], qu'il se leva et vint se placer en face du religieux. Tout autre eût été intimidé par la vue d'un si grand prince. Mais lui n'en montra que plus de résolution. Il continua son discours et, adressant la parole au roi lui-même, il lui dit qu'il devait prêter une sérieuse attention à ce qu'il venait d'entendre.

» Il signala ensuite une personne, sans la désigner autrement que par le titre de duc, qui avait montré dans sa jeunesse les plus heureuses dispositions, mais qui, depuis, s'était attiré les malédictions du peuple par toutes ses débauches et sa cupidité. »

Devant les fidèles stupéfaits, le roi applaudit la franchise du courageux moine. Quant à Isabeau, elle rentra chez elle dans un état de fureur qui l'obligea à se mettre au lit.

Le lendemain, elle donna l'ordre de faire arrêter Jacques Legrand. Les gardes ne bougèrent pas. Le roi, qui était décidément dans une période de lucidité, avait pris le moine sous sa protection. Lorsqu'elle l'apprit, la reine fut profondément vexée, et son caractère, nous dit-on, s'en trouva aigri...

125. *Chroniques de Saint-Denis.*

Les attaques lancées contre elle et contre le duc d'Orléans n'étaient d'ailleurs pas ses seuls sujets de soucis. Depuis quelque temps, elle savait que son bel amant la trompait avec de nombreuses dames de la cour, de la ville et même de la rue.

Très séduisant, beau parleur, le duc d'Orléans, qui avait alors trente-quatre ans, rendait nerveuses toutes les femmes qu'il approchait, et ses contemporains racontaient qu'il avait « un anneau dont le contact avait la vertu de fasciner les dames et de les soumettre sans obstacle à ses désirs impurs ».

Il parlait d'ailleurs lui-même de ses exploits amoureux avec une extrême fatuité.

— Je tiens, disait-il, de la plus grande jusqu'à la plus petite qui soit au monde, qu'elle ne se plaigne de moi.

A aucun moment, ni la reine ni Valentine n'avaient donc eu le privilège de ses hommages. Mais Isabeau, bien qu'elle trompât sans aucun scrupule tous ses amants, n'imaginait pas qu'on pût lui être infidèle.

Or, un jour, une histoire qui courait Paris lui fut rapportée, et elle dut se rendre à l'évidence : elle était cornette comme une simple bourgeoise.

Voici comment Brantôme nous conte cette piquante anecdote qui ouvrit les yeux d'Isabeau sur son infortune : « Louis d'Orléans étant couché avec une fort belle et grande dame, le mari de celle-ci vint en sa chambre pour lui donner le bonjour. Vite, rabattant le drap sur la tête de la dame, il lui découvrit tout le corps, le faisant voir tout nu et toucher à son bel aise par le mari, avec défense expresse sur la vie de n'ôter le linge du visage, ni la découvrir autrement, à quoi il n'osa contrevenir. A plusieurs reprises, le duc d'Orléans demanda au mari ce qui lui semblait de ce beau corps tout nu ; l'autre en demeura tout éperdu et grandement satisfait. Alors, le duc lui bailla congé de sortir de la chambre, ce que fit le mari sans avoir jamais pu connaître que ce fût sa femme. »

Et Brantôme interrompt un instant son récit pour faire la réflexion suivante :

« S'il l'eût vue auparavant et bien regardée toute nue, comme plusieurs que j'ai vues, il l'eût reconnue à plusieurs détails. Ce qui prouve qu'il fait bon les visiter quelquefois par le corps. »

Puis il continue :

« Lorsque le mari fut parti, la dame fut interrogée par le duc d'Orléans, qui lui demanda si elle avait eu l'alarme et peur. Je vous laisse à penser ce qu'elle en dit, et la peine, et l'altère en lesquelles elle fut en l'espace d'un quart d'heure, car il ne fallait qu'une petite indiscrétion ou la moindre désobéissance que son mari eût commises pour lever le drap. Mais M. d'Orléans lui dit qu'il l'eût tué aussitôt pour l'empêcher du mal qu'elle eût pu craindre.

» Et le bon fut que ce mari, étant la nuit d'après couché avec son épouse, lui dit que M. d'Orléans lui avait fait voir la plus belle femme nue qu'il ne vît jamais, mais quant au visage qu'il n'en savait que dire, car il lui avait interdit de le regarder.

» Je vous laisse imaginer, ajoute Brantôme, ce qu'en pouvait dire la dame, dans sa pensée... »

Or cette galante dame, qui s'appelait Mariette d'Enghien, avait donné, trois ans auparavant (sans que son mari, Aubert de Cany, en sûr rien, bien entendu), un gros garçon au duc d'Orléans. Un gros garçon qui trottinait pour l'instant chez une nourrice tourangelle, sans se douter qu'il était appelé à jouer un rôle important dans l'histoire du royaume de France, sous le nom de Louis Dunois ou, mieux, de « bâtard d'Orléans »...

Car l'amour fait parfois bien les choses.

La liaison de la reine et du duc d'Orléans, si elle scandalisait le peuple, mécontentait bien plus encore les ambitieux qui eussent voulu profiter de la maladie de Charles VI pour obtenir les titres et privilèges qu'ils convoitaient.

Parmi ceux-ci, Jean sans Peur, duc de Bourgogne et cousin du roi, était le plus exaspéré.

Dépourvu de scrupules, animé par le désir insensé de gouverner la France, il était prêt à tout, même à devenir l'allié des Anglais, pour se débarrasser de ceux qui le gênaient sur la route du pouvoir.

Son principal ennemi était, naturellement, le duc d'Orléans, son cousin, dont il connaissait l'activité secrète.

Il l'attaqua pendant plusieurs années, dénonçant ses dépenses excessives et protestant hautement contre son luxe « au moment où moult petites gens étaient écrasés sous l'impôt et réduits à famine ».

Cette attitude le rendit, bien entendu, fort populaire dans le royaume « et ce, au détriment de la reine et de son favori, que l'on surnommait les deux pillards du Trésor »...

Isabeau, furieuse, commença par haïr de toutes ses forces ce jeune ambitieux qui osait ainsi se mettre en travers de ses projets. Puis elle s'aperçut qu'il était habile homme, rusé, brave et plus vicieux encore que le duc d'Orléans.

Avec un amant de cette trempe, elle pouvait parvenir bien plus sûrement aux buts qu'elle s'était fixés. Elle décida donc de remplacer Louis (dont, par ailleurs, elle commençait à se lasser) par le duc de Bourgogne.

Encore fallait-il séduire ce terrible garçon. Elle se mit aussitôt au travail, pensant n'avoir qu'un geste à faire pour l'amener tout tremblant dans son lit. L'affaire ne fut pas aussi facile, car le Bourguignon se méfiait de la trop aguichante reine et trouvait toujours mille raisons pour décliner les invitations pressantes qu'elle lui envoyait. Elle finit par s'impatienter. C'est alors que son amant lui apporta fort opportunément un secours inattendu.

Un jour, dans un banquet où se trouvait Jean sans Peur, le beau et glorieux duc d'Orléans se vanta de posséder chez lui les portraits des plus belles dames dont il avait acquis les faveurs. Alléché, le duc de Bourgogne alla rendre visite à son cousin. La première chose qu'il vit en entrant fut une peinture représentant sa femme, Marguerite de Hainaut.

Il ne dit rien, mais sa visite finie, il s'en fut tout courant chez la reine.

— Madame, lui dit-il, pour ce que vous pensiez être seule dans le cœur du duc d'Orléans, vous vous esjoïssiez [vous étiez joyeuse], or on m'a fait savoir qu'une rivale vous est venue, dont j'ai été fort déplaisant, parce que cette rivale est mon espouse. Il nous faut, madame, nous venger ensemble.

Et il lui démontra que Louis d'Orléans devait mourir.

Isabeau versa quelques larmes dont Jean sans Peur fut troublé. Puis, sûre de son charme, elle parla longuement en le considérant dans les yeux, et il se prit à l'aimer.

Quand elle eut fini son discours, il se jeta à ses pieds et lui baisa les mains.

— Je vous adore, murmura-t-il.

La reine prit alors son plus bel air hypocrite et dit au malheureux qui venait de se rendre sans combattre :

— Ah ! monsieur, vous ne paraissiez pas plutôt à la cour que mes liens avec Orléans ne tenaient plus qu'au besoin que j'avais de lui...

Ensuite de quoi elle retint le duc à souper chez elle et à passer la nuit « en une occupation propre à sceller l'amitié »...

Dès le lendemain, Jean sans Peur entreprit les préparatifs du meurtre qui avait été décidé avec la reine. Après avoir chargé un Normand, Raoul d'Octonville, de réunir quelques hommes de main, il loua secrètement une maison située non loin de l'hôtel Barbette où habitait Isabeau, et, bientôt, dix-huit personnages fort peu recommandables vinrent s'y installer secrètement, dans l'attente d'un ordre.

Pendant que le guet-apens, dans lequel le duc d'Orléans devait périr, s'organisait ainsi peu à peu, Jean sans Peur pensa qu'il serait bon d'endormir la méfiance de son rival ; et il se réconcilia publiquement et solennellement avec lui. Au cours d'une entrevue, les deux cousins se jurèrent « vraie fraternité d'armes ensemble par spéciales convenances sur ce fait, laquelle chose doit de droit emporter telle et si grande loyauté, comme savent tous nobles hommes ». Puis ils échangèrent le collier de leurs ordres et burent le vin à la même coupe.

Pendant six jours, on les vit se donner mille témoignages d'amitié, et, le dimanche 20 novembre 1407, ils assistèrent à la messe côte à côte et communièrent ensemble.

Or depuis longtemps tout était prêt, et le meurtre décidé pour le mercredi suivant.

Ce jour-là, le duc d'Orléans était allé voir la reine qui lui avait demandé de passer la soirée avec elle.

Bois-Bourdon, confident de toutes les intrigues, était caché dans un cabinet voisin de la chambre où les deux amants se trouvaient. Il les entendit parler longuement. La reine reprocha à Louis son inconduite ; mais en termes si doux que le duc sollicita son pardon, et l'obtint. Isabeau poussa alors l'ignominie jusqu'à accepter les caresses de cet homme qu'elle allait, l'instant d'après, envoyer à la mort.

Tout à coup, un grand bruit se fit entendre dans l'hôtel.

— Qu'est ceci ? demanda Louis, encore en désordre.

Un homme entra dans la pièce, et le duc d'Orléans reconnut Schaz de Courtheuse, valet de chambre de Charles VI.

— Monseigneur, dit Schaz, le roi vous mande que sans délai vous alliez devers lui. Il a à vous parler bientôt pour des choses qui grandement vous touchent.

Le duc paraissant hésiter, la reine lui caressa l'épaule.

— Allez... Allez, beau-frère, je vais vous attendre jusqu'à matines. Vous reviendrez me dire ce que vous veut le roi.

Alors Louis fit amener sa mule devant le perron et, saluant la reine qui lui adressa un gentil signe de la main, il se disposa à se rendre à l'hôtel Saint-Pol.

Il faisait nuit noire. Devant le duc qui avançait en chantonnant au pas tranquille de sa monture, trois valets portaient des flambeaux. A côté d'eux se trouvaient, en guise d'escorte, deux écuyers montés sur le même cheval.

Le cortège arriva bientôt devant la maison qu'avait louée Jean sans Peur. Les dix-huit hommes de Raoul d'Octonville s'étaient rangés dans l'ombre de chaque côté de la rue, prêts à bondir.

En s'approchant, le cheval des écuyers les sentit. Il fit soudain un brusque écart et s'élança au galop dans la nuit, sans que les deux hommes qui le montaient pussent le retenir.

Tout alors se passa très vite : Raoul d'Octonville s'élança sur le duc et lui porta un violent coup de hache à l'épaule.

Louis crut avoir affaire à de vulgaires voleurs ; il s'écria :

— Je suis le duc d'Orléans !

— C'est ce que nous demandons ! répondit d'Octonville.

Et il assena au frère du roi un second coup de hache. Aussitôt, les dix-huit hommes se jetèrent sur lui et le frappèrent à coups d'épée, de masse et de pique jusqu'à ce que sa cervelle jaillisse sur le pavé.

Un des pages du duc, Jacob de Merre, qui s'était jeté au-devant de son maître pour le protéger, fut renversé et tué sans avoir eu le temps d'appeler à l'aide. Les autres s'enfuirent, terrifiés.

Au bruit que faisaient les hommes de Raoul d'Octonville en s'acharnant contre le duc d'Orléans, dont le corps n'était déjà plus qu'une loque sanglante, des habitants de la rue Barbette s'éveillèrent et parurent aux fenêtres.

Mais ils n'eurent pas le loisir de dire un mot, car une volée de flèches les força à rentrer chez eux.

Pourtant, Jaquette Griffard, la femme d'un cordonnier, raconta plus tard qu'elle avait pu voir un homme de grande taille, et coiffé d'un chaperon vermeil rabattu sur les yeux, s'approcher du duc d'Orléans étendu dans une flaque de sang et le pousser du pied en disant :

— Il est mort ! Éteignons tout et allons-nous-en !

Tous les assassins montèrent alors à cheval et s'en allèrent promptement après avoir mis le feu à la maison de Jean sans Peur, pensant probablement que l'incendie pourrait provoquer dans le quartier un désordre propre à favoriser leur fuite.

Dès qu'ils eurent disparu, la foule descendit dans la rue et découvrit le corps du duc d'Orléans.

— Il faut aller prévenir la reine, dit quelqu'un.

Lorsqu'on vint lui annoncer le malheur qui était arrivé à son favori, Isabeau joua à merveille la comédie de la douleur. Elle sanglota en se tordant les bras, puis se fit porter à l'hôtel Saint-Pol pour apprendre la nouvelle au roi et demander justice contre les assassins.

Charles était en train de jouer aux cartes avec Odette de Champdivert. Il parut faire effort pour bien comprendre ce qu'on lui disait. Puis il prit sa tête dans ses mains.

— Mon frère, mon bon frère, dit-il, pourquoi les méchants l'ont-ils tué ? Il faut les arrêter !

Le lendemain, le corps du duc d'Orléans était conduit à l'église des Blancs-Manteaux. Derrière le cercueil, Jean sans Peur suivait en pleurant...

Sur l'ordre du roi, qui voulait faire arrêter sans retard les meurtriers de son frère, le Conseil s'assembla au Louvre.

Après une discussion fort animée, les princes, parmi lesquels se trouvait Jean sans Peur, arrivèrent à cette conclusion qu'une femme, sans doute, était à l'origine de ce meurtre. Vite, on fit effectuer une petite enquête et l'on pensa que l'assassin pouvait être le sire de Cauny, dont le duc d'Orléans avait pris l'épouse.

Des gardes allèrent sur-le-champ quérir le pauvre homme qui, très étonné de l'aventure, vint raconter au Louvre ses malheurs conjugaux avec un luxe de détails qu'on ne lui demandait pas, mais que ces messieurs écoutèrent sans protester — sans sourciller non plus, d'ailleurs, montrant même, à certains moments, un œil un peu plus brillant que ne l'eussent exigé les circonstances...

Questionné enfin sur le meurtre du duc d'Orléans, le sire de Cauny fournit un alibi indiscutable, et l'on s'aperçut que le brave homme avait été dérangé pour rien.

Alors le Conseil demeura fort perplexe, ne sachant plus dans quelle direction lancer les enquêteurs.

On en était là lorsque le prévôt des marchands (qui avait les fonctions de lieutenant de police) vint informer les princes d'un fait curieux : la nuit du meurtre, des Parisiens avaient entendu un groupe d'hommes mystérieux entrer, avec des précautions insolites, dans l'hôtel de Bourgogne.

— Cet hôtel est le seul que mes gardes n'aient pu visiter, ajouta-t-il. Les grilles en sont obstinément closes. Tout porte donc à croire que les assassins s'y trouvent cachés.

Le duc de Berry et le duc de Bourbon se tournèrent vers Jean sans Peur et le virent pâlir. Il s'établit alors dans la salle un silence lourd que personne n'osa rompre. Tous les yeux étaient fixés sur le duc de Bourgogne qui semblait en proie à de terribles tourments. Il se leva tout à coup et s'en alla, titubant presque, jusqu'à l'embrasure d'une fenêtre. Il était si pâle que le duc de Berry bondit pour le soutenir.

Jean sans Peur se pencha vers son oncle et lui dit :

— C'est moi qui ai ordonné ce meurtre, mais je ne sais comment cela s'est fait. Il faut que le diable m'ait tenté et surpris.

— Ah ! murmura le duc de Berry en pleurant, je perds aujourd'hui mes deux neveux.

Bien que tous les membres du Conseil eussent parfaitement compris ce qui venait de se passer, Jean sans Peur quitta la salle sans être inquiété.

Chacun hésitait, naturellement, à faire éclater le scandale...

Rentré chez lui, le duc de Bourgogne donna des instructions à ses hommes de main pour qu'ils pussent s'échapper, et passa la nuit à rédiger un manifeste destiné à justifier sa conduite. Enfin, il quitta Paris à l'aube du 26 novembre 1407, accompagné de six cavaliers auxquels il ordonna de couper le pont Sainte-Maxence pour retarder la marche de ceux qui le poursuivraient.

Pendant qu'il galopait, la reine apprit en frémissant ce qui s'était passé au Conseil. Elle méprisa Jean pour sa faiblesse, mais lui sut gré de sa discrétion. Il n'avait pas prononcé, en effet, un seul mot susceptible de laisser soupçonner la complicité d'Isabeau. Aussi, tout en manifestant ostensiblement une grande colère contre le duc de Bourgogne, qu'elle traitait de « lâche fratricide », fit-elle en sorte que les cavaliers chargés de l'arrêter ne partent pas tout de suite...

Jean sans Peur ne fut donc pas rejoint.

Le scandale tant redouté n'en éclata pas moins, car la nouvelle s'était propagée, et tout Paris sut bientôt que le duc d'Orléans avait été assassiné sur l'ordre de son cousin.

Il se fit alors dans l'esprit du peuple un revirement curieux : on oublia les vices, les exactions et le luxe insolent de la victime pour ne se souvenir que de ses rares qualités, et l'on plaignit la duchesse d'Orléans qui demandait justice au nom de ses enfants.

Prudent, Jean sans Peur demeura quelque temps dans les Flandres, tandis qu'Isabeau, qui connaissait la versatilité du peuple, faisait faire ce que nous appellerions aujourd'hui une « campagne de propagande » en sa faveur. Six mois plus tard, elle l'informait qu'il pouvait revenir à Paris.

Il se mit en route avec mille hommes d'armes. Les Parisiens, qui avaient été sensibles aux arguments des agents d'Isabeau, ne lui en voulaient plus du tout. Ils l'accueillirent même avec des acclamations si enthousiastes que la duchesse d'Orléans, fort mécontente, quitta la cour et retourna en son château de Blois.

Les oncles du roi, ne comprenant rien à ce revirement, se révoltèrent contre la présence de Jean sans Peur dans la capitale. Ils insistèrent pour que Charles VI ordonnât son arrestation ou son expulsion ; mais le pauvre malade, qui subissait alors quotidiennement l'influence insidieuse d'Isabeau, repoussa leurs conseils. Quelques jours plus tard, il autorisa même le duc de Bourgogne à justifier sa conduite en audience publique.

Le peuple de Paris put alors entendre le meurtrier du duc d'Orléans outrager la mémoire de sa victime et conclure en affirmant que le crime qu'il avait commis était une action louable et un service rendu à l'État.

Naturellement, la duchesse d'Orléans et son fils Charles protestèrent, menaçant le duc de Bourgogne de lever une armée pour le chasser de Paris, si le roi ne jugeait pas bon de le faire lui-même.

A partir de ce jour, le royaume se trouva déchiré : il y eut, d'un côté, ceux qui approuvaient le duc de Bourgogne et, de l'autre, ceux qui soutenaient la duchesse d'Orléans.

Ainsi, la France se divisait au moment précis où le roi d'Angleterre s'apprêtait, après une trêve de trente-cinq ans, à reprendre les hostilités...

En un instant, tout le pays fut sous les armes. Les partisans du duc de Bourgogne prirent pour insigne la croix de Saint-André brodée sur une écharpe rouge, les autres, que commandaient le duc de Berry et le duc de Bourbon, se distinguèrent par une écharpe blanche dont un de leurs bras était enveloppé.

Le roi, dans un éclair de bon sens, vit le danger et ordonna aux princes ligués de désarmer.

Le duc de Berry répondit « qu'il resterait sous les armes tant que le duc de Bourgogne aurait des soldats ». Quant à celui-ci, qui était maître de la personne du roi et de la capitale, il défia à la fois son souverain et le chef du parti d'Orléans en levant de nouvelles troupes qu'il fit approcher de Paris...

Après quelques mois de tractations confuses, une tentative de réconciliation entre les princes ennemis parut réussir quand le frère du duc d'Orléans épousa la fille du duc de Bourgogne et que la reine, qui se tenait à Melun (loin des combats éventuels), organisa des fêtes pour célébrer l'événement.

Un dîner particulier réunit Isabeau, Jean sans Peur et le duc Charles d'Orléans, fils de leur victime.

A l'issue du repas, le duc de Bourgogne entraîna la reine dans une encoignure de fenêtre et lui dit qu'il pourrait être fort intéressant pour eux deux de connaître les secrets sentiments du jeune Charles, ajoutant que rien n'incitait aux confidences comme un tête-à-tête amoureux...

Isabeau savait comprendre à demi-mot ce genre de suggestion.

Une heure plus tard, elle était au lit avec le fils de son ancien amant...

Cette soirée de réconciliation fut naturellement sans lendemain, et la guerre civile s'alluma définitivement d'un bout à l'autre du royaume.

C'est alors que Charles d'Orléans épousa la fille du comte d'Armagnac. Mariage en apparence peu important, mais qui allait donner sa physionomie définitive à la France divisée, puisque, dès lors, il y eut d'un côté les *Bourguignons* et, de l'autre, les *Armagnacs*...

Azincourt fut l'une des premières conséquences désastreuses de cette lutte fratricide qui allait durer vingt-six ans et ruiner le royaume. Le 14 octobre 1415, la France perdit trente mille hommes, Charles d'Orléans fut fait prisonnier[126] ainsi que le duc de Bourbon, et la chevalerie fut anéantie.

Cette défaite, pourtant, ne causa aucun chagrin à Isabeau. Au contraire, il lui sembla qu'elle pourrait atteindre plus facilement ses buts ambitieux avec le concours de l'Anglais ; et elle se disposa à trahir...

En attendant, et sans aucun égard pour le malheur qui venait de frapper la France, elle se mit à organiser des fêtes dont tous les chroniqueurs nous parlent avec indignation.

Certains soirs, elle aimait aussi se déguiser en prostituée avec quelques dames de sa suite et s'en aller par les rues de Paris « pour se livrer aux désirs impurs » des clercs de l'Université...

Un jour, le connétable d'Armagnac fut mis au courant de ces navrantes distractions. Il se livra à une enquête et découvrit que l'agent de tous les plaisirs de la reine, son favori le plus taré, était Bois-Bourdon.

Il alla trouver le roi.

— Sire, dit-il, vous êtes vilainement trompé. Venez vous en convaincre par vous-même.

Et il conduisit Charles VI à Vincennes où la reine tenait à ce moment sa cour. Le destin voulut qu'à l'instant précis où ils arrivaient devant les appartements privés d'Isabeau, ils aperçussent Bois-Bourdon qui sortait d'une chambre avec une désinvolture qui en disait long sur ses accointances dans la maison. En reconnaissant le roi, le favori pâlit un peu, mais passa sans s'arrêter.

Charles, offusqué par ce manque de respect, donna immédiatement l'ordre au connétable d'Armagnac de faire emprisonner l'insolent et, renonçant à voir sa femme, retourna à Paris.

Bois-Bourdon, qu'on avait arrêté sur-le-champ, fut conduit au Châtelet. Là, on lui fit subir plusieurs fois la question devant le roi, qui, nous disent les chroniqueurs, *en apprit beaucoup plus qu'il n'en voulut savoir*...

Finalement, le mauvais génie de la reine fut condamné à mort. Le soir même, deux gardes allèrent le jeter dans la Seine, « cousu dans

126. Il devait rester vingt-cinq ans dans les prisons anglaises. C'est alors qu'il composa les gracieuses poésies que nous connaissons.

un sac de cuir » sur lequel étaient écrits ces mots : « Laissez passer la justice du roi... »

Quelques jours après l'exécution de Bois-Bourdon, le dauphin Charles, d'accord avec le connétable d'Armagnac, donna l'ordre d'enlever la reine et de la conduire sous bonne escorte à Blois d'abord, puis à Tours.

Isabeau n'eut pas le temps d'appeler à son secours le duc de Bourgogne qui se trouvait pour lors en Normandie. On l'enferma dans un chariot, malgré ses protestations, et le convoi quitta Vincennes.

Être menée en exil était déjà une rude humiliation pour la reine ; mais lorsqu'elle apprit qu'on n'emportait aucune des robes somptueuses dont elle aimait se parer, ni aucun de ses bijoux, elle faillit tomber en syncope.

Pendant le voyage, qui dura trois jours, elle simula de fréquents malaises dans l'espoir d'apitoyer les membres de son escorte. En vain, bien entendu. Et, par un soir doux de mai 1417, elle arriva à Tours où l'attendaient trois hommes d'aspect sévère qui devaient devenir ses gardiens.

Sans aucun égard, on la fit entrer dans un château qu'on avait transformé en prison. Elle allait y mener une existence fort pénible. Objet d'une surveillance constante, elle ne pouvait ni écrire, ni recevoir de visite, ni se promener librement. En outre, ses gardiens, sachant que cette femme, dont les aventures galantes scandalisaient tout le royaume, était à l'origine des maux dont souffrait le peuple, se montraient désinvoltes et impertinents. Oubliant qu'elle était reine de France (mais ne l'oubliait-elle pas elle-même ?), ils lui parlaient insolemment sans retirer leur chapeau.

A Paris, pendant ce temps, le dauphin Charles ne demeurait pas inactif. Sans rien en dire au roi, qui ne sortait de ses moments d'abattement que pour entrer dans le lit d'Odette de Champdivert [127], il confisqua les trésors cachés par sa mère.

Après quoi, pour subvenir aux besoins financiers des Armagnacs, il vendit les robes d'or, les meubles précieux et les bijoux qu'Isabeau avait laissés à Vincennes...

Mais l'argent ne suffit pas à faire la force d'un parti ; il faut des partisans, et c'est précisément ce qui allait manquer. A la suite de maladresses successives commises par le connétable d'Armagnac, un grand nombre de militaires abandonnèrent en effet brusquement le dauphin pour aller grossir l'armée du duc de Bourgogne.

127. La « petite reine » donna à Charles VI une fille, que l'on nomma Marguerite de Valois. A la mort du roi, cette enfant se vit allouer une rente de cinq cents livres par an. En 1424, elle sauva le roi Charles VII en lui faisant savoir qu'un complot était ourdi contre lui. En reconnaissance, le roi l'appela à la cour et la légitima. Après quoi il la maria avec Jean de Hardepenne, chevalier-sénéchal de Saintonge, seigneur de Montaigu et de Belleville, en Saintonge. Ses armes indiquaient qu'elle était à la fois fille de roi et enfant de l'amour : elles étaient « semées de France, brisées d'une barre d'or »...

Le roi d'Angleterre connaissait son métier. C'est à ce moment précis qu'il débarqua en Normandie, sûr d'être aidé par Jean sans Peur. Aussitôt, les troupes bourguignonnes se joignirent aux troupes anglaises, et Henri V marcha sur Paris. Parvenu à Senlis, il fit demander à Charles VI de lui céder la couronne de France.

— Précisez bien, dit-il à ses messagers, que je lui en laisserai les honneurs jusqu'à sa mort, à condition, premièrement, que je sois nommé régent, avec le titre de roi de France, et, deuxièmement, que la main de Catherine, sœur du dauphin, devienne le sceau du traité.

Charles VI, qui, par bonheur, n'était pas en crise, étudia ces propositions avec ses conseillers.

Au même instant, à Tours, Isabeau rongeait son frein. Informée de ce qui se passait à Paris, grâce à la complicité d'un domestique qui lui permettait de correspondre avec l'extérieur, elle cherchait à s'évader, dans le but d'aider le roi d'Angleterre contre l'époux qui la gênait depuis trente ans et contre le dauphin qui lui avait enlevé ses richesses...

Un soir, son complice vint lui dire que le duc de Bourgogne approchait de Tours avec huit cents hommes. C'était une occasion inespérée. Aussitôt, elle lui envoya son sceau en or. Jean sans Peur comprit. Il fit répondre qu'il était prêt et qu'il attendait la reine le lendemain, jour des Trépassés, dans une abbaye située à deux lieues de Tours.

En se couchant, ce soir-là, la reine dit négligemment à ses gardiens :

— Messieurs, j'aimerais faire demain mes dévotions à Marmoutier. Je pense qu'on ne peut me refuser d'aller prier ?

— Certes, non, madame.

— En ce cas, soyez prêts à m'accompagner de bonne heure.

Le lendemain, à peine Isabeau et ses compagnons furent-ils en prière que soixante hommes pénétrèrent dans l'église de Marmoutier.

Les gardiens, très inquiets, se penchèrent vers la reine :

— Madame ! voilà une grande affluence d'Anglais et de Bourguignons. Sauvez-vous !

— Restez calmes, dit Isabeau en souriant.

Alors, les trois hommes comprirent qu'ils avaient été joués et cherchèrent à s'enfuir. Ils n'en eurent pas le temps. Déjà, Hector de Saveuse, le chef de la troupe envoyée par Jean sans Peur, se présentait devant la reine et la saluait respectueusement.

— Saveuse, dit Isabeau, qu'on arrête ces trois hommes !

Deux se laissèrent prendre. Le troisième réussit à sortir de l'église et courut vers la Loire où il monta dans un bateau qui chavira. Personne n'en entendit plus jamais parler.

Quand le tumulte se fut apaisé, le duc de Bourgogne vint à son tour saluer Isabeau.

— Soyez le bienvenu, lui dit celle-ci, vous êtes l'homme du royaume que je dois le plus aimer, puisque vous quittez tout pour me délivrer. Soyez assuré que jamais je ne vous manquerai.

Après quoi, tous deux « firent bonne chère à l'abbaye » et allèrent s'allonger dans une chambre « pour se mieux retrouver... ».

Le lendemain, la reine força la ville de Tours à se livrer au duc. Puis les deux amants se rendirent à Chartres, où ils furent reçus triomphalement. Isabeau en profita pour se déclarer régente « en vertu des ordonnances passées qui ne pouvaient être révoquées », et elle adopta un sceau sur lequel était gravée son image en pied.

Quelques jours après, elle arrivait à Troyes où elle établissait sa cour et son parlement. Ainsi, selon le mot du marquis de Sade, « y avait-il alors dans le royaume deux cours souveraines, quatre factions[128] et deux rois ».

Au milieu de ce désordre extraordinaire, Isabeau se mit en rapport avec Henri V, l'assurant de toute son amitié, l'encourageant à conquérir l'ensemble du royaume et lui promettant la main de sa fille Catherine.

Mais Paris, où se trouvait le connétable d'Armagnac, résistait toujours, et cela tourmentait la reine. Elle décida de s'en occuper elle-même, et, un soir de mai 1418, un de ses fidèles amis, Perrinet Leclerc, ancien secrétaire de Bois-Bourdon, ouvrit la porte Saint-Germain aux Bourguignons qui envahirent la ville et tuèrent tous ceux qui se glorifiaient, la veille encore, d'être du parti Armagnac. Après un carnage qui dura plusieurs semaines, Jean sans Peur et Isabeau entrèrent dans la capitale. Les Parisiens, peu rancuniers, leur jetèrent des fleurs...

Quant au roi, il reçut sa femme comme si rien ne s'était passé.

— Tiens ! dit-il, vous voilà ! Vous avez grossi !

Ce fut tout.

Les amants n'étaient pourtant pas tranquilles, car le dauphin, qui avait réussi à s'échapper de Paris, continuait à mener la lutte contre sa mère. Isabeau décida alors de le faire assassiner, ce qui était, en effet, une façon d'en finir...

Ayant organisé son plan, elle appela Jean sans Peur et lui dit :

— Pour ce que vous êtes mon ami sûr, je vais vous confier une mission importante. Vous allez demander à mon fils une entrevue, laquelle vous sera accordée benoîtement et sans défiance. Or cestuy Charles, par accident malheureux qui fort me navre par avance, passera, devant vous, de vie à trépas... Ce pour quoi je serai tout à la fois en grande désolation et grand plaisir comme le pensez. Mais gardez-vous de commettre folle imprudence. Ne l'attaquez pas, vous auriez le royaume entier contre vous. Faites en sorte, plutôt, qu'après un mot violent on vous brutalise. Les hommes de votre escorte viendront alors vous défendre et pourront agir en toute impunité... Le pauvre mourra, victime d'une erreur...

Le duc accepta, et l'entrevue eut lieu le 10 septembre 1419 sur le pont de Montereau où le dauphin avait fait dresser sa tente.

Après quelques paroles, Jean sans Peur suggéra d'aller trouver le roi à Paris.

128. Les royalistes, les Dauphinois, les Bourguignons et les Armagnacs.

— Je n'ai pas besoin de vos avis, dit le dauphin, piqué, j'irai voir le roi quand je voudrai.

— Vous y viendrez tout de suite ! répondit le duc d'un ton sec.

Et, mettant une main sur la garde de son épée et l'autre sur le collet du dauphin, il attendit qu'on le bousculât pour que les hommes de son parti ripostassent. Mais Tanneguy Duchâtel, serviteur fidèle du dauphin, voyant son maître en danger, se précipita sur le duc de Bourgogne, le poussa hors de la tente et lui fendit le crâne d'un coup de hache. Tout se passa si vite que les Bourguignons, ahuris, n'eurent pas le temps d'intervenir ; et c'est avec la peine que l'on imagine qu'ils virent achever à coups de lance leur maître bien-aimé, dont le corps ne fut bientôt plus qu'un amas de chair sanguinolent.

Le coup était raté.

Le dauphin n'avait pas été témoin du meurtre. Deux seigneurs, pensant qu'un tel spectacle n'était point ce qu'il était convenable de montrer à un adolescent (il allait avoir seize ans), l'avaient maintenu à l'intérieur de la tente.

Toutefois, Charles avait entendu le hurlement poussé par Jean sans Peur et, connaissant son cousin pour un homme plutôt calme, il s'était étonné :

— N'arrive-t-il point quelque désagrément au duc de Bourgogne ?

— Non. N'ayez aucune crainte, s'étaient écriés les chevaliers.

Il avait alors pensé à autre chose.

Mais, quand il était sorti et qu'il avait vu le corps à demi nu allongé sur le pont, il s'était évanoui et on avait dû le transporter jusqu'au château de Montereau.

Revenu à lui, il avait montré une grande douleur.

— Pourquoi pleurez-vous ? lui avaient demandé ses amis.

— Je pleure sur la mort de mon cousin, s'était-il écrié, et je pleure sur moi, car je suis sûr qu'on va me rendre responsable de cet affreux assassinat.

Le dauphin avait raison. Bientôt, dans tout le royaume, la rumeur publique l'accusa d'avoir attiré le duc de Bourgogne dans un guet-apens et de l'avoir fait massacrer sous ses yeux.

Cette épouvantable calomnie était propagée sur les ordres d'Isabeau, dont la haine pour le dauphin avait redoublé depuis la mort de son amant.

L'affaire du pont de Montereau l'avait en effet profondément affligée. Pendant toute une nuit, elle s'était promenée, un flambeau à la main, en poussant des gémissements, et l'on avait craint pour sa vie.

Devant une telle douleur — qui paraît insolite chez cette reine insensible — on est en droit de se poser une question : Isabeau aimait-elle donc vraiment Jean sans Peur ?

Non. Pas plus que les autres.

Alors ?

Toutes les femmes que l'âge a désenchantées comprendront son désespoir. Ce n'était pas *un* amant que la reine pleurait, mais *son dernier* amant. Elle avait maintenant cinquante ans, elle s'était en quelques mois incroyablement épaissie, ses jambes étaient devenues énormes, son visage flasque et tremblotant ; elle savait qu'elle n'avait plus aucune chance d'attirer dans son lit un de ces beaux chevaliers dont elle devinait l'ardeur, et elle regrettait cet homme vigoureux qui, pendant un temps encore, par tendresse ou par habitude, lui aurait rendu quelques hommages...

On comprend, dès lors, pourquoi elle en voulait tant au dauphin.

Son premier mouvement avait été, naturellement, de le faire assassiner par un de ses hommes de main, puis elle avait pensé qu'un tel acte était difficile à commettre en toute sécurité maintenant que le machiavélique Bois-Bourdon n'était plus là, et elle avait décidé de *rendre son fils impopulaire pour l'empêcher de régner à la mort de Charles VI.*

Or, en lançant cette accusation au sujet de l'assassinat de Jean sans Peur, précisément à l'heure où le parti bourguignon était le plus puissant de France, elle était sûre de dresser la presque totalité du royaume contre le dauphin.

Isabeau ne fut pas longtemps seule à mener le combat contre le jeune Charles. Elle eut bientôt un allié précieux en la personne du fils de son amant, le duc Philippe de Bourgogne, qui était âgé de vingt-trois ans et brûlait de venger la mort de son père.

Ils préparèrent ensemble un plan de bataille. Lorsqu'ils se furent mis d'accord, la reine, qui ignorait la décence, alla se jeter aux pieds du roi pour demander qu'un châtiment exemplaire frappât les assassins de son amant...

— Monseigneur, je vous demande en grâce particulière de faire arrêter, sans attendrissement d'aucune sorte, le personnage qui par mauvaiseté de cœur a fait occire ce prince que tant j'aimais et dont le départir me navre...

Charles VI, qui avait si souvent entendu des réclamations de ce genre, l'écouta d'une oreille distraite.

Déçue, Isabeau entreprit alors de faire naître un doute *sur la légitimité de son fils.*

Des langues bien pendues — et appointées — allèrent répandre le bruit que le prince héritier était un bâtard (ce qui n'étonna pas outre mesure le menu peuple, instruit depuis longtemps des débauches scandaleuses de sa souveraine) et les Parisiens ne nommèrent bientôt plus le pauvre Charles que « le soi-disant dauphin »...

Cettc réussite ne suffit pas, on s'en doute, à satisfaire Philippe et Isabeau. Suivant le plan qu'ils s'étaient tracé, ils entrèrent en rapport avec le roi d'Angleterre, qui avait, pour l'heure, envahi une grande partie de la France, et lui promirent une aide totale contre l'armée du dauphin...

Après un échange de messages, le jeune duc de Bourgogne se rendit à Arras, où se trouvait Henri V, et un accord fut conclu.

Alors, Isabeau, qui n'agissait que dans le but de faire déshériter son fils, fit transmettre au roi d'Angleterre une proposition stupéfiante : elle s'engageait à le faire *unique héritier* du royaume des lys s'il épousait sa fille, la princesse Catherine...

Henri V fut absolument éberlué de voir la reine Isabeau lui offrir la couronne de France. Croyant à un piège, il commença par se méfier ; mais ses conseillers, bien informés, lui assurèrent qu'il pouvait accepter sans crainte cette offre inespérée, et un projet de traité fut rédigé. Il comportait, entre autres, les articles suivants :

1° Le roi d'Angleterre épousera Madame Catherine et deviendra unique héritier de France ;

2° Charles VI, devenu le beau-père de Henri V, continuera de régner ; mais, en raison de son infirmité, Henri V sera déclaré régent ;

3° Aussitôt après la mort de Charles VI, Henri V sera reconnu roi de France au préjudice de Charles « soi-disant » dauphin, lequel est exclu à jamais de la Couronne.

Tandis qu'Isabeau attendait avec impatience, dans son somptueux hôtel de Troyes, le résultat des négociations, le roi, qui vivait à ce moment près d'elle (mais n'était, bien entendu, tenu au courant de rien), batifolait dans les couloirs sans se douter qu'on était en train de vendre son royaume.

Quand elle eut le traité en main, la reine courut jusqu'aux appartements de Charles VI, lequel souffrait, ce jour-là, par une « coïncidence » curieuse, de maux de tête terribles qui le rendaient incapable de juger sainement des choses, et elle lui fit mettre sa signature au bas du parchemin qui livrait la France aux Anglais.

Après quoi, elle fit adresser de beaux discours au Parlement et au peuple de Paris, pour représenter les maux dont on gémissait depuis longtemps et pour assurer que le roi d'Angleterre pouvait seul les faire cesser. Elle insista sur « les qualités de Henri, sur son amour de la justice, de la paix, même sur sa bonne grâce et sa bonne figure, sur ce que le « soi-disant » dauphin ruinait le pays, et que lui et ses gens, par la mort du duc de Bourgogne et tant d'autres méfaits, avaient encouru toutes peines et malédiction[129] ».

Le peuple est facile à émouvoir. Il acclama les conditions du traité...

Satisfaite de ce résultat, Isabeau s'occupa alors des préparatifs du mariage de Madame Catherine avec ce roi d'Angleterre qu'elle venait de substituer à son fils...

Henri V arriva à Troyes le 20 mai 1420. Toute la ville était en fête pour l'accueillir. Il se rendit immédiatement à l'église Saint-Pierre où Charles VI, Isabeau et la princesse Catherine l'attendaient.

Dès qu'il fut entré dans la nef, il n'eut plus d'yeux que pour cette fiancée qui lui apportait en dot un second royaume...

129. SADE, *Histoire secrète d'Isabelle de Bavière*.

Elle était blonde et souriante, et il fut heureux de la trouver aussi belle que le jour où elle lui avait été présentée près de Pontoise [130].

Le mariage, qui fut célébré le 2 juin, donna prétexte à des réjouissances folles, et Henri V considéra avec une certaine ironie ce bon peuple de France qui s'esbaudissait sans avoir l'air de comprendre qu'il venait d'être trahi par sa reine...

Quelque temps après, eut lieu l'entrée solennelle des deux rois et des deux reines à Paris. Là encore, malgré la grande misère dans laquelle se trouvait le peuple, il y eut des fêtes magnifiques, et tous les Parisiens, qui espéraient peut-être une trêve à leurs souffrances, accueillirent ces quatre souverains par des cris de joie :

— Noël ! Noël ! à notre gentil roi Charles, à Monseigneur d'Angleterre, à Madame Isabeau et à Madame Catherine...

Enfin, sur le conseil d'Isabeau, Philippe de Bourgogne, se sachant maintenant soutenu par Henri V, demanda justice de l'assassinat de son père. Une assemblée se réunit en l'hôtel Saint-Pol et il fut décidé qu'on sévirait contre les meurtriers.

En conséquence, le dauphin, considéré comme seul coupable, fut cité à la table de marbre et condamné par contumace à être banni du royaume ; de plus, il fut déclaré incapable d'accéder au trône de France.

Le lendemain, des hérauts circulèrent dans Paris pour annoncer à son de trompe une ordonnance signée de Charles VI dans laquelle se trouvait cette phrase : « Messire Charles de Valois, dauphin du Viennois, est indigne de succéder à toutes seigneuries *venues et à venir.* »

Isabeau pouvait, enfin, se flatter d'avoir obtenu ce qu'elle désirait.

Le futur Charles VII était déshérité.

Or on était alors en 1420.

Et à Domrémy, au bord de la Meuse, une petite fille de huit ans jouait avec ses compagnes autour de l'arbre aux Fées, sans se douter qu'un jour elle réparerait le tort causé par la « male reine » de France, réalisant ainsi la vieille prophétie de Merlin : « Le royaume perdu par une femme sera sauvé par une autre femme... »

Tandis que le dauphin essayait, du côté de Poitiers, de regrouper quelques partisans, Isabeau manœuvrait à Paris pour s'attacher plus étroitement encore Philippe de Bourgogne, fils de l'amant qu'elle pleurait.

Dix ans plus tôt, elle l'eût, sans doute, fait entrer dans son lit, ce qui est généralement un moyen assez sûr de se rendre maîtresse des bons sentiments d'un homme. Mais la pauvre avait bien vieilli. Elle était devenue obèse et presque impotente. Il lui fallait un fauteuil à

130. Car Isabeau, pour être sûre que le roi d'Angleterre ne reviendrait pas sur sa décision, avait conduit Catherine, en grande pompe, quelque temps avant la signature du traité, dans une prairie proche de l'endroit où les Anglais cantonnaient, et elle l'avait « exhibée ».

roulettes pour circuler, et sa décrépitude, elle le savait, lui interdisait toute entreprise amoureuse.

Aussi trouva-t-elle une autre solution : elle donna à Philippe sa fille Michelle, qui était une ravissante blonde aux yeux pervenche et à la taille souple.

Le duc de Bourgogne tomba bien vite amoureux de cette jolie personne. Il l'épousa avec une grande fougue et vécut près d'elle, attentif à ne point lui déplaire, ce dont Isabeau commença par se féliciter.

Mais, bientôt, la vieille reine trop rusée s'aperçut que Michelle, dont l'emprise sur Philippe allait croissant, conservait un tendre attachement pour son frère le dauphin. Et elle eut peur. Elle craignit que sa fille ne tentât un rapprochement entre les deux hommes et ne ruinât du même coup les espoirs qu'elle fondait sur les Anglais.

Elle pensait, en effet, avec raison, que, si Philippe et Charles se réconciliaient, l'armée de Henri V serait rapidement chassée de France.

Voulant connaître les sentiments secrets de sa fille, elle mit à ses côtés la dame de Viesville qui lui rapporta fidèlement tout ce qui se disait à la cour du duc de Bourgogne. Elle put savoir ainsi que ses craintes étaient fondées : Michelle préparait la réconciliation tant redoutée.

Il fallait agir vite.

Isabeau avait l'habitude.

Elle donna quelques ordres et, trois jours plus tard, la gracieuse duchesse de Bourgogne mourait empoisonnée...

Philippe fut inconsolable. Se douta-t-il de quelque chose ? On l'ignore. Mais il est certain, en tout cas, qu'à dater de ce jour, son attitude à l'égard de la reine changea complètement.

Il allait d'ailleurs lui prouver son détachement de façon évidente.

La jeune Michelle venait à peine de mourir que le roi d'Angleterre, sur lequel Isabeau comptait pour réaliser ses desseins, fut pris de vives douleurs et trépassa le 31 août 1422 au donjon de Vincennes où on l'avait transporté en hâte.

Or, avant de rendre le dernier soupir, Henri V avait exprimé le désir de voir le duc de Bourgogne devenir régent du royaume pendant la minorité de son fils[131]. Avisé aussitôt, Philippe refusa dignement et déféra la régence au duc de Bedford.

La reine faillit en avoir la jaunisse. Tous ses espoirs, en effet, s'écroulaient à la fois : le roi anglais, qu'elle pouvait diriger par l'intermédiaire de sa fille Catherine, disparaissait, et le duc de Bourgogne, en qui elle pensait avoir un allié sûr, se dérobait, *in extremis,* devant la dernière trahison...

Peut-être alors, comprenant sa faute, eut-elle quelques regrets d'avoir fait empoisonner la malheureuse Michelle...

131. A la mort de Henri V, le futur Henri VI avait six mois.

Deux mois plus tard, le 20 octobre 1422, en l'hôtel Saint-Pol, Charles VI rendait à Dieu son pauvre esprit malade.

Le peuple de Paris pleura son roi. Et les obsèques du malheureux souverain attirèrent une foule considérable de braves gens qui, voulant prouver leur hostilité à la reine et au duc de Bedford, gémissaient « haultement » :

— Ah ! très cher prince, jamais n'en aurons si bon !

Lorsque le corps de Charles VI eut été inhumé à Saint-Denis, un héraut d'armes se tourna vers la foule en prière et cria cette phrase qui fit frémir le menu peuple :

— Vive Henri de Lancastre, roi de France et d'Angleterre !

Mais cette exclamation rituelle ne suffisait pas à Isabeau qui avait hâte de faire exécuter le traité de Troyes. Elle pressa le régent d'annoncer à la France l'avènement du nouveau roi Henri VI, qui, pour l'heure, vagissait dans un château de Londres. Docile, et pour cause, le régent convoqua une assemblée au Parlement et fit proclamer qu' « étant né un prince nommé Henri VI, fruit du mariage de la princesse Catherine avec le roi d'Angleterre dernièrement mort à Vincennes, à ce seul prince appartenait la couronne de France et d'Angleterre, à l'exclusion de Charles "soi-disant" dauphin ».

Or, au même instant, à Poitiers, ce dauphin, qu'Isabeau croyait avoir définitivement écarté du trône, était couronné roi de France par ses fidèles, sous le nom de Charles VII...

Le royaume, cette fois, était divisé officiellement en deux parties. D'un côté, régnait un prince français renié par sa mère, et, de l'autre, un bébé étranger représenté par un régent...

La guerre civile entre Armagnacs et Bourguignons s'en trouva revigorée et reprit avec une belle ardeur.

Pensant qu'il fallait frapper l'opinion, les Anglais utilisèrent alors contre Charles VII une arme dont s'était déjà servie Isabeau quelques années auparavant. Ils contestèrent sa légitimité, affirmant qu'il n'était pas le fils de Charles VI, mais un enfant adultérin que la reine avait eu d'un commerce incestueux avec son beau-frère le duc d'Orléans.

Charles VII fut troublé. Il connaissait suffisamment sa mère pour savoir qu'une telle accusation pouvait très bien être fondée. Et il en conçut une angoisse qui le rendit timoré.

La manœuvre anglaise, si elle n'avait trouvé que peu d'écho dans le peuple, était au moins parvenue à émouvoir Charles VII et à le faire douter de lui-même. Ce qui n'était pas un mince résultat.

Or une question se pose : était-il vraiment un bâtard ? De nombreux historiens se sont penchés sur le problème, et il semble qu'à défaut d'une réponse précise on puisse dire qu'en tout cas *rien ne s'oppose à ce qu'il soit un enfant légitime.*

En effet, lorsqu'on étudie les registres du palais datés du mois de sa conception, c'est-à-dire de mai 1402, on remarque qu'Isabeau est venue séjourner à l'hôtel Saint-Pol, les 14, 21 et 28, et qu'elle y a soupé avec le roi. Y a-t-elle couché ? Les registres ne le précisent pas ; mais ce détail importe peu lorsqu'on connaît la frénésie sexuelle de Charles VI et qu'on sait que ce gaillard pouvait fort bien, au dessert, s'étendre un moment sur son lit avec la reine.

Le roi dément a donc très bien pu, en 1402, rendre mère l'infidèle Isabeau.

Mais, je le répète, il ne s'agit que d'une possibilité, et l'on comprend que Charles VII ait été bien souvent saisi d'angoisse en songeant à ses origines. Il se demandait s'il n'occupait pas une place à laquelle il n'avait aucun droit, et Marie d'Anjou, qu'il venait d'épouser, devait s'efforcer d'apaiser ses inquiétudes [132]...

Un matin, il entra dans son oratoire, et là « il fit une humble requête et prière à Notre Seigneur dedans son cœur, où il lui requérait dévotement que si ainsi qu'il fût vrai hoir [133] descendu de la Maison de France et que le royaume justement lui dût appartenir, qu'il lui plût de lui garder et défendre ».

Quelques mois après, à Chinon, Jeanne d'Arc, l'ayant reconnu alors qu'il se cachait parmi ses familiers, l'attirait à l'écart et apportait une réponse à sa secrète requête ; une réponse qui, le délivrant de son tourment, allait décider du destin de notre pays :

— Je te le dis, de la part de Messire Dieu, tu es vrai héritier de France et fils de roi !

Merveilleuse parole qui n'empêcha pas Louis XI de confier un jour à un ambassadeur que, sa grand-mère ayant été « una gran puttana », il ne savait pas au juste de qui il était le petit-fils [134]...

23

Isabeau a-t-elle poussé les Anglais à brûler Jeanne d'Arc ?

> Le duc de Bedford et la reine s'étaient bien trompés en imaginant que le supplice de Jeanne avancerait les affaires du roi d'Angleterre.
>
> MARQUIS DE SADE

Le 5 avril 1429, au matin, les Parisiens, qui avaient appris en s'éveillant une étonnante nouvelle, semblaient fortement excités. A tous les carrefours, dans les tavernes et sur les berges de la Seine où fleurissaient les premiers buissons d'aubépines, ils discutaient en faisant de grands gestes.

132. Marie d'Anjou était la fille d'une des plus grandes figures féminines du XVe siècle : Yolande d'Aragon, et la sœur du « Bon roi René ». Yolande d'Aragon duchesse d'Anjou, reine de Sicile, de Naples, de Jérusalem et de Chypre, joua un rôle important dans les affaires du royaume et protégea Jeanne d'Arc.

133. Héritier.

134. Archives de Milan. Lettre de Jean-André Caynola à la duchesse de Milan, 13 janvier 1479.

— Il paraît qu'elle a dix-sept ans, disaient les uns, et qu'elle est très belle.

Les femmes ricanaient :

— Pour une catin, c'est préférable.

— Et elle ne manque pas d'audace : elle dit qu'elle veut bouter hors tous les Anglais.

— Les bouter hors ? Elle ne dit pas son fin mot, la jolie. Je suis sûre qu'elle aimerait bien savoir comment on plante son arbalète à la mode de Londres.

— Sûr ! Et malgré son surnom. Car savez-vous point comment cette fille à soldats se fait appeler et se désigne elle-même ? La Pucelle...

Dès que ce mot était prononcé, la foule éclatait généralement d'un rire gras, et les femmes, par manière de fine plaisanterie, lançaient quelques mots orduriers pour préciser leurs sentiments.

Cette attitude peut paraître étrange. Rappelons que ces Parisiens, qui vivaient alors en « zone occupée » par les Anglais, étaient presque tous « collaborateurs ». Ils avaient reconnu pour roi le jeune Henri VI d'Angleterre et détestaient le parti Armagnac. Il était donc normal que cette femme qui venait aider Charles VII fût, à Paris, l'objet de toutes les railleries et de toutes les insultes.

Or que savait-on d'elle ? Peu de chose en vérité. Voici ce qu'un bourgeois qui tenait scrupuleusement son journal écrivait, entre une note sur le prix des oignons et la relation d'une chasse au loup à la porte Saint-Denis :

« En celui temps, avait une Pucelle, comme on disait, sur la rivière de Loire, qui se prétendait prophète et disait : « Telle chose adviendra pour vray. » Et était contraire au régent de France [135] et à ses aydants... Et plusieurs autres choses de elle racontaient ceux qui mieux aimaient les Armagnacs que les Bourguignons, ou que le régent de France. Ils affirmaient que, quand elle était bien petite, qu'elle gardait les brebis, que les oiseaux des bois et des champs, quand les appelait, ils venaient manger son pain dans son giron, comme privés. *In veritate apocriphum est.* »

Quelques jours plus tard, il ajoutait :

« En celui temps, levèrent le siège les Armagnacs, et firent partir Anglais par force de devant Orléans, mais ils allèrent devant Vendôme, et la prirent, comme on disait ; et partout allait cette Pucelle armée avec les Armagnacs, et portait son étendard où était tant seulement en escript « Jésus », et disait-on qu'elle avait dit à un capitaine anglais qu'il se départît du siège avec sa compagnie, ou mal leur viendrait et honte à trèstous ; lequel la diffama moult de langage, comme clamer ribaude et putain ; et elle lui dit que, malgré eux tous, ils partiraient bien bref ; mais il ne le verrait pas. Et ainsi en advint-il, car il se noya [136]. »

Pendant que Paris, railleur, mais étonné, suivait les faits et gestes

135. Le duc de Bedford.
136. *Journal d'un bourgeois de Paris sous Charles VII.*

de cette Pucelle qui semblait accomplir des prodiges, Isabeau, enfermée dans son hôtel Saint-Pol, ne décolérait pas.

L'entrevue de Chinon, la délivrance d'Orléans, les victoires de Beaugency, Patay, Auxerre, Troyes l'avaient rendue malade de rage ; lorsqu'elle apprit, un jour de juillet, que Charles VII, Jeanne et l'armée royale venaient de quitter Châlons en direction de Reims, où l'on préparait les cérémonies du sacre, elle devint folle de fureur.

— Il faut faire disparaître cette sorcière, dit-elle au duc de Bedford.

Jeanne, qu'elle avait essayé en vain de salir, en l'accusant vilainement de partager la couche du roi, l'empêchait de dormir. Plusieurs fois, de ses mains grasses aux doigts boudinés, mais crochus, elle avait fait le geste de tordre un cou en prononçant son nom.

Pourquoi ? Que reprochait donc cette vieille reine obèse à la jeune Champenoise [137] ? Simplement d'aider Charles qu'elle haïssait depuis l'assassinat de Jean sans Peur. Isabeau ne pouvait, en effet, oublier son dernier amant. Lorsqu'elle pensait à leurs anciennes étreintes, elle devenait comme folle dans son lit, poussant des cris, mordant ses draps et déchirant ses vêtements. A plusieurs reprises, elle avait essayé de persuader un garde qu'il pouvait être bon pour son avancement de se montrer affectueux avec elle. Mais elle n'avait point réussi, car les fonctionnaires du palais savaient bien qu'elle ne détenait plus aucun pouvoir depuis la nomination du régent, et ils reculaient devant une tâche inutile...

Depuis la mort du duc de Bourgogne, la reine était donc condamnée à une chasteté qui lui était un supplice constant et intolérable. Tenaillée par le désir, elle reportait toute sa force sexuelle refoulée dans sa haine contre Charles. Elle éprouvait une véritable volupté à lui faire du mal. On imagine donc avec quelle ardeur passionnée elle chercha à perdre Jeanne, dont le but était précisément de rendre son royaume au « déshérité »...

Le sacre eut lieu.

Et Isabeau, qui n'avait pu agir assez vite, attendit son heure. Or, après avoir fait oindre son roi, Jeanne décida de marcher sur Paris. Le 22 juillet, Charles VII reçut les clés de Soissons, le 29, Château-Thierry se soumit, puis Coulommiers, Crécy-en-Brie, Crépy-en-Valois ouvrirent leurs portes. Compiègne imita leur exemple. Là, Jeanne dit au duc d'Alençon :

— Mon beau duc, faites appareiller vos gens et ceux des autres capitaines. Par mon Martin, je veux aller voir Paris de plus près que je ne l'ai vu.

Le 26 août, la Pucelle entrait à Saint-Denis sans difficulté, et le 8 septembre elle était devant les murs de la capitale. A deux heures de l'après-midi, brandissant son étendard, elle dirigeait un assaut sur les

137. Car Jeanne d'Arc n'a jamais été lorraine. Domrémy était situé mi en Champagne, mi en pays barrois.

fossés de la porte Saint-Honoré (à l'endroit où se trouve aujourd'hui la Comédie-Française).

Sa voix claire se fit entendre soudain au milieu du tumulte :

— De par Jésus, rendez-vous à nous bientôt. Car, si vous ne vous rendez pas avant la nuit, nous entrerons par force et serez mis à mort sans merci.

Alors un archer parisien l'ajusta de son arbalète en criant :

— Tais-toi, paillarde ! ribaude !

Avec un bruit d'abeille, une flèche vola en direction de Jeanne qui s'écroula, la cuisse transpercée.

Dans la nuit, l'armée royale, sur l'ordre de Charles VII, abandonnait le siège de Paris, et la Pucelle était emmenée à Saint-Denis où on la soigna. Or, tandis que soldats anglais et bourguignons fêtaient cette victoire, un homme se présentait à l'hôtel Saint-Pol. Isabeau le reçut aussitôt...

— Madame, lui dit-il, j'ai atteint et vraisemblablement tué cette sorcière. Ce pourquoi je viens vous demander de me bailler la récompense que vous m'avez promise.

Illuminée de joie, la reine fit remettre à l'instant deux mille saluts [138] à l'archer, lui ordonnant de recommencer si, par hasard, il reconnaissait n'avoir point réussi [139].

Pendant l'hiver, Jeanne vécut chez ses bons amis les Orléanais, et Isabeau ne put rien contre elle. Mais au printemps 1430, bien que ses Voix lui eussent annoncé sa capture prochaine, la Pucelle, mécontente de l'inaction du roi, se rendit à Melun, puis à Lagny, enfin à Compiègne où elle désirait s'attaquer à une armée de quatre mille Bourguignons.

Au cours du combat, elle se trouva tout à coup entourée d'Anglais. Elle tenait tête à six cavaliers. Ils lui crièrent :

— Rendez-vous et donnez votre foi.

— J'ai juré et baillé ma foi à un autre qu'à vous, et je lui en tiendrai mon serment.

Alors, un archer, la tirant violemment par sa huque de drap d'or, la fit tomber de cheval. Elle était prisonnière.

Le soir même, Isabeau reçut un message qui lui apprenait la nouvelle. Se contenta-t-elle alors de savourer sa joie mauvaise ? Ce n'est pas sûr. Le marquis de Sade, dans son *Histoire secrète d'Isabelle de Bavière*, écrite à la fin de sa vie d'après les Archives de la Maison de Bourgogne, fait état d'une curieuse lettre que la vieille reine, boursouflée de haine, aurait fait envoyer trois jours plus tard, le 26 mai, au duc de Bedford. Lettre dont voici le texte en français moderne :

Vous sentez de quelle importance il est pour vous, duc de Bedford, de faire promptement condamner cette maudite sorcière qu'on nomme Jeanne la Pucelle, prise par un de vos braves Anglais et maintenant

138. Le salut valait vingt-cinq sols.
139. Cette scène est rapportée par le marquis de Sade.

baillée au comte de Ligny, Jean de Luxembourg. C'est cette damnable créature, soufflée par l'esprit de Satan et se disant toujours inspirée par de males inspirations, qui a conduit à travers mille périls le prétendu roi Charles à se faire couronner à Reims. Mais Dieu nous en fait justice ; elle a été punie de ce méfait par des blessures et par sa captivité. Vous l'avez maintenant, gardez qu'elle n'échappe : la confiance entière que le Français a dans elle la rendrait plus redoutable encore ; on dirait que c'est un miracle que Monseigneur le benoît Dieu fait pour elle ; notre parti, déjà très chancelant, n'a pas besoin de cela pour choir, et vous savez quelle impression fait sur ce peuple ignorant tout ce qui tient à la superstition. Dites à l'Inquisiteur de la réclamer ; il le doit, puisque cette fille est véhémentement soupçonnée de plusieurs crimes sentant l'hérésie... Crimes qui ne peuvent ni se dissimuler, ni éviter la punition. Il faut donc que ce moine, que vous ferez agir, vous supplie de lui livrer cette femme, comme dépendante d'un office dont il est le chef élu par le Saint-Siège ; et, une fois que cette sorcière sera dans ses mains, dites-lui de procéder le plus tôt possible à son exécution.

Isabeau de Bavière, reine de France.

Que faut-il penser de cette extraordinaire lettre ? Sade l'a-t-il inventée ? C'est peu probable ; d'un bout à l'autre de son ouvrage il semble rigoureux dans le choix de ses sources. Faisait-elle partie de ces documents trouvés par lui aux Chartreux de Dijon dont il nous dit, dans sa préface, qu'ils ont été détruits par « l'imbécile barbarie des vandales du XVIIIe siècle », c'est-à-dire par les Révolutionnaires ? Peut-être.

Dans ce cas, la lettre serait authentique et Isabeau aurait une immense part de responsabilité dans la mort affreuse de Jeanne d'Arc. Ce serait elle, en effet, qui la première aurait traité la Pucelle de sorcière et d'hérétique, deux des chefs d'accusation qui la feront condamner au bûcher...

Mais Jeanne n'était pas encore entre les mains des Anglais. Elle s'était rendue à un seigneur du parti bourguignon, le Bâtard de Wandonne, qui l'avait cédée à son maître, Jean de Luxembourg. Il fallait donc l'acheter à celui-ci. Le 14 juillet, Pierre Cauchon, évêque de Beauvais et chancelier de la reine d'Angleterre, vint proposer 10 000 écus d'or contre la remise de Jeanne. Jean de Luxembourg, malgré les supplications de sa femme, accepta l'argent et livra la Pucelle qui fut conduite à Rouen.

Et, le 30 mai 1431, sur la place du Vieux-Marché, Jeanne, « la merveille de notre histoire et de toutes les histoires », mourait dans une gerbe de flammes, victime d'une vieille reine rendue folle par le désir d'amour...

La mort de Jeanne d'Arc avait redonné quelque espoir aux Anglais et à Isabeau.

Le sacre de Henri VI fut décidé.

Et, le 2 novembre 1431 au matin, le jeune garçon, qui allait avoir neuf ans, fit son entrée solennelle à Paris. Le prévôt des marchands et les échevins allèrent à sa rencontre en habit de cérémonie, et lui présentèrent le dais semé de fleurs de lys d'or sur fond d'azur.

Après quoi, le cortège, précédé de vingt-cinq hérauts d'armes et de vingt-cinq trompettes, se rendit au palais, à la Sainte-Chapelle et aux Tournelles. Tout au long des rues, le peuple parisien, qui a toujours aimé les défilés, criait : « Noël ! Noël ! » et le jeune roi saluait gentiment cette foule aimable. En passant devant l'hôtel Saint-Pol, il vit une vieille femme entourée de voiles qui se penchait à une fenêtre. C'était Isabeau de Bavière, sa grand-mère, qui se délectait d'un spectacle longtemps désiré.

Henri VI, très respectueusement, la salua en abattant son chaperon. La reine lui rendit son salut par un geste de la main et rentra dans sa chambre, ivre de joie. Son rêve le plus cher était réalisé : son petit-fils, par la vertu du sacre, allait devenir roi de France et d'Angleterre ; et elle allait pouvoir régner sur ces deux pays. Un enfant de neuf ans peut-il ne pas être aveuglément soumis à la volonté de sa grand-mère ?

Après le dîner, Henri vint rendre visite à Isabeau. Tout de suite, elle sut lui parler :

— Mon fils, lui dit-elle, ne cédez jamais le trône où je vous élève. Il n'y a que vous qui soyez digne de l'occuper...

Enfin, le 17 novembre, Henri VI fut sacré et couronné roi de France, à Notre-Dame, par le cardinal de Winchester.

Isabeau eut la décence de ne point paraître à la cérémonie. Pourtant, elle ne put s'empêcher de fêter en son hôtel, avec quelques amis sûrs, un événement qui lui permettait de nourrir les espoirs les plus insensés.

Elle ne se doutait pas qu'un mariage d'amour allait, quelques mois plus tard, transformer la situation, en séparant le parti bourguignon de l'Angleterre...

Le 13 novembre 1432, « en l'hôtel de Bourbon, emprès le Louvre », deux heures après minuit, une gracieuse jeune femme de vingt-huit ans trépassait doucement. Sa mort allait avoir des conséquences inattendues.

Cette dame, qui s'appelait Anne, était la sœur de Philippe de Bourgogne, et la femme du régent de France, le duc de Bedford. Tout le monde l'aimait à Paris pour sa bonté et sa grâce. On disait d'elle qu'elle était « la plus plaisante de toutes dames qui adoncques fussent en France... ». Ses obsèques furent suivies par une foule navrée qui plaignit le pauvre duc de Bedford dont le désespoir eût arraché des larmes à un « écorcheur »...

Or, au début du printemps, le régent, qui semblait inconsolable, changea brusquement d'humeur. Sa tristesse fit place à une douce mélancolie. Son entourage n'eut pas le temps de s'en étonner, car on apprit assez rapidement qu'il avait rencontré une jeune femme rousse aux yeux verts pailletés d'or dont il était tombé amoureux. Elle s'appelait Jacqueline de Luxembourg, et l'on put admirer bientôt avec émotion sa démarche onduleuse.

Au mois d'avril, Bedford l'épousa à Paris. La foule, qui était allée en pleurant aux obsèques d'Anne, se rendit joyeusement au mariage de Jacqueline.

Quand il fut informé de cette union, le duc de Bourgogne entra dans une violente colère et traita son ex-beau-frère de parjure.

— Je ne veux plus jamais voir cet homme, dit-il. Quand on est capable d'oublier si vite une épouse, on doit pouvoir, plus vite encore, trahir ses amis.

Et Philippe le Bon décida sur-le-champ de rompre avec les Anglais et de reconnaître Charles VII pour son roi.

Renversement d'alliances qui allait précipiter la défaite anglaise et ruiner de façon définitive les espoirs d'Isabeau.

La reine le comprit immédiatement et, suivant une méthode qui commençait à lui être familière, elle essaya de faire assassiner l'homme qui la gênait. Un individu nommé Gilles de Postel fut chargé par elle d'aller tuer le duc de Bourgogne. Découvert au moment où il allait commettre son forfait, le criminel fut arrêté et décapité sur l'heure.

Isabeau allait tenter une seconde fois de se débarrasser du duc de Bourgogne, lorsqu'elle apprit avec stupeur qu'une conférence devait avoir lieu à Paris pour étudier les conditions d'un traité de paix, et que Philippe le Bon allait servir de médiateur entre Henri VI et Charles VII.

Cette fois, elle s'avoua vaincue.

Assommée, rendue presque folle par un désespoir infini, elle s'enferma dans son hôtel et vécut dès lors amèrement, l'échine parfois glacée au souvenir de ses rêves défunts...

Le jour de Pâques 1435, le duc de Bourgogne, venant en négociateur, entra dans Paris avec son épouse. Avant de se rendre à l'assemblée, Philippe tint à organiser un fastueux défilé dans les rues de la capitale et prit un malin plaisir à passer devant l'hôtel Saint-Pol où la reine se terrait.

Cachée dans un coin de fenêtre, elle vit le fils de son dernier amant sourire dans un char couvert de drap d'or. Elle entendit la foule des Parisiens hurler de joie en voyant passer ces magnifiques équipages. Et elle pleura [141]...

Les propositions anglaises ayant été refusées par les ambassadeurs français, une paix séparée fut conclue à Arras entre Philippe le Bon et Charles VII. Une des clauses du traité était un véritable soufflet à Isabeau. *Elle précisait que le duc de Bourgogne était convaincu que*

141. Philippe arborait, ce jour-là, la Toison d'or. Précisons que, pour lui, l'insigne de cet ordre fameux, qu'il avait créé en 1429, n'était pas fait de poils de mouton, mais de la touffe dorée d'une Flamande qu'il aimait...

jamais Charles n'avait attenté aux jours de son père, Jean sans Peur, assassiné sur le pont de Montereau, et que l'auteur de ce crime continuerait à être recherché. En outre, Philippe reconnaissait formellement le roi Charles pour son seul et légitime souverain.

Bientôt, dans toute l'Ile-de-France, puis en Normandie, les habitants se soulevèrent contre les Anglais qui durent reculer vers la mer.

Pendant que le roi retrouvait ainsi, chaque jour, un peu de son royaume, à Saint-Pol, abandonnée de tous, la vieille reine terminait misérablement sa vie. Privée d'argent, elle, qui avait jadis puisé à pleines mains dans le Trésor royal, était obligée de porter des vêtements « qu'elle eût rougi, autrefois, de voir aux femmes qui la servaient ».

« Elle était si pauvrement gouvernée, nous dit un chroniqueur du temps, qu'en la voyant on lui demandait à elle-même où était la reine. Elle n'avait que huit septiers de vin par jour, pour elle et pour sa maison. On faisait si peu état d'elle, pour les grands maux qu'elle avait causés sur la terre, qu'on eut l'insolence de la poursuivre en raison de dettes contractées par elle pour les premiers besoins de sa vie, tels que le feu, l'éclairage, la nourriture, etc. Et elle fut condamnée au payement. »

Enfin, le 30 septembre 1435, Isabeau rendit le dernier soupir. Elle avait soixante-huit ans.

Son corps, dont l'ardeur avait causé tant de maux à la France, fut exposé pendant trois jours au public, et les Parisiens se rendirent en foule à Notre-Dame pour le contempler.

L'enterrement posa un problème. Les Armagnacs occupant alors quelques villages autour de Paris, on craignit de les rencontrer en allant à Saint-Denis et d'être pris dans une escarmouche. Après bien des hésitations, on finit par placer les restes de la reine dans un bateau sous la seule garde d'un aumônier, d'un domestique et de deux rameurs. C'est ainsi qu'Isabeau de Bavière vogua, sans aucune pompe, vers la nécropole des rois de France...

24

Agnès fait terminer la guerre de Cent Ans

> Gentille Agnez, plus de los tu mérites,
> La cause estant de France recouvrer,
> Que tout ce que en cloistre peut ouvrer
> Close nonnain ni en désert hermite.
>
> FRANÇOIS Ier

Cinq mois après la mort d'Isabeau, Paris se rendit au connétable de Richemont, et Charles VII put entrer dans sa capitale.

Huit années s'écoulèrent alors, remplies de petites guerres au cours desquelles la France, peu à peu, reprenait forme. Et, le 28 mai 1444, une trêve fut signée avec l'Angleterre.

Le roi soupira. Il allait pouvoir, enfin, penser à la seule chose qui l'intéressait : la bagatelle. Doué d'un tempérament assez vif, il avait eu mille aventures dans sa jeunesse ; mais, s'il lui était arrivé plusieurs fois de tromper la reine Marie, son épouse, il n'avait jamais eu le temps de se consacrer à la chose aussi complètement qu'il le désirait. Il résolut de ne plus perdre une minute et se mit à lorgner les demoiselles qui vivaient à la cour [142].

La première qui retint son attention fut Mme de Joyeuse. Elle était jolie, gracieuse, et douée d'une adorable perversité qui donnait de l'éclat à son regard. Son élégance était réputée. Elle portait, en effet, les plus belles et les plus riches toilettes du royaume. Ses robes étaient garnies de fourrures rares, ses bijoux égalaient ceux de la reine, et ses coiffures, qui se composaient de *cornes merveilleuses,* étaient si hautes et si larges qu'elles l'obligeaient à se baisser pour passer sous les portes.

— Faut-il que le sire de Joyeuse soit riche ! disaient les bonnes gens en hochant la tête.

Comme toujours, les bonnes gens se trompaient : ce n'était pas son mari qui la parait si somptueusement, mais son père, Jean Louvet. Car celui-ci, qui portait le titre de conseiller « chargé du maniement des monnaies », ne jugeait pas contraire à ses principes de puiser à pleines mains dans le Trésor royal. Il possédait, de ce fait, une fortune rondelette...

Charles VII, ayant rencontré, un jour, Mme de Joyeuse seule dans un couloir, lui fit « par gestes et mots galants » des propositions si malhonnêtes que la belle, offusquée, alla sur-le-champ informer son père de l'état indécent dans lequel semblait se trouver le roi à cause d'elle.

Le conseiller fut ravi. Depuis longtemps, il espérait voir Charles VII occupé par une passion capable de l'absorber tout entier, c'est-à-dire propre à lui retirer tout désir de s'intéresser aux affaires de l'État et surtout aux comptes du Trésor...

— Il y aurait maladresse à montrer trop grande pruderie, dit-il à Mme de Joyeuse. Pourtant, ne vous rendez pas en hâte aux pressantes invites de notre sire. Faites en sorte de lui « eschauffer le sentiment »...

La belle était finaude. Elle comprit fort bien ce qu'elle devait faire et se mit à inventer mille coquetteries propres à exalter la passion de Charles. Mais un tel manège n'est pas sans danger, cela est bien connu. De plus, certains simulacres, dit-on, tentent le destin... Ceci explique pourquoi la jeune femme s'aperçut un beau matin qu'elle était tombée amoureuse du roi. Un peu honteuse de s'être prise au piège qu'on lui avait ordonné de tendre, elle cacha soigneusement son sentiment, et il fallut un curieux incident pour que Charles VII en eût la révélation.

La chose se passa dans la forêt de Chinon, pendant la promenade à cheval que toute la cour avait coutume de faire au coucher du soleil. Le roi avait réussi à entraîner Mme de Joyeuse un peu à l'écart de sa suite et lui tenait, comme à son habitude, des propos assez lestes, dans

142. Il avait eu, entre autres maîtresses, Éléonore de La Pau.

le but de créer, chez elle, les heureuses dispositions qu'il souhaitait. Soudain, nous dit un historien, « alors qu'il s'était baissé jusques sur l'arçon pour lui dire quelque chose à l'oreille et qu'attentif à son discours il n'était pas en garde contre les ombrages du cheval qu'il montait, celui-ci se cabra tout d'un coup, en telle sorte que, si Charles n'eût eu une vigueur étonnante, ce fougueux animal se serait renversé sur lui. Mme de Joyeuse pâlit de cet accident, et la frayeur qu'elle en eut lui causa une faiblesse qui pouvait presque s'appeler un évanouissement [143] ».

En constatant « l'émotion que son aventure avait suscitée », le roi fut si bouleversé qu'il ne put prononcer une parole. Quant à Mme de Joyeuse, elle resta tremblante et muette jusqu'au retour à Chinon... Aussi est-ce absolument sans dire un mot « qu'à peine arrivés au chastel ils se prirent par la main et s'allèrent coucher ensemble ».

Leur liaison dura quelques mois, tumultueuse et passionnée, jusqu'au jour où Charles VII fit la connaissance de la fille d'honneur d'Isabelle d'Anjou [144].

Cette demoiselle était si belle « qu'il rêva tout éveillé et ne crut pas que le sommeil lui pût apporter de plus doux songes ».

Fasciné, il contempla ses cheveux blond cendré, ses yeux bleus, son nez parfait, sa bouche ravissante, sa gorge généreusement décolletée, et il lui demanda son nom :

— Je suis fille de Jean Soreau et me nomme Agnès Sorel [145], dit-elle.

Sans rien répondre, le roi remonta vers ses appartements. Il était émerveillé.

Comment ne l'eût-il pas été, puisque cette femme éblouissait tous les hommes qui la voyaient ? Du fond d'un abîme de cinq siècles, leurs cris d'admiration montent vers nous comme des litanies. Écoutons-les :

— Entre les belles, c'était la plus jeune et la plus belle du monde, s'écrie Jean Chartier.

Olivier de la Marche ajoute :

— Et, certes, c'était une des plus belles femmes que je vis oncques.

— Laquelle, pour vrai, avait été la plus belle femme jeune qui fût en celluy temps possible de voir, s'exclame l'auteur de la *Chronique martinienne.*

— C'était une des belles femmes du royaume, précise Jacques Leclerc.

Agnès de Belle Agnès retiendra le surnom
Tant que de la Beauté Beauté sera le nom !

s'écrie le poète Baïf.

Enfin, Pie II ne peut s'empêcher de dire :

143. *Mémoires secrets de la cour de Charles VII.*

144. Isabelle d'Anjou était la femme du Bon roi René, frère de Marie d'Anjou (épouse de Charles VII).

145. Jadis, on mettait ainsi, souvent, le nom des femmes au féminin.

— Elle avait le plus beau visage qu'on pût voir...

Et, dans la bouche d'un pape, ce n'est certes pas un compliment banal...

On ignore à peu près tout des origines d'Agnès Sorel. Ce que l'on sait, en effet, se résume à fort peu de choses qui peuvent facilement tenir en trois phrases : son père, Jean Soreau, était conseiller du duc de Clermont ; sa mère, Catherine de Maignelay, était châtelaine de Verneuil ; à l'âge de quinze ans, sa tante la fit entrer à la cour d'Isabelle de Lorraine, reine de Sicile et femme du roi René, en qualité de demoiselle d'honneur.

C'est tout. On ne sait ni à quelle date ni en quel lieu la plus belle femme du XVe siècle ouvrit ses admirables yeux sur le monde.

Car, si un chroniqueur a la complaisance de nous révéler qu'Agnès est née à Fromentau, encore omet-il de nous préciser s'il s'agit du Fromentau picard ou du Fromentau tourangeau...

Et, si les historiens s'accordent pour dire qu'elle avait vingt-deux ans lorsque le roi la vit pour la première fois, c'est uniquement parce qu'une tradition veut qu'elle ait vu le jour en 1422.

Rien de tout cela n'est précis, rien de tout cela n'est authentifié par des documents irréfutables.

La seule chose dont nous soyons sûrs, c'est qu'elle était, dès son adolescence, comme « oncques en aucun païs reine tant belle ni divine ne fut... ».

Cette beauté, je l'ai dit, avait littéralement frappé Charles VII qui était rentré chez lui dans un état voisin de l'extase. Il se croyait en paradis.

Le soir même, il essaya de prouver son affection à Agnès ; mais la jeune fille se sauva avec un air effarouché qui ne fit qu'accroître l'ardeur dont il brûlait. Pendant plusieurs jours, il parut nerveux et irascible ; puis, un matin, il descendit de ses appartements avec un si joli sourire que tout le monde comprit que la belle Agnès n'avait pas dormi seule.

Mme de Joyeuse, lorsqu'elle fut informée de sa disgrâce, tomba malade de jalousie, au point que son mari, sérieusement inquiet, lui fit prendre quelques remèdes propres à rendre la joie de vivre. Ces remèdes eurent le meilleur effet : quinze jours plus tard, Mme de Joyeuse devenait la maîtresse du sire de La Trémoille...

Durant quelques mois, les amours du roi et de la dame de Fromentau ne furent connues que de tout le monde.

La reine les ignorait.

Un détail vestimentaire allait lui révéler son infortune. Un soir, Marie d'Anjou rencontra la favorite se promenant dans un couloir du château le corsage ouvert et un sein à l'air. Cette grande liberté d'allure, qui témoignait d'une certaine assurance, lui donna à penser qu'Agnès avait pris brusquement à la cour une place importante ; et elle se mit à surveiller son époux.

Celui-ci était fort prudent, et le chroniqueur Jean Chartier nous dit que « oncques ne virent toucher Agnès par le roi au-dessous du menton »... On dut admettre cependant qu'il la touchait en cachette un peu plus bas, car, en 1445, la belle se trouva enceinte...

Le jour de l'accouchement, voyant que le roi souriait d'un air fat, la reine n'eut plus de doute sur son infortune. Elle alla trouver sa mère, Yolande d'Aragon, et lui conta ses malheurs. Yolande était sage. Elle savait que sa fille, dont les attraits physiques et les facultés intellectuelles étaient médiocres, ne pouvait lutter contre l'éblouissante et spirituelle Agnès. Elle savait, en outre, que, si l'on obligeait Charles VII à chasser sa favorite, il irait chercher des partenaires en dehors de la cour et même jusque chez les ribaudes ; mieux valait donc encore accepter la situation...

La reine, indulgente et bonne, se résigna facilement et entretint, dès cet instant, d'excellentes relations avec la maîtresse de son mari. Ensemble, elles se promenaient, écoutaient de la musique et dînaient en devisant ; ce dont se réjouissait fort Charles VII qui n'avait pas de plus grand contentement que de voir la bonne entente régner autour de lui[146]...

Pendant quelques années, le roi, qui d'après le pape Pie II, ne pouvait demeurer une heure sans sa belle amie[147], se préoccupa plus de perfectionner sa technique amoureuse que de diriger les affaires de l'État.

Le résultat fut qu'en 1448, la France était surchargée d'impôts et qu'Agnès Sorel avait trois enfants...

Charles VII désira un jour anoblir la mère de ses bâtards. Il eut alors une idée ravissante, qui est sans doute le plus bel hommage qu'il ait pu rendre à son adorable favorite. Il possédait, près de Paris, en bordure de la forêt de Vincennes, sur un coteau dominant la boucle de la Marne, un petit manoir que Charles V avait fait construire pour abriter sa bibliothèque. Ce lieu s'appelait Beauté-sur-Marne. Le roi en fit don à Agnès, qui devint ainsi en titre ce qu'elle était en fait : Dame de Beauté.

Hélas ! ces libéralités, et surtout cette vie molle passée en fêtes et en « doux esbatements », finirent par faire murmurer le peuple qui, pour lors, vivait misérablement.

Aussi, lorsqu'en avril 1448 Agnès vint à Paris, la foule ne lui fit-elle pas un accueil très chaleureux.

Écoutons ce qu'en dit le bourgeois de Paris dans son *Journal* :

« La dernière semaine d'avril, vint à Paris une demoiselle, laquelle

146. Marcel Fragcr écrit : « Sachant la terrible hérédité sexuelle pesant sur Charles VII et la nécessité d'une influence séduisante pour guider sa volonté, il est fort probable que la reine de Sicile (Yolande d'Aragon) non seulement toléra, mais même « employa » Agnès pour imposer ses directives. » *Marie d'Anjou, femme de Charles VII.*

147. Pie II, *Mémoires.* « Le roi en tomba si amoureux fou qu'il ne pouvait plus demeurer même une heure sans elle ; soit à table, soit au conseil, soit dans son lit... »

on disait être aimée publiquement du roi de France, sans foi et sans loi, et sans vérité à la bonne reine qu'il avait épousée ; et bien apparaît qu'elle menait aussi grand état comme une comtesse ou duchesse ; et allait et venait bien souvent avec la bonne reine de France, sans ce qu'elle eût point honte de son péché. Dont la reine avait moult de douleur à son cœur ; mais souffrir lui convenait pour lors. Et le roi, pour plus montrer et manifester son grand péché et sa grande honte, et d'elle aussi, lui donna le chastel de Beauté, le plus bel chastel et joli, et le mieux assis qui fût en l'Isle de France. Et se nommait et faisait nommer « la belle Agnès ». Et pour ce que le peuple de Paris ne lui fît une telle révérence comme son grand orgueil demandait, qu'elle ne pût celer, elle dit au départir : que ce n'était que vilains et que si elle eût cuidé (cru) qu'on ne lui eût fait plus grand honneur qu'on ne le fit elle n'y eût jà (jamais) entré ni mis le pied ; qui eût été dommage, mais il eût été petit. Ainsi s'en alla la belle Agnès, le dixième jour de mai suivant, à son péché comme devant. »

Et le bourgeois ajoute ce commentaire amer :

« Hélas ! quelle pitié, quand le chef du royaume donne si male exemple à son peuple ; car s'ils font ainsi ou pis, ils n'en oseraient parler ; car on dit en un proverbe : « Selon Seigneur mesnie duite[148] », comme nous savons d'une dame reine de Babylone, nommée Sémiramis, qui fut une des neuf preuses, qui fit de son propre fils son ami ou son ribaud ; et, quand elle vit que son peuple en murmurait, elle fit crier publiquement partout son royaume : que qui voudrait prendre sa mère, sa fille ou sa sœur par mariage ou par fol amour ou autrement, qu'elle en donnait à tout son peuple, quel qu'il fût, licence et pouvoir de ce faire, et le commandait : dont il vint moult de maux audit royaume de Chaldée ; car les hommes efforçaient les femmes et les filles. Dont maint homicide fut fait depuis cette loi que Sémiramis fit pour couvrir sa grande luxure ; car quand un si grand seigneur ou dame fait publiquement grand péché, ses chevaliers et son peuple en sont plus hardis à pécher. »

Alors on commença à parler des toilettes extravagantes imaginées par la favorite[149]. Agnès avait compris, en effet, qu'elle pouvait ne pas cesser d'être « émouvante », même habillée, et, délaissant les tuniques vagues qui voilaient les formes, elle adopta de longues robes qui la moulaient étroitement de façon presque indécente.

En outre, elle mit au point ce décolleté qui avait tant éberlué la reine Marie. Cachant pudiquement un sein, elle découvrit l'autre avec une grâce infinie et lança une mode que bien des dames de la cour enragèrent de ne pouvoir suivre.

Ce sont peut-être ces pauvres femmes aux appas peu présentables qui poussèrent, d'ailleurs, quelques notables à protester hautement contre les fantaisies vestimentaires de la favorite. Le chancelier Juvénal

148. Tel maître, tel valet.
149. Elle fut la première à porter des diamants taillés, ce qui fit jaser.

des Ursins, entre autres, demanda sur un ton indigné : « ...Que le roi, en son hôtel même, il mît remède tant en ouverture de par-devant, par lesquelles on voit les tétins, tettes et seins de femme, et les grandes queues fourrées [150]... Et que en son hôtel et celui de la reine et de ses enfants, ne souffrît homme ou femme diffamée de puterie et ribaudie, et de tous autres péchés. Car les souffrir on a vu trop d'inconvénients advenir et de punitions divines. J'ai vu des robes de l'aïeule du roi qui ne traînaient point derrière, un pied. »

Juvénal des Ursins n'était pas le seul à traiter Agnès Sorel de femme légère. Le Bourguignon Chastelain disait également en parlant d'elle : « De tout ce qui, en ribaudie et dissolution, pouvait traire (tirer) en fait d'habillement, de cela fût-elle produiseresse et inventeresse. »

Lorsqu'on sait que Juvénal des Ursins et Chastelain étaient, de par leur rang, tenus à s'exprimer en un langage modéré, on imagine aisément de quelle façon le peuple devait parler de la favorite de Charles VII...

Or ces reproches, ces insultes même, parvinrent, un jour, aux oreilles d'Agnès qui, loin de s'en irriter, s'en affligea. Elle voulut connaître les raisons qui poussaient le peuple, dont elle ignorait tout, à la mépriser et à la haïr. Lorsqu'elle sut qu'une misère profonde régnait sur le royaume, elle se repentit et décida de donner au roi une conscience plus nette de son devoir et de ses responsabilités.

Elle utilisa à cet effet une ruse fort habile, que Brantôme nous rapporte dans sa *Vie des dames galantes :* « Voyant le roi enamouraché d'elle et ne se soucier que de lui faire l'amour et, mal et lâche, ne tenir compte de son royaume, écrit-il, Agnès lui dit :

» — « Lorsque j'étais encore jeune fille, un astrologue m'a promis que je serais aimée et servie par l'un des plus vaillants et courageux rois de la Chrétienté. Quand vous m'avez fait l'honneur de m'aimer, je pensais que ce fût vous ce roi valeureux qui m'avait été prédit... Mais je vous vois si mol, avec si peu de soins de vos affaires, que je vois bien que je me suis trompée. Ce roi courageux n'est pas vous, mais le roi d'Angleterre, qui fait de si belles armes et vous prend tant de belles villes à votre barbe [151]. Adieu ! je m'en vais le trouver, car c'est celui-ci dont parlait l'astrologue. »

» Ces paroles piquèrent si fort le cœur du roi qu'il se mit à pleurer. Prenant courage et quittant sa chasse et ses jardins, il prit le frein aux dents, si bien que, avec bonheur et vaillance, chassa les Anglais de son royaume. »

Brantôme a raison. Quelque temps après cette conversation, Charles VII réorganisa ses fameuses compagnies d'ordonnance et, en 1449, rompant la trêve avec l'Angleterre, il reprit la lutte. L'ennemi occupait encore plusieurs positions importantes. Il le « bouta hors ». Et, en

150. Jupes fort longues.

151. Brantôme veut dire sans doute « qui garde tant de nos belles villes », car, pendant la trêve, le roi d'Angleterre ne pouvait rien prendre du tout...

quelques mois, ce roi véritablement galvanisé par son amour pour la Dame de Beauté mit fin à la guerre de Cent Ans.

Agnès avait fait, de Charles l'Indolent, Charles le Victorieux [152].

Hélas ! le destin ne devait pas permettre à la favorite de voir l'achèvement de son œuvre. Alors que se déroulaient les derniers combats libérateurs, elle mourut brusquement dans des circonstances qui méritent d'être connues.

On était alors en 1449. Depuis quelques semaines, le roi se trouvait à l'abbaye de Jumièges.

Il préparait avec minutie l'investissement d'Harfleur, que les Anglais gardaient encore, et dirigeait de nombreux conseils destinés à étudier les détails d'un assaut qu'il savait difficile. Parfois, entre deux discussions avec ses chefs militaires, il se promenait dans les jardins, montrant un visage tourmenté qui aurait pu faire douter de sa confiance dans le succès de ses armes. En réalité, il pensait à Agnès Sorel, Agnès, qu'il avait laissée à Loches et qui était sur le point d'accoucher...

Charles VII, tout en reconquérant brillamment le beau duché de Normandie, attendait, en effet, son quatrième bâtard [153].

« Peut-être, cette fois-ci, me donnera-t-elle un fils, pensait-il. J'aimerais tant avoir un fils d'elle. »

Ce vœu ne trahissait aucune préoccupation d'ordre politique ; car Charles, qui était le père de cinq enfants légitimes nés de Marie d'Anjou, avait déjà un héritier, le dauphin Louis [154], et l'avenir de la dynastie était assuré. C'était seulement le vœu d'un homme follement amoureux de sa maîtresse.

Un après-midi de janvier, alors qu'il se promenait ainsi en pensant à Agnès et à l'enfant qu'elle lui donnerait bientôt, il vit venir vers lui, en courant, un des moines portiers de l'abbaye.

— Sire, venez vite, mademoiselle Agnès Sorel est là, et en bien triste état.

Charles VII, perdant toute retenue, courut vers l'endroit où le chariot qui amenait la favorite s'était arrêté. Il eut peine à reconnaître la Dame de Beauté, tant les fatigues du voyage avaient tiré ses traits et tant sa grossesse avancée avait déformé son corps. Elle se leva en voyant le roi et lui sourit.

152. La reine Marie d'Anjou, qui, sur les conseils de sa mère, Yolande d'Aragon, avait admis la présence d'Agnès à la cour, lui était maintenant reconnaissante de son influence sur Charles VII. « Elle savait gré à la favorite, écrit Marcel Frager, d'inspirer l'énergie du roi, de le maintenir dans ses belles volontés et de prendre soin de sa gloire. » *(Op. cit.)*

153. Agnès avait déjà donné trois filles à Charles VII : Charlotte, Marie et Jeanne.

154. Louis XI était né le 3 juillet 1423. Marcel Frager nous dit « qu'il n'existe sans doute pas dans l'histoire de France une naissance royale plus affligeante que celle-là ». La reine Marie d'Anjou, qui se trouvait alors seule à Bourges et dans le dénuement le plus complet, avait dû demander l'hospitalité à l'évêché. Elle s'était vue contrainte également d'emprunter du linge, des meubles et de la vaisselle pour que le nouveau dauphin n'apparût pas comme un fils de vilain. Enfin elle avait été obligée de se faire prêter 343 livres par son valet de chambre et de mettre sa Bible en gage...

— C'est une folie, madame, dit Charles VII, de venir ici dans cet état.

— Il fallait que je vous voie, répondit Agnès, personne autre que moi ne pouvait venir vous dire ce que vous devez savoir.

Fort intrigué, le roi la conduisit dans une chambre où elle se coucha, épuisée. Puis, sans même attendre qu'elle eût pris quelque repos, il vint à son chevet, avide de savoir ce qu'elle avait à lui dire. Elle lui apprit alors que « quelques-uns de ses gens le voulaient trahir et livrer ès mains des Anglais »...

Charles VII, un peu sceptique, se mit à rire. Malgré son extrême lassitude, Agnès continua à parler, donnant mille précisions sur le complot qui se tramait et sur les conjurés dont elle avait découvert, par hasard, les desseins.

— Je suis venue pour vous sauver, dit-elle doucement.

Elle avait raison, car, le lendemain, les ennemis du roi, en apprenant qu'Agnès avait percé leur secret et averti Charles VII, jugèrent prudent de ne pas agir...

Heureuse d'avoir informé son amant du danger qui le menaçait, la favorite s'endormit. Son sommeil fut court : à la fin de l'après-midi, prise des premières douleurs, elle se tordit sur le lit en gémissant.

Aussitôt, Charles VII la fit transporter au manoir du Mesnil-sous-Jumièges[155], maison de plaisance des abbés, afin qu'elle y pût accoucher de façon confortable, et le lendemain elle mettait au monde une fille qui devait d'ailleurs mourir six mois plus tard.

Les suites des couches furent pénibles. Le chroniqueur Jean Chartier nous dit : « Finalement, il advint qu'Agnès gagna le *flux de ventre* dont elle fut malade par longue espace de temps, durant laquelle maladie elle eut moult belles contritions et repentances de ses péchés. Et lui souvenait souvent de Marie-Madeleine, qui fut grande pécheresse au péché de la chair, et invoquait Dieu dévotement et la Vierge Marie à son ayde. Et comme vraie catholique, après la réception de ses sacrements, demanda ses heures pour lire les vers de saint Bernard qu'elle avait écrits de sa propre main. Et, depuis, fit plusieurs vœux, lesquels furent mis par écrit afin de les faire accomplir par ses exécuteurs avec son testament qui se pouvait bien monter, tant pour aumônes que pour payer ses serviteurs, à la somme de soixante mille écus et fit ses exécuteurs de Jacques Cœur, conseiller et argentier du roi, de maître Robert Poictevin, physicien, et maître Estienne Chevalier, trésorier du roi ; et ordonna que le roi seul, et pour le tout, fût par-dessus les trois.

» Et depuis, ladite Agnès, voyant et sachant sa maladie rengrever de plus en plus, dit à ceux qui l'entouraient *que c'était peu de chose, orde*[156] *et puante que notre fragilité.* »

155. Mesnil-sous-Jumièges porte maintenant le nom de Mesnil-la-Belle, en souvenir du passage d'Agnès.

156. Malpropre.

Enfin, après avoir demandé à son confesseur, messire Denis, de l'absoudre, Agnès, la Belle des Belles, mourut le 9 février 1450, à six heures du soir.

Cette mort était survenue de façon si brusque que le menu peuple, dont on connaît le goût pour le drame, parla immédiatement d'un crime.

— Agnès Sorel a été empoisonnée ! murmurait-on.

Et comme, dans une telle affaire, il fallait à la foule un coupable de choix, on accusa le dauphin Louis, futur Louis XI, d'avoir fait disparaître la favorite de son père.

Certains rappelaient que l'héritier de la couronne avait toujours détesté Agnès Sorel, dont il redoutait l'influence sur le roi, et qu'un jour, à Chinon, il s'était emporté contre elle jusqu'à lui donner un soufflet, en criant :

— Par la Pâques-Dieu, cette femme est la cause, à nous tous, de notre malheur [157] !

D'autres ajoutaient qu'il avait même essayé de la tuer en la poursuivant, l'épée à la main, et qu'elle n'avait échappé à la mort qu'en se sauvant dans la chambre du roi [158]. Enfin, quelques personnes bien informées assuraient que, si le dauphin était présentement en rébellion ouverte contre son père, c'était à cause de la favorite. Monstrelet se fait d'ailleurs l'écho de ces bruits lorsqu'il écrit dans sa chronique : « La haine de Charles VII contre Louis venait de ce que ce prince avait plusieurs fois blâmé et murmuré contre son père pour la belle Agnès, qui était dans la grâce du roi beaucoup plus que n'était la reine... dont le dauphin avait grand dépit et, par dépit, il lui fit la mort avancer... »

Dix-huit mois passèrent et, déjà, le gentil peuple commençait à oublier l'affaire, quand une dame de la cour, nommée Jeanne de Vendôme, qui devait de l'argent à Jacques Cœur, vint affirmer, sous serment, que le grand argentier du roi avait empoisonné Agnès Sorel.

Charles, très ému, ordonna immédiatement une enquête.

Une semaine plus tard, on arrêtait Jacques Cœur à son domicile et on le traînait devant un tribunal étrange, composé de juges bien peu recommandables puisqu'on trouvait sur leurs bancs un ancien capitaine d'*Écorcheurs* [159] et un aventurier italien au passé plus que douteux...

Cette arrestation, qui causa une grande surprise dans le royaume, soulagea bien des gens. En effet, l'argentier n'était pas seulement le créancier du roi, il avait prêté de fortes sommes à la plupart des seigneurs qui vivaient à la cour, et certains pensaient déjà que sa condamnation arrangerait grandement leurs affaires. De sorte que les juges comprirent qu'en le faisant emprisonner à vie ils s'assureraient de puissantes amitiés.

157. *Annales d'Aquitaine.*
158. *Commentari verum...* (etc.), par le pape Pie II.
159. Les Écorcheurs étaient des pillards organisés en bandes, qui désolèrent la France pendant plusieurs années.

Le procès eut lieu. Mais les preuves apportées par Mme de Vendôme parurent rapidement inconsistantes, même aux plus farouches ennemis de Jacques Cœur.

Allait-on le relâcher ? Non. Trop heureux de tenir à leur merci un homme qui les gênait par sa puissance et sa richesse, les juges, appuyés par certains courtisans, résolurent d'en profiter pour l'abattre, et le procès changea de tournure. On vit alors tous ceux qui pensaient trouver un intérêt à sa perte venir l'accabler lâchement. Des centaines de « témoins » haineux se ruèrent vers la salle du Conseil, et Jacques Cœur, stupéfait, fut bientôt écrasé sous des griefs extravagants et absurdes. On l'accusa d'avoir vendu des armes aux infidèles, exporté dans le Levant des monnaies françaises et des lingots d'or marqués à la fleur de lys, fabriqué des écus trop légers, usurpé des dons faits au roi par différentes villes du Languedoc, commis des exactions dans cette province, enrôlé de force des marins sur ses galères, etc [160].

Finalement, les juges condamnèrent Jacques Cœur pour « détournement de fonds ». Mais, ne voulant pas donner au peuple l'impression que le premier chef d'accusation était abandonné définitivement, ils déclarèrent avec perfidie « qu'au regard des poisons, *pour ce que le procès n'était pas en état d'être jugé pour le présent,* il n'en était pas fait mention... ».

Et l'argentier, qui avait été l'un des plus grands serviteurs du roi et l'un des plus intimes amis d'Agnès, fut jeté en prison. Fort heureusement, au bout de quelques mois, il parvint à s'enfuir et alla se réfugier à Rome où le pape l'accueillit avec un vif plaisir.

Était-il coupable ? Assurément non. Pour la bonne raison qu'*Agnès Sorel n'est pas morte empoisonnée.* Le simple fait que son enfant ait vécu six mois le prouve amplement. Il semble, d'après les médecins qui se sont penchés sur les symptômes indiqués par les chroniqueurs, que la Belle des Belles ait succombé plutôt à la dysenterie des accouchées.

L'affaiblissement dû aux fatigues causées par l'épuisant voyage de Loches à Jumièges l'empêcha de vaincre son mal. Ainsi la Dame de Beauté est-elle morte pour avoir voulu sauver son amant...

Après la mort d'Agnès, Charles VII, qui était, je l'ai dit, « d'un naturel passionné et galant », chercha une nouvelle maîtresse. Et, pensant que les fruits du même arbre ont la même saveur, il choisit Antoinette de Maignelay, propre cousine de la Dame de Beauté. C'était une très jolie femme, qui eut rapidement une grande influence sur le roi. Poussé par un reste de pudeur, celui-ci voulut tenter de justifier la présence de cette charmante personne à la cour, et il la maria à l'un de ses intimes : André de Villequier, lequel sut à merveille jouer les époux complaisants. Dès lors, Charles VII, qui avait quarante-huit ans passés, retrouva une seconde jeunesse. Amoureux fou d'Antoinette, qu'il entraînait dans sa chambre quatre et cinq fois par jour sous des

160. VALLET DE VIRIVILLE, *Nouvelles recherches sur Agnès Sorel.*

prétextes dont personne n'était dupe, il oublia complètement la pauvre Agnès qui lui avait pourtant sauvé l'honneur et la vie.

Rien n'était trop beau pour cette nouvelle maîtresse. Voici, par exemple, la description d'un repas donné en son honneur, le 6 juin 1455 : « La table était garnie d'une pelouse verte entourée de plumes de paon, avec des rameaux entremêlés de violettes et autres fleurs. Au milieu de la pelouse, se voyait une tour argentée qui formait une volière où étaient des oiseaux avec la huppe et les pattes dorées. On y mangea du civet de cerf, des quartiers de biche, des poulets farcis, des longes de veau couvertes de brouet d'Allemagne, des pâtés aux croûtes argentées et dorées, des esturgeons et du sanglier à la crème frite. Des joueurs de trompe et des ménestrels accompagnaient le repas. »

Mais le roi n'était pas le seul à combler la belle Antoinette de cadeaux, la reine elle-même, avec une magnanimité admirable, lui offrait des présents somptueux pour ses étrennes ainsi que nous le prouve le livre de comptes de la cour.

Une année, elle lui envoya une fontaine de cristal ornée de feuillage d'or...

Comme le dit un historien : « Il fallait que cette favorite fût bien aimable pour être aimée ainsi de la femme de son amant [161]... »

Hélas ! bientôt, une seule maîtresse ne suffira plus à l'ardent Charles VII...

Un jour, le roi, dont l'excitation amoureuse augmentait avec l'âge, appela Antoinette de Maignelay et lui demanda si elle ne connaissait pas quelques charmantes personnes agréables à la vue et au toucher, qui consentiraient à venir séparément, ou même ensemble, le retrouver dans ses appartements.

La nouvelle favorite connaissait l'appétit insatiable de son amant et le goût qu'il avait pour certaines complications. Elle fit cependant la naïve :

— Pourquoi donc, gentil sire, ce désir soudain de partenaires multiples ?

— C'est, dit-il, pour le besoin que j'ai de calmer mon humeur.

Antoinette n'était point du tout amoureuse de Charles VII. Elle profitait seulement du caprice royal, heureuse de recevoir des bijoux qu'elle remettait à son mari, et bien décidée à tout entreprendre pour que cette situation durât le plus longtemps possible. Aussi ne fit-elle aucune difficulté pour rechercher ce que son amant lui demandait.

Au contraire.

Elle-même ne détestait pas, en effet, certains jeux particuliers...

A partir de ce jour, elle fut donc aux aguets et toutes les jeunes personnes « aimables de corps » qui passèrent à sa portée eurent l'honneur d'être priées, par elle, de vouloir bien entrer dans le lit du roi.

Dans le sien, par conséquent...

161. Jean Vidal, *Charles VII.*

Voici d'ailleurs ce que raconte à ce sujet le chroniqueur Jean du Clerq : « La dame de Villequier (Antoinette de Maignelay) rencontra un jour, chez Mme de Genlis, la fille d'un écuyer de la ville d'Arras nommé Antoine de Rebreuves. Cette jeune fille, qui s'appelait Blanche, était bien la plus belle qu'on pût voir. La dame de Villequier pria Mme de Genlis de la lui confier. Mais celle-ci refusa, disant qu'elle ne pouvait pas disposer ainsi de cette enfant sans la permission de son père ; et Blanche fut reconduite à Arras. Lorsque Antoine de Rebreuves eut connaissance du désir manifesté par la favorite, il s'empressa d'y acquiescer ; et il chargea son fils Jacques, jeune et bel écuyer âgé de vingt-sept ans, de mener sa sœur, qui n'en avait que dix-huit, à la cour du roi pour être aux ordres de la dame de Villequier. Elle arriva un mardi. Le soir même, le roi, fort réjoui, s'en alla coucher avec elle et la dame de Villequier [162]... »

Charles VII, au bout de quelques jours, rappela à sa favorite que son humeur, pour être calmée, avait besoin de divertissements un peu plus corsés. Alors, Antoinette se remit en chasse et chargea des marchands ambulants de lui signaler toutes les jeunes filles appétissantes qui pouvaient se trouver dans la région. Grâce à ce travail méthodique, Antoinette eut bientôt réuni à la cour toute une troupe fort sémillante dont la présence donna un bel éclat au regard du roi de France.

Les nuits de l'hôtel Saint-Pol furent, dès ce moment, beaucoup plus mouvementées. Et le bruit courut rapidement dans Paris que Charles VII se livrait à une débauche éhontée en compagnie de demoiselles fort impudiques. Plusieurs chroniqueurs se font d'ailleurs l'écho de ces rumeurs. Jean du Clerq, notamment, écrit : « Après laquelle belle Agnès morte, le roi Charles accointa en son lieu la nièce [163] de la dite belle Agnès, laquelle était femme mariée au seigneur de Villequier ; et se tenait son mari avec elle ; et elle était bien aussi belle que sa tante. Et avait aussi cinq à six demoiselles des plus belles du royaume, de petit lieu, lesquelles suivaient le roi Charles partout où il allait ; et étaient vêtues et habillées le plus richement qu'on pouvait, comme reines, et tenaient moult grand et dissolu état et le tout au dépens du roi, et plus grand état qu'une reine ne ferait. »

Un autre historien du XVe siècle, Claude de Seyssel, exprime son indignation plus franchement encore : « Ledit roi Charles septième, après qu'il eut chassé ses ennemis et pacifié son royaume, ne fut pas exempt de plusieurs malheuretés ; car il vécut dans sa vieillesse assez luxurieusement et trop charnellement, entre femmes mal renommées et mal vivant, dont sa maison était pleine. Et ses barons et serviteurs, à l'exemple de lui, consumaient leur temps en voluptés, danses, mômeries et folles amours [164]. »

Charles VII, absolument indifférent aux murmures de son peuple,

162. Mais ces jeux, pourtant compliqués, ne devaient pas suffire à Antoinette. Le chroniqueur nous dit, en effet, « qu'elle garda pour elle le frère de Blanche et qu'elle en fit son *écuyer tranchant...* ».

163. Jean du Clerq se trompe : c'était sa cousine.

164. CLAUDE DE SEYSSEL, *Les louanges du bon roi de France Louis XII.*

se faisait suivre en tous lieux par son harem. Or ce « troupeau de petites femmes » *(copiosus grex mulierculartum)* richement habillées lui coûtait fort cher. Et la reine voyait avec peine le roi de France se déshonorer et vider le Trésor pour quelques donzelles qui eussent été mieux à leur place dans un de ces bourdeaux que le prévôt tolérait aux abords de la ville [165]...

Le comportement du roi eut une influence sensible sur les mœurs de ses sujets. Il semble, en effet, que, pendant quelque temps, une sorte de grand souffle d'amour ait donné le vertige aux gens les plus sages. Une fringale de volupté poussa une partie des Parisiens dans une débauche effroyable. Ecclésiastiques, moines, magistrats, hommes de toute condition et de toute classe eurent des concubines qu'ils affichaient sans pudeur, au grand étonnement des étrangers de passage dans la capitale. Au point que Matthieu, dans son poème *Matheolus Bigamus,* ne peut s'empêcher de montrer son indignation : « Celui, dit-il, qui mènerait son cheval à l'église pour le vendre ferait une action très inconvenante ; mais les femmes qui, sous prétexte de religion, viennent à l'église pour s'y vendre elles-mêmes ne sont-elles pas plus coupables, ne convertissent-elles pas la maison du Seigneur en un marché de prostitution ? »

L'attitude désinvolte des membres du clergé français fut bientôt connue à Rome où elle causa une grande émotion.

— Ces prêtres sont animés par une ardeur bien immodeste, dit le pape, qui, même en colère, savait modérer ses expressions.

Et, décidé à faire cesser le scandale dont l'Europe entière commençait à parler, il envoya une lettre sévère à ces mauvais pasteurs qui se montraient un peu trop occupés de leurs brebis...

Par cette lettre, il leur enjoignait de « chasser les juments du diable » qu'ils avaient recueillies non par charité chrétienne, mais dans un but malhonnête, et leur rappelait en termes peu amicaux qu'un canon du Concile d'Augsbourg « défendait aux clercs d'avoir chez eux des femmes sous-introduites [166]... »

Les ecclésiastiques furent mortifiés. Ils décidèrent de s'amender ; et, comme le 45e canon du Concile de Tolède les y autorisait, ils vendirent les femmes avec lesquelles ils avaient péché, ce qui les réconcilia avec le pape et leur rapporta un peu d'argent...

Les exploits galants qu'accomplissait Charles VII sans fatigue apparente finirent par être considérés avec indulgence par le gentil peuple, et l'on prit l'habitude de dire en voyant une jolie fille « qu'elle serait bien à sa place dans le lit du roi ». Or cette expression fut tant de fois répétée qu'un jour des parents malins — à moins qu'ils ne fussent

165. Pourtant, Marie d'Anjou montrait avec ces demoiselles la même stupéfiante générosité qu'avec Antoinette de Maignelay, puisqu'on trouve la note suivante dans son livre de comptes : « Trois écus d'or pour bailler aux filles joyeuses qui suivent la cour... »

166. C'était le nom que l'on donnait aux femmes qui logeaient chez les prêtres.

naïfs —, jugeant que leur héritière était fort désirable, l'adressèrent à Charles VII.

— On peut bien faire cela pour lui qui a tant fait pour le pays, dirent-ils.

La belle reçut un accueil si chaleureux que d'autres parents, instruits de l'affaire, envoyèrent à leur tour la plus gracieuse de leurs filles au château de Chinon, et qu'un curieux usage s'établit bientôt, ainsi que nous le rapporte l'auteur des *Chroniques martiniennes*[167] : « A cause des nombreux travaux que le roi avait accomplis pour reconquérir la plus grande partie de son royaume, il fut décidé qu'on lui donnerait les plus belles filles que l'on pourrait trouver... »

Hélas ! au début de 1461, on apprit que le roi, complètement épuisé, était mourant dans son château de Mehun-sur-Yèvre.

— Ce sont les femmes ! dirent les bonnes gens.

Ce n'était pas tout à fait vrai. Si les excès amoureux du roi avaient quelque peu amoindri son jugement, ils n'étaient pas responsables de son affaiblissement. Depuis quelques mois, sachant que son fils, le dauphin Louis, attendait avec impatience le moment de monter sur le trône, Charles VII avait peur d'être empoisonné. Cette idée fixe lui fit bientôt refuser toute nourriture. Et, le 22 juillet, le roi, dont deux femmes, Jeanne et Agnès, avaient fait la gloire, mourut d'inanition, entouré de ses concubines en larmes.

A ce moment, la France, qui faisait craquer ses frontières comme des écorces de printemps pour prendre sa place entre les Alpes et l'Atlantique, était déjà un royaume cohérent et équilibré. Admirablement façonnée depuis mille ans par un amour qu'on dit aveugle, elle éblouissait tous les rois d'Europe qui la désiraient comme une femme...

Elle était belle. Il lui fallait encore s'épanouir. Quelques demoiselles ardentes, spirituelles et ambitieuses allaient se charger de ce soin et faire, pour un temps, de notre pays l'État le plus puissant du monde...

167. *Chroniques martiniennes*. Folio 302.

Livre II

LES GRANDES DAMES DE LA RENAISSANCE

Quand le trône est occupé par un homme, ce sont souvent les femmes qui gouvernent ; quand il l'est par une femme, ce sont les hommes ; mais, dans l'un et l'autre cas, ce n'est d'ordinaire ni la femme du roi ni le mari de la reine.

Francis DECRUE DE STOUTZ

A mes parents

1

Un paillard inconnu : Louis XI

Le seul roi de France qui ne se laissa pas mener par les femmes eut pourtant deux épouses et dix maîtresses...

FRANCIS PAVELLE

En 1437, par une belle nuit de juillet, la petite cité de Château-Landon, en Gâtinais, fut encerclée sans bruit par une curieuse armée dont le chef était un garçonnet de quatorze ans.

Il s'agissait du dauphin de France, le futur Louis XI, qui, sans rien dire à son père, avait résolu de chasser la garnison anglaise réfugiée dans la ville.

Quand le jour parut, le jeune homme grimpa sur un tas de pierres et cria :

— Rendez-vous !

Les capitaines ennemis se penchèrent aux créneaux et furent très étonnés de voir un enfant diriger l'armée française. Perdant leur flegme, ils donnèrent des ordres incohérents qui eurent pour résultat de créer une grande confusion et de faire courir leurs archers en tous sens « comme petits pois dans un pot »... Affolement dont Louis profita pour placer ses échelles, atteindre le chemin de ronde et entrer dans la place avec ses hommes. Aussitôt, les Français, que ce succès rapide avait un peu grisés, attaquèrent les Anglais avec une joyeuse sauvagerie.

Un combat de rues s'ensuivit au cours duquel plus de cinq cents *goddons* eurent l'honneur d'avoir le ventre ouvert sous le beau ciel de France, et la garnison anglaise capitula.

Cette victoire remplit le dauphin d'un bel orgueil. Voulant jouer jusqu'au bout son rôle de capitaine, il convia ses officiers à un grand repas servi dans le jardin du château.

Au dessert, il se leva :

— Maintenant, mes amis, je vous réserve une surprise, dit-il en souriant.

Et les invités virent arriver tous les Anglais survivants, encadrés par des gardes.

Louis fit alors venir près de lui cinq colosses armés de casse-tête, qui se tenaient un peu à l'écart, et les pria de bien vouloir massacrer les prisonniers.

Au début, cette attraction intéressa tout le monde. Puis l'attention se relâcha : il y avait trop d'Anglais et les bourreaux, de petites gens, manquaient d'imagination. Incapables d'improviser, ils répétaient les mêmes gestes, de façon stupide et fastidieuse. Les masses faisaient éclater les crânes, les cervelles jaillissaient, le sang coulait : c'était toujours le même spectacle. Au bout d'un moment, la plupart des convives, alourdis par la digestion, s'endormirent sans attendre la fin de la tuerie.

Seul le dauphin garda l'œil vif jusqu'au bout. Mais, dès que le dernier prisonnier eut été assommé, il abandonna ses invités, monta sur un cheval et se dirigea vers Gien où se trouvaient, pour l'heure, son père, le roi Charles VII, sa mère, la reine Marie d'Anjou, et la jeune Marguerite d'Écosse, âgée de douze ans, qu'il avait épousée un an auparavant.

Le cœur joyeux, c'est à elle qu'il pensait tandis que son cheval galopait vers la Loire ; car de cette fillette, qu'il n'avait vue que pendant les quelques instants de la cérémonie du mariage, il avait soudain envie de faire une femme — c'est-à-dire la sienne.

La nuit ne l'arrêta pas. Il contourna Montargis qui dormait à l'abri de ses murailles, galopa au clair de lune à travers des forêts sablonneuses et arriva au petit jour devant Gien.

Sans respirer, sans même accorder un regard au fleuve qui miroitait sous le soleil levant, il monta d'une traite vers le château. La herse se releva pour le laisser passer et il sauta de cheval. A peine le pied à terre, il fut entouré, félicité par toute la Cour, car son exploit était déjà connu. Mais il n'était pas venu pour recevoir des éloges et des tapes amicales dans le dos. Laissant son père et les ministres, auxquels il avait prouvé qu'il était un homme désormais, il prit sa frêle épouse par la main et l'entraîna dans la chambre qu'elle venait à peine de quitter ; et là, encore tout exalté par sa victoire de la veille, il attaqua Marguerite avec la même frénésie que les murailles de Château-Landon.

Disons-le tout de suite : il eut plus de mal... Et il se rendit compte qu'il est bien difficile d'investir une place dont les défenses n'ont pas la moindre brèche.

Après de gigantesques efforts, il triompha finalement ; mais ses assauts avaient été à ce point furieux que, jusqu'au surlendemain, la petite princesse dut demeurer au lit [1].

Pendant une semaine, le dauphin se livra ainsi à de regrettables excès qui épuisèrent la fillette et altérèrent sa santé. Puis il repartit pour livrer d'autres combats [2].

1. L'auteur du *Liber Pluscardiensis,* qui était un clerc écossais attaché à la maison de Marguerite, écrit dans sa chronique : « *...completi sunt in eis anni nubiles et in lecto positi, apud villam de Gien sur Laare et sic matrimonium perfecte consummatum est in nomine Jesu Christi.* » C'est-à-dire : « Ils sont devenus dans ces années-là complètement nubiles dans un lit, près de la ville de Gien sur Loire, et ainsi leur mariage fut entièrement consommé au nom de Jésus-Christ. »

2. Cette anecdote va peut être dérouter ceux qui croient connaître Louis XI, et c'est pourquoi je l'ai choisie : car il est grand temps de briser l'image fausse que des historiens pudiques ont faite de ce grand roi paillard dont la santé sexuelle explique la prodigieuse œuvre politique.

Louis XI, malgré son aspect chétif, était un coureur de filles d'une belle vitalité, et, quoique les auteurs de manuels feignent de se désintéresser de ces questions, il faut bien

Marguerite ne devait pas revoir souvent son trop ardent mari. En effet, le dauphin, ayant pris la tête d'un mouvement de révolte contre son père, fut entraîné dans des aventures qui le tinrent longtemps éloigné de la Cour.

Quand il revint vers Charles VII en 1443, Marguerite était une jolie blonde de seize ans dont la gorge ferme et bien placée pointait vers l'avenir, mais que la solitude avait rendue rêveuse, sentimentale et mélancolique.

Elle passait ses nuits à composer des poèmes ou à converser sur le « tendre Amour » avec des jeunes gens empressés à lui plaire, tel cet Hugues de Saint-Maard, vicomte de Blosseville, qui écrivit pour elle une déclaration rimée :

Celle pour qui je porte l'M
Je vous asseur que je l'aime
Tant fort qu'à peu n'en desvye,
N'en jamais d'aultre aimer envye
N'auray, ni que de rendre l'ame.
Je l'ay choysie pour ma dame
Dont je ne crains reproche d'ame,
Car de tous biens est assouvye,
Celle pour qui je porte l'M.

Le dauphin n'était pas porté vers les belles lettres et il lui était indifférent que le Paradis d'Amour existât : ces poèmes et ces petites réunions l'indisposèrent. Soupçonneux, jaloux, il pensa que Marguerite, avec plus de rimes que de raison, le trompait à longueur de journée, et il la fit surveiller par son chambellan, un individu borné et plein de hargne nommé Jamet du Tillay.

Un soir, celui-ci entra dans la chambre de la dauphine, à l'heure où avait lieu la « séance de poésie ». Quelques dames étaient là, assises au coin du feu, pérorant benoîtement sur l'importance du beau langage dans le jeu d'amour ; mais, dans la pénombre, le chambellan aperçut Marguerite allongée sur le lit et serrée de près par deux de ses favoris qui « l'entouraient de soins »...

Il manifesta quelque impatience :

— C'est grande paillardise, dit-il, qu'à une telle heure les torches soient encore à allumer !

Puis, claquant la porte, il courut informer le dauphin de ce qu'il avait vu. Louis était imaginatif. Il se crut berné et rendit dès lors la vie infernale à sa femme[3].

Pourtant, il lui arrivait, certains soirs, de se laisser troubler par la démarche onduleuse de Marguerite et « le désir un moment éteignait sa colère ». Pendant quelques heures, la dauphine se croyait ramenée

reconnaître qu'elles ont leur importance, puisqu'on ne vit jamais un impuissant faire un grand homme.

3. Jamet alla jusqu'à faire écrire à Charles VII, par un certain Jacques Despars, des lettres anonymes contenant de prétendues révélations sur la conduite de sa belle-fille. Le roi méprisa ces infamies.

au lendemain de Château-Landon. Mais, dès que le soleil se levait, Louis redevenait haineux ; c'est à ce moment que, l'œil mauvais, il lui reprochait de n'avoir pas d'enfants.

— Je connais vos pratiques, tonnait-il, et vous prie de les cesser.

Jamet, en effet, accusait la pauvre de manger des pommes vertes et de boire du vinaigre pour ne pas être enceinte...

Ainsi calomniée, soupçonnée, injuriée, Marguerite finit par sombrer dans une espèce de neurasthénie.

Au mois d'août 1444, elle eut un refroidissement et tomba malade, déclarant à ceux qui venaient à son chevet qu'elle avait le cœur rempli de joie, car son seul désir était de mourir bientôt. Devant un tel désespoir, une dame d'honneur, les larmes aux yeux, lui dit qu'à vingt ans une dauphine ne devait pas avoir d'aussi sombres pensées. Marguerite l'interrompit :

— J'ai bien sujet d'être triste pour ce qu'on a dit de moi, à tort, car je jure sur la damnation de mon âme que je n'ai pas fait ce dont on m'accuse, et même n'en ai jamais eu la pensée.

Quelques jours plus tard, elle eut un nouvel accès de désolation.

— Jamet ! Jamet ! s'écria-t-elle soudain, vous êtes venu à vos intentions[4] ! si je meurs, c'est pour vous et pour les bonnes paroles que vous avez dites sur moi, sans cause ni raison.

Et, se frappant la poitrine, elle ajouta :

— Je prends sur Dieu et sur mon âme, et sur le baptême que je reçus sur les fonts, que jamais je ne desservis mon seigneur et ne lui fis tort[5].

Le 14 août, la petite dauphine s'affaiblit brusquement ; le 15, elle entra en agonie et le 16, après avoir murmuré : « Fi de la vie, qu'on ne m'en parle plus », elle rendit l'esprit.

— Notre épouse meurt « par abus de poésie », dit Louis en souriant de façon équivoque.

Puis il sortit de la chambre sans montrer le moindre chagrin et partit immédiatement en voyage pour n'avoir point à assister aux obsèques, car il n'aimait ni les fêtes ni les cérémonies[6]...

En 1447, le bouillant dauphin, qu'agaçait l'indolence de son père, décida de faire enlever celui-ci et de prendre sa place sur le trône. Il pensait avec quelque raison qu'il exercerait le pouvoir plus fermement

4. Vous êtes parvenu à vos fins.

5. Bibl. Nat. ms. Du Puy, 762.

6. La pauvre Marguerite n'eut pas plus de chance après sa mort. Des historiens l'accusèrent de légèreté, affirmant que son amour de la poésie l'avait poussée à commettre quelques extravagances. C'est ainsi qu'une légende veut qu'un jour, apercevant le vieux poète Alain Chartier endormi sur un banc, elle soit allée l'embrasser sur la bouche, en disant toutefois, car quelques personnes s'étaient étonnées :

— Je n'ai pas baisé l'homme, mais la précieuse bouche de laquelle sont issus et sortis tant de bons mots et vertueuses paroles.

Cette anecdote, rapportée par de nombreux historiens et auteurs de manuels, est absolument fausse, pour la bonne raison qu'Alain Chartier est mort en 1430, alors que Marguerite d'Écosse n'avait pas encore trois ans.

que ce pauvre roi fatigué par son harem [7]. Mais Charles VII fut informé du complot. Il fit comparaître son fils et, la rigueur répugnant à son caractère, se borna à lui donner l'ordre de passer quatre mois en Dauphiné. Loin d'être sensible à cette indulgence, Louis, tremblant de colère, quitta la Cour en jurant de ne revenir qu'après la mort de son père.

Il dut attendre dix ans.

Pour tromper son impatience, il s'installa dans ce Dauphiné qui lui appartenait et y fit son apprentissage de roi. Jusque-là, cette province n'avait été, pour les fils aînés des rois de France, qu'une possession nominale. Louis y exerça une effective souveraineté. Il supprima leurs privilèges aux puissants évêques de la région, exigea des nobles le serment de fidélité, combla les villes de faveurs et traita le Tiers État avec bienveillance, ce qui « sera la politique de toute sa vie » [8]. En outre, il développa l'agriculture dans cette province alors pauvre et fonda l'Université de Valence. Activité qui ne l'empêchait pas de s'intéresser aux dames. C'est pendant cette période qu'il eut pour maîtresses Guyette Durand, fille d'un notaire de Grenoble, et Félize Regnard, veuve d'un écuyer, qui lui donna deux filles.

Mais le Dauphiné, bientôt, ne suffit plus à Louis. Il rêva de se constituer un vaste fief de part et d'autre des Alpes, en mettant la main sur la Savoie [9]. Le meilleur moyen lui parut être d'épouser la princesse Charlotte, alors âgée de douze ans. Le duc de Savoie, heureux et fier de cette glorieuse alliance, accepta bien entendu de donner sa fille. Le mariage eut lieu le 14 février 1457, à Chambéry, sans le consentement de Charles VII, ce qui marquait la rupture définitive entre le fils révolté et le père bafoué.

Quelques semaines plus tard, le dauphin apprit que le roi et son armée s'avançaient par le Bourbonnais vers le Dauphiné. Prenant peur, il courut se réfugier en Brabant, dans le domaine de Genappe, sous la protection de Philippe, duc de Bourgogne. Il devait y rester quatre ans.

En juin 1460, on l'informa que Charles VII était tombé gravement malade et il se prit à espérer. Grâce à une des maîtresses du roi, Mme de Villequier dont il avait acheté les services, il suivit avec passion la marche du mal qui allait lui donner un trône. On possède une réponse qu'il fit aux messages de cette jeune femme. La voici : *Mademoiselle, j'ai vu les lettres que vous m'avez écrites, et vous mercie de l'avertissement que vous m'avez fait par vos dites lettres, et soyez sûre que, à l'aide de Dieu et de Notre-Dame, que, une fois, je vous le rendrai.*

Et il termine par cette phrase cynique :

Mademoiselle, jetez ces lettres au feu, et me faites savoir s'il vous semble que je doive guère demeurer en l'état où je suis.

7. Charles VII avait alors huit maîtresses.
8. CHARLES PETIT-DUTAILLIS, *Histoire de France*.
9. La Savoie ne formait alors qu'un duché avec le Piémont.

Autrement dit : « Mademoiselle, dites-moi si je puis espérer que mon père mourra bientôt »...

L'état du malade empira rapidement et le 22 juillet 1461, le dauphin apprit que Charles VII avait trépassé de ce monde dans l'autre. Sans même attendre que sa femme fût prête à l'accompagner il se mit en route pour Reims où devait avoir lieu son sacre. Et la malheureuse dut emprunter des chevaux et des chariots à la comtesse de Charolais pour le rejoindre.

Après le sacre, Louis XI fit son entrée à Paris suivi de quatorze mille cavaliers, et des fêtes magnifiques furent organisées en son honneur. Pour chacune de ces cérémonies symboliques où le roi prenait possession de sa capitale, les Parisiens s'ingéniaient à trouver du nouveau. Cette fois, ils fabriquèrent sur la porte Saint-Denis, par laquelle Louis XI devait arriver, un grand navire semblable à celui qui figurait dans les armes de la ville, et, lorsque le roi passa sous la voûte, la foule vit deux petits anges descendre de la nef, comme des araignées au bout d'un fil, et lui poser une couronne sur la tête.

Pourtant, ce n'est pas ce détail qui frappa le plus l'imagination des badauds ; mais bien plutôt le spectacle qu'ils purent voir à la fontaine de Ponceau. En cet endroit, où le vin coulait à la place de l'eau, trois belles filles, nues, représentaient des sirènes. Souriantes, elles montraient leurs charmes sans la moindre gêne, « et ce estoit chose bien plaisante, nous dit Jean de Troyes, car elles disoient de petits motets et des bergerettes... [10] »

Ce devait être, en effet, ravissant.

Est-ce cette vision qui mit le nouveau roi en appétit ? Le soir même, alors que toute la ville en liesse chantait et dansait dans les rues, Louis XI quitta furtivement l'hôtel de la Tournelle en compagnie d'un certain Guillaume Biche, connu pour ses mauvaises mœurs, et courut les maisons suspectes des bas quartiers où il passa une partie de la nuit avec des filles de joie...

Louis XI ne resta pas longtemps à Paris. Après avoir touché quelques écrouelles afin de clore joliment les fêtes du couronnement, il repartit pour la Touraine dont il aimait la douceur.

— Où allons-nous vivre ? lui demanda Charlotte lorsqu'ils furent en route.

— Vous, à Amboise, et moi au château du Plessis-lez-Tours, répondit nettement le roi.

La jeune reine ne s'attendait pas à un tel programme ; elle resta un moment décontenancée. Puis elle dit craintivement :

— Mais quand vous verrai-je ?

Louis XI avait un langage cru :

— De temps en temps, lorsque la nature me rendra votre présence nécessaire...

Il ajouta :

10. Jean de Troyes, *Chroniques*.

— Sachez qu'un roi ne doit pas se laisser amollir par une présence féminine.

— Même par celle de sa fille ?

Louis jeta un regard attendri sur le berceau qu'on avait placé dans la voiture où dormait la petite Anne de France, âgée de cinq mois, mais il ne répondit pas tout de suite.

— Plus tard, je la ferai venir au Plessis, dit-il enfin. Je veux que toute fille de France soit capable de faire une grande reine. Or je crains fort votre éducation.

Alors Charlotte éclata en sanglots et pleura pendant les cinq jours que dura le voyage, sans s'arrêter un instant, même la nuit. Ce déluge, qui humidifiait le lit conjugal, eut le don d'exaspérer prodigieusement Louis XI. Philippe de Ferrière nous dit, en effet, « que la peine de la reine était si profondément enfoncée dans sa chair qu'elle poussait, de-ci, de-là, au cours du sommeil, des gémissements plaintifs, et que ses larmes continuaient de couler de ses yeux clos. » Aussi est-ce avec un vrai soupir de soulagement que le souverain laissa sa femme et sa fille à Amboise.

La jeune reine mena dès lors une vie triste. Le roi, nous dit Brantôme, « la tenoit au château d'Amboise comme une simple dame, portant fort petit état, et aussi mal habillée que simple demoiselle, et la laissoit là avec sa petite cour, à faire ses prières, et lui s'alloit promener et donner du bon temps ailleurs ».

Car, je l'ai dit, les historiens nous trompent qui nous montrent Louis XI comme un personnage austère et bilieux. Il aimait rire, et rien ne lui plaisait plus qu'une histoire un peu leste, « et celuy qui luy faisoit le meilleur et plus lascif conte des dames de joye, il estoit le mieux venu et festoyé, et luy même ne s'épargnoit à en faire, car il s'en enquéroit fort, et en vouloit souvent sçavoir et puis en faisoit part aux autres, et publiquement [11] ».

Les histoires gaillardes, on s'en doute, ne suffisaient pas au souverain. Il lui fallait — souvent — passer des paroles aux actes. Et quelques demoiselles légères, racolées dans les rues par des rabatteurs appointés, étaient amenées régulièrement à la Cour pour y connaître les joies du déduit avec le roi de France. Mais aucun sentiment, jamais, ne se mêlait à ces joutes où Louis, toujours pratique, ne voyait qu'un moyen de se « décongestionner le cervelet ».

Brantôme nous dit qu'« il changeait de femme comme de chemise ». Il semble, en effet, que Louis XI ait eu un nombre considérable de maîtresses d'un jour, ou, si l'on préfère, de reines d'une nuit.

En voyage ou en campagne, privé de ses belles amies habituelles, il prenait ce qu'il trouvait et faisait parfois des rencontres inespérées. C'est ainsi qu'en Picardie, alors qu'il combattait le duc de Bourgogne, il fut abordé, dans un village nommé Gigon, par une femme éplorée qui se jeta à ses pieds.

11. Brantôme, *Vies des dames galantes.*

— Vos soldats ont tué mon mari, s'écria-t-elle.

« Le roi, nous dit Sauval, jeta les yeux sur cette veuve et trouva tant de charme à son visage qu'il en demeura ébloui. Il la releva et lui commanda de suivre la Cour, l'assurant qu'il ferait punir les coupables aussitôt qu'il serait dans un lieu où il pourrait faire quelque séjour [12]. »

Or, quelques jours après, une trêve ayant été signée avec le duc de Bourgogne, le roi retourna à Paris, emmenant la belle Mme de Gigon que l'on surnomma bientôt Gigone, et la combla de tant de cadeaux « qu'elle oublia la perte qu'elle avait faite ». Elle n'en fut pas ingrate et lui « témoigna sa reconnaissance aux dépens de son honneur [13] ».

Mais cette jolie personne ne demeura pas longtemps à la Cour. La passion qu'elle inspirait au roi fut d'ailleurs cause de son remplacement. En effet, c'est en voulant lui témoigner son amour qu'il rencontra celle qui devait être sa nouvelle maîtresse.

Un jour, Louis XI fit faire, pour sa bien-aimée Gigone, une chaîne de pierreries, par un joaillier nommé Passefilon. Lorsque le bijou fut terminé, la femme du lapidaire vint le porter à la Cour. Le roi la rencontra par hasard dans un couloir et la trouva si belle « que l'amour qu'il avoit pour Mme de Gigon ne put défendre son cœur contre ces charmes ». Néanmoins, nous dit Sauval, « il ne voulut lui en rien témoigner en présence de sa maîtresse, mais il commanda à Landois, son trésorier, de la lui envoyer quand elle viendroit lui demander le paiement de la chaîne, disant qu'il en vouloit lui-même faire le marché : ce qu'il lui étoit ordinaire parce que, comme il étoit fort avare, il entroit dans le détail des moindres choses, pour empêcher que les officiers n'y profitassent.

» La Passefilon le vint trouver dans son cabinet, et, comme il n'étoit pas fort galant, il lui dit sans chercher un grand détour que si elle vouloit répondre à sa passion, elle y gagneroit plus dans un an avec lui que dans toute sa vie à sa boutique. La marchande, qui aimoit l'argent et qui avoit vu la fortune de Mme de Gigon, se laissa aisément tenter, et le marché fut bientôt conclu [14]. »

Le roi se montra extrêmement épris de cette femme dont certains chroniqueurs nous disent qu'elle avait longtemps « tenu le haut pavé de certaines rues mal famées de Lyon ». Le goût qu'il avait pour les « ribaudes » s'y trouvait sans doute satisfait.

Mais la Passefilon, malgré ses origines, était une délicate que la rustrerie du roi choquait énormément. Et Sauvel nous dit que, « lorsqu'elle se vit à son aise, elle chercha du ragoût dans ses plaisirs amoureux et voulut rendre son amant plus propre qu'il n'avoit accoutumé de l'être ». Un jour que le roi était venu lui rendre visite avec un habit fort simple et du linge fort sale, elle lui dit :

— Lorsque j'ai donné mon cœur à un roi de France, j'ai cru trouver dans le commerce galant où j'allais m'embarquer tous les agréments

12. SAUVAL, *Galanteries des rois de France,* 1738.

13. Gigone eut de Louis XI une fille qui épousa, à dix-huit ans, un prince de Bourbon...

14. Elle eut du roi une fille qui devint, dans la suite, la femme d'Antoine de Bueil, comte de Sancerre.

que peut donner la magnificence de la plus belle Cour de l'Europe ; cependant, j'ai le chagrin, lorsque je veux suivre les emportements d'une tendre passion, de sentir la graisse où je devrais sentir le musc et l'ambre ; en vérité, si un garçon de ma boutique s'était présenté devant moi en l'état où je vous vois, je l'aurais chassé de ma présence. Que doivent dire les ministres étrangers qui vous voient si mal soutenir la majesté de votre rang ? Quelle raillerie n'ont pas faite les Espagnols à l'entrevue que vous avez eue avec le roi de Castille, sur votre chapeau tout blanc de vieillerie et sur la Notre-Dame de plomb qui tenait lieu d'un rare diamant ?

Le roi demeura si étourdi de ce discours qu'il n'eut pas la force de l'interrompre, et, comme il était fort dissimulé, « il ne lui témoigna pas tout son chagrin » ; mais il songea à prendre une maîtresse plus indulgente.

Néanmoins, il se souvint de la leçon et devint plus soigné.

En plus de Gigone et de la Passefilon, Louis XI eut un nombre considérable de « belles amies ». Le nom de quelques-unes d'entre elles nous est parvenu. Citons : Catherine de Salemnite, Huguette du Jacquelin, de Dijon, la femme du sieur Jean Lebon, de Mantes, et cette Catherine de Vaucelle dont parle François Villon dans son *Grand Testament*.

Toutes ces dames, je l'ai dit, étaient des compagnes fugitives avec lesquelles il aimait passer un moment après un bon repas ; mais aucune ne fut jamais maîtresse en titre, et encore moins considérée comme favorite.

D'ailleurs, Louis XI, qui avait souffert de la présence d'Agnès Sorel auprès de son père [15], se méfiait trop des femmes et de leur influence sur la politique pour laisser l'une d'entre elles « s'installer » à la Cour. La crainte qu'il avait d'elles et de leur pouvoir est clairement démontrée dans une anecdote que rapporte Brantôme : « Quand il convia le roi d'Angleterre (Édouard IV) de venir à Paris faire bonne chère, et qu'il fut pris au mot, il s'en repentit aussitôt et trouva un alibi pour rompre le coup. "Ha ! Pâques-Dieu, se dit-il, je ne veux pas qu'il y vienne, il y trouveroit quelque petite affettée [16] et saffrette [17], de laquelle il s'amouracheroit ; et elle luy feroit venir le goût d'y demeurer plus longtemps et d'y venir plus souvent que je ne voudrois..." »

Aussi faut-il mettre à part Marguerite de Sassenage qu'il semble avoir aimée, et dont il eut deux filles, Jeanne et Marie, qu'il maria, l'une à l'amiral de France, Louis, bâtard de Bourbon, l'autre à Aymar de Poitiers, sire de Saint-Vallier...

Jeanne fut d'ailleurs légitimée, et, plus tard, Charles VIII l'appellera sa sœur.

15. Cf. Livre I.
16. Raffinée, coquette.
17. Pimpante.

Marguerite de Sassenage avait séduit Louis grâce à l'extraordinaire beauté de ses jambes.

Un matin, elle s'était placée sur le passage du roi, et, feignant de perdre sa jarretière, avait retroussé sa robe pour rajuster un ruban. La naissance de la cuisse ainsi dévoilée était d'un galbe si parfait que Louis, troublé, avait désiré, fort légitimement, en voir davantage.

Deux heures plus tard, la belle, convoquée d'urgence au château, devenait la maîtresse du souverain.

Leur liaison dura deux ans. Pour la première fois de sa vie, Louis paraissait très amoureux. Hélas ! un jour, un astrologue qu'il entretenait au palais vint lui prédire la mort de la belle Marguerite.

Une semaine après, la jeune femme était terrassée par un mal inconnu. Louis XI, accablé, donna des ordres pour que l'astrologue fût jeté sans délai par la fenêtre. Alors qu'on le menait à la mort, l'homme passa devant le roi qui lui dit :

— Toi qui prétends être si habile homme, et qui te prononces si hardiment sur le sort des autres, apprends-moi un peu quel sera le tien et combien de temps tu as encore à vivre ?

L'astrologue, qui avait deviné les desseins du roi, répondit :

— Sire, je mourrai trois jours avant vous !

Louis XI donna aussitôt des ordres pour que le devin ne manquât jamais de rien.

Ce goût pour le plaisir et les demoiselles fut rapidement connu du peuple. Comme il ne s'agissait pas de favorites capables de ruiner le trésor royal, chacun s'en amusait et cherchait à connaître le prénom de la dernière conquête du roi.

L'une d'elles, on ne sait pourquoi, fut l'objet de moqueries sans nombre. Elle s'appelait Perrette. Dans tout le royaume, on composa sur elle des chansons satiriques. Les Parisiens firent mieux : ils apprirent son nom aux pies et autres oiseaux parleurs qu'il était alors de mode d'élever chez soi, en leur faisant ajouter quelques mots peu flatteurs pour la majesté royale.

On entendait :

— Perrette, donne-moi à boire, Perrette, fille de p... Perrette, baise mon c...

Finalement, Louis XI, à qui ces quolibets étaient naturellement rapportés, fit prendre tous les oiseaux, « toutes les pies, geais, etc., étant en cage, ou autrement, pour tous les porter devers lui, afin que soit écrit et enregistré le lieu où avaient été pris lesdits oiseaux et aussi tout ce qu'ils savaient dire et qu'on leur avait appris ».

Tous les Parisiens qui avaient mis dans le bec de leurs volatiles une phrase injurieuse pour Perrette furent aussitôt arrêtés et jetés en prison.

Louis XI avait autour de lui des hommes qui portaient aux dames un intérêt aussi vif que le sien. Le fameux Olivier Le Daim, son barbier, était de ceux-là. Le goût pour la bagatelle lui fit, d'ailleurs, commettre un crime qui horrifia tout Paris.

Un gentilhomme avait été conduit en prison peu de temps après avoir épousé une ravissante jeune femme. « Le Daim, auprès duquel elle sollicita la délivrance de son mari, nous dit Dreux du Radier, en devint amoureux et exigea, pour prix de la liberté du prisonnier, les dernières faveurs de la femme [18]. »

La belle, naturellement, résista et parvint à avertir son mari. Celui-ci, qui passait son temps à revivre par le détail les deux nuits voluptueuses passées avec son épouse, pensa qu'il valait mieux « partager son repas plutôt que de mourir de faim, d'autant qu'en l'espèce, après le passage de l'autre convive, il ne lui en resterait pas moins à consommer ».

Et il autorisa sa femme à donner au favori du roi ce qu'il demandait.

La jeune épouse obéit sans maugréer, car elle était candide et que tout est pur aux purs.

Après quoi, elle s'écria :

— Allez vite chercher mon mari !

Mais Le Daim, dégrisé, craignit que cette libération ne déplût au roi et il eut peur.

— J'envoie mon valet sur-le-champ, affirma-t-il.

Le domestique, à qui il avait dit deux mots en particulier, se rendit dans la prison où attendait le malheureux gentilhomme et l'étrangla...

Le bruit de ce crime se répandit bientôt dans Paris. Mais la veuve, qui connaissait l'amitié du roi pour son « compère », jugea prudent de n'élever aucune protestation. C'est seulement quinze ans plus tard, après la mort de Louis XI, qu'elle intenta un procès au barbier.

Le Daim fut alors pendu, ainsi que son valet [19].

On tentera d'opposer à ce portrait d'un Louis XI paillard, celui d'un roi tourmenté par la crainte de Dieu, voire superstitieux, que la piété poussait à se traîner à genoux sur les dalles des églises et à se couvrir de médailles...

Les deux portraits ne sont pas incompatibles. Dreux du Radier nous dit en effet : « Louis XI joignoit à tous ses dérèglements des pratiques de dévotion auxquelles il se livroit d'autant plus volontiers qu'elles ne l'empêchoient pas de s'abandonner à ses plaisirs. »

18. Dreux du Radier, *Mémoires historiques et critiques et anecdotes des reines et régentes de France,* 1775.

19. Le peuple se montra très satisfait de l'exécution de ce favori, et l'on chanta à cette occasion une complainte composée par Molinet, dont voici les paroles :

J'ai vu oyseau ramage
Nommé maistre Olivier
Vollant par son plumage
Hault comme ung espervier.
Fort bien sçavait complaire
Au roy, mais je veis que on
Le feist pour son salaire
Percher au Montfaucon.

Et il précise : « Tandis que ce prince donnoit d'un côté des ordres pour qu'on lui amenât à point nommé les femmes qui lui plaisoient, d'un autre il en donnoit pour les vœux et les pèlerinages qu'il vouloit faire... »

2

Anne de Beaujeu, « moins folle femme de France »

> ... Car, pour sage, je n'en connais point !
>
> LOUIS XI

Les gens du peuple n'étaient pas les seuls à ricaner des frasques du roi. Les princes aussi s'en amusaient. Charles d'Orléans, par exemple, qui rimait ses ballades à Blois, aimait à se faire raconter les derniers « potins » du Plessis-lez-Tours.

Un soir, comme quelqu'un plaignait Charlotte, qui se morfondait toujours à Amboise, un poète eut ce mot qui fut repris par Commynes :

— La reine n'est point de celles où l'on dit prendre du plaisir. Mais c'est une bien bonne dame.

Charles d'Orléans éclata de rire.

Hélas ! le pauvre ne se doutait point que son épouse, Marie de Clèves, agissait avec les jeunes gens du château exactement comme Louis XI avec les demoiselles...

La petite duchesse — qui était de plus de quarante ans sa cadette — avait été élevée, il est vrai, à la cour de Bourgogne qui passait pour être la plus licencieuse d'Occident. Elle était charmante, blonde, menue ; elle se parait de robes d'or et de hennins transparents ; elle aimait les lévriers, les bijoux, les fourrures, elle composait des poèmes tendres et désabusés. Comment les jeunes amis dont s'entourait Charles ne seraient-ils pas tombés amoureux de Marie ?

Tous lui faisaient la cour, et elle s'efforçait de n'en désespérer aucun...

Bien entendu, cette générosité n'allait pas sans lui valoir quelques ennuis. C'est ainsi qu'à la stupéfaction de son vieux mari elle avait donné naissance à une fille.

On avait craint alors que le pauvre, ouvrant les yeux, n'eût enfin la révélation de son infortune. Mais la petite rouée avait su trouver les mots qu'il fallait pour le rassurer, et même pour le rendre orgueilleux...

Louis XI savait tout cela et s'en amusait.

Pourtant, lorsqu'en 1462, Marie de Clèves mit au monde un fils qu'elle avait eu de son valet, Rabadange[20], le roi cessa de rire. Car cet

20. Elle était si amoureuse de cet homme qu'elle décorait ses murs de tapisseries-rébus symboliquement ornées de rabats et d'anges... Et c'est peut-être à Marie de Clèves que pensait Malherbe, lorsqu'il disait : « Que c'étoit une folie de se vanter d'être d'une ancienne noblesse : que plus elle étoit ancienne, plus elle étoit douteuse ; et qu'il ne falloit qu'une femme lascive pour pervertir le sang de Charlemagne et de saint Louis,

enfant, que Charles reconnut sans aucune hésitation, devenait héritier de la Maison d'Orléans, et Louis XI savait qu'il devrait un jour compter avec lui.

Pour mettre un comble à sa colère, on le choisit pour parrain. Il vint donc à Blois, fit quelques réflexions désobligeantes qui eussent paru claires à tout autre qu'à Charles, et accompagna le bâtard sur les fonts baptismaux.

Or, pendant la cérémonie, un petit incident acheva d'exaspérer le roi : le bébé arrosa sa manche.

C'est ainsi que Louis d'Orléans, dont personne ne pouvait soupçonner qu'il régnerait un jour sous le nom de Louis XII, humecta copieusement le roi de France...

Dès qu'il fut rentré au Plessis-lez-Tours, Louis XI chercha un moyen de « neutraliser » son gênant filleul.

« Il faudrait que j'aie un fils », pensa-t-il.

Aussitôt, il monta sur son cheval et partit pour Amboise où Charlotte fut tout étonnée d'être entraînée vers un lit avant même d'avoir été saluée...

Pendant quelque temps, le roi vint ainsi faire ce qu'il fallait pour que l'avenir de la dynastie fût assuré. Et, en 1463, Charlotte lui fit part de ses « grandes espérances ». Louis XI fut si heureux qu'il l'embrassa, « idée qui ne lui étoit point venue depuis fort longtemps ».

Hélas ! c'est une fille qui naquit le 23 avril 1464. Et, qui plus est, une fille bossue, difforme, rachitique et affligée d'un pied bot...

Le roi, furieux, quitta Amboise sans un mot pour Charlotte et regagna le Plessis-lez-tours.

C'est alors qu'une idée diabolique lui vint à l'esprit : fiancer immédiatement la petite infirme à Louis d'Orléans. Il écrivit sur-le-champ au « père » du bambin pour lui faire part de ses projets matrimoniaux, se gardant bien, naturellement, d'indiquer que la pauvre Jeanne n'avait guère été favorisée par la nature...

Charles d'Orléans, flatté par la démarche du roi, accepta avec enthousiasme et les fiançailles des deux enfant eurent lieu — par correspondance — quatre jours plus tard...

Un mois après, le contrat de mariage était signé, et Louis XI ricanait : jamais Louis d'Orléans n'aurait de progéniture avec la pauvre Jeanne de France. Ainsi serait éteinte la dernière maison féodale et ses biens annexés à la couronne.

Le soir même, il écrivit confidentiellement à son favori, Antoine de Chabannes, comte de Dampmartin, cette lettre cynique :

Monsieur le Grand Maître, je suis délibéré de faire le mariage de ma petite fille Jeanne et du petit duc d'Orléans parce qu'il me semble que les enfants qu'ils auront ensemble ne me coûteront guère à nourrir. *Vous avertissant que j'espère faire ledit mariage, ou autrement ceux*

que tel qui se pensoit issu de ces grands héros était peut-être venu d'un valet de chambre. »

qui iront au contraire ne seront jamais assurés de leur vie en mon royaume.

Voilà qui était clair !

Tant que Jeanne fut une petite fille, ses infirmités demeurèrent peu apparentes. D'ailleurs, Charlotte les dissimulait autant qu'elle le pouvait sous de longues robes et des accoutrements spéciaux. Mais, quand elle eut douze ans, Louis, qui en avait quinze et s'intéressait déjà passionnément aux amies de sa mère, pour avoir été « en son jeune et florissant âge nourry plus tost en lubricité et lascivité »[21], découvrit l'affreux magot qu'on lui destinait. Il fut épouvanté... Et quand vint le moment du mariage, il déclara nettement qu'il refusait d'avoir pour femme une bancroche... Soutenu par sa mère (Charles d'Orléans était mort à ce moment), il fit connaître son sentiment à Louis XI.

— J'aimerais mieux épouser une simple demoiselle de Beauce ! répétait-il.

Le roi, qui était fort coléreux, menaça de renvoyer Marie de Clèves sur le Rhin et annonça au jeune duc que, s'il persistait dans son refus, il le ferait conduire dans un monastère.

Finalement, en 1476, Louis dut se résigner au mariage. Mais il s'était bien juré de laisser à Jeanne de France sa pureté originelle, et, pendant des mois, la malheureuse adolescente dormit seule. Louis XI l'apprit. Furieux, il convoqua son gendre et lui ordonna de consommer le mariage. Comme le jeune homme n'avait pas l'air très enthousiaste, il le fit immédiatement entrer dans un lit avec Jeanne. Puis il plaça des médecins autour de la chambre.

— Écoutez bien, leur dit-il, et venez me dire comment les choses se sont passées.

Les quatre témoins, cachés derrière des tentures, attendirent très longtemps avant d'entendre un faible soupir dont, à vrai dire, on ne connut jamais la cause, mais qu'ils s'empressèrent d'aller signaler au roi — lequel parut satisfait.

Louis d'Orléans l'était beaucoup moins ; et, dès le lendemain, il chercha à oublier par tous les moyens cette nuit terrible. Il se jeta alors dans la débauche la plus folle, entraînant dans sa chambre toutes les femmes qu'il rencontrait, qu'elles fussent demoiselles de mauvaise vie, jeunes filles vertueuses, dames mariées... L'une de ces liaisons donna d'ailleurs à l'Église l'un de ses plus nobles représentants. C'est, en effet, des extravagances érotiques du duc d'Orléans et d'une jolie blanchisseuse de la Cour que naquit le digne cardinal de Bucy[22]...

21. Claude de SEYSSEL, *Chroniques*.

22. Ce n'est pas la première blanchisseuse qui eut un pareil honneur. Les chroniqueurs normands prétendent que la mère de Guillaume le Conquérant, qu'ils appellent Arlète, ou Arlève, « lavoit du linge à son usage à une claire fontaine lorsque le duc Robert, qui la vit d'une des fenêtres du château, fut à l'instant épris de son amour, et tant la pourchassa à l'endroit de ses père et mère, qu'ils lui accordèrent, si elle y consentoit, et elle y consentit ». BOURGUEVILLE, *Recherches et Antiquités sur le duché de Normandie*.

Au bout d'un an, Louis d'Orléans put s'enorgueillir d'avoir mis dans son lit toutes les femmes qui vivaient à la Cour d'Amboise.

Oui, toutes, sauf une. Celle-là même qui, précisément, eût désiré devenir sa maîtresse. Je veux parler de Mme Anne de France, fille aînée de Louis XI.

Il y avait longtemps qu'Anne aimait son cousin. Ils s'étaient connus enfants et la grâce de Louis, sa beauté, ses manières douces et élégantes avaient fortement impressionné la fillette. Au point qu'à douze ans elle s'était confiée à son père :

— Je veux que Louis devienne mon mari.

Le roi, très inquiet et craignant que cet amour ne vînt contrarier ses desseins, s'était immédiatement mis en quête d'un époux pour la précoce enfant. Il avait alors fixé son choix sur un de ses conseillers intimes, Pierre de Beaujeu, âgé de trente-trois ans, qui était « paisible, bénin et de bon vouloir ». Leur mariage avait été célébré le 30 novembre 1473.

Ausitôt, Anne s'était prise d'amitié pour cet époux plein de douceur qui ne semblait préoccupé que du désir de lui plaire. Pourtant, elle avait continué d'aimer Louis d'Orléans et, lorsque celui-ci, trois ans plus tard, s'était marié avec Jeanne, elle n'avait pu cacher sa tristesse... Puis Louis s'était lancé dans la débauche, pour apaiser avec des maîtresses de passage une ardeur dont il ne voulait pas faire bénéficier la pauvre Jeanne, et Anne avait espéré qu'il jetterait les yeux sur elle. Hélas ! l'adolescent n'avait pas semblé comprendre ce que signifiaient les regards de sa jolie belle-sœur et il ne se livra, à son endroit, à aucune de ces voies de fait que la morale qualifie d'outrageantes, mais qu'elle espérait dans le secret de son cœur[23]...

Pendant quelques années, Louis XI eut grand-peur que Louis d'Orléans, alléguant l'impossibilité d'avoir des rapports normaux avec Jeanne, ne fît casser son mariage par le pape. Aussi, tous les six mois, obligeait-il son gendre à se rendre au château de Lignières, en Berry, où vivait la malheureuse infirme, et à lui prouver ses bons sentiments.

Naturellement, ces voyages étaient pour Louis de véritables corvées. Il arrivait, fort irrité à la pensée des belles amies qu'il avait abandonnées à Blois ou à Amboise, et considérait d'un œil méprisant cette enfant souffreteuse et bossue qu'on lui avait donnée. Comme elle voulait l'embrasser, car elle l'adorait, il la rejetait brutalement :

— Sauvez vous ! criait-il. Je vais me coucher seul. Le voyage m'a fatigué.

Le lendemain, il trouvait toujours de nouvelles raisons pour se

23. Cf. Sauval : « Louis duc d'Orléans avoit eu le malheur de plaire à Anne de France, fille de Louis XI. Je dis le malheur, parce que la passion de cette princesse fut en partie cause de toutes les traverses qui lui arrivèrent pendant sa vie. Elle lui fit connaître le penchant qu'elle avoit pour lui ; et, quoique le duc ne lui eût répondu qu'en des termes plus respectueux que tendres, elle ne laissa pas de les expliquer favorablement et de croire qu'elle étoit aimée parce qu'elle méritoit de l'être » *(Galanteries des rois de France,* 1752).

soustraire au devoir conjugal. Alors, les gardes, sur l'ordre de Louis XI, l'emmenaient faire quelques longues parties de paume dans le but « d'eschauffer sa chair et de le mettre en un état propice à l'amour ». Ce moyen donnait généralement des résultats satisfaisants. Et Louis, aveuglé par le désir, courait retrouver Jeanne dans sa chambre.

Aussitôt, un messager partait pour le Plessis-lez-Tours afin d'informer Louis XI qui, au reçu de la nouvelle, se frottait les mains en ricanant.

Mais à malin, malin et demi. Un jour, l'adolescent, comprenant qu'il était victime d'une manœuvre déloyale, fit venir une courtisane à Lignières. Et, après les parties de paume, ce fut avec elle qu'il alla s'enfermer dans une chambre de la grosse tour...

Le désaccord du jeune ménage fut bientôt connu non seulement en Berry et sur les bords de la Loire, mais encore à Paris, où tout le monde se livra à des commentaires passionnés. Les uns plaignaient la jeune duchesse d'Orléans, les autres défendaient Louis « qui avait été marié par force », et tous tombaient d'accord pour accuser Louis XI d'avoir fait le malheur de deux êtres...

Pendant quelques semaines, la foule oublia pourtant les difficultés conjugales des Orléans. Ce fut pour s'intéresser aux détails d'un beau crime passionnel : le meurtrier avait titre de sénéchal, et l'une des victimes était l'aînée des filles qu'Agnès Sorel avait eues de Charles VII...

Cette dame se nommait Charlotte. Elle avait été mariée par Louis XI à Jacques de Brézé, maréchal et grand sénéchal de Normandie. Douée d'un tempérament un peu excessif qui la conduisait à chercher des apaisements en dehors du lit conjugal, elle commit quelques imprudences qui éveillèrent les soupçons de son mari. Il la fit surveiller et l'épia lui-même avec soin. Or, un soir, il remarqua qu'elle tardait un peu à venir le rejoindre au lit.

— Que faites-vous, Charlotte ?

— Je termine ma toilette, dit-elle, dormez, je viens tout de suite.

Finaud, il fit semblant de dormir.

Et, une heure plus tard, son apothicaire et son barbier, qui étaient chargés d'espionner la dame, vinrent à pas de loup confier au sénéchal que Charlotte et un de ses serviteurs, Pierre de la Vergne, « étaient couchés ensemble en un lit et faisaient adultère en la chambre qui était au-dessus ». Jacques de Brézé se leva, prit sa dague et son épée, monta l'escalier et surgit dans la pièce où les amants s'ébattaient frénétiquement.

Sans dire un mot, il transperça le serviteur d'un coup d'épée, puis, se tournant vers Charlotte qui hurlait d'épouvante, il lui enfonça sa dague dans la poitrine.

Arrêté sur l'ordre du roi, le sénéchal fut emprisonné dans la grosse tour de Vernon et tout le royaume se demanda quelle peine lui serait infligée.

Les débats de justice furent longs. Finalement, les juges, considérant qu'il était normal qu'un cocu montrât quelque humeur, se contentèrent de condamner Jacques de Brézé à cinq ans de détention.

Les braves gens, soulagés, purent alors reprendre leurs discussions sur Jeanne et Louis d'Orléans. Au mois de mars 1479, ils les interrompirent de nouveau pour s'inquiéter de la santé du roi. Louis XI, en effet, venait de tomber brusquement malade, terrassé par une affection inconnue. On affirmait qu'à demi paralysé il avait perdu l'usage de la parole et qu'un saint homme venu de Calabre, nommé François de Paule, était à son chevet où il faisait des prodiges pour émerveiller les médecins ordinaires.

Pendant que le menu peuple de Paris répétait ainsi les bruits les plus invraisemblables, à Amboise, Anne de Beaujeu, jolie princesse de dix-sept ans, avait le cœur torturé à cause de Louis d'Orléans.

Depuis de longs mois, elle était la confidente de son père qui admirait son intelligence vive, son sens politique, son habileté, sa ruse. Souriant, il disait parfois : « C'est la moins folle femme de France, car pour sage je n'en connais point. » Et il lui avait donné la garde du dauphin Charles, ce fils tard venu qui devait un jour recevoir en héritage « le plus beau royaume de la terre ».

Or on venait d'apprendre à la jeune femme qu'un groupe de grands vassaux révoltés préparaient l'enlèvement de son frère et que celui qui dirigeait le complot était précisément l'homme qu'elle aimait le plus au monde.

Certes, l'ambition de Louis d'Orléans, si fier de son titre de premier prince du sang, lui était connue, mais jamais elle n'aurait pensé qu'il fût capable de vouloir faire disparaître Charles pour monter sur le trône à la mort du roi.

Et c'est avec « une plaie au cœur » qu'elle prit toutes mesures nécessaires pour empêcher l'enlèvement.

Louis XI guérit. Ce n'était qu'une alerte. Aussitôt Louis d'Orléans, léger et voluptueux, oublia la politique pour se replonger dans la débauche. C'est vers ce moment-là qu'il eut une liaison avec une hétaïre en renom, la belle Amasie, dont l'infidélité lui causa bien des ennuis.

Il ne pouvait s'éloigner un instant sans qu'immédiatement la demoiselle appelât un domestique, un valet, voire un passant... Au point que le jeune duc finit par s'enfermer avec elle dans sa maison, sans aucune suite, préférant encore s'occuper de la cuisine plutôt que de surprendre Amasie sur les genoux du cuisinier...

Un soir, il lui arriva une aventure dont il eut, plus tard, le bon goût de rire. Il était en train de faire rôtir des pigeons quand on frappa à la porte.

— Je vais voir qui heurte à l'huis, dit la rouée. C'est sans doute la tourte aux abricots que l'on apporte. Mais ne laissez point brûler les pigeons... Continuez à tourner la broche tout doucement...

Louis attendit cinq minutes. Puis il fut pris de soupçons. Laissant la broche, il se dirigea silencieusement vers l'entrée de la maison et devint rouge de fureur. Étendue sur un coffre, Amasie « se faisait faire une politesse à l'endroit de son honneur ».

Tancée par Louis, elle avoua qu'elle n'avait trouvé que ce moyen pour faire entrer un galant...

Il lui pardonna, nous dit un chroniqueur, « pour ce que cette aventure, estoit bien putassière et qu'il aimoit moult les fillettes de joyes »...

Ce goût le poussa d'ailleurs, le jour de Noël 1480, à faire distribuer de l'argent à toutes les ribaudes de Tours. Et il s'amusa fort de voir ses officiers remettre gravement des pièces d'or à ces demoiselles qui remerciaient en faisant des gestes obscènes ou en relevant leurs jupes...

En 1483, Louis XI mourut. Le nouveau roi, Charles VIII, qui avait treize ans, ne pouvait régner. Alors, Anne de Beaujeu devint régente — à vingt-deux ans !

Une fois de plus, elle pensa à Louis avec douceur ; car tout était encore possible. Elle pouvait pardonner la tentative d'enlèvement de 1477 et faire casser le mariage qui l'unissait à Pierre de Beaujeu, comme celui qui liait Louis à Jeanne... Oui, tout était encore possible. Il suffisait d'un sourire de Louis.

Faible pour la seule fois de sa vie, elle le combla de cadeaux et de bienfaits, le nommant gouverneur général d'Ile-de-France, lui donnant une bague et des boucles d'oreilles d'or fin, lui envoyant deux lévriers blancs...

Après quoi, tendue, anxieuse, elle le regarda plus passionnément encore que d'habitude... Il feignit de ne rien voir et resta impassible.

Alors « elle détourna définitivement ses yeux de lui ».

Ce fut dommage pour le duc, s'il faut en croire Brantôme qui dit : « Si Louis d'Orléans eût voulu un peu fléchir à l'amour de Mme de Beaujeu, il y eut bonne part ; car elle étoit un peu assez éprise, ainsi que je le tiens de personnes qui le savoient bien... »

3

Anne de Bretagne, fiancée de l'Europe

Tous les princes la désiraient, mais elle les
voyait venir avec leurs gros sabots, dondaine...

JACQUES PERRON

Anne de Beaujeu était régente en fait, mais non en titre, Louis XI lui ayant simplement confié la direction de son fils. La situation de Pierre de Beaujeu n'était d'ailleurs pas plus officielle, puisque c'était *oralement* que le roi moribond l'avait chargé de gouverner au nom du jeune roi...

Aussi, les princes du sang élevèrent-ils une protestation, disant que le « gouvernement des Beaujeu » était illégal. Louis d'Orléans, pour sa part, revendiqua la régence et vint s'installer avec une suite nombreuse au château d'Amboise où le petit roi Charles vivait sous la garde de sa sœur.

Celle-ci était la digne fille de Louis XI. Prévoyant l'arrivée de son beau cousin et pour parer à toute éventualité, elle avait demandé à tous les hommes d'armes qui se trouvaient au château de lui prêter serment de fidélité...

La sécurité immédiate était assurée ; toutefois, Anne comprit que la situation était fort précaire. Il fallait, pour être tranquille, que le royaume entier sanctionnât sa nomination et celle de son mari.

La convocation des États généraux s'imposait. Elle fut demandée à la fois par Anne de Beaujeu, qui réclamait l'exécution des dernières volontés de son père, et par Louis d'Orléans, qui faisait valoir ses droits à la régence, au titre de premier prince du sang.

La réunion des États eut lieu à Tours le 5 janvier 1484. A l'issue d'une longue discussion, un Conseil de régence fut créé dont le sire de Beaujeu reçut la présidence ; après quoi les représentants de toutes les provinces confièrent à Mme Anne la garde du jeune roi.

Fort mécontent, Louis d'Orléans quitta Tours sur-le-champ et partit s'installer à la Cour du duc de Bretagne où les princes révoltés étaient toujours sûrs de trouver asile, aide et compréhension...

François II accueillit avec beaucoup de sympathie le duc d'Orléans. Sachant que celui-ci partageait son goût pour les femmes, il se délectait à la pensée des histoires qu'ils pourraient se raconter mutuellement. Car le Breton était assez gaillard.

A ce moment, il avait pour favorite cette belle et ardente Antoinette de Maignelais dont Charles VII avait fait sa maîtresse après la mort d'Agnès Sorel. François l'adorait et bénissait le jour où elle était venue s'installer à sa Cour.

— C'est le Ciel qui me l'a envoyée, disait-il souvent.

En réalité, c'était Louis XI.

Le rusé roi de France, en effet, qui voulait avoir un agent de renseignements en Bretagne, avait chargé Antoinette de faire la conquête de François II. La chose, il faut bien le dire, avait été aisée. Dès l'arrivée de la dame de Maignelais, le duc, ébloui, avait mis sa femme, Marguerite de Bretagne, à l'écart et s'était montré galant homme. Après un compliment joliment tourné, il avait conduit la belle dans une chambre isolée, puis, sous le prétexte — ô combien spécieux — que la journée venait de finir, il l'avait engagée à se mettre au lit...

Antoinette, qui s'était fait donner quelques leçons par des dames connues pour leur espièglerie, avait, dès la première nuit, émerveillé François par sa fantaisie et son goût du détail.

— Quelle imagination ! s'était écrié le duc, un peu essoufflé.

Le lendemain, il lui avait offert, en remerciement, le domaine de Cholet.

Naturellement, la pauvre duchesse de Bretagne avait beaucoup souffert du comportement de son époux. D'autant que François II s'étant affiché dès le premier jour avec sa nouvelle favorite, tout Nantes en avait parlé. Finalement, Marguerite était tombée malade.

Pendant quelque temps, Louis XI avait reçu, par messages secrets, des renseignements fort précieux sur la Cour de Bretagne. Puis les lettres s'étaient espacées et, un jour, Antoinette n'avait plus rien envoyé.

Le roi s'était demandé la raison de cette trahison. Comment aurait-il pu deviner, lui qui n'aimait personne, que la « favorite par ordre » avait fini par se prendre au jeu et tomber amoureuse du duc de Bretagne ?

La vérité l'avait rempli de stupeur. Et l'on imagine son désappointement en apprenant qu'Antoinette, non contente de procurer des joies physiques à son amant, avait vendu ses bijoux pour renflouer le trésor ducal en difficulté.

Au décès de Marguerite de Bretagne, tout le monde avait cru qu'Antoinette se ferait épouser pour que ses bâtards fussent légitimés. Mais elle n'en avait rien fait, et François II s'était remarié avec Marguerite de Foix — laquelle avait dû, naturellement, accepter la présence de la favorite sous le toit conjugal...

Les deux femmes entouraient gentiment, et sans aucune hostilité apparente, le bouillant duc de Bretagne, lorsque Louis d'Orléans arriva à la Cour.

Celui-ci fut tout de suite séduit par Antoinette, bien qu'elle eût alors près de vingt ans de plus que lui. A la fin d'un tournoi, il s'approcha d'elle au moment où elle remettait le trophée au chevalier vainqueur.

— Mon plaisir serait grand, lui murmura-t-il, de vous enseigner le secret de certaines joutes connues seulement en mon pays.

— Beau sire, répondit Antoinette sans se troubler, plus n'ai besoin d'apprendre en cette matière. Et, quand cela serait, je réserve ce rôle de maître à mon seigneur... Sachez-le...

C'était la première fois que Louis d'Orléans rencontrait une femme fidèle. Il la considéra dès lors avec un mélange d'admiration et d'agacement.

François II avait eu de sa seconde femme, Marguerite de Foix, une fillette fort gracieuse que toute la Bretagne adorait « pour ce qu'elle étoit jolie et qu'elle s'appeloit Anne ». Louis d'Orléans lui avait été présenté dès son arrivée à Nantes. Naturellement, cette gamine de huit ans l'avait laissé indifférent.

Mais quand il la revit, après l'échec essuyé auprès d'Antoinette de Maignelais, il fut troublé. Comme il avait le goût des contrastes, ce fruit vert lui parut fort désirable. Il envisagea aussitôt de faire annuler son mariage avec la pauvre Jeanne qui se morfondait toujours en Berry, et d'épouser l'héritière du duché de Bretagne.

L'idée n'était pas mauvaise, car, comme le dit un historien avec quelque grandiloquence : « Pour la première fois, le désir du débauché pouvait permettre à l'ambitieux de réaliser une excellente opération politique... [24] »

Il se mit incontinent à faire des cadeaux à la fillette qui les reçut avec joie. Finalement, ayant donné l'assurance à François II que son mariage « forcé » avec Jeanne pouvait être facilement cassé par Rome, il se fiança secrètement à la petite Bretonne.

Anne de Beaujeu, qui avait des agents partout, fut rapidement instruite de ces tractations, et ce qui lui restait d'amour pour Louis lui fit chercher un moyen de séparer sans tarder les deux fiancés. Elle le trouva.

Charles VIII n'était pas encore sacré. Or Louis d'Orléans devait, en sa qualité de premier prince du sang et sous peine de déchéance, assister son cousin dans la cérémonie. C'est lui qui, selon l'usage, devait tenir la couronne au-dessus de la tête du jeune roi. Il n'y avait pas de meilleur prétexte pour le faire revenir à Paris...

Anne annonça donc que le sacre allait avoir lieu et écrivit à Louis pour lui rappeler que sa présence était nécessaire.

Très ennuyé de devoir ainsi interrompre sa cour, le fiancé d'Anne de Bretagne quitta Nantes et se rendit à l'invitation de sa cousine.

Le couronnement eut lieu à Reims le 30 mai 1484. Le 5 juillet, Charles VIII faisait son entrée à Paris, ce qui donna lieu à des fêtes extraordinaires, auxquelles le frivole duc d'Orléans voulut assister. Et, au mois d'août, il n'était pas encore retourné à Nantes...

Anne de Beaujeu souriait, heureuse du tour qu'elle avait joué à Louis et ravie de l'avoir auprès d'elle...

S'il avait été moins orgueilleux et plus fin, Louis d'Orléans aurait pu, sans doute, obtenir de l'amour ce que ni ses intrigues ni son titre de premier prince du sang ne parvenaient à lui donner. Car c'était l'orgueil seul qui l'empêchait de répondre aux avances de sa cousine. « Il voulait, nous rapporte Brantôme, qu'elle dépendît de lui et non lui d'elle. »

Et il s'ingéniait à la mécontenter, pensant lui prouver ainsi qu'il ne la craignait point. Un jour qu'il jouait à la paume avec des dames de la Cour, nous dit Jean de Serre, « vint un coup de dispute dont il s'en fallait rapporter aux gens. L'on en vint demander à Mme de Beaujeu. Ladite dame jugea contre M. d'Orléans. Luy, qui était haut à la main et se doutant d'où venait le jugement, commença à dire assez bas que quiconque l'avait condamné, si c'était un homme il avait menti, si c'était une femme, c'était une putain : ce qui étant rapporté à Madame, celle-ci la *lui garda bonne* sous un *beau semblant...* »

Oui, elle « la lui garda bonne ». Et, pour se venger de cet affront, elle décida d'empêcher le mariage breton « qui lui causait tant de déplaisir au cœur et tant de jalousie cuisante... ».

24. Marcel Hutin, *Histoire de la Bretagne*.

Mais, pour cela, il lui fallait lier Anne de Bretagne à un autre fiancé.

Un autre fiancé ? Lequel ?

La régente ne chercha pas longtemps.

« Et pourquoi pas le roi de France ? » pensa-t-elle.

Pendant qu'Anne de Beaujeu projetait de marier le jeune roi à la duchesse de Bretagne, une adorable petite fille de cinq ans jouait dans les jardins du château de Montrichard avec sa gouvernante, Mme de Segré. Cette enfant était la fiancée de Charles VIII...

Elle s'appelait Marguerite d'Autriche ; elle était brune, avait des yeux bleu foncé et passait son temps à s'amuser avec de petits animaux qu'on avait apprivoisés et dressés pour elle. Le jeune roi, qui était âgé de quatorze ans, l'adorait. Il la nommait sa « très aimée femme » et tout le monde la considérait comme la « petite reine » de France, bien que le mariage — on s'en doute — n'eût point été consommé.

Marguerite était en France depuis deux ans. Son père, Maximilien d'Autriche, avait dû accorder sa main au dauphin de France en exécution d'une clause du traité d'Arras signé en 1482 avec Louis XI. Et elle était arrivée en litière, sur les genoux de sa nourrice, un soir de juin 1483, au milieu des acclamations du peuple. Charles, vêtu d'une robe de drap d'or, l'avait accueillie au pont d'Amboise. Puis Anne et Pierre de Beaujeu s'étaient approchés, accompagnés du protonotaire apostolique, délégué pour la circonstance, et de nombreux seigneurs. Aussitôt, les fiançailles avaient été célébrées, en plein air, sur la place publique décorée de tapisseries. Le protonotaire avait uni les mains des deux enfants et Monsieur le Dauphin avait baisé par deux fois Madame la Dauphine.

Le lendemain, dans la chapelle du château, les fiancés avaient reçu la bénédiction et s'étaient agenouillés pour prêter serment « comme on fait en mariage, c'est à savoir de non changer pour pire ni meilleur ». Après quoi, Charles avait passé l'anneau au doigt de la fillette.

Puis il y avait eu de grandes fêtes populaires. On s'était enivré de bals, de chansons et de vin de Touraine en l'honneur de cette gentille princesse qui apportait en dot au dauphin l'Artois, le Mâconnais, le Charolais et l'Auxerrois...

Mais le surlendemain, tandis que le peuple festoyait encore, Charles était retourné vivre calmement à Amboise, surveillé par sa grande sœur, Madame Anne...

La mort de son père et son avènement n'avaient rien changé à l'existence du dauphin. En revanche, le train de vie de la dauphine avait été transformé afin que Maximilien, qui était tenu au courant par des ambassadeurs installés à Montrichard, en fût flatté. Traitée immédiatement en reine de France, on lui avait donné plus de cent demoiselles et nobles dames pour s'occuper d'elle et former sa Cour. Ensuite, bien qu'elle fût encore un peu jeune pour apprécier de tels détails, on l'avait « magnifiquement accoustrée »...

Marguerite était fort aimée dans le royaume et le menu peuple, toujours friand de belles cérémonies, attendait avec impatience que le vrai mariage fût célébré afin de pouvoir acclamer de nouveau sa petite souveraine...

Le projet d'Anne de Beaujeu, on le voit, n'était donc pas facile à réaliser. Mais « fine femme et déliée s'il en fut oncques », comme nous le dit Brantôme, la régente, ayant décidé de marier son frère à la petite Anne de Bretagne, n'en dit mot à personne, pas même au roi, et attendit son heure...

Or Louis d'Orléans avait repris ses intrigues. D'accord avec le duc de Bourbon et François II de Bretagne, il organisa une coalition féodale contre les Beaujeu et commença par essayer d'enlever Charles VIII. Aussitôt informée du complot, Anne quitta Amboise avec le roi et alla se réfugier à Montargis. Alors Louis écrivit au Parlement pour accuser Anne de tenir le jeune roi prisonnier. « Une femme s'est emparée de l'État, passe outre aux décisions des États généraux, accroît les tailles, prodigue des pensions à ses partisans, dilapide le Trésor au profit de ses intérêts personnels ; une femme aspire au pouvoir personnel, à la tyrannie. La preuve ? Les gardes ne doivent serment qu'au roy, eh bien ! elle l'exige pour elle. »

Mais le Parlement ne se laissa pas émouvoir, et le premier président, Jean de La Vacquerie, répliqua avec rudesse au duc d'Orléans : « Appliquez-vous à maintenir sans divisions le royaume de France et ne troublez point la paix publique ! »

Pour toute réponse, Louis leva une armée, négocia avec les Anglais, demanda l'aide de Maximilien d'Autriche et entraîna les princes coalisés dans une « guerre folle » qui devait durer deux ans.

Les premières batailles prouvèrent immédiatement la supériorité des troupes royales et surtout l'extrême habileté d'Anne de Beaujeu qui dirigeait les opérations. L'armée des conjurés, vaincue en maints endroits, fut bientôt incapable de continuer sa marche sur Paris. Elle dut se replier sur Nantes, cependant qu'Anne de Bretagne allait se réfugier précipitamment à Rennes.

La petite duchesse, qui allait avoir dix ans, vécut alors des heures fort mouvementées. Convoitée par tous les princes d'Europe qui désiraient s'approprier un jour son duché, elle était l'objet de multiples tractations. Chaque jour, son père, François II, recevait des ambassadeurs qui venaient lui proposer secours et aide en échange d'une promesse de mariage. Sentant la situation désespérée, le vieux duc, affolé à l'idée que la Bretagne pouvait perdre son indépendance, promettait sa fille à tout le monde.

« Arrêtons d'abord les armées d'Anne de Beaujeu, pensait-il, et l'on verra ensuite... »

C'est ainsi que la petite Anne eut bientôt de nombreux fiancés : le duc de Buckingham, le fils du duc de Rohan, Jean de Châlons, prince d'Orange, l'infant d'Espagne, le duc de Gueldre, l'archiduc Maximilien d'Autriche [25] et Alain d'Albret qui, possédant le comté de Foix, régnait sur le Béarn et la Navarre...

Un jeune homme, pourtant, manquait sur les rangs : Jacques III d'Écosse, qui venait de périr d'une si curieuse façon que, dans toute l'Europe, les gens les plus austères ne pouvaient s'empêcher de rire.

Ce roi, attaqué par une coalition de nobles, avait dû quitter précipitamment son château et, dans sa fuite, s'était jeté avec son cheval dans une rivière. Porté par des paysans jusqu'à un moulin voisin, il avait demandé un confesseur.

Un prêtre s'était présenté et, l'ayant entendu, lui avait donné l'absolution.

— Vous voilà en état de paraître devant Dieu, s'était alors écrié ce saint homme avec un bon rire. C'est le moment d'en profiter...

Et, tirant un poignard de sa manche, il avait tué le roi. Car c'était un ecclésiastique du parti ennemi [26]...

Les fiancés d'Anne de Bretagne n'étaient donc que sept, ce qui constituait tout de même un bon lot.

Tous, naturellement, se haïssaient. Aussi régnait-il une assez curieuse atmosphère dans le camp des conjurés. Chacun surveillait son voisin, le jalousait et se tenait prêt à le trahir. C'est avec ce déplorable état d'esprit que les amis de Louis d'Orléans eurent à livrer un combat, le 28 juillet 1488, à Saint-Aubin-du-Cormier.

Le résultat dépassa les espérances de la régente.

Mal organisée, l'armée des coalisés fut anéantie par les troupes du roi, et Louis d'Orléans tomba aux mains de Louis de La Trémoille.

Anne de Beaujeu exulta. Elle tenait enfin à sa merci son cher ennemi. Elle le fit conduire d'abord dans un cachot du château de Lusignan, puis dans la grosse tour de Bourges.

Après Saint-Aubin-du-Cormier, La Trémoille se dirigea sur Saint-Malo qui se rendit presque sans combattre. Cette fois, la Bretagne coupée en deux ne pouvait plus lutter. François II n'avait plus de place forte, plus d'armée, plus d'argent : il était obligée de payer ses soldats avec de la monnaie de cuir... Effondré, il expédia des parlementaires chez le roi qui se trouvait avec une partie de ses troupes au château de Verger, en Anjou.

— Il plairait au duc, dirent-ils, que cette guerre se terminât.

— Soit, dit le roi, mais ne manquez pas de lui rappeler qu'il m'a déplu, à moi, qu'elle commençât.

Après cette magnifique réplique probablement soufflée par Anne de Beaujeu, les pourparlers de paix s'engagèrent sur un ton plus aimable. Et, le 19 août 1488, un traité fut signé, aux termes duquel François II promettait : 1°, d'expulser du territoire les princes et soldats étrangers

25. Fils de l'empereur Frédéric III, il était veuf de Marie de Bourgogne et père de Marguerite d'Autriche, la petite fiancée de Charles VIII. Il avait trente ans.

26. Pinkerton, *History of Scotland,* 1797.

qui s'y trouvaient et, 2°, de ne pas marier ses filles[27] sans le consentement du roi de France.

Écrasé de douleur, le vieux duc s'alita et mourut quelques semaines plus tard, le 7 septembre exactement.

Anne restait seule à onze ans[28]. Aussitôt, tous les prétendants agréés par François II vinrent la harceler. Elle était maintenant duchesse souveraine de Bretagne et ce titre lui valait des hommages et des déclarations dont elle se serait aisément passée. Car la fillette était fort lucide. Elle savait très bien que ces amoureux qui se pressaient à ses trousses ou qui lui envoyaient leurs ambassadeurs ne connaissaient même pas la couleur de ses yeux.

Et, pour fuir cette meute de coureurs de dot, elle allait de ville en ville, pensant avec nostalgie à Louis d'Orléans qui semblait l'avoir aimée pour elle-même...

« C'est le seul que j'aurais épousé avec plaisir, se disait-elle. Hélas ! il n'a jamais pu faire casser son mariage... Et, maintenant, il est enfermé dans un cachot... »

Sa vie allait encore se compliquer, car l'activité des princes qui s'obstinaient à demeurer en Bretagne, contrairement aux engagements pris par François II à Verger, finit par mécontenter Charles VIII et, un matin, les hostilités reprirent.

Très effrayée, la petite duchesse Anne demanda aide à celui de ses prétendants qui lui répugnait le moins : Maximilien d'Autriche.

— J'accepte d'être votre épouse, lui écrivit-elle.

Et elle attendit...

Pendant ce temps, les troupes royales assiégeaient la place de Nantes qui était défendue par un de ses « fiancés » : Alain d'Albret.

Anne de Beaujeu, dont la ruse était grande, eut alors une idée qui lui permit de conquérir la ville sans livrer bataille. Elle fit savoir à Alain d'Albret que la duchesse Anne avait enfin fixé son choix et préparait son mariage avec Maximilien. Furieux, le prétendant évincé se détacha aussitôt de la ligue, trahit la cause du prince et livra Nantes à Charles VIII...

Du haut du purgatoire, Louis XI dut être fier de sa fille...

Maximilien, lorsqu'il reçut le message de la petite duchesse, fut ravi, mais des occupations importantes l'empêchant, pour l'heure, de se rendre en Bretagne, il décida de se marier par procuration.

Une cérémonie assez burlesque eut lieu quelques semaines après, à Rennes[29]. On fit se coucher la duchesse Anne, et l'ambassadeur de l'empereur d'Autriche, Zolfgang de Polhain, s'approcha du lit en tenant de la main gauche la procuration de son maître ; puis, ayant dénudé sa jambe droite, il glissa celle-ci un instant sous les draps[30]...

27. Anne avait une jeune sœur prénommée Isabeau.

28. Sa mère était morte en 1486, quelques mois avant Antoinette de Maignelais, favorite de François II.

29. Le 16 décembre 1490.

30. Dom Maurice, *Histoire de Bretagne*.

Après quoi, il quitta fort sérieusement la chambre nuptiale, non sans avoir salué Anne qui pensa jusqu'au matin que la réputation des nuits de noces était très surfaite...

4

Six bourgeois assistent à une nuit de noces

> Tout ce qui est au monde est concupiscence des yeux.
>
> PASCAL

Anne de Beaujeu n'avait rien fait pour empêcher cette union, car elle ne la croyait pas possible avant la fin des hostilités. Aussi fut-elle extrêmement surprise et fort désappointée en apprenant que l'astucieux Maximilien avait utilisé le « mariage par procuration ».

Cette surprise se mua en colère lorsque la régente apprit que l'Autrichien faisait signer par son ambassadeur des actes qui portaient la mention : « Maximilien et Anne, roi et reine des Romains, duc et duchesse de Bretagne[31]. »

Aussitôt, elle appela son mari.

— La France est encerclée, dit-elle. Il faut sans tarder faire annuler ce mariage. Et, pour parer définitivement à toute éventualité, nous allons unir Charles VIII à Anne de Bretagne...

— Mais le mariage a été béni par l'évêque de Rennes ! dit Pierre de Beaujeu.

— Sans doute, répondit Anne. Mais il a été conclu en violation du traité signé par François II, puisque Charles n'a pas été prévenu. En exhibant cet acte, nous pouvons donc faire annuler un mariage funeste pour la France.

Et, comme Anne de Beaujeu était une femme de tête, elle pensa qu'avant de faire valoir ses droits il fallait montrer sa force. Elle envoya donc une armée assiéger la ville de Rennes, où se trouvait la petite duchesse.

Puis elle appela son frère et le mit au courant de ses projets.

— Mais je suis déjà fiancé avec Marguerite d'Autriche, objecta Charles VIII.

— Il en va du salut de la France, répondit Anne de Beaujeu. Aussi, mon frère, allez-vous prendre le commandement d'une armée et partir pour Rennes.

Charles, un peu ennuyé, baissa la tête. Puis il se rendit à Amboise pour faire ses adieux à sa fiancée.

Celle-ci avait déjà été informée des intentions de la régente. Aussi se mit-elle à pleurer lorsque le roi l'embrassa et lui dit au revoir.

31. Maximilien, prince héritier d'Autriche, portait le titre de « roi des Romains », ce qui équivalait à « dauphin » en France.

— Je sais bien, dit-elle, que vous allez en Bretagne pour épouser une autre femme !

Une « autre femme ». Cette expression eût pu faire sourire dans la bouche d'une enfant de onze ans. Pourtant Charles fut très ému.

— Je n'abandonnerai jamais celle que mon père m'a donnée pour épouse, dit-il. Et tant que vous vivrez, je n'en aurai point d'autre.

Il aurait pu ajouter que Louis XI s'était engagé, par serment, à faire célébrer leur mariage. Mais il jugea prudent de ne pas en parler. Et il partit pour Rennes à la tête de 40 000 hommes.

A la Toussaint de 1491, il était devant les murs de la ville où la petite duchesse, toute tremblante, n'escomptant plus l'appui de personne, attendait que le ciel décidât de son sort.

La pauvre n'avait que 14 000 hommes pour la défendre.

Aussi dut-elle bientôt se rendre à l'évidence : Charles VIII allait s'emparer d'elle. Or elle détestait les Français qui avaient fait mourir son père et à la pensée d'être un jour en face de ce jeune roi, qu'elle considérait comme son pire ennemi, elle pleurait de rage.

Son oncle, qui voyait sainement les choses, lui disait bien, dans l'espoir de l'amadouer, que Charles VIII avait l'intention de l'épouser, mais cela n'arrangeait rien, on s'en doute.

— Je suis déjà mariée, disait-elle.

— Oui... sans l'approbation du roi, donc votre mariage est nul.

Anne était très entêtée : elle ne voulait pas du roi de France, et un jour, à bout d'arguments, elle lança dans un mouvement de colère :

— D'ailleurs, s'il veut que je lui baille ma main, il faudrait au moins qu'il la demandât !...

Anne de Beaujeu avait des espions partout. On lui rapporta bientôt la réflexion de la duchesse et elle chercha un homme qui fût capable d'aller faire une demande officielle de la part de Charles VIII.

Une idée lui vint. Une idée machiavélique susceptible de la venger de bien des affronts.

En allant à Rennes, Charles VIII, pressé par sa sœur Jeanne, qui s'ennuyait de son mari, avait fait libérer Louis d'Orléans.

Pourquoi ne pas le charger de cette mission délicate ? Anne de Beaujeu pensa qu'il serait cruellement humilié d'avoir à demander, pour le roi, cette petite duchesse qu'il aurait tant voulue pour lui, et elle en fut ravie.

Pressenti, le duc devint « plus blanc que linceul ». Pourtant il accepta, car sa situation ne lui permettait pas de désobéir à la régente.

La semaine suivante, Louis d'Orléans arriva donc à Rennes et se présenta devant Anne. La petite duchesse lui sembla plus belle encore que du temps où il s'était fiancé avec elle, et il eut bien du mal à lui présenter la requête de Charles VIII.

Anne, qui commençait à subir l'influence de ses conseillers, tous favorables à un mariage avec le roi de France, déclara simplement :

— Qu'il vienne me voir !

Après quoi, elle se mit à pleurer, « pour ce qu'elle haïssoit moult l'homme qu'on vouloit lui faire espouser ».

Quelques jours plus tard, une entrevue entre Charles et Anne fut préparée de façon habile. Le roi se rendit en pèlerinage dans une chapelle située aux portes de Rennes et, après s'y être recueilli, franchit les fortifications « comme si cet acte était fait par inadvertance ». En fait, comme il était accompagné dans sa petite promenade par cinquante archers et cent hommes d'armes, cette entrée officieuse équivalait à une prise de possession.

Aussitôt, Charles se rendit auprès de la petite duchesse pour la saluer. On les laissa seuls. Et, tout en prononçant des paroles banales, ils s'examinèrent.

Il la trouva jolie, charmante, remarqua qu'elle avait la gorge pleine et qu'elle dissimulait fort habilement, par l'emploi de semelles de feutre, la claudication dont on lui avait parlé.

Quant à Anne, elle fut désespérée, car elle trouva Charles très laid. Il avait en effet, d'après Zaccari Contarini, « des yeux blancs beaucoup plus aptes à voir mal que bien, le nez aquilin également grand et gros plus qu'il ne convenait, les lèvres grosses et continuellement ouvertes, et, de plus, dans les mains, certains mouvements nerveux qui semblaient fort laids à voir »...

Mais ils n'étaient pas là uniquement pour se contempler. Ils se parlèrent. Et Charles demanda à la duchesse Anne si elle voulait devenir sa femme.

Elle accepta, car elle savait que son refus entraînerait la ruine complète du duché par les troupes royales. « Il fallait qu'elle se résignât à être l'épouse du roi de France ou sa captive[32]. »

Les fiançailles eurent lieu trois jours après dans le plus grand secret.

Pourtant, on eut la curieuse idée de convier le maréchal Zolfgang de Polhain, ambassadeur de Maximilien, celui-là même qui avait glissé sa jambe dans le lit d'Anne au moment du mariage par procuration. Il déclina l'invitation, d'un air pincé, et, quittant précipitamment la Bretagne, alla prévenir son maître de cette union imprévue.

Au bout de quelques semaines, Anne et Charles furent bons amis. Et, tandis que la petite Bretonne commençait à oublier la laideur de son fiancé, celui-ci sentait naître en lui un désir qui l'étonnait. Jamais, en effet, il n'avait eu envie de caresser les seins d'une femme. Or il eut bientôt de telles démangeaisons au creux des paumes qu'il s'en inquiéta et confia son tourment à Anne de Beaujeu.

— Votre question m'afflige, mon frère, dit-elle. Il s'agit d'une chose pour laquelle je ne puis vous être d'aucune utilité.

Alors Charles VIII, qui allait avoir vingt et un ans, rentra dans sa chambre et considéra longuement ses mains en réfléchissant.

« Est-ce donc cela qu'on appelle l'amour ? » se disait-il.

Puis, comme Anne continuait à lui plaire de plus en plus, il eut de

32. C. DE CHERRIER, *Histoire de Charles VIII,* 1868.

son sentiment pour elle d'autres témoignages, et il oublia le picotement qui agaçait ses paumes...

Il eut hâte, alors, de se marier.

La cérémonie fut fixée au 6 novembre 1491. Elle eut lieu au château de Langeais. Avant toutes choses, les futurs époux signèrent un contrat qui comportait de curieuses clauses. Il y était dit, en effet, que si « Madame Anne décédait avant le roi et sans enfants procréés d'eux, elle cédait et transportait à lui et à ses successeurs rois de France, et par donation irrévocable, ses droits au duché de Bretagne ».

Et que, « pareillement, le roi cédait à ladite dame ses droits à la possession dudit duché, s'il mourait avant elle sans enfants légitimes nés de leur mariage ».

Mais, et c'était la clause la plus singulière, il était spécifié « que, pour éviter incommodités de guerres et sinistres fortunes entre les pays », Madame Anne ne pouvait, en cas de veuvage, convoler en secondes noces, *« hors avec le roi futur, s'il lui plaisait, et si faire se pouvait, ou à un autre prochain et présomptif futur successeur de la couronne »*.

Après la bénédiction, Anne et Charles participèrent à quelques fêtes. Puis on les laissa seuls et ils se rendirent dans une chambre magnifiquement décorée, où ils se mirent benoîtement au lit.

La petite mariée de quinze ans ne disait rien, mais, se souvenant de son « mariage par procuration », se demandait avec quelque inquiétude si toutes les nuits de noces se ressemblaient...

Lorsqu'elle fut couchée, Charles vint la rejoindre et la prit aussitôt dans ses bras.

— Enfin seuls ! soupira-t-il.

Le jeune roi ignorait que, derrière les rideaux du lit à baldaquin, six bourgeois rennais étaient cachés et prêtaient l'oreille.

C'était Anne de Beaujeu qui les avait placés là. Craignant en effet que Maximilien n'accusât le roi de France d'avoir enlevé et violé Anne de Bretagne, elle avait demandé à ces braves gens d'attester que la petite duchesse était devenue *librement* l'épouse de Charles VIII...

Les six bourgeois restèrent à leur poste jusqu'au matin ; après quoi, ils firent un rapport en des termes d'une telle crudité qu'Anne de Beaujeu en fut chavirée et que les historiens n'ont jamais osé le publier...

5

Pour les beaux yeux de la reine, Charles VIII veut conquérir Naples

Sans l'amour, aurions-nous tant de guerres ?
PAUL VALÉRY

Dès le lendemain du mariage, Charles pensa qu'il était peut-être courtois d'aller fournir des explications à Marguerite d'Autriche, sa fiancée... Il se rendit à Amboise, où elle avait sa « petite cour », et lui apprit, avec toute la délicatesse qui convenait, qu'elle était répudiée, « attendu qu'il en avoit espousée une aultre ».

Bien qu'elle s'attendît à cette nouvelle, la malheureuse enfant éclata en sanglots, et son visage montra une si grande douleur que Charles en eut lui-même les larmes aux yeux.

— Voilà donc tout le cas que vous faites de vos serments, dit-elle.

Le jeune roi, très embarrassé, lui expliqua qu'il avait dû s'incliner devant la raison d'État.

— Je suis aussi peiné que vous, ajouta-t-il.

Marguerite le regarda dans les yeux :

— Du moins, murmura-t-elle, puis-je avoir cette consolation de penser que personne ne pourra dire ou présumer que ce qui arrive l'est par ma faute...

Alors, ils se prirent les mains et pleurèrent ensemble, joue contre joue.

Cette pénible scène fut interrompue de façon odieuse par le seigneur Dunois. Un chroniqueur nous dit en effet : « Ledit seigneur Dunois attendait le roi hors de la porte de la chambre, en lieu de ce que tous les autres princes et princesses, seigneurs et dames jetaient pleurs et soupirs innombrables de pitié et de compassion, en voyant une si dolente départie des deux amants. Lui seul, par sa cruelle arrogance, et damnable moquerie, importunait le roi de hâter son partement et accusait sa trop longue demeure avec ladite très déconfortée princesse, disant qu'il se morfondait de tant pleurer avec les dames [33]. »

Marguerite, blessée, se redressa et demanda à retourner chez son père le plus tôt possible.

Charles VIII baissa la tête.

— Pour l'instant, vous demeurerez ici, dit-il.

Et, sans rien ajouter, il partit en compagnie de Dunois, laissant seule et gémissante celle qui, pendant six ans, avait été la « petite reine » de France, adorée du peuple, et qui n'était plus qu'une fillette prisonnière et accablée de chagrin...

Maximilien, on s'en doute, ne réagit pas du tout comme Marguerite

33. JEAN LE MAIRE DES BELGES, *Couronnes Marguéritiques*.

lorsqu'il apprit le mariage de Charles et d'Anne. Il eut un accès de fureur qui fit craindre pour ses jours.

Il est vrai que le pauvre avait quelques raisons de n'être pas content, puisque le roi de France, dans cette affaire, lui rendait sa fille et lui prenait sa femme...

Dès qu'il fut en mesure de prononcer deux paroles cohérentes, il réunit son conseil et déclara solennellement que le mariage célébré à Langeais était irrégulier et que, d'ailleurs, le roi de France avait enlevé et violé la petite duchesse.

On lui répondit que six bourgeois rennais étaient là pour affirmer qu'il n'y avait pas eu rapt ; mais l'Autrichien ne voulut pas en démordre et continua de croire qu'il était duc de Bretagne.

Cela tourna bientôt à l'idée fixe. Il ne pouvait pas rencontrer quelqu'un sans lui dire immédiatement :

— Vous savez, je suis marié à Anne de Bretagne. C'est moi le vrai mari. Charles VIII n'est qu'un voleur et un adultère...

Sans doute, avec ces propos, ennuyait-il fort les personnes qui vivaient à sa Cour : mais il intéressait beaucoup les autres souverains d'Europe, lesquels avaient vu d'un très mauvais œil le roi de France rattacher la Bretagne à son domaine.

— Quelle puissante monarchie que celle de la France ! s'était écrié Laurent de Médicis.

— Et combien redoutable, maintenant, avait ajouté Ferdinand d'Espagne.

Quant à Henry VII d'Angleterre, s'il n'avait rien dit, c'est que son tempérament ne le poussait pas aux discours ; mais il n'en pensait pas moins...

L'attitude de Maximilien rendit l'espoir à tous ces souverains affligés.

Faisant cause commune avec lui, ils décidèrent de déclarer la guerre à ce roi de France qui enlevait les femmes mariées avec tant de désinvolture. Naturellement, l'Angleterre prit la tête du mouvement.

Alors, Anne de Beaujeu, qui était encore régente à cette époque, eut une idée fort amusante pour se débarrasser de Henry VII, et, par conséquent, pour détruire la coalition.

Voici comment elle s'y prit :

Il existait alors en Angleterre un personnage curieux qui s'appelait Perkins Warbeck. Il était né des relations suivies d'Édouard IV avec une jeune femme du peuple. Ne pouvant, bien entendu, prétendre à la couronne, puisqu'il était bâtard, Perkins avait eu l'idée d'utiliser la ressemblance étonnante qu'il présentait avec le duc d'York, assassiné à la Tour de Londres, pour... créer un précédent à Naundorff...

— Je suis le duc d'York, disait-il. Je me suis échappé de la Tour de Londres au moment où j'allais être livré aux bourreaux. Je revendique donc la couronne d'Angleterre. Henry VII n'est qu'un usurpateur...

Il avait eu rapidement des milliers de partisans.

Anne de Beaujeu convia Perkins à Paris et le reçut magnifiquement.

Pendant plusieurs jours, elle l'invita à sa table, le choya et lui fit rendre les honneurs dus à un roi.

Henry VII fut saisi d'inquiétude.

Le fait que la France, dont la puissance était considérable, parût accorder son soutien à cet imposteur pouvait avoir, en effet, des conséquences incalculables. Le roi d'Angleterre le comprit immédiatement, et, voulant amadouer la régente, il rappela sans tarder ses troupes, qui assiégeaient pour lors Boulogne. Puis, délaissant Maximilien, il reconnut, par le traité d'Étaples, Charles VIII comme mari véritable d'Anne de Bretagne...

La partie était gagnée, grâce à un bâtard anglais beau comme tous les enfants de l'amour...

Pendant ce temps, la petite Marguerite d'Autriche était toujours en France. Installée à Melun, puis à Meaux, elle vivait tristement, malgré les égards qu'on lui montrait.

Sa captivité dorée dura un an et demi. En mai 1493, enfin, les hostilités entre Maximilien et la France ayant cessé, Charles VIII voulut bien que sa « petite fiancée » retournât en Autriche.

Marguerite quitta Meaux le 13 juin. Au moment du départ, Anne de Bretagne vint lui adresser de bonnes paroles fort affectueuses et lui fit cadeau de bijoux, d'une splendide toilette de voyage, de tout un trousseau et d'une coiffe qu'elle avait fait broder par Jeanne de Jambe, dame de Beaumont, la plus habile de ses filles d'honneur.

Marguerite remercia ; mais toute la gentillesse de la reine ne pouvait lui faire oublier le camouflet qu'elle avait reçu. Son regard, d'ailleurs, était plein de haine pour ce roi qui l'avait dédaignée, pour cette reine qui avait pris sa place et pour ce peuple qui l'avait laissé répudier sans protester.

Une escorte de seigneurs l'accompagna jusqu'à Valenciennes. Comme son char traversait Arras, les bourgeois de cette ville crièrent :

— Noël ! Noël !

Elle les interrompit :

— Ne criez pas « Noël », mais bien : « Vive la Bourgogne ! [34] »

Le lendemain, elle était chez son père.

Mais elle ne devait jamais oublier l'affront que Charles VIII lui avait fait subir et ce fut par elle, dit le président Henault, que commença la haine qui s'est perpétuée entre la maison de France et la maison d'Autriche [35]...

34. Molinet, *Chroniques flamandes*.

35. Marguerite d'Autriche fut fiancée, quatre ans plus tard, à Jean, infant d'Espagne. Alors qu'elle allait le rejoindre, son navire fut pris dans une terrible tempête. Croyant qu'elle allait périr, elle rédigea son épitaphe :

Ci gît Margot, la noble damoiselle
Qu'eut deux maris et sy mourut pucelle.

Mais le bateau ne fit pas naufrage et l'infant put la débarrasser de ce qui semblait tant la gêner...

Elle composa d'ailleurs une complainte amère sur son départ de France.

Moy Marguerite, de toute fleur le choix,
Ay esté mise au grand vergié franchois
Pour demourer et croistre,
Que je fus grande auprès la fleur de lis,
Là ay reçu tous bien que peut connoîstre,
Là ay vu joustes, danses et tournois.
Que ces grands biens me sont pris et faillis,
Pas n'en doivent les miens estre jolis.

Je y ai esté noblement aousée (murie)
Plus de dix ans de noble rouée (tournure)
Cuydant estre royne et espousée,
Au roy Charles, et couronne porter :
Mais bien parchois que je suis abusée.
Par quoy dois estre en mon cœur doloriée,
Car de par luy ay esté refusée,
Et si m'a fait hors du vergier bouter.

Après le départ de Marguerite, Charles, qui était tombé follement amoureux d'Anne de Bretagne, put se consacrer sans remords à son épouse.

Celle-ci en fut heureuse, car, de son côté, elle avait un vif penchant pour le roi depuis la nuit de Langeais. Ce n'était pas encore de l'amour ; mais, au lit, cela pouvait en tenir lieu.

Partenaire ardente, elle se révéla vite exigeante et contraignit son mari à des prouesses qui le laissaient haletant.

Cette véritable fringale d'amour fut d'ailleurs remarquée par l'ambassadeur vénitien Zaccari Contarini, qui nota dans une de ses dépêches : « La reine est jalouse et désireuse de sa Majesté outre mesure, si bien que, depuis qu'elle est sa femme, il s'est passé peu de nuits qu'elle n'ait dormi avec le roi. »

Charles VIII, qui aimait plus que de raison les jeux amoureux, voulut prouver sa reconnaissance à cette petite reine qui savait si bien aller au-devant de ses désirs.

Tout d'abord, il fit embellir pour elle le château d'Amboise. On construisit des tours, on éleva des bâtiments, on traça des jardins, on posa des tapisseries magnifiques et l'on aménagea même une salle de bains...

Un sourire et une nuit chaude récompensèrent Charles VIII de ces travaux gigantesques.

Mais il désirait plus encore de son épouse, et, nous dit un historien : « Pour mériter l'amour de la plus belle reine qui fût au monde, le roi résolut de se signaler par quelque grande entreprise, et il se prépara à la conquête de Naples[36]. »

Pourquoi Naples ?

Parce que Charles VIII était héritier de la Maison d'Anjou et que la couronne de Naples avait appartenu jadis à des princes angevins[37].

A la fin de l'été 1494, les troupes royales furent prêtes. Il ne manquait pas une plume aux panaches des casques, pas un rivet aux armures... Et, un matin de septembre, Charles, en tête de son armée, quitta Amboise et se dirigea vers Lyon, où il devait laisser Anne avant de s'élancer vers l'Italie... L'Italie où il espérait se couvrir de gloire pour les beaux yeux de la reine...

6

Les bijoux d'une femme sauvent l'armée du roi

> Sans la marquise de Montferrat, qui paya le roi de France pour son ardeur au lit, la première expédition d'Italie eût échoué...
>
> C. Lénient

Charles VIII était un très curieux personnage. Il organisait toute une expédition militaire pour conquérir le cœur de son épouse, mais il emmenait dans un chariot confortable le groupe de jeunes et jolies dames peu farouches qui constituaient depuis quelque temps son petit harem.

Car, si « son cœur ne battait que pour la reine Anne », son pauvre corps était en proie à une véritable folie génésique qui le forçait à avoir simultanément plusieurs maîtresses douées de bons tempéraments et riches d'expérience... Celles qu'il emmenait étaient ses préférées.

Elles étaient « longues de jambes, fines de taille, portant le tétin haut et bien ferme » et montraient aux jeux de l'amour cette ardeur qu'il aimait et que possèdent toujours — paraît-il — les demoiselles tourangelles...

Tout au long du voyage, à cheval sur sa blanche haquenée, il fit la navette entre le chariot de la reine et celui de ses maîtresses. Depuis trois ans, Anne savait qu'on ne pouvait empêcher ce malade de la tromper sans risquer de le voir devenir fou ; et elle s'ingéniait à cacher de son mieux la jalousie qui la torturait.

Pourtant, lorsque le roi arrêtait toute la caravane et s'absentait un

36. M. V. Philippon de la Madelaine, *Histoire des ducs et du duché d'Orléans*.

37. Louis XI, dont la passion dominante était d'unifier et d'arrondir le domaine royal, avait, en 1475, mis la main sur l'Anjou, possession du bon roi René. Celui-ci ne s'était d'ailleurs pas donné la peine de soutenir une lutte contre le pouvoir royal. Poète, musicien, chansonnier, peintre, il préférait les arts à la politique. Lorsqu'on lui annonça que Louis XI lui avait pris l'Anjou, il ne prononça pas un mot amer et peignit une belle perdrix grise...

quart d'heure sous les fougères avec une de ses belles amies, la petite Bretonne avait bien du mal à retenir ses larmes.

Mais elle ne protestait point et demeurait dans son chariot à contempler un coquelicot au bord du chemin ou une touffe de pimprenelles en attendant que son infortune se complétât...

Après ces haltes galantes, Charles VIII revenait vers sa femme, souriant et faraud.

— Il me plaît de penser, madame, disait-il, que toute la gloire de cette expédition rejaillira sur vous qui l'avez inspirée...

La reine baissait la tête en soupirant. A ces belles et nobles paroles, elle eût préféré une étreinte brutale sur un lit de gazon...

Le convoi suivit la Loire, puis l'Allier. Il traversa Orléans, Gien, Cosnes, Nevers et arriva à Moulins où habitait Anne de Beaujeu qui avait quitté la Cour à la fin de sa régence et qui n'était plus maintenant que la duchesse du Bourbonnais.

Celle qui avait été pendant huit ans « roi de France », selon le mot de Brantôme[38], désapprouvait la campagne qu'entreprenait son frère. Elle le lui dit.

— Je suis sûr de réussir, répondit Charles. Car j'ai l'aide totale de Ludovic Sforza, prince du Milanais. Vous avez habilement gouverné, ma sœur, pendant votre régence, mais vous étiez timorée. Moi, je rêve d'aventures. Après avoir conquis le royaume napolitain, j'irai combattre les Turcs infidèles, au cours d'une nouvelle croisade. Et Mme Anne sera reine de France, de Naples et de Constantinople...

La jeune souveraine ne comprenait pas que Charles eût besoin d'entraîner toute une armée au-delà des Alpes pour conquérir son cœur, alors qu'un peu de gentillesse et de fidélité eût suffi ; mais elle ne dit rien et pensa que, lorsque ce trop bouillant époux aurait satisfait son besoin d'aventures et d'escapades, il lui reviendrait complètement.

Deux jours après avoir quitté Moulins, la caravane arriva à Lyon qui fit un magnifique accueil aux souverains. Des fêtes grandioses furent organisées en leur honneur et l'on mit le plus bel hôtel de la cité à leur disposition.

— Cette ville est aimable, dit le roi, nous serions fautifs en passant trop rapidement.

Et, sous prétexte que certains détails d'ordre militaire étaient encore à régler, il décida de s'attarder au bord du Rhône.

Six mois plus tard, il y était encore.

Pourtant, on aurait tort de croire que seule la gentillesse des habitants retenait Charles VIII à Lyon... Le charme des habitantes y était aussi pour quelque chose...

En effet, le roi, dont l'œil s'allumait à chaque fois qu'un jupon passait devant lui, avait, dès le premier jour, remarqué dans la haute société lyonnaise un nombre considérable de jolies femmes. Et il s'était

38. « Elle gouverna si sagement et vertueusement que ç'a été un des grands rois de France. »

promis de les faire entrer toutes dans son lit avant de partir pour Naples [39].

Leur conquête, il faut bien le dire, avait été rapide et, en quelques semaines, il les avait connues « sans en excepter aucune ».

Hélas ! cette débauche le fatigua énormément, au point, nous dit un chroniqueur, « que sa chair fondit autour de ses os comme si son corps, telle une outre percée, se fût vidé dans l'honneur des dames » [40].

Quelques personnes s'inquiétèrent de voir le roi dans cet état de faiblesse et tentèrent de lui démontrer que la majesté du trône s'accordait mal avec de telles turpitudes. Elles n'y parvinrent point, car Charles était poussé sur la voie de la luxure par le duc d'Orléans, qui se faisait, nous dit son historien, Saint-Gelais, « l'ordonnateur des passe-temps frivoles du souverain ».

Louis espérait ainsi épuiser les forces de son malingre cousin et prendre la direction de la campagne d'Italie. Son dessein n'était pas — pour l'instant du moins — de s'emparer de la couronne, mais de récolter toute la gloire de cette expédition qui s'annonçait facile et de devenir un héros aux yeux de la petite reine dont il était toujours amoureux.

Il oubliait que les maigres ont souvent — surtout dans le domaine amoureux — une résistance stupéfiante. Le roi pouvait montrer des yeux cernés jusqu'au menton et des signes certains d'essoufflement, il n'en était pas moins en excellente santé.

Et Louis d'Orléans, furieux, se livrait en vain à sa navrante besogne.

En juin 1494, le roi, repus et satisfait, pensa de nouveau à partir pour l'Italie. Et sans doute aurait-il quitté Lyon où il n'y avait plus rien à faire, si les Napolitains, qui connaissaient sa dépravation, ne s'étaient ingéniés, de façon fort habile, à retarder encore son départ [41].

Ils chargèrent une femme d'assez basse extraction, mais d'une grande beauté, de séduire le roi et de faire durer l'intrigue le plus longtemps possible en se montrant « ingénieuse et experte aux jeux de Vénus ». La belle avait appris tant de raffinements auprès des princes italiens qu'elle émerveilla Charles VIII. Il ne put s'en séparer...

Bientôt, il prit ses repas et logea chez elle, à la grande douleur de la reine Anne, qui était naturellement au courant de cette aventure.

La conquête de Naples semblait fort compromise. Et sans doute l'eût-elle été irrémédiablement, si Ludovic Sforza, inquiet, n'avait chargé son ambassadeur, Belgiojoso, d'aller voir à Lyon ce que faisait le roi de France. L'envoyé ne tarda pas à être fixé, car les amours royales étaient connues de toute la ville. Il demanda une audience à Charles VIII.

— Sire, dit-il d'un ton sévère, je crains que, pour un mois de plaisir, vous ne vous exposiez à perdre la joie et l'honneur de toute votre vie.

39. Arnoldi Ferronii, *De rebus gestis Gallorum*, livre I, Paris, 1549.
40. Jehan de Meslay, *Histoire de Charles VIII*.
41. Marino Sanuto, *Vita dei duchi di Venezia*.

Le roi rougit et baissa la tête.

— Nous partirons la semaine prochaine, promit-il.

Naturellement, sa maîtresse fit tout pour le retenir encore, mais il eut la force de se séparer d'elle.

Lorsqu'elle sut que le départ était enfin décidé, Anne se mit en quête de femmes laides, « commères ou lavandières », qu'elle chargea du service intime du roi pendant son voyage. Elle savait que son époux ne pourrait résister aux belles Italiennes qu'il verrait, mais elle voulait du moins qu'il ne partageât pas régulièrement sa couche avec les servantes de sa suite...

Le 23 août 1494, l'armée quitta Lyon en direction de Grenoble où Anne fit ses adieux au roi.

Les Alpes furent franchies sans difficulté ; mais, à Montferrat, le roi s'aperçut avec terreur qu'il n'avait plus d'argent pour continuer la campagne. La chose était fort ennuyeuse, car on était encore loin du but. « Et pouvez voir, écrit Commynes, témoin oculaire, quel commencement de guerre c'étoit, si Dieu n'eut guidé l'œuvre. » Heureusement, Charles avait séduit la marquise du lieu. Il lui confia ses soucis et la ravissante Blanche de Montferrat, sans aucune hésitation, lui donna tous ses bijoux pour qu'il les mît en gage. Ce geste, inspiré par l'amour, nous est rapporté par Brantôme.

« ... Toutefois, nous dit-il, il avoit d'autres raisons de la bien aimer, car elle lui aida de tous ses moyens et se défit de toutes ses pierreries, perles et joyaux pour lui prêter et engager où bon lui plaisoit, ce qui étoit une très grande obligation, car volontiers les dames portent une très grande affection à leurs pierreries, bagues et joyaux, et volontiers prêteroient et engageroient plutôt quelque pièce précieuse de leur corps que leur richesse de joyaux. Je parle d'aucunes et non de toutes. Certes, cette obligation fut grande car, sans cette courtoisie, le roi en étoit pour sa courte honte et s'en retournoit de son demi-voyage qu'il avoit entrepris sans argent, ayant pis fait que cet évêque de France qui alla au Concile de Trente sans argent ni latin... »

Sur les bijoux de la marquise de Montferrat, la banque prêta à Charles VIII 12 000 ducats, et l'armée reprit sa route vers Turin et Asti, où Ludovic Sforza vint la saluer en compagnie de sa femme Béatrice. Connaissant les goûts sensuels du roi de France, le More s'était fait accompagner des demoiselles d'honneur de la duchesse et d'un grand nombre de dames d'une *excellente beauté,* « dont le rôle ne devait pas rester inactif dans cette entrevue diplomatique ».

En voyant ces jolies filles, Charles pensa qu'il avait eu raison de venir en Italie. Et, bien qu'elles fussent au nombre de trois cents, nous dit Sigismondo de Conti, il décida de jouter galamment avec chacune d'elles, ce qui retarda encore un peu l'expédition.

Enfin, l'armée se remit en marche et, après un séjour d'un mois à Rome, pénétra dans Naples, but de la campagne.

Charles VIII, tout heureux d'avoir accompli aussi facilement cette promenade militaire, se mit à lorgner les Napolitaines. L'une d'elles se présenta à lui, en robe de satin vert, chargée de diamants, la gorge nue...

— Ici, toutes les femmes sont belles, déclara-t-il à ses soldats. Je veux que vous vous souveniez de cette admirable ville.

Les Français allaient, en effet, rapporter un souvenir de Naples...

7

L'armée de Charles VIII rapporte en France le mal de Naples

Sait-on jamais ce que l'on rapporte d'un voyage ?

MAURICE DEKOBRA

Pendant de longues semaines, Charles VIII sembla oublier les raisons qui l'avaient poussé à se rendre à Naples. Véritablement sous le charme de cette ville paradisiaque où tout l'émerveillait : la pureté du ciel, le bleu de la mer, les palais de marbre, les jardins à terrasses remplis de fleurs exotiques, les parcs où voletaient des oiseaux des Indes, il ne songeait qu'à goûter la douceur de vivre.

Il organisa des fêtes, des tournois et des bals costumés où certaines belles dames du lieu se montrèrent vêtues seulement de quelques rangs de perles ; puis il profita de la tiédeur des nuits de printemps pour offrir, en plein air, des banquets qui se terminaient généralement par des orgies considérables. Et il n'était pas rare qu'au petit matin les gardes trouvassent sur les pelouses, autour de la table non desservie, des couples enlacés, dont le sommeil avait eu finalement raison...

Ces excès n'étaient pas seulement commis dans l'entourage du roi ; l'armée entière semblait en proie à une véritable folie amoureuse. Au point qu'un chroniqueur vénitien, Sanuto, rapporte que « les Français ne se plaisaient qu'au péché et aux actes vénériens : et qu'ils prenaient les femmes de force, sans respect pour personne ».

Il raconte le désespoir d'un père dont la fille de seize ans avait été quelque peu endommagée par le passage d'un régiment. « Le roi, écrit-il, écouta poliment le malheureux et lui donna raison. Mais il ne fit rien de plus. D'ailleurs, Charles VIII avait à ce moment, pour son plaisir, une religieuse du monastère de Sainte-Claire, en plus de sa favorite, la Melfi, et de quantité d'autres femmes que ses gens lui procuraient...[42] »

On comprend, dans ces conditions, que le roi n'ait pas eu beaucoup de temps à consacrer aux affaires politiques, ni même à sa correspondance privée.

Aussi, Anne de Bretagne, dans son grand château de Lyon, était-elle fort triste. Triste de ne pas recevoir de lettres, triste à la pensée

42. MARINO SANUTO, *op. cit.*

que son mari devait la tromper avec toutes les Italiennes qu'il rencontrait, triste d'avoir à se coucher seule.

La jeune reine, en effet, était douée d'un tempérament ardent et cette solitude mettait ses nerfs au supplice. Pourtant, tous les chroniqueurs nous assurent qu'elle fut d'une fidélité exemplaire.

Pendant que Charles VIII se vautrait dans la débauche, la pauvre lisait de gros ouvrages religieux, copiait quelques « oraisons pour les absents » sur son livre d'Heures, ou priait en sa chapelle. Parfois, lorsqu'elle s'ennuyait trop, elle se rendait à Moulins, auprès d'Anne de Beaujeu qui l'accueillait avec une grande gentillesse, malgré les soucis que lui causait la folle campagne d'Italie. Mais la jeune souveraine, il faut bien l'avouer, ne se montrait guère curieuse des nouvelles politiques ; elle ne venait à Moulins que pour parler interminablement de ce cher époux volage qu'elle aimait maintenant de « bel amour ».

De temps à autre, elle envoyait à Charles une tendre lettre par laquelle elle le suppliait de rentrer en France.

Au mois d'avril 1495, pressée par Anne de Beaujeu, elle écrivit au roi de façon plus catégorique : *Il faut revenir en votre royaume pour ce que le peuple, qui moult vous aime, pleure sur votre absence et moi avec lui.*

Lorsqu'il reçut cet émouvant appel, Charles VIII était en train d'organiser une fête magnifique en l'honneur de Léonora, sa favorite du moment, et il n'avait aucune envie de rentrer en France.

D'ailleurs, il ne considérait pas l'expédition comme terminée, loin de là. A ses yeux, Naples n'était qu'une étape vers Constantinople.

— Notre but n'est pas atteint, disait-il souvent ; nous devons aller jusque chez les Infidèles afin de guerroyer saintement.

Mais, s'il rêvait de s'emparer de la capitale turque, c'était moins pour porter le titre de roi de Constantinople que pour s'approprier le harem du sultan Bajazet dont on lui avait vanté l'extraordinaire variété. Et il se voyait déjà entouré de jeunes négresses odorantes, de Barbaresques épilées et de Caucasiennes à la peau satinée...

La fête de nuit donnée en l'honneur de Léonora fut extraordinaire. A dix heures du soir, sous les arbres du parc illuminé, un banquet réunit plus de deux cents personnes. Des mets rares — et épicés — y furent servis dans de la vaisselle d'or par des Napolitaines d'une beauté exceptionnelle qui portaient des jupes fendues depuis la ceinture, montrant ainsi, à chaque pas, beaucoup plus qu'il n'est convenable de laisser voir dans un dîner.

Toutefois, les jambes admirables de ces charmantes personnes ne constituaient pas le plus étonnant spectacle de la soirée. En effet, la favorite de Charles VIII émerveilla — et stupéfia — tout le monde en paraissant à table la poitrine nue...

Après le repas, on dansa dans le parc, et les jolies serveuses, abandonnant l'office, vinrent se mêler aux invités. Elles étaient fort peu vêtues et furent rapidement entraînées dans quelques fourrés ombreux...

Durant plusieurs jours, tous ceux qui avaient été conviés à cette fête s'esbaudirent au souvenir des heures savoureuses passées sur le gazon, au clair de lune ; puis, un matin, un chevalier éprouva quelques picotements qui l'intriguèrent.

Le lendemain, il ressentit des douleurs plus vives, et bientôt son corps se couvrit de pustules.

Fort inquiet, il appela un médecin qui ne put venir le soigner, attendu qu'à la même heure presque tous les invités du roi étaient atteints de ce mal étrange[43]...

Les malheureux payaient bien cher un petit moment de détente ; ils avaient des croûtes de la tête aux pieds, certains perdaient les lèvres, d'autres les yeux. Ces derniers étaient d'ailleurs les plus heureux, car ils n'avaient pas le douloureux spectacle de leur « humanité » tombant sur le sol comme un fruit gâté...

Au bout d'un mois, l'épidémie avait fait de véritables ravages dans les rangs de l'armée française. Car les jolies serveuses du banquet royal n'étaient pas les seules « dépositaires » de cette effrayante maladie : la plupart des Napolitaines avaient « le poison dans leur chair », et des milliers de soldats furent rapidement atteints.

Des centaines moururent, et l'on se demanda quelle pouvait être l'origine de ce mal épouvantable et inconnu. Des histoires extravagantes furent alors colportées. Certains médecins racontaient que tout venait d'une femme qui avait été contaminée par un lépreux, d'autres affirmaient qu'il s'agissait des conséquences d'un acte de cannibalisme et accusaient des soldats d'avoir mangé de la chair humaine, d'autres enfin soutenaient que cette maladie était due au commerce d'un individu avec une jument atteinte du farcin...

En réalité, il s'agissait tout bonnement de la syphilis, contractée en Amérique par les marins de Christophe Colomb et apportée en Italie par les mercenaires espagnols de Ferdinand d'Aragon, le malheureux roi de Naples, chassé de son trône par les Français.

Le mal se répandit avec une rapidité incroyable et de hauts personnages en furent atteints. Des évêques, des cardinaux perdirent leur nez, et le pape lui-même n'échappa pas au virus. Alors des médecins charitables expliquèrent gravement que cette maladie très

43. Cf. Antoine Musa Brassavole de Ferrare qui raconte que : *Dans le camp des Français, il y avait une courtisane fameuse d'une excellente beauté mais qui avait un ulcère sordide à la matrice. Les hommes qui la coïtaient, grâce à l'humidité et à la gangrène, contractaient, tandis qu'ils faisaient l'amour, une affection maligne qui ulcérait leurs membres virils. Ce mal gagna d'abord un homme, puis deux, puis trois, puis cent, car elle était femme publique et très belle ; et, comme la nature humaine est chaude au déduit, plusieurs femmes qui avaient des rapports avec ces hommes contaminés furent infectées et communiquèrent à leur tour l'infection à d'autres hommes.*

contagieuse se transmettait par l'air, le souffle et même par l'eau bénite… Ainsi l'honneur de ces saints hommes fut-il sauf.

Charles VIII, épouvanté par les effets de cette maladie, résolut de quitter sans tarder un pays où les femmes étaient aussi dangereuses. Le 25 avril, il se fit précipitamment couronner roi de Naples, et le 1er mai, après avoir désigné un vice-roi qui n'avait pas froid aux yeux, Gilbert de Montpensier, il reprit le chemin de la France.

Cette aventure italienne avait été peu glorieuse en somme ; il en revenait avec un visage grêlé par la variole contractée à Asti, un album secret contenant *« le Portrait des demoiselles du roy »* (celles qu'il avait connues en route) et des soldats porteurs de ce « mal de Naples » qui allait transformer la vie des Français et avoir tant d'influence sur les idées philosophiques et religieuses du XVIe siècle…

Le retour fut long et périlleux. Il ne s'agissait plus d'une promenade militaire au milieu d'Italiens enthousiastes, mais d'une retraite qui pouvait à chaque instant tourner à la catastrophe.

La situation avait, en effet, bien changé en un an. Tandis que Charles VIII s'amusait à Naples, les Vénitiens, Ludovic Sforza, le pape Alexandre Borgia, l'empereur Maximilien et Ferdinand d'Aragon s'étaient ligués et avaient constitué une forte armée.

A Fornoue, les Français faillirent être encerclés. Ils ne passèrent finalement qu'après un combat terrible au cours duquel Charles VIII perdit presque tous ses bagages. Mésaventure qui lui causa une grande tristesse, car il rapportait de Naples un important butin d'œuvres d'art : tapisseries, livres richement enluminés, tableaux, meubles, draps, marbres, bijoux, etc. Mais sa douleur fut bien plus grande encore lorsqu'il constata que les Vénitiens lui avaient pris aussi un coffre personnel contenant non seulement l'os de saint Denis qu'il emportait toujours avec lui dans ses voyages, mais encore l'album où se trouvaient les portraits de toutes les demoiselles dont il s'était « esjoui » pendant l'expédition[44]…

Après cette bataille, les Vénitiens, terrorisés par la « furia francese », n'osèrent plus attaquer l'armée de Charles VIII.

La marche vers la France n'en fut pas accélérée pour autant. Au contraire. Car le roi, délivré de ses soucis militaires, s'attarda dans chaque ville avec des femmes de rencontre[45].

Le 15 juillet 1495, les Français arrivèrent à Asti où le roi apprit que les troupes commandées par Louis d'Orléans étaient enfermées dans Novare. Il en fut fort peiné.

— Nous devons aller le délivrer, dit-il. je n'ai pas l'intention de rentrer en France sans le duc d'Orléans. Nous resterons à Asti le temps qu'il faudra.

Ces belles paroles, qui témoignaient d'une grande noblesse de

44. BENEDETTI.

45. Déjà, à Sienne, les habitants l'avaient retenu six ou sept jours « en luy montrant des dames » et, à Pise, il s'était épris d'une demoiselle de très basse condition, ce qui avait immobilisé l'armée pendant près d'une semaine.

caractère, eussent dû remplir d'admiration tous les soldats et tous les chevaliers. Hélas ! ceux-ci connaissaient le roi, et savaient que la délivrance du duc d'Orléans n'était pas le seul motif qui le retenait à Asti. Charles VIII avait rencontré, en effet, dans cette ville, la belle Anna Soléri, dont il était éperdument amoureux [46].

Pendant de longues semaines, cette liaison occupa toute sa pensée ; au point qu'il en oublia un peu les assiégés de Novare dont la situation était pourtant lamentable.

Les pauvres, privés de vivres, affaiblis par la dysenterie, espéraient à chaque instant voir arriver l'armée du roi. Certains, complètement démoralisés, se suicidèrent. Les autres finirent par végéter dans un état voisin de la prostration. Louis d'Orléans, lui, était consterné et furieux. Pouvait-il se douter qu'il récoltait en somme ce qu'il avait semé à Lyon, et que le goût pour la débauche qu'il avait cru bon de donner à Charles VIII risquait de le faire mourir à Novare ?

De temps en temps, une lettre pressante arrivait de Lyon où Anne se demandait avec une angoisse justifiée ce que pouvait bien faire son époux. *Revenez,* écrivait-elle, *il y a un an que vous êtes départi de moi. Quand reviendrez, aurez oublié mon visage...*

Alors Charles répondait qu'il lui fallait avant tout délivrer son cousin Louis...

Bien entendu, ce n'était toujours qu'un prétexte, car il ne faisait rien qu'organiser des fêtes et s'enfermer dans une chambre avec Anna...

Puis il se lassa : non de la bagatelle, certes, mais de la belle Soléri !... [47] Et aux environs du 10 août, alors que les soldats de Louis d'Orléans en étaient réduits à se nourrir de racines, il alla s'installer à Chieri, près de Turin, où on lui avait signalé une très jolie femme.

Les pourparlers n'étaient jamais longs avec Charles VIII : aussi, le soir même, la dame se trouva-t-elle auprès du roi dans une posture à laquelle certains auraient pu trouver à redire.

Charles prit un goût extrême à cette nouvelle maîtresse et se désintéressa une fois de plus de son pauvre cousin.

Or le 8 septembre, alors qu'il donnait un bal, il vit arriver Georges d'Amboise, essoufflé et le visage défait :

— Cette fois, messire, il faut agir. L'ennemi a réussi à pénétrer dans Novare. Déjà les faubourgs sont incendiés. Le duc d'Orléans n'en a plus que pour quelques heures.

Charles VIII, un peu ennuyé, comprit qu'il était grand temps « de se mouvoir ». Délaissant la fête, il donna des ordres et, deux heures plus tard, il était en route pour Novare.

Le lendemain à l'aube, il entrait en contact avec les assiégeants. Naturellement il n'était plus question de se battre. Charles dut proposer la paix...

46. *Archives de l'Histoire de France*, publiées par Cimber et Danjou, 1680.

47. Cette jeune femme eut de Charles VIII une fille connue sous le nom de Camille Palvoisin. François Ier lui montra « une grande considération... »

Le soir, Louis d'Orléans, pâle, amaigri et furieux contre le roi, sortit de la ville et vint participer aux pourparlers. La rédaction du traité fut longue. Chaque paragraphe suscitait des discussions interminables, et les signatures ne furent apposées au bas du parchemin que le 9 octobre.

Aussitôt, Charles, qui n'avait plus aucune raison de rester en Italie, retourna à Chieri passer quelques nuits avec son amie, avant de reprendre le chemin de la France, le 21 octobre.

Les dernières étapes furent sans histoires et, le 7 novembre, Charles VIII arrivait à Lyon où Anne, folle de joie, vint se presser contre sa poitrine.

— J'ai fait noble campagne, madame, dit le roi.

La reine sourit tristement. Voyant à quoi il s'attachait, elle feignit l'admiration et se garda de lui dire qu'à toute la gloire du monde elle eût préféré sa présence...

Pendant quelques jours, les souverains organisèrent de grandes fêtes où toutes les dames de Lyon accueillirent Charles VIII « en liesse très singulière ».

Hélas ! cette joie devait être de courte durée. Un matin, le courrier apporta deux mauvaises nouvelles : un pli d'Italie annonçait que Ferdinand d'Aragon assiégeait la ville de Naples, et une lettre venant d'Amboise apprenait aux souverains que le dauphin Charles-Orland, âgé de trois ans, était atteint de la variole et gravement malade.

Une semaine plus tard, le dauphin était mort et Naples reprise par Ferdinand...

La reine, nous dit un chroniqueur, « eut le plus grand deuil qu'une femme puisse faire et longuement lui dura ». Elle s'enferma dans sa chambre où les dames de sa suite l'entendirent gémir « haultement » toute la nuit. A l'aube, une triste caravane se mit en route par les chemins d'hiver, en direction d'Amboise. Dans son chariot, Anne pleurait son fils ; dans le sien, Charles soupirait après son royaume de Naples...

Après les obsèques du petit prince, la reine sombra dans une tristesse profonde, et le roi, fort affligé, imagina, pour lui changer les idées, de faire danser devant elle quelques jeunes gentilshommes au cours d'une petite fête. Parmi les danseurs se trouvait Louis d'Orléans, qui montra en cette occasion une telle exubérance, une telle allégresse, que la reine en fut choquée. Elle pensa, ainsi que nous le rapporte Commynes dans ses *Chroniques*, que Louis « avait joie de la mort du dauphin à cause qu'il étoit maintenant le plus proche héritier de la couronne ». Et elle lui signifia d'avoir à s'abstenir un temps de paraître à la Cour ; ce qui chagrina Louis, « pour ce qu'il aimoit toujours la reine ».

Quant au roi, il montra se désapprobation en tournant le dos au duc et en restant quelque temps sans lui adresser la parole.

Charles VIII pensait se reposer un peu de ses campagnes en organisant quelques fêtes à Amboise et en courtisant les jolies filles qui étaient entrées à la Cour pendant son absence. Il n'en eut pas le loisir. Au printemps 1496, une épidémie de « mal de Naples » s'abattit sur Paris, avec de si « vilains et puants » effets qu'elle donna au peuple le dégoût de l'acte charnel. L'Église en profita pour prôner la chasteté (attitude à peu près inconnue du Moyen Age), et l'on vit de très galantes dames, réputées pour leur « ardeur aux jeux du lit », se rendre en foule dans des couvents de Pénitentes. Charles VIII fut désolé, car les plus belles demoiselles de la Cour se firent nonnes.

Cette vague de pureté poussa même des femmes tout à fait chastes à se présenter à la porte des cloîtres. Mais il était difficile d'y entrer, ainsi que nous le dit J. A. Dulaure :

« Les filles, pour être admises dans ces couvents, écrit-il[48], étaient tenues de faire des preuves suffisantes de leur libertinage, d'affirmer par serment prêté sur les saints Évangiles, en présence du confesseur et de six personnes, qu'elles avaient mené une vie dissolue. On était fort rigide sur cette preuve. Il arrivait que des filles se prostituassent exprès pour avoir le droit d'entrer dans cette communauté. Lorsque ce fait était reconnu, on les chassait honteusement de la maison.

» Il arrivait aussi que des filles, à la suggestion de leurs parents qui voulaient s'en débarrasser, se présentassent en protestant et jurant qu'elles avaient vécu dans la débauche, tandis qu'elles étaient encore vierges. Cette singulière tromperie détermina les religieuses à vérifier le fait et à ne point s'en rapporter au serment des aspirantes. Toutes les filles furent alors soumises à une scrupuleuse visite.

» Ainsi, après la visite, si la postulante était trouvée vierge, on la renvoyait comme *indigne* d'entrer dans ce couvent. »

Mais les pénitentes n'occupaient pas toute la pensée de Charles VIII : il rêvait parfois de Naples et des belles Napolitaines.

— J'y retournerai bientôt, disait-il à ses familiers.

Hélas !...

8

Pour pouvoir épouser Anne de Bretagne, Louis XII donne une femme au fils du pape

Les petits cadeaux entretiennent l'amitié.

sagesse des nations

Au mois de mai 1496, Charles VIII annonça qu'il allait se rendre à Lyon et reformer une armée pour retourner à Naples. Les Lyonnais, et surtout les belles dames lyonnaises, attendirent le roi. On prépara des arcs de triomphe pour son entrée dans la ville, des draps piqués de fleurs et des divertissements choisis.

Mais, comme, le 10 juin, le cortège royal n'était pas encore en vue

48. J.A. Dulaure, *Singularités historiques.*

de Lyon, les braves gens s'inquiétèrent un peu. Ils envoyèrent au-devant de Charles VIII un groupe de cavaliers.

— Dès que vous l'aurez rencontré, leur dit-on, que l'un d'entre vous revienne rapidement pour nous dire où est le roi et quand il compte arriver ici.

Les jours passèrent et les cavaliers ne revinrent point. On s'en étonna, car c'étaient des jeunes gens de bonne réputation. Sans doute, disait-on, le roi les aura-t-il retenus auprès de lui.

La réalité était tout autre.

Partis au-devant de Charles VIII, ils étaient arrivés jusqu'à Amboise sans avoir rencontré personne.

— Qu'est-il donc arrivé à notre gentil sire ? dirent-ils en descendant rapidement de cheval.

On leur apprit alors que le roi, au moment de partir pour Lyon, avait suivi à Tours une des filles d'honneur de la reine et qu'il n'était pas encore revenu...

— Mais qu'en dit la reine ? demandèrent-ils avec étonnement.

— Mme Anne attend présentement un héritier et elle en est si heureuse qu'elle ferme les yeux sur les frasques du roi.

— Il est vrai, ajouta quelqu'un, qu'elle ne se doute de rien, attendu que notre souverain lui a dit qu'il s'en allait à Tours pour adorer les reliques de saint Martin.

Les Lyonnais se rendirent à Tours, mais ne purent voir Charles VIII qui était occupé à consoler la belle demoiselle « fort attristée d'avoir été chassée par la reine de sa *cour des dames* ». Et ils s'en retournèrent dans leur ville, où le comportement du roi, dès qu'il fut connu, donna lieu à des commentaires assez désobligeants.

La reine, pendant ce temps, continuait de détester le duc d'Orléans. Depuis le bal où il s'était si mal tenu, elle ne cessait de le critiquer et de chercher à lui nuire. Elle le haïssait passionnément comme elle l'avait aimé jadis.

Un jour, elle voulut qu'on lui retirât son titre d'héritier présomptif de la couronne, et elle pleura de rage en apprenant que le roi s'y opposait.

— Heureusement, dit-elle, que j'aurai bientôt un autre fils, ce qui éloignera à tout jamais Louis d'Orléans du trône qu'il convoite.

Le 5 septembre, en effet, elle mit au monde un garçon. Toute la Cour fut en fête. Hélas ! un mois plus tard, le bébé mourait subitement.

La pauvre reine sanglota et serra les poings :

— Je ne veux pas que Louis d'Orléans devienne roi de France.

Trois mois plus tard, elle était de nouveau enceinte.

Au mois d'août 1497, elle donna le jour à un gros garçon que l'on prénomma François. Aussitôt, elle distribua aux nourrices des amulettes destinées à protéger le petit prince : médailles bénites, morceau de cire noire dans une bourse de drap d'or et même six langues de serpents de différentes tailles enfermées dans un scapulaire.

Ces gris-gris n'eurent aucun effet, car François ne vécut pas même une semaine...

Alors la reine se désola.

— Ne donnerai-je donc jamais d'héritier au roi ? disait-elle en pleurant. Sans doute sommes-nous l'objet d'une malédiction céleste.

Cette idée, elle n'était pas la seule à l'avoir ; dans le menu peuple, la mort des petits princes était même considérée comme un châtiment du ciel.

— Le roi et la reine paient aujourd'hui la faute qu'ils ont commise tous les deux à leur mariage, disait-on. Charles, en renvoyant sa fiancée et en enlevant la femme de Maximilien, a provoqué la colère de Dieu... Jamais de pareils parjures n'auront d'enfants vivants...

Pourtant, il y avait quelques personnes qui expliquaient les choses différemment.

— Ces morts subites sont bien curieuses, disaient-elles, et ressemblent fort à des empoisonnements. Un certain duc, qui a tout intérêt à voir disparaître les enfants du roi, ne serait-il pas pour quelque chose dans cette affaire ? Souvenez-vous de ce qu'on a raconté à propos du bal qui a suivi la mort du dauphin Charles. Ce duc avait l'air si joyeux que la reine dut le chasser de la Cour.

Les accusations contre Louis d'Orléans prenaient parfois une curieuse tournure. On ne le soupçonnait pas d'« éliminer » les princes pour monter sur le trône, mais pour épouser, un jour, la reine Anne qu'il n'avait pas cessé d'aimer. Et l'on rappelait la clause du contrat de Langeais, qui précisait qu'au cas où Charles VIII mourrait le premier, sans laisser d'héritier, Anne devrait épouser son successeur...

— On commence par empoisonner les enfants, puis, un jour, on empoisonne le père... Après quoi on n'a plus qu'à entrer dans le lit de la belle, disaient certains en riant.

Mais de telles suppositions étaient trop horribles et les âmes pieuses les faisaient taire.

Les mois passèrent, et un matin d'octobre 1497 Louis d'Orléans, voulant se réconcilier avec la reine, lui envoya un bijou. Touchée, Anne, qui n'attendait au fond qu'une occasion pour aimer de nouveau son ancien fiancé, lui fit cadeau de deux magnifiques lévriers.

Dès lors, le duc d'Orléans fut sans cesse auprès de la petite reine de vingt ans. « Je suis votre protecteur, lui disait-il parfois en souriant, votre chevalier... » Et ses yeux devenaient incroyablement doux. Bientôt, l'amour et le désir que lui inspirait Anne finirent par être tellement visibles que toute la Cour en parla.

Aussi est-on en droit de se demander si c'est uniquement pour des raisons politiques que le roi chassa à ce moment Louis d'Orléans, de son conseil d'abord, puis d'Amboise.

Quoi qu'il en soit, le duc se rendit près de Blois, aux Montils et, furieux, renoua des relations avec les Vénitiens qui complotaient de sombres machinations, selon leur habitude...

Or un matin le bruit courut que Charles VIII avait l'intention de faire arrêter le duc d'Orléans.

La nouvelle était-elle exacte ? On ne le saura jamais, car deux jours plus tard, le 7 avril 1498, le roi mourait subitement après s'être cogné le front contre un linteau d'une porte basse, dans un couloir du château d'Amboise.

Aussitôt, on parla d'assassinat. Des familiers de la Cour révélèrent qu'une demi-heure avant de s'assommer le roi avait reçu une orange d'un Italien et qu'il l'avait mangée.

Cette orange était-elle empoisonnée ?

On ne tarda pas à le murmurer. Surtout lorsqu'on vit Louis d'Orléans — que cette mort faisait monter sur le trône — se précipiter, rayonnant de joie, chez la reine pour lui dire des paroles de réconfort avec une tendresse un peu prématurée...

Anne de Bretagne, nous dit un chroniqueur, montra un « vif déplaisir » à la mort du roi. Pendant deux jours, enfermée dans sa chambre, elle se roula par terre en poussant des hurlements et en se tordant les mains. A ceux qui venaient frapper à sa porte, elle déclarait qu'elle « avait résolu de prendre le chemin de son mari »... Et elle refusait toute nourriture.

Sa douleur fut telle que les personnes de nature peu exubérante purent croire à quelque exagération de sa part.

— Elle pleure bien fort un mari qui a passé sa vie à la tromper vilainement avec toutes les joueuses d'échine qu'il rencontrait, disaient certains.

— Il est vrai, répondait-on, que ce n'est peut-être point le roi qu'elle pleure, mais la couronne...

Quand elle consentit à sortir de sa chambre, elle stupéfia la Cour par la couleur de son costume. Alors que jusque-là toutes les reines avaient porté le deuil en blanc[49], elle était entièrement vêtue de noir. Elle expliqua que cette teinte symbolisait la constance en amour, car elle ne pouvait déteindre...

— J'ai perdu ma vie et mon bonheur ! s'écriait-elle avec amertume.

Louis XII, qui trouvait la jeune reine encore plus jolie depuis qu'elle était en deuil, vint à plusieurs reprises lui rendre visite. Et Paul Lacroix nous dit « qu'il trouva la pauvre dans un tel désespoir, qu'il craignait qu'elle n'eût pas la force de le supporter ; il la réconforta en lui rappelant leur ancienne amitié et en *s'offrant à elle de la meilleure sorte qu'il lui fût possible ;* mais Anne de Bretagne redoublait de sanglots à la vue du duc d'Orléans, qu'elle avait aimé avant d'épouser Charles VIII... [50] »

Louis XII se fit si tendre et si pressant que la reine finit par avouer à ses intimes qu'il la « consolait par sa singulière bénévolence »...

49. Auparavant, les reines veuves portaient jusqu'à leur mort des vêtements blancs, et cette couleur, qui représentait la *foi* gardée au défunt, fut à l'origine du nom de *reine blanche*, attribué autrefois à toutes les veuves de roi.

50. Paul Lacroix, *Louis XII et Anne de Bretagne,* 1882.

Et un jour, nous rapporte Brantôme, qu'elle pleurait devant les dames de sa suite, et que celles-ci « la plaignoient de la voir veuve d'un si grand roi et malaisément pouvoir retourner en un si haut état, elle répondit qu'elle demeureroit plutôt toute sa vie veuve d'un roi, plutôt que de se rabaisser à un moindre que lui ; *toutefois, qu'elle ne désespéroit pas tant son bonheur qu'elle ne pensât être encore un jour reine de France régnante, comme elle avoit été, si elle vouloit.* Ses anciennes amours avec le duc d'Orléans lui dictoient ce propos... Car malaisément se peut-on défaire d'un grand feu quand il a une fois saisi l'âme ».

Le nouveau roi ne savait qu'imaginer pour plaire à la jeune veuve. Il eût voulu la combler de cadeaux, mais le moment lui paraissait mal choisi, et il chercha ce qui pouvait lui faire plaisir. Comme il était fort délicat, il trouva bientôt et commanda de magnifiques obsèques pour Charles VIII.

Le corps du défunt roi fut alors conduit à Paris où on l'exposa au public. Mais, comme le voyage avait duré vingt et un jours, on avait dû placer sur le lit de parade un mannequin richement habillé dont le visage, dit un chroniqueur de l'époque, était « au plus près du vif que faire se peu ».

Après quoi, une cérémonie grandiose eut lieu à Notre-Dame et le cortège traversa la capitale pour se rendre à Saint-Denis. La foule, dans les rues, aux fenêtres et jusque sur les toits, admira pendant des heures les plus grands personnages du royaume défilant derrière le char funèbre.

Quand Charles VIII eut été mis au tombeau, tout le monde se déclara content de ce beau défilé : le peuple, qui avait assisté gratuitement à une de ces cavalcades dont il est friand, la reine Anne, qui n'aurait jamais pu payer un tel enterrement à son mari, le Trésor étant à sec, et le nouveau roi qui, faisant d'une pierre deux coups, avait mis en terre un rival et contenté la femme qu'il aimait.

Après la dernière cérémonie, Anne s'approcha de Louis XII qui, pour achever de la conquérir, commandait aux religieux de l'abbaye quelques prières supplémentaires.

Elle le considéra avec tendresse et reconnaissance.

— C'est très gentil, dit-elle...

Il comprit alors que son singulier cadeau avait eu l'efficacité qu'il espérait et, le soir même, il demanda à Anne si, en observance du contrat de Langeais, elle voulait bien l'épouser.

La jeune femme était maligne. Baissant les yeux, elle se contenta de répondre en soupirant :

— Mais n'êtes-vous point marié ?

— Je divorcerai, dit le roi.

Alors Anne de Bretagne rentra dans ses appartements.

Il y avait longtemps que Louis XII voulait répudier la pauvre Jeanne de France, bossue et rachitique, que Louis XI lui avait fait épouser de force. Au lendemain de la mort de Charles VIII, après avoir vainement essayé de décider Jeanne à accepter une séparation à l'amiable, il avait écrit à Rome pour demander au pape Alexandre Borgia de casser son mariage.

Voulant montrer à Anne que son intention était bien d'écarter Jeanne, il alla se faire sacrer seul à Reims le 27 mai, et fit son entrée dans Paris le 1er juillet sans la malheureuse infirme, qui se morfondait toujours au château de Mesnils-les-Bois.

Le peuple fut choqué par l'attitude du roi. Il réclama la reine à grands cris. Et Louis XII, quelques jours après, jugea prudent de prendre plusieurs mesures propres à se rendre populaire : il diminua les tailles et exempta la capitale du *don de joyeux avènement*...

Après quoi — et comme la réponse de Rome tardait à arriver — il continua de faire sa cour à la reine Anne qui, redevenue simple duchesse de Bretagne, s'occupait activement de l'administration de son duché.

Prêt à tout pour obtenir une promesse de mariage, le roi amoureux rendit à celle qu'il devait appeler un jour « sa Bretonne » les places de Nantes et de Fougères, geste qui la toucha infiniment.

Un peu plus épris chaque jour, il délaissait les affaires de l'État pour aller passer son temps auprès d'elle à l'hôtel d'Étampes où elle s'était installée. Tout Paris ne tarda pas à en jaser. On en fit des chansons et la jeune femme, beaucoup plus habile que Louis XII, craignit qu'une telle assiduité ne compromît à tout jamais une union qu'elle espérait secrètement autant que lui. Elle décida de quitter Paris et d'aller vivre à Nantes, en attendant que le pape ait rompu le mariage royal.

Un matin que Louis venait comme à l'accoutumée lui murmurer quelques tendres propos, elle lui annonça sa décision. Louis fut affolé. Se jetant à ses pieds, il lui redemanda si elle deviendrait sa femme lorsque le divorce serait prononcé. Cette fois, Anne accepta. Alors, en homme méticuleux, il fit rédiger deux actes fort précis, l'un déclarant que « lorsque l'union forcée de Louis avec Jeanne de France serait annulée, le mariage aurait lieu », l'autre précisant que « Louis évacuerait toutes les places de Bretagne, à l'exception de Nantes et de Fougères qu'il garderait en gage ». Si son mariage n'était pas cassé au bout d'un an, Anne reprendrait sa liberté et ses deux places[51].

Quelques jours plus tard, la jeune femme, ayant convoqué ses États à Rennes, quittait Paris accompagnée de grands seigneurs français et bretons.

Le 28 septembre, elle était à Nantes, guettant déjà le courrier qui viendrait lui annoncer que le pape lui permettait d'épouser l'homme qu'elle aimait depuis douze ans...

Louis XII attendait la réponse de Rome sans inquiétude. Il savait

51. Dom Maurice, *Histoire de Bretagne, Preuves* III.

qu'Alexandre Borgia était un pape d'un modèle peu courant, dont on pouvait obtenir à peu près tout, à condition de flatter sa luxure ou sa cupidité.

— S'il refuse d'annuler mon mariage, disait le roi, je lui offrirai de l'argent, et, si cela ne suffit pas, je lui enverrai quelques belles Tourangelles pour enrichir son ballet...

Le pape avait, en effet, un ballet voluptueux qui lui servait de remède contre la tristesse. Les soirs où il se sentait un peu de vague à l'âme, et où sa favorite Giulia Farnèse n'était plus capable de faire briller son œil pontifical, il demandait à voir danser de toutes jeunes filles fort peu vêtues.

Ce spectacle lui donnait, paraît-il, de grandes satisfactions [52]. Mais de tels plaisirs n'étaient pas du goût de tout le monde, et certains cardinaux trouvaient que le pape délaissait un peu trop la liturgie pour les demoiselles...

Louis XII était donc sûr, en envoyant à Rome quelques-unes des plus belles filles de la Cour, d'obtenir ce qu'il demandait.

Or, un matin, il reçut du pape une bulle nommant les juges qui devaient statuer sur la validité de son union avec Jeanne de France. Il y était dit que Louis d'Amboise, évêque d'Albi, le cardinal de Luxembourg, évêque du Mans, et Fernand Septensis, évêque de Ceuta, nonce du pape, devaient citer des témoins : gens d'Église, médecins, valets, matrones et suivantes, à seule fin de savoir si le mariage avait été — ou non — consommé ; mais le pape ne posait aucune condition, ce qui étonnait fort Louis XII.

Presque aussitôt, le procès s'ouvrit en la cathédrale Saint-Gatien de Tours. La reine se présenta en vêtements de deuil, accompagnée d'une dame de sa suite et de son confesseur.

Louis d'Amboise lut les raisons invoquées par le roi pour demander l'annulation de son mariage. Elles étaient au nombre de quatre : parenté au quatrième degré ; parenté spirituelle du fait que Louis XI l'avait tenu sur les fonts baptismaux ; violence exercée sur lui pour lui faire épouser Jeanne ; impossibilité de consommer le mariage.

Puis on interrogea la malheureuse reine qui, le visage contracté, essayait de garder une contenance digne en face de ces ecclésiastiques, amis du roi, qui s'apprêtaient à tout faire pour la séparer de son mari. D'une voix douce mais ferme, elle récusa tous les motifs invoqués par Louis.

— Votre union n'est pas valable si l'on considère que vous êtes parente avec votre mari au quatrième degré.

— Le pape Sixte IV nous a accordé la dispense, dit-elle.

— C'est par la force que le roi Louis XI a obligé notre roi, alors duc d'Orléans, à vous épouser, répliqua d'une voix dure un abbé.

Elle frissonna comme si on l'eût souffletée :

52. Une lettre d'Agostine Vespucci à Machiavel nous apprend que ces scènes de prodigieuse impudeur étaient, pour ainsi dire, quotidiennes...

— Je ne suis pas de si bas lieu qu'il fût besoin de violence pour me trouver un époux. En outre, nous sommes mariés depuis 1476. Il est étonnant que le roi, mon seigneur, manifeste seulement aujourd'hui son mécontentement d'un fait qui s'est passé il y a vingt-deux ans...

— Vous admettez, lui demanda le cardinal de Luxembourg, que vous êtes mal conformée ?

— Je sais seulement que je ne suis pas jolie, ni aussi belle de corps que la plupart des femmes.

— Vous devez bien savoir que vous n'êtes point apte au mariage.

— Je ne crois pas. Je me crois aussi propre au mariage que la femme de mon écuyer Georges, qui est tout à fait contrefaite et qui lui donne pourtant de beaux enfants...

Pendant des heures, les trois juges la torturèrent ainsi avec des questions humiliantes et brutales. Enfin, on en arriva au dernier argument de Louis XII.

— Le roi vous a-t-il traitée en épouse ?

Jeanne rougit.

— Oui !

Les juges crurent bon alors d'entrer dans les détails si précis que la reine, « atteinte dans sa pudeur », ne répondit aux questions qu'en baissant la tête, comme une coupable[53].

— Pourriez-vous nous dire où les choses se sont passées ?

Point de mire d'une assemblée goguenarde, Jeanne fut près de défaillir en entendant cette question.

— Vous ne pouvez pas répondre ?

Oh ! si elle pouvait répondre, la malheureuse petite infirme, car elle se souvenait avec précision de tout ce qui concernait sa vie amoureuse avec le roi. Et, se raidissant sur son banc, elle indiqua d'une voix à peine audible les lieux où Louis avait bien voulu se montrer tendre avec elle, et le nombre de leurs « contacts ».

— Six fois à Lignières, deux fois à Lusignan, trois fois à Orléans, une fois à Nantes, quatre fois à Amboise, murmura-t-elle.

Elle se souvenait de tout. Il semblait qu'elle eût tenu une comptabilité scrupuleuse des caresses de son mari.

Les juges se tournèrent vers le roi.

— Je ne lui ai pas demandé de venir me rejoindre, dit celui-ci d'un ton excédé.

Puis il prétendit que Jeanne le poursuivait et qu'il avait bien du mal à s'en débarrasser.

Accusée de luxure, la pauvre éclata en sanglots. Mais elle se ressaisit bientôt et déclara que, lorsque Louis venait la voir au château de Lignières, ils cohabitaient toujours.

Une discussion eut lieu alors entre le roi et la reine. Louis maintenant que Jeanne n'avait pas été sa femme, et celle-ci affirmant le contraire.

53. *Quelqu'un vint même affirmer que Louis XII avait dû déployer une certaine ingéniosité, étant donnée la singulière conformation de son épouse, pour parvenir à satisfaire au vœu de la nature* (GASTON DERVIS, *Les Grands Amoureux*).

Finalement, les juges délibérèrent. Atrocement gênée d'avoir dû étaler ainsi toute sa pitoyable vie intime, la reine s'écroula sur son banc, soutenue par son confesseur.

Au bout de quelques minutes, le cardinal de Luxembourg reprit la parole :

— Nous demandons, pour que le débat soit clos, que la reine veuille bien se soumettre à un examen corporel qui établira si elle est encore vierge comme le prétend le roi. Des matrones et des experts seront désignés par nous pour effectuer cette visite...

Jeanne, cette fois, ne put contenir son indignation. Elle protesta avec force, disant qu'elle ne se livrerait jamais à une telle exhibition. Puis, se tournant vers Louis XII qu'elle ne croyait pas capable de parjure, elle sourit et dit avec un mélange de défi et de tendresse :

— D'ailleurs, cette visite est inutile, car je ne veux d'autre juge que le roi, mon seigneur. S'il affirme par serment que ses imputations sont véritables, j'accepte d'avance ma condamnation...

Le roi n'hésita pas une seconde : la sueur au front, car il avait tout de même un peu honte, il étendit la main sur l'Évangile et jura que Jeanne n'avait jamais été sa femme. La malheureuse ne s'attendait pas à une telle ignominie : elle s'effondra sans connaissance dans son fauteuil. Quant aux juges, ils se déclarèrent satisfaits.

Une semaine plus tard, le 17 décembre 1498, la dissolution du mariage fut annoncée publiquement en l'église Saint-Denis d'Amboise. La reine fut d'abord abattue et sanglota, puis elle se prit à proférer des malédictions contre les trois juges et l'on dut la reconduire au château [54].

Ce ne furent pas les seuls cris hostiles qu'entendirent les trois ecclésiastiques. Lorsqu'ils sortirent dans la rue, ils furent en effet copieusement insultés par le peuple qui les suivit avec des torches, à cause d'un brouillard épais qui, ce jour-là, plongeait la ville dans l'obscurité, et les baptisa Hérode, Caïphe et Pilate.

Louis XII n'avait pas attendu la notification publique du jugement pour écrire à Anne de Bretagne qu'il était libre désormais et qu'ils pourraient bientôt se marier.

Pourtant, il leur manquait encore une dispense, car ils étaient cousins.

Tout dépendait donc encore une fois de Rome. Alexandre Borgia, sollicité, fit connaître ses conditions et Louis XII comprit pourquoi la première bulle ne contenait aucune demande de contrepartie. Le pape s'était réservé pour la fin.

Il avait eu, avant son ordination, un fils naturel qui était archevêque de Valence, mais qui désirait depuis longtemps être relevé de ses vœux

54. Par la suite elle se retira à Bourges. Maîtresse du duché dont elle porta désormais le titre, elle n'eut plus d'autre ambition que celle de sauver son âme et de « croître devant Dieu en perfection et en bonnes œuvres ». Elle appela auprès d'elle cent filles nobles qui prirent le voile et formèrent un ordre nouveau sous le nom de religieuses de l'Annonciade. Elle mourut à quarante ans, en 1505. Béatifiée en 1743, elle fut canonisée en 1950.

ecclésiastiques pour avoir une jolie épouse dans son lit. Les nuits incestueuses avec sa sœur Lucrèce ne lui suffisaient plus, et sa soutane le gênait...

Aussi Sa Sainteté exigeait-elle, en échange de la dispense, *le duché de Valentinois et la main d'une princesse française pour son bien-aimé fils César.*

Le roi accepta, et César Borgia arriva à Chinon en grande pompe, apportant la bulle de dispense. Aussitôt, Louis XII, ayant fait Jeanne de France duchesse de Berry, courut épouser enfin sa chère Anne de Bretagne.

Leurs noces eurent lieu dans la plus grande intimité, en la chapelle du château de Nantes. Après quoi les nouveaux époux revinrent à Amboise, et le roi se mit en quête d'une épouse pour César Borgia. Tout d'abord, il pensa à Charlotte de Naples, fille de Frédéric d'Aragon, qui avait été recueillie à l'âge de dix ans par la Cour de France. L'idée n'aurait pas déplu au fils du pape qui, par la même occasion, se serait emparé du royaume de Naples ; malheureusement, la jeune fille repoussa Borgia avec horreur. Alors Louis XII proposa Charlotte d'Albret, fille du duc de Guyenne et demoiselle d'honneur de la reine Anne. Jolie et gracieuse, elle fut agréée tout de suite. Mais elle aussi recula en apprenant que le roi la destinait à un homme que l'on accusait d'avoir tué son frère. Et il fallut qu'Alexandre VI donnât le chapeau de cardinal au frère de la jeune fille pour que la famille d'Albret acceptât le mariage.

Toutefois, le peuple, mis au courant de ces transactions, vint pousser des cris de haine sous les fenêtres du château où logeait César. Au point que celui-ci, fortement impressionné et craignant d'être peu brillant au soir de ses noces, alla demander à son apothicaire des pilules propres « à rendre l'ardeur » et « à festoyer sa dame ». Hélas, nous conte un chroniqueur, « au lieu de lui donner ce qu'il demandait, celui-ci lui donna des pilules laxatives tellement que toute la nuit il ne cessa d'aller au retrait... ».

Le lendemain, couvert de honte, il quittait Chinon, abandonnant sa femme qui ne le revit jamais...

9

L'amour qu'il porte à sa femme empêche Louis XII de tomber dans le piège des Génois

L'avantage de n'avoir qu'une femme, c'est qu'elle vous protège contre toutes les autres.

HAYEM

Depuis qu'il avait dans son lit sa chère petite Bretonne, Louis XII paraissait satisfait. Et ce prince, qui n'avait pu voir auparavant un jupon sans que sa circulation sanguine s'activât, regardait presque avec indifférence les plus jolies demoiselles du palais. On avait l'impression que la reine lui faisait passer des nuits si fatigantes qu'il ne se sentait pas assez fort au milieu de la journée pour penser à la bagatelle.

Il était calme, détendu.

On le voyait parfois se promener le matin, au saut du lit, dans les jardins qui dominaient Blois, en fredonnant une de ces chansons gaillardes qu'il aimait particulièrement — celle-ci, par exemple, qui semble un peu acrobatique :

En baisant ma mie,
J'ai cueilly la fleur.
La cuisse bien faite,
Le tétin bien rond,
En baisant ma mie,
J'ai cueilly la fleur.

D'autres fois, en se rendant à son Conseil, il chantonnait :

Au joli jeu du pousse avant
Fait bon jouer.

Bref, il était heureux.

Or, si l'homme avait quelques raisons de se féliciter de ce mariage, le roi n'en avait pas beaucoup. Au contraire. En effet, le contrat signé à Nantes était beaucoup moins intéressant pour la France que celui de Langeais. La petite Bretonne avait profité de l'amour de Louis pour reprendre les avantages qu'elle avait dû laisser à Charles VIII après la défaite des armées de son père.

Ce nouveau contrat stipulait : 1°, qu'Anne de Bretagne conservait personnellement le gouvernement du duché ; 2°, que, si des enfants naissaient du mariage, le duché reviendrait au second enfant, mâle ou femelle, et, si les époux n'avaient qu'un seul héritier, au second enfant de cet héritier ; 3°, que, si la duchesse mourait sans enfants avant le roi, Louis XII garderait la Bretagne sa vie durant ; mais, qu'après lui le duché retournerait aux héritiers directs de Mme Anne.

Aveuglé par l'amour, Louis XII avait accepté les conditions que lui avait dictées la rusée petite duchesse aux hermines ; et la Bretagne gardait l'indépendance qu'elle avait retrouvée à la mort de Charles VIII.

Au mois de juillet 1499, Louis XII, qui avait conservé les vues de Charles VIII sur l'Italie, partit à la conquête du duché de Milan. Avant de quitter Blois, il avait conduit au château de Romorantin la reine Anne, qui se trouvait pour lors enceinte de ses bons offices.

— Vous ne pourrez pas être mieux qu'en cet endroit, madame, pour mettre au monde le dauphin que nous attendons, lui dit-il.

Curieuse idée, en vérité. Car dans ce château vivait la comtesse d'Angoulême, Louise de Savoie, mère de François duc de Valois, un gros garçon de cinq ans que le hasard des décès prématurés avait fait héritier présomptif du trône de France. On se doute, dans ces conditions, du peu de plaisir qu'avait cette femme à voir Anne de Bretagne espérer la naissance d'un dauphin. Aussi, lorsque toute la Cour était en prières pour demander au ciel la venue d'un garçon, Louise, secrètement, souhaitait que la reine eût une fille afin que François restât le futur successeur de Louis XII.

Il y avait cinq ans que la jeune comtesse d'Angoulême vivait avec l'espoir de voir son fils devenir roi...

Cet honneur, elle l'envisageait comme une sorte de revanche. Le sort, il est vrai, ne s'était pas montré très doux jusqu'alors. Après une enfance morose, elle avait été — à douze ans — mariée par son père Philippe de Bresse (et duc de Savoie) au comte Charles d'Angoulême, âgé de trente ans.

Celui-ci l'avait emmenée à Cognac où il vivait en compagnie de ses deux maîtresses, Antoinette de Polignac, fille du gouverneur d'Angoulême, et Jeanne Comte, une demoiselle de la Cour. Louise, tout heureuse d'être mariée[55], n'avait fait aucune remarque à son époux et s'était habituée rapidement à ce curieux ménage à quatre... Au début, Charles d'Angoulême s'était, d'ailleurs, senti fortement attiré par cette jeune épouse de douze ans. Il avait même délaissé un temps les deux favorites qui, loin d'être jalouses, en avaient profité pour souffler un peu. Car c'était un rude paillard que ce comte d'Angoulême, et personne ne semblait lui avoir appris qu'un lit était aussi fait pour dormir...

Après quelques mois d'une vie épuisante, Louise de Savoie avait été soudain fort triste.

— Je ne suis pas une femme comme les autres, s'était-elle écriée un soir.

Pressée de questions par une dame de sa suite, elle avait alors déclaré en pleurant qu'elle trouvait anormal de n'être pas encore enceinte à treize ans...

Il est vrai qu'à la Cour de Cognac, où toutes les demoiselles d'honneur avaient des bâtards, la chose pouvait sembler étonnante. Louise de Savoie était donc allée au Plessis-lez-Tours demander la bénédiction de François de Paule qui avait, disait-on, le pouvoir de rendre — par la prière — les femmes fécondes. Le saint homme s'était ému d'une inquiétude aussi prématurée, et il avait prédit à la jeune comtesse qu'elle serait mère d'un roi...

Louise était alors rentrée à Cognac un peu rassurée et, quelques mois plus tard, avait constaté qu'elle était en mesure d'annoncer de grandes espérances... Était-ce le fils prédit ? Non. Le 11 avril 1491, elle avait donné le jour à une petite fille aux yeux bleus qu'on avait baptisée Marguerite.

— Pourquoi ce prénom ?... s'était étonnée la Cour.

55. Philippe de Bresse avait écrit à Claudine de Brosse, sa seconde femme, à la veille du mariage de la petite Louise, que celle-ci semblait fortement préoccupée par sa nuit de noces, « ce qui montre, disait-il, qu'elle a déjà grand faim d'être en mestyer de vous autres, vieilles mariées... ».

L'indiscrétion d'une dame de la suite avait fourni l'explication. Au début de sa grossesse, Louise avait eu envie d'huîtres et avait avalé une perle... Or perle se dit *margarita* en latin [56].

Après la naissance de la petite Marguerite, Charles d'Angoulême avait repris ses habitudes anciennes avec Antoinette de Polignac d'abord, puis avec Jeanne Comte, sans délaisser toutefois complètement son épouse ; et le soir il allait se coucher avec celle pour qui, sans raison bien précise, il se sentait de l'appétence. Certaines nuits fastes, il rendait successivement un hommage distingué à chacune des trois belles...

Le résultat fut qu'en 1494 Antoinette, Jeanne et Louise s'étaient trouvées enceintes en même temps. Ces trois promesses de maternité avaient ravi Charles d'Angoulême. Et, jusqu'à la fin de l'été, il avait considéré avec orgueil les trois ventres qui prouvaient avec quels soins il savait s'occuper des dames...

Enfin, le 12 décembre, Louise de Savoie avait donné naissance, sous un chêne, à un gros poupon braillard qu'on avait appelé François.

— Est-ce donc lui qui sera roi ? s'était-elle demandé.

Mais la prophétie de François de Paule paraissait bien fantaisiste ; la famille d'Angoulême était alors si loin du trône...

Presque aussitôt après la naissance de François, les deux favorites avaient, chacune de son côté, mis au monde une fille. Et, pendant quelques mois, Charles, trouvant la proximité des berceaux un peu bruyante, était allé dormir avec d'appétissantes demoiselles d'honneur dans un bâtiment éloigné.

Louise, fort attristée, avait beaucoup souffert de cet abandon. D'autant que Charles, mis en humeur, avait cherché chaque jour à élargir le cercle de ses relations féminines. Il était venu dès lors de moins en moins dans le lit de Louise, et la pauvre comtesse en avait été désespérée.

Enfin, Charles était mort d'un chaud et froid le 1er janvier 1496. Veuve à dix-neuf ans, Louise avait pris presque immédiatement pour amant le gouverneur du château, Jean de Saint-Gelais, avec qui elle s'était livrée fougueusement aux distractions dont elle avait besoin pour retrouver son équilibre. Quelques années s'étaient écoulées ainsi. Mais à la mort de Charles VIII, François étant devenu héritier présomptif, Louise avait décidé de se rapprocher de la Cour ; et un jour elle était arrivée, accompagnée de ses enfants, de son amant, des favorites du défunt comte Charles et de leurs bâtards, au château de Chinon, où cette curieuse compagnie avait causé scandale. Puis elle s'était retirée à Romorantin, espérant qu'Anne de Bretagne ne donnerait pas plus d'enfant à Louis XII qu'elle n'en avait donné à Charles VIII.

56. Le poète Jean Daurat a d'ailleurs raconté cette anecdote en vers latins :
Qualis et esca fuit, talem quoque ventra puellam
Edidit, et nomen Margaris inde manet.

On conçoit, dès lors, quel pouvait être son état d'esprit pendant que la reine se préparait à accoucher dans son château.

Elle passait son temps en prières, égrenant des chapelets, brûlant des cierges pour que Louis XII n'eût pas de fils. Et, le 13 octobre 1499, le ciel l'exauça : Anne mit au monde une fille, qu'on prénomma Claude.

Naturellement, Louise cacha fort habilement son soulagement, mais la reine était fine mouche, elle s'aperçut que les yeux de la comtesse d'Angoulême brillaient d'une joie étrange et elle lui voua immédiatement une grande haine...

Pendant ce temps, en Italie, Louis XII, que la reine Anne avait décidément transformé, ne songeait qu'à la guerre.

C'était bien la première fois qu'une campagne n'était pas prétexte pour lui à courir le guilledou.

Lors de son dernier passage, il avait organisé des orgies tellement étourdissantes que le souvenir en était demeuré vivace dans tout le Nord de l'Italie. Aussi, les jolies femmes de l'aristocratie milanaise attendaient-elles le roi de France avec un savoureux mélange de crainte et d'espoir...

Las ! elles en furent pour leurs frais de bijoux et de toilettes, car Louis était à ce point amoureux d'Anne qu'il ne les regarda même pas.

Cette soudaine fidélité stupéfia tout le monde.

— Attendez, disaient les belles rouées. On ne change pas ainsi ! Il nous reviendra une nuit ou l'autre.

Elles se trompaient, comme se trompèrent quelques années plus tard les Génois qui voulurent éloigner Louis XII des champs de bataille en le faisant séduire par une femme.

Tout pourtant avait été préparé pour lui faire perdre la tête dès son arrivée. Dans les rues qu'empruntait son cortège, il put voir aux fenêtres, aux galeries, aux balcons des palais et des maisons, les plus belles femmes de la cité, « la plupart ayant des robes de soie blanche courtes à mi-jambes et serrées par une ceinture sous les aisselles »... L'ensemble, nous dit un auteur du temps, « formait une éblouissante guirlande de ces Génoises si chères à la galanterie française, en allure un peu altières et fierettes, en attraits bénignes, en accueil gracieuses, en amour ardentes, en vouloir constantes, en parler facondes et en conditions loyales ».

Les jours suivants, des fêtes splendides et fort galantes furent organisées dans toute la ville, et les Génois, « contre la nature de leurs mœurs », durent y mener leurs filles et leurs femmes pour obéir à l'ordre des sénateurs. Chacun, en effet, devait s'ingénier à rendre le roi de France amoureux et à le placer dans une intrigue.

Gênes devint rapidement une ville entièrement consacrée au plaisir.

Le soir, dès que Louis XII sortait de son plaisir pour quelque bal, les rues s'éclairaient de torches et de feux d'artifice, s'embaumaient de fleurs et retentissaient de sérénades. Dans ces réunions divertissantes, où les galanteries, les danses, les mascarades et les jeux emportaient si vite les heures de la nuit, nous dit le chroniqueur Jean d'Authon, « les Génois menoient leurs femmes, et filles, sœurs et parentes, pour donner joyeux passe-temps au roi et à ses gens. Et les aucuns d'iceux prenoient les plus belles et les présentoient au roi en les baisant les premiers pour en faire l'essai et puis les baisoit le roi volontiers et dansoit avec elles et prenoit d'elles tout honorable déduit [57] ».

Oh ! certes, très honorable, en effet, car Louis XII se bornait à converser gentiment avec les belles, à leur prendre la main ou à leur mordiller l'oreille par jeu galant ; et si, d'aventure, il leur caressait un sein en passant, c'est simplement parce que l'habitude est une seconde nature...

C'est à ce moment que les Génois, déçus et impatients, chargèrent la plus ravissante femme de la ville, Thomassine Spinola, mariée à un célèbre légiste, de froisser sa pudeur et de séduire le roi.

Elle reçut pour mission précise d'obtenir de Louis XII de nombreuses concessions dans l'intérêt de la seigneurie de Gênes, et toute une mise en scène fut organisée pour que l'entreprise réussît.

Laurent Catanéo, un des nobles les plus en vue du pays, fut chargé de placer le roi de France dans un état propice à l'amour. Pour y parvenir, il l'invita dans sa villa, où un spectacle des plus aphrodisiaques avait été préparé. Sous un portique de marbre, des femmes, « moult fraîches et blanches », parées avec toute la recherche lascive d'une coquetterie italienne, dansèrent en se dévêtant lentement.

Après une heure de ce divertissement, au cours duquel on ne servit que des boissons fort excitantes, Louis XII fut mis en présence de Thomassine Spinola.

Bien sûr, elle lui plut et il accepta de se promener avec elle sous les arbres. Toutefois, l'amour qu'il avait pour sa petite Brette, comme il appelait Anne de Bretagne, l'empêcha d'entraîner la belle Génoise dans un fourré, ainsi qu'il l'eût fait quelques années auparavant.

De nouvelles rencontres furent habilement organisées les jours suivants, car les Génois étaient tenaces ; et il se passa la chose la plus burlesque que l'on puisse imaginer : c'est Thomassine qui tomba amoureuse de Louis XII...

Pâle, les yeux suppliants, elle vint lui demander la permission de devenir son *Intendio*, c'est-à-dire la dame de ses pensées, comme il était déjà pour elle son ami « par honneur ».

Le roi accepta « cette accointance et intelligence aimable » et Thomassine, tout heureuse de se sentir « bien voulue du roi », se para des couleurs de France et annonça à son mari « qu'elle ne voulait plus coucher avec lui »...

L'entreprise avait raté.

Et lorsque le roi, à quelque temps de là, quitta la ville pour rentrer

57. Jean d'Authon, *Histoire de Louis XII sous l'an 1502.*

en France, les Génois, mortifiés jusqu'au fond de l'âme, virent Thomassine, en larmes, s'enfermer dans un couvent...

Elle y resta peu, d'ailleurs, car, trois ans plus tard, en 1505, le bruit du décès de Louis XII ayant couru en Italie, la belle mourut de douleur.

Touché, le roi de France envoya aux Génois quelques beaux vers destinés à orner le tombeau de Thomassine « en signe de continuelle souvenance et spectacle mémorable ».

Ce qui dut bien faire plaisir aux Génois, lesquels ne décoléraient pas depuis 1502...

Anne de Bretagne, naturellement, connut tous les détails de cette platonique aventure ; et elle s'enorgueillit d'avoir fait, du plus frivole des princes français, un époux fidèle et un roi sage...

Pendant quelques années, Louis XII et Anne vécurent heureux. La cour de France, il est vrai, n'avait pas été, depuis longtemps, un endroit aussi honnête.

La reine, nous apprend un auteur de l'époque, « faisait venir en sa chambre toutes ses demoiselles et, après les avoir regardées l'une après l'autre, elle reprenait celle qui lui semblait faire contenance et maintien rustiques. Elle ne permettait pas qu'elles eussent aucun propos à des gentilshommes en secret et ne souffrait pas qu'on eût avec elles autre chose que de vertueux et honnêtes propos ; que si quelques-uns voulaient leur parler d'amour il fallait que ce fût d'amour permis ; je dis d'amour chaste et pudique, tendant au mariage et que, en quelques mots seulement, cette volonté fût exprimée... La sage princesse ne voulait pas que sa maison fût ouverte à de dangereuses personnes qui ne savent entretenir les dames que de propos obscènes et lascifs [58] ».

Aussi la plupart des jolies demoiselles de la Cour s'empressaient-elles de quitter Blois pour aller s'installer dans des endroits plus gais.

Pourtant, un jour, la pudique souveraine faillit causer un scandale par ses verts propos. Involontairement, il faut le dire. Voici en quelles circonstances :

Anne, qui s'occupait des affaires diplomatiques lorsque le roi était trop absorbé par les guerres d'Italie, recevait elle-même les délégations étrangères qui se présentaient à la Cour. Et, pour faire plaisir aux ambassadeurs, elle n'omettait jamais d'apprendre par cœur un petit discours dans leur langue. Elle chargeait généralement son chevalier d'honneur, le seigneur de Grignaux, prince de Chalais, qui connaissait l'allemand, l'anglais, l'espagnol, le suédois et l'italien, de lui enseigner ces quelques mots dont les délégués étrangers se trouvaient flattés.

Or un jour, le chevalier eut l'idée d'une farce d'un goût douteux. Sachant que les ambassadeurs de Ferdinand d'Espagne étaient attendus à Blois, il n'enseigna à la reine que des mots espagnols extrêmement grossiers, « de petites salauderies », nous dit le chroniqueur qui

58. Charles de Sainte-Marthe, *Oraison funèbre de Françoise d'Alençon*.

rapporte cette anecdote. La reine Anne, sans rien soupçonner, bien entendu, apprit aussitôt ces énormes grivoiseries...

Fort heureusement, le seigneur de Grignaux était bavard. Il alla raconter sa plaisanterie au roi qui se divertit fort, mais prévint tout de même la reine.

Celle-ci ne pardonna jamais au prince de Chalais.

Pendant ce temps, à Amboise, Louise de Savoie vivait en compagnie du maréchal de Gié, le nouveau précepteur de son fils qui avait remplacé Jean de Saint-Gelais.

Les mauvaises langues prétendaient que le jeune maréchal était, comme son prédécesseur, l'amant de la jolie comtesse.

En réalité, il n'en était que follement amoureux.

Chaque soir, il faisait une tentative pour entrer dans la chambre de Louise ; chaque soir, elle le repoussait. Finalement, rendu furieux par un désir brimé, il alla à la Cour de Blois raconter à qui voulait l'entendre que Louise de Savoie avait été la maîtresse de Saint-Gelais et qu'elle voulait à toute force le violer, lui...

Cette histoire, on s'en doute, fit scandale. Anne de Bretagne, secouée par une espèce de crise de nerfs, se jeta à genoux et demanda à ses demoiselles d'honneur de prier pour que de telles turpitudes ne déclenchassent pas la colère divine contre le royaume de France.

Puis elle alla se coucher, malade.

Et l'on pense que cette émotion et sa contrariété au moment des fiançailles de Claude avec François de Valois (qui avaient été conclues contre son gré) abrégèrent ses jours. Elle mourut à trente-huit ans, le 9 février 1514...

10

Une galante imprudence faillit empêcher François Ier de régner

Il étoit sensible au mérite des dames...

DREUX DU RADIER

Louis XII eut un chagrin très vif de la mort de sa femme. Il pleura longuement, puis se sentit seul. Or, à ce moment, le comte de Longueville, alors prisonnier des Anglais, s'ingéniait à persuader Henri VIII, dont il était devenu l'ami, de conclure une alliance avec la France. Un soir, il lui dit :

— Sire, pourquoi ne feriez-vous pas épouser votre sœur Mary à mon souverain qui est veuf et triste ? Nos deux pays seraient ainsi unis par de tendres liens.

Le roi anglais accepta, et le comte de Longueville mit le roi de France au courant de ses pourparlers.

En apprenant qu'on lui proposait une jeune fille de seize ans, blonde, gracieuse et spirituelle, Louis XII, qui allait avoir cinquante-quatre ans, sentit du feu parcourir ses veines.

Il répondit aussitôt qu'il était très heureux d'accepter l'offre qui lui était faite, et que c'était là un genre d'alliance qu'un roi de France était toujours disposé à conclure.

Quelques mois plus tard, Mary d'Angleterre débarquait à Calais, accompagnée d'une nombreuse suite de seigneurs, parmi lesquels se trouvait le jeune duc de Suffolk, son amant.

Représentant le roi de France, François de Valois était venu accueillir la future reine. En la voyant si jolie, il fut ébloui et en tomba immédiatement amoureux, ce qui n'arrangea pas les choses, déjà suffisamment compliquées.

Jusqu'à Abbeville, où les attendait Louis XII, le jeune comte d'Angoulême, qui avait juste vingt ans, charma la princesse par ses propos galants. Mais en arrivant dans la ville en fête dont chaque maison était décorée de tapisseries et d'oriflammes, il fallut laisser la place au roi. Celui-ci, fort impatient de voir sa fiancée, « monta sur un grand cheval bayart, qui sautait, et avecques tous les gentilshommes et pensionnaires de sa maison, en moult noble estat, vint recevoir sa femme et la baisa tout à cheval. Et après ce, embrassa tous les princes d'Angleterre, et leur fist très bonne chère[59] ».

Les noces furent célébrées le 9 octobre 1514. Le même chroniqueur nous conte l'événement de façon fort savoureuse : « Le lendemain matin furent les épousailles et ne furent pas faites à l'église, mais en une belle et grande salle tendue de drap d'or où tout le monde pouvoit les voir. Ils estoient le Roy et la Royne assis, et la Royne toute deschevelée avoit un chapeau sur son chef, le plus riche de la chrestienté, et ne porta point de couronne pour ce que la coutume est de n'en point porter, si elles ne sont couronnées et sacrées à Saint-Denis.

» Le Roy et la Royne espousés, toute l'asprès disner et sur le soir feust faicte la plus grande chère du monde. La nuit venue se couchèrent le Roy et la Royne.

» Et le lendemain le Roy disoit qu'il avoit faict merveilles... Toutefois je crois ce qu'il en est, car il estoit bien malaisé de sa personne... »

Fleuranges avait tort de douter des forces du roi. Louis XII, amoureux de sa jeune épouse, avait réussi quelques brillants exploits dont la Cour put trouver les traces le lendemain sous les paupières royales. La nouvelle fit bientôt le tour de Paris et le menu peuple, toujours gentil, se tracassa à la pensée que le souverain allait peut-être commettre des excès dangereux pour sa santé.

— Ces jeunesses-là, disaient les commères, ça vous tue un homme.

— Prions pour notre bon roi !

Mais, tandis que les uns disaient des oraisons, d'autres riaient et se moquaient. Les escholiers, par exemplc, composaient des chansons satiriques sur le fait que « Louis XII voulait se montrer gentil

59. FLEURANGES, *Chroniques*.

compagnon avec sa femme, mais s'abusait, car il avait passé l'âge des folles prouesses... » Et les basochiens disaient « que le roy d'Angleterre avait envoyé une haquenée au roy de France pour le porter bientôt et plus doucement en enfer ou en paradis... »

Le roi, en effet, maigrissait à vue d'œil... Les seize ans trop exigeants de Mary d'Angleterre l'épuisaient et le rendaient un peu plus faible chaque jour. Fort heureusement, la reine eut bientôt autour d'elle quelques jeunes gens tout disposés à lui prouver leur vigueur...

A ce jeu, l'un d'eux allait d'ailleurs, curieusement, risquer sa couronne...

A Paris, Louis XII et la jolie reine Mary d'Angleterre s'étaient installés aux Tournelles, ce château lugubre qui se trouvait sur l'emplacement actuel de la place des Vosges.

Ils y menaient une curieuse existence. Le matin, le roi, exténué par des efforts nocturnes qui n'avaient pas toujours abouti, se levait d'une jambe molle, faisait quelques pas dans le jardin, puis s'allait recoucher, avec des gestes grelottants de vieillard.

— Excusez-moi, douce amie, disait-il à Mary, je me sens las et vais rejoindre le lit. A tout à l'heure.

Alors la reine, fort énervée par les entreprises malheureuses de son époux, s'habillait en hâte, traversait d'un pas rapide tout le château et allait s'enfermer dans une chambre lointaine. Là, elle se déshabillait, se mettait au lit et attendait quelques instants, l'œil brillant.

Par une petite porte qui donnait sur une galerie discrète et peu fréquentée, entrait bientôt un souriant jeune homme. C'était le duc de Suffolk. Dévêtu en un clin d'œil, il allait rejoindre la reine et se livrait sur elle à de délicieuses voies de fait.

Pendant des semaines, personne, à la Cour, ne soupçonna ce manège. On remarquait bien la présence assidue de Suffolk auprès du couple royal, mais les mauvais esprits étaient dans l'impossibilité d'en tirer des conclusions, attendu que le roi d'Angleterre, qui connaissait la liaison de sa sœur, avait pris la précaution de nommer le jeune duc ambassadeur à Paris.

Mais, un jour, un officier de la reine, nommé Grignaux, qui se promenait dans la galerie dont j'ai parlé, entendit des cris étranges qui venaient de la chambre où les amants se trouvaient pour lors « fort oublieux du monde ». Très surpris, car il croyait cette pièce vide, il poussa la porte et entra. Ce qu'il vit lui coupa le souffle, et il rougit si violemment que son visage, nous dit-on, « en resta coloré durant quelques jours ». Il est vrai que le spectacle qui s'offrait à lui était bien fait pour bouleverser un honnête homme.

Il se retira sur la pointe des pieds, sans avoir été vu, et regagna sa chambre, le feu aux joues, emportant, gravée dans sa mémoire, l'obsédante image de la reine entièrement nue.

Gêné par ce qu'il avait involontairement découvert, Grignaux se demanda longtemps où était son devoir. Finalement, il écrivit à Louise de Savoie pour l'informer de ce qui se passait aux Tournelles. Il savait que la mère de François de Valois ne pouvait rester indifférente à cette nouvelle.

En effet, au reçu de la lettre, Louise faillit se pâmer. Non que l'inconduite de la reine lui causât du chagrin, mais parce que le duc de Suffolk pouvait fort bien, dans un moment d'inattention, aider Louis XII à avoir un enfant. Or, si Mary donnait un dauphin à Louis XII, François de Valois cessait d'être héritier présomptif.

Affolée à cette idée, Louise sauta dans une litière et se fit conduire à Paris. Le voyage lui fut un calvaire.

Allait-elle, si près du but (le pauvre roi était bien mal en point), perdre la partie à cause de deux stupides amoureux anglais ? Elle en frémissait de colère.

— Un instant d'égarement et mon fils, mon César, ne serait pas roi.

Depuis un an, elle vivait sous le régime de la douche écossaise. Après quinze années d'inquiétude, la mort d'Anne de Bretagne (qui ne laissait aucun enfant mâle à Louis XII) l'avait comblée de joie. Hélas ! neuf mois plus tard, le roi s'était remarié avec Mary d'Angleterre et elle avait de nouveau tremblé. Puis, la petite Anglaise avait épuisé le roi. Aussitôt, Louise s'était remise à espérer... Et voilà que Mary se montrait si légère qu'on pouvait craindre maintenant la naissance d'un bâtard...

C'est avec les traits tirés par le souci et la fatigue que Louise de Savoie arriva aux Tournelles. Elle ne fit qu'un bond dans les appartements de Suffolk. Le jeune ambassadeur était en train de lire. Elle se planta devant lui :

— J'espère ne point arriver trop tard, dit-elle. Je connais vos relations avec la reine et viens vous mettre en garde, car votre attitude est fort imprudente. Vous n'ignorez pas qu'une reine convaincue d'adultère est condamnée à mort ainsi que son amant. De plus, imaginez ce qui se passerait si vous donniez un enfant à la reine Mary. Dès la mort du roi, qui ne peut, hélas ! tarder, le gouvernement du royaume serait confié à un conseil de régence dont mon fils et moi ferions partie... Or le premier acte de cette assemblée serait de vous faire rappeler en Angleterre, où vous iriez vivre loin de la reine Mary... Pensez-y !...

Et, comme tous ces arguments ne paraissaient pas suffire à Suffolk, Louise de Savoie lui offrit, s'il voulait quitter la Cour, 50 000 livres de rente et une terre en Saintonge.

Le jeune homme était pratique. Il accepta, pensant, avec raison, qu'à la mort de Louis XII il reprendrait avec Mary ses délectables habitudes.

Pour être tout à fait tranquille, Louise logea Suffolk chez l'avocat Jacques Dishomme, seigneur de Cernay, dont la jolie femme était à même de retenir momentanément l'attention du jeune Anglais... Cette sémillante personne s'appelait Jeanne Le Coq. Louise la connaissait bien et savait à quoi s'en tenir sur sa vertu : depuis deux ans, François, son « César », était, en effet, l'amant de Jeanne...

La reine Mary, en voyant s'éloigner d'elle son cher Suffolk, pensa qu'il était pris par quelque occupation et en fut chagrinée. Puis, comme elle était d'un tempérament généreux, elle se chercha un autre partenaire pour ses petits jeux du matin.

Or, parmi les jeunes gens qui se pressaient autour d'elle en soupirant, il en était un qui lui semblait plus beau, plus spirituel, plus élégant que les autres et avec qui elle pouvait se montrer fort affectueuse, sans faire jaser, puisqu'il était son beau-fils[60].

C'était François de Valois...

Elle se fit tendre et enjôleuse, l'attira dans sa chambre sous tous les prétextes, l'appela « son beau-fils », en mettant sur le mot « beau » une très douce inflexion de voix, le reçut dans des décolletés audacieux, s'étira comme une chatte et lui fit nettement comprendre qu'elle ne détestait pas qu'on lui manquât de respect. Alors, François, ensorcelé, se jeta, si j'ose dire, aux pieds de Mary et faillit lui donner ce fils que Louise de Savoie redoutait tant de voir naître...

Mais écoutons Brantôme nous conter cette extraordinaire aventure. Après nous avoir dit que la reine était « éprise » de François et que « lui, la voyant, en fit de même », l'auteur des *Dames galantes* poursuit : « Si bien qu'il s'en fallut de peu que les deux fous ne s'assemblassent, sans feu M. de Grignaux. Luy, voyant que le mystère s'en alloit jouer, remontra à monsieur d'Angoulême la faute qu'il alloit faire et lui dit en se courrouçant : "Comment, Pâques-Dieu ! (car tel étoit son jurement) que voulez-vous faire ? Ne voyez-vous pas que cette femme, qui est fine et caute, vous veut attirer à elle afin que vous l'engrossiez ? Et, si elle vient à avoir un fils, vous voilà encore simple comte d'Angoulême, et jamais roi de France, comme vous espérez. Le roi, son mari, est vieux et ne lui peut faire d'enfant. Vous l'irez toucher, et vous vous approcherez si bien d'elle que vous, qui êtes jeune et chaud, elle de même, Pâques-Dieu, elle prendra comme à glu, elle fera un enfant et vous voilà bien. Après vous pourrez dire : Adieu ! ma part du royaume de France !" »

Et Brantôme ajoute : « Cette reine vouloit bien pratiquer le proverbe qui dit « Jamais femme habile ne mourut sans héritier » ; c'est-à-dire que si son mari ne lui en fait, elle s'aide d'un second pour lui en faire. M. d'Angoulême y songea de fait et protesta d'y être sage et s'en déporter ; mais tenté encore et retenté des caresses et mignardises de cette belle Anglaise, s'y précipita plus que jamais. Enfin, M. de Grignaux, voyant que ce jeune homme s'alloit perdre et continuoit ses

60. Le jeune comte d'Angoulême avait, en effet, épousé Claude de France, fille de Louis XII, peu après la mort d'Anne de Bretagne, et Mary, bien que de trois ans plus jeune que lui, était sa belle-mère.

amours, le dit à Mme d'Angoulême, sa mère, qui l'en réprima et tança si bien qu'il n'y retourna plus. »

On imagine en effet l'effarement et la colère de Louise de Savoie en apprenant le comportement de son fils. Les yeux hors de la tête, elle courut lui dire ce qu'elle pensait de cette « coucherie imbécile » qui risquait de lui barrer à tout jamais le chemin du trône, et elle prit quelques mesures pour enrayer le danger. Sur son ordre, la baronne d'Aumont et Claude, propre femme de François, montèrent une garde constante auprès de Mary, le jour, lisant ou brodant avec elle, la nuit, partageant son lit...

A ce régime, la reine faillit tomber malade, la chasteté n'étant pas un état qui lui convenait ; quant à François, fort dépité, il essaya de trouver un dérivatif du côté de Jeanne Le Coq. Hélas ! quand il se présenta chez elle, il la trouva couchée avec Suffolk...

Les dernières semaines de décembre 1514 furent épouvantables. A longueur de journée et de nuit, l'Ile-de-France tout entière était balayée par des tornades de neige qui déracinaient les arbres, arrachaient les toits et abattaient les clochers, tandis que les loups, poussés par la faim, se risquaient jusqu'aux portes de Paris.

Aux Tournelles, où des forêts entières brûlaient dans les cheminées sans parvenir à réchauffer les immenses salles, des ombres frileuses se tenaient à genoux devant un crucifix. Quand la bise voulait se taire une minute, on entendait des bribes de prières murmurées sur un ton lugubre :

— Mon Dieu, ayez pitié de moi... Daignez sauver la vie du roi... Gardez-nous notre gentil sire...

Car, dans une chambre où les tentures se soulevaient, poussées par le vent qui se glissait en sifflant sous les portes, Louis le Douzième se mourait...

Pour la Noël, il fit venir à son chevet François d'Angoulême, héritier de la couronne. Le jeune homme, qui était impatient de monter sur le trône, ne put réprimer un sourire de satisfaction à la vue du roi moribond.

Louis XII l'observait, les yeux mi-clos. En voyant ce sourire, il se posa une question qui troubla ses derniers jours.

Était-ce pour le trône que François souriait ou pour Mary ? Car Louis savait que le jeune comte d'Angoulême était amoureux de la reine, et il se demandait, avec des remords qui grandissaient à mesure que s'approchait la fin, si son lamentable exemple ne serait pas suivi par son successeur.

— Claude, ma petite Claude ! murmurait-il parfois.

Le destin de sa fille l'inquiétait. Un jour, il avait dit, en parlant de François : « Ce gros garçon va tout gâcher. » Maintenant il pensait : « Pourvu qu'il ne lui gâche pas la vie. Pourvu qu'il ne la répudie point pour épouser la reine Mary... » Et il songeait à la pauvre Jeanne de

France qu'il avait autrefois rejetée, lui, pour épouser la pétulante et savoureuse Anne de Bretagne...

Tandis que le roi déclinait, les Parisiens, calfeutrés dans leurs maisons, commentaient l'événement.

— Notre gentil sire meurt d'avoir trop embrassé la reine, disaient certains.

— Il s'abusait... Il a voulu faire le gentil compagnon, avec sa femme. Ce n'était point homme pour ce faire.

— Songez, ma commère, qu'à son âge il menait la folle vie d'un jeune homme. Cette reine trop exubérante le faisait dîner à midi au lieu de neuf heures, souper à onze heures et coucher à plus de minuit alors qu'il était habituellement au lit à six... Elle l'aura mené au tombeau [61].

C'était vrai. Louis XII mourait d'épuisement après avoir passé trois mois avec sa trop jeune et trop ardente épouse.

Alors ceux qui l'aimaient vinrent s'installer à son chevet ; c'est ainsi que, le 31 décembre, il y avait aux Tournelles non seulement la reine, mais Longueville, La Trémoille, Guillaume Parvy, son confesseur, et la duchesse de Bourbon qui rêvait peut-être du temps où ce squelettique vieillard était le beau Louis d'Orléans dont elle avait été amoureuse...

Louis XII, grelottant dans son grand lit, délirait. Aux remords que lui inspirait sa « mauvaiseté » à l'égard de Jeanne, s'ajoutaient d'autres tourments, presque superstitieux.

— Je dois bientôt mourir, disait-il. Il le faut. Devant le tombeau de ma chère Anne, j'ai promis qu'avant la fin de l'année je serais avec elle et lui tiendrais compagnie.

Enfin, le soir du 1er janvier, à dix heures exactement, alors que les rafales de vent et de neige faisaient claquer les volets, le roi expira.

Ausitôt, malgré la tempête, deux cavaliers quittèrent les Tournelles. L'un s'enfonça dans la nuit en direction de Romorantin pour apprendre à Louise de Savoie que son fils était roi, et l'autre se dirigea vers l'hôtel de Valois où François était en train de festoyer avec des amis.

A peine entré, le messager s'inclina :

— Le roi est mort ! Vive le roi !

Alors tous les jeunes gens présents poussèrent des cris de joie :

— Vive le roi ! Vive le roi François Ier !

Le nouveau roi sauta sur son cheval et se précipita aux Tournelles. Il était pâle. Bien qu'il touchât enfin au but tant désiré, sa joie n'était pas complète, car, malgré les cris de ses amis, il n'était encore qu'héritier présomptif. Roi, il ne le serait que six semaines plus tard

61. FLEURANGES, *Mémoires*. J'ajoute que l'on suivait alors à la lettre le régime recommandé par ces vers :

Lever à cinq, dîner à neuf,
Souper à cinq, coucher à neuf,
Fait vivre d'ans nonante et neuf.

— si toutefois, pendant cette période, la reine Mary n'annonçait pas qu'elle était enceinte...

Et François connaissait suffisamment la jeune reine pour savoir qu'elle était fort capable, pendant qu'on pleurait son époux, de se faire faire un dauphin dans une chambre voisine par quelque garde obligeant.

Le lendemain matin, à l'aube, Mary fut conduite à l'hôtel de Cluny, enfermée et surveillée. C'était là, selon la coutume, qu'elle devait passer ses quarante premiers jours de deuil ; car il était admis que toute grossesse déclarée pendant les six premières semaines qui suivaient la mort du roi pouvait être attribuée au défunt.

Louise de Savoie et François, méfiants, firent garder la reine Mary jour et nuit par Mme d'Aumont et Mme de Nevers. Fenêtres et volets de l'hôtel de Cluny furent fermés, et la malheureuse prisonnière, dont on craignait le tempérament chaleureux, vécut retranchée du monde dans une chambre éclairée de chandelles.

Elle crut devenir folle.

Pendant ce temps, François, qui ne pouvait se faire sacrer avant qu'on ne fût sûr de l'absence d'espérance de la reine, attendait — et, avec lui, toute la France et toutes les Cours d'Europe... La naissance d'un dauphin pouvait tant de choses, bouleverser tant de plans qu'à cette idée Ludovic Sforza, Henry VIII d'Angleterre, Maximilien d'Autriche ne tenaient plus en place et faisaient dire des messes, tandis que Louise de Savoie, enfermée vingt-quatre heures sur vingt-quatre dans sa chapelle, bourdonnait d'oraisons. Bref, de tous côtés des prières montaient vers le ciel, qui ne devait pas savoir où donner de la grâce.

Et voilà qu'un matin la pauvre duchesse d'Angoulême crut bien, une fois de plus, défaillir : on annonça que la reine Mary était enceinte.

Qui donc avait bien pu la mettre dans cet état ? Suffolk ? François ? Un des nombreux jeunes gens qui l'entouraient ? Un valet ?

En réalité, personne.

On allait apprendre, en effet, assez rapidement que la jeune veuve, désespérée à l'idée de n'être plus reine de France, avait imaginé toute une mise en scène avec l'espoir de devenir régente. Écoutons Brantôme nous conter cette extravagante histoire : « La reine, écrit-il, faisoit courir le bruit, après la mort du roi, tous les jours, qu'elle étoit grosse ; si bien que, ne l'étant point dans le corps, *on dit qu'elle s'enfloit par le dehors avec des linges peu à peu,* et que, venant le terme, elle avoit un enfant supposé que devoit avoir une autre femme grosse et le produire dans le temps de l'accouchement. Mais Mme de Savoie, qui étoit une fine Savoisienne qui savoit que c'est de faire des enfants et qui voyoit qu'il y alloit trop de bon pour elle et pour son fils, la fit si bien éclairer et visiter par médecins et sages-femmes et par la vue et découverte de ses linges et drapeaux, qu'elle fut découverte et faillie dans son dessein, et point reine-mère. »

Alors François, malgré le règlement, se présenta à l'hôtel de Cluny et demanda à Mary s'il pouvait se faire sacrer roi.

La partie était cette fois bien perdue pour la jeune femme : elle baissa la tête.

— Sire, je ne connais point d'autre roi que vous !

Quelques jours plus tard, le 25 janvier, François était à Reims...

Lorsque, au mois de février, il fit son entrée solennelle dans Paris, la quarantaine de Mary était terminée. Après les cérémonies habituelles, il se rendit auprès de la jeune veuve, qu'il continuait à désirer, et lui fit une offre extraordinaire :

— Cette couronne, madame, que vous venez de perdre, je vous propose de la ceindre de nouveau.

Ainsi, ce que Louis XII redoutait tant, la veille de sa mort, s'accomplissait. François était prêt à répudier Claude (qui était pourtant enceinte) pour épouser celle que l'Histoire devait étiqueter sous le nom de *Reine Galante*.

Mais Mary aimait Suffolk. Quand elle s'entourait la taille de linges, c'était avec l'espoir d'être régente, certes, mais en compagnie de son amant. Et, quand elle essayait d'attirer François dans son lit, c'était uniquement pour lui demander de calmer momentanément des ardeurs auxquelles le valétudinaire Louis XII ne pouvait plus répondre...

« Fort ennuyée », ainsi qu'elle l'écrivit à son frère Henry quelques jours après, elle refusa donc de devenir la femme de François Ier.

— Vous ne m'en voudrez point, j'espère, si je me marie selon mon cœur.

Un mois plus tard, Mary épousait secrètement Suffolk. A cette occasion, le roi eut l'élégance de lui compter soixante mille écus de dot et de lui donner le douaire de Saintonge.

Devenue duchesse de Suffolk, Mary, qui avait préféré son amour au trône de France, et dont François Ier disait avec tendresse qu'elle était « plus folle que reine », regagna finalement l'Angleterre, où elle mourut en 1534 à l'âge de trente-six ans...

11

Mme de Châteaubriant est responsable du Camp du Drap d'Or

> L'amour du luxe conduit souvent les femmes
> à commettre des actes extravagants.
>
> JACQUES DATIN

Le 4 septembre 1505, en l'église de Saint-Jean-du-Doigt, près de Morlaix, la messe fut dite dans une atmosphère étrange. Réunis autour de la reine Anne de Bretagne, une cinquantaine de hauts barons et de vieux seigneurs, oubliant l'office, considéraient, l'œil brillant, une petite fille de onze ans d'une remarquable beauté.

Les vieillards n'étaient d'ailleurs pas les seuls à être émus. A côté de la fillette se trouvait un jeune homme de dix-neuf ans, grand et athlétique, qui, lui aussi, semblait fortement troublé par la présence de sa voisine. Dix fois, vingt fois, pendant la messe, il contempla avec amour le visage de cette enfant qui avait décidément un pouvoir de séduction peu compatible avec la sainteté du lieu...

Voici d'ailleurs comment nous la décrit un historien du temps : « Quoiqu'elle sortît à peine de l'enfance, et qu'elle ne fust que sur sa douzième année, sa beauté estoit si achevée qu'elle enlevoit les cœurs. Une taille avantageuse et qui se perfectionnoit de jour en jour ; un air engageant mêlé de fierté et de douceur ; des cheveux noirs et en grande quantité qui relevoient la blancheur et l'éclat de son teint ; tout cela joint à un esprit aysé, juste, fin, de bon sens, qui commençoit à briller, la rendoit la plus rare et la plus belle personne de son siècle... »

A la fin de la messe, alors que les barons étaient de plus en plus congestionnés, la reine se leva, prit la main de la petite fille et celle du jeune homme, et s'avança vers l'autel.

— Mon père, dit-elle, je vous demande de bénir les fiançailles de ma cousine et demoiselle d'honneur Françoise de Foix et de messire Jean de Laval, seigneur de Châteaubriant.

Le prêtre dit une prière, plaça la main droite de Françoise dans la main droite de Jean et fit un signe de croix.

Alors les cloches se mirent à sonner et tout le monde sortit de l'église. Sous les regards envieux des vieillards, Jean de Laval, rayonnant de bonheur, donnait le bras à sa petite fiancée...

Il ne s'agissait pas, en effet, d'une union de convenances motivée par des soucis politiques ; le seigneur de Châteaubriant était follement amoureux de cette enfant qui, à l'âge des poupées, allait devenir sa femme. Si amoureux même qu'il n'attendit point le mariage pour l'initier à toutes sortes de jeux dérivés de la main chaude — mais moins innocents.

Quelques jours après les fiançailles, en effet, Jean de Laval quitta la Cour et alla s'installer avec Françoise au manoir de Châteaubriant.

Contrairement à ce qu'on pourrait penser, cette vie impudique qu'ils menèrent pendant trois ans (le mariage ne fut célébré qu'en 1509) ne choqua personne, même pas la très prude Anne de Bretagne. Et lorsque, en 1507, Françoise, âgée de douze ans, mit au monde une petite fille, elle fut comblée de cadeaux par la reine et félicitée chaleureusement par le clergé...

Françoise et Jean vécurent heureux en leur château pendant dix ans. Ils organisaient des bals et des fêtes champêtres qui se terminaient fort bien — ou fort mal, suivant l'humeur des invités — et auxquels Brantôme fait allusion lorsqu'il écrit : « On tenait grande cour d'amour et grand harroy de bouche en les lyeux les plus retirés des forêts. »

Françoise, naturellement, était la reine de ces divertissements galants. Lorsqu'elle eut vingt ans, sa gorge admirablement dessinée attira tous les connaisseurs et sa démarche ondulante provoqua chez ceux qui l'observaient toutes sortes de pensées dont les plus avouables eussent fait rougir un lansquenet.

De telles qualités ne pouvaient pas demeurer indéfiniment cachées en Bretagne. Un jour, quelqu'un parla de Mme de Châteaubriant à François Ier, qui dressa l'oreille et demanda à voir incontinent cette merveille.

A ce moment, le roi-chevalier, qui venait de remporter la victoire de Marignan [62], ne songeait qu'au plaisir.

— Une Cour sans femmes, disait-il, est une année sans printemps, un printemps sans rose.

Phrase poétique qui justifiait la présence au palais d'une espèce de harem composé de très jolies filles que François Ier appelait « sa petite bande » [63].

Ces gracieuses personnes eurent d'ailleurs, sur le comportement des hommes politiques de leur temps, une influence extrêmement regrettable. Jouant de la prunelle, de la croupe et du « tétinet », comme dit Guillaume de Melun, elles se frayèrent un chemin vers le lit des plus austères conseillers du roi et, la tête sur l'oreiller, leur dictèrent des actes parfois extravagants. « Au commencement, dit Mézeray, cela eut de fort bons effets, cet aimable sexe ayant amené à la Cour la politesse et la courtoisie, et donnant de vives pointes de générosité aux âmes bien faites. Mais les mœurs se corrompirent bientôt ; les charges, les bienfaits se distribuèrent à la fantaisie des femmes, et elles furent cause qu'il s'introduisit de très méchantes maximes dans le gouvernement... »

Naturellement, la plupart des demoiselles, qui composaient la « petite bande » se faisaient « bricoler » par le roi, selon le joli mot d'un chroniqueur. Deux ou trois, parfois davantage, étaient appelées chaque soir dans la chambre royale, où un page les déshabillait [64]. Elles devaient s'attendre à passer une rude nuit blanche, car François Ier n'aimait pas rester inactif. Et il n'était pas rare que chacune des jouvencelles eût droit à plusieurs hommages, tant le roi était vif à renaître de ses cendres. « Ce pourquoi, nous dit un historien du temps, ce n'est pas la salamandre qu'il eût dû choisir comme emblème, mais le phénix. » Il est vrai que, semblable à l'animal qu'il portait sur ses armes, le roi de France paraissait tout à fait à son aise dans le feu que ces dames avaient — comme on dit communément — quelque part...

Si à son aise que le grand écuyer disait de lui : « Le maître, plus il va avant, plus se prend aux femmes, et aura perdu toute honte. »

62. Aussitôt après son couronnement, François Ier avait réuni une armée pour reconquérir le Milanais. Mais ce n'était pas seulement par amour de la guerre ou pour arrondir son royaume. « S'il avait entrepris la conquête de Milan, c'était, nous dit en effet Sauval, avec le secret espoir de gagner la signora Clérice, la belle Milanaise que Bonnivet lui avait vantée... »

63. Ce qui ne l'empêchait pas de s'occuper de la reine Claude (alors âgée de seize ans), puisque celle-ci se trouvait pour lors enceinte de ses œuvres...

64. Les sexes vivaient à la cour dans la plus étrange promiscuité : des pages servaient de femmes de chambre aux princesses, et les seigneurs avaient à leur service de charmantes jeunes filles qui les aidaient à se dévêtir...

Aucune dame ne lui résistait. Il n'avait qu'à paraître, l'œil brillant, la narine écarquillée et le torse avantageux, pour que les plus pudiques se pâmassent.

Il aurait essuyé pourtant un échec dans sa vie, à en croire certains chroniqueurs. Mais l'histoire qu'on nous raconte paraît tellement invraisemblable que bien des historiens refusent d'y ajouter foi. La voici : en 1516, lorsque François Ier entra dans Manosque, il fut accueilli par la fille du consul, une jolie brunette qui, toute rougissante, vint lui présenter les clés de la ville sur un coussin brodé d'or.

Le souverain la déshabilla d'un coup d'œil et brusquement ses prunelles se mirent à lancer de tels éclairs que la pudeur de la jeune fille se trouva alarmée.

Après le repas, François Ier déclara au consul qu'il aimerait bien deviser quelques instants avec sa fille. La petite était derrière la porte. Prise de panique, car toutes les femmes d'Europe connaissaient le tempérament ardent du roi de France, elle courut dans sa chambre, résolue, nous assure-t-on, à s'enlaidir pour « rebuter un tel galant »...

Elle aurait alors exposé son joli visage à des vapeurs de soufre et se serait défigurée à jamais...

On a peine à croire à une histoire pareille. Existe-t-il une jolie fille au monde capable d'un tel acte ?

Non. Et je préfère penser que cette histoire a été inventée pour l'édification des jeunes Manosquaises...

Mais, si le roi de France ne connaissait pas de défaite en amour, il lui arrivait de rencontrer, à la Cour même, des maris jaloux. Il savait alors justifier ce surnom de roi chevalier que l'Histoire lui a conservé. Voici ce que nous conte, en effet, Brantôme : « J'ai ouy parler que le roy François, une fois, voulut aller coucher avec une dame de sa Cour qu'il aimoit. Il trouva son mary l'espée au poing pour l'aller tuer[65] ; mais le roy luy porta la sienne à la gorge et luy commanda sur sa vie de ne luy faire nul mal, et que s'il luy faisoit la moindre chose du monde, qu'il le tueroit ou qu'il luy feroit trancher la teste ; et pour cette nuict, l'envoya dehors et prit sa place.

» Cette dame estoit bien heureuse d'avoir trouvé un si bon champion et protecteur de son c..., car oncques depuis le mary ne luy osa sonner mot, mais lui laissa tout faire à sa guise ! »

Et Brantôme ajoute, avec sa verdeur habituelle : « J'ai ouy dire que non seulement cette dame, mais plusieurs autres, obtinrent pareille sauvegarde du roy. Comme plusieurs font en guerre pour sauver leurs terres et mettent les armoiries du roy sur leurs portes, ainsi font ces femmes, de celles de ces grands roys, au bord et au-dedans de leur c... si bien que leurs marys ne leur osoyent dire mot qui, sans cela, les eussent passées au fil de l'espée... »

Jean de Laval fut sans doute un peu étonné lorsqu'il reçut du roi une lettre l'invitant à venir à la Cour avec sa femme. Méfiant et

65. Pour aller tuer la dame, bien sûr.

jaloux, il se demanda ce que pouvait bien cacher cette invitation inopinée et, pour gagner du temps, il répondit que Françoise était si farouche qu'il ne pouvait la décider à se rendre à la Cour.

Une seconde lettre arriva, plus pressante, qui jeta le trouble dans l'esprit du pauvre mari, lequel, connaissant la réputation du souverain, eut probablement le pressentiment de ce qui devait lui arriver.

Voulant lutter jusqu'au bout et retarder le plus possible la rencontre de Françoise et de François, il décida de partir seul pour Blois.

Son arrivée fut fêtée noblement ; mais le roi, que toute cette attente avais mis en appétit, se déclara fort déçu de ne point voir Mme de Châteaubriant ; Jean lui répondit alors que Françoise n'aimait que la solitude et qu'elle fuyait le monde.

— Il y a dix ans, sire, qu'elle vit avec moi dans notre vieux château et elle a perdu l'habitude de la Cour.

— C'est votre faute, répondit le roi en riant, on ne doit pas enfermer son épouse, surtout quand elle est ravissante. Pour vous racheter, il faut la décider à venir ici, où elle s'amusera et où sa beauté vous fera honneur.

Alors Jean de Laval fit semblant d'accepter.

— Je vais lui écrire.

Or, nous dit Antoine Varillas, Jean avait inventé « un expédient capable d'éviter les importunités du roi sans s'oster la liberté de mander sa femme quand il lui plairoit[66]. Voici en quoi consistait cet « expédient » : avant de quitter Châteaubriant, Jean avait fait faire deux bagues exactement semblables et en avait remis une à Françoise en lui disant :

— Si je vous demande de venir à Blois sans mettre dans ma lettre la bague que j'emporte, répondez poliment que vous êtes souffrante, même si mes paroles sont pressantes...

La belle avait promis.

Jean écrivit donc une longue lettre qu'il fit lire au roi et l'envoya sans mettre la bague — bien entendu. Déjà, François Ier se frottait les mains.

Mais, quelques jours plus tard, Françoise, docile, répondit qu'elle ne pouvait quitter son domaine.

Trois fois, le manège se renouvela pour la plus grande irritation du roi qui trouvait cette jolie femme un peu trop timide... Jean de Laval, au contraire, commençait à respirer et pensait qu'il pourrait retourner bientôt vers sa chère épouse avec son honneur sauf. Mais sa joie l'aveugla et il commit une étonnante imprudence. Voulant sans doute faire apprécier son habile machination, il confia son secret à un valet de chambre. Cet orgueil le perdit. Le valet, qui connaissait — comme toute la Cour — les intentions du roi, alla, en effet, proposer à François Ier le moyen de faire venir sûrement Mme de Châteaubriant à Blois.

— Si tu me donnes ce moyen, dit le roi, cette bourse est à toi.

66. ANTOINE VARILLAS, *Histoire de François Ier*, publiée en 1685.

Le valet lui révéla le stratagème inventé par Jean de Laval.

— Voilà la bourse, dit François Ier. Tu auras la même si tu m'apportes la bague que M. de Châteaubriant cache dans son coffre personnel.

Le lendemain, le valet apportait la bague au roi, qui la fit copier rapidement par son orfèvre. le soir même, cette copie était dans le coffre de Jean de Laval.

Au dîner, François fut plus gai que de coutume, il plaisanta, chanta une chanson de sa composition et organisa un concours d'histoires galantes. A minuit passé, toute la Cour riait encore.

— Comme j'aimerais que Mme de Châteaubriant fût des nôtres, dit le roi à Jean. Je suis sûr qu'elle regrettera de n'être point venue ici, quand vous lui raconterez le bon temps que l'on prend à la Cour du roi de France. Voulez-vous, encore une fois, essayer de la convaincre ?

— Bien sûr, dit hypocritement Jean de Laval.

Et, montant dans sa chambre, il rédigea une quatrième lettre, pensant bien qu'elle aurait le même effet que les autres.

— Donnez-moi votre lettre, dit le roi le lendemain, je vais la confier à l'un de mes courriers, elle arrivera plus vite.

Le fonctionnaire reçut le pli de Jean, quitta Blois au triple galop, s'arrêta au premier tournant pour ajouter au message la bague volée et arriva le soir à Châteaubriant.

En voyant le bijou, Françoise, toujours obéissante, prépara à la hâte ses affaires, monta dans une litière et se fit conduire le plus rapidement possible à Blois, où elle arriva sans que la fatigue du voyage eût terni le moins du monde sa beauté.

Son apparition fit l'effet d'une bombe. Jean de Laval faillit s'évanouir de rage, et toute la Cour fut dans un état de surexcitation extraordinaire en constatant que le roi avait gagné la partie.

Quant à François Ier, qui était venu accueillir Françoise à sa descente de litière, il fut ébloui.

« De la litière au lit, il n'y a qu'un pas », pensa-t-il.

Les choses n'allaient pas se faire aussi facilement ; car, si M. de Châteaubriant était jaloux, Mme de Châteaubriant, elle, était fort rusée...

Certains auteurs racontent que Jean de Laval, furieux de se voir jouer par François Ier, repartit chez lui sur-le-champ, « de peur d'estre témoin de sa honte ».

Et Varillas[67], laissant aller son imagination, ajoute même : « La comtesse, abandonnée par celui qui avoit le plus d'intérêt à la conservation de son honneur, fist ce qu'on devoit attendre d'une vertu qui n'avoit point encore esté éprouvée — c'est-à-dire qu'elle résista quelque temps et céda enfin aux assiduités du roi. »

En réalité, François Ier n'acheva pas sa conquête aussi facilement que cet historien veut bien nous le dire. Il lui faudra trois ans de cour

67. Varillas, *op. cit.*

passionnée et de stratégie galante pour amener la belle Françoise dans son lit.

En homme habile, son premier soin fut d'amadouer le mari. Il lui donna tout d'abord le commandement d'une compagnie d'Ordonnance et ce cadeau fit le meilleur effet. Jean de Laval était fort jaloux, certes, mais plus ambitieux encore. Quand le roi lui eut dit : « Ouvrez l'œil sur vos hommes, vous êtes dès lors responsable de leur conduite », il comprit qu'il lui faudrait, en échange, fermer les yeux sur celle de sa femme. Et, acceptant, pour le moment, le prix du glorieux privilège qui lui était accordé, il s'occupa fougueusement de la compagnie dont il avait reçu la charge.

Tranquillisé par cette attitude, le roi chercha à apprivoiser les frères de Mme de Châteaubriant, trois farouches Pyrénéens, peu décidés à laisser déshonorer leur sœur. Pour commencer, il « neutralisa » l'aîné, M. de Lautrec, en lui donnant le gouvernement de Milan, ce dont la belle fut heureuse. Le soir, après dîner, elle vint remercier le roi de prendre tant soin de sa famille. L'espace d'une seconde, ses yeux violets se firent plus tendres en considérant François Ier, puis, plongeant soudain en une respectueuse révérence, elle prit congé et s'éloigna avec la reine Claude, dont elle était devenue la dame d'honneur.

Fort troublé et encouragé, le roi passa alors à l'attaque directe ; il envoya, dès le lendemain, à Françoise, par messager spécial, une superbe broderie.

La finaude savait depuis longtemps que François Ier était amoureux d'elle et la désirait. Elle lui adressa la lettre la plus hypocrite, la plus habile qui se puisse imaginer :

Au roy, mon Souverain Seigneur. Sire, la libéralité qu'il vous a plu me despartir de la broderie que j'ai reçue par ce porteur, ne vous puis rendre grâces suffisantes, mais les plus très-humbles qu'il m'est possible les vous présente, avecque confiance de la perpétuelle servitude et obligation de messieurs de Lautrec, de Châteaubriant et mienne, de ceux de nos maisons présentes et avenir, des biens reçus et de la bonne volonté que nous faites l'honneur m'écrire... De ma part, Sire, ne puis que prier Celui qui donne les puissances leur donner l'heur de vous faire services agréables... Votre très-humble et très obéissante sujete et servante

FRANÇOISE DE FOIX[68].

En recevant cette lettre si claire pour un homme de son espèce, habitué aux ruses féminines, le roi comprit que Françoise avait déjà accepté d'être sa maîtresse...

Cette idée le rendit de fort bonne humeur et le plaça dans d'excellentes conditions morales pour entamer des conversations diplomatiques qu'il entendait mener personnellement avec les ambassadeurs du pape, du roi d'Espagne et de Henry VIII d'Angleterre.

68. Bibl. Nat., ms. fr. 6622.

Aimé de sa femme, choisissant pour ses nuits les plus fraîches et les plus ardentes demoiselles de sa « petite bande », allant parfois dans des bouges, au petit matin, chercher l'aventure avec quelques amis qui, comme lui, cachaient à demi leur visage sous un emplâtre, et sachant qu'il serait bientôt l'amant de la femme qu'il désirait le plus au monde, le roi de France était alors un homme comblé et heureux.

Aussi menait-il ses affaires avec une grandeur souriante.

Sûr de lui, spirituel, fastueux, il recevait les ambassadeurs comme s'ils eussent été des rois.

Aimable diplomatie qui devait avoir d'excellents résultats puisque François Ier se réconcilia avec le pape, s'unit par traité au roi d'Espagne, s'assura l'amitié des Suisses et des Vénitiens, et racheta Tournai au roi d'Angleterre...

Ce qui prouve, une fois de plus, que les chefs d'État qui sont heureux en amour peuvent, seuls, faire de grandes choses.

Mais il fallait tout de même que les pourparlers avec Françoise ne traînassent pas trop en longueur. A l'exaltation du désir, François Ier aimait bien faire suivre sans tarder l'ivresse de la satisfaction.

Il chercha alors à éloigner Jean de Laval qui, bien que fort occupé par sa compagnie d'Ordonnance, n'en était pas moins constamment à la Cour.

Le roi ne manquait pas d'imagination. Pour renvoyer, sans en avoir l'air, M. de Châteaubriant dans son pays, il eut l'idée de demander à la Bretagne des impôts nouveaux et il pria Jean de Laval de faire accepter cette charge supplémentaire aux Bretons. C'était faire d'une pierre deux coups : éloigner l'importun et faire rentrer de l'argent dans les caisses du royaume qui se trouvaient régulièrement vidées par les fêtes et les frasques royales...

Jean de Laval, ravi d'être chargé d'une telle mission qui prouvait en quelle estime il était tenu, partit sans méfiance et, après trois mois d'âpres discussions, parvint à faire admettre les prétentions du roi.

C'est ainsi qu'une province tout entière fut grevée d'impôts pour les beaux — les adorables — yeux de Mme de Châteaubriant...

Pendant l'absence de Jean, Françoise, qui avait fait obtenir des commandements à son mari et à ses frères, pensa enfin à elle et se montra gentille avec le roi.

François lui envoyait des poèmes qu'il composait la nuit dans le silence de sa chambre :

Assez de gens prennent leur passe-temps
En divers cas et se tiennent contents
Mais toi seule es en mon endroit élue
Pour réconfort de cœur, corps et vue.

Et elle lui répondait avec autant de grâce :

La grant douceur qu'est de ta bouche issue,
La belle main blanche qui a tissue

Une épître qu'il t'a plu m'envoyer
A fait mon cœur de joie larmoyer.
Il était jà[69] *de ton amour épris,*
Mais maintenant, il est saisi et pris,
Tant qu'il n'est plus possible qu'on efface
Ta grant beauté — Que veux-tu que je fasse ?[70]

Ce que désirait ardemment le roi depuis trois ans semblait bien près de s'accomplir, et c'est avec « le cœur ouvert sur un avenir plaisant », comme le dit un chroniqueur, que François Ier emmena la Cour passer les fêtes de Noël à Cognac.

Il y avait dans les voitures qui descendaient vers le sud par Châtellerault et Ruffec tous ceux qu'il aimait d'amours différentes : Claude, sa femme, Mme de Châteaubriant, son désir, Marguerite de Valois, sa sœur, l'amiral Gouffier de Bonnivet, son favori, et les plus gracieuses demoiselles du val de Loire, sa « petite bande ».

Cette Cour, qui s'efforçait d'imiter en tout le jeune souverain, était devenue, d'après certains témoins, « un véritable lupanar ». On s'y mettait « main à fesse » avec une santé qui eût surpris un psychanalyste.

François Ier aimait beaucoup cette franchise ; aussi se méfiait-il des gens vertueux qu'il traitait gaiement d'hypocrites... Son ironie était à ce point cruelle à l'égard de ceux qu'il savait chastes, que certains courtisans, pudibonds par nature, se donnaient le mal de paraître paillards pour lui plaire.

« A ce moment, en effet, nous dit Sauval, étoit-on sans maîtresse, c'étoit mal faire sa cour. Pas un n'en avoit que le roi ne voulût en savoir le nom, s'obligeoit même de parler pour eux, de les faire valoir auprès d'elles par sa recommandation et de les y servir en toutes rencontres. Enfin, rencontroit-il telles personnes ensemble, il falloit qu'il sçut les propos qu'elles tenoient et quand ils ne lui sembloient pas assez galants, il leur apprenoit de quelle façon ils devoient s'entretenir... »

Disons-le tout de suite, ceux qui avaient besoin de leçon à la Cour étaient rares, et la plupart savaient fort bien se comporter avec les dames.

L'amiral de Bonnivet en particulier était de ceux-là. Jeune, gai, séduisant, il avait fait de son lit un endroit où toutes les jolies femmes de sa connaissance devaient, un jour ou l'autre, oublier leur pudeur ; c'est pourquoi, d'ailleurs, François Ier le tenait pour un homme de bien et lui avait donné son amitié.

Or Bonnivet, depuis longtemps, était amoureux de Marguerite de Valois, la jolie et spirituelle sœur du roi, et il avait préparé un plan qui devait lui permettre de profiter du voyage à Cognac pour arriver à ses fins.

La Cour allait s'arrêter pendant quelques jours dans le château qu'il

69. Déjà.
70. B.N. ms. fr. n° 2372.

possédait près de Châtellerrault. C'est là qu'il espérait faire succomber par la ruse, voire par la violence, cette irréprochable épouse dont il n'avait pu, jusqu'alors, que baiser les doigts.

Et encore par surprise.

Car Marguerite, qui était d'une pudeur étonnante pour son époque, refusait, avec une obstination que d'aucuns trouvaient insolite, de tromper son mari.

Aussi, voulant mettre tous les atouts de son côté, l'amiral avait-il fait aménager dans la chambre destinée à la jeune femme une petite trappe, dissimulée sous un tapis, qui permettait de s'introduire sans bruit auprès du lit et de provoquer un effet de surprise dont il ne restait plus qu'à savoir profiter...

Et un soir, alors que tout le monde dormait, Bonnivet, en vêtements de nuit, utilisa son stratagème et parvint à se glisser dans le lit de Marguerite sans éveiller celle-ci.

Retenant son souffle, il attendit quelques instants, puis commença une sournoise manœuvre d'enveloppement destinée à le placer sinon dans le cœur de la place, du moins aux portes mêmes...

Rampant sur le drap, il gagna lentement du terrain et se trouva bientôt à deux doigts de Marguerite, au point que leurs visages se touchaient presque et que « le souffle de la belle endormie agitait doucement la moustache du conquérant... »

L'instant était critique. Il fallait, avant même de l'éveiller, placer la jeune femme dans une situation qui lui permît de se laisser vaincre sans avoir l'impression de se donner. Ainsi pourrait-elle mettre, plus tard, sa faiblesse sur le compte de l'inévitable...

Brusquement, l'amiral se précipita sur sa proie et, d'une manœuvre précise, parvint à poser en même temps sa bouche sur celle de Marguerite, sa main gauche sur son sein droit, et sa main droite « assez haut sous la robe de nuit »...

Le résultat ne fut pas du tout ce qu'il escomptait.

Aussitôt réveillée par ce triple outrage, Marguerite poussa un cri et se débattit furieusement à coups de pied, à coups d'ongles et à coups de dents, tout en appelant au secours.

Affolé, l'amiral tenta de la couvrir d'un drap pour étouffer sa voix : mais la sœur du roi se dégagea. Alors, pour éviter d'être reconnu par les dames d'honneur qui accouraient déjà, flambeau à la main, il se laissa glisser du lit et, mordu, meurtri, la chemise en lambeaux, le visage en sang, disparut par la trappe...

Marguerite devina bien quel avait été son agresseur, d'autant plus que l'amiral garda la chambre pendant quelques jours ; mais elle ne parla pas de l'aventure au roi.

Vengée à la pensée de la mine piteuse que devait faire l'amiral avec ses coups de griffe sur le nez, elle jugea inutile de faire éclater un scandale et d'attirer sur le malheureux la colère royale [71].

71. Elle se contenta de conter, avec beaucoup d'humour, cette aventure dans son *Heptaméron*.

Elle savait, en effet, que François Ier n'admettait pas qu'on forçât une femme. Pointilleux sur le chapitre de la galanterie, il interdisait le viol, considérant, avec une délicatesse qui confinait au vice, que la plus grande partie du plaisir en amour était d'amener une femme à « oublier sa pudeur »...

Il observait d'ailleurs lui-même ce principe, et c'est pourquoi la cour qu'il faisait à Mme de Châteaubriant durait si longtemps... Loin de songer à traîner Françoise dans son lit, il était prêt à tout entreprendre pour qu'elle lui cédât volontairement.

Or on était en 1519.

Le 11 janvier, Maximilien d'Autriche mourut subitement, laissant vacant le trône impérial. Aussitôt, François Ier fit acte de candidature contre Henry VIII (qui d'ailleurs se retira bientôt) et contre Charles, le nouveau roi d'Espagne.

Pendant des semaines, il rêva de cette couronne qui pouvait lui permettre de relever l'empire de Charlemagne, d'être maître de l'Europe, maître du monde, et aussi d'éblouir la belle Mme de Châteaubriant. Comment pourrait-elle encore refuser de se donner au plus beau, au plus puissant, au plus jeune souverain de la terre ?

Hélas ! Charles d'Espagne fut élu sous le nom de Charles Quint, et François Ier vit s'écrouler son rêve.

Mme de Châteaubriant connaissait les espoirs du roi ; lorsqu'elle apprit les résultats de l'élection, elle vint très gentiment, très tendrement, se blottir dans les bras de son « cher sire bien-aimé » dont elle devinait l'amertume.

Deux heures plus tard, dans une chambre du château d'Amboise, François Ier, s'il n'était pas empereur, était du moins, le plus heureux des hommes...

La victoire du roi fut bientôt connue de tout Fontainebleau où il résidait alors. Si le menu peuple, dont on sait le grand cœur, se réjouit candidement à la pensée du plaisir que devait prendre son souverain avec une aussi belle dame, bien des gens se sentirent indisposés par un très violent accès de jalousie. Les hommes du palais envièrent furieusement le roi, et les jolies demoiselles de la « petite bande » regardèrent avec haine cette femme qui venait de les évincer toutes et de prendre le titre de favorite que chacune enviait en secret depuis longtemps.

Et la reine ? La douce reine Claude comprit tout de suite qu'elle avait cette fois une vraie rivale ; mais elle ne manifesta aucune amertume, ne fit aucun esclandre, trouvant plus sage de demeurer au contraire souriante, aimable et amoureuse comme par le passé. Cette attitude plut au roi. Il avait, en effet, horreur de ces scènes de ménage qui rendent l'adultère si fatigant...

Reconnaissant, il chercha un moyen de prouver à Claude sa satisfaction. Après avoir hésité entre divers cadeaux, il pensa finalement que rien ne ferait plus plaisir à cette brave femme qu'un enfant. Il alla donc la retrouver dans sa chambre et fit consciencieusement le nécessaire pour qu'elle en eût un.

Neuf mois plus tard, Claude, encore dans le ravissement, mettait au monde la princesse Madeleine...

Devenue maîtresse en titre, Mme de Châteaubriant suivit François Ier dans ses voyages. On la vit dans toutes les villes de France où la Cour, en perpétuel déplacement, s'installait au gré de la fantaisie royale.

Mais en 1520, lorsque François Ier, qui rêvait d'opposer un bloc franco-anglais à l'empire de Charles Quint, annonça qu'il allait rencontrer solennellement Henry VIII d'Angleterre entre Guines et Ardres-en-Artois, la Cour se demanda si le roi emmènerait sa favorite.

Tandis que charpentiers, menuisiers, drapiers, tailleurs, orfèvres travaillaient fiévreusement à la préparation du camp où devait avoir lieu l'entrevue, seigneurs et dames de qualité ne s'entretenaient que de Mme de Châteaubriant.

Les uns soutenaient que dans de telles circonstances le roi de France ne pouvait se faire accompagner d'une concubine. D'autres rappelaient que le roi Henry VIII était un grand amateur de femmes et que la présence d'une favorite ne pouvait le choquer. D'autres, enfin, allaient même jusqu'à dire que l'Anglais ne pourrait que se montrer flatté d'être reçu ainsi comme un ami intime à qui l'on ne cache rien de ses frasques.

C'est probablement ce que pensa François Ier, puisque, par un matin de juin, il quitta Paris pour l'Artois, emmenant dans deux litières somptueusement décorées, d'une part la reine et d'autre part la belle Françoise, heureuse et amusée de l'aventure...

Après quatre jours de voyage, le cortège royal arriva dans une plaine où se dressaient trois cents tentes de draps d'or et d'argent. Un camp extraordinaire avait été installé là. De véritables palais de toile formaient une ville de rêve qui semblait surgie subitement du sol.

Entre ces légers édifices paradaient des seigneurs français qui, pour éblouir Henry VIII, s'étaient vêtus si richement qu'un chroniqueur nous dit qu'ils portaient « leurs moulins, leur forêts et leurs prés sur leurs épaules... »

De son côté, le roi d'Angleterre, qui était accompagné de cinq mille hommes et de trois mille chevaux, avait fait édifier à la hâte, par des maçons, une construction légère qui, habilement recouverte de gigantesques panneaux en toile peinte, donnait l'illusion d'un magnifique château...

Sous le soleil de juin, les tentes cousues de fils d'or surmontées d'oriflammes écarlates constituaient un spectacle éblouissant qui ravit le roi, la reine et la favorite.

Cette dernière, surtout, ne se tenait pas de joie, car ce camp, digne de personnages mythologiques, était son œuvre. C'était elle qui avait voulu que son bel amant montrât sa force, sa puissance et sa richesse en déployant un luxe propre à rendre jaloux tous les souverains de la terre.

Bien entendu, le trésor de l'État avait été mis à sec par ce faste ; mais personne ne songeait à critiquer la favorite, car tout le monde pensait bien que Henry VIII d'Angleterre, ébahi, n'hésiterait pas une seconde à s'allier à un roi capable d'organiser d'aussi coûteuses rencontres...

L'instant de la première entrevue arriva. François Ier, vêtu de blanc, ceinturé et chaussé d'or, le chef couvert d'une toque empanachée, salua Henry, qui portait un pourpoint cramoisi et des bijoux de la tête aux pieds. Les deux souverains s'embrassèrent sur la bouche comme le bon ton le voulait alors.

Ils y mirent d'ailleurs une telle fougue que le cheval du roi d'Angleterre, effrayé, fit un écart en arrière.

Une tente plus haute que les autres avait été prévue pour les compliments d'usage. Elle était ornée de tapisseries, de riches étoffes et de pierreries.

François, Henry, la reine Claude, Louise de Savoie et Mme de Châteaubriant y pénétrèrent avec deux seigneurs britanniques et deux seigneurs français. A peine entrés, les deux rois s'embrassèrent de nouveau ; puis Henry, ayant salué les dames qui entouraient François, parut enchanté de voir la favorite dont on lui avait tant parlé à Londres.

François vit son regard s'allumer et fut heureux d'éblouir son rival en lui montrant non seulement des richesses incomparables, mais encore sa ravissante maîtresse.

Un peu démonté par tant de magnificence, le roi d'Angleterre retira de sa poche un petit discours qu'il avait préparé ; mais il en changea certains termes pour ne point blesser François, et peut-être aussi Françoise qui semblait si fière de son amant. Écoutons Fleuranges, qui était au Camp du Drap d'Or, nous conter la scène : « Il commença à parler de lui et y avoit : *Je, Henry, roi...* (il vouloit dire *de France et d'Angleterre*), mais il laissa le titre *de France* et dict au roy : "Je ne le mettray point puisque vous estes ici, car je mentirais." Et dict : *Je, Henry, roy d'Angleterre*[72]. »

Pendant plusieurs jours, malgré ces démonstrations d'amitié, Anglais et Français vécurent sur le qui-vive. Les escortes qui accompagnaient les souverains dans leurs déplacements devaient avoir le même nombre d'hommes, les distances qu'elles avaient à parcourir étaient mesurées pas à pas. Fleuranges donne d'ailleurs une idée de la confiance qui régnait dans le camp lorsqu'il raconte qu'un soir, Henry VIII ayant été convié à la table de la reine Claude, il fut décidé que François Ier irait dîner avec la reine d'Angleterre, et le chroniqueur conclut : « Ainsi, ils étoient chacun en ostage l'un pour l'autre. »

Rapidement, ces précautions lassèrent François Ier et, un jour, il se

72. Depuis 1431, les rois d'Angleterre ajoutaient à leur titre celui de « roi de France ».

leva à l'aube, prit deux gentilshommes et un page, jeta sur ses épaules une cape espagnole et galopa en direction du château de Guines, où résidait Henry. Arrivé devant la herse, il se fit reconnaître des sentinelles effarées et demanda où était le roi d'Angleterre, son frère.

Tremblants d'émotion, et croyant à un coup de force, les archers répondirent que Henry dormait encore.

— Où est sa chambre ?

Un garde lui indiqua l'appartement privé du souverain, et François s'en alla, seul, à travers les couloirs interminables, jusqu'à une salle d'où s'échappait un énorme ronflement.

Là, dans un grand lit, Henry VIII dormait avec un air confiant. François le considéra un moment en souriant, puis il le tira doucement par la manche de son vêtement de nuit. Henry s'éveilla et eut un moment d'épouvante en reconnaissant le roi de France. Se dressant dans son lit, il chercha des yeux une épée, mais l'attitude de François le rassura bientôt, et il soupira :

— Mon frère, vous m'avez fait meilleur tour que jamais homme fit à l'autre et me montrez la grande confiance que je dois avoir en vous ; et de moi, je me rends votre prisonnier dès cette heure et vous baille ma foi.

Et, pour montrer qu'il savait comprendre la plaisanterie, il défit de son cou un collier d'une valeur de quinze mille angelots et l'offrit à François Ier. Mais le roi de France, conseillé par Mme de Châteaubriant, avait tout prévu, même ce geste, et il tira de sa poche un bracelet qui valait plus de trente mille angelots.

— Il est à vous, mon frère. C'est pour vous l'offrir que je suis venu ce matin.

Henry VIII, une fois de plus, était dépassé par la générosité de François.

Hélas ! tout ce déploiement de richesses ne devait être d'aucune utilité.

Au contraire.

12

Une bataille de femmes nous fait perdre Milan

> Quand vous laissez deux femmes ensemble, il est bien rare qu'elles ne provoquent pas une catastrophe...
>
> J.-J. ROUSSEAU

Quand François Ier et Henry VIII en eurent assez de jouer à la paume, d'échanger leurs vêtements et de lutter ensemble à mains plates, ils décidèrent de se quitter.

Ce qui réjouit fort les personnes prudes qui se trouvaient là par la nécessité du devoir, car le Camp du Drap d'Or était en train de devenir un très mauvais lieu. Toutes les demoiselles d'honneur de Louise de Savoie et de la reine Claude avaient, en effet, pris l'habitude, à la nuit tombée, de retrouver les seigneurs britanniques « sous des buissons hospitaliers », cependant que, dans un autre coin de la prairie, les dames anglaises venaient s'allonger sur le trèfle en compagnie de capitaines français.

Et à longueur de nuit, tandis que le vent du large faisait frissonner les jupes haut retroussées et les corsages largement délacés, des centaines de petits pactes franco-anglais étaient ainsi conclus dans l'herbe de l'été.

Le 24 juin 1520, après dix-sept jours de cette vie extraordinaire, les deux souverains se dirent adieu. Et François Ier, accompagné de Mme de Châteaubriant, se dirigea au petit trot vers Amboise. Persuadés que le roi anglais s'en retournerait chez lui émerveillé et prêt à conclure une alliance avec le « très riche royaume françois », ils avaient cet air satisfait, ironique et un tantinet méprisant des gens qui viennent d'épater leurs invités en leur servant le caviar dans des soupières...

Or cette magnificence, ce faste, cette générosité avaient eu un effet déplorable sur Henry VIII. Blessé dans son amour-propre, le roi d'Angleterre ne décolérait pas depuis le départ de François. Il rudoyait les membres de sa suite, les marins qui attendaient le vent favorable pour traverser la Manche, et jusqu'aux maîtresses qui peuplaient son lit. Les malheureuses, qui avaient espéré être à l'honneur en venant au Camp du Drap d'Or, n'étaient plus qu'à la peine. D'un coup de poing, elles se trouvaient allongées sur le tapis et fort brutalement conduites au bonheur. Certaines furent grièvement blessées « pendant le déduit » et même, nous dit un chroniqueur, « privées de l'usage de leur écrevisse, pour de nombreuses semaines ». C'était, en effet, avec une espèce de rage que le roi Henry prenait son plaisir...

C'est à ce moment que le nouvel empereur Charles Quint vint à Gravelines rendre visite au roi d'Angleterre. Charles était malin. Il arriva en petit appareil, mal vêtu, l'air humble, comme un client.

Cette attitude plut beaucoup à Henry VIII. Elle lui fit oublier l'humiliation qu'il avait subie dans la plaine d'Ardres, et il en sut gré à Charles Quint.

Trois jours plus tard, une alliance était conclue entre les deux souverains.

Lorsqu'il apprit cette nouvelle, François Ier fut un moment agacé. Puis il alla oublier les soucis de la politique dans une chambre admirablement agencée pour l'amour, où Françoise aimait à l'attendre aux environs de quatre heures du soir...

C'était leur petit goûter.

Si François Ier et Mme de Châteaubriant oublièrent philosophiquement l'échec du Camp du Drap d'Or, Louise de Savoie ne prit pas aussi bien la chose. Sachant que cet étalage de luxe inutile avait vidé la caisse de l'État et que la France s'était, en somme, ruinée pour rien, sa haine pour la favorite, qu'elle tenait pour responsable de ces folles dépenses, s'en trouva accrue.

Depuis longtemps, elle cherchait à séparer de son fils cette femme qu'elle jalousait comme une rivale. Cette fois, elle pensa qu'il était grand temps d'agir ; mais, connaissant le caractère de François, il lui sembla adroit de ne pas attaquer franchement la favorite. Elle préféra utiliser les moyens sournois et essaya, tout d'abord, de perdre Françoise dans l'esprit du roi en l'accusant d'être devenue la maîtresse de l'amiral de Bonnivet.

Ce qui était vrai, d'ailleurs. En effet, depuis quelque temps, l'amiral, ayant ajouté la favorite sur la liste de ses conquêtes, faisait cocu son bon ami le roi. Liaison fort périlleuse qui le conduisit à se trouver dans une humiliante situation ainsi que nous le conte plaisamment Brantôme.

Un soir que Mme de Châteaubriant recevait dans son lit le galant amiral, François Ier vint frapper à sa porte.

Affolée, la favorite cria :

— Un petit moment, je vous prie !

Car elle n'osa pas dire le mot des courtisanes de Rome : *Non si puô, la signora è accompagnata*[73].

Alors, raconte Brantôme :

« Ce fut à s'aviser là où son amant se cacheroit pour plus grande sécurité. Par bonheur, c'estoit en été, et l'on avoit mis des branches et feuilles en la cheminée ainsi qu'il est de coutume en France. Par quoy luy conseilla et l'avisa aussitôt de se jeter dans la cheminée, et se cacher dans ces feuillards tout en chemise, que bien le servit de quoy ce n'estoit en hiver.

» Après que le roy eut fait sa besogne avec la dame, voulut faire de l'eau ; et, se lavant, la vint faire dans la cheminée, par faute d'autre commodité ; dont il en eut si grande envie qu'il en arrosa le pauvre amoureux plus que si on luy eût jeté un seau d'eau, car il l'en arrosa en forme de chantefleure de jardin, de tous côtés, voire et sur le visage, par les yeux, par le nez, la bouche et partout ; possible en échappa-t-il quelques gouttes dans la gueule.

» Je vous laisse à penser en quelle peine estoit le gentilhomme, car il n'osoit se remuer, et quelle patience et constance tout ensemble ! Le roy, ayant fait, s'en alla, prit congé de la dame et sortit de la chambre. La dame fit fermer par-derrière et appela son serviteur dans son lit, l'échauffa de son feu, luy fit prendre chemise blanche ! Ce ne fut pas sans rire, après la grande appréhension : car, s'il eût été découvert, et luy et elle estoient en très grand danger. »

Bien entendu, les bruits répandus par Louise de Savoie vinrent aux

73. « Impossible, la dame est accompagnée. » Aujourd'hui, à Pigalle on dit qu'elle est « en lecture »...

oreilles du roi. Croyant qu'il s'agissait de calomnies, il tint à montrer publiquement qu'il n'en croyait rien. Un soir, il dit en souriant aux courtisans qui l'entouraient :

— Cette Cour ne serait-elle point ce que je pense ? On s'étonne, paraît-il, en cachette des hommages que mon ami l'amiral de Bonnivet rend à Mme de Châteaubriant. J'espère qu'on m'a trompé, car moi je m'étonnerais plutôt que toute la Cour ne fût pas aux pieds de cette dame...

Il n'y a pire aveugle que celui qui ne veut pas voir... Mme d'Angoulême n'insista pas. D'ailleurs, elle eut bientôt un sujet de tourment qui l'empêcha de penser, pendant quelque temps, à Mme de Châteaubriant. Le 6 janvier 1521, jour de l'Épiphanie, François Ier dînait chez elle, à Romorantin, quand il apprit que le comte de Saint-Pol, qui tirait les rois en son hôtel, venait de trouver la fève. Il feignit une grande indignation :

— Un rival à la couronne ! dit-il. Allons le détrôner...

Et, sans même achever son repas, il partit, suivi d'un groupe d'amis, donner l'assaut au logis du roi de la Fève...

La neige tombait à gros flocons. On modela rapidement des boules qui allèrent s'écraser contre les vitres dorées de l'hôtel Saint-Pol. Aussitôt le jeune comte se mit à la fenêtre avec ses invités et riposta au moyen de pommes, de poires et d'œufs...

Dans un joyeux tumulte de cris et de rires, la bataille dura un bon moment... Soudain, un trait de feu raya la nuit, et François Ier s'écroula dans la neige en criant.

Un invité de Saint-Pol, un peu éméché, utilisant une bûche enflammée comme projectile, avait blessé le roi de France à la tête.

Transporté chez sa mère, il fut pendant quelques jours « en grand danger de mort, et le bruit de son décès courut l'Europe ».

Enfin il se rétablit ; mais Louise avait tremblé pour son César et s'était crue « femme perdue[74] ».

Ce curieux accident devait donner naissance à une mode nouvelle qui allait caractériser l'homme du XVIe siècle : les cheveux courts et le port de la barbe. En effet, les médecins avaient dû couper les longues boucles du roi et celui-ci « s'étoit laissé pousser les poils du visage pour cacher plusieurs vilaines traces de brûlure »...

Immédiatement, tous les courtisans l'imitèrent. On ne vit plus que crânes rasés et mentons barbus, au point que Clément Marot, avec sa verve habituelle, ne manqua pas de railler les barbiers contraints d'exercer leur profession un peu plus bas...

Pauvres barbiers, bien êtes morfondus
De voir ainsi gentilshommes tondus,
Et porter barbe ; or avisez comment
Vous gagnerez ; car tout premièrement

74. Louise de Savoie, *Journal*.

Tondre et peigner, ce sont cas défendus.
De testonner, on n'en parlera plus.
Gardez céseaux et rasoirs émoulus,
Car désormais vous faut vivre autrement,
Pauvres barbiers.

J'en ai pitié, car plus comtes ne ducs
Ne peignerez, mais comme gens perdus,
Vous en irez besogner chaudement
En quelque étuve, et là gaillardement,
Tondre maujoint et raser Priapus,
Pauvres barbiers.

Car à ce moment l'épilation était une preuve d'élégance. Toutes les femmes qui voulaient plaire allaient se faire raser « la mousse » aux étuves, où une matrone était généralement chargée de l'opération. Régulièrement, chaque dame de la cour rendait visite à sa « barbière » et

Quelque chambrière ou valet
Luy ratisoit d'un vieil couteau
Le ventre jusques à la peau...

Et se trouvaient fort satisfaites celles dont on pouvait écrire qu'elles étaient « motte de frais rasée...[75] »

Dès que François Ier fut guéri, Louise de Savoie, qui avait dû subir les visites de Mme de Châteaubriant à Romorantin pendant la convalescence de son fils, reprit sa hargne et chercha un moyen de se débarrasser définitivement de la favorite. Décidée à frapper fort, elle imagina de ruiner le crédit de Françoise en la rendant *responsable d'une défaite*.

On se souvient que François Ier, pour plaire à sa maîtresse, avait nommé le frère aîné de celle-ci, M. de Lautrec, gouverneur du Milanais.

Louise de Savoie résolut de faire perdre Milan par tous les moyens, pour « fâcher le roi contre M. de Lautrec et du même coup contre la belle Françoise ».

Son plan était simple.

Sachant que le gouverneur du Milanais, qui commandait une armée de mercenaires suisses, avait périodiquement besoin d'argent pour payer ses hommes, elle projetait de le placer devant d'insurmontables difficultés financières.

Or, en 1521, M. de Lautrec demanda d'urgence une somme de 400 000 écus « sans laquelle, disait-il, il ne pouvait continuer à défendre le duché ».

C'était l'occasion qu'attendait Louise de Savoie.

75. Jean de La Montagne, *Source et origine des c... sauvages et la manière de les apprivoiser*. Lyon, 1525.

Le roi, bien entendu, donna immédiatement à Jacques de Baune, seigneur de Semblançay, son surintendant des finances, l'ordre d'envoyer l'argent au maréchal de Lautrec. Aussitôt Louise bondit chez le trésorier et lui demanda les 400 000 écus « de la part du roi », disant qu'elle devait acquitter des dettes urgentes. Semblançay, respectueux, s'inclina et lui remit l'argent contre reçu.

« Naturellement, nous dit Sauval [76], ce que Mme d'Angoulême avait prévu arriva. Les troupes qui étaient dans le Milanais se débandèrent faute d'être payées de leur solde. »

Ainsi fut perdu le duché de Milan.

Le malheureux maréchal de Lautrec se rendit alors à Lyon où se trouvait pour l'heure François Ier fort mécontent, on le conçoit, des nouvelles qui lui parvenaient d'Italie.

Le roi lui fit un très mauvais accueil ; ce dont se plaignit Lautrec.

— Pourquoi donc me faites ce mauvaise visage, sire ?

— J'en ai grande occasion, dit le roi, sèchement, pour ce que vous m'avez perdu mon duché de Milan.

Alors, nous dit Martin du Bellay, lieutenant général de François Ier [77], « le seigneur de Lautrec luy fit réponse que c'étoit Sa Majesté qui l'avoit perdu, non luy ; et que par plusieurs fois il l'avoit adverty que s'il n'étoit secouru d'argent, il connaissoit qu'il n'y avoit plus d'ordre d'arrêter la gendarmerie, laquelle avoit servi dix-huit mois sans toucher deniers ».

— Je vous ai envoyé 400 000 écus, répliqua le roi.

— Jamais n'ai reçu cette somme, répondit Lautrec.

Alors on appela Semblançay, qui reconnu avoir reçu l'ordre d'expédier les 400 000 écus au maréchal, « mais qu'étant ladite somme prête à envoyer, Madame la Régente mère de Sa Majesté, avoit pris ladite somme de 400 000 écus et qu'il en ferait foy sur-le-champ.

» Le roy alla en la chambre de ladite dame avec visage courroucé, se plaignant du tort qu'elle luy avoit fait d'être cause de la perte dudit duché ; chose qu'il n'eût jamais estimé d'elle, que d'avoir retenu ses deniers qui avoient été ordonnés pour le secours de son armée. Elle s'excusa dudit fait et fut mandé ledit seigneur de Semblançay, qui maintint son dire être vray ; mais elle dit que c'étoit deniers que ledit seigneur de Semblançay lui avoit de longtemps gardés, procédant de l'épargne qu'elle avoit faite de son revenu ; et luy soutenoit le contraire. Sur ce différend, furent ordonnés commissaires pour décider cette dispute... »

Alors un dicton courut bientôt les rues de Paris :

« Milan a fait Meuillan et Châteaubriant a défait et perdu Milan [78]. »

Mais Mme de Châteaubriant défendit son frère avec tant d'acharnement que le roi l'écouta et rendit sa confiance à Lautrec. Louise de Savoie avait fait perdre le Milanais pour rien...

76. Sauval, *Galanteries des rois de France,* 1738.
77. Martin du Bellay, *Mémoires,* livre II, 1522.
78. Avec l'argent amassé lorsqu'il était gouverneur de Milan, M. de Chaumont avait fait construire le fastueux château de Meuillan, en Bourbonnais.

Furieuse, elle parvint alors à faire voler au surintendant les quittances qu'elle lui avait remises, et le procès de Semblançay commença.

Il dura trois ans. Et, en 1524, Louise de Savoie, qui n'avait pas réussi à rendre responsable Mme de Châteaubriant de la perte du Milanais, se vengea sur le malheureux trésorier en le faisant pendre à Montfaucon sous l'inculpation de péculat et de malversation.

Semblançay, qui était âgé de soixante et onze ans, fut mené au gibet sur une mule. Il garda jusqu'au bout une si noble contenance que Clément Marot put composer sa fameuse épigramme :

Lorsque Maillard, juge d'enfer, menoit
A Montfaucon, Semblançay, l'âme rendre,
A votre avis lequel des deux tenoit
Meilleur maintien ? Pour vous le faire entendre
Maillard sembloit l'homme que mort va prendre,
Et Semblançay fut si ferme vieillard
Que l'on croyait pour vray qu'il menait pendre
A Montfaucon, le lieutenant Maillard...

13

En luttant contre son amant, Louise de Savoie cause le désastre de Pavie et la captivité du roi

Les femmes ne sont que douceur, amour et bénédiction.

MICHELET

Les mauvais sentiments qu'éprouvait Louise de Savoie à l'égard de Mme de Châteaubriant faisaient sourire les familiers de la Cour.

— Ce n'est poinct pour ce que la favorite du roy festoie et dépense moultement que Mme d'Angoulême la déprise, disait-on, mais bien plutôt pour ce qu'elle est jalouse en voyant une femme qui a su trouver un beau flageolet...

La mère du roi, en effet, était animée par un besoin d'amour qui la démangeait sans cesse et la poussait à commettre d'imprudentes gamineries avec le premier venu. Elle ne pouvait voir un homme paraître à la Cour sans le considérer d'un œil un peu trop affectueux.

Un tel comportement l'avait conduite, nous dit un prude historien, « à entrer dans son lit avec des messieurs différents [79] ».

Aussi, dans l'entourage du roi, ne se gênait-on pas pour appeler Mme d'Angoulême : tireuse de vinaigre, redresseuse de flûte, pèlerine de Vénus ou blanchisseuse de tuyaux de pipe, ce qui était des sobriquets regrettables pour une dame de sa condition.

Certains assuraient même que ses parents étaient responsables de

79. F. THOMAS, *Louise de Savoie et la Cour de François Ier*, 1892.

son penchant pour le duo sans musique, disant qu'ils l'avaient habituée à porter des talons trop courts, « ce qui étoit cause qu'à toutes rencontres d'hommes, elle étoit sujette et facile de tomber à la renverse »...

Bref, on ne tenait pas la mère du roi pour une femme sérieuse.

Or, parmi tous les amants de Louise, il en était un qu'elle préférait et avec qui elle eût désiré se remarier.

C'était Charles de Montpensier, duc de Bourbon, qui avait douze ans de moins qu'elle et qui était beau comme un jeune dieu.

Elle l'avait connu en 1506 aux fiançailles de son fils avec Claude de France. Charles avait alors seize ans, il portait une armure blanche et elle en était immédiatement tombée amoureuse.

A la fin du repas, elle avait fait valoir au jeune homme que son fils, héritier présomptif de la couronne, serait un jour prochain roi de France et qu'elle saurait alors se souvenir de ses amis...

— François m'adore, avait-elle dit, il fera toujours ce que je voudrai, et l'on a vu de très jeunes connétables...

Charles, qui n'était point sot, avait parfaitement compris ce qu'on attendait de sa vigueur et de sa bonne volonté, et, bien qu'il fût marié avec la plus riche héritière du royaume, Suzanne de Bourbon, fille d'Anne de Beaujeu, il était devenu, quelques jours plus tard, l'amant de Louise.

La chose ne lui avait d'ailleurs point paru désagréable attendu que Mme d'Angoulême, qui était âgée de vingt-huit ans, avait une fort bonne contenance, « les fesses rondes, les tétins hauts et la jambe bien faite »...

Les amours de Charles et de Louise furent bientôt devinées par toute la Cour. Mme d'Angoulême avait, en effet, une façon de frémir des narines en regardant le jeune homme qui en disait long, même aux plus candides.

Toutefois, comme il était prudent de ne point montrer qu'on avait compris trop de choses, on n'en parlait qu'à mots couverts, et d'un air humble :

— Que pensez-vous de M. de Bourbon ? demandait-on.

— Je crois que Mme d'Angoulême lui a donné sa friandise, avait-on coutume de répondre en baissant les yeux.

Car le XVIe siècle avait conservé du Moyen Age cette saine façon de s'exprimer qui empêche la naissance des complexes [80].

En 1515, François monta sur le trône et Louise se souvint de ses promesses : le premier acte d'autorité du nouveau roi fut de remettre l'épée de connétable de France à Charles de Bourbon...

Celui-ci trouva, d'ailleurs, qu'on lui devait bien cela, n'ayant dû tromper sa femme, pendant neuf ans, qu'avec Mme d'Angoulême.

Toutefois, il lui sembla nécessaire de se montrer reconnaissant, et

80. MICHELET est moins cru. Il écrit : « Maladive mais belle encore, passionnée, violente et sensuelle, elle avait fait trêve aux galanteries ; elle avait un amour. »

pendant quelque temps il dépensa dans la chambre de Louise de Savoie des forces qu'il eût dû réserver aux devoirs de sa charge.

Louise se méprit et crut qu'il s'agissait d'un véritable amour. Ivre de joie, elle fit des projets d'avenir, rêva de remariage et se persuada que la femme de Charles, qui était chétive et souffreteuse, allait mourir jeune — ce qui la rendit heureuse. Et elle attendit, imaginant le moment où son bien-aimé entrerait dans sa chambre et lui dirait avec un éclair de joie dans les yeux :

— Je suis veuf !

Dans l'espoir de ce beau jour, elle combla le jeune connétable de faveurs et de gentillesse. Elle lui offrit une bague, un oranger et une épée sertie de pierres précieuses. Sur cette épée Charles fit graver deux devises qui, probablement, n'ont que peu de rapport avec le métier des armes : « Penetrabit » (elle entrera) et « A toujours... mais... ». Phrases qui résument si bien l'attitude du connétable avec Mme d'Angoulême qu'il est inutile de leur chercher une autre signification.

Ces petits jeux amoureux durèrent jusqu'au 28 avril 1521. A cette date, Suzanne de Bourbon mourut pour la plus grande satisfaction de Louise de Savoie, qui remercia le ciel d'avoir exaucé ses secrètes prières.

Aussitôt, elle se précipita chez son amant et lui demanda quand il comptait l'épouser.

Charles fit la moue, prétexta des affaires urgentes : l'enterrement de sa femme, ses obligations de connétable, etc., et déclara qu'on verrait cela plus tard. Mais Louise revint à la charge une fois, deux fois, dix fois... lui rappelant ses promesses d'homme marié et la bague qu'elle lui avait donnée en signe d'alliance.

Finalement, Charles, exaspéré, répondit calmement à la mère du roi qu'il ne voulait pas l'épouser.

Louise eut une syncope.

Reprenant ses sens, elle alla trouver le roi et lui déclara qu'il y avait lieu de se méfier du duc de Bourbon dont les sentiments lui semblaient bien changeants. François Ier eut alors la faiblesse d'écouter sa mère et promit de tenir désormais le connétable un peu à l'écart.

Cela ne suffisait pas à Mme d'Angoulême dont le dépit amoureux tournait la tête. Folle de rage, elle chercha à perdre par tous les moyens le jeune homme qui s'était si bien joué d'elle.

Elle trouva une première vengeance en septembre 1521 au camp de Mézières : Charles de Bourbon y fut privé, sans explications, des honneurs qui étaient dus à la dignité de connétable de France.

La conduite de l'avant-garde, qui était une de ses prérogatives, fut donnée au duc d'Alençon, beau-frère du roi.

« Le connétable, nous dit Varillas, fut autant piqué de ce qu'on faisait faire par un autre le plus beau de sa charge que si on lui eût ôté l'épée. Et ce fut dans les premiers transports de son ressentiment qu'il lui échappa des paroles qui donnaient atteinte à l'honneur de la duchesse d'Angoulême. Tant de personnes les ouïrent que la duchesse en fut incontinent avertie et, comme elle se vantait d'avoir vécu une grande continence quoiqu'elle fût demeurée veuve à dix-sept ans, elle ne put apprendre que celui qu'elle aimait le plus lui imputait le vice contraire, sans employer tous les moyens que la raison et la vengeance lui inspirèrent pour le haïr [81] ».

Comme le dit Dreux du Radier : « Une femme qui ne se souvient pas avec plaisir des avances qu'elle a faites ne se les rappelle qu'avec désespoir... [82] »

Dès lors, Louise de Savoie mena contre le connétable une lutte farouche qui étonna toutes les cours d'Europe. On chercha bien à expliquer la hargne de Mme d'Angoulême par de bonnes raisons, mais personne ne fut dupe et le roi d'Angleterre s'écria : « Il y a un malcontentement entre le roy François et ledict de Bourbon, sinon à cause qu'il n'a voulu espouser Madame la régente qui l'ayme fort. »

Or cette guerre à mort d'une maîtresse évincée contre son amant allait avoir de funestes conséquences, puisqu'elle allait conduire la France au désastre de Pavie, et François Ier dans les prisons de Madrid...

A la fin de l'année 1521, Louise de Savoie, qui ne cessait de penser à ses espoirs déçus, sentit monter en elle une nouvelle bouffée de haine et rechercha une vengeance qui lui permît d'écraser définitivement Bourbon. La connaissance profonde de son amant l'aida à trouver aisément. Elle savait que ce jeune ambitieux aimait l'argent, les châteaux, les domaines ; elle résolut de lui retirer tout cela en lui faisant, avec toutes les apparences de la légalité, le plus injuste des procès.

Qu'on ne m'accuse pas de faire jouer en tous lieux et en toute occasion un rôle déterminant à l'amour. Voici ce que nous dit Michelet à propos de cette affaire qui aura les plus graves, les plus tragiques répercussions sur le cours de notre Histoire : « Louise de Savoie, qui avait voulu se marier au connétable et qui en avait éprouvé un refus, voulut le ruiner, ne pouvant l'épouser. »

Quel prétexte prit donc la mère du roi pour engager ce procès à son ingrat amant ? La succession de Suzanne de Bourbon, épouse de Charles.

La jeune femme, avant de mourir, avait rédigé un testament qui faisait son mari légataire universel. Or les biens que Charles possédait du chef de Suzanne étaient fort importants puisqu'ils comprenaient le Bourbonnais, le Forez, le Beaujolais, l'Auvergne et la Marche. Louise de Savoie, qui n'avait pas eu l'homme, voulut avoir les provinces et se prétendit héritière de Suzanne de Bourbon. Prétention qui n'était pas tout à fait sans fondement puisque Mme d'Angoulême se trouvait être, par sa mère, la cousine germaine de la connétable. Toutefois, le fait

81. Varillas, *Histoire de François Ier*, 1685.
82. Dreux du Radier, *Mémoires historiques des reines de France*, 1775.

que celle-ci ait légué l'ensemble de ses biens à son mari retirait à Louise tout droit à la succession. Elle le savait fort bien ; aussi n'essaya-t-elle pas d'attaquer le testament sur ce point. Extrêmement rouée, la mère du roi prit un air noble, alla trouver son fils et lui dit :

— Le testament de Mme de Bourbon est inacceptable, car il lègue au connétable des biens et des provinces qui doivent revenir à la couronne de France.

Et, comme François Ier ne semblait pas être au courant, elle ajouta :

— Par une clause signée en 1400 par Charles VI et renouvelée par Louis XI dans le contrat de mariage d'Anne de France et de Pierre de Beaujeu, seigneur de Bourbon, tous les biens des Bourbons doivent revenir à la couronne en cas de mort sans héritier mâle. Or Suzanne n'a pas eu d'enfant du tout...

L'affaire semblait donc simple et les prétentions de Louise de Savoie parfaitement justifiées. François Ier remercia sa mère de l'avoir instruit de ces détails et lui promit de faire mettre sous séquestre immédiatement tous les biens du connétable.

— Après quoi, nous engagerons le procès, dit-il.

C'est tout ce que désirait Mme d'Angoulême. Ravie, elle se retira « dans ses appartements, où un garde du palais, qui remplaçait depuis peu — et très avantageusement — le connétable de Bourbon, ne tarda pas à venir la rejoindre ».

Le roi, fort de son droit, donna, sans attendre, l'ordre de se saisir des châteaux appartenant à Charles de Bourbon et s'en fut retrouver Mme de Châteaubriant, en pensant qu'il était bien facile parfois d'arrondir le domaine national.

Le pauvre ignorait que sa mère ne lui avait dit qu'une part de la vérité ; car, si la clause dont s'était servie Louise pour engager le procès existait bien dans une ordonnance de Charles VI, elle avait été, depuis, annulée par Charles VIII et par Louis XII. Par conséquent, le testament de Suzanne de Bourbon était parfaitement valable.

La mise sous séquestre des biens du connétable de France causa une immense émotion. Une fois de plus, Louise de Savoie fut accusée par les cours d'Europe de se venger bassement du refus que lui avait opposé son amant.

— Ceci n'est poinct digne de la mère d'un roi de France, disait-on.

A la Cour, on ne jasa pas tout de suite. Il faut dire qu'on y était pour lors fort occupé à commenter une aventure assez curieuse arrivée à Mme de Croissy-Valin au cours d'un déplacement du roi.

Cette dame, qui appartenait à la suite de la reine, était d'un naturel peu farouche qui l'avait placée déjà maintes fois dans des situations assez scabreuses.

Mais ce qui lui était arrivé sur le bord de la route de Fontainebleau dépassait de loin tout ce qu'elle avait pu connaître.

La Cour s'était arrêtée dans la forêt pour y déjeuner sur l'herbe, autour de François Ier qui aimait beaucoup ces repas champêtres, préludes de parties galantes dont les hautes fougères étaient le théâtre...

On avait extrait des chariots nappes brodées, vaisselles d'or, aiguières pleines de vin de Touraine, poulets froids, rôtis, tartes, raisins de Moret, et tout le monde s'était mis à table auprès du jeune souverain et de Mme de Châteaubriant. (La reine, enceinte comme toujours, était restée au château.)

François Ier donnant l'exemple, tous les jeunes seigneurs et toutes les jolies dames de la Cour se tenaient on ne peut plus mal...

Couchés dans l'herbe, ils se faisaient des caresses que l'on tolère d'habitude seulement entre les repas.

Et encore, pas tous les jours...

Au bout d'un moment, ces petits jeux agacèrent l'assemblée et, sans attendre le dessert, quelques couples se dispersèrent sous les arbres avec un air hagard qui en disait long sur leurs secrètes intentions.

C'est à ce moment que Mme de Croissy-Valin, dont la robe et le corsage étaient fort fripés, fut entraînée par un ami du roi, le comte de Dormelles, vers un épais taillis. Hélas ! les deux amants s'aperçurent avec regret que l'endroit qu'ils avaient choisi pour se prouver mutuellement leurs bons sentiments n'était plus libre. D'autres convives les y avaient précédés. Ils marchèrent alors vers un arbuste dont les branches recourbées formaient comme une chambre de feuillage. Mais ils durent s'en éloigner pudiquement, car un couple qui paraissait « animé par des sentiments plus vifs que ceux de l'estime » l'occupait déjà.

Finalement, Mme de Croissy-Valin et son soupirant, ayant cherché, en vain, un endroit capable d'abriter pendant quelques instants « leurs natures enflammées », revinrent vers la route où se trouvaient arrêtés les chariots.

— Allons là-dessous, dit le comte de Dormelles.

Et Mme de Croissy-Valin, retroussant sa robe, se glissa à quatre pattes sous la voiture.

Deux minutes après, les deux amoureux dansaient entre l'herbe et les essieux la plus vieille danse du monde... Las ! l'endroit était si tranquille que Mme de Croissy-Valin oublia qu'elle ne se trouvait point dans une chambre close ; et, lorsque le comte de Dormelles termina avec art la besogne qu'il avait joliment commencée, elle exprima sa satisfaction par un grand cri qui apeura les chevaux. Ignorant ce qui se passait sous la voiture à laquelle ils étaient attelés, les braves animaux se crurent en danger et prirent le galop, laissant à découvert, sur le bord du chemin, M. de Dormelles et Mme de Croissy-Valin, fort piteux d'être vus en aussi galante posture. Toute la Cour, en effet, s'était levée de table en entendant les hennissements des chevaux emballés [83].

Le roi s'amusa beaucoup de cette mésaventure, et son entourage s'en divertit pendant des semaines. Cela fit oublier un peu le procès du connétable de Bourbon...

Au bout de onze mois de procédure inique, Charles, poursuivi par

83. Pierre de Vivet, *Le XVIe siècle galant*.

Louise de Savoie dont la haine ne faiblissait pas, fut dépouillé de ses biens[84].

Ruiné, poursuivi, chassé de ses châteaux, menacé d'arrestation, le connétable de Bourbon ne vit qu'une issue : passer à l'ennemi. A la fin de décembre 1523, il quitta la France au galop de son meilleur cheval et courut en direction des armées de Charles Quint. Louise de Savoie était responsable de ce qu'on a appelé plus tard « la trahison du connétable de Bourbon »...

Oui, responsable. Écoutons ce que nous dit Sauval : « L'amour de la comtesse d'Angoulême pour le connétable de Bourbon, et le dépit de voir ce prince n'y répondre point, la portèrent à de si grandes extrémités que ce prince, pour se délivrer de ses persécutions, fut contraint de se jeter entre les bras des Espagnols[85]. »

Charles Quint, ravi d'avoir à ses côtés l'un des héros de Marignan, nomma Charles généralissime de ses armées.

Quatorze mois plus tard, le 24 février, l'ex-connétable de France se trouvait à Pavie, face à François Ier. Il était à ce moment, de l'avis de tous ses contemporains, le général le plus fort d'Europe. Et c'est lui qui écrasa les armées du roi de France, où pourtant se trouvaient La Trémoille, Bonnivet et le fameux La Palisse...

Après une terrible bataille où, nous dit un témoin, « vous eussiez vu bras, têtes et jambes voler », François Ier, entouré soudain de cavaliers espagnols, fut pris et mené à Charles de Bourbon, mais François Ier refusa de lui remettre son épée, et c'est le général espagnol de Lannoy qui, fort respectueusement, le désarma.

Voyant le roi entre les mains de l'ennemi, Bonnivet, qui était sorti miraculeusement sauf des combats qu'il avait livrés, fut accablé.

— Ah ! dit-il à un serviteur qui se trouvait à ses côtés, je ne saurais survivre à cette grande destruction pour tout le bien du monde. Il faut aller périr dans la mêlée.

Jetant alors son heaume pour être sûr d'être tué, il courut « opposer sa gorge aux épées », et tomba mort. Quelques instants plus tard, son corps était à demi écrasé par les sabots des chevaux...

Dix mille cadavres de soldats français jonchaient la prairie, les plus grands capitaines du royaume : La Trémoille, Louis d'Ars, Lescurs, le bâtard de Savoie, l'amiral, avaient trouvé la mort, et le roi était pris...

Le déséquilibre endocrinien de Louise de Savoie était responsable d'un désastre militaire tel que la France n'en avait pas connu depuis la bataille de Poitiers.

84. Blaise de Saint-Amand, *Louise de Savoie et le connétable de Bourbon*.
85. Sauval, *op. cit.*

14

François Ier doit sa liberté à l'amour d'Éléonore

Sans la sœur de Charles Quint, François Ier
serait peut-être mort dans sa prison de Madrid.

LEROUX DE LINCY

Conduit fort courtoisement sous la tente de Charles de Bourbon, François Ier fut pansé. Puis il s'installa devant une petite table et écrivit à sa mère non pas la phrase fameuse : « Madame, tout est perdu fors l'honneur », qui fut inventée au XVIIIe siècle[86], mais une lettre tendre et humble :

Madame,

Pour vous advertir comme se porte le ressort de mon infortune, de toute chose ne m'est demeuré que l'honneur et la vie sauve, *et pour ce que mes nouvelles vous seront quelque peu de réconfort, j'ay prié qu'on me laissast vous escrire. Cette grâce m'a esté accordée, vous priant vouloir prendre l'extrémité de voz fins, en usant de votre accoustumée prudence ; car j'ay espérance à la fin que Dieu ne m'abandonnera point. Vous recommandant vos petits enfants et les miens, vous suppliant faire donner sûr passage pour aller et retourner en Espagne au porteur, qui va vers l'empereur pour sçavoir comment il veut que je sois traicté. Et sur ce, très humblement me recommande en vostre bonne grâce.*

Très humble et obéissant filz,

FRANÇOIS.

Cette lettre, lorsqu'elle arriva à Lyon où se trouvait alors Louise de Savoie, causa l'émotion que l'on devine.

Les belles amies du roi commencèrent par éclater en sanglots, puis elles séchèrent vite leurs larmes pour épier les réactions de deux femmes qui se trouvaient brusquement face à face : Mme d'Angoulême, que François Ier avait nommée régente avant de partir pour l'Italie, et Mme de Châteaubriant.

Celle-ci, privée de l'appui du roi, comprit qu'elle avait tout à craindre en restant à la Cour et, après une respectueuse révérence, elle annonça à la régente son intention d'aller retrouver son mari à Châteaubriant...

Le lendemain, escortée de quatre cavaliers, elle quitta Lyon en litière, et huit jours plus tard elle était en Bretagne où Jean de Laval, époux vraiment singulier, l'accueillait à bras ouverts.

Louise de Savoie se félicita de cette première victoire qui lui faisait bien augurer de l'avenir. Mais elle était moins heureuse des bruits qui couraient le royaume. En effet, sa présence à la tête de l'État n'était

86. Par le Père Daniel, historien (1649-1728).

pas sans effrayer le menu peuple qui ne se cachait pas pour l'accuser clairement d'être responsable du désastre de Pavie et de la captivité du roi.

— C'est à cause de son amour pour le connétable, disait-on, que notre gentil sire est prisonnier des Espagnols, et aussi que nos frères et nos maris sont morts à Pavie.

Et, devant le tort qu'avait causé à l'État « certaines faiblesses attachées à son sexe », les plus hardis ne craignaient pas de dire hautement que « Mme d'Angoulême n'était qu'une putain ».

Ces propos désobligeants et ces accusations ne couraient pas seulement dans le peuple. « Il n'y avait personne à la Cour qui n'imputât la source de ces maux à la comtesse d'Angoulême », dit Dreux du Radier [87].

Tandis que Louise de Savoie commençait ainsi sa régence, François Ier était conduit en Espagne, où Charles Quint avait décidé de le garder.

Aussitôt, les Espagnoles, qui connaissaient la réputation du roi de France, furent comme saisies d'une espèce de folie amoureuse. Lorsqu'il arriva à Valence, on n'eût pas cru un prisonnier, mais plutôt un vainqueur, tellement la population féminine l'acclama. On organisa même des spectacles en son honneur, où des danseuses s'appliquèrent à être lascives, à tout hasard.

Au cours d'une de ces fêtes, le roi dansa avec la très jolie femme d'un seigneur de Valence. Celle-ci, tout en mettant un pied devant l'autre, au rythme lent d'une suave musique, se montra douce, disponible et si caressante que, lorsque la danse fut terminée, on entendit François Ier lui dire gaillardement :

— Madame, vous m'avez fait tant d'honneur gracieux que je ne sais comment le récompenser. Toutefois, me trouverez à votre commandement.

Cette façon de dire en public : « Madame, quand vous voudrez ; j'entre dans votre lit au moindre signe de vous », fit une grande impression sur l'assistance, et la dame fut jalousée.

Mais le roi de France suscita des passions plus pures. La fille du duc de l'Infantado, la belle Xiména, ressentit pour l'illustre prisonnier un amour si passionné que lorsqu'il se remaria en 1526, elle quitta le siècle et alla s'enfermer dans un couvent.

Un tel enthousiasme, de telles démonstrations de sympathie finirent par agacer Charles Quint, qui fit emprisonner François Ier dans la plus grosse tour d'enceinte de Madrid [88].

Finie la captivité dorée et chevaleresque ! Le roi de France se retrouva dans une cellule dont la fenêtre était garnie d'énormes barreaux de fer. En outre, comme le dit le duc de Lévis-Mirepoix : « des rondes, non plus formées par des danseurs, mais par des hommes d'armes, cernaient le pied des murailles ». Alors les belles Madrilènes imaginèrent

87. Dreux du Radier, *op. cit.*

88. Plus tard, il fut transféré au sommet du donjon de l'Alcazar, ancien palais impérial qui devait brûler en 1734.

le prisonnier les fers aux pieds. Et sa popularité s'en trouva accrue. Cette incarcération fut même à l'origine d'une passion à laquelle il dut sa liberté.

La dame qui prit pitié de lui s'appelait Éléonore d'Autriche ; elle avait vingt-six ans. C'était la propre sœur de Charles Quint.

Veuve du roi du Portugal, elle avait été promise, par son frère, au connétable de Bourbon, mais s'était élevée avec véhémence contre un tel projet :

— Jamais, avait-elle dit, je n'épouserai le traître qui a causé la ruine du roi François.

Et Charles Quint avait soupçonné sa sœur de nourrir des sentiments peu orthodoxes à l'égard de son prisonnier. Il n'avait pas tort, car Éléonore, ne pouvant plus souffrir que l'objet de sa passion fût enfermé dans une tour, alla jusqu'à écrire à Louise de Savoie : *Ah ! madame, s'il estoit en mon pouvoir de délivrer le roy...*

Cette phrase donna l'idée à la régente d'un projet de paix assez original : François céderait la Bourgogne à Charles Quint, pour que l'orgueil de l'empereur fût satisfait ; mais Éléonore recevrait cette province en dot et la rendrait au roi de France *en l'épousant...*

François Ier, en effet, était veuf depuis un an. (La douce reine Claude s'était éteinte à vingt-cinq ans, après être passée quasi inaperçue dans l'histoire de notre pays. Elle serait d'ailleurs aujourd'hui complètement oubliée si l'explorateur Pierre Belon, qui avait parcouru l'Orient et rapporté de ses voyages de nombreux arbres à fruits, n'avait eu l'idée charmante de donner son nom à une prune...)

Marguerite d'Angoulême, sœur de François Ier, alla elle-même en Espagne proposer le marché de paix à Charles Quint qui le refusa, naturellement.

Il répondit en posant ses conditions : « Le roi de France devait abandonner la Bourgogne, Auxonne, Mâcon, Auxerre, Bar-sur-Seine, les bords de la Somme, Tournai, les Flandres, l'Artois. Il renoncerait en outre à tous ses droits sur Milan et Naples et à ses prétentions sur l'Aragon. Enfin il abandonnerait Henri d'Albret, roi de Navarre, Robert de la Marche et d'autres encore à la justice de l'empereur, et il amnistierait le connétable de Bourbon ».

En recevant la liste de ces extravagantes exigences, François Ier se contenta d'écrire à Charles Quint :

Monsieur mon frère,

Connaissant que, plus honnêtement, vous ne me pouvez dire que vous me voulez toujours tenir prisonnier que de me demander chose impossible de ma part, je me suis résolu prendre la prison en gré, sûr que Dieu, qui connaît que je ne l'ai mérité longue, étant prisonnier de bonne guerre, me donnera la force de la porter patiemment...

Votre bon frère et ami,

FRANÇOIS.

Cette belle réponse ne changea rien à l'épouvantable situation où l'amour contrarié de Louise de Savoie avait placé le royaume ; car si le roi n'acceptait pas la rançon qui était exigée par Charles quint, il risquait de demeurer dans sa cellule de Madrid jusqu'à la fin de ses jours.

En attendant que les événements voulussent bien améliorer son sort, François Ier passait son temps à composer des poèmes.

Il écrivait des vers moroses à Mme de Châteaubriant, qui lui répondait des lettres passionnées, que son mari « acceptait de ne point voir »...

L'esprit est à toi. Pour le corps, pourriture
Quand, de te voir, j'ai perdu l'espérance

écrivait le roi.

« Puisque la rigueur du temps n'a pas voulu souffrir votre tant de moi désiré retour, il faut que cette inutile lettre fasse l'office de vous remercier de tant de biens et de grâces... » répondait la favorite qui signait joliment : « Votre tant qu'il vous plaira l'aimer, heureuse amie... [89] »

Pendant que le roi, superbement indifférent aux incommodités de la prison [90], marivaudait ainsi, sa sœur Marguerite avait, avec l'empereur, des conversations pleines de chausse-trapes dont elle sortait découragée.

Le souci que lui causait la captivité de François faillit d'ailleurs la faire tomber dans un piège préparé par Charles Quint. Elle avait obtenu, pour venir en Espagne, un sauf-conduit d'une durée de trois mois. Or ces trois mois étaient presque arrivés à leur terme et elle ne semblait pas s'en apercevoir. Distraction qui pouvait permettre à l'empereur de la retenir prisonnière.

Heureusement, le connétable de Bourbon, qui avait naguère aimé Marguerite, ne put se résoudre à la voir condamnée à une dure captivité.

Après beaucoup d'hésitation, il envoya un mot secret à François pour lui faire savoir que, si la princesse n'avait pas quitté l'Espagne avant la fin de décembre, l'empereur la ferait certainement jeter en prison...

Marguerite partit immédiatement, navrée d'abandonner son frère, mais certaine qu'Éléonore parviendrait à fléchir Charles Quint...

L'amour venait, encore une fois, de faire dévier le cours de l'Histoire...

Marguerite avait raison d'avoir confiance en Éléonore. Le désir qu'avait celle-ci d'épouser François était si grand qu'elle parvint

89. On possède dix-sept admirables lettres d'amour de Françoise à François. Bibl. Nat. ancien fonds Baluze 7688 : ms. fr. 6622.

90. Bien qu'il y soit tombé gravement malade.

finalement à obtenir que l'empereur adoucisse ses conditions et accepte l'idée du mariage projeté par Louise de Savoie.

Alors Éléonore et François, qui, jusque-là, communiquaient « par gentilshommes sages et secrets qui bien savaient faire les ambassades en toute discrétion », furent autorisés à se rencontrer. Le roi prisonnier, sous bonne garde, fut conduit dans les appartements de sa fiancée. Lorsqu'elle vit celui qu'elle aimait depuis si longtemps sans le connaître, Éléonore fut prise d'un grand trouble qui l'empêcha de parler. Elle voulut baiser la main de François, mais celui-ci la releva.

— Ce n'est pas la main que je voudrois, dit le roi, en connaisseur, c'est la bouche.

Et, la relevant, il l'embrassa d'une façon que certains trouvèrent bien impudique pour une première fois.

Alors, nous dit un historien du temps, « ils mangèrent des confitures et se lavèrent les mains d'eau odoriférante, sentant comme baume à la coutume des princes ».

Les derniers jours de la captivité du roi de France furent illuminés par ces rencontres.

Et le 15 mars 1526, un an et vingt-deux jours après Pavie, François Ier rentrait en France, après avoir signé le traité de Madrid qui lui prenait une partie de son royaume (la Bourgogne, la Flandre et l'Artois), mais qui lui donnait une charmante fiancée...

15

François Ier paralysé par deux favorites

La polygamie est la mère de l'esclavage.

PORTALIS

Charles Quint avait exigé, en attendant l'exécution du traité de Madrid, que les fils de François Ier lui fussent remis en otages. L'échange s'était déroulé à la frontière, et le roi de France avait à peine eu le temps d'embrasser les deux petits princes, âgés de sept et huit ans, qui s'en allaient, tremblants de peur, vers une prison espagnole.

Il s'en était fort affligé, car, ainsi que nous le dit un historien en termes savoureux : « Par suite d'une amabilité de la nature, l'amour des siens se montre aussi vif chez les grands que chez les hommes du commun... »

Pourtant, dès qu'il s'était senti libre, les pieds foulant la terre de son royaume, François Ier avait oublié son chagrin. Sautant sur un cheval, il s'était écrié joyeusement :

— Je suis encore roi !

Puis il était parti en direction de Bayonne, où la régente et sa Cour l'attendaient.

L'après-midi, il entrait dans la ville en fête. Louise de Savoie, pour mieux l'accueillir, avait réuni autour d'elle un essaim de jolies filles qui frétillaient de l'as de pique dans l'espoir que ce mouvement attirerait le regard du roi.

François Ier, après avoir embrassé sa mère, les considéra toutes d'un œil gourmand. Soudain, sa pupille sembla se dilater. Il venait de reconnaître une jeune personne blonde qu'il avait remarquée avant de partir se battre à Pavie. Elle se prénommait Anne et était la fille de Guillaume de Pisseleu, seigneur de Heilly et capitaine de mille hommes de pied de la région de Picardie.

François Ier la regarda en souriant. Il se souvenait d'une adolescente un peu acide dont il avait soupesé quelquefois les charmes naissants d'une main experte, ainsi qu'il avait coutume de le faire aux filles d'honneur de sa mère, et il restait ébahi de la transformation. En un an et demi, Anne de Pisseleu s'était épanouie, et il ne lui manquait plus rien pour faire le bonheur d'un honnête homme.

« Qu'on se figure, nous dit Dreux du Radier, une jeune personne d'environ dix-sept à dix-huit ans, parfaitement bien faite, qui joignoit à l'éclat de la jeunesse celui du plus beau teint, des yeux vifs pleins de feu qui annonçoient tout l'esprit imaginable, c'étoit mademoiselle de Heilly du côté de la figure. »

Et il ajoute : « Pour son esprit, il étoit non seulement agréable, fin et amusant, mais solide, étendu et sensible aux beautés des bons ouvrages. On lui a même donné dans la suite l'éloge de *la plus savante des belles et la plus belle des savantes...* [91] »

La rusée Mme d'Angoulême avait bien fait son choix. Car ce n'était pas par hasard que Mlle de Heilly se trouvait à Bayonne pour accueillir le jeune souverain. Louise, qui avait bien souvent fourni des maîtresses à son fils, pensait que cette jolie fille, dont elle connaissait l'esprit intrigant, parviendrait peut-être à évincer définitivement Mme de Châteaubriant.

Aussi, quand François s'approcha d'Anne et lui prit la main en murmurant une de ces aimables gaillardises dont il avait le secret, la régente comprit que son fils ne serait pas seul pour passer sa première nuit en France et que les affaires de la favorite n'allaient pas tarder, de ce fait, à péricliter [92].

Pendant ce temps, Françoise, confiante, faisait bâtir, en compagnie de son mari, un logis neuf à Châteaubriant. Le cœur battant à l'idée que François était enfin libre et qu'il allait sans doute lui envoyer un mot, un appel, elle faisait semblant d'être calme et de s'intéresser aux travaux des maçons.

Mais les jours passèrent sans rien apporter ; et, un matin, le bruit que toute la France, toute l'Europe déjà connaissait, et qui passionnait bien plus le peuple que les tractations de Louisc de Savoie avec

91. Dreux du Radier, *op. cit.*
92. Alphonse Thomas, *François Ier, sa cour galante, et quelques-unes de ses dames.*

l'Angleterre, parvint jusqu'au château de Françoise. Elle apprit ainsi que le roi avait une nouvelle maîtresse en titre...

Le lendemain, elle quittait son mari et partait pour Fontainebleau, froidement résolue à faire chasser par tous les moyens sa remplaçante.

François Ier l'accueillit fort gentiment. Il sembla même ravi de la revoir et profita d'un moment où Anne de Pisseleu se trouvait en promenade pour lui prouver sur un coffre « qu'il était toujours sensible à ses mérites... »

Françoise apprécia l'attention du roi et sut se montrer l'aimable partenaire qu'il aimait ; pourtant, lorsque tout fut rentré dans l'ordre, elle lui signifia nettement qu'elle n'était pas venue à Fontainebleau pour y batifoler à la sauvette entre deux portes, mais pour reprendre sa place...

— Vous aurez toujours la meilleure, madame, celle de la femme qu'on regrette ! dit le roi, voulant être aimable.

Or c'était précisément cette place-là dont ne voulait pas Mme de Châteaubriant...

Et une lutte à mort commença entre les deux favorites — ceci pour la plus grande joie de toute la Cour, qui comptait les points et savait apprécier les coups bas...

Ce duel dura des mois, et le roi, qui adorait Anne de Pisseleu, mais qui aimait encore Françoise, était bien ennuyé. Obligé sans cesse de réconforter l'une et de calmer l'autre, il n'avait plus le temps de s'occuper des affaires de l'État et s'en désolait. Alors que l'Europe entière avait les yeux fixés sur la France, il devait composer des petits vers pour apaiser à tour de rôle les deux harpies et les empêcher de mettre tout à feu et à sang.

Finalement, Charles Quint donnant des signes d'impatience, il laissa à sa mère le titre de régente et le soin de ne point respecter le traité de Madrid qu'il avait dû signer pour être libre...

Louise de Savoie s'acquitta d'ailleurs consciencieusement de cette tâche délicate. Tandis que François Ier épuisait toute sa diplomatie avec ses favorites, elle annonça à Charles Quint, éberlué, que la Bourgogne ne lui serait jamais donnée, et nouait une alliance avec Henry VIII d'Angleterre. Puis elle organisa la Sainte Ligue avec le pape, Milan, Venise et les Suisses, ce qui acheva de déconcerter l'empereur.

Furieux, celui-ci passa sa colère sur Charles de Bourbon. Le pauvre connétable, repoussé par tout le monde, chercha alors un suicide glorieux et s'en alla commettre une action extravagante : avec son armée, qui se transformait de jour en jour en une bande de pillards, il mit le siège devant Rome...

Il mourut sur un rempart pendant l'assaut, le 6 mai 1527, et ses hommes, fous de rage, se vengèrent en faisant régner la terreur sur la ville éternelle pendant huit jours[93]...

93. Benvenuto Cellini, qui était parmi les défenseurs de Rome, se vanta plus tard d'avoir tué le connétable.

La nouvelle de la mort de Charles de Bourbon, qu'elle avait tant aimé et tant haï, ne dut pas laisser indifférente Louise de Savoie. Elle n'en dit rien cependant. Il est permis toutefois de penser que son cœur battit un peu plus vite lorsqu'on vint lui apprendre que, sur le corps du connétable, on avait retrouvé la bague qu'elle lui avait donnée jadis...

En 1528, devant l'arrogance d'Anne de Pisseleu et l'inconstance du roi, Françoise, fort dépitée, retourna à Châteaubriant où son mari la reçut gentiment, comme d'habitude. Mais l'éloignement ne devait point lui permettre de trouver le calme qu'elle désirait. La hargne de la nouvelle favorite allait en effet la poursuivre jusqu'en Bretagne.

Un jour, Anne de Pisseleu demanda à François Ier de réclamer à Françoise les bijoux qu'il lui avait donnés. « Non pour le prix et la valeur, nous dit Brantôme qui nous conte l'histoire, car, pour lors, les perles et pierreries n'avoient pas la vogue qu'elles ont eu depuis, mais pour l'amour des belles devises qui estoient mises, engravées et empreintes, lesquelles la reine de Navarre, sa sœur, avoit faites et composées : car elle en estoit très bonne maîtresse. Le roy François lui accorda sa prière et luy promit qu'il le feroit : ce qu'il fit ; et, pour ce, ayant envoyé un gentilhomme vers elle pour les lui demander, elle fit la malade sur le coup et remit le gentilhomme dans trois jours à venir, et qu'il auroit ce qu'il demandoit. Cependant, de dépit, elle envoya quérir un orfèvre et luy fit fondre tous ces joyaux, sans avoir acceptation ni respect des belles devises qui y estoient engravées ; et après, le gentilhomme tourné, elle lui donna tous les joyaux convertis et contournés en lingots d'or.

» — Allez ! dit-elle, portez cela au roy et dites-luy que, puisqu'il luy a plu me révoquer ce qu'il m'avoit donné si libéralement, que je le luy rends et renvoie en lingots d'or. Pour quant aux devises, je les ay si bien empreintes et colloquées en ma pensée, et les y tiens si chères, que je n'ai pu permettre que personne en disposât, en jouît et en eût de plaisir que moi-même.

» Quand le roy eut reçu le tout, et lingots et propos de cette dame, il ne dit autre chose, sinon :

» — Retournez-luy le tout. Ce que j'en faisois, ce n'estoit pas pour la valeur, car je luy eusse rendu deux fois plus, mais pour l'amour des devises ; et, puisqu'elle les a faites ainsi perdre, je ne veux point de l'or, et le luy renvoie : elle a montré en cela plus de générosité, de courage, que je n'eusse pensé pouvoir provenir d'une femme... »

Le geste de Mme de Châteaubriant fut admiré par toute la Cour ; c'est elle qui, finalement, avait le beau rôle dans cette affaire, et Anne de Pisseleu en tomba malade de dépit.

Mais la nouvelle favorite eut bientôt sa revanche. Une revanche qui flatta son orgueil, amusa le peuple et scandalisa l'Europe...

16

La France et l'Angleterre unies grâce à une reine

Allons ! soyez continent !...
réponse d'une femme à un amoureux anglais

La guerre acharnée que se livraient Anne et Françoise pour avoir une place officielle dans le lit royal passionnait la Cour et le menu peuple qui en avait des échos par d'inévitables indiscrétions d'office.

On faisait des paris, on chansonnait les favorites, on s'amusait de l'ardeur qui les animait, et l'on finissait par oublier que la France était dans une situation dramatique, qu'une rançon énorme était due à Charles Quint et que deux petits princes innocents souffraient depuis trois ans dans une prison espagnole.

Car François et Henri, traités durement par l'empereur qui rageait de ne pas obtenir ce qu'il désirait, étaient fort malheureux, malgré les soins que parvenait à leur prodiguer en cachette Éléonore d'Autriche.

Et l'on raconte que Bordin, huissier de la régente, qui en 1529 avait pu pénétrer jusqu'à eux, « ne put retenir ses larmes en les voyant dans une chambre très obscure et nue, assis sur de petits sièges de pierre, près d'une fenêtre pratiquée dans une muraille épaisse de huit à dix pieds, garnie d'un double treillis de fer, tamisant avarement l'air et le jour. »

Éléonore, grâce à la complicité d'un gardien, venait de temps à autre visiter les petits princes et s'efforçait, par une chanson ou un conte, de les sortir de leur tristesse.

Elle y avait grand mérite, car son cœur à elle aussi était dolent. Seule, dans un lugubre château de Madrid, elle se répétait les galantes paroles de François, ses serments et ses jolis compliments.

Un soir, il lui avait dit :

— Dès que je serai libre, je vous épouserai, car vous êtes plus belle qu'un ibis.

Elle n'avait jamais vu d'ibis, mais s'était sentie flattée. Et puis il lui avait promis des lettres en vers, un rondeau sur ses mains et une chanson sur ses yeux ; or il y avait trente-six mois qu'il était rentré en France et elle attendait encore un mot de lui...

Son désespoir était d'autant plus grand qu'elle n'ignorait pas que le roi l'oubliait à longueur de nuits avec l'ardente Anne de Pisseleu. Les nouvelles de ce genre ont toujours circulé très vite, et la pauvre Éléonore connaissait par le détail toutes les mauvaises raisons qui empêchaient son « fiancé » de penser à elle...

Au début de l'été 1529, Louise de Savoie ayant signé avec Marguerite d'Autriche, à Cambrai — et non sans mal[94] — la fameuse Paix des Dames, on reparla du mariage de François Ier et d'Éléonore. Celle-ci fut folle de joie.

— Vous voyez bien qu'il m'aime, disait-elle à ses dames de compagnie.

La pauvre ne se doutait pas des raisons qui poussaient le roi de France à s'intéresser de nouveau à elle. L'amour ne jouait aucun rôle dans ce revirement ; l'attitude du roi n'était, en effet, dictée que par un sordide intérêt.

Il avait été décidé à Cambrai que les deux petits princes seraient rachetés moyennant une rançon de deux millions d'écus d'or, et François Ier, sachant que le Trésor était à sec, s'était demandé avec angoisse où il pourrait bien trouver une somme aussi considérable.

C'est alors que Louise de Savoie lui avait rappelé qu'il était fiancé à la sœur de Charles Quint et que celle-ci apportait en mariage une dot fort importante. Pour faire sortir de prison les deux petits princes, sans avoir à verser de rançon, il suffisait donc d'épouser Éléonore. François Ier, poète mais réaliste, s'y était résigné.

— La douce Éléonore sera mon épouse ! avait-il dit bien haut.

Mais, comme il avait cru bon d'accompagner cette phrase d'un clin d'œil à l'adresse d'Anne de Pisseleu, les familiers de la Cour s'étaient permis d'avoir quelques doutes sur la profondeur de ses sentiments...

L'annonce de la prochaine union de François et d'Éléonore déplut beaucoup à Henry VIII, qui avait offert en mariage au roi de France la princesse royale d'Angleterre, alors âgée de douze ans[95]. Mais, comme il était alors en conflit avec le pape à cause d'une femme, et qu'il avait besoin de l'appui de François Ier, il ne laissa pas apparaître sa colère.

Cette femme, grâce à qui la France et l'Angleterre allaient se trouver liées pendant quelque temps, s'appelait Anne Boleyn. Bien qu'Anglaise, elle avait été au service de la reine Claude, et François Ier s'était permis, disent certains auteurs, « de lui faire une petite politesse à l'endroit de son honneur...[96] »

94. « Elles cuidèrent se prendre au poil », écrit un contemporain. (Il est vrai que Marguerite d'Autriche avait toujours sur le cœur l'affront que lui avait fait Charles VIII en la répudiant.)

95. La future Marie Tudor.

96. Citons à ce propos ce que dit, dans un style direct et un peu étonnant pour un jésuite, le père Garasse : « Il échut que Henry VIII ayant, par malheur, fait divorce avec Catherine d'Autriche, pour l'amour qu'il portait à une prostituée qu'on appelait *la haquenée de France,* d'autant qu'elle avait couru et rôti le balai dans la cour du roi François Ier, et commencé dans Paris l'apprentissage de son iniquité, pour aller faire son chef-d'œuvre dans Londres ; ce prince, aveuglé de ses passions, se laissa transporter jusqu'à désirer la fille après la mère, comme toute l'histoire d'Angleterre dépose ; et étant en aveugle confusion de ses amours, il demanda à François Briand quel péché ce seroit d'épouser la fille après avoir épousé la mère, et s'il en devoit faire scrupule. Briand répondit en bouffonnant : « Que c'étoit le même péché que d'avoir mangé le poulet après avoir mangé la poule... »

En 1525, après Pavie, elle avait retraversé la Manche pour aller promener ses charmes à la Cour d'Angleterre [97].

Henry VIII, grand amateur de jolies filles, n'était pas resté indifférent à tant de « promesses rebondies » et avait essayé de suivre la voie où son ami François Ier s'était engagé en hardi pionnier. Mais les choses n'avaient point réussi comme il l'espérait. Anne Boleyn s'était montrée moins facile qu'il eût pu le croire.

Priée de se rendre dans la chambre du roi, elle avait refusé poliment.

Henry VIII était naïf. Il avait pensé que la demoiselle était pure, et il avait conçu pour elle un amour de collégien. En réalité, Anne Boleyn était rouée et ambitieuse. Le côté furtif de l'affaire qu'on lui proposait lui avait déplu ; elle voulait bien dormir dans la couche du roi d'Angleterre, mais avec la bénédiction de l'archevêque de Canterbury.

Alors, devant la résistance hautaine de l'ancienne demoiselle d'honneur de la reine Claude, Henry VIII avait envisagé d'en faire sa femme légitime, après avoir répudié la reine Catherine, son épouse.

Toutefois, en homme pratique et prudent, il n'avait pas voulu engager une procédure difficile avec le Vatican, sans être certain qu'Anne Boleyn avait bien toutes les qualités qu'il aimait trouver chez une femme. Et, renouvelant son attaque, il avait essayé de la séduire par des moyens éprouvés :

— Vous êtes unique au monde ! lui avait-il assuré sur le ton hypocrite qui lui permettait de réussir habituellement.

Anne, en souriant, s'était récriée :

— Oh ! non, sire ! J'ai une sœur qui a, paraît-il, toutes mes qualités et tous mes défauts.

Alors, Henry VIII ayant fait venir la sœur, Marie Boleyn, qui était une jeune personne à la cuisse légère, s'était livré sur elle à un petit essai qui lui avait paru fort satisfaisant. Et, aussitôt, il s'était adressé au pape pour lui présenter deux singulières pétitions : il demandait, d'une part, la permission d'avoir plusieurs femmes en même temps, *en considération de ses mérites exceptionnels dans la lutte contre le protestantisme,* et, d'autre part, une dispense de « l'empêchement d'affinité au premier degré » qu'il avait contracté à l'égard d'Anne Boleyn par suite de ses relations avec sa sœur.

Naturellement, Clément VII adressa une fin de non-recevoir au roi d'Angleterre.

Alors Wolsey, ministre de Henry VIII, qui connaissait la passion de son souverain pour Anne Boleyn, comprit que tout cela allait très mal tourner et dit au légat du pape :

— Attention, si le divorce n'est pas concédé, c'en est fait de l'autorité du siège apostolique dans ce royaume.

Affolé, le légat alla trouver la reine Catherine et tenta de la persuader d'entrer dans un couvent, lui montrant le mérite qu'elle aurait devant Dieu et les maux qu'elle épargnerait à tous. Mais la reine ne voulut

97. Ces charmes étaient d'ailleurs abondants s'il faut en croire certains historiens qui nous assurent qu'Anne Boleyn était pourvue de six seins...

rien entendre, protestant qu'elle « voulait vivre dans la vocation du mariage, dût-on la couper en morceaux ».

Tout le monde resta ainsi sur ses positions, pendant des mois. Puis la situation empira brusquement. Henry VIII et Clément VII, qui se chicanaient par l'intermédiaire d'ecclésiastiques roublards et ambitieux dont le but était de brouiller saintement les cartes, se considérèrent bientôt comme des ennemis. Il y eut même un échange de propos entre le pape et le roi qui eût gagné à être fait en latin...

C'est alors que François Ier, qui était toujours indulgent lorsqu'il s'agissait d'une affaire galante, et qui voyait avec joie le roi d'Angleterre se séparer de Catherine (laquelle était la propre sœur de Charles Quint), prit ouvertement le parti de Henry VIII.

Il envoya au Souverain Pontife la lettre suivante : *Votre Sainteté fera à mon frère Henry et à moi très singulière grâce et plaisir, remontrant bien à icelle que l'amitié entre nous est telle que j'estime les affaires de mon dit frère avec les miennes n'être qu'une même chose et que le tort et injure que l'on voudroit faire en cet endroit, je l'estimerai être fait à moi-même.*

Finalement, Henry VIII, poussé par l'évêque anglais Cranmer, excité par son ministre Thomas Cromwell, et encouragé par le roi de France, épousa secrètement Anne Boleyn (qui était enceinte) et se sépara du Vatican.

Un schisme naissait à cause d'une femme[98]...

Le roi d'Angleterre, sachant qu'il pouvait avoir besoin de l'appui de son « bon frère » François, ne protesta donc point, finalement, contre le mariage que celui-ci projetait avec Éléonore.

Il n'y avait plus qu'à préparer l'église, le festin et un bon lit.

A la fin de juin 1530, la sœur de Charles Quint quitta Madrid avec les petits princes français et se dirigea vers la France.

En apprenant que sa fiancée était en route, François Ier lui envoya un mot fort galant qui la fit se pâmer de bonheur : *A cette heure que nous partons pour sûrement nous approcher, me semble ne vous devoir céler ne m'être moins d'aise l'espérance de tôt vous voir, que la liberté de mes enfants.*

Le 1er juillet, deux barques se détachaient de la rive espagnole de la Bidassoa. Dans l'une se trouvait Éléonore, et dans l'autre « Messieurs les enfants de France ». Au même instant, de la rive française, un bateau contenant la rançon et les pièces du traité qui donnait à Charles Quint la Flandre, l'Artois et les possessions italiennes (il avait dû finalement renoncer à la Bourgogne) partait en direction de l'Espagne.

Au milieu du fleuve, un ponton avait été construit pour que l'échange pût s'effectuer sans incident.

Deux heures plus tard, Éléonore et les jeunes princes entraient à Saint-Jean-de-Luz, où le peuple les recevait triomphalement. Aussitôt

98. On sait que cette femme, qu'il avait eu tant de mal à épouser, Henry VIII la fit décapiter trois ans plus tard.

averti, le roi, acompagné de sa Cour, quitta Bordeaux et la rencontre des fiancés eut lieu à Mont-de-Marsan. François Ier n'avait pas cru devoir écarter sa maîtresse de cette petite fête de famille, et Anne de Pisseleu put constater en voyant la douce Éléonore que la nouvelle reine ne serait jamais pour elle une rivale bien dangereuse...

François et Henri embrassèrent leur père et leur grand-mère avec la joie que l'on devine. Puis toute la Cour vint les caresser. Or, parmi les belles dames qui se pressaient autour d'eux, il y avait Mme la grande sénéchale de Normandie, épouse de Louis de Brézé, comte de Maulévrier ; titre que l'Histoire oubliera peu à peu pour ne lui garder que son nom de jeune fille : Diane de Poitiers.

Elle avait alors trente et un ans, et sa beauté rayonnait. Henri, qui en avait onze, fut ébloui et tomba amoureux incontinent de cette femme qui resplendissait comme un soleil aux portes de sa prison.

Le futur Henri II venait de rencontrer celle qui devait rester, pendant vingt-neuf ans, sa savoureuse et fidèle maîtresse [99]...

Le 7 juillet, enfin, après quatre ans d'attente, Éléonore, énervée par la longueur des offices religieux qui venaient de faire d'elle l'épouse du roi de France, revêtit un élégant déshabillé et entra, tremblante d'émotion, dans le lit de son bien-aimé.

Au bout d'un instant, nous dit un historien du temps, « François Ier vint la retrouver et se montra plaisant et gentil compagnon ».

Éléonore, qui avait fait tant de démarches, tant d'intrigues pour connaître ce moment, oublia bientôt le monde pour sombrer dans l'extase.

Le roi, lui, conservait la tête froide. Il œuvrait consciencieusement, animé par un tendre sentiment de reconnaissance à l'égard de cette charmante femme qui avait tant fait pour lui. Profondément pénétré de son importance, il pensait avec satisfaction qu'en apaisant ainsi les sens de la sœur de Charles Quint il apportait du même coup la paix à la France.

D'ailleurs, le lendemain, à Mont-de-Marsan, le peuple, dont l'intuition touchant ce genre de choses est souvent extraordinaire, manifesta sa joie en voyant que la reine avait « les yeux battus et heureux ».

— Notre reine était fort désireuse de se faire ramoner la cheminée par le roi, disait-on avec une saine verdeur qui n'excluait pas le respect. La voilà satisfaite !

Et l'on attribuait avec raison à cette femme détendue et comblée « l'honneur de la paix et celui d'être médiatrice de la conservation d'icelle » [100].

99. Diane de Poitiers était la femme de Louis de Brézé, je viens de le dire. Or Louis de Brézé (dont la mère avait été assassinée à cause d'un adultère, v. page 244) était le petit-fils naturel de Charles VII et d'Agnès Sorel ; car tout s'enchaîne admirablement dans l'histoire galante de la France. Plus tard, on verra la fille de Marie Touchet, maîtresse de Charles IX, devenir la favorite de Henri IV...

100. Théodore de Bèze exprima ce sentiment dans une épigramme en latin que l'on peut traduire ainsi :

De Mont-de-Marsan à Fontainebleau, en passant par Bordeaux, Angoulême, Cognac, où le roi était né, Blois et Saint-Germain-en-Laye, ce ne furent que fêtes et réjouissances en l'honneur des souverains. Éléonore croyait rêver. François Ier continuait à se montrer empressé et galant, elle passait des nuits qui l'obligeaient à rester le lendemain couchée dans sa litière, et c'est à peine si elle apercevait, de loin en loin, le visage inquiétant de Mlle de Pisseleu. Pourtant, la favorite n'était pas en disgrâce. Habile, elle faisait mine de s'effacer devant la reine ; mais son pouvoir sur le roi était de plus en plus grand, ainsi qu'on allait bientôt en avoir publiquement la preuve.

Le 15 mars 1531, Éléonore fut couronnée à Saint-Denis. Dix jours plus tard, elle faisait son entrée solennelle dans « sa bonne ville de Paris ».

Cette cérémonie aurait dû avoir lieu le 8 ; mais on avait dû y renoncer à cause de giboulées fantastiques qui balayaient la capitale. Le 9, le vent et la pluie n'ayant pas cessé, d'ardentes oraisons avaient été adressées en toute hâte par le clergé à sainte Geneviève, patronne de Paris.

Or, sainte Geneviève s'était, si j'ose dire, fait prier, et le mauvais temps avait continué pendant une semaine. Enfin, le 15, le soleil s'était montré, et le peuple avait pu s'amasser le long des rues.

La reine, précédée des archers, des hautbois, des trompettes, des cent Suisses de la garde du roi, des ambassadeurs et du légat du pape, était portée dans une litière parée d'un drap d'or frisé et à découvert. « Elle était vêtue d'un corsage couvert de perles et d'un surcot fourré d'hermine et enrichi de pierreries. Sur sa tête était une couronne garnie de rubis et de diamant. »

A ses côtés se tenaient, à cheval, le dauphin et le duc d'Orléans. Ensuite venait, dans une litière, Louise de Savoie, mère du roi, suivie par des princes et des princesses, des seigneurs et des pages, les hommes à cheval et les dames sur des haquenées richement harnachées.

Toutes les rues parcourues par le cortège étaient tendues de tapisseries et de draps piqués de fleurs. A tous les carrefours, des jeunes filles chantaient des hymnes composés pour la circonstance, en essayant — avec plus ou moins de bonheur — d'imiter les chœurs célestes.

L'extraordinaire défilé, parti de Saint-Lazare, parvint quatre heures plus tard à Notre-Dame, où la reine fut reçue par le doyen et les chanoines, avec toutes sortes de démonstrations de joie et de respect.

Le spectacle était magnifique. Pourtant, ce n'est point cette cavalcade fastueuse qui frappa le plus l'imagination des Parisiens. Devant Notre-Dame, au premier étage d'une maison, on pouvait voir, en effet, dans l'embrasure d'une fenêtre, le roi et Anne de Pisseleu serrés l'un contre

D'Hélène on chante les attraits ;
Auguste Éléonore, vous n'êtes pas moins belle.
Mais bien plus estimable qu'elle,
Elle causa la guerre, et vous causez la paix.

l'autre amoureusement et sans pudeur. La favorite avait obtenu que François Ier montrât ainsi publiquement l'attachement qu'il avait pour elle.

Il y avait longtemps qu'un roi de France ne s'était pas tenu aussi mal au couronnement de son épouse, et le peuple restait bouche bée de stupéfaction sous la fenêtre où les amants se faisaient des agaceries...

Il en oubliait de regarder les bateleurs et les montreurs de bêtes savantes qui donnaient un spectacle sur le côté de la cathédrale.

Quant à l'ambassadeur d'Angleterre, pourtant habitué aux mœurs scandaleuses de la Cour de Henry VIII, il se déclara vivement choqué par cette attitude qui révélait, nous dit un historien, « une assez grande intimité entre les deux personnes ».

Le soir, la reine pleura ; sa lune de miel était terminée.

S'il faut en croire certains auteurs du temps, sa vie conjugale l'était aussi...

Anne de Pisseleu triomphait. Elle n'avait pas complètement évincé Mme de Châteaubriant, puisque le roi écrivait à celle-ci régulièrement ; mais elle était devenue favorite officielle, fonction qu'elle allait conserver pendant seize ans, pour le plus grand malheur de la France.

Les fêtes de l'Entrée se terminèrent, selon l'usage, par un tournoi donné non loin de l'hôtel Saint-Pol, dans la rue Saint-Antoine. Le roi, le dauphin et le petit Henri y prirent part, devant une assemblée brillante où l'on remarquait, outre la reine et Anne de Pisseleu en bonnes places, Louise de Savoie et la grande sénéchale, Diane de Poitiers.

Les jeunes princes, qui faisaient, ce jour-là, leurs premières armes, avaient revêtu des cuirasses qui étincelaient sous le soleil de printemps. Empanachés, précédés de pages qui portaient leurs bannières, ils allèrent s'incliner, avant le combat, devant les dames pour l'amour desquelles ils s'apprêtaient à entrer en lice.

Henri, à l'étonnement général, abaissa son étendard devant Diane de Poitiers. La grande sénéchale ignorait, bien entendu, la passion qu'elle avait suscitée chez l'adolescent ; elle sourit, stupéfaite et flattée.

Elle allait avoir une autre raison d'être satisfaite...

A l'issue du tournoi, un concours fut organisé dans le but de désigner la plus jolie femme de l'assemblée et, par conséquent, de la Cour. Après que les seigneurs eurent voté secrètement, on annonça que les résultats allaient être proclamés. Un silence religieux se fit dans les tribunes, et tous les regards se tournèrent vers Anne de Pisseleu, que l'on tenait pour seule gagnante possible de ce concours.

Mais, tandis que le héraut parlait, on vit une lueur de malice s'allumer dans bien des yeux. Car, si la moitié des seigneurs avait désigné la favorite, l'autre moitié s'était déclarée en faveur de Diane de Poitiers.

Bouche pincée, Anne de Pisseleu se leva et quitta sa tribune. Qu'on ait osé lui opposer une femme de onze ans son aînée la mortifiait cruellement, et l'étonnait bien davantage.

— Ces gens sont fols, dit-elle en riant nerveusement. Peut-on me comparer à cette vieille femme de trente-deux ans ?

Et, sur cette perfidie, elle regagna, furieuse, l'hôtel que lui avait offert le roi.

La favorite venait de concevoir à l'égard de la grande sénéchale une haine farouche dont la France devait, un jour, supporter les funestes conséquences...

17

Un mari berné aide François Ier à réunir la Bretagne et la France

> ... Enfin, il y a le cocu toujours prêt à rendre service.
>
> CHARLES FOURIER *(Hiérarchie du cocuage)*

Dans la nuit du 6 au 7 juin 1531, les Parisiens furent réveillés par une grande lueur qui illuminait le ciel.

Affolés, ils se précipitèrent vers leurs fenêtres.

Le spectacle qu'ils virent alors les fit tomber à genoux.

— Sire Dieu, criaient-ils, c'est la fin du monde !

« Un dragon, ou serpent, flamboyant en feu qui estoit moult grand et long, ayant grande queue à merveille », nous dit un témoin [101], semblait flotter au-dessus de la ville.

A demi vêtus, hommes, femmes, enfants se précipitèrent dehors ; et les rues furent bientôt remplies d'une foule mal réveillée qui considérait le prodige en tremblant de peur.

— C'est l'ange du ciel ! disait-on en faisant des signes de croix.

Exaltées, quelques personnes douées pour les choses de l'au-delà prêtaient l'oreille, croyant entendre déjà les trompettes du Jugement Dernier, quand un bruit courut toute la ville.

— Ce n'est pas un dragon, c'est une comète.

Loin de rassurer les Parisiens, cette information les accabla. Les comètes, en effet, étaient alors considérées par le peuple comme un signe certain de catastrophe. On racontait qu'elles apparaissaient chaque fois que le royaume était sur le point de perdre son roi, et l'on citait des exemples frappants.

Or des cas de peste étaient signalés, depuis plusieurs jours, aux environs de Paris. Le signe était donc des plus clairs...

Et, au petit matin, toute la ville se répétait, en donnant des détails, que la comète était venue annoncer la mort prochaine de messire François, premier du nom...

Le peuple, dans sa hâte, commettait une erreur sur la personne. Le

101. *Journal d'un Bourgeois de Paris sous le règne de François Ier.*

roi n'était pas en danger. C'était Louise de Savoie, la régente, celle qui avait alors en main les rênes du royaume, et dont l'Europe entière redoutait les décisions, qui se mourait en cette fin d'été 1531.

Si le peuple se trompait, la comète, elle, ne se trompait pas. En la personne de Louise de Savoie, c'était bien un « roi » qui s'apprêtait à rendre l'âme...

Terrassée par la maladie, Madame Mère haletait dans son lit, à Fontainebleau. Comme on la savait superstitieuse, on lui avait, bien entendu, caché l'apparition de la comète. Pendant plusieurs nuits, on tint soigneusement clos ses volets, et l'on tira de lourds rideaux devant ses fenêtres pour qu'elle ne s'aperçût de rien[102]. Mais, un soir, la négligence d'une servante, qui avait omis de fermer le contrevent, compromit toutes ces précautions. Écoutons Brantôme nous conter la chose : « Elle vit, la nuit, sa chambre toute en clarté, qui estoit transpercée par la vitre. Elle se courrouça à ses femmes de chambre qui la veilloyent, pourquoy elles faisoyent un feu si ardent et esclairant. Elles luy respondirent qu'il n'y avoit qu'un peu de feu, et que c'estoit la lune qui, ainsi, esclairoit et donnoit telle lueur.

» — Comment ! dit-elle, nous en sommes au bas ; elle n'a garde d'esclairer à cette heure.

» Et, soudain, faisant ouvrir son rideau, elle vit une comète qui esclairoit ainsi droit sur son lit.

» — Ha ! dit-elle, voilà un signe qui ne paroist pas pour personnes de basse qualité. Dieu le fait paroistre pour nous autres, grands et grandes. Refermez la fenestre : c'est une comète qui m'annonce la mort ; il faut donc se préparer.

» Et, le lendemain, au matin, ayant envoyé quérir son confesseur, fit tout le devoir de bonne chrestienne, encore que les médecins l'assurassent qu'elle n'estoit pas là.

» — Si je n'avois vu, dit-elle, le signe de ma mort, je ne le croirois, car je ne me sens point si bas.

» Et elle leur conta à tous l'apparition de sa comète. Et puis, au bout de trois jours, quittant les songes du monde, trespassa[103]. »

Ainsi disparaissait, à cinquante-quatre ans, après avoir réparé tant bien que mal la plupart des torts que son extravagant amour pour Charles de Bourbon avait causés à la France, celle que l'on appelait « Madame sans queue[104] », c'est-à-dire « Madame » tout court.

François Ier pleura sa mère, qu'il adorait, et lui fit faire des obsèques grandioses, dont on a pu dire « qu'elles étaient un peu comme l'enterrement de sa propre jeunesse ». La vie insouciante qu'il avait

102. La comète fut visible pendant un mois, du 6 août au 7 septembre. (*Cometarum omnium fere catalogus a Christo nado ad annum,* 1556, Bâle, même année.)

103. Brantôme se trompe, d'ailleurs, car c'est au bout de trois semaines que la régente mourut, à Grez-en-Gâtinais, alors qu'on tentait de l'emmener dans son château de Romorantin.

104. Lettre de Mercurio de Gattinara, chef du Conseil privé des Pays-d'En-Bas, à Marguerite d'Autriche.

menée jusqu'alors était, en effet, terminée. Désormais, il lui fallait gouverner. Et gouverner seul.

Sans doute, dès cet instant, Anne de Pisseleu espéra-t-elle profiter de son influence sur le roi pour jouer un rôle politique, placer sa famille et doter ses protégés. Mais François, ivre de liberté, repoussa ses conseils et commença son véritable règne en faisant un cadeau généreux à Françoise de Châteaubriant. Il donna à l'ex-favorite, que haïssait tant Louise de Savoie, le revenu de la seigneurie de Suèves, dans le Blésois.

Un renouveau d'intérêt pour la belle Françoise s'était déjà manifesté quelques mois auparavant, lorsque le roi avait nommé Jean de Laval, seigneur de Châteaubriant, gouverneur de Bretagne.

Ces fonctions, fort importantes, s'accompagnaient naturellement de revenus considérables que François avait été heureux d'offrir à Françoise et à son mari. Aimait-il donc encore sa « mye » ? Celle à qui il écrivait naguère :

Assez de gens prennent leur passe-temps
En divers cas et se tiennent contents ;
Mais toi seule, es, en mon endroit, élue
Pour réconfort de cœur, corps et de vue...

Peut-être.

Quoi qu'il en soit, au début de 1532, laissant Anne de Pisseleu à Fontainebleau et la reine Éléonore à Blois, il s'en alla, accompagné des quinze mille personnes [105] qui le suivaient habituellement dans ses déplacements, jusqu'à Châteaubriant, pour se faire inviter par Jean de Laval, mari étrangement complaisant.

La joie de Françoise en voyant le roi chez elle fut immense ; et pendant six semaines, du 14 mai au 22 juin, des fêtes magnifiques se déroulèrent en l'honneur de l'hôte royal. Sans paraître se soucier de la présence de l'époux qui, d'ailleurs, ne faisait point mauvaise figure, les deux amants renouèrent publiquement une liaison que l'arrivée d'Anne de Pisseleu avait interrompue.

On les vit chasser, courir les bois à cheval, présider des banquets, ouvrir des bals et se tenir fort tendrement la main en écoutant de la musique...

La politique n'en était pas pour autant oubliée. En effet, ce n'était point uniquement pour batifoler avec la belle Françoise que le roi se trouvait à Châteaubriant. Un différend très délicat l'opposait à quelques grands seigneurs bretons qui contestaient ses droits à la succession de la reine Claude, héritière du duché de Bretagne, sous prétexte qu'il s'était remarié avec Éléonore. Et il voulait obtenir l'appui du gouverneur.

On pourra peut-être s'étonner de l'attitude désinvolte du roi à l'égard d'un mari dont il attendait un service important. Jean de Laval allait-il se montrer obligeant envers l'homme qui lui avait pris sa femme

105. Cf. GEORGES-G. TOUDOUZE, *Françoise de Châteaubriant et François Ier*.

pendant dix ans et qui poussait l'outrecuidance jusqu'à venir le berner dans son propre château ?

Oui. Le seigneur de Châteaubriant connaissait les usages et ne voulait pas, en manifestant sa jalousie, qu'on pût dire de lui qu'il était un « mari mal élevé »...

Sur la tendre pression de sa femme qui assistait aux délibérations, Jean de Laval assura donc le roi de tout son appui dans cette affaire, et il fut décidé que les États de Bretagne couronneraient suivant leur loi, leur droit et leur coutume le dauphin François [106] comme duc, consacrant ainsi définitivement le rattachement de la Bretagne à la France.

Françoise fut fort heureuse de voir le roi satisfait, et elle pensa qu'il viendrait sans doute célébrer sa réussite avec elle sur l'herbe douce de la Saint-Jean. Ils partirent, en effet, le jour même faire une promenade dans la campagne. Mais le destin est plein de malice, et c'est avec une petite paysanne de rencontre que le roi se montra galant.

Voici comment les choses nous sont contées par un historien du temps : alors que les amants passaient dans un hameau, une jeune fille vint vers le roi et lui présenta un bouquet de roses. François, charmé, arrêta son cheval et tendit les mains pour prendre les fleurs. Or sa monture fit à ce moment un brusque écart, et la jeune paysanne fut brutalement renversée. D'un bond, François Ier sauta à terre, imité immédiatement par Mme de Châteaubriant.

— Es-tu blessée ? dit le roi.

— J'ai mal au pied.

— Comment t'appelles-tu ?

— Françoise Jochaud.

François Ier, fort peiné de l'incident, considérait la petite paysanne. Elle était bien jolie, étendue ainsi parmi les marguerites de la prairie. Si jolie et si désirable qu'il se sentit soudain animé à son endroit de tendres sentiments qui activèrent sa circulation et rendirent son souffle plus court.

Mme de Châteaubriant connaissait bien le roi. En voyant le brillant de son regard, elle comprit qu'elle ne serait point l'héroïne de cette journée.

En effet, François Ier, nous dit un chroniqueur, « voulut porter lui-même dans ses bras la jeune fille jusque dans son humble maison, où il la soigna de bonne et ardente façon ». Puis il ordonna qu'une partie de sa suite vînt camper auprès de la chaumière afin qu'il pût « continuer à donner à la blessée certains soins fort propres à lui faire oublier le mal au pied » [107]...

En conséquence de quoi, Mme de Châteaubriant repartit toute seule vers la ville...

Quant au roi, il ne rentra que le surlendemain...

106. Ce dauphin, âgé de quatorze ans, devait mourir quatre ans plus tard et laisser la place à Henri, futur Henri II.

107. Pierre Marteau, *Histoire tant merveilleuse que véridique du roy François Ier et de sa Cour.*

Selon son habitude, Françoise accueillit l'infidèle sans récrimination, et tout le monde oublia la jolie petite paysanne. Pourtant le souvenir de cette aventure demeura gravé dans la mémoire des habitants de la région. C'est ainsi que l'endroit où se trouvait la chaumière de Françoise Jochaud, à Rougé, dans la forêt de Teilly, s'appelle, encore aujourd'hui, « La Cour au Roy »...

Le 22 juin, à l'aube, tous les habitants de Châteaubriant étaient aux fenêtres pour voir François Ier et les quinze mille personnes de sa suite quitter la ville « en grand arria ».

Le roi, vêtu d'un costume blanc brodé d'or, chevauchait en tête des troupes. A ses côtés se tenait Jean de Laval, en habit rouge et jaune. Les deux hommes, qui partaient « en voyage d'affaires », répondaient avec gentillesse aux acclamations. Trompettes, hautbois, tambours, vivats, chevaux pétaradants formaient un vacarme qui faisait fuir les chats au fond des caves. Le défilé dura deux heures : puis les derniers bruits de sabots retentirent sur les pavés, et la petite ville redevint silencieuse.

Alors Françoise, seule dans son château, éclata en sanglots. La dernière belle aventure de sa vie venait de se terminer. Sans doute le roi était-il parti en l'assurant de son amour, sans doute lui avait-il fait don, en manière de remerciement pour les six exquises semaines qu'il venait de passer chez elle, de la « châtellenie, terre et seigneurie de Suscinio en Bretagne », l'un des domaines les plus riches de tout le duché, sans doute lui avait-il promis de revenir, sans doute en avait-il même l'intention... Mais elle savait bien qu'Anne de Pisseleu, dont la jalousie était féroce, allait chercher à se venger, et que l'inconstant François oublierait encore une fois ses promesses.

Et Mme de Châteaubriant pleurait.

Elle aurait pleuré bien davantage, si elle avait su qu'elle ne reverrait plus jamais le roi de France...

François Ier et Jean de Laval, qui voulaient « préparer les esprits » avant les États de Bretagne dont la séance d'ouverture était prévue pour le début d'août, parcoururent le duché pendant plus d'un mois, festoyant et chassant gaiement comme deux bons compères, ce qui inspira d'ailleurs quelques chansons malicieuses.

A Vannes, grâce à l'appui du seigneur de Châteaubriant, les droits du roi furent naturellement reconnus par les Grands et l'on décida que le couronnement du dauphin, comme duc de Bretagne, aurait lieu à Rennes, quelques semaines plus tard. Cette cérémonie, qui mettait un terme à cinquante ans de chicane, se déroula le 16 août avec un faste qui éblouit les Bretons.

Huit jours après, le dauphin de France faisait une entrée solennelle à Nantes, sous le nom de François III de Bretagne. François Ier avait obtenu ce qu'il voulait.

Reconnaissant, il fit quelques riches cadeaux à son ami, M. de

Châteaubriant, puis, quittant ce mari parfait, il s'en retourna par petites étapes à Amboise où, desséchée par la colère, Anne de Pisseleu l'attendait depuis près de quatre mois.

La favorite était fort habile ; lorsqu'elle apprit que le roi arrivait, elle se coucha, prit un air dolent et dit en gémissant :

— Laissez-moi mourir !

Puis elle condamna sa porte et refusa tout aliment « avec de si bruyantes larmes que d'aucuns, à la Cour, disoient qu'elle faisoit peut-être voir de son chagrin un peu plus qu'il n'y en avoit ».

Bien entendu, François Ier fut, dès son arrivée, mis au courant de l'état « fort affligeant dans lequel se trouvait pour lors Mademoiselle de Pisseleu ».

Affolé, il se précipita à son chevet.

On ignore ce qu'ils se dirent. On sait seulement que le roi, qui était entré à dix heures du matin dans la chambre d'Anne, n'en sortit que le lendemain vers quatre heures de l'après-midi, « paraissant aussi fatigué que s'il était allé courre le cerf »...

Les esprits dits « mal tournés » imagineront ce qu'ils voudront...

Quoi qu'il en soit, un fait est certain : le souverain et sa favorite étaient réconciliés. Le soir, en effet, Anne de Pisseleu, souriante et épanouie, parut dans une robe magnifique et présida le dîner aux côtés du roi de France...

Françoise de Châteaubriant était-elle déjà oubliée ? Non. Lorsque, après le repas, il fut seul dans son appartement, François Ier se trouva fort embarrassé en pensant aux trois femmes auxquelles il était lié désormais : Éléonore, par la reconnaissance, Françoise par l'habitude, Anne par l'amour. Et, prenant sa plume, il s'amusa à résumer en vers cette ennuyeuse situation :

D'en aimer trois, ce m'est force et contrainte.
L'une est à moi trop pour ne l'aimer point
Et l'autre m'a donné si vive atteinte
Que plus la fuis, plus sa grâce me point.
La tierce tient son cœur uni et joint
Voire attaché de si très près au mien,
Que je ne puis, ne veux n'être point sien.
Ainsi amour me tient en ses détroits.
Et me soumet à toutes vouloir bien,
Mais je sais bien à qui le plus des trois.

« A qui le plus », c'était tout de même Anne de Pisseleu...

Ces complications amoureuses n'empêchaient pas François Ier de continuer sa lutte contre Charles Quint, dont la puissance croissante constituait un péril permanent pour la France.

Depuis la mort de Louise de Savoie, il avait appris à tout mener de front et à sortir d'un lit de Justice pour entrer dans celui d'Anne de Pisseleu — et vice versa — sans que les affaires de l'État en souffrissent.

A ce moment, son but était de former une coalition contre l'empereur. Il s'était bien allié avec le sultan Soliman et le roi Henry VIII d'Angleterre ; mais il craignait que cette union ne parût pas, si j'ose dire, très catholique au reste de l'Europe. En effet, si l'un était Infidèle, l'autre était schismatique depuis son divorce. Il fallait donc, au plus vite, rétablir l'équilibre par un rapprochement avec une puissance bien pensante.

Or, dans ce domaine, il était apparu à François Ier que rien ne pouvait être supérieur au pape... Et il avait décidé immédiatement de marier son second fils, Henri, âgé de treize ans, avec une parente du Souverain Pontife.

Justement, Clément VII, né bâtard de Médicis, avait une cousine [108] dont il était très fier et qui avait tout juste trois mois de moins que le prince Henri. Elle se prénommait Catherine et on la disait fine, adroite, intelligente.

De l'avis de François Ier, qui n'en demandait pas tant, c'était plus qu'il n'en fallait.

En réalité, c'était trop !...

Car il eût certes mieux valu, pour la tranquillité et l'honneur de notre pays, que cette petite Catherine de Médicis fût un peu moins douée intellectuellement.

Mais François Ier n'avait pas le don de double vue [109], et il était persuadé que cette union était des plus souhaitables pour la France. Sans tarder, il avait fait part de ses intentions aux membres du Conseil qui avaient tous approuvé, sauf Montmorency.

— Peut-on envisager d'unir un Valois à une héritière de banquiers florentins ? s'était écrié, scandalisé, le Grand Maître.

— Oui, quand la politique l'exige, avait répondu sèchement le roi.

— C'est une mésalliance, Sire, songez-y !

Alors, agacé, François Ier était allé demander son avis au grand sénéchal Louis de Brézé... et à son épouse Diane de Poitiers, qu'il savait de bon conseil.

Malicieux destin.

Car Diane, qui ne pouvait se douter qu'elle serait un jour la dure et terrible rivale de Catherine de Médicis, avait déclaré en souriant que la petite Florentine, dont elle était la cousine [110], avait toutes les qualités nécessaires pour faire une charmante princesse française...

Rassuré, le roi avait fait rédiger sur-le-champ une demande en mariage et un contrat que le cardinal de Gramont s'était empressé d'aller porter au pape.

Clément VII, flatté d'unir sa cousine au fils du roi de France, avait accepté.

108. Et non une nièce, comme on le dit généralement.

109. Il aurait pu néanmoins savoir que les astrologues réunis autour du berceau de Catherine avaient déclaré qu'« elle serait cause de grandes calamités... »

110. Par sa grand-mère Jeanne de la Tour, qui était la grand-tante de Catherine !

— Je donnerai en dot à la *duchessina* cent mille écus d'or, plus trois perles d'une valeur inestimable : Gênes, Milan et Naples.

Le cardinal de Gramont était revenu enchanté.

— Sire, considérez le mariage comme fait.

Mais le pape, qui, bien que bâtard, était un pur Médicis, négociait en secret avec Charles Quint — lequel, bien entendu, faisait tout pour empêcher le mariage projeté par François Ier.

Aussi les pourparlers avaient-ils traîné en longueur. Un an après la remise du contrat, en septembre 1532, c'est-à-dire au moment où François Ier était revenu de Bretagne, les choses se trouvaient au même point. Ce n'est qu'en août 1533, et sur l'intervention de John Stuart, duc d'Albany, tuteur de Jacques V d'Écosse, futur gendre du roi de France, que les négociations purent enfin aboutir.

Le 1er septembre, Catherine quitta Florence et s'embarqua à la Spezzia. Elle quittait son pays pour toujours.

Le 23 octobre, après un voyage mouvementé et un long arrêt à Villefranche, où elle attendit que le pape la rejoignît, la petite Florentine retrouva à Marseille celui qui devait être son mari. Il lui parut beau, bien qu'il fût, d'après Brantôme, « un peu moricaud ». Quant à Henri, il considéra avec mélancolie cette fillette « petite de stature, maigre, aux traits grossiers et aux yeux saillants », et ne put s'empêcher de faire la grimace. C'était donc là cette cousine du pape, qu'on lui promettait depuis trois ans ?...

Il lui sembla que les exigences de la politique étaient bien cruelles, qui le forçaient à épouser une petite fille laide et sans saveur, alors qu'il aimait la plus belle femme du royaume, cette grande sénéchale dont, justement, le mari venait de mourir...

Le mariage eut lieu le 28 octobre, en présence de toute la Cour. Clément VII lui-même bénit les jeunes époux.

— Ayez beaucoup d'enfants ! leur dit-il aimablement.

Hélas ! pendant la cérémonie, le prince Henri s'aperçut que Catherine ressemblait au pape, et cette constatation acheva de le rendre morose...

Puis il y eut un grand dîner, suivi d'un bal travesti, où seigneurs français et seigneurs florentins se tinrent on ne peut plus mal. Profitant du désordre, une des plus grandes courtisanes de l'époque, une femme que l'on avait surnommée la belle Romaine, se déshabilla complètement et s'amusa à faire boire « tous ceux qui le demandaient, en un verre où elle avait trempé la pointe de ses seins... »

La fête, qui était devenue une extraordinaire bacchanale, atteignit alors le comble de l'indécence. On vit des jeunes gens, animés par une grande exaltation intime, se ruer sur des dames, les allonger par terre et blesser leur pudeur avant qu'elles n'aient eu le temps de trouver à redire. Un grand laisser-aller s'ensuivit...

Les nouveaux mariés en profitèrent pour quitter cette fête indécente dont ils avaient été — contre leur gré — les spectateurs rougissants, et ils se rendirent dans une chambre toute tapissée de brocart, où l'on avait préparé pour eux un lit « si riche qu'il était estimé à soixante mille écus ».

Si Catherine était amoureuse de son époux, Henri, lui, n'avait qu'un seul désir : dormir. Déjà, il savourait en pensée le moment où il se laisserait couler dans le sommeil, lorsque quelqu'un entra dans la chambre.

— Allons, mon fils. Faites votre devoir. Et montrez-vous vrai galant de France !

C'était le roi qui, poussé par une étrange curiosité, venait assister à la nuit de noces des deux jouvenceaux. Le fait est attesté par un témoin : « Quand on eut fini de danser, lit-on dans une dépêche de don Antonio Sacco, ambassadeur de Milan, et que chacun fut retourné dans ses appartements, le roi voulut lui-même mettre au lit les époux, et quelques-uns disent qu'il les voulut voir jouter et que chacun d'eux fut vaillant à la joute... »

Le pape, pour des raisons que l'on comprendra, n'avait pas voulu assister à la nuit de noces de sa cousine. Toutefois, il vint de très bonne heure, le lendemain matin, visiter les jeunes époux dans leur chambre et leur demander si tout s'était bien passé.

Cette curiosité n'avait rien d'équivoque. Le Saint-Père, en effet, voulait simplement savoir si le mariage avait été vraiment consommé.

Minutieux, il « vérifia » lui-même, nous dit-on... Puis, satisfait, il se retira dans ses appartements.

On se doute bien qu'un pape ne se mêle pas de choses aussi étrangères à ses saintes occupations habituelles sans un motif sérieux. Seul un souci politique avait poussé Clément VII à pénétrer *ex manu* dans l'intimité d'une personne de sa famille. Il voulait, en effet, être certain que l'union était indissoluble et que François Ier ne pouvait éventuellement invoquer la « non-consommation » pour lui retourner Catherine.

Car le pape était fourbe. Malgré ses sourires, ses bonnes paroles et ses abondantes bénédictions, il entendait bien ne pas tenir les engagements qu'il avait contractés envers la France et demeurer ainsi l'ami de Charles Quint.

Pourtant les signes du « déniaisement » de sa cousine ne lui suffisaient pas.

— Il faut un enfant ! disait le Saint-Père.

Et, pour plus de sûreté, il décida de ne quitter Marseille qu'après avoir eu la preuve que Catherine portait un héritier dans son sein.

Dès lors, il multiplia ses avis. Et c'est avec un sourire que d'aucuns trouvaient un peu égrillard pour un pape qu'il souhaitait, chaque soir, « bonne nuit » à Henri et à Catherine...

Pendant que le Saint-Père attendait ainsi que sa cousine fût fécondée, toute la Cour se montrait ravie de passer quelque temps au bord de la Méditerranée. Et l'on voyait à longueur de journée de beaux seigneurs et de belles dames s'embarquer sur des bateaux de pêcheurs que l'on avait pour l'occasion couverts de brocart d'or, et naviguer jusqu'au château d'If.

Un jour, en longeant la côte, certains de ces gentilshommes toujours à l'affût « d'occasions pouvant permettre le déduit » remarquèrent de tranquilles calanques, au fond desquelles s'étendaient des plages de sable fin, et l'idée leur vint aussitôt de se rendre en ces endroits isolés pour y organiser des petites fêtes intimes et peu vêtues.

Dès le lendemain, on vit tous ceux qui voulaient participer à ces « mouvements d'ensemble » quitter Marseille, par petits groupes, dans une de ces voitures légères qui venaient de faire leur apparition et que l'on nommait joliment des « chariots branlants pour dames ».

Par la suite, il y eut des départs tous les jours, à l'aube...

François Ier, on s'en doute, ne se mêlait pas à ces jeux. Il restait en permanence à Marseille où, le matin, il touchait les écrouelles, en disant, selon la formule consacrée : « Sois gari, le roi te touche », et, l'après-midi, il allait généralement, en compagnie de la reine Éléonore, se pencher sur un grand vivier installé dans le port. Armé d'un trident en vermeil, il s'efforçait de piquer les thons qui passaient à sa portée. Lorsqu'il y parvenait, les Marseillais et la Cour poussaient des clameurs enthousiastes auxquelles répondaient les ouvriers qui filaient le chanvre sur les quais [111].

Quant à Catherine de Médicis et à Henri, ils demeuraient le plus souvent dans leurs appartements. Elle, souriante, amoureuse de ce prince qu'on venait de lui donner pour mari ; lui, morose, taciturne, penché sur des romans de chevalerie, cachant à peine l'ennui que lui causait un mariage imposé par la politique.

Alors qu'elle chantonnait, véritablement éblouie par ce que le mariage lui avait révélé, il soupirait, en pensant aux objurgations du pape.

— Allons, allons, disait le Saint-Père, le Seigneur a dit : « Croissez et multipliez. »

Hélas ! Henri avait beau multiplier ses efforts, seules croissaient les craintes de Clément VII...

Enfin, après trente-quatre jours d'attente vaine, le Souverain Pontife, la mort dans l'âme, décida de quitter la France.

Avant de s'embarquer sur la galère qui devait le ramener à Civita Vecchia, il rendit visite à Catherine et lui donna ce dernier conseil :

— *A figlia d'inganno non mania mai la figli nolenza.* (A fille d'esprit, jamais postérité ne manque.)

Puis, ayant fait ses adieux à tout le monde, « il s'en alla sur la mer jolie »...

Aussitôt, François Ier donna l'ordre du départ et la Cour interrompit ses ébats agrestes pour remonter vers le val de Loire.

Le roi était fort satisfait du mariage de son fils. Croyant en la bonne

111. Rappelons que ces chenevières ont laissé un impérissable souvenir puisqu'en provençal elles se nommaient des canebières...

foi du pape, il espérait que l'appui de Rome l'aiderait à réaliser ce fameux « rêve italien » que formaient les rois de France depuis plus de soixante ans.

En effet, des articles secrets, qui avaient été ajoutés au contrat signé en 1531, stipulaient que Clément VII aiderait le dauphin à recouvrer l'État et le duché de Milan, ainsi que le duché d'Urbin.

C'est donc avec le sourire aux lèvres que François Ier considérait les deux jouvenceaux en quittant Marseille.

Hélas ! quelques mois plus tard, Clément VII mourait, et sa disparition rendait inutile le mariage de Henri et de Catherine. Celle-ci, en effet, n'étant plus « cousine de Rome », ne pouvait plus jouer — du moins le croyait-on — de rôle politique.

En apprenant la fin de ses espérances, François Ier, qui n'avait touché qu'une partie infime de la dot promise, soupira :

— J'ai eu la fille comme toute nue.

Quant à Henri, désolé de voir que son mariage avec la Florentine à la peau flasque ne servait même pas les desseins de son père, il se détourna d'elle, au dire de Michelet, « comme d'un ver né du tombeau de l'Italie ».

Ce qui n'était guère poli.

18

Le roi donne un mari à sa maîtresse

> Le travail que l'on fait en équipe
> est généralement plus « fini ».
>
> CHARLES BEDAUX

Après un voyage lent et fatigant, sur les routes boueuses de l'automne, la Cour arriva à Blois pour Noël.

C'était l'époque où François Ier faisait des cadeaux à ses amis, à ses maîtresses et même à la reine. Il commanda des robes pour toutes les dames de la « petite bande », prépara une liste de dons (seigneuries, terres, châteaux) pour ses compagnons préférés et fit dessiner, par un artiste italien, des bijoux pour Éléonore.

Restait Anne de Pisseleu. Longtemps, le roi chercha ce qui pourrait faire plaisir à celle dont il avait déjà comblé tous les vœux.

Enfin, il trouva, et son choix peut paraître surprenant : à sa maîtresse, en effet, il décida d'offrir un mari...

Cet étrange cadeau ne signifiait point que le roi eût l'intention de se séparer d'Anne. Au contraire. Il voulait « l'agrandir ». C'est-à-dire lui donner un rang et un titre susceptibles de l'établir honorablement à la Cour.

Il choisit donc un homme de haute naissance, effacé et point trop jaloux, capable de tenir, avec autant de grâce que M. de Châteaubriant, l'office délicat de « mari complaisant » ; et le soir de Noël, regardant sa favorite dans les yeux, il lui dit :

— Madame, je songe à de grandes choses pour vous... Je vais vous marier.

Anne était ambitieuse et jalouse d'acquérir un nom. Elle rougit, mais fit mine de protester :

— Je ne veux point d'autre homme que vous, Sire !

— Ceci, madame, est pour votre bien.

Alors, elle murmura :

— Avec qui ?

— Avec Jean de Brosse, que je vais faire duc d'Étampes. Et vous serez ainsi, ma mie, duchesse d'Étampes...

Sans même montrer de fausse honte, Anne de Pisseleu, ravie, se jeta dans les bras du roi.

Jean de Brosse n'avait pas encore été pressenti, mais François Ier était sûr de son acceptation et de sa « complaisance » future. En effet, ce gentilhomme était le fils du duc de Penthièvre, qui avait suivi le parti du duc de Bourbon et était mort, dépouillé de tous ses biens. Le pauvre Jean, qui se voyait exposé à languir dans la misère, avait donc tout intérêt à faire plaisir au roi.

François Ier le fit mander dans sa chambre :

— Monsieur, voulez-vous épouser la plus belle femme du royaume ?

L'autre, interloqué, ne sut que dire.

— Répondez !

— Oui, sans doute.

— Parfait. Elle est à vous... Je pense que vous avez compris qu'il s'agissait de Mlle de Heilly [112].

Jean de Brosse, de plus en plus étonné, bredouilla des paroles confuses.

— Toutes mes félicitations, mon ami, et tous mes vœux, ajouta le roi. Ce mariage me cause tant de plaisir que je me fais un devoir de vous témoigner mon amitié en cette occasion. Tout d'abord, je vous fais rendre tous les biens qui avaient été confisqués au duc de Penthièvre ; ensuite, je vous fais don du duché de Chevreuse et du duché d'Étampes...

Jean de Brosse se jeta aux pieds du roi.

— Duc d'Étampes, relevez-vous, je vous prie, et courez auprès de votre fiancée.

Le gentilhomme se releva et le roi lui mit la main sur l'épaule.

— Bien entendu, dès après votre mariage, vous irez, seul, habiter au château d'Étampes.

Alors seulement Jean de Brosse comprit le rôle ingrat que François Ier voulait lui faire jouer. On lui demandait d'être le cocu officiel, appointé, fonctionnaire... Il réfléchit, pensa qu'en échange on lui rendait tous ses biens, qu'on lui donnait même la possibilité de serrer d'un peu près la plus belle femme de France... et il accepta.

112. C'est ainsi qu'on nommait Anne de Pisseleu.

Un mois plus tard, l'union d'Anne de Pisseleu et de Jean était célébrée à Nantes, en grande magnificence.

Ce mariage curieux ne pouvait donner lieu qu'à des fêtes étranges. C'est ainsi qu'un historien du temps nous dit « qu'après les noces on vit de saints prêtres s'offrir en spectacle et lutter à mains plates devant les dames ».

Ce qui, d'ailleurs, ne choqua personne...

Lorsque les fêtes furent terminées, Jean de Brosse, qui n'avait réussi à faire valoir ses droits de mari qu'une seule fois, au soir de ses noces, s'en alla tristement à Étampes, et la nouvelle duchesse rentra au Louvre pour « tenir auprès du roi le premier poste qu'elle y occupait [113] ».

La Cour avait été fortement impressionnée par ce mariage. Elle accueillit la favorite avec beaucoup d'égards, et Clément Marot composa ce dizain, dans lequel il s'amusait à jouer de façon un peu maniérée sur le nouveau titre de la dame et sur la fameuse vallée antique de Tempé, en Thessalie, célébrée par Virgile :

Ce plaisant val que l'on nomme Tempé,
Dont mainte histoire est encore embellie,
Arrosé d'eau, si doux, si attrempé,
Sachez que plus il n'est en Thessalie.
Jupiter, roi qui les cœurs gagne et lie

L'a de Thessale en France remué
Et quelque peu, son nom propre mué ;
Car pour Tempé, *veut qu'*Étampes *s'appelle.*
Ainsi lui plaît ; ainsi l'a situé,
Pour y loger de France la plus belle.

François Ier, soucieux de sauvegarder les apparences, offrit à la duchesse d'Étampes un hôtel, rue de l'Hirondelle ; mais il en fit bâtir un autre tout à côté « avec portes secrètes qui permettaient de faire communiquer les deux logis ».

Ce second hôtel fut décoré de devises et de symboles galants qui témoignaient de l'amour du roi pour sa favorite. L'un d'eux représentait un cœur enflammé placé entre un *alpha* et un *oméga*, ce qui voulait dire que « pour ce cœur qui brûlerait toujours, l'amour était le principe et la fin ».

Mais Mme d'Étampes n'était pas une amoureuse du genre de Mme de Châteaubriant. La bagatelle ne lui suffisait point. Elle rêvait, avant tout, d'obtenir des faveurs pour elle et sa famille. Or elle avait trente frères et sœurs...

Courageusement, elle se mit au travail [114].

Habile, elle sut profiter de tous les moments de répit que le besoin

113. Dreux du Radier, *op. cit.*

114. Jean Cocteau écrit, dans ses *Reines de France,* qu'elle avait « un air de souris changée en princesse et toujours prompte à se loger dans les fromages... »

de reprendre haleine lui laissait entre deux étreintes, pour arracher au roi, comblé et essoufflé, les nominations ou les avancements qu'elle désirait.

Finalement, tous les Pisseleu furent pourvus de charges importantes, et généralement ecclésiastiques, car la maîtresse du roi « avait de la religion... [115] »

Antoine Seguin, son oncle maternel, devint abbé de Fleury-sur-Loire, évêque d'Orléans, cardinal, et enfin archevêque de Toulouse. Charles de Pisseleu, son second frère, eut l'abbaye de Bourgueil et l'évêché de Condom. François, son troisième frère, fut fait abbé de Saint-Corneille de Compiègne, et évêque d'Amiens ; et le quatrième, appelé Guillaume, fut nommé évêque de Pamiers. Elle eut soin également de ses sœurs : deux furent nommées abbesses, et les autres furent mariées dans les meilleures et les plus riches maisons du royaume...

Tandis que François Ier faisait la navette entre le Louvre et la rue de l'Hirondelle, la pauvre reine Éléonore, qui était au courant de toutes les frasques du roi, cachait son chagrin avec courage.

Pourtant, lorsqu'elle se trouvait avec ses dames de compagnie, elle ne pouvait s'empêcher d'évoquer les jours merveilleux où François, captif à Madrid, venait lui faire la cour. Des larmes, alors, lui brûlaient les yeux...

Pensant retrouver l'amour du roi en le délivrant des soucis que lui causait Charles Quint, la malheureuse essaya de réconcilier François Ier avec l'empereur, son frère.

Mais elle n'y parvint point, et cela encore la rendit amère. Finalement, voyant que son rôle se bornait à briller dans les parties de chasse, elle s'éloigna de la Cour et vécut le plus souvent dans un petit cercle de dames espagnoles.

Un jour, Frédéric II, électeur palatin, qui avait été l'amant d'Éléonore avant qu'elle n'épousât le vieux roi du Portugal [116], fut reçu à Paris. Se trouvant seul avec celle qu'il avait éperdument aimée vingt ans plus tôt, il lui rappela le temps de leurs rendez-vous secrets, et son regard brilla...

La reine était encore belle, malgré des lèvres un peu lourdes. Elle aurait, certes, pu alors se venger des infidélités du roi et faire une fois, avec l'électeur palatin, ce que François Ier faisait quotidiennement avec la duchesse d'Étampes. Elle n'y songea probablement pas et répondit fort dignement, d'après l'historien de Frédéric, que « ce qu'elle avait accueilli en ce temps n'était qu'un badinage, car, dès lors, elle voulait être reine [117] ».

Puis elle ajouta :

115. Jehan Pothier, *Jean d'Étampes.*

116. Lorsqu'elle épousa François Ier, Éléonore était veuve d'Emmanuel de Portugal.

117. En disant cela, Éléonore mentait. Vingt ans plus tôt, follement amoureuse de Frédéric, elle l'aurait certainement épousé si Charles Quint, ayant découvert leur liaison, ne l'avait pas obligée à se marier avec le roi du Portugal. Mais, sans doute avait-elle besoin de ce mensonge pour éteindre l'ardeur de Frédéric...

— J'ai été heureuse au Portugal. Mais, pour cette Cour de France, Dieu sait comment j'y suis traitée et la manière dont le roi en use avec moi !

Ce fut sa seule plainte, son seul moment de faiblesse.

Comme pour lui donner raison, le roi, quelque temps après, faisait brusquement repasser les Pyrénées à toutes les dames espagnoles qui se trouvaient à la Cour, privant ainsi Éléonore des seules personnes amies qui l'entouraient.

Fort chagrinée, la malheureuse souveraine vécut désormais dans une espèce de retraite, entièrement consacrée à des exercices de piété...

François Ier ne s'aperçut même pas de l'effacement de la reine. Il était fort occupé pour lors à se réjouir d'une nouvelle qui le ravissait et le remplissait d'orgueil. Le dauphin François, âgé de dix-sept ans, avait une maîtresse depuis plus d'un an. Pris par ses propres aventures, le roi ne s'était douté de rien, et voilà qu'on lui apprenait d'un coup que son fils n'était pas aussi niais qu'il en avait l'air et qu'il avait été déniaisé...

La jeune partenaire du dauphin était Mlle de l'Estrange, fille d'honneur de la reine. Elle était fort jolie, à en croire Clément Marot, qui dit dans ses *Étrennes :*

A la beauté de l'Estrange,
Face d'ange,
Il donne longue vigueur,
Pourvu que son gentil cœur
Ne se change.

Le dauphin l'avait connue au cours d'un bal champêtre, en dansant le « bransle ». Deux heures plus tard, il était devenu son amant.

Tous ces détails ravissaient le roi, lui qui considérait avec tristesse « tous puceaux âgés de plus de quatorze ans »...

A la fin d'octobre de 1535, François Ier apprit que Francisque Sforza, dernier duc de Milan, venait de mourir, et il en fut satisfait.

Aussitôt, il se disposa à se saisir de ce duché qu'il convoitait depuis longtemps et pensa que l'occasion était peut-être venue de mettre également la main sur la Savoie, qu'il appelait le « portier des Alpes », et dont la position stratégique lui semblait fort importante.

Il leva une armée et, pour la première fois, cette armée fut composée d'hommes du peuple. En effet, le Trésor était trop vide pour qu'on pût payer des mercenaires, et le roi, depuis la trahison du connétable de Bourbon, se méfiait de la noblesse.

A la tête de ces troupes, se trouvait l'amiral Chabot de Brion (grand protégé de la duchesse d'Étampes) ainsi que les deux fils aînés du roi : le dauphin François et le prince Henri.

Avant de quitter Paris, Henri, avec sa froideur habituelle, fit ses adieux à Catherine de Médicis, puis il se rendit chez Diane de Poitiers à seule fin de lui montrer qu'il partait à la guerre en portant ses couleurs : le blanc et le noir [118]...

Les troupes gagnèrent Lyon, puis s'élancèrent fougueusement vers les Alpes et, malgré un hiver rigoureux, s'emparèrent en quelques semaines de la Savoie et du Piémont.

Timoré, indécis, l'amiral de Brion fut un peu ébloui par sa victoire rapide et n'osa pas pousser tout de suite jusqu'au Milanais. Faute qui rendit le roi furieux.

Immédiatement tombé en disgrâce, l'infortuné amiral fut remplacé par Montmorency, qui était, lui, le protégé de Diane de Poitiers.

Ainsi, dans les coulisses de la guerre, les deux dames de beauté continuaient de se battre, à coups de généraux...

Montmorency, sachant que Charles Quint se préparait à attaquer la France par Nice et le Var, avec une armée de 50 000 hommes, se porta rapidement en Provence, détruisit tout ce qui pouvait servir à ravitailler les troupes de l'empereur, rasa des villes et des villages, brûla les moulins, empoisonna les puits et donna l'ordre aux paysans de fuir vers Avignon, où il s'installa avec le roi dans un camp admirablement défendu.

L'empereur s'avançait déjà sur cette « terre brûlée », quand François Ier apprit que le dauphin, qui, quelques jours plus tôt, à Lyon, avait bu un verre d'eau glacée après une partie de paume, venait de mourir subitement à Tournon.

Aussitôt, il accusa Charles Quint d'avoir fait empoisonner son fils. Le valet qui avait tendu le verre d'eau fut arrêté, jugé, condamné à avoir les membres disloqués comme régicide et exécuté. En réalité, il semble bien prouvé maintenant que le dauphin ait succombé à une pleuro-pneumonie. A moins que le chroniqueur Beaucaire ait raison quand il nous dit, à l'abri du latin, que l'héritier du trône est mort des suites d'une trop fatigante nuit d'amour avec Mlle de l'Estrange [119]...

19

Diane avait quarante ans, le dauphin dix-neuf...

On a souvent besoin d'un plus petit que soi...

LA FONTAINE

Tandis que la France pleurait son dauphin, la guerre continuait. Charles Quint, au prix d'efforts fantastiques, était parvenu jusqu'aux

118. Après la mort de son mari, en 1531, la grande sénéchale, affectant une vive douleur, se voua pour toujours aux couleurs noire et blanche. « Il est vrai, nous dit Emmanuel de Lerne, que ces nuances lui allaient à ravir... »

119. *Delphinum nonnulli, ex parvæ pilæ udo multo sudore madentem, aqua frigida intemperantius hausta, alii ex nimia venere cum Lestrangia, aulica matrona, mortem sibi consevisse existimarunt* (BELCARIUS, *Commentarii rerum gallicarum,* XXI).

portes de Marseille, laissant sur les routes de Provence plus de vingt mille cadavres.

La tactique de Montmorency avait réussi. Décimées par la faim et la dysenterie, les armées impériales se trouvaient hors d'état de se battre avant même d'avoir eu un combat à livrer...

Après les obsèques de son fils, François Ier revint au camp d'Avignon avec Henri, nouveau dauphin de France, et retrouva sa sœur, Marguerite d'Angoulême, venue à la tête du contingent de la Gascogne et du Béarn [120].

Le roi la remercia.

— Je ne suis qu'une femme, et je le regrette, dit-elle, mais je promets de rassembler une si grande bataille de priants devant Dieu, que Celui entre les mains duquel est la victoire devra la donner à mon frère.

Les semaines passèrent.

Cette curieuse guerre, qui consistait à attendre dans un camp que l'ennemi mourût de faim ou s'empoisonnât en buvant l'eau polluée des puits, coûtait fort cher, car les troupes ne pouvaient se livrer aux pillages sur lesquels comptait habituellement l'Intendance pour assurer l'ordinaire.

Or il arriva qu'un jour le Trésor fût à sec, et les soldats, dont les repas devenaient de plus en plus minces, commencèrent à maugréer ; certains parlèrent même clairement de laisser le roi se débrouiller seul et de rentrer chez eux...

Le manque d'argent risquait fort de compromettre la victoire.

François Ier allait-il perdre ses hommes au moment où l'armée de Charles Quint, lasse d'errer à la recherche de nourriture, commençait à songer à la retraite ? Montmorency se le demandait avec angoisse, quand une riche dame d'Avignon, Madeleine Lartessuti, mise au courant de ces difficultés, fit porter au roi une somme considérable qui permit d'attendre l'épuisement complet de l'empereur.

Quinze jours plus tard, le 14 septembre, Charles Quint se repliait sur le Var et s'embarquait pour l'Espagne. Il avait perdu la moitié de son armée dans cette désastreuse campagne, et « laissait son honneur enterré en France »...

« Depuis Aix jusqu'à Fréjus, dit Martin du Bellay, tous les chemins étaient jonchés de morts et de malades, de harnois, lances, piques, arquebuses et autres armes, et de chevaux abandonnés qui ne pouvaient se soutenir. Là vous eussiez vu des hommes et chevaux, tous amassés en un tas, les uns parmi les autres, et tant de côté que de travers, les mourants pêle-mêle parmi les morts, rendant un spectacle si horrible et piteux qu'il était misérable [121] jusqu'aux obstinés et *pertinax* ennemis ; et quiconque a vu la désolation ne la peut estimer moindre que celle

120. Marguerite avait épousé, en 1527, Henri d'Albret, roi de Navarre. Leur fille, Jeanne d'Albret, née en 1528, sera la mère de Henri IV.

121. C'est-à-dire qu'il *incitait à la pitié*.

que décrivent Josèphe en la destruction de Jérusalem, et Thucydide en la guerre du Péloponnèse. »

François Ier respira. Le royaume des lys était sauvé.

Mais qui sait si, sans Madeleine Lartessuti, les choses n'eussent point tourné autrement et si la lamentable description que vient de nous faire Martin du Bellay ne se fût point appliquée aux armées de François Ier ?

Dès que Charles Quint eut quitté la Provence, le roi alla rejoindre la Cour à Lyon et annonça son désir de remonter bientôt vers Paris.

Si la guerre était terminée dans le Midi, elle continuait, en effet, dans le Nord, où les armées de l'empereur attaquaient les Flandres et la Picardie.

Marguerite d'Angoulême, à la tête de ses Gascons, se transporta rapidement à Péronne et à Saint-Riquier.

— Il serait temps, dit-elle, que les femmes devinssent hommes, afin de rabaisser l'orgueil de ces téméraires ennemis.

Il semble, d'ailleurs, qu'elle communiqua son courage aux Flamandes, puisque, au siège de Saint-Riquier, les femmes jetèrent de la poix et de l'eau bouillante du haut des murs sur l'assaillant, et que plusieurs, déguisées en hommes, allèrent jusqu'à ceinturer des soldats impériaux pour leur prendre leurs enseignes.

Tandis que Marguerite se battait ainsi avec le courage et l'adresse d'un grand capitaine, la Cour, qui n'avait pas quitté Lyon, oubliait avec quelque légèreté ses craintes récentes et organisait des fêtes, des bals et des parties de campagne...

Catherine de Médicis, devenue dauphine, était, bien entendu, le point de mire de toute la « petite bande ». Souriante, douce, habile, elle avait su se faire de nombreuses amies et se gagner la sympathie du roi. François Ier admirait beaucoup cette jeune personne de dix-sept ans qui apprenait le grec et le latin, s'intéressait à l'astronomie, étudiait les mathématiques, le suivait à la chasse et ne rougissait point en écoutant les lestes histoires qu'il aimait à raconter.

Bien sûr, Catherine n'était pas aussi jolie que les autres demoiselles de la petite bande, mais la finaude avait trouvé le moyen de faire oublier son visage lunaire et ses grosses lèvres en montrant ce qu'elle avait de mieux : ses jambes.

Pour cela, elle inventa une façon audacieuse de monter à cheval. Alors que, à cette époque, les femmes s'asseyaient sur leurs haquenées, de côté, les pieds appuyés sur une planchette, la dauphine monta « le pied gauche à l'étrier et la jambe droite fixée sur la corne de l'arçon ». C'est-à-dire « en amazone ».

Aussi, pendant les parties de chasse, les princes n'avaient-ils d'yeux que pour les mollets de Catherine... Bien entendu, toutes les dames de la Cour, même celles qui eussent dû faire au public la charité de lui cacher leurs jambes, imitèrent la dauphine.

Cet engouement allait avoir une singulière conséquence.

En effet, la nouvelle façon de monter à cheval, qui faisait parfois flotter haut la jupe, obligea les grandes dames françaises à ajouter à leur trousseau une pièce qu'elles ne possédaient point jusqu'alors et dont elles n'avaient pas encore éprouvé le besoin : une culotte.

Ce sous-vêtement nouveau, que l'on nomma tout d'abord *calçon*, fit jaser bien des moralistes. A les entendre, il s'agissait là d'un attribut du diable. « Il est bon, disaient-ils, que les femmes aient la fesse nue sous la jupe. Elles n'ont point à s'approprier un vêtement viril, dérivé des hauts-de-chausses réservés à l'homme. Qu'elles renoncent donc aux vertugales [122] ouvertes, ainsi qu'à certaines façons de monter à cheval, et se laissent les fesses libres comme il convient à leur sexe. »

D'autres, au contraire, comme Henri Estienne, prenaient la défense de l'objet : « Ces calçons sont utiles aux femmes pour ce qu'elles ont l'honnesteté en grande recommandation. Car, outre que ces calçons les tiennent plus nettes, les gardant de la poudre et du froid, ils empeschent qu'en tombant de cheval ou autrement, elles ne montrent plus qu'il ne convient. »

Plus loin, il précisait :

« Ces calçons les assurent aussi contre les quelques jeunes gens dissolus, car, venant mettre la main sous la cotte, ils ne peuvent toucher aucunement leur chair. »

Tout ceci était fort bien, pourtant Henri Estienne, qui connaissait les femmes, ajoutait : « Mais comme l'abus vient en toute chose encore que l'invention ne soit pas abusive, quelques-unes de celles qui au lieu de faire lesdits calçons de toile simple, les font de quelque estoffe bien riche, pourroient sembler ne regarder pas aux choses que nous avons dictes ; mais en se mettant en chausses, vouloir plustost attirer les dissolus que de se défendre contre leur impudence... [123] »

Cette polémique entre les détracteurs et les défenseurs du pantalon féminin passionna la Cour pendant des mois, et peut-être aurait-on vu princes et princesses se battre pour « la chatière de dame », comme certains disaient alors, si une aventure assez curieuse n'était venue, tout à coup, vers la fin de l'été 1536, éclipser le débat « sous-vestimentaire »...

L'héroïne en fut Madeleine de France, la plus jolie fille de François Ier.

Un jour, cette princesse, qui se promenait à cheval avec trois ou quatre amies, s'arrêta au bord d'une rivière.

— Baignons-nous, dit-elle.

Naturellement, cette époque, qui en était encore à inventer le pantalon féminin, ignorait le maillot de bain. Aussi est-ce seulement parées de leur candeur et d'un léger duvet que les jeunes filles entrèrent dans l'eau.

122. Ou « vertugadin », ces bourrelets que les femmes plaçaient sous les robes pour faire bouffer leur jupe.

123. Henri Estienne, *Dialogues entre les courtisans de ce temps.*

Tout à coup, l'une d'elles poussa un cri et désigna aux autres un groupe d'hommes inconnus, cachés dans les arbres, et qui les contemplaient. En un éclair, elles disparurent, se rhabillèrent en hâte, remontèrent sur leurs chevaux et regagnèrent Lyon en pensant bien que personne ne connaîtrait jamais leur aventure.

Or l'un des indiscrets était le roi d'Écosse, Jacques V...

Celui-ci, qui avait quitté son pays avec quelques gentilshommes de ses amis pour venir combattre Charles Quint aux côtés du roi de France, arrivait trop tard et s'en désolait. Il avait appris la retraite de l'empereur en traversant Paris, mais il était parti tout de même pour Lyon, car il voulait demander à François Ier la main de Marie de Bourbon, fille du duc de Vendôme.

C'est en voulant faire une dernière halte avant Lyon qu'il s'était arrêté auprès de la rivière où Madeleine et ses compagnes s'ébattaient en toute innocence.

Attiré par les rires de ces demoiselles, Jacques V avait jeté un coup d'œil à travers les branches, et une nymphe lui était apparue, dont il avait pu contempler le corps parfait pendant quelques secondes.

Après la fuite des baigneuses, le roi d'Écosse remonta à cheval et continua sa route, fort troublé par la radieuse beauté entrevue et fort malheureux à la pensée que, sans doute, il ne la retrouverait jamais...

Une heure plus tard, il arriva à Lyon, où François Ier le reçut avec beaucoup de grâce.

— Je veux que, ce soir même, une fête soit donnée en l'honneur de mon ami le roi d'Écosse, dit-il.

Le soir, avant le bal, François présenta les princes et les princesses de sa Cour à Jacques V, et, soudain, celui-ci pâlit : devant lui, dans une somptueuse robe de brocart, se tenait, écarlate de confusion, la nymphe de la rivière.

Deux secondes plus tard, il savait que cette demoiselle, dont il avait admiré les jambes magnifiquement dessinées et les petits seins pointus et fermes, était la princesse Madeleine.

Fort exalté, il demanda, dès le lendemain, à François Ier la main de sa fille ; ce qui lui fut accordé aussitôt.

Les fiançailles donnèrent lieu à des fêtes qui durèrent tout l'automne, et le mariage fut célébré à Notre-Dame de Paris le 1er janvier 1537. Madeleine, qui avait toujours désiré être reine et qui adorait son mari, était follement heureuse.

Au mois de mai, le jeune couple, accompagné d'un petit page nommé Pierre de Ronsard, qui commençait à versifier, s'embarqua pour l'Écosse.

Hélas ! deux mois après son arrivée dans les brumes de Linlithgow, la petite reine mourut tuberculeuse.

Elle avait dix-sept ans.

Tandis que Catherine de Médicis exhibait gaillardement ses jambes à la chasse et lançait des modes nouvelles, Henri — à qui son nouveau titre avait donné quelque assurance — faisait une cour assidue à Diane de Poitiers. La grande sénéchale, loin de sourire, comme autrefois, aux déclarations enflammées du jeune prince, se montrait plus attentive et commençait à s'émouvoir devant tant de constance.

La fidélité du dauphin était, en effet, extraordinaire. Malgré son mariage avec Catherine, il continuait de porter les couleurs de Diane, appelait celle-ci sa « dame » et lui envoyait des poèmes délirants et laborieux, sur lesquels le malheureux, qui n'était point doué comme son père, avait peiné toute une nuit...

Brusquement, cette veuve austère, qui portait des vêtements de deuil depuis six ans et posait les yeux sur les hommes sans avoir jamais d'arrière-pensées, fut troublée et, nous dit un chroniqueur, « se sentit grande chaleur et fortes démangeaisons au corbillon, ainsi que grande envie de se faire mignoter le tétin [124] »...

Ce qui la mit en d'heureuses dispositions pour reprendre le dialogue sur de nouvelles bases. Habilement, au milieu de cette Cour préoccupée de ses intrigues et de ses fêtes, elle se rapprocha du dauphin, le considéra avec un intérêt sans cesse accru et acheva de l'affoler en se montrant à la fois coquette et maternelle, provocante et affectueuse...

Le pauvre garçon, qui n'était déjà pas ce que l'on appelle un bon vivant, perdit le sommeil, le boire et le manger. Triste et mélancolique, il vivait les yeux fixés sur Diane.

Il avait dix-neuf ans ; elle en avait près de quarante. Mais son éclatante beauté dépassait celle de toutes les jeunes filles de la Cour. A une époque où les femmes étaient vieilles à trente ans, une telle fraîcheur paraissait étonnante, voire insolite, et l'on prétendait qu'elle usait de philtres. Or son secret était simple : levée à six heures chaque matin, elle prenait un bain d'eau froide, puis montait à cheval et faisait une promenade dans la campagne, jusqu'à huit heures. Ensuite, elle rentrait se coucher, prenait un petit déjeuner léger et, jusqu'à midi, lisait au lit. Les poudres et les pommades lui étaient inconnues, et elle dédaignait même le fard, qui eût terni sa fraîcheur.

Toute la Cour — sauf Mme d'Étampes, bien entendu — était d'accord pour la trouver adorablement belle. On copiait sa démarche, ses gestes, ses coiffures. Elle servit, d'ailleurs, à établir les canons de la beauté, dont toutes les femmes, pendant cent ans, cherchèrent furieusement à se rapprocher :

Trois choses blanches : la peau, les dents, les mains.
Trois noires : les yeux, les sourcils, les paupières.
Trois rouges : les lèvres, les joues, les ongles.
Trois longues : le corps, les cheveux, les mains.
Trois courtes : les dents, les oreilles, les pieds.
Trois étroites : la bouche, la taille, l'entrée du pied.
Trois grosses : les bras, les cuisses, le gros de la jambe.
Trois petites : le tétin, le nez, la tête.

124. *Portrait et amours de la Déesse Dyane.* Anonyme.

Un jour qu'elle était légèrement souffrante, Diane reçut une lettre passionnée du dauphin :

Madame,

Je vous supplye de me mander de votre santé, afin que, selon cela, je me gouverne. Car si vous contynuyez à vous trouver mal, je ne vouldrois faillir vous aller trouver pour vous faire servyce, selon que j'y suis tenu, et aussi qu'il ne me seroit possible de vivre si longtemps sans vous voir... Estant éloigné de celle de qui dépent tout mon bien il est malaisé que je puisse avoir joie...

Cependant, je vous supplie d'avoir souvenance de celui qui n'a jamais connu qu'un Dieu et une amie, et vous assure que n'aurez point de honte de m'avoir donné le nom de serviteur, lequel je vous supplie de me conserver pour jamais...

HENRY.

Diane pensa dès lors que les choses ne pouvaient pas rester longtemps à ce stade, le jeune prince risquant de mourir d'un coup de sang avant d'avoir ceint la couronne de France.

Allait-elle devenir la maîtresse du dauphin, après trente-neuf années de vie irréprochable ? La grande sénéchale se posa brusquement la question qu'elle écartait de son esprit depuis longtemps et fut prise de vertige.

Une existence nouvelle, extraordinaire, s'offrait à elle : maîtresse de Henri, elle pouvait, un jour, devenir la favorite du roi de France, l'adversaire triomphante de Mme d'Étampes, et l'égérie toute-puissante d'un souverain faible et peu au fait de la politique.

Effarouchée et ravie, elle chercha à calmer sa conscience. La chose fut assez facile, car, avec cette charmante hypocrisie que possèdent les femmes, elle se trouva une admirable excuse : « Le dauphin est jeune, timide, gauche et sans expérience. Il est de mon devoir de l'aider à devenir un homme et un grand roi... »

Pénétrée de l'importance du rôle qu'elle avait à jouer, elle attendit désormais l'occasion.

Celle-ci se présenta quelques semaines plus tard à Écouen où le Grand Maître Anne de Montmorency avait invité Diane et Henri dans son fameux « château obscène », dont chaque fenêtre était garnie de vitraux tellement licencieux que « la lumière rougissait en les traversant ».

L'endroit était idéal pour ce que préméditait la grande sénéchale. Et, un matin, après une promenade à deux dans le jardin, Diane et Henri allèrent s'enfermer dans une chambre...

Le soir, le dauphin, l'air presque guilleret, rentra à Paris où Catherine de Médicis le félicita pour sa bonne mine et s'extasia sur les qualités de l'air qu'on respirait en Parisis.

— Vous devriez y retourner souvent, dit-elle, vous y gagneriez des couleurs...

Henri ne se le fit pas dire deux fois, on s'en doute, et prit l'habitude de rencontrer la grande sénéchale chez Montmorency.

Pendant des mois, personne ne se douta de rien.

Or, tandis que la Cour continuait à admirer la vertu de Diane, celle-ci, pourtant si discrète habituellement, se laissait attendrir comme une midinette par sa propre aventure et ne pouvait résister au besoin d'écrire quelques vers en souvenir de sa délectable chute :

Voici vraiement qu'amour un beau matin,
S'en vint m'offrir fleurette très gentille.
Là, se prit-il à orner vostre teint
Et vistement[125] *violiers*[126] *et jonquille*
Me rejettait à tant, que ma mantille
En était pleine... et mon cœur s'en pâmait.
(Car voyez-vous fleurette si gentille
Estoit garçon frais, dispos et jeunet.)
Ains[127] *tremblante et détournant les yeux*
« — Nenni », disois-je. « Ah ! ne serez déçue »,
Reprit Amour ; et soudain à ma vue
Va présentant un laurier merveilleux.
— « Mieux vaut, lui dis-je, être sage que reine. »
Ains me sentis et frémir et trembler.
DIANE FAILLIT, et comprendrez sans peine
Duquel matin je prétends reparler...

Dès la première rencontre, Diane, éblouie par la fougue du dauphin, était tombée amoureuse...

Quant à Henri, transformé par cette liaison, il montrait une exaltation de collégien. C'est d'ailleurs à ce moment qu'il se dessina, par jeu puéril, un monogramme où se trouvaient le H de son nom et deux fois le D de Diane entrelacés de telle façon qu'on pût croire qu'il s'agissait là de l'initiale de Catherine mêlée à la sienne[128] :

Ce monogramme orna bientôt ses armes, en attendant de se trouver, un jour, sur tous ses châteaux et même sur sa robe de sacre.

125. Vivement.
126. Giroflées.
127. Mais.
128. Sur certaines tapisseries, ce sont des croissants qui forment l'arrondi des D. Le monogramme est alors plus clair encore puisque le croissant de lune est le signe de la déesse Diane...

Bref, le jeune Henri, absolument subjugué par cette maîtresse intelligente et expérimentée, ne tarda pas à être entièrement sous sa domination...

Avant de montrer les conséquences politiques de cette liaison, il convient, je crois, de détruire une légende absurde et tenace qui veut que le dauphin, en devenant l'amant de la grande sénéchale, ait pris la place de son père...

Voyons d'abord quels faits authentiques ont donné naissance à ce bruit. En 1523, le seigneur de Saint-Vallier, père de Diane, avait été arrêté comme complice du connétable de Bourbon et condamné à mort. Alors que le glaive du bourreau tournoyait déjà au-dessus de sa tête, un cavalier lancé au galop apporta une lettre du roi : il était gracié. François Ier avait fini par se rendre aux prières de la grande sénéchale qui venait plusieurs fois par jour implorer son pardon pour son père.

Cette grâce, accordée *in extremis,* frappa l'esprit du bon peuple qui chercha, comme toujours, à embellir l'histoire, et l'on murmura que Diane avait eu quelques bontés pour le souverain...

Rumeur qui fut reprise et amplifiée, quelques années plus tard, par les protestants, lorsque ceux-ci eurent à lutter contre la grande sénéchale ; et Régnier de la Planche, dans son livre *De l'estat de la France sous François Ier*, écrivit sans sourciller : « En son jeune âge, Diane racheta de son pucelage la vie du sieur Saint-Vallier, son père. »

Or, en 1523, Diane était mariée depuis huit ans. Il y avait beau temps que son pucelage ne la gênait plus.

Mais c'est Brantôme, soixante-sept ans plus tard, qui donna, bien entendu, le plus de détails sur cette histoire issue de l'imagination populaire. Écoutons-le : « J'ai entendu parler, dit-il, d'un grand seigneur qui, ayant été jugé d'avoir la tête tranchée, si qu'étant déjà sur l'échafaud sa grâce survint que sa fille qui était des plus belles avait obtenue et il ne dit autre chose, sinon : ''Dieu sauve le bon c... de ma fille qui m'a si bien sauvé...'' »

Ce mot extraordinaire n'est cité par aucun contemporain ; or il eût frappé, je crois, ceux qui entouraient l'échafaud...

Il faut donc tenir l'anecdote pour indiscutablement fausse. Mais les légendes ont la vie dure, et, pour pouvoir prétendre que François Ier avait été l'amant de Diane, des historiens ont présenté pendant bien longtemps des lettres passionnées écrites au roi par une femme...

— Cette femme, disaient-ils, c'est Diane ! Les experts en écriture sont formels.

Ils avaient tort d'être aussi catégoriques, car il s'agissait d'une grossière erreur ; et Guiffrey a démontré par simple comparaison des graphies que l'auteur des lettres était Mme de Châteaubriant...

Il ne reste donc plus le moindre doute, et tous les historiens sont d'accord aujourd'hui pour affirmer que Diane de Poitiers n'a jamais été la maîtresse de François Ier.

C'est donc en femme honnête, si j'ose dire, qu'elle entra dans le lit du dauphin...

La duchesse d'Étampes fut la première à soupçonner ce qui se passait entre le dauphin et la grande sénéchale. Elle se livra à une enquête discrète et acquit bientôt la certitude que la vertueuse chasseresse, ayant, si j'ose dire, plus d'une corde à son arc, faisait les belles nuits de l'héritier du trône. Elle en fut stupéfaite, ulcérée et inquiète.

Ainsi donc, Diane, qu'elle haïssait en silence depuis le fameux concours de beauté qui les avait naguère opposées, devenait brusquement sa future remplaçante — autant dire sa rivale.

Le dauphin lui importait peu, et elle eût accepté de voir n'importe quelle maîtresse dans le lit du prince Henri ; mais que le destin eût choisi précisément la femme à qui elle devait le plus cuisant affront de son existence, la mit dans un état de nervosité dont s'alarma François Ier.

Enfermée dans sa chambre, elle rumina sa colère, cherchant un moyen de se débarrasser à tout jamais de la grande sénéchale. La satire lui parut être une bonne arme et elle décida de faire fuir son ennemie sous les quolibets et les sarcasmes de la Cour...

Dès le lendemain, Anne avait préparé son plan. Elle convoqua un de ses protégés, le poète champenois Jean Voulté, et lui demanda de composer des vers ironiques et cruels contre la maîtresse du dauphin.

Certain d'être bien payé, le poète se mit aussitôt au travail et rima en latin des épigrammes fort injurieuses qui furent rapidement connues de toute la Cour. Dans ces vers, Jean Voulté accusait grossièrement — et faussement — Diane de Poitiers de farder son visage de blanc et de rouge, de porter des dents artificielles et même des cheveux d'emprunt...

La grande sénéchale riposta sans tarder, en faisant sournoisement courir des bruits fâcheux sur la fidélité de la favorite.

La guerre entre les deux dames était déclarée.

Se voyant découverte, la duchesse d'Étampes mit bas le masque et attaqua ouvertement sa rivale, la traitant en public de *vieille édentée,* de *vieille ridée*, et racontant, en riant très fort, « qu'elle était née le jour du mariage de la grande sénéchale ». Ce qui était faux, car les deux femmes n'avaient que sept ans de différence.

Alors, Diane lança de nouvelles accusations beaucoup plus précises cette fois, avec l'espoir que le roi en serait ému. Et l'on murmura que l'ardente favorite « avait souventes fois compté les solives en compagnie du sire de Dampierre, du comte de la Mirandole, de Clément Marot et de quelques autres seigneurs ; oultre ceux-ci, ils estoient bien dix et plus à la Cour qui eussent pu affirmer, sans pécher, lui avoir touché le brimborion... »

Or, si Mme d'Étampes mentait lorsqu'elle traitait Diane de vieille ridée, celle-ci n'avait pas tout à fait tort en prétendant que la favorite trompait le roi.

Mais François Ier était trop attaché à la blonde duchesse pour qu'une rupture fût possible, même sous l'empire de la jalousie. Une anecdote le prouvera. Un jour que le souverain était à la chasse, la favorite posta la demoiselle Renée des Colliers à l'œil-de-bœuf du corridor.

— Dès que le roi entrera dans la cour, lui dit Mme d'Étampes, venez frapper à la porte de ma chambre.

Bien entendu, la demoiselle s'endormit, et François Ier, pénétrant chez sa maîtresse, trouva celle-ci couchée avec le jeune Christian de Nançay. Les accusations de la grande sénéchale se trouvaient donc brusquement vérifiées.

Durant quelques secondes, la duchesse d'Étampes se crut perdue.

Le roi comprit qu'un scandale l'obligerait à chasser l'infidèle. Il préféra faire semblant de ne pas la reconnaître.

— Que cette femme se lève ! dit-il simplement. Et vous, Monsieur, qui osez entretenir ici des intrigues avec *une suivante de Mme d'Étampes*, allez réfléchir en prison sur l'inconvenance d'une pareille conduite.

Puis il sortit, très pâle.

Diane de Poitiers n'avait donc aucune chance de séparer le roi de sa maîtresse. D'ailleurs, pour montrer qu'il ne faisait aucun cas des accusations lancées par la grande sénéchale, François Ier, à quelque temps de là, se fit accompagner de Mme d'Étampes pour aller rendre visite au pape...

La lutte entre les favorites devint si farouche que deux camps se formèrent bientôt à la Cour. On oublia la guerre contre l'empereur pour se ranger derrière la fringante duchesse d'Étampes ou aux côtés de l'altière grande sénéchale.

Il y eut le parti du dauphin et celui du roi. François Ier et son fils se trouvèrent donc divisés à cause de leurs maîtresses au moment précis où Charles Quint regroupait de nouvelles forces contre la France...

Autour du roi et de Mme d'Étampes, il y avait Marguerite d'Angoulême, sœur de François Ier, du Bellay, l'amiral de Brion et quelques seigneurs favorables aux idées lancées par Luther. Autour du dauphin et de Diane de Poitiers, il y avait la reine Éléonore, le Grand Maître Anne de Montmorency, les princes de Lorraine et, aussi étrange que cela puisse paraître, la dauphine Catherine de Médicis qui se montrait douce, gentille et prévenante pour la maîtresse de son mari.

La Florentine, cachant, avec une force de caractère peu commune, la jalousie qui la torturait, souriait à Diane et à ses amis. Mais, déjà, des idées de vengeance commençaient à lui venir... Et, peu à peu, l'amertume et la haine lui façonnèrent l'une des âmes les plus noires qui aient jamais habité un corps humain...

Une étrange histoire allait, d'ailleurs, lui fournir un exemple dont elle ne manquerait pas de s'inspirer un jour.

Au mois d'octobre 1537, alors que la Cour vivait dans une atmosphère de guerre froide, une nouvelle vint surprendre tout le monde : Mme de Châteaubriant était morte.

L'ex-favorite disparaissait à quarante-trois ans, ayant conservé jusqu'au dernier jour son éclatante beauté. Le roi fut bouleversé. Montant à cheval, il fila d'une traite jusqu'à Châteaubriant pour s'incliner devant la tombe fraîchement close de son ancienne « mye ».

Rentré à Fontainebleau, il se désintéressa un moment de la querelle des « dames » et « se consacra à sa peine », nous dit un historien du temps. Il composa même un poème fort mélancolique qui se terminait par :

L'âme est en haut, du beau corps c'en est fait
Icy dessous.

Pendant ce temps, Clément Marot rimait pour la belle Françoise une épitaphe dont le dernier vers mériterait d'être inscrit sur le tombeau de toutes les favorites du monde :

Ci gît un rien, là où tout triompha.

Ce vers fut commenté comme il se doit, puis la Cour oublia Mme de Châteaubriant pour reprendre ses intrigues.

C'est à peine si quelques facétieux clignèrent de l'œil lorsque le sire de Châteaubriant, dix jours après la mort de sa femme, réussit à se faire donner par le roi les lettres lui concédant « la jouissance des revenus des terres et seigneuries de Rhuys et Suscinio, pour en user comme en jouissait Mme de Châteaubriant, sa femme, récemment décédée ».

Tout le monde, en effet, trouva normal que le gouverneur de Bretagne profitât des cadeaux reçus par sa femme « pour ce que le roi accointait icelle et le faisoit cocu... ».

Or, trois mois plus tard, en janvier 1538, un bruit colporté par des Bretons stupéfia la Cour : Mme de Châteaubriant n'était pas morte de mort naturelle, elle avait été assassinée par son mari...

Ces braves gens racontaient une histoire horrible. A les entendre, Jean de Laval avait dissimulé sa jalousie pendant des années, feignant l'indifférence ou la cupidité : puis au début de 1537, sachant que le roi, pris définitivement par Mme d'Étampes, ne pouvait plus protéger Françoise, il avait résolu de se venger.

Après avoir annoncé que sa femme était souffrante, il avait enfermé la malheureuse dans une chambre tendue de noir comme un cercueil. Elle y était restée six mois entiers sans voir personne. Et, le 16 octobre, il avait fait entrer six hommes masqués et deux chirurgiens. Ceux-ci étaient armés de longs couteaux effilés. Sans prononcer une parole, ils avaient bondi sur Françoise qui hurlait de terreur et l'avaient saignée aux bras et aux jambes. Après quoi, la pauvre était morte aux pieds de son mari.

Le comte de Châteaubriant, en effet, tandis que le sang de l'ex-favorite se répandait en nappe tiède dans la chambre, se tenait droit contre la tapisserie.

— Et, ajoutaient les braves Bretons, il étoit fort pâle...

On comprend cela.

Cette lugubre histoire était-elle fondée sur des faits exacts ? Le roi, fort ému, chargea le Grand Maître Anne de Montmorency d'aller enquêter sur place.

L'enquête ne donna aucun résultat et l'affaire fut classée.

Mais, quelque temps après, on devait apprendre que M. de Châteaubriant déshéritait ses neveux et léguait tous ses biens « par don irrévocable entre vifs »... au Grand Maître Anne de Montmorency...

Est-il besoin de conclure ?

Toute cette affaire n'avait pas interrompu une seconde la « guerre des dames », et François Ier, dans l'impossibilité d'intervenir lui-même, se plaisait à prouver que la duchesse d'Étampes conservait sa confiance et son estime en la couvrant de cadeaux somptueux.

Mais, à ce jeu, le Trésor, déjà mal en point, fut rapidement à sec ; et le roi dut se séparer de 1 200 hommes de troupe qu'il ne pouvait plus payer. Acte regrettable qui lui valut une critique curieusement formulée des basochiens. Écoutons le chroniqueur François de Bonnivard nous conter la chose : « Luy mesme (François Ier), il était libéral, magnanime, humain, et bref en toutes vertus accompli hormis qu'il était subject à volupté, et en sa jeunesse fit maints excès à gents particuliers dommageables, car il alloit de jour et de nuit en masque riblant çà et là, frappant et battant cestuy et l'autre ; mais il se chastia en âge vieilli, hormis des femmes (car il y fut subject depuys le berceau jusques à la mort), auxquelles il donnoit tout ce qu'il avoit, en sorte que, par ses dons successifs du commencement de son règne, force luy fut de casser 1 200 hommes d'armes pour ce que l'on ne trouvoit de quoi les payer, ce dont la basoche de Paris fut émue de jouer une telle farce.

» Ils firent tailler un gros membre d'homme qu'ils corouèrent, mirent sus une charette et alloient, luy donnant du fouet, par tous les carrefours, et avoient aposté des gens qui leur disoient : — Mes amis, à qui est ce pauvre v... que vous allez ainsi fouettant, et en quoi a-t-il mesfaict ? Ils répondirent : — C'est le v... du roy qui a bien mérité le fouet et pis. — Comment, disoient les autres, a-t-il chevauché sa cousine ? — Il a bien faict pis, répondoient-ils (les clercs de la basoche). — Comment, a-t-il chevauché sa sœur ? — Pis ! — Par aventure, sa mère ? — Encore pis ! — Est-il par hasard bougre ? — Encore pis ! — Quel crime a-t-il donc commis ? — Il a chevauché douze cents hommes d'armes, disoit-on par conclusion. »

Cette procession déplut beaucoup au roi...

20

Les femmes et la Réforme

Sans Mme d'Étampes, il n'y aurait peut-être pas eu de guerres de religion.

GRAND-CARTERET

A plusieurs reprises, j'ai fait allusion, dans les chapitres précédents, à la lutte qui opposait depuis le début du XVIe siècle catholiques et protestants. Je crois que le moment est venu de montrer le rôle que les femmes ont joué dans la naissance de la crise religieuse qui secoua la chrétienté pendant plus de cent ans. Car c'est à cause de quelques jolies filles trop séduisantes que l'Europe occidentale fut ensanglantée par les guerres de religion...

De nombreux ecclésiastiques, en effet, ne vivaient pas dans l'état de chasteté désiré par les membres du Concile général de Latran. Ils partageaient leur couche avec de sémillantes demoiselles grâce auxquelles ils avaient bonne année, bonne santé et le paradis avant la fin de leurs jours...

Ce comportement un peu osé pour des ministres du Seigneur commença par faire rire, car en France le lit amuse. Seules, quelques vieilles filles amères se répandirent en critiques féroces, vouant à tous les tourments de l'enfer les moines amateurs de dames.

Mais ces saints hommes commirent une imprudence qui fit soudain changer l'opinion à leur égard. Non contents d'entretenir chez eux des concubines ou de recevoir dans leur chambre quelques filles de joie expertes aux jeux d'alcôve, ils firent, entre deux bréviaires, subir de délectables outrages à certaines de leurs paroissiennes. Alors, les hommes qui riaient en clignant de l'œil devinrent furieux, car il n'était pas rare que de dignes épouses revinssent de chez M. le Curé avec un « enfant de chœur dans le bénitier ».

Aussitôt, ces braves gens, qui ne songeaient à discuter ni des dogmes ni de la liturgie, que la transsubstantiation, la virginité de Marie ou l'intérêt qu'il pouvait y avoir à dire la messe en latin laissaient indifférents, désirèrent que l'Église procédât à d'indispensables réformes... Et ils commencèrent à déclarer hautement que les prêtres, au lieu d'en être réduits à détourner des épouses, devraient pouvoir trouver un apaisement à leurs ardeurs dans le saint sacrement du mariage.

Des discussions passionnées s'engagèrent alors, et certains érudits rappelèrent l'autorité regrettable des femmes d'évêques, les fameuses *episcopa* au VIe siècle, et les honteux trafics auxquels donnait lieu l'arrivisme de ces dames.

— Combien de femmes de chanoines, disaient-ils, entraient dans le lit d'un cardinal pour faire avoir de « l'avancement » à leurs maris...

D'autres allaient jusqu'à citer l'exemple navrant de Badégésile, femme de l'évêque du Mans, « qui excitait continuellement son mari à commettre des crimes ». Névrosée, hystérique, maniaque, elle organisait des parties fines à l'issue desquelles « elle coupait aux hommes les parties naturelles et la peau du ventre, et faisait brûler aux femmes, avec des fers ardents, les parties secrètes de leur corps [129] ». Désordres qui plaçaient son époux dans un climat peu propice à la prière, on s'en doute.

Mais ces anecdotes ne parvenaient pas à convaincre tout le monde, et de nombreux catholiques réclamant le mariage des prêtres se trouvaient, sans le savoir, dans un état d'esprit qui rendait possible n'importe quelle tentative de schisme.

Quelques âmes simples s'étonnaient pourtant de l'indulgence dont faisait preuve le pape et pensaient que des peines terribles allaient un jour s'abattre sur les coupables.

Les pauvres devraient être bientôt cruellement détrompées. Un ouvrage tenu secret fut soudain rendu public par certains clercs qui réclamaient depuis longtemps une réforme de l'Église. Il s'agissait du *Livre de taxes de la Cour de Rome,* qui révélait de curieux trafics d'indulgences. En effet, le pape, comprenant qu'il ne parviendrait jamais à corriger les mœurs du clergé, avait trouvé habile de profiter de la vigueur des saints prêtres pour boucler son budget. Il autorisait donc certains actes de luxure aux ecclésiastiques moyennant une petite somme d'argent...

Et le peuple, ébahi, put lire : *L'absolution et pardon de tous actes de paillardise commis par un clerc en quelque sorte que ce soit, et fût-ce avec une nonnain, dedans ou dehors le pourpris de son monastère, ou avec ses parentes ou alliées, ou avec sa filleule ou avec une autre femme quelle qu'elle soit ; soit aussi que ladite absolution se fasse au nom du clerc simple, ou de lui et de ses putains, avec dispense de pouvoir prendre les ordres, et tenir bénéfices ecclésiastiques, avec aussi la clausule inhibitoire, coûte 36 tournois et 9 ducats. Et si, outre ce que dessus, il y a absolution de bougrerie, et péché contre nature, et fût-il fait avec des bêtes brutes, et que la dispense que dessus, et la clausule inhibitoire y soit, il faut 90 tournois 12 ducats 6 carlins. Mais s'il y a simple absolution du péché de bougrerie, ou du péché commis contre nature, avec les bêtes brutes, avec dispense et la clausule inhibitoire, il faut 36 tournois et 9 ducats. Une nonnain, ayant paillardé plusieurs fois dedans ou dehors le pourpris de son monastère, sera absoute et réhabilitée à pouvoir tenir toutes les dignités de son ordre, voire la dignité abbatiale, moyennant 36 tournois et 9 ducats. L'absolution pour un qui tiendrait à pot et à feu une concubine, avec dispense de pouvoir prendre ses ordres et tenir bénéfice ecclésiastique, coûte 21 tournois, 5 ducats, 6 carlins* [130].

129. GRÉGOIRE DE TOURS, *Chroniques.*

130. Publié à Rome en 1514 sous le titre de : *Regule, constitutiones reservationes cancellaries. Domini nostri Leonis pape decimi, noviter edite et publicate.* Les protestants l'éditèrent par la suite sous le titre : *Taxe des parties casuelles de la boutique du pape...*

Cette fois, les braves gens furent scandalisés. On commença à dire du pape Jules II « qu'il s'était fait marchand », et les fidèles se divisèrent en papistes et en antipapistes...

C'est alors qu'on commença à parler, en France, d'un moine allemand, nommé Martin Luther, qui prêchait la réforme de l'Église.

Bon vivant, fort en gueule, véritable tribun populaire, Luther n'était pas du tout le personnage que les manuels d'histoire ont tendance à nous présenter. Il aimait les femmes, le bon vin, les chansons, et ses discours, pleins d'humour, étaient truffés d'expressions savoureuses, grossières parfois, voire scatologiques, qui réjouissaient le peuple.

C'était une espèce de Rabelais allemand, ainsi que nous le prouve l'histoire suivante : un dominicain essayant de le réfuter dans un mémoire, et ne pouvant en venir à bout, lui avait proposé, finalement, la double épreuve du feu et de l'eau.

Luther, d'une plume alerte et joyeuse, répondit au dominicain : *Je me moque de tes cris comme des braiements de l'âne. Au lieu d'eau, je te conseille du jus de vigne ; au lieu de feu, hume la sauce appétissante d'une oie rôtie ; viens à Wittemberg si le cœur t'en dit. Moi, docteur Martin Luther, à tout inquisiteur de la foi, à tout mangeur de fer rouge, à tout pourfendeur de rochers, savoir faisons qu'on trouve ici bonne hospitalité, porte ouverte, table garnie, soins empressés, grâce à notre duc et prince l'électeur de Saxe.*

Il critiquait avec la même verve certains articles de foi, ironisait sur les Mystères et raillait les sacrements...

Mais, pour le peuple, les questions théologiques semblaient secondaires. L'important était de savoir si le clergé allait continuer à manquer de chasteté avec les paroissiennes. Un partisan de la Réforme ramena d'ailleurs, et à la satisfaction générale, le débat à son origine. « Quant aux prêtres, dit-il, je leur donnerais des femmes pour les forcer à quitter leurs concubines ; je donnerais des concubines aux moines pour les empêcher d'être les maris de toutes les femmes et les femmes de tous les maris [131]. »

Ainsi, de nouveau, le problème essentiel était posé, et, comme toujours, c'était un problème sexuel.

En 1525, Luther, qui s'était défroqué, rencontra une petite nonne nommée Catherine de Bora. Elle était si jolie qu'il en tomba amoureux, l'enleva et l'épousa.

Cette aventure étonna les antipapistes, et certains allèrent jusqu'à prétendre que, si le joyeux moine allemand prêchait tant en faveur du mariage des prêtres, c'était pour vivre en toute sécurité avec un joli tendron. Naturellement, les papistes en profitèrent pour essayer de discréditer Luther, qu'ils présentèrent comme un gros paillard.

Une telle réputation n'était pas pour lui faire tort en France. Au contraire. Et de nombreux catholiques commencèrent à considérer avec

131. PASQUIN.

sympathie la doctrine de ce moine qui vitupérait le concubinage des prêtres tout en aimant goûter les douceurs du déduit.

A cette époque où le bon ton voulait qu'on fût un peu obscène dans sa façon de vivre, toute entreprise libertine suscitait l'enthousiasme ; aussi l'enlèvement de la jeune nonne avait-il rendu extrêmement populaire le moine d'Erfurt.

De nombreux princes et familiers de la Cour furent séduits par ce gaillard dont la virilité, disait-on, dépassait celle de l'évêque de Blois... Et deux grandes dames qui touchaient de très près le roi, Marguerite de Valois, sa sœur, et la duchesse d'Étampes, sa maîtresse, n'hésitèrent pas à se déclarer folles de Luther, malgré les supplices que l'on commençait à faire subir aux partisans du « novateur ».

Bientôt, avec le zèle des néophytes, elles tentèrent de convertir le roi à la religion luthérienne.

Car il s'agissait, maintenant, d'une véritable religion. Les diatribes contre le concubinage des prêtres étaient dépassées, et les réformateurs s'attaquaient aux dogmes, aux symboles et même, dans leur frénésie, à des rites plus anciens que le christianisme...

François Ier fut donc conduit par Mme d'Étampes à Saint-Eustache pour y entendre un luthérien nommé Le Coq. La favorite avait soufflé à l'orateur quelques arguments propres à jeter le trouble dans l'âme de son amant. Hélas ! Le Coq eut un trou de mémoire, chercha en vain les phrases qu'il avait apprises et, furieux contre lui-même, s'emporta, frappa la chaire à coups de poing en criant : « *Sursum corda. Sursum corda.* »

Le roi, très fâché, demanda pourquoi on l'avait fait se déranger pour entendre un énergumène, et rentra chez lui.

C'était raté.

Marguerite et Mme d'Étampes, avec l'ardeur qui anime toujours les prosélytes, ne se tinrent pas pour battues. Quelques semaines plus tard, elles amenèrent dans la chambre du roi un de leurs amis, Landri, qui passait pour un grand théologien. Par amour pour sa maîtresse, François Ier consentit à le recevoir. Tout en caressant les cheveux de Mme d'Étampes, il écouta Landri parler du purgatoire, du culte des saints et de la messe en sept points. Au bout d'un moment, il voulut entamer une discussion. Mais le pauvre protestant, qui avait tout juste assez de théologie pour briller devant la maîtresse du roi et quelques dames, « bafouilla et dit de si pitoyables choses qu'on dut l'éconduire poliment ».

Quelques jours plus tard, troublé peut-être par la conversation qu'il avait eue avec François Ier, il revenait d'ailleurs au catholicisme...

C'était raté encore une fois, et la favorite en fut navrée. Désespérant de convertir le roi, elle décida d'user simplement de son influence pour protéger les luthériens et aider de toutes ses forces à la propagation de leur doctrine.

Mais elle allait se trouver face à face avec son ennemie Diane de Poitiers qui, elle, se dévouait pour le parti catholique.

C'est ainsi que la lutte entre papistes et antipapistes allait s'envenimer à cause d'une bataille de femmes...

Lorsqu'elle avait appris que la duchesse d'Étampes était favorable aux protestants[132], Diane de Poitiers, en effet, s'était sentie fortifiée dans ses convictions catholiques...

Sans perdre un instant, elle avait convoqué chez elle le Grand Maître Montmorency pour lui faire admettre la nécessité de démontrer au roi les dangers d'un schisme qui pouvait rapidement diviser la France et rendre périlleuse la situation du trône...

Ces nobles sentiments, bien insolites chez la grande sénéchale, « qui n'était pas portée sur la religion », cachaient une habile manœuvre. Son but, en poussant François Ier à considérer les luthériens comme des trublions dangereux et des ennemis de la couronne, était de provoquer la disgrâce de Mme d'Étampes...

Montmorency se rendit chez le roi, qui écouta attentivement et promit de réfléchir à ce grave problème.

Alors le Grand Maître insista :

— Il faut faire brûler ces hérétiques, dit-il.

— Jamais, répliqua simplement François Ier.

C'était raté aussi de ce côté-là !

Naturellement, la favorite fut mise au courant de cette démarche. Elle devina aisément quelle pouvait en être l'instigatrice et comprit que tout était dirigé contre elle. Furieuse, elle décida de se venger encore une fois en faisant circuler des pamphlets sur son ennemie, et elle s'adressa à Clément Marot, qui se fit un plaisir d'attaquer la grande sénéchale « pour ce qu'elle lui rappelait une cuisante défaite amoureuse[133] ».

Il avait, en effet, quelques années auparavant, fait la cour à Diane, lui envoyant des vers enflammés et des invites à partir dans les étoiles. La veuve du comte de Brézé ne s'était pas fâchée, flattée sans doute de ces hommages poétiques. Mais, un jour, Marot, redescendant sur terre, avait fait comprendre qu'entre deux voyages sur un rayon de lune il n'était pas contre une petite halte dans un lit confortable... Alors, elle l'avait éconduit.

Depuis, il la haïssait.

La duchesse d'Étampes avait donc parfaitement choisi son homme.

Il commença par insulter grossièrement Diane en la comparant à une déesse libertine, et, nous dit Lénient : « L'univers dut apprendre les perfidies de l'altière *Luna* et les désordres de l'impudique *Isabeau*, pseudonymes offensants qui n'étaient un secret pour personne[134]. »

132. On les appelait ainsi à partir de 1530, à cause des « protestations » ou « confessions » d'Augsbourg.

133. P. Favier-Normand, *La Renaissance et les femmes*.

134. Lénient, *La satire en France, au XVIe siècle*.

Alors la maîtresse du dauphin eut une idée de génie : elle affecta de croire que ces injures s'adressaient à Dieu.

— Ce poète est un hérétique et un blasphémateur, dit-elle.

Double accusation très grave pour l'époque. Et, un matin, Marot reçut la visite de trois personnages qui l'invitèrent à les suivre chez le sieur Bouchart, docteur en théologie et grand inquisiteur pour la foi. Là, il apprit qu'on l'accusait d'avoir mangé du lard en carême, c'est-à-dire d'être luthérien.

Marot, qui était resté jusqu'à ce moment absolument indifférent aux luttes religieuses, fut extrêmement surpris de ce reproche et jura ses grands dieux qu'il croyait à « la sainte, vraie et catholique Église ».

On le mit néanmoins en prison, ce qui lui donna le loisir de composer une jolie ballade à l'adresse de la grande sénéchale qu'il savait être à l'origine de son arrestation :

Un jour j'écrivis à ma mie
Son inconstance, seulement,
Mais elle ne fut endormie
A me le rendre chaudement.
Car dès l'heure, tint parlement
A je ne sais quel papelard
Et lui dit tout bellement :
Prenez-le, il a mangé du lard...

Libéré au bout d'un an, il mena une vie inquiète et s'intéressa aux luthériens, dont il partageait désormais les dangers... C'est ainsi que les accusations de Diane de Poitiers poussèrent malgré lui l'auteur du célèbre poème *Au beau tétin* [135] dans le camp des protestants.

Dépitée, la grande sénéchale chercha un moyen de faire arrêter tous les protégés de la duchesse d'Étampes. L'occasion allait lui en être donnée par les luthériens eux-mêmes.

Le 18 octobre 1534, presque toutes les villes de France furent

135. On connaît ce poème si peu conforme à la légendaire pudibonderie des réformés :

Tétin refait, plus blanc qu'un œuf,
Tétin de satin blanc tout neuf,
Tétin qui fait honte à la rose,
Tétin qui jamais ne repose
Tétin dur (non pas tétin, voire,
Mais petite boule d'ivoire)
Au milieu duquel est assise
Une fraise ou une cerise...

Tétin gauche, tétin mignon
Toujours loin de ton compagnon...
Quand on te voit, il vient à moins
Une envie dedans les mains
De te tâter, de te tenir ;
Mais il se faut bien contenir
D'en approcher, bon gré ma vie,
Car il viendrait une autre envie...

couvertes d'affiches portant une attaque très violente contre les dogmes et particulièrement contre l'eucharistie. Un de ces « placards » fut même collé sur les portes de la chambre du roi à Blois.

Maladresse qui allait être exploitée, comme bien on pense, par Diane de Poitiers ; car celle-ci accusa naturellement la duchesse d'Étampes d'avoir participé au complot, et posé elle-même l'affiche destinée à François Ier.

La duchesse savait comment se faire entendre de son amant. Tendre, caressante, enjôleuse, elle plaida, entre deux étreintes, la cause de ses amis luthériens, et le roi promit de n'ordonner aucune répression.

Il tint parole.

Mais le Parlement, où la grande sénéchale comptait des amis, fit, *de son propre chef, dresser des bûchers, et six protestants — les premiers — furent brûlés...*

C'est alors que Clément Marot, peu rassuré, décida de quitter la France. Avant de partir, il eut l'idée amusante de « laisser un pétard » et publia un poème intitulé *Adieux aux dames de Paris,* où il mettait en cause fort clairement, et avec de nombreux détails libertins, toutes les femmes « avec lesquelles il s'était donné du plaisir »...

Ce poème causa, on s'en doute, un grand scandale et provoqua des drames épouvantables dans de nombreux ménages...

Aussi n'eut-il que le temps de s'enfuir à Venise, où il se mit à composer des cantiques fort édifiants qui sont toujours chantés dans les temples...

Diane, ulcérée à la pensée que le poète de son ennemie avait échappé aux flammes du bûcher, essaya de prendre sa revanche en faisant courir le bruit que Mme d'Étampes trompait le roi avec des réformés.

Cette calomnie arriva rapidement aux oreilles de François Ier. Mais elle n'eut pas l'effet escompté par la grande sénéchale. Au contraire, le souverain, pour montrer à la favorite qu'il lui conservait toute sa confiance, prit les protestants sous sa protection.

Le lendemain, Mme d'Étampes, ravie de pouvoir montrer sa force à Diane de Poitiers, faisait détruire quelques statues de saints à la porte des églises. Geste qui vexa la maîtresse du dauphin, mais irrita bien plus encore les catholiques.

Ainsi, toute cette guerre entre deux dames de petite vertu attirait les haines et préparait doucement les massacres d'Amboise, de Vassy et de la Saint-Barthélemy...

En 1538, la duchesse d'Étampes, qui « avait le goût du fiel dans la bouche quand elle pensait à Diane », commanda à Jean Visagier un nouveau pamphlet contre la grande sénéchale. Le poète publia alors, en latin, une série d'injures extrêmement violentes, dont voici un extrait : *Toi, il te reste à peine un fragment de dent dans les joues, la puce y fait son nid en toute tranquillité... Toi qui peins ton visage de couleurs achetées, qui ornes ta bouche de dents fausses, qui caches les neiges de ta tête sous une chevelure d'emprunt dans l'espoir que les jeunes gens te suivront, tu es bien sotte...*

Et il concluait à l'adresse de cette femme qui avait tout juste quarante ans :

C'est la plus laide des dames de la Cour, la plus vieille des vieilles, la plus dégoûtante, plus usée que la croupe et les fesses d'une inepte guenon, plus sordide que ne le sont les loups ; elle n'a rien d'agréable, ni d'élégant... Des mamelles vides et pendantes, des rides innombrables peuvent-elles plaire ? Que la Poitevine m'écoute et qu'elle sache ceci : les femmes ne renaissent jamais, car celles que le temps fait choir dans l'usage, celles-là, avec le temps, deviennent hors d'usage ; une fois tombées, elles ne se relèvent plus...

Naturellement, les catholiques furent outrés par ces insultes grossières, et, pour venger leur amie, tombèrent à bras raccourcis sur tous les protestants qu'ils rencontraient...

Quant à Diane, elle riposta en accusant la favorite de pratiquer la sorcellerie et « d'épuiser la force des jeunes garçons ». Parmi les amants qu'elle lui attribuait, se trouvait, cette fois, un écrivain protestant, Théodore de Bèze.

— Les luthériens accusent les catholiques de toutes les turpitudes, disait-elle, alors que leurs chefs se vautrent dans le vice. M. de Bèze, par exemple, est le plus grand débauché du siècle.

Pour une fois, la grande sénéchale disait vrai. Le disciple de Calvin vivait, selon le mot de Grand-Carteret, « dans un concubinage universel » et passait son temps à séduire les jolies femmes qui venaient lui parler de la nouvelle religion.

Certains l'accusaient même d'utiliser la Réforme pour se trouver des maîtresses...

Cette véritable obsession sexuelle était naturellement tournée en ridicule, et le chef protestant devint bientôt le héros favori — et jamais fatigué — des poètes libertins. Jodelle, par exemple, composa le huitain suivant :

DE THÉODORE DE BÈZE FAISANT L'AMOUR...

Bèze voulant plaisanter un petit
Disait un jour à une non satarde :
« De vous baiser j'aurais grand appétit,
Mais votre nez qui est si long m'en garde. »
La dame alors vivement le regarde,
En lui disant : « Pour si peu, ne tenez.
Car si cela seulement vous engarde
J'ai bien pour vous un visage sans nez... »

Si la liste des maîtresses de Théodore de Bèze était longue, la duchesse d'Étampes, toutefois, n'y figurait pas. Cette calomnie avait été lancée par Diane de Poitiers qui voulait faire passer la favorite pour l'égérie du mouvement protestant...

L'idéal eût été, bien sûr, de lui attribuer une aventure avec Calvin ;

mais personne n'aurait été dupe, car il était alors de notoriété publique que le grand réformateur aimait plutôt les petits garçons...

21

La France trahie par une favorite

Ah ! combien perfides sont les femmes...
la radio d'État

Le roi, soucieux de prouver que les bruits lancés par Diane de Poitiers ne diminuaient aucunement l'estime qu'il portait à sa favorite, se montra de plus en plus affectueux avec elle et alla jusqu'à lui demander publiquement son avis sur les affaires de l'État.

Bientôt, elle assista au Conseil privé...

Maîtresse absolue d'un souverain affaibli avant l'âge par la luxure [136], la jolie duchesse put se croire vraiment la maîtresse de la France.

Tout le monde la craignait et s'abaissait devant elle. Marguerite d'Angoulême écrivait à son sujet :

« Surtout, assurez-la bien de l'affection que vous sçavez et avez congneu que le roy de Navarre et moy luy portons, s'il estoit possible de luy dire autant qu'il y en a, elle en trouveroit autant que jamais créature fit à aultre. »

Elle était reçue cérémonieusement par les chefs de l'Église, et on la vit, un soir, boire, en même temps que le cardinal de Ferrare et que le roi, à une aiguière à trois orifices...

On s'adressait à elle pour obtenir les plus hauts postes dans l'armée, la magistrature et la finance. Tavannes, dans ses *Mémoires*, écrit, d'ailleurs, avec quelque humeur : « Dans cette Cour, les femmes faisaient tout, même les généraux et les capitaines. »

Bayle n'est pas moins indigné. « C'est un grand désordre, il faut l'avouer, écrit-il, que la destinée des gens ; leurs faveurs, leur disgrâce dépendent de la fantaisie d'une coquette qui scandalise tout le royaume par le commerce qu'elle entretient tambour battant avec le prince ; mais, si l'on s'amusait à s'écrier : *o tempora, o mores,* si l'on faisait l'étonné et le surpris, on passerait justement pour un étranger dans le monde, car on admirerait comme quelque chose d'extraordinaire, ce qui a toujours été commun, et qui l'est encore, et qui, selon toutes apparences, le sera jusqu'à la fin du monde. »

Après cette prophétie, que la plupart de nos hommes politiques se font quotidiennement un plaisir de réaliser, Bayle concluait : « Ce qui console les esprits chagrins là-dessus, c'est que ces coquettes sont fort exposées aux jeux de la bascule... »

Il faut reconnaître que, pour l'heure, la duchesse d'Étampes avait

136. Michelet a ce mot magnifique : « François Ier n'est plus qu'une cérémonie, une ombre. »

une position fort stable. Sûre de sa puissance sur le roi, elle savait qu'elle pouvait absolument tout entreprendre. Alors, elle décida d'empêcher Diane de Poitiers d'être un jour sa remplaçante, c'est-à-dire la favorite du futur roi de France.

Pour cela, il fallait ou faire déshériter le dauphin, ce qui était impensable, ou bien créer tout de suite des difficultés capables de le gêner le jour de son accession au trône. La duchesse choisit cette solution et imagina de faire épouser au jeune prince Charles, âgé de seize ans, dernier fils de François Ier, une des filles de Charles Quint, avec le Milanais ou les Pays-Bas pour dot.

La guerre des dames prenait subitement un tour violent et fort dangereux pour le royaume des lys...

En effet, si elle réussissait son coup, la duchesse d'Étampes plaçait, au jour de la mort de François Ier, le dauphin face à face avec un frère puissant qui pouvait réclamer la couronne de France et provoquer une guerre civile...

Mais la duchesse d'Étampes ne voyait que ses avantages dans l'opération, c'est-à-dire, avant tout, l'éviction de Diane et la possibilité d'une retraite confortable à Milan ou à Amsterdam après la mort du roi [137]...

Pour arriver à ses fins et rendre intéressant le jeune Charles aux yeux de l'Europe, la duchesse lui fit donner les plus brillants emplois, alors qu'elle limitait autant qu'il lui était possible la gloire du dauphin.

François Ier suivait ses conseils aveuglément.

Tourmenté par une érotomanie qui tournait à l'obsession, il ne soupçonna même pas l'existence de ces manœuvres. D'ailleurs, rien ne l'intéressait que la recherche des plaisirs pervers : un jour, il emmena les plus gracieuses coquettes de la Cour assister, dans la forêt de Saint-Germain, à l'accouplement des cerfs, se plaisant à souligner d'un mot, d'ailleurs inutile, chaque épisode de la « nuit de noces » de ces braves animaux...

Une autre fois qu'il se trouvait en compagnie de joyeux viveurs de sa trempe, il ordonna que de très grandes dames assistassent au dîner qu'il offrait complètement dévêtues.

Étranges distractions qui occupaient — si j'ose dire — tout son esprit.

Mme d'Étampes en était là de ces intrigues lorsque, en août 1538, une véritable bombe éclata au palais. On apprenait que le dauphin venait d'avoir un enfant — une fille — d'une jeune Piémontaise nommée Philippa Duc, rencontrée à l'automne précédent, pendant la campagne italienne.

Cette nouvelle allait-elle changer tous les plans de la duchesse ? Elle le pensa un moment, espérant que Philippa deviendrait maîtresse en

137. Cf. MICHELET : « La duchesse d'Étampes, qui gouvernait le roi, le voyant s'affaiblir et craignant la haine de Diane de Poitiers, maîtresse du dauphin, s'efforçait de procurer au duc d'Orléans un établissement indépendant où elle pût trouver un asile à la mort de François Ier. »

titre. Mais on apprit bientôt tous les détails sur cette aventure piémontaise, et Mme d'Étampes, comprenant que Diane de Poitiers ne risquait point d'être remplacée par une autre favorite, travailla de plus belle à l'accomplissement de ses desseins.

C'est à Montcaillier, en Piémont, que Henri avait rencontré la jeune fille. Porté à l'exubérance par la présence des soldats qui l'accompagnaient, il s'était laissé aller à la violence et y avait pris un savoureux plaisir.

Neuf mois plus tard, en ce début d'août 1538, Philippa Duc lui faisait savoir qu'il était le père d'une jolie petite fille et le priait de s'en occuper, « pour ce que j'entre à vie dans un couvent, écrivait-elle, afin d'y expier ma faute... ».

Le dauphin eut donc bientôt un bébé à dorloter devant sa femme et sa maîtresse, toutes deux fort mécontentes[138].

Pourtant, ni l'une ni l'autre ne lui firent de scènes. Elles savaient ce que c'était qu'un soldat en campagne...

D'ailleurs, seule, la grande sénéchale eût pu se risquer à émettre un reproche, car la dauphine était plus bouleversée que fâchée par cette nouvelle.

En effet, mariée depuis cinq ans, elle n'avait pas encore donné un héritier au dauphin, et l'on commençait à murmurer que l'un des deux époux était frappé de stérilité. Or, cette naissance, qui prouvait que Henri pouvait avoir des enfants, montrait bien qu'elle était seule fautive. Elle alla cacher sa honte dans une chambre haute, tandis que Diane, ravie soudain, suggérait au dauphin de répudier sa femme.

— Puisqu'elle ne peut prolonger la dynastie, dit-elle, votre devoir est de la mettre au couvent.

Henri, séduit par ce programme, alla trouver Catherine et lui annonça qu'il entendait se séparer d'elle.

La dauphine demeura un instant accablée de douleur, puis, quittant la chambre en sanglotant, elle courut se jeter aux pieds du roi et le mit au courant des intentions du dauphin.

La duchesse d'Étampes était là. Elle frémit, car la répudiation de Catherine pour stérilité permettait à Henri de se remarier avec Diane de Poitiers.

— Protégez la dauphine, ordonna-t-elle au roi.

— Ma fille, dit alors François Ier, puisque Dieu a voulu que vous soyez ma bru et la femme du dauphin, je ne veux pas qu'il en soit autrement.

Puis il la releva et l'embrassa affectueusement.

Rassurée, la dauphine retourna à ses appartements et se mit sur le ventre, au-dessus du nombril, une espèce de cataplasme étrange, composé de vers de terre, de pervenche en poudre, de corne de cerf pulvérisée, de fiente de vache et de lait de jument. Cet emplâtre, que lui avait conseillé un alchimiste de ses amis, devait lui permettre de donner un héritier à son mari.

138. Cette enfant avait été prénommée Diane...

Après quoi, à tout hasard, et parce qu'on lui avait recommandé également ce second procédé propre à rendre la fécondité, elle but un grand verre d'urine de mule...

Tandis que la dauphine s'efforçait de procréer, Mme d'Étampes et Diane continuaient leur lutte sournoise au moyen de calomnies qui échauffaient les esprits et excitaient chaque jour davantage catholiques et protestants.

Ce jeu dangereux, mené par deux femmes « débordantes de haine », finit par créer dans le pays un tel climat de guerre civile que le roi prit peur et que, passant outre, pour une fois, aux jérémiades de sa maîtresse, il accorda, le 24 juin 1539, au Parlement le droit de signer un arrêt mettant l'hérésie hors la loi...

En apprenant cette nouvelle, Mme d'Étampes fit une scène épouvantable, pleura, tapa du pied et déchira son mouchoir avec ses dents ; mais le souverain demeura inflexible. De fureur, elle monta alors se coucher en hurlant à la mort...

Elle pouvait bien pousser ce cri lugubre, car dans tout le royaume les braves gens, dont elle avait — avec Diane — déchaîné les instincts sanguinaires, s'entre-tuaient avec une allègre sottise à cause de la messe en latin...

Les protestants, bien entendu, refusèrent d'abjurer leur religion, et les bûchers commencèrent à s'élever pour la plus grande joie de Diane de Poitiers qui caressa dès cet instant l'espoir charmant d'y voir un jour la duchesse d'Étampes se réduire en cendres...

Mais la favorite était tranquille. Elle savait que, tant que le roi vivrait, personne n'oserait lui toucher un seul cheveu, et elle continua d'intriguer pour que le prince Charles épousât une des filles de Charles Quint.

A la fin du mois de juin, elle réussit à traîner François Ier jusqu'à Nice pour qu'il y signât une trêve avec l'empereur. Elle espérait avoir ainsi l'occasion de poser quelques jalons. Mais l'entrevue fut brève ; on y parla surtout de politique, et elle ne put mettre la conversation sur le chapitre qui l'intéressait...

Or, cinq mois plus tard, en novembre 1539, la ville de Gand, surchargée d'impôts, se révolta contre l'empereur et s'offrit à la France.

François Ier, chevaleresque, refusa et invita fort galamment Charles Quint à traverser son royaume pour aller mater les Gantois.

L'empereur accepta l'invitation. Il entra le 20 novembre en France et reçut partout un accueil enthousiaste. Sur l'ordre de François Ier, les villes étaient ornées, décorées, et le menu peuple, toujours prêt à s'esjouir, applaudissait à tout rompre l'ennemi d'hier.

Charles Quint, pourtant, n'était pas très rassuré. Il se demandait si toutes ces fêtes ne cachaient pas quelques noirs desseins et si François Ier n'allait pas le garder prisonnier, en souvenir de Madrid...

A plusieurs reprises, d'ailleurs, il crut même qu'on en voulait à sa vie ; car, par une malchance singulière, toute une série de malheurs lui arriva pendant son voyage. A Bordeaux, il faillit être asphyxié ; à Amboise, un garde mit le feu dans la tour Hurtault, au moment où il s'y trouvait ; ailleurs, une bûche lui tomba sur la tête...

Le roi et la duchesse d'Étampes étaient furieux de ces incidents, car ils espéraient bien demander à leur hôte la main de sa fille — avec le Milanais — pour le jeune Charles. Mais ils n'osaient point le faire au moment où l'empereur était agité par des quintes de toux ou à moitié assommé...

Et les choses traînaient... Charles Quint, fort courtoisement, il est vrai, cachait son inquiétude. Au bout de quelques jours sans catastrophes, il fit même de gracieux compliments à la jolie favorite. Et celle-ci reprit espoir.

Hélas ! un après-midi, à Fontainebleau, le jeune prince Charles eut une étrange inspiration qui faillit rendre inutiles toutes les intrigues de la duchesse d'Étampes. Alors que l'empereur était à cheval, l'adolescent s'élança brusquement en croupe derrière lui, et l'entourant de ses bras, lui cria :

— Sire, vous êtes mon prisonnier !

Charles Quint pâlit. Puis il comprit que c'était une plaisanterie et esquissa un sourire.

Mais, dès cet instant, il n'eut plus qu'une idée : quitter ce pays vraiment trop léger et regagner l'Espagne...

Mme d'Étampes le devina. Affolée, à l'idée que Charles Quint pouvait s'en aller avant qu'elle n'ait eu le temps de négocier le mariage qui devait aider à la ruine de la grande sénéchale, elle décida de séduire l'empereur et de se l'attacher par tous les moyens, y compris la trahison.

La guerre des dames allait, cette fois, mettre la France en péril...

Avant d'engager les pourparlers, Mme d'Étampes pensa qu'il convenait de montrer à l'empereur qu'elle était toute-puissante à la Cour et que le roi lui obéissait sans discuter.

Un soir, à la demande de sa favorite, François Ier dit en souriant à Charles Quint :

— Mon frère, cette belle dame me conseille de ne point vous laisser sortir de Paris que vous n'ayez révoqué le traité de Madrid. Qu'en pensez-vous ?

L'empereur était toujours et en toutes occasions maître de lui.

— Si ce conseil est bon, il faut le suivre, se contenta-t-il de dire froidement.

On s'en tint là.

Mais l'alerte était donnée et, dès ce moment, Charles Quint, très inquiet, chercha à mettre Mme d'Étampes de son côté.

Le lendemain, alors qu'il rentrait de la chasse en compagnie du roi, il demanda à se laver les mains. Un serviteur vint aussitôt lui verser sur les doigts l'eau pure d'une aiguière et la duchesse d'Étampes, qui s'efforçait d'être constamment auprès de l'empereur, apporta une serviette.

Tout en parlant à François Ier, Charles Quint retira de son doigt une bague ornée d'un énorme diamant et la laissa tomber comme par mégarde.

La favorite se précipita, ramassa le bijou et le tendit à l'empereur.

C'est tout ce que désirait l'habile souverain.

— Je vous prie, madame, de le garder, dit-il. Il est en de trop belles mains pour que j'ose le reprendre.

La favorite remercia en rougissant un peu et mit la bague à son doigt.

Quant à François Ier, habitué à combler lui-même les jolies femmes de la Cour, il ne soupçonna pas que le geste de son hôte pût être autre chose qu'une galanterie...

Le soir même, la duchesse, qui savait maintenant que l'empereur désirait l'avoir pour alliée, parla du mariage projeté.

Charles Quint ne voulait rien refuser à cette jolie femme qui pouvait lui être utile : il accepta d'accorder la main d'une de ses filles au prince Charles et de donner à celui-ci l'investiture du Milanais.

Les jolis yeux de Mme d'Étampes durent briller un peu plus à ce moment, car elle obtenait — du moins le croyait-elle — le moyen de nuire à son ennemie, la grande sénéchale.

Quelques jours plus tard, l'empereur quittait François Ier après des embrassades publiques qui mirent des larmes dans les yeux du menu peuple.

Puis il fila vers la frontière des Pays-Bas, tandis que la duchesse considérait Diane de Poitiers avec un air triomphant. Hélas ! dès qu'il eut un pied chez lui, Charles Quint fit savoir qu'il n'avait pas du tout l'intention de donner le Milanais en dot à sa fille et que, d'ailleurs, le projet de mariage devait être revu de plus près.

Cette nouvelle abattit un moment Mme d'Étampes. Puis elle se ressaisit et imagina un plan pour se débarrasser du dauphin. Ce plan était machiavélique : déclarer la guerre à Charles Quint, sous n'importe quel prétexte, et envoyer le prince Henri en un endroit exposé avec une armée insuffisante. Ensuite, communiquer des renseignements militaires à l'empereur pour faire anéantir par surprise la place gardée par le dauphin...

Cette trahison risquait d'entraîner la France dans une catastrophe sans précédent, mais la favorite s'en souciait peu. Une seule chose comptait pour elle : abattre le protecteur de la femme qu'elle exécrait...

La réalisation de la première partie du plan traîna un peu, car la France n'avait aucune raison de déclarer la guerre à Charles Quint, et Mme d'Étampes dut ronger son frein, tandis que la grande sénéchale, à son tour, affichait un sourire victorieux et méprisant.

Un moment, la favorite crut tenir un bon prétexte lorsque Charles Quint, à la Diète d'Augsbourg, accusa François Ier d'avoir prêté à Soliman un serment par lequel il s'engageait à nier la divinité du Christ et la virginité de Marie, à tuer un porc sur les fonts de baptême et à paillarder sur l'autel.

Mais cette accusation était si ridicule dans son exagération que le roi refusa d'y prêter attention.

Enfin, l'occasion rêvée par la duchesse se présenta quelques mois plus tard, lorsque deux ambassadeurs de François Ier, Frégosse et Rincon, furent assassinés en Italie sur l'ordre de l'empereur.

En d'autres temps, le roi se fût probablement contenté d'écrire à « son frère » pour lui exprimer son mécontentement ; mais, poussé par la favorite, François Ier déclara la guerre à Charles Quint.

Aussitôt deux armées furent mises sur pied ; l'une commandée par le dauphin en personne, l'autre par le duc d'Orléans. Le premier devait assiéger Perpignan et le second le Luxembourg.

Tout de suite, il apparut que la fortune des deux frères était bien différente. Si le prince Charles remporta des succès éclatants, Henri, lui, se trouva en difficulté devant Perpignan. Le pauvre ne pouvait pas se douter que l'ennemi, prévenu par Mme d'Étampes, avait jeté dix mille hommes dans la place...

Pendant des jours, il tenta courageusement de monter à l'assaut ; mais chacun de ses efforts était annihilé par une trahison. Dreux du Radier nous dit que le maréchal d'Annebaut, attaché à la duchesse d'Étampes, « alla jusqu'à déranger une batterie postée avantageusement par un des premiers officiers pour la placer de manière qu'elle ne produisît aucun effet [139]... »

Finalement, le dauphin fut contraint de lever le siège. Tête basse, il quitta Perpignan et rejoignit à Montpellier François Ier qui l'accueillit froidement...

Le pauvre Henri était honteux, sans doute, mais il était vivant, et Mme d'Étampes, ulcérée, pensa qu'il fallait tout recommencer.

La chose paraissait bien difficile, car le dauphin, dégoûté de la guerre, était allé retrouver ses deux femmes.

Aimé de l'une, adoré de l'autre, il se retrempait près d'elles dans une atmosphère douce, tiède et, pour tout dire, familiale.

Il est vrai qu'il s'agissait de plus en plus d'un ménage à trois puisque Guiffret nous dit que « Diane pénétra si avant dans l'intimité de l'auguste couple qu'elle forma, en quelque sorte, le sommet du triangle conjugal et vint en compléter l'harmonie... »

Sans doute, Catherine de Médicis se fût-elle aisément passée de cette troisième dimension que la grande sénéchale donnait à son ménage. Mais elle cachait sa jalousie sous un sourire aimable, affectant de ne point s'apercevoir de l'étrange comportement du dauphin. Celui-ci, pourtant, ne se gênait pas avec elle. Après la visite de Charles Quint, il lui avait ordonné, en effet, de ne pas adresser la parole à Mme d'Étampes :

139. Dreux du Radier, *op. cit.*

— Je veux, madame, que vous fassiez affront à cette femme qui veut nuire à notre amie la grande sénéchale !

Alors, cachant la haine qui la brûlait, Catherine avait pris docilement le parti de la maîtresse de son mari.

Diane, de son côté, il est vrai, se montrait généreuse.

Certain soir, tandis que le dauphin commençait à se déshabiller dans sa chambre, elle prenait un air sérieux et disait :

— Non, ce soir, Henri, faites-moi plaisir d'aller coucher avec votre femme [140].

Le dauphin essayait bien de reporter à plus tard cette pénible obligation, mais la grande sénéchale se montrait inflexible.

— Il le faut, Henri ! Songez à votre descendance. Vous devez avoir un héritier.

Le dauphin remettait alors ses chausses, s'en allait d'un air sinistre vers l'appartement de sa femme, se jetait sur elle et tentait rageusement de lui donner l'enfant que la France attendait.

Hélas ! tous ses efforts étaient vains, et Catherine se désolait.

Finalement elle demanda au médecin Fernel de venir l'ausculter. Celui-ci, ayant mis l'œil où il fallait, décela chez la dauphine un vice de conformation qui empêchait le prince Henri de mener à bien ses entreprises.

On me comprendra lorsque j'aurai dit que le pauvre aurait éprouvé les mêmes difficultés en essayant d'enfoncer une épingle dans un trou de ver tortueux.

La dauphine fut accablée.

Heureusement, Fernel était un bon médecin. Il prit le dauphin à part, et, nous dit Dionis, dans son *Traité sur les accouchements* [141], lui enseigna un stratagème un peu acrobatique, mais fort efficace, puisque Catherine de Médicis eut dix enfants...

Pourtant, malgré l'examen de Fernel, et la naissance de la fille de Philippa Duc, une légende, qui voulait que le dauphin fût responsable de la stérilité de Catherine de Médicis, continuait à courir parmi les familiers de la Cour. On prétendait qu'il était « tordu dans sa nature », et ce défaut imaginaire fournissait le prétexte à de nombreuses plaisanteries, comme il se doit.

Brantôme nous en conte une qui fit rire au moment de la naissance du premier enfant de la dauphine :

« Une dame de la Cour, qui étoit de bonne compagnie et disoit bien le mot, vint présenter un placet à monsieur le dauphin par lequel elle le prioit de lui faire don de *l'abbaye de Saint-Victor, qu'il avoit rendue vacante.* Dont il fut très étonné de tel mot. Mais on disoit alors à la Cour qu'il ne tenoit pas tant à madame la dauphine comme à monsieur le dauphin pourquoi ils n'avoient pas d'enfants, parce qu'on disoit que monsieur le dauphin avoit son « fait » tort, et qu'il n'étoit pas

140. Cf. MICHELET : « Quand Henri II couchait chez sa femme, c'est que Diane l'avait exigé et voulu. »

141. *De la génération de l'homme au tableau de l'amour conjugal* (1696).

bien droit, et que pour ce, la semence n'alloit pas bien droit dans la matrice, ce qui empéchoit fort à concevoir. Mais, après que cet enfant fut né, on dit qu'il ne tenoit plus à monsieur le dauphin, et qu'il avoit fait dire qu'il n'avoit pas son v... tort. Et par ainsi, cette dame, ayant expliqué son placet à monsieur le dauphin, tout fut tourné en risée, et dit qu'il *avoit rendu l'abbaye de Saint-Victor vacante*, faisant allusion d'un mot à l'autre, que je laisse imaginer au lecteur, sans que j'en fasse plus ample explication... »

Ce premier enfant (le futur François II) naquit le 19 janvier 1544.

On n'eut pas le temps de se réjouir, car la guerre déclenchée par Mme d'Étampes, trois ans auparavant, venait de prendre brusquement une tournure tragique. Charles Quint, ayant réussi à entraîner dans son alliance le roi d'Angleterre, se disposait à envahir la France par trois points en même temps : le Piémont, la Champagne et Calais. Le but étant, naturellement, Paris, où l'empereur avait donné rendez-vous à Henry VIII...

Le comte d'Enghien commença par gagner la bataille de Cérisole, en Piémont ; puis la victoire changea de camp et, dans le Nord de la France, où les Impériaux attaquaient avec des forces considérables, la situation devint soudain catastrophique. Charles Quint, ayant pris Château-Thierry et Saint-Dizier, arriva sur la Marne. Paris fut saisi d'une panique épouvantable. Les habitants entassèrent leurs affaires dans des barques et, à toute rame, filèrent sur la Seine en direction de Mantes...

François Ier, navré, vint, en personne, arrêter cet exode.

— Que je vous défende au moins de la peur, leur dit-il, sinon du danger.

De retour au Louvre, il réunit son Conseil.

— Ah ! s'écria-t-il, je croyais que Dieu m'avait donné généreusement mon royaume. Aujourd'hui, il me le fait bien cher payer.

Peut-être aurait-il pu demander quelques comptes à Mme d'Étampes ; car, si Charles Quint entrait avec autant de facilité en Champagne, c'était simplement parce que le dauphin, chargé de défendre cette région, était victime de trahisons quotidiennes.

L'empereur recevait, de la favorite, des rapports détaillés qui lui permettaient d'avancer à coup sûr.

Instruit de tout ce qui se passait au Conseil du roi, il prenait de préférence les villes où se trouvaient des provisions abondantes et des stocks d'armes. La duchesse allait même jusqu'à empêcher la destruction des ponts qui étaient nécessaires à l'avance des armées impériales...

Voici d'ailleurs ce qu'écrit à ce sujet L. Prudhomme :

« Fidèle à ses engagements avec l'empereur, la duchesse trahissoit tous les projets de la Cour de France, elle avoit même communiqué à ce prince les chiffres des généraux et des ministres, et en un mot, elle fut une des principales causes des désastres de la guerre. Elle avoit un agent qui la servoit à la Cour de Charles Quint, c'étoit le comte de

Bossie ; et il est prouvé que cet homme, qu'on croit avoir obtenu d'elle des faveurs très particulières, vendit plus d'une fois la France à sa majesté impériale, entre autres, lors de la prise d'Épernay. Il est certain que Charles fut parfaitement instruit du moment où il falloit attaquer cette ville remplie de provisions pour les subsistances de l'armée. Cette perte, funeste pour l'État, fut suivie de la perte de Château-Thierry, également pourvue de farine et de blé, et livrée par la même trahison. Les troupes impériales vinrent faire des courses jusqu'à Meaux. Paris en fut si épouvanté que les habitants ne pensèrent qu'à se sauver, comme s'ils n'eussent eu ni emplois, ni dignité, ni biens, ni maisons, ni roi, ni patrie.

» On admira beaucoup la générosité du souverain, qui, tout malade qu'il étoit, se fit transporter à Paris pour y remettre la paix. Cet acte de vertu étoit vraiment héroïque : *mais il auroit fallu commencer par ne pas laisser continuellement à des femmes le maniement des affaires*[142]... »

Charles Quint fut bientôt à Meaux. Il allait bondir sur le dauphin et l'anéantir lorsqu'un différend s'éleva dans son armée entre les Espagnols et les Allemands. Henri pensa, avec raison, qu'il fallait profiter de cette occasion pour repousser l'empereur. Heureux à la pensée qu'il pourrait, un jour, se flatter du titre de libérateur du territoire, il s'apprêta à attaquer. Mais Mme d'Étampes vit le danger : si l'amant de Diane était victorieux, tous ses espoirs s'écroulaient.

Mieux valait arrêter la guerre.

Elle fit alors valoir au roi qu'il n'était pas prudent d'exposer sa couronne au sort d'un combat, et qu'il convenait de faire la paix.

Une fois encore, François Ier se rangea à l'avis de sa favorite et, le 18 septembre, signa le désastreux traité de Crépy-en-Valois par lequel l'empereur gagna plus de vingt places et qui ne donna au roi que l'espérance incertaine d'un mariage avantageux pour le duc d'Orléans...

C'était suffisant pour que Mme d'Étampes fût satisfaite. Aussi, lorsque Charles Quint annonça qu'il retournait dans ses États, décida-t-elle de lui organiser une espèce de conduite triomphale.

Idée effarante, puisqu'il venait de nous prendre d'importants territoires, mais que la Cour accepta sans murmurer, tout heureuse de faire un petit voyage.

Le 25 septembre, Éléonore, le duc d'Orléans, quatre-vingts personnes de la suite ordinaire du roi et Mme d'Étampes, qui partageait la litière de la reine, partirent avec l'empereur.

A Bruxelles, où l'on se sépara, eut lieu une scène amusante qui nous est rapportée par un témoin, Annibal Garo, dans une lettre adressée au duc de Parme : « La cérémonie du baise-main de ces dames fut vraiment curieuse : on vit arriver au galop le duc Ottavio. Il descendit de cheval, et Sa Majesté Impériale, par une faveur très remarquée, lui commanda de s'approcher de la litière de la reine... Le duc baisa la main de la reine et, comme il remontait à cheval, l'Empereur le rappela

142. L. PRUDHOMME, *Les Crimes des reines de France,* 1791.

en lui disant : « Venez encore baiser la main de Mme d'Étampes », qui occupait l'autre côté de la litière. Et le duc, en bon Français, dépassant son ordre, lui baisa la bouche... »

Après quoi, on se sépara en se faisant de grands serments d'amitié.

Or, l'année suivante, le duc d'Orléans mourut brusquement.

Toutes ces courbettes, toute cette guerre, toutes ces ruines, tous ces morts avaient donc été inutiles.

Mme d'Étampes en fut vivement contrariée.

22

Mme d'Étampes veut faire pendre Benvenuto Cellini

Elle ne m'aimait guère et je m'en méfiais...

BENVENUTO CELLINI

Après la paix de Crépy, le menu peuple montra une grande affliction :

— Le dauphin a été trahi ! disaient les braves gens.

Et certains ajoutaient en baissant la voix que « ceux qui avaient commis ce crime touchaient le roi de bien près ».

Naturellement, Diane de Poitiers n'était pas étrangère à la diffusion de ce bruit. La grande sénéchale espérait créer ainsi dans le royaume un mouvement de révolte et d'indignation contre sa rivale et obliger le roi à chasser celle-ci honteusement.

Mais Mme d'Étampes était habile. Pour faire croire à son innocence, elle cria plus fort que tout le monde à la trahison et réclama un châtiment exemplaire pour les coupables.

Cette fière attitude rassura le roi.

— Nous allons les chercher, dit-il.

Et il ordonna une enquête.

— Je me charge de tout, dit la favorite, qui confia l'affaire à quelques-uns de ses amis.

Cinq jours plus tard, une dizaine de pauvres diables complètement ahuris étaient conduits en prison sous l'inculpation de haute trahison.

Un détail rend d'ailleurs cette histoire presque burlesque. Dans le lot, les policiers avaient arrêté par erreur un homme dont Mme d'Étampes s'était réellement servie pour faire parvenir les messages à Charles Quint. Affolée en le reconnaissant, elle le fit rapidement libérer et sermonna les enquêteurs, qui s'excusèrent...

Les autres furent condamnés à la détention perpétuelle, ce qui causa une grande satisfaction au bon peuple, toujours épris de justice...

Ces emprisonnements scandaleux furent d'ailleurs à l'origine d'une très curieuse histoire d'amour.

Parmi les victimes de la favorite se trouvait un garçon, nommé

Enguerrand de Lagny, dont la jeune femme, Louise, était une des beautés de la Cour.

Lorsqu'elle apprit que son mari était accusé d'avoir livré une forteresse à l'empereur, la pauvre fut d'abord accablée. Puis elle pensa que la libération d'Enguerrand — dont elle ne mettait pas en doute la loyauté — ne pouvait venir que d'elle-même, et elle se jura de l'aider à prouver son innocence...

La réussite du plan qu'elle conçut alors était entièrement fondée sur la puissance de son charme. Elle se mit aussitôt au travail. Au bout d'un mois, grâce à des visites répétées, de tendres prières et des regards soumis, elle avait réussi à rendre amoureux d'elle le gardien du cachot où moisissait Enguerrand. Et, un soir qu'elle lui accordait gentiment ce qu'il désirait, Louise murmura :

— Si vous m'aimez, gardez-moi près de vous. Mettez-moi à la place de mon mari.

Cette proposition stupéfia le brave fonctionnaire.

— Et s'il me dénonce ?

— Impossible, puisqu'on le remettrait en prison.

Et, le lendemain, la blonde Louise était dans le cachot du roi, tandis que son époux courait vers le Nord, où des combats avaient lieu.

En effet, si la paix avait été signée avec Charles Quint, la guerre continuait contre Henry VIII, et l'on avait grand besoin de chevaliers sachant se servir d'une épée.

Enguerrand, ayant changé de nom, se joignit à l'armée et se battit avec une telle fougue que son courage fut signalé au roi. A quelque temps de là, François Ier vint visiter ses troupes et félicita Enguerrand.

— Voici l'un des plus valeureux chevaliers de mon royaume, dit-il. As-tu quelque chose à me demander ?

— Oui, sire : la liberté de ma femme qui se trouve dans un cachot.

Le roi parut fort étonné.

— Qu'a-t-elle fait ?

— Elle a pris ma place...

Et il conta toute son histoire à François Ier un peu ébahi, disant pour conclusion :

— J'ai simplement voulu prouver à Votre Majesté que j'étais son loyal serviteur, incapable d'une trahison, et que ma condamnation était injuste.

Le roi ne répondit rien, mais l'embrassa. Et un courrier partit aussitôt pour Paris.

Le lendemain, Louise était libérée après trois mois de cachot et de rencontres amoureuses où elle s'était efforcée de ne point prendre de plaisir. Son geôlier la vit partir le cœur gros, sachant par expérience que de telles aventures n'arrivent pas deux fois dans la vie d'un gardien de prison.

Quant à Enguerrand, qui ne pouvait décemment reprocher à sa femme de s'être un peu déshonorée en voulant lui rendre son honneur, il ferma les yeux et, nous dit un chroniqueur, « oublia bien vitement de sa mémoire le temps où la belle Loyse, par amour, le faisoit loger en l'hôtel du Croissant [143] ».

Au début de 1545, toute la Cour se passionna pour une étrange affaire.

François Ier, qui faisait alors, sous l'influence italienne, rebâtir et décorer de nombreux châteaux, s'était entouré de grands artistes venus de la Péninsule sur sa demande. A Léonard de Vinci, ramené après Marignan, et qui était mort en 1519, avaient succédé Andrea del Sarto, le Primatice, Rosso, et bien d'autres, qui travaillaient en France pour la plus grande gloire du souverain.

« Le roi, disait un ambassadeur italien, dépensait énormément, d'un bout de l'année à l'autre, en joyaux, en meubles, en constructions de châteaux et de jardins. Il était d'une telle nature que, à qui lui apportait une pierre trouvée sous terre ou quelque autre chose, il donnait de l'argent. »

Or l'un de ces artistes italiens déplaisait à Mme d'Étampes qui ne savait que faire pour le tracasser. La favorite ne se contentait pas, en effet, de rompre des lances avec Diane de Poitiers, elle s'acharnait contre tous ceux qui n'acceptaient pas de la considérer comme la maîtresse absolue du royaume. Et Benvenuto Cellini était de ceux-là.

C'était leur duel quotidien qui passionnait la Cour.

Les choses avaient commencé de façon stupide. Le sculpteur, ayant reçu une commande de statues pour le château de Fontainebleau, était venu présenter un projet au roi, mais avait omis d'aller le montrer à la favorite. Furieuse, Mme d'Étampes s'était vengée en priant François Ier de charger le Primatice du travail commandé à Benvenuto ; injustice que le faible souverain avait accepté de commettre...

Finalement, après bien des intrigues, Cellini était tout de même parvenu à faire placer dans une galerie de Fontainebleau un magnifique Jupiter qu'il venait de terminer...

La favorite avait failli en piquer une crise de nerfs.

« Mme d'Étampes, ayant appris où en étaient mes affaires, dit Benvenuto Cellini dans ses *Mémoires,* en fut plus irritée que jamais contre moi. "Comment, se disait-elle, je gouverne le monde et ce chétif personnage ne fait pas le moindre cas de moi." »

Elle s'était alors efforcée de lui causer mille ennuis, essayant même de le faire tuer par des hommes de main. Benvenuto, heureusement, était sorti sain et sauf de l'embuscade.

Néanmoins, excédé — et on le comprend — il avait décidé de quitter la France après avoir fait subir à Mme d'Étampes l'affront qu'elle méritait. Le scandale se produisit le jour de l'inauguration, par le roi, de la galerie où se trouvait le fameux Jupiter.

François Ier et toute la Cour entouraient la statue et ne tarissaient pas d'éloges.

Soudain quelqu'un demanda :

143. C'est-à-dire : le faisait cocu...

— Que veut dire cette chemise dont Benvenuto a vêtu sa statue ?

Mme d'Étampes répondit d'un ton aigre :

— C'est apparemment pour couvrir quelques fautes !

Benvenuto n'attendait que ce moment.

— Je ne suis pas homme à cacher mes fautes, dit-il. C'est pour l'honnêteté que j'ai mis ce voile ; mais, puisque vous ne le voulez point, ne l'ayez donc point !...

D'un geste rapide, il arracha la chemise et découvrit, à deux doigts du visage de la favorite, le sexe énorme, gigantesque, phénoménal de sa statue.

— Lui trouvez-vous assez de ce qu'il faut ? s'écria-t-il[144].

Mme d'Étampes, horrifiée, recula, tandis que toute la Cour ricanait. Quant au roi, il eut grand mal à s'empêcher de rire. Alors, la favorite, qui murmurait des injures, le prit par le bras et l'entraîna vers la porte.

Avant de sortir, François Ier, que cette farce vengeait de bien des ennuis, s'écria :

— J'ai enlevé à l'Italie l'artiste le plus grand et le plus universel qui ait jamais existé...

Tout le monde applaudit, et Mme d'Étampes rentra dans ses appartements, folle de rage. Le soir, elle alla trouver le roi et lui demanda que Benvenuto fût pendu.

— Je suis d'accord, dit François Ier, pourvu que vous me trouviez auparavant un artiste de sa taille.

Malgré l'amitié du roi, Benvenuto Cellini se sentit dès lors en danger, et, par un jour de printemps 1545, il fit ses bagages et reprit la route de l'Italie.

C'est ainsi que la France perdit l'un des plus grands artistes de la Renaissance...

23

François Ier est-il mort de la Belle Ferronnière ?

> La façon de donner vaut souvent mieux que
> ce qu'on donne...
> sagesse des nations

L'usage un peu excessif qu'il avait fait des femmes donnait à François Ier un physique nettement au-dessus de son âge. C'est ainsi qu'à cinquante-deux ans il avait l'air d'un vieillard.

Pourtant, il aimait encore se montrer galant homme lorsque l'occasion s'en présentait, et tout le monde était d'accord à la Cour pour dire qu'il savait encore tenir sa place dans un lit...

Bien entendu, il n'avait plus cette fougue qui lui permettait jadis de

144. Cf. Jules Alvarotto, ambassadeur de Ferrare en France, lettre datée de Melun, 29 janvier 1545.

prouver, huit à dix fois coup sur coup, ses bons sentiments à la dame de ses pensées. Mais il s'en consolait en écoutant ou en racontant lui-même des histoires fort grivoises, ce qui faisait ressembler le palais à un corps de garde. Une anecdote nous le prouve. Un soir que le chancelier Gaillard était assis au bout d'un banc, dans la grande salle du palais, alors que le roi se trouvait sur sa chaise royale, on se mit à évoquer les paillardises d'un chevalier.

— Or ça, s'écria tout à coup le roi, beau sire chancelier, dites-moi, s'il vous plaît, quelle distance il y a entre Gaillard et paillard ?

Le chancelier Gaillard se leva.

— La distance de mon banc à votre chaise, sire, dit-il.

Cette réplique audacieuse plut beaucoup à François Ier qui en rit longtemps.

L'attitude immodeste du souverain fit alors disparaître de la Cour le peu de retenue que les dames y avaient encore conservée ; et l'on entendait à Fontainebleau de bien curieuses choses. Il me suffira de donner un exemple. La chanson à la mode, celle que toutes les princesses fredonnaient à longueur de journée sans la moindre gêne, s'intitulait : *J'ai un ciron sur la motte...* [145].

Ce *ciron*, ou autre chose, les démangeait tellement qu'elles ne pensaient plus qu'à se faire « beluter », au point, nous dit un historien du temps, « que l'on auroit pu croire qu'un démon sensuel les habitoit... ».

Brantôme nous donne cet exemple frappant :

« J'ay ouy parler d'une belle et honneste dame, surtout fort spirituelle, de plaisante et bonne humeur, laquelle, se faisant un jour tirer sa chausse par son valet de chambre, lui demanda s'il n'entroit point pour cela en rut, tentation et concupiscence ; — encore, dit-elle et franchit le mot tout outre. Le valet pensant bien dire, pour le respect qu'il luy portoit, lui répondit que non. Elle soudain haussa la main et luy donna un grand soufflet. "— Allez, dit-elle, vous ne me servirez jamais plus ; vous êtes un sot, je vous donne votre congé..." »

Effrontées, perverses et ardentes au plaisir, ces dames recherchaient tous les moyens propres à donner un piment nouveau aux rencontres amoureuses. C'est ainsi que Sauval nous dit qu'elles se mettaient une pommade destinée à faire pousser de façon anormalement grande les poils issus à « la nature », afin de pouvoir ensuite « les friser et les retrousser comme la moustache d'un Sarrasin ». Ce qui devait être ravissant...

Pour la première fois de sa vie, François Ier se sentit, en 1546, un impérieux besoin de solitude. Mme d'Étampes, toujours en ébullition, le fatiguait, et il lui arrivait d'aller passer quelques jours à Chambord

145. Elle se trouve avec ses dix-sept couplets dans le recueil de Lotrian publié en 1543. On chantait également à cette époque : *Du côté de votre devant vous bâillez un peu, demoiselle*.

« où deux cents personnes pouvaient vivre sans se rencontrer jamais, si elles le désiraient ». Ce château avait été construit sur le plan du roi, au cœur de la forêt, en un endroit où il était, dit-on, devenu l'amant d'une jeune Blésoise, lorsqu'il avait dix-sept ans.

Tombeau d'un amour de la jeunesse, Chambord était fastueux, mais lugubre.

C'est là que le roi venait composer des vers désabusés :

Où êtes-vous allées mes belles amourettes ?
Changerez-vous donc de lieu tous les jours ?
A qui dirai-je mon tourment ?
Mon tourment et ma peine ?
Rien ne répond à ma voix :
Les arbres sont secrets, muets et sourds

Où êtes-vous allées, mes belles amourettes ?
Changerez-vous donc de lieu tous les jours ?
Ah ! puisque le Ciel veut ainsi
Que mon mal je regrette.
Je m'en irai dedans les bois
Conter mes amoureux discours.
Où êtes-vous allées, mes belles amourettes ?
Changerez-vous donc de lieu tous les jours ? [146]

C'est là aussi qu'un soir il grava, non point sur la vitre de sa chambre, comme on le raconte généralement, mais sur le mur, avec un tison ou un morceau de plâtre tombé du plafond, trois mots : *Toute femme varie.*

Car il n'y avait que trois mots et non un distique.

Brantôme, qui eut la chance de voir ce graffiti, nous apporte à ce sujet un témoignage indiscutable. Un ex-valet de chambre de François Ier « me voulut, dit-il, montrer tout, et, m'ayant mené à la chambre du roi, il me montra un écrit au côté de la fenêtre :

» — "Tenez, dit-il, lisez cela, monsieur : si vous n'avez pas vu de l'écriture du roy mon maître, en voilà." Et, l'ayant lu, en grandes lettres il y avait ces mots : *Toute femme varie.* »

Ce n'est que bien plus tard qu'on fit de cette phrase un distique en y ajoutant « Bien fol est qui s'y fie », vers provenant d'ailleurs d'une vieille chanson du troubadour Marcabrun [147] — en attendant que le librettiste de *Rigoletto* y ajoutât une allusion coquine à la plume au vent...

En janvier 1547, Henry VIII d'Angleterre mourut, ce qui réjouit fort le roi de France. L'ambassadeur Jean de Saint-Mauris, qui était présent lorsqu'on apporta la nouvelle à François Ier, nous dit qu'on le « vit au même instant fort rire et se réjouir avec ses dames, étant pour lors au bal ».

146. De cette chanson, François Ier composa également la musique.

147. Dans une des plus jolies chansons de Marcabrun, dédiée à une dame, on trouve en effet ce vers : *Va ben es fol est qui s'i fia.*

Puis il songea que le défunt avait son âge et, nous dit Martin du Bellay, « il devint plus pensif qu'auparavant… »

Quelques jours après, François Ier attrapa un rhume dont personne ne se soucia, mais, le 11 février, il avait « trois accès de fièvre tierce », et la Cour commença à parler à voix basse d'un mal incurable.

La duchesse d'Étampes fut effondrée. La disparition du roi, elle le savait, signifiait pour elle la ruine, l'obligation de quitter le palais et, sans doute, quelques terribles vengeances de la part de Diane de Poitiers.

Le roi ne sentait pas l'approche de la mort. Il chevauchait, courait les bois et même, à l'occasion, faisait une politesse à une chambrière… Le 12 mars, alors qu'il était à Rambouillet, il subit un quatrième accès de fièvre. Il fut tellement secoué que l'ambassadeur Saint-Mauris écrivit : « Il se retrouve telle pourriture que les médecins désespèrent de la curation. »

Le 29 mars, alors que Diane de Poitiers avait peine à cacher sa joie, il fit venir le dauphin à son chevet et lui dit :

— Mon fils, je recommande la duchesse d'Étampes à votre courtoisie. C'est une dame.

Puis il ajouta :

— Ne vous soumettez pas à la volonté d'autres, comme je me suis soumis à la sienne.

Le matin, François Ier, se sentant perdu, avait ordonné à sa favorite de quitter son chevet. Mme d'Étampes s'était alors « pâmée par terre » en faisant un bruit épouvantable, criant avec une emphase comique : « Terre, engloutis-moi… » Puis elle avait gagné rapidement Limours…

Deux jours passèrent encore. Le roi s'éteignait doucement, tandis que, dans une pièce voisine, Diane et les Guise attendaient avec impatience l'avènement de Henri II.

Le 31 mai au matin, on entendit des gémissements lugubres :

— Voilà qu'il passe, le galant, dit cyniquement la grande sénéchale.

C'était vrai. Quelques minutes plus tard, le roi de France avait rendu l'âme.

De quoi était-il mort ? On ouvrit son corps pour le savoir, et « on trouva, écrit Saint-Mauris, une apostume en son estomac, les rognons gâtés et toutes les entrailles pourries et avoit la partie du gosier échancrée, le poumon entamé ».

Pour le bon peuple de France, qui avait suivi pendant trente ans les frasques amoureuses de François Ier, la question ne se posa même pas.

— Il est puni par où il a péché, disait-on, en clignant de l'œil.

Et un couplet circula bientôt :

L'an mil cinq cent quarante sept
François mourut à Rambouillet,
De la vérole qu'il avait !

Plus tard, une légende, née on ne sait où, fit de François Ier la victime d'une sombre machination. Écoutons Loys Gordon, sieur de la Nauche et médecin d'Uzerche : « Le grand roi François Ier rechercha la femme d'un avocat de Paris, très belle et de bonne grâce, que je ne veux nommer, car elle a laissé des enfants pourvus de grands États. Ce que connaissant, aucuns courtisans et maquereaux royaux dirent au roi qu'il la pouvait prendre d'autorité et par la puissance de sa royauté. Enfin, le mari dispensa sa femme de s'accommoder à la volonté du roi et, afin d'empêcher en rien cette affaire, il fit semblant d'avoir affaire aux champs pour huit ou dix jours. Cependant, il se tenait caché dans la ville de Paris, fréquentant les bourdeaux, cherchant la vérole pour la donner à sa femme, afin que le roi la prît d'elle. Et trouvât incontinent ce qu'il cherchait et en infectât sa femme et puis après le roi. Lequel la donna à plusieurs autres femmes qu'il entretenait, et n'en put jamais guérir, et tout le reste de sa vie, il fut mal sain, chagrin, fascheux, inaccessible. »

Cette dame dont Guyon ne veut pas donner le nom était la femme d'un avocat nommé Jean Ferron, et on l'appelait la Belle Ferronnière. Elle était fine, onduleuse, élégante, avait de longs cheveux noirs, des yeux bleu foncé, les plus jolies jambes du monde et portait au milieu du front un bijou retenu par un fin lacet de soie, détail curieux qui ajoutait encore à sa séduction [148].

A-t-elle contaminé le roi de France ?

Non. François Ier avait contracté depuis longtemps le mal de Naples. Louise de Savoie, en mère attentive, notait en effet dans son *Journal*, à la date du 7 septembre 1512 : « Mon fils passa à Amboise pour aller en Guyenne... et, trois jours avant, il avait eu mal *en la part de sa secrète nature...* »

Il n'eut donc pas besoin de la Belle Ferronnière, ni de son mari, pour attraper cette très ennuyeuse maladie [149].

Mais en est-il mort, comme on le prétend généralement ?

Non. Toutes les recherches effectuées par les historiens modernes le prouvent. Et le docteur Cabanès a même pu établir que François Ier « avait été amené au trépas par une fistule tuberculeuse ».

Si le « galant » est mort, prématurément usé et ramolli à cause des femmes, ce n'est pas, toutefois, un coup de pied de Vénus qui l'a envoyé dans l'autre monde...

148. Cette mode qu'elle lança a d'ailleurs une histoire qui se rapporte à sa première entrevue avec le roi : lorsque François Ier, l'ayant fait venir au palais, voulut l'entraîner — un peu trop rapidement — vers le lit, elle en conçut une telle indignation qu'une de ses veines du front se rompit. Mais ce sexe est faible... Une heure plus tard, elle était la maîtresse du roi, et le lendemain elle masquait ingénieusement le petit épanchement sanguin qu'elle avait au front au moyen du fameux bijou maintenu par un bandeau... (Cf. *Revue des Deux-Mondes,* 1883).

149. La légende s'accrédita pourtant bien vite, et l'historien Mézeray écrit très sérieusement : « Désespéré d'un outrage que les gens de la Cour n'appellent qu'une galanterie, il (Jean Féron) s'avisa méchamment d'aller dans un mauvais lieu s'infester lui-même pour gâter sa femme et ainsi faire passer sa vengeance jusqu'à celui qui lui avait ôté l'honneur. »

24

Une femme est à l'origine du duel de Jarnac

Quand deux hommes ont envie de se tuer, il est bien rare qu'une femme n'y soit pas pour quelque chose...

ALFRED SAVOIR

Pendant les jours qui suivirent la mort de François Ier, la duchesse d'Étampes, réfugiée au château de Limours, vécut des heures anxieuses. Elle s'attendait à être arrêtée sur l'ordre de Diane de Poitiers, jugée publiquement, maltraitée et conduite dans un cachot.

C'était mal connaître la grande sénéchale.

Femme prudente, Diane, en effet, ne voulait point créer un dangereux précédent dont elle pût se trouver un jour la victime.

Son indulgence, dont seuls quelques intimes devinèrent les raisons, étonna un peu les braves gens qui avaient espéré, à la mort du roi, voir la favorite dépouillée de tous ses biens et peut-être même jugée pour hérésie et brûlée en place publique.

— Quand le dauphin montera sur le trône, avaient-ils souvent murmuré, Mme d'Étampes ne restera pas longtemps en vie.

Ils s'étaient trompés, comme toujours.

Car Diane de Poitiers, trop contente de voir son ennemie abattue, se considéra comme vengée par le destin et renonça à la faire poursuivre pour hérésie.

Mme d'Étampes, enfermée dans son château de Limours, put même pratiquer sa religion sans être inquiétée...

Mais l'on sut bientôt, par une indiscrétion de valets, que le roi Henri II avait fait saisir les bijoux de l'ex-favorite — pour les offrir, d'ailleurs, à Diane de Poitiers — et cela réconforta le menu peuple, qui avait souffert pendant tant d'années des caprices de la belle Anne.

Une chanson courut Paris :

Qu'est devenu le temps que j'estois estimée ?
Des princes comme du roy j'estois la mieux aimée.
Mais si a aulcun je fais tort
C'est à la reine Éléonore.
La reine Éléonore eut grande patience
D'avoir tant enduré de Madame d'Étampes.
Elle a eu grand honneur,
Et moy j'en ai le déshonneur.
Las ! le noble roy Henri, vous me faictes grand grâce
De me laisser jouir de mes chasteaulx et place
Que le noble roy m'a donné ;
Je ne l'avois pas mérité.

Hélas ! vray Dieu, où sont mes bagues et mes pierres,
Que je soulois porter par grande pompiere ?
Maintenant, il me les faut laisser,
J'en ay au cœur un grand regret.

Mesdames de la Cour, prenez à moy exemple :
Ne montez pas si haut qu'il vous faille descendre.
Par trop monter, je suis bien mise en bas.
Et déboutée de tous estats... [150]

Elle allait être mise plus bas encore...

Jean de Brosse, duc d'Étampes, son mari, qui vivait en Bretagne [151], arriva à Limours un beau matin, décidé à faire valoir ses droits d'époux et à réclamer les pensions que, depuis quinze ans, l'ex-favorite omettait de lui faire parvenir...

Mme d'Étampes fut très fâchée de cette visite et trouva la première prétention de son mari effarante.

— ... Il y a si longtemps ! dit-elle.

— Oui, il y a vingt ans, répliqua sèchement Jean de Brosse, et, depuis lors, vous m'avez, sans discontinuer, cocufié avec le roi. Aujourd'hui, le roi est mort et rien au monde ne peut m'empêcher d'entrer dans votre lit.

Mme d'Étampes pensa que, dans sa situation, il était des sacrifices nécessaires et que, d'ailleurs, la vie était une vallée de larmes.

Elle consentit.

Jean de Brosse, animé par un désir qui, depuis vingt ans, le rendait légèrement apoplectique, faillit bien, nous dit un chroniqueur, « ne se poinct montrer le beau jouteur que les dames et damoiselles bretonnes connaissent, tant l'émotion luy nouait la nature et le rendait mol »... Mais il se « ravisa » et Mme d'Étampes oublia pendant un instant qu'elle était avec son mari...

Quand elle revint à elle, la réalité l'accabla, car Jean de Brosse, qui s'était rhabillé rapidement, lui présentait, l'œil sévère, des papiers à signer.

Elle essaya de lui démontrer que le moment était mal choisi pour parler d'affaires, mais il se fâcha :

— Vous êtes mon épouse, vous devez m'obéir !

Et la pauvre, encore « mal sortie des douceurs de l'extase », signa un papier par lequel elle donnait à son mari les domaines de Chevreuse, Dourdan et Limours...

Alors, il lui ordonna de se vêtir :

— Vous partirez bientôt pour la Bretagne, où vous vivrez désormais.

Quelques heures plus tard, une litière escortée d'hommes en armes emmenait la duchesse vers le sombre et lugubre château de La Hardouinaye, où elle devait rester dix-huit ans séquestrée...

150. Chanson citée par Leroux de Lincy dans son *Recueil de Chants historiques français du XIIIe au XVIIIe siècle*, 1842.

151. Car François Ier l'avait nommé gouverneur de Bretagne, en remplacement de M. de Châteaubriant, le mari de sa première favorite ! Un cocu chasse l'autre...

A peine arrivée en Bretagne, et malgré l'étroite surveillance dont elle était l'objet, l'ex-favorite chargea quelques hommes sûrs d'établir une liaison suivie et discrète avec la Cour, afin d'être tenue au courant de ce qui s'y passait.

Or c'était le moment où tout le monde se passionnait à Saint-Germain pour une très curieuse affaire qui mettait en cause l'honneur du jeune seigneur Guy Chabot de Jarnac, beau-frère de la duchesse d'Étampes.

Ce gentilhomme, que l'on savait désargenté, se faisait remarquer depuis longtemps par une élégance raffinée et un train de vie des plus brillants.

Un jour de 1546, le dauphin, poussé par Diane de Poitiers qui cherchait toutes les occasions de salir la famille de sa rivale, avait demandé au jeune homme comment il pouvait « mener un tel état ».

Jarnac s'était contenté de rappeler en souriant que son père venait d'épouser en secondes noces la très riche Madeleine de Puy-Guyon.

— Elle *m'entretient*, avait-il ajouté en employant, imprudemment, un terme ambigu.

Aussitôt, le dauphin, ravi, était allé raconter à qui voulait l'entendre que Guy Chabot était l'amant de sa belle-mère. Ce bruit, colporté par toutes les mauvaises langues de la Cour, n'avait pas tardé à venir, on s'en doute, aux oreilles du jeune gentilhomme. Furieux, il s'était écrié avec indignation que « meschant et lasche était celui qui avait ainsi menti, *quel qu'il fust* ».

L'insulte visait, bien entendu, l'héritier du trône. Celui-ci, ne pouvant demander réparation, car son rang lui interdisait de se mesurer avec un simple gentilhomme, avait chargé alors l'un de ses bons amis, François de Vivonne, seigneur de La Châtaigneraie, de se déclarer offensé par les paroles de Jarnac et d'être son « champion ».

La Châtaigneraie, jeune brute au grand cœur, avait accepté, racontant aussitôt que « Jarnac lui avoit dit personnellement cette vilaine parole : ''Je couche avec ma belle-mère'' »...

Mais François Ier, sur la pression de Mme d'Étampes qui craignait pour la vie de son beau-frère, s'était opposé au duel.

Une semaine après la mort du roi chevalier, La Châtaigneraie, manœuvré par Diane de Poitiers qui voulait en finir avec la famille de Mme d'Étampes, adressa à Henri II cette étrange lettre :

Sire, au différend qui est entre Chabot et moi, j'ai jusqu'à présent, seulement regardé à la conservation de mon honneur sans toucher à celui des dames, même de celle dont il s'agit. Mais voyant que, pour ma justification, il est requis que je dise que Chabot a agi de sa belle-mère à sa volonté, et qu'il m'a dit lui-même l'avoir chevauchée en couchant avec elle, pour ce, je vous supplie très humblement me donner camp à toute outrance ; dedans lequel j'entends lui prouver par armes ce que j'ai dit.

Henri II ayant décidé que le débat serait tranché par un *duel judiciaire,* on aménagea une lice et des tribunes non loin du château de Saint-Germain [152], et, le 15 juin 1547, devant la Cour au complet, les deux hommes se présentèrent en armures.

Ils étaient très différents de silhouette : Jarnac, mince, fluet ; La Châtaigneraie, trapu, massif, athlétique. L'issue du combat ne faisait de doute pour personne, et la grande sénéchale souriait, confiante.

Soudain, le héraut d'armes lança le cri traditionnel : « Laissez-les aller, les bons combattants ! »

On vit alors les deux adversaires se précipiter l'un sur l'autre avec une fureur sauvage. Les coups d'épée résonnaient terriblement sur les boucliers, et l'on crut que le pauvre Jarnac allait être écrasé sans avoir le temps de combattre.

Tout à coup, on le vit se courber, se couvrir la tête de son bouclier, se fendre à fond et, d'un coup rapide, trancher le jarret gauche de La Châtaigneraie...

Le colosse s'écroula.

Un silence de mort régnait dans les tribunes. Diane et Henri II, les yeux écarquillés, regardaient leur « champion » allongé sur le sol. Ils étaient stupéfaits et furieux.

Une voix leur fit redresser la tête. C'était celle de Jarnac, qui criait à sa victime :

— La Châtaigneraie, rends-moi mon honneur ! A Dieu et au roi, crie merci de l'offense que tu m'as faite !

La Châtaigneraie ne répondit pas. Il se vidait de son sang comme un poulet et n'était déjà presque plus de ce monde.

Le connétable de Montmorency vint l'examiner et ne le trouva pas bien :

— Je crois qu'il le faut ôter, dit-il simplement.

Pendant qu'on transportait le mourant — qui trépassa peu après —, Jarnac demanda au roi de lui rendre publiquement son honneur.

Henri II avait l'esprit lent. Il demeura longtemps silencieux, cherchant à comprendre ce qui s'était passé. Enfin, il déclara d'une voix blanche que Jarnac était lavé des accusations qu'on avait portées contre lui ; puis il se retira précipitamment, suivi de la Cour et de Diane qui, pâle et les lèvres serrées, ne cherchait même pas à cacher sa colère...

Ainsi se termina ce duel singulier grâce au « coup de M. de Jarnac » — qui n'avait d'ailleurs rien de déloyal...

Le lendemain, à La Hardouinaye, Mme d'Étampes apprit avec la joie qu'on imagine que l'honneur de sa famille avait été sauvé et que la grande sénéchale était sur le point d'avoir une jaunisse...

152. Sur cet emplacement se trouve aujourd'hui la colone de Néron.

25

Le ménage à trois du roi Henri II

Les chaînes du mariage sont parfois si lourdes qu'on n'est pas de trop de trois pour les porter.

ROLAND MERCIER

A l'aube tiède du 25 juillet 1547, la ville de Reims s'éveilla parée comme un reposoir. Dans les rues encore désertes, les maisons, décorées de riches tapisseries, de draps piqués de fleurs, de couronnes de roses et d'oriflammes endormies, se coloraient peu à peu de la clarté dorée d'un « petit jour » d'été.

Une ville étrange sortait de la nuit. Une ville de rêve et de contes de fées que les premiers promeneurs découvrirent avec émerveillement et fierté. Le visage familier de la vieille cité disparaissait sous des guirlandes, des banderoles, des arcs de triomphe, des colonnes de jaspe, des voûtes de feuillage et des fontaines de vin...

Pour quel événement Reims s'était-elle donc ainsi métamorphosée ?

Pour une fête propre à réjouir tous les braves gens du royaume : pour le couronnement du nouveau roi de France...

A huit heures, toutes les cloches de la ville annoncèrent l'approche de Henri II.

Précédant le groupe de princes du sang qui l'accompagnaient, le jeune souverain, monté sur un cheval blanc richement harnaché, fut reçu à la porte principale de la ville par le gouverneur, les notables et tous les habitants « en grande joie ».

A cet endroit avait été dressé un édifice étrange surmonté d'un gros soleil « en forme de pomme rayonnante ». Le gouverneur de Reims attira l'attention de Henri II sur ce détail.

Le roi, intrigué, arrêta son cheval, et tout le cortège s'immobilisa. Aussitôt le soleil s'ouvrit, libérant un énorme cœur qui descendit par un jeu de cordes jusque devant le souverain.

Avant que la foule n'ait eu le temps d'applaudir cette « merveille », le cœur se fendit par le milieu, découvrant une charmante jeune fille fort peu vêtue qui présenta les clefs de la ville à Henri II.

Le roi eut l'œil pétillant devant cette apparition et le bon peuple, émerveillé, poussa des cris de joie.

La nymphe récita alors un petit compliment et rentra dans le cœur qui se referma. Puis, comme par enchantement, tout remonta dans le soleil « qui s'épanouit aussitôt en fleur de lys [153] ».

Après cet intermède, le cortège se dirigea vers une place où les Rémois avaient cru bon d'édifier une espèce de montagne recouverte

153. Dom CHARLES BEVY, *Histoire des inaugurations des rois,* 1776.

de velours sur laquelle des femmes nues, aux prises avec des satyres, composaient d'audacieux tableaux vivants. Le roi contempla un instant ce spectacle vraiment inattendu avant les solennités du sacre et continua sa route en pensant que la journée commençait bien...

A la cathédrale, il n'y avait pas de femmes nues, ni de spectacles légers ; pourtant l'amour et l'adultère y furent évoqués par le roi lui-même d'une façon qui stupéfia tout le monde. Il parut dans une tunique de satin bleu azuré semé de fleurs de lys d'or et orné d'une broderie représentant *son initiale mêlée à celle de Diane de Poitiers*.

Lorsque les évêques virent le double D dans l'H, ils se regardèrent en hochant la tête, pensant que le nouveau roi allait encore plus loin que son père dans la voie du scandale.

Diane de Poitiers était d'ailleurs là, occupant, pour la première fois, en public, la place d'honneur, alors que la reine (enceinte de trois mois, il est vrai) avait été reléguée dans une tribune écartée.

Si la plupart des prélats furent choqués par la présence de Diane, aucun n'osa émettre de critique, le cardinal de Lorraine, qui devait oindre le nouveau roi, étant un des plus fidèles alliés de la grande sénéchale.

Les protestations auprès de ce prince de l'Église n'eussent donné aucun résultat. Souriant, onctueux, il se serait sans doute contenté de répondre en baissant les paupières sur son regard trop brillant :

— Votre seul devoir est de prier, mon fils !

Car, s'il n'avait pas encore atteint sa vingtième année, le cardinal de Lorraine possédait beaucoup d'expérience, ayant été nommé archevêque à l'âge de neuf ans...

Après ce sacre mémorable, Henri, Diane et Catherine allèrent s'installer à Fontainebleau.

La grande sénéchale, qui avait fait chasser les ministres protégés par Mme d'Étampes pour les remplacer par ses amis, devint alors toute-puissante. C'est elle qui régnait sur le royaume par l'intermédiaire d'un roi amoureux et de ministres qui lui devaient tout.

Or, contrairement à la duchesse d'Étampes, elle ne chercha pas tout d'abord à se mêler des affaires de l'État. Son ambition était plus sordide : elle voulait simplement accumuler titres, rentes et domaines. Animée par une cupidité sans borne, elle rêvait de posséder la plus grosse fortune de France et, pendant les douze ans que régnera Henri II, elle n'intriguera que dans ce but, ce qui la conduira, hélas ! à s'occuper de politique...

Pour commencer, elle réussit un assez beau coup ; à chaque changement de règne, les possesseurs des diverses charges du royaume devaient, pour être maintenus dans leurs fonctions, payer un impôt appelé « droit de confirmation » ; Diane en exigea le montant. Trois cent mille écus d'or lui furent donc versés aux dépens du Trésor.

Elle parvint encore à se faire attribuer les sommes provenant de la taxe sur les cloches, ce qui fit dire à Rabelais : « Ce roi a pendu toutes les cloches du royaume au col de sa jument... »

Enfin, sous couleur de faire la guerre aux mécréants, elle mit la main sur les biens confisqués aux protestants, ou saisis chez les juifs...

Mais elle réussit à faire mieux encore, le jour où elle obtint que le roi lui donnât les plus beaux joyaux de la couronne.

Les historiens modernes ont évalué ce cadeau à quelque trente millions de notre monnaie...

Connaissant l'avidité extrême de sa maîtresse, le roi utilisait tous les prétextes pour lui octroyer de nouvelles rentes. Un jour, il lui accorda « cinq mille cinq cents livres, en faveur de bons, agréables et recommandables services qu'elle a cydevant faits à la reyne ».

Ce qui était tout de même un comble.

Bien entendu, l'attitude extravagante du roi ne tarda pas à être critiquée par certains hommes politiques indépendants, les ambassadeurs étrangers, par exemple. C'est ainsi que Alvarotto, le représentant à Paris du duc de Ferrare, écrivait : « Pour Sa Majesté, il ne paraît pas qu'elle pense à autre chose qu'à jouer à la balle, à aller chasser parfois et à courtiser à toute heure la sénéchale : après le déjeuner et, le soir après le dîner, ce qui fait qu'en moyenne il doit bien rester avec elle au moins huit heures. S'il arrive qu'elle soit dans la chambre de la reine, il la fait appeler. C'est au point que chacun se lamente et remarque qu'il se tient plus mal que le feu roi... D'aucuns en tirent cette conclusion que le roi ne voit pas clair et qu'il est mené, comme on dit, par le bout du nez[154].... »

Mais les ambassadeurs étrangers n'étaient pas les seuls à oser critiquer l'aveuglement du roi.

Lorsque Charles de Lorraine, archevêque de Reims, remplaça, sur la demande de sa protectrice, le cardinal de Tournon, une épigramme circula à la cour et même dans Paris :

Sire, si vous laissez, comme Charles désire,
Comme Diane veut, par trop vous gouverner,
Fondre, pétrir, mollir, refondre, retourner,
Sire, vous n'êtes plus, vous n'êtes plus que cire...

Ce quatrain cruel n'empêcha pas Henri II de continuer à combler sa maîtresse d'honneurs et de présents.

A l'automne 1547, il lui offrit « en considération des grands et recommandables services rendus par son feu mari, Louis de Brézé », le château de Chenonceaux qui appartenait à la couronne.

Cette fois, le roi allait trop loin, et la reine, sortant de sa réserve habituelle, lui rappela publiquement que Chenonceaux était inaliénable en vertu d'un édit royal de 1539, et qu'il n'avait pas le droit d'en disposer.

Allait-il devoir reprendre son cadeau à la grande sénéchale ? Non,

154. Modène, Archivio di Stato. Dispacci dalla Francia, Bta 25.

car Diane fit front et, grâce à une habile procédure, parvint à conserver Chenonceaux. Ce fut son second château — car elle avait déjà celui d'Anet — et elle put s'estimer, dès lors, bien lotie...

En 1548, enfin, la grande sénéchale reçut le titre de duchesse de Valentinois (et le duché bien entendu).

Cette faveur scandalisa la Cour.

Tous les ducs de sang royal s'offusquèrent — vainement, est-il besoin de le dire — en voyant que la fille de Saint-Vallier était élevée au rang d'une dynaste souveraine.

La favorite, qui signa désormais « Diane de Poitiers, duchesse de Valentinois, comtesse d'Albon, dame de Saint-Vallier », devint plus méprisante et plus avide que jamais. Et le Florentin Ricaroli put écrire dans une lettre : « On ne peut dire à quel point est parvenue la grandeur et l'omnipotence de la duchesse de Valentinois. Et on en vient à regretter Mme d'Étampes... »

De telles faveurs rendaient officielle la liaison de Henri II. Tout le monde en parlait sans se cacher, et les hommages dus à la reine allaient vers la favorite, ainsi qu'on put le constater lorsque le roi fit son entrée solennelle à Lyon, suivi de Catherine, de Diane et de la Cour.

Tous les écussons dont la ville était ornée portaient le chiffre qui avait fait scandale au sacre. Et, lorsque les notabilités vinrent présenter leurs hommages, ils défilèrent devant la favorite d'abord, faisant passer la reine au deuxième plan.

Enfin, pour couronner cette journée où Catherine de Médicis subit la plus grande humiliation de son existence, une jeune et belle fille vêtue en Diane chasseresse, cheveux blonds flottant au vent, croissant sur la tête et carquois à l'épaule, vint saluer le roi.

Elle portait une légère tunique en voiles blanc et noir (couleurs de la favorite), qui laissait voir d'admirables jambes, et tenait au bout d'une corde un « lion mécanique, lequel animal en bois représentait la ville de Lyon qui s'offrait au souverain ». Mais les mauvais esprits y virent un autre symbole. Et l'on chuchota que cette Diane tirant un lion monté sur roulettes représentait fort exactement la duchesse de Valentinois qui, de sa main parfumée, menait le roi en laisse...

Si les grands du royaume et les ambassadeurs étrangers étaient pleins de prévenances et de respect pour la maîtresse du roi, le bon peuple, lui, ne se gênait pas pour ricaner et composer sur Diane de malicieuses chansons que l'on répétait à la veillée...

En voici une que le folklore du val de Loire nous a conservée :

Malgré son grand âge
Diane, ce soir, à Blois,
Est en chasse, je crois,
Pour y forcer un roi,
Ah ! Catin, Catin[155]*, quel dommage !*

155. Diminutif de Catherine.

Déesse peu sage
La vieille ira de nuit[156]
Sonner un hallali
Qui aura lieu au lit.
Ah ! Catin, Catin, quel dommage !

De tels couplets vengeaient un peu la pauvre Catherine de Médicis qui n'osait plus élever la voix dans son palais et se voyait réduite au rôle de « pondeuse d'enfants ».

En effet, après avoir été stérile pendant dix ans, elle mettait maintenant son petit prince au monde chaque année.

Le faible Henri II avait trouvé ce moyen pour éliminer officiellement son épouse de toutes les cérémonies. Et pendant douze ans, tandis que Diane occupait la première place auprès du roi, la reine se tint dans l'ombre, lourde d'une progéniture d'ailleurs tarée...

Catherine étant toujours « dans l'attente d'un heureux événement », Henri II pouvait vivre à sa guise, sans que personne songeât à s'en étonner.

Le soir, après le dîner qu'il prenait en compagnie de la reine et de la favorite, le souverain disait gentiment à Catherine de Médicis :

— Vous devez être lasse, Madame. Aussi, je ne vous oblige point à demeurer parmi nous. Allez vous reposer...

La reine, furibonde, se levait alors et regagnait ses appartements, sans prononcer un mot, mais « en donnant, nous dit un chroniqueur, de-ci de-là et comme par gaucherie ou maladresse, des coups de pied dans les meubles... »

Dès qu'elle avait disparu, le roi se levait à son tour. Diane l'imitait, et ils partaient en compagnie de quelques intimes s'enfermer dans la chambre de la favorite.

Tout d'abord, Henri rendait compte à Diane des affaires de l'État, lui demandant son avis sur un projet d'impôt, le texte d'un traité ou la réponse à faire à un diplomate, et la discussion durait souvent près d'une heure. Puis on se délassait un peu. Voici, d'après l'ambassadeur Saint-Mauris, qui envoya bien des détails savoureux en Italie, la façon pour le moins cavalière dont se comportait le roi dans l'appartement de la duchesse de Valentinois : « Il s'assied au giron d'elle avec une guinterne (cithare) en main, de laquelle il joue et demande souvent au connétable et à Aumale si le dit *Silvius* (Diane) n'a pas belle garde, touchant quand et quand ses tétins et la regardant attentivement comme homme surpris de son amitié. »

Lorsque le roi avait ainsi caressé les seins de Diane, celle-ci, chatouillée et troublée, le repoussait en riant, disant « qu'elle ne voulait point être ridée », sachant par expérience sans doute que la main de l'homme n'est point bonne pour la fine peau des gorges joliment enflées.

156. Diane de Poitiers avait alors cinquante et un ans et le roi trente.

Cette façon désinvolte de se tenir en public choque un peu notre conception moderne de la pudeur. Il n'en était pas de même au XVIe siècle, surtout à la Cour où la vie du roi n'avait de secret pour personne. Un historien du temps nous conte une anecdote assez savoureuse. Un soir que Henri II était, comme à l'accoutumée, dans la chambre de Diane de Poitiers avec quelques amis, il fut pris soudain « d'un feu qui le brûla et le poussa à conduire la duchesse de Valentinois vers le lict ».

Les amis, bien élevés, feignirent de ne s'apercevoir de rien et restèrent auprès de la cheminée à deviser. De temps à autre, des bruits divers parvenaient du coin d'ombre où se trouvait la couche de la favorite, mais personne ne se permettait de dresser l'oreille.

Soudain, on entendit un craquement et un grand choc. Dans leur ardeur, les deux amants avaient détruit le lit, et la duchesse de Valentinois était tombée dans la ruelle.

Tout le monde se précipita. Diane fut retrouvée à tâtons et ramenée toute rougissante vers la lumière. Quant au roi, il n'avait pas eu le temps de réparer le désordre de ses vêtements, et son aspect manquait de majesté...

Heureusement, Diane eut le bon goût d'éclater de rire, ce qui détendit l'atmosphère [157].

L'histoire amusa la Cour pendant quelques jours et la reine l'apprit, bien entendu.

Elle en fut fâchée et se demanda, une fois de plus, par quels moyens la duchesse de Valentinois, qui avait vingt ans de plus qu'elle, parvenait à retenir ainsi le roi. Car, nous dit Brantôme, « elle se sentait aussi belle et agréable que serviable, et digne d'avoir d'aussi friands morceaux... ».

Intriguée, et pensant que peut-être la favorite usait d'une technique amoureuse qu'elle ignorait, elle désira s'instruire et en parla à une de ses confidentes.

Hélas ! celle-ci n'avait pas non plus une grande expérience, et ses « recettes » n'apprirent rien à la reine. En désespoir de cause, les deux femmes décidèrent d'épier les amants au moment où ils se livraient à leurs ébats favoris. Catherine de Médicis fit alors percer plusieurs trous dans le plancher qui se trouvait au-dessus de la chambre de la duchesse « pour voir, nous dit Brantôme, le tout et la vie qu'ils démenoient tous deux ensemble ». Et elle attendit l'occasion.

Un après-midi, voyant le roi se diriger vers l'appartement de Diane,

157. Henri II et Diane avaient, semble-t-il, l'habitude de malmener les lits. Alvarotto, dans une lettre datée de Compiègne le 1er octobre 1549, écrivait : « Maisons me dit qu'un soir, comme elle (Diane) allait se coucher, Sa Majesté vint la *clidvere* (littéralement : mettre la clef dans la serrure) et qu'ils passèrent derrière le lit, qui était assez éloigné du mur, en feignant de deviser ; ils donnèrent de si grandes secousses au lit que celui-ci vacilla et qu'ils faillirent tomber par terre ; il n'y avait que deux femmes dans la chambre : la duchesse dit à haute voix : Sire, ne sautez pas aussi fort sur mon lit, vous finirez par le casser... »

la reine alerta son amie et les deux femmes grimpèrent bien vite à leur poste d'observation. Allongées sur le parquet, les yeux collés aux trous, elles regardèrent « mais n'y virent rien que de très beau, car elles y aperçurent une femme très belle, blanche, délicate et très fraîche, moitié en chemise et moitié nue, faire des caresses à son amant, des mignardises, des follastreries bien grandes, et son amant lui rendre la pareille de sorte qu'ils sortoient du lict, et tout en chemise se couchoient et s'esbattoyent sur le tapis velu qui estoit auprès du lict, afin d'éviter la chaleur du lict, et pour mieux prendre le frais ; car c'estoit aux plus grandes chaleurs[158] ».

Cette façon de faire, qu'elle ignorait, étonna la reine et lui donna du dépit. Elle « se mit à plorer, gémir, souspirer et attrister, luy semblant, et aussi le disant, que son mary ne luy rendoit le semblable, et ne faisoit les folies qu'elle luy avait vu faire avec l'autre ».

Comprenant qu'elle ne parviendrait jamais à connaître le secret de la séduction de Diane, la reine, encore une fois, se résigna et, ainsi que l'écrivait Lorenzo Contarini, « supporta avec patience... ».

Follement amoureuse du roi, et craignant à chaque instant de le perdre à tout jamais par une attitude hostile, elle se rapprocha finalement de Diane et vécut avec elle comme avec une amie.

La duchesse de Valentinois en profita, bien entendu, pour prendre plus d'importance encore. Laissant à la reine le soin de faire les enfants, elle se réserva de les élever, de les soigner et de les former.

Dès que Catherine accouchait, le nouveau-né lui était enlevé ; on allait le présenter au roi et à Diane.

Puis la favorite confiait le bébé à ses cousins, M. et Mme d'Humière, qu'elle avait fait nommer gouverneurs des enfants royaux. Il nous est parvenu des lettres qui témoignent de l'intérêt que prenait la maîtresse du roi pour la santé des enfants de Catherine.

J'ai vu, écrit-elle par exemple à Mme d'Humière, *la lettre que m'avez écrite et ce que m'avez mandé que Mme Claude s'est trouvé mal cette nuit de sa toux, dont nous sommes tous marris ; toutefois est une maladie qui n'est point dangereuse, vue que madame sa sœur aînée en a eu de cette façon. La reine vous en écrit son avis ; il me semble que vous ferez bien de prendre une bonne résolution pour ne mettre plus les choses en doute ; je me fierai plus en votre opinion que en celle des médecins, vu mêmement la quantité d'enfants que vous avez eus*[159].

Lorsqu'ils avaient atteint l'âge d'apprendre les bons usages, les princes revenaient à la Cour et Diane les formait aux « civilités de la vie ».

Les règles du savoir-vivre au XVIe siècle étaient d'ailleurs étranges. Il n'est pour s'en convaincre que de feuilleter le premier manuel de convenances, publié par Mathurin Cardier. On y lit, par exemple : *Il sied d'avancer les lèvres de temps à autre pour faire entendre une sorte*

158. BRANTÔME, *Vies des dames galantes.*
159. Mme d'Humière avait eu dix-huit enfants.

de sifflement, habitude familière aux princes qui se promènent dans la foule.

Le même auteur conseillait également de se « dandiner en marchant » et de copier les Italiens, chez qui, dit-il, « pour faire honneur à quelqu'un, on pose un pied sur l'autre, et l'on se tient à peu près sur une seule jambe, comme la cigogne ».

La mode était aux poses alanguies ; aussi trouvait-on gracieux de « tenir les yeux mi-clos et de tendre les lèvres comme pour un baiser ».

Saluer était un art difficile : « On ploie seulement le genou droit, avec un doux contournement et mouvement du corps, dit Mathurin Cardier. On ôte le bonnet de la main droite, on le tient en bas à la gauche et à la main droite au bas de l'estomac avec les gants. Il y a le salut de rencontre ; s'il s'agit de l'homme, on l'embrasse par accolade ; s'il s'agit d'un rang plus élevé, on l'embrasse dessous le bras, d'autant plus bas on l'embrasse qu'il est plus grand socialement. S'il est égal, on l'embrasse d'un bras dessus l'épaule, l'autre dessous. Pour la femme, on la baise sur la bouche. »

La duchesse de Valentinois, rompue aux usages raffinés de la Cour, enseignait admirablement tous ces gestes curieux et faisait des enfants royaux des adolescents qui pouvaient « sortir dans le monde »...

La reine continuait à sourire et à jouer la comédie de l'amitié. Pourtant rien ne lui était épargné. Le jour de son sacre à Saint-Denis, Diane fut à ses côtés en surcot d'hermine, en robe de gala à l'antique tout comme elle, et l'on pouvait se demander laquelle des deux était la reine.

Un incident symbolique eut lieu d'ailleurs au cours de la cérémonie : la couronne étant trop lourde pour Catherine, une fille de Diane la lui retira et *vint la déposer aux pieds de sa mère sur un coussin* [160]...

La reine ne broncha pas. Rien ne semblait l'atteindre...

Pourtant, un soir, excédée sans doute, elle laissa paraître quelque humeur. Elle lisait dans sa chambre, lorsque Diane entra et lui demanda :

— Que lisez-vous, Madame ?

— Je lis les histoires de ce royaume, lui répondit la reine avec un sourire aimable, et j'y trouve que de tous les temps les putains ont dirigé les affaires des rois !...

Ce qui jeta un froid.

160. Diane avait eu deux filles de son mari, Louis de Brézé.

26

Diane de Poitiers veut « sa guerre »

C'est une noble ambition que de vouloir
posséder « quelque chose à soi »...

LÉON GAMBETTA

Vers 1549, les braves gens qui parlaient de la famille de Guise avaient coutume de dire : « Lorsqu'une femme parvient à entrer dans le lit du roi, tous ses amis veulent nager dans la rivière [161]... »

Ce qui témoignait d'un peu de malice et d'une grande clairvoyance, car cette maison, protégée par Diane de Poitiers, avait, depuis l'avènement de Henri II, réussi à prendre, en effet, une importance considérable.

Dotée abondamment d'archevêchés, d'abbayes, de charges politiques, elle commençait à représenter, dans le royaume, une force qui allait constituer bientôt un danger pour le trône.

Mais Diane, qui ne pensait qu'à enrichir la famille à laquelle ses deux filles s'étaient unies, ne semblait pas s'en soucier. Elle ne pouvait prévoir qu'à cause de son favoritisme aveugle un roi de France se verrait, un jour, contraint aux navrantes nécessités de l'assassinat.

L'influence sans cesse croissante des Guises dans le gouvernement ulcérait bien des gens de la Cour. Mais le plus fâché de tous était sans doute le connétable de Montmorency, qui se voyait peu à peu évincé.

En effet, la duchesse de Valentinois, sachant que le roi aimait beaucoup le connétable, s'employait à réduire autant que possible son crédit.

Tâche difficile, car Henry II considérait Montmorency presque comme un frère aîné, lui passant tout, lui permettant même d'étonnantes familiarités, ce qui n'était pas, d'ailleurs, sans chatouiller la jalousie des Guises. Je ne citerai qu'un exemple : un jour que le roi lui rendait visite avec quelques amis, le connétable demanda le plus naturellement du monde :

— Est-ce que vous permettez, sire, que je me lave les pieds ?

Henri acquiesça, sans montrer de surprise. Montmorency fit alors apporter une bassine d'eau chaude, se déchaussa et se livra tranquillement à ses ablutions devant le roi.

Si Henri II se contenta de sourire, les témoins de la scène furent très choqués ; et l'ambassadeur Alvarotto écrivit en Italie : « C'est tout juste si le connétable n'a pas uriné dans la chambre. De sorte que tout le monde en est resté stupéfait... »

Le duc de Guise, qui avait assisté lui aussi à ce bain de pieds, rentra

161. On appelait autrefois « rivière » le milieu, toujours un peu creux, du lit.

dans ses appartements, vert de jalousie, pensant que Montmorency vivait, avec le roi, dans une intimité plus grande que lui.

Cela demandait une compensation.

Quelques jours après, Diane, pour venger ses protégés, faisait nommer un Guise, le cardinal Charles de Lorraine, chef du Conseil privé du roi.

Cette rivalité, entretenue par la favorite, allait tout à coup se transformer en une véritable haine.

A la fin de novembre 1549, la chrétienté, surprise et sincèrement désolée, apprit que le pape Paul III venait de mourir. Aussitôt, Diane, qui espérait faire monter son vieil ami le cardinal Jean de Lorraine sur le trône pontifical, commença à intriguer.

Instruit des démarches de la favorite, Montmorency, sans perdre une seconde, fit savoir à tous les cardinaux français qui se rendaient au Conclave, que leur devoir était d'empêcher l'élection du candidat de Diane. Il fut obéi, et le cardinal Del Monte devint pape sous le nom de Jules III.

En apprenant cette nouvelle, Jean de Lorraine mourut de chagrin et les Guises furent, pendant quelques jours, fortement indisposées par une grande colère.

Pour les consoler, Diane, une fois encore, intervint, et Charles de Guise devint le prélat le plus puissant de France. Il était à la fois évêque (ou archevêque) de Reims, de Lyon, de Narbonne, de Valence, d'Albi, d'Agen, de Luçon et de Nantes...

Alors Montmorency, pris de panique, pensa qu'il était temps d'intervenir et décida de tout tenter pour séparer Henri II de Diane de Poitiers, protectrice de cette Maison de Guise vraiment trop puissante. Pour cela, il n'y avait qu'un moyen, semblait-il : donner au roi une nouvelle maîtresse, plus jeune que la favorite...

Cette femme devait être très belle, intelligente et peu farouche. Le connétable se mit à sa recherche incontinent.

Or, depuis 1548, la petite reine d'Écosse, Marie Stuart, âgée de huit ans, qu'on avait fiancée au dauphin François, vivait à la Cour de France. Elle attendait d'être nubile en apprenant le rudiment de quelques langues étrangères, sous la direction de lady Fleming, une jeune gouvernante, fort jolie, dont quelques poètes chantaient déjà les cheveux blond roux, les formes émouvantes et les yeux verts. Le connétable pensa qu'aucune femme ne ferait mieux l'affaire.

Ce choix, il est vrai, était parfait à plus d'un titre ; car Marie Stuart, fille de Marie de Lorraine, était nièce des Guises, et Montmorency pensait avec effroi que le mariage du dauphin allait encore élever cette famille. Qu'un scandale éclatât à la suite d'une liaison entre la gouvernante et le roi, et l'union tant souhaitée par Diane était impossible.

Tout heureux, le connétable confia sans aucune gêne son projet à Catherine de Médicis qui, ravie de jouer un tour à la duchesse de

Valentinois, trouva très drôle de faire entrer une nouvelle femme dans le lit de son mari, et promit son aide.

Dès lors, les choses allèrent rondement. Diane de Poitiers ayant eu, fort opportunément, un accident de cheval qui l'obligeait à rester au lit dans son château d'Anet, la reine mit, avec beaucoup d'habileté, lady Fleming et le roi en présence.

Le soir même, Henri II montrait à la belle Écossaise ce que l'on entendait alors en France par « exploiter les Pays-Bas »...

Son brio émerveilla lady Fleming.

— Revenez souvent, dit-elle lorsqu'elle le vit remettre ses vêtements.

Henri II avait trouvé bien agréable de caresser une jolie fille de vingt ans plus jeune que Diane ; il promit d'être là tous les soirs.

Et, pendant une semaine, les amoureux se retrouvèrent ainsi, protégés par le bon connétable et par la machiavélique Catherine de Médicis.

Mais les Guises avaient leurs informateurs à la Cour. Ils furent bientôt au courant des rendez-vous nocturnes du roi et alertèrent Diane, qui sauta dans une voiture et se fit conduire immédiatement à Saint-Germain-en-Laye.

— Je veux le surprendre à la porte de cette fille, dit-elle.

Aussitôt arrivée, elle courut vers l'appartement de la gouvernante et se posta derrière un rideau.

A deux heures du matin, le roi, les genoux un peu flageolants, sortit de chez la demoiselle, accompagné de son inséparable connétable.

Diane écarta brusquement le rideau qui la cachait. Elle était livide. Elle tremblait.

Le roi et le connétable parurent très étonnés de la voir surgir devant eux. Ils prirent un air penaud.

Écoutons Alvaratto nous conter la scène :

« Elle se jeta au-devant d'eux :

» — Ah ! sire, s'écria-t-elle, d'où venez-vous ?... Quelle trahison est-ce là et quelle injure vous êtes-vous laissé persuader de faire à messieurs de Guise, qui sont vos serviteurs si dévoués et que vous aimez tant, à la reine, à votre fils qui doit épouser la jeune fille gouvernée par cette dame. De moi, je ne dis rien parce que je vous aime, comme je l'ai toujours fait, honnêtement...

» Sa Majesté répondit :

» — Madame, il n'y a là aucun mal, je n'ai fait que bavarder...

» Alors Diane se tourna vers le connétable :

» — Et vous ! êtes-vous donc assez méchant non seulement pour supporter, mais encore pour conseiller un roi de faire une chose pareille ? Vous n'avez pas honte de nous faire une telle injure, à messieurs de Guise et à moi, qui vous avons tant favorisé auprès de Sa Majesté, comme vous le savez... Je vois bien que nous avons perdu notre temps et notre peine...

» Puis, incapable de se contenir plus longtemps, elle s'avança sur le roi, et les lèvres couvertes d'écume, lui lança une montagne d'injures...

» Enfin, elle dit au connétable qu'elle ne voulait plus lui parler et qu'il ne devait plus aller là où elle serait.

» Le roi tenta de l'apaiser. Elle se retourna :

» — Sire, le zèle que je porte à votre honneur et à celui de messieurs de Guise me fait et me fera toujours parler avec cette hardiesse, car je suis bien sûre que Votre Majesté ne cessera jamais de me tenir pour la fidèle servante que je suis.

» Alors le roi, voyant qu'il n'avait pu leur faire la paix, pria la duchesse de la façon la plus pressante du monde de ne rien raconter de cette histoire à messieurs de Guise. »

Et Alvarotto conclut :

« La raison qui a mû le connétable, cet homme de bien, à agir de la sorte, d'après le cardinal de Lorraine, est qu'il essaiera de se servir de cette aventure contre messieurs de Guise ; il veut que le Dauphin, quand il sera en âge, puisse refuser d'épouser la jeune reine, disant qu'elle avait été élevée par une putain. »

Bien entendu, Montmorency fut le grand vaincu de l'affaire. Tout le monde se retourna contre lui et il faillit tomber en disgrâce...

Son coup avait manqué !

Quant à la belle lady Fleming, elle resta enceinte de cette aventure et s'en montra ravie. Voici ce que nous en dit Brantôme : « Elle n'en faisoit point la petite bouche, mais très hardiement disoit en son escossiment francizé : "J'ay fait tant que j'ay pu, que, Dieu mercy, je suis enceinte du roy, dont je m'en sens très honorée et très heureuse ; et je veux dire que le sang royal a je ne sçay quoy de plus suave et friande liqueur que l'autre, tant que je m'en trouve bien, sans compter les bons brins de présents que l'on en tire." »

Ces discours maladroits exaspérèrent le roi et fâchèrent la reine qui, abandonnant complètement le pauvre connétable, se ligua avec Diane contre l'Écossaise.

Les deux femmes, on s'en doute, n'eurent aucune peine à faire chasser de France cette belle fille trop bavarde.

Lady Fleming retourna donc en Écosse avec un gros garçon vagissant sur les genoux et d'exaltants souvenirs...

Son fils, nommé Henri d'Angoulême, devint grand prieur de France.

Ce qui prouve qu'on peut attendre les conséquences les plus inattendues d'un drame d'alcôve...

Lorsque la scène qui s'était passée dans la chambre de lady Fleming fut connue, un grand éclat de rire secoua la Cour. « La seule pensée, nous dit un historien du temps, que le roi ait osé faire coupe [162] Mme de Valentinois rendit, pendant quelques jours, la vie plus agréable à de nombreuses personnes. »

Des poètes, qui tinrent, bien entendu, à rester inconnus, firent sur l'aventure des chansons, dont certaines sont extrêmement gaillardes. Je ne citerai que ces trois couplets :

162. C'est-à-dire : cornette.

Il s'est fait écosser le jonc
Par une fillette d'Écosse
Diane les vit sur le gazon,
Et leur joie la rendit féroce.
O le joly jonc
Bon, bon, bon, mon compère.
O le joly jonc
Le joly jonc.

Et chacun vit que le croissant
Dont tous les artistes vous ornent
O déesse, depuis vingt ans,
N'était qu'une paire de cornes...
O le joly jonc... (etc.)

Finies les joies de l'éperon,
Finie la course à l'aiguillette,
Le roi préfère pour son jonc
Les fraîches et jeunes motelettes...
O le joly jonc... (etc.)

Mais les chansonniers et tous les rieurs se trompaient. Après le départ de lady Fleming, le roi, désireux de se faire pardonner son escapade, alla trouver Diane et tenta de lui prouver le plus virilement possible que rien n'était changé entre eux. Hélas ! poussé par un désir (bien compréhensible) de briller en cette occasion plus qu'à l'ordinaire, il voulut renouveler ses galants outrages un trop grand nombre de fois et, nous dit un chroniqueur, « il fit tant et tant qu'au matin l'haleine lui faillit et qu'il resta court ».

La duchesse de Valentinois, touchée par l'intention, et peut-être largement comblée, fut indulgente. Redevenant subitement maternelle, elle le borda avec tendresse, se vêtit sans bruit et le laissa dormir jusqu'à une heure avancée de la matinée...

On connut tous ces détails, le lendemain, par la confidente de la reine ; car Catherine de Médicis n'avait pas abandonné son petit observatoire [163] et s'était fort réjouie de voir le roi trahi par la nature...

Contrairement au désir du connétable, la liaison de Henri II avec lady Fleming n'avait donc servi qu'à renforcer la position de la duchesse de Valentinois.

Cette maladroite affaire allait avoir, en outre, d'étranges répercussions politiques.

Depuis quelque temps, de nombreux signes annonçaient la naissance prochaine d'un conflit. Or, en 1552, les princes protestants d'Allemagne, en lutte contre Charles Quint, demandèrent à Henri II un secours financier en échange duquel ils lui reconnurent le droit d'occuper les trois évêchés de Lorraine : Metz, Toul, et Verdun.

163. Le trou qu'elle avait fait pratiquer dans le plancher.

Geste habile qui obligeait le roi de France à envoyer une armée prendre possession de ces territoires, c'est-à-dire à se trouver en état de guerre contre Charles Quint qui continuait à considérer les Trois Évêchés comme siens.

Les Français allaient donc se battre de nouveau.

Diane en fut ravie pour ses bons amis de Guise dont l'esprit belliqueux souffrait de l'inaction à laquelle la paix les réduisait depuis des mois.

Mais quelques escarmouches devant les trois villes lorraines ne lui suffisaient pas ; il fallait étendre le conflit afin que ses protégés pussent, en se couvrant de gloire, assurer définitivement leur puissance — et du même coup consolider la sienne...

Froidement, elle fit d'abord remplacer tous les capitaines amis de Montmorency par des gens de son parti. Puis elle suggéra au roi d'envisager une campagne destinée à donner ses frontières naturelles à la France. Enfin, elle prit en main toute l'organisation de l'armée, décida des effectifs, du matériel, des munitions et dirigea personnellement les opérations.

Cette guerre devenait « sa guerre ». Il fallait à tout prix effacer des mémoires l'humiliant épisode dont lady Fleming avait été l'héroïne. Le sang généreux de quelques milliers de Français allait gentiment s'en charger...

Henri II, qui voulait se mettre lui-même à la tête des troupes, pensa qu'il devait, pendant son absence, confier la régence à la reine.

Mais Diane veillait. Elle craignait qu'à l'occasion de cette guerre Catherine ne prît, tout à coup, une importance gênante. Elle obtint du roi que la régence fût donnée conjointement à la reine et au garde des Sceaux, Bertrand, dont l'amitié lui était depuis longtemps acquise.

Ainsi, Henri pouvait laisser les charges de l'État à la Florentine ; Diane continuait de « régner » par personne interposée.

Les hostilités étaient commencées depuis deux mois, lorsque Catherine de Médicis, qui s'était installée au château de Joinville, en Champagne, tomba gravement malade. On vit alors une femme, bouleversée, courir au chevet de la reine et la soigner avec une grande tendresse. C'était Diane, dont l'étrange dévouement étonna le bon peuple. Or son geste n'avait rien d'admirable, car il était dicté par la peur. Cette reine sans attrait était, en effet, nécessaire à la position extraordinaire qu'elle occupait auprès du roi. Il ne fallait pas que Catherine mourût, car il ne fallait pas qu'Henri se remariât avec une de ces femmes jeunes et belles que les Cours d'Europe étaient toutes prêtes à lui offrir. C'était simple, mais les braves gens, qui ont le cœur pur, ne pouvaient y penser...

Et Catherine guérit.

Abandonnant aussitôt drogues et tisanes, la favorite retourna à ses occupations militaires. Dès lors, tout passa par elle. Écoutons Guiffrey : « Dans les grandes choses comme dans les plus petites, partout se manifeste l'intervention de la duchesse. Faut-il des subsides, des munitions, des renforts pour la défense de la frontière attaquée ? Les plus grands capitaines en sont réduits à solliciter de Diane les secours nécessaires... Elle emploie à leur répondre les formules les plus humbles, les protestations les plus obséquieuses ; mais il n'y a pas à s'y laisser prendre. »

A Brissac, assiégé dans Saint-Damain, elle écrit, par exemple :

Quant à ce que mandez pour avoir des forces plus que n'en avez, je vous puis assurer que le Roi ne vous veut point laisser dépourvu... Votre plus qu'entière bonne amie, Diane.

Naturellement, elle réservait tous ses soins aux Guises [164]. Et François de Lorraine lui écrivit en août 1552 :

Je ne puis garder de me souvenir encore de la particulière grâce que vous m'avez faite, et du singulier contentement que j'en ai, en mettant en peine de vous pouvoir de plus en plus servir et non moins et, ayant bon espoir d'en recueillir bon fruit et non moins pour vous que pour moi me mettant dorénavant être autre mon intérêt que le vôtre.

Cette lettre dut, malgré son style bizarre, remplir Diane de joie ; car la reconnaissance de la Maison de Lorraine était ce qu'elle recherchait le plus au monde.

Elle répondit :

J'ai reçu les lettres qu'il vous a plu m'écrire et comme par icelles me remerciez de ce que j'ai fait pour vous, je vous assure, Monsieur, que, quand il sera question de vos affaires, je ne perdrai jamais la volonté de m'y employer... Votre humble à vous obéir,

DIANE DE POITIERS.

L'effort conjugué de la favorite et des Guises fut bientôt couronné de succès.

Le 1er janvier 1553, Charles Quint, qui assiégeait Metz depuis deux mois et demi avec 60 000 hommes, dut se retirer sans avoir tenté un assaut. Il laissait aux mains de François de Lorraine une partie de son matériel et dix mille blessés.

Ses pertes s'élevaient à vingt mille hommes...

En février, François fut reçu triomphalement à la Cour et Diane partagea sa gloire. Personne ne souriait plus en la voyant. L'affaire Fleming était oubliée.

Cependant la guerre se poursuivait, et les troupes de la Maison de Lorraine continuaient de bousculer les armées en déroute de l'empereur atterré.

164. Il ne faut jamais oublier, quand on observe l'attitude de Diane à l'égard de cette Maison, que l'une de ses filles avait épousé Claude de Lorraine, duc d'Aumale, frère de François, duc de Guise, et oncle de Henri...

Diane paraissait au sommet de sa puissance. Alors Catherine, torturée par la jalousie, chercha à ramener l'attention vers elle. D'accord avec le connétable, elle envoya Strozzi en Italie pour déclarer la guerre à Florence, qui était aux mains d'un ennemi des Médicis.

Ainsi, les deux femmes avaient chacune sa guerre, et les morts de l'une réjouissaient atrocement l'autre.

Mais, à ce jeu atroce, la reine eut moins de chance que sa rivale : Strozzi fut écrasé à Marciano, Sienne succomba et elle dut subir l'ironie méprisante de la favorite.

La haine qu'elle lui vouait l'habita alors tout entière et, regrettant de n'avoir pas accepté l'offre de Tavannes qui lui avait proposé jadis de couper le nez de Diane, elle rêva de défigurer cette femme de cinquante-huit ans, dont l'énervante beauté tenait du prodige.

Elle fit appeler Jacques de Savoie, duc de Nemours, et lui demanda de préparer un mélange d'acides corrosifs « propres à être jetés avec de grands inconvénients au visage de Mme de Valentinois ».

Quelques jours plus tard, une petite bouteille d'aspect anodin se trouvait dans l'armoire secrète de la reine. Mais Catherine de Médicis ne devait pas s'en servir ; car les Guises subirent soudain, devant Thérouanne et Hesdin, de telles défaites qu'en considérant les traits tirés de Diane elle se jugea suffisamment vengée [165]...

Tandis que Diane et ses amis de Lorraine continuaient à diriger une guerre dont ils attendaient gloire et profits, le connétable de Montmorency engageait secrètement des négociations avec Charles Quint. Le vieil empereur était fatigué, malade et découragé par ses récents revers ; les pourparlers furent rapides. Et, le 5 février 1556, Henri II, que le connétable avait réussi à convaincre de la nécessité de faire la paix, signait la Trêve de Vaucelles.

Ce traité, qui laissait à la France toutes ses conquêtes : les Trois Évêchés, la Savoie, le Piémont, Montferrat, les places de Toscane et du Parmesan, constituait une telle victoire pour Henri II que Charles Quint, effondré, abdiqua aussitôt et se retira au monastère de Yuste dans l'Estramadure, où il devait mourir deux ans plus tard.

Toute la France fut alors saisie d'une joie effrénée : on dansa, on chanta, on fleurit les maisons, et du Bellay, pris dans la ronde, prouva que les poètes ont tort de s'intéresser à la politique en composant un poème de circonstance qui est, sans doute, ce qu'il a écrit de plus mauvais.

Au milieu de cette allégresse générale, les Guises et Diane de Poitiers

165. A ce propos, le Dr Cabanès retrouva une lettre de l'Aubespine, l'un des quatre secrétaires d'État. La voici : « La reine a bien ri quand elle a vu dessus la lettre de messire de Nemours ces lignes marquées, se souvenant qu'elle le voulloye employer lorsquc Mme de Valentinoye la fachoyt tant, à luy faire jeter par luy d'une eau forte distillée comme par manière de jeu sur le visage, de quoy elle fut toute sa vie demeurée défigurée et ainsi elle pensoy en retirer le feu roy son mari, ce qui ne fut pas faict car elle y pensa depuis. Brûlez cette lettre après l'avoir vue, s'il vous playt. »

montraient des yeux brillants de haine et un air crispé qui prouvaient de façon éloquente à quel point la trêve gênait leurs projets.

Ils se réunirent à Anet pour étudier la situation, et François de Lorraine demanda à la duchesse de Valentinois de faire en sorte que le pacte de Vaucelles fût rompu. Le lendemain, la favorite était chez le roi. La colère la rendit maladroite. Elle critiqua en termes violents la signature de la trêve, traita son amant de lâche et cita trop souvent le nom des Guises...

— Donnez immédiatement l'ordre de reprendre les armes, dit-elle enfin.

Cette fois, Henri II fut agacé. Il répondit à Diane d'un ton sec qu'il n'avait de conseil à recevoir de personne.

La duchesse resta pétrifiée. Jamais le roi ne lui avait parlé ainsi. Les lèvres tremblantes, elle se raidit :

— Soyez assuré qu'il se passera quelques jours avant que vous revoyiez mon visage, dit-elle.

Et elle partit en claquant la porte.

Le roi, étonné lui-même de ce qu'il venait de faire, resta un moment décontenancé. Enfin, une idée lui vint qui le fit sourire : l'attitude de Diane le rendait libre.

Il se leva aussitôt, remit sa toque de velours, quitta sa chambre et s'en alla d'un pas allègre vers l'appartement d'une dame de la Cour, la gracieuse baronne Nicole de Savigny, qu'il avait remarquée quelques jours auparavant.

La belle était chez elle. Le roi quitta sa toque et lui expliqua ce qui l'amenait.

— Oh ! sire, bégaya Nicole, transportée de joie, est-ce possible ? Je ne pouvais pas me douter que Votre Majesté...

Puis, voyant que le souverain ne semblait pas d'humeur à bavarder, elle se déshabilla. Alors, sans rien dire, Henri II la prit par le bras, la conduisit vers le lit à baldaquin, l'aida à monter et la rejoignit d'un bond, car il était sportif...

Trois heures plus tard, le roi remettait sa toque de velours et descendait dîner, laissant Nicole de Savigny heureuse, haletante et le sein enrichi d'une semence qui allait lui donner un beau garçon [166]...

Cette liaison n'eut pas de suite, car Diane, informée par sa police personnelle, vint, dès le lendemain, trouver le roi. D'un mot, d'un sourire, elle sut retrouver toute la tendresse de son amant ; et c'est lui, comme toujours, qui demanda pardon...

Dès qu'elle eut retrouvé sa place, la favorite n'eut qu'une pensée : amener le roi à reprendre les armes. Elle manœuvra cette fois avec une telle habileté que Henri II se laissa mener comme un enfant et que, en octobre 1556, la trêve de Vaucelles était rompue...

Cette faute insensée allait mettre le royaume de France à deux doigts

166. Ce bâtard, appelé Henri de Saint-Rémy, ne fut pas reconnu par le roi. Après sa naissance, Nicole de Savigny devint la maîtresse de l'archevêque de Besançon, Mgr de Montrevel...

de sa perte et créer un ensemble de faits désastreux dont Louis XIV, un siècle plus tard, aurait encore à se préoccuper...

Philippe II, successeur de Charles Quint, ulcéré par ce qu'il considérait comme une « félonie du roi Henri II », massa des troupes à la frontière de l'Artois et, brusquement, envahit la France. Le connétable de Montmorency ne s'attendait pas à une attaque aussi rapide. Il dut reculer et fut battu finalement devant Saint-Quentin (10 août 1557). La route de Paris était ouverte à l'ennemi...

Aussitôt un vent de panique souffla sur la capitale. Les Parisiens, en longues et misérables files, partirent vers le sud, chargés de hardes, de provisions et d'objets hétéroclites.

La France semblait perdue. Tout le monde pleurait. Tout le monde, sauf Diane qui, torturée par ses ressentiments, oubliait la situation tragique du royaume pour se réjouir de la défaite de son vieil ennemi le connétable de Montmorency, dont les Espagnols avaient réussi à s'emparer...

La Cour, prévoyant un épouvantable désastre, fuyait, affolée, d'un château à l'autre. Tout annonçait la fin...

Heureusement, Philippe II commit une faute inespérée. Rendu inquiet par des succès trop faciles, il n'osa pas se diriger sur Paris et perdit un temps précieux que Henri II mit à profit pour organiser une défense.

La capitale fut sauvée ; mais les Espagnols prirent Saint-Quentin, Ham et Catelet...

Puis la roue sembla tourner : cinq mois plus tard, en plein hiver, le duc de Guise parvint à enlever de vive force la ville de Calais, où les Anglais étaient établis depuis deux siècles...

L'événement, tout à fait inattendu, réconforta les Français. On s'embrassa, on chanta, on dansa, et cette victoire fit oublier pendant quelques jours les dangers qui menaçaient le royaume. Exaltation dont les braves gens, un peu éberlués, sortirent un beau matin pour s'apercevoir, en lisant l'annonce d'un nouveau désastre, que la guerre continuait... Une guerre où il n'y avait ni vainqueur ni vaincu, rien que des hommes épuisés qui se battaient par habitude et sans savoir pourquoi.

Alors le Pape intervint. Et ce n'est ni à Henri II, ni à Philippe II qu'il s'adressa, mais à celle que toute l'Europe tenait pour responsable de ce conflit ridicule. Sur un ton affectueux et presque déférent, il lui demanda d'intervenir pour que cessent les combats.

Diane de Poitiers dut éclater d'orgueil en recevant cette lettre qui la plaçait au rang d'une souveraine :

C'est un devoir pour Nous, écrivait Paul IV, *qui sommes à la tête du troupeau des fidèles, que d'exhorter les princes à la paix. Et ce devoir est particulièrement impérieux pour ceux qui peuvent se prévaloir d'autorité sur les princes ou de faveur de leur part. C'est votre rôle aussi, chère fille, que d'appuyer de toutes vos forces, auprès du roi très chrétien, l'action que Nous menons, œuvre pie et nécessaire, de joindre à Nos prières, à Nos exhortations, vos prières et vos exhortations, afin que l'esprit du roi soit d'autant plus enclin à recevoir les conseils de la paix qu'il aura été mieux engagé par les supplications et les efforts combinés des siens*[167].

Jamais encore un Souverain Pontife n'avait écrit personnellement à une favorite. Aussi ce geste de Paul IV fut-il diversement commenté à la Cour. Et certaines dévotes s'étonnèrent que le Saint Père ait adressé de si nobles paroles à une concubine, disant « que c'était reconnaître comme bon et honorable le visqueux état de putain »...

Aussitôt, Diane, flattée, voulut prouver qu'on ne lui attribuait pas à tort le pouvoir absolu sur le roi de France, et elle poussa Henri II à signer la paix.

Des négociations rapidement menées aboutirent alors au désastreux traité de Cateau-Cambrésis. La France gardait Calais et les Trois Évêchés, mais rendait Thionville, Marienbourg et Montmédy, renonçait à toute prétention en Italie, abandonnait le Bugey, le Milanais, le comté de Nice, la Bresse et la Corse.

Seule Diane de Poitiers obtenait, à titre exceptionnel, de conserver le marquisat de Crotone, le comté de Catanzaro et quelques autres terres dans le royaume de Naples...

Ainsi cette guerre, qui se terminait si mal pour la France, ne faisait rien perdre à la favorite...

27

Marie Stuart fait mourir François II d'épuisement

> Ce n'est pas de faire l'amour qui est fatigant.
> C'est de ne pas y parvenir...
>
> SACHA GUITRY

Délivrée de ses soucis militaires, Diane reprit sans tarder la lutte contre les protestants, à l'égard de qui elle se montrait toujours impitoyable. Devenue la grande dame du parti catholique par le hasard des intrigues, tout comme Marot était devenu le chantre de la Réforme, elle avait fini par croire qu'elle accomplissait une mission divine, et sa haine était stupéfiante. Un jour, à la suite d'une procession solennelle, elle se rendit avec Henri II à une fenêtre de l'hôtel des Tournelles pour assister au supplice de quatre huguenots. Et, tandis que les malheureux hurlaient de douleur, elle « rioit, nous dit un chroniqueur, et folâtroit auprès du roi »...

Cette attitude lui valut d'ailleurs de recevoir la plus grosse injure de sa vie.

167. Archives du Vatican, Arm XLII, vol. 10.

Quelque temps après, ayant fait arrêter un ouvrier tailleur, elle voulut le chapitrer en présence du roi et du cardinal de Guise. Le jeune homme l'interrompit :

— Madame, dit-il posément, contentez-vous d'avoir infecté la France et ne mêlez pas votre ordure aux choses de Dieu…

Ce qui était, somme toute, une assez belle réponse.

Naturellement, cette noble insolence décupla la haine de Diane. La cruauté dont elle fit preuve alors dans sa lutte contre les protestants devint tellement monstrueuse que tous les braves gens, même catholiques, furent révoltés. Des pamphlets extrêmement violents commencèrent à circuler et on la chansonna en des termes fort peu polis, ainsi qu'on en aura une idée par ce simple couplet :

O pauvres, pauvres protestants,
Que l'on mène au bûcher ardent.

C'est Diane qui vous fait brûler,
Les yeux crevés, tondus, pendus,
Car on allume les bûchers
Avec le feu qu'elle a au c…

La favorite s'irrita de ces chansons et, pour se venger, désigna à la colère du roi quelques conseillers au Parlement de Paris qui ne se cachaient pas pour protester contre les persécutions et les exécutions des réformés.

Henri II, piqué, décida de se rendre, à l'occasion des Mercuriales, à l'assemblée des Chambres pour y juger par lui-même de l'état d'esprit de la Cour.

Le 10 juin, il arriva au Parlement et donna la parole au procureur général Bourdin.

Celui-ci (qui était un ami de Diane) attaqua aussitôt cinq ou six conseillers « mal sentant de la foi entre lesquels était un nommé Anne du Bourg ».

Fort courageusement, du Bourg prit la parole pour prêcher la clémence envers les luthériens et blâmer vigoureusement les massacres auxquels on se livrait au nom de Dieu. Animé par une sainte colère, il conclut en disant, sur un ton de défi, « qu'il serait odieux d'appliquer à des innocents la peine qu'on épargnait aux adultères[168] ».

Cette allusion transparente à la liaison de Henri II et de Diane de Poitiers fit l'effet d'une bombe. Les membres du Parlement restèrent figés sur leurs bancs, les fesses serrées, attendant la colère du roi. Celui-ci, rouge jusqu'aux oreilles, parvint à se contenir, mais il donna l'ordre au capitaine des gardes d'emmener immédiatement du Bourg à la Bastille.

Peu de temps après, le procès du conseiller commença. A l'issue de

168. VIEILLEVILLE, *Mémoires*.

la première séance, Henri II, qui n'avait pu, cette fois, cacher sa fureur, s'écria « qu'il vouloit voir rôtir Anne du Bourg de ses yeux ». Et le malheureux fut condamné à être brûlé en place de Grève...

A Cateau-Cambrésis, Henri II n'avait pas seulement signé un traité de paix, il avait aussi préparé deux mariages destinés à renforcer sa sécurité. D'une part, sa fille aînée, Élisabeth de Valois, devait épouser Philippe II, roi d'Espagne ; d'autre part, sa sœur Marguerite, alors âgée de trente-six ans, devait devenir la femme du duc Emmanuel de Savoie.

Cette dernière union ne fut d'ailleurs pas du goût de tout le monde, car Marguerite apportait en dot, à son mari, le Piémont et la Savoie.

— Nous perdons deux belles provinces à cause d'une princesse amoureuse, disaient les braves gens.

Les soldats français qui tenaient garnison au Piémont, furieux de quitter un pays où ils menaient une existence fort agréable, exprimèrent leur mécontentement dans un langage plus vif que celui des braves gens.

Voici, en effet, ce que nous rapporte Brantôme :

« Les uns, tant Gascons qu'autres, disaient : « Hé ! cap de Dieu ! faut-il que, pour cette petite pièce de chair qui est entre les jambes de cette femme, qu'on rende tant de belles et grandes pièces de terre ? » Les autres : « Que maudit soit le c... qui tant nous coûte ! » Les autres : « Faut-il qu'un vieux et pauvre c... s'enrichisse et se pare de nos dépouilles ! » Les autres : « Maugré Dieu ! de quoi elle n'est pas née sans c... » D'autres : « Vraiment oui, on nous la devait bien tant dire et tant faire Minerve, déesse de chasteté, pour venir en Piémont changer de nom et se faire f... à nos dépens. » D'autres : « Elle devait bien garder l'espace de quarante-cinq ans sa virginité et son beau pucelage, et le perdre pour la ruine de la France ! » Et d'autres : « Ah ! qu'elle doit avoir le c... grand pour engloutir tant de villes et châteaux, et je crois que, quand son mari y sera entré, n'aura pas grand goût ; car il n'y f... que des pierres et murailles des villes qui sont entrées dedans. » Bref, si je voulais débagouler une infinité de telles causeries, je n'aurais jamais fait, car assurez-vous qu'ils en disaient prou et déchiffraient bien comme gens désespérés... »

Mais ces critiques et ces doléances n'eurent, bien entendu, aucun effet sur le roi, et les Parisiens se préparèrent à célébrer les deux mariages en dansant aux carrefours et en buvant plus que de coutume, suivant une tradition bien établie.

Des plaisirs plus délicats étaient réservés aux nobles, c'est ainsi que le roi avait fait dépaver une partie de la rue Saint-Antoine, afin que des joutes pussent y être organisées, et tous les amateurs de tournois se réjouissaient.

A la Cour, on citait les noms des seigneurs qui seraient admis à se mesurer avec le roi et l'on s'amusait à parier, sans s'apercevoir qu'une femme tremblait.

La reine, en effet, avait peur. Un de ces astrologues dont elle aimait s'entourer, Lucas Gauric, lui avait dit en 1542 « que le dauphin parviendrait certainement au pouvoir royal, que son avènement au trône serait marqué par un duel sensationnel et qu'un autre duel mettrait fin à son règne en même temps qu'à sa vie ».

La première partie de la prophétie s'étant réalisée avec le duel de Jarnac, disputé au début du règne, la reine voyait avec effroi les préparatifs du tournoi.

Elle se souvenait que Gauric avait ajouté qu'il fallait « éviter tout combat singulier en champ clos, notamment aux environs de la quarante et unième année, parce qu'à cette époque de sa vie le roi était menacé d'une blessure à la tête qui pourrait entraîner rapidement la cécité ou la mort ».

Or Henri II était dans sa quarante et unième année depuis trois mois...

Ce n'était pas tout. Un curieux astrologue nommé Nostradamus, que Catherine avait fait venir à la Cour en 1556, avait publié un ouvrage où se trouvait ce quatrain qui semblait confirmer la prophétie de Gauric :

Le lion jeune, le vieux surmontera
En champ bellique, par singulier duelle,
Dans cage d'or les yeux lui crèvera
Deux classes une, puis mourir, mort cruelle...

C'est donc une reine au visage cireux que l'on vit apparaître le 30 juin au matin, dans la tribune d'honneur.

A dix heures, sous un soleil brûlant, le roi entra en lice, portant les couleurs noire et blanche de Diane de Poitiers. Tout de suite, le jeu commença.

Après avoir salué les dames, Henri courut brillamment contre le duc de Savoie puis, avec une adresse remarquable, contre le duc de Guise.

Tout se passait bien. Pourtant, comme il s'épongeait après le deuxième combat, Catherine lui fit dire « de ne plus courir pour l'amour d'elle ».

— Répondez à la reine que c'est précisément pour l'amour d'elle que je veux courir cette lance, dit le roi.

Et il ordonna au jeune comte Gabriel de Montgomery, seigneur de Lorges, de courir contre lui.

Le comte s'en défendit d'abord, se souvenant que son père avait failli tuer François Ier en lui jetant, par jeu, un soir de beuverie, une bûche enflammée sur la tête ; mais, sur l'insistance du roi, il prit l'arme et se mit en garde.

Alors, devant la reine livide, les prophéties s'accomplirent : les combattants se précipitèrent l'un vers l'autre, et la lance de Montgomery se brisa sur le casque du roi avec une telle violence que la visière s'ouvrit.

Un cri s'éleva de la foule, et la reine s'effondra sans connaissance.

Henri II, le visage en sang, se cramponnait à son cheval. On se précipita : l'extrémité de la lance lui avait crevé l'œil droit et défoncé le crâne.

— Je suis mort, murmura-t-il.

Les gardes le transportèrent rapidement aux Tournelles, et il passa sans la voir devant Diane de Poitiers qui, debout, hébétée, le contempla, sans le savoir, pour la dernière fois...

Lorsque Catherine de Médicis entra dans la chambre où le roi reposait sans connaissance, une douzaine de personnes, affolées, piétinaient inutilement autour du lit. Elle alla prendre la main de son mari, sentit que le pouls battait encore, et ses traits se détendirent.

— Est-ce que la duchesse de Valentinois est venue ? demanda-t-elle.

— Pas encore, lui répondit-on.

Elle eut l'air soulagé et dit simplement :

— Eh bien ! je lui interdis d'entrer ici.

Puis elle fit appeler Ambroise Paré, un chirurgien ordinaire du roi.

Une demi-heure plus tard, l'illustre praticien était là. Il regarda, en connaisseur, le trou qu'avait fait la lance de Montgomery, se fit conter par le menu les circonstances de l'accident et attira la reine près de la fenêtre :

— Avez-vous quelques condamnés à mort, actuellement, dans vos prisons ?

Catherine de Médicis eut l'air étonnée.

— Oui, sans doute.

— Parfait. Qu'on en exécute immédiatement quatre et qu'on les apporte chez moi. Je veux me livrer à quelques expériences avant d'opérer le roi.

La reine aussitôt donna des ordres, et un garde courut à la Bastille, tua quatre prisonniers qui moisissaient dans un cachot, chargea leurs corps sur un chariot et conduisit le tout chez Ambroise Paré.

Le chirurgien, sur le pas de la porte, attendait, entouré de ses élèves.

— Entrez, dit-il, et mettez ces cadavres sur la table.

Lorsque tout fut en place, Ambroise Paré s'arma d'un grand bâton pointu, de la même grosseur que la lance de Montgomery, et, d'un coup sec, voulut l'enfoncer dans l'œil droit du premier cadavre. Mais, dans sa hâte, il visa mal, et le morceau de bois entra dans la bouche.

— Raté ! dit-il d'un ton irrité.

On jeta le corps inutilisable dans un coin de la pièce, et Ambroise Paré se précipita, bâton levé, sur le second. Plus heureux cette fois, il lui creva l'œil. Seulement, le bâton avait un peu dévié vers le milieu du crâne au lieu de se porter vers l'oreille, comme l'avait fait l'arme de Montgomery.

Tout était donc, de nouveau, à recommencer.

Agacé, le chirurgien passa au troisième cadavre. Mais, rendu nerveux par ses premiers échecs, il agit avec trop de hâte et enfonça le bâton dans la tempe. Le coup arracha l'oreille, et le troisième cadavre, comme les deux autres, fut gâché.

Déjà, le garde qui assistait à cette curieuse scène se demandait s'il n'allait pas devoir retourner à la Bastille abattre d'autres prisonniers, quand le chirurgien envoya son bâton dans l'œil du quatrième « défunct ». Cette fois, il réussit magnifiquement : la blessure était exactement celle du roi. Il prit un air modeste, mais ses élèves l'applaudirent.

Sans se laisser troubler, Ambroise Paré se pencha sur le visage qu'il venait d'éborgner, glissa un doigt à l'intérieur de l'orbite vide, tâta longuement les aspérités de la déchirure (ce qu'il n'aurait osé faire dans la tête du roi), ramena quelques lambeaux de chair, quelques débris d'os et fit la grimace.

— Il y a bien peu d'espoir, dit-il.

Puis, s'étant muni d'un maillet, d'une scie et d'une paire de tenailles, il retourna aux Tournelles pour tenter une opération délicate.

Pendant que le plus grand chirurgien du siècle essayait de trépaner le roi de France avec des outils de tonnelier, Diane de Poitiers, à qui on avait rapporté les paroles de la reine, roulait vers Anet en compagnie de François de Guise. Muette, crispée, elle devait penser sans doute que ce voyage un peu précipité ressemblait fort à la fuite de Mme d'Étampes pendant l'agonie de François Ier, douze ans auparavant...

Pourtant, elle espérait encore, faisant confiance à Ambroise Paré qu'elle savait au chevet de son amant...

Hélas ! le chirurgien avait finalement renoncé à l'opération. S'étant penché sur la plaie, il avait constaté une « altération en la substance du cerveau qui estoit de couleur flave ou jaunâtre, environ la grandeur d'un pouce, auquel lieu estoit un commencement de putréfaction ».

Écœuré, il rangea ses outils et prescrivit quelques remèdes propres à atténuer la douleur.

— Il n'y a qu'à attendre, dit-il.

Alors, Catherine de Médicis oublia un peu son chagrin pour songer à sa haine, et chargea un messager d'aller à Anet réclamer à Diane de Poitiers les joyaux de la couronne.

La favorite reçut avec morgue l'envoyé de la reine.

— Le roi est-il mort ? demanda-t-elle.

— Non, Madame, mais il ne saurait passer la nuit.

— Eh bien ! je n'ai donc point encore de maître, et je veux que mes ennemis sachent que, même quand ce prince ne sera plus, je ne les craindrai point. Si j'ai le malheur de lui survivre, ce que je n'espère pas, mon cœur sera trop occupé de sa douleur pour que je puisse être sensible aux chagrins et aux dégoûts qu'on voudra me donner [169].

Le messager revint les mains vides, et les jours passèrent.

169. Dreux du Radier, *op. cit.* tome IV.

Enfin, le 10 juillet, le roi, qui n'avait pas repris connaissance, expira doucement [170].

Le lendemain, une lettre humble parvenait à Catherine de Médicis. Elle était signée Diane de Poitiers.

Pour la première fois de sa vie, l'ex-favorite baissait le front et s'humiliait. Elle, qui, quelques semaines plus tôt, disait « Nous » en parlant de la famille royale, qui mettait son nom à côté de celui du roi sur les lettres officielles, qui commandait aux ministres et aux généraux, n'était plus rien qu'une vieille femme angoissée dont l'avenir se trouvait entre les mains de celle qui la haïssait le plus au monde.

Alors elle demandait pardon à la reine de ses offenses et « offrait ses biens et sa vie... » Un coffret accompagnait cette lettre. Il contenait les joyaux de la couronne...

Catherine de Médicis, sachant quelle force représentait encore la duchesse de Valentinois, amie des Guises, se montra généreuse.

— Je désire seulement que « la Mère Poitiers » ne reparaisse jamais à la Cour, dit-elle.

Et elle lui laissa tous ses biens, sauf le château de Chenonceaux qu'elle lui échangea contre celui de Chaumont.

Haïe du peuple, abandonnée de presque tous ses amis, Diane de Poitiers s'enferma dans son palais d'Anet et vécut dès lors dans un exil doré.

Rassurée sur ce point, Catherine de Médicis s'occupa de faire sacrer son fils François, âgé de quinze ans. La cérémonie eut lieu à Reims, le 18 septembre 1559.

Le nouveau roi de France, qui avait épousé l'année précédente la gracieuse reine d'Écosse Marie Stuart, était chétif, boutonneux et atteint de végétations adénoïdiennes qui l'obligeaient à tenir sans cesse sa bouche ouverte. En outre, il possédait un abcès suintant derrière l'oreille...

Cet état maladif tourmentait Catherine de Médicis qui accusait en secret Marie Stuart, pourtant guère plus âgée que François II, d'avoir un tempérament trop exigeant pour le débile roitelet.

En réalité, la jeune Écossaise ne parvenait point, malgré des efforts constants, à se faire manquer de respect par son époux. Non que celui-ci fût candide au point d'ignorer ce qu'il convient de faire pour être poli avec sa femme, mais parce que, nous dit un chroniqueur, « il avait les parties génératrices constipées ».

Aussi la pauvre petite reine, bien que mariée depuis un an, était-elle encore jeune fille.

Parfois, le jeune roi, sentant se manifester l'amorce d'une promesse, entraînait bien vite Marie Stuart sur un lit ; mais, au premier obstacle, ses forces se dérobaient et tout retombait dans l'insignifiance.

170. Ces dix jours d'agonie ont semblé suspects à de nombreux auteurs. Certains historiens modernes, s'appuyant sur des études faites par des médecins, prétendent que le roi n'a pu survivre au-delà du 3 ou du 4 juillet ; mais que l'annonce de sa mort fut retardée par Catherine de Médicis pour des raisons politiques. Elle en était bien capable...

De tels efforts, naturellement, le laissaient épuisé et Catherine de Médicis s'alarmait.

Son inquiétude allait croître brusquement.

En effet, le jeune roi, que ses défaites rendaient malheureux, se mit à faire des exercices violents dans le but de se fouetter le sang et de gagner cette virilité dont rêvait l'infortunée petite reine.

Et un jour, on ne sait ni où, ni quand, Marie Stuart connut l'apaisement tant désiré. A partir de ce moment, François II, assez satisfait de lui, se crut un homme et s'intéressa aux affaires de l'État. Imprudence qui allait le mettre à deux doigts de sa perte...

Ignorant tout de la politique, peu intelligent, crédule, il se lia aveuglément aux Guises qui demeuraient en relations étroites avec la grande sénéchale. Car Diane, dont les protestants s'étaient crus débarrassés après le coup de lance de Montgomery, continuait la lutte de fond de son exil. Et, par l'intermédiaire des Guises, elle parvint à inciter le jeune roi à redoubler de rigueur dans la poursuite des réformés. De nouveaux bûchers s'enflammèrent dans toute la France...

C'est alors qu'excédés, les protestants décidèrent d'enlever le jeune souverain afin de le soustraire à l'influence des Guises et de Diane.

Le prince de Condé était le chef secret de ce complot qu'on appela par la suite « la Conjuration d'Amboise » ; mais l'entreprise devait être conduite par un homme de main, nommé La Renaudie, qui avait pour mission de se rendre à Blois, où se trouvait la Cour, et de s'emparer de François II.

L'attaque du château avait été prévue pour le 10 mars 1560, et tout était prêt lorsqu'un avocat protestant, Pierre des Avenelles, qui avait eu vent du complot, alla révéler ce qui se tramait à François de Guise.

Affolé, le duc mena la Cour à Amboise, qui était alors une puissante forteresse, et, loin de se douter qu'il créait une situation digne d'un vaudeville, *demanda au prince de Condé de venir se mettre au service du roi.*

Le chef protestant était un homme prudent. Ne sachant comment allaient tourner les événements, il se rendit à l'invitation de Guise et se déclara prêt à défendre le château contre toute attaque.

— Si des ennemis du roi ont des intentions belliqueuses, qu'ils viennent, dit-il avec un joli mouvement de menton. Nous saurons les recevoir !...

Le 17 mars, La Renaudie, qui avait dû modifier son plan, marcha sur Amboise. Il n'alla pas loin ; un soldat l'abattit dans la forêt... Aussitôt, le duc de Guise fit battre en tous sens les bois environnants et ramassa les conjurés fugitifs. Interrogés et « mis à la question », la plupart d'entre eux avouèrent qu'ils avaient pour chef le prince de Condé.

— Attendons d'avoir des preuves, dit le duc de Guise au jeune roi.

Mais François II était impulsif. Il courut dans le salon où pérorait Condé et lui cria :

— Il y a des gens qui me courtisent et me trahissent. Un jour, s'il plaît à Dieu, je leur en ferai repentir.

Et il donna un violent coup de poing sur la table.

Le prince de Condé était prêt à toutes les trahisons ; pour montrer ses bons sentiments, il désigna un groupe de conjurés qui traversaient le jardin, encadrés par des gardes, et dit d'un ton ferme :

— Il faut tous les pendre, sire !

Dès le lendemain, les exécutions commencèrent. Les protestants furent décapités à la hache, pendus par grappes aux merlons du château ou jetés dans la Loire avec des pierres aux chevilles... Toute la Cour, y compris M. de Condé, assista à ces massacres, jusqu'au moment où l'odeur du sang et des cadavres incommoda la délicate Marie Stuart :

— C'est intenable ici, allons ailleurs !

Et l'on partit sur-le-champ s'installer à Chenonceaux, tandis que des sous-ordres finissaient rapidement et sans entrain de tuer les derniers conjurés...

Cette terrible répression stupéfia le royaume, mais plut beaucoup au pape. Dans une lettre fort affectueuse, le Saint Père félicita chaleureusement le cardinal de Lorraine et lui envoya, en témoignage de reconnaissance, un tableau de Michel-Ange représentant la Vierge tenant son Fils dans ses bras.

Ce cadeau fut cause d'une savoureuse mystification qui ne fit d'ailleurs qu'envenimer un peu plus les rapports entre catholiques et protestants.

Rien ne serait arrivé si le courrier, porteur de la toile, n'était tombé malade en route et n'avait chargé de sa mission un marchand lucquois qui se disait de la Maison du cardinal de Lorraine. Or ce Lucquois était luthérien. Arrivé à Paris, il fit faire, par un peintre de ses amis, un tableau de même grandeur que celui de Michel-Ange, « mais, nous dit un chroniqueur, d'une piété moins grande ». En effet, le cardinal de Lorraine, la reine Marie Stuart, sa nièce, la reine mère et la duchesse de Guise « estoient peint au vif, nus, ayant les bras au col et les jambes entrelacées, l'un avec l'autre... »

Soigneusement empaqueté, ce nouveau tableau fut porté, avec la lettre du pape, chez le cardinal de Lorraine qui était, pour lors, en train de déjeuner avec le cardinal de Tournon, le duc de Montpensier et le duc de Guise. Après avoir lu à haute voix la lettre du Saint Père, il fit défaire le paquet.

Alors « apparut la représentation diabolique de ces entrelacements sensuels qui n'avaient rien de commun avec la Vierge envoyée par le chef de la Cour romaine ». Les convives, les yeux hors de la tête, considérèrent ce tableau « avec une colère à peine tempérée par l'intérêt du sujet ». Puis, lorsque tout le monde s'en fut bien rassasié, un valet alla le brûler sur l'ordre du cardinal de Lorraine. « Lequel cuidant que ce fussent les huguenots qui luy eussent joué ce tour, leur a causé beaucoup de maux qui leur sont depuis survenus », nous dit un auteur du temps[171].

Le complot d'Amboise avait complètement dégoûté François II de la politique. Il se consacra dès lors, avec une fougue maladive, à la volcanique Marie Stuart.

Hélas ! en essayant d'éteindre l'ardeur dont brûlait son épouse, c'est lui qui se consuma. Et, le 5 décembre 1560, il mourut, complètement épuisé, à Orléans, d'un abcès au cerveau[172].

Folle de douleur, la jeune reine s'enferma, conformément à l'étiquette de la Cour de France, pendant quarante jours dans son appartement tendu de noir et éclairé par des cierges. Lorsqu'elle reparut à la lumière, elle espéra vivre au Louvre comme auparavant ; mais la haine de Catherine de Médicis la fit fuir. Elle gagna d'abord la Lorraine, où était son oncle, puis, le 15 août 1561, elle s'embarqua pour l'Écosse, pleurant le royaume de France et pleurant sa jeunesse, ayant peut-être au cœur l'obscur pressentiment du destin tragique qui l'attendait[173]...

Le nouveau roi, Charles IX, n'ayant que dix ans à la mort de son frère, Catherine de Médicis se déclara régente, et Diane de Poitiers, dans son château d'Anet, se reprit à trembler. Mais la Florentine affectait de n'attacher plus aucune importance à l'ex-favorite. Quand elle en parlait, c'était pour laisser entendre que la pauvre avait sombré dans le gâtisme.

Ce qui était faux, car le temps ne semblait avoir aucune prise sur Diane. En 1565, Brantôme lui rendit visite. Bien qu'elle eût alors soixante-cinq ans, il fut ébloui et la trouva « si belle que même un cœur de rocher s'en fût ému ». « Elle avait, dit-il, une grande blancheur et sans se farder aucunement, mais on dit bien que tous les matins elle usait de quelques bouillons composés d'or potable et autres drogues que je ne sais pas comme les bons médecins et subtils apothicaires. Je crois que si cette dame eût encore vécu cent ans, qu'elle n'eût jamais vieilli, fût-ce de visage, tant il était bien composé, fût-ce de corps caché et couvert, tant il était de bonne trempe et belle habitude. C'est dommage que la terre couvre ces beaux corps. »

Or, six mois plus tard, Diane, dont la santé semblait solide, succombait à une brusque maladie, et la terre dont parle Brantôme

171. *Le réveil-matin des François et de leurs voisins, composé par Eusèbe Philadelphie-Cosmopolite, en forme de dialogue,* 1574.

172. « François II est mort de cette grande chamelle rousse de Marie Stuart », dit Michelet.

173. Marie Stuart était accompagnée dans son voyage d'une longue suite de gentilshommes, parmi lesquels se trouvaient Brantôme et Chastellard qui « nourrissoit pour elle un très tendre sentiment ». Un soir, celui-ci poussa la témérité jusqu'à s'introduire dans la chambre de Marie. Elle lui pardonna. Enhardi, l'amoureux revint la nuit suivante. Alors « la reyne pour son honneur et pour ne donner occasion à ses femmes de penser mal, voire à son peuple, s'il le sçavoit, perdit patience, le mit entre les mains de la justice, qui le condamna aussitôt à avoir la tête tranchée ».

Le lendemain, il était décapité. Vingt-six ans plus tard, Marie Stuart tendait à son tour le cou au bourreau...

recouvrit ce corps dont la trop éclatante beauté était cause de la grande pitié dans laquelle se trouvait le royaume de France[174]...

Alors, Catherine de Médicis, qui s'était tue pendant trente ans, osa enfin dire ce qu'elle pensait de sa rivale :

Je faisais bonne chère à Mme de Valentinois, c'était le Roi, écrivit-elle à Bellièvre. *Encore je lui faisais toujours connaître que c'était à mon très grand regret, car jamais femme qui aime son mari n'aima sa putain.*

Et elle concluait avec humour :

Car on ne la peut appeler autrement ; encore que ce mot soit vilain à dire à nous autres...

28

Catherine de Médicis crée son escadron volant de jolies filles galantes

> C'est souvent par les filles de son cortège qu'elle attaquait et soumettait ses plus rudes ennemis. Et pour ce l'appelait-on « la grande bordelière du royaume »...
>
> Henri ESTIENNE

Le premier acte de Catherine de Médicis régente fut d'augmenter le nombre de ses demoiselles d'honneur. Elle en avait quatre-vingts, elle en eut deux cents.

Les observateurs superficiels pensèrent peut-être que la reine mère n'était qu'une femme frivole qui ne s'intéressait qu'à des futilités. En réalité, elle venait de se forger une arme secrète extrêmement puissante qui allait lui permettre de mener ministres, ambassadeurs et adversaires « par le bout du chalumeau », ainsi que nous le dit un peu crûment un chroniqueur du temps.

Ayant fait don de leurs charmes à l'État, toutes ces demoiselles, « parées comme des déesses, mais accueillantes comme des mortelles[175] », étaient utilisées, en effet, à des fins politiques. Plus jolies, plus effrontées et plus coquettes les unes que les autres, elles avaient pour mission de retirer toute espèce de lucidité aux hommes qui leur étaient désignés par Catherine de Médicis.

Ces jeunes et gracieuses personnes que les diplomates étrangers, de passage à Paris, trouvaient dans leur couche constituaient ce qu'on appelait l'*escadron volant de la reine*. Il leur suffisait souvent d'une nuit d'amour pour désarmer de farouches ennemis de la France... Voici ce que nous en dit Brantôme, qui en connut plusieurs fort intimement : « Ces filles d'honneur étaient toutes bastantes pour mettre

174. Son arrière-petite-fille, Marie-Adélaïde de Savoie, épousa en 1697 Louis de Bourbon, père de Louis XV. Ce roi ainsi que Louis XVI, Louis XVIII et Charles X furent donc les descendants de la favorite de Henri II.

175. BRANTÔME, *Vie des dames galantes*.

le feu par tout le monde ; aussi en ont-elles brûlé en bonne part autant de nous autres, gentilshommes de cour, que d'autres qui ont approché de leurs feux. »

La conduite de certaines de ces demoiselles ne tarda pas à faire scandale, et la reine reçut d'Italie une lettre de semonce : *Vous devriez,* lui écrivait-on, *vous contenter d'un petit train de filles et veiller à ce qu'elles ne passent pas et ne repassent pas par les mains des hommes, et à ce qu'elles soient plus pudiquement vêtues* [176].

Catherine, naturellement, ne tint aucun compte de ces conseils et continua de lancer son escadron dans de galantes manœuvres qui lui permettaient de connaître les plus secrètes pensées des princes, prélats et seigneurs du royaume, ou d'amener à ses vues des personnages qui pouvaient lui être utiles. Cette persévérance lui procura de précieux atouts, et jamais le lit n'eut autant d'importance qu'à cette époque...

Il y a lieu de préciser toutefois que, si les filles « d'honneur » pouvaient se livrer aux vices les plus éhontés, il était un point sur lequel la reine était intransigeante. Il fallait « qu'elles eussent de la sagesse, de l'habileté et du savoir pour se garder de l'*enflure du ventre...* »

Celles qui revenaient au palais avec « un petit souvenir » étaient immédiatement chassées...

Dès son accession au pouvoir, la régente eut l'occasion d'utiliser l'un des plus beaux éléments de son escadron galant : la belle Mlle de Rouet.

Catherine se trouvait alors en face de trois familles qui la haïssaient, et dont elle devait éviter à tout prix la coalition : les Guises, les Montmorency et les Bourbons, descendants de saint Louis.

Les Guises avaient perdu de leur morgue depuis le départ de Marie Stuart, et le connétable de Montmorency, relégué à Chantilly, vivait en disgrâce.

Restaient les Bourbons, dont le chef, Antoine, roi de Navarre, marié à Jeanne d'Albret, protestait hautement contre l'immixtion de Catherine dans les affaires politiques et prétendait — avec quelques droits, d'ailleurs — à la régence.

Il fallait faire taire ce bouillant personnage, l'amadouer et, si possible, le transformer en allié. Une femme allait, par la seule vertu de son charme, réaliser ce tour de force [177].

Elle s'appelait Louise de la Béraudière. Mais, fille du seigneur de Sourches et de l'Isle-Rouet, on l'avait surnommée à la Cour : la belle Rouet.

Catherine l'avait choisie à cause de ses yeux chauds, de ses seins

176. *Mémoires de Condé.*

177. Cf. SAUVAL, *Galanteries des rois de France,* 1752 : « Il falloit, pour se rendre toute-puissante, que la reine attachât à ses intérêts les princes de la Maison de Bourbon , et, comme elle sçavoit que l'amour étoit le plus puissant ressort pour manier les esprits de ce siècle, elle se servit des charmes de ses filles d'honneur pour faire réussir son dessein. »

fermes et de sa croupe émouvante, trois qualités que le roi de Navarre, grand coureur de jupons, aimait trouver chez une femme.

Chargée de consignes précises, la belle mit une toilette fort décolletée et partit à l'attaque, tous charmes dehors, si j'ose dire. L'adversaire était facile à vaincre, et le premier soir les trouva dans un lit.

La nuit fut bien employée. La belle Rouet connaissait des manœuvres exquises et de savantes agaceries qui enthousiasmèrent tant le roi de Navarre qu'au matin il était ébloui, épuisé et amoureux fou.

Alors Louise, qui s'était montrée superbe dans son déchaînement, parut soudain « se réveiller à la pudeur ». Se serrant contre Antoine, elle éclata en sanglots :

— La reine est sévère, gémit-elle. Si elle apprend ce que nous avons fait, je serai chassée de la Cour. Et je crains qu'elle ne reporte sur vous sa colère.

Le roi de Navarre ne voulait point perdre une aussi fougueuse partenaire. Il promit de tout faire pour que Catherine lui soit redevable.

— Ainsi, vous n'aurez rien à craindre, dit-il.

Et, comme elle tremblait encore, il ajouta :

— Je la verrai tout à l'heure.

La reine mère le reçut avec un air mi-figue mi-raisin qui lui donna à penser qu'elle savait peut-être déjà quelque chose.

Il se montra aimable, conciliant, ne parla point de ses droits et « eût offert son royaume de Navarre pour peu qu'on l'en eût prié », tant il désirait entrer dans les bonnes grâces de Catherine et protéger ainsi sa nouvelle maîtresse.

La Florentine prononça quelques paroles ambiguës et considéra Antoine de ses yeux mi-clos.

— Soyons amis, dit-elle soudain.

Et, comme Antoine souriait :

— Je vous donne la lieutenance générale du royaume, ajouta-t-elle.

Se courbant respectueusement, il accepta ; ce qui signifiait qu'il renonçait à réclamer la régence et reconnaissait du même coup la souveraineté de Catherine.

La belle Rouet avait gagné la partie...

La liaison d'Antoine de Bourbon fut rapidement connue dans les milieux protestants. Les chefs huguenots, comprenant le jeu de la reine mère, tremblèrent à la pensée que le roi de Navarre risquait d'être enlevé à leur parti. Et Calvin, affolé, écrivit à son confident Bullinger : *Il est tout à Vénus. La matrone (Catherine), qui est expérimentée dans cet art, a extrait de son harem ce qui pouvait attraper l'âme de notre homme dans ses filets.*

Au bout d'une semaine, Catherine demanda à Louise de réaliser la seconde partie du plan qu'elle avait imaginé. « Elle commanda donc à sa demoiselle d'entretenir cet amoureux, nous dit Henri Estienne, et lui complaire en tout ce qu'elle pourroit, afin qu'oubliant les affaires il mécontentât chacun ; comme de fait, elle en vint à bout par ce moyen[178]. »

Quelques jours plus tard, Calvin, de plus en plus inquiet, écrivait à Antoine de Navarre lui-même : *On murmure que quelques folles amours vous empêchent ou refroidissent de faire votre devoir en partie et que le diable a des suppôts, qui ne cherchent ni votre bien, ni votre honneur, lesquels par tels allèchements tâchent de vous attirer à leur cordelle ou bien vous adoucir en sorte qu'ils jouissent paisiblement de vous en leurs menées et pratiques. Je vous prie donc, sire, au nom de Dieu, de vous éveiller à bon escient.*

Mais les objurgations du chef protestant n'eurent aucun effet sur l'amant de la belle Rouet. Rien au monde n'aurait pu, d'ailleurs, le faire renoncer à cette fille qui semblait trouver chaque nuit de nouvelles subtilités propres à chatouiller sa moelle épinière.

Alors, la régente ordonna à Louise de réaliser la troisième partie du plan. Et, un soir, ce que Calvin redoutait tant se produisit. La belle Rouet dit à Antoine qu'il fallait qu'elle l'aimât vraiment beaucoup pour accepter d'être sa maîtresse, alors qu'il était protestant et elle catholique.

Elle le regardait dans les yeux avec toutes les apparences de la passion, et il fut touché.

Le lendemain, pour l'amour de Louise, il abjurait le protestantisme et entrait au parti catholique.

La reine mère en fut si heureuse qu'elle montra un grand sourire pendant plusieurs jours et qu'elle ne se fâcha pas lorsque la belle Rouet lui annonça qu'on pouvait s'attendre à lui voir bientôt une « enflure du ventre ».

Car, dans le feu du déduit, Louise, ne pensant qu'à sa mission, avait omis de se protéger par un de ces « bons engins » que Catherine de Médicis donnait à ses filles d'honneur pour leur éviter les « surprises de Vénus ».

Aussi eut-elle, en souvenir de cette « campagne », un gros garçon, le bâtard Charles de Bourbon, qui devait, à dix-sept ans, devenir évêque de Comminges...

Catherine de Médicis allait bientôt s'attaquer à une autre tête de la Réforme : Condé lui-même[179]...

Trois mois après le massacre d'Amboise, le chef protestant avait été arrêté sous l'inculpation de haute trahison, le duc de Guise ayant pu prouver qu'il conspirait avec l'appui des luthériens allemands.

Jugé,condamné, il eût été pendu si François II n'était mort pendant son procès, ce qui avait fait suspendre les débats jusqu'à l'accession au pouvoir de la régente. A ce moment, Catherine de Médicis, sûre de

178. *Discours merveilleux de la vie, actions et déportements de Catherine de Médicis*, 1649.

179. Lequel était le frère cadet d'Antoine de Bourbon.

la puissance de ses demoiselles, gracia Condé avec l'espoir de se faire ainsi un allié contre les Guises, qu'elle détestait, en souvenir de Diane...

Alors la guerre de religion sembla marquer un temps d'arrêt. Après les États généraux de Pontoise et le colloque de Poissy, toutes poursuites contre les protestants furent suspendues, et les braves gens purent espérer un moment que les deux partis vivraient en bonne intelligence.

Malheureusement, on croyait tout fini quand rien n'était commencé. Catholiques et protestants, qui avaient feint de s'entendre sur quelques points de doctrine, continuaient sournoisement leur propagande et employaient pour exciter le populaire des arguments qui n'avaient rien de commun avec ceux dont s'étaient servis les théologiens au colloque de Poissy.

Encore une fois, on utilisait, de part et d'autre, des histoires d'alcôves bien faites pour scandaliser et irriter les esprits faibles.

Les protestants se promenaient à la porte des couvents en chantant des refrains obscènes sur les moines et les nonnes, et les catholiques accusaient les réformés de se livrer à la débauche au cours de leurs réunions. On parlait d'orgie, et Claude Haton donne le ton lorsqu'il nous dit dans ses *Mémoires* : « Est à noter que pour ce temps plusieurs femmes des villes de France estoient ensorcelées en ceste religion luthérienne. Lesquelles dames, pour assister aux-dites assemblées, se déroboient à leurs maris... principalement de nuict ou au soir. La plupart desquelles, la première fois y allant estoient femmes et filles de bien de leurs corps, qui au retour s'en revenoient putains et paillardes... »

Des accusations plus précises étaient portées publiquement contre des épouses pourtant irréprochables, dont on donnait les noms. « Toutes les huguenotes, disait-on, ne sont que filles à trousser et farouches suceuses de moelles. » Ces surnoms déplurent. Et, pour se venger, certaines de ces dames, rendues folles par la colère, commirent des actes extravagants dans des églises. L'une d'elles, à Orléans, réussit à voler les vases sacrés de l'église Sainte-Euverte, et, s'accroupissant devant tout le monde, urina dedans...

Bref, il ne fallait plus qu'une étincelle pour déclencher la grande tuerie.

Cette étincelle allait jaillir à Vassy le 1er mars 1562, lorsque soixante protestants furent massacrés sur l'ordre du duc de Guise...

Cette fois, la guerre civile commençait.

Tout de suite, Condé prit, du côté protestant, la direction des opérations avec l'appui financier d'Élisabeth d'Angleterre, cependant que François de Guise prenait le commandement des troupes catholiques avec l'appui du roi d'Espagne.

On se battit à Rouen[180], dans les faubourgs de Paris, et finalement à Dreux où quinze à seize mille hommes se trouvèrent en présence. Les deux armées restèrent quelque temps face à face. « Chacun, dit

180. C'est là qu'Antoine de Bourbon reçut une blessure dont il devait mourir le 17 novembre, dans les bras de la belle Rouet...

La Noue, dans un style savoureux, pensoit en soi-même que les hommes qu'il voyoit venir vers soi étoient ses propres compagnons, parents et amis et que, dans une heure, il faudroit se tuer les uns les autres ; ce qui donnoit quelque horreur du fait, néanmoins sans diminuer le courage. »

Dès le début, la bataille tourna mal pour les réformés, et Condé fut pris.

Les protestants, privés de leur tête, allaient-ils être désemparés par cette défaite ? Non, car le destin est un prodigieux dramaturge : la situation, un instant déséquilibrée, fut en effet rétablie deux mois plus tard, lorsque Poltrot de Méré assassina François de Guise...

Alors Catherine de Médicis offrit la paix au prince de Condé.

Celui-ci, malgré sa position (il était toujours prisonnier), répondit avec une certaine morgue « qu'il devait s'entretenir des conditions d'un traité possible avec les autres chefs protestants », mais qu'il acceptait d'avoir une entrevue avec la régente.

La rencontre eut lieu le 7 mars 1563 au milieu de la Loire, dans l'île aux Bœufs, située à l'ouest d'Orléans. Condé était en compagnie du connétable de Montmorency ; Catherine de Médicis, elle, avait amené la plus belle fille de son escadron volant, Mlle Isabelle de Limeuil.

La Florentine savait bien ce qu'elle faisait.

Le prince de Condé, qui était « assez porté sur la galanterie », fut fasciné par Isabelle et s'intéressa plus à ses yeux bleus qu'aux conditions de paix...

Les pourparlers durèrent plusieurs jours, et à chaque rencontre le chef protestant, voulant se montrer galant, perdait de son intransigeance. Finalement, lorsqu'elle jugea qu'il s'était suffisamment échauffé le sang, Catherine de Médicis lui présenta le texte d'un traité fort avantageux pour elle :

— La liberté contre ce traité.

La liberté signifiait Isabelle. Condé signa sans discuter.

Le soir, il était libre.

Et le lendemain, Mlle de Limeuil lui montrait, dans un grand lit à baldaquin, que la régente n'était pas une ingrate et qu'elle était, elle, ardente au déduit...

Catherine de Médicis laissa Condé et Isabelle se savourer mutuellement pendant quelques jours, puis elle appela sa demoiselle d'honneur et lui donna une nouvelle mission. Il s'agissait de décider le prince à reprendre Le Havre, ville dont les protestants avaient fait cadeau à Élisabeth d'Angleterre en échange de son aide pendant la guerre civile de 1562.

De la reconquête du grand port dépendait la sécurité de la Normandie, et Catherine voulait rassembler toutes les forces du royaume pour mener à bien cette entreprise difficile.

Or, déjà, Coligny et Andelot lui avaient fait savoir qu'ils refusaient de porter les armes contre Élisabeth, leur alliée de la veille.

Restait Condé, qui, seul, pouvait entraîner avec lui les troupes protestantes... Isabelle fut donc chargée d'obtenir son concours par tous les moyens.

Elle commença par l'emmener dans sa chambre où elle lui fit « mille petites agaceries propres à échauffer le tempérament ».

Le prince n'avait eu, jusqu'alors, que des maîtresses passives ; les initiatives d'Isabelle l'éblouirent et le troublèrent à la fois. Devant ses yeux révulsés, ses halètements et ses cris rauques, la charmante jeune fille comprit qu'elle l'avait bien en main...

Après quelques petites séances de ce genre, ce ne fut pour elle qu'un jeu d'enfant d'amener Condé à vouloir reprendre Le Havre. Il lui eût, d'ailleurs, tout aussi bien donné la tête de l'amiral Coligny pour qu'elle s'en fît une garniture de cheminée tant il était amoureux...

La décision du chef protestant fut rapidement connue. Elle stupéfia les Anglais, qui ne s'attendaient pas à une telle marque d'ingratitude à leur égard ; et leur ambassadeur, Sir Thomas Smith, écrivit au secrétaire d'État Cecil : « Condé est un autre roi de Navarre, il s'est mis à s'affoler des femmes. Dans peu de temps, il se montrera hostile à Dieu, à nous et à lui-même [181]. »

Il ne croyait pas si bien dire. Car, quelques semaines plus tard, l'amant d'Isabelle de Limeuil était, en personne, devant Le Havre, l'épée à la main.

Foudroyés par l'artillerie qu'il dirigeait, les Anglais durent solliciter une paix humiliante et s'embarquer piteusement sous l'œil satisfait de la Florentine.

Encore une fois, Catherine de Médicis pouvait être contente de Mlle de Limeuil.

L'attitude de Condé n'avait pas surpris que les Anglais. Bien des réformés ne se cachaient pas pour blâmer ce prince qui s'était séparé de Coligny et d'Andelot pour plaire à une jolie femme.

Et, comme il l'avait fait à Antoine de Navarre, Calvin lui écrivit de Genève une lettre d'amers reproches :

Vous ne doutez pas, Monseigneur, que nous n'aimions votre honneur, comme nous désirons votre salut. Or nous serions traîtres en vous dissimulant les bruits qui courent. Quand on nous a dit que vous faites l'amour aux dames, cela est pour beaucoup déroger à votre autorité et réputation. Les bonnes gens en seront offensés, les malins en feront leur risée.

Ces remontrances n'eurent aucun effet. « Si les plaintes des réformés, écrit tristement d'Aubigné, alloient jusques au prince de Condé, les caresses de la reine mère et les amours de Limeuil occupèrent tout son esprit [182]. »

Condé ne se remit pas à la tête du parti protestant, et Isabelle l'emporta sur Calvin.

181. *Calendar of State Papers,* 1563.
182. A. D'AUBIGNÉ, *Histoire universelle,* 1626.

Il se produisit alors un événement que n'avait certes pas prévu la reine mère : Mlle de Limeuil devint amoureuse de Condé. Et la belle, qui s'était soigneusement gardée, jusque-là, de l'enflure de ventre, oublia toute prudence entre les bras de son amant et se trouva enceinte.

Redoutant la colère de la Florentine, qui avait rigoureusement interdit aux jeunes femmes de son escadron volant de se laisser mettre dans cet état pendant les « heures de service », elle dissimula son embonpoint le mieux qu'elle put.

Elle y parvint si bien que son accouchement stupéfia tout le monde. Cela se passa au mois de mai 1564 à Dijon, où elle se trouvait avec la reine mère et le jeune Charles IX. « Un jour, nous dit Hector de la Ferrière, que Catherine tenait une audience solennelle, Isabelle se trouva mal subitement. Emportée dans une chambre voisine, elle y donna le jour à un fils [183]. »

« Pour une personne si avisée, remarqua le brave Mézeray, on ne s'explique pas trop comment elle prit si mal ses mesures. »

Le lendemain, on apprit avec stupéfaction qu'Isabelle avait été arrêtée sur l'ordre de la reine mère et conduite au couvent des Cordelières d'Auxonne. Tant de sévérité pour une « enflure du ventre » ? Non, Mlle de Limeuil était accusée, depuis quelques jours, d'avoir voulu faire empoisonner le prince de la Roche-sur-Yon, « qui lui avoit fait une vexation... ».

Au bout de neuf mois, elle fut libérée subitement et courut rejoindre son cher Condé à Valery, où il vivait dans un château que lui avait offert une de ses maîtresses, la maréchale de Saint-André...

Lorsqu'on connaît un peu le caractère de Catherine de Médicis, on se doute bien que ce ne fut pas sans raison qu'elle gracia Isabelle. En effet, en ce début de 1565, les protestants, qui s'agitaient de nouveau dans toute la France, espéraient regagner Condé...

Et la Florentine voulait, une fois encore, utiliser Mlle de Limeuil pour conserver ce prince dans son camp.

Coligny vint à Valery, la tête bourdonnante d'arguments qui devaient amener le prince à reprendre sa place parmi les réformés. Or la première personne qu'il rencontra dans le parc fut Mlle de Limeuil dont il ignorait la libération. Choqué, il ne put s'empêcher de faire quelques réflexions désobligeantes que Condé prit fort mal.

— Je suis libre de mettre dans mon lit qui je veux ! s'écria-t-il.

Irrité, l'amiral s'en alla en claquant la porte et, quelques jours après, une délégation de chefs protestants vint présenter des remontrances au prince, le sommant de quitter Mlle de Limeuil. Condé fut très sec. Il leur répondit que, « ne pouvant qu'à grand-peine se passer de femmes, il lui était bien difficile de se marier et de trouver une épouse de sa religion et de son rang ». Puis il les congédia brusquement en accusant Coligny d'être venu l'espionner, ce qui ne fit qu'aggraver la situation, on s'en doute.

183. HECTOR DE LA FERRIÈRE, *Trois Amoureuses au XVIe siècle*, 1885.

Les réformés ne se tinrent pas pour battus. Sachant que le prince commençait à se lasser d'Isabelle, ils lui cherchèrent l'épouse dont il rêvait. Leur choix s'arrêta sur Mlle de Longueville, qui était fort belle, ardente aux jeux du lit et, de surcroît, protestante.

Condé la rencontra, en devint amoureux et annonça à Isabelle qu'il allait se remarier[184]. La pauvre eut une grande crise de désespoir, pleura, se traîna aux pieds de son amant et, finalement, se retira à Paris chez des amis.

Le mariage de Condé et de Mlle de Longueville eut lieu à la Cour au mois de novembre. Les protestants, cette fois, triomphaient, car le prince volage, attiré chez les catholiques par une maîtresse, leur revenait grâce à une épouse...

Condé n'avait aucune force de caractère, on a pu déjà s'en apercevoir en plusieurs occasions. Il en fournit une nouvelle preuve lorsque, à l'instigation de sa femme, il eut la goujaterie de réclamer à Isabelle tous les cadeaux qu'il lui avait faits.

Mais Mlle de Limeuil sut lui répondre comme il le méritait. Elle fit un paquet de tout ce qu'elle avait reçu, puis, prenant de l'encre et un pinceau, elle dessina une très apparente paire de cornes sur un portrait de Condé et remit le tout au valet du prince :

— Tenez, mon ami, dit-elle, portez cela à votre maître ; je lui envoie tout ainsi qu'il me le donna. Je ne lui ai rien ôté ni ajouté. Dites à cette belle princesse, sa femme, qui l'a tant sollicité à me demander ce qu'il m'a donné, que, si un seigneur de par le monde (elle donna son nom) en eût fait de même à sa mère et lui eût ôté tout ce qu'il lui avait donné par don d'amourette, elle serait aussi pauvre d'affiquets et pierreries que demoiselle de la Cour. Or, qu'elle en fasse des pâtés et des chevilles, je les lui quitte.

Il ne restait plus à Isabelle qu'à faire une fin. Elle épousa l'année suivante un riche banquier italien, Scipion Sardini...

29

Marie Touchet est à l'origine de la Saint-Barthélemy

Quand la femme a partagé une opinion ou
se mêle à un mouvement important, il y a là le
premier signe d'une révolution.
EMERSON

Une scène curieuse se passa le 15 août 1561 au château de Saint-Germain-en-Laye. Marie Stuart était venue faire ses adieux à Catherine de Médicis avant de regagner l'Écosse.

— Vous reverrai-je, ma fille ? lui dit la régente d'un ton doucereux.

184. Condé avait été marié avec Éléonore de Roye.

— Probablement pas, répondit la jeune veuve de François II.

Alors un enfant de onze ans, qui assistait à l'entrevue, éclata en sanglots et courut se réfugier dans sa chambre.

C'était Charles IX qui, malgré son extrême jeunesse, avait conçu un immense amour pour sa belle-sœur.

Et pendant des mois, des années, le petit roi fut hanté par le souvenir de la gracieuse Écossaise, au point que les femmes de la Cour ne semblaient pas l'intéresser et qu'à l'âge où généralement les jouvenceaux commencent à traîner leur nature dans le lit des dames, il faisait composer par Ronsard de tendres poèmes pour l'absente :

Puis il faudrait que je fusse un rocher
Si vivement je ne sentais toucher
De vos beaux yeux, mon âme toute émue,
Puisque si belle ici je vous ai vue,
Reine et ma sœur, et d'un regard si doux,
Tirer nos cœurs et nos yeux après vous.

Ou encore des vers mélancoliques adressés à l'ombre de son frère :

Ah ! frère mien, tu ne dois faire plainte
De quoi ta vie en sa fleur s'est éteinte :
Avoir joui d'une telle beauté,
Sein contre sein, valait ta royauté.

Pour avoir un peu cette impression d'être « sein contre sein », il portait sans cesse sur son cœur un portrait de sa jolie belle-sœur. « Je l'en ai vu, dit Brantôme, tellement amoureux que jamais il ne regardait son portrait qu'il n'y tint l'œil tellement ravi qu'il ne pouvait s'en rassasier. »

Et, jusqu'à l'âge de seize ans, Charles IX, qui rêvait de Marie Stuart, resta chaste.

Il y eut d'ailleurs quelque mérite car, nous dit Sauval, « toutes les dames de la Cour s'empressaient à lui donner de l'amour ».

Son manque de goût pour les demoiselles paraissait si surprenant qu'un jour, Mme de Montpensier se permit de lui faire une remarque ironique.

Piqué, le jeune roi répliqua que, « s'il se mettoit une fois à coqueter, il donneroit tant d'exercice à toutes les dames qu'elles se repentiroient d'avoir éveillé le lion qui dormoit [185] ».

Et, immédiatement, il « poussa la fleurette à droite et à gauche » pour montrer ce qu'il était capable de faire et pour museler les huguenots qui l'accusaient de verser dans le vice infâme auquel Sodome doit sa célébrité.

Ce désir qu'il avait de prouver sa virilité le poussa même à commettre certains actes extravagants. C'est ainsi qu'un soir rencontrant au bord de la Loire un groupe de jeunes protestants qui revenaient de la pêche

185. SAUVAL, *Galanteries des rois de France,* 1738.

avec leurs fiancées, il voulut faire le faraud et dit aux amis qui l'accompagnaient :

— Nous allons voir si ces parpaillottes sont aussi belles dessous que dessus.

Et tous se précipitèrent aussitôt sur les jeunes filles pour les trousser.

Les fiancés, qui avaient du savoir-vivre, s'interposèrent. Une rixe s'engagea au cours de laquelle les malheureux protestants, qui se trouvaient en minorité, furent roués de coups et finalement jetés à la Loire.

Après quoi, Charles IX et ses amis déshabillèrent entièrement les jolies huguenotes terrorisées, et se précipitèrent sur elles avec une belle — mais répréhensible — ardeur [186].

Naturellement, ces meurtres et ce viol collectif ne furent pas du goût des calvinistes, qui profitèrent de l'occasion pour détester davantage les représentants de la religion catholique...

Le roi continua à papillonner autour de la vertu des demoiselles, jusqu'au jour de l'automne 1566, où il rencontra, à Orléans, au cours d'une partie de chasse, une jeune fille de son âge dont il tomba immédiatement amoureux. Elle s'appelait Marie Touchet. Fille de Jean Touchet, lieutenant particulier au bailliage d'Orléans, elle était fort belle si l'on en croit un chroniqueur qui nous dit « qu'elle avait le visage rond, les yeux vifs et bien fendus, le front plus petit que grand, le nez d'une juste proportion, la bouche petite et le bas du visage admirable ». Un autre ajoute « qu'elle était jolie, spirituelle et enjouée ». Enfin, un portrait de Clouet nous la montre bien en chair, avec de magnifiques épaules et une de ces gorges qui donnent aux hommes des démangeaisons au creux des mains...

Pensant qu'il s'agissait là, vraiment, d'un morceau de roi, le jeune souverain désira l'avoir le soir même dans son lit.

« Il commanda, nous dit Sauval, à La Tour, maître de la garde-robe, de lui parler et de la disposer à le venir trouver en sa chambre. Ce seigneur n'eut pas de peine à réussir dans sa négociation et amena, la nuit suivante, Mlle Touchet au roi, qui en obtint tout ce qu'il souhaitait, quoiqu'elle eût déjà engagé ses inclinations avec Montluc, frère de l'évêque de Valence. »

Cette nuit fut décisive. Marie, qui était d'origine flamande, sut se montrer « experte aux jeux de Vénus » et, le lendemain, Charles IX, absolument sous le charme, demandait à sa sœur Marguerite de prendre l'Orléanaise en qualité de femme de chambre, afin d'avoir un prétexte pour lui faire suivre la Cour.

Alors on vit le roi se promener avec sa maîtresse sous les ombrages de Chambord, à Blois, à Amboise, à Chécy ; et le bon peuple du val de Loire composa une petite chanson narquoise que l'on chante encore de nos jours entre Beaugency et Châteauneuf...

186. Cet exploit fut appelé « la journée des grands chaperons » parce que les jeunes filles portaient ce genre de coiffure.

C'est Marie d'Orléans,
Touchez là, ma commère, touchez là,
C'est Marie d'Orléans,
Qui a de beaux bras blancs.

En son jardin d'amour,
Touchez là, ma commère, touchez là,
En son jardin d'amour,
Un roi vient tous les jours.

S'en vont jusqu'à Chécy,
Touchez là, ma commère, touchez là,
S'en vont jusqu'à Chécy,
Pour y passer la nuit...

Charles IX était extrêmement amoureux de Marie et passait son temps à le lui dire. Il est d'ailleurs curieux de constater combien ce garçon sombre et brutal[187] montrait de délicatesse avec sa maîtresse. Un jour, il vint lui offrir un petit papier sur lequel Marie Touchet lut ces mots : « Je charme tout. »

Et, comme elle ne semblait pas comprendre, il expliqua :

— C'est une anagramme de votre nom que j'ai trouvée tout à l'heure[188].

Mais ces folles nuits et ces marques de tendresse ne suffisaient pas à l'ardente Marie, qui continuait d'entretenir des relations avec son premier amant, Montluc.

De bonnes âmes avertirent le roi, qui eut beaucoup de peine et chercha à savoir jusqu'où allait son infortune. Un soir, on lui dit que l'infidèle cachait dans sa bourse une lettre fort amoureuse de Montluc. Aussitôt, il imagina un curieux stratagème pour s'emparer de ce billet.

Sortant de sa chambre en feignant une grande gaieté, il annonça qu'il organisait sur l'heure un dîner auquel il conviait quelques jolies dames. Marie était naturellement du nombre.

Puis il commanda à Lachambre, capitaine d'une troupe d'Égyptiens, d'amener avec lui une douzaine de coupeurs de bourses des plus habiles dans leur métier, de faire couper celles de toutes les dames pendant le repas et de les lui apporter fidèlement à son coucher.

« Lorsqu'on eut servi, nous dit Sauval, il fit placer Mlle Touchet auprès de lui, de peur qu'elle ne détournât le billet qu'il vouloit avoir entre ses mains. Les coupeurs de bourse s'acquittèrent de leur commission avec beaucoup d'adresse, et Lachambre ne manqua pas d'apporter au roi tout le butin comme il le lui avait ordonné.

187. On sait que Charles IX avait le goût du sang. Il tuait des animaux par plaisir, égorgeait ses chiens, étranglait des oiseaux. Maladif, bilieux, sa cruauté était sans borne...

188. Charles IX composa également pour Marie une petite chanson qui commence ainsi :

Toucher, aimer, c'est ma devise
De celle-là que plus je prise...

« Ce prince n'eut pas de peine à distinguer la bourse de sa maîtresse des autres et, l'ayant ouverte avec précipitation, y trouva le billet dont on lui avait parlé. Il le montra le lendemain à son infidèle, qui voulut désavouer qu'il s'adressât à elle parce qu'il n'avoit point de suscription. Mais elle ne put méconnaître plusieurs autres choses qui étoient dans sa bourse avec le billet et n'eut point d'autre parti à prendre que d'avouer la faute en pleurant et de demander pardon[189]. »

Le billet ne contenait rien de grave, et le roi promit d'oublier à condition que Marie rompît définitivement avec Montluc.

Ravie de s'en tirer à si bon compte, la belle jura de ne jamais revoir cet homme et tint d'ailleurs parole.

Après cet incident, Charles fut plus amoureux encore de sa maîtresse. Voulant lui plaire, il désira s'occuper de politique, briller, commander, être vraiment *le roi,* malgré l'hostilité de Catherine de Médicis qui entendait régner seule.

Flattée de voir son amant agir en homme, Marie l'encouragea et, tout de suite, exerça sur lui une influence considérable, surtout dans le domaine religieux. En effet, elle était huguenote et pensait qu'un rapprochement amical entre Charles IX et les chefs de la Réforme aboutirait à une conciliation et à une paix générale.

Sur son conseil, le roi fit donc bonne mine à Coligny, avec qui Catherine était alors en pourparlers.

Mais le vieil amiral était rusé. C'était lui qui parvint à séduire Charles et à le mettre dans son jeu.

Le faible adolescent, voulant plaire à Marie, se laissa berner par Coligny, qui obtint, en échange de sourires et de bonnes paroles, d'extraordinaires faveurs. C'est ainsi qu'au moment où les protestants étaient poursuivis et torturés il entra au conseil privé du roi, reçut un don de cent cinquante mille livres et même une abbaye d'un revenu de vingt mille livres...

Sa puissance à la Cour fut bientôt si grande qu'elle inquiéta Catherine de Médicis. La reine mère savait que Marie Touchet était responsable de la faveur de Coligny. Il fallait donc éloigner sans tarder l'Orléanaise...

Elle décida alors de marier Charles avec Élisabeth, fille de l'empereur d'Autriche.

Quelques semaines plus tard, tandis que Marie pleurait à Amboise, la princesse arrivait en France, accompagnée de son précepteur et d'un grand nombre de seigneurs allemands. Le roi devait l'attendre à Mézières ; mais, impatient de savoir comment était faite sa fiancée, il se déguisa et alla secrètement jusqu'à Sedan, où il se mêla à la foule pour l'acclamer et l'examiner tout à son aise.

Lorsqu'il la vit, il hocha la tête : elle était très belle.

Rassuré sur ce point, il remonta à cheval et retourna à Mézières pour les présentations officielles.

Le mariage eut lieu le lendemain 26 novembre 1570, en l'église

189. Sauval, *op. cit.*

Notre-Dame de Mézières, avec un faste qui plut aux invités et au menu peuple...

Élisabeth devint immédiatement amoureuse de son mari. Elle le poussait dans les coins de la cheminée pour l'embrasser à bouche-que-veux-tu, sans se soucier des sourires ironiques des deux frères du roi, qu'une tendresse aussi démonstrative amusait prodigieusement.

Quant à Charles, s'il prit un moment quelque agrément à s'esjouir de cette ravissante blonde au corps délié, il n'en oublia pas pour autant les charmes plantureux de Marie Touchet ; et, dès qu'il le put, il courut jusqu'à Orléans où elle était retournée.

Lorsqu'elle le vit revenir, Marie comprit qu'elle serait toujours la plus forte. Pourtant elle demanda à voir le portrait d'Élisabeth.

Le roi lui montra une miniature qu'il portait sur lui, et les traits de Marie se détendirent :

— L'Allemande ne me fait pas peur, dit-elle.

Elle avait raison d'être optimiste, car Charles ne l'abandonna jamais.

Ainsi, contrairement à ce qu'escomptait la reine mère, Marie conserva toute son influence sur le roi, et Coligny continua d'être traité comme un prince du sang...

Hautain, prétentieux, méprisant, il donnait des ordres, faisait chasser de la Cour les catholiques qui ne lui plaisaient pas, critiquait les repas, bref se montrait tyrannique et insupportable.

Au début de l'été de 1572, il était devenu un véritable maire du palais. Tout le monde lui obéissait et il pouvait se croire l'égal de la reine mère. Sûr de sa puissance, il voulut alors entraîner Charles IX dans une guerre contre l'Espagne.

Cette fois, Catherine de Médicis prit peur. Attaquer le très catholique Philippe II, c'était risquer de voir la majorité des Français se séparer du pouvoir royal, c'était la guerre civile généralisée, et la France affaiblie pour des années.

Elle appela Charles et le menaça de retourner à Florence s'il suivait les conseils de Coligny. Le roi, pensant à Marie, répondit qu'il savait ce qu'il avait à faire.

Ce fut suffisant pour que la reine mère songeât immédiatement à faire assassiner l'amiral...

Quelques jours plus tard, le chef protestant revint à la charge, cette fois avec une grande arrogance :

— Faites la guerre aux Espagnols, Sire, ou nous serons contraints de vous la faire ; nous ne pouvons plus tenir notre peuple...

Devant cette menace, Catherine pensa qu'il ne fallait plus perdre de temps. Elle appela un nommé Maurevert et, d'accord avec Henri de Guise et le duc d'Anjou, frère du roi, le chargea de tuer Coligny

Le 22 août, le tueur, embusqué dans l'encoignure d'une porte, tirait un coup d'arquebuse sur l'amiral et ne réussissait qu'à le blesser.

Cette maladresse allait provoquer une épouvantable tuerie. En effet,

Coligny, qui avait réussi à identifier Maurevert, ameuta tous les protestants de Paris. Des délégations vinrent au Louvre demander au roi de faire rechercher l'agresseur de Coligny. Des réunions de réformés fort excités eurent lieu. On accusait les Guises. On se promenait devant leur hôtel en brandissant des épées et en criant : « A mort !... »

Brusquement Catherine de Médicis eut peur, peur qu'on retrouvât Maurevert, peur qu'on arrêtât les Guises qui eussent parlé, peur d'être dénoncée...

Affolée, elle alla trouver le roi (qui ignorait tout de la responsabilité qui pesait sur sa mère) et lui déclara qu'on se trouvait à la veille d'un soulèvement calviniste.

— Il faut agir ! dit-elle.

Mais Charles, toujours pleinement acquis à l'amiral, répondit d'un ton sec que la seule chose à faire pour le moment était de prendre des nouvelles du blessé.

Alors Catherine lui avoua qu'elle avait trempé dans l'attentat.

Le roi demeura stupide, l'air hagard, à considérer sa mère ; puis, éclatant en sanglots nerveux, il lui dit de faire ce qu'elle voulait...

— L'amiral est un traître, dit-elle, il complotait contre vous. Dix mille huguenots en armes sont à Paris et je crois qu'il faut avoir le courage, pour sauver votre royaume, de faire exécuter les chefs de ce mouvement...

Charles entra alors dans une de ces violentes colères dont il était coutumier ; il renversa des meubles, blasphéma et se mit à crier :

— Qu'on les tue tous ! Qu'on les tue tous !

C'étaient les paroles que Catherine attendait...

Or on était le 23 août au soir, et le lendemain était le jour de la Saint-Barthélemy...

C'est ainsi que les bons conseils de la jolie huguenote Marie Touchet allaient aboutir de façon paradoxale à un massacre [190].

Pendant que la reine mère arrachait à son fils l'ordre de massacrer les réformés, Henri de Guise se dirigeait avec un groupe de soldats vers la rue de Béthisy où demeurait l'amiral.

Il pouvait être onze heures et demie du soir et Coligny, qui souffrait toujours de sa blessure, était couché et s'entretenait avec des amis.

Soudain, des coups d'arquebuse et des cris éclatèrent dans la nuit. C'était Guise qui, pour pénétrer dans la maison, assassinait les gardes.

— Que se passe-t-il ? demanda Coligny à Merlin, ministre protestant.

L'autre, ayant regardé par la fenêtre, annonça en tremblant qu'une troupe encerclait l'hôtel et tuait le personnel.

— Il y a longtemps que je me suis préparé à mourir, dit Coligny. Vous autres, sauvez-vous s'il est possible, car vous ne sauriez garantir ma vie. Je recommande mon âme à la miséricorde de Dieu.

190. Il y avait alors à Paris de nombreux protestants venus pour assister au mariage de Henri de Navarre (futur Henri IV) avec Marguerite de Valois (future reine Margot) qui avait eu lieu le 18 août.

Puis il se fit lever de son lit, se couvrit de sa robe de chambre, dit adieu à ses amis, qui s'enfuirent par la fenêtre, et attendit.

Ce ne fut pas long.

D'un seul coup, la porte vola en éclats et une horde, dirigée par le jeune Jean Yanowitz, dit Besme, entra dans la chambre.

— Est-ce toi qui es Coligny ? demanda Besme, l'épée à la main.

— Respecte ces cheveux blancs, jeune homme. C'est moi-même.

— Parfait, dit Besme.

Et il lui plongea son épée dans la poitrine.

Comme l'amiral remuait encore et râlait de façon déplaisante, quelques soldats durent finir l'ouvrage à coups de poignard.

Pendant ce temps, Henri de Guise, qui était resté en bas, s'impatientait.

— Eh là ! Besme, est-ce fini ? cria-t-il de la cour.

L'assassin parut à la croisée :

— Oui, un instant, on l'achève.

— Voyons donc ? demanda le duc, satisfait.

Alors Besme, aidé de ses compagnons, jeta le cadavre par la fenêtre. Henri s'approcha, essuya avec un mouchoir le visage ensanglanté de l'amiral et, ayant reconnu son ennemi, lui donna un grand coup de pied dans la figure en disant :

— C'est bien, le commencement est bon. Courage, soldats.

Quelques instants après, la cloche du palais [191] donnait le signal de la curée...

On tua pendant toute la nuit. Charles IX, excité par l'odeur du sang, tira lui-même d'une fenêtre de sa chambre ; et le petit jour vint éclairer une ville de cauchemar. On voyait des cadavres plein les rues, des têtes séparées de leur tronc baignant dans des flaques de sang, des membres épars, et la Seine couverte de « corps flottants ».

Vers midi, Catherine de Médicis et quelques dames d'honneur quittèrent le Louvre, où le roi, brusquement effondré, était en proie à une crise de désespoir, et allèrent « s'offrir la lubrique satisfaction d'examiner sur des cadavres nus certaines vitalités masculines [192] ». Puis elles recherchèrent en riant les signes de la prétendue impuissance de l'un d'eux [193] et « firent à ce sujet des plaisanteries dont le mauvais goût fut remarqué »...

Après la Saint-Barthélemy, Charles IX demeura longtemps abattu et prostré. Au contraire, Catherine de Médicis ne manifesta aucun remords. Il est vrai qu'elle n'avait pris qu'une faible part au massacre et ne se « reprochoit, écrit-elle, que la tuerie de six personnes »...

191. Et non celle de Saint-Germain l'Auxerrois comme on le dit généralement.

192. SULLY, *Mémoires*.

193. Il s'agit de Soubise, qui se défendit longtemps et tomba percé de coups, sous les fenêtres de la reine. Sa femme lui avait intenté, quelques mois avant, un procès pour cause d'impuissance.

Calme, détendue, elle paraissait même assez satisfaite de la nuit du 24 août. Un fait nous le prouve. D'après d'Aubigné et Brantôme, elle fit, en effet, embaumer la tête de l'amiral de Coligny et l'envoya au pape qui dut être surpris en ouvrant le paquet…

30

Un chagrin d'amour détourne Henri III des femmes

> Les amours étranges dont sont pleines les élégies des poètes anciens et qui nous surprenaient tant sont donc vraisemblables et possibles…
>
> THÉOPHILE GAUTIER

Un mois après la Saint-Barthélemy, comme rien n'avait pu tirer Charles IX de son « ennui », Catherine de Médicis jugea nécessaire de faire venir Marie Touchet à Paris. L'Orléanaise, qui avait gentiment pardonné le massacre de ses coreligionnaires, s'installa rue Saint-Honoré, dans une petite maison avec jardin où Charles vint passer de calmes après-midi, s'efforçant d'oublier, pour un moment, son cauchemar…

Hélas ! des fantômes sanglants l'attendaient chaque soir au palais. Pour échapper à ces spectres épouvantables, fuyant la Cour, sa mère et sa femme, la reine Élisabeth, qu'il trouvait sotte et fade, il s'en allait parfois chasser longuement dans le bois de Vincennes. Ces jours-là, il ne rentrait pas coucher au Louvre ; il s'arrêtait à la seigneurie de Belleville, où Marie venait le rejoindre.

Et pendant la nuit entière, follement, désespérément, il se droguait de volupté, pour se soustraire à ses hantises l'espace de quelques secondes…

Le résultat fut qu'au mois de juin 1573 Marie dut s'en aller rapidement au château du Fayet pour y accoucher d'un gros garçon braillard. (Le roi, en effet, nous dit Brantôme, avait préféré qu'elle ne fît pas ses couches à Paris « pour ne point donner ce déplaisir à sa femme ». Ce qui était d'un galant homme.)

Pendant l'absence de Marie, dévoré par un véritable « feu lubrique », il se lança dans la débauche la plus honteuse et organisa avec son frère le duc d'Anjou (futur Henri III) et son beau-frère Henri de Navarre (futur Henri IV) des soirées fort légères en compagnie de demoiselles portées sur la bagatelle.

Certaines de ces réunions firent scandale et l'on en parla dans toute l'Europe. Il est vrai que les courtisans ne se faisaient pas faute d'en répandre les détails. C'est ainsi que l'on intercepta, vers cette époque, une lettre écrite par un familier de la Cour, dans laquelle il était parlé d'une de ces orgies. « Je sais, disait l'auteur du billet, comment ces trois beaux sires se sont fait servir, en un banquet solennel, par des femmes toutes nues, desquelles, après le banquet, ils abusèrent et prirent leur plaisir. »

Le duc d'Anjou, qui, malgré la légende, était, dans sa jeunesse, d'une grande virilité, adorait mêler ainsi, suivant le mot d'un historien, « les délices de Vénus aux douceurs de Lucullus ». Les femmes, d'ailleurs, étaient folles de lui. Tous ses contemporains le présentent, il est vrai, comme « le prince le plus aimable, le mieux fait et le plus beau de son époque ». Grand, large de torse, séduisant, charmeur, il était d'une élégance raffinée qui plaisait aux demoiselles de l'escadron volant.

Peut-être était-il un peu efféminé d'allure, mais on aurait eu tort de le lui reprocher, attendu que seules les filles d'honneur de la reine mère étaient responsables de ce petit défaut. Lorsqu'il n'était encore qu'un enfant, elles s'étaient, en effet, bien souvent amusées à le parer, à le parfumer et à le farder comme une poupée ; et il lui en était resté des habitudes qui nous paraissent aujourd'hui un peu suspectes, mais qui semblaient alors tout à fait normales. C'est ainsi qu'il portait non seulement des pourpoints très ajustés, des bagues et des colliers, mais encore d'admirables pendants d'oreilles...

Il aimait aussi se poudrer, s'inonder « d'eau de senteur », aviver ses lèvres d'un peu de rouge et s'habiller en femme...

Goûts étranges sans doute, mais qui n'empêchaient pas le duc d'Anjou de courir les filles et de se montrer ardent compagnon.

Il faisait habituellement son choix parmi les gracieuses suivantes de sa mère « pour ce qu'elles étoient faciles à convaincre, riches d'expérience et point susceptibles de faire du scandale, attendu que Catherine de Médicis les autorisoit à se laisser beluter par ses fils ».

C'est d'ailleurs une de ces demoiselles, Louise de la Béraudière[194], qui l'avait déniaisé à l'âge de quinze ans.

(Car l'escadron volant servait aussi à cela.)

Bref, le duc d'Anjou était, du moins à ce moment, un homme tout à fait normal, et même, suivant le mot de la reine mère qui le connaissait bien, « un bon étalon ».

Mais, si Catherine de Médicis approuvait les rencontres individuelles de ses fils avec les jeunes personnes de l'escadron volant, elle n'aimait guère ces « réunions à plusieurs qui altéroient la santé de chacun »...

Et, veillant avec un soin jaloux sur le duc d'Anjou, qui était son enfant préféré, elle chercha un moyen de l'éloigner de ces dangereuses turpitudes.

Ce moyen, elle le trouva en la personne d'une de ses nouvelles filles d'honneur, Mlle Renée de Rieux, que l'on appelait « la belle Châteauneuf ». Il s'agissait d'une blonde de vingt ans dont la grâce s'alliait à un caractère assez vif, ainsi que l'anecdote suivante en

194. Cette jeune femme semble avoir eu pour spécialité de dévirginiser les princes royaux, car elle fut également l'initiatrice de Charles IX...

donnera la preuve. « Antoine Duprat, nous dit Nantouillet, l'ayant insultée, elle ne s'en rapporta qu'à elle-même pour l'en punir. Et un jour qu'elle passoit sur le quai de l'École, à cheval, ayant aperçu Duprat qui marchoit à pied, elle donna des deux, le renversa, lui passa par-dessus le corps et le foula aux pieds de sa monture... »

Catherine de Médicis chargea cette fière amazone de séduire le duc d'Anjou ; ce qui fut assez facile.

Bouleversé dès la première rencontre, le prince fit composer par le poète Desportes une très belle déclaration rimée qui se terminait par :

Beauté, grâces, discours, qui m'allez transformant,
Las ! connoissez-vous point comme je vous adore ?

La jeune fille reçut ce poème avec délice et y répondit en envoyant au prince un très gracieux sonnet, qu'elle avait d'ailleurs demandé également au poète Desportes...

Quelques jours plus tard, Mlle de Rieux et le duc d'Anjou unissaient leur jeunesse et leur fougue dans une chambre du Louvre...

Tout de suite, la jeune femme montra tant de verve, tant de fantaisie, tant d'ardeur, que le prince reconnut qu'il n'avait jamais rencontré une telle partenaire et, « voulant lui rendre pièce pour pièce », fit d'étonnantes merveilles...

Leurs nuits furent désormais consacrées à de furieux corps à corps, dont ils sortaient détendus, apaisés, calmes, purifiés par la volupté et « aussi mols que chiffes ».

Le duc d'Anjou avait grand besoin d'exercices de ce genre, car un amour pur et chaste lui minait le tempérament depuis quelques mois, et l'on sait que rien n'est plus mauvais à la santé que ces sortes de passions...

Il était tombé amoureux, en effet, de la jolie et spirituelle Marie de Clèves — épouse du prince de Condé [195] — dont l'allure virginale lui inspirait une dévotion qui le rendait lyrique, fiévreux, haletant, hypertendu et superstitieux. Maltraitant sa libido, il s'enivrait de soupirs en pensant à « sa dame » et s'estimait comblé lorsqu'il avait connu le trouble plaisir de chanter, à l'église, le même cantique qu'elle...

L'adoration platonique et déprimante qu'il vouait à Marie était donc heureusement compensée par sa saine attitude avec Renée de Rieux...

Ce pudique amour était né, de façon fort curieuse, lors du mariage du roi de Navarre et de Marguerite de Valois. Après une danse follement animée, Marie de Clèves, en nage, avait dû aller retirer sa chemise dans une chambre voisine de la salle de bal. Quelques instants plus tard, Henri, qui avait mené la farandole, était venu dans la pièce pour s'essuyer la figure toute ruisselante de transpiration. Croyant prendre une serviette, il s'était emparé de la chemise de Marie et l'avait promenée sur son visage... Aussitôt, « ses sens s'étaient troublés » et,

195. Henri Ier de Bourbon, fils du prince de Condé qui avait été l'amant d'Isabelle de Limeuil.

considérant ce qu'il tenait à la main, il avait conçu un amour sans borne pour la propriétaire de cette lingerie odorante et encore tiède.

Puis il était rentré dans la salle, où les violons faisaient danser les princes en mesure, et une enquête discrète lui avait permis de savoir à qui appartenait la chemise...

Dès le lendemain, une déclaration enflammée était parvenue à Marie de Clèves, et la jeune femme, bouleversée de savoir qu'elle avait séduit le plus beau prince du monde, était tombée, elle aussi, amoureuse...

Fidèle, cependant, à son vilain mari, elle avait résolu de ne plus aller au Louvre pour ne pas risquer de rencontrer Henri.

Alors, celui-ci s'était adressé à la duchesse de Nevers, sœur de Marie :

Je vous en supplie, avait-il écrit, *d'autant que vous m'êtes amie... ; je vous requiers les larmes aux yeux, à jointes mains. Vous savez ce que c'est que de bien aimer. Jugez si je mérite telles façons de ma dame, notre amie, qui, quoi qu'elle ait, a toute puissance quand elle l'emploiera... Je lui jure toute l'amitié du monde. Vous serez mon garant, s'il vous plaît, que je ne suis menteur.*

Et Mme de Nevers avait su si bien plaider la cause du soupirant que Marie s'était laissée aller jusqu'à permettre que le duc portât au cou un petit portrait d'elle...

Puis elle avait accepté un rendez-vous, et ils s'étaient pris les mains avec frénésie.

Depuis lors, délirants d'amour, ils se rencontraient régulièrement grâce à la complicité de la duchesse de Nevers, et leur chaste liaison illuminait leur vie.

Naturellement, Renée ne tarda pas à être mise au courant des rendez-vous secrets de son amant. Elle ne fit aucun scandale, mais se vengea en faisant entrer Lignerolle dans son lit. Le duc l'apprit « et, nous dit Sauval, ce favori reçut la punition que méritait son insolence » : il fut assassiné.

Renée, de son côté, demanda pardon et tout rentra dans l'ordre.

Satisfait sensuellement par la belle Châteauneuf, et sentimentalement par Marie, le duc d'Anjou aurait pu vivre heureux. Une séparation allait bouleverser son existence. A la fin de septembre 1573, Catherine de Médicis l'ayant fait élire roi de Pologne grâce à d'inimaginables intrigues, il dut partir pour Cracovie.

La mort dans l'âme, il quitta ses deux femmes et suivit les ministres moustachus qui étaient venus le chercher à Paris.

Renée de Rieux trouva vite un autre amant, mais Marie fut inconsolable.

Quant à Henri, privé de l'exutoire que représentait Renée, il sublima encore son amour et fit de sa Dame une idole à laquelle il écrivait des lettres signées de son sang...

Fou de passion, il se désintéressait complètement des affaires polonaises, auxquelles d'ailleurs il ne comprenait rien, pour inonder ses amis de billets où il n'était question que de Marie. En voici un que reçut Beauvais-Nangis :

Je l'aime tant, vous le savez. Vous devrez m'avertir de sa fortune pour la pleurer comme je fais. Je n'en dirai plus rien, car les amours sont ivres...

Oui, les amours étaient ivres, et Henri, chancelant, déroutait les Polonais par ses manières d'agir. Interrompant son conseil pour griffonner un mot tendre qu'un courrier était chargé de porter immédiatement à Paris, contemplant avec amour le portrait de Marie pendant qu'un ministre lui parlait, composant des vers au dos des lettres d'ambassadeur, il était considéré par tout le monde comme un étrange souverain, et les familiers de la Cour de Cracovie se chuchotaient de moustaches à oreilles leur amère déception...

Henri était trop fin pour ne pas s'apercevoir du désappointement de ces braves gens ; mais il ne faisait rien pour arranger les choses, préférant s'enfermer dans son cabinet et rêver tout son saoul du jour où il pourrait serrer Marie contre lui et éteindre le feu qui brûlait sa poitrine...

Bientôt, l'idée d'embrasser sa Dame ne lui suffit plus : il décida de l'enlever à Condé (en faisant rompre leur mariage par le pape) et de l'épouser...

Pendant qu'Henri rêvait ainsi en Pologne, Charles IX, à Paris, réalisait d'exténuantes performances amoureuses dans le but d'oublier la Saint-Barthélemy dont le souvenir continuait à le hanter, et sa santé s'altérait dangereusement. On dut bientôt le transporter, essoufflé et les pommettes en feu, au château de Vincennes qui tenait lieu alors de maison de repos. Un soir, Marie Touchet vint le voir et coucha avec lui... Cette rencontre devait être fatale au jeune roi tuberculeux. Un chroniqueur n'hésite pas, en effet, à conclure que Charles IX « accéléra ainsi sa mort par les plaisirs auxquels il se livra à contretemps ou immodérément [196] ».

Quoi qu'il en soit, le roi mourut le 30 mai 1574, à l'âge de vingt-quatre ans, laissant Marie Touchet fort confuse...

Le 15 juin 1574, une lettre arriva à Cracovie. Elle était signée de la reine mère :

Au Roy, Monsieur mon fils, Roy de Pologne,

Votre frère est mort, ayant reçu Dieu le matin ; la dernière parole

196. *Sane rex ipse, inter moras longissimi morbi, semel ad eam divertit ; suspicioque est auctum morbum ex importuno aut immodico coïtu, et acceleratum vitæ finem.* Papyre-Masson.

qu'il dit, ce fut « Et ma mère ! » Cela n'a pu être sans une extrême douleur pour moi et ne trouve consolation autre que de vous voir bientôt icy, comme votre royaume en a besoin et en bonne santé, car, si je venois à vous perdre, je me ferois enterrer avec vous, toute en vie...

Votre bonne et affectionnée mère, s'il y a jamais au monde.

CATHERINE.

Henri pleura de joie : il était roi de France, il allait quitter la Pologne, rentrer à Paris et tenir Marie dans ses bras...

Dominant son envie de gambader, il s'en fut, d'un air triste, annoncer au Conseil la mort de son frère. Quelques ministres exprimèrent alors leurs craintes de le voir partir. Il les rassura :

— Je suis d'abord roi de Pologne, dit-il, je ne vous abandonnerai pas.

Et, pour écarter tout soupçon, il fit mine de s'éprendre d'une dame de la Cour, la princesse Anne Jaguelon...

Mais quatre jours plus tard, le 18 juin, après avoir donné un grand dîner et fait rouler tous les grands seigneurs du royaume, ivres morts, sous les tables, il se déguisa, se mit un bandeau sur l'œil et, en compagnie de cinq amis sûrs, s'enfuit du palais en emportant à tout hasard les joyaux de la couronne...

Toute la nuit, ils galopèrent vers la frontière poursuivis par les Polonais qui n'avaient pas été longs à s'apercevoir de la disparition du roi. Cette course folle se termina au petit jour, lorsque, sur le point d'être rattrapé par ses ministres, Henri, fourbu, pénétra en Autriche...

Dès qu'il se sentit en sécurité, Henri III — puisque tel était désormais son nom — poussa un grand soupir et envoya une lettre à Marie de Clèves pour lui annoncer son arrivée prochaine.

Il comptait sans les nécessités diplomatiques. De Vesternitz, de Vienne, de Venise, en effet, lui parvinrent des invitations qu'il ne put repousser, et, un mois plus tard, il était encore l'hôte du doge...

Les fêtes vénitiennes, il est vrai, étaient responsables de l'indolence subite du roi. Lui qui adorait les couleurs, la musique, les beaux tissus, les bals costumés et les feux d'artifice se crut au paradis et voulut goûter à tous les plaisirs.

Tous sans exception, car — sans oublier, bien entendu, l'Élue, Sa Dame, la Princesse de ses pensées — il fréquenta les courtisanes de Venise et devint l'amant de la plus belle d'entre elles, Veronica Franco, l'amie du Titien.

Cette beauté rousse devait d'ailleurs avoir une influence capitale sur lui puisque, s'il faut en croire certains auteurs, elle l'initia à des pratiques « peu honnêtes et fort vicieuses en ce qu'il s'agit de l'amour à l'italienne, auquel le roi n'avait point encore goûté... »

Pourtant, vers le 15 août, Marie lui manqua soudain. Saisi d'une grande et « douloureuse envie d'aimer sa dame », il dit adieu à Venise et se dirigea vers la France.

Fin septembre, il était à Lyon, où Catherine de Médicis l'attendait. Le roi aurait voulu prendre tout de suite la route de Paris, courir vers Marie, commencer la procédure de divorce et préparer ses noces ; mais, le Midi protestant s'étant révolté, la reine mère lui conseilla de rester quelque temps à Lyon.

Henri III obéit, fort dépité, et rentra dans sa chambre pour écrire, à celle qu'il considérait déjà comme son « épouse », un billet passionné qu'elle ne devait jamais recevoir...

Quelques jours plus tard, en effet, Marie de Clèves, que le prince de Condé avait réussi à rendre enceinte, mourait subitement en donnant le jour à une fille.

Une lettre vint apprendre la nouvelle à Catherine de Médicis qui, pendant toute une journée, se demanda comment elle allait bien pouvoir en informer Henri...

Finalement, elle glissa la lettre parmi les papiers de l'État que le roi devait étudier le lendemain matin ; et c'est là, entre deux rapports d'ambassade, que le malheureux trouva les quelques mots qui allaient changer son destin...

Après les avoir lus, il tomba évanoui sur le parquet.

Catherine veillait à la porte. Elle le fit transporter dans sa chambre où il demeura pendant plusieurs jours, prostré, l'œil fixe, au point qu'on se prit à craindre pour sa raison. Il refusait de s'alimenter et ne sortait de son mutisme que pour éclater en sanglots convulsifs. Ses plaintes ressemblaient alors à des râles, et la reine mère eut peur.

Superstitieuse, elle s'imagina que son fils était victime d'un charme et qu'il allait mourir à son tour.

— Ne porterait-il pas sur lui quelque objet qui aurait appartenu à la princesse ? demanda-t-elle à Souvré.

— En effet, répondit le chambellan, je lui ai vu une croix au cou et des pendants d'oreilles qui lui viennent d'elle.

— Eh bien ! faites en sorte qu'il ne les porte plus.

On retira ces bijoux à Henri ; mais le pauvre, que la douleur avait à tout jamais « écorné », n'arrêta pas ses larmes, et son deuil s'accompagna de goûts morbides.

« Il demeura huit jours aux cris et aux soupirs, nous dit Pierre Mathieu, et en public il paraissoit tout couvert d'enseignes et de marques de mort. Aux rubans des souliers, il portoit des petites têtes de mort. Il en avoit aux aiguillettes, et, plus curieux d'entretenir et de flatter sa passion que de la vaincre et guérir, il commanda à Souvray de lui faire des parements de cette sorte pour plus de six mille escus [197]. »

Puis les mois passèrent et Henri III parut oublier sa peine. On le vit organiser des fêtes, inventer des pas de danse, s'amuser à courir Paris sous des déguisements et s'entourer de jeunes gens bruyants et

197. Pierre Mathieu : *Histoire de France*.

équivoques. On le crut guéri, alors qu'égaré par la douleur il cherchait avec une espèce de hargne sacrilège à saccager sa vie.

Rien ne lui importait plus. Laissant Catherine de Médicis s'occuper des affaires de l'État, il se mit à découper des images et à coudre des perles sur des morceaux de tissu. Il fit des robes pour sa sœur Marguerite, habilla les demoiselles de l'escadron volant, exécuta de petits travaux de broderie...

Ce que voyant, la reine mère décida de le marier au plus tôt, pensant qu'une femme dans son lit lui rendrait peut-être des goûts un peu plus virils...

Plusieurs princesses furent proposées au roi, qui les refusa en ricanant. Alors Catherine se fâcha et déclara qu'un souverain devait avoir une épouse pour se donner des héritiers.

— Laissez-moi choisir, répondit Henri.

Et il désigna Louise de Vaudémont, fille d'un cadet de Lorraine, qu'il avait connue en allant en Pologne.

Catherine fut un peu déçue. Elle espérait une plus noble épouse pour ce fils qu'elle appelait tendrement « mes yeux ».

Mais elle s'inclina et une délégation partit immédiatement pour Nancy demander au prince de Vaudémont la main de sa fille. Celui-ci, tout heureux, accepta, bien entendu, et chargea sa femme, Catherine d'Aumale, d'aller prévenir Louise.

La jeune fille était encore au lit. En voyant venir sa belle-mère (Catherine était la seconde femme de Vaudémont), elle fut très étonnée et, nous dit Antoine Malet, « le fut bien davantage quand elle lui vit faire trois révérences avant de l'aborder et de la saluer comme reine de France ; elle crut qu'elle vouloit se moquer et ne cessoit de lui demander excuse d'être si tard au lit et de n'avoir pas été à son lever, quand son père entra enfin dans sa chambre et, assis auprès de son lit, lui annonça que le roi de France la vouloit pour épouse... [198] ».

Le mariage eut lieu le 15 février 1575 en la cathédrale de Reims, où Henri III avait été sacré deux jours auparavant.

Au cours de cette cérémonie qui le liait pour la vie à la blonde Lorraine, le jeune souverain montra une curiosité amusée. Étaient-ce ses noces ? Était-ce une sauterie ? Était-ce un spectacle destiné à réjouir ses favoris ? On pouvait se le demander. La veille, d'ailleurs, il avait tenu à coudre lui-même la robe de sa fiancée et, deux heures avant la messe de mariage, c'est lui qui s'était chargé de friser Louise au petit fer...

Paraissant absolument inconscient de ce qui se passait, il sourit bizarrement pendant tout l'office nuptial, au point « qu'on eût dit l'acteur d'une espèce de farce »... Deux jours plus tard, il se permit d'ailleurs, sur son épouse, une plaisanterie qui scandalisa tout le

198. ANTOINE MALET : *L'Œconomie spirituelle et temporelle de la vie des nobles et des grands du monde, dressée sur la vie piété et œconomie de Louyse de Lorraine, royne de France et de Pologne*, 1650.

monde : voulant marier son ex-favorite Renée de Rieux, il l'offrit en mariage à François de Luxembourg, qui avait jadis courtisé Louise de Lorraine, et lui dit :

— Mon cousin, j'ai épousé votre maîtresse ; je veux, en contre échange, que vous épousiez la mienne.

Un peu interloqué, Luxembourg demanda à réfléchir ! Mais Henri III insista tellement que le malheureux, affolé, se sauva, bride abattue, dans son pays...

Tout indiquait que ce mariage n'avait été qu'une mascarade ; d'ailleurs le roi, à qui le souvenir de Marie de Clèves rendait les femmes insupportables, se « désintéressait du sexe » et recherchait ostensiblement son plaisir ailleurs.

C'est alors que les favoris, dont il aimait s'entourer, prirent dans sa vie une si grande place.

Beaux, querelleurs, nerveux, spirituels, méchants, superficiels, ils étalaient un luxe scandaleux, se paraient comme des demoiselles et se promenaient dans les rues avec un vaniteux trémoussement de l'arrière-train qui écœurait les braves gens, peu habitués à voir des hommes mettre leur orgueil de ce côté-là...

— Regardez-les, ces *mignons*, s'écriait le menu peuple avec mépris.

Le nom leur resta.

Je sais bien que quelques modernes défenseurs de Henri III ont essayé de nous faire croire qu'il s'agissait là de simples serviteurs particulièrement dévoués au roi...

Il me suffira de citer le texte d'un contemporain, Pierre de l'Estoile, pour prouver que ces historiens sont trop candides ou cherchent à nous abuser...

« Ce nom de *mignon*, dit notre chroniqueur, commença en ce temps-là à trotter par la bouche du peuple, auquel ils estoient fort odieux, tant pour leurs façons de faire, qui estoient badines et hautaines, que pour leurs fards et accoutrements efféminés et impudiques, mais surtout pour les dons immenses et libéralités que leur faisoit le roy, que le peuple avoit opinion d'être la cause de leur ruine. Ces beaux mignons portoient leurs cheveux longuets, frisés et refrisés par artifices, remontant par-dessus leurs petits bonnets de velours, comme font les putains du bordeau, et leurs fraises de chemises de toiles d'atour empesées et longues d'un demi-pied, *de façon qu'à voir leur tête au-dessus de leur fraise, il sembloit que ce fût le chef de saint Jean dans un plat.* Le reste de leur habillement fait de même ; leurs exercices estoient de jouer, blasphémer, sauter, danser, volter, quereller et paillarder, et suivre le roy partout et en toutes compagnies, ne rien faire, ne rien dire que pour lui plaire ; peu soucieux, en effet, de Dieu et de la vertu, se contentant d'être en bonne grâce de leur maître qu'ils craignoient et honoroient plus que Dieu. Ce qui donna sujet au poème suivant, qui fut semé en ce temps à Paris et divulgué partout :

C'est assez chanté de l'amour
Il faut qu'une nouvelle corde,
D'un luth plus piquant, nous accorde
Les indignités de la Cour.

Ces beaux mignons prodiguement
Se vautrent dedans leurs délices.
Et peut-être dedans tels vices,
Qu'on ne peut dire honnêtement.

On ne peut guère être plus clair...

Naturellement, ces éphèbes poudrés, efféminés et jacassants eurent bientôt sur le pauvre roi complètement désaxé une influence considérable.

Tout d'abord, ils poussèrent Henri III à créer un ensemble de rites burlesques, destinés à transformer sa journée en une sorte de comédie-ballet où chacun avait un rôle précis.

Ils jouèrent ainsi à « vivre chez un grand monarque », comme les petites filles jouent à la « dame en visite » en respectant certaines conventions puériles.

On décida que le lever du roi, son coucher, ses repas, sa toilette, ses promenades s'accompagneraient d'un cérémonial compliqué, « et l'on emprunta, nous dit Lénient, aux traditions du Bas-Empire, conservées dans les cours des principicules italiens, tout un programme de solennités ridicules », dont aucun roi de France n'avait jamais eu l'idée.

Tout ceci n'était que prétexte à pitreries équivoques. Traitant le roi comme une courtisane, ses mignons venaient avec des courbettes lui enfiler ses bas, lui passer sa chemise, ajuster son pourpoint, enduire son visage de crème pour la nuit, lui mettre des gants graissés à l'huile d'amandes pour adoucir ses mains, le farder, lui dessiner ses sourcils d'un coup de crayon habile et lui lacer sa culotte...

Ces amusettes d'invertis donnèrent naissance à l'Étiquette.

Lorsque le roi était enfin vêtu, maquillé, poudré, couvert de bijoux et de bagues, les mignons s'exclamaient :

— Oh ! Majesté, que vous êtes belle !...

Car pour pouvoir continuer à jouer cet ignoble jeu, Henri III s'était affublé d'un titre qui permettait le féminin...

Et l'on disait : « Sa Majesté est ravissante, Sa Majesté est câline, Sa Majesté est tripoteuse... »

Cette appellation, employée jadis à la Cour des derniers Césars, fit ricaner les braves gens, et Ronsard exprima leurs sentiments en un sonnet dédié à son ami Binet :

Ne t'étonne pas, Binet, si maintenant tu vois
Notre France, qui fut autrefois couronnée
De mille lauriers verts, ores[199] *abandonnée,*
Ne servir que de fable aux peuples et aux rois.

199. Maintenant.

On ne parle en la Cour que de Sa Majesté :
ELLE va, ELLE vient, ELLE est, ELLE a été :
N'est-ce faire tomber le royaume en quenouille ?

Mais il fallait que le roi eût également la possibilité de dire à ses mignons :

— Comme vous êtes gentilles, et charmantes...

Alors les éphèbes prirent les titres d'Altesses et d'Excellences...

Tous ces petits jeunes gens formaient une confrérie extrêmement fermée dans laquelle il était à peu près impossible d'entrer de sa propre initiative. Les intrigues étaient inefficaces, les parrains inutiles : le roi, seul, choisissait. Lorsqu'il avait le coup de foudre en voyant passer un seigneur, un page, un garde, il appelait deux mignons fortement musclés, qui se précipitaient sur la proie et la lui présentaient de belle façon... On avait quelquefois recours pour cela à un stratagème ; c'est ce que nous conte Agrippa d'Aubigné, à propos d'un jeune homme de sa connaissance qui devint mignon du roi : « Ce pauvre garçon, dit-il, avoit en horreur cette vilenie, et fut forcé la première fois, le roi lui faisant prendre un livre dans un coffre, duquel le Grand Prieur [200] et Camille [201] lui passèrent le couvercle sur les reins, et cela s'appeloit prendre le lièvre au collet... Tant y a que cet homme fut mis de force au métier... »

Éclectique, le roi ne posait pas ses regards concupiscents que sur des garçons de noble origine. Il lui arrivait de se pâmer devant un ouvrier venu au palais pour faire une réparation. C'est ainsi, par exemple, qu'un tapissier lui fit, un jour, une impression considérable. « Le voyant en haut de ses deux échelles pour racoûtrer des chandeliers de la salle, nous dit d'Aubigné, le roy devint si amoureux qu'il se mit à pleurer... [202] »

Les grands ont toujours des admirateurs imbéciles qui s'efforcent de leur ressembler « par les mauvais côtés ». Aussi y eut-il bientôt à Paris une multitude de jeunes snobs poudrés et fardés qui, singeant Henri III, se voulurent coquets, précieux, évaporés.

A la Cour, les choses allèrent plus loin. Désirant plaire au roi, les hommes délaissèrent les femmes et se livrèrent ostensiblement à la sodomie... La plupart y eurent d'ailleurs du mérite, car, étant normalement constitués, ils éprouvaient une grande répugnance pour ces plaisirs hétérodoxes. Ils surmontaient néanmoins leurs dégoûts, pensant ainsi être bien notés...

Pendant ce temps, les femmes, privées de soins, étaient obligées de se consoler entre elles, ainsi que nous le rapporte Sauval : « De même

200 et 201. Surnoms de deux mignons : Antoine de Silly, comte de Rochepot, et le chevalier Salvati.

202. Agrippa d'Aubigné, *Confession catholique du sieur de Sancy*.

que les hommes avaient trouvé, dit-il, le moyen de se passer de femmes, les femmes trouvèrent le moyen de se passer d'hommes : et Paris regorgeait de femmes lesbiennes... »

Toutes les dames n'osaient point toutefois goûter les joies de la « fricarelle ». Les timides se contentaient d'user d'expédients, en rêvant au jour où les hommes redeviendraient normaux. Alors, des « instruments façonnés en forme de v..., mais qu'on a voulu appeler des *Godemychys* », nous dit Brantôme, connurent une telle vogue que leurs fabricants amassèrent des fortunes...

Bref, un désordre effarant régnait sur toute la France et, selon le mot d'un auteur, « le royaume piloté par un fou ressemblait à un bateau ivre ».

31

Jacques Clément assassine Henri III pour l'amour de Mlle de Montpensier

Les femmes, sous leur douceur apparente, ne rêvent que plaies et bosses.

LUCIEN RIMOIX

Le vice infâme dans lequel Henri III avait tout à coup versé désespérait Catherine de Médicis. Plusieurs fois par jour, elle entrait dans la chambre de son fils pour le rappeler à la réalité et tâcher de l'intéresser à la situation tragique dans laquelle se trouvait pour lors son royaume. On était en 1576, et le duc d'Alençon, frère du roi, venait de s'allier avec les protestants. Trente mille hommes pouvaient, du jour au lendemain, marcher sur Paris, et Catherine s'affolait.

— Il faut agir, criait-elle.

Henri, couché sur des coussins avec un bel ami, ou entouré de ses petits chiens, répondait alors, sans même avoir la pudeur d'user d'une périphrase, qu'il fallait faire assassiner son frère.

Puis il reprenait son bilboquet.

Or, un matin, les troupes protestantes se dirigèrent vers la capitale... Perdant tout sang-froid, le roi, à demi pâmé, signa immédiatement l'édit de Beaulieu qui accordait aux réformés des avantages importants...

Cet édit mécontenta, bien entendu, les catholiques qui accusèrent le roi de trahir les intérêts de la religion et du trône. Une vaste association, dirigée par Henri de Guise, se forma alors pour « restaurer le saint sacrifice de Dieu et l'obéissance à Sa Majesté ». Ce fut la Ligue.

Henri III crut habile de reconnaître l'association et de s'en proclamer le chef... Ce coup de tête, cette bravade de Corydon agacé, l'obligea à sortir de son boudoir, à reprendre contre les huguenots une guerre acharnée et à se rendre de temps en temps sur les champs de bataille en litière...

Enfin, au printemps de 1580, une trêve fut signée, et la France connut quatre années de paix. Le roi en profita pour organiser d'extraordinaire bals costumés. On le vit en sauvageonne, en ribaude, et même en amazone, le sein nu...

Passionné par ces mascarades, il passait des nuits à confectionner des robes et à inventer des pas de danse. C'est lui qui imagina, par exemple, le fameux « branle des chevaux » où il fallait hennir tendrement en regardant sa cavalière et lancer de petites ruades...

Catherine de Médicis, qui songeait à l'avenir, était extrêmement agacée par ces pitreries.

— On s'amuse, disait-elle, on saute, on se déguise, on s'entoure de jolis garçons et l'on n'a pas d'héritier...

Cette question préoccupait de temps en temps Henri III, mais le fantôme de Marie de Clèves, qui continuait à l'obséder, l'empêchait de se montrer aussi tendre qu'il l'aurait fallu avec la reine...

Désespérée, Catherine de Médicis eut alors une idée : elle alla trouver Louise de Lorraine et lui demanda d'être infidèle au roi pour le bien de la France...

Mais la prude épouse de Henri III refusa avec énergie : elle ne voulait avoir d'enfant que de son mari...

Alors elle n'en eut point.

Or, en 1584, le duc d'Anjou, « hoir présomptif » de la Couronne, mourut brusquement, et Henri de Bourbon, roi de Navarre, chef des protestants, devint héritier légitime du trône de France[203]...

Les catholiques réagirent immédiatement et déclarèrent que Henri de Navarre, hérétique et relaps (il avait abjuré la foi catholique après l'avoir embrassée au lendemain de la Saint-Barthélemy) devait laisser la place à Henri de Guise, dit le Balafré, dont la famille descendait des Carolingiens[204].

Il en résulta une nouvelle guerre civile qui allait mettre la France à deux doigts de sa perte. Cette fois, en effet, il ne s'agissait plus de religion, mais d'un problème dynastique qui pouvait rompre l'unité du pays...

Henri de Guise s'unit à Philippe II d'Espagne et souleva la Bourgogne, la Champagne, la Normandie, l'Anjou, la Bretagne, la Touraine et la Picardie qui se déclarèrent en faveur de la Ligue.

De son côté, Henri de Navarre, maître de la Guyenne, de la Provence, du Languedoc et du Poitou, s'allia aux Allemands et aux Anglais et se dressa contre la Ligue.

En quelques mois, tout le royaume fut à feu et à sang et Henri III craignit autant les Ligueurs que les protestants. Ce fut la guerre des trois Henri...

203. Hercule dit François, duc d'Alençon, puis duc d'Anjou, né en 1554, était le dernier fils de Catherine de Médicis et le dernier des Valois.

204. Il est bon, je crois, de rappeler que jamais les Guises n'auraient osé émettre de telles prétentions si Diane de Poitiers n'avait fait de leur Maison l'une des plus grandes puissances de France.

En mai 1588, le duc de Guise, qui avait remporté deux victoires sur les Huguenots, rentra à Paris malgré l'interdiction formelle du roi. Il y fut reçu avec un tel enthousiasme que les Ligueurs envisagèrent, cette fois, de déposer Henri III sans attendre et de faire monter leur chef sur le trône de France.

Pris de panique, le roi attira le Balafré à Blois et le fit assassiner [205]...

Alors, les Ligueurs, révoltés, déclarèrent Henri « parjure, meurtrier, sacrilège, fauteur d'hérésie, démoniaque, magicien, dissipateur du Trésor public, ennemi de la patrie » et demandèrent son remplacement immédiat par le cardinal de Lorraine. Un vent de révolte souffla sur Paris. On afficha des tracts sur « Sa Majesté Hermaphrodite » ; on brûla l'effigie de la reine mère et, un jour, les Parisiens défilèrent devant le Louvre aux cris de :

— A bas les Valois !

— A mort les Valois !

Un courrier alla informer la Cour, installée à Blois, de ce qui se passait dans la capitale.

La nouvelle fit l'effet d'une bombe.

Pâles, hagards, Henri et Catherine, derniers représentants de cette race qui sombrait dans la pourriture, comprirent alors que tout un peuple, écœuré par leurs crimes et leurs vices, s'apprêtait à les chasser...

Pour la première fois depuis mille ans, le trône de France tremblait...

Catherine de Médicis ne devait pas se remettre de cette émotion.

Le 3 janvier 1589, elle s'alita avec la fièvre, et ses dames de compagnie commencèrent à s'inquiéter. Les voyant pleurer, elle les rassura :

— Ne soyez pas tristes, dit-elle en souriant. Je ne vais pas mourir encore cette fois. Souvenez-vous de la prédiction de Gauric qui ne s'est jamais trompé : *je dois mourir près de Saint-Germain...* Et nous sommes à Blois, où il n'existe aucune église dédiée à ce saint...

Cette prédiction hantait la reine mère. Depuis des mois, elle refusait d'habiter Saint-Germain-en-Laye, et même le Louvre qui se trouvait à côté de Saint-Germain-l'Auxerrois...

— Tant que je resterai ici, ajouta-t-elle, je serai tranquille.

Le 4 janvier, un nouveau médecin vint l'ausculter, la trouva fatiguée et lui déclara qu'il resterait à son chevet jusqu'au lendemain.

— Merci, dit Catherine.

Puis elle le regarda :

— Mais je ne vous connais pas : comment vous appelez-vous ?

— Je me nomme Saint-Germain, madame.

Elle mourut trois heures plus tard...

205. Le duc de Guise aurait pu se sauver. Il avait été avisé des intentions du roi, et ses amis lui conseillaient de fuir. Mais il refusa de quitter Blois car il devait passer la nuit du 22 au 23 avec sa maîtresse, Mme de Sauve...

Les Ligueurs composèrent aussitôt d'ignobles chansons sur la reine mère.

J'en citerai une — parmi les plus anodines ! — à titre d'exemple :

Par une vengeance divine
Les chiens mangèrent Jézabel
La charogne de Catherine
Sera différente en ce point
Que les chiens n'en voudront point.

Quant au clergé, qui ne voulait pas se mettre mal avec la Ligue, il eut une bien curieuse attitude. Voici, en effet, l'étrange oraison funèbre qu'un prêtre vint dire en chaire le 8 janvier à Paris :

— La reine mère vient de mourir, laquelle a fait beaucoup de bien et de mal, et je crois qu'il y a encore plus de mal que de bien. Aujourd'hui se présente une difficulté, savoir : si l'Église catholique doit prier pour elle qui a vécu si mal... Sur quoi je vous dirai que si vous voulez lui donner à l'aventure, par charité, un *Pater* et un *Ave*, ils lui serviront de ce qu'ils pourront ; je laisse à votre liberté[206]...

Puis on oublia Catherine, et toute la fureur du peuple se porta sur les mignons[207].

Il est vrai que ceux-ci avaient maintenant une telle influence sur le roi que les Ligueurs accusaient Henri III d'être à leurs ordres...

Au début du printemps, la France, qu'un mouvement de révolte secouait de Marseille à Calais, se trouva divisée en trois parties : l'une, aux mains des Protestants, l'autre, aux mains des Ligueurs, et la troisième (qui se composait uniquement de Tours, Blois et Beaugency) aux mains du roi...

Alors Henri III comprit qu'il devait s'allier avec l'un de ses adversaires s'il voulait continuer à porter la couronne...

Avec les Ligueurs ? Il ne pouvait en être question, puisqu'ils demandaient sa déposition immédiate. Il se tourna donc vers les Protestants, qui avaient au moins la délicatesse d'attendre sa mort pour vouloir porter Henri de Navarre sur le trône...

Et, le 3 mai, les deux Henri se réconcilièrent au Plessis-lez-Tours...

— Par quoi commençons-nous ? demanda le roi.

— Par reprendre Paris sans lequel on ne peut rien, répondit Bourbon.

Un mois et demi plus tard, après avoir rencontré bien des embûches, ils venaient mettre le siège devant la capitale. Leur poste de commandement était installé sur les hauteurs de Saint-Cloud, dans la confortable maison de Gondi, d'où l'on voyait tout Paris, et Henri III s'amusait, pendant des heures, à suivre, avec une joie d'enfant, la marche des carrosses dans les rues ou le fourmillement des piétons.

— Ce serait grand dommage, soupirait-il, de ruiner et perdre une si bonne et belle ville.

206. Cité par Pierre de l'Estoile.

207. Cf. Pierre de l'Estoile : « Adorée et révérée de son vivant comme la Junon de la Cour, elle n'eut pas plutôt rendu l'âme, qu'on n'en fit pas plus de compte que d'une chèvre morte. »

Henri de Bourbon étant de son avis, ni l'un ni l'autre n'osait ordonner une attaque...

Ils en étaient là de leurs hésitations lorsqu'on vint les informer, un soir, « qu'il y avoit dans la ville quelques remuements, pour ce que les habitants estoient apeurés et demandoient qu'on ouvrît les portes plutost que d'estre tués et occis »...

Ils décidèrent alors d'attendre que Paris se rendît, ce qui ne pouvait être long.

Mais les jours passèrent sans apporter de nouveau, car les Ligueurs, qui avaient à leur tête une véritable *pasionaria,* Mlle de Montpensier, sœur du duc de Guise, refusaient de céder au peuple affolé.

Le 27 juillet, Henri III, qui commençait à s'impatienter, envoya un gentilhomme de sa suite à Mlle de Montpensier « pour lui dire qu'il était bien averti que c'était elle qui soutenait et entretenait le peuple de Paris en sa rébellion ; mais que s'il y pouvait jamais entrer, comme il espérait de faire, et bientôt, qu'il la ferait brûler toute vive ». A quoi, sans autrement s'étonner, fit réponse « que le feu était pour les sodomites comme lui et non pas pour elle, et, au surplus, qu'il se pouvait assurer qu'elle ferait tout du pis qu'elle pourrait pour l'en garder d'y entrer[208] ».

Elle allait faire plus encore...

Il y avait alors à Paris, dans un couvent de la rue Saint-Jacques, un jeune moine un peu demeuré, violent et sensuel qui s'appelait Jacques Clément. Mlle de Montpensier connaissait son existence, car il se livrait fréquemment, sur les femmes du quartier des Écoles, à des actes regrettables pour un religieux, mais dont tout Paris s'amusait.

Elle alla le voir dans une robe extrêmement décolletée qui ne laissait rien ignorer de son admirable gorge. Le pauvre fut ébloui et se congestionna.

Alors, charmante, caressante, enjôleuse, chatte, elle lui parla du roi comme d'un tyran qu'il fallait abattre et lui fit comprendre que, s'il voulait s'en charger, elle saurait se montrer gentille...

A titre d'avance, elle lui donna d'ailleurs un baiser fougueux.

— Allez, beau moine ! dit-elle, vous êtes désigné par Dieu pour accomplir cette glorieuse mission...

Le lendemain, 1er août, Jacques Clément se présentait à la porte de la maison de Gondi. Il venait, disait-il, remettre une lettre importante à Henri III. Le roi le reçut, prit le message et commença à le lire.

Respectueux, le moinillon se tenait à genoux ; soudain, il se releva et enfonça un grand couteau dans le ventre du Valois.

— Oh ! le méchant moine, s'écria celui-ci. Il m'a tué...

Jacques Clément regardait avec une sorte d'extase le roi qui se tordait de douleur sur le sol. Sans doute pensait-il, dans sa candeur, à la savoureuse récompense qui l'attendait... Son beau rêve devait être court. Attirés par les plaintes du moribond, des gardes entrèrent bientôt

208. Pierre de l'Estoile, *Journal du règne de Henri III.*

dans la chambre et transpercèrent à coups d'épée l'amoureux de Mlle de Montpensier...

Henri III mourut deux jours plus tard, après avoir désigné expressément Henri de Navarre comme son légitime successeur...

Le dernier Valois disparaissait après avoir conduit, par ses vices, la France au bord de l'abîme...

Sous son règne, les favorites avaient été remplacées par de répugnants favoris ; il était temps que les Bourbons vinssent rendre aux femmes toute leur importance et toutes leurs prérogatives...

Livre III

LA COUR DU VERT-GALANT

Une Histoire qui ne tient pas compte des questions sexuelles est non seulement émasculée, mais inintelligible.

G. Rattay Taylor

A mon grand-père
Eliacim Hureau

1

A onze ans, la reine Margot avait deux amants

Aussi mouvante que le mercure, elle branlait pour le moindre objet qui l'approchait.

Le Divorce satyrique

Le 24 mai 1553, au début de l'après-midi, un groupe de valets sortit en courant du château de Saint-Germain-en-Laye et s'élança dans le jardin en criant joyeusement :

— La reine entre en gésine ! La reine entre en gésine !

Tous les courtisans qui digéraient calmement sur la terrasse en contemplant le cours de la Seine se levèrent aussitôt et bondirent vers la chambre de Catherine de Médicis.

Quelques instants plus tard, une foule compacte se pressait autour du lit où la Florentine s'agitait de façon désordonnée. Un hurlement vint annoncer aux assistants ravis qu'ils ne s'étaient pas dérangés pour rien. D'un geste vif le médecin retira les draps et se pencha avec des airs de pince-sans-rire sur le ventre nu de Sa Majesté, tandis que les dames d'atours essayaient de contenir les gentilshommes qui ne voulaient rien perdre du spectacle.

Finalement, la reine accoucha d'un gros bébé que le praticien montra à l'assemblée.

— C'est une fille, dit-il, après avoir jeté un coup d'œil connaisseur.

Une dame de compagnie prit l'enfant, la présenta à Henri II et à Diane de Poitiers[1], puis la mit dans un berceau, où ses trois frères, le futur François II, âgé de neuf ans, le futur Charles IX, âgé de trois ans, et le futur Henri III, qui avait tout juste dix-huit mois, vinrent la contempler.

— Nous l'appellerons Marguerite, dit le roi.

Par un amusant signe du destin, on donnait ainsi à cette petite fille qui allait devenir la plus grande séductrice de notre histoire précisément le nom de la fleur dont se servent les amoureux pour mesurer leurs sentiments.

« Un peu, beaucoup, passionnément, à la folie... »

Elle, c'est à la folie qu'elle devait aimer l'amour durant toute son existence.

1. Les enfants de France étaient toujours présentés à la maîtresse du roi (Cf. Livre II).

Pendant les années de la première enfance, Margot vécut chastement et l'on put croire qu'elle serait une petite fille comme les autres : elle jouait à la poupée sans y ajouter cette perversité qui fait la joie des psychanalystes et ne montrait aucune curiosité déplacée.

A onze ans tout changea. Un feu assez vif la tourmenta au bon endroit et elle commença à lorgner les garçons d'une façon qui inquiéta son entourage. Alors, nous dit Brantôme, « Catherine de Médicis, constatant qu'elle étoit d'un sang chaud et bouillant, lui fit user ordinairement en tous ses repas de jus de vinette qu'on appelle en France oseille ». Le remède ne semble pas avoir été très efficace, car Marguerite eut alors deux amants [2].

Ces pionniers se nommaient Antragues et Charins. Dans quel ordre se présentèrent-ils ? La petite histoire est muette sur ce point important et l'on ne saura jamais lequel des deux a essuyé les plâtres...

Voici, en effet, ce que nous dit l'auteur du *Divorce satyrique* : « Auquel âge (à onze ans), Antragues et Charins eurent les prémices de sa chaleur, qui augmentant tous les jours, et eux n'étant point suffisants à l'éteindre, — encore que Antragues y fit un effort qui lui a depuis abrégé la vie, — elle jeta l'œil sur Martigues, et l'y arrêta si longtemps qu'elle l'enrôla sous son enseigne. » Ce troisième amant venait la retrouver dans les fourrés du parc de Saint-Germain-en-Laye et lui donnait d'enivrantes leçons de choses...

Pendant quelques années, la fillette s'amusa ainsi avec différents gentilshommes, sans avoir le moins du monde l'impression de commettre une faute. Élevée au milieu des demoiselles de l'Escadron Volant, il lui paraissait, en effet, tout naturel de se laisser aller à ses instincts, et d'entrer dans le lit des jeunes gens qu'elle trouvait plaisants...

L'amour, pour elle, n'avait pas le goût du péché : elle s'y livrait joyeusement, ignorant les contraintes qui créent les refoulements. Tout lui semblait simple, permis, et elle considérait sans trouble les situations galantes les moins orthodoxes.

C'est ainsi qu'elle devint à quinze ans la maîtresse de ses trois frères.

Certains historiens particulièrement pudibonds refusent de croire à ces turpitudes ; pourtant l'auteur du *Divorce satyrique* est, à ce sujet, formel : « Elle ajouta tôt après à ses sales conquêtes ses jeunes frères, dont l'un, à savoir François (futur duc d'Alençon), continua cet inceste toute sa vie ; et Henri l'en désestima tellement que depuis il ne la put aimer. »

Cette accusation, Agrippa d'Aubigné la confirme dans ce quatrain :

Les trois en même lieu ont à l'envi porté
La première moisson de leur lubricité :

2. Cf. *Le Divorce satyrique* (1693) : « Il n'y a sorte ou qualité d'iceux en toute la France avec qui cette dépravée n'ait exercé sa lubricité ; tout est indifférent à ses voluptés ; et ne lui chaut d'âge, de grandeur, ni d'extraction, pourvu qu'elle saoule et satisfasse à ses appétits et n'en a jusqu'ici depuis l'âge de onze ans dédit à personne. »

Le Divorce satyrique a été longtemps attribué à Agrippa d'Aubigné. On pense maintenant qu'il a été écrit par Palma Cayet.

Des deux derniers après la chaleur aveuglée
A sans doute hérité l'inceste redoublé[3].

Enfin, nous avons un aveu de Marguerite elle-même : apprenant, un jour, que son frère, devenu Henri III, lui reprochait sa conduite, elle s'écria : « Il se plaint que je passe mon temps à faire l'amour ; hé ! ne sait-il pas que c'est lui qui m'a mise le premier au montoir ? »

Cet amour incestueux fut d'ailleurs à l'origine d'un ordre religieux, ce qui consolera les esprits chagrins. En effet, du Vair nous conte que « l'évêque de Grasse, premier aumônier de la feue reine Marguerite, dit avoir appris d'elle fort confidentiellement que l'Institution de l'Ordre du Saint-Esprit avait été faite pour l'amour d'elle, et de fait que les couleurs de l'Ordre étaient les siennes propres, savoir est : le vert naissant, le jaune doré, le blanc et le bleu violet ; que les chiffres des doubles M étaient pour elle, comme aussi le $\varphi\Delta$ et les H pour le roi Henri III ; qu'en effet il l'avait grandement aimée sans qu'elle y eût aucune inclination, et qu'il n'avait jamais joui d'elle que par force... ».

C'est ainsi que, jusqu'en 1830, de graves messieurs perpétuèrent, sans le savoir, le souvenir d'un affligeant désordre[4].

Lorsqu'elle eut dix-huit ans, les hommes furent tellement attirés par sa beauté que Marguerite n'eut plus que l'embarras du choix. Brune aux yeux de jais, elle avait « un regard capable d'embraser le monde » et une peau « blanche comme lait » qu'elle s'amusait à faire valoir en recevant ses amants dans un lit recouvert de mousseline noire...

Les vêtements qu'elle portait étaient, d'ailleurs, d'une rare impudicité, car elle entendait ne rien cacher de ses charmes. « Ces beaux accoutrements et belles parures, dit Brantôme, qui fut amoureux d'elle, n'osèrent jamais entreprendre de couvrir sa belle gorge ni son beau sein, craignant de faire tort à la vue du monde qui se posait sur un si bel objet ; car jamais n'en fut vue si belle ni si blanche, si pleine ni si charnue, qu'elle montrait si à plein et si découverte que la plupart des courtisans en mouraient, voire des dames que j'ai vues, aucunes de ses plus privées, avec sa licence la baiser par un grand ravissement[5].

C'est alors qu'elle tomba amoureuse de son cousin Henri de Guise, beau blond âgé de vingt ans.

Ardents tous deux et pas plus pudiques que de jeunes chiens, ils se livraient aux jeux d'amour là où le désir les prenait, que ce fût dans une chambre, un jardin ou un escalier. On les surprit même un jour dans un couloir du Louvre alors qu'ils « faisaient le péché du monde... »[6].

3. Agrippa d'Aubigné, *Les Tragiques*.

4. L'ordre du Saint-Esprit, supprimé en 1791, fut rétabli en 1816. Après la révolution de juillet 1830, il cessa d'être conféré.

5. Brantôme, *Vie des Dames illustres*.

6. « Leur intimité était si publique que le bruit courait qu'ils avaient contracté un mariage secret. » Davila, *Histoires des guerres civiles de la France*. Londres, 1755.

Charles IX, qui régnait alors, ignora cette idylle un peu poussée, jusqu'au 25 juin 1570. Ce jour-là, à cinq heures du matin, M. du Guast vint le réveiller et lui remit une lettre. L'esprit « mal dégagé des brumes du sommeil », le roi prit le papier et commença à lire. Son cerveau se clarifia brusquement comme sous l'effet d'une bouffée d'ammoniaque, lorsqu'il comprit qu'il avait entre les mains un billet écrit par Marguerite et destiné au duc de Guise. Les termes en étaient si crus, si gaillards, qu'ils ne laissaient aucun doute sur la nature des relations existant entre les correspondants.

Or le roi détestait M. de Guise, auquel il reprochait d'être intelligent et spirituel.

A la pensée que ce bellâtre, qui représentait avec tant d'éclat la puissante Maison de Lorraine, avait pu séduire sa sœur, il devint comme fou. Sans prendre le soin de s'habiller, il courut en chemise de nuit jusque chez Catherine de Médicis.

— Lisez, dit-il.

La reine mère, on le sait, avait l'esprit tourné vers l'intrigue. Là où Marguerite ne voyait qu'une aventure exaltante et propre à calmer ses sens, la Florentine soupçonna une machination. Et, pour exciter la colère du roi, elle déclara que Guise n'avait agi que par ambition, à seule fin de devenir un jour le mari d'une fille de France.

— C'est un crime de lèse-majesté ! s'écria-t-elle.

Un garde alla chercher Marguerite qui arriva, les yeux bouffis de sommeil. Dès qu'elle eut pénétré dans la chambre, le roi et la reine mère se jetèrent sur elle. A coups de pied, à coups de poing, ils l'assommèrent en la traitant de « drouine, sac de nuit et blanchisseuse de tuyaux de pipe »... Ce qui, on en conviendra, n'était pas des appellations pour une fille de roi.

Marguerite sortit de leurs mains le nez en sang, le visage tuméfié, les cheveux en désordre et les vêtements en lambeaux. Son aspect était si lamentable que Catherine eut peur qu'on ne soupçonnât ce qui venait de se passer et prit soin de réparer les dégâts au moyen de compresses et d'eau douce. Enfin, pendant une heure, elle s'efforça de recoudre elle-même la robe déchirée...

Si Catherine était apaisée par la correction qu'elle venait de donner, Charles IX ne l'était point. Il appela son demi-frère Henri, bâtard d'Angoulême[7], et le chargea d'assassiner le duc au cours d'une partie de chasse qui devait avoir lieu le lendemain.

— Voici deux épées, lui dit-il, il y en a une pour te tuer si demain tu ne tues pas Henri de Guise !

Heureusement, Marguerite eut vent de la chose et avisa son amant qui resta chez lui. Quelques semaines plus tard, pour faire croire que leur liaison était finie, elle le poussa en outre à épouser Catherine de Clèves, veuve du prince de Porcien...

Le bel Henri accepta cette prudente solution avec d'autant plus de

7. Fils que Henri II avait eu de la belle lady Fleming.

docilité qu'il couchait secrètement dans le lit de la princesse depuis quelque temps déjà...

Si ce mariage calma un peu la colère de Charles IX, il n'apaisa point celle du duc d'Anjou qui était toujours amoureux de Marguerite. On s'en aperçut quelques jours plus tard. Croisant celui qu'il considérait comme son rival, le futur Henri III lança cette menace :

— Gardez-vous bien de revoir ma sœur et de penser à elle, car je vous tuerais !...

Et il confia à ses familiers que, si Henri de Guise s'avisait de rencontrer Marguerite en secret, « il se déclarerait renégat et mécréant s'il ne lui donnait de la dague dans le cœur de manière à lui faire mordre la terre ».

Pour éviter de si fâcheux incidents, il fallait trouver au plus tôt un mari pour Marguerite. La reine mère pensa alors au fils de feu Antoine de Bourbon, le jeune Henri de Navarre, que l'on n'avait pas encore surnommé le Vert-Galant, mais dont tout le monde connaissait le goût pour le déduit.

Jeanne d'Albret, mère de Henri, fut pressentie. C'était une protestante austère, pudibonde et soupçonneuse, qui méprisait les femmes fardées, portait des cols rigides et sentait un peu le rance. Elle s'inquiéta à la pensée que son fils pourrait être corrompu par les mœurs de la cour et fit dire à la reine mère qu'elle ne voulait pas de ce mariage.

Catherine devina la peur de Jeanne. Elle lui écrivit une lettre pleine de douceur et l'invita à venir passer quelques jours à Chenonceaux. *Vous ne devez avoir aucune crainte,* ajoutait-elle un peu maladroitement, *car je vous aime et ne vous veux point de mal.*

La reine de Navarre fut piquée. Elle répondit : *Je ne sais pourquoy, Madame, vous me mandés que voulés avoir mes enfants et moy et que ce n'est pas pour nous faire mal ; pardonnés-moy si, lisant ces lettres, j'ay eu envie de rire ; car vous me voulés assurer d'une peur que je n'ay jamais eue, et ne pensay jamais, comme l'on dit, que vous mangissiés les petits enfants...*

Voyant que les négociations étaient mal engagées, Catherine envoya MM. de Biron et de Quincey à Nérac avec mission d'arranger les choses. Après plusieurs semaines de pourparlers difficiles, Jeanne d'Albret accepta de venir à la cour de France pour y parler de l'avenir de « ces chers petits ».

Elle arriva à Chenonceaux le 12 février 1572 et Catherine l'accueillit avec de grands transports d'amitié. Mais les deux femmes étaient pareillement fourbes et les discussions ne tardèrent pas à prendre un tour déplaisant. Divisées sur le chapitre de la religion, elles se heurtaient sans cesse avec une méchanceté qui les rendait malades à tour de rôle. Naturellement Jeanne d'Albret était la plus sectaire. Elle entendait ne parler du mariage qu'après avoir converti tout le monde au protestantisme.

— Dans ce cas, répliquait Catherine, je veux que M. Calvin devienne catholique...

La reine de Navarre ne goûtait pas ce genre de plaisanteries et, un soir, excédée, elle envoya une très curieuse lettre à son Henri qui était resté à Nérac :

Mon fils... La royne mère me traite à la fourche... Elle ne fait que se moquer de moy et dire à chacun le contraire de ce que je lui ay dict, de sorte que mes amis m'en blasment, et ne sçai comment desmentir la royne. Car quand je luy dis : « Madame, l'on dit que je vous ay tenu tel et tel propos », encore que ce soit elle-mesme qui l'ait dit, elle me le renie comme beau meurtre et me rit au nez et m'use de telle façon que vous pouvés dire que ma patience passe celle de la Grisélidis.

Je m'assure que, si vous sçaviés la peine en quoy je suis, vous auriés pitié de moy ; car l'on me tient toutes les rigueurs du monde et des propos vains et moqueries, au lieu de traiter avec moy avec gravité, comme le faict le mérite. De sorte que je crève parce que je me suis si bien résolue de ne me courroucer point que c'est un miracle de voir ma patience... Je crains bien de tomber malade, car je ne me trouve guère bien.

J'ay trouvé votre lettre à mon gré, je la montrerai à Madame[8] *si je puis. Quant à sa peinture, je l'envoieray quérir à Paris. Elle est belle et bien advisée et de bonne grâce, mais nourrie en la plus maudite et corrompue compagnie ; car je n'en vois poinct qui ne s'en sente. Ce porteur vous dira que le roy s'émancipe, c'est pitié. Je ne voudrois pas pour chose au monde que vous fussiés icy pour y demeurer. Voilà pourquoy je désire vous marier et que vous et vostre femme vous retiriés de ceste corruption. Car, encore que je la croyais bien grande, je la trouve davantage.* Ce ne sont pas les hommes icy qui prient les femmes, ce sont les femmes qui prient les hommes. *Si vous y estiés, vous n'en eschapperiés jamais sans une grande grâce de Dieu. Je vous envoie un bouquet pour mettre sur l'oreille puisque vous estes à vendre et des boutons pour un bonnet...*

Au fond, Jeanne d'Albret était très fière de marier son rustaud de fils à la sœur du roi de France ; aussi finit-elle par s'entendre avec Catherine. Le contrat de mariage fut signé le 11 avril. Aussitôt, la reine de Navarre écrivit à Henri pour l'inviter à venir à Paris. Elle y ajouta quelques conseils de coquetterie pour que le petit Béarnais, encore mal dégrossi, ne fasse pas trop mauvaise figure à la cour de France.

Hélas ! elle ne devait pas revoir son cher fils. Le 4 juin, elle s'alita, prise de douleurs après avoir acheté des gants chez le parfumeur de Catherine de Médicis, le Florentin René. Cinq jours plus tard, elle mourait dans d'atroces souffrances.

Naturellement, le bruit courut aussitôt que Jeanne d'Albret avait été

8. Marguerite.

assassinée. On parla de ces poudres vénéneuses dont les Italiens savaient imprégner un livre, les pétales d'une fleur ou les doigts d'un gant. Et l'on accusa la reine mère. Pour faire cesser ces rumeurs, Charles IX demanda l'autopsie du corps. Les médecins ayant trouvé « un aposthume au poumon » conclurent à une mort naturelle... Après quoi, la reine de Navarre fut inhumée dans la Collégiale Saint-Georges, de Vendôme.

C'est donc en habits de deuil, mais avec le titre de roi de Navarre, que le futur Henri IV entra à Paris le 10 juillet. Son mariage avec Marguerite eut lieu le 18 août devant le porche de Notre-Dame, où le Clergé, pour plaire à tout le monde, officia d'une façon qui n'était conforme aux usages d'aucune religion.

Au cours de la cérémonie, il se passa un incident qui en dit long sur la brutalité du roi. Au moment de répondre « oui », Marguerite, qui n'éprouvait aucun attrait pour ce Gascon mal lavé, et ne pouvait se consoler d'avoir dû renoncer au duc de Guise, jeta un regard désespéré vers ses frères et hésita. Alors Charles IX, qui se trouvait derrière elle, lui donna un coup de poing dans la nuque. La douleur fit baisser la tête de la mariée, et le prêtre crut à un signe d'assentiment...

Ce mariage avait attiré naturellement un nombre considérable de protestants qui furent tous assassinés cinq jours plus tard, lors de la Saint-Barthélemy[9]. C'est pourquoi Charles IX, au lendemain du massacre, éclata de son gros rire vulgaire et s'écria :

— Teh ! que c'est gentil c... que celui de ma grosse Margot. Par le sang Dieu, je ne pense pas qu'il y en ait encore un au monde de même, il a pris tous mes rebelles de huguenots à la pipée[10].

Il allait en prendre bien d'autres...

2

Des époux mal assortis

C'était le ménage du bouc et de la levrette...

CHARLES FOURNIER

Tandis que les protestants enterraient leurs morts, Marguerite considérait avec effarement le mari que sa mère lui avait donné. Grossier, vantard, sale, puant l'ail, il était le contraire de tout ce qu'elle

9. Durant cette nuit tragique, un incident peu connu se produisit dans la chambre de la nouvelle mariée. Un huguenot, poursuivi par des archers, vint s'y réfugier et se cacha dans le lit où elle se trouvait. Apitoyée, Marguerite obtint sa grâce du capitaine des gardes.

On ne dit pas comment le gentilhomme manifesta sa reconnaissance à sa protectrice...

10. PIERRE DE L'ESTOILE, *Journal*, 1572.

aimait [11]. Comment avait-elle pu faire entrer ce rustaud malodorant dans son lit ? On ne sait rien de leur nuit de noces, mais on imagine l'effroi de cette jeune femme de dix-neuf ans délicate et parfumée, habituée à batifoler avec des jeunes gens de la cour aussi élégants qu'elle, contrainte de subir les étreintes de ce bouc fétide. Pourtant, si l'on en croit Henri IV lui-même, le mariage aurait été consommé. Interrogé lors de son divorce, en 1599, par le commissaire du pape qui voulait savoir si les époux avaient eu « communication ensemble », le Béarnais répondit : « Nous étions tous deux jeunes au jour de nos noces, et l'un et l'autre si paillards qu'il était plus qu'impossible de nous en empêcher. »

Mais faut-il le croire ? Catherine de Médicis en douta. Au point qu'elle pensa se servir de cette « non-consommation » pour faire rompre une union qui lui semblait tout à coup dangereuse. Sa qualité de mari de Marguerite n'avait-elle pas permis à Henri de Navarre, chef des huguenots, d'échapper à la Saint-Barthélemy ? Ne lui donnait-elle pas, en outre, un paradoxal droit d'asile et une immunité dans le palais de ceux-là même qu'il combattait ? Car personne, bien sûr, ne croyait à la sincérité de l'abjuration qu'il avait prononcée, dans la chambre de Charles IX, au lendemain du massacre.

Un matin, voyant sa fille triste, Catherine lui demanda « si le roi de Navarre était un homme, et, si cela n'était, elle aurait le pouvoir de la démarier ».

Marguerite n'éprouvait aucune attirance pour son mari, mais le mariage lui assurait une relative liberté. Elle prit un air candide et répondit « qu'elle ne se connaissait pas en ce qu'on lui demandait ». La reine mère entreprit alors de lui expliquer « la définition de l'homme selon les attributs particuliers qui conviennent à la relation individuelle et spécifique du mari ».

Depuis longtemps, Marguerite n'avait plus rien à apprendre sur ce sujet. Elle continua néanmoins à jouer les ingénues et à déclarer qu'elle ignorait ce que sa mère voulait dire par « être homme ». Catherine de Médicis abandonna le dialogue, mécontente sans doute de n'être point parvenue à ses fins, mais ravie, au fond d'elle-même, de voir sa fille aussi rusée Florentine...

Marguerite ne parla jamais de la répugnance qu'avait dû lui inspirer l'accomplissement du devoir conjugal lors de sa nuit de noces ; mais rapportant dans ses *Mémoires* la question de Catherine de Médicis au sujet de la virilité du roi de Navarre et voulant montrer sa candeur, elle raconte une histoire choisie avec une malice évidente. « J'aurais pu répondre, écrit-elle, comme cette Romaine qui, aux reproches que lui faisait son mari de ne l'avoir averti qu'il avait l'haleine mauvaise, lui répondit qu'elle croyait que tous les hommes l'eussent semblable, ne s'étant jamais approchée d'aultre homme que de luy [12]. »

11. Un jour, Mme de Verneuil lui dira que « bien lui prenait d'être roi, que, sans cela, on ne le pourrait souffrir et qu'il puait comme une charogne ». D'autres, moins directs, se contentaient de murmurer que ce Béarnais « n'avait pas seulement une odeur d'hérésie »...

12. *Mémoires* de la reine de Navarre. On pourrait dire de ces *Mémoires,* comme disait

Histoire que durent savourer tous les amants qu'elle avait eus avant son mariage, mais qui montre bien qu'elle ne conservait pas un suave souvenir du moment qu'elle passa dans les bras de son mari !...

Après cette curieuse nuit de noces, les deux époux si mal assortis décidèrent d'un commun accord de vivre dans une liberté complète et, comme le dit Jacques Castelnau, « sous le régime de la tromperie mutuelle ». Elle eut des amants. Il eut des maîtresses. Et le Béarnais, dont la délicatesse n'était pas la qualité dominante, venait bien souvent conter par le menu, « comme à un camarade », ses exploits amoureux à Marguerite. Il ne lui épargnait même pas, nous dit-on, « les détails de cabinet de toilette »...

Dire que la jeune reine de Navarre éprouvait du plaisir à entendre les récits de son chenapan de mari serait excessif, mais elle n'en ressentait aucune jalousie. Elle avoue même, dans ses *Mémoires*, qu'une nuit elle le soigna « d'une fort grande faiblesse en laquelle il demeura évanoui l'espace d'une heure — qui lui venait, comme je crois, d'excès qu'il avait faits avec les femmes —, de quoi il resta si content de moi qu'il s'en louait à tout le monde »...

Henri de Navarre avait parfois ses beaux-frères, Charles IX et le duc d'Anjou (futur Henri III), pour compagnons de débauche. Leurs jeux étaient alors curieux, si l'on en croit cette lettre d'un courtisan citée par Pierre de l'Estoile dans son *Journal* : « Je sus comme ces trois beaux sires s'étaient fait servir en un banquet solennel qu'ils firent, par des putains toutes nues auxquelles, après le banquet et après en avoir abusé et pris le plaisir, ils brûlèrent avec des torches allumées le poil de leurs parties honteuses [13]. »

Le duc d'Anjou avait d'ailleurs d'étranges distractions.

« Un jour, nous dit du Vair, il fit donner assignation à toutes les putains les plus célèbres de Paris qu'il invita à Saint-Cloud, et les y fit mener dans des carrosses ; où étant, il les fit dépouiller toutes nues dans le bois, puis fit aussi dépouiller tout nus les Suisses et les y lâcha à la chasse. »

Parfois, il mêlait un peu de religion à ses badinages. C'est ainsi que, fréquentant les dames de B., il s'amusait, nous dit-on, « à mesurer leur nature avec les grains de son chapelet... [14] ».

Avec de tels compères, Henri de Navarre menait une vie dont le moins qu'on puisse en dire est qu'elle n'était point monotone.

au XVIIe siècle Mlle de Launay en parlant des siens, « qu'elle ne s'y est peinte qu'en buste »...

13. PIERRE DE L'ESTOILE, *Mémoires* et *Journal*.

14. *Anecdotes de Du Vair* publiées par L. LALANE à la suite des *Mémoires* de MARGUERITE DE NAVARRE.

De son côté, Marguerite faisait entrer dans son lit tous les messieurs qui lui semblaient attrayants. Et Dieu sait s'il en défilait à la cour...

Ainsi, ces deux époux qui se savaient incapables d'être heureux ensemble avaient du moins cette consolation d'y parvenir en même temps...

3

La reine Margot recueille la tête de son amant

> Les extravagances sont de l'essence du véritable amour.
>
> NINON DE LENCLOS

Au mois d'octobre 1573, Charles IX, qui était hanté par des hallucinations depuis la Saint-Barthélemy, tomba malade et dut se coucher avec une forte fièvre. On fit appeler Ambroise Paré. Bien que calviniste, celui-ci continuait, en effet, à soigner le roi [15]. Il diagnostiqua un « mal de poumon ». Mal qui évolua rapidement puisqu'en décembre, le médecin nota l'apparition de « flux de sang par la bouche... ». Au début de 1574, on commença à dire que Charles IX était perdu.

Alors, une faction se forma sous le nom de *Politiques* ou *Malcontents,* dirigée par le prince de Condé, les Montmorency et Henri de Navarre. Son but était de faire succéder au roi mourant François, duc d'Alençon, âgé de dix-neuf ans, à la place de son frère Henri, duc d'Anjou, alors roi de Pologne [16].

François, depuis quelque temps, avait noué des relations secrètes avec les protestants. Au point que, lorsque son frère était parti pour la Pologne en décembre 1573, accompagné jusqu'en Lorraine par la cour, il avait essayé, en compagnie de Navarre, de fausser compagnie à la suite royale pour rejoindre les troupes huguenotes à Sedan. Mais Catherine de Médicis veillait. Informée du projet, elle avait immédiatement fait placer les deux princes sous une surveillance constante. Aux étapes, ils ne pouvaient faire un pas sans être, comme par enchantement, entourés de gardes, la main sur la poignée de l'épée, qui les considéraient d'un air moqueur. Finalement, ils avaient dû renoncer à s'échapper.

Au retour de ce voyage, Charles IX, dont la maladie s'était aggravée, avait choisi de s'installer à Saint-Germain-en-Laye où, depuis lors, Navarre et Alençon étaient gardés à vue et traités comme des prisonniers.

15. Il avait dû son salut, lors de la Saint-Barthélemy, à une curieuse circonstance. Depuis quelque temps, il traitait un mal vénérien dont était affecté Charles IX. A quoi tiennent les choses...

16. Catherine de Médicis avait fait élire le duc d'Anjou (futur Henri III) roi de Pologne pour empêcher l'Autriche et la Russie de s'emparer de ce royaume. Cf. Livre II.

En février 1574, las de tourner en rond sous le regard froid de la reine mère, les deux princes eurent une idée. Ils résolurent de se faire enlever par les membres de la faction des *Politiques*. Grâce à des accointances avec l'extérieur, ils parvinrent à informer de leur décision les Montmorency qui préparèrent minutieusement un coup de force contre le château de Saint-Germain.

Mais, nous dit le duc de Bouillon, « parmi toutes ces choses, il y avait des amours mêlées qui font ordinairement à la cour la plupart des brouilleries et s'y passent peu ou point d'affaires que les femmes n'y aient part et le plus souvent sont causes d'infinis malheurs à ceux qui les aiment et qu'elles aiment » [17].

Parmi les amis du duc d'Alençon se trouvait le seigneur Boniface de La Mole, gentilhomme provençal qui présentait cette particularité de manger les plumes de son chapeau lorsqu'il était en colère... Il était néanmoins fort aimé des dames. « Monsieur le duc, son maître, nous dit Pierre de l'Estoile, lui portait une amitié et une faveur extraordinaires ; au contraire, il était haï et mal voulu du roy pour quelques particularités fondées plus sur l'amour que sur la guerre, étant ce gentilhomme meilleur champion de Vénus que de Mars ; au reste, grand superstitieux, grand messier et grand putier (comme disaient les huguenots). Comme à la vérité il ne se contentait d'une messe tous les jours, ainsi en oyait-il trois ou quatre ; et quelquefois cinq et six, même au milieu des armées, chose rare à ceux de sa profession : et lui a-t-on ouï dire que, s'il y eût failli un jour, il eût pensé être damné. Le reste du jour et de la nuit, il l'employait à l'amour, ayant cette persuasion que la messe ouïe dévotement expiait tous les péchés et paillardises qu'on eût su commettre ; de quoi le feu roy, bien averti, a dit souvent en riant que qui voulait tenir registres des débauches de La Mole, il ne fallait que compter ses messes [18]. »

Ce dévot lubrique était fait pour s'entendre avec Marguerite qui passait elle-même facilement de l'église à l'alcôve et allait se coucher près de ses amants, les cheveux encore imprégnés d'encens...

Un jour, il la rencontra, moulée dans une robe de brocart, le corsage ouvert, laissant voir cette gorge « pleine et charnue dont mouroient tous les courtisans » [19] et il en tomba immédiatement amoureux...

Si amoureux qu'il se défia de lui-même et se persuada qu'une intervention céleste pouvait seule lui faire obtenir les faveurs de Marguerite. Alors il eut l'idée curieuse — paradoxale, il faut l'avouer — de s'adresser pour cela à la Sainte Vierge...

Pendant des jours, il égrena avec rage des chapelets, sans autre résultat qu'un durillon au bout de l'index. Dégoûté, il décida de s'adresser au démon et demanda à Cosimo Ruggieri, magicien de Catherine de Médicis, d'envoûter Marguerite.

Cosimo modela une statuette de cire à la ressemblance de la princesse,

17. Duc de Bouillon, *Mémoires*.
18. Pierre de l'Estoile, *Journal*.
19. Brantôme, *Vie des dames galantes*.

lui plaça une couronne sur la tête et lui piqua l'emplacement du cœur avec un pépin de raisin en récitant une formule en hébreu...

Certain de la puissance de ce charme, La Mole, dès le lendemain, se présenta avec un air avantageux devant Marguerite. La volcanique reine de Navarre avait remarqué Boniface depuis longtemps. Séduite par ce bel homme, elle avait senti s'allumer en elle une espèce de feu « qui lui embrasait le bijou », et elle attendait avec impatience qu'il voulût bien lui faire un signe...

Ce jour-là, il se permit un regard un peu insistant. L'effet dépassa ses espérances. Marguerite bondit sur lui, le prit par la main et le traîna dans sa chambre où leurs amours furent si peu discrètes que, deux heures plus tard, toute la cour savait que la reine de Navarre avait un amant de plus.

Charles IX en fut avisé aussitôt. La nuit suivante, malgré son état, il se posta dans un escalier en compagnie de Henri de Guise, ex-amant de Marguerite, et attendit, l'épée à la main, avec l'intention de tuer La Mole ; mais personne ne parut. Informé sans doute des desseins du roi, le galant passa la nuit entière chez la reine de Navarre...

A la mi-février, les Montmorency étaient prêts à passer à l'action. Il fut alors convenu que le sieur Guitry-Bertichères, accompagné de deux cents cavaliers, attaquerait le château de Saint-Germain-en-Laye le jour du Mardi Gras et enlèverait le roi de Navarre et le duc d'Alençon.

La Mole devait naturellement participer à cette affaire et en éprouvait une grande vanité. Sur l'oreiller, il ne put s'empêcher de parler à Marguerite du complot qui se préparait et du rôle important qu'il allait y jouer avec un de ses amis nommé Coconas, amant de la duchesse de Nevers.

Marguerite fut effrayée. Étant fille de roi, elle savait que tout désordre portait préjudice à la couronne. Malgré son amour pour La Mole, elle alla prévenir Catherine de Médicis qui envoya des gardes chercher le duc d'Alençon. Celui-ci arriva en pleurant, se jeta aux pieds de sa mère et avoua tout.

Aussitôt, l'alarme fut donnée. Il en résulta un affolement général. Les cardinaux de Lorraine et de Guise sautèrent sur leurs chevaux et partirent dans la nuit. On rassembla les bagages à la hâte et la cour prit le chemin de Paris, traînant dans une litière Charles IX grelottant de fièvre qui gémissait et disait :

— Du moins, s'ils avaient attendu ma mort !...

En tête de cette suite de voitures dont les roues crissaient sur la route gelée, roulait le coche de Catherine de Médicis. A l'intérieur, près de la Florentine impassible, se trouvaient, transis et fort piteux, le roi de Navarre et Alençon, traités maintenant en conspirateurs...

Le lendemain, au Louvre, Alençon accusa La Mole et Coconas d'être à l'origine de la conspiration. De son côté, Henri de Navarre se prétendit offensé par les calomnies dont il était l'objet et se défendit avec habileté.

Les deux chefs du complot furent donc lavés de tout soupçon, et la colère du roi retomba sur La Mole et Coconas...

Les malheureux allaient payer pour tout le monde[20]...

Le 30 avril 1574, ils eurent la tête tranchée en place de Grève ; puis leurs corps furent coupés en quatre quartiers et accrochés aux portes de la ville afin de fournir un spectacle intéressant au menu peuple...

Lorsque la nuit fut tombée, la duchesse de Nevers et Marguerite, qui avait tout de même quelques remords, envoyèrent un de leurs amis, Jacques d'Oradour, racheter les têtes au bourreau. Ayant baisé leurs lèvres froides, elles les rangèrent avec soin dans un tiroir et, le lendemain, les firent embaumer.

Après quoi, nous dit un chroniqueur, « elles remplirent la bouche des défunts avec des pierreries qui venaient d'eux, et enveloppèrent ces têtes dans leurs plus riches jupes ; puis, les ayant fait couvrir de plomb et de caisses de bois, firent faire des outils exprès, creusèrent elles-mêmes avec iceux des fosses à Montmartre, parce qu'ils étaient leurs martyrs, et y mirent ces têtes ».

Les restes de La Mole et de Coconas devaient avoir un curieux destin... Voici en effet ce que nous dit Bassompierre dans ses *Mémoires* :

« En ces derniers temps, Madame de Montmartre, qui a réformé son abbaye et renfermé ses religieuses, a fait faire un grand clos ; comme on y faisait les murailles, et fouissant, on a trouvé ces deux caisses, et dedans, ces deux têtes avec ces joyaux ; on a pieusement cru que ce devaient être les têtes de quelques martyrs pour la foi, que le zèle des chrétiens avait autrefois enterrées en ce lieu, et mis ces bagues dans ces mêmes caisses ; et ainsi ils ont été relevés, la chapelle des martyrs bâtie et ces têtes enchâssées et révérées[21]... »

Comme quoi l'amour mène parfois au ciel...

Pendant quelques jours, Marguerite essaya consciencieusement d'être fidèle à la mémoire du cher disparu. Ses efforts étaient louables, car de nombreux jeunes gens tournaient déjà autour d'elle avec un air un peu trop poli pour être honnête. Et sans doute eût-elle rapidement oublié son deuil dans le lit de l'un d'eux si elle n'avait pris le soin de porter une petite tête de mort à son revers de corsage en guise de pense-bête[22].

Mais les meilleurs sentiments ne résistent pas longtemps aux poussées d'une nature généreuse. Marguerite se sentit, au bout d'une semaine, dans un état de grande surexcitation qui la gênait pour trouver ses

20. Le maréchal de Montmorency et le maréchal de Cossé furent simplement conduits à la Bastille.

21. BASSOMPIERRE, *Nouveaux Mémoires*.

22. Marguerite tenait des Valois des goûts assez morbides. Tallemant des Réaux nous dit « qu'elle portait un grand vertugadin qui avait des pochettes tout autour, en chacune desquelles elle mettait une boîte où était le cœur d'un de ses amants trépassés ; car elle était soigneuse, à mesure qu'ils mouraient, d'en faire embaumer le cœur... ».

mots et l'empêchait de s'asseoir. Il lui fallait un calmant. Elle le trouva en la personne d'un garçon de la cour, nommé Saint-Luc, qui était réputé pour son intarissable vigueur. En quelques séances, il apaisa le tourment de Margot. Alors, la jeune reine recommença à fréquenter les bals. Un soir, elle y rencontra le beau Charles de Balzac d'Entragues et devint sa maîtresse. Elle ignorait que ce gentilhomme était poussé vers elle par le duc de Guise, qui voulait ainsi la rapprocher de son parti...

La cour était alors à Lyon, où l'on fêtait l'arrivée de Henri III qui rentrait de Pologne[23]. Le roi aimait toujours sa sœur d'un amour un peu trouble ; en apprenant qu'elle partageait le lit d'Entragues, il éprouva une vive irritation et imagina de pousser Henri de Navarre à se montrer un peu plus soucieux de sa dignité de mari... Par la même occasion il pensait pouvoir lui révéler les jeux incestueux que Marguerite avait eus avec le duc d'Alençon et diviser ainsi les deux chefs du récent complot.

Le pauvre ne se doutait pas que Navarre était parfaitement au courant de la conduite de sa femme et qu'il en profitait pour se livrer sans remords à la débauche la plus effrénée.

Un jour, le roi prit le Béarnais dans sa voiture, l'emmena en promenade et, comme par hasard, le fit passer dans la rue où habitait Entragues. Devant la porte de celui-ci se trouvait le carrosse de Marguerite, aisément reconnaissable à sa couleur dorée et à ses coussins de velours jaune.

— Ta femme est là, avec son amant, dit le souverain.

Navarre sourit, un peu gêné.

Le soir, Marguerite, mise au courant, courut chez sa mère pour se plaindre de l'attitude de Henri III. Celui-ci reçut une verte semonce de Catherine de Médicis et fut contraint de faire des excuses à tout le monde après avoir déclaré qu'il avait dû se tromper sur la couleur du carrosse.

Si la machination n'avait pas atteint son but, elle avait du moins ouvert les yeux de Marguerite sur la duplicité de son frère. Pendant quelques jours, elle fut d'une sagesse exemplaire, évitant de regarder les messieurs pour n'être point tentée.

Mais la chasteté n'était pas un état dans lequel elle se trouvait à l'aise. Un beau soir, elle devint la maîtresse de Louis de Clermont d'Amboise, seigneur de Bussy. C'était un élégant jeune homme « escalabreux, brave et vaillant », qui passait son temps à se battre en duel et à entrer dans le lit des jolies femmes de la cour.

Il possédait d'ailleurs, nous dit Merki, « un livre d'heures dans lequel il avait retracé l'histoire de tous les maris infortunés de sa connaissance en ajoutant un hymne à la louange de chacun »[24].

Au contact de Marguerite, ce bouillant garçon se déchaîna, et ce ne fut entre eux que « concupiscence effrénée, conjonction cachée et

23. Charles IX était mort le 30 mai 1574 à l'âge de vingt-quatre ans.
24. Charles MERKI, *La reine Margot et la fin des Valois*.

consommation à l'écart ». Bientôt ils commirent des imprudences. Un soir, quelqu'un les aperçut, alors « qu'il la baisait toute en jupe sur la porte de sa chambre »[25].

Henri III ne tarda pas à être mis au courant, par l'inévitable M. du Guast, qui détestait Marguerite, des curieuses distractions que celle-ci s'offrait dans les couloirs du Louvre. Désireux de faire partager sa jalousie, il appela Henri de Navarre :

— Ta femme te trompe avec Bussy !

Le Béarnais s'étant contenté de hausser les épaules sans répondre, le roi courut trouver sa mère et lui dit que la conduite de Marguerite scandalisait tout Paris.

Une fois de plus, Catherine prit la défense de sa fille.

« Je ne sais qui sont les brouillons qui vous mettent telles opinions en la fantaisie, répliqua-t-elle sévèrement. Ma fille est malheureuse d'être venue en un tel siècle. De notre temps, nous parlions librement à tout le monde, et tous les honnêtes gens qui suivaient le roi, votre père, M. le Dauphin et M. d'Orléans, vos oncles, étaient d'ordinaire à la chambre à coucher de Mme Marguerite, votre tante, et de moi ; personne ne le trouvait étrange, comme aussi n'y avait-il pas de quoi. Bussy voit ma fille devant vous, devant son mari, devant tous les gens de son mari en sa chambre et devant tout le monde ; ce n'est pas à cachette ni à porte fermée. Bussy est personne de qualité et le premier auprès de votre frère. Qu'y a-t-il à penser ? En savez-vous autre chose ? Par une calomnie, à Lyon, vous me lui avez fait faire un affront très grand, duquel je crains bien qu'elle ne s'en ressente toute sa vie[26]... »

Fort étonné, le roi ne trouva à répliquer que :

— Madame, je n'en parle qu'après les autres.

— Qui sont ces autres, mon fils ? Ce sont gens qui veulent vous mettre mal avec tous les vôtres[27] !...

Henri III rentra chez lui bien décidé à supprimer ce Bussy qui connaissait avec sa sœur des délices dont il conservait la nostalgie...

Le surlendemain, à minuit, il le fit attaquer par douze cavaliers sur le quai du Louvre. L'amant de Marguerite parvint à glisser de son cheval et à courir dans l'obscurité jusqu'à l'embrasure d'une porte où il se cacha. Par un hasard extraordinaire, le battant était entrouvert. Il le poussa, entra dans la maison et y demeura jusqu'à l'aube. Le matin, il reparut à la cour et salua le roi avec un air ironique ; après quoi, il jugea prudent de « changer d'air ». Il quitta Paris le 22 mai 1575, accompagné de cent soixante-dix cavaliers, portant fièrement à son chapeau les couleurs de la reine Marguerite[28]...

25. *Le Divorce satyrique.*
26. MARGUERITE DE NAVARRE, *Mémoires.*
27. *Id.*
28. En juillet 1579, Bussy d'Amboise devint l'amant de la belle Françoise de Maridor, femme du comte de Montsoreau, grand veneur d'Anjou. Aussi fat que glorieux, il écrivit à son ami Coutenant pour lui dire « qu'il avait tendu des rets à la bête du grand veneur et qu'il la tenait dans ses filets ». Suivaient des détails précis sur certains raffinements dont la belle — une ancienne pensionnaire de l'Escadron Volant — s'était montrée

4

Les amours incestueuses de la reine Margot

L'inceste resserre les liens de la famille,
mais nuit au développement de la grande
fraternité humaine.

JEHAN DANFLOU

Tandis que Marguerite, atteinte d'une véritable boulimie amoureuse, faisait entrer successivement dans son lit tous les gardes du Louvre en attendant de se trouver un neuvième amant en titre, Henri de Navarre se consolait en batifolant avec une dame d'atours de la reine mère : la gracieuse baronne de Sauve[29].

Elle avait « le tétin ferme et blanc, emplissant bien la main du gentilhomme, la cuisse longue et la fesse alerte ». Le Béarnais passait avec elle de ces nuits qui comptent même dans la vie d'un roi ; et il se félicitait d'être tombé dans une belle-famille où, la fidélité n'étant pas reconnue pour une vertu, il pouvait, sans risque, tromper sa femme.

Cette facilité de mœurs l'étonnait tout de même un peu, l'éducation protestante que lui avait donnée l'austère Jeanne d'Albret ne l'ayant pas habitué à autant de liberté.

S'il avait su la vérité, sans doute eût-il été plus étonné encore.

En effet, s'il était l'amant de Mme de Sauve, c'est que sa belle-mère l'avait voulu.

Il s'agissait d'une obscure machination organisée par Catherine de Médicis dans un but politique.

experte. Coutenant, amusé, montra la lettre à Monsieur, qui la garda et la donna au roi. Henri III comprit qu'il tenait enfin le moyen de se venger de Bussy. Il convoqua Montsoreau, qui se trouvait pour lors à Paris, et lui fit lire la lettre. Le comte retourna chez lui à la Coutancière (car le drame de Montsoreau ne s'est pas déroulé à Montsoreau, contrairement à ce qu'a écrit Alexandre Dumas), et commença par rouer de coups l'infidèle. Puis, sous la menace de son pistolet, il l'obligea à fixer un rendez-vous à Bussy pour la nuit suivante. Quelques heures plus tard, l'ex-amant de Margot arrivait au château. Tout semblait dormir. Il frappa. Une femme vint lui ouvrir et le conduisit au premier étage, où se trouvait la chambre de Françoise. Au moment où il allait pénétrer chez sa maîtresse, il entendit un léger bruit. Se retournant, il se trouva en face de quinze hommes qui se précipitèrent sur lui, l'épée haute et le poignard à la main. Un combat terrible s'engagea. Après s'être battu vaillamment Bussy voulut s'échapper par la fenêtre. Déjà, il prenait son élan pour s'élancer dans le vide, lorsqu'un coup d'épée l'atteignit par-derrière. Il tomba en tournoyant sur les grilles du château, où son cadavre fut retrouvé le lendemain.

Par la suite, le comte et la comtesse de Montsoreau se réconcilièrent, vécurent heureux et eurent de beaux enfants.

Quant à M. du Guast, qui avait révélé les amours de Bussy et de Marguerite, il mourut assassiné, cinq mois plus tard, le 30 octobre 1575, par le baron de Vitteaux. Le bruit courut que la reine de Navarre n'était point étrangère à cet assassinat.

29. Elle était la petite-fille du surintendant des finances, Jacques de Semblançay, pendu sous François Ier, pour satisfaire la vengeance de Louise de Savoie. (Cf. Livre II.)

Lorsque le complot qui devait écarter Henri III du pouvoir et faire monter le duc d'Alençon sur le trône avait été découvert, Catherine s'était refusée à faire emprisonner les deux princes — un tel acte eût causé une immense émotion dans tout le royaume — mais elle tenait Navarre et Alençon prisonniers au Louvre. Il leur était interdit de sortir seuls, et des sbires notaient tous leurs propos.

Malgré cette surveillance constante, Catherine de Médicis vivait dans les transes. Elle craignait à chaque instant que les deux beaux-frères ne parvinssent à s'échapper, à rejoindre les protestants et à préparer un nouveau complot.

Aussi, connaissant le goût de son gendre pour les jolies femmes, avait-elle eu l'idée de le mettre, si j'ose dire, entre les mains de Mme de Sauve afin de le retenir à la cour.

La jeune baronne, qui était de tempérament galant, avait accepté le rôle que lui proposait la reine mère, et Navarre était devenu, sans le savoir, son propre prisonnier.

Restait Alençon. Quelle femme lui donner pour le fixer au Louvre ? Catherine en parla à Henri III. Celui-ci était encore plus machiavélique que sa mère : il imagina d'utiliser Mme de Sauve pour retenir les deux hommes et, du même coup, les désunir [30].

Mme de Sauve devint donc la maîtresse du duc d'Alençon. Habile comédienne, elle sut faire exactement ce que Catherine et Henri attendaient d'elle. Se donnant successivement aux deux beaux-frères avec toutes les marques d'un amour sincère, elle commettait ensuite de fausses maladresses qui révélaient à chacun son uniforme. Écoutons Dreux du Radier : « L'amour du roi de Navarre et du duc d'Alençon pour Mme de Sauve augmentant chaque jour, ils passèrent du chagrin réciproque qu'ils se donnoient à une jalousie déclarée, et qui ne leur permit plus d'envisager les raisons d'ambition, de politique et de devoir qui les avoient retenus. Un regard, une attention, un coup d'œil, la moindre faveur accordés par Mme de Sauve au roi de Navarre irritoient le duc d'Alençon contre lui. Il en étoit de même du roi de Navarre à l'égard de son beau-frère. » Cette jalousie amena un commencement de brouille entre les deux hommes, ainsi que le raconta un jour le Béarnais lui-même à Sully :

« Nos premières haines commencèrent dès lors que nous étions tous les deux prisonniers à la cour, et que, ne sachant à quoi nous divertir pour ce que nous ne sortions pas souvent, et n'avions autre exercice qu'à faire voler des cailles dans ma chambre, nous nous amusions à caresser les dames, en sorte qu'étant tous deux devenus amoureux d'une même beauté, qui étoit Mme de Sauve, elle me témoignoit de la bonne volonté, et le rabrouoit, et le méprisoit devant moi, ce qui le faisoit enrager [31]. »

Mme de Sauve avait-elle une secrète préférence pour Henri de

30. Cf. SULLY. « Ces mêmes maîtresses qui leur estoient suscitées et instruites par la reine mère, lesquelles, par divers rapports et jalousies qu'elles leur donnoient, les essayoient de les mettre en querelles. » *Mémoires*.

31. *Id.*

Navarre malgré son odeur de gousset ? [32] C'est plus que probable : il était joli garçon [33], spirituel, amusant, fougueux, alors que le duc d'Alençon était triste et bilieux... Aussi ne faisait-elle aucun effort pour accomplir sa mission auprès du Gascon qui eut bientôt pour elle une passion telle que Catherine de Médicis se frotta les mains. La reine Margot nous dit dans ses *Mémoires* : « Il ne me parlait presque plus. Il revenoit de chez elle fort tard, et pour l'empêcher de me voir elle luy commandoit de se trouver au lever de la royne, où elle étoit sujette d'aller, et après, tout le jour, il ne bougeoit plus d'avec elle. »

Il ne cachait d'ailleurs nullement cette liaison, même à sa femme, puisque Marguerite ajoute un peu plus loin : « Il me parlait de cette fantaisie aussi librement qu'à une sœur, connaissant bien que je n'en étais aucunement jalouse, ne désirant que son contentement... »

En somme, tout allait ainsi que le désiraient Henri III et sa mère : Navarre et Alençon étaient retenus au Louvre par une femme et ils commençaient à se haïr...

Le frère du roi avait-il renoncé à s'enfuir ? On commençait à le croire, et Mme de Sauve « en faisait la fierote ». En fait il trompait tout le monde et préparait secrètement son évasion. Le 15 décembre 1575, lorsque tout fut au point, il dit adieu à sa sœur, changea de manteau, releva son col (ce qui devait paraître curieux en plein mois de septembre), se glissa hors du Louvre sans être reconnu et s'en alla à pied jusqu'à la porte Saint-Honoré. Là, un carrosse l'attendait qui le conduisit à Montfort-l'Amaury. Dans la nuit, il était à Dreux, ville de son apanage, et recevait avec de grandes réjouissances les gentilshommes de son parti.

Il avait quitté le Louvre à six heures du soir, mais on ne s'aperçut de son départ que vers neuf heures. « Le roi et la reine, ma mère, raconte Marguerite dans ses *Mémoires*, me demandèrent pourquoi il n'avoit point soupé avec eux, et s'il étoit malade. Je leur dis que je ne l'avois point vu depuis l'après-dînée. Ils envoyèrent en sa chambre voir ce qu'il faisoit. On vint leur dire qu'il n'y étoit pas. Ils disent qu'on le cherche par toutes les chambres des dames du château, on cherche par la ville ; on ne le trouve point. A cette heure, l'alarme s'échauffe ; le roi se met en colère, se courrouce, menace, envoye quérir tous les princes et seigneurs de la cour de monter à cheval et le luy ramener vif ou mort. »

Mais on ne put rattraper Alençon, « de quoi le roi, toute la cour et la ville de Paris furent merveilleusement troublés ».

Au milieu de cet affolement, Mme de Sauve faisait piteuse mine. C'était la première fois que l'Escadron Volant essuyait une défaite.

Catherine de Médicis, toutefois, ne fit aucun reproche à la jeune femme, craignant, en la mécontentant, de l'inciter à favoriser la fuite

32. Le Béarnais disait lui-même : « Je sens le gousset » — c'est-à-dire qu'une mauvaise odeur s'exhalait de ses aisselles.

33. Bien que petit, puisqu'il mesurait 1,64 m.

de Navarre. Puisqu'on avait la chance de tenir encore celui-là, du moins fallait-il le garder. Et par tous les moyens...

La reine mère fit appeler des courtisanes un peu sur le retour et les chargea d'enseigner à Mme de Sauve des caresses peu connues du vulgaire. La jeune femme fut une élève appliquée.

Au bout de quelques jours, elle était en mesure de montrer son nouveau savoir au Béarnais qui s'en trouva tellement émerveillé que Mme de Sauve, un peu revigorée, put faire un rapport réconfortant à la reine mère.

Mais Navarre était rusé. Tout en prenant du plaisir avec son experte maîtresse, il préparait lui aussi son évasion ; et le 3 février 1576, après avoir endormi la méfiance de Catherine et de Henri III, il obtint la permission d'aller chasser en forêt de Senlis.

On ne devait pas le revoir à Paris avant vingt ans.

Le soir, Henri III, furieux, apprenait que son beau-frère avait trouvé des chevaux et des amis, à Senlis, et qu'il était parti à bride abattue se réfugier à Vendôme...

Cette fois, Mme de Sauve crut mourir de honte. Elle resta plusieurs jours enfermée dans ses appartements, redoutant la colère de Catherine de Médicis. Mais la Florentine ne lui fit aucun reproche. Elle se contenta de la considérer désormais avec une moue méprisante...

Pour se consoler, Mme de Sauve devint la maîtresse du duc de Guise.

Dès qu'il eut franchi la Loire, Henri de Navarre se sentit en sécurité et poussa un grand soupir :

— Loué soit Dieu qui m'a délivré ! s'écria-t-il.

Puis s'empressa d'abjurer la religion catholique qu'il avait prudemment embrassée au moment de la Saint-Barthélemy.

Cet acte accompli, il dit, sur un ton mi-plaisant, mi-sérieux « qu'il n'avait regret à Paris que de deux choses qu'il y avait laissées : qui étaient la messe et sa femme. Toutefois, quant à la première, qu'il essaierait de s'en passer ; mais de l'autre qu'il ne pouvait, et qu'il la voulait ravoir. »

C'était bien la première fois qu'il se préoccupait de Marguerite...

Il lui écrivit pour s'excuser d'être parti du Louvre sans lui dire au revoir et chargea le seigneur de Duras d'aller la chercher.

Henri III, qui ne décolérait pas depuis la fuite de Navarre, refusa de laisser partir sa sœur, disant qu'elle était le plus bel ornement de la cour et qu'il ne pouvait s'en séparer.

En réalité, il la gardait prisonnière. La pauvre ne pouvait sortir de sa chambre, des gardes surveillaient sa porte nuit et jour et son courrier était lu.

Pourquoi ce traitement ? Officiellement parce que Marguerite était accusée d'avoir organisé l'évasion de son mari. En fait, parce que Henri III soupçonnait Margot de conspirer avec Navarre en faveur de son frère François, duc d'Alençon, et qu'il était, une fois de plus, jaloux...

Préférait-il Margot à ses mignons ? Personne n'aurait pu le dire. Même pas lui. Mais il conservait un souvenir exaltant des minutes où il avait été son amant et ne pouvait supporter qu'un autre la possédât...

Pendant des semaines, des mois, il cloîtra cette jeune femme de vingt-cinq ans, l'empêchant de rencontrer des hommes et la forçant à une douloureuse chasteté qui lui donna bientôt un air un peu égaré.

Elle essaya bien de tromper sa fringale en s'occupant de poésie, de littérature ancienne et de musique ; mais ni Ronsard, ni Ovide, ni Clément Janequin ne purent lui faire oublier les besoins de sa nature. Au bout de trois mois de ce régime, elle était pareille à une tigresse privée de mâle ; le désir qui embrasait sa chair lui faisait parfois cambrer les reins, ouvrir les lèvres et pousser des cris rauques.

« Sans doute, nous dit un contemporain, aurait-on pu faire cuire un œuf sur son hérisson tant celui-ci était chaud et ardent. »

Mais cette curieuse idée ne vint à personne. D'ailleurs elle n'eût apporté aucun apaisement à la pauvre reine qui tournoyait dans sa chambre en proie à de véritables crises d'hystérie.

Un jour, n'y tenant plus, Margot alla se jeter aux pieds de Henri III et le supplia de l'autoriser à rejoindre son mari.

Le souverain la considéra avec un éclair mauvais dans les yeux.

— Depuis que le roi de Navarre s'est fait huguenot, dit-il, je n'ai pas trouvé bon que vous y alliez. Ce que nous en faisons, la reine, ma mère, et moi, c'est pour votre bien. Je veux faire la guerre aux huguenots et exterminer cette misérable religion qui nous a fait tant de mal... Qui sait si, pour me faire une indignité irréparable, ils ne voudraient pas se venger sur votre vie du mal que je leur ferai ? Non, vous n'irez point.

Malgré la surveillance étroite dont elle était l'objet, Marguerite réussit à faire parvenir un billet au duc d'Alençon pour l'informer du triste état dans lequel on la tenait au Louvre. Celui-ci, fort ému, envoya une lettre de protestation à Catherine de Médicis.

La reine mère bondit sur l'occasion. Depuis longtemps elle cherchait le moyen de « neutraliser » Alençon ; elle pensa qu'en échange de la liberté de Marguerite ce fils rebelle quitterait les protestants et abandonnerait la lutte contre la couronne.

Elle proposa à Henri III de négocier avec le duc par l'entremise de Marguerite.

— Vous savez combien François aime votre sœur, dit-elle. Tout ce qu'elle demandera, elle l'obtiendra.

C'était précisément ce qu'il ne fallait pas dire.

— Marguerite ne sortira pas d'ici, déclara sèchement le roi.

Catherine se rendit seule auprès d'Alençon qui refusa catégoriquement d'entamer des pourparlers tant que sa sœur serait prisonnière :

— Je ne peux supporter qu'elle souffre quand je suis libre ! s'écria-t-il.

Catherine revint au Louvre dare-dare.

— Je n'aboutirai à rien sans Marguerite, dit-elle. Il faut qu'elle vienne ; et c'est urgent, car François dispose d'une armée de six mille Allemands qui vient de ravager la Champagne, et peut demain vous attaquer...

Henri III, épouvanté, accepta cette fois, et Catherine partit avec sa fille retrouver Alençon à Châtenay, près de Sens.

A ce moment, la pauvre Margot était vraiment à deux doigts de sombrer dans la folie : elle mordait ses draps, avait des rêves indécents et prononçait pendant son sommeil des mots fort grivois.

Le voyage lui fut pénible, car il y avait de beaux officiers fort désirables qui escortaient le carrosse royal, et qui lui eussent volontiers calmé les nerfs. Elle eut la force de ne point les attirer dans sa litière, sachant que son supplice allait prendre fin.

En effet, le lendemain soir, après les premiers pourparlers, lorsque tout le monde fut couché, elle sortit de sa chambre sans bruit et alla rejoindre le duc qui lui montra, avec une ardeur qu'il est permis de trouver déplacée, des sentiments plus que fraternels...

Après cette nuit, qui apporta un grand soulagement à Marguerite, les négociations reprirent et Alençon, sûr de sa force, posa ses conditions : il voulait, d'accord avec Navarre, livrer nos places de Lorraine aux Allemands, réhabiliter la mémoire de Coligny, de La Mole et de Coconas, et accorder la liberté du culte aux protestants.

Catherine, effrayée par les troupes qui entouraient son fils, accepta tout, sauf la remise des places à l'Allemagne.

— Je ne donnerai rien aux Allemands, dit-elle. Mais ce que je peux faire, c'est vous donner, à vous, l'Anjou, le Berry, la Touraine avec d'énormes revenus, si vous cessez de lutter contre le roi.

Le duc d'Alençon (qui devint dès lors duc d'Anjou, nom sous lequel je le désignerai désormais) accepta et un arrangement, très onéreux pour la couronne, fut signé.

Quelques jours plus tard, Henri III, dont l'hypocrisie était à la mesure de ses vices, recevait son frère avec honneur et se réconciliait publiquement avec lui.

Marguerite était revenue à Paris avec François. Elle se réinstalla au Louvre où, si l'on continua de lui interdire tout voyage à Nérac, on ne la considéra plus comme une prisonnière. Elle en profita pour avoir, avec quelques beaux messieurs, des aventures rapides et sans lendemain qui lui permirent de se bien porter.

Au Louvre, Marguerite espionnait pour le compte de son frère François, envers qui elle avait contracté une grosse dette de reconnais-sancc.

Elle allait bientôt l'aider de façon plus active encore.

Au printemps de 1577, Mondoucet, agent du roi en Flandre, se mit au service du duc d'Anjou qui, malgré la paix de Sens, n'avait pas renoncé à ses ambitions, et lui apprit que les Flamands souffraient de la domination espagnole.

— Il serait facile de conquérir la Flandre, dit-il. Il suffirait d'envoyer là-bas quelqu'un d'habile pour préparer les esprits en votre faveur.

Quelqu'un d'habile ? Le duc d'Anjou pensa tout de suite à Marguerite. Mais sous quel prétexte l'envoyer en Flandre ? Ce fut Mondoucet qui trouva :

— Monsieur, si la reine de Navarre pouvait feindre d'avoir quelque mal, à quoi les eaux de Spa, où va Mme la princesse de La Roche-sur-Yon, pussent servir, cela viendrait bien à propos pour votre entreprise de Flandre, où elle pourrait frapper un grand coup.

Monsieur trouva l'idée excellente et se tourna vers Marguerite :

— Ô reine, ne cherchez plus, il faut que vous alliez aux eaux de Spa, où va Mme de La Roche-sur-Yon. Je vous ai vu autrefois un érysipèle au bras ; il faut que vous disiez que lors les médecins vous l'avaient ordonné, mais que la saison n'y était pas si propice ; qu'à cette heure c'est leur saison, que vous suppliiez le roi de vous permettre d'y aller [34].

Le lendemain, Marguerite alla trouver sa mère et lui dit qu'elle était bien malheureuse de demeurer à la cour tandis que le roi faisait la guerre à son mari, car tous deux pouvaient la soupçonner de les trahir, et qu'en conséquence elle désirait s'éloigner de Paris. Elle parla de son érysipèle, des médecins, de Spa et de la saison propice...

— Demandez au roi de me laisser partir, Madame. Ainsi, je ferai connaître à mon mari que, ne pouvant être avec lui, du moins je ne veux point être au lieu où on lui fait la guerre.

Ces raisons semblèrent plausibles à Catherine et à Henri III. Ils autorisèrent Marguerite à partir pour Spa... Aussitôt, elle s'activa sur ses malles, prépara ses robes, ses bijoux, ses fards, heureuse de quitter la cour, heureuse de servir son frère bien-aimé ; et, disons-le, heureuse aussi de rencontrer là-bas le beau don Juan d'Autriche qui avait depuis longtemps, elle le savait, une forte envie de la trousser...

Toutefois Marguerite ne voulut pas partir avant le 15 mai, sachant qu'à cette date Catherine de Médicis devait donner dans les jardins du château de Chenonceaux un banquet où toutes les licences seraient admises. Elle ne fut pas déçue, car on s'y tint très mal. « En ce beau banquet, nous dit Pierre de l'Estoile, les dames les plus honnêtes et les plus belles de la cour, étant à moitié nues et ayant leurs cheveux épars comme épousées, furent employées à faire le service. »

Mme de Sauve était, paraît-il, décolletée jusqu'à la ceinture. Elle ne devait pas être la seule à exposer aussi généreusement ses appas, car l'Estoile nous dit qu'en ce printemps de 1577 « les dames et les demoiselles semblaient avoir appris la manière des soldats de ce temps, qui font parade de montrer leurs poitrinals dorés et reluisants quand

34. Tout ce dialogue est rapporté par Marguerite de Navarre elle-même, dans ses *Mémoires*.

ils vont faire leur montre, car tout de même elles faisaient montre de leurs seins et poitrines ouvertes et autres parties pectorales, qui ont un perpétuel mouvement, que ces bonnes dames faisaient aller par compas ou mesure comme une horloge, ou, pour mieux dire, comme les soufflets des maréchaux, lesquels allument le feu pour servir à leur forge ».

Ce qui devait constituer un spectacle assez plaisant.

Le départ pour les Flandres eut lieu le 28 mai 1577. Marguerite, qui était accompagnée d'une suite nombreuse, quitta Paris par la porte Saint-Denis, dans une litière « faite à piliers, doublée de velours incarnadin d'Espagne, en broderie d'or et de soie, ayant aux vitres quarante devises toutes différentes, avec les mots en espagnol ou en italien sur le soleil et ses effets ».

Derrière, venaient dix ravissantes jeunes filles à cheval et huit carrosses occupés par les suivantes de la reine. Dans les rues que devait suivre le cortège s'étaient massés de braves gens qui se mirent à pousser de grandes acclamations en voyant Marguerite dont ils connaissaient le tempérament ardent.

— C'est la plus grande putain du royaume, se disaient-ils de l'un à l'autre.

Et ils riaient.

La reine Margot avait une certaine candeur. Cette allégresse qu'elle voyait dans les yeux la réjouit, et elle quitta la capitale en pensant avec émotion que les Parisiens l'aimaient bien...

Au début du voyage, Marguerite fut ravie d'adresser des petits saluts aux paysans et aux bourgeois qui s'inclinaient sur son passage ; puis ce jeu la fatigua et elle fut reprise par les tourments du printemps.

Dès le lendemain, son regard s'attarda sur les officiers et les cavaliers qui protégeaient le convoi. Comme ils étaient tentants ! Elle en rêva voluptueusement, mais, pour la première fois de sa vie, sut être sage. Craignit-elle un scandale au moment où elle allait accomplir une mission politique ? C'est possible, car elle fit venir un homme tout spécialement de Paris pour avoir ce qu'elle désirait.

Cet homme empressé et serviable était le duc de Guise. Il la rejoignit au Catelet, dans le Cambrésis, la retrouva dans sa chambre et la quitta discrètement au petit matin, sa tâche terminée...

Ainsi, au moment où elle allait dans les Flandres pour servir les intérêts de son frère et, par là même, aider les protestants, elle dérangeait le chef de la Ligue pour passer une nuit d'amour avec lui.

A Cambrai, Marguerite n'eut pas besoin de faire venir un extra de Paris : elle trouva sur place ce qu'il lui fallait en la personne de M. d'Inchy, le gouverneur, dont elle fit la connaissance au cours d'un bal organisé par l'évêque. Ce saint homme, je m'empresse de le dire, n'assista pas à la fête galante qui suivit la sauterie. Il se retira après le souper, effrayé sans doute par la tournure que semblaient vouloir prendre les choses...

Lorsque l'orgie à laquelle participaient benoîtement toutes les grandes dames de la ville battit son plein, la reine de Navarre s'éclipsa à son tour dans ses appartements avec M. d'Inchy qui se montra si valeureux amant qu'elle lui demanda s'il voulait l'accompagner dans son voyage. Le gouverneur accepta, et le plaisir de visiter un pays inconnu se doubla pour la reine Margot des délices d'une lune de miel...

Elle n'oubliait pas pour autant sa mission. D'ailleurs, cette aventure galante faisait partie d'un plan. Marguerite, dans ses *Mémoires*, laisse entendre, en effet, qu'en se faisant accompagner par le gouverneur de Cambrai elle pensait gagner celui-ci à la cause du duc d'Anjou : « La souvenance de mon frère ne me partant jamais de l'esprit pour n'affectionner rien tant que lui, je me ressouvins lors des instructions qu'il m'avait données, et voyant la belle occasion qui m'était offerte pour lui faire un bon service en son entreprise de Flandre, cette ville de Cambrai et cette citadelle en étant comme la clef, je ne la laissai perdre et employai tout ce que Dieu m'avait donné d'esprit à rendre M. d'Inchy affectionné à la France et particulièrement à mon frère. Dieu permit qu'il me réussît si bien que, se plaisant à mes discours, il me demanda de m'accompagner tant que je serais en Flandre... »

Dans toutes les villes où elle s'arrêtait — et où on lui faisait fête — elle savait fort habilement parler de François, vantant ses mérites et promettant même des charges et des titres à ceux qui voudraient aider ce frère chéri à conquérir les Pays-Bas.

A Mons, elle tint le discours suivant à la comtesse de Lalain qui se plaignait de l'occupation espagnole :

— Mon frère M. d'Anjou est nourri aux armes, et estimé un des meilleurs capitaines de ce temps. Vous ne sauriez appeler un prince de qui le secours vous soit plus utile, pour vous être si voisin, et avoir si grand royaume que celui de France à sa dévotion, duquel il peut tirer hommes et moyens et toutes commodités nécessaires à cette guerre. Et s'il recevait ce bon office de M. le comte, votre mari, vous vous pouvez assurer qu'il aurait telle part à sa fortune qu'il voudrait.

Elle ajouta même :

— Que si mon frère s'établissait ici par votre moyen, vous pourriez croire que vous m'y reverriez souvent, étant notre amitié telle, qu'il n'y en eût jamais, de frère à sœur, si parfaite[35].

Ce qui était vrai... On avait rarement vu un amour fraternel aussi exacerbé.

A Namur, don Juan d'Autriche, frère bâtard de Philippe II, et gouverneur des Pays-Bas, accueillit Marguerite avec un éclat particulier. Six mois auparavant, passant par Paris incognito, il avait réussi, grâce à l'ambassadeur d'Espagne, à se glisser à la cour où se donnait un bal, et à voir, sans être reconnu, cette reine Marguerite dont toute

35. MARGUERITE DE NAVARRE, *op. cit.*

l'Europe parlait... Naturellement, il était tombé amoureux d'elle, bien que l'éclair de son regard l'eût un peu effrayé. Le soir, pensif, il s'était confié à des amis :

— Sa beauté est plus divine qu'humaine, mais elle était plus faite pour damner les hommes que pour les sauver [36]...

Marguerite était bien renseignée et comptait utiliser son dangereux charme pour s'assurer la neutralité bienveillante de don Juan au moment où le duc d'Anjou tenterait un coup de force dans le pays.

A Namur, elle mit une robe de brocart, « qui la moulait de façon fort impudique et laissait voir jusqu'au bout rose de ses tétons ». Mais le fils naturel de Charles Quint se méfia ; il fit organiser des fêtes, jouer des violons, dire des grand-messes en musique, sans se départir d'une réserve qui étonna beaucoup Marguerite. Elle s'attendait à devoir dire « oui », et on ne lui demandait rien. Fort déçue, elle reprit la route de Spa, continuant dans chaque ville traversée à faire des discours contre les Espagnols.

— Révoltez-vous, disait-elle aux notables, et appelez le duc d'Anjou !

Elle réussit parfaitement. « Jamais diplomate, au milieu des fêtes et des honneurs, ne sut plus habilement venir à bout de ses projets », nous dit B. Zeller [37]. Aussi, une agitation extrême commença-t-elle bientôt à se manifester dans tout le pays. A Liège, elle reçut un accueil chaleureux de la part des seigneurs flamands et allemands qui organisèrent des fêtes somptueuses en son honneur. Finalement, elle n'eut pas le temps d'aller jusqu'à Spa, distante de sept lieues, et dut se faire apporter les eaux dans des tonneaux...

Tout allait donc pour le mieux, quand elle apprit par une lettre de son frère bien-aimé que le roi était au courant de ses entretiens avec les Flamands. Après être entré dans une formidable colère, il avait averti les Espagnols, dans l'espoir que Marguerite serait arrêtée comme conspiratrice...

Quand il s'agissait de sa sœur, Henri III se laissait décidément aller à la plus démente des jalousies, car c'était bien la première fois qu'un souverain français désirait voir une fille de France prisonnière d'un roi étranger...

Affolée, la reine de Navarre prévint ses dames d'honneur, leur dit de laisser là robes, bagages, cadeaux, parures, bijoux, et de se préparer à partir d'un instant à l'autre ; puis elle courut voir quelques amis favorables au duc d'Anjou et obtint des chevaux. Deux heures plus tard, Marguerite et toute sa suite galopaient à bride abattue en direction de la France.

Le soir, les fugitives atteignaient Huy, à sept lieues de Namur, fourbues et couvertes de poussière. A peine y étaient-elles logées que le tocsin sonna. Elles coururent aux fenêtres et virent les habitants

36. L'ambassadeur de Pologne, Albert Laski, avait dit, en voyant Marguerite, qu'après une telle beauté « il ne voulait plus rien voir ! »...

37. B. Zeller, *Le Duc d'Alençon et les Pays-Bas,* 1887.

tendre des chaînes en travers des rues et braquer un canon en direction de leur maison. Terrifiées, elles crurent que les Flamands allaient les tuer et ne fermèrent pas l'œil de la nuit. « Le matin, écrit Marguerite dans ses *Mémoires*, ils nous laissèrent sortir, ayant bordé toute la rue de gens armés. Nous allâmes de là coucher à Dinan, où par malheur ils avaient élu, ce jour même, les bourgmestres, qui sont comme consuls en Gascogne et eschevins en France. Tout y était donc en débauche, tout le monde ivre, point de magistrats connus, bref un vrai chaos de confusion... Soudain, en nous voyant, ils s'alarment. Ils quittent les verres pour courir aux armes, et tout en tumulte, au lieu de nous ouvrir, ils ferment les barrières. »

Toutes les dames tremblaient à la vue de cette troupe d'ivrognes qui s'approchaient en hurlant. Alors, Marguerite s'avança, seule, et demanda le silence sur un tel ton que le tapage s'arrêta aussitôt :

— Je suis la sœur du roi de France, dit-elle.

La foule titubante s'immobilisa, stupéfaite.

Les bourgmestres vinrent. Ils étaient plus saouls encore que les autres. Bafouillant, bredouillant, ils firent mille révérences, s'excusèrent du mauvais accueil des habitants et conduisirent Marguerite et ses suivantes vers une maison où elles passèrent la nuit.

Après quoi, brisés par l'émotion, ils retournèrent chez eux en chantant des refrains obscènes...

Après cinq jours de voyage aussi mouvementé, les fugitives, harassées, arrivèrent enfin à La Fère, ville qui appartenait au duc d'Anjou. François s'y trouvait, attendant sa sœur avec impatience. Le soir même, plus amoureux que jamais, ils reprenaient leurs jeux défendus...

Craignant l'accueil du roi, ils s'attardèrent en ce lieu, vivant comme des amants normaux, « couchant en même lit, tendrement accolés, au vu des dames de chambre » et s'embrassant en public sans aucune honte. François vécut là les plus belles heures de son existence. « A toute heure, écrit Marguerite, il ne pouvait s'empêcher de me dire : "Ô ma reine, qu'il fait bon avec vous. Mon Dieu, cette compagnie est un paradis comblé de toutes sortes de délices, et celle d'où je suis parti, un enfer rempli de toutes sortes de furies et de tourments." »

Et elle ajoute :

« Nous passâmes près de deux mois, qui ne nous furent que deux petits jours, en cet heureux état. »

Durant ces deux mois, de nombreux seigneurs des Flandres vinrent visiter François à La Fère et prendre avec lui des mesures pour l'expédition qu'il préparait contre don Juan d'Autriche. A chacun, le duc remettait, en guise de souvenir, une médaille d'or portant son profil et celui de sa sœur...

Mais les meilleures choses ont une fin. Marguerite dut rejoindre la cour. Elle y fut admirablement reçue, et Henri III, avec son cynisme habituel, la plaignit beaucoup de ce qu'elle avait souffert en rentrant des Flandres...

Le lendemain, le duc d'Anjou arrivait à son tour. Le roi lui fit un fort bon accueil, et l'on put croire un moment que la paix allait enfin régner dans la famille royale — alors qu'on était à la veille d'un nouveau drame.

5

La Guerre des Amoureux

> J'ai vu l'Europe incendiée pour le gant d'une duchesse trop tard ramassé.
>
> MIRABEAU

Un soir, Henri III, allongé sur son lit, devisait avec quelques familiers. Un mignon entra, ferma la porte, tira soigneusement la grosse tenture qui étouffait les bruits et s'approcha du roi.

— Sire, méfiez-vous, dit-il. Votre frère continue de conspirer. Il est en relation, grâce à la reine Marguerite, avec les seigneurs de Flandre et les seigneurs huguenots, et se prépare à engager des troupes allemandes. Pendant ce temps, vous lui faites bonne chère. Ce soir même, vous lui avez accordé la permission d'aller chasser demain à Saint-Germain... N'est-ce pas une imprudence ? Que va-t-il faire, là-bas ? Courre le cerf ou rencontrer les hommes qui voudraient le voir sur le trône ?

Tous les mignons, qui haïssaient François, firent chorus.

— Ce brusque désir d'aller chasser est bien suspect.

— Or, ajouta le nouveau venu, je viens d'apprendre qu'il a reçu ce soir une lettre mystérieuse.

Henri III, livide, se leva, enfila rapidement sa robe de nuit et se précipita chez sa mère. « Il avait l'air si ému, écrit Marguerite, qu'on eût dit qu'il y avait alarme publique ou que l'ennemi fût à la porte[38]. »

— Comment, Madame ? s'écria-t-il, que pensez-vous de m'avoir demandé de laisser aller mon frère ? Ne voyez-vous pas, s'il s'en va, le danger où vous mettez mon État ? Sans doute sous cette chasse y a-t-il quelque dangereuse entreprise. Je m'en vais me saisir de lui et de tous ses gens, et ferai chercher dans ses coffres. Je m'assure que nous découvrirons de grandes choses[39].

Puis il appela ses gardes et leur dit :

— Suivez-moi.

La petite troupe partit en courant dans les couloirs du Louvre, en direction de la chambre du duc d'Anjou.

Affolée à l'idée que le roi, dans sa colère, allait peut-être faire tuer François, la reine mère, en chemise de nuit, suivit le mouvement. Derrière elle, galopaient, à tout hasard, des porteurs de flambeaux et

38. MARGUERITE DE NAVARRE, *op. cit.*
39. *Id.*

quelques dames de la suite, les bras encombrés des vêtements qui eussent été nécessaires à Catherine de Médicis pour se montrer décemment en public…

Cette galopade burlesque dura quelques minutes. Devant la chambre de François, tout le monde s'arrêta, essoufflé.

— Ouvrez, cria Henri III en frappant la porte de son poing.

Le duc d'Anjou, qui dormait paisiblement, vint tirer le verrou et passa la tête. Aussitôt la horde le repoussa jusqu'au lit. Là, maintenu par des gardes, il dut subir les injures du roi, pendant que des archers fouillaient les coffres, vidaient les tiroirs, éventraient les fauteuils, transformant la pièce en un véritable magasin de bric-à-brac.

Au milieu de ce désordre, la reine mère pleurait, enveloppée dans un vieux manteau.

Quand il se fut repu d'injurier son frère, le roi, qui était impatient de connaître le contenu de la mystérieuse lettre signalée par le mignon, participa lui-même aux recherches. Après avoir retourné les poches des vêtements, vidé les vases, décroché les tableaux, il souleva les draps du lit et aperçut un rectangle de papier ; avant qu'il n'ait eu le temps de le prendre, François s'en saisit. Furieux, Henri III se précipita sur lui, et les deux frères se battirent pendant quelques instants sur le lit.

Catherine de Médicis intervint :

— Sire, vous êtes le roi de France, et voilà l'état dans lequel vous vous mettez.

Henri III lâcha le duc d'Anjou. Retrouvant un peu de son sang-froid, il dit :

— Je vous ordonne de me laisser voir cette lettre.

François se mit à genoux, assurant qu'il ne s'agissait pas d'un papier intéressant la politique.

Mais les gardes s'approchèrent et lui tordirent le bras jusqu'à ce qu'il eût lâché prise.

Le roi prit alors vivement le papier chiffonné, lut les quelques phrases qui s'y trouvaient écrites et le jeta par terre d'un geste nerveux.

C'était une lettre extrêmement tendre de Mme de Sauve, avec qui François venait de renouer.

Henri III ne s'attendait pas du tout à cela. Il resta, nous dit Marguerite dans ses *Mémoires*, « aussi confus que Caton quand, ayant contraint César dans le Sénat de montrer le papier qui lui était apporté, disant que c'était chose qui importait au bien de la république, il lui fit voir que c'était une lettre d'amour de la sœur du même Caton, adressée à César ».

Vexé de se trouver dans une situation ridicule, le roi ordonna à M. de Losse de garder le duc d'Anjou et de prendre soin qu'il ne parlât à personne. Puis il partit se recoucher, pendant que le Louvre se remettait doucement de ce tumulte causé par une lettre d'amour…

Quand il fut seul avec ses gardes, François demanda si sa sœur

Marguerite, pour laquelle il conservait une tendre passion malgré Mme de Sauve, avait été, elle aussi, malmenée et mise sous surveillance.

— Non, répondit M. de Losse.

Le duc d'Anjou soupira.

— Cela soulage beaucoup ma peine de savoir ma sœur libre, dit-il, mais, encore qu'elle soit en cet état, je m'assure qu'elle m'aime tant qu'elle aimera mieux être prisonnière avec moi que de vivre libre sans moi.

Et il supplia son gardien d'aller demander à la reine mère d'intervenir auprès du roi pour que sa sœur bien-aimée fût autorisée à partager sa captivité.

A l'aube, M. de Losse, avec l'accord de Catherine de Médicis, envoya chercher Marguerite. Celle-ci ignorait ce qui s'était passé pendant la nuit. Elle accourut « le visage inondé de larmes » et se jeta dans les bras de son frère en s'écriant « que sa vie et sa fortune étaient attachées à la sienne ; qu'il n'était en la puissance que de Dieu seul d'empêcher qu'elle l'assistât en quelque condition qu'il pût être ; que si on l'emmenait de là et qu'on ne lui permît d'être avec François elle se tuerait en sa présence ».

Comme le dit Dreux du Radier : « Voilà une amitié fraternelle bien violente. »

Le surlendemain, le roi, sur les conseils de sa mère, rendit une demi-liberté au duc d'Anjou qui en profita pour préparer aussitôt son évasion avec la complicité de Marguerite... Et quelques semaines plus tard, par une nuit sans lune, François quittait le Louvre au moyen d'une corde, courait jusqu'à une abbaye située contre les murs de la ville, gagnait la campagne, sautait sur un cheval et se retirait à Angers.

Après le départ de son frère, Marguerite commença à s'ennuyer, et, comme « elle s'était fait donner le picotin » par tous les hommes de la cour, elle alla demander à Henri III de l'autoriser à rejoindre son époux à Nérac.

Le roi, qui ne décolérait pas depuis la fuite du duc d'Anjou, allait refuser une fois de plus, quand Catherine de Médicis intervint :

— Ma fille, vous irez en Guyenne et je vous accompagnerai...

Ce n'était pas par pure bonté d'âme que Catherine de Médicis acceptait d'aller voir son gendre ; mais pour des raisons politiques.

Depuis quelques mois, une agitation huguenote assez inquiétante était signalée en Languedoc, et pour parer à une nouvelle menace de guerre civile, la Florentine jugeait prudent de se rendre sur place.

Le départ eut lieu en grande pompe le 2 août 1578. Jusqu'au dernier instant, le roi, toujours aussi jaloux de son frère, « fit tout ce qu'il put pour se mettre bien dans l'esprit de Marguerite et y détruire le duc d'Anjou. Il ne put y réussir »[40].

La désirait-il encore ? C'est probable. Et il la voyait partir avec amertume, sachant qu'il eût suffi d'un peu moins de maladresse pour retrouver avec Margot les plaisirs qu'il avait connus à quinze ans.

40. Dreux du Radier, *Mémoires historiques des reines de France,* 1775.

Souvenir exaltant, brûlant, magnifique, que les mignons ne parviendraient jamais à effacer...

La longue suite de carrosses traversa la Touraine et le Poitou, soulevant un enthousiasme considérable dans le peuple, tout heureux de voir les deux reines et tant de jolies femmes derrière elles. Catherine de Médicis, pour améliorer les rapports avec certains chefs huguenots, avait jugé bon, en effet, de se faire accompagner de l'Escadron Volant au grand complet...

Or, parmi ces dames se trouvait Mme de Sauve, qui avait partagé naguère la couche de Henri de Navarre...

Ainsi, la Florentine traversait-elle la France sous les acclamations en ramenant à son gendre à la fois une épouse et une maîtresse...

Cette curieuse situation était connue de Marguerite qui, loin de s'en choquer, s'en amusait.

— La présence de Mme de Sauve rendra mon retour plus agréable à mon mari, disait-elle en riant. D'ailleurs, nous sommes très liées, elle et moi.

Et elle se plaisait à évoquer avec ses amis les curieux chassés-croisés de sa vie sentimentale : son frère — dont elle était la maîtresse — était également l'amant de la maîtresse de son mari...

Elle eût été tribade que la boucle se fût peut-être joliment fermée sur une liaison entre Mme de Sauve et elle-même ; mais la perfection est rarement de ce monde.

Pour lors, la reine de Navarre menait d'ailleurs une existence beaucoup moins compliquée. Elle avait choisi parmi les hommes qui l'accompagnaient un joli garçon dont elle appréciait, aux étapes, la vigueur et le savoir-faire : c'était, disait-elle en souriant, son « petit amant de voyage »...

Ce jeune homme était joueur de luth et se nommait Guillaume Raspault. Il faisait partie du quatuor privé de la reine, composé d'un violoniste, d'un autre luthiste et d'un joueur de musette. A Étampes, Marguerite l'avait fait appeler dans sa chambre, sous prétexte qu'elle avait envie de l'entendre interpréter un solo. Guillaume, sans méfiance, était venu, son instrument sous le bras.

A peine entré, il avait été jeté sur le lit, déshabillé en partie et contraint de se montrer bon exécutant dans un duo qui ne comportait guère que des soupirs...

Depuis, Marguerite retrouvait chaque soir son musicien.

Tout le monde, bien entendu, était au courant de cette liaison, car la volcanique reine de Navarre n'avait pas l'habitude de cacher ses amours. Ce manque de pudeur fut même à l'origine d'une curieuse histoire dont les demoiselles de l'Escadron Volant et les officiers de la suite s'amusèrent fort.

Au cours d'une halte dans la forêt de Chinon, Margot s'enfonça dans un fourré, en compagnie de Guillaume Raspault. Après avoir cheminé à travers les fougères, ils trouvèrent un petit tapis de mousse sur lequel ils s'étendirent. Quelques instants plus tard, ils se savouraient dans un grand désordre de vêtements et de champignons écrasés, quand, soudain, un bruit de branches remuées leur fit tourner la tête : entre deux arbres, un magnifique cerf, l'air hautain, les contemplait.

Effrayé, le joueur de luth s'immobilisa et s'aplatit le plus qu'il put pour former un bouclier vivant sur le corps de la reine de Navarre.

L'animal avança, intrigué, vint flairer le couple qui n'osait faire un geste, sortit une langue énorme, et lécha le visage de Margot. La jeune femme était sur le point de perdre les sens (ce qui eût été navrant si l'on considère les circonstances) quand un groupe de paysans fit bruyamment irruption dans la clairière. D'un bond gigantesque, le cerf disparut dans la forêt.

Au même instant, quelques cavaliers en fringant équipage surgirent à leur tour.

— Il était là, messeigneurs, leur expliqua l'un des paysans. Il léchait cette belle dame qui avait grand peur.

Et il ajouta, à l'adresse de Marguerite et de Guillaume, qui restaient, bien entendu, dans la posture où le cerf les avait surpris :

— Vous pouvez vous relever, il est parti.

Très embarrassés, les deux amants adressèrent aux chasseurs un sourire un peu figé.

— Merci ! bredouilla Guillaume. Merci !

Et, nous dit le chroniqueur qui rapporte cette anecdote, « le joueur de luth et la reine de Navarre, toujours l'un sur l'autre, comme bête à deux dos, bien que Guillaume Raspault ait depuis longtemps perdu de son beau maintien, n'osaient se redresser, de peur que leur fricatelle ne soit découverte »[41].

Alors, brusquement, les cavaliers et les paysans, comprenant dans quelle situation critique se trouvaient Marguerite et son amant, éclatèrent d'un rire énorme, fantastique, qui attira plusieurs dames de la suite.

En reconnaissant la reine Marguerite, ces jeunes femmes se précipitèrent :

— Êtes-vous souffrante, Madame ?

Les cavaliers répondirent en riant qu'il s'agissait d'un mal fort agréable et contèrent l'aventure en détail. On dut, pour les faire fuir, dévoiler l'identité de Marguerite.

Affolés, ils partirent au galop tandis que les paysans couraient en tremblant se cacher dans les taillis...

Les deux amants purent alors « se rajuster, prendre l'allure innocente de chercheurs de fleurettes », et rejoindre leur carrosse.

Cette histoire, qui fut connue immédiatement de tous les « gens du voyage », fit la joie des amateurs de potins, irrita Catherine de Médicis, peina le chancelier Pibrac, qui était amoureux de Marguerite, mais n'arrêta pas la liaison de celle-ci avec le joueur de luth...

41. *Mémoires secrets des rois de France.* Anonyme.

Le voyage se poursuivit sans encombre, et, le 2 octobre, la reine de Navarre retrouva son mari à La Réole. Constatant que Henri montrait peu de plaisir en voyant son épouse, Catherine de Médicis poussa en avant Mme de Sauve. Mais cette femme, pourtant ravissante, ne plaisait plus au Béarnais. Il la salua poliment et jeta un coup d'œil sur les demoiselles de l'Escadron Volant qui, dans l'espoir de plaire, frétillaient comme des bassets affectueux. Soudain, son œil s'alluma. Il venait de distinguer dans le groupe une brune étonnamment belle que l'on appelait Mlle Dayelle.

Cette jeune personne aux prunelles veloutées était grecque. Son charme exotique plut à Navarre qui, sans aucune gêne, déclara à sa belle-mère qu'elle avait là une des plus jolies filles qu'il ait rencontrées dans sa vie. Puis il prit sa femme par le bras gauche, Mlle Dayelle par le bras droit, et annonça que, le voyage pour venir à La Réole l'ayant fatigué, il avait l'intention d'aller se coucher sans plus tarder.

Alors Marguerite s'installa dans une chambre, la jeune Grecque dans une autre, et Henri, voulant, en ce jour de retrouvailles, se montrer galant époux, passa sa nuit à faire, en une toilette plus que sommaire, la navette entre les deux...

Au matin, la reine de Navarre et Mlle Dayelle montraient le même air battu mais content.

Marguerite l'avoue d'ailleurs dans ses *Mémoires :* « Le roi mon mari, écrit-elle, est devenu fort amoureux de Dayelle, ce qui n'empêchait pas que je reçusse beaucoup d'honneur et d'amitié du roi, qui m'en témoignait autant que j'en eusse pu désirer... »

Après un long séjour à Toulouse, Marguerite entra à Nérac, sa capitale, le 15 décembre 1578.

Le vieux château de la Maison d'Albret n'avait pas le confort du Louvre ; il n'en avait pas non plus la gaieté... Les princes huguenots qui entouraient Henri de Navarre étaient de mœurs austères, affectaient une grande pudibonderie et une indifférence dédaigneuse pour les fêtes.

Au contraire, Margot aimait le luxe, le plaisir, les bals : elle résolut de changer, sans attendre, l'atmosphère pesante qui régnait à Nérac.

Elle organisa donc dès son arrivée quelques sauteries fort joyeuses au cours desquelles Guillaume Raspault et ses amis firent entendre aux Navarrais scandalisés le rythme à trois temps de la volte, cette danse nouvelle dont Henri III raffolait et que les Allemands devaient un jour baptiser *Walzer* avant de nous la rendre sous le nom de valse...

Les premières soirées de ce genre n'ayant obtenu qu'un succès d'estime, les demoiselles de l'Escadron Volant furent chargées de dérider les protestants. Elles y parvinrent plus aisément que la volte, car elles étaient ravissantes et possédaient le don d'énerver les plus chastes. « Aussi, nous dit Pierre Debreaux, les gentilshommes prirent-ils l'habitude de mettre plus fréquemment la main aux fesses des dames qu'aux plats, pourtant savoureux, qui étaient servis[42]. » Bref, sous l'heureuse influence de Margot, le château de Nérac devint bientôt un vaste lupanar, et les coreligionnaires de Navarre, libérés de leurs complexes, commencèrent à considérer la vie d'un autre œil.

Sully, dans ses *Mémoires*, nous dit : « L'amour était devenu l'affaire la plus sérieuse de tous les courtisans ; et le mélange des deux cours, qui ne cédaient en rien l'une à l'autre du côté de la galanterie[43], produisit l'effet qu'on en devait attendre : on se livra aux plaisirs, aux festins et fêtes galantes. »

Naturellement, une telle atmosphère influait beaucoup sur le langage. Toutes les plaisanteries, même les plus gaillardes, étaient admises. Un jour, quelqu'un dit à Catherine de Médicis — qui avait la réputation d'aimer les hommes bien constitués, « c'est-à-dire pourvus d'une arme d'amour de dimension respectueuse » — que les protestants surnommaient « reine mère » leur plus grosse couleuvrine. La Florentine en demanda la raison.

— C'est, lui répondit-on, parce qu'elle a le calibre plus grand et plus gros que les autres.

Loin de se fâcher, Catherine rit beaucoup de cette énorme grossièreté[44].

Pendant tout l'hiver, on s'amusa ainsi, et la reine mère s'efforça de profiter de la bonne humeur générale pour faire accepter ses conditions de paix aux chefs huguenots. Souriante, volontiers joviale, elle paraissait à ces braves gens la loyauté même, alors qu'elle préparait dans l'ombre une de ces machinations dont elle avait le secret. *Elle voulait, en ramenant Mlle Dayelle au Louvre, attirer Navarre à Paris et disloquer ainsi le camp protestant.*

La jeune Grecque fut donc chargée de s'attacher le Béarnais par tous les moyens, y compris les vices les plus singuliers. Il y eut alors à Nérac des nuits extraordinaires au cours desquelles personne ne pouvait fermer l'œil à cause des cris qui sortaient de la chambre du roi[45]...

Au début du printemps 1579, Catherine de Médicis pensa que le moment favorable à l'accomplissement de ses desseins était arrivé : elle annonça son départ. Aussitôt, Mlle Dayelle alla, en pleurant, informer Henri de Navarre qu'elle devait suivre la reine mère.

Le Béarnais était beaucoup plus malin que ne le pensait Catherine, il flaira un guet-apens.

— Adieu. Je vous regretterai toute ma vie, dit-il simplement.

42. PIERRE DEBREAUX, *Les filles de l'Escadron volant*.

43. Depuis l'arrivée de Marguerite, bien entendu.

44. Le goût de la Florentine pour un certain gigantisme local est confirmé par Brantôme, qui conte l'anecdote suivante : « On dit qu'ayant une fois vu par la fenêtre de son château, qui visait sur la rue, un grand cordonnier étrangement proportionné pisser contre la muraille dudit château, elle eut envie d'une si belle et si grande proportion et, de peur de gâter son fruit pour son envie, elle lui manda par un page de la venir trouver en une allée secrète de son parc, où elle s'était retirée, et là elle se prostitua à lui en telle façon qu'elle en engrossa. Voilà ce que servit la vue à cette dame... »

45. *Mémoires secrets des rois de France*.

La jeune fille n'avait jamais imaginé que sa mission pût se terminer mal. Elle regarda le roi avec stupéfaction.

— Et si vous veniez avec moi ? murmura-t-elle.

Navarre sourit, l'embrassa et la reconduisit jusqu'à la porte sans rien dire. Cette fois, il était fixé.

En apprenant cet échec, Catherine de Médicis fut si fâchée qu'elle fit venir Mlle Dayelle dans sa chambre et lui donna une fessée. Ce châtiment peut étonner. La reine mère l'utilisait souvent à cause du plaisir qu'il lui procurait. Elle était en effet sadique et perverse. Brantôme nous dit qu'elle aimait dépouiller ses demoiselles de compagnie et les battre du plat de la main sur les fesses « avec de grandes claquades et plamussades assez rudes ». Alors, ajoute-t-il, « son contentement était de les voir remuer et faire les mouvements et torsions de leurs corps et fesses, lesquelles, selon les coups qu'elles recevaient, en montraient de bien étranges et plaisants ».

« Aucunes fois, sans les dépouiller, les faisait trousser en robe (car pour lors elles ne portaient point de caleçons) et les claquetait et fouettait sur les fesses, selon le sujet qu'elles lui donnaient, ou pour les faire rire, ou pour pleurer ; et, sur ces visions et contemplations, y aiguisait si bien ses appétits qu'après elle les allait passer bien souvent à bon escient avec quelque galant homme bien fort et robuste[46]. »

Ce soir-là, elle ne profita pas des heureuses dispositions où l'avait mise la fessée infligée à Mlle Dayelle, car elle fit ses malles pour quitter Nérac le lendemain, tête basse, en compagnie de son Escadron Volant, aussi piteux qu'elle.

Henri oublia rapidement la belle Grecque : il prit pour maîtresse Mlle de Rebours, l'une des demoiselles de la suite de Marguerite[47] ; mais cette liaison fut courte. Un soir, il découvrit parmi les jeunes femmes qui hantaient maintenant le château de Nérac une ravissante blonde nommée Françoise de Montmorency dont il devint l'amant.

Un extraordinaire roman commençait...

Cette jeune fille, que l'on appelait à la cour la belle Fosseuse, parce que son père était baron de Fosseux, avait quinze ans. Marguerite de Navarre nous dit dans ses *Mémoires* qu'elle était pour lors « toute enfant et toute bonne ». C'est-à-dire pucelle...

Henri de Navarre l'avait connue alors qu'il était tenu au lit par une petite maladie. Elle avait fait, un jour, son apparition derrière la reine Margot, puis avait pris l'habitude de venir quotidiennement conter à Navarre les potins du palais. Espiègle, elle grimpait sur son lit, l'embrassait, lui tirait la barbe, tandis qu'il lui caressait les jambes.

46. D'après Brantôme et d'Aubigné, elle aurait eu pour amants Jacques de Savoie, duc de Nemours, François de Vendôme et surtout « le plus grand prélat de son temps », le cardinal de Lorraine.

47. « Et pour empirer encore ma condition, écrit Marguerite dans ses *Mémoires,* depuis que Dayelle s'estoit éloignée, le roy, mon mari, s'estoit mis à rechercher Rebours qui estoit une fille malicieuse, qui ne m'aimoit point, et qui me faisoit tous les plus mauvais offices qu'elle pouvoit en mon endroit. »

Quand il se sentit un peu mieux, il fit quelques pas dans la pièce en la tenant tendrement par la taille.

Et, dès qu'il alla tout à fait bien, il retourna au lit.

Mais avec elle...

Marguerite, au dire de quelques historiens, n'était pas tout à fait étrangère à cette nouvelle passion du Béarnais. D'après Mezeray, elle avait instruit « les dames de sa suite à envelopper tous les braves d'auprès son mari dans leurs filets, et fait en sorte que lui-même se prît aux appas de la belle Fosseuse, qui ne pratiqua que trop bien les leçons de sa maîtresse ».

Sachant que son mari était de nature infidèle et papillonnante, elle pensait qu'avec cette adolescente, qui « dépendait entièrement d'elle », les risques de se voir répudier étaient considérablement réduits. Elle pensait aussi pouvoir utiliser cette nouvelle liaison du roi pour justifier sa propre inconduite aux yeux du public...

Elle était à ce moment la maîtresse du jeune et beau vicomte de Turenne, duc de Bouillon, un fidèle ami de Henri de Navarre. Après s'être moquée de lui, disant qu'elle « trouvait sa taille disproportionnée en quelque endroit, la comparant aux nuages vides qui n'ont que l'apparence dehors », elle constata que cette apparence n'était pas trompeuse et en fit son compagnon de lit. Or, s'il était largement pourvu par la nature, le jeune huguenot n'avait pas de très bonnes manières ; un soir, nous raconte Tallemant des Réaux, « étant ivre, il dégobilla sur la gorge de Marguerite, en la voulant jeter sur un lit ».

La reine Margot, qui passait des heures à faire macérer son corps dans des huiles, fut écœurée. Elle lui pardonna néanmoins, « ne voulant pas perdre l'usufruit de la belle pièce qu'il portait ».

En compagnie de cet ardent vicomte, elle organisa des bals, des mascarades au cours desquels il était de bon ton de se tenir très mal. Naturellement, Margot n'avait pas l'indécence de demander à son mari de payer ces fêtes où elle le cocufiait. Elle s'adressait pour cela au bon Pibrac, toujours amoureux d'elle, qui se ruinait doucement sans obtenir aucune faveur...

Mais il arrive que les moutons se rebiffent. Un beau matin, Pibrac, ulcéré de voir Marguerite se moquer de lui avec Turenne, quitta Nérac, retourna au Louvre et raconta par le détail à Henri III ce qui se passait à la cour de Navarre.

Le roi entra dans une grande colère, traita sa sœur de putain et adressa immédiatement une lettre au Béarnais pour l'informer de l'inconduite de Margot.

Navarre, qui avait tant à se faire pardonner, fit semblant de ne rien croire, mais s'amusa à montrer la lettre du roi à Turenne et à Marguerite. Celle-ci, outrée de cette nouvelle perfidie, décida, pour se venger, de pousser son mari à déclarer la guerre au roi. Le prétexte était simple : les villes d'Agen et de Cahors, qui faisaient partie de son douaire, étaient retenues injustement par Henri III. Il suffisait d'exciter un peu Navarre[48]...

La fine mouche sut s'y prendre. Elle appela la jeune Fosseuse :

— Il arrive ici de nombreuses lettres venant du Louvre, toutes remplies des sarcasmes du roi de France à l'égard de notre cour de Nérac. Je veux que vous les montriez au roi, mon mari, en vous indignant et en le poussant à s'indigner aussi. Il est toujours porté à rire, il faut qu'il se fâche...

Françoise prit quelques lettres, les montra à son amant, mais n'osa pas jouer la comédie que lui avait enseignée Marguerite. Le soir, elle vint, en pleurant, avouer à celle-ci sa timidité.

Margot lui pardonna en raison de son extrême jeunesse et fit appel à une femme plus rouée, nommée Xainte, qui était à son service en qualité de chambrière. Elle la poussa d'abord à devenir la maîtresse de Navarre. Après quoi, elle lui donna les mêmes consignes qu'à la belle Fosseuse.

Xainte réussit tout de suite : Navarre déchira les lettres qu'on lui montrait et s'emporta violemment contre Henri III.

C'est alors que Fosseuse, sortant de sa timidité, intervint.

— Vous devez vous venger de ces affronts, monseigneur, en déclarant la guerre au roi de France et en lui reprenant les villes de Cahors et d'Agen, dit-elle.

Quelques jours après, Navarre se préparait à cette guerre qu'Agrippa d'Aubigné[49] devait, avec raison, baptiser la « Guerre des Amoureux ». Voici d'ailleurs ce que nous en dit l'auteur de l'*Histoire Universelle.*

« Nous avons touché, écrit-il, de la haine de la reine de Navarre contre le roi son frère. Cela fit que, pour lui remettre la guerre sur les bras, à quelque prix que ce fût, cette femme artificieuse se servit de l'amour de son mari envers Fosseuse pour semer en l'esprit de ce prince les résolutions qu'elle désirait. Cette fille, craintive, pour son âge, au commencement, ne pouvait bien pratiquer les leçons de sa maîtresse. Elle la faisait aider par une fille de chambre, nommée Xainte, avec laquelle le roi de Navarre familiarisait. Celle-ci, hardie, rapportait sans discrétion force nouvelles que la reine de Navarre recevait ou inventait de la cour, soit les paroles de mépris que son frère disait en son cabinet, soit les risées de Monsieur et du duc de Guise, qui se faisaient à ses dépens devant la dame de Sauve. D'ailleurs, elle séduisit les maîtresses de ceux qui avaient voix au chapitre. Elle-même gagna pour ce point le vicomte de Turenne, embarqué en son amour... »

Au bout de quelques semaines, Margot n'eut plus guère besoin de faire la leçon à ses amies, car les lettres qui parvenaient de Paris rapportaient tant de railleries, d'insultes et de grossièretés à l'égard de la cour de Navarre, que toutes les dames de Nérac furent mortellement

48. Cf. une lettre de l'ambassadeur de Toscane : « La reine de Navarre est furieuse contre le roi son frère, pour avoir lâchement excité les soupçons de son mari contre le vicomte de Turenne. »

49. AGRIPPA D'AUBIGNÉ, *Histoire Universelle.*

offensées. Elles allèrent trouver leurs amants et, cette fois, de leur propre chef, les incitèrent à se venger du roi de France.

Au début de 1580, chauffé à blanc par la belle Fosseuse, qui ne voulait plus être appelée « bourbeteuse, drouine, putassière ou empeseuse de chemises », et poussé par les seigneurs protestants, Navarre était prêt à combattre.

« On vit naître alors, écrit Dreux du Radier, cette guerre à la tête de laquelle on peut dire qu'était la jeune Fosseuse. »

Les hostilités commencèrent sans tarder. On se battit avec fureur dans toute la Guyenne, et Navarre parvint à prendre Cahors.

Aussitôt, par représailles, les soldats du maréchal de Biron vinrent jeter des boulets dans de nombreuses villes huguenotes qui furent incendiées. A Nérac, Marguerite se croyait à l'abri, car elle avait obtenu de Henri III que cette ville « fût tenue en neutralité » sous la réserve expresse que Navarre ne s'y trouvât pas.

« Mais, nous dit-elle dans ses *Mémoires*, cette condition n'empêcha point que le roi, mon mari, ne vînt souvent à Nérac où nous étions, Madame, sa sœur et moi, étant son naturel de se plaire parmi les dames, même étant lors fort amoureux de Fosseuse... Ces considérations l'ayant amené un jour à Nérac avec ses troupes, il y séjourna trois jours, ne pouvant se départir d'une compagnie et d'un séjour si agréables... [50] »

Le maréchal de Biron n'attendait que cette occasion. Il accourut avec son armée et « fit tirer sept ou huit volées de canon dans la ville, dont l'une donna jusqu'au château... »

C'est ainsi que l'amour faillit causer la destruction de Nérac...

Au mois de novembre, le duc d'Anjou vint entamer des négociations qui aboutirent au traité de Fleix (29 novembre 1580).

La « Guerre des Amoureux » était finie. Elle avait vengé l'honneur des dames légères de la cour de Navarre et fait cinq mille victimes.

6

Margot chassée de Paris à cause de ses déportements

> La morale n'est peut-être que la forme la plus cruelle de la méchanceté.
>
> HENRY BECQUE

La signature de cette paix fut à l'origine d'une aventure galante qui devait bouleverser la vie de Marguerite et diviser, une fois de plus, la famille royale.

50. Cf. SULLY, *op. cit.* : « Il se retira dans Nérac qui était le Paris et les délices de la cour huguenote, à cause de la grande quantité de belles dames que la reine de Navarre et Madame avaient avec elles en cette ville. »

Parmi les jeunes seigneurs qui accompagnaient le duc d'Anjou, se trouvait un garçon fort séduisant nommé Jacques de Harlay de Champvallon que la reine de Navarre, toujours à l'affût, remarqua tout de suite pour son regard chaud et sa carrure prometteuse.

Elle avait alors trente ans. Son tempérament déjà volcanique se trouvait renforcé par la cuisine fortement épicée de Nérac. La vue de ce beau jeune homme lui mit immédiatement du feu à tous les bons endroits, et elle s'en trouva gênée.

Voyant son trouble, Champvallon sut se montrer gentilhomme : il la viola sur-le-champ...

Le lendemain, encore toute chancelante, elle écrivait à son amie, la duchesse d'Uzès, ses impressions sur les quelques instants passés avec ce nouveau partenaire :

J'ai eu tant de plaisir que ce serait chose trop longue à vous écrire[51].

Tant de plaisir qu'elle en était remuée jusqu'au plus profond d'elle-même ; tant de plaisir que, pour la première fois de sa vie, elle tomba vraiment amoureuse...

Transfigurée, rayonnante, oubliant tout : Navarre, Turenne, et même François, son frère chéri, elle vécut dans l'adoration de ce jeune seigneur élégant qu'elle appelait, avec quelque exaltation, « son beau soleil », « son bel ange », « son beau miracle de la nature »...

Cette passion l'aveugla au point qu'elle perdit le peu de réserve qui lui restait, et Champvallon dut la satisfaire dans les escaliers, les placards, les jardins, les champs, les granges...

Un jour, d'Aubigné, qui furetait selon son habitude, la surprit à Cadillac « en ses privautés » avec son amant. Tout heureux d'avoir une bonne anecdote à conter, il s'empressa d'ébruiter la chose, au grand effroi de Marguerite qui eut peur de la colère de son mari.

Heureusement, Henri de Navarre avait alors d'autres soucis en tête : le duc d'Anjou était tombé amoureux de la belle Fosseuse et il craignait que la petite, dont il connaissait l'ambition, ne se laissât séduire par l'héritier présomptif du trône de France...

Feignant d'ignorer la scène de Cadillac, il alla trouver sa femme, lui conta sans aucune gêne ses peines de cœur et la supplia d'intervenir auprès d'Anjou.

Marguerite avait l'esprit large. Le soir même elle se rendit chez son frère pour lui demander de bien vouloir laisser en paix la maîtresse de son mari.

« Je le priai tant, nous dit-elle dans ses *Mémoires*, lui remontrant la peine où il me mettait par cette recherche, que lui, qui affectionnait plus mon contentement que le sien, força sa passion et ne parla plus à elle. »

Mais, pour mieux oublier Fosseuse, François décida de quitter Nérac et de rentrer chez lui. Quelques jours plus tard, il partait, emmenant son fidèle Champvallon...

51. Lettres de Marguerite de Navarre.

Marguerite, qui n'avait pas prévu un tel dénouement, crut devenir folle. Elle s'enferma dans sa chambre pour pleurer et composer des stances sur le départ de son amant. En voici une strophe qui donne le ton :

Nos deux corps sont en toi, je ne sers plus que d'ombre ;
Nos amis sont à toi, je ne sers que de nombre.
Las ! puisque tu es tout et que je ne suis rien,
Je n'ai rien, ne t'ayant, ou j'ai tout, au contraire.
Avoir et tout et rien, comment se peut-il faire ?
C'est que j'ai tous les maux, et je n'ai point de bien.

Loin de refroidir la passion de Margot, la séparation ne fit que la surexciter.

Les lettres qu'elle envoyait alors à Champvallon en sont la preuve : *L'absence,* écrivait-elle, *la contrainte donnent à mon amour autant d'accroissement qu'à une âme faible et enflammée d'une flamme vulgaire, il apporterait la diminution. Quand vous viendriez à changer d'amour, ne pensez pas m'avoir laissée, et croyez pour certain que l'heure de votre changement sera celle de ma fin, qui n'aura de terme que votre volonté.*

Toutes les lettres se terminaient de même : *Je ne vis plus qu'en vous, mon beau tout, ma seule et parfaite beauté. Je baise un million de fois ces beaux cheveux, mes chers et doux biens ; je baise un million de fois cette belle et amoureuse bouche.*

Lettres ardentes, lettres enflammées qui prouvent que la reine Margot, si diffamée par certains historiens qui la présentent comme une gourgandine uniquement poussée par les sens, a brûlé, au moins une fois dans sa vie, d'une passion racinienne.

Après le départ du duc d'Anjou, Henri de Navarre vécut une nouvelle lune de miel avec la belle Fosseuse qu'il avait failli perdre.

C'est alors qu'une idée fort peu louable germa dans l'esprit de cette petite ambitieuse : elle pensa que si elle avait un fils de Navarre, celui-ci répudierait Marguerite, pour l'épouser, elle...

Des soirs durant, elle œuvra consciencieusement dans ce but et, un matin, put annoncer au Béarnais qu'elle était enceinte de ses bons soins.

La reine Margot, bien entendu, devina tout de suite que leur ménage à trois attendait un heureux événement. Elle en fut satisfaite, jusqu'au jour où elle constata que l'approche de la maternité transformait fâcheusement le caractère de son ancienne protégée.

« Lors, se sentant dans cet état, écrit-elle, elle change toute de façon de procéder avec moi ; et, au lieu qu'elle avait accoutumé d'y être libre et de me rendre à l'endroit du roi mon mari tous les bons offices qu'elle pouvait, elle commence à se cacher de moi, et à me rendre autant de mauvais offices qu'elle m'en avait fait de bons. Elle possédait de sorte le roi mon mari, qu'en peu de temps je le connus tout changé.

Il s'étrangeait de moi, il se cachait, et n'avait plus ma présence si agréable qu'il avait eu les quatre ou cinq heureuses années que j'avais passées avec lui en Gascogne, pendant que Fosseuse s'y gouvernait avec honneur [52]. »

Marguerite n'était pas femme à se laisser abattre. Elle décida d'engager la lutte et d'être enceinte, elle aussi. Les eaux de Bagnères passaient alors pour avoir des vertus fécondantes ; elle y alla, but verre sur verre et écrivit à sa mère : *Je suis venue à ces bains pour voir s'il me serait si heureux que de pouvoir faire augmenter le nombre de vos serviteurs. Plusieurs s'en sont bien trouvées.*

Hélas ! les eaux n'eurent aucun effet sur elle, et elle dut rentrer, sans la moindre espérance.

A Nérac, elle ne retrouva pas son mari. Henri de Navarre, un peu gêné de voir sa maîtresse prendre un embonpoint que lorgnaient les gens de la cour, avait dit un jour :

— Ma fille (c'est ainsi qu'il désignait Fosseuse) doit soigner un mal gastrique... Je vais la conduire aux Eaux-Chaudes.

Et il avait emmené la jeune femme, sans se soucier des plaisanteries que faisait le bon peuple sur les enfants de roi qui viennent dans l'estomac...

Quand la belle Fosseuse rentra (essayant toujours de cacher sa grossesse), Marguerite, qui avait changé de tactique, la fit appeler dans sa chambre et lui dit qu'elle était disposée à l'aider :

« J'ai moyen de m'en aller, sous couleur de la peste, que vous voyez qui est en ce pays et même en cette ville, au mas d'Agenais, qui est une maison du roi mon mari fort écartée. Je ne mènerai avec moi que le train que vous voudrez. Cependant, le roi mon mari ira à la chasse d'un autre côté, et ne bougera de là que vous ne soyez délivrée, et ferons par ce moyen cesser ce bruit, qui ne m'importe moins qu'à vous [53]. »

Fosseuse, fort courroucée, répondit avec arrogance que le bruit qui courait touchant son état n'était qu'une calomnie, « qu'elle ferait mentir tous ceux qui en avaient parlé ; qu'elle connaissait bien qu'il y avait quelque temps que Marguerite ne l'aimait plus », mais qu'elle ne se laisserait pas attaquer plus longtemps...

« Et, nous dit la reine Margot, parlant aussi haut que je lui avais parlé bas, elle sort tout en colère de mon cabinet et y va mettre le roi mon mari ; en sorte qu'il se courrouça fort à moi de ce que j'avais dit à sa fille, disant qu'elle ferait mentir tous ceux qui la taxaient, et m'en fit mine fort longtemps. »

Pendant des mois, Henri et sa maîtresse conservèrent cette attitude extravagante qui consistait à vouloir nier l'évidence.

Mais, un jour, la belle Fosseuse fut tout de même obligée d'avouer que les racontars étaient fondés. Écoutons encore une fois Marguerite

52. MARGUERITE DE NAVARRE, *op. cit.*.
53. *Id.*

de Navarre nous conter la scène : « Le mal lui prenant au matin, au point du jour, étant couchée en la chambre des filles, elle envoya quérir mon médecin et le pria d'aller avertir le roi mon mari ; ce qu'il fit. *Nous étions couchés en une même chambre, en divers lits,* comme nous avions accoutumé. Comme le médecin lui dit cette nouvelle, il se trouva fort en peine, ne sachant que faire, craignant d'un côté qu'elle fût découverte et, de l'autre, qu'elle fût mal secourue ; car il l'aimait fort. Il se résolut enfin de m'avouer tout, et me prier de l'aller secourir, sachant bien que, quoi qu'il se fût passé, il me trouverait toujours prête de le servir en ce qui lui plairait. Il ouvre mon rideau et me dit : "M'amie, je vous ai celé une chose qu'il faut que je vous avoue. Je vous prie de m'en excuser et de ne vous point souvenir de tout ce que je vous ai dit pour ce sujet ; mais obligez-moi tant de vous lever tout à cette heure et aller secourir Fosseuse, qui est fort malade. Je m'assure que vous ne voudriez, la voyant en cet état, vous ressentir de ce qui s'est passé ? Vous savez combien je l'aime. Je vous prie, obligez-moi en cela." Je lui dis : *Que je l'honorais trop pour m'offenser de choses qui vinssent de lui* ; que je m'en allais et y ferais comme si c'était ma fille ; que cependant il s'en allât à la chasse et emmenât tout le monde, afin qu'il n'en fût point ouï parler.

» Je la fis promptement ôter de la chambre des filles et la mis en une chambre écartée, avec mon médecin et des femmes pour la servir, et la fis très bien secourir. Dieu voulut qu'elle ne fît qu'une fille, qui encore était morte. »

Marguerite poussa un soupir de soulagement, remercia le ciel d'arranger ses affaires et retourna se coucher.

Quand il rentra de la chasse, Navarre alla rendre visite à la Belle Fosseuse qui ruminait sa peine et fut très fâché de voir que Marguerite avait jugé bon de regagner son lit. Il courut la réveiller et lui reprocha grossièrement d'abandonner sa maîtresse. Alors une violente dispute éclata entre les deux époux, et la jeune reine, très offensée, prit la décision de retourner à Paris.

... A Paris, où elle comptait bien retrouver Champvallon.

Quelques jours après cette scène, Marguerite, qui avait commencé à remplir ses malles, fit remettre son linge dans les armoires, décommanda les chevaux et adressa la parole à Navarre sur un ton presque aimable.

Pourquoi cette volte-face ?

Parce qu'elle avait appris que Champvallon venait de quitter Paris pour Londres, où le duc d'Anjou allait faire la cour à la reine Élisabeth. Le « frère chéri » de Marguerite espérait, en effet, se marier avec la « femme sans homme », et le séjour qu'il fit en Angleterre fut si riche en épisodes savoureux, qu'il faut, je crois, en dire deux mots.

La reine vierge avait une réputation d'austérité bien établie, et personne ne l'avait jamais vue montrer la moindre tendresse à un homme. En toute occasion, son regard demeurait froid. Or, lorsqu'elle vit apparaître le duc d'Anjou, elle fut si troublée qu'à la stupéfaction générale elle l'embrassa d'emblée sur la bouche... Un peu éberlué, François voulut dire un mot aimable. Elle lui coupa la parole :

— Je suis très heureuse de vous voir. Et je veux que vous acceptiez ceci en souvenir de cette journée.

Un chambellan lui offrit une bague magnifique.

De plus en plus confus, le prince français bredouilla quelques remerciements. Élisabeth ne le laissa pas terminer et l'entraîna d'un pas rapide vers ses appartements privés...

Pendant trois mois, la reine d'Angleterre fut ainsi aux petits soins pour François ; et quand, en février 1582, il la quitta pour rentrer en France, elle éclata en sanglots devant tous ses ministres et lui demanda de la tenir désormais pour son épouse.

La « femme sans homme » était-elle vraiment amoureuse ? Peut-être. Et, si le mariage projeté par Catherine de Médicis n'avait pas été finalement empêché par les événements politiques, l'histoire des relations franco-anglaises s'en fût sans doute trouvée changée...

Dès qu'elle sut que Champvallon était de retour au Louvre, Marguerite reprit son arrogance à l'égard de Navarre, recommanda des chevaux et refit ses bagages.

C'est alors qu'une lettre arriva de Paris. Catherine de Médicis, qui nourrissait toujours l'espoir de séparer Henri de Navarre de ses troupes, écrivait à sa fille : *Il serait bon que votre mari vînt avec vous à Paris. Le roi votre frère y tient beaucoup. S'il vous est impossible de le décider, emmenez Fosseuse, et il suivra...*

A la fin de février, Marguerite quitta Nérac, traînant Fosseuse, ulcérée, dans un carrosse hermétiquement clos. Henri de Navarre, galamment, accompagna ces dames jusqu'à La Mothe-Saint-Heray, en Poitou, où Catherine de Médicis était venue à leur rencontre.

Un instant, la Florentine pensa que sa machination avait réussi ; mais Navarre, un beau soir, embrassa sa femme, fit une œillade à sa maîtresse, serra la main de sa belle-mère et rentra chez lui.

Comme bien on pense, tout le monde fut mécontent : Catherine et Marguerite d'avoir raté leur affaire, et Fosseuse d'être abandonnée avec une telle désinvolture. De ce fait, le voyage de La Mothe à Paris ne fut qu'une longue dispute entre les trois femmes, et Fosseuse dut accepter d'être tenue pour responsable de l'échec.

Dès l'arrivée au Louvre, elle fut chassée par Marguerite.

Navarre, qui avait ses informateurs dans la capitale (et même au palais), le sut aussitôt et écrivit une lettre sévère à sa femme, l'enjoignant de reprendre Françoise et de la traiter comme une sœur.

Marguerite répondit avec ironie :

... Quant à votre fille (Fosseuse), je vous ai mandé ce qu'à mon grand regret j'en ai ouï et en ouïs tous les jours... Vous m'écrivez, monsieur, que, pour fermer la bouche au roi, aux reines ou à ceux qui

m'en parleront, que je leur dise que vous l'aimez et que je l'aime pour cela ; cette réponse serait bonne, parlant d'un de vos serviteurs ou servantes, mais de votre maîtresse ! Si j'étais née de condition indigne de l'honneur d'être votre femme, cette réponse ne me serait mauvaise ; mais, étant telle que je suis, elle me serait trop mal séante ; aussi m'empêcherai-je bien de la faire. Ce n'est aussi sans sujet que vous croyiez que je vous devais contenter, ayant souffert ce que je ne dirai pas princesse, mais jamais simple demoiselle, ne souffrit, l'ayant secourue, caché sa faute et toujours depuis tenue avec moi. Si vous n'appelez cela vous vouloir contenter, certes, je ne sais pas comme vous le pouvez entendre...

Catherine de Médicis attendait depuis longtemps l'occasion d'être désagréable à son gendre. Elle lui écrivit l'étonnante lettre que voici, dans laquelle elle rappelait avec beaucoup de sérénité qu'un époux qui trompe sa femme ne doit pas le crier sur les toits :

Vous n'êtes pas le premier mari jeune et peu sage en pareille chose ; mais je vous trouve bien le premier et le seul qui fasse, après un tel fait, tenir un pareil langage à sa femme. J'ai eu l'honneur d'avoir épousé le roi, mon seigneur et votre souverain ; mais la chose dont il était le plus marri, c'était quand il savait que je susse de ces nouvelles-là, et, quand Mme de Fleming fut grosse, il trouva très bien quand on la renvoya[54] *; de Mme de Valentinois, c'était comme de Mme d'Étampes, en tout honneur. Ce n'est pas la façon de traiter les femmes de bien et de telle maison, de les injurier à l'appétit d'une putain publique, car tout le monde sait l'enfant qu'elle a fait. Vous êtes trop bien né pour ne pas savoir comment vous devez vivre avec la fille de votre roi et la sœur de celui qui commande à tout ce royaume et à vous, qui, outre cela, vous honore et vous aime comme doit faire une femme de bien. J'ai fait partir cette* belle bête, *car tant que je vivrai je ne souffrirai pas de voir chose qui puisse empêcher ou diminuer l'amitié que ceux qui me sont si proches, comme elle m'est, se doivent porter l'un à l'autre, et vous prie que, après que ce beau messager de Frontenac vous aura dit le pis qu'il aura pu pour vous aliéner contre votre femme, de considérer le tort que vous vous êtes fait et retourner au bon chemin*[55].

Henri de Navarre ne répondit pas. Il est vrai qu'entre-temps il avait fait la connaissance de la gracieuse Corisande de Gramont, et que Fosseuse était déjà oubliée.

Dégoûtée, celle-ci ne prit même pas la peine de lui envoyer une lettre d'injures ; elle promena son éclat de « belle bête » dans quelques maisons amies, éblouit un gentilhomme, François de Broc, l'épousa et le rendit heureux jusqu'à la fin de ses jours, profitant de l'expérience qu'elle avait acquise dans le lit du Béarnais.

54. Livre II, chap. 26.
55. Bibl. Nat., coll. Dupuy, tome 211, fol. 8, autographes.

Les soucis que lui avait causés le renvoi de Fosseuse n'étaient pas suffisants pour empêcher Marguerite de se consacrer éperdument à l'amour avec son beau Champvallon.

Comme elle se méfiait du roi, qui montrait toujours à son égard la même jalousie, elle était obligée d'avoir recours à des moyens vaudevillesques pour faire entrer son amant dans sa chambre. C'est ainsi qu'elle soudoya un menuisier qui, sous couleur de lui apporter les matériaux nécessaires à la fabrication d'un petit escalier intérieur, venait tous les jours chargé d'un grand coffre dans lequel Champvallon se trouvait, recroquevillé et silencieux.

Alors, nous dit encore l'auteur du *Divorce satyrique* :

« Elle le recevait dans un lit éclairé de divers flambeaux, entre deux linceuls de taffetas noir, accompagnés de tant d'autres petites voluptés que je laisse à dire : ce fut alors qu'elle conçut de ces mignardises, non pas une Lyna comme Uranie, dont à tort elle usurpa le nom, mais bien cet Esplandian qui vit encore et qui, sous des parents putatifs, promet de réussir quelque chose de bon un jour[56]. »

Hélas ! un soir, Henri III apprit ce qui se passait dans la chambre de sa sœur...

Des gardes furent immédiatement disposés dans les couloirs, avec ordre d'arrêter Champvallon dès qu'il paraîtrait.

Crispés, immobiles, respirant à petits coups, ils essayaient de s'intégrer au silence. Peut-être y seraient-ils parvenus si le palais avait été chauffé ; mais les galeries du Louvre étaient glaciales et l'un d'eux éternua.

Margot, intriguée, colla son oreille contre la porte, perçut des bruits insolites et fit signe à son amant de se sauver par la fenêtre. Rhabillé en un clin d'œil, Champvallon se pencha au balcon, siffla dans la nuit et descendit par la corde qui lui servait chaque matin pour quitter le Louvre. Sur le quai, comme d'habitude, un de ses familiers l'attendait avec deux chevaux...

Quelques instants plus tard, la reine de Navarre entendait une galopade s'éloigner du côté de la porte Saint-Honoré où Champvallon avait des amis sûrs.

Le lendemain, à l'aube, Henri III fit venir son capitaine des gardes et comprit qu'il avait été joué par sa sœur.

— A partir de maintenant, tout le palais sera surveillé, déclara-t-il, dehors comme dedans...

En apprenant cette décision, Marguerite fut atterrée, car elle avait, pour conserver son équilibre, un grand besoin du beau vicomte. Se fiant à sa seule fantaisie, il inventait, en effet, d'exténuants exercices dont elle éprouvait avec volupté les vertus sédatives. Privée des bons offices de Champvallon, la reine de Navarre risquait de sombrer dans

56. Tous les historiens et chroniqueurs s'accordent pour dire que de ces amours naquit, en effet, un fils qui devint prêtre capucin sous le nom du Père Ange.

une de ces dangereuses mélancolies qui affectent le cerveau et embrasent inutilement ce que les poètes du temps appelaient « le joly hérisson »...

Il fallait pouvoir échapper à la surveillance de son frère. Elle loua alors un hôtel dans la rue de la Couture-Sainte-Catherine (actuellement rue Sévigné) où M. de Champvallon put, sans danger, venir lui donner le meilleur de lui-même.

Libre enfin d'agir à sa guise, Marguerite fit du déduit le centre de ses préoccupations, décorant sa chambre de miroirs, apprenant de nouvelles caresses raffinées auprès d'un astrologue italien et commandant une cuisine aphrodisiaque pour son amant. Les menus étaient imaginés par elle. Sans doute lui donnait-elle des artichauts, du cresson, du céleri, des morilles, des asperges, des carottes, du poivre, du laurier, de la girofle, des écrevisses, du lièvre, des rognons de coq, ou des bécasses, mets dont les bonnes vertus étaient déjà connues de son temps. Mais il est très possible qu'en bonne et digne fille de Catherine de Médicis, elle ait usé des étranges recettes imaginées, dit-on, par Nicolas Flamel, dont les recueils avaient au XVIe siècle un énorme succès auprès des personnes galantes. Voici ce que le grand alchimiste préconisait pour redoubler de vaillance en amour :

« Il faut prendre des grains de *satyrion pignon,* de l'anis vert, de la roquette — en égale partie. Ajoutez-y un peu de musc, de la queue de lézard pilée, une once de testicule de rat, un foie de fauvette, une moustache de chat coupée en menus morceaux, deux cornes de limaçon, une cervelle de passereau et de l'herbe appelée langue d'oiseau, autrement dit *ornithoglosse*, avec un peu de mouches de cantharides. Faites confire le tout dans du miel purifié. Prenez-en tous les matins pendant huit jours à jeun, le poids d'un drachme, et ensuite tous les jours le poids d'un denier. Et usez à vos repas de pois chiches, de carottes, d'oignons, et de la roquette en salade, mangez anis et coriandre, pignons, et buvez un verre d'eau d'orties à tous les repas. »

Mais ce genre de recettes était destiné au menu peuple.

Pour les gens qui disposaient de quelque fortune, Nicolas Flamel ordonnait des produits beaucoup plus rares, beaucoup plus coûteux et, naturellement, beaucoup plus efficaces.

En voici un exemple :

« Prenez de la graine de bardane ; écrasez-la dans un mortier, joignez-y le testicule gauche d'un bouc de trois ans ; une pincée de poudre provenant des poils du dos d'un chien entièrement blanc que vous avez coupés le premier jour de la nouvelle lune et brûlés le septième. Vous mettrez le tout infuser dans une bouteille à moitié pleine d'eau-de-vie, et que vous laisserez débouchée pendant vingt et un jours pour qu'elle puisse recevoir l'influence des astres.

» Le vingt et unième jour, qui sera précisément le premier de la lune suivante, vous ferez cuire le tout jusqu'à ce que le mélange soit réduit à l'état de bouillie très épaisse ; alors vous ajouterez quatre gouttes de semence de crocodile, et vous aurez soin de passer le mélange à travers une chausse. Après avoir recueilli le liquide qui en découlera, il n'y aura plus qu'à en frotter les parties naturelles de l'homme impuissant, et sur-le-champ il fera des merveilles. Ce mélange est tellement actif qu'on a vu des femmes devenir enceintes rien que pour s'en être frotté les parties correspondantes, afin d'en enduire l'homme sans qu'il s'en doutât.

» Comme il est assez rare de voir des crocodiles dans notre pays, ajoute prudemment Nicolas Flamel, et qu'il est très difficile de s'y procurer de la semence de cet animal, on peut la remplacer par celle de plusieurs espèces de chiens. Quoi qu'il en soit, on a fait et répété très souvent cette expérience et elle a toujours bien réussi. »

Hélas ! la cuisine aphrodisiaque de la reine Marguerite poussa le malheureux Champvallon à de tels excès qu'un jour, épuisé, amaigri, quinteux, il quitta furtivement Paris et se réfugia à la campagne, où il épousa une jeune fille aux sens calmes, nommée Catherine de la Mark.

Marguerite fut folle de douleur. Elle lui écrivit une lettre qui trahissait un grand désarroi : *Il n'y a donc plus de justice au ciel, ni de fidélité en terre ! Triomphez, triomphez de ma trop ardente amour ! Vantez-vous de m'avoir trompée ; riez-en, et moquez-vous-en avec celle de qui je reçois cette seule consolation, que son peu de mérite vous sera le juste remords de votre tort. En recevant cette lettre, la dernière, je vous supplie de me la renvoyer, car je ne veux pas qu'à cette belle entrevue que vous ferez ce soir elle serve de sujet au père et à la fille de discourir à mes dépens.*

Puis, rendue furieuse par la surexcitation où la mettait l'abandon de Champvallon, elle se dressa contre son frère et fit chorus avec ceux qui reprochaient à Henri III ses curieuses manies.

Chaste par la force des choses, elle eût désiré que tout le monde en fût réduit à son état. Le roi prit très mal les quolibets venimeux de sa sœur et attendit une occasion de se venger.

Or, un beau jour de juin 1583, Champvallon, que le duc d'Anjou avait chassé pour le punir d'une indiscrétion, vint tête basse se réfugier chez Marguerite.

— Je suis un misérable, bredouilla-t-il. Pardonnez-moi...

Elle ne le laissa pas achever et l'entraîna fougueusement vers son lit où tout se termina à la satisfaction de chacun. Et pendant plusieurs semaines les deux amants, installés rue de la Couture-Sainte-Catherine, vécurent dans une telle ivresse qu'ils oublièrent de se montrer au Louvre.

Henri III, intrigué de ne plus voir sa sœur, fit enquêter par une femme de chambre qui le mit au courant des nouvelles relations de Marguerite avec Champvallon. En outre, comme elle était serviable, elle lui révéla le nom de tous les amants qu'avait eus Margot précédemment, ajoutant à cette énumération des détails à faire rougir un corps de garde.

Le roi entra dans une violente colère et résolut de chasser de Paris la reine de Navarre après lui avoir infligé un affront public.

Le dimanche 7 août, un grand bal fut donné à la cour. Henri III y convia sa sœur qui, sans défiance, vint prendre place sous le dais royal.

Soudain, au beau milieu de la fête, le roi, entouré de ses mignons, s'approcha de Marguerite et, à haute voix, l'apostropha devant toute l'assistance, la traitant de « vile putain » et lui reprochant son impudicité.

Les invités, extrêmement gênés, essayèrent de se glisser hors de la salle de bal ; Henri III les rappela, leur demandant d'écouter ce qu'il avait à reprocher à la reine de Navarre.

— Car je ne connais pas de pareille fille publique, cria-t-il. Elle a même accouché d'un enfant que lui a donné Champvallon.

Blême, les yeux baissés et les lèvres tremblantes, Marguerite se tenait immobile sous le dais, cependant que son frère, défiguré par la colère, nommait tous les amants que la femme de chambre lui avait cités. Enfin, quand il eut répété tous les détails, même les plus immondes, il s'écria :

— Vos déportements ont infecté la capitale. Je vous ordonne de délivrer la cour de votre présence contagieuse et de quitter Paris sur-le-champ. Allez retrouver votre mari, s'il veut encore de vous [57].

Sans répondre, Marguerite se leva, traversa la foule silencieuse et regagna son hôtel où une dernière déception l'attendait : Champvallon, inquiet pour sa personne, s'était enfui sans même lui dire adieu...

7

Margot séduit son geôlier

Les femmes ont des armes secrètes qui leur permettent de prendre des forteresses.

LE CARDINAL DE RETZ

La reine Margot passa la nuit à détruire les lettres compromettantes que des amants imprudents lui avaient écrites, et, au petit matin, elle quitta furtivement Paris, accompagnée de Mme de Duras et de Mme de Béthune, dont elle ne pouvait se passer.

Le soleil était haut déjà lorsque le carrosse de la reine de Navarre s'engagea sur la route de Palaiseau.

Marguerite pleurait :

— Il n'y a pas dans le monde deux princesses plus malheureuses que moi et la reine d'Écosse, disait-elle. Il ne se trouvera donc personne pour me donner du poison [58] ?

57. Cette scène est rapportée par Busbecq, diplomate, qui fut ambassadeur de Turquie vers 1580 et introduisit en Europe le lilas et le marronier d'Inde.

58. Lettres de Bussac, *Négociations diplomatiques avec la Toscane*.

Ses amies essayaient de la réconforter, lorsque, soudain, une troupe d'arquebusiers surgit de la forêt et obstrua le chemin. La voiture stoppa.

Un officier s'approcha de la portière et demanda si la reine de Navarre était là.

— C'est moi ! dit Marguerite.

— Par ordre du roi, démasquez-vous, ainsi que les personnes qui vous accompagnent [59].

Les trois femmes obéirent.

— Ces deux dames sont sans doute Mme de Duras et Mme de Béthune ?

— Oui !

— Alors, je dois leur donner cela de la part du roi.

Et l'officier leur flanqua une magistrale paire de gifles. Avant que Margot ait pu faire un geste, un groupe d'arquebusiers intervint et tira hors du carrosse les deux confidentes qui poussaient des hurlements.

— Attachez-les sur les chevaux, commanda l'officier.

Puis il salua la reine de Navarre, complètement désemparée, et donna l'ordre au cocher du carrosse de continuer son chemin.

Quelques instants plus tard, les roues crissaient de nouveau sur la route de Palaiseau, et Marguerite, penchée à la portière, pouvait voir les soldats du roi ligoter Mme de Duras et Mme de Béthune, puis tourner bride et repartir au triple galop avec leurs prisonnières.

Que signifiait cet enlèvement ?

Il faisait partie d'un plan établi par Henri III qui, oubliant toute dignité, ne pensait qu'à salir la reine Marguerite.

Les deux confidentes furent conduites à l'abbaye de Ferrière, près de Montargis, pour y subir un interrogatoire. Le roi lui-même posait les questions, demandant des détails sur les amants de sa sœur, les lieux où Marguerite les rencontrait et « mille précisions fort impudiques pour ce qu'elles touchaient au déduit, et qui firent rougir de confusion les deux dames ».

— Vous n'êtes que vermine très pernicieuse, dit-il, je vous tiens pour complices des déportements de la reine de Navarre.

Et il les fit mettre en prison. Après quoi, il écrivit à son beau-frère pour lui spécifier clairement qu'il avait épousé une putain.

Le Béarnais, qui, pour lors, savourait les charmes de la délicieuse comtesse de Gramont, fut ravi. Sautant sur l'occasion qui lui était offerte, il décida de ne pas reprendre avec lui une femme dont la famille elle-même disait tant de mal. En apprenant cette nouvelle, le roi comprit sa maladresse et envoya une autre lettre à Navarre pour lui dire qu'on l'avait trompé et qu'il savait maintenant que Marguerite était un modèle de vertu.

Le Béarnais répondit qu'il s'en tenait à sa première résolution. Alors,

59. A cette époque les dames en voyage portaient toujours un masque. Lorsqu'elles traversaient une ville, elles pouvaient le pendre à leur ceinture. Cette coutume a duré jusqu'en 1670.

Henri III, incapable de cacher sa mauvaise humeur, écrivit : *Je sais comme les rois sont sujets à être trompés par faux rapports, et que les princesses les plus vertueuses ne sont bien souvent exemptes de la calomnie, même pour le regard de la feue reine, votre mère, je sais ce qu'on en a dit et combien on en a toujours mal parlé.*

En recevant cette lettre venimeuse, le roi de Navarre éclata de rire et dit aux amis qui l'entouraient :

— Le roi me fait beaucoup d'honneur par toutes ses lettres : par les premières, il m'appelle cocu, et par ses dernières, fils de putain. Je l'en remercie[60].

Pendant que les deux souverains échangeaient cette curieuse correspondance, Marguerite poursuivait lentement son voyage. Informée par Catherine des sentiments peu amicaux que nourrissait le Béarnais à son égard, elle ne se pressait point d'arriver à Nérac. Lorsqu'elle fut à Agen, elle s'installa dans une luxueuse maison en compagnie d'un officier de sa suite et attendit que le ciel lui fournît une occasion de retrouver son mari sans avoir à encourir d'affront.

C'est alors que Henri de Navarre eut une idée :

— Je ne reprendrai ma femme, fit-il savoir à Henri III, que si les troupes royales qui se trouvent en garnison dans les villes voisines de Nérac sont retirées.

Le roi fut atterré. Son stupide mouvement de colère risquait de l'obliger à dégarnir ses positions militaires dans le Midi. Pensant à la joie des huguenots, il en voulut davantage encore à Marguerite et à ses amants. Pendant quelques jours, il s'entretint avec ses conseillers habituels et avec la reine mère de la décision à prendre. Il espérait gagner du temps. Mais Navarre lui fit comprendre la nécessité d'une solution rapide en s'emparant de Mont-de-Marsan...

Affolé, Henri III promit au Béarnais de retirer les garnisons d'Agen et de Condom, et de limiter celle de Bazas à cinquante chevaux.

Marguerite, qui se trouvait toujours à Agen avec son bel officier, reprit la route aussitôt. A Port-Sainte-Marie, elle rencontra Navarre qui l'embrassa sans prononcer un mot, et les témoins ne se gênèrent pas pour dire que cette réconciliation ne durerait guère.

Le roi de France ne sortait pas grandi de cette lamentable aventure. De plus, on pouvait craindre à tout moment un nouveau soulèvement huguenot dans le Languedoc. La situation était périlleuse, l'avenir avait des couleurs sombres, et Catherine de Médicis ne cessait d'abreuver son fils de reproches.

Fort heureusement le destin se chargea d'arranger les choses en faisant mourir brusquement le duc d'Anjou. Ce décès transformait en effet le Béarnais, ennemi de la couronne, en héritier du trône de France. Henri III vit là une occasion de se réconcilier avec son beau-frère sans perdre la face et, tout heureux, déclara à Mornay, conseiller de Navarre : « Je reconnais votre maître pour mon seul héritier ; c'est

60. Pierre de l'Estoile, *op. cit.*, août 1583.

un prince bien né et de bon naturel. Je l'ai toujours aimé et je sais qu'il m'aime ; il est un peu colère et piquant, mais le fond est bon. »

Il n'était plus question de traiter Jeanne d'Albret de putain...

Mornay transmit ces paroles à Navarre et y ajouta cet extraordinaire commentaire : *Les yeux d'un chacun sont arrêtés sur vous : il faut qu'en votre maison on voye quelque splendeur ; en votre conseil, une dignité ; en votre personne, une gravité ; en vos actions sérieuses, une constance, ès moindres mesmes, égalité. Ces amours si découvertes et auxquelles vous donnez tant de temps ne semblent plus de saison. Il est temps, sire, que vous fassiez l'amour à toute la chrétienté, et particulièrement à la France*[61].

On imagine mal, de nos jours, un conseiller d'État écrivant une telle lettre à un futur président de la République[62]...

Pendant quelques mois, Henri et Marguerite cohabitèrent sans trop de heurts. Il est vrai que les deux époux se voyaient assez peu, ayant, l'un et l'autre, des occupations fort absorbantes : tandis que la reine de Navarre recevait dans sa chambre tous les officiers de Nérac à qui elle voulait du bien, le roi, dont le tempérament exigeant ne pouvait se satisfaire facilement, donnait large ration de plaisir à ses maîtresses.

— N'avoir qu'une femme, c'est être chaste, disait-il.

Il en avait douze : Xainte, fille de chambre de Margot, la boulangère de Saint-Jean, Mme de Potonville, la Baveresse « ainsi nommée pour avoir sué », Mme de Duras, que la reine avait pu faire venir à Nérac, Picotin Pancoussaire, cuiseuse de pain, la comtesse de Saint-Magrin, la nourrice de Casteljaloux, « qui lui voulut donner un coup de couteau, parce que d'un écu qu'il lui fallait bailler il en retrancha quinze sols pour la maquerelle »[63], les deux sœurs de l'Épée, Fleurette Dastarac, fille du jardinier du château de Nérac, et la favorite du moment, Corisande de Guiche, comtesse de Gramont[64].

Bientôt la mésintelligence entre les époux se changea en hostilité. C'est à ce moment que Mme de Gramont, qui rêvait de se faire épouser par le Béarnais, commença à se montrer franchement désagréable avec Margot.

Un jour, elle tenta de l'empoisonner.

La reine de Navarre l'apprit à temps, mais fut agacée. L'obligation de faire goûter ses aliments par un domestique est déplaisante, car, outre qu'elle vous conduit parfois à perdre de bons serviteurs difficiles à remplacer, elle risque de vous faire manger les plats froids. Aussi Margot décida-t-elle de ne pas demeurer plus longtemps dans un endroit

61. Duplessis-Mornay, *Mémoires*.

62. Aujourd'hui, nos chefs d'État se contentent de regarder la France au fond des yeux...

63. *Confession du sieur de Sancy*, 1660.

64. Corisande était veuve de Philibert de Gramont, qui lui avait donné deux enfants : Antoine et Catherine. Cette dernière épousa en 1660 Louiz Grimaldi, duc de Valentinois, ancêtre du prince Rainier III de Monaco.

aussi peu confortable. Quelques jours plus tard, elle quittait Nérac, sous prétexte d'aller faire ses Pâques à Agen, ville catholique de son apanage[65].

Les Agenois lui firent un accueil enthousiaste, et elle s'installa dans la plus belle maison de la cité. Chacun pensait que la présence de la reine de Navarre allait faire marcher le commerce. On se réjouissait bruyamment :

— Des ambassadeurs de tous les pays vont venir avec leur suite...

— Peut-être que la reine mère séjournera ici !...

— Avant un an, nous serons tous riches !

Les malheureux devaient rapidement déchanter. Car, à peine installée, Margot reçut la visite d'un envoyé du duc de Guise qui lui demanda si elle accepterait d'être l'auxiliaire de la Ligue[66] dans le Languedoc et d'entreprendre une guerre contre Navarre.

Trop heureuse de pouvoir se venger des affronts reçus à Nérac, elle accepta et chargea son nouvel amant, Lignerac, bailli des montagnes d'Auvergne, de s'emparer de l'Agenais, de recruter des hommes et de fortifier la ville.

Lorsqu'elle se sentit à la tête d'une armée, Margot fut un peu grisée. Elle commença par prendre le titre de Marguerite de France et n'appela plus son mari que le prince de Béarn ; puis elle donna l'ordre d'aller attaquer Tonneins et Villeneuve-d'Agen, villes appartenant à Navarre. L'expédition fut désastreuse : insuffisamment préparés et mal dirigés, les hommes de Lignerac furent battus à plate couture aux deux endroits et « transformés en défuncts ».

Après cet échec, Marguerite dut procéder à un nouveau recrutement et à de nouveaux achats d'armes. Or les ressources dont elle disposait étaient maigres et l'argent que lui avait promis Guise n'arrivait pas. Pour s'en procurer, elle dut créer des impôts et accabler de charges les habitants d'Agen. Bien vite exaspérés, ceux-ci se révoltèrent, massacrèrent la plupart des soldats de la Ligue et livrèrent la ville aux troupes royales commandées par le maréchal de Matignon. Prise entre une cité en pleine révolte et l'armée de Henri III, Margot était exposée à être rendue à son mari ou à son frère. Épouvantée, elle monta en croupe derrière Lignerac et quitta la ville au triple galop.

Voici comment l'auteur du *Divorce satyrique* (qui parle au nom de Henri de Navarre) rappelle cet épisode : « Étant malaisé que le poisson ne revienne à l'hameçon, et le corbeau à la charogne, ce haut-de-chausse à trois culs se laisse derechef emporter à la lubricité et débordée sensualité, me quittant sans mot dire et s'en allant à Agen, ville contraire à mon parti, pour y établir son commerce et avec plus de

65. Cf. cette lettre de Bellièvre à Catherine de Médicis : *Je n'ai pas omis de dire à M. de Clervant le tort que le roi de Navarre se fait de préférer l'amitié de la comtesse à celle de la reine sa femme, qui a été contrainte de se retirer à Agen pour se préserver de la comtesse qui entreprend contre sa vie.*

66. Confédération fondée en 1576 par le duc de Guise 1) pour défendre la religion catholique contre les protestants ; 2) pour renverser Henri III et prendre sa place sur le trône de France. (Cf. Livre II.)

liberté continuer ses ordures ; mais les habitants, présageant d'une vie insolente d'insolents succès, lui donnèrent l'occasion de partir avec tant de hâte qu'à peine se put-il trouver un cheval de croupe pour l'emporter, ni des chevaux de louage ni de poste pour la moitié de ses filles, dont plusieurs la suivaient à la file, qui sans masque, qui sans devantier, et telle sans tous les deux, avec un désarroi si pitoyable qu'elles ressemblaient mieux à des garces de lansquenets à la route d'un camp qu'à des filles de bonne maison... »

La fuite de Margot amusa tout le royaume, et les Parisiens composèrent de nombreuses chansons satiriques, dont voici un échantillon :

Le roi a la tête si grise
Qu'il ne fait plus que radoter.
Sa sœur veut trop d'hommes porter,
Elle est vraie fille de sa mère.

Ce couplet montre avec quelle liberté les chansonniers d'autrefois attaquaient les « personnages officiels »...

Emportée par le cheval de Lignerac, Margot fit cinquante lieues sans selle, sans coussinet et arriva brisée, exténuée et « la cuisse écorchée », au château fort de Carlat, près d'Aurillac.

Dès que le pont-levis fut relevé, elle respira. Ce château où elle se trouvait sans argent, et même sans linge pour se changer, était une véritable prison et « sentait plus la tanière de larron que la demeure d'une reine », mais elle y était à l'abri de son mari et surtout de son frère...

Lorsqu'il sut qu'elle s'était réfugiée à Carlat, Henri III ne put s'empêcher de dire publiquement :

— Les Cadets de Gascogne n'ont pu saouler la reine de Navarre, elle est allée trouver les muletiers et chaudronniers d'Auvergne !

Sa Majesté ne se trompait pas de beaucoup. Ce n'étaient pas des muletiers qui partageaient la couche de Margot à Carlat, mais à peu près tous les hommes de la garnison. Elle les invitait à tour de rôle. C'était le seul moyen qu'elle eût à sa disposition pour supporter cet emprisonnement volontaire.

Il y avait d'ailleurs un certain risque à recevoir ces jeunes gens, car Lignerac était d'une jalousie féroce. Un jour du printemps 1586, il entra dans la chambre de la reine ; Margot, souffrante, était couchée. A son chevet, se trouvait le fils de l'apothicaire. Sans prononcer un mot, Lignerac poignarda le jeune homme dont le sang inonda le lit [67]...

Ce manque d'usage déplut à Marguerite. Elle se débarrassa bientôt de Lignerac et chercha un autre amant de cœur. Elle choisit son écuyer, le noble et charmant Aubiac, qui s'était écrié en la voyant pour

67. Bernardin de Mendoça à Philippe II (Arch. Nat.).

la première fois à Agen : « Oh ! l'admirable créature ! Je voudrais avoir couché avec elle, à peine d'être pendu quelque temps après. »

(C'était d'ailleurs parce qu'on lui avait rapporté ces paroles que la reine de Navarre avait engagé le jeune homme sur-le-champ...)

Margot et Aubiac s'entendirent assez bien, si l'on en croit Agrippa d'Aubigné, qui nous dit en une longue phrase : « Elle l'éleva de l'écurie à la chambre, et s'en fit tellement piquer que son ventre, heureux en telle rencontre, en devint rond et enflé comme un ballon, vomissant en son terme un petit garçon, avec le secours d'une sage-femme que la mère de ce piqueur, pour l'amour de son fils, y avait conduite, assistée du médecin du May, lequel, outre sa profession, et de lui panser quelque apostume sur son derrière, lui servit à ce coup de porter ce jeune prince, nouveau Lepandre mal emmailloté, en nourrice au village d'Escouviac, là auprès, si fraîchement né, que néanmoins, pour le froid enduré du long chemin, il en demeura pour toujours privé de l'oïe et de la parole, et pour ces imperfections abandonné de l'amour et du soin de sa propre mère qui, ayant oublié les plaisirs de la conception, a longtemps permis qu'il ait gardé les oisons en Gascogne, où Mlle d'Aubiac, son aïeule, l'a, tant qu'elle a vécu, préservé de mourir de faim[68]. »

Dès qu'elle fut relevée de couches, Marguerite partit de Carlat sous la protection d'Aubiac pour se rendre discrètement au château d'Ibois, où le seigneur de Châteauneuf, Amblard d'Escorailles, devait lui donner asile.

Elle allait, dans cette aventure, perdre son bel amant — et la liberté pour dix-neuf ans !...

Quelques jours après son arrivée, une troupe, dirigée par le marquis de Canillac, gouverneur d'Usson, se présenta à la poterne.

— Au nom du roi, je viens chercher la reine de Navarre !

Margot comprit qu'elle avait été trahie et qu'on allait la jeter dans quelque obscure prison. Rapidement, elle fit raser et cacher Aubiac pour le soustraire au châtiment certain. Malheureusement, Canillac, qui avait reçu l'ordre de s'emparer de la dame et de son amant, fouilla tout le château, décrocha les tentures, vida les meubles et finit par trouver le bellâtre, tremblant de peur, « en un coin du manteau de la cheminée ».

Aussitôt, il le confia à une garde spéciale qui le conduisit à Saint-Cirque.

En voyant disparaître son amant, Margot poussa des cris déchirants, se roula par terre et déclara qu'elle allait mourir, car elle aimait cet homme plus que sa vie.

Pour toute réponse, le marquis, qui savait Marguerite un peu excessive dans ses propos, lui ordonna de rester sagement dans sa

68. On ne sait rien de précis sur ce fils de Margot. D'après l'ambassadeur toscan Cavrina, il était noble, beau, audacieux. D'après Dupleix (1569-1643), il mourut tout jeune...

chambre, jusqu'à nouvel ordre. Puis il envoya M. de Montmorin demander à Henri III ce qu'il devait faire de sa prisonnière.

Le roi venait justement d'apprendre, par l'abbé de Choinin, que Marguerite s'était ralliée à la Ligue. Furieux, il écrivit à Villeroy : *Mandez à Canillac qu'il ne bouge que nous n'y ayons pourvu bien et comme il faut. Cependant, écrivez-lui qu'il la mène au château d'Usson. Que, de cette heure, l'on arrête ses terres et ses pensions, tant pour rembourser le marquis que pour sa garde. Quant à ses femmes et hommes, que le marquis les chasse incontinent, et qu'il lui donne quelque honnête demoiselle et femme de chambre, en attendant que la reine, ma bonne mère, lui en ordonne de telles qu'elle avisera, mais que, surtout, il prenne bien garde à elle. Je ne la veux appeler dans les lettres patentes que sœur, et non chère et bien-aimée. La reine ma mère m'enjoint de faire pendre Aubiac, et que ce soit en la présence de cette misérable, en la cour du château d'Usson. Faites que ce soit dextrement fait. Mandez que l'on m'envoie toutes ses bagues, et par un bel inventaire, et qu'on me les apporte au plus tôt*[69].

Dès qu'il eut reçu cette lettre, Canillac poussa Margot dans un carrosse solidement gardé et la fit conduire sous bonne escorte au château d'Usson, vieille forteresse bâtie sur la crête d'un pic inaccessible. C'était une prison merveilleusement choisie. Avec son vieux donjon carré et ses vingt tours de défense, ce nid d'aigle défiait toutes les attaques. Un moine qui y avait vécu disait que « le soleil seul pouvait y pénétrer de force »...

Margot fut enfermée dans les appartements les plus retirés. Après quoi, Canillac fit exécuter Aubiac.

— L'autorité du roi me fait perdre la vie et non mon démérite, s'écria le jeune amant de la reine de Navarre lorsqu'on lui apprit qu'il allait périr.

Puis il baisa un manchon de velours bleu que lui avait donné Margot et il tendit son cou au bourreau. Le rêve audacieux qu'il avait osé faire s'était réalisé, il mourait content.

On avait creusé une fosse au pied de la potence. Le malheureux respirait encore quand il y fut jeté[70].

Pendant quelque temps, personne ne sut ce qui se passait dans la forteresse d'Usson, et le bruit courut que Henri III avait fait assassiner sa sœur.

En réalité, Marguerite était en train de jouer au roi le plus beau tour de sa vie.

Un matin, elle avait fait savoir à Canillac qu'elle serait heureuse de le recevoir dans sa chambre. Le marquis, sans méfiance, vint et trouva sa prisonnière au lit, portant un vêtement léger et fort échancré, qui laissait voir « tétins blancs comme neige et piqués d'une framboise ». Il en fut troublé et son œil (il était borgne) « perdit de sa dignité au

69. Lettre citée dans la correspondance de Catherine de Médicis.
70. *Négociations diplomatiques avec la Toscane*, t. IV.

profit de la concupiscence ». Margot, qui le considérait en souriant, paupières mi-closes, comprit qu'elle avait montré de sa personne un échantillon suffisamment prometteur pour que son geôlier désirât « toute la pièce... ».

Elle l'invita à s'asseoir près d'elle et l'entretint longuement de poésie, d'art et de littérature, affectant de ne rien voir de l'état hypertendu dans lequel se trouvait le malheureux [71].

Puis elle lui donna congé en disant :

— Je serais très heureuse de pouvoir parler ainsi avec vous tous les matins.

Canillac, les pommettes en feu, promit de revenir. Et dès le lendemain le jeu recommença, pour le plus grand dommage des artères du marquis. Au bout de huit jours, ne pouvant se contenir davantage, il se mit à genoux dans la chambre et demanda à Marguerite, en des termes simples, mais touchants, de bien vouloir l'autoriser à coucher avec elle.

— Je vous donnerai tout ce que vous voulez, s'écria-t-il.

Margot s'étira comme une chatte :

— Donnez-moi la ville d'Usson.

Il accepta et elle ouvrit ses draps...

C'est ainsi que la reine de Navarre cessa d'être prisonnière pour être à la fois la maîtresse de la place forte et du marquis de Canillac.

Marguerite avait acquis, au cours de ses multiples aventures galantes, un savoir-faire et un tour de main qui stupéfiaient ses amants. Canillac fut ébloui et jura de se vouer désormais corps et âme à cette femme qui lui procurait de si grandes voluptés. Margot n'attendait que cela. Entre deux étreintes, elle lui expliqua pourquoi Henri III voulait la faire disparaître :

— Le roi mon frère désire que je meure afin que la princesse de Lorraine épouse le roi de Navarre, mon mari, lequel abjurerait à cette occasion. En outre, ma belle-sœur, Catherine de Bourbon [72], épouserait le fils aîné du duc de Lorraine, ce qui amènerait la réconciliation de la maison de Condé et de la maison de Lorraine, donc l'amoindrissement de Henri de Guise, réduit au rôle de cadet désavoué.

Elle ajouta :

— Si vous m'aimez, vous devriez aller à Lyon trouver M. de Foronne, qui est l'un des principaux agents du duc de Guise, et lui dire que vous êtes mon ami, tout prêt à nous servir, lui et moi.

Le soir même, Canillac partit pour Lyon. Les Ligueurs, qui ne s'attendaient pas à une telle aubaine, lui accordèrent quarante mille

71. Brantôme dit, à ce propos : « Pauvre homme, que pouvait-il faire ? Vouloir tenir captive celle qui, de ses yeux et de son beau visage, peut assujettir en ses liens de chaînes tout le reste du monde comme un forçat ? »

72. Cette jeune sœur de Henri de Navarre devait finalement épouser cet Henri de Lorraine en 1599 et devenir duchesse de Bar, après avoir vécu un douloureux roman d'amour avec son cousin le comte de Soissons.

écus de pension par an et cinquante soldats pour la garde du château d'Usson.

Dès son retour, le marquis congédia la garnison de Henri III et installa les hommes du duc de Guise.

L'amour de Canillac pour la reine de Navarre créait ainsi, en plein cœur du royaume, un centre ligueur hostile au roi de France...

8

Une femme empêche Henri de Navarre d'exploiter la victoire de Coutras

Henri IV eût été un héros accompli s'il eût été réduit au sort d'Abélard.

BAYLE

Pendant que la reine Margot révélait au marquis de Canillac d'exténuants plaisirs, Henri de Navarre partageait son temps entre la belle Corisande et la préparation d'une manœuvre destinée à mettre en échec de façon définitive les troupes de la Ligue.

Pour fortifier sa position, le Béarnais n'était pas très regardant sur les moyens à employer : *il s'était adressé aux princes d'Allemagne et leur avait demandé tout bonnement de venir envahir la Lorraine, la Champagne et l'Orléanais.*

— J'irai vous rejoindre sur les bords de la Loire, leur avait-il dit, et nous vaincrons ensemble l'armée du duc de Guise.

Le fait d'attirer des troupes étrangères sur le sol national constitue toujours une imprudence. Navarre le savait, mais, pour anéantir la Ligue qui refusait de le reconnaître comme héritier présomptif du trône à cause de sa religion, il était prêt à tout, même à faire ravager des provinces entières.

Curieux état d'esprit auquel, pourtant, il est permis de trouver des excuses.

Depuis quelque temps, en effet, les partisans du duc de Guise composaient ou répandaient des pamphlets extrêmement injurieux pour le Béarnais. On l'insultait partout, et jusque dans les églises où les prédicateurs ne pouvaient prononcer un sermon sans le traiter de « fils de putain » ou de « maquereau ». Ce langage, rarement employé dans un saint lieu, amusait fort le menu peuple qui, ne comprenant rien, comme d'habitude, à la situation politique, était heureux du moins de se réjouir en écoutant des grossièretés.

La hargne des Ligueurs se manifestait en toute occasion avec la même verdeur dans le propos. On rapporte qu'un soir, au cours d'une réception chez le cardinal de Pellevé, M. de Sermoise ayant dit que Navarre abjurerait peut-être un jour pour se faire catholique, le prélat l'interrompit avec colère :

— Je ne sais si vous êtes veuf ou marié, s'écria-t-il, mais si vous l'avez été ou si vous l'êtes, et que vous eussiez une femme qui se fût prostituée en plein bordel, la voudriez-vous reprendre quand elle voudrait revenir ? Or l'hérésie, monsieur mon ami, est une putain !

De telles insultes, lorsqu'elles lui étaient rapportées par ses agents de renseignements, ulcéraient Navarre qui se sentait disposé à demander l'aide de tous les ennemis du royaume pour satisfaire sa rancune.

Au mois de septembre 1587, les armées allemandes, en partie financées, d'ailleurs, par la reine Élisabeth d'Angleterre, envahirent la Lorraine. Aussitôt, Navarre, qui venait de remporter quelques succès militaires en Poitou, se prépara à partir à la rencontre de ses alliés.

Henri III, menacé à la fois par les Allemands, la Ligue et les protestants, conçut alors un plan astucieux qui consistait à profiter de la situation pour se débarrasser de tout le monde. Il envoya dans le Sud-Ouest une armée commandée par un de ses mignons, le duc de Joyeuse, avec l'espoir qu'elle battrait le Béarnais, et laissa partir le duc de Guise vers l'Est, certain qu'il serait écrasé par les Allemands.

Malgré les efforts désespérés des princes lorrains pour repousser l'envahisseur, les armées allemandes atteignirent les frontières de France le 17 septembre, et la Champagne fut occupée à son tour. Les alliés de Henri de Navarre pillaient, violaient, incendiaient, et tuaient tous ceux qui voulaient leur résister. Après avoir franchi la Seine et l'Yonne, ils se dirigèrent vers la Loire, pressés d'aller rejoindre par le Berry les armées protestantes cantonnées pour lors en Poitou et en Saintonge.

Voyant le danger et voulant à toute force que la rencontre des armées de la Ligue et des troupes allemandes eût lieu en Gâtinais (c'est-à-dire au nord de la Loire), Henri III fit garder ou détruire tous les ponts jetés sur le fleuve entre Orléans et La Charité.

Pendant ce temps, le duc de Joyeuse descendait à marches forcées vers Poitiers avec huit mille hommes et deux mille chevaux pour livrer bataille au Béarnais et l'empêcher d'aller rejoindre ses alliés. Cette ruée inquiéta Navarre qui se replia précipitamment vers la Guyenne pour y lever de nouvelles troupes.

Joyeuse le suivit et, le 19 octobre au soir, se trouva non loin de la ville de Coutras où l'armée huguenote s'était arrêtée. Navarre, qui cette fois était prêt, décida d'attaquer le lendemain à l'aube.

Quelques heures avant le combat, le chef protestant, sachant que son sort allait se jouer dans deux arpents de prairie, crut bon de rédiger cette curieuse proclamation qu'il lut lui-même à ses hommes aux premières lueurs du jour :

« Mes amis, voici une curée qui se présente bien autre que vos butins passés : c'est un nouveau marié [73] qui a encore l'argent de son mariage en ses coffres ; toute l'élite des courtisans est avec lui. Courage ! Il

73. Le duc de Joyeuse s'était marié récemment avec Marguerite de Lorraine, belle-sœur de Henri III qui l'avait couvert de bijoux à cette occasion et avait dépensé un million deux cent mille écus pour la noce...

n'y aura si petit d'entre vous qui ne soit désormais monté sur des grands chevaux et servi en vaisselle d'argent. Qui n'espérerait la victoire, vous voyant si bien encouragés ? Il sont à nous ; je le juge par l'envie que vous avez de combattre ; mais pourtant nous devons tous croire que l'événement est en la main de Dieu, lequel, sachant et favorisant la justice de nos armes, nous fera voir à nos pieds ceux qui devraient plutôt nous honorer que combattre. Prions-le donc qu'il nous assiste. Cet acte sera le plus grand que nous ayons fait ; la gloire en demeurera à Dieu, le service au Roi, notre souverain seigneur, l'honneur à nous et le salut à l'État. »

Puis le soleil se leva, éclairant les deux armées face à face, et le combat commença.

Ce fut, dès le début, une mêlée épouvantable. Tapant à droite, coupant à gauche, égorgeant, étripant, assommant, décapitant, Ligueurs et huguenots s'entre-tuèrent avec allégresse pendant plusieurs heures. Finalement, les troupes de Navarre, pourtant inférieures en nombre, eurent l'avantage, et l'armée catholique se débanda, laissant sur le terrain trois mille morts, dont quatre cents gentilshommes et le duc de Joyeuse lui-même...

Henri III était à Gien lorsqu'il apprit la victoire des protestants. Il resta hébété. Tout son plan s'effondrait ; car dans ces conditions pouvait-il encore souhaiter la défaite de Guise ? Navarre allait maintenant s'élancer avec ses troupes vers la Loire, traverser le fleuve au sud de La Charité, remonter vers Montargis et rejoindre les Allemands qui festoyaient en attendant son arrivée.

Une bataille aurait lieu qui tournerait sans doute à l'avantage des huguenots.

Il fut pris de panique.

Les 23, 24, 25 octobre, il attendit, angoissé, nerveux, le visage agité de tics. Et soudain, le 26, une nouvelle stupéfiante lui parvint : *Le Béarnais, au lieu de poursuivre sa route en vainqueur, avait, contre toute logique, au lendemain de la victoire de Coutras, congédié ses troupes pour un mois et s'était retiré à Nérac.*

Quelles raisons avaient poussé Navarre à agir ainsi ? Les raisons qui sont à l'origine de presque toutes les actions déconcertantes des hommes, et que la raison, dit-on, ne connaît pas. C'est, en effet, pour aller retrouver Mme de Gramont, dont il avait brusquement un furieux désir, que le Béarnais s'était volontairement privé des avantages de la victoire.

Écoutons Sully. Le futur ministre de Henri IV nous explique d'un ton navré que le roi abandonna son armée à cause de « l'amour qu'il portait lors à la comtesse de Guiche[74], et la vanité de présenter lui-même à cette dame les enseignes, cornettes[75] et autres dépouilles des ennemis, qu'il avait fait mettre à part pour lui être envoyées ; il prit

74. Mme de Gramont était comtesse de Guiche.
75. Drapeaux.

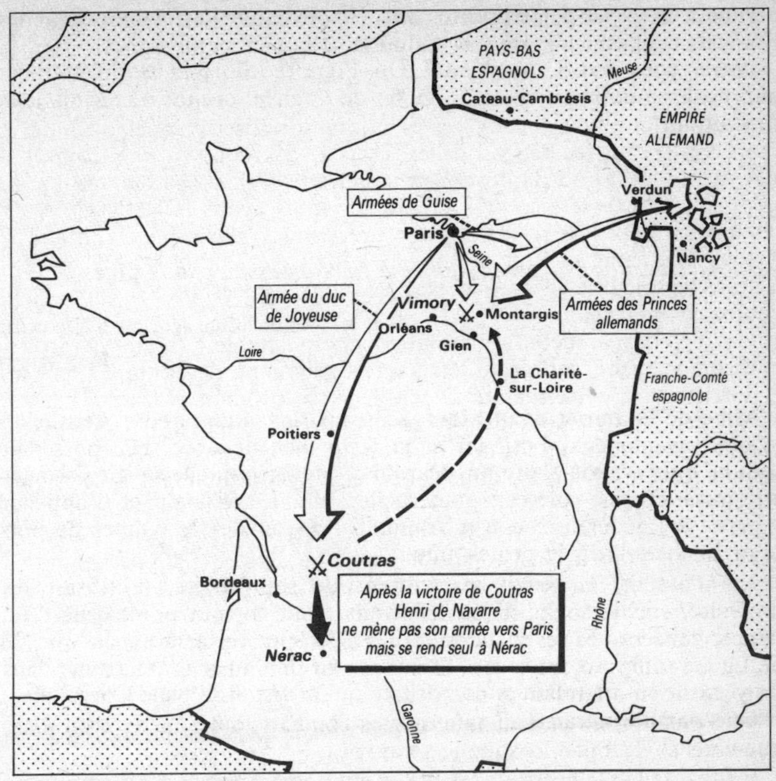

On voit sur cette carte ce qu'aurait dû faire Henri de Navarre après la victoire de Coutras (flèche en pointillés) et ce qu'il a fait (flèche noire).

prétexte de ce voyage l'affection qu'il portait à sa sœur et au comte de Soissons ; tellement qu'au bout de huit jours tous les fruits espérés d'une si grande et signalée victoire s'en allèrent en vent et en fumée, et, au lieu de conquérir, l'on vit toutes les choses dépérir... »[76].

Au bout de huit jours, en effet, tout était consommé. Guise avait battu les Allemands à Vimory, près de Montargis, et les Suisses s'étaient rendus... En novembre, les reîtres, de nouveau défaits par Guise, capitulèrent et, maudissant Navarre de les avoir attirés dans ce guêpier, durent quitter précipitamment le royaume.

C'était la fin. L'amour du Béarnais pour la belle Corisande avait

76. SULLY, *op. cit.*

permis à la Ligue de remporter une victoire dont l'effet moral sur les Français était considérable, et qui allait décupler sa puissance.

Navarre en eut-il du dépit ? On l'ignore. Il resta douillettement auprès de sa maîtresse jusqu'à la fin de l'année, occupé aux seuls jeux de l'amour...

9

Henri de Navarre renonce à faire assassiner sa femme

Il est tout de même agréable d'être deux.

PAUL ADAM

Mme de Gramont avait alors trente-six ans. Plantureuse, sensuelle, le tétin avantageux, l'œil vif et la fesse bien dessinée, elle possédait tout ce qui pouvait plaire au Béarnais. Intelligente, elle savait partager ses joies et ses colères ; maternelle, elle le soignait et l'appelait « petiot » ; généreuse, elle lui donnait l'argent de ses coupes de bois pour financer l'armée protestante.

Lui l'aimait, la tenait au courant de ses projets, lui disait ses espérances, et leur vie, depuis sept ans, était en tout point celle d'un couple régulier. Mais en décembre 1588, lorsque la mort du duc de Guise le rapprocha du trône [77], Navarre vit une lueur d'amertume dans les yeux de sa maîtresse et comprit ce qui attristait la belle Corisande.

— Vous m'avez aidé dans tous mes combats, il est juste, mon âme, que vous soyez reine lorsque je serai roi !

Encore fallait-il rendre possible ce mariage promis sous l'empire de la passion ; car, si Mme de Gramont était veuve, Henri était marié.

Le divorce ? Il n'y songeait pas, la procédure étant trop longue et trop compliquée. Mais il envisageait, avec un cynisme aimable et sain, de se rendre veuf.

Pourtant, avant d'entreprendre quoi que ce fût, il voulut demander l'avis de quelques amis. S'adressant à d'Aubigné et au vicomte de Turenne, il leur confia son dessein d'épouser Mme de Gramont et leur fit part de la promesse qu'il lui avait faite.

— Croyez-vous que j'aie raison de vouloir ce mariage ? leur demanda-t-il.

« Il s'agissait, nous dit Dreux du Radier, de la démarche la plus considérable de sa vie. Turenne, qui connaissait la vivacité des sentiments de Henri, n'osa les choquer. Il prétexta la nécessité d'un voyage à Marans et partit le lendemain. Assez honnête homme pour ne pas donner un mauvais conseil à son maître, il n'eut pas la force

77. Henri de Guise, je le rappelle, fut assassiné à Blois, alors qu'il sortait de la chambre de Mme de Sauve dont il était toujours l'amant.

de lui en donner un bon. D'Aubigné, resté seul chargé de l'emploi dangereux d'être sincère, s'en acquitta sans détour[78].»

En effet, l'aide de camp du roi de Navarre rapporte, dans son *Histoire*, les propos qu'il tint au Béarnais. Les voici : « Je ne prétends point que vous renonciez à votre passion. J'ai été amoureux : je sais ce que vous souffririez ; mais servez-vous-en, sire, comme d'un motif qui vous excite à vous rendre digne de votre maîtresse, qui vous mépriserait si vous vous abaissiez jusqu'à l'épouser. Il faut que vous soyez *aut Coesear, aut nihil* ; que vous vous rendiez dans votre conseil que vous abhorrez ; que vous donniez plus de temps que vous ne faites aux affaires nécessaires ; que celles qui sont essentielles aient la préférence sur les autres, surtout sur le plaisir. Le duc d'Anjou est mort, vous n'avez plus qu'un pas à faire pour monter sur le trône. Si vous devenez l'époux de votre maîtresse, le mépris que vous ferez rejaillir sur votre personne vous en fermera le chemin sans ressource[79]. »

Navarre avait l'esprit trop juste pour ne pas reconnaître la sagesse de ces propos. Il remercia d'Aubigné et lui donna sa parole qu'il n'épouserait pas, en tout cas, la comtesse avant deux ans.

L'aide de camp connaissait suffisamment son maître pour savoir qu'avant ce terme une nouvelle favorite aurait remplacé la belle Corisande.

— Voilà une sage résolution, dit-il en s'efforçant de ne pas sourire.

Après cette conversation, le Béarnais devint extrêmement prudent avec Mme de Gramont. S'il la culbutait toujours avec cette saine ardeur qui faisait l'admiration des dames, du moins ne lui parlait-il plus de mariage. La belle avait ses espions. Elle sut vite d'où venait ce changement d'attitude et devint l'ennemie mortelle de d'Aubigné. Mais celui-ci pouvait être satisfait : il avait évité bien des ennuis au royaume.

En effet, on se demande ce qui se serait passé l'année suivante si Henri de Navarre, déjà mal vu à cause de sa religion, avait dû, en outre, imposer son ancienne concubine comme reine de France.

En empêchant ce mariage, d'Aubigné ne rendait pas seulement un grand service au pays, il sauvait aussi la reine Margot, plus ou moins promise à l'assassinat. Or l'ardente sœur de Henri III n'avait pas du tout envie de s'arrêter, à trente-cinq ans, de goûter les plaisirs terrestres. Tout en prenant du bon temps avec le marquis de Canillac, elle s'intéressait aux arts et complotait avec volupté. Son château, qui était devenu un important centre ligueur, tenait à la fois du quartier général politique et du salon littéraire. On y voyait aussi bien Saint-Vidal, chef du Velay, que Brantôme, ou Honoré d'Urfé, auteur de *L'Astrée*.

Ce dernier eut d'ailleurs l'occasion de constater pendant son séjour à Usson qu'il existait sur terre des gens beaucoup moins compliqués que ses personnages. Un soir, nous dit-on, Margot, séduite par son

78. Dreux du Radier, *op. cit.*

79. En prononçant ce vertueux discours, Agrippa d'Aubigné ne se doutait pas que sa petite-fille, Mme de Maintenon, deviendrait la maîtresse, puis la femme d'un roi de France...

joli maintien, l'entraîna sur un canapé et lui demanda, après s'être convenablement troussée, d'être assez complaisant pour « éteindre une ardeur qui lui venait »...

Urfé étant la gentillesse même, tout se termina à la satisfaction générale, et l'écrivain regagna Paris, la mémoire enrichie de quelques belles images voluptueuses...

Malgré le tempérament exigeant de la reine de Navarre, tous les visiteurs ne repartaient pas aussi comblés. Ceux qui n'avaient pas eu l'honneur d'être distingués par la maîtresse de céans gardaient seulement le souvenir de quelques détails curieux se rapportant au paysage. Le savant Scaliger, par exemple, nous conte qu'il fut surpris de la situation qu'occupait Margot sur ce nid d'aigle où trois villes « s'étageaient à la façon d'un bonnet de pape ». « Elle peut, écrit-il, émerveillé, pisser sur ceux des deux villes du dessous. Elle est libre ; fait ce qu'elle veut ; a des hommes tant qu'elle veut et les choisit [80]. »

Si la première phrase ne constitue qu'une image un peu hardie, la dernière est l'expression de la plus stricte vérité. Margot avait attiré à Usson, sous le prétexte de former une chorale pour sa chapelle, de jeunes garçons parmi lesquels elle choisissait ses partenaires. L'un d'eux, fils d'un chaudronnier du pays, le jeune Claude François, qui avait d'abord tapé sur les chaudrons avant de chanter des cantiques, devint rapidement l'amant de cœur.

Elle le fit seigneur de Pominy et bénéficiaire de Notre-Dame du Puy. La jalousie qu'elle montrait à son égard était terrible. Elle avait peur qu'il ne se laissât attirer par une femme plus jeune qu'elle et passait son temps à le surveiller. « C'est pour lui, nous dit l'auteur du *Divorce satyrique*, qu'elle fit faire les lits de ses Dames d'Usson, si hauts, qu'on y voyait dessous sans se courber, afin de ne s'écorcher plus comme elle soulait [81] les épaules, ni le fessier, en s'y fourrant à quatre pieds, toute nue, pour le chercher. C'est pour lui qu'on l'a vue souvent tâtonner la tapisserie, pensant l'y trouver, et celui pour qui, bien souvent, en le cherchant de trop d'affection, elle s'est marqué le visage contre les portes et les parois [82]. »

Elle eût été plus avisée en se méfiant d'elle-même, car, à la suite d'une nuit d'amour particulièrement agitée, le pauvre, exténué, mourut d'essoufflement...

Tous ces faits étaient connus du Béarnais qui, le 1er janvier 1589, dans une lettre adressée à Mme de Gramont, écrivait : *Je n'attends que l'heure de ouïr dire qu'on aura envoyé étrangler la feue reine de Navarre. Cela, avec la mort de sa mère, me ferait bien chanter le cantique de Siméon.*

Cinq jours plus tard, il était en partie exaucé : Catherine de Médicis

80. SCALIGER, *Mémoires.*
81. C'est-à-dire : comme elle en avait l'habitude.
82. *Divorce satyrique,* 1650.

trépassait à Blois. Sa joie fut si grande qu'il ne voulut point avoir le mauvais goût de se montrer exigeant avec le Ciel. Il se contenta de ce premier cadavre et offrit à ses amis un bon déjeuner pour fêter l'événement.

Se croyant soutenu par le Seigneur, Navarre envisagea dès lors l'avenir avec confiance et ne s'étonna pas lorsque Henri III, chassé de Paris par la Ligue, manifesta le désir de se rapprocher de lui. Le dernier dimanche d'avril, les deux beaux-frères, qui s'étaient tant molestés durant quatre ans, se rencontrèrent au Plessis-lès-Tours, « montrant chacun, nous dit L'Estoile, une incroyable joie ». Ils s'embrassèrent, les yeux pleins de larmes, au milieu du bon peuple en liesse qui hurlait curieusement :

— Vivent les rois ! Vivent les rois !

Henri III fit de Navarre son lieutenant général, et tous deux décidèrent d'unir leurs forces et leurs conseils pour s'efforcer de venir à bout des Guisards et des Lorrains qui tenaient une grande partie du royaume.

Cette union rendit les Ligueurs furieux et, le 7 mai, le duc de Mayenne, nommé par le Conseil de la Ligue « lieutenant général de l'État royal et couronne de France »[83], vint attaquer le faubourg Saint-Symphorien, à Tours, avec l'espoir d'entrer dans la ville et d'y prendre le roi.

Les troupes royales, malgré l'appui des soldats de Navarre, furent bientôt débordées et obligées de fuir en désordre, laissant de nombreux morts sur le pavé. Encouragés, les Ligueurs se jetèrent à la poursuite des fuyards, et, sans doute, leur élan les eût-il conduits jusqu'à la demeure du roi si quelques jolies Tourangelles, curieuses de savoir ce qui se passait dans la rue, n'avaient fait, fort opportunément, leur apparition à une fenêtre.

Les premiers soldats qui les virent furent émerveillés. Jetant leur arquebuse, ils grimpèrent des escaliers, enfoncèrent des portes et, tout échauffés encore par l'ardeur du combat, violèrent les demoiselles avec entrain.

Le mouvement fut naturellement suivi et tous les hommes de M. de Mayenne, se désintéressant des choses militaires, « abandonnèrent Mars pour Vénus ». Pénétrant dans les maisons, fouillant les chambres, bouleversant les boutiques, ils se jetaient sur toutes les femmes qu'ils rencontraient, et des scènes pittoresques se déroulèrent. Car si la plupart de ces malheureuses, terrorisées, se laissaient prendre en public, sur le pavé, contre un arbre, sur une marche, inconscientes du spectacle qu'elles offraient, d'autres, au contraire, se débattaient, hurlaient, griffaient, parvenaient à se sauver. Un groupe réussit même à se réfugier dans une église ; mais les Ligueurs, saisis par une véritable

83. Ce titre, décerné par le Parlement fantoche qui gouvernait Paris, donnait à Mayenne une autorité considérable. Chef des factieux, il faisait « état de roi », et L'Estoile nous dit qu'un sire de Paris le fit peindre avec une couronne impériale sur la tête.

folie érotique, les y rejoignirent et les maltraitèrent sans respect pour le saint lieu.

Tout à coup, une nouvelle se propagea de groupe en groupe, stoppant net cet accès de lubricité : le roi de Navarre arrivait avec des troupes fraîches ! Terrifiés à la pensée des représailles qu'ils allaient subir, les soldats de Mayenne abandonnèrent les Tourangelles et se replièrent précipitamment.

Ce fut la débandade.

Ce fait est attesté par un médecin de la cour qui, relatant pour un ami les circonstances de la retraite du duc de Mayenne, écrivait « qu'il eût pu tenir davantage s'il n'eût eu peur d'être suivi et puni pour les violences de filles et de femmes que firent ses gens dans le milieu d'une église ». L'Estoile ajoute que ces violences « furent telles et si grandes que le vicaire dudit Symphorien a, depuis, assuré y avoir vu forcer les filles et femmes réfugiées, en la présence de leurs maris et de leurs pères et mères, et que, leur en voulant remontrer quelque chose, ces gens de bien de l'Union, comme fort respectueux envers les gens d'église, l'auraient, l'épée à la gorge, menacé *de lui en faire autant* s'il ne se taisait ».

Ainsi les femmes de Tours, sans le savoir, avaient-elles sauvé Henri III et peut-être le royaume...

Tout en guerroyant, Navarre continuait de courir le jupon, et Mme de Gramont, à qui il écrivait pourtant presque quotidiennement des billets enflammés, se doutait bien de son infortune [84]. On en a une curieuse preuve. Le 18 mai, il lui envoya une lettre sur laquelle elle ne put s'empêcher de noter des remarques piquantes et désabusées qui témoignent de ses soupçons et aussi d'un caractère moins désintéressé qu'on aurait pu le croire. Voici la lettre avec, en notes, les commentaires que la belle Corisande avait griffonnés dans les interlignes :

Mon âme, je vous écris de Blois, où il y a cinq mois que l'on me condamnait hérétique et indigne de succéder à la couronne, et j'en suis à cette heure le principal pilier. Voyez les œuvres de Dieu envers ceux qui se sont toujours fiés en lui. Car y avait-il rien qui eût tant d'apparence de force qu'un arrêt des États ? Cependant j'en appelai devant Celui qui peut tout [85]*, qui a revu le procès, a cassé les arrêts des hommes, m'a remis en mon droit, et crois que ce sera aux dépens de mes ennemis* [86]*. Ceux qui se fient en Dieu et le servent ne sont jamais confus* [87]*. Je me porte très bien, Dieu merci ; vous jurant avec vérité que je n'aime ni honore rien au monde comme vous* [88]*, et vous*

84. C'est à cette époque que le Béarnais devint l'amant d'une certaine Françoise Poybleau, qui demeurait en l'île de Marans.
85. « Ainsi font bien d'autres. »
86. « Tant mieux pour vous. »
87. « Voilà pourquoi vous y devriez songer ! »
88. « Il n'y a rien qui n'y paraisse. »

garderai fidélité[89] *jusqu'au tombeau... Je m'en vais à Beaugency, où je crois que vous oirez bientôt parler de moi*[90]. *Je fais état de faire venir ma sœur bientôt. Résolvez-vous de venir avec elle*[91]. *Le roi m'a parlé de la Dame d'Auvergne. Je crois que je lui ferai faire le mauvais saut*[92]. *Bonjour, mon cœur, je te baise un million de fois.*

HENRY.

Corisande avait bien raison d'être jalouse, car, non content d'avoir des maîtresses d'une nuit, le Béarnais la trompait depuis quelque temps avec Esther Ymbert, fille de Jacques Ymbert, bailli du grand fief d'Aunis. C'était une gracieuse blondinette de vingt et un ans qui avait la cuisse tendre et légère. Henri allait la retrouver secrètement chaque soir. Une nuit, le bailli, qui soupçonnait Navarre de pénétrer un peu trop avant dans l'intimité de sa fille, fit irruption dans la chambre où les deux amants s'en donnaient, comme on dit, à cœur joie. Tirant Esther du lit, il lui administra une grande paire de gifles.

— Pourquoi la battez-vous ? demanda Henri, stupéfait.

Le bailli eut une curieuse réponse.

— Je la bats, Sire, parce qu'elle manque de respect à Votre Majesté !...

Cette scène n'empêcha pas le Béarnais de continuer à être l'amant d'Esther. Pendant deux mois, tout en écrivant des lettres passionnées à Corisande, il retrouva la fille du bailli dans un bois discret où il pouvait se montrer sans crainte sous un jour avantageux. Il y fit, hélas ! tant de prouesses que la belle lui annonça, un matin, qu'elle était enceinte. Navarre n'aimait pas cela. Il la quitta aussitôt pour rejoindre les troupes royales[93].

Quelques jours plus tard, il marchait sur la capitale, en compagnie de Henri III. Un soir, pendant une halte, il écrivit ce billet à Mme de Gramont : *Si le roi use de diligence, comme j'espère qu'il le fera, nous verrons bientôt les clochers de Notre-Dame de Paris... Mon cœur, aimez-moi toujours comme vôtre, car je vous aime comme mienne.*

Ces mots n'avaient plus aucun pouvoir sur Corisande. Amère, désabusée, elle traça d'une main tremblante, sous la dernière phrase de la lettre qu'elle venait de recevoir : *Vous n'êtes ni à moi, ni moi à vous...* et ne répondit pas. Ainsi s'achevait un roman long de trois mille nuits d'amour...

89. Mme de Gramont a ajouté au commencement de ce mot : « *l'in* » (l'infidélité), puis elle fait suivre la phrase ainsi modifiée de cette remarque : « Je le crois. »

90. « Je n'en doute point : d'une ou d'autre façon. »

91. « Ce sera lorsque vous m'aurez donné la maison que vous m'avez promise, près de Paris, que je songerai d'en aller prendre la possession et de vous en dire le grand merci. »

92. Il s'agit de la reine Margot, que le Béarnais envisageait toujours — et avec le même cynisme — de faire assassiner.

93. En 1592, la pauvre Esther, dans le plus absolu dénuement, viendra supplier Henri de la secourir. Il refusera de la recevoir et défendra même qu'on lui parle d'elle. Elle mourra de misère.

En août, Henri III tomba sous les coups de poignard du moine Jacques Clément. Avant de mourir, il désigna expressément Henri de Navarre comme son légitime successeur, et lui dit :

— Mon frère, je vous laisse ma couronne et mon neveu ; je vous prie d'en avoir soin et de l'aimer. Vous savez aussi comme j'affectionne M. Le Grand, faites état de lui, je vous prie, il vous servira fidèlement [94].

Quelques heures plus tard, le dernier des Valois rendait son âme à Dieu.

Lorsqu'on vint lui annoncer cette nouvelle, Corisande se retira dans sa chambre et pleura ; l'homme qu'elle avait préparé à recevoir la couronne devenait roi de France, et elle n'était pas près de lui pour partager sa joie.

Seule dans son grand château d'Hagetmau, elle comprit qu'elle ne devait attendre qu'une chose du nouveau souverain : l'ingratitude...

Henri IV entreprit sans tarder la conquête de son royaume. Tâche difficile, puisque la capitale et les cinq dixièmes du pays étaient aux mains des Ligueurs et que ceux-ci venaient de faire proclamer roi, sous le nom de Charles X, le vieux cardinal de Bourbon, oncle du Béarnais.

Renonçant pour l'instant à prendre Paris, il alla s'emparer de Dieppe, ville clef qui pouvait lui permettre de recevoir des renforts de la reine d'Angleterre. Et pendant des mois, avec sa petite armée mal vêtue et mal nourrie, il sillonna la Normandie, occupant des villes, prenant des forts, massacrant des ennemis et remportant des victoires contre toute logique [95].

Cette grande activité militaire ne l'empêchait pas de songer à la bagatelle. Faisant la guerre le matin et l'amour la nuit, il parcourait les routes, panache au vent, laissant sur les prairies les cadavres de ses ennemis et dans chaque ville traversée quelques jeunes personnes exténuées qui ne pouvaicnt plus entendre parler de la monarchie sans avoir un étrange sourire...

C'est pendant cette campagne qu'il rencontra Antoinette de Guecherville, comtesse de Pons, jolie veuve de vingt-huit ans. Aussitôt, oubliant la Ligue, M. de Mayenne et même le trône de France, il lui fit comprendre en termes non voilés « la vivacité de ses sentiments ».

La dame sourit et demanda au roi de souper avec elle. Après le dîner, tout le monde alla se coucher. Henri IV, qui se voyait déjà dans le lit de Mme de Guecherville, attendit quelques instants et, lorsque tout sembla dormir au château, se dirigea sur la pointe des pieds jusqu'à la chambre de son hôtesse. Doucement, il ouvrit la porte et demeura ébahi : la pièce était vide...

La dame, effarouchée et craignant pour sa vertu, était partie précipitamment en carrosse.

94. On verra par la suite comment Henri IV se conduisit avec ce « M. Le Grand », duc de Bellegarde, qui avait pour maîtresse une jeune personne nommée Gabrielle d'Estrées.

95. Au cours de cette période, il gagna les batailles d'Arques et d'Ivry, où Mayenne avait des forces cinq fois supérieures aux siennes.

Il laissa un mot pour lui dire sa déception et ses espoirs. Elle lui répondit joliment : *Je suis trop pauvre pour être votre femme et de trop bonne maison pour être votre maîtresse.* Point découragé, il revint plusieurs fois à la charge sans obtenir de meilleurs résultats. Deux mois plus tard, le désir de cette belle Normande le tourmentait tellement qu'en pleine bataille, au moment d'entreprendre le siège de Saint-Denis, il lui écrivit une lettre pressante. La voici. Elle prouve à quel point l'amour demeurait la préoccupation dominante du Béarnais, en toutes occasions.

Après avoir tourné autour du pot que vous voudrez, si faut-il venir à ce point, qu'Antoinette confesse avoir de l'amour pour Henry. Ma maîtresse, mon corps commence à avoir de la santé, mais mon âme ne peut sortir d'affliction, que n'ayez franchi ce saut. Puisqu'avez l'assurance de mes paroles, quelle difficulté combat votre résolution ? Qui l'empêche de me rendre heureux ? Ma fidélité mérite que vous ôtiez tous obstacles. Faites-le donc, mon cœur ; et faisons comme par gageure à qui se rendra plus de témoignage d'une vraie et fidèle amour. Si j'use de termes trop familiers avec vous, et qu'ils vous offensent, mandez-le-moi, et me le pardonnez en même temps. Désirant établir avec vous une familiarité éternelle, je me sers des termes que j'y estime les plus propres. Je ne sais quand je serai si heureux de vous voir. Nous assiégeons Saint-Denis anuit (cette nuit), qui m'attachera pour quelque temps plus étroitement à l'armée. Vous eussiez fait une œuvre plus pie d'envoyer ici votre amour en pèlerinage que d'aller par ce chaud, à pied, où vous avez été. Jésus ! que je l'eusse bien reçue. Si le loisir me le permettait, je vous ferais un discours d'une feuille de papier, du traitement que je lui eusse fait...

Mon tout, aimez-moi comme celui qui vous adorera jusqu'au tombeau.

Sur cette vérité, je baise un million de fois vos blanches mains. Ce 28e mai.

HENRY.

Les lettres enflammées qu'il envoyait à Mme de Guecherville n'empêchaient pas Henri IV de s'intéresser bien entendu à toutes les jolies filles qu'il rencontrait [96].

Au siège de Pontoise, il avait installé son camp près d'un couvent et les nonnes eurent beaucoup à souffrir de ce voisinage. D'autant que, l'exemple venant de haut, la plupart des officiers et même des soldats imitèrent le roi et « cajolèrent les religieuses avec tant de scandale qu'on nommait l'abbaye tantôt le Magasin des Engins de l'Armée,

96. Un soir, le roi parvint à entraîner dans sa chambre une demoiselle appelée Fanuche qui se prétendait vierge. Arrivé à pied d'œuvre, Henri IV trouva nous dit-on « le chemin assez frayé. » Aussitôt, il se mit à siffler.
— Pourquoi sifflez-vous ? demanda la demoiselle.
— C'est que j'appelle tous ceux qui sont passés par ici !
— Piquez ! piquez ! dit-elle, vous les rattraperez !...

tantôt le Magasin des V... de l'Armée »[97]. Le passage des troupes royales laissa même plus qu'un mauvais souvenir aux religieuses, puisqu'un chroniqueur nous apprend que « huit d'entre elles attrapèrent le mal de Naples »...

A la fin du mois de mai, le bon roi Henri vint mettre le siège devant Paris. Il espérait avoir la capitale par la famine. Les habitants résistèrent héroïquement, mangèrent les chiens, les chats, les souris, le suif des chandelles et même du cuir... Quand il n'y eut plus rien, on tenta de faire du pain avec de l'ardoise pilée. Le résultat ayant été affligeant, quelqu'un eut l'horrible idée de se servir des os des morts pour en faire de la farine ; les étranges gâteaux qu'on parvint à confectionner avec cette poudre étaient immangeables[98]. Alors les Parisiens commencèrent à se regarder avec des yeux brillants et certains devinrent anthropophages...

Un chroniqueur nous dit, en effet, que « les dix derniers jours du siège on vit de pauvres gens réduits à manger des chiens morts tout crus dans la rue et, ce qu'on ne peut réciter sans horreur, les lansquenets mourant de faim courir après des enfants et les dévorer à belles dents, comme feroient des loups.

» On remarque surtout, ajoute-t-il, qu'il fut mangé un enfant dans l'hôtel de Palaiseau, et qu'on en mangea deux à l'hôtel de Saint-Denis[99]... »

Un aubergiste fut arrêté et pendu pour avoir servi à ses clients des rôtis de chair humaine. Chaque jour, il tuait un de ses voisins et le mettait au menu. Son établissement, on s'en doute, ne désemplissait pas.

En apprenant ces regrettables événements, le clergé s'indigna. Il y avait de quoi. Car on admettra que c'est une curieuse façon d'aimer son prochain que de l'aimer bien cuit...

Comprenant qu'il n'aurait pas raison des Parisiens par la famine, Henri IV se décida un jour à faire bombarder la ville. Quatre cents boulets s'abattirent sur les rues Saint-Honoré, Saint-Martin et Saint-Denis, ne faisant, par un hasard extraordinaire, qu'un seul blessé. Or ce personnage que le bombardement avait couché sur le pavé s'appelait M. Guillaume de Rebours. C'était le père de l'ex-maîtresse du roi...

Le destin a d'amusantes fantaisies !

Ces boulets n'entamèrent pas plus le moral des Parisiens que la faim, et Henri IV commença à s'ennuyer. Heureusement, il allait avoir une saine distraction. Un jour, la jeune abbesse de Montmartre, Claude de Beauvillier, lui envoya demander une sauvegarde qu'il accorda

97. *Mémoires secrets sur les rois de France,* 1570.

98. Les Parisiens faillirent être sauvés grâce à une femme. En effet, l'un des capitaines de Henri IV, M. de Givry, qui était fortement épris de la belle Mlle de Guise, laissa plusieurs fois, par amour pour elle, entrer des vivres dans Paris. Mais le roi l'apprit et éloigna Givry...

99. Pierre de l'Estoile, *op. cit.*

aussitôt. Quelques jours après, nous dit Sauval, « elle vint le remercier et lui fit son compliment de si bonne grâce que, comme elle avait beaucoup d'agrément dans sa personne, il ne put consentir qu'elle s'enfermât dans son couvent »[100].

Il la retint sous sa tente et lui apprit des choses qui, pour n'être point dans la règle de l'Ordre, lui parurent fort agréables. Claude de Beauvillier n'avait pas la vocation. Elle était de ces filles que des parents pieux faisaient entrer en religion pour attirer sur leur famille la bénédiction du ciel. Elle n'eut donc aucun scrupule à devenir la maîtresse du roi[101]...

Pendant plus d'une semaine, elle vécut avec lui, partageant son existence de guerrier et montrant au déduit une telle ardeur que le roi, séduit, se prit à penser avec tristesse aux trésors inemployés qui se trouvaient probablement enfermés dans de nombreux couvents. Le hasard des opérations l'ayant amené à Longchamp, il voulut vérifier son hypothèse et devint l'amant d'une jeune religieuse, Catherine de Verdun, âgée de vingt-deux ans. Cette double aventure amusa beaucoup l'entourage de Henri IV, qui fit quelques fines plaisanteries ainsi que nous le conte Pierre de L'Estoile. « Ce jour-là, mardi, dernier juillet 1590, écrit-il, le roy ayant quitté Montmartre pour aller à Longchamp, le mareschal de Biron se trouvant à son disner, et ayant envie de faire rire le roy, lequel estoit fort prié et importuné en ce temps de changer de religion, lui va dire :

» — Sire, il y a bien des nouvelles !

» — Et quelles nouvelles ?

» — C'est que chacun dit à Paris que vous avez changé de religion.

» — Comment cela ? dit le roy.

» — Celle de Montmartre contre celle de Longchamp ! »

Henri IV éclata de rire :

— Ventre-saint-gris ! La plaisanterie n'est pas mauvaise et si les Parisiens voulaient se contenter de ce changement, tout serait pour le mieux et je serais bien aise !...

Catherine n'était qu'une passade. Après l'avoir établie abbesse de Saint-Louis de Vernon, le roi revint à Montmartre vers Claude qui lui procura, de nouveau, d'étourdissantes satisfactions. Mais les plaisirs humains sont fugaces, même chez les grands ; le 30 août, en apprenant que le duc de Parme à la tête de troupes espagnoles arrivait au secours des Parisiens, Henri IV dut se résoudre à lever le siège qui durait depuis trois mois. Deux heures avant le jour, il décampa avec son armée et fit conduire sa chère abbesse à Senlis, où rien ne fut épargné pour lui rendre le séjour heureux.

Claude de Beauvillier eut un moment l'espoir d'être reine de France. Hélas ! par une malicieuse cruauté du sort, son charme fut cause de son infortune. « Un soir, nous dit Sauval, le roi, parlant à son petit

100. SAUVAL, *Galanteries des rois de France,* 1752.

101. Par une curieuse ironie du destin, cette jeune religieuse, qui se trouvait être la petite-nièce de Diane de Poitiers, était également la cousine de Corisande de Gramont et de Gabrielle d'Estrées, future maîtresse du Béarnais.

coucher de la beauté des dames de la cour, vanta extrêmement celle de l'abbesse de Montmartre et dit qu'il n'avoit jamais vu une personne aussi charmante. Le duc de Bellegarde, qui étoit présent à la conversation, dit à ce prince qu'il changeroit de sentiment s'il avoit vu Mlle d'Estrées, et lui en fit un beau portrait qui lui donna envie de la connaître. »

Quelques jours après, le duc de Bellegarde demanda au roi la permission de se rendre à Cœuvres, près de Soissons, pour y voir sa maîtresse. Le Béarnais, très émoustillé, déclara aussitôt qu'il l'accompagnerait, ce qui ennuya fort le duc « pour ce qu'il connaissoit l'humeur libertine de son maître ».

Bellegarde avait raison d'être inquiet, car en voyant la blonde Gabrielle dans tout l'éclat de ses dix-huit ans, Henri IV fut ébloui, et tomba amoureux [102]...

10

Henri IV s'empare de Chartres pour devenir l'amant de Gabrielle d'Estrées

Amour, tu perdis Troie.

LA FONTAINE

Cette jeune personne qui allait avoir, pendant neuf ans, tant d'influence sur le Béarnais était la fille d'Antoine d'Estrées, gouverneur de La Fère et de Françoise Babou de la Bourdaisière.

Elle était extraordinairement jolie. Voici comment une de ses amies — et qui dit amie dit pourtant rivale — nous la décrit : « Sa riche coiffure qu'elle avoit semée de quantité de brillants enchâssés dans l'or de sa belle tresse la faisoit remarquer avec avantage par-dessus toutes les autres dames. Ses yeux estoient de couleur céleste. Avec cela, elle avoit les deux sourcils également recourbés et de noirceur aimable, le nez un peu aquilin, la bouche de la couleur du rubis, la gorge plus blanche que n'est l'ivoire le plus beau et le plus poli, et les mains, dont le teint égaloit celui des roses et des lys mêlés ensemble, d'une proportion si admirable qu'on les prenoit pour un chef-d'œuvre de la nature [103]. »

En outre, elle avait quelque chose de pervers dans le regard qui lui venait de sa famille. Gabrielle appartenait en effet à une ardente lignée. Sa mère, après une jeunesse extrêmement galante, avait quitté son foyer à quarante-huit ans pour suivre en Auvergne le jeune marquis d'Allègre, et sa grand-mère, Mme de la Bourdaisière, avait fait

102. Immédiatement Claude de Beauvillier fut abandonnée par le roi qui lui avait pourtant promis — comme à toutes ses maîtresses — le mariage. Désespérée, amère, elle ne lui fit aucun reproche et retourna sans bruit dans son abbaye.

103. *Les Aventures de la cour de Perse,* livre à clef de Mlle de Guise, où Gabrielle d'Estrées est désignée sous le nom de Stéphanie.

successivement les délices de François Ier, du pape Clément VI et de l'empereur Charles Quint [104].

Cette bonne race s'était déjà manifestée chez Gabrielle au moment où Henri IV la rencontra pour la première fois, si l'on en croit Bassompierre qui nous dit dans ses *Mémoires* : « Dès l'âge de seize ans, elle fut, par l'entremise du duc d'Épernon, prostituée à Henri III par sa mère. Henri III la paya six mille écus. Montigny, chargé de porter cette somme, en garda deux mille. Ce roi se dégoûta bientôt de Gabrielle, alors sa mère la livra à Zamet, riche financier, et à quelques autres partisans, ensuite au cardinal de Guise, qui vécut avec elle pendant un an. La belle Gabrielle passa ensuite au duc de Longueville, au duc de Bellegarde, et à plusieurs gentilshommes des environs de Cœuvres, tels que Brunay et Stenay ; enfin le duc de Bellegarde la présenta à Henri IV. »

Gabrielle s'aperçut tout de suite et avec agacement de l'impression qu'elle avait produite sur le roi. Habituée à être entourée de jeunes seigneurs élégants et raffinés, elle se montra distante et presque désagréable lorsque ce petit homme sale et puant l'ail voulut lui faire la cour.

Henri IV quitta Cœuvres extrêmement vexé et rejoignit son armée ; mais l'image de la blonde Gabrielle le poursuivait, et à quelque temps de là, nous dit Villegomblain, « un nouveau voyage, en apparence fondé sur une entreprise sur la ville de La Fère, ayant esté résolu, il eut de nouveau la vue de la belle, et en sentit complètement les pointures ».

Hélas ! cette fois encore, Gabrielle reçut fort mal le roi qui, furieux, rentra à Compiègne où se trouvait installée provisoirement la cour, et convoqua le duc de Bellegarde.

— Monsieur, lui dit-il, j'entends ne partager pas plus la femme que j'aime que la royauté. Je suis aussi jaloux de l'une que de l'autre. Je vous demande donc de ne plus penser à Mlle d'Estrées.

Bellegarde, navré, alla sur-le-champ mettre Gabrielle au courant de la décision royale. Fort en colère, la demoiselle monta dans un carrosse et se rendit à Compiègne pour dire à Henri IV ce qu'elle pensait de sa façon d'agir. Sur un ton vif, elle lui reprocha de se mêler de ce qui ne la regardait pas, ajoutant « qu'elle entendait être libre dans ses inclinations et qu'il ne s'attirerait que sa haine s'il l'empêchait d'épouser le duc de Bellegarde ». Après quoi, sans même attendre une réponse, elle repartit pour Cœuvres.

« Frappé comme d'un coup de foudre, nous dit Dreux du Radier, le roi se livra à tous les sentiments du chagrin le plus vif. Les menaces de Mlle d'Estrées l'étonnèrent plus que tous les dangers qu'il avoit courus. On vit alors le héros de Coutras, d'Arques, d'Ivry, le roi le

104. De plus Gabrielle d'Estrées était, je l'ai dit, la cousine, par sa mère, de Claude de Beauvillier, l'abbesse de Montmartre dont Henri IV avait fait sa maîtresse pendant le siège de Paris.

plus brave et le plus intrépide qu'ait eu la France, étourdi de ce coup, tremblant et désespéré [105]. »

Il ne put dormir de la nuit et conçut un projet insensé qu'il exécuta dès le lendemain matin. Abandonnant son armée, interrompant la lutte contre la Ligue, oubliant qu'il était en train de conquérir un royaume, il partit avec cinq de ses confidents les plus intimes en direction de Cœuvres, où il voulait aller implorer son pardon.

Cette entreprise était d'une folle témérité, car deux garnisons ennemies occupaient une forêt par laquelle il devait nécessairement passer. Le risque d'être reconnu et pris par les Ligueurs était si grand qu'il avait imaginé un stratagème digne d'un collégien amoureux. A trois lieues du château de Cœuvres, il renvoya ses compagnons, descendit de cheval, s'habilla en paysan, se mit un sac plein de paille sur la tête et acheva son voyage à pied.

« Mme d'Estrées, qui était, nous dit Sauval, avec Mme de Villars, sa sœur, à la fenêtre d'une galerie d'où l'on découvrait la campagne, vit ce paysan et ne pensant à rien moins qu'à une si bizarre aventure n'examina point son visage.

» Quand le roi fut entré dans la cour du château, il jeta son sac, monta, sans avertir personne, au lieu où il avait vu celle qui étoit la cause de son déguisement ; il l'aborda d'une manière fort soumise. Mais il la surprit extrêmement, quand elle l'aperçut, dans un équipage si peu conforme à sa dignité ; et, bien loin de lui être obligée de ce qu'il venoit de faire pour avoir le plaisir de la voir, elle le reçut d'un air méprisant qui convenoit mieux à l'habit qu'il portoit qu'à l'éclat de sa naissance. Elle lui dit d'un air dédaigneux qu'il allât changer d'habit s'il vouloit demeurer auprès d'elle, et elle quitta brusquement, laissant à sa sœur le soin d'excuser son incivilité [106]. »

Ce voyage pendant lequel Henri IV avait couru le risque de perdre sa couronne avait donc été inutile. Il rentra à Compiègne désespéré. « Il paraissoit sur son visage tant d'affliction, précise Sauval, que ceux qui le virent dans un si grand abattement crurent qu'il avoit au moins perdu la moitié de son royaume. »

Ne pouvant plus vivre sans voir Gabrielle, il nomma Antoine d'Estrées membre de son Conseil privé, pensant bien attirer ainsi toute la famille à Compiègne. Le coup réussit. La semaine ne s'était pas écoulée que le père et les deux filles s'installaient à la cour...

A partir de ce moment, Gabrielle, comprenant que l'amour qu'elle inspirait pouvait être utile à sa famille, se montra plus aimable avec Henri IV. Toutefois, elle ne tolérait pas qu'il lui mît « la main à la fesse », et le pauvre en souffrait...

La victoire, pourtant bien timide, que venait de remporter le roi

105. Dreux du Radier, *op. cit.*
106. Sauval, *op. cit.*

accabla Bellegarde, toujours aussi amoureux de Gabrielle, et désola tous les soupirants que la blonde Picarde traînait à ses trousses.

L'un d'eux, l'ambitieux duc de Longueville, avec qui Mlle d'Estrées se montrait coquette et tendre, fut plus inquiet que peiné. Ayant réussi facilement là où Henri IV éprouvait quelques difficultés, il craignit que sa bonne fortune ne lui attirât des ennuis avec le souverain. « Il ne voulait pas, nous dit Dreux du Radier, acheter ses plaisirs au prix d'une disgrâce. »

Pressé de finir une intrigue qui ne pouvait avoir que des suites fâcheuses pour lui, il réclama ses lettres à Gabrielle d'Estrées et offrit de lui rendre les siennes. L'échange eut lieu dans un coin retiré du parc de Compiègne et les deux amants se séparèrent à l'amiable ; mais, lorsqu'elle rentra chez elle, Gabrielle s'aperçut avec colère que Longueville, « pour la tenir dans une espèce de dépendance », avait conservé les billets les plus tendres.

Elle se vengea assez méchamment en le faisant tuer quelque temps après, au moment où sa garnison tirait une salve d'honneur [107]...

Comme le dit un historien du temps, « Mlle d'Estrées n'était pas d'un caractère commode ».

Si les amoureux de la belle Gabrielle étaient navrés de voir une intrigue s'ébaucher entre le roi et leur idole, en revanche, la famille d'Estrées considérait les choses avec beaucoup de satisfaction et de nombreuses arrière-pensées... Il faut dire que cette famille avait alors bien des raisons de vouloir se rapprocher du roi.

Avant de donner ces raisons, il me faut présenter les trois principaux personnages avec qui vivait Gabrielle : son père d'abord, Antoine d'Estrées, sa tante, Isabeau Babou de la Bourdaisière, dame de Sourdis (qui lui servait de mère depuis que Mme d'Estrées avait quitté le domicile conjugal pour vivre en Auvergne avec son jeune amant), et son oncle, François de Sourdis.

Ces trois personnes étaient, à des titres divers, victimes de la guerre civile. Antoine d'Estrées ne se consolait pas d'avoir perdu son poste de gouverneur de La Fère en 1589 (quand la Ligue s'était emparée de la cité), M. de Sourdis, qui gouvernait naguère Chartres, se désolait d'avoir été chassé de la ville par les catholiques, et Mme de Sourdis était fort triste parce que son amant, le chancelier Hurault de Cheverny, s'était vu retirer le gouvernement du pays chartrain.

Tous trois attendaient donc beaucoup du roi et suivaient d'un très bon œil le développement de sa passion pour Gabrielle... Ils voyaient là, en effet, un moyen inespéré de retrouver tout ce qui était perdu, et un marché fut habilement proposé par Mme de Sourdis qui laissa entendre à Henri IV, alors au paroxysme du désir, que Gabrielle serait à lui s'il rendait La Fère à Antoine, Chartres à Sourdis et le pays chartrain à Cheverny...

107. Cf. SAUVAL : « On accusa Mlle d'Estrées d'avoir suborné un soldat pour lui ôter la vie (à M. de Longueville) en cette occasion, et cela n'étoit pas sans apparence. »

En bonne épouse et en maîtresse dévouée, elle insista naturellement pour que l'on commençât par s'occuper de Chartres.

Henri IV fut très embarrassé, car il avait alors l'intention de s'emparer de Rouen. « Jamais en effet, nous dit Pierre de Vaissière, les circonstances n'avaient été plus favorables à une tentative sur la capitale de la Normandie » ; le gouverneur, M. de Tavanes, était à ce moment, disait-on, en complet désaccord avec les autorités municipales et les habitants ; les fortifications étaient mal entretenues ; la ville, dénuée de vivres et de munitions. Bien mieux, les membres du Parlement de Normandie réfugiés à Caen offraient de voter « la levée d'une bonne et grosse somme de deniers pour assurer le succès de l'affaire ».

Il y avait là une occasion à ne pas laisser échapper. Henri IV hésita pendant quelques jours. Aller attaquer Rouen, tout de suite, c'était économiser des vies humaines et fortifier sa position entre Paris et la Manche par où venaient les secours anglais ; aller mettre le siège devant Chartres, c'était courir l'aventure, perdre des hommes, permettre à Rouen de s'armer, décevoir les conseillers normands, risquer de se faire couper la route de la Manche ; mais c'était aussi mettre Gabrielle d'Estrées dans son lit...

Finalement, le roi se décida ; il réunit tous ses capitaines et leur annonça sans un mot de commentaire :

— Nous allons attaquer Chartres !

Les chefs militaires furent stupéfaits et atterrés. A tous l'entreprise semblait aberrante, extravagante et insensée. Pourtant, ils n'osèrent point élever d'objection et l'armée se mit en route.

Dès que le siège fut organisé, trois spectateurs fort intéressés par les opérations vinrent rejoindre le roi : M. de Sourdis, son épouse et la belle Gabrielle [108]...

Henri IV vit arriver avec ravissement la jeune femme qui était l'enjeu de toute cette opération militaire. Il l'aida à descendre de litière et fut ébloui : elle portait une robe de velours vert qui s'harmonisait parfaitement avec ses cheveux blonds, ainsi qu'une petite toque de même étoffe. Enfin, pour affronter le froid de ce mois de février, elle avait chaussé ses pieds de mignonnes bottes de maroquin rouge.

Mme de Sourdis était maligne, car cette adorable vision était bien faite pour exciter le roi.

Tandis que la famille d'Estrées-Sourdis s'installait à l'auberge de la Croix de Fer qui servait de quartier général à Henri IV, celui-ci faisait creuser des tranchées autour de la place et bombarder les fortifications.

108. Cf. PIERRE DE VAISSIÈRE : « A cette opération dont la réussite semblait ne pas faire de doute, on voit pourtant le roi préférer une entreprise dirigée contre une ville dont le nom seul : Chartres, pourrait nous faire soupçonner de qui émanait le projet, si nous ne savions positivement par d'Aubigné et d'autres que c'est bien Cheverny et Sourdis, les gouverneurs évincés de la ville et du pays, qui en furent les inspirateurs.

» Et que cette fois l'enjeu de la partie ait été la personne de Gabrielle, la chose apparaît d'autant plus probable, sinon certaine, que nous voyons Mlle d'Estrées suivre, avec les Sourdis, le Béarnais devant Chartres. »

— Le siège sera court, déclara-t-il.

Mais les Chartrains n'étaient pas aussi démunis que les Rouennais. Ils se laissèrent enfermer dans leur ville et narguèrent les troupes royales. Vexé, Henri IV les somma de se rendre. Ils répondirent avec hauteur qu'ils étaient prêts à lui ouvrir les portes s'il se convertissait à la religion catholique, mais qu'ils se refusaient à servir un hérétique.

Le siège dura deux mois. Tous les jours, des boulets s'abattaient sur la ville, écrasant, tuant, estropiant de braves gens. Les assiégés n'en conservaient pas moins un étonnant moral : un matin, pour repousser les assaillants, ils n'hésitèrent pas à brûler leurs maisons et à les renverser en dehors des murailles.

Du côté des assiégeants, la vie était beaucoup plus agréable. Henri IV, en effet, « faisait venir des filles de joie expertes en l'art de Vénus pour le plaisir de ses capitaines » et organisait chaque soir de petites sauteries qui lui permettaient de danser avec la belle Gabrielle. Le spectacle de ces hommes et de ces femmes enlacés « et même au-delà », nous dit-on, qui ne se gênaient pas pour « jouer à la chosette » publiquement dans les couloirs et même sous le manteau des vastes cheminées, échauffa le sang du roi. Ses artères temporales prirent un relief inquiétant et Gabrielle lui fit plus envie que jamais. Pour précipiter les événements, il donna un matin à ses sapeurs l'ordre de faire sauter une partie des remparts avec des mines.

Comprenant que toute résistance était désormais inutile, les Ligueurs ouvrirent les portes.

Quand on vint annoncer cette nouvelle à Henri IV, son œil s'alluma. Que lui importaient à ce moment les huit semaines de vie difficile dans la boue des tranchées, les dangers quotidiens et les douze cents hommes et huit maîtres de camp que lui coûtait l'opération ? Il était sûr de coucher avec Gabrielle d'Estrées.

Chartres capitula le 10 avril 1591. Aussitôt M. de Sourdis était rétabli comme gouverneur de la ville, tandis que M. de Cheverny redevenait gouverneur du pays.

Et le soir même Henri IV pouvait enfin montrer à la belle Gabrielle qu'il était aussi ardent au lit que sur un champ de bataille...

Le lendemain, dans les rues de Chartres, eut lieu une grande procession que le roi troubla par une de ces gamineries dont il était coutumier. Alors que les Chartrains se rendaient au couvent des Saints-Pères en chantant des cantiques, Henri IV, accompagné de quelques seigneurs protestants, s'amusa à couper leur cortège, pour aller entendre le prêche d'un pasteur qui s'était installé dans un tripot. Cette plaisanterie, d'un goût douteux, mécontenta considérablement les vaincus qui étaient fortement attachés à la religion catholique, et causa un scandale en raison de la très mauvaise réputation dont jouissait l'établissement. C'était, nous dit le *Journal du Siège de Chartres*, « le lieu le plus profane de la ville, où les bateleurs jouaient ordinairement leurs farces et apprenoient aux ruffians à débaucher les honnestes femmes mariées, à tenir les bacchanales, à violer les vierges chastes et à crocheter chambres et buffets ».

Le comportement du roi de France, en cette occasion, peut étonner ; mais le fait qu'il ait choqué les Ligueurs nous surprend bien davantage. En effet, depuis deux ans, les partisans de M. de Mayenne organisaient, tant à Paris qu'en province, de très curieuses processions, dont le moins qu'on puisse dire est qu'elles manquaient de tenue. Les participants, hommes et femmes, défilaient derrière la croix « dans un état complet de nudité ». Les prêtres, pour se distinguer de leurs paroissiens, portaient bien une guimpe de toile blanche, mais ce léger vêtement n'arrangeait guère les choses, « pour ce qu'il leur arrivait simplement aux hanches »...

Naturellement ces cérémonies avaient un énorme succès, et un chroniqueur du temps nous dit : « Le peuple estoit tellement eschauffé et enragé, s'il faut parler ainsi, après ces belles dévotions processionnaires, qu'ils se levoyent bien souvent de nuit, de leurs lits, pour aller quérir les curés de leurs paroisses, pour les mener en procession, comme ils firent en ces jours au curé de Saint-Eustache, que quelques paroissiens furent quérir la nuit et le contraignirent de se relever. A la vérité ce bon curé, avec deux ou trois autres de la ville de Paris, condamnoit ces processions nocturnes, parce que les hommes, femmes, filles et garçons marchoient pêle-mêle ensemble et tous nuds, et engendroient des fruits aultres que ceux pour la fin desquels elles avoient été instituées. Comme de fait, près de la porte Montmartre, la fille d'une bonnetière en rapporta des fruits au bout de neuf mois ; et un curé qu'on avoit ouy prescher peu auparavant qu'en ces processions les pieds blancs et douillets des femmes estoient fort agréables à Dieu, en planta un autre qui vinst à maturité au bout de terme [109]. »

L'époque, il est vrai, n'était pas à l'austérité. En cette France bouleversée par la guerre civile, les désordres les plus regrettables se déroulaient quotidiennement, aussi bien du côté protestant que du côté catholique ; et il est amusant de constater que ces hommes qui se haïssaient avaient tout de même un point commun : l'amour pour les nonnes. Ces saintes femmes, en effet, n'eurent jamais autant de succès qu'en ces temps de guerres religieuses.

Les huguenots les violaient, avec le sentiment agréable de mécontenter le pape, et les Ligueurs leur faisaient des enfants pour augmenter le nombre des catholiques.

Les nonnes, d'ailleurs, s'habituèrent assez rapidement à cette expérience voluptueuse. Accortes, elles offraient aux soldats de la Sainte Union qui venaient frapper à la porte de leur couvent une hospitalité témoignant d'une conception élargie de la charité chrétienne. L'abbesse ou la prieure donnait d'ailleurs l'exemple à ses filles, et « pourvu qu'elle ne fût pas trop vieille, ni trop laide, elle se mettait avec le chef de la troupe ». C'étaient alors des banquets, des chansons, des orgies

109. *Journal des choses advenues à Paris depuis le 23 décembre 1588 jusqu'au dernier jour d'avril 1589.*

qui duraient « tant que la maison des filles du Seigneur abritait une garnison ».

En certains endroits, à Paris notamment, elles allèrent jusqu'à enfreindre leurs vœux et à quitter le régime claustral. Un chroniqueur nous dit « qu'on ne voyoit que gentilshommes et religieuses accouplés, qui se faisoient l'amour et se leschaient le morveau ». Ces femmes se promenaient sans aucune honte avec leurs amants dans les lieux publics, « aussi vilaines et desbordées en paroles que tout le reste », portant sous le voile qu'elles avaient conservé, comme seul indice de leur état, « vrais habits de putain et courtisane, estant lardées, musquées et pouldrées ».

Comparée à ces dérèglements, la gaminerie de Henri IV était, on le voit, bien anodine...

Après la prise de Chartres, les conseillers qui étaient partisans d'une offensive contre Rouen insistèrent auprès du roi pour que l'armée se rendît immédiatement en Normandie ; mais Henri, tout à la joie de pouvoir enfin savourer la belle Gabrielle, fit la sourde oreille et, un beau soir, quitta tout le monde pour suivre sa nouvelle maîtresse à Cœuvres.

Pendant plus d'un mois, il se désintéressa complètement de la situation militaire pour s'abandonner à la douceur de ce qu'on appelait alors « la belle vie »...

Hélas ! les derniers jours de cette lune de miel furent troublés par Antoine d'Estrées qui, brusquement, laissa entendre à sa fille qu'il ne voulait pas jouer plus longtemps les pères complaisants.

Cette attitude était causée par la rancœur. Au moment où Gabrielle était entrée dans la couche royale, Antoine, seul de la famille, n'avait rien reçu en compensation, et son amertume était considérable.

Un soir, il appela Gabrielle :

— Le roi est marié, lui dit-il, jamais il ne répudiera sa femme. Vous voilà donc engagée dans les liens scandaleux qu'il vous faut rompre au plus vite. Je vais vous y aider d'ailleurs en vous mariant avec le sire de Liancourt.

Gabrielle fut épouvantée et rentra dans sa chambre en larmes.

Or qu'on ne se méprenne point : ce n'est pas le roi qu'elle craignait de perdre en se mariant, mais Bellegarde qu'elle n'avait pas cessé d'aimer et dont elle espérait encore devenir la femme. Il fallait donc, pour rester libre, amadouer Antoine d'Estrées en lui faisant donner au plus vite une charge importante.

Elle réfléchit et, quelques jours plus tard, demanda à Henri IV d'aller prendre aux Ligueurs la ville de Noyon, située à quinze lieues de Cœuvres.

Le roi s'en étonna.

— Cela me ferait plaisir, dit-elle en souriant.

Immédiatement, il partit rejoindre ses capitaines :

— Messieurs, nous allons demain mettre le siège devant Noyon...

Il y eut un grand silence. Cette décision extravagante, prise au moment où la conquête de la Normandie était de la plus haute importance, laissa tout le monde abasourdi. Les conseillers demandèrent au souverain ce qui le poussait dans cette entreprise. Henri IV leur répondit que cela ne regardait que lui, et l'armée se dirigea vers la Picardie.

Le siège dura quinze jours. Le 17 août les Noyonnais capitulèrent. Aussitôt, Antoine d'Estrées fut nommé gouverneur de la ville, tandis que l'un de ses fils — car il fallait que tout le monde profitât de la bonne fortune échue à Gabrielle — devenait évêque...

Beaucoup plus détendu, le châtelain de Cœuvres sembla se désintéresser dès lors de l'honneur de sa famille.

La favorite avait obtenu ce qu'elle voulait [110].

On pourrait penser qu'après avoir fait ainsi la volonté de sa maîtresse Henri IV se dirigerait sans attendre vers Rouen. Il n'en fit rien, bien que les troupes anglaises, envoyées par Élisabeth, fussent arrivées à Dieppe, prêtes à l'aider dans son entreprise contre la capitale normande.

Ravi de se trouver dans les bras de sa chère Gabrielle, il s'attarda à Noyon.

Élisabeth, un peu étonnée de cette inaction, envoya son ambassadeur Unton pour voir ce qui se passait. Initiative malheureuse, car le roi se servit de cette visite pour demeurer près de sa maîtresse un peu plus longtemps encore.

— Puisque vous êtes là, monsieur l'ambassadeur, dit-il, nous allons organiser de grandes fêtes.

On s'amusa dès lors beaucoup, on dansa, on badina gaillardement et, le 31 octobre, Unton, fort choqué, écrivait à la reine d'Angleterre : *Madame, le roi a choisi cette ville à cause du grand amour qu'il a pour la fille du gouverneur, qui a tout pouvoir sur lui, et c'est moi qui sers de prétexte à son séjour ici.*

Enfin, vers la mi-novembre, Henri IV consentit à sortir de cette vie de plaisir et à se mettre en route. Le 3 décembre, il était avec ses armées devant Rouen. Mais les retards apportés à cette expédition avaient été mis à profit par les Rouennais, et le siège se termina par un échec dont la belle Gabrielle peut être tenue pour responsable devant l'Histoire...

110. Tous les historiens du temps sont d'accord pour rendre Gabrielle d'Estrées responsable de cette incompréhensible entreprise militaire contre Noyon qui nous valut une centaine de morts inutiles. « A la prière de Gabrielle d'Estrées, dit de Thou, le prince se décida à aller assiéger Noyon. » La chose est affirmée également par Claude Groulart, premier président au Parlement de Rouen, qui, mêlé de très près aux négociations entamées pour attirer Henri IV en Normandie, déclare que « au lieu d'y venir, le roy devenu ardemment amoureux de Gabrielle d'Estrées, pour lui complaire, investit Noyon ».

11

Le roi trouve Bellegarde sous le lit de Gabrielle

On ne peut dire d'un ménage qu'il est bien fait que lorsque rien ne traîne sous les meubles.

COMTESSE DE TRAMAR

Au mois d'août 1592, Henri IV eut une mauvaise surprise. Il apprit que Gabrielle, dont il faisait pourtant tous les caprices, continuait, en cachette, à se faire « visiter le labyrinthe », comme on disait alors, par Roger de Bellegarde.

Dès qu'il regagnait son armée, en effet, la belle retournait sans aucun remords dans la couche de ce jeune homme ardent et spirituel qu'elle espérait toujours épouser, et se livrait avec lui à des joutes exténuantes dont le bruit faisait, paraît-il, plaisir à entendre.

Le roi fut contrarié. Pendant quelques jours, il se désintéressa complètement de la situation militaire pour chercher un moyen d'éliminer Bellegarde définitivement et sans éclat.

Après avoir imaginé quelques stratagèmes assez compliqués, il pensa que le plus simple était de marier Gabrielle à un homme complaisant et se souvint alors d'un prétendant agréé par Antoine d'Estrées, le malingre et ridicule Nicolas d'Amerval, sieur de Liancourt, qui réunissait toutes les qualités souhaitées puisqu'il était pauvre, benêt et nanti de deux filles à élever, fruits d'un premier mariage.

Aussitôt, il fit venir en secret Antoine d'Estrées et lui demanda de marier, sans attendre, Gabrielle au sieur de Liancourt.

Le gouverneur de Noyon fut très étonné. Il pensa que Henri et sa fille s'étaient brouillés et craignit de perdre les nombreux avantages qu'il devait au plaisir royal. Pour gagner du temps, il objecta qu'un mariage coûtait cher et qu'il n'avait pas suffisamment d'argent.

— J'y ai pensé, dit le roi.

Et il lui fit remettre cinquante mille écus soleil [111].

Gabrielle devint folle de fureur en apprenant qu'on la donnait à ce personnage falot.

Elle protesta et écrivit au roi pour lui demander son aide. Henri IV lui répondit sur un ton doucereux qu'elle ne devait avoir aucune crainte, car il serait là pour empêcher la cérémonie. Rassurée, Gabrielle fit semblant d'accepter le mari qu'on lui destinait.

111. Les historiens estiment généralement qu'Antoine d'Estrées fit ce mariage contre la volonté du roi. La remise de cette somme par Henri IV prouve le contraire. Elle est attestée par un acte qui se trouve aux archives de Navarre à Pau. Le reste y est sans équivoque : il y est dit qu'une somme de 50 000 écus soleil doit être remise à Gabrielle, « en considération des services que Sa Majesté a reçus et reçoit chaque jour du sieur d'Estrées » et pour donner à celui-ci « le moyen de colloquer ladite demoiselle sa fille en tel lieu qu'il désire et principalement en faveur du mariage qu'il entend faire d'elle avec le sieur de Liancourt ».

Naturellement, le 8 juin, jour des noces, le roi ne vint pas et la pauvre fiancée, après avoir espéré son intervention jusqu'à la dernière minute, se laissa finalement conduire à l'autel. Comme elle était dans un état de grand abattement, la cérémonie fut terne, et le repas qui suivit extrêmement morne.

Mais la belle croyait encore que le roi serait là avant que Mme de Sourdis, sa tante, ne la conduisît à la chambre nuptiale. A dix heures du soir, elle dut se rendre à l'évidence : le roi l'avait abandonnée. « Alors, nous dit Sauval, la nouvelle mariée voyant arriver l'heure fatale où elle devoit être livrée au monstre qu'on lui avoit choisi pour époux, sans que son galant parût pour la garantir du péril où elle alloit être exposée, après avoir pesté cent fois contre sa négligence et juré autant de fois qu'elle s'en vengeroit, elle se prépara à soutenir l'attaque avec toute la vigueur dont elle étoit capable. Comme elle vit qu'il ne falloit plus attendre de secours que d'elle-même, elle opposa si bien sa résistance aux empressements de son mari qu'il ne put la faire résoudre à se coucher de toute la nuit. »

Cette union ne commençait pas bien pour le pauvre Nicolas de Liancourt.

Elle allait continuer plus mal encore.

Le lendemain soir, il se jeta aux pieds de Gabrielle et la supplia en pleurant de vouloir bien entrer dans le lit avec lui.

Prise de pitié, la belle finit par se coucher. Il se produisit alors un phénomène assez courant pour que M. Kinsey lui ait consacré un long chapitre dans son *Rapport* : Nicolas fut saisi, en voyant à ses côtés cette fraîche et jolie fille de dix-neuf ans entièrement nue, d'une émotion qui le priva de tous ses moyens.

Gêné, il se releva et alla vers la fenêtre ouverte, dans l'espoir que l'air de la nuit agirait bénéfiquement sur son ressort intime. Au bout d'un moment, il eut un frisson et éternua. C'est tout l'effet que la brise nocturne produisit sur lui.

Le pauvre pensa qu'il pourrait se réhabiliter rapidement. Hélas ! il eut la même défaillance le lendemain et tous les jours suivants.

Incapable de forcer son talent, il finit par se résigner, tandis que Gabrielle, ravie, remerciait le ciel de lui avoir épargné une rude corvée.

Quelques jours après ce mariage blanc, Gabrielle d'Estrées reçut une nouvelle qui l'attrista et lui permit de s'enfermer de longues heures dans ses appartements sous prétexte de pleurer.

Sa mère, Françoise d'Estrées, avait été tuée à Issoire avec son jeune amant, le marquis d'Allègre, gouverneur de la ville. Ce meurtre avait été commis dans des circonstances curieuses. Un soir, une douzaine d'hommes, conduits par deux bouchers, étaient venus attaquer le gouverneur et sa maîtresse auxquels ils reprochaient un luxe scandaleux. Après avoir enfoncé la porte, ils s'étaient rués sur les malheureux et les avaient tués à coups de couteau. Puis ils s'étaient amusés à traîner les cadavres dans la rue et à les exposer, entièrement nus, aux regards des passants. On avait alors pu constater que l'élégante Françoise d'Estrées se faisait de petites nattes « ornées de rubans » en un endroit tout à fait inattendu de sa personne [112]...

« Ce qui prouve, nous dit Rémy Mathieu, qu'elle était coquette et se voulait parée pour être à tout instant en mesure de plaire, ceci dans le cas où lui serait venu inopinément quelque visiteur [113]... »

On était de bonne race, dans la famille de Gabrielle...

Pendant deux mois, le malheureux Liancourt n'ayant jamais essayé de renouveler ses lamentables essais, les jeunes époux vécurent sans histoire, présentant même toutes les apparences du bonheur conjugal. L'arrivée du roi allait troubler cette belle paix. A la fin du mois d'août, Henri IV vint, en effet, s'installer à proximité du château d'Amerval, bien décidé à remettre Gabrielle dans son lit. Mais celle-ci n'avait pas pardonné au souverain de l'avoir laissée se marier ; elle lui fit savoir qu'elle ne reprendrait pas son activité de favorite.

Le Béarnais avait le secret — et les moyens — d'amadouer les gens : il dicta des lettres patentes qui faisaient Antoine d'Estrées gouverneur de l'Ile-de-France et accordaient à Gabrielle d'importants domaines.

Voici le texte d'un de ces actes inspirés par le désir : *Henry, par la grâce de Dieu, roi de France et de Navarre, Savoir faisons que Nous, voulant reconnaître comme notre ami et féal chevalier des Ordres, capitaine de cinquante hommes d'armes de nos ordonnances, le sieur d'Estrées, notre lieutenant général de l'Ile-de-France, par les grands et recommandables services qu'il a faits à nos prédécesseurs et à Nous en diverses circonstances et voulant par les susdites considérations gratifier notre chère et bien-aimée Gabrielle d'Estrées, sa fille, avons donné et délaissé, donnons et délaissons à ladite dame nos terres et seigneurie d'Assy et ensemble le château de Saint-Lambert, avec les bois, terres, prés, etc., y appartenant.*

Quelques jours plus tard, Gabrielle se trouvait, douce et ronronnante, dans le lit du Béarnais.

Nicolas s'aperçut tout de suite de son infortune et fit mine de protester. Aussitôt une charge extrêmement importante vint lui permettre d'élever convenablement ses deux petites filles : il fut nommé Gentilhomme de la Chambre du Roi...

Pourvu de ce titre savoureux, il vécut dès lors en fermant les yeux...

En octobre 1592, la cour errante du « roi sans capitale » s'installa à Saint-Denis. Gabrielle y vint rejoindre Henri IV qui la remercia publiquement en organisant une grande fête avec des violons.

Pendant quelques jours, le roi, oubliant de nouveau son trône, son royaume et son armée qui attendait, un peu déconcertée, qu'on lui

112. Cf. M. de Saint-Foix : « On s'aperçut d'une mode qui s'étoit introduite depuis quelque temps parmi les femmes du grand monde : ce n'étoient pas seulement leurs cheveux qu'elles tressoient avec de la nonpareille de différentes couleurs... » *Essais historiques sur Paris.*

113. Rémy Mathieu, *Les Amours du bon roi Henri.*

donnât des ordres, se consacra entièrement au corps merveilleux de sa favorite.

Cette vie voluptueuse devait être de courte durée. Au début de novembre, le prince de Parme ayant fait son apparition avec des troupes nombreuses à la frontière nord-est, le Béarnais dut sortir du lit de Gabrielle, s'habiller à la hâte et se mettre en campagne pour parer à cette nouvelle menace.

Le lendemain, un personnage souriant arrivait à Saint-Denis. C'était Roger de Bellegarde qui voulait profiter de l'absence du roi pour essayer de reprendre sa place en un endroit dont il conservait bon souvenir.

En le voyant paraître, la favorite fut extrêmement émue. Elle n'avait pas cessé d'aimer le Grand Écuyer et le lui avoua sans détour, dès qu'ils furent seuls.

Le soir, ils étaient au lit, fêtant joliment leurs retrouvailles.

Henri IV aurait sans doute ignoré cette infidélité si le duc de Parme n'était mort subitement. Privée de son chef, l'armée ennemie, en effet, se disloqua aussitôt et le roi, n'ayant, dès lors, plus rien à craindre dans le Nord, revint à Saint-Denis où l'attitude gênée de Bellegarde lui donna quelques soupçons.

Un jour, il faillit bien avoir la preuve de son infortune. Voici ce que nous conte Sauval, dans son style savoureux :

« Le roi, étant parti fort matin pour exécuter quelque entreprise qu'il avait préméditée, laissa Gabrielle d'Estrées au lit, où elle demeura sous prétexte d'une feinte incommodité, pendant que Bellegarde, pour mieux cacher son jeu, publia qu'il retournait à Mantes ; mais, aussitôt que le roi fut parti, Arphure, confidente de Mme Gabrielle, qu'on nommait ordinairement *la Rousse,* introduisit le duc dans un cabinet dont elle seule avait la clef, et l'en retira quand sa maîtresse se fut défaite de toutes les personnes qui lui pouvaient être suspectes. Pendant que ces deux amants ne songeaient qu'à goûter tous les plaisirs qu'une tendre passion peut donner, le roi, qui n'avait pu exécuter son dessein, revint à Saint-Denis. Épouvantée, Gabrielle appela Arphure, qui fit promptement entrer le duc dans le cabinet où il demeura sans bouger. »

Il était temps ; déjà le roi poussait la porte de la chambre. Voyant que sa maîtresse était encore au lit, il se recoucha près d'elle, sans se soucier d'un Conseil qui l'attendait, et se montra galant homme.

Mais l'amour a le pouvoir d'ouvrir l'appétit, « aussi, nous dit Sauval, eut-il envie de manger des confitures. Comme il savait qu'Arphure enfermait celles de sa maîtresse dans le cabinet qui donnait dans la ruelle, il en demanda la clef. Mme Gabrielle répondit que cette fille l'avait emportée, et qu'elle était allée visiter quelque parent qu'elle avait dans la ville. Le roi, que ces refus firent entrer dans quelque soupçon, se mit en devoir d'enfoncer la porte, quoique Mme Gabrielle, pour l'en empêcher, se plaignît que le bruit lui faisait mal à la tête. Le roi, qui voulait absolument s'éclaircir de ce doute, feignit de ne pas entendre et continua toujours de donner des coups de pied dans la porte. Bellegarde, voyant qu'il allait bientôt être forcé dans son asile, crut devoir tout hasarder pour se tirer d'un si mauvais pas et, comme il ne pouvait s'échapper que par la fenêtre, il l'ouvrit et sauta dans le jardin, quoique le saut fût un peu rude à cause de la grande hauteur. La fortune lui fut favorable et il ne se fit point de mal, soit que la terre fût humide, ou que sa disposition eût rendu sa chute moins dangereuse.

» Arphure, qui était en sentinelle pour observer ce qu'il deviendrait, ne l'eut pas plus tôt vu sauter qu'elle revint, faisant l'empressée, et dit pour s'excuser qu'elle n'avait pas cru qu'on pût avoir besoin d'elle. Cette adroite confidente ouvrit incontinent le cabinet et donna au roi les confitures qu'il demandait. Ce prince, surpris de n'y trouver personne, s'imagina que Bellegarde était devenu invisible, et Mme Gabrielle, que son étonnement avait rendue hardie, lui fit mille reproches injurieux. Elle lui dit qu'apparemment son amour commençait à faiblir et qu'il ne cherchait qu'un prétexte pour rompre avec elle, mais qu'elle ne lui donnerait pas le loisir de quitter le premier, étant absolument résolue de se retirer auprès de son mari[114]. »

Effrayé par cette menace, le roi se jeta à ses pieds et lui demanda pardon. Après quoi, il se recoucha et fit en sorte qu'elle oubliât l'incident...

Cette aventure donna une confiance exagérée à Bellegarde qui continua à rendre de fréquentes visites à Gabrielle.

L'une d'elles, la dernière d'ailleurs, se termina de façon burlesque. Le Grand Écuyer se trouvait dans la chambre de la favorite lorsque le pas vif du roi retentit dans le couloir. Apeuré, il se glissa sous le lit.

Henri IV entra, se dévêtit, se coucha avec Gabrielle et, lui ayant montré son estime, eut faim comme d'habitude. Il appela Arphure et demanda des confitures. Pendant qu'il les mangeait, un petit craquement insolite se fit entendre. C'était le pauvre Bellegarde, à demi ankylosé, qui essayait de changer de position. Henri IV regarda Gabrielle et vit une lueur d'angoisse dans ses yeux. Comprenant que son rival était là, il emplit une assiette de confitures et la tendit sous le lit :

— Tenez, dit-il, il faut que tout le monde vive !...

Puis, laissant Gabrielle interdite et Bellegarde rouge de honte, il s'en alla en riant aux éclats.

Le Grand Écuyer quitta Saint-Denis sur-le-champ et le roi s'en crut débarrassé. Mais, quelques jours plus tard, il intercepta une lettre que sa maîtresse écrivait à Bellegarde et constata que les sentiments de Gabrielle pour Roger étaient beaucoup plus vifs qu'il ne le pensait. Pour la première fois de sa vie, il devint jaloux. Se désintéressant de la politique au moment même où la Ligue essayait de faire élire un roi, ce qui l'eût à tout jamais écarté du trône, il s'enferma dans sa chambre et rédigea l'étonnante lettre que voici :

114. SAUVAL, *op. cit.*

Il n'y a rien, ma chère maîtresse, qui ne continue plus mes soupçons, ni qui ne les puisse plus augmenter, que la façon dont vous procédez à mon endroit. Puisqu'il vous plaît me commander de les bannir du tout, je le veux, mais vous ne trouverez mauvais que, à cœur ouvert, je vous en dise les moyens, puisque, quelques attaques que je vous aie données assez découvertement, vous avez fait semblant de ne les point entendre.

Vous savez combien j'arrivai offensé en votre présence du voyage de mon compétiteur. La force, que vos yeux eurent sur moi, vous sauva la moitié de mes plaintes, vous me satisfîtes de bouche, non de cœur, comme il y parut. Mais si j'eusse su ce que j'ai appris, depuis être à Saint-Denis, dudit voyage, je ne vous eusse vue et eusse rompu tout à plat. Je brûlerais plutôt ma main qu'elle l'écrivît, et couperais plutôt ma langue qu'elle le dît jamais qu'à vous.

Vous me mandez que vous me tiendrez les promesses que vous me fîtes dernièrement. Comme le vieux Testament a été aboli par la venue de Notre-Seigneur, aussi vos promesses l'ont été par la lettre que vous écrivîtes à Compiègne. Il ne faut plus parler de : « Je ferai », il faut dire : « Je fais. » Résolvez-vous donc, ma maîtresse, de n'avoir qu'un serviteur. Il est en vous de me changer, il est en vous de m'obliger. Vous me feriez tort si vous croyiez que rien qui soit au monde vous puisse servir avec tant d'amour que moi. Nul ne peut aussi égaler ma fidélité. Si j'ai commis quelque indiscrétion[115]*, quelle folie ne fait pas commettre la jalousie ? Prenez-vous-en donc à vous. Jamais maîtresse ne m'en avait donné ; c'est pourquoi je ne connaissais rien de si discret que moi. Feuille-Morte*[116] *a bien fait connaître, en craignant les Ligueurs, qu'il n'était ni amoureux, ni à moi.*

J'ai telle envie de vous voir que je voudrais, pour l'abréviation de quatre ans de mon âge, le pouvoir faire aussitôt que cette lettre, que je finis par vous baiser un million de fois les mains...

Cette lettre produisit une telle impression sur Gabrielle d'Estrées qu'elle rompit immédiatement avec Bellegarde ; lequel se consola en devenant l'amant de Marguerite de Guise et de sa mère, la belle duchesse de Nevers, veuve du duc de Guise, assassiné à Blois.

Ainsi le Grand Écuyer rendait-il un hommage inattendu à Gabrielle, en lui montrant qu'il fallait deux femmes pour la remplacer...

115. Allusion à la lettre interceptée.

116. Les couleurs *pains bis, cuir tanné, feuille-morte* étaient à la mode, et Bellegarde était un élégant.

12

Gabrielle d'Estrées pousse Henri IV à abjurer

Il n'y a aucune révolution dans les empires et dans les familles où les femmes ne soient entrées comme cause, comme objet ou comme moyen. C'est à elles que le Destin a dit : *Imperum sine fine dedi.*

CONDORCET

Au début de 1593, le marquis d'O écrivait avec désinvolture à Henri IV :

Sire, il ne faut plus tortignonner, vous avez dans huit jours un roi élu en France, le parti des princes catholiques, le pape, le roi d'Espagne, l'empereur, le duc de Savoie et tout ce que vous aviez déjà d'ennemis sur les bras. Et il vous faut soutenir tout cela avec vos misérables huguenots, si vous ne prenez une prompte et galante résolution d'ouïr une messe... Si vous estiez quelque prince fort dévotieux, je craindrois de vous tenir ce langage. Mais vous vivez trop en bon compagnon, pour que nous vous soupçonnions de faire tout par conscience. Craignez-vous d'offenser les huguenots qui sont toujours assez contents des rois, quand ils ont liberté de conscience, et qui, quand vous leur feriez du mal, vous mettront en leurs prières ? Avisez à choisir, ou de complaire à vos prophètes de Gascogne et retourner courir le guilledou, en nous faisant jouer à sauve-qui-peut, ou à craindre la Ligue qui ne craint rien de vous tant que vostre conversion, pour estouffer le Tiers-Parti à sa naissance et estre, dans un mois, roi absolu de toute la France, gagnant plus en une heure de messe que vous ne feriez en vingt batailles gagnées et en vingt années de périls et de labeurs.

Le marquis d'O avait raison, la situation était extrêmement critique pour le Béarnais qui, depuis deux ans, avait perdu un peu trop de temps dans le lit des dames.

Mayenne et les Ligueurs venaient de convoquer les États Généraux à Paris pour élire un roi [117] et le peuple, fatigué de la guerre civile, semblait disposé à accepter cette solution qui dépossédait Henri IV de sa couronne.

En outre, depuis quelques jours, le roi d'Espagne, Philippe II, qui avait déjà réussi à faire entrer une garnison dans Paris, essayait de faire proclamer reine de France sa fille Isabelle, petite-fille de Henri II par sa mère.

Il n'y avait donc pas de temps à perdre. Pourtant, le roi hésitait.

Alors Sully s'en mêla : *Vous ne parviendrez jamais à l'entière possession et paisible jouissance de vostre royaume,* lui écrivit-il, *que*

117. Le cardinal de Bourbon était mort en 1590.

par deux seuls expédients et moyens : par le premier desquels, qui est la force et les armes, il vous faudra user de fortes résolutions, sévérités, rigueurs et violences, qui sont toutes procédures entièrement contraires à vostre humeur et inclination, et vous faudra passer par une milliasse de difficultés, fatigues, peines, ennuis, périls et travaux, avoir continuellement le cul sur la selle, le hallecret sur le dos, le casque en la teste, le pistolet au poing et l'espée en la main, mais, qui plus est, dire adieu repos, plaisirs, passe-temps, amours, maîtresses, jeux, chiens, oiseaux et bastiments, car vous ne sortirez de telles affaires que par multiplicité de prises de villes, quantité de combats, signalées victoires et grande effusion de sang, au lieu que par l'autre voie, qui est de vous accommoder touchant la religion, à la volonté du plus grand nombre de vos sujets, vous ne rencontrerez, de peines, et difficultés en ce monde, mais pour l'autre, je ne vous en responds pas... De vous conseiller d'aller à la messe, c'est chose que vous ne devez pas attendre de moi, estant de la religion[118] *; mais bien vous dirai-je que c'est là le plus prompt et le plus facile moyen pour renverser tous les monopoles, et pour faire aller en fumée tous les plus malins projets...*

Cette seconde lettre ébranla fort le roi, mais ne parvint pas encore à le décider. Il éprouvait quelques scrupules à abandonner ses camarades de combat, ses chers huguenots qui l'avaient suivi partout, et qui s'étaient ruinés pour lui.

C'est alors que Gabrielle intervint.

Depuis quelque temps, la favorite, qui pensait sérieusement à se faire épouser, savait que seul le pape pouvait casser le mariage du roi et de Margot. Elle avait donc décidé de pousser Henri IV à devenir catholique. Un soir, alors qu'il l'entretenait de ses soucis, selon son habitude[119], elle lui parla.

La crainte de ne jamais connaître la vie luxueuse du Louvre la rendit éloquente et elle trouva des arguments propres à émouvoir son amant. Elle aussi lui fit entrevoir, nous dit Mézeray, « la misère du peuple et la perspective de passer le reste de ses jours les armes sur le dos, dans les fatigues, dans le tracas, le hasard, les embûches, loin du repos et des douceurs de la vie »[120].

Puis elle usa de tous les moyens dont dispose une femme aimée, et réussit là où les conseillers, le marquis d'O et même Sully avaient échoué[121].

118. C'est-à-dire protestant.

119. Cf. Sully : « S'estant résolu de faire venir près de lui Mme de Liancourt afin d'avoir une personne confidente, pour lui pouvoir communiquer ses secrets et ses ennuys et sur iceux recevoir une familière et douce consolation telle qu'il estimoit cette dame obligée de lui estre par les grands intérêts qu'elle avoit à la conservation de sa personne. » *Mémoires.*

120. Mézeray, *Histoire de France,* 1651.

121. Cf. Agrippa d'Aubigné : « Le dernier instrument qui fit plus que tout, ce fut Mlle d'Estrées. Celle-ci, au commencement des amours du roi et d'elle, ne se confioit en serviteurs ni servantes qui ne fissent la cène et profession de réformés, elle preschoit sans cesse la fidélité de ces gens-là, déclamoit tous les jours contre les tyrannies, car c'estoit son terme, que le Roy souffroit des catholiques qui le servoient, exhortant ce prince à la

Le 17 mai, Henri IV fit savoir à son entourage qu'il désirait se convertir.

Des négociations furent ouvertes immédiatement entre du Plessis Mornay, représentant du roi, et d'éminents prélats. Elles durèrent deux mois pendant lesquels Henri IV, qui était sincèrement attaché à sa religion, vécut des moments pénibles. Enfin, Gabrielle fut si persuasive, si douce, si caressante, qu'il se rendit à Saint-Denis, d'où il lui écrivit, le 23 juillet, cette lettre célèbre :

J'arrivai arsoir de bonne heure et fut importuné de Dieu-gards jusques à mon coucher. Nous croyons la trêve et qu'elle se doit conclure ce jourd'hui. Pour moi je suis, à l'endroit des Ligueurs, de l'ordre de saint Thomas. Je commence ce matin à parler aux évêques. Outre ceux que je vous mandai hier pour escorte, je vous envoie cinquante arquebusiers qui valent bien des cuirasses. L'espérance que j'ai de vous voir demain retient ma main de vous faire plus long discours. Ce sera dimanche que je ferai le saut périlleux. *A l'heure que je vous écris, j'ai cent importuns sur les épaules, qui me feront haïr Saint-Denis comme vous faites Mantes*[122]. *Bonjour, mon cœur, venez demain de bonne heure, car il me semble déjà qu'il y a un an que je ne vous ai vue. Je baise un million de fois les belles mains de mon ange et la bouche de ma chère maîtresse. Ce 23 juillet.*

L'après-midi eut lieu une conférence très importante au cours de laquelle le roi posa aux théologiens de nombreuses questions sur les dogmes, la Vierge et le purgatoire. Après cinq heures de débats, blême, un peu haletant, il finit par se rendre et déclara qu'il était suffisamment instruit pour devenir catholique :

— Je mets aujourd'hui mon âme entre vos mains, dit-il, extrêmement ému, je vous prie, prenez-y garde, car là où vous me faites entrer, je n'en sortirai que par la mort, et cela, je vous le jure et proteste.

« Et ce disant, ajoute L'Estoile qui rapporte ces propos, les larmes lui sortaient des yeux[123]. »

En apprenant la décision du roi, des centaines de Parisiens vinrent à Saint-Denis pour le féliciter et l'acclamer. Mais il ne reçut personne,

persévérance en sa religion. Mais quand l'espérance de venir à la royauté par le mariage fut fortifiée en l'esprit de cette dame et qu'en lui-mesme on eut fait couler que tous les ministres ensemble ne pourroient dissoudre le premier mariage, et que le pape seul estoit capable de frapper un si grand coup, alors elle eut les suasions puissantes de ceux qui, en changeant d'opinion, se vantent d'avoir espluché la première ; et dès lors employa sa grande beauté et les heures commodes des jours et des nuits pour favoriser ses discours sur le changement. »

122. La cour, toujours errante, était alors à Mantes.

123. Nous voilà loin du fameux : « Paris vaut bien une messe » si souvent reproché à Henri IV. Or ce mot a bien été prononcé, mais par Sully. Nous en trouvons la preuve dans un recueil satirique publié en 1622, intitulé *Les Caquets de l'Accouchée* : « Il est vray, dit une commère, la hart sent toujours le fagot ; et comme disoit un jour le duc de Rosny au roi Henry le Grand, que Dieu absolve, lorsqu'il lui demandoit pourquoy il n'alloit pas à la messe : "Sire, sire, la couronne vaut bien une messe." »

et demeura enfermé dans une chambre avec Gabrielle qui venait d'arriver...

La cérémonie d'abjuration eut lieu le dimanche 25 juillet. Dès l'aube, le peuple de Paris encombrait les rues tendues de tapisseries et jonchées de fleurs. Vers huit heures, précédé d'un régiment de Suisses et de douze trompettes, Henri IV parut, vêtu de satin blanc. Il portait un chapeau noir.

Alors un grand cri retentit, un cri qui détruisait tous les espoirs des Ligueurs, des Espagnols et des Lorrains :

— Vive le roi !

Sur le seuil de l'église, l'archevêque de Bourges attendait Henri IV :

— Qui êtes-vous ? demanda-t-il.

— Je suis le roi !

— Que demandez-vous ?

— Je demande à être reçu au giron de l'Église catholique, apostolique et romaine.

— Le voulez-vous sincèrement ?

— Oui, je le veux et le désire.

Sur les marches de l'église, les gens se pressaient. Au premier rang, le roi aperçut Gabrielle et lui sourit tendrement. Puis il s'agenouilla et fit sa profession de foi en ces termes :

« Je proteste et jure devant la face du Tout-Puissant de vivre et de mourir en la Religion Catholique, Apostolique et Romaine, de la protéger et défendre envers tous au péril de mon sang et de ma vie, renonçant à toute hérésie contraire à icelle. »

Après quoi, il fut autorisé à entrer dans l'église, où il se confessa et entendit la messe.

A la sortie, le peuple au comble de l'enthousiasme l'acclama et lui jeta des fleurs. En échange, il voulut qu'on lançât à ces braves gens le contenu d'une énorme bourse d'argent.

Il y eut alors une ruée dont il profita pour regagner son logis avec Gabrielle. Celle-ci, heureuse d'avoir réussi, se montra câline, caressante, un peu perverse selon son habitude, et le roi acheva la journée dans ses bras. Les Ligueurs, dont la mauvaise humeur était compréhensible, s'en offusquèrent naturellement. Le soir même, le moine Jean Boucher insultait le roi, en chaire de Saint-Merri, et se déchaînait « contre l'impertinence de faire coucher une femme de la réputation que l'on sait dans le monastère de Saint-Denis, chose défendue par les secrets Conciles, avec laquelle femme le roi commet publiquement et au su de tout le monde un ordinaire et double adultère, lui marié et elle mariée. »

Mais Henri IV pouvait s'attarder dans les bras de Gabrielle et en savourer la douceur sans remords. En donnant à sa favorite la plus grande des preuves d'amour, il venait de sauver la France de la tutelle espagnole !...

En apprenant la conversion du roi, les Parisiens furent bouleversés. Ils se rendirent en foule à Saint-Denis, au point, nous dit Sully, « qu'on ne pouvait quasi tourner par les rues » et que les étudiants profitèrent de cette cohue pour se livrer « à de grosses obscénités à l'égard des jeunes filles, dont plusieurs rentrèrent chez elle avec le corbillon garni »...

Ces braves gens voulaient naturellement voir le roi de près, et leur curiosité causait bien des embarras. Un soir, une centaine de Parisiens se trouvaient massés contre la porte de la maison où dînait Henri IV. Tout le monde poussait, espérant l'apercevoir par une petite fenêtre, quand, soudain, le vantail céda. Perdant l'équilibre, le groupe entier déferla dans la pièce comme une grosse vague et renversa la table avec toutes les victuailles.

Henri IV, en voyant ses gentils sujets à plat ventre dans les compotes, les sauces et les tartelettes, éclata de rire, bien qu'il eût reçu nous dit-on « un plat de petits pruneaux sur son pourpoint ». De tels incidents étaient d'ailleurs loin de lui déplaire car il était « très accostable », selon le mot des auteurs de la *Satire Ménippée,* et avait un sens aigu de la publicité. On en aura une preuve par cette anecdote que nous raconte L'Estoile : « Le roi, jouant à la paume dans Saint-Denis, ayant avisé tout plein de femmes de Paris sous la galerie, qui avoient envie de le voir et ne pouvoient à cause de ses archers, commanda auxdits archers de se retirer pour leur faire place, afin qu'elles le pussent voir à leur aise... »

Les propos que tinrent alors ces femmes sont d'ailleurs extrêmement savoureux.

Les voici tels que nous les rapporte le chroniqueur : « L'une d'elles commença à dire à une voisine : "Ma commère, est-ce là le roi dont on parle tant et qu'on veut nous bailler ? — Oui, dit l'autre, c'est le roi. — Il est bien plus beau que le nostre de Paris, ajouta la première, il a le nez bien plus grand ." »

On voit à quoi tiennent parfois les sentiments politiques de certaines femmes...

Cet enthousiasme populaire était naturellement combattu par les Ligueurs qui, ne pouvant plus attaquer le roi sur le chapitre de la religion, se déchaînaient contre Gabrielle et faisaient courir des pamphlets dans lesquels ils reprochaient à la favorite de conduire le Béarnais à sa perte par une luxure effrénée. On aura une idée de cette littérature par le quatrain suivant :

Gabriel vint jadis à la Vierge annoncer
Que le Sauveur du monde aurait naissance d'elle,
Mais aujourd'hui le roi, par une Gabrielle,
A son propre salut a voulu renoncer.

Pour couper court à ces attaques, Henri IV, qui voulait profiter du mouvement d'opinion créé par sa conversion, se sépara momentanément de Gabrielle. Il l'installa à l'abbaye de Montmartre où elle fut reçue avec beaucoup d'amitié par la jeune abbesse, sa cousine. Le soir, après le souper, les deux femmes se retrouvaient dans le jardin qui dominait la capitale, et, tout en faisant des bouquets pour la chapelle de la Vierge, s'entretenaient longuement du roi. Ce sujet leur était cher à toutes deux, puisque l'abbesse, qui s'appelait Claude de Beauvillier, avait été, trois ans auparavant, on s'en souvient, la maîtresse de Henri IV.

De temps en temps, le Béarnais venait à Montmartre et restait quelques heures avec Gabrielle dans le pavillon particulier qui avait été mis à sa disposition. Après lui avoir prouvé sur le lit ses sentiments distingués, il la mettait au courant des événements politiques, annonçant à chaque fois la reddition de plusieurs villes et la soumission de nombreux Ligueurs. Pourtant, Paris, dont ils voyaient les mille clochetons scintiller à leurs pieds dans la lumière douce de l'été 1593, Paris, tenu en main par M. de Mayenne lui-même, refusait de se rendre, et Gabrielle s'en désolait. Un soir, elle dit :

— Et si vous ameniez le gouverneur de Paris à trahir la Ligue ?

Le roi, qui ne pensait qu'aux moyens militaires de prendre la capitale, demeura muet. La favorite reprit :

— Croyez-moi, tout ne se fait pas avec des canons et des cavaliers. Comment ne le savez-vous pas, vous qui avez vécu avec tant de femmes ?

Elle ajouta en riant :

— Et puis, il faut bien que les ambitieux et les cupides servent à quelque chose...

Henri IV, séduit par cette idée, promit d'envoyer quelques agents secrets à M. de Belin, gouverneur de Paris, avec des propositions alléchantes ; puis il se rendit à Saint-Denis pour prendre immédiatement toutes les dispositions nécessaires.

Quand il fut parti, Gabrielle alla s'accouder à la fenêtre et, longtemps, dans le soir tiède, rêva les yeux fixés sur le Louvre.

Les pourparlers avec M. de Belin furent rapides. Le gouverneur, tenté par ce que lui offrait Henri IV, accepta sans discuter de livrer la ville en faisant ouvrir nuitamment certaines portes.

Le roi mit au point avec ses conseillers — et avec Gabrielle qu'il voyait presque tous les jours — un projet hardi : il s'agissait de faire sortir l'armée de Mayenne sur l'ordre de Belin et d'entrer quelques heures plus tard dans la capitale en toute sécurité.

En attendant qu'une occasion permît de réaliser ce plan, le Béarnais et ses amis cessèrent à peu près toute activité. Naïfs, les Ligueurs crurent avoir gagné la partie et, dans leur enthousiasme, se laissèrent aller aux plaisirs vulgaires de l'insulte. Le roi et la favorite furent traités de « démons lubriques » et de « bêtes chaudes »...

Or ces appellations qui n'émouvaient plus personne troublèrent un Orléanais illuminé et pudibond qui se nommait Pierre Barrière. Fort dévot, il s'imagina que le ciel l'avait désigné pour débarrasser la France de ce roi qui entendait la messe et commettait l'adultère. Il acheta un grand couteau et se dirigea vers la capitale provisoire de la France. En traversant Paris, il eut soudain quelques doutes sur le bien-fondé de sa mission. Voulant en avoir le cœur net, il alla trouver le curé de Saint-André-des-Arts et lui dévoila son projet :

— Qu'est-ce que vous en pensez ?

Le curé était Ligueur, il applaudit :

— C'est une très bonne idée, mon petit. Ce roi se conduit fort mal avec une femme mariée. Il faut le tuer.

L'âme en paix, Barrière partit pour Saint-Denis. Là, il chercha un complice qui, bien entendu, le dénonça, et il fut arrêté. Le lendemain, les juges le condamnaient à avoir « le poing brûlé, les bras et les jambes rompus, puis à être mis sur la roue et étranglé ».

Il n'en demandait pas tant.

Gabrielle eut froid dans le dos en apprenant cette histoire et se montra plus pressée que jamais d'entrer dans Paris avec son amant. Hélas ! de nouveaux obstacles empêchaient constamment la réalisation du plan projeté par le roi et l'entreprise était, jour après jour, reportée. Cinq mois d'attente énervante passèrent ainsi.

— Laissez venir l'hiver, disait-on. A ce moment, l'action sera facile.

L'hiver apporta une catastrophe. A la fin janvier 1594, alors qu'on préparait l'attaque, Mayenne, pour des raisons mystérieuses, remplaça Belin par le comte de Brissac.

Tout était à recommencer...

Poussé par sa maîtresse, Henri IV se mit immédiatement en rapport avec le nouveau gouverneur de Paris et lui offrit, s'il acceptait de trahir ses chefs, le titre de maréchal de France.

Brissac promit son concours.

Il reprit le projet mis au point par son prédécesseur et, pour que les Ligueurs ne se méfiassent pas de lui, imagina de jouer les niais. Tous les amis de Mayenne furent dupes de cette manœuvre et le duc de Féria écrivit au légat : *Mesmes, pour vous monstrer quel grand homme d'affaire c'est, une fois que nous tenions le Conseil céans, au lieu de songer à ce qu'on disoit, il s'amusoit à prendre des mouches contre la muraille.*

Pendant que Brissac endormait ainsi la méfiance de la Ligue, le roi se faisait sacrer à Chartres. Cette nouvelle atterra les Ligueurs. Le duc de Mayenne, craignant pour sa sécurité, allégua la nécessité d'aller en Picardie rejoindre l'armée espagnole et quitta précipitamment Paris le 6 mars, après avoir donné la garde de la ville à M. de Brissac. Le 21, le gouverneur envoya sous un vague prétexte les meilleures compagnies de la garnison à Pontoise afin d'être tranquille, et Henri IV, aussitôt prévenu, vint masser ses troupes dans le faubourg Saint-Honoré. Enfin, le 22, à quatre heures du matin, M. de Brissac, trahissant ainsi qu'il l'avait promis, ouvrit lui-même la Porte Neuve, et l'armée royale entra dans la capitale...

Contrairement à la légende popularisée par le célèbre tableau de

Gérard, les Parisiens ne montrèrent qu'un enthousiasme modéré en voyant Henri IV dans leurs murs. Des coups de feu furent même tirés sur lui, et une trentaine de gêneurs qui ne semblaient pas suffisamment contents (ils criaient : « Nous sommes vendus ! »), furent jetés à l'eau par les gardes du roi.

Sans se soucier de ces trublions, Henri IV alla entendre la messe à Notre-Dame, chanta un *Te Deum* et se rendit au Louvre où, deux heures plus tard, descendue à la hâte des hauteurs de Montmartre, Gabrielle d'Estrées venait le retrouver, ivre de joie...

Vers la fin du mois de mars, le bruit courut dans Paris que la favorite était enceinte. Tout le monde devina que le rein du bon roi Henri n'était pas étranger à l'affaire et les esprits chagrins se scandalisèrent.

Les gens de bon sens, au contraire, se réjouirent, disant que depuis vingt-deux ans aucun roi de France n'avait donné une telle preuve de virilité [124] et que c'était un heureux événement qui faisait bien augurer de l'avenir ; mais ceux-là constituaient, comme d'habitude, le petit nombre.

Finalement, devant l'hostilité des Parisiens, la favorite dut quitter le roi et se réfugier, de nouveau, à l'abbaye de Montmartre.

Maître de Paris, mais fortement critiqué pour sa liaison avec Gabrielle, Henri IV avait encore beaucoup à faire pour asseoir son autorité. D'ailleurs de nombreuses villes refusaient de le reconnaître, et il en souffrait.

Au mois d'avril, résolu à montrer sa force, il alla mettre le siège devant la place de Laon, tenue par la Ligue. Les opérations furent longues, car les Laonnais avaient des armes en quantité et des caves pleines de provisions. Au bout d'un mois, Gabrielle vint, malgré un état de grossesse avancé, rejoindre son amant. Elle eût voulu partager son destin et coucher sous la tente avec lui, mais le roi le lui interdit, disant que « la vie de camp n'étoit point bonne pour une femme qui avoit un enfant au ventre ».

Elle alla donc s'installer au château de Coucy. C'est là qu'elle accoucha le 7 juin d'un gros garçon qu'on nomma César. Le choix du prénom causa, dit-on, quelques soucis au roi. Il aurait voulu l'appeler Alexandre ; mais l'ombre de son ex-rival, le premier amour de Gabrielle, le fit hésiter. « Il eut peur, nous explique Tallemant des Réaux, qu'on ne dise Alexandre *le Grand* ; car on appelait M. de Bellegarde : M. Le Grand [125], et, apparemment, il avait passé le premier [126]... »

Ce petit nuage étant écarté, Henri IV montra une joie sans bornes et revint devant les murs de Laon avec une force décuplée. Le 21 juillet, la ville capitulait...

124. Depuis Charles IX, qui avait donné, en 1572, une fille à Élisabeth d'Autriche.
125. Il était Grand Écuyer.
126. Ce fait est rapporté également dans un pamphlet du XVIe siècle intitulé : *Les Regrets et vie de la duchesse de Beaufort, divulgez en l'an 1597, lors de la prise d'Amiens*.

Peu après, Poitiers, Amiens, Beauvais, Cambrai, Concarneau, Quimper, Doullens, Saint-Malo, Péronne se rendaient également.

A l'annonce de chaque reddition, le Béarnais sautait de joie et courait voir Gabrielle qui avait regagné l'abbaye de Montmartre où César faisait la joie des petites nonnes.

— Ce fils me porte bonheur, disait-il tendrement.

Bientôt, la Provence fut délivrée du joug d'Épernon et le royaume presque entièrement soustrait au clan hispano-lorrain. Alors Henri IV pensa que le moment était venu de faire son entrée officielle dans Paris. Il en fixa la date au 15 septembre pour que Gabrielle, qu'il voulait associer à la royauté et à son triomphe, fût à même d'y participer.

Le 14, ils allèrent tous deux passer la nuit à Saint-Germain-en-Laye, et le lendemain, vers sept heures du soir, alors que la nuit commençait à estomper la couleur des choses, le roi entra dans sa capitale à la lueur des flambeaux et accompagné d'une suite magnifique...

Tous les Parisiens étaient venus acclamer leur souverain qui portait, pour l'occasion, un chapeau gris orné de son légendaire panache blanc...

A quelques pas devant lui roulait une somptueuse litière encadrée d'une compagnie d'archers. On y pouvait voir Gabrielle, souriante et éblouissante dans une robe de satin noir semée de broderies de jais, la jupe « toute huppée de blanc et chargée de tant de perles et de pierreries si reluisantes qu'elles offusquaient la lueur des flambeaux », raconte Pierre de L'Estoile.

Elle était alors dans tout l'épanouissement de sa beauté. « Son visage était lisse et transparent comme une perle dont il avait la finesse et l'eau, nous dit Mlle de Guise, qui pourtant ne l'aimait guère. Le satin blanc de sa robe paraissait noir à comparaison de la neige de son beau sein. Ses lèvres étaient couleur de rubis et ses yeux d'un bleu céleste, si luisants qu'on eût pu difficilement juger s'ils empruntaient au soleil leur vive lumière ou si ce bel astre leur était redevable de sa clarté... »

En la voyant passer, si belle, les Parisiens, émerveillés, hochaient la tête :

— C'est la putain du roi, disaient-ils.

Mais il y avait maintenant dans leur ton une nuance de respect.

Au milieu de cette foule joyeuse, une femme triste regardait, elle aussi, la belle Gabrielle. C'était Corisande...

Mme de Gramont, en effet, se trouvait à Paris depuis quelque temps avec son amie Catherine de Bourbon, sœur du roi, et le destin, toujours facétieux, la faisait assister au triomphe de sa remplaçante [127]...

Le soir, lorsque les cérémonies furent achevées, Henri IV rentra au Louvre et la favorite prit le chemin de l'hôtel du Bouchage qui devait être, désormais, sa demeure officielle.

127. Mme de Gramont demeura quelque temps à Paris, mais le roi lui fit tant d'affronts qu'elle retourna à Hagetmau, où elle eut à plusieurs reprises la magnanimité de rendre de grands services à la Couronne. Elle mourut en février 1621...

Le roi mena, pendant quelque temps, une vie tout à fait familiale, partageant son temps entre Gabrielle qu'il voyait la nuit, et César qu'il contemplait le jour. Or, bientôt, une idée l'obséda : ce fils qu'il adorait était légalement l'enfant de Nicolas d'Amerval... Il lui parut en conséquence urgent d'entamer la procédure nécessaire pour rendre libre sa maîtresse.

Le divorce fut donc résolu et Gabrielle, sur la prière du roi, envoya à l'évêque d'Amiens cette curieuse supplique :

Vous démontre dame Gabrielle d'Estrées qu'étant âgée seulement de dix-huit ans elle aurait par force et contrainte été mariée par son père avec M. Nicolas d'Amerval, seigneur de Liancourt. Toutefois, pendant et depuis le temps de deux ans, elle n'aurait vécu ni conversé avec son mari comme ont accoutumé de faire personnes vraiment capables en légitime mariage, encore que ledit sire d'Amerval, dissimulant son impuissance, se serait approché d'elle plusieurs fois sans aucun effet à rendre le devoir conjugal, ce que ladite suppliante aurait tu et dissimulé jusques ici sans faire aucune plainte. *S'étant enfin déclarée à ses tantes et sœurs, avait été conseillée de s'adresser à vous comme juge ordinaire pour lui être pourvue de remèdes convenables.*

Convoqué par l'évêque, Nicolas d'Amerval répondit qu'il avait eu quatre enfants de sa première femme et que son impuissance, le soir de ses noces, était due à une chute de cheval.

— Par la suite, avoua-t-il, j'ai plusieurs fois voulu hanter mon épouse ; mais malgré mes efforts je n'ai pu avoir sa compagnie charnelle.

Entendue à son tour, Gabrielle se prétendit lésée « pour n'avoir point reçu son dû conjugal »...

Naturellement, ce procès qui dura trois mois amusa beaucoup le gentil peuple, ravi de voir étaler au grand jour toute la sordide intimité des grands. Et l'on riait d'autant plus que la plupart des gens ne voyaient dans l'impuissance du sieur de Liancourt qu'un bon prétexte trouvé par le roi pour faire rompre le mariage de Gabrielle.

Fin novembre, le bruit courut que Nicolas, rendu momentanément défaillant par sa chute de cheval, avait retrouvé toute sa vigueur et tout son entrain. Cette nouvelle réjouit les amateurs d'histoires lestes.

— Le sieur de Liancourt demandera sans doute l'épreuve du Congrès, disaient-ils en se pourléchant à l'avance.

Qu'était-ce donc que le Congrès ? Un bien curieux procédé d'expertise qui était utilisé depuis le XIVe siècle dans les procès de divorce pour impuissance...

Le mari, accusé de n'avoir pu se montrer galant compagnon, demandait à être convoqué par une assemblée de médecins. On le faisait se mettre au lit avec son épouse et, au signal donné, il devait tirer les rideaux et s'efforcer d'être agréable à la dame.

Deux heures étaient accordées pour l'épreuve à laquelle assistaient, outre les médecins, quelques matrones. A tout moment, le mari dont l'honneur était en jeu pouvait appeler les témoins « pour leur montrer sa belle tenue ou leur faire constater sa victoire. »

La plupart du temps, le pauvre, impressionné par la présence des médecins chargés de juger son « œuvre », demeurait dans un affligeant marasme...

Au bout de deux heures, les experts venaient écarter les rideaux, relevaient les draps et faisaient toutes les constatations utiles. Après quoi, ils rédigeaient leur rapport et le portaient au juge qui attendait dans une pièce voisine.

Cette épreuve eût pu être demandée par le sieur de Liancourt qui avait alors retrouvé sa virilité ; mais le mari de Gabrielle eut peur du roi (et peut-être aussi du ridicule). Il se contenta de rédiger son testament et d'écrire pour la postérité : « ... Et parce que pour obéyr au roy et de crainte de perdre la vie, je suis sur le point de consentir à la dissolution du mariage de moy et de ladite d'Estrées, suivant la poursuite qui s'en fait devant l'Official d'Amiens, je déclare et proteste devant Dieu et devant les hommes, je jure et affirme que si la dissolution se fait et ordonne, c'est contre ma volonté et par force, pour le respect du roy, *n'estant véritable l'affirmation, confession et déclaration que je pourrai faire estre impuissant et inhabile pour la copulation charnelle et génération...* »

Et, le 24 décembre 1594, le mariage de Gabrielle et de Nicolas fut déclaré nul par l'Official d'Amiens...

Trois jours plus tard, le 27 décembre, vers cinq heures du soir, le roi rentrait à Paris entouré par un groupe de cavaliers qui tenaient des torches et des flambeaux.

Le vent glacé qui sifflait dans la rue Saint-Honoré pliait les flammes, et Henri IV, emmitouflé dans une cape, avait du givre sur la barbe. Malgré le froid, le menu peuple se pressait sur la chaussée, jobard et gouailleur, comme à l'ordinaire.

Au coin de la rue de l'Autruche, un jeune homme « vestu de noir honnestement » demanda à l'un de ses voisins « lequel estoit le roi ; sur quoi l'autre lui en montra un qui avoit des gants fourrés, lequel lui dit estre le roi ». L'inconnu se mêla alors au cortège et suivit Henri IV jusqu'à l'hôtel du Bouchage où habitait Gabrielle d'Estrées. Là, comme tout le monde — cavaliers, gentilshommes, gardes, et même « infinies personnes inconnues » — entrait sur les pas du souverain, il pénétra à son tour sans difficulté et parvint avec la foule jusqu'à la chambre de la favorite.

Sans se faire remarquer, ce qui était facile parmi ces gens qui ne se connaissaient pas pour la plupart, il réussit à se glisser auprès du roi. A ce moment toute l'assistance avait les yeux fixés sur deux nouveaux venus à la cour, les sieurs de Ragny et dc Montigny, qui s'inclinaient devant Henri IV. Comme celui-ci se baissait pour les relever, le jeune homme tira brusquement un couteau de sa poche et lui en porta un coup violent au visage. On entendit alors « un bruit comme si l'on avoit donné un soufflet à quelqu'un ».

— Au diable soit la folle, s'écria le roi. Je crois qu'elle m'a blessé !

— C'est faux, répliqua aussitôt la bouffonne qui vivait à la cour, ce n'est pas moi !

Personne n'avait compris ce qui s'était passé ; aussi, quand Henri IV retira une dent de sa bouche et la montra à l'assistance, y eut-il quelques cris de surprise et un léger affolement. Enfin, Montigny remarqua l'inconnu qui demeurait immobile au milieu du désordre, les mains tremblantes.

— C'est vous ou moi qui avons blessé le roi, dit-il.

L'autre devint livide et les gardes se jetèrent sur lui.

A ses pieds, on trouva le couteau sanglant dont il s'était débarrassé. Arrêté sur-le-champ, il déclara s'appeler Jean Chastel, et reconnut qu'il avait voulu tuer le roi.

— J'ai frappé trop haut, dit-il, l'air ennuyé. Je visais le cou.

Mené au Fort-l'Évêque, le jeune homme y fut interrogé et les juges, qui croyaient avoir affaire à un attentat politique, comprirent avec stupeur qu'il s'agissait de tout autre chose.

Jean Chastel avait des vices contre nature qui auraient pu faire sa fortune sous Henri III, mais qui le gênaient sous Henri IV. Il était venu trop tard dans un monde trop pieux. Or, à plusieurs reprises, il avait dissimulé dans ses confessions les péchés honteux auxquels ses goûts anormaux l'avaient poussé. Sachant que saint Thomas [128] s'était élevé violemment contre la sodomie, il avait fini par penser qu'il ne pourrait jamais obtenir l'absolution et qu'il mourrait en état de péché mortel. Le malheureux avait donc imaginé de tuer le roi pour avoir, au moment de son exécution, l'assistance d'un prêtre forcé de l'absoudre...

Son rêve se réalisa deux jours plus tard : après s'être confessé, il fut écartelé.

Naturellement, les juges ne publièrent pas les véritables mobiles de Jean Chastel — qui nous sont connus grâce à Jacques de Thou, l'historien ami de Henri IV. Ils préférèrent laisser croire à un attentat politique, et comme le jeune tourmenté avait été élevé par les Jésuites, Ligueurs acharnés, ils accusèrent ceux-ci d'être à l'origine du complot.

Le procès fut rapide. Poussé par le roi qui voyait là une occasion de se débarrasser de ses ennemis, le Parlement de Paris bannit, par arrêté, tous les Jésuites du royaume.

Ils partirent, insultés grossièrement, comme il se doit, par le menu peuple qui, neuf mois plus tôt, ne voulait pas de Henri IV...

Dès qu'il fut remis de ses émotions, le roi se préoccupa de nouveau du petit César. Maintenant que Gabrielle était libre, il pouvait légitimer le fruit de leurs amours : c'est ce qu'il fit par lettres patentes datées

128. Et avec lui tous les « théologiens postérieurs », dit joliment l'ecclésiastique, auteur de la *Mœchialogia*...

de janvier 1595. Le texte de cet acte peu connu et rédigé probablement par les conseillers intimes de Gabrielle est fort curieux. Le roi semble honteux de l'action qu'il accomplit, et cherche à la justifier en invoquant l'intérêt du pays. Après avoir rappelé dans quel état il a reçu le royaume « proche d'une quasi inévitable ruine », il ajoute :

« On a vu que nous l'avons relevé et par la grâce de Dieu tantôt rétabli en son ancienne force et dignité, n'ayant à ce épargné non seulement notre labeur, mais notre sang et notre vie. » Puis il en vient au sujet même de ses préoccupations et précise qu'il espère que son courage et sa force seront héréditaires chez ceux qui proviendront de lui et *« puisque Dieu n'a pas encore permis que nous en ayons en légitime mariage, pour être la reine, notre épouse, depuis dix ans, séparée de nous*[129]*, nous avons voulu en attendant qu'il veuille nous donner des enfants qui puissent légitimement succéder à cette couronne,* rechercher d'en avoir ailleurs en quelque lieu digne et honorable, *qui soient obligés d'y servir, comme il s'en est vu d'autres de cette qualité*[130] *qui ont bien mérité de cet état et y ont fait de grands et notables services.* Pour cette occasion, ayant reconnu les grandes grâces et perfections, tant de l'esprit que du corps, qui se trouvent en la personne de notre chère et bien-aimée la dame Gabrielle d'Estrées, nous l'avons depuis quelques années recherchée à cet effet, comme le sujet que nous avons connu le plus digne de notre amitié. *Ce que nous avons estimé pouvoir faire avec moins de scrupules et charges de conscience, que nous savons que le mariage qu'elle a contracté avec le sieur de Liancourt était nul et sans avoir jamais eu aucun effet, comme il s'est justifié par la séparation et la nullité dudit mariage qui s'en est depuis ensuivi.* Et s'étant ladite dame après nos longues poursuites et ce que nous avons apporté de notre autorité, condescendu à nous obéir et complaire, un fils est né, qui a porté jusqu'à présent le nom de César Monsieur. *Ses vertus précoces nous décident, en l'avouant et reconnaissant notre fils naturel, de lui accorder nos lettres de légitimation. »*

Le roi dit encore : *« J'accorde ces terres à César parce que le défaut de sa progéniture l'excluant de toute prétention à la succession de cette couronne et de ce qui en dépend, mais aussi de celle de notre royaume de Navarre, et de tous nos autres biens et revenus de notre autre patrimoine, il demeurera en très mauvaise condition, s'il n'était par*

129. Dans *Le Divorce satyrique*, voici ce que dit Henri IV de la stérilité de son union avec la reine Marguerite : « Je m'en suis quelquefois ébahi moi-même, qui, Dieu merci, ne suis pas des plus refroidis, et qui, n'en déplaise à cette prude femme, ai autant d'adultérins mal semés comme elle en divers endroits ; mais je ne sais oncques deviner la cause de notre compagnie stérile et infructueuse, ni pour l'attribuer aux raisons communes, bien que je sache qu'à regret elle a souvent consenti à la force de mes désirs pour se donner volontairement en proie à mille, qui n'en eussent osé prétendre ni espérer aucune faveur si, luxurieusement effrontée, elle ne les eût, pour parler intelligiblement, mis dessus... »

Par un curieux phénomène, en effet, Marguerite, qui avait eu des enfants avec Champvallon et Aubiac, était stérile avec Henri IV...

130. De la qualité de bâtards...

ladite légitimation rendu capable de recevoir tous les dons et bienfaits qui lui seront faits tant par nous que par autres. Pour ces causes, nous le déclarons légitime par les présentes, aux fins qu'il puisse acquérir, tester, recevoir donation et tenir telles charges, dignités, offices, tant de Nous que des rois nos successeurs... »

Le Parlement de Paris enregistra ces lettres sans protester.

La joie de Gabrielle, devenant ainsi favorite officielle, fut immense, on s'en doute. Pourtant, la jeune femme ambitionnait un autre titre. Elle rêvait d'être reine de France...

Depuis quelque temps, déjà, elle poussait le roi à répudier Margot qui vivait toujours en exil et n'avait de reine que le nom. Elle renouvela ses prières, déploya tout son charme, se fit tendre et voluptueuse... Finalement Henri IV envoya à Usson M. Erard, maître des requêtes, auprès de son épouse. Qu'offrait-il à Marguerite en échange d'une couronne ? Une somme de deux cent cinquante mille écus pour payer les dettes que la pauvre avait dû faire depuis dix ans, une rente viagère et une place de sûreté. Il demandait, en échange, à la reine qu'elle donnât une procuration en blanc, et qu'elle déclarât devant l'Official « que son mariage ayant été contracté sans dispense, à un degré de parenté prohibé et sans libre consentement », elle en désirait l'annulation.

M. Erard arriva à Usson après une semaine de voyage. Il devait avoir en arrivant un curieux spectacle. Margot, qui aimait toujours autant le jeu d'amour, avait, en effet, pris l'habitude de se coucher nue sur un lit en laissant sa fenêtre ouverte « pour donner aux passants qui jetoient un regard l'envie de venir lui beliner le joyau ».

C'est ainsi que le maître des requêtes, austère et digne homme s'il en fut, revit pour la première fois sa souveraine...

L'idée d'un divorce ne déplaisait pas à la reine Margot dont le seul espoir était de sortir d'Usson, et qui savait bien que jamais Henri IV ne la rappellerait auprès de lui. Mais, en femme rouée, elle voulut profiter de la situation, montra des exigences et, pour bien affirmer son indépendance, fit traîner les pourparlers.

Son attitude était pourtant pleine de respect. Elle évitait, en effet, de manifester une amertume qui eût risqué d'agacer le roi. D'ailleurs, était-elle amère ? Elle avait bien sûr quarante ans et sa vie s'était trouvée gâchée par un mariage imposé ; mais grâce à une époque troublée elle avait eu tous les amants qu'une femme bien douée physiquement pût souhaiter avoir dans son lit : des petits, des grands, des gros, des maigres, des vieux, des jeunes, des ouvriers, des intellectuels et même un chanoine de Notre-Dame de Paris, le vigoureux Choissin, dont on disait « qu'il lui avait souvent parfumé son devant de thorax »... Et puis sa vie n'était pas finie, et elle espérait bien continuer à « faire l'androgyne », comme on disait alors par manière de plaisanterie. Une seule chose lui importait donc : quitter le château d'Usson et rentrer à Paris, où des jeunes gens boutonneux seraient heureux de profiter de son expérience.

La couronne, les biens, la richesse ? Elle s'en moquait, pourvu qu'elle eût de quoi nourrir ceux qui lui donnaient le seul plaisir qu'elle aimât...

Gabrielle d'Estrées, dont elle savait que le roi voulait faire sa femme, la laissait pareillement indifférente. Mieux, elle montrait presque de l'amitié à son égard. C'est ainsi que, lorsque Henri IV disposa en faveur de la favorite d'une magnifique abbaye qui lui appartenait, elle se déclara enchantée, *ayant reçu trop de plaisir,* écrivit-elle au roi, *que chose qui dépendait de moi ait pu être propre pour témoigner à cette honnête femme combien j'aurai toujours de volonté de servir à son contentement et combien je suis résolue d'aimer et honorer toute ma vie ce que vous aimerez*[131].

A quelque temps de là, elle poussa l'amabilité jusqu'à écrire à Gabrielle elle-même cette incroyable lettre :

Prenez, je vous prie, assurance de moi et m'obligez tant que de la donner au roi et de croire que mes désirs se conforment entièrement à ses volontés et aux vôtres. J'en parle en commun, les estimant si unies que, me conformant à l'une je le serai aussi à l'autre... Je vous prierai trouver bon que je vous parle librement et comme à celle que je veux tenir pour ma sœur *et que, après le roi, j'honore et j'estime le plus...*

On ne peut pas être plus gentil avec la maîtresse de son mari.

La favorite fut très touchée par cette lettre et pensa avec joie que la répudiation se ferait sans trop de difficultés.

Mais elle était prudente et savait ne pas se fier uniquement aux hasards de la chance.

C'est pourquoi, tandis que M. Erard continuait ses négociations, elle préparait avec ses conseillers intimes (et avec sa famille) une combinaison qui devait lui assurer une souveraineté indépendante et héréditaire pour elle et ses enfants. Desclozeaux, son principal biographe, nous dit à ce propos : « Ses proches n'apportaient aucune réserve dans leurs velléités ambitieuses et il fut un moment où ils parlèrent même de constituer en Champagne ou en Franche-Comté une principauté relevant de la couronne et tenue à foi et hommage par Gabrielle et son fils César[132]. »

Mais un tel cadeau ne pouvait s'obtenir de la seule générosité de l'amant : il fallait mériter la reconnaissance du roi en étant l'inspiratrice d'une conquête ou d'un grand fait d'armes. C'est pourquoi, le 17 janvier 1595, Gabrielle poussa Henri IV à déclarer la guerre à l'Espagne[133]...

131. Lettres de Marguerite de Navarre. Éditées par Guessard.
132. DESCLOZEAUX, *Gabrielle d'Estrées*, 1889.
133. Cf. DREUX DU RADIER : « Elle fut une des premières causes de la déclaration de guerre contre l'Espagne », *op. cit.* et *Mémoires* de Sully, tome I, ch. 59.

Aussitôt, Philippe II, qui s'était assuré le concours des Ligueurs, riposta en envoyant des troupes en Picardie, en Bretagne et en Bourgogne, où quelques héros commencèrent à s'étriper avec soin. Mais les premiers combats ne furent pas très sérieux, et Henri IV, qui détestait se déranger pour rien, continua de goûter les douceurs de la paix aux côtés de Gabrielle dont les talents amoureux l'émerveillaient chaque jour un peu plus. Depuis qu'elle rêvait d'une couronne, la favorite, en effet, se surpassait...

En reconnaissance, le roi lui fit alors cadeau du château de Montceaux, fort beau domaine situé à deux lieues de Meaux, que Gabrielle aménagea immédiatement de façon confortable et luxueuse grâce aux sommes considérables que le Trésor lui versait chaque année. Naturellement, le meuble auquel elle était redevable de tant de bienfaits fut l'objet de soins particuliers. Immense et capable de résister aux joutes amoureuses les plus ardentes, il occupait la moitié de la chambre. Surmonté d'un baldaquin aux rideaux de velours jaune, ses draps étaient de satin blanc et ses taies d'oreillers de soie brodée d'argent aux chiffres H et G entrelacés.

Un tel luxe, au moment où le menu peuple criait misère et où le roi lui-même manquait d'argent, fit jaser. De nombreux pamphlets inspirés par les Ligueurs circulèrent dans Paris contre celle qu'on appelait déjà la marquise de Montceaux [134], et des chansonniers, des poètes se permirent de lui envoyer de petits conseils rimés qui témoignent de la liberté de ces heureux temps.

Je n'en donnerai qu'un exemple, ce sonnet d'une étonnante audace adressé à Gabrielle par Guillaume de Sablé :

Pensez, Madame, à vous : la fortune est muable ;
Vous avez la faveur, ne la négligez point.
Craignant que quelque jour ne vous laisse en pourpoint ;
Faites des serviteurs et rendez-vous aimable.

Mainte autre devant vous, qui ont fait le semblable,
Par un esprit prudent ont prévu à ce point
D'établir leur bonheur ferme, et si bien à point
Qu'à la postérité leur gloire est perdurable.

Ce que je vous en dis, Madame, assurez-vous
Que c'est pour votre bien, et ne suis point jaloux
De vous voir prospérer autant que dame aucune.

Mais je vois à regret, comme chacun voit bien,
Que le nombre est petit à qui vous faites bien.
Pensez-vous établir par là votre fortune ?

La favorite n'allait pas tarder à suivre les conseils que lui donnait le poète...

134. En fait, elle n'eut droit à ce titre qu'à partir de septembre 1596.

Au mois de mai, Henri IV, apprenant que les Espagnols attaquaient la Bourgogne, laissa Gabrielle et courut rejoindre ses armées à Dijon. Dès la première rencontre, il s'aperçut que les forces de Philippe II étaient mieux équipées et plus nombreuses que les siennes. Il les battit tout de même à Fontaine-Française ; mais sa pauvreté lui avait fait frôler le désastre, et il pensa qu'il était grand temps de mettre les Finances du royaume entre les mains d'un homme habile et sûr.

De retour à Paris, il s'en entretint avec Gabrielle qui, justement, cherchait à se faire des créatures, suivant le conseil de Guillaume de Sablé.

— Prenez Rosny, dit-elle.

A ce moment les Finances étaient dirigées par un Conseil composé de personnages puissants que le roi voulait ménager. Craignant qu'un brusque remplacement de ces messieurs par un surintendant ne prît l'allure d'un coup de force, il décida d'opérer en douceur. Il alla trouver Sully [135] et lui proposa de travailler pendant quelque temps avec ceux du Conseil afin d'endormir leur méfiance.

— Ainsi, dit-il, les caressant et les assurant de votre amitié, ils ne vous dénieront point la leur, et il arrivera même qu'en vous donnant quelques louanges sur la forme de votre conduite, lorsque je les mettrai sur ce propos, je prendrai de là occasion de vous mettre avec eux sans qu'ils s'y puissent directement opposer ni dire que vous ne savez rien aux Finances.

Sully refusa, trouvant le procédé inélégant. Alors, le roi furieux courut chez Gabrielle pour la mettre au courant de son échec.

— Tout est de votre faute, dit la favorite. Vous êtes le roi ; vous n'avez qu'à commander, et le Conseil vous obéira...

Le lendemain, Henri IV revint chez Sully, le prit par la main et lui dit :

— Vous ne savez pas ? J'ai conté à ma maîtresse tous les discours et contestations que nous eûmes hier, vous et moi, sur lesquelles nous avons eu de grandes et longues disputes. Enfin, elle m'a mis tant de raisons en avant qu'elle m'a quasi persuadé que vous aviez raison et moi tous les torts du monde de vous vouloir établir en des affaires de telles importances et tant chatouilleuses que sont les Finances, par l'intervention, agréation et obligation d'aucun autre que de moi seul [136].

Quelques jours après, les Finances étaient confiées à Sully. Ainsi, nous dit Dreux du Radier : « L'État dut à Gabrielle le grand homme qui devoit en régler le grand ressort, et la France en jouit plus tôt qu'elle n'auroit fait à sa persuasion. »

Hélas ! Sully devait se montrer bien ingrat à l'égard de la favorite...

Pendant ce temps, la guerre voulue par la châtelaine de Montceaux continuait pour le plus grand profit des Espagnols. Le 21 avril 1596,

135. Bien que M. de Rosny ne s'appelât Sully qu'à partir de 1605, c'est sous ce nom que je le désignerai dès maintenant.

136. Sully, *op. cit.*

une nouvelle vint affliger tout le pays : Calais était tombé aux mains d'une armée ennemie conduite par le cardinal d'Autriche.

Aussitôt, le peuple accusa Henri IV, non sans raison, d'être responsable de cet échec. On murmura « qu'il s'amusait un peu beaucoup avec la marquise »[137] et que le plaisir qu'il trouvait dans le lit de sa maîtresse l'avait empêché d'aller se porter au secours de Calais. Un quatrain composé par Sigogne eut alors beaucoup de succès :

Ce grand Henri qui voulait estre
L'effroi de l'Espagnol hautain
Maintenant fuit devant le prêtre
Et suit le c... d'une putain.

Ce qui était vrai ; mais un peu leste...

Un distique latin, plus brutal encore, fit la joie des lettrés, des clercs et même des bons prêtres qui ont toujours aimé à rire :

Te Mars avexit, Venus opprimit. O scelus ! Ensis Cuspide quod portum est, cuspide penis abit.

C'est-à-dire :

« Mars t'a élevé, Vénus t'abaisse. Ô crime ! Ce qui a été acquis à la pointe de l'épée s'en va à la pointe du... »

13

L'Édit de Nantes, œuvre de Gabrielle

> C'est sa réhabilitation, c'est l'honneur de sa vie d'avoir aidé Henri IV dans l'accomplissement de cette œuvre de tolérance.
>
> DESCLOZEAUX

Après la perte de Calais, tout le monde pensa que le roi organiserait la défense des autres villes menacées par les Espagnols. Henri IV lui-même le pensait sincèrement, oubliant, comme toujours, qu'il était l'esclave de sa passion pour Gabrielle.

Au début du mois de mai, il écrivait, d'Abbeville, à M. du Plessis-Mornay :

Nous passerons notre été ici et à Amiens, pour être à la tête des ennemis, s'ils entreprennent quelque chose.

Mais huit jours plus tard il était à Montceaux, près de sa maîtresse... Il devait y rester jusqu'en octobre, batifolant dans la forêt, banque-

137. PIERRE DE L'ESTOILE, *op. cit.*

tant avec des amis, racontant des histoires galantes, et surtout se livrant avec la favorite à d'exténuants plaisirs sur le grand lit à baldaquin.

Comme tous les amoureux du monde, Henri IV donnait à son amie tout ce qu'il possédait. Il faisait même plus encore : il lui offrait ce qui appartenait à l'État. C'est ainsi que, le 25 août 1596, il lui fit cadeau de la totalité des biens « du feu Bocquet, habitant à Paris, et de ses enfants, qui avaient tué ledit défunt », que le 31 du même mois il la gratifia du produit d'amendes importantes, que le 2 septembre il lui abandonna le montant de tous les trop-perçus dont les receveurs de Guyenne et du Rouergue étaient astreints à faire la restitution, et qu'un peu plus tard, anticipant sur les recouvrements qu'il escomptait, il lui fit don de trente-deux mille livres à provenir sur la vente des offices de judicature dans la province de Normandie...

Avec cet argent, la nouvelle marquise de Montceaux fit embellir son château et exécuter d'importants travaux de terrassement.

Le peuple, qui n'aimait déjà pas beaucoup Gabrielle, s'émut de ces libéralités, et le libelle suivant circula dans Paris :

Du Roy et de la Marquise

Ho ! vous parlez de notre roy.
— Non, fais-je. Vous jure ma foy
Par Dieu, j'ai l'âme trop réale
Je parle de Sardanapale
Con sempre star in bordello
Hercule no se flatta immortello [138]
Au royaume de Conardise
Où pour madame la Marquise
Les grands monts sont mis à Montceaux
Et toute la France en morceaux [139].

Or, tandis que le roi détournait allégrement les sommes destinées au Trésor, l'argent manquait pour mener la guerre contre les Espagnols. Des régiments entiers menaçaient d'abandonner leurs postes si les soldes n'étaient pas payées, et Sully, effrayé par la légèreté de son souverain, partageait l'accablement du peuple.

Bientôt, Henri IV lui-même fut épouvanté par son dénuement. Dépouillé par son insatiable maîtresse, portant des chemises déchirées et des pourpoints troués au coude, il entrevit la catastrophe et décida de s'adresser directement aux représentants du pays pour leur demander de lui venir en aide.

Au mois d'octobre, il convoqua une assemblée de notables, à Rouen, afin d'étudier avec eux le moyen de rétablir ses finances. Croyant habile de frapper les populations normandes par le spectacle d'une cour brillante et élégante, il demanda à Gabrielle, seule personne riche

138. Les pamphlétaires utilisaient souvent l'italien pour dire des grossièretés...
139. *Mémoires secrets des rois de France.*

du royaume, de le précéder en grande pompe. La favorite, bien qu'enceinte de huit mois, fit le voyage et arriva à Rouen dans une luxueuse litière. Le premier président, Claude Groulard, vint la saluer comme s'il s'agissait d'une souveraine, et l'archevêque lui demanda très humblement si elle voulait accepter de loger au palais abbatial de Saint-Ouen.

Seul, le chapitre de la cathédrale montra quelque mauvaise humeur, alléguant qu'il s'agissait d'une concubine ; mais le prélat intervint et exigea qu'on fût plein de prévenances pour la bien-aimée de Sa Majesté.

Ce saint homme compréhensif était, il est vrai, Antoine de Bourbon, frère naturel du roi...

Le lendemain, Henri IV arriva à son tour et ouvrit l'assemblée des notables par quelques mots d'esprit, avant d'exposer ses difficultés. Gabrielle, qui était particulièrement intéressée par la réussite de cet « emprunt national », l'écoutait, dissimulée derrière une tapisserie.

Hélas ! les députés, eux, firent la sourde oreille, et Henri IV dut connaître l'humiliante nécessité de s'adresser à la reine d'Angleterre, qui lui prêta deux cent mille écus, et à la Hollande, qui lui consentit une avance de quatre cent cinquante mille florins.

A Rouen, au milieu de ses soucis, une grande joie devait tout de même échoir au bon roi Henri : c'est là que Gabrielle donna le jour à leur deuxième enfant : une fille qu'on prénomma Catherine-Henriette.

Au début de février 1597, la cour quitta la Normandie et rentra à Paris où le roi se mit sans plus tarder à dépenser l'argent qu'on lui avait prêté, en organisant des bals somptueux pour distraire sa maîtresse.

On le vit même un certain jour de février pousser l'inconscience jusqu'à faire une mascarade et à visiter toutes les maisons où l'on donnait un divertissement. Gabrielle, qui était pendue à son bras, « le démasquait et le baisait partout où il entrait », nous dit un chroniqueur.

C'est au cours d'une de ces fêtes, un soir de mars, alors que princes, seigneurs et gentilshommes lutinaient les dames avec une belle impudeur, qu'on vint lui apprendre la prise d'Amiens par les Espagnols.

La nouvelle le stupéfia.

Après un an passé à « rire et à baller », le roi se trouvait brusquement au bord de l'abîme. Paris, en effet, risquait d'être attaqué par l'ennemi et pris à son tour...

Bouleversé, extrêmement pâle, le Béarnais pensa à haute voix :

— C'est assez fait le roi de France, dit-il, il est temps de faire le roi de Navarre !

Puis il se tourna vers Gabrielle qui pleurait :

— Ma maîtresse, il faut quitter nos armes et monter à cheval pour faire une autre guerre.

Les invités se retirèrent dans le plus grand désarroi et la favorite, se sentant peut-être indirectement responsable de cette seconde défaite, réunit à la hâte tout l'argent qu'elle put se procurer, environ cinquante mille livres, et le remit au roi. Après quoi, elle se fit préparer une litière et quitta Paris dès l'aube avec les premières troupes qui marchaient sur Amiens.

Ce départ ressemblait à une fuite, et c'en était une d'ailleurs. Connaissant les sentiments des Parisiens à son égard, la favorite ne voulait pas rester seule dans la capitale en l'absence du roi. Elle préférait partager la vie des soldats qui allaient mettre le siège devant la cité prise par les Espagnols.

Henri IV la suivit de près et, le 28 mars, ils étaient tous deux sous les murs d'Amiens.

Vingt mille hommes se trouvaient déjà à pied d'œuvre dans un immense camp, tout hérissé d'enseignes et d'oriflammes claquant au vent. Gabrielle fit planter sa tente de cuir non loin de celle du roi et commença à donner son avis sur les opérations militaires, ce qui ne tarda pas à créer une grande confusion.

La présence de la favorite amusait d'ailleurs les soldats qui composaient entre eux des chansons ordurières et ne se cachaient pas pour dire que leur camp était devenu un bordeau... Cette grosse plaisanterie avait le don de faire rire le roi...

— Il faut bien qu'ils s'occupent, disait-il.

En effet, les Espagnols qui possédaient des ressources considérables se gardaient bien de sortir et les Français, qui manquaient d'artillerie, ne pouvaient attaquer. Chacun restait donc sur ses positions. Bientôt, d'astucieux commerçants, comprenant que le siège serait long, vinrent installer des petites boutiques volantes pour offrir quelques distractions aux militaires. « Il n'y avait jusqu'aux cabarets, tavernes et cuisines de Paris, dit Legrain, qui ne fussent transportés aux tentes de l'armée et marqués de la même enseigne qu'ils avaient dans la capitale. En sorte qu'on disait que c'était une seconde ville de Paris nouvellement bâtie devant Amiens. »

Ce camp étonnant eut rapidement l'aspect d'une immense foire et les gens des environs accoururent en foule pour le visiter. Des bandes de filles venaient s'y amuser avec les soldats, et les Espagnols, stupéfaits, se demandaient, du haut de leurs murailles, en l'honneur de qui avait lieu cette kermesse.

Il vint même des dames et des gentilshommes de Paris, ravis de connaître l'atmosphère d'un siège. Gabrielle d'Estrées, jouant les maîtresses de maison, leur faisait visiter les différents quartiers, leur expliquait le fonctionnement des canons et les initiait avec esprit aux travaux exécutés par les sapeurs. Après quoi, elle invitait à dîner sous sa tente les visiteurs de marque et l'on mondanisait...

On ne s'étonnera pas, dans ces conditions, que le siège ait duré plus de six mois. C'est en effet le 19 septembre seulement que la garnison espagnole, épuisée, démoralisée, accepta de se rendre.

Aussitôt, Gabrielle retourna à Paris pour préparer le retour triomphal du roi. La favorite pouvait être satisfaite, les événements l'avaient servie : au cours d'un engagement, le grand maître de l'artillerie ayant été tué, elle avait obtenu que son père, Antoine d'Estrées, reçût la charge importante et lucrative que laissait le défunt[140] : en outre, s'étant acheté pour cent vingt mille écus le comté de Beaufort, elle avait vu avec joie le roi ériger, un soir de victoire, cette terre en duché pairie. Elle était donc maintenant duchesse...

Sa joie fut de courte durée. En arrivant à Paris, elle apprit qu'on l'appelait « duchesse d'ordure »...

Ce qui la désappointa.

Mais ni les railleries ni les insultes ne pouvaient freiner son ambition. Dès que les combats en Picardie furent terminés, elle attira l'attention du roi sur la Bretagne, tenue par le dernier rebelle du royaume, le duc de Mercœur.

— Il faut aller à Angers et négocier une paix honorable, dit-elle.

Au début de 1598, Henri IV partit pour la Bretagne accompagné d'une armée et de Gabrielle qui se trouvait de nouveau enceinte...

La favorite se préoccupait-elle donc enfin de la France ? Non. Elle désirait simplement marier son fils César avec Françoise, fille unique du duc de Mercœur et l'une des plus riches héritières du royaume...

A Angers, elle dirigea elle-même les négociations et obtint ce qu'elle désirait « avec une habileté dont beaucoup ne la jugeaient pas capable ».

Le contrat de mariage des deux enfants fut signé le 5 avril. Aussitôt, la duchesse de Beaufort se rendit à Nantes pour prendre possession du gouvernement de Bretagne dont le duc de Mercœur s'était démis en faveur de César... Elle exultait. Pourtant, sa joie était ternie par les attaques venimeuses des protestants qui la détestaient, l'accusaient ouvertement de s'enrichir aux dépens de l'État et demandaient sa disgrâce immédiate. C'est alors que pour les amadouer elle poussa le roi à signer, le 13 avril, le fameux Édit de Nantes qui mettait fin à la guerre religieuse[141].

Une fois de plus, sa ruse lui faisait gagner la partie...

Gabrielle avait une bonne nature : dès que les signatures furent sèches au bas du pacte qui mettait fin aux guerres religieuses en France, elle rentra dans sa chambre, fit appeler le roi... et accoucha d'un gros garçon.

Son premier fils avait été baptisé César : celui-ci reçut le prénom d'Alexandre et le titre de *Monsieur*, comme un enfant de France.

Henri IV, une fois de plus, fut ravi. Prenant ses familiers par le bras, il s'exclamait en riant :

— Voilà qui me change de la reine Marguerite, qui était stérile comme un radis creux...

Plaisanterie peu galante et même un tantinet triviale qui témoignait,

140. DREUX DU RADIER dit : « Henry avait destiné cette charge à Sully ; mais l'amour l'emporta sur l'amitié. » *Op. cit.*

141. DESCLOZEAUX : « A cet Édit s'attache aussi le nom de Gabrielle qui travailla avec une habileté et un succès dignes d'une si bonne cause d'abord à modérer les injustes exigences des uns et des autres, ensuite à gagner les conseillers du roi aux concessions nécessaires, enfin à obtenir l'adhésion de la magistrature. » *Op. cit.*

en fait, de l'amertume profonde du souverain. Car, plus que ses infidélités, c'est son infécondité qu'il reprochait à la reine Margot. L'avenir de la dynastie le préoccupait. Après sa mort, les Ligueurs s'opposeraient certainement au couronnement de César, malgré Mayenne [142], et soutiendraient les prétentions du jeune prince de Condé. Des troubles graves, une guerre civile peut-être s'ensuivraient...

Pour éviter ces malheurs à la France, Henri devait obtenir du pape l'annulation de son mariage et l'autorisation d'épouser au plus tôt Gabrielle.

Ayant pris la décision d'écrire à Rome, le Béarnais se sentit de meilleure humeur et, tout content à l'idée de ses noces prochaines, il alla passer la nuit avec Mlle des Fossés, une charmante blondinette qui lui voulait du bien.

Le lendemain, il convoqua Sully qui nous raconte en détail leur entrevue. Après quelques considérations sur la politique, le roi aborda, sans avoir l'air d'y toucher, le sujet qui lui tenait à cœur :

— Aux présentes difficultés, il semble impossible d'apporter des remèdes certains, dit-il, si je ne me dispose à donner des enfants venant de moi à la France, comme c'est chose que j'ai toujours désirée, et de laquelle j'ai pris bonne espérance, depuis que l'archevêque d'Urbin m'a donné avis que le pape facilitera mon démariage. De sorte que, pour l'accomplissement de ce dessein, il ne me restera plus qu'à voir s'il y aura moyen de trouver une femme assez bien conditionnée.

Le ministre fut intrigué par ce préambule, et se caressa la barbe avec nervosité.

— Si on l'obtenait par souhait, reprit le roi, je voudrais trouver en celle-là sept qualités principales, à savoir : beauté en la personne, pudicité en la vie, complaisances en l'humeur, mobilité en esprit, éminence en extraction, fécondité en génération et grands États en possession. Mais je crois que telle femme n'est jamais née, ni prête à naître. Partant, voyons un peu ensemble quelle fille ou femme, dont nous avons ouï parler, serait à désirer pour moi, soit dedans, soit dehors le royaume.

Sully commença à voir où le roi voulait en venir ; mais il ne dit rien.

— Je vous dirais pour le dehors, poursuivit Henri IV, qu'à l'Infante d'Espagne, quelque vieille et laide qu'elle soit, je m'accommoderais assez, pourvu qu'avec elle j'épousasse aussi les Pays-Bas. Mais le roi Philippe est bien éloigné de ce dessein. Je ne refuserais pas non plus la princesse Arabella d'Angleterre, pourvu qu'elle eût été déclarée héritière présomptive.

» L'on m'a parlé aussi de certaines princesses d'Allemagne. Mais les femmes de ce pays ne me reviennent nullement. Et, si j'en épousais une, je croirais toujours avoir un tonneau dans mon lit. Le duc de

142. En 1595, Mayenne s'était réconcilié avec le roi grâce à Gabrielle, qui, en échange, avait demandé au duc « la promesse de se déclarer, lui et les siens, en faveur de ses enfants et de leur mettre, après la mort de Henri IV, la couronne sur la tête à l'exclusion de tous les princes du sang ». (Cf. DE THOU, *Histoires du règne de Henri IV.*)

Florence a aussi une nièce, Marie, rose et blonde, que l'on dit assez belle[143], mais de la même race que la reine Catherine, laquelle a causé tant de maux à la France et à moi-même ; partant, j'appréhende fort cette alliance que d'aucuns me conseillent. Voilà pour les étrangères.

» Quant à celles du royaume, vous avez ma nièce de Guise, belle, de grande taille et d'apparence d'avoir de beaux enfants, laquelle me plairait fort, nonobstant de petits bruits que certains font courir sur son compte, car, pour mon goût, j'aimerais mieux une femme qui fît un peu l'amour qu'une qui eût mauvaise tête. Mais j'appréhende la trop grande passion qu'elle témoigne pour ses frères de Lorraine.

Cette fois, Sully, un peu agacé, prit la parole :

— Hé ! quoi donc, Sire ? De tant d'affirmatives et de négatives, je ne saurais conclure autre chose sinon que vous désirez bien être marié, mais que vous ne trouvez point de femme sur la terre qui vous convienne. A ce compte, faudrait-il implorer l'aide du ciel, afin qu'il fît rajeunir la reine d'Angleterre ou ressusciter Marguerite des Flandres, Anne de Bretagne ou Marie Stuart ?

» Pour mon opinion, ni biens, ni royale extraction ne vous sont absolument nécessaires. Ayez seulement une femme que vous puissiez aimer et qui vous fasse des fils, pour que tous les bons Français se réjouissent et les aiment de tout leur cœur.

Henri IV crut que Sully approuvait son choix et dit en souriant :

— Si vous concluez principalement à ces trois conditions que la femme soit belle, d'humeur complaisante et qu'elle me fasse des fils, songez un peu vous-même si vous n'en sauriez pas connaître quelqu'une en qui tout cela se fût rencontré ?

Le ministre fit semblant de chercher et secoua la tête.

— Or sus, que diriez-vous si je vous la nommais ?

— Nommez-la donc, Sire, répondit Sully, car pour moi j'avoue que je n'ai pas assez d'esprit pour cela.

— Oh ! la fine bête que vous êtes ! s'écria le roi en éclatant de rire. Mais je vois bien où vous voulez en venir en faisant ainsi le niais et l'ignorant, c'est en l'intention de me la faire nommer. Or donc, le ferai-je : car vous me confesserez que toutes ces trois conditions peuvent être trouvées en ma chère maîtresse, la duchesse de Beaufort.

Sully fronça les sourcils. Aussitôt le Béarnais, avec sa souplesse habituelle, fit machine arrière.

— Non que pour cela je veuille dire que j'aie songé à l'épouser, se hâta-t-il d'ajouter, mais seulement pour savoir ce que vous en diriez si, faute d'autre femme, cela me venait quelque jour en fantaisie, vous ordonnant de m'en parler librement, puisque je vous ai choisi pour me dire mes vérités en particulier.

Le surintendant des Finances garda un moment le silence, puis gravement, lentement, il donna son opinion :

— Vous rendant obéissance, Sire, je vous dirai qu'outre le blâme général que vous pourriez encourir, et la honte qu'un repentir vous

143. Marie de Médicis, future épouse de Henri IV...

apportera lorsque les bouillons d'amour seront attiédis, je ne puis imaginer nul expédient plus propre à développer les intrigues, embarras et prétentions qui surviendront à cause de vos enfants, nés de si diverses manières et avec des formes tant irrégulières. Pour le premier d'iceulx, on ne saurait nier qu'il soit né d'un double adultère. Le second fils que vous avez à présent se croira plus avantagé à cause que ce ne sera plus que sous un simple adultère. Et ceux qui viendront après, lorsque vous serez marié, ne faudront de prétendre qu'eux seuls doivent être estimés légitimes. A toutes ces difficultés je vous laisserai penser à loisir avant de vous en dire davantage.

Ce n'était pas du tout la réponse à laquelle s'attendait le roi. Il se leva et dit seulement :

— Ce ne sera pas trop mal fait, car vous en avez assez dit pour la première fois.

Sans rien ajouter, Sully quitta la pièce, laissant Henri IV de fort méchante humeur [144].

Quelques jours plus tard, le roi, revenant de la chasse vêtu très simplement, et n'ayant avec lui que deux ou trois gentilshommes, passa la Seine au quai Malaquais. Voyant que le batelier ne le reconnaissait pas, il lui demanda ce qu'on disait de la paix de Vervins qui venait d'être signée avec les Espagnols.

— Ma foi, je ne sais pas ce que c'est que cette belle paix, dit le brave homme, mais il y a des impôts sur tout, et jusque sur ce misérable bateau avec lequel j'ai bien de la peine à vivre.

— Et le roi, dit Henri IV, ne compte-t-il pas mettre ordre à tous ces impôts-là ?

— Le roi est un bon homme, reprit le batelier ; mais il a une putain à laquelle il faut tant de belles robes et tant d'affiquets que cela ne finit point ; et c'est nous qui payons cela. Passe encore si elle n'était qu'à lui, mais on dit qu'elle se fait caresser par bien d'autres...

Une fois de plus ce n'était pas ce que le roi espérait entendre...

Il eut pourtant l'esprit d'en rire ; mais le lendemain il envoya chercher le batelier et lui fit répéter devant Gabrielle tout ce qu'il avait dit la veille.

Le malheureux, rouge de confusion, dut s'exécuter. En entendant certain mot, la favorite entra dans une violente colère.

— Il faut le faire pendre ! cria-t-elle.

— Attendez, dit le roi, ce n'est pas tout. La fin est la meilleure.

Les dernières phrases, bredouillées par le batelier, mirent Gabrielle dans un état voisin de l'hystérie. « Les yeux, qu'elle avait fort beaux, lui sortaient littéralement de la tête et perdaient ainsi, nous dit un contemporain, beaucoup de leur charme habituel. » Le roi voulut la calmer :

— Il s'agit d'un pauvre diable que la misère met de mauvaise

144. Cf. SULLY, *op. cit.*

humeur. Je ne veux plus qu'il paye pour son bateau : et je suis sûr qu'il chantera tous les jours : *Vive Henri ! Vive Gabrielle !* [145].

Furieuse, la duchesse de Beaufort se retira dans sa chambre et le batelier rentra chez lui complètement éberlué ; mais le roi se souvint de la leçon et, le soir même, il demandait à Sully de ne pas ébruiter ses projets matrimoniaux...

Cette précaution était un peu tardive, car toute la cour connaissait déjà les intentions de Henri IV par Gabrielle, qui ne pouvait s'empêcher de parler « du jour où elle serait reine ». Pourtant, en cette fin de mai 1598, le mariage du roi n'était pas, au Louvre, le principal sujet de conversation. On ne s'entretenait, en effet, que d'une aventure burlesque qui venait d'arriver à une dame de compagnie, la charmante Mme de Vitry. Un soir, cette jeune femme, qu'embrasait un grand feu intérieur, avait, en l'absence de son mari, attiré plusieurs gardes dans sa chambre pour une de ces petites réunions intimes qui apportent généralement beaucoup d'apaisement aux dames ardentes.

Or, au moment où tout ce monde était très occupé, un bruit de pas résonna dans le couloir et Mme de Vitry, épouvantée, murmura :

— Mon mari !

C'était, en effet, le chevalier de Vitry qui rentrait plus tôt que prévu.

Aussitôt, les gardes cachèrent tous leurs vêtements dans un coffre et se glissèrent entièrement nus sous le lit.

Il était temps, le mari entrait. Après avoir embrassé sa femme, il se coucha et se montra « galant compagnon ». Soudain, dans la chambre, éclata un énorme éternuement, bientôt suivi d'un deuxième, d'un troisième, d'un quatrième et d'un cinquième...

C'étaient les cinq gardes qui s'enrhumaient.

Fort intrigué, M. de Vitry regarda sous le lit, découvrit les amants de sa femme et tout se termina dans un grand bruit de dispute, de coups, de larmes et de reniflements.

Depuis, on n'appela plus Mme de Vitry que Mme des Cinq-Gardes...

14

Qui a empoisonné Gabrielle d'Estrées ?

La favorite embarrassait tout le monde
— même le Saint-Siège.

LÉONCE PERRET

Pendant tout le printemps de 1598, Henri IV eut l'âme d'un collégien. Délaissant les affaires de l'État, il se promenait en rêvant dans la forêt de Fontainebleau et dessinait un peu partout un grand *S* coupé d'un trait, monogramme qui était censé représenter sous forme de rébus le

145. PIERRE DE L'ESTOILE, *op. cit.*

nom de la favorite[146], après quoi il rentrait dans son cabinet, pour y travailler à une chanson d'amour qu'il composait dans le goût du temps.

Lorsqu'elle fut terminée, il s'en montra satisfait et l'envoya à sa « fiancée », avec un petit mot : *Ces vers vous représenteront mieux ma condition et plus agréablement que ne le ferait la prose. Je les ai dictés, non arrangés.*

Il s'agissait de *Charmante Gabrielle*, chanson à la fois mièvre et solennelle, qui devait avoir, pour des raisons incompréhensibles, un extraordinaire succès pendant près de trois cents ans[147]...

En voici un extrait :

Charmante Gabrielle,
Percé de mille dards,
Quand la gloire m'appelle
Sous les drapeaux de Mars,

Cruelle départie,
Malheureux jour !
Que ne suis-je sans vie
Ou sans amour !

L'amour sans nulle peine
M'a, par vos doux regards,
Comme un grand capitaine,
Mis sous vos étendards.
Cruelle départie... (etc.)

Je n'ai pu dans la guerre
Qu'un royaume gagner ;
Mais sur toute la terre
Vos yeux doivent régner.
Cruelle départie... (etc.)

Le dernier couplet contenait une allusion très claire au mariage projeté :

Partagez ma couronne,
Le prix de ma valeur ;
Je la tiens de Bellone,
Tenez-la de mon cœur.
Cruelle départie... (etc.)[148].

146. Il est vrai que Henri IV, en bon Méridional, ne faisait pas la différence entre le son *é* et le son *ai*. Il devait lire *S-trait* : Estrées. (Signalons que ce rébus figure toujours sur les lambris du château de Fontainebleau).

147. Pour composer cette chanson, Henri IV se serait fait aider par un poète de la cour, Bertaud, peut-être...

148. On peut s'étonner qu'après sept ans de liaison Henri IV s'exprimât avec ce lyrisme de soupirant. C'est, nous dit joliment Dupleix, « que les appas de la dame étaient si puissants et si attrayants que sa passion amoureuse croissait avec la jouissance de son objet »...

En recevant ces vers, la duchesse de Beaufort comprit qu'elle touchait enfin au but.

Le roi lui avait bien souvent promis de l'épouser, mais jamais encore il n'avait exprimé aussi clairement son intention de la faire monter sur le trône.

Elle en fut bouleversé au point que « son maintien ordinaire changea ». A partir de ce jour, elle ne se déplaça plus que lentement, le buste raide, les traits figés et la tête aussi droite que si elle eût déjà supporté le poids d'une lourde couronne.

Oui, elle était presque reine et l'Europe entière le sut bientôt. Les dames de la cour lui rendirent les honneurs dus à une souveraine, les gentilshommes baisèrent le bas de sa robe, elle reçut les ambassadeurs et assista aux conseils privés du roi où, comme partout, elle sut montrer une aimable autorité. Ces réunions, au cours desquelles se décidait l'avenir du pays, ne l'intimidaient nullement. Elle y prenait la parole, discutait des impôts ou de l'attribution d'une charge militaire, sans cesser d'être coquette.

Parfois, nous dit Pierre de l'Estoile, elle se penchait vers le roi et lui tendait ses lèvres...

Ce qui choquait les membres de l'assemblée, mais donnait aux débats un ton bien agréable...

La puissance de la duchesse de Beaufort fut dès lors immense, incalculable. Source et dispensatrice de toutes les faveurs, elle agissait en maîtresse absolue, au grand déplaisir des familiers du roi qui songeaient avec angoisse au moment où elle serait vraiment la reine. Henri IV, il est vrai, se montrait fort maladroit. Non seulement, nous dit Cheverny dans ses *Mémoires*, « il ne faisait plus aucune grâce, il ne donnait aucune charge ni aucun gouvernement, si ce n'est à la prière de la duchesse, mais encore il voulait qu'on la remerciât des faveurs qu'il accordait et que ce fût à elle qu'on en reportât la reconnaissance... ».

Presque reine, Gabrielle se trouvait à tous points de vue sur les marches du trône.

Elle n'habitait pas encore au Louvre, bien que le roi eût mis à sa disposition un grand appartement, mais elle avait quitté l'hôtel du Bouchage pour venir s'installer dans une maison sise rue Fromenteau, toute proche du palais, et un couloir secret, gardé jour et nuit par quatre gardes, permettait à Henri IV d'aller, quand il le voulait, passer quelques savoureux instants chez sa maîtresse. L'ardeur du roi était toujours aussi grande, en effet, et un chroniqueur nous dit « que le dóoir d'amour l'obligeait à interrompre pour une demi-heure des entretiens très importants ».

Pourtant, si l'on en croit la rumeur publique du temps, cette virilité n'était pas suffisante pour apaiser les sens exigeants de Gabrielle que l'on accusait d'avoir des bontés pour Claude Vallon, son écuyer, et le quatrain suivant circulait ouvertement dans la capitale :

MADAME LA MARQUISE A SA TANTE

Mon Dieu ! que j'ai eu peur — n'en dites rien, ma tante, —
Que le roi n'aperçût Vallon dessus mon lit.
Puisque lui seul[149] *ne fait que m'ouvrir l'appétit,*
Il me faut bien chercher ailleurs qui me contente[150].

Ces pasquins ne troublaient pas le roi qui, depuis le mariage de M. de Bellegarde, seul rival à ses yeux, avait une confiance aveugle en la fidélité de la favorite.

Rome lui causait bien d'autres soucis. Depuis des mois, et malgré l'action sournoise de cardinaux amis de la France, Clément VIII refusait de prononcer l'annulation du mariage royal.

Le Saint-Père, parfaitement renseigné par Alexandre de Médicis, cardinal de Florence[151], son légat à Paris, savait que Henri IV voulait épouser Gabrielle, et ce projet lui déplaisait. Il pensait, avec quelque raison, que le comportement du roi de France laissait un peu à désirer et se refusait à s'associer au scandale en permettant à la concubine de prendre la place de l'épouse légitime. Il faut dire que le cardinal de Florence ne faisait rien pour rendre la favorite sympathique au pape. Au contraire. Il écrivait par exemple : *On dit qu'elle accapare tout l'argent du roi, qui devrait servir à d'autres fins, qu'elle vend la justice et que c'est par sa faute que le roi n'a point de succession légitime !* ou encore : *La Gabrielle s'est vengée et continue à se venger en empêchant les réformes et en soutenant certains personnages afin qu'on n'examine pas leurs comptes*, etc.

Le fait que la morale chrétienne se trouvât bafouée à la cour de France ne motivait pas entièrement l'hostilité du saint prêtre à l'égard de Gabrielle. Il ne la motivait même pas du tout. Le légat avait d'autres raisons plus personnelles de décrier la favorite ; depuis longtemps, il désirait faire épouser à Henri IV sa cousine Marie de Médicis...

Cette adolescente de dix-sept ans était une charmante orpheline au menton un peu lourd que son oncle Ferdinand de Médicis, grand-duc de Toscane, avait recueillie et considérait comme sa fille.

Depuis quelque temps, de nombreux agents secrets, envoyés en France par Ferdinand, étaient chargés de vanter les qualités de la jeune Florentine et de créer ainsi un mouvement d'opinion en sa faveur.

Ces personnages, bien entendu, faisaient surveiller étroitement Gabrielle et payaient tous ceux qui pouvaient leur apporter des renseignements croustillants sur sa conduite. L'un d'eux, Bonciani, put ainsi envoyer en Toscane la lettre suivante : *On parle actuellement d'une chose de très grande importance quant au dévergondage de*

149. Le roi.
150. On accusa également la favorite d'être la maîtresse du duc de Mayenne et du comte de Soissons.
151. Futur pape Léon XI.

Mme de Montceaux : à savoir qu'un serviteur du roi, qui a épousé une femme de chambre de cette dame, dernièrement, lorsque Sa Majesté alla à Fontainebleau, lui a dit qu'étant son serviteur et vassal il se trouvait plus obligé envers Sa Majesté qu'envers Mme de Montceaux. Pour cette raison, il lui affirmait donc, comme chose absolument certaine pour la tenir de sa femme, que ni le fils, ni la fille que Sa Majesté croyait être siens n'étaient en réalité de lui, et que sa dite femme avait été contrainte par Mme de Montceaux d'introduire parfois dans sa chambre deux hommes dans la même nuit. Sa Majesté s'en ouvrit immédiatement à Mme de Montceaux qui, à cette nouvelle, s'évanouit. Elle nia ensuite de la façon la plus formelle les faits et elle insista pour qu'on recherchât la vérité. Mais celui qui a fait ces révélations, et qui a été mis en prison, les maintient avec une telle obstination qu'il s'offre à les prouver, même sur sa tête. Parce que cela est assez conforme à ce qu'on pense de la conduite[152]*, l'opinion du cardinal*[153] *est que le roi arrivera finalement à ouvrir les yeux et à se résoudre à se marier pour son bien et pour le repos de son royaume.*

La cour était devenue un nid d'intrigues...

Alors que les Florentins essayaient, par tous les moyens, de barrer la route du trône à Gabrielle, Henri IV, qui souffrait d'un ennui vénérien que lui avait laissé l'abbesse de Longchamp, tomba malade à Montceaux[154].

Malgré les soins que lui donna la favorite bouleversée, il fut pris un soir d'une syncope qui le laissa « deux heures sans parler ni mouvoir ». Des médecins, des ministres, des gentilshommes accoururent aussitôt à son chevet en montrant un tel affolement que le peuple s'imagina que le roi était mort.

Huit jours plus tard, il allait mieux ; mais un rapport de Paris lui apprenait qu'au bruit de son décès les ducs de Montpensier, de Joyeuse et d'Épernon s'étaient réunis dans le but de former un conseil de Régence et d'écarter du trône le fils de Gabrielle.

Les difficultés dans lesquelles il risquait de laisser la France un jour lui apparurent alors, et il demeura perplexe.

Est-ce dès cet instant qu'il commença à moins désirer son mariage avec Gabrielle ? C'est possible. En tout cas, sans rien changer dans son attitude à l'égard de la favorite, il entra peu de temps après en pourparlers avec la famille de Marie de Médicis...

La duchesse de Beaufort, loin d'imaginer une telle trahison, rayonnait de bonheur depuis que son amant était guéri. Elle le cajolait, l'embrassait, le caressait, et lui demandait quand il se déciderait à annoncer officiellement leur mariage.

— Bientôt, bientôt, disait Henri IV, lorsque les circonstances le permettront.

152. De la favorite.

153. De Florence.

154. « C'est l'abbesse Catherine de Verdun qui lui avait laissé ce fâcheux *souvenez-vous de moi.* » BASSOMPIERRE, *op. cit.*

Fin décembre on baptisa Alexandre, ce qui donna lieu à des fêtes extraordinaires dont le prix s'éleva à plus de cent mille écus. Sully, en voyant sur la note « pour les frais du baptême d'Alexandre Monsieur comme Enfant de France », se permit de murmurer d'un ton bourru :

— Il n'y a pas d'enfant de France !

Piquée, Gabrielle alla se plaindre au roi qui, pour la première fois, prit la défense de son ministre et répondit sèchement :

— Je vous déclare que si j'étais réduit à cette nécessité que de choisir à perdre l'un ou l'autre, je me passerais mieux de dix maîtresses comme vous que d'un serviteur comme lui !

Après cette scène, qui se termina par un baiser de paix. Gabrielle rentra chez elle folle d'inquiétude. Voulait-il toujours l'épouser ? Serait-elle reine ?

Rendue nerveuse par une quatrième grossesse, elle alla, dès le lendemain, consulter des devins réputés. Leurs prédictions l'anéantirent. L'un d'eux lui dit qu'elle ne se remarierait jamais, un autre qu'un enfant lui ferait perdre toute espérance, et un troisième qu'elle mourrait jeune et ne verrait pas le prochain jour de Pâques.

Très alarmée, elle courut retrouver le roi qui la rassura en riant.

Une fois de plus, elle le supplia de presser Rome et de l'épouser rapidement.

Une fois de plus, Henri IV promit.

Enfin, poussé, harcelé, le 2 mars 1599, alors qu'il venait de demander au grand-duc de Toscane un portrait de Marie de Médicis, il annonça officiellement à la cour qu'il avait l'intention de se marier avec la duchesse de Beaufort [155]. En gage de sa promesse, il lui passa au doigt la bague qu'on lui avait donnée le jour de son sacre.

Inondée de joie, la favorite commença aussitôt à faire exécuter sa robe de mariée.

Un mois plus tard, elle était à Fontainebleau, heureuse d'être libérée de tous ses sombres pressentiments. Détendue, souriante, elle entraînait Henri IV dans les jardins où fleurissaient les premières violettes. Ils se promenaient bras dessus, bras dessous, s'embrassaient au pied des arbres et rentraient au château en riant. Or on approchait de Pâques, et le père Benoît, confesseur du roi, qui trouvait inconvenant que les amants vécussent ensemble pendant la semaine sainte, alla un matin les retrouver dans le parc.

— La duchesse de Beaufort ne doit pas rester ici, dit-il, car cela risquerait de causer un scandale qui vous serait, Sire, préjudiciable. Elle doit rentrer à Paris, où elle en profitera pour faire seule une retraite fervente afin d'édifier le peuple sur ses sentiments religieux.

Henri IV et Gabrielle se regardèrent, consternés. Le conseil du prêtre

155. La duplicité de Henri IV a été récemment démontrée par M. Jacques Bolle, qui a fouillé les archives des Médicis : Cf. son ouvrage *Pourquoi tuer Gabrielle d'Estrées ?* Cet auteur cite entre autres une lettre du chanoine Bonciani au grand-duc de Toscane, *datée du 9 mars*, d'où il ressort que le roi a demandé à l'ambassadeur florentin s'il comptait rester en France *après son mariage avec la princesse Marie de Médicis*...

était sage, ils ne songeaient ni l'un ni l'autre à le contester ; mais ils étaient pris soudain d'angoisse.

— Rentrons, dit la favorite simplement.

Le lendemain, en pleurant, elle alla prendre le coche d'eau à Melun. Le roi l'accompagnait.

— Je suis sûre que nous ne nous verrons plus jamais, lui dit-elle.

Henri IV, très ému, regarda le bateau s'éloigner, puis il rentra à Fontainebleau les yeux pleins de larmes.

A quatre heures du soir, Gabrielle débarquait quai de l'Arsenal. Des amis l'attendaient, qui la conduisirent chez un ami du roi (et son ex-amant), le financier florentin Zamet, où elle dîna. Le repas fut exquis ; pourtant un fruit qu'elle prit au dessert lui laissa un arrière-goût amer, et c'est avec « le feu au gosier » et des « tranchées à l'estomac » qu'elle monta se coucher.

Le surlendemain, tout Paris se répétait avec stupeur que la favorite était mourante.

Que s'était-il passé ?

Gabrielle, après une nuit fort agitée, avait quitté, le mercredi matin, la maison de Zamet pour se rendre à l'église du Petit-Saint-Antoine où elle s'était confessée, car elle voulait faire ses Pâques le Jeudi saint. Le soir, elle avait assisté à l'office des Tenèbres en compagnie de la princesse de Lorraine, puis elle était rentrée se coucher chez Zamet où, brusquement, elle avait été prise de convulsions.

Dès qu'elle s'était sentie un peu mieux, elle avait supplié son entourage de la faire porter chez sa tante.

— Je ne veux pas rester un instant de plus chez Zamet ! s'était-elle écriée.

On l'avait donc transportée chez Mme de Sourdis, où elle s'était plainte de violents maux de tête. Le lendemain, pourtant, elle avait tenu à se rendre à Saint-Germain-l'Auxerrois pour y communier, puis elle était rentrée se coucher en chancelant, et de nouvelles convulsions avaient tordu son corps pendant plus d'une heure.

Depuis, elle étouffait, les yeux exorbités, le visage rendu hideux par la souffrance.

De temps en temps, elle réclamait le roi. Elle avait eu la force de lui griffonner une lettre entre deux crises et se désolait à la pensée que Fontainebleau était à quinze lieues de Paris.

— Quand il arrivera, je serai morte, gémissait-elle.

Des convulsions de plus en plus terribles la secouèrent durant la nuit de jeudi à vendredi. Au matin, sa tête était tournée presque devant derrière et sa bouche, complètement tirée sur le côté gauche, « rejoignait l'épaule », ce qui n'était pas bon signe.

Naturellement, tout Paris suivait avec curiosité les phases de cette atroce agonie. De porte en porte, les bonnes gens se transmettaient les nouvelles que colportaient les domestiques de la duchesse, et y ajoutaient le plus souvent des commentaires peu charitables. En effet, les conversations se terminaient généralement par :

— Elle va donc enfin crever, cette putain-là !

Ce qui ne peut être tenu pour une gentillesse...

Au début de l'après-midi, on apprit que Gabrielle avait perdu la vue, l'ouïe « et les autres sens », et cette nouvelle plut...

Pressentant la fin, les Parisiens se rendirent en foule au cloître Saint-Germain-l'Auxerrois avec l'espoir insensé d'entrer subrepticement dans la maison de Mme de Sourdis et d'assister à la mort de la favorite.

Pendant ce temps, Henri IV, accompagné d'une petite suite, galopait vers Paris. A Essonnes, il vit venir à sa rencontre trois cavaliers qui faisaient de grands signes. Il s'arrêta. C'étaient Ornano, Bassompierre et Pomponne de Bellièvre. Angoissé, il demanda :

— Quelles nouvelles ?

Bassompierre baissa les yeux et dit :

— Sire, la duchesse est morte !

Le roi demeura un instant comme foudroyé et ses amis durent le conduire dans une abbaye voisine où il se coucha, « la bave aux lèvres ». Après être demeuré « aussi immobile qu'un saint de pierre », il rejeta tout à coup draps et couvertures et sauta sur le plancher en criant qu'il voulait aller au chevet de la morte pour la tenir encore une fois dans ses bras. Bassompierre et Ornano l'en dissuadèrent, disant que Gabrielle était affreusement défigurée par les tourments qu'elle avait endurés et qu'il valait mieux ne pas gâcher le souvenir qu'il avait d'elle.

Ces arguments frappèrent Henri IV qui retomba dans un profond abattement et finit par se laisser ramener à Fontainebleau, sans soupçonner, bien sûr, qu'à Paris sa bien-aimée respirait encore...

Qui donc avait eu l'idée de faire ce mensonge au roi ? Un curieux personnage qui n'avait pas quitté le chevet de la favorite et qui s'appelait Fouquet la Varenne. C'était un ancien cuisinier devenu ambassadeur et homme de confiance de Henri IV.

Au début de l'après-midi, il était allé trouver Ornano et Bassompierre et leur avait dit que la duchesse était morte.

— Allez immédiatement au-devant de Sa Majesté, avait-il ajouté, annoncez-lui la nouvelle et faites en sorte qu'elle ne vienne pas à Paris.

Que craignait-il donc ?

Avait-il peur que Gabrielle pût encore parler au roi et lui fit des révélations sur la maladie qui l'emportait ?

On pourrait le croire. Car ce n'est pas sans une raison très grave qu'on empêche un homme d'embrasser une dernière fois la femme qu'il aime : surtout quand cet homme est le roi...

Quoi qu'il en soit, l'attitude de Fouquet la Varenne semble bien étrange. Mais nous verrons par la suite qu'il n'était pas le seul, en cette fin de semaine sainte de 1599, à se conduire bizarrement.

Dans le courant de l'après-midi, la foule qui stationnait devant l'hôtel de Mme de Sourdis s'aperçut tout à coup qu'un valet avait oublié de fermer la porte ; aussitôt, les Parisiens envahirent les appartements, pénétrèrent dans la chambre où Gabrielle agonisait, seule, abandonnée de tous, et se bousculèrent autour du lit, cherchant à apercevoir la peau devenue noire et le visage déformé de celle qu'ils haïssaient. Certains ne se gênaient pas pour faire des réflexions grossières ; d'autres dérobaient des bibelots. C'est ainsi que Mme de Martigues, qui a réussi à se faufiler au premier rang, se pencha sur Gabrielle, lui prit les mains en pleurant, lui retira habilement ses bagues et les mêla à son chapelet...

A six heures du soir, on chassa tous les badauds et La Rivière, médecin du roi, vint examiner la duchesse. Il constata qu'elle était dans le coma, se releva aussitôt et murmura :

— *Hic est manus Domini*[156].

Puis il se retira.

A l'aube du Samedi saint, 10 avril 1599, ainsi que l'avait prédit le devin, Gabrielle d'Estrées, marquise de Montceaux, duchesse de Beaufort et maîtresse du roi de France, rendit l'esprit à quelques pas du Louvre où l'attendait la chambre des reines...

Elle avait vingt-six ans.

Or, à ce moment même, il se passait, à Rome, une scène étrange. Le pape Clément VIII qui, depuis quelques semaines, hésitait à annuler le mariage du roi de France, dans la crainte que celui-ci n'épousât aussitôt sa maîtresse, sortit de sa chapelle privée et dit à ses familiers, avec un gros soupir de soulagement :

— Dieu y a pourvu !

Phrase singulière, on le reconnaîtra.

La mort de cette jeune femme rayonnante de santé était tellement inexplicable que le roi ordonna une autopsie qui eut lieu dans la soirée du samedi. Après avoir retiré « par pièces et lopins » l'enfant que portait Gabrielle, les médecins constatèrent qu'elle avait « le poumon et le foie gâtés, une pierre en pointe dans le rognon, le cerveau offensé », et conclurent à l'empoisonnement.

Le peuple, qui a souvent du flair en ces occasions, murmura aussitôt qu'il s'agissait d'un crime politique. A la cour, des diplomates et des conseillers, qui savaient combien le grand-duc de Toscane tenait à marier sa nièce au roi de France, partageaient cette opinion. Dans une lettre chiffrée adressée au duc de Ventadour, le président Vernhyes écrivait : *Ses parents et serviteurs reconnaissaient dans sa mort un coup du ciel. Mais elle est soupçonnée de poison, principalement des siens... Les médecins disent qu'un citron qu'elle mangea chez Zamet lui fit mal...*

La main de Dieu ou le poison ? Il est bien difficile de se prononcer : mais il faut avouer que la disparition de Gabrielle arrangeait bien des

156. « Ici est la main de Dieu. »

gens : 1° Henri IV, qui regrettait de lui avoir promis le mariage ; 2° Sully, qui ne voulait pas la voir monter sur le trône ; 3° le pape, qui se trouvait délivré d'un problème embarrassant, et surtout 4° le grand-duc de Toscane à qui, un an auparavant, le chanoine Bonciani écrivait secrètement : *Sans la duchesse, on traiterait du mariage de votre nièce avant quatre mois. Toujours s'accroît l'amour du roi pour sa dame ; cela deviendra un mal incurable si Dieu n'y met sa Sainte Main...*

Or cette main de Dieu, dont tout le monde parlait sur un ton hypocrite, n'aurait-elle pas été fortement aidée par une main humaine ? On peut le supposer, je crois, sans trop de témérité. Dans ce cas, qui donc aurait empoisonné Gabrielle ?

Zamet ? Ce n'est pas impossible, car le financier florentin était en relation avec le grand-duc de Toscane qui n'avait pas hésité, quelques années auparavant, à faire empoisonner son neveu et sa nièce Bianca Capello.

Sully ? Ce n'est pas impossible non plus. Sans doute était-il au courant du projet d'union avec Marie de Médicis ; mais, connaissant la faiblesse et la versatilité de Henri IV, il savait qu'une nuit d'amour en compagnie de Gabrielle pouvait faire rompre les négociations avec Florence. Et il était prêt à tout pour empêcher la favorite d'être reine de France. Le 10 avril, il prononça d'ailleurs une phrase ambiguë : « Ma fille, dit-il à sa femme en souriant, *la corde a rompu, voilà le roi délivré de beaucoup de maux !* » Ce qui donna lieu à des commentaires perfides.

Fouquet la Varenne ? C'est très possible aussi. Et l'on peut se demander si ce curieux personnage n'a pas essayé d'écarter les soupçons qui pouvaient peser sur lui, lorsqu'il a écrit à Sully, le 9 avril, « que la duchesse avait dîné chez Zamet et que son hôte l'avait traitée de viandes les plus friandes et délicates et qu'il savait être le plus selon son goût..., ajoutant : *Ce que vous remarquerez avec votre prudence, car la mienne n'est pas assez excellente pour présumer des choses dont il ne m'est pas apparu...*

Main de Dieu ou main d'un homme ?

Les historiens, depuis trois cent cinquante ans, ne parviennent pas à se mettre d'accord [157].

Les obsèques de la duchesse de Beaufort eurent lieu le lundi de Pâques à Saint-Germain-l'Auxerrois, avec une grande pompe. Après l'absoute, Pierre Matthieu, ennemi juré de Gabrielle, prononça une oraison funèbre qui dut faire plaisir à bien des gens, mais dont il aurait pu se dispenser.

« La mort la prit, dit-il, au temps que celles qui veulent être réputées belles après leur mort *doivent désirer de mourir avant le flétrissement de leur beauté*. Car, quand elles meurent vieilles et qu'il n'y a plus en la bouteille que la lie, on ne se souvient plus de ce qu'elles ont été, et il ne s'en parle que comme d'un flambeau qui tombe en cendres ou

157. Le Dr Cabanès conclut à la mort naturelle due à une éclampsie.

comme des fleurs qui, autant qu'elles étaient agréables, vives et droites sur la plante, *déplaisent et puent quand elles sont cueillies et décolorées.* »

Ce qui revenait à dire que la beauté de Gabrielle masquait une très haute pourriture...

Le peuple, on s'en doute, ne fut pas plus charitable et des épitaphes cruelles circulèrent pendant quelques jours. En voici un exemple :

Ci-gît le malheur de la France
Ci-gît le bordeau de la cour
Ci-gît la grand'réjouissance
Des filles et femmes d'amour.

Le lendemain, la bien-aimée du roi était enterrée à l'abbaye de Maubuisson pour le plus grand plaisir des bonnes gens[158]...

15

Le roi épouse Marie de Médicis pour liquider les dettes de la France

La dot est la raison du mariage.
L'amour en est le prétexte.
COMMERSON

Après les obsèques de la duchesse de Beaufort, Henri IV retourna à Fontainebleau, prit le deuil en noir, ce qu'un roi n'avait jamais fait, et traça quelques phrases d'une main lasse à l'intention de sa sœur Catherine :

Mon affliction est aussi incomparable comme l'était le sujet qui me la donne, les regrets et les plaintes m'accompagneront jusqu'au tombeau... La racine de mon amour est morte, elle ne rejettera plus...

On était le 15 avril.

Le 16, des amis du Béarnais, ceux que Sully appelait « les porte-poulets et conseilleurs de débauches », navrés de voir leur souverain dans une telle tristesse, pensèrent qu'ils devaient essayer de lui changer les idées. Et, comme ils le connaissaient bien, ils lui parlèrent d'une ravissante jeune fille nommée Henriette d'Entragues qui habitait Malesherbes.

Le roi était plongé dans son chagrin. Il releva la tête et demanda d'une voix cassée :

— Comment est-elle ?

Les autres expliquèrent qu'elle était blonde, gracieuse, intelligente, cultivée, qu'elle avait les yeux bleus et la fesse attirante.

158. Quelques jours plus tard, Henri IV, toujours facétieux, offrit la robe nuptiale, préparée sur l'ordre de sa maîtresse, aux Oratoriens de Vendôme, pour qu'ils en fissent un ornement d'autel...

Une petite lueur s'alluma dans le regard du roi, qui demanda de nouvelles précisions. On lui apprit alors que la jeune personne était la fille de la fameuse Marie Touchet, l'ancienne maîtresse de Charles IX, et qu'elle semblait avoir hérité le tempérament ardent qui avait fait la fortune de sa mère.

Ces détails plurent à Henri IV. Les ayant entendus, il dîna de bon appétit, se montra enjoué et déclara à plusieurs reprises qu'il avait envie d'aller chasser du côté de Malesherbes.

Ainsi, six jours après la mort de Gabrielle, « la racine de l'amour » faisait déjà des efforts pour « rejeter »...

La perspective de connaître une belle fille avait transformé le roi en quelques instants ; au point que la cour, pourtant habituée à ce genre de choses, en fut frappée et que, le lendemain, Nicolas Rapin, fils du poète, écrivit : *On met déjà Mlle d'Entragues sur le trottoir... Un clou chasse l'autre*[159].

A la fin du mois d'avril, alors que Sully poursuivait les pourparlers avec l'oncle de Marie de Médicis, Henri IV partit avec ses amis, auxquels s'était joint Bassompierre, pour chasser le lièvre près de Malesherbes.

« Mme d'Entragues, nous dit Sauval, ayant été avertie du dessein qu'on avait d'embarquer le roi avec une de ses filles, l'envoya prier de venir se reposer chez elle. » Henri IV, abandonnant la chasse, y courut aussitôt. Quand il vit Henriette, il imagina les bons moments qu'on pouvait passer avec elle, et montra une satisfaction qui fit plaisir aux parents.

Le soir même, il voulut pénétrer dans la chambre de la belle et lui montrer qu'à quarante-huit ans il était encore fougueux. Mais il trouva porte close. Henriette, à qui sa famille avait fait la leçon, refusa d'ouvrir et le roi dut rentrer dans son lit, la tête basse...

Le lendemain matin, il était « tout soupirant d'un grand amour ». C'est ce que voulait Mme d'Entragues, qui rêvait de voir sa fille prendre la place de Gabrielle d'Estrées.

Plusieurs soirs de suite, Henri IV alla secouer, sans succès, la porte de la jeune fille. Enfin, déçu, amer et « le cœur gonflé de sentiments », il quitta Malesherbes et rentra à Fontainebleau.

Quinze jours plus tard, il revint, fit sa cour humblement et parvint à s'isoler un moment avec Henriette. La petite rouée, sans protester, se laissa prendre le bras, la taille et le tétin, puis, « comme piquée aux fesses », se sauva soudain avec des cris de vierge offensée, abandonnant le roi, « fort embarrassé de sa contenance... ».

Le lendemain matin, Charles de Valois, demi-frère de la jeune fille[160], vint trouver Henri IV et, d'un ton désagréable, le pria, devant

159. Tout le monde s'aperçut du changement survenu dans l'attitude du roi, et Contarini en avisa Rome dans ce style propre aux diplomates et aux ecclésiastiques : *Après l'extrême douleur que le roi a ressentie à la nouvelle de la mort de la duchesse de Beaufort, il commence maintenant, avec sa sagesse à éprouver cette consolation et ce soulagement d'esprit que très raisonnablement on attendait.*

160. C'était un bâtard que Marie Touchet avait eu de Charles IX.

témoins, de cesser ses assiduités. Le roi le prit fort mal. Il injuria Charles, alla saluer ses hôtes et quitta Malesherbes.

Comme toutes ces émotions lui avaient échauffé le sang, il ne rentra pas à Fontainebleau, mais se dirigea vers Châteauneuf où habitait la maréchale de La Châtre, mère de deux jeunes filles ravissantes.

A peine arrivé, il se précipita sur l'aînée, l'accompagna jusque dans sa chambre et, sans lui laisser le temps de s'étonner, lui fit profiter des bonnes dispositions dans lesquelles Henriette le mettait depuis un mois.

Le lendemain il regagna Paris, sans se douter que Mme de La Châtre, émue, confuse et reconnaissante, commençait à faire, elle aussi, de beaux rêves pour sa fille...

Après quelques jours consacrés à la rancœur, Henri IV se réveilla un beau matin pris du désir fou de revoir Henriette.

Montant dans une litière, il se fit conduire à Marcoussis, près de Blois, où Mme d'Entragues et son mari feignaient de séquestrer leur fille depuis que Charles de Valois avait fait son esclandre.

On le reçut très fraîchement, mais, comme il fallait bien que l'intrigue avançât un peu, il fut tout de même autorisé à rencontrer Henriette en privé. Pendant deux heures, celle que Sully devait appeler « la pimbêche et rusée femelle » se laissa prier, supplier, implorer, puis finalement demanda cent mille écus...

Henri IV, tout joyeux, remonta dans sa litière et revint à bride abattue à Paris pour réclamer la somme à Sully. Celui-ci poussa les hauts cris, car il avait à fournir, quelques jours après, quatre millions pour le renouvellement de l'alliance avec les Suisses. Le roi ayant insisté, le ministre dut obéir ; mais, pour donner à Henri IV une idée de sa folie, il fit porter la somme en petites monnaies qu'un valet vint étaler dans le cabinet royal. Quand le compte y fut, le plancher était entièrement recouvert et le Béarnais ne put s'empêcher de dire :

— Ventre-saint-gris ! Voilà une nuit bien payée.

Ce qui ne l'empêcha pas de grimper dans sa litière et de retourner à Marcoussis avec les cent mille écus.

Henriette l'accueillit gentiment et reçut l'argent avec une élégante simplicité. Aussitôt, le roi la prit par la main et voulut la conduire vers un lit confortable. Elle l'arrêta :

— Je vous ai tout promis, lui dit-elle, je vous accorderai tout ; mais il faut le pouvoir ; or je suis observée de si près qu'il m'est impossible de vous donner toutes les preuves de reconnaissance et d'amour que je ne puis refuser au plus grand des rois et au plus aimable des hommes.

Voyant le roi effondré, elle ajouta avec un adorable sourire :

— Ne nous flattons point, nous n'aurons jamais la liberté si nous ne l'obtenons de M. et Mme d'Entragues. Ce n'est plus moi qu'il s'agit de vous rendre favorable, je n'y suis que trop disposée. Vous avez obtenu mon cœur, que n'êtes-vous pas en droit de demander [161] ?

161. Dreux du Radier, *op. cit.*

Puis elle prit le roi par la main, l'embrassa, se fit chatte, autorisa quelques privautés et avoua finalement que ses parents ne consentiraient à les laisser dormir ensemble que s'il acceptait, « afin de garantir leur honneur dans le monde et leur conscience envers Dieu », de lui signer une promesse de mariage.

A ce moment, Mme d'Entragues entra dans la pièce et Henri, qui avait besoin de réfléchir, prit congé.

Lorsqu'il fut dehors, il s'aperçut qu'il avait été dupé encore une fois.

Furieux, il se rendit d'une traite à Chenonceaux où il savait que la reine Louise de Lorraine, veuve de Henri III, vivait entourée d'un bataillon de filles d'honneur aussi jolies que perverses. Et dès le premier soir il donna bien de l'agrément à l'une d'elles, Marie Babou de la Bourdaisière, qui, « se trouvant être une cousine de Gabrielle d'Estrées, avait beaucoup de goût pour la chose... ».

Séduit, il ne quitta guère le lit de la belle, s'enivra de plaisir pendant trois jours et rentra à Paris calmé. Mais l'image obsédante de Henriette ne tarda pas à venir le hanter de nouveau, et un soir, après avoir convoqué Charles de Valois, il rédigea la promesse de mariage dans les termes exigés par M. d'Entragues.

Avant de la porter à Henriette, il alla la montrer à Sully qui, sans rien dire, la déchira. Henri fut stupéfait. Incapable de prononcer un mot, il ramassa les morceaux de papier que le ministre avait jetés sur le sol et partit pour Malesherbes. Là, il reconstitua la lettre dont voici le texte effarant :

Nous, Henri quatrième, par la grâce de Dieu, roi de France et de Navarre, promettons et jurons devant Dieu, en foi et paroles de Roi, à messire François de Balzac, sieur d'Entragues, Chevalier de nos ordres, que, nous donnant pour compagne damoiselle Henriette-Catherine de Balzac, sa fille, au cas que, dans six mois, à commencer du premier jour du présent, elle devienne grosse, et qu'elle en accouche d'un fils, alors et à l'instant nous la prendrons à femme légitime épouse, *dont nous solenniserons le mariage publiquement et en face de notre sainte Église, selon les solennités en tels cas requises et accoutumées. Pour plus grande approbation de laquelle présente promesse, nous promettons et jurons comme dessus de la ratifier et renouveler sous notre seing, incontinent après que nous aurons obtenu de Notre Saint-Père le Pape la dissolution du mariage entre nous et dame Marguerite de France, avec permission de nous remarier où bon nous semblera. En témoin de quoi nous avons écrit et signé la présente. Au bois de Malesherbes, ce jourd'hui premier octobre 1599.*

Le soir même, Henriette ouvrait son lit au roi de France et faisait en sorte qu'un heureux événement vînt bien vite obliger celui-ci à tenir sa promesse...

Quelques jours plus tard, Henri IV rentra à Paris en compagnie de la nouvelle favorite. Il était un peu exténué, car Henriette, dans sa hâte d'être enceinte, ne lui avait guère laissé de répit, l'attirant sur les lits, les coffres, les tapis, la paille des écuries, l'herbe des prés, bref dans tous les endroits propres au jeu d'amour, et même, nous dit-on, « dans les placards à vêtements »...

A Paris, elle continua son manège et le roi, heureux d'avoir trouvé une maîtresse qui voulût bien répondre à son tempérament, se livrait à des exploits qui n'étaient pas sans inquiéter la cour.

Car tout le Louvre était au courant des exigences de la favorite.

— S'il continue, murmurait-on, il n'aura jamais la force d'épouser Mlle de Médicis.

Au début de décembre, Henriette annonça au roi qu'elle attendait un enfant. Il était temps, car un historien de l'époque nous dit que le pauvre « ne pouvait plus fournir à l'appointement »...

En apprenant qu'il allait être père, le Béarnais fut vivement contrarié, car il n'avait pas du tout l'intention d'épouser sa maîtresse. Or cette grossesse pouvait l'obliger à rompre avec la Toscane et à placer sur le trône de France une petite intrigante qui ne l'aimait pas. Se sentant coupable, il alla trouver Sully et lui demanda de faire accélérer les pourparlers avec l'oncle de Marie de Médicis.

Cette parole fit plaisir au ministre qui détestait Mlle d'Entragues, dont il avait deviné l'ambition, et qu'il considérait « comme une franche putain et une belle garce ». Ravi de pouvoir lui être désagréable, il alla répéter à quelques intimes ce que lui avait dit le roi. Deux heures plus tard, toute la cour en était informée et souriait avec ironie en regardant Henriette.

Celle-ci ne fut mise au courant que le lendemain. Sa colère fut terrible. Elle accourut au Louvre [162], entra dans le cabinet du roi en claquant les portes, poussa des cris, hurla des injures et, finalement, jura d'ameuter le royaume et d'exhiber la promesse de mariage si une autre qu'elle devenait reine de France.

Henri IV n'aimait pas les scènes. Il écouta celle-ci avec ennui. Quand Henriette, à bout de souffle, s'arrêta de parler, il dit simplement :

— Encore faut-il que vous ayez un garçon !

La favorite rougit, ne trouva rien à répondre, et s'en alla très vexée.

Le lendemain, une litière roulait sur la route d'Orléans. A l'intérieur, ruminant sa colère, se trouvait Henriette qui, toutes affaires cessantes, se rendait à Notre-Dame de Cléry pour demander à la Vierge de lui faire avoir un enfant du sexe masculin...

Pendant que la favorite faisait ses oraisons au bord de la Loire, une nouvelle importante parvenait à Paris : le pape venait enfin d'annuler, par un acte daté du 15 décembre, le mariage de Henri IV et de la reine Margot [163]. Le roi était libre

162. Le roi lui avait donné l'hôtel de Larchant.

163. Le mariage fut annulé pour avoir été contracté entre une princesse catholique et un prince hérétique — qui se trouvaient être, en outre, des parents rapprochés à un degré prohibé par l'Église — et pour avoir été imposé de vive force à la princesse

Aussitôt il aborda avec Baccio Giovannini, représentant du grand-duc de Toscane, la question de la dot de Marie de Médicis. Il faut dire que cette question était capitale, puisque le roi de France, en épousant la riche princesse florentine, cherchait moins à trouver l'âme sœur qu'à réaliser une bonne opération financière.

En effet, la Toscane était depuis longtemps créancière de la France. Pour conquérir son royaume, Henri IV avait eu souvent recours aux caisses du grand-duc Ferdinand qui s'était toujours montré d'une extrême générosité. Il lui devait 973 450 ducats et espérait bien, en faisant monter Marie de Médicis sur le trône, liquider définitivement cette dette...

En outre, pour arranger un peu les finances du royaume qui se trouvaient alors en piteux état, le roi comptait recevoir de Toscane une grosse somme d'argent frais.

Il demanda 1 500 000 écus d'or.

Le grand-duc était, certes, flatté de remettre une Médicis sur le trône de France et reconnaissait qu'un tel honneur devait appeler un échange de bons procédés, mais il trouva tout de même les prétentions de Henri IV un peu excessives et discuta.

De longs débats commencèrent pendant lesquels le roi ne se gêna pas pour parler ouvertement de son prochain remariage.

Lorsqu'elle revint de Cléry, Henriette trouva donc la cour en pleine effervescence. Apprenant ce qui se tramait, elle entra dans une fureur qui faillit lui faire perdre la raison et menaça, une fois de plus, le roi d'un scandale retentissant.

Henri IV, avec sa rouerie habituelle, lui assura que tout cela n'était qu'une affaire politique qui ne devait avoir aucune suite, et parvint à la calmer...

Cette habileté lui permit de retrouver ses « petits garçons » (c'est ainsi qu'il appelait les seins de sa maîtresse) et de prendre du bon temps pendant deux mois...

Au début de mars 1600, les négociateurs franco-florentins se mirent finalement d'accord. Le grand-duc donnerait 600 000 écus d'or, dont 350 000 seraient versés le jour des noces et le reste défalqué de la dette.

L'opération sembla bonne à Henri IV qui, sans rien dire à Henriette, envoya M. de Sillery à Florence pour signer le contrat.

Les fiançailles furent alors annoncées officiellement et Henriette d'Entragues, dont l'indignation était compréhensible, cria si fort que les ambassadeurs italiens, qui écoutaient généralement aux portes, coururent se réfugier dans leurs chambres. Fort embarrassé, le roi commença par lui faire don de la terre de Verneuil, érigée en marquisat — ce qui la détendit un peu —, puis il lui jura sur sa foi qu'il n'avait pas l'intention d'épouser Marie de Médicis. De nouveau Henriette

Marguerite par sa mère Catherine de Médicis.

reprit espoir. Sachant qu'il était très amoureux, elle croyait pouvoir tout attendre de lui, même une rupture avec la Toscane...

Rassurée pour un temps, elle retrouva sa douceur et redonna, nous dit-on, « bien du plaisir au roi... ».

Pourtant, à mesure que les semaines passaient, Henri IV devenait plus nerveux. Lorsque Henriette entra dans son septième mois, il pensa avec angoisse que si elle accouchait d'un garçon il allait se trouver pris entre la promesse de mariage signée à Malesherbes et l'engagement signé à Florence par M. de Sillery. Une telle éventualité l'empêchait un peu de dormir...

Heureusement, le ciel vint à son secours. Un jour, à Fontainebleau, alors que Henriette était couchée, la foudre tomba par la fenêtre ouverte dans la chambre qu'elle occupait et passa sous le lit. La favorite eut une telle frayeur qu'elle fit une fausse couche et mit au monde un garçon qui mourut presque aussitôt...

En apprenant cette aventure, Henri IV fut bien soulagé. Il embrassa la pauvre Henriette, dont les rêves venaient de s'envoler, et partit pour Lyon, le cœur guilleret.

Sur la route, il batifola, rencontra des amis, fit la fête, s'arrêta à Moulins pour y passer huit jours entre les bras de Marie Babou de La Bourdaisière, et se mit à échanger des lettres d'amour avec sa fiancée florentine. Dans l'une d'elles, sa belle humeur revenue lui faisait écrire : *Comme vous désirez la conservation de ma santé, je vous recommande aussi la vôtre, afin qu'à votre arrivée nous puissions faire un bel enfant...*

Cette correspondance devint de plus en plus tendre. Le roi appelait sa fiancée « ma maîtresse » et s'exaltait comme à l'ordinaire, lui jurant un amour éternel et baisant « un million de fois » ses mains. Peu à peu, il se prit à son propre jeu et finit par désirer cette petite Florentine qu'il ne connaissait que par un portrait d'ailleurs très idéalisé...

Il fut décidé alors que le mariage aurait lieu à Florence par procuration, et le roi chercha l'homme qu'il pourrait envoyer là-bas pour le représenter dans une circonstance aussi solennelle.

Comme il n'avait pas le sens des convenances, il ne trouva rien de mieux que de désigner Roger de Bellegarde, l'ancien amant de Gabrielle d'Estrées, celui-là même qu'il avait découvert un jour sous le lit de sa maîtresse...

La cérémonie eut lieu le 5 octobre, célébrée par le cardinal Aldobrandini, délégué par le pape.

En apprenant que tout était accompli, Henriette, qui se trouvait à Lyon où le roi l'avait fait venir, eut un sursaut de colère. Elle traita son amant de menteur et lui demanda quand viendrait sa « banquière ».

— Aussitôt que j'aurai chassé toutes les putains de la cour, répondit Henri IV.

Après quoi, ils se battirent froid pendant quelques jours.

Le 30 octobre, Marie de Médicis débarqua à Toulon. Le 3 novembre, elle était à Marseille, le 16 à Aix et le 2 décembre à Lyon, où elle eut la surprise de ne pas trouver le roi. Désinvolte, celui-ci était allé faire un petit voyage en compagnie d'Henriette avec laquelle il s'était de nouveau réconcilié...

Il n'arriva que huit jours plus tard.

Comme il était neuf heures du soir, il alla directement frapper à la porte de la reine. Elle allait se coucher et se trouvait déjà déshabillée. En voyant son mari, elle se jeta à genoux ; mais il la releva, la prit dans ses bras et la baisa longuement sur les lèvres.

— J'entends que vous me prêtiez la moitié de votre lit, dit-il, car je n'ai pas apporté le mien.

Sans attendre la réponse, il se déshabilla à son tour et se coucha à côté de Marie de Médicis.

Dix minutes plus tard, elle était reine de France.

16

Henriette d'Entragues veut ameuter l'Europe contre le roi

> Quand l'amour est extrême, il se croit tout permis.
>
> CAMPISTRON

Le premier contact entre les nouveaux époux fut assez fâcheux. Le roi trouva la reine molle, fade, trop grasse, niaise et inexpérimentée, tandis que Marie de Médicis était incommodée par la forte odeur de bouc qui émanait de lui. Un historien du temps nous dit même « qu'il puait tellement qu'elle se trouva mal »[164].

Bref, ils eurent tous deux « un empêchement à leur ivresse » et gardèrent de leur nuit de noces un souvenir plutôt désagréable. Mais ils ne s'étaient pas mariés pour s'amuser, et dès le lendemain soir, malgré le peu de goût qu'ils avaient l'un pour l'autre, ils se remirent courageusement à la tâche et s'efforcèrent de ne pas œuvrer en vain.

Le ciel est secourable aux consciencieux : la reine se trouva enceinte.

Aussitôt, le roi quitta Lyon et retourna à Paris où l'attendait Henriette d'Entragues. Après ces quelques jours consacrés au devoir, il avait hâte de connaître un peu de plaisir. La grosse Florentine à l'esprit lent lui avait donné la nostalgie de sa fine et spirituelle maîtresse. A peine arrivé dans la capitale, il se rendit à l'hôtel de Larchant, où elle habitait, et lui prouva que le mariage n'avait point épuisé ses forces. Ils restèrent plusieurs jours au lit. Quand ils se relevèrent, Henriette était enceinte, elle aussi...

Le désir de retrouver la femme qu'il aimait avait fait commettre au

164. Cf. TALLEMANT DES RÉAUX : « Quand Marie de Médicis coucha avec lui pour la première fois, elle ne laissa pas d'être terriblement parfumée, quelque bien garnie qu'elle fût d'essences de son pays. » (*Historiettes,* t. I)

roi une grosse faute : il avait laissé Marie de Médicis seule en compagnie des aventuriers de tout poil qu'elle avait amenés d'Italie et qui composaient sa suite.

Or parmi ces personnages sans scrupules se trouvaient une femme et un homme qui allaient bientôt jouer un rôle désastreux dans notre pays. Ils s'appelaient Léonora Dosi [165] et Concino Concini...

Elle, était la sœur de lait de la reine ; intelligente, ambitieuse, rouée, elle avait acquis une autorité considérable sur la Florentine qui ne cherchait qu'à lui faire plaisir. C'était, nous dit un de ses biographes, « une petite personne fort maigre et fort brune, de taille assez agréable, aux traits accentués et réguliers ». Elle avait vingt-sept ans.

Lui, remplissait auprès de la reine les fonctions d'écuyer. Il était, nous dit-on, « vaniteux et vantard, souple et hardi, rusé et ambitieux, pauvre et avide ». Il avait vingt-cinq ans.

Ils étaient faits pour s'entendre.

Ils firent mieux ; ils s'aimèrent.

Pendant le voyage, Léonora était tombée amoureuse de Concini et l'avait attiré dans sa chambre, car c'était une femme de tête.

Flatté d'avoir été remarqué par une dame qui vivait dans l'intimité de la reine, et supputant les avantages que pouvait lui apporter une telle liaison, l'écuyer avait cédé.

Depuis, c'était lui, par l'intermédiaire de Léonora, qui dirigeait Marie de Médicis... On conçoit, dans ces conditions, l'importance de la faute du Béarnais qui abandonnait la reine au moment où il aurait dû se montrer vigilant.

Au lieu de renvoyer en Italie tous ces « freluquets » bruyants, bavards et ambitieux, qui n'étaient venus en France que pour y chercher fortune, et couper ainsi tous les liens sentimentaux qui unissaient la Florentine à son pays, il laissa s'établir des habitudes. Et lorsque la reine le rejoignit à Paris, au début de février 1601, les Italiens étaient déjà installés dans leurs fonctions. Léonora était demoiselle d'atours, titre qui n'était donné en France qu'aux dames de la noblesse, et Concini avait la haute main sur toute la suite de Marie de Médicis...

Les jeux étaient faits...

En arrivant au Louvre, la nouvelle reine fut fort déçue. Elle s'attendait à entrer dans un palais merveilleux, comparable à ceux qu'elle avait connus à Florence, et ne trouva qu'un vieux bâtiment gris, sale et poussiéreux, où les appartements qui lui étaient destinés n'avaient même pas été aménagés.

C'est alors que le roi commit une deuxième faute. Au lieu de chercher à faire oublier cette négligence par beaucoup de gentillesse, il organisa une rencontre d'une incroyable muflerie.

La reine n'était pas arrivée depuis deux heures qu'il vint, en effet, lui présenter Henriette d'Entragues :

165. Elle ne prit que par la suite le nom de Galigaï, sous lequel on la connaît aujourd'hui.

— Cette femme a été ma maîtresse, dit-il, et veut être aujourd'hui votre humble servante.

La favorite, il faut bien le reconnaître, ne fut pas mieux traitée, en cette occasion, que Marie de Médicis. Lorsqu'elle s'inclina, selon l'usage, pour baiser la robe de sa souveraine, le roi, trouvant probablement qu'elle ne montrait pas un respect suffisant, l'attrapa par le bras et l'obligea rudement à se mettre à genoux.

Henriette se releva furieuse et quitta le salon, laissant Marie de Médicis un peu interdite. Tout le monde avait été gêné par cette scène, sauf Henri IV, bien entendu, qui s'amusait beaucoup à la pensée que ces deux femmes étaient enceintes de ses œuvres. Il en parlait d'ailleurs sans cesse, précisant même avec cette belle goujaterie qui le caractérisait :

— Il me naîtra bientôt un maître et un valet...

Pour plus de commodité, il installa Henriette au Louvre, à quelques pas des appartements de la reine, et passa son temps à faire la navette de l'une à l'autre.

Lorsqu'elle fut connue du menu peuple, cette absence de préjugés frappa les esprits. Il s'ensuivit quelques désordres. A l'exemple du roi, bien des gens voulurent, en effet, connaître les joies de l'adultère et un vent de folie souffla tout à coup sur Paris où les mauvais lieux, appelés clapiers, proliférèrent rapidement.

Il y eut bientôt une telle concurrence que les tenanciers de ces établissements furent obligés de rechercher des « distractions » originales et propres à attirer l'honorable clientèle.

L'un d'eux eut l'idée du « jeu des cerises », petit intermède qui consistait à faire venir dans la salle commune une ravissante jeune fille d'aspect affriolant et de la faire se déshabiller lentement. Lorsqu'elle était complètement nue, les clients jetaient des cerises (ou des noix, suivant la saison) sur le plancher. La demoiselle devait alors se baisser pour les ramasser et se montrer ainsi « dans des postures intéressantes ».

Quand elle avait fini, l'atmosphère était assez tendue...

Naturellement, les bons prêtres essayaient d'endiguer cette vague de lubricité. Mais ils se faisaient mal recevoir :

— Allez donc faire vos sermons au roi qui a deux femmes, leur répondait-on.

Et les bons prêtres, fort gênés, baissaient la tête...

Pendant tout l'été 1601 les ventres de la reine et de la favorite s'arrondirent en même temps, pour la plus grande joie du roi.

Malheureusement, les deux futures mamans ne partageaient pas sa belle humeur. Elles s'entre-déchiraient à belles dents et faisaient, à tour de rôle, d'interminables scènes de jalousie à Henri IV qui s'en tirait, comme d'habitude, par des promesses ou des cadeaux. La reine, moins intelligente que la favorite, était la plus terrible. Elle poursuivait le roi dans les couloirs en hurlant des injures. Parfois, elle allait jusqu'à le battre, ce qui n'était jamais arrivé à un roi de France.

— Malheureuse, lui dit un jour Sully qui venait d'assister à une de ces scènes navrantes, vous ignorez donc que Sa Majesté pourrait vous faire décapiter ?

— Il n'a qu'à quitter sa poutane, glapit-elle.

Et elle sortit en donnant des coups de pied dans les meubles.

Fin septembre, comme elle arrivait à terme, on fit appeler une sage-femme nommée Louise Bourgeois, qui nous a laissé de savoureux souvenirs. Écoutons-la :

« Le roi me dit :

» — Ma mie, il faut bien faire ; c'est une chose de grande importance que vous avez à manier.

» Je lui répondis :

» — J'espère, Sire, que Dieu m'en fera la grâce.

» — Je te crois, dit le roi.

» Et, s'approchant de moi, il me dit tout plein de mots de gausserie [166]...

» Le roi me demandait à toute heure si la reine accoucherait bientôt, et quel enfant ce serait. Pour le contenter je lui dis qu'oui. Il me demanda derechef quel enfant ce serait, je lui dis que ce serait ce que je voudrais.

» — Eh quoi. N'est-il pas fait ?

» Je lui dis qu'oui, qu'il était enfant, mais que j'en ferais un fils ou une fille, ainsi qu'il me plairait.

» Il me dit :

» — Sage-femme, puisque cela dépend de vous, mettez-y les pièces d'un fils.

» Je lui dis :

» — Si je fais un fils, Monsieur, que me donnerez-vous ?

» — Je vous donnerai tout ce que vous voudrez ; plutôt tout ce que j'ai.

» — Je vous ferai un fils, et ne vous demande que l'honneur de votre bienveillance, et que vous me vouliez toujours du bien...

» Il me le promit et me l'a tenu... »

Le 27 septembre, la reine accoucha à Fontainebleau, et Louise Bourgeois nous conte comment elle revigora le nouveau-né, qui se trouvait un peu déficient :

« J'enveloppai bien l'enfant, ainsi que j'entendais ce que j'avais à faire. Le roi vint auprès de moi, regarde l'enfant au visage, que je vis en grande faiblesse. Je demande du vin à M. de Lozeray, l'un des premiers valets de chambre du roi. Il apporta une bouteille ; je lui demande une cuiller. Le roi prit la bouteille qu'il tenait. Je lui dis :

» — Sire, si c'était un autre enfant, je mettrais du vin dans ma bouche et lui en donnerais, de peur que la faiblesse ne dure trop.

» Le roi me mit la bouteille contre la bouche, et me dit :

» — Faites comme à un autre.

166. Car le roi ne cessait de penser à la gaudriole, même pendant que sa femme accouchait.

» J'emplis ma bouche de vin, et lui en soufflai ; à l'heure même, il revint et savoura le vin que je lui avait donné [167]... »

C'est ainsi que le futur Louis XIII entra dans la vie en buvant un grand coup de rouge.

Louise Bourgeois présenta alors le nouveau-né à l'assistance. « Et, nous dit Héroard, médecin du roi, l'on put voir un enfant grand de corps, gros d'ossements, fort musculeux..., les parties génitales à l'avenant du corps et le croupion tout velu. »

Ce spectacle pourtant bien anodin attira les jeunes femmes de la cour, tout heureuses de contempler ce qui leur permettrait peut-être un jour d'être de puissantes favorites.

« Mme la duchesse de Bar, sœur du roi, qui considérait les parties si bien formées de ce beau corps, ajoute Héroard, ayant jeté sa vue sur celles qui le faisaient être dauphin, se retourna vers Mme de Panjas et lui dit qu'il en était bien parti (pourvu) [168]. »

Tout le monde éclata d'un gros rire...

Après quoi, on fit la fête, et Marie de Médicis, fière d'être la première à donner un héritier au roi, se rengorgea dans son lit et prit l'attitude hautaine d'une grosse dinde.

Quelques semaines plus tard, Henriette, un peu jalouse d'avoir été distancée, mit au monde, à son tour, un garçon, que l'on baptisa Henri...

Comme le Béarnais ne perdait pas une occasion d'être désagréable à son épouse, il déclara que cet enfant était plus beau que celui de la reine. Ce qui n'arrangea pas les choses entre les deux femmes...

La naissance du petit Henri raviva les espérances anciennes de la favorite :

— La Florentine tient son fils, disait-elle, mais moi je tiens le dauphin. J'ai toujours la promesse que le roi m'a signée et je suis prête à la montrer à l'Europe entière...

Poussée par ses parents, qui ne décoléraient pas depuis l'arrivée en France de Marie de Médicis, elle voulut, dès lors, qu'on la regardât comme la femme légitime du roi et la véritable reine de France...

Aussi refusa-t-elle de permettre que son fils fût conduit à Saint-Germain pour être élevé avec les autres enfants du Béarnais :

— Je ne veux pas, dit-elle, qu'il soit en compagnie de tous ces bâtards...

Bien entendu, le propos fut rapporté à la reine qui entra dans une vive colère et traita, une fois de plus, la marquise de *putane*... Pour se venger, la favorite s'amusa à imiter devant le roi et en public les manières lourdes et l'accent italien de Marie de Médicis. Au lieu de s'offusquer, Henri IV s'esclaffa et voulut que ses amis — un peu gênés — rient avec lui.

167. *Récit véritable de la naissance de Messeigneurs et Dames les enfants de France*, par Louise Bourgeois, 1652.

168. JEAN HÉROARD, *Journal*.

Le lendemain, la reine fut mise au courant de cette petite séance d'imitation. Elle s'en plaignit au roi, qui lui répondit avec son inconscience habituelle « qu'elle ne devait pas se fâcher pour des bouffonneries faites simplement pour divertir... »

Cet argument, on s'en doute, ne calma pas la Florentine qui demanda le renvoi immédiat de la marquise. Agacé, Henri IV chargea Sully de réconcilier les deux femmes et s'en fut oublier ses ennuis domestiques avec la duchesse de Villars, sœur de Gabrielle d'Estrées, qui, depuis quelque temps, « frétillait du croupion tout en le regardant ». Malgré son sourire séduisant, cette jeune personne était amère. A la mort de la duchesse de Beaufort, il lui avait semblé anormal, en effet, de ne pas devenir favorite, « comme si, nous dit Charles Merki, le roi eût été tenu de choisir encore dans la famille... ».

Henri IV la mit dans son lit ; mais il la trouva fade et leur liaison dura peu. La pauvre en fut atrocement déçue, car elle s'était livrée « contre sa pudeur » à mille extravagances perverses dans l'espoir de paraître mieux douée que la marquise de Verneuil.

Son échec la fâcha tellement qu'elle résolut de séparer Henriette du roi. Sachant que la favorite trompait quelque peu Henri IV avec le prince de Joinville, elle courut chez ce jeune homme, frétilla comme elle le savait bien faire, l'enjôla et devint sa maîtresse.

Deux heures plus tard, elle avait entre les mains des lettres fort tendres que la marquise de Verneuil avait envoyées au prince. C'était tout ce qu'elle désirait.

— Prêtez-les-moi, dit-elle.

L'autre accepta et Mme de Villars courut montrer ces papiers compromettants à la reine qui bondit de joie.

— Il faut absolument qué lé roi les voie !

— Je m'en charge, répondit la duchesse.

Lorsque Henri IV eut les lettres sous les yeux, il fut très fâché. Car non seulement Mme de Verneuil y avait écrit des choses fort impudiques qui prouvaient son intimité avec le prince de Joinville, mais elle le traitait lui, le roi, de vieux barbon...

Comme il avait horreur des scènes, il chargea un de ses confidents d'aller jeter des injures à la tête de la favorite. Mais Henriette était rouée. Elle parvint à faire croire qu'il s'agissait de lettres écrites par un faussaire, et elle rentra en grâce, tandis que Mme de Villars était chassée du Louvre.

C'est à ces pauvres intrigues que la cour de France passait son temps en l'an de grâce 1602...

On allait avoir bientôt d'autres préoccupations.

François d'Entragues, père de Henriette, lorsqu'il fut mis au courant du complot ourdi par Mme de Villars, trembla rétrospectivement à la pensée que sa fille eût pu être à tout jamais chassée par Henri IV. Et il pensa qu'il était grand temps d'ameuter l'Europe contre ce roi « qui n'avait pas tenu sa promesse de mariage », et de faire reconnaître son petit-fils Henri comme le véritable héritier du trône de France...

Un conseil de famille se tint à Malesherbes et le comte d'Auvergne, frère utérin de Henriette, prit la direction des opérations. Par l'intermédiaire du maréchal de Biron, qui conspirait avec l'étranger, il entra en relation avec Philippe III d'Espagne.

— Ma sœur a été trompée, dit-il. Voulez-vous l'aider à faire valoir ses droits ?

L'Espagnol, comprenant qu'il y avait là une occasion inespérée de diviser la France, promit son appui ; et il fut décidé qu'à la mort de Henri IV — dont on envisageait avec tranquillité d'avancer la date — la couronne subtilisée au dauphin passerait sur la tête du fils de Henriette.

Mais le complot fut découvert le 15 juin 1602 et Biron fut arrêté à Fontainebleau. Cette nouvelle provoqua une immense émotion dans toute la France, car le maréchal, héros d'Arques, d'Arcy, de Fontaine-Française, était l'objet de la vénération populaire.

Le comte d'Auvergne ne tarda pas à être appréhendé également et les deux hommes se retrouvèrent à la Bastille...

Alors le nom d'Entragues commença d'être murmuré. Aussitôt interrogée, Henriette jura, naturellement, ses grands dieux qu'elle n'était au courant de rien, et on la mit hors de cause ainsi que son père.

Le procès se déroula donc sans eux. A l'issue des débats, le roi, qui ne voulait faire nulle peine à sa maîtresse, eut la faiblesse de gracier le comte d'Auvergne. Quant au maréchal de Biron, dont se désintéressait la favorite, il fut quelques jours plus tard proprement décapité [169]...

La conspiration avait échoué ; néanmoins rien n'était perdu pour Henriette puisque la famile d'Entragues, dont le toupet et l'habileté faisaient l'admiration des spécialistes, était intacte.

Il n'y avait plus qu'à recommencer. C'est à quoi le comte d'Auvergne s'employa sans tarder...

A ce moment, la reine et la favorite étaient de nouveau enceintes, « le roi leur ayant donné à toutes deux bon et effectif picotin ».

Marie de Médicis accoucha le 22 novembre 1602 d'une fille qu'on nomma Élisabeth, et la marquise de Verneuil, le 21 janvier 1603, d'une fille également, qui fut appelée Gabrielle-Angélique.

Toute la cour fêta ce double événement et le bon peuple, toujours facile à émouvoir, se réjouit d'avoir un souverain aussi vert et aussi galant...

Brusquement une nouvelle vint troubler cette joie générale : on apprit qu'un des secrétaires du roi, un nommé L'Hoste, chargé du déchiffrement des dépêches, était accusé d'avoir livré des secrets

169. Encore que ce soit là une façon de s'exprimer, car un chroniqueur nous dit que « le bourreau le frappa d'un coup si terrible que la tête vola jusqu'au milieu de la cour » (Bibl. Nat., miss 23.369).

militaires et politiques à l'ambassadeur d'Espagne. La police voulut l'arrêter, mais il se sauva et se noya dans la Marne.

Une enquête fut ordonnée.

Aussitôt, le comte d'Auvergne quitta Paris précipitamment et se réfugia dans ses terres. Cette attitude étrange éveilla les soupçons de la cour, et tout le monde jasa sans aménité. Seul le roi, qui était d'une grande mansuétude à l'égard du demi-frère de sa maîtresse, ne fit aucun commentaire. On devait pourtant savoir assez vite que ce triste personnage était l'âme de la nouvelle conspiration.

Avec l'appui de l'Espagne et le concours d'une grande partie de la noblesse, il voulait faire reconnaître Henriette comme femme légitime du roi. Son plan était simple : la marquise se réfugiait avec ses enfants en Espagne, où Philippe III lui promettait une pension de cinquante mille livres et des places fortes, elle mariait son fils à une infante et attendait la mort de Henri IV. A ce moment, il suffisait de supprimer le dauphin et de faire monter Henri de Verneuil sur le trône...

En apprenant ces détails, le roi fut accablé ; car il lui fallait, cette fois, laisser châtier la famille d'Entragues dont la culpabilité était évidente. Après avoir hésité longtemps, il lui apparut soudain que c'était peut-être là l'occasion de reprendre sa fameuse promesse de mariage, et il fit arrêter François d'Entragues.

Au cours d'une perquisition au château de Malesherbes, la police découvrit des lettres du roi d'Espagne qui prouvaient la trahison du père de Henriette. Se voyant perdu, celui-ci, comme l'avait espéré le roi, pensa s'en tirer en rendant la fameuse promesse et indiqua l'endroit où il la tenait cachée. Envoyé par Henri IV, M. de Loménie partit immédiatement pour Malesherbes, où il trouva le papier « dans une petite bouteille de verre bien lutée et enclose dans une plus grande bouteille et du coton, le tout bien luté et muré dans l'épaisseur d'un mur ».

En revoyant cette promesse, cause de tous ses maux, le roi poussa un gros soupir de soulagement.

Quelques jours après, il fit arrêter le comte d'Auvergne et garder à vue la marquise de Verneuil dans son hôtel du faubourg Saint-Germain — ce qui fit grand plaisir à la reine.

— Tout est fini avec la marquise, dit le roi à ses familiers.

Et, pour bien le prouver, il prit sur-le-champ une nouvelle maîtresse... C'était une blonde dont le corsage « laissait apercevoir le beau modelé des épaules et de la poitrine ». Elle s'appelait Jacqueline de Bueil...

Rouée, elle n'accepta d'entrer dans le lit du roi que contre une forte somme. Tallemant des Réaux nous dit que « Henri IV, qui ne cherchait que de belles filles, et qui, quoique vieux, estoit plus fou sur ce chapitre-là qu'il n'avoit esté en sa jeunesse, la fit marchander et en conclut à trente mille écus ».

Sully paya en maugréant, et le Béarnais put s'offrir son tendron.

Après quoi, il songea à lui trouver un mari et fixa son choix sur Philippe de Harlay, comte de Cesi. Le mariage qui eut lieu le 5 octobre

1604 fut suivi d'une scène curieuse. En voyant le jeune homme entrer avec sa maîtresse dans la chambre nuptiale, le roi devint subitement jaloux. Il bondit, enfonça la porte, chassa Philippe de Harlay, se coucha auprès de Jacqueline de Bueil et « demeura à savourer les douceurs du déduit » jusqu'au lendemain, tandis que le marié rongeait son poing dans une chambre voisine...

Malgré cette nouvelle maîtresse, qu'il devait bientôt faire comtesse de Moret, Henri IV ne tarda pas à avoir la nostalgie de sa chère marquise. On le vit bien au cours du procès qui eut lieu à la fin de l'année 1604 : lorsque la cour eut condamné à mort François d'Entragues et le comte d'Auvergne, et « suggéré » de faire mettre la marquise de Verneuil dans un couvent, le roi intervint et accorda sa grâce. Les deux hommes virent alors leur peine commuée en emprisonnement perpétuel [170] et la favorite fut acquittée...

Une fois de plus, l'amour avait été plus fort que la raison d'État...

17

Pour revoir Charlotte de Montmorency, Henri IV veut déclarer la guerre à l'Espagne

L'amour est une passion entrepreneuse de grandes choses.

MONTAIGNE

Depuis son divorce, Margot entretenait avec le roi une correspondance amicale et presque affectueuse. Il lui écrivait : *Je veux avoir plus de soin de tout ce qui vous concerne que jamais, et vous faire voir en toutes occasions que je ne veux pas être dorénavant votre frère seulement de nom, mais aussi d'affects...*

Se souvenait-il alors qu'il avait pensé, jadis, à lui faire « sauter un mauvais pas » ?

Et elle qui avait, vingt ans auparavant, mobilisé à Agen toute une armée contre lui, répondait : *Votre Majesté, à l'imitation des dieux, ne se contente pas de consoler ses créatures de biens et faveurs, mais daigne encore les regarder et consoler en leur affliction...*

Après trente ans de combats, libres enfin de se détester, ils s'élançaient l'un vers l'autre avec une grande tendresse et s'inquiétaient soudain de leurs bonheurs respectifs. Il lui faisait remettre une importance pension, payait ses dettes, voulait qu'on la respectât, tandis qu'elle souhaitait, sans arrière-pensée, qu'il fût heureux avec Marie de Médicis, sa remplaçante. Elle lui avait envoyé des vœux lorsqu'il s'était remarié et une délicieuse lettre de félicitations quand le dauphin était né...

Tous les anciens griefs étaient oubliés.

170. François d'Entragues resta deux mois à la Bastille, le comte d'Auvergne, qui avait accusé sa sœur au cours du procès : douze ans...

Pourtant elle n'osait pas demander la permission de quitter Usson, où elle était prisonnière depuis dix-neuf ans...

Elle attendait une occasion favorable. Cette occasion, le procès d'Entragues, dont elle avait suivi les péripéties avec un intérêt fiévreux, allait la lui fournir ; elle le devina dès le premier jour en apprenant que le comte d'Auvergne était compromis. Aussi demanda-t-elle qu'on la tînt soigneusement au courant des progrès de l'enquête ; et quand elle sut que le bâtard de Charles IX était convaincu de trahison, toute frémissante, elle écrivit au roi.

Elle lui rappela tout d'abord que Catherine de Médicis, sous la pression de Henri III, l'avait déshéritée au profit de son « mauvais neveu »[171], et lui démontra qu'il serait déplorable pour la sûreté du royaume que les terres, châteaux, domaines et places fortes du comte félon en Auvergne passassent aux mains de ses complices ou des Espagnols. *Il me faudrait,* ajoutait-elle, *aller d'urgence à Paris faire un procès à ce « mal conseillé garçon », afin de rentrer en possession de mes biens. Après quoi, je me ferai honneur de les remettre à Votre Majesté et au dauphin...*

Dès que cette lettre fut partie, Margot s'aperçut qu'elle n'aurait jamais la patience d'attendre une réponse du roi. Elle fit précipitamment ses malles, grimpa dans un carrosse et prit la route de Paris avec l'intention de mettre Henri IV devant le fait accompli ; or elle n'avait pas atteint Bourges que son équipée était déjà connue à la cour...

Sully vint à sa rencontre. Lorsqu'elle le vit, à Cercottes, le 14 juillet 1605, elle trembla, croyant qu'on allait l'arrêter ; mais le ministre s'agenouilla :

— Madame, Sa Majesté m'a chargé de vous dire qu'elle vous attend et que toute la cour s'apprête à vous recevoir...

Bouleversée, émue aux larmes, Margot bredouilla quelques paroles, remonta en carrosse et poursuivit son voyage vers Paris. A Étampes, des gentilshommes vinrent la saluer de la part du roi et de la reine ; et le 18 juillet 1605, dans la soirée, elle arriva au château de Madrid, à Boulogne, où elle avait décidé de s'installer.

Une désagréable surprise l'y attendait.

A sa descente de carrosse, elle vit un grand officier s'incliner devant elle. Flattée, elle lui tendit la main, le releva et blêmit. Cet homme que le roi avait jugé spirituel d'envoyer pour l'accueillir était Harlay de Champvallon, son ancien amant et son seul grand amour...

Il y eut un silence gêné et, pendant quelques instants, les gens de l'escorte se poussèrent du coude en considérant le visage décomposé de Marguerite[172]. Puis un enfant s'approcha respectueusement et fit une révérence.

— Qui est ce gracieux seigneur ? demanda la reine, ravie de cette diversion.

171. C'est ainsi qu'elle appelait le comte d'Auvergne, bâtard de Charles IX.

172. Cette farce du Béarnais fut vivement critiquée par le peuple. « On estima, nous dit Dupleix, que c'était un accueil honteux à une si grande princesse... »

On lui apprit que c'était le jeune duc de Vendôme, fils que le roi avait eu de Gabrielle d'Estrées...

Jugeant prudent de ne plus poser de question, elle entra dans sa nouvelle demeure.

Le 26 juillet, Henri IV vint la visiter. Sans doute eut-il quelque peine à la reconnaître, car l'adorable Margot au corps svelte et flexible était devenue une énorme dame. Tallemant des Réaux nous la décrit ainsi : « Elle était horriblement grosse. Il y avait des portes où elle ne pouvait passer. Elle était coiffée de cheveux blonds, d'un blond de filasse blanchie sur l'herbe ; elle avait été chauve de bonne heure. Pour cela, elle avait de grands valets de pieds blonds que l'on tondait de temps en temps. » Et il ajoute : « Elle avait toujours de ces cheveux-là dans sa poche, de peur d'en manquer... »

Le roi lui baisa les mains, l'appela « ma sœur », et demeura trois heures près d'elle.

Le lendemain, Marguerite alla saluer Marie de Médicis. En traversant Paris, elle fut acclamée par le peuple qui était bien content de la revoir. Pourtant son nouvel aspect surprit. Les vieux la trouvaient changée et hochaient la tête ; quant aux jeunes, qui avaient entendu sur Margot tant d'histoires galantes, ils considéraient avec étonnement cette énorme quinquagénaire « dont les gros seins parfois s'échappaient du décolleté » à la faveur d'un cahot...

Au Louvre, le roi la reçut avec cérémonie et gourmanda Marie de Médicis qui ne s'était pas avancée au-delà du grand escalier.

— Ma sœur, dit-il à Marguerite, mon affection n'a jamais été séparée de vous. Vous êtes maintenant dans cette maison où vous avez toute puissance comme en toutes les autres où la mienne s'étend.

Elle demeura au palais pendant plusieurs jours et chacun lui fit fête, sauf, bien entendu, la marquise de Verneuil qui, toujours venimeuse, dit en souriant à Henri IV :

— Dieu fit un aussi grand miracle en vous, quand il vous tira du ventre de la reine Marguerite, que lorsqu'il retira Jonas du ventre de la baleine !

Ce qui était drôle, sans doute, mais d'un assez mauvais goût.

Enfin on présenta le dauphin à la bonne reine Margot.

— Soyez la bienvenue, maman-fille [173], lui dit-il, et il l'embrassa.

La reine, qui avait jadis abandonné les enfants qu'elle s'était fait faire par Champvallon et par le jeune Aubiac, pensa qu'elle avait été privée de bien des joies et versa une larme.

Le lendemain elle apporta un jouet au dauphin, un jouet singulier d'ailleurs pour un enfant de quatre ans, puisqu'il s'agissait d'un petit Cupidon qui, nous dit un chroniqueur, « pouvait, au moyen de fils, agiter ses ailes et sa virilité »...

A la fin du mois d'août, Marguerite quitta le château de Madrid et

173. C'est Marie de Médicis qui avait eu l'idée de cette curieuse appellation.

vint s'installer à l'hôtel de Sens, rue du Figuier, au coin de la rue de la Mortellerie[174].

Cette maison appartenait à l'archevêque Renaud de Beaune ; ce qui inspira à un passant le quatrain suivant, que la reine eut la désagréable surprise de trouver un matin, écrit sur sa porte :

Comme reine tu devrais être
Dedans ta royale maison :
Comme putain c'est bien raison
Que tu loges au logis d'un prêtre[175].

Poème qui n'était gentil pour personne.

Au bout de quelques jours, le bruit courut Paris qu'un jeune homme vivait avec la reine Margot. C'était vrai. Après s'être contrainte pendant six semaines à une dure chasteté pour ne point effaroucher la cour, elle avait fait venir d'Usson un petit valet de vingt ans, nommé Déat de Saint-Julien.

« A son arrivée, nous dit l'auteur du *Divorce satyrique*, pour lui faire payer la chôme, ils demeuraient souvent ensemble, enfermés dans un cabinet, des sept et huit jours entiers, avec leurs habits de nuit, sans se laisser voir qu'à Mme de Châtillon, qui cependant rongeait son frein à leur porte et aidait seule à tenir secret ce que tout le monde savait assez. »

Margot adorait ce jouvenceau qui, peu regardant comme bien des jeunes gens, « saoulait de caresses sa chair vieillissante » et y prenait plaisir.

Hélas ! un autre page, Vermont, âgé de dix-huit ans, lorgnait les appas débordants et usés de la quinquagénaire. Un jour d'avril 1606, la jalousie le poussa au meurtre. Alors que la reine revenait de la messe en carrosse avec Saint-Julien, il bondit, un pistolet à la main, et tua le favori à bout portant.

Marguerite, couverte du sang de son amant, crut devenir folle. Quand on lui amena l'assassin, qui avait été arrêté sur-le-champ, elle entra dans une grande agitation, retroussa ses jupes, prit ses jarretières et les tendit aux gens du guet :

— Tuez-le ! cria-t-elle. Voici mes jarretières. Étranglez-le[176] !

Devant un tel accès de fureur, Vermont restait très calme.

— Tournez-le, dit-il aux gardes, que je voie s'il est mort.

Complaisants, les fonctionnaires obéirent.

— Ah ! que je suis content, cria-t-il. S'il n'était pas mort, je l'achèverais.

« Outrée de colère », la reine rentra chez elle en disant « qu'elle ne voulait boire ni manger qu'elle n'eût vu mourir l'assassin de son favori » et, sans attendre, elle écrivit au roi pour réclamer une justice

174. Actuellement la rue de l'Hôtel-de-Ville.
175. Pierre de l'Estoile, *op. cit.*
176. Rapporté par Agrippa d'Aubigné.

expéditive. Le surlendemain, on installa un échafaud pour exécuter Vermont sur les lieux mêmes de son crime.

Marguerite se mit à sa fenêtre, impatiente de voir la hache s'abattre sur le cou du jeune homme. Mais elle était un peu énervée et une syncope vint gâcher son plaisir.

Elle rata le plus intéressant.

Deux jours plus tard, ne pouvant plus vivre à l'hôtel de Sens qui lui rappelait trop son cher Saint-Julien, elle partit s'installer sur les hauteurs d'Issy, dans un vaste domaine où elle organisa bientôt d'extraordinaires fêtes galantes.

Pour oublier le défunt...

A la fin de l'automne, lorsque le parc jauni commença d'être trop venté pour que « les dames passent s'y faire trousser et mettre les fesses à l'air », la reine Margot rentra à Paris.

Elle s'installa dans un domaine qu'elle venait d'acquérir sur la rive gauche, le long de la rue de Seine, juste derrière l'abbaye de Saint-Germain-des-Prés [177].

De ses fenêtres, elle pouvait voir le Louvre, ce qui inspira le couplet suivant à un poète anonyme — et méchant :

N'étant plus Vénus qu'en luxure,
Ni reine non plus qu'en peinture
Et ne pouvant, à son avis,
Loger au Louvre comme reine,
Comme putain, au bord de Seine,
Elle se loge vis-à-vis [178].

Ces petits vers d'un esprit médiocre amusèrent énormément le roi. Aussi prit-il l'habitude de dire à ses courtisans, après chacune de ses visites à Marguerite :

— Je reviens de mon bordeau !

Ce qui faisait « rire à l'environ ».

Il faut avouer que dans sa nouvelle maison la reine Margot ne se tenait pas mieux qu'à Issy... Elle avait pris pour amant un cadet de Gascogne, nommé Bajaumont, que des amis bien intentionnés lui avaient envoyé d'Agen, et passait son temps à lui demander de « faire la culbute », comme on disait alors.

Mais si cet amant avait une force et une vigueur qui lui permettaient de faire crier grâce à Marguerite, il était en revanche inculte et bête. Aussi essayait-elle de l'instruire, s'efforçant même de lui apprendre le beau langage. Hélas ! le pauvre demeurait grossier et se montrait totalement bouché aux préciosités qui commençaient d'être à la mode [179].

177. Ce domaine occupait l'emplacement compris actuellement entre les rues de Seine et des Saints-Pères, la rue Visconti et le quai Malaquais.

178. Pierre de L'Estoile, *op. cit.*

179. Le salon de la reine Margot, où fréquentaient poètes et écrivains, peut être considéré comme l'ancêtre de l'hôtel de Rambouillet ; on commençait à y parler « phébus », langage raffiné, obscur et prétentieux, qui allait faire les délices des précieuses.

Gênée, elle tint alors à faire voir à ses amis que l'amour ne la rendait point aveugle et que Bajaumont, s'il ne brillait pas par l'esprit, avait du moins d'autres qualités ; et elle écrivit une espèce de petite comédie fort curieuse, intitulée clairement : *La Ruelle mal assortie,* ou *Dialogue d'amour entre Marguerite de Valois et sa Bête de Somme...* En voici un extrait :

« Approchez-vous donc, mon Pelou, mon mignon, car vous êtes mieux près que de loin. Et, puisque vous êtes plus propre à satisfaire au goût qu'à l'ouïe, recherchons, d'entre un nombre infini de baisers diversifiés, lequel est le plus savoureux pour le continuer. Oh ! qu'ils sont doux maintenant et tous assaisonnés pour mon goût. Cela me ravit, car il n'y a sur moi petite partie qui n'y participe et où ne furète et n'arrive quelque étincelle de volupté. Mais il faut en mourir, j'en suis tout émue et j'en rougis jusque dans les cheveux. Oh ! vous excédez votre commission et quelqu'un vous apercevra de cette porte. Eh bien, vous voilà enfin dans votre élément où vous paraissez mieux qu'en chaire. Ah ! j'en suis hors d'haleine et je ne m'en puis revenir ; il me faut, n'en déplaise à la parole, à la fin avouer que, pour si beau que soit le discours, cet ébattement le surpasse, et peut-on bien dire sans se tromper : "Rien de si doux, s'il n'était si court." »

La vie entre ces deux amants si mal assortis était naturellement assez difficile. Dès qu'ils se trouvaient hors d'un lit, ils se disputaient, et la reine Margot, qui était devenue d'une jalousie féroce, empêchait son « galant » de sortir seul. Parfois même, elle le battait. Peu intelligent, mais rusé, Bajaumont faisait alors mine d'avoir été blessé, et se mettait au lit où la reine courait le rejoindre...

On comprend que le confesseur de Margot, le futur saint Vincent de Paul, ne se soit pas plu dans cette atmosphère. Il s'en alla, un jour, écœuré, préférant aller vivre avec les galériens...

Pendant ce temps, Henri IV menait une existence extrêmement compliquée entre la reine, la duchesse de Moret, dont il était toujours amoureux, et la marquise de Verneuil, qu'il soupçonnait d'infidélité.

C'est à cette époque qu'il obligea celle-ci, dit-on, à porter, pendant ses absences, une ceinture de chasteté. Ce curieux instrument (que le Moyen Age n'avait pas connu) venait, en effet, de faire son apparition en France [180]. Inventé à Venise, il avait été exposé et mis en vente par un « quinquailleur » à la foire Saint-Germain. Il s'agissait, nous dit Sauval, « d'un petit engin pour brider la nature des femmes qui était fait de fer et ceinturait comme une ceinture et venait à prendre par le bas et se fermer à clef ; si subtilement fait qu'il n'était pas possible que la femme, en étant bridée une fois, s'en pût jamais prévaloir pour

180. Car il faut en finir avec la légende du Croisé offrant cet embarrassant cadeau à son épouse avant de partir pour la Terre sainte. Les deux ceintures de chasteté exposées au musée de Cluny sont postérieures à la Renaissance. Voici ce que nous en dit Edmond Haraucourt : « L'une date du XVIIe siècle et elle est allemande, comme l'indique le style de sa décoration : l'autre, qui fut offerte aux collections de l'État par Prosper Mérimée avec d'autres objets rapportés d'Espagne, est peut-être espagnole et vraisemblablement récente. »

ce doux plaisir, n'ayant que quelques petits trous menus pour servir à pisser »[181].

Les maris avaient quelques raisons de faire porter cet instrument barbare à leurs épouses, car les femmes étaient alors véritablement « possédées par un démon de luxure qui les poussait, nous dit-on, à commettre mille extravagances propres à faire naître de coupables désirs à leur endroit ». C'est ainsi qu'elles se promenaient dans des robes aux décolletés audacieux qui laissaient voir leur poitrine entièrement nue...

Le menu peuple ricanait en considérant ces grandes dames qui allaient dans les rues le tétin à l'air, et deux quatrains ironiques circulèrent bientôt dans Paris.

Le premier était allusif :

A vostre advis celle qui va
La gorge toute descouverte,
Fait-elle pas signe par là
Qu'elle voudroit estre couverte ?

Le second était plus direct :

Madame, cachez vostre sein,
Avec ce beau tétin de rose,
Car si quelqu'un y met la main
Il y voudra mettre autre chose.

Si le peuple riait, le clergé, naturellement, fulminait contre ces « nudités de gorge » qui excitaient en tous lieux, même dans les églises, la concupiscence des amateurs. Et les prédicateurs, en chaire, apostrophaient violemment les élégantes qui se montraient « sous les livrées de l'impudicité ».

Le cordelier Maillard leur tint, un dimanche, ce curieux langage : « Enfants du diable ! femmes maudites de Dieu, qui venez dans le lieu saint pour étaler vos impudiques mamelles, vous serez damnées et pendues par vos infâmes têtons. »

Un autre, plus léger, leur recommandait d'avoir toujours sur leur gorge un fichu de toile de Hollande, et de repousser les mains téméraires des amants qui tenteraient de l'enlever, car, ajoutait-il, « quand la Hollande est prise, adieu les Pays-Bas »[182].

Mais tous les prédicateurs n'avaient pas autant d'éloquence, et l'on cite le cas d'un ecclésiastique qui, s'adressant aux hommes de sa paroisse, s'écria naïvement : « Quand vous voyez ces tétons rebondis et qui se montrent avec tant d'impudence, mes frères, mes très chers frères, bandez les yeux. »

La fin de la phrase déclencha un tel fou rire dans l'église qu'il dut quitter la chaire sans pouvoir terminer son sermon...

Bien entendu, les anathèmes du clergé restèrent sans effet et les

181. SAUVAL, *Le B...l de la Cour et de Paris.*
182. On appelait alors « Pays-Bas » le sexe féminin.

dames de Paris — bientôt imitées par celles de province — continuèrent d'exposer sans modestie ces appas qu'un prêtre avait joliment nommés « les deux cataractes de la nature enfantine altérée »[183].

Certaines poussèrent l'extravagance jusqu'à se passer le bout des seins au rouge vif ; mode qui donna l'idée à d'autres femmes de se farder en un endroit plus original encore...

La mode des robes échancrées jusqu'au nombril allait être à l'origine d'un nouvel engouement royal. Un soir de mars 1607, au cours d'une fête, Henri IV remarqua une jeune personne extrêmement gracieuse « qui montrait de jolis tétins bien rebondis et ornés de deux framboises ». Elle s'appelait Charlotte des Essarts. Le roi, qui avait justement quelques loisirs (Mme de Moret était enceinte[184]), s'amouracha d'elle et lui fit une cour si pressante que le lendemain soir, nous dit un chroniqueur, « il lui lutinait le Sénégal »[185]. En dédommagement, le Trésor lui versa une importante pension...

Pendant quelques mois, Mlle des Essarts eut droit à tous les égards et put croire qu'elle allait devenir troisième favorite en titre ; mais, lorsqu'elle fut enceinte à son tour, Henri IV, agacé, pria Sully de le « descharger au plus tost de cette femme ».

— Comment ? demanda le ministre, un peu embarrassé.

— Attendez la naissance de l'enfant, répondit le roi, et faites-les entrer tous deux en religion. C'est une sûre retraite.

Une fille naquit qu'on baptisa Jeanne-Baptiste de Bourbon et qu'on mit rapidement dans un couvent de Chelles[186], tandis que Charlotte était conduite à l'abbaye de Beaumont[187].

Alors le roi, qui avait fait de la cour un très mauvais lieu, suivant l'expression de l'ambassadeur de Florence[188], enrichit son harem en devenant l'amant de la sémillante Charlotte de Fontlebon, demoiselle d'honneur de la reine.

Cette jeune personne était encore en fonction dans le lit royal lorsqu'en janvier 1609, Henri IV fut invité avec Marie de Médicis à une fête donnée par la reine Margot. Il suivait ce que nous appellerions maintenant les « attractions » avec un intérêt moyen, quand parut soudain au milieu d'un ballet une petite chanteuse aux cheveux dorés.

183. L'abbé Valladier aumônier et prédicateur du roi.

184. Elle accoucha d'un garçon, Antoine de Bourbon, comte de Moret, qui fut légitimé en 1608.

185. La nature de la femme : « Ainsi nommée au XVIe siècle, nous dit Lenient, parce que le thermomètre qu'on y plonge monte généralement au degré désigné par le mot *Sénégal.* »

186. Elle devint, en 1637, abbesse de Fontevrault.

187. Elle n'y resta pas longtemps car, en 1610, elle devenait la maîtresse de Louis de Lorraine, cardinal de Guise et archevêque de Reims, dont Dreux du Radier nous dit : « qu'il n'était pas fort scrupuleux sur les décences de son état »...

188. Ce diplomate écrit vertement : *In verità, veddesi mai bordello più simile a questo di questa corte ?*

Elle s'appelait la petite Paulet et avait un éclat éblouissant [189]. Voici ce que nous en dit Pierre de l'Estoile : « Cette petite chair blanche, polie et délicate, couverte d'un simple crêpe fort délié, au travers duquel paraissaient les itinéraires d'une partie secrète encore plus déliée, mettait en goût et appétit plusieurs personnes. »

L'appétit du roi fut l'un des plus vifs, on s'en doute. Et Tallemant des Réaux ajoute tout crûment « qu'il eut envie de coucher avec la belle chanteuse pour la faire chanter sous l'homme ». Ajoutant d'ailleurs : « Tout le monde tombe d'accord qu'il en passa son envie... »

Le roi eut ainsi cinq femmes à satisfaire. Il sut se montrer à la hauteur de la tâche ; mais se vit contraint de délaisser quelque peu les affaires de l'État. « Il passait son temps, nous dit-on, à courir d'un lit à un autre avec une fougue d'adolescent. Rien ne comptait plus pour lui que ce qui se tâte... »

Au milieu de ce carrousel galant, il conservait cependant un amour tendre et sincère pour la marquise de Verneuil. Lorsqu'il présidait, par hasard, son Conseil, on le voyait parfois griffonner fiévreusement un billet ; ce n'était pas une note sur les événements politiques, mais une lettre enflammée destinée à Henriette. *Je meurs d'envie de vous voir... Bonsoir, mon âme, je te baise les tétons un million de fois...* Et l'austère Sully maugréait contre ces mamelles qui ne valaient pas à ses yeux le Labourage et le Pâturage...

Le roi menait cette vie agitée lorsque la reine Marie de Médicis fit répéter, pour les fêtes de Carnaval, un ballet où figuraient les plus belles filles de la cour. Parmi celles-ci se trouvait la jeune Charlotte de Montmorency, délicieuse blonde de quatorze ans et demi. « On ne pouvait rien voir de plus beau ni de plus enjoué », nous dit Tallemant des Réaux. Et Dreux du Radier ajoute : « Ses yeux pleins de tendresse en inspiraient aux plus indifférents... »

Les répétitions ayant lieu dans une salle contiguë à la chambre du roi, celui-ci aperçut un jour, par la porte entrouverte, le minois de Mlle de Montmorency. Émerveillé, il sortit aussitôt et alla voir répéter le ballet. « Or, nous dit l'auteur des *Historiettes*, les dames devaient être vêtues en nymphes ; en un endroit elles levaient leur javelot, comme si elles eussent voulu le lancer. Mlle de Montmorency se trouva vis-à-vis du roi quand elle leva son dard, et il semblait qu'elle l'en voulait percer. Le roi a dit, depuis, qu'elle fit cette action de si bonne grâce qu'effectivement il en fut blessé au cœur et pensa s'évanouir. »

Immédiatement il voulut entraîner Charlotte dans sa chambre, mais elle refusa, disant qu'elle était bien jeune et que, d'ailleurs, on l'avait promise à François de Bassompierre.

Henri IV n'avait pas de goût pour les demi-mesures : il fit rompre

189. Tallemant des Réaux nous dit « qu'elle chantait si bien qu'on trouva deux rossignols crevés sur le bord d'une fontaine où elle avait chanté tout un soir... » : morts de dépit sans doute.

les fiançailles et maria la petite Montmorency au prince de Condé que l'on disait inverti « dans l'espoir d'avoir affaire ainsi à un mari complaisant ».

De fait, pendant quelques semaines, Condé considéra avec indifférence le manège du roi qui, pourtant, montrait tous les signes d'une inquiétante passion. Il devenait coquet, changeait d'habits, se lavait, se parfumait, taillait sa barbe, bref, se préparait comme un beau coq à la danse de séduction. Sa passion le poussait même parfois à des extravagances inattendues : un soir, il voulut que Charlotte se montrât tout échevelée sur un balcon, avec deux flambeaux à ses côtés. En la voyant ainsi, il faillit s'évanouir :

— Jésus, qu'il est fou ! dit-elle, fort émue...

Toute la cour suivait avec amusement ces excentricités et Mme de Verneuil essayait d'ironiser :

— N'êtes-vous pas bien méchant, disait-elle au roi, de vouloir coucher avec la femme de votre fils, car vous savez bien que vous m'avez dit qu'il l'était.

Mais ce détail aurait plutôt excité Henri IV [190].

Indifférent aux sourires et aux critiques, « il se montra de plus en plus échauffé à la chasse de cette belle proie », nous dit L'Estoile, au point qu'il oublia une fois de plus les affaires de l'État et que le duc de Mantoue put écrire : *C'est une telle folie, qui tient tous les sens du roi si embarrassés que quasi il n'est capable d'autres affaires que de celles qui concernent cette affection.*

Peut-être alors Charlotte, qui encourageait les galantes audaces du Béarnais, se serait-elle abandonnée comme les autres, si, brusquement, et contre toute attente, son mari n'était tombé amoureux d'elle. Jaloux soudain, il demanda au roi la permission de se retirer en province. Henri IV refusa et une violente dispute éclata entre les deux hommes.

— Vous n'êtes qu'un tyran, dit Condé.

Henri IV avait la réplique cruelle :

— Je n'ai fait acte de tyran qu'une fois dans ma vie, dit-il. C'est lorsque je vous ai fait reconnaître pour ce que vous n'étiez pas. Et quand vous voudrez je vous montrerai votre père à Paris.

Le prince baissa la tête et ne dit plus rien. Mais quelques jours après il prenait sa femme en croupe et l'emmenait au triple galop loin de la cour et de ses dangers, au château de Valery, près de Sens.

En apprenant ce départ, Henri IV fut inconsolable. On le voyait pleurer dans les couloirs pour le plus grand agacement de la reine et des quatre favorites qui s'étaient provisoirement coalisées contre Charlotte.

Pendant plusieurs soirs, il essaya d'exprimer sa douleur en vers.

190. Le prince de Condé, né en 1588, était le neveu du roi. Mais sa légitimité a été contestée. Il semble que sa mère, Charlotte de la Trémoille, l'ait eu d'un page nommé Belcastel — d'autres disent de Henri IV lui-même — pendant une absence de son mari, qu'elle aurait, à son retour, fait empoisonner. Des poursuites furent dirigées contre elle, mais le roi ordonna de les abandonner et fit brûler les témoignages recueillis.

Mais les mots venaient malaisément et découragé, il finit par jeter au feu ses pénibles essais.

Alors Malherbe vint.

Et l'aida.

Pour faire entendre les plaintes du souverain amoureux, le poète composa des *Stances* ampoulées et fort ennuyeuses qui commençaient ainsi :

Donc, cette merveille des cieux
Pour ce qu'elle est chère à mes yeux
En sera toujours éloignée ;
Et mon impatiente amour
Par tant de larmes témoignée
N'obtiendra jamais son retour.

Les poètes ne sont pas toujours bons prophètes...

Au mois de juillet 1609, Condé et sa femme furent obligés de revenir à Paris pour assister au mariage du duc de Vendôme, fils naturel du roi.

En revoyant « la merveille des cieux », Henri IV sembla renaître et convoqua immédiatement Malherbe qui reprit sa plume pour conter, en vers toujours aussi mauvais, la joie de son maître...

Revenez, mes plaisirs, ma dame est revenue ;
Et les vœux que j'ai faits pour revoir ses beaux yeux,
Rendant par mes soupirs ma douleur reconnue,
Ont eu grâce des cieux.

Mais, dès que les fêtes furent terminées, Condé repartit avec Charlotte pour son château de Muret, près de Soissons, et Malherbe dut composer un nouveau poème de quatorze strophes éplorées :

Que d'épines, Amour, accompagnent tes roses.
Que d'une aveugle erreur tu laisses toutes choses
A la merci du sort.
Qu'en tes prospérités à bon droit on soupire.
Et qu'il est malaisé de vivre en ton empire
Sans désirer la mort...

Après avoir pleuré pendant quelques jours, le roi se rendit en Picardie, bien décidé à revoir sa bien-aimée.

Pour commencer, il se mit une fausse barbe et rôda dans les bois de Muret [191].

Son attente ayant été déçue, il alla demander à M. de Traigny, seigneur de la région, d'inviter à dîner le prince de Condé et sa femme.

191. « Pour cet effet, nous conte l'Estoile, il part déguisé de Paris, avec cinq ou six autres seulement, déguisés comme lui et portant de fausses barbes, lesquels passant au bac de Saint-Leu, on prend pour des voleurs, et envoie-t-on un prévost des maréchaux après, qui, estant averti que c'estoit le roi, tourne bride et s'en retourne sans faire semblant de rien. »

Ainsi, put-il, le soir de la réception, se cacher derrière une tapisserie de la salle à manger et admirer Charlotte tout à son aise...

Mais cette « douce vision » ne lui suffisait pas, on s'en doute, et il imagina une extraordinaire équipée. On était la veille de la Saint-Hubert. Il fit préparer une meute et s'en fut le lendemain à l'aube dans la forêt de Traigny, avec un large emplâtre sur l'œil.

Vers dix heures du matin, la princesse de Condé, qui se promenait en carrosse, aperçut des chiens qu'elle ne connaissait pas.

— A qui est cet équipage ? demanda-t-elle.

— Au capitaine de la vénerie royale, lui répondit-on.

Elle se pencha pour admirer la meute et remarqua un curieux veneur, défiguré par un pansement, qui lui faisait des signes avec son œil unique. Intriguée, elle le regarda mieux et reconnut le roi.

Peut-être pensa-t-elle alors à se faire enlever par cet homme qu'elle nommait dans ses lettres « Mon tout » et « Mon cher chevalier ». Il eût suffi d'un geste pour qu'il se démasquât et dit : « Je suis le roi, suivez-moi ! »

Mais elle craignit sans doute une intervention regrettable de ses compagnons, tous amis du prince de Condé.

— Rentrons au château ! dit-elle simplement.

Une heure plus tard, alors qu'elle était au balcon du grand salon de M. de Traigny et regardait le paysage, elle ne put s'empêcher de sourire : Henri IV, toujours porteur de son emplâtre, se trouvait à la fenêtre d'un pavillon des communs et lui envoyait des baisers.

Condé fut naturellement informé de ces facéties. Redoutant une nouvelle attaque de la part du roi, il monta dans un carrosse avec Charlotte et partit se réfugier à Landrecies, en Belgique.

Le Béarnais, qui était rentré à Paris, jouait aux cartes dans son petit cabinet du Louvre lorsqu'on vint lui apprendre la fuite de Condé. Désemparé, il murmura à Bassompierre :

— Mon ami, je suis perdu. Cet homme a emmené sa femme dans un bois, et je ne sais si c'est pour la tuer ou la faire sortir du royaume. Prends garde à mon argent et entretiens mon jeu pendant que je m'en vas demander de plus particulières nouvelles.

Quand il sut que Condé et Charlotte étaient en Belgique, il fut d'abord pris de tremblements convulsifs, puis il appela tous ses ministres et, frappant son bureau de coups de poing, il cria :

— Je ferai la guerre à l'Espagne s'il le faut[192], mais je retrouverai la princesse de Condé.

Ravaillac allait empêcher la réalisation de cet extravagant projet.

Tandis que le roi préparait déjà son plan de bataille, le marquis de Praslin entra en pourparlers avec l'archiduc Albert qui gouvernait les Pays-Bas.

— Je viens, lui dit-il, vous prier, au nom du roi de France, de faire arrêter le prince de Condé et de le faire reconduire à la frontière. Sa

192. La Belgique était alors une possession espagnole.

Majesté estime que, tant pour son contentement que pour le bien et avantage public, le prince doit rentrer en France avec son épouse.

Ce discours fit sourire l'archiduc qui savait quel genre de contentement le Béarnais voulait avoir de Charlotte.

— Je regrette, pour le bien et avantage du royaume de France, dit-il, l'œil ironique ; mais les droits de l'hospitalité sont sacrés !

Le soir, Condé était informé de cette démarche. Pris de panique, il pensa que le bon roi Henri allait peut-être essayer de le faire assassiner pour avoir la satisfaction de consoler sa veuve, et il partit précipitamment pour Cologne, afin de « se mettre sous la protection des vieilles libertés germaniques. »

Quatre jours plus tard, Charlotte quittait Landrecies à son tour et allait se réfugier à Bruxelles, chez sa belle-sœur, la princesse d'Orange [193]

Alors Henri IV résolut de la faire enlever ; et, comme il avait le goût des situations singulières, il chargea le marquis de Cœuvres, frère de la belle Gabrielle (et futur maréchal d'Estrées), de cette extraordinaire mission.

Mise au courant, Charlotte, qui s'ennuyait à Bruxelles, se déclara prête à suivre les ravisseurs qui voudraient bien se présenter. Mais Condé fut prévenu par Marie de Médicis et l'entreprise échoua pour la plus grande joie des souverains d'Europe qui suivaient les péripéties de cette pitoyable affaire avec l'intérêt que l'on devine.

Henri IV devint alors fou furieux. Il lui fallait cette femme coûte que coûte, et il donna l'ordre d'activer les préparatifs militaires. Toutes les routes de France se couvrirent de gens de guerre, on forma des magasins de vivres et d'artillerie, on fortifia les frontières et l'ambassadeur Don Iñigo de Cardena, fort ému, écrivit au roi d'Espagne : *On s'attend chaque jour à voir le roi marcher sur Bruxelles avec un gros de cavalerie.*

Pourtant, Henri IV hésitait un peu à montrer au monde entier qu'il était prêt à faire massacrer son peuple à cause d'une femme. Le Ciel vint à son aide en lui fournissant un prétexte honorable pour entrer aux Pays-Bas : l'ouverture de la succession des duchés de Clèves et de Juliers...

Sachant que l'Autriche, qui aspirait à la monarchie de l'Europe, voulait mettre la main sur ces territoires, il prit bruyamment le parti des héritiers. Et une armée de 110 000 hommes, 12 000 chevaux et 100 canons arriva en Champagne.

Le 28 avril 1610, l'avant-garde se trouvait à Mézières. Le 29, Henri IV fit savoir à l'archiduc que les troupes françaises allaient pénétrer sur son territoire et se présenter devant Bruxelles pour réclamer la princesse de Condé. Une guerre sans précédent, si l'on considère les moyens mis en action, menaçait d'éclater entre la France et l'Espagne à cause d'une nouvelle Hélène [194]...

193. Éléonore de Bourbon, sœur aîné de Condé.

194. Les auteurs de manuels omettent généralement de donner les véritables causes de cette mobilisation. Ces messieurs, qui mettent par pudeur des raisons d'État là où seul le cœur a les siennes, s'en tiennent à l'affaire de Clèves et de Juliers. Or Villeroi dit un jour

18

Mme de Verneuil était-elle complice de Ravaillac ?

En amour, il ne faut se permettre d'excès
qu'avec les gens qu'on veut quitter bientôt.

LACLOS

Henri IV eût voulu se mettre immédiatement en campagne ; mais la reine, qui voyait d'un très mauvais œil cette guerre faite pour aller chercher une favorite, prit peur tout à coup. S'imaginant que le roi pouvait être assez fou pour la répudier, la renvoyer à Florence et épouser la princesse de Condé [195], elle exigea d'être couronnée avant le début des hostilités.

Le roi vit là une occasion de faire revenir Charlotte à Paris et il pria la reine d'intervenir auprès des archiducs pour que la jeune femme fût autorisée à sortir de Belgique pendant quelques jours.

— Elle embellirait le couronnement ! s'écria-t-il avec un enthousiasme qui déplut à Marie de Médicis.

— Mé prénez-vous pour oune roufiane ? répondit-elle.

Il n'insista pas et la cérémonie eut lieu le 13 mai à Saint-Denis. Quand la reine sortit de la basilique, le roi, qui était toujours d'humeur gamine, se mit à une fenêtre et l'arrosa d'un verre d'eau [196]. Ce devait être sa dernière espièglerie...

Le lendemain, 14 mai, alors que Paris était orné pour l'entrée prochaine de la souveraine, le roi monta dans son carrosse et se rendit chez la petite Paulet. « C'était, nous dit Tallemant des Réaux, pour y mener M. de Vendôme. Il voulait rendre ce prince galant : peut-être s'était-il déjà aperçu que ce jeune monsieur n'aimait pas les femmes... »

Quelques instants plus tard, le carrosse royal s'engagea dans la petite

à Pecquius : « Que la princesse revienne en France, il suffira ensuite de trois ou quatre mille hommes pour arranger l'affaire de Juliers. » Ce qui prouve bien que Charlotte était la seule préoccupation de Henri IV. Saint-Simon déclare également que, sous le prétexte de l'affaire de Clèves, le roi « voulait tourner ses premiers efforts contre l'archiduchesse et lui enlever la beauté qui le transportait d'amour et de rage ». Enfin, en réponse à ceux qui prennent au sérieux le fameux « grand dessein » d'abattre l'Autriche, exposé par Sully, il suffit de citer cette phrase de Richelieu : « Il y a grande apparence qu'après avoir terminé le différend de Juliers et retiré des mains des étrangers Mme la princesse elle lui eût servi de bride pour l'arrêter et le divertir du reste... » Quant à Villegomblain, il est plus catégorique encore : « On tient, dit-il, que tout l'apparat de cette guerre qui s'annonçait n'estoit premièrement causé, délibéré, ni entrepris que pour enlever de force cette créature du lieu où elle estoit gardée par la recommandation de son mari, et que, sans cette piqûre d'amour, le roy n'eust jamais passé, en l'âge en lequel il estoit, les limites de son royaume, pour entreprendre une conqueste sur ses voisins et qu'il estoit résolu de commencer par là ; et néanmoins, à cette fin qu'il ne fust blasmé d'une si honteuse entreprise, il la couvrit par de plus honorables desseins... »

195. Celle-ci, qui rêvait d'être reine de France, avait déjà signé une requête pour être démariée...

196. PIERRE DE L'ESTOILE, *op. cit.*

rue de la Ferronnerie, où un embarras de voitures l'obligea bientôt à s'arrêter. Dès lors, tout se passa très vite. Un énergumène grimpa brusquement sur l'essieu de la roue arrière et enfonça par trois fois un couteau dans la poitrine de Henri IV.

Le souverain s'écria :

— Ah ! je suis blessé !

M. de Montbazon, qui se trouvait à côté de lui, et *ne s'était aperçu de rien*, demanda :

— Qu'est-ce, Sire ?

Le roi eut la force de répondre :

— Ce n'est rien. Ce n'est rien !

Puis un flot de sang sortit de sa bouche, et il tomba mort.

Tandis qu'on ramenait précipitamment au Louvre le corps du roi, les gardes traînèrent l'assassin à l'hôtel de Gondi pour lui faire subir un premier interrogatoire. Mais ils ne purent le faire parler et durent se contenter d'écrire un nom : François Ravaillac...

En apprenant la mort du roi, le menu peuple, qui avait fini par aimer ce vieux coureur de jupons, fut atterré. Les commerçants fermèrent leurs boutiques et l'on vit de bonnes gens pleurer sur les places publiques.

Le jour des obsèques, tout Paris était dans la rue. « La foule était si grande, nous dit un chroniqueur, que l'on s'entre-tuait pour voir le cortège... »

Ce qui ajoutait encore au deuil...

Le 26 mai, Ravaillac fut exécuté devant un peuple hurlant. Malgré le supplice de la « question », il n'avait révélé aucun nom et l'on pouvait penser qu'il n'avait pas eu de complices. Mais, quelques jours après sa mort, une femme nommée Jacqueline Le Voyer d'Escoman vint déposer au palais un étrange manifeste. Elle y accusait notamment la marquise de Verneuil d'avoir participé à l'assassinat du roi.

« Je suis entrée au service de la marquise après sa mise en liberté, écrivait-elle, et là, en dehors des visites fréquentes du roi, je remarquai qu'elle recevait d'autres personnages, français d'apparence, mais non de cœur... A la Noël 1608, la marquise se mit à suivre les sermons du P. Gontier, et un jour, entrant avec sa suivante à l'église Saint-Jean-en-Grève, elle alla droit à un banc où était assis le duc d'Épernon, se mit auprès de lui, et ils s'entretinrent pendant toute la cérémonie à voix basse et à mots couverts. »

Agenouillée derrière eux, Mlle d'Escoman crut comprendre qu'il s'agissait d'un complot contre la vie du roi.

« Après quelques jours d'intervalle, continuait la narratrice, la marquise de Verneuil m'envoya Ravaillac, venant de Marcoussis, avec ce billet : *Madame d'Escoman, je vous envoie cet homme par Étienne, valet de chambre de mon père ; je vous le recommande : ayez-en soin*. Je reçus Ravaillac sans chercher à savoir qui il était, le fis dîner et l'envoyai coucher en ville, chez un nommé Larivière, confident de ma maîtresse. Un jour qu'il déjeunait, je lui demandai la raison de l'intérêt que lui portait la marquise ; il répondit que c'était à cause du soin qu'il prenait des affaires du duc d'Épernon ; sur cette assurance, je lui apportai un procès à élucider ; à mon retour, cependant, il avait disparu. Surprise de toutes ces étrangetés, je tâchai de m'immiscer dans la confiance des complices pour en savoir davantage. »

A ce moment, Mlle d'Escoman avait voulu dévoiler ce qu'elle savait ; mais les gens à qui elle s'était adressée avaient refusé de la croire.

Après la mort du roi, elle était allée trouver la reine Margot :

— Je connais ceux qui ont fait tuer le roi, lui avait-elle dit ; c'est surtout le duc d'Épernon et la marquise de Verneuil. Je puis l'affirmer en justice [197].

Elle finit par comparaître devant le Parlement. Le duc et la marquise furent convoqués. L'interrogatoire de celle-ci dura cinq heures. « Le lendemain, rapporte l'Estoile, la reine régente envoya au président un gentilhomme pour le prier de lui dire ce qui lui semblait du procès. "Vous direz à la reine, répondit ce bonhomme, que Dieu m'a réservé à vivre en ce siècle pour y voir et entendre des choses merveilleuses, si grandes et étranges que je n'eusse jamais cru les pouvoir voir ni ouïr de mon vivant". Et à un de ses amis et des miens, qui lui disait, parlant de cette demoiselle (Mlle d'Escoman), qu'accusant tout le monde comme elle faisait, même les plus grands du royaume, elle en parlait à la volée et sans preuves, levant les yeux au ciel et ses deux bras en haut : "Il n'y en a que trop, des preuves, fit-il, il n'y en a que trop... Plût à Dieu que nous n'en vissions pas tant !" [198] »

Le *Mercure François* mentionne d'ailleurs que les interrogatoires de la d'Escoman, ainsi que ceux du duc d'Épernon et de la marquise de Verneuil, furent secrets...

Il semble donc qu'on ait voulu étouffer l'affaire. Finalement, le président, accablé, se démit de sa charge et fut remplacé par un ami de la reine. Le Parlement rendit alors son jugement : Épernon et la marquise étaient blanchis de l'accusation portée contre eux et Mlle d'Escoman était condamnée au cachot à perpétuité.

Dans ces mêmes temps, le prévôt de Pithiviers, bon serviteur de la marquise de Verneuil, fut arrêté pour avoir bizarrement parlé de l'assassinat du roi. Mais on ne put l'interroger, car on le trouva étranglé dans sa cellule...

Tous ces faits sont si étranges qu'il est bien difficile de ne pas en conclure que Ravaillac n'a été qu'un instrument entre les mains de la belle Henriette, du duc d'Épernon et peut-être de Marie de Médicis elle-même ; car c'est elle qui fit cesser toutes les poursuites.

Les deux femmes se seraient-elles donc réconciliées pour frapper l'homme qui les avait trompées ? C'est fort possible. Saint-Simon nous dit : « On a prétendu que Marie de Médicis, furieusement jalouse et poussée par cette lie domestique qui soupirait après la régence, se laissa

197. Bibl. Nat., Fonds ital., 1763, filza 42, p. 244.
198. Pierre de l'Estoile, *op. cit.*

aller à une union avec cette cruelle maîtresse, l'une et l'autre tout Espagnoles et gouvernées par ce qui était attaché à l'Espagne, *et que Henri IV en fut la victime*[199]. »

La marquise de Verneuil savait que Charlotte devait la supplanter et peut-être se faire épouser par le roi. N'était-ce pas suffisant pour qu'elle eût des idées de meurtre ? Car elle n'avait oublié aucun de ses espoirs déçus, aucun des mensonges du Béarnais, aucun des mots de la promesse signée à Malesherbes, et haïssait ce roi dont elle partageait encore la couche.

Quant à Marie de Médicis, elle ne pouvait supporter d'être la risée de l'Europe, et rêvait de prendre sa revanche en devenant régente[200].

Les deux femmes ont donc très bien pu associer leur rancune. Un fait, à ce propos, est fort éloquent : après la mort du roi, la marquise fit demander à Marie de Médicis si elle pouvait reparaître au Louvre. La reine, qui pourtant était jalouse, lui fit répondre :

— J'aurai toujours des égards pour tous ceux qui ont aimé le roi mon mari ; elle peut reparaître à la cour, elle y sera la bienvenue...

Ce qui causa une vive surprise.

Mais Henriette ne put vivre longtemps auprès de la reine. Elle disparut un beau jour pour mener une existence obscure dans sa maison de Verneuil, où elle mourut, oubliée de tous, en 1633, à l'âge de cinquante-neuf ans.

Quant à Charlotte de Condé, elle revint en France, avec son mari, un mois après la mort du roi. Les époux vécurent dès lors heureux et eurent deux enfants : en 1619, une petite fille qui allait devenir la fameuse Mme de Longueville et, en 1621, un fils que l'Histoire devait baptiser « le Grand Condé »...

19

L'étrange enfance de Louis XIII

> Il jouait généralement avec ce qu'il avait sous la main.
>
> CLAUDE ROUSSET

Le 17 octobre 1610 au matin, une foule considérable se pressait devant la cathédrale de Reims.

Soudain, les grandes portes s'ouvrirent, libérant des flots de musique religieuse, un nuage d'encens et un enfant vêtu de violet. C'était le

199. Cette thèse semble extrêmement plausible et je pense qu'il ne faut attacher aucune importance au bruit qui courut un moment, selon lequel Ravaillac aurait agi pour venger sa sœur, séduite par Henri IV...

200. On remarquera d'ailleurs que le roi fut assassiné le lendemain du jour où Marie de Médicis avait été sacrée vraie reine de France...

D'autre part, son calme en apprenant la mort de Henri IV est assez troublant. Après lui avoir rendu visite, le président du Parlement eut ce mot terrible : « Je l'ai trouvée ni assez surprise, ni assez affligée... »

nouveau roi. Les bonnes gens, attendris à la vue de ce souverain de huit ans qui venait d'être sacré, se mirent à genoux dans la boue et hurlèrent leur joie.

Louis XIII, suivi des princes, des pairs et du clergé, descendit les marches et passa rapidement au milieu de la foule sans paraître se soucier des acclamations dont il était l'objet. Il avait l'œil triste, le front baissé, l'air grognon, et remuait sans cesse les lèvres, ce qui parut inconvenant aux Rémois. « Ils s'imaginèrent, nous dit un historien du temps, que le petit roi suçoit une friandise en sortant de la cérémonie du sacre. »

La vérité était autre. Ce n'était pas un bonbon qui gonflait la bouche de Louis XIII, c'était sa langue... Le pauvre avait, en effet, une langue si longue qu'il était obligé, nous dit-on, « de la repousser dans sa bouche avec son doigt, lorsqu'il avait fini de parler »[201].

Ce qui devait constituer un surprenant spectacle...

Quelques jours plus tard, il rentra à Paris et, laissant à sa mère — qu'il avait nommée régente — le soin des affaires de l'État, il reprit ses occupations habituelles. Elles étaient simples : quand il ne s'amusait pas avec ses jouets, il se livrait à des plaisanteries d'une étonnante obscénité. Son éducation, il est vrai, avait été assez fâcheuse. On en aura une idée en parcourant le *Journal* d'Héroard, médecin qui le suivit depuis sa naissance, le 22 septembre 1601, jusqu'en 1627.

Voici, par exemple, quelques-uns de ses plus jolis mots d'enfant :

23 mai 1604. A huit heures levé. Bon visage, gai, vêtu. Il avale (rabat) ses bas de chausses, disant :

— Voyez la belle jambe.

Mlle de Ventelet lui hausse le bas et l'attachait d'un ruban bleu à son cotillon ; il voit que le ruban tournait un peu sur le derrière ; il se prend à dire en souriant :

— Oh ! ho ! je pense vous voulez fai mon cu chevalier.

8 juin. Labarge lui dit qu'il est M. le dauphin, il lui répond :

— Vous êtes dauphin de mede...

21 juin. A six heures soupé ; sa nourrice lui demande s'il veut téter et lui présente le téton ; il lui tourne le dos, lui disant froidement :

— Faites téter mon cu...

Ce qui prouve qu'il avait adopté très tôt le langage assez vif des gens de la cour !

On pourrait même croire, en lisant certaines pages de Héroard, que le dauphin, malgré son jeune âge, était déjà tourmenté par ce qui préoccupait tant son père.

Voici quelques-unes des notations ébouriffantes du médecin royal :

15 septembre 1602. A huit heures, le page de M. de Longueville arrive pour savoir de ses nouvelles. Ayant parlé de Mme de Montglat

201. Cf. *Revue critique* n° 13, 28 mars 1898, et *Chronique médicale*, 1er janvier 1899.

et s'en retournant, le dauphin l'appelle d'un « Hé ! » et se retrousse, lui montrant sa guillery[202]*.*

16 septembre. Il montre sa guillery à M. d'Elbenne.

23 septembre. Fort gai, émerillonné, il fait baiser à chacun sa guillery.

27 septembre. Il se joue à sa guillery, repousse son ventre en dedans, qui l'empêchait de la voir.

30 septembre. A douze heures un quart, le sieur de Bonières et sa fille, jeune. Il lui a fort ri, se retrousse, lui montre sa guillery, mais surtout à sa fille ; car alors la tenant et riant son petit rire, il s'ébranlait tout le corps. On eût dit qu'il y entendait finesse. A douze heures et demie, le baron de Prunay ; il y avait en sa compagnie une petite demoiselle ; il a retroussé sa cotte, lui a montré sa guillery avec tant d'ardeur qu'il en était hors de soi. Il se couchait à la renverse pour la lui montrer.

8 juin 1604. Levé, il ne veut point prendre sa chemise et dit :

— Point ma chemise ; je veux donner premièrement du lait de ma guillery.

L'on tend la main, il fait comme s'il en tirait ; et de sa bouche fait « fsss, fsss », en donne à tous, puis se laisse donner sa chemise.

16 août. Éveillé à huit heures, il appelle Mlle Bethouzay et lui dit :

— Zezai, ma guillery fait le pont-levis, le vela levé, le vela baissé.

C'est qu'il la levait et la baissait...

Petit jeu innocent qui devait bientôt tourner à la manie, ainsi qu'on va le voir :

25 octobre. Il va chez Madame, où il s'amuse à un petit lit de velours que, le jour précédent, on avait donné à Madame, où il y avait un Holopherne sans tête et la tête à part, et une Judith.

Il demande :

— Où est la femme ?

On lui dit :

— La voilà.

Il répond :

— Eh ! ne faut-il pas que la femme soit sous l'homme.

... Il avait trois ans !

A ce moment, on envisageait déjà de le marier à l'infante d'Espagne, seul moyen à la disposition des diplomates pour faire la paix entre les deux pays.

Voici à quelles plaisanteries ce projet donnait lieu :

4 avril 1605. M. Ventelet lui demande :

— Monsieur, n'aimez-vous pas les Espagnols ?

Il répond :

— Non.

— Pourquoi, Monsieur ?

— Pour ce qu'ils sont ennemis de papa.

202. On devine le sens du mot, souvent employé dans les chansons du temps.

— Monsieur, aimez-vous bien l'infante ?
— Non.
— Monsieur, pourquoi ?
— Pour l'amour qu'elle est d'Espagne, je n'en veux point.
Je lui dis :
— Monsieur, elle vous fera roi d'Espagne, et vous la ferez reine de France.
Il répond en souriant, comme de chose où il eût pris plaisir :
— Elle couchera donc avec moi et je lui ferai un petit enfant.
— Monsieur, comment le ferez-vous ?
— Avec ma guillery, dit-il bas et avec honte.
— Monsieur, la baiserez-vous bien ?
— Oui, comme cela, dit-il en se jetant à corps perdu la face contre le traversin.

Un autre jour, comme on lui demandait de boire à la santé de l'infante, il répondit :

— Je m'en vas boire à ma maîtresse !...

Deux mois plus tard,le roi s'en mêla :

11 juin. Dîné avec la reine. Dépouillé et Madame aussi, ils sont mis nus dans le lit avec le roi, où ils se baisent, gazouillent et donnent beaucoup de plaisir au roi.
Le roi lui demande :
— Mon fils, où est le paquet de l'infante ?
Il le montre, disant :
— Il n'y a point d'os, papa.
Puis, comme il fut un peu tendu :
— Il y en a astheure[203] *; il y en a quelquefois.*

Bientôt ses connaissances s'accrurent, ainsi que cette étonnante conversation en fournit la preuve :

14 août 1605. Éveillé à deux heures et demie après minuit, en sursaut, il se lève hors du lit, debout, disant :
— Où me faut-il aller ?
Sa nourrice le prend, le recouche et il se rendort jusqu'à six heures et demie. Il se fait mettre au lit de sa nourrice et se jouant à elle :
— Bonjour, ma garce, baise-moi, ma garce. Hé ! ma folle, baise-moi.
— Monsieur, lui demanda sa nourrice, pourquoi m'appelez-vous ainsi ?
— Parce que vous êtes couchée avec moi !
Alors Mme Lecœur, sa femme de chambre, lui demanda :
— Monsieur, savez-vous donc bien ce que c'est que des garces ?
— Oui.
— Et qui, Monsieur ?

203. A présent.

— *Celles qui couchent avec les hommes !*

On voulait d'ailleurs qu'il n'ignorât rien de la vie. A quelque temps de là, on l'emmena à la saillie d'une jument : Héroard nous dit « qu'il en fut fort diverti »...

Ce souci de le déniaiser rapidement se retrouve dans le choix des berceuses qui lui étaient chantées.

Le médecin nous en rapporte une :

19 novembre. Il se prend à chanter la chanson dont il se faisait endormir :

Bourbon l'a tant aimée
Qu'à la fin l'engrossa.
Vive la fleur de lys.

La pudeur étant à peu près inconnue à cette époque, les jeunes femmes de sa suite lui donnaient, en outre, et assez souvent, l'occasion de parfaire ses connaissances en anatomie :

7 mai 1606, Mlle Mercier, l'une de ses femmes de chambre, qui l'avait veillé, était encore au lit, contre le sien ; il se joue à elle, lui fait mettre les jambes en haut, en cornemuse, et des pailles entre les orteils des pieds, puis les y fait remuer, comme si elle eût dû jouer de l'épinette. Après, il dit à sa nourrice qu'elle aille quérir des verges pour la fesser, le fait exécuter.

Puis sa nourrice lui demande :

— Monsieur, qu'avez-vous vu à Mercier ?

Il répond :

— J'ai vu son c..., froidement.

— Est-il bien maigre ?

— Oui !

Puis, soudain, il se reprend :

— Non, il est bien gras.

— Qu'avez-vous vu encore ?

Il répond froidement et sans rire qu'il a vu son conin.

15 mai. Il se joue en sa chambre. Arrive une femme revendeuse à Paris, nommée, à ce qu'on me dit, Opportune Julienne. Elle se prend à danser devant, à découvrir ses cuisses bien haut, tantôt l'une, tantôt l'autre. Il regardait tout cela avec un extrême plaisir, auquel il se laisse transporter, et court après cette femme pour lui soulever la cotte.

21 juillet. Il me dit d'écrire que le conin de sa mie Georges est grand comme cette boîte (c'était celle où étaient ses jouets d'argent) et que le conin de Dubois (demoiselle de Mme de Vitry) est grand comme son ventre, que c'est un conin de bois. Je lui demande :

— Monsieur, n'en avez-vous point ?

Il répond que non, qu'il a une cheville qui est au milieu de son ventre, mais que c'est Doundoun qui a un gros conin entre les jambes. Enfin il prie Dieu et s'endort à neuf heures trois quarts.

On comprend, en lisant cet étonnant *Journal* d'Héroard, dont certaines notations trop rabelaisiennes sont impubliables, que la jeune et déjà précieuse marquise de Rambouillet ait conservé un pénible souvenir de son passage à la cour de Henri IV.

Tandis que le petit roi continuait à se livrer aux joies de l'exhibitionnisme, la régente s'installait. Elle commença par chasser Sully et donna sa confiance — et autre chose aussi — au duc d'Épernon, qui était, murmurait-on, son amant.

« Le duc, écrit Pierre de l'Estoile, possède la reine, la tourne et manie à son plaisir, et lui fait faire ce qu'il veut. »

Mais l'ancien complice de la marquise de Verneuil n'allait pas tarder à être supplanté.

Concino Concini, qui avait épousé Léonora Galigaï, sœur de lait et favorite de Marie de Médicis, était devenu un personnage extrêmement puissant à la cour.

Ambitieux, hâbleur, sans scrupules, humble avec les grands, cassant avec les petits, il avait réussi à se faire attribuer des charges considérables. Sa fortune, à la mort du roi, était une des plus importantes de Paris. Il possédait, rue de Tournon, un magnifique hôtel dont le mobilier était estimé à plus de 200 000 écus. Il y donnait des fêtes princières.

Protégé par la reine, qui le couvrait de faveurs et lui donnait à peu près tout l'argent dont elle disposait [204], il se rendit bientôt insupportable. A plusieurs reprises, des gentilshommes avec lesquels il s'était montré arrogant le firent rouer de coups. Cela ne lui servit pas de leçon, et il continua de régenter tout le palais avec une audace qui fit jaser. Son attitude devint si singulière que le menu peuple ne tarda pas à murmurer qu'il était l'amant de Marie de Médicis et que Léonora fermait les yeux pour n'être point privée des largesses de sa sœur de lait.

Des pamphlets, des chansons ordurières, où la reine était traitée de putain et le favori gratifié d'un nom de poisson, coururent la capitale. Plus mesuré dans ses propos, le grand-duc de Toscane se contenta d'écrire : *L'excès de tendresse de Marie pour Concino et sa femme est odieux, pour ne pas dire scandaleux.*

Mais cela revenait au même...

Après la mort de Henri IV, Concini, qui avait réussi à se faire donner par la reine la somme fabuleuse de huit millions d'écus [205] sur les sommes patiemment économisées par Sully, s'acheta le marquisat d'Ancre, en Picardie. Puis il devint premier gentilhomme de la chambre du roi, surintendant de la maison de la reine, gouverneur de Péronne, Roye et Montdidier, et enfin maréchal de France, sans avoir jamais tenu une épée.

A partir de ce moment, le favori fit la loi aux ministres et à la reine. Mais, rendu prudent par les attaques dont il avait été l'objet, il

204. Elle lui donna même certains joyaux de la couronne.
205. Plusieurs dizaines de millions de nos francs.

ne sortait jamais qu'accompagné d'un groupe de gentilhommes pauvres qu'il avait attachés à sa personne moyennant mille livres d'appointements par an, et qu'il appelait avec mépris ses *coïons di milles lires...*

Ce qui était, à l'adresse de ses gardes du corps, une plaisanterie de corps de garde...

Le gouvernement de Concini fut lamentable. Il en résulta un désordre et une anarchie qui donnèrent aux grands seigneurs du royaume l'idée de reprendre un peu de l'indépendance qu'ils avaient perdue sous le règne de Henri IV. Condé, qui, je l'ai dit, était rentré en France, se mit à leur tête.

En 1614, ils prirent les armes et réclamèrent la convocation des États Généraux. Désemparé, Concini, malgré son beau titre de maréchal de France, eut peur de marcher sur les rebelles et tenta de les acheter. Condé et ses amis étaient finauds ; ils acceptèrent l'argent, mais maintinrent leurs exigences...

Les États Généraux furent réunis en octobre 1614. Ils n'aboutirent à rien par suite des querelles qui opposèrent les députés du Tiers à ceux de la Noblesse, et la régente donna l'ordre d'arrêter les débats. Alors, un jeune évêque, venu de Luçon, se leva pour prononcer le discours de clôture ; après avoir exposé les revendications du Clergé, il changea brusquement de ton, et se mit à vanter en termes excessivement flatteurs les mérites de Marie de Médicis.

— Dans l'intérêt de l'État, dit-il, je vous supplie de conserver la régente !

C'était Armand Jean du Plessis de Richelieu qui aspirait, lui aussi, au pouvoir et convoitait la place de Concini.

Après les États Généraux, et sachant que son discours avait produit un excellent effet sur la vaniteuse Florentine, le jeune évêque chercha à s'introduire à la cour. Rusé, il se fit présenter à Léonora Galigaï, qu'il savait toute-puissante au Louvre, la courtisa et même, selon certains, devint son amant [206].

Flattée par ces hommages inattendus, la maréchale d'Ancre prit Richelieu sous sa protection et lui fit obtenir l'office de grand aumônier de la reine.

Peu de temps après, il était secrétaire d'État...

Une femme venait de donner à la France l'un des plus grands hommes politiques de son histoire...

206. « Le premier moyen qu'il employa pour parvenir fut de pratiquer les bonnes grâces de la maréchale d'Ancre en se soumettant à toutes ses volontez, *ayant eu l'entrée de sa chambre* et acquis quelque créance par le prétexte de pitié, par feinte humilité, un discours préparé, des petits advis et *quelques autres choses que nous ne dirons pas.* » MATHIEU DE MORGUES, *Vrais et bons advis de François fidèle,* 1631.

20

Louis XIII fait assassiner l'amant de sa mère

Tout s'arrange, mais quelquefois mal.
JACQUES BAINVILLE

Tandis que la régente accordait tout son temps et tous ses soins à Concino Concini, le petit roi vivait seul dans ses appartements.

Marie de Médicis ne venait le voir que pour le fouetter ou lui faire administrer de magistrales fessées par les dames qui le gardaient, et Tallemant des Réaux nous dit que « durant la Régence, elle ne l'embrassa pas une fois »[207]. La seule personne qui témoignât de la tendresse à cet enfant délaissé était la bonne reine Margot. Elle venait dans sa chambre, le comblait de cadeaux, lui contait des histoires et le faisait jouer avec « une petite galère qui marchait par ressorts et dont les hommes ramaient par les mêmes moyens ».

Lorsqu'elle s'en allait, il était triste et la suppliait de revenir bien vite. Margot sentait alors son cœur se gonfler et, toute troublée, donnait de gros baisers au petit roi.

Louis XIII n'était pourtant pas le seul à bénéficier des sentiments maternels inemployés de la vieille amoureuse. Un jeune chanteur nommé Villars les partageait avec lui. Il est vrai qu'elle les exprimait à ce dernier de façon un peu différente, puisqu'il était son amant. En effet Margot, malgré ses cinquante-huit ans et sa taille imposante, n'avait pas « débridé ». Elle lorgnait toujours les jeunes gens d'un œil canaille et se promenait dans des robes largement échancrées qui laissaient voir des « tétins encore appétissants » dont elle était très fière. Un jour, un carme, dans son prêche, les compara « aux mamelles de la Vierge ». Ravie, elle lui envoya 50 pistoles pour le remercier...

Naturellement, elle était fort jalouse de son chanteur et, pour l'empêcher de séduire les jeunes filles de son âge, elle avait imaginé de le rendre ridicule. Le pauvre, que le peuple de Paris avait surnommé « le roi Margot », portait des chausses trouées et une affreuse petite casquette à plumes d'un modèle qui datait du règne de Henri III.

La reine ne le quittait guère et il passait des jours désagréables. Ses nuits n'étaient d'ailleurs pas plus réjouissantes, car Margot, qui brûlait encore d'une belle flamme, était exigeante. Elle demandait à son amant de réaliser des exploits qui le laissaient essoufflé jusqu'au matin et lui

207. Le 10 mai 1611, il fut fouetté sur l'ordre de la reine sous prétexte qu'il avait injurié un gentilhomme nommé Vevesta. En réalité, Marie de Médicis était furieuse parce qu'il avait dit à Concini : « Monsieur, vous n'avez pas couché dans votre chambre, mais avec la reine ! » Lorsqu'on le battit en lui expliquant qu'il n'aurait pas dû être impertinent à l'égard de Vevesta, le roi répondit que « ce n'étoit pas pour cela qu'on lui donnoit sur la fesse, mais pour ce qu'il avoit dit, et qu'il s'en souviendroit ». (Cf. P. DE L'ESTOILE, *Journal*.)

donnaient envie de chercher une autre occupation. Chaque soir, il avait beau, nous dit-on, « crier grâce et prétendre que l'inspiration lui faisait défaut, le malheureux devait s'exécuter, et la reine se faisait donner l'aubade comme au temps de sa folle jeunesse ».

Mais les meilleures choses ont une fin. Au printemps 1615, Margot dut se coucher seule, ce qui n'était pas bon signe. Elle avait attrapé froid dans la salle glaciale du Petit Bourbon et tremblait de fièvre. Le 27 mars, son confesseur l'avertit qu'elle était perdue. Elle fit alors appeler Villars, le baisa longuement sur les lèvres, sembla savourer ce dernier contact et mourut quelques heures plus tard.

Aussitôt le jeune musicien alla se coucher, impatient de rattraper toutes les heures de sommeil que la reine lui avait fait perdre.

Louis XIII, lui, eut un immense chagrin. Il voyait disparaître le seul être au monde qui lui eût jamais témoigné une affection réelle.

Pendant quelques jours, il cessa de jouer. Le voyant si triste, les dames de sa suite pensèrent le réconforter en lui rappelant qu'il devait se marier bientôt avec l'infante d'Espagne ; mais cette perspective l'attrista davantage.

— Je ne la connais pas, disait-il en soupirant. Et, pourtant, elle est déjà mon épouse. Qu'elle soit laide ou jolie, je devrai pareillement la mettre dans mon lit, l'accoler et l'aimer d'amour jusqu'à la fin de ma vie...

C'était vrai. Trois ans auparavant, en août 1612, Marie de Médicis avait signé avec Philippe III d'Espagne un contrat de mariage qui unissait Louis XIII et la petite Anne d'Autriche, âgée de onze ans.

Le jeune roi pensait à cette fillette sans aucun plaisir ; et pour se consoler de la mort de sa chère « maman-fille » il se lia avec un gentilhomme habile à attraper les hirondelles, le sieur de Luynes. Se consacrant, dès lors, à l'élevage des oiseaux, il se désintéressa complètement des préparatifs de son mariage.

Le 17 août pourtant, il dut monter dans le carrosse qui le menait vers sa « femme ». Il le fit sans enthousiasme. Le 30 août en arrivant à Poitiers, il retrouva un instant son sourire lorsqu'on lui annonça que sa mère venait d'attraper la petite vérole et que le mariage allait être, de ce fait, retardé d'un mois. Mais il comprit vite que c'était, si j'ose dire, reculer pour mieux sauter...

Enfin, il arriva à Bordeaux le 7 octobre et apprit que Anne d'Autriche venait de passer la frontière[208]. Aussitôt, il sembla se réveiller. Son regard devint plus pétillant et il demanda des détails sur le physique de son épouse. Comme personne ne put lui en donner, il se fit conduire un matin à Castres, à cinq lieues de Bordeaux, où la petite reine de France s'était arrêtée pour la nuit. Sans se faire remarquer par les

208. Le 9, une très curieuse cérémonie, rappelant certains rites tribaux, se déroula sur la Bidassoa : la France et l'Espagne échangèrent leurs princesses. Il avait été convenu, en effet, sur la demande de Philippe III, que l'infante Anne ne pourrait se marier avec Louis XIII que si la princesse Élisabeth, sœur de celui-ci, épousait le prince des Asturies, futur Philippe IV.

Espagnols, il entra dans une maison, se posta à la fenêtre et regarda passer Anne d'Autriche.

Quand la rue fut redevenue déserte, il réintégra son carrosse et donna l'ordre au cocher de rattraper le cortège. Un moment, sa voiture roula contre celle de la petite reine. Fort intriguée, celle-ci passa la tête par la portière et Louis XIII découvrit qu'il avait pour épouse une adolescente délicieusement jolie. Enchanté, il lui fit de petits saluts en souriant ; puis, brusquement, il se montra du doigt et cria :

— *Io son incognito ! Io son incognito !* Touche, cocher, touche !

Et il partit au grand galop en direction de Bordeaux.

Cet enthousiasme devait être de courte durée. Le soir, au cours de la fête donnée par Marie de Médicis, le jeune garçon sembla un peu intimidé par sa gracieuse épouse et n'osa lui dire un mot. Le lendemain, loin de s'enhardir, il se montra si morose que quelques familiers pensèrent qu'il envisageait peut-être avec appréhension sa nuit de noces, et « de menus propos très plaisants pour ce qu'ils concernaient le berlingot du roi » circulèrent dans la ville.

Enfin, le 25 octobre, la bénédiction nuptiale fut donnée aux époux. Le soir, ces deux enfants qui avaient l'un et l'autre quatorze ans se préparèrent à devenir mari et femme. Le jeune roi était blême. Il paraissait si peu sûr de lui que, nous dit Héroard, « M. de Gramont et quelques jeunes seigneurs lui firent des contes gras pour l'assurer ».

Ce qui était une délicate attention...

Le roi « avait de la honte et une haute crainte ». Il demanda ses pantoufles, prit sa robe et se dirigea, la mine défaite, vers la chambre de la reine. Deux heures plus tard, il réapparut et dit à Héroard, qui nous le rapporte, « qu'il avait dormi une heure et fait deux fois la chosette à son épouse ». Le médecin eut un doute et fit déshabiller le roi pour procéder à un petit examen. Il lui apparut que Louis XIII avait, en tout cas, essayé de déflorer la petite reine, car, écrit-il tout crûment, « il avait le gl... rouge »...

Le lendemain, le plus extravagant des communiqués fut rédigé. Le voici :

« Incontinent après que le roi eut soupé, il se coucha en sa chambre et en son lit ordinaire, selon sa coutume, où la reine sa mère, qui jusqu'alors était demeurée en la chambre de la petite reine et l'avait fait aussi coucher dans le lit de sa première chambre, le vint trouver, environ sur les huit heures du soir, passant au travers de la salle d'où elle avait fait sortir tous les gardes et tout le monde ; et, trouvant le roi dans son lit, lui dit ces mêmes paroles :

» — Mon fils, ce n'est pas tout d'être marié, il faut que vous veniez voir la reine votre femme qui vous attend.

» Le roi répondit :

» — Madame, je n'attendais que votre commandement. Je m'en vais, s'il vous plaît, la trouver avec vous.

» Au même temps, on lui bailla sa robe de chambre et ses bottines fourrées, et ainsi s'en alla avec la reine sa mère par ladite salle, en la chambre de la petite reine, dans laquelle entrèrent avec Leurs Majestés, les deux nourrices, MM. de Souvré, gouverneur, Héroard, premier médecin, marquis de Rambouillet ; MM. de la garde-robe portant l'épée du roi et Béringhien, premier valet de chambre, portant le bougeoir.

» Comme la reine approcha du lit, elle dit à la petite reine :

» — Ma fille, voici le roi votre mari que je vous amène ; recevez-le auprès de vous et l'aimez bien, je vous en prie.

» A quoi elle répondit en espagnol qu'elle avait aucune intention que de leur obéir et complaire à l'un et à l'autre ; et, ce disant, le roi se mit dans le lit par le côté de la porte de la chambre, la petite reine étant du côté de la ruelle, où avait passé la reine mère, laquelle, les voyant couchés, leur dit à tous deux ensemble quelque chose de si bas que personne du monde ne le pût entendre qu'eux : puis, sortant de ladite ruelle, dit :

» — Allons, sortons tous d'ici.

» Et commanda aux deux nourrices de demeurer seules en ladite chambre et les laisser ensemble une heure et demie ou deux heures au plus. Et ainsi se retira ladite dame reine et tous ceux qui étaient entrés avec elle en ladite chambre, pour laisser consommer ledit mariage. Ce que le roi fit par deux fois, ainsi que lui-même l'a avoué, et lesdites nourrices l'ont véritablement rapporté.

» Et après s'être un peu endormi et demeuré un peu davantage, à cause dudit sommeil, il se réveilla de lui-même et appela sa nourrice, qui lui rebailla ses bottines et sa robe, et puis le reconduisit à la porte de la chambre au-dessous de laquelle, dans la salle, attendaient lesdits sieurs de Souvré, Héroard, Béringhien et autres, pour le reconduire en sa chambre, où, après avoir demandé à boire et avoir bu, témoignant un grand contentement de la perfection de son mariage, il se mit en son lit ordinaire et reposa fort bien tout le reste de la nuit, étant pour lors onze heures et demie. La petite reine, de son côté, se releva au même temps que le roi partit d'auprès d'elle et rentra dans sa petite chambre et se remit en son petit lit ordinaire qu'elle avait apporté d'Espagne[209]. »

Ce document fut distribué aux membres du corps diplomatique par les soins de Marie de Médicis qui désirait, dans un but politique, affirmer que le mariage avait été consommé. Mais il fit sourire et le bruit se répandit à travers l'Europe que le jeune roi, pourtant si déluré à trois ans, n'avait pas pu...

Quoi qu'il en soit, on remarqua que le lendemain les deux enfants se regardaient d'un air gêné et paraissaient tristes.

Le soir, Louis XIII ne demanda pas à être reconduit dans le lit de la reine, et certains s'en étonnèrent. Ceux-là eussent été bien plus

209. *Détail singulier de ce qui se passa le soir de la consommation du mariage de Louis XIII.* (B. N. Mss).

surpris encore s'ils avaient su que le roi ne devait pas manifester ce désir avant quatre ans...

Si la petite reine de France dormait chastement dans son lit « apporté d'Espagne », Marie de Médicis, elle, avait, disait-on, des nuits plus agitées.

Aussi, chaque matin, les Parisiens s'interpellaient-ils joyeusement en ouvrant leurs volets.

— Bien dormi, compère ?

— Oui, commère, mieux que la reine mère avec son Concini.

Car tout le monde était au courant de cette liaison que certains historiens nient aujourd'hui avec une obstination amusante. D'après eux, la Florentine n'était qu'une grosse chipie fort prude qui ne pensait qu'à la religion. Ce portrait est infidèle, car la plupart des chroniqueurs du temps nous disent que la reine mère était d'une rare impudicité. L'un d'eux nous apprend qu'elle avait une paillasse sur laquelle elle s'étendait les après-midi d'été presque entièrement nue. Cette désinvolture devait d'ailleurs être à l'origine d'un savoureux incident : le poète Gombaud, qui avait libre accès auprès de la Florentine[210], entra un jour dans sa chambre et la trouva étendue, « les jupes relevées »... Il en fut si ému qu'il fit un sonnet dont voici quelques vers :

Que vîtes-vous, mes yeux, d'un regard téméraire,
Et de quoi, ma pensée, oses-tu discourir ?
Quels sentiments divers me font vivre et mourir,
Me forcent de parler autant que de me taire ?
. . . .
Souvent je doute encore, et de sens dépourvu.
Dans la difficulté de me croire moi-même,
Je pense avoir rêvé ce que mes yeux ont vu.

En lisant ce poème, une prude eût été fâchée. Marie de Médicis, elle, fit donner à Gombaud une pension de douze cents écus.

Une autre anecdote nous prouve qu'elle ne détestait pas la gauloiserie. Un jour qu'elle disait : « Je voudrais toujours avoir un pied à Saint-Germain et l'autre à Paris », Bassompierre, qui se trouvait là, répliqua en clignant de l'œil :

— Moi, je voudrais être à Nanterre[211].

Cette grosse plaisanterie la fit rire aux larmes.

Marie de Médicis, on le voit, était très différente du mannequin ennuyeux que nous montrent généralement ses pudiques biographes. Aussi accordons-nous quelque créance aux historiens qui nous disent qu'elle commit des « imprudences » avec Épernon, Bellegarde et Bassompierre. En ce qui concerne Concini, les faits semblent plus certains encore si l'on en croit, d'une part, tous les contemporains de

210. Il croyait en être aimé parce qu'une fois elle l'avait regardé...
211. Nanterre est à mi-chemin de Paris et de Saint-Germain-en-Laye.

la Florentine, et d'autre part Michelet qui attribue au maréchal d'Ancre la paternité de Nicolas, duc d'Orléans, né en 1607...

D'ailleurs l'infidélité de Marie de Médicis était déjà connue, semble-t-il du vivant de Henri IV, puisque l'auteur de *Henriciana* nous conte l'histoire suivante :

Un jour, le roi qui se promenait sur la colline de Chaillot s'arrêta, se mit la tête entre les jambes et dit en regardant la ville :

— Ah que de nids de cocus.

Un seigneur qui était près de lui l'imita et se mit à crier :

— Sire, je vois le Louvre...

En 1617, les Parisiens s'exprimaient avec plus de liberté encore et, lorsque le maréchal d'Ancre, qui possédait un maison située à côté du Louvre, fit jeter un pont de bois sur le fossé pour se rendre plus facilement au palais, le peuple désigna ouvertement cette passerelle sous le nom de « pont d'amour ». Il est vrai que « le favori le passoit chaque matin pour apporter ses hommages à la reine, nous dit Sauval, et prenoit le même chemin vers le soir pour y rester jusqu'au lendemain »[212].

L'intrigue amusait toute la Cour et l'on chantait :

Si la reine allait avoir
Un enfant dans le ventre
Il serait bien noir
Car il serait d'Ancre.
O guéridon, guéridon
Dondaine
O guéridon, guéridon
Dondon.

On se permettait même certaines plaisanteries assez audacieuses devant Marie de Médicis.

Un jour qu'elle demandait son voile à une dame de sa suite, le comte de Lude s'écria :

— Un navire qui est à l'ancre n'a pas autrement besoin de voile[213] ;

Concini, il est vrai, ne faisait rien pour cacher ses relations avec la reine mère, au contraire : « Lorsqu'il sortoit de la chambre de Sa Majesté, aux heures qu'elle étoit couchée ou toute seule, nous dit Amelot de la Houssaye, il *affectoit de renouer son aiguillette pour faire croire qu'il venoit de coucher avec elle...* »

Ce qui dénotait, il faut bien le dire, une assez mauvaise éducation.

Finalement, au printemps de 1617, le jeune Louis XIII, excédé par ces manières et par les sarcasmes dont sa mère était l'objet, ordonna à

212. Au cours de ses interrogatoires, Léonora Galigaï déclara formellement que son mari : « ne dînait, ne soupait et ne couchait plus avec elle depuis quatre ans »...

213. TALLEMANT DES RÉAUX, *Historiettes*. — Bassompierre alla plus loin encore.
— Croyez-moi, Madame, lui dit-il un soir, toutes les femmes sont des putains.
— Même moi ? demande Marie de Médicis avec hauteur.
— Oh ! Vous, Madame, répondit le beau François en s'inclinant, vous êtes la reine !

son capitaine des gardes, Vitry, d'assassiner Concini. Le meurtre fut prévu pour le 17 avril.

Ce matin-là, vers 10 heures, le favori de la reine arriva au palais accompagné des cinquante ou soixante personnes qui constituaient sa suite ordinaire.

Lorsqu'il fut sur le pont dormant, Vitry vint à sa rencontre et lui saisit le bras droit :

— De par le roi, je vous arrête !

Concini roula ses yeux noirs et cria :

— *A me ?...*

— Oui, à vous !

Stupéfait, il recula d'un pas, voulut saisir son épée, mais n'acheva pas son geste. Trois balles de pistolet venaient de l'atteindre en même temps : une au front, l'autre à la joue, la troisième à la gorge. Il s'écroula dans la boue et fut aussitôt piétiné par les hommes de Vitry qui n'avaient pas appris les bons usages.

Ses amis ne cherchèrent pas à intervenir. Ils prirent la fuite, pensant qu'il était bien triste de mourir ainsi par un beau matin d'avril...

21

L'ambassadeur d'Angleterre veut violer la reine de France

Les Anglais sont occupés ; ils n'ont pas le temps d'être polis.

MONTESQUIEU

Tandis que les gardes s'amusaient à donner de grands coups de pied dans le corps de Concini, M. d'Ornano se rendit chez le roi, s'inclina et dit d'une voix suave :

— Sire, c'est fait !

Louis XIII fit alors ouvrir la fenêtre, sortit sur le balcon et, tout joyeux, cria aux assassins qui se trouvaient toujours devant le Louvre :

— Grand merci ! Grand merci à tous ! A cette heure, je suis roi !

Une clameur lui répondit :

— Vive le roi !

Au même instant, Marie de Médicis était informée de la fin tragique de son favori. Elle devint blême :

— Qui a fait lé coup ?

— Vitry, sur l'ordre de Sa Majesté.

Comprenant que désormais son fils allait prendre en main les rênes du gouvernement, elle s'effondra dans un fauteuil. Pour elle, tout était fini.

— J'ai régné sept ans, dit-elle. Jé n'attends plou qu'ouné couronne au ciel.

Elle n'eut pas une larme pour Concini. La crainte de n'être plus en sécurité l'emportait sur tous autres sentiments. On le vit bien lorsque La Place lui demanda comment il fallait apprendre la nouvelle à Léonora. Elle eut un geste agacé.

— J'ai bien assez à m'occuper dé moi. Si on né veut pas la loui dire, qu'on la loui chante.

Et comme l'autre se permettait d'insister, disant que la maréchale d'Ancre allait certainement éprouver un grand chagrin, la reine mère répondit avec humeur :

— J'ai bien d'autres choses à penser. Qu'on né mé parlé plou dé ces gens-là. Jé leur avais bien dit qu'ils devaient rétourner en Italie.

Après avoir ainsi renié son favori, elle demanda une audience au roi ; Louis XIII lui fit répondre qu'il n'avait pas le temps de la recevoir. Elle insista, supplia. En vain. Finalement, elle poussa la bassesse jusqu'à lui faire dire que « si elle avait connu son projet elle aurait remis Concini entre ses mains, pieds et mains liés ».

Cette fois elle ne reçut aucune réponse, mais Vitry vint lui interdire de sortir de son appartement.

Derrière lui se trouvaient des maçons ; ils murèrent les portes, sauf une, et Marie comprit qu'elle était prisonnière au milieu du Louvre.

Accablée, elle se jeta sur son lit et se mit à pousser des cris lugubres qui indisposèrent son entourage.

L'après-midi, tandis que des gardes ficelaient Concini dans une vieille nappe et allaient l'enterrer discrètement à Saint-Germain-l'Auxerrois où une fosse avait été creusée, des ouvriers vinrent, sur l'ordre du roi, démolir le « pont d'amour ». Le bruit des haches attira Marie de Médicis à sa fenêtre. En voyant disparaître cette passerelle qui lui rappelait tant de nuits chaudes, elle eut soudain atrocement mal. « Chaque coup qu'elle entendait, nous dit-on, retentissait dans son cœur. » Et, pour la première fois depuis la mort de son favori, elle pleura.

En apprenant que le maréchal d'Ancre avait été assassiné, les Parisiens furent ravis.

— Où est-il, ce salaud, qu'on aille lui cracher à la figure ? demandaient-ils avec un air gourmand.

Lorsqu'ils surent qu'il était déjà enterré, ils éprouvèrent une grande déception et eurent l'impression de n'avoir pas suffisamment profité de l'événement.

Ceux qui étaient venus jusqu'au Louvre dans l'espoir de voir le cadavre de Concini se rendirent dans une taverne et cherchèrent à se consoler en chantant des refrains orduriers sur la reine et son favori. A l'aube, un excité monta sur une table :

— Il faudrait au moins aller danser sur sa tombe, à ce fumier, cria-t-il.

Aussitôt toute l'assistance se leva :

— Allons-y !

A sept heures du matin, deux cents personnes, l'œil mauvais, entraient dans Saint-Germain-l'Auxerrois. « Le premier désordre fut de ceux qui alloient cracher sur la tombe et trépigner des pieds là-dessus, nous dit le sieur Cadenet, frère du connétable de Luynes. Après lesquels, d'autres commencèrent à gratter à l'entour avec les ongles, et firent tant qu'ils découvrirent les jointures des pierres[214]. »

Bientôt la pierre tombale fut soulevée et un homme se pencha sur la fosse. Il attacha une corde aux pieds du cadavre, s'arc-bouta, tira. Quelques prêtres, surgis de la sacristie, essayèrent de s'interposer. Ils furent rudoyés et durent prendre la fuite. Lorsqu'ils eurent disparu, l'homme reprit sa corde, fit un dernier effort et le corps du maréchal glissa sur les dalles. Il y eut de grands cris de joie et aussitôt une volée de coups de bâton s'abattit sur le cadavre déjà fort abîmé par Vitry. Des femmes hurlantes vinrent le griffer, le gifler et lui cracher au visage. Puis on le traîna jusqu'au Pont-Neuf où l'on attacha la tête en bas à une potence. Le peuple, pris de vertige devant sa propre audace, exécuta autour de ce pendu de cauchemar une danse frénétique en improvisant des chansons ignobles. Cette ronde dura une demi-heure. Soudain, un jeune homme s'approcha du cadavre avec un petit poignard, lui coupa le nez et le mit dans sa poche en guise de souvenir. Aussitôt, ce fut la ruée. Tous les manifestants voulurent rapporter un bibelot chez eux. Les doigts, les oreilles et même les « parties honteuses » disparurent en un clin d'œil. Les moins favorisés durent se contenter d'un simple « lopin de chair » découpé dans le gras de la fesse...

Quand tout le monde eut pris son morceau, la foule, de plus en plus excitée, dépendit le cadavre et le traîna à travers Paris en poussant des hurlements terribles. La rage de ces gens était telle qu'on assista à des scènes dignes du Grand-Guignol. « Il y eut, nous dit Cadenet, un homme vêtu d'écarlate si enragé qu'ayant mis sa main dans le corps, il l'en retira toute sanglante et la porta dans sa bouche pour sucer le sang et avaler quelque petit morceau. Ce qu'il fit à la vue de plusieurs honnêtes gens qui étoient aux fenêtres. Un autre eut moyen de lui arracher le cœur, et l'aller cuire sur des charbons ardents, et manger publiquement avec du vinaigre ! »

Enfin la dépouille du favori fut ramenée au Pont-Neuf couverte de poussière, de crachats, d'immondices, et brûlée devant le peuple hilare[215]...

Huit jours plus tard, une suite de carrosses quittait Paris. Dans le premier, une grosse femme pleurait en secouant ses seins flasques. C'était Marie de Médicis qui se retirait à Blois. Dans la seconde

214. *Narré de la mort du maréchal d'Ancre*, publié en 1659.

215. Deux jours plus tard, le 8 juillet, la femme de Concini, Léonora Galigaï, accusée faussement de sorcellerie, fut brûlée en place de Grève après avoir été décapitée. La mort de Concini mit à la mode un mot qui a fait son chemin depuis : le mot *coyon* (de l'italien *coglione*), une série de caricatures circula dans les rues de Paris au lendemain de l'assassinat sous le titre : *Mythologie des emblèmes de Coyon*. Ce surnom avait été donné au maréchal par les dessinateurs pour rappeler sa lâcheté.

voiture, se trouvait un jeune prélat au visage anguleux et à l'œil vif. Il tenait ses mains noueuses serrées sur ses genoux. C'était Richelieu qui suivait la reine mère dans son exil.

Louis XIII pouvait enfin gouverner seul. L'un de ses premiers actes politiques le dépeint tout entier. Il publia une « ordonnance pour le règlement et réformation de la dissolution et superfluité qui est ès habillements et ornements d'iceux ». Ce jeune homme de dix-huit ans n'avait, en effet, rien conservé du petit garçon rieur qui faisait la joie de Henri IV. Il était sévère, pudibond, pieux. Les femmes lui faisaient peur et il interdisait les décolletés osés ainsi que les robes trop ajustées qui lui semblaient autant d'appels à la luxure[216].

L'idée de coucher avec une femme lui faisait horreur. Il trouvait cela dégoûtant et imposait à Anne d'Autriche une chasteté déprimante. La pauvre petite reine, qui avait le sang chaud des Espagnols, se promenait dans le Louvre en poussant de gros soupirs et son regard s'attardait parfois plus qu'il n'était convenable sur quelque garde bien bâti...

Cette détresse fut bientôt si évidente que Luynes se permit de dire au roi qu'il devrait penser un peu à son épouse. Louis XIII se cabra. Et son médecin nota à la date du 4 juin : « Comme on lui reprochait de ne pas aller voir la reine, il répondit que cela l'échauffait. »

L'attitude du roi ne tarda pas à être connue en Espagne où elle fut considérée comme un affront. Philippe III, voyant sa fille dédaignée par le roi de France, montra une mauvaise humeur qui risquait d'être fâcheuse pour les relations futures entre les deux souverains. Il fallait donc que Louis XIII se décidât. Des ecclésiastiques zélés s'en mêlèrent, allant même un peu loin dans leurs suggestions, ainsi qu'on en peut juger par cette dépêche de Guido Bentivoglio, nonce du pape : *On croyait très fort que cette fois, à Saint-Germain, le roi se déciderait à coucher avec la reine et à jouer jusqu'au bout son rôle d'époux ; mais il n'a soufflé mot à ce sujet, soit que la honte le retienne, ou que son énergie ne soit pas encore suffisante. Il en est qui lui conseillèrent de s'essayer préalablement avec une femme mariée ou ayant déjà quelque expérience, et de ne point faire ses premières preuves avec une vierge*[217]*, mais son confesseur le détourne de commettre un tel péché, et jusqu'ici ce bon avis l'emporte et l'emportera, on l'espère, jusqu'au moment attendu, lequel finalement ne pourra longtemps se faire attendre. Ces Espagnols, si ardents, se désespèrent, et disent que le roi n'est bon à rien. Son père aussi commença tard.*

Pendant ce temps, la reine continuait de se retourner dans son lit avec une certaine nervosité. Le nonce, qui avait l'œil à tout, remarqua ses soupirs et écrivit au pape : *Elle est toujours dans l'attente de cette bienheureuse nuit que le roi devra passer avec elle et qui ne finit point d'arriver.*

216. « Par réaction, la chasteté ridicule de Louis XIII, dit très justement Alfred Franklin, eut peut-être sa source dans les grossièretés dont son jeune cœur avait été nourri, dans la dépravation dont son enfance avait eu le triste spectacle. »

217. Ce qui prouve que le nonce ne croyait pas à la consommation du mariage.

Au début de 1619, le roi était toujours dans les mêmes dispositions lorsque le duc d'Elbeuf épousa Mlle de Vendôme, fille de Henri IV. Cet événement n'aurait sans doute pas influé sur la vie intime de Louis XIII si celui-ci n'avait eu l'idée curieuse de se faire introduire, le soir des noces, dans la chambre nuptiale. Bien mieux, nous dit l'ambassadeur de Venise, *il voulut être présent sur le propre lit des deux époux, afin de voir se consommer le mariage, acte qui fut réitéré plusieurs fois, au grand applaudissement et au goût particulier de Sa Majesté.*

Le voyant si enthousiaste, Mlle de Vendôme lui dit :

— Sire, faites, vous aussi, la même chose avec la reine, et bien vous ferez...

Ce spectacle sembla émoustiller le roi. Confia-t-il son émoi au connétable de Luynes ? On l'ignore. Mais cinq jours plus tard celui-ci vint trouver Louis XIII, le sortit de son lit et le poussa dans l'appartement de la reine. Le souverain, rouge de honte, résistait, s'accrochait aux meubles, demandait à réfléchir. L'autre poussait toujours. Finalement, le roi se trouva dans la chambre de son épouse et y resta.

Le lendemain, Anne d'Autriche avait un sourire apaisé et les yeux fatigués. On comprit que tout s'était passé de façon satisfaisante. D'ailleurs le maître des cérémonies vint annoncer la bonne nouvelle à tous les ambassadeurs et bientôt des dépêches, envoyées par courriers spéciaux, allaient apprendre à l'Europe entière que le roi de France avait enfin couché avec sa femme...

La nouvelle provoqua de grandes explosions de joie et l'on vit les personnages les moins susceptibles, semblait-il, de pouvoir apprécier les délices d'une nuit de noces se réjouir pour les jeunes époux.

C'est ainsi que le cardinal Borghèse, en réponse à la dépêche du nonce, écrivit suavement que « le fait du *congiungimento* du roi et de la reine avait été très goûté à Rome et que le Saint-Père en avait ressenti le plus grand plaisir ».

La satisfaction intime d'Anne d'Autriche — est-il besoin de le dire ? — était toutefois plus profonde, et la petite reine, émerveillée par ce qu'elle venait de découvrir, demanda au roi de revenir souvent. Pendant quelques semaines, on vit donc Louis XIII se diriger chaque soir vers l'appartement de son épouse, et l'on put croire qu'il prenait plaisir au jeu qui lui répugnait tant naguère.

Cette assiduité ne tarda pas à inquiéter les médecins de la cour. Craignant que le souverain, poussé par l'enthousiasme des néophytes, ne perdît le souffle en voulant se montrer trop bon jouteur, ils lui défendirent de s'adonner à la bagatelle avec excès

Ce conseil était superflu, car Louis, ressaisi par la pudeur, se lassa bientôt de cet exercice qui avait tant passionné son père et redevint chaste. Alors la malheureuse reine promena de nouveau dans les couloirs du Louvre un regard un peu trop brillant et une poitrine haletante qui troublaient tous les hommes.

— Sa Majesté a besoin de se faire caresser le gardon, disait-on avec cette saine verdeur de langage qui caractérisait l'époque.

Et c'était vrai !

Mais la cour allait avoir bientôt un autre sujet de conversation. A la fin de février, Marie de Médicis, qui vivait à Blois en résidence surveillée, parvint à s'enfuir du château par une fenêtre, grâce à la complicité de son bon ami le duc d'Épernon et l'on oublia les soupirs d'Anne d'Autriche pour s'entretenir des pantalonnades et des menées sournoises de la reine mère. Pendant plus d'un an, Marie de Médicis, d'abord à Angoulême, puis à Angers, dirigea un groupe important de factieux qui voulaient obliger le roi à chasser Luynes. Aidée par quelques grands seigneurs, elle leva des troupes contre son fils. Mais, le 7 août 1620, ces rebelles furent battus par l'armée royale aux Ponts-de-Cé, et le roi se réconcilia avec sa mère. Il l'autorisa même à revenir à Paris, où elle s'installa dans son palais du Luxembourg.

En 1621, après la mort de Luynes, elle retrouva sa place au Conseil et, le 5 septembre 1622, elle obtint pour son confident, l'évêque de Luçon, qui ne l'avait pas abandonnée, le chapeau de cardinal.

Ainsi Richelieu continuait de faire sa carrière par les femmes.

En 1624, toujours grâce à la reine mère avec laquelle il se montrait galant et empressé (il avait appris à gratter de la guitare pour lui plaire), il devint ministre d'État, puis chef du Conseil et premier ministre.

N'ayant plus, dès lors, besoin de la grosse Florentine, il tourna son regard perçant vers Anne d'Autriche, dont il connaissait le drame, et résolut de jouer dans sa vie le rôle que Louis XIII avait si fâcheusement abandonné.

Mais cet homme étrange ne perdait jamais de vue le bien du royaume, ainsi qu'on va le voir.

« Le cardinal, nous dit Tallemant des Réaux, haïssait Monsieur[218] et craignait, vu le peu de santé que le roi avait, qu'il ne parvînt à la couronne : il *fit dessein de gagner la reine et de lui aider à faire un dauphin*. Pour venir à son but, il la mit, sans qu'elle sût d'où cela venait, fort mal avec le roi et avec la reine mère. Après, il lui fit dire par Mme du Fargis, dame d'atours, que, si elle voulait, il la tirerait bientôt de la misère dans laquelle elle vivait. La reine, qui ne croyait point que ce fût lui qui la fit maltraiter, pensa d'abord que c'était par compassion qu'il lui offrait son assistance, souffrit qu'il lui écrivit, et lui fit même réponse, car elle ne s'imaginait pas que ce commerce produisît autre chose qu'une simple galanterie. »

La jeune reine commença par trouver fort agréables les hommages de Richelieu et elle l'invita à venir bavarder dans sa chambre. Le

218. Gaston d'Anjou, futur duc d'Orléans, frère de Louis XIII. Sa fille sera célèbre sous le nom de La Grande Mademoiselle.

cardinal rencontrait là Mme de Chevreuse, une ravissante blonde dont le tempérament causait quelque scandale, et l'on potinait pendant des heures. Quelquefois l'on dansait et Richelieu, qui était prêt à tout pour conquérir le cœur d'Anne d'Autriche, accepta même, un jour, de se laisser habiller en turlupin espagnol et d'esquisser une sarabande à la demande de la reine.

Voici comment le comte de Brienne nous conte cette scène extraordinaire :

« La princesse et sa confidente, écrit-il, avoient en ce temps l'esprit tourné à la joie pour le moins autant qu'à l'intrigue. Un jour qu'elles causoient ensemble et qu'elles ne pensoient qu'à rire aux dépens de l'amoureux cardinal : "Il est passionnément épris, Madame, dit la confidente, je ne sache rien qu'il ne fît pour plaire à Votre Majesté. Voulez-vous que je vous l'envoie un soir, dans votre chambre, vêtu en baladin ; que je l'oblige à danser ainsi une sarabande ; le voulez-vous ? Il y viendra. — Quelle folie !" dit la princesse. Elle étoit jeune, elle étoit femme, elle étoit vive et gaie ; l'idée d'un pareil spectacle lui parut divertissante. Elle prit au mot sa confidente, qui fut, du même pas, trouver le cardinal. Ce grand ministre, quoiqu'il eût dans la tête toutes les affaires de l'Europe, ne laissoit pas en même temps de livrer son cœur à l'amour. Il accepta ce singulier rendez-vous : il se croyoit déjà maître de sa conquête ; mais il en arriva autrement. Boccau, qui étoit le Baptiste d'alors et jouoit admirablement du violon, fut appelé. On lui recommanda le secret : de tels secrets se gardent-ils ? C'est donc de lui qu'on a tout su. Richelieu étoit vêtu d'un pantalon de velours vert ; il avoit à ses jarretières des sonnettes d'argent ; il tenoit en main des castagnettes et dansa la sarabande que joua Boccau. Les spectatrices et le violon étoient cachés, avec Vautier et Béringhien, derrière un paravent, d'où l'on voyait les gestes du danseur. On rioit à gorge déployée ; et qui pourroit s'en empêcher, puisque, après cinquante ans, j'en ris encore moi-même [219] ? »

Bientôt Richelieu crut pouvoir passer à l'attaque :

« Le cardinal, dit Tallemant, qui voyait quelque cheminement à son affaire, lui fit proposer par la même Mme du Fargis *de consentir qu'il tînt auprès d'elle la place du roi* ; que, si elle n'avait pas d'enfants, elle serait toujours méprisée et que le roi, malsain comme il était, ne pouvant pas vivre longtemps, on la renverrait en Espagne ; au lieu que si elle avait un fils du cardinal, et le roi venant à mourir bientôt, comme cela était infaillible, elle gouvernerait avec lui ; car il ne pourrait avoir que les mêmes intérêts, étant père de son enfant ; que pour la reine mère, il l'éloignerait, dès qu'il aurait reçu la faveur qu'il demandait. »

Anne d'Autriche ne s'attendait pas du tout à une telle proposition. Stupéfaite et un peu affolée, elle comprit qu'elle avait commis une grave imprudence en laissant le cardinal lui faire la cour.

Le soir, Mme du Fargis alla voir Richelieu et lui apprit, avec mille

219. BRIENNE, *Mémoires*.

ménagements, car elle le savait fort susceptible, que la reine avait rejeté sa requête.

Le prélat fut déçu, à la fois en tant qu'homme, car il désirait vivement commettre un voluptueux crime de lése-majesté, et en tant que premier ministre, car il croyait agir pour le bien du royaume en donnant un dauphin à la France.

Sans rien laisser paraître, il s'inclina.

— Allez dire à la reine que je regrette, dit-il simplement.

Pendant quelques semaines, il continua pourtant d'espérer : Anne d'Autriche lui plaisait tellement, nous dit-on, « qu'il fit tout ce qu'il put pour la voir une fois dans le lit ; mais il n'en put venir à bout [220] ». Jamais la reine ne lui permit la moindre privauté. Au contraire, elle devenait en sa présence d'une impressionnante dignité et le considérait d'un œil glacé. Finalement, Richelieu comprit qu'il était évincé et en conçut une rage froide.

Un jour, pourtant, se trouvant seul avec Anne d'Autriche dans un cabinet, il ne put s'empêcher de lui « faire un discours passionné ». La reine, excédée, allait lui répondre « avec colère et mépris », quand le roi entra brusquement.

— De quoi vous entreteniez-vous ? demanda-t-il à la reine.

— De fadaises !

Et elle sortit de la pièce sans jeter un regard au cardinal. Par la suite, nous dit Mme de Motteville, elle ne lui parla jamais de cette scène, « craignant de lui faire trop de grâce en lui témoignant qu'elle s'en souvenait » [221].

Richelieu rentra chez lui bien décidé à se venger. Il devinait le tourment que la chasteté imposée par le roi causait à la jeune femme et savait qu'un jour immanquablement elle tomberait amoureuse d'un garçon vigoureux.

La vengeance était toute trouvée : puisque Anne d'Autriche ne voulait pas de lui, il l'empêcherait d'être à un autre. Dès ce moment, tout en dirigeant les affaires de l'État, il eut l'œil fixé sur la vertu de la reine...

Un Anglais allait lui causer bien des ennuis. En 1625, le duc de Buckingham, jeune seigneur fort élégant de la cour d'Angleterre, vint en France pour y négocier le mariage du roi Charles Ier avec Henriette-Marie, sœur de Louis XIII.

Cette mission n'était d'ailleurs qu'un alibi, car le roi anglais l'avait chargé de former un parti destiné à protéger les huguenots. Fin diplomate, il utilisa naturellement les femmes pour servir ses desseins. En effet, Sauval nous dit que « pour réussir dans ce qu'il avoit prémédité, il jugea nécessaire de s'acquérir quelque familiarité chez les dames qui avoient quelque crédit à la cour, étant bien persuadé qu'il

220. Tallemant des Réaux, *op. cit.*
221. Cette anecdote est rapportée par Mme de Motteville, qui la tenait de la reine elle-même.

est difficile aux personnes de leur sexe de cacher ce qu'elles ont de plus secret à ceux qui ont été assez heureux pour leur toucher le cœur »[222].

Il entra en relation avec Mme de Chevreuse qui était depuis un an la maîtresse d'un sujet britannique, le comte de Holland, et devint rapidement un de ses familiers. Par elle, il apprit que la jeune reine s'ennuyait et attendait secrètement un Prince Charmant. Le lendemain, il rencontra Anne d'Autriche et « eut grande envie de la tenir dans ses bras. »

La souveraine, de son côté, ne fut pas insensible au charme de ce gentilhomme athlétique qui semblait avoir toutes les qualités dont Louis XIII était dépourvu. Elle ne chercha d'ailleurs pas à cacher son émotion et Buckingham s'en aperçut.

On le vit alors faire mille folies pour l'éblouir. Un soir, au cours d'une fête donnée par le cardinal, il parut avec un vêtement de bal orné de perles qu'il avait fait mal coudre exprès. Comme il s'inclinait devant Anne d'Autriche, ces joyaux se détachèrent un à un et roulèrent sur le parquet. Les courtisans se précipitèrent pour les ramasser et les lui tendirent.

— Merci, dit-il, avec un beau sourire un peu méprisant, gardez-les !

Ce geste amusa la reine qui souffrait tant de l'avarice de Louis XIII. Elle le lui dit et ils dansèrent ensemble avec un trouble évident. Lorsque la musique s'arrêta, leurs doigts étaient entrelacés. Ils les détachèrent lentement « en se regardant de façon brûlante, nous dit-on, et un peu déshonnête ».

Dans un coin du salon, Richelieu, livide, les épiait de son œil de vautour.

A trois heures du matin, Anne d'Autriche et Mme de Chevreuse rentrèrent au Louvre. La reine encore émue d'avoir dansé avec Buckingham était dans un état de grande excitation. Lorsqu'elle fut dans son appartement, nous dit un chroniqueur, « cédant à un désir d'épanchement irrésistible, se laissant aller au besoin impérieux de caresser un être aimé, elle se mit à embrasser sa favorite en la serrant avec force sur son sein. Elle couvrit de baisers ses bras, ses épaules, sa gorge, qu'elle inondait de pleurs brûlants ».

Les sentiments qui l'agitaient étaient si violents qu'elle se déshabilla entièrement, se coucha, et demanda à Mme de Chevreuse de la rejoindre dans son lit.

Quand elles s'endormirent, le soleil était levé.

Les jours suivants furent très décevants pour Anne et Buckingham. Tous deux croyaient bien pouvoir s'aimer en toute tranquillité dans quelque chambre écartée et connaître la joie d'un bonheur illicite. Ils comptaient naïvement sans la haine de Richelieu. Le cardinal, qui ne dormait pas depuis « que l'ambassadeur anglais flairait les appas de la reine », avait en effet chargé quelques-uns de ses hommes d'être

222. SAUVAL, *op. cit.*

constamment aux côtés d'Anne d'Autriche. Aussi les deux amoureux ne purent-ils rien entreprendre de sérieux pendant les quinze jours que durèrent les négociations. Richelieu s'en réjouit, croyant que tout danger était écarté : il devait bientôt déchanter...

Le 2 juin 1625, la princesse Henriette, qui devait aller retrouver son mari, quitta le Louvre accompagnée de Buckingham, Marie de Médicis, Anne d'Autriche et de toute une suite où se trouvait Mme de Chevreuse.

A Amiens, la future reine d'Angleterre devait dire adieu à sa famille. Il y eut quelques fêtes et, un soir, Mme de Chevreuse, qui souffrait de voir la reine privée d'amour — et se fût avec joie muée en entremetteuse pour le bonheur de son amie — organisa une petite promenade dans un parc[223]. La nuit de juin était douce et, grâce à la complicité de la duchesse, Anne d'Autriche se trouva bientôt seule avec Buckingham.

Le bel Anglais fut tellement troublé qu'il perdit la tête et « s'émancipa ». Prenant la reine dans ses bras, il la poussa sur l'herbe, retroussa ses jupes d'un geste vif et « tenta de la déshonorer ». Anne d'Autriche, effrayée par tant de brutalité, se débattit et appela au secours.

Toute la suite accourut.

La reine se jeta alors dans les bras de Mme de Chevreuse et, devant Buckingham un peu gêné, éclata en sanglots.

On devait apprendre par la suite que le galant, dans son emportement, « lui avait écorché les cuisses avec ses chausses en broderies...[224] ».

Comme dit Mme de Motteville, jamais à court d'euphémisme, « le duc de Buckingham fut le seul qui eut l'audace d'attaquer son cœur...[225] ».

Pendant que la reine pleurait, l'Anglais, ne se jugeant plus indispensable, s'esquiva sans bruit.

Alors le groupe se resserra autour d'Anne, et des visages apparurent éclairés par la lune. Des visages étonnés, voire narquois, mais nullement bouleversés, l'incident n'ayant choqué personne. « Tous ces gens, nous dit un historien du temps, étoient accoutumés à en voir de toutes les couleurs à la cour, aussi la plupart se contentèrent-ils de penser que le duc avoit une façon un peu vive de manifester ses sentiments[226]. »

Quand la reine retrouva quelques forces, elle appela Putanges, son écuyer, et le blâma :

223. Cf. Auguste Bailly, qui dit : « Mme de Chevreuse s'était faite, en cette affaire, la protectrice de Buckingham, et voulait absolument qu'Anne d'Autriche connût par lui les voluptés que le roi ne lui avait pas révélées. » *Richelieu.*

224. Tallemant des Réaux, *op. cit.*

225. Le cardinal de Retz, qui situe par erreur cette scène dans les jardins du Louvre, va plus loin : « Mme de Chevreuse, qui étoit seule avec elle (Anne d'Autriche), entendit du bruit comme de deux personnes qui se luttoient ; s'étant approchée de la reine, elle la trouva fort émue, et M. de Buckingham à genoux devant elle. La reine, qui s'étoit contentée, ce soir, de lui dire, en remontant dans son appartement, que tous les hommes étoient brutaux et insolents, lui avoit commandé, le lendemain matin, de *demander à M. de Buckingham s'il étoit bien assuré qu'elle ne fût pas en danger d'être grosse...* » Cardinal de Retz, *Mémoires.*

226. F. Thomas, *Les intrigues de la Cour de Louis XIII*, 1680.

— Vous êtes responsable de ce qui s'est passé, dit-elle, vous ne devez, en effet, sous aucun prétexte, vous éloigner de moi.

Et comme l'autre, piteux, baissait la tête, elle ajouta :

— Allez cependant dormir en paix ; cette affaire n'aura point de suites fâcheuses pour vous, car j'entends que le roi n'en sache rien [227].

Après quoi, elle prit la main de Mme de Chevreuse et se dirigea vers son logis. Le petit groupe les suivit silencieusement.

Pour tout le monde, la soirée avait été gâchée.

Pour tout le monde, mais surtout pour le duc, on en conviendra. Toute la nuit, honteux et désespéré, le malheureux chercha en vain le sommeil. A l'aube, enfin il s'endormit, les yeux gonflés d'avoir trop pleuré.

Au même instant, le soleil commençait à éclairer les orties écrasées et les herbes flétries à l'endroit où la reine de France avait été culbutée comme une servante...

Dans la matinée, Anne fit appeler Mme de Chevreuse pour lui dire son inquiétude. Elle craignait que, malgré ses ordres, le roi ne fût informé de l'incident, et redoutait sa jalousie.

A plusieurs reprises, elle s'emporta contre le duc — mais de telle façon que la confidente comprit qu'Anne reprochait surtout à Buckingham d'avoir été maladroit. Au lieu d'organiser une entrevue discrète au cours de laquelle elle se serait, avec ravissement, laissé manquer de respect, il l'avait obligée à se débattre et à crier ; il lui avait même fait courir le risque d'être surprise dans une posture gênante et elle lui en gardait rancune.

Et puis, ce geste inconsidéré n'avait-il pas irrémédiablement compromis leurs amours ?

— Jamais je ne pourrai plus demeurer en tête à tête avec lui, dit-elle. Il faut même qu'il parte sans essayer de me revoir.

A cette idée, elle ne put s'empêcher de pleurer...

Quelques jours plus tard, Henriette-Marie quitta Amiens pour se rendre à Boulogne, où elle devait embarquer. Anne d'Autriche l'accompagna en carrosse et, à deux lieues de la ville, s'arrêta pour lui faire ses adieux. Lorsqu'elles se furent longuement embrassées, Buckingham s'approcha et vint prendre congé de la reine de France. Un instant, ils se regardèrent en silence. Tous deux étaient très pâles. Puis le duc se pencha par la portière, à l'intérieur du carrosse, et prononça quelques mots. Tout en parlant, il chiffonnait les rideaux de la voiture : on s'aperçut alors qu'il cherchait à dissimuler ses larmes.

Enfin, il s'inclina et regagna le cortège qui partait pour l'Angleterre.

Anne reprit le chemin d'Amiens. Son émotion était si grande que la princesse de Conti, qui se trouvait assise à ses côtés, dit en arrivant que, « de la ceinture au bas, elle pouvait répondre au roi de la vertu de la reine, mais qu'elle n'en disait pas autant de la ceinture au haut,

227. SAUVAL, *op. cit.*

parce que les larmes de cet amant [228] avaient dû atteindre son cœur et que, le rideau l'ayant cachée un moment à elle, elle soupçonnait ses yeux de l'avoir du moins regardé avec pitié » [229].

Cette pitié fut-elle si grande qu'Anne consentit à donner un baiser au duc, comme le prétendent certains historiens ? Ce n'est pas impossible, et cela expliquerait l'acte insensé, extravagant, commis quelques jours après par Buckingham, décidément aveuglé par l'amour.

Laissons Mme de Motteville nous exposer les choses : « La passion du duc de Buckingham lui fit faire encore une action bien hardie, que la reine m'a apprise, et que la reine d'Angleterre m'a, depuis, confirmée, qui la savait de lui-même. Ce célèbre étranger étant parti d'Amiens, occupé de sa passion et forcé par la douleur de l'absence, voulut revoir la reine, quand même ce ne serait que pour un moment. Quoiqu'il fût près d'arriver à Calais, il fit dessein de se satisfaire en feignant d'avoir reçu des nouvelles du roi son maître qui l'obligeait d'aller à la cour. »

— Je dois porter un pli important à Sa Majesté la reine mère, dit-il.

Et, sans autre explication, il abandonna Henriette-Marie, monta sur un cheval et retourna à Amiens au triple galop.

Après une courte visite à Marie de Médicis, il se précipita chez Anne d'Autriche et sollicita une audience. On lui répondit que la souveraine, ayant été saignée le matin, se trouvait couchée et ne pouvait le recevoir. Il insista et finit, après de longs pourparlers, par être introduit dans la chambre de la reine où se trouvaient les princesses de Condé et de Conti. Anne était au milieu d'un grand lit à baldaquin. En voyant entrer son cher Anglais, elle ne put s'empêcher de sourire et murmura :

— Quel fou !...

Pourtant, nous dit Mme de Motteville, « elle fut surprise de ce que tout librement il vint se mettre à genoux devant son lit, baisant son drap avec des transports si extraordinaires qu'il était aisé de voir que la passion était violente et de celles qui ne laissent aucun usage de raison à ceux qui en sont touchés ».

Très exalté, il éclata en sanglots et dit à la reine « les choses du monde les plus tendres ». Anne, à la fois émue et fort embarrassée par ces démonstrations, ne savait quelle contenance prendre. Alors, une vieille dame, la comtesse de Lanoi, scandalisée par l'attitude du duc, intervint :

— Tenez-vous, monsieur ! Ce ne sont pas là des manières qui ont cours en France.

— Je suis étranger, répondit assez grossièrement Buckingham, et je ne suis pas obligé d'observer toutes les lois de l'État.

Et il recommença à baiser amoureusement les draps en poussant de gros soupirs.

La scène devenait si burlesque que la reine en souffrit. Elle prit une voix sévère et, cachant son émotion, reprocha au duc de la compromettre

228. Amant est, ici, bien entendu, pris au sens d'amoureux.
229. Mme DE MOTTEVILLE, *Mémoires pour servir à l'histoire d'Anne d'Autriche*, 1739.

par sa hardiesse. Puis, « sans être trop en colère », note Mme de Motteville, elle lui ordonna de se lever et de quitter la pièce. L'Anglais se redressa, salua profondément à plusieurs reprises et s'en alla, l'air égaré.

Le lendemain, il revit Anne d'Autriche en présence de toute la cour, fit ses adieux et partit, « bien résolu de revenir en France le plus tôt qu'il lui serait possible ».

Anne d'Autriche, Marie de Médicis et leur suite rentrèrent à Fontainebleau à la fin de juin. Louis XIII les accueillit froidement et la jeune reine comprit qu'il avait été mis au courant des événements d'Amiens. Pas une fois, cependant, il n'y fit allusion : et c'est par Mme de Chevreuse qu'Anne sut le lendemain qu'il avait chassé de la cour tous les serviteurs qui se trouvaient avec elle dans le jardin...

Pour se venger, ceux-ci racontèrent à qui voulait les entendre que la reine n'était pas aussi innocente qu'elle le faisait croire et qu'elle aimait passionnément Buckingham. Ces propos furent rapportés à Richelieu qui mijotait toujours dans son amertume de soupirant évincé, et des idées criminelles lui vinrent, paraît-il.

Deux mois passèrent. Deux mois d'été pendant lesquels on organisa des fêtes brillantes, et le roi sembla oublier les imprudences commises par son épouse. Mais, au début de septembre, Buckingham, qui se consumait loin d'Anne d'Autriche, demanda à revenir en France comme ambassadeur d'Angleterre.

Richelieu courut aussitôt chez Louis XIII et lui conseilla de s'opposer formellement au retour du duc. Le roi obéit. Lorsqu'il sut qu'il était indésirable en France, Buckingham fut très malheureux et chercha un prétexte pour se rapprocher de la reine. Comme il n'avait pas l'habitude d'employer des moyens mesquins, il décida de brouiller les deux couronnes et de faire éclater une guerre, avec l'espoir insensé *de pouvoir un jour venir à Paris pour y signer un traité de paix et revoir Anne...*

La lutte que menait alors Richelieu contre les protestants allaient bientôt lui fournir l'occasion qu'il cherchait.

22

Pour revoir la reine, Buckingham pousse les Anglais à secourir les protestants de La Rochelle

Il est impossible d'être amoureux et sage
en même temps.

BACON

Pendant que Buckingham se morfondait à Londres, Anne d'Autriche, enfermée dans sa chambre, cherchait à se venger de Richelieu. En apprenant que le cardinal s'était opposé au retour en France du beau duc, elle était entrée dans une violente colère et n'avait pas caché à Mme de Chevreuse son intention de nuire par tous les moyens au premier ministre. Toujours serviable, sa pétulante amie s'était alors engagée à organiser un complot qui débarrasserait à tout jamais la France de ce fâcheux. Restait à trouver une idée...

Le destin, qui est un merveilleux auteur dramatique, fit alors entrer en scène un personnage qui allait permettre aux deux femmes de nourrir tous les espoirs : ce personnage était Monsieur, frère du roi, le beau Gaston d'Anjou, gai compagnon et coureur de filles, dont les exploits galants égayaient la cour. Sans que rien fasse prévoir une telle aventure, ce don Juan posa tout à coup son regard sur sa jolie belle-sœur, respira profondément et fut animé d'un beau désir.

Abandonnant aussitôt les dames qui contentaient jusque-là ses dix-huit ans peu exigeants, il suivit la reine pas à pas et fit tant et si bien que la jalousie du roi toujours en éveil ne tarda pas à être piquée. Or Louis XIII ne se contenta pas d'imaginer qu'il était peut-être cocu ; toujours compliqué, il pensa que Gaston, héritier présomptif de la couronne, souhaitait sa mort pour épouser Anne, et il en conçut une vive irritation.

Sans prendre le temps de réfléchir, il fit appeler Richelieu, lui exposa la situation et conclut :

— Il faut marier Monsieur !

Le cardinal, qui était également jaloux de Gaston, approuva avec une suave perfidie.

Aussitôt, on se mit en quête d'une épouse pour le frère du roi, et la reine mère, consultée, suggéra de choisir Mlle de Montpensier qui était la plus riche héritière du royaume.

Le roi convoqua Gaston et l'informa de la décision qui venait d'être prise.

— Cette union est la seule que vous puissiez envisager pour votre bien et celui du royaume. Mon cousin, M. le Cardinal, est d'ailleurs de cet avis.

Monsieur était peu pressé de quitter le célibat ; il refusa catégoriquement de se marier et s'en alla fort irrité contre Richelieu.

Lorsqu'elles furent au courant de cette affaire, la reine et sa confidente comprirent que Louis XIII venait de leur donner l'allié qu'elles espéraient.

Or, par un hasard prodigieux, Mme de Chevreuse était poursuivie depuis quelque temps par le jeune Henri de Talleyrand, marquis de Chalais et grand maître de la garde-robe du roi, qui se trouvait être l'ami intime de Gaston.

Elle l'appela, le cajola, lui fit quelques agaceries propres à amoindrir ses facultés et lui dit d'un ton de petite fille :

— Vous prétendez que vous m'aimez, mais vous n'avez jamais cherché à me faire plaisir.

L'autre avait à ce moment les yeux exorbités. Il répondit en haletant qu'il n'avait pas d'autre but dans la vie.

— Demandez-moi ce que vous voulez, bredouilla-t-il.

Alors elle l'informa des intentions de la reine et le chargea d'exciter la colère de Monsieur contre le cardinal.

— Si vous réussissez, promit-elle, vous aurez votre récompense.

Chalais, très énervé, courut trouver le frère du roi, répéta tout ce que Mme de Chevreuse lui avait soufflé, et annonça que de nombreuses personnes à la cour étaient disposées à aider l'homme qui voudrait abattre Richelieu.

Gaston, qui détestait le cardinal, fut séduit. Il consentit à rencontrer la confidente de la reine, et l'extraordinaire complot dont cette petite femme turbulente allait être l'âme fut rapidement organisé.

On décida que le 11 mai de cette année 1626 Monsieur, accompagné de quelques gentilshommes de ses amis, irait déjeuner au château de Fleury, près de Fontainebleau, où demeurait Richelieu, et qu'au cours du repas les convives feindraient de se disputer. Tirant alors leurs épées, ils feraient mine de se battre et, dans le feu de la lutte, transperceraient le cardinal, comme par mégarde.

Après quoi on envisageait calmement de soulever le peuple de Paris, de s'emparer de la Bastille, de déposer Louis XIII avec l'espoir qu'il mourrait de chagrin, de le remplacer par Gaston et de marier celui-ci à la reine. Ce plan extravagant plaisait beaucoup aux conjurés. Hélas ! l'amour, une fois de plus, allait tout faire échouer...

Tandis que Monsieur, auquel s'étaient joints le prince de Condé, César et Alexandre de Vendôme, prenait ses dernières dispositions, Chalais se rendit chez Mme de Chevreuse pour recevoir la savoureuse récompense qu'on lui avait promise. La confidente mit le jeune homme dans son lit et s'ingénia à lui prouver que sa réputation d'amoureuse ardente n'était pas surfaite. Mal lui en prit, car le pauvre sortit « de la chambre du péché » dans un tel état de déficience physique et intellectuelle que, ne sachant plus ce qu'il faisait, il alla raconter tout ce qui se préparait à son oncle, le commandant de Valançay.

Celui-ci ne comprenait pas la plaisanterie.

— Vous allez m'accompagner chez le cardinal, lui dit-il, et vous lui révélerez ce que vous savez.

A Fleury, Chalais, effondré, avoua tout ; Richelieu remercia et courut se réfugier à Fontainebleau.

Le soir même, les conjurés étaient informés de la trahison. Cette nouvelle provoqua chez eux un grand affolement. Monsieur, sautant sur un cheval, s'en fut à la chasse, Condé alla se jeter aux pieds du premier ministre et les Vendôme prirent la fuite.

Restait Chalais. Il fut arrêté.

Dans sa prison, il reçut la viste de Richelieu, qui posa sur lui ses yeux froids et lui dit :

— Si vous avouez que la reine dirigeait le complot, vous aurez la vie sauve.

Chalais avoua. Il le regretta d'ailleurs quelques jours plus tard, lorsqu'on vint le chercher pour le conduire à l'échafaud.

Après la mort de ce faible jeune homme, Gaston, pris de peur, alla trouver Louis XIII et rejeta la responsabilité de la conspiration sur le maréchal d'Ornano, les Vendôme, Mme de Chevreuse et Anne d'Autriche dont il était pourtant devenu l'amant.

Ornano et les Vendôme furent arrêtés, Mme de Chevreuse chassée du royaume et la reine convoquée devant un tribunal composé du roi, de Marie de Médicis et de Richelieu.

— Vous avez voulu me reléguer dans un couvent et peut-être m'ôter la vie, dit Louis XIII, ensuite vous avez voulu élever mon frère sur le trône et devenir son épouse ; qu'avez-vous à répliquer ?

— C'est faux, répondit-elle fièrement. Je n'aurais pas assez gagné au change [230].

Furieux, le roi quitta la pièce et Anne regagna sa chambre. La brouille entre les époux était définitive [231].

Le 5 août, Monsieur, qui s'était réconcilié avec son frère et avait reçu en échange de cette trahison le duché d'Orléans, se maria avec Mlle de Montpensier. Alors la pauvre reine resta seule, triste d'avoir vingt-cinq ans et d'en profiter si mal...

De Londres, Buckingham avait suivi avec tout l'intérêt que l'on devine l'affaire Chalais. Quand il apprit que la reine vivait quasi séparée de Louis XIII, il reprit espoir.

Depuis quelque temps il était en relation avec les protestants de La Rochelle, qui avaient été soumis un an plus tôt par Richelieu, et il attendait qu'une occasion lui permît de faire voguer la flotte anglaise vers le pertuis breton.

Lorsque, au début de 1627, le cardinal fut de nouveau en difficulté avec les Rochelois à propos du fort de Ré, il clama bien haut que l'Angleterre ne laisserait jamais persécuter les huguenots français et poussa Charles Ier à envoyer des forces sur le continent.

Le 27 juin, il quitta Portsmouth à la tête d'une flotte de cent navires et cingla vers La Rochelle.

— C'est une guerre sainte, disait-il.

En réalité, ce n'était qu'un prétexte pour se rapprocher de sa chère Anne d'Autriche [232].

230. Anquetil, *L'intrigue du Cabinet sous Henri IV et Louis XIII*, 1780.

231. Louis XIII demeura toujours persuadé de la culpabilité de sa femme et, lorsqu'en pleurant elle viendra lui jurer, à son lit de mort, qu'elle était innocente de ce qu'on lui avait reproché, il dira : « Dans l'état où je suis, je dois lui pardonner, mais je ne suis pas obligé de la croire. »

232. Cf. Auguste Bailly : « Confondant sans cesse les intrigues politiques et les intrigues amoureuses, et réglant les premières sur les secondes, il traînait l'Angleterre derrière lui dans ses aventures les plus hasardeuses. » Mme de Motteville : « Il vint amener une puissante armée navale au secours des Rochelois assiégés par le roi Louis XIII,

Le 22 juillet, il débarqua avec cinq mille hommes et cent chevaux dans l'île de Ré. Les seigneurs huguenots allèrent les rejoindre et s'enrôlèrent avec enthousiasme dans les régiments britanniques. Une terrible guerre s'allumait qui pouvait ébranler la puissance royale.

Durant des semaines, Richelieu, très inquiet, s'ingénia à empêcher les Anglais d'entrer dans La Rochelle. Des combats acharnés eurent lieu et des milliers d'hommes tombèrent victimes de l'amour de Buckingham pour la reine de France.

Pendant ce temps, il arrivait à Anne d'Autriche une bien curieuse aventure, si l'on en croit Tallemant des Réaux :

« Le roi étant au siège de La Rochelle, nous dit l'auteur des *Historiettes*, un de ses officiers nouvellement marié écrivait à sa femme qui était à la reine. Un commis de la poste nommé Colot porta le paquet de la reine. Cette lettre était dedans. La reine ouvrait toutes les lettres qui s'adressaient à ses femmes ; elle ouvre donc celle-là. Cet homme mandait à sa femme qu'il enrageait de ne pas la tenir et que pour lui montrer en quel état il était toujours, il lui en envoyait la figure. La reine lisait à la chandelle. Colot était de façon qu'il voyait à travers le papier un gros *cazzo* en bon arroi. La reine d'abord, ayant aperçu quelques traits de crayon, avait dit : "Assurément, c'est le plan de la ville... ô le bon mari d'avoir tout ce soin-là pour sa femme !" Depuis on appelle cela *le plan de la ville* ! »

Anne d'Autriche sera trouvée bien naïve. Mais on conviendra que Louis XIII ne lui donnait pas souvent l'occasion de voir l'objet dont l'officier avait envoyé la figure...

Les hostilités durèrent tout l'été et, au cours d'un engagement, M. de Saint-Servin fut fait prisonnier. Buckingham le fit appeler dans sa chambre. Le gentilhomme français vit alors qu'un portrait d'Anne d'Autriche était accroché près du lit de l'Anglais.

— Monsieur, dit celui-ci, allez dire à la reine ce que vous avez vu, et dites à M. de Richelieu que je lui livre La Rochelle et que je renonce à combattre la France s'il accepte de m'y recevoir comme ambassadeur.

Puis il fit relâcher M. de Saint-Servin, qui vint rapporter cette proposition au cardinal.

— Si vous ajoutez un seul mot, dit simplement celui-ci, je vous fais trancher le cou.

Saint-Servin changea de conservation...

Enfin, le 17 octobre, Richelieu parvint à chasser les Anglais de l'île de Ré. S'il n'était pas maître de La Rochelle, du moins avait-il vaincu son rival...

Buckingham rentra à Londres et pendant dix mois prépara soigneusement sa revanche. Après avoir réuni une flotte considérable, il allait

montrant publiquement la passion qu'il avoit pour la reine et dont il faisoit gloire. »

repartir vers la France lorsque, le 2 septembre 1628, un officier, John Felton, le tua d'un coup de couteau, à Portsmouth[233].

Cet assassinat jeta le désarroi dans l'esprit des Rochelois qui se rendirent à Richelieu quelques semaines plus tard, le 27 octobre. Le cardinal, victorieux et vengé, fêta magnifiquement son triomphe et organisa de grandes réjouissances au milieu des fantômes qui hantaient encore la ville.

Tandis que l'armée était en liesse, au Louvre, une femme pleurait. Anne s'était enfermée en apprenant la mort de Buckingham et ne recevait personne.

Désormais elle allait vivre avec le souvenir de ce fol amour qui avait failli faire éclater une nouvelle guerre de Cent ans...

Quelques années plus tard, Vincent Voiture regardait la reine sans mot dire ; elle lui demanda en souriant ce qu'il pensait.

— Si vous le permettez, Majesté, je vous répondrai demain.

Le lendemain, le poète envoyait à Anne le poème suivant :

Je pensais que la destinée
Après tant d'injustes malheurs
Vous a justement couronnée
De gloire, d'éclat et d'honneurs,
Mais que vous étiez plus heureuse
Lorsque vous étiez, autrefois,
Je ne dirai pas : amoureuse...
La rime le veut toutefois.

Je pensais — Nous autres poètes,
Nous pensons extravagamment —
Ce que, dans l'humeur où vous êtes,
Vous feriez si, dans ce moment,
Vous avisiez en cette place
Venir le duc de Buckingham[234].
Et lequel serait en disgrâce
Du duc ou du père Vincent[235] *?...*

Après avoir lu les vers, la reine les enferma soigneusement dans un tiroir. Quand elle revint vers ses dames d'atours, elle avait les yeux pleins de larmes...

233. Plusieurs historiens accusent Richelieu d'avoir été l'instigateur de cet assassinat. L'abbé Richard précise que le cardinal poussa Felton à agir « par l'entremise d'un des capucins qui avaient pris secrètement, sous l'habit séculier, les places des Pères de l'Oratoire ». *Le véritable Père Joseph*, 1750.

234. Les Français prononçaient alors *Boukinkan*.

235. On appelait ainsi le futur saint Vincent de Paul.

23

Louis XIII n'ose pas toucher les seins de sa favorite

Il n'avait pas la belle humeur de son père.

PASCAL VIENNET

Au printemps de 1630, Louis XIII se rendit à Grenoble pour y retrouver Richelieu qui se battait alors en Savoie contre les Impériaux et les Espagnols. Le 27 avril, il s'arrêta à Dijon où un grand banquet fut organisé en son honneur. Les femmes, qui se souvenaient du bon roi Henri, et qui ignoraient sans doute l'ordonnance édictée en 1617, avaient cru bien faire en arborant des décolletés audacieux. L'une d'elles se présenta même à table les seins nus : tant d'impudeur choqua énormément le roi qui enfonça son chapeau, prit un air bourru et dîna les yeux fixés sur son assiette.

Il en résulta un grand malaise dont la demoiselle ne s'aperçut point, car elle continua de se trémousser « pour mieux ballotter sa gorge ».

De tout le repas, Louis XIII ne lui accorda pas un regard. Mais au dessert il vida lentement son verre, retint une gorgée de vin dans sa bouche et, d'un jet précis, la lança sur les seins découverts. La pauvre jeune fille s'évanouit [236].

Le malaise s'en trouva accru et chacun remonta se coucher silencieusement.

Le lendemain, Louis XIII, la mine sombre, quitta Dijon en direction de Lyon, où l'attendait l'aventure la plus extraordinaire qui pût arriver à cet homme pudibond et impuissant : l'amour...

A peine arrivé, il rencontra un très curieux personnage qui n'allait pas tarder à faire parler de lui. C'était un jeune Italien de vingt-huit ans, venu sur l'ordre du Saint-Siège pour tenter d'arrêter la guerre. Il s'appelait Giulio Mazarini...

Quand Marie de Médicis et Anne d'Autriche rejoignirent Louis XIII, la reine considéra peut-être avec intérêt ce jeune homme ; mais sans se douter bien sûr qu'elle en serait amoureuse quinze ans plus tard...

Soudain Louis XIII, qui était atteint de dysenterie, tomba gravement malade. En quelques heures, il fut aux portes de la mort, grelottant et délirant devant les médecins affolés. Quand le Père Suffren, son confesseur, vint lui apporter les sacrements, les deux reines en larmes se mirent à genoux près du lit et le roi leur demanda pardon des fautes qu'il avait pu commettre à leur égard.

— Si Dieu me permet de guérir, murmura-t-il, je veux pouvoir

236. Un père jésuite, le Père Barri, qui rapporte cette anecdote dans ses *Lettres de Paulin et d'Alexis* (Lyon, 1568), ajoute « que cette *gorge* découverte méritait bien cette *gorgée...* ».

réparer le tort que je vous ai causé en vous accordant tout ce que vous voudrez.

Paroles imprudentes que les deux femmes n'allaient pas oublier...

Car le roi guérit.

L'abcès au bas-ventre que les médecins n'avaient pas décelé creva un beau matin, et Louis XIII revint à la vie. Il demanda du vin, reprit des couleurs et se remonta un peu sur ses oreillers. Alors les deux reines s'approchèrent tendrement et lui rappelèrent en souriant sa promesse.

Il était encore faible.

— Je vous écoute, dit-il.

Elles furent brèves : elles demandèrent le renvoi de Richelieu.

— Il est à l'origine de toutes nos mésententes, dit Anne d'Autriche.

Marie de Médicis se montra plus catégorique encore.

— Il né faut plous dé cé Richéliou, dit-elle[237].

Le roi fut très embarrassé. Pris de court, il jura de chasser son ministre, en ajoutant toutefois, pour gagner du temps, qu'il n'agirait qu'après la signature de la paix avec l'Espagne.

Les deux femmes, qu'une même haine pour le cardinal unissait étroitement, regagnèrent leurs appartements en se félicitant de leur victoire.

Louis XIII, lui, était un peu vexé de s'être aussi facilement laissé prendre. « Pendant quelques heures, nous dit-on, il gratta ses draps avec irritation. » Puis il pensa qu'il aurait toujours la possibilité de se parjurer sous le prétexte qu'on lui avait extirpé une promesse alors qu'il était malade, et cela le réconforta. Il en conçut même une espèce de jubilation malsaine qui l'aida à entrer en convalescence...

C'est alors qu'il remarqua une délicieuse adolescente de quinze ans qui « lui donna dans la vue », selon l'expression amusante de Mme de Motteville. Elle s'appelait Marie de Hautefort et suivait la reine mère en qualité de fille d'honneur. Ses boucles blondes et ses yeux bleus enchantèrent le roi qui, pour la première fois de sa vie, tomba amoureux.

Anne d'Autriche s'en aperçut immédiatement mais, connaissant le tempérament froid et la pudeur extrême de son mari, elle n'en conçut aucune jalousie. Au contraire, Mme de Motteville nous dit en effet : « La reine, voyant naître cette inclination dans l'âme de ce prince farouche pour les dames, tâcha de l'allumer plutôt que de l'éteindre, pour gagner ses bonnes grâces et ses complaisances. »

Peut-être avait-elle aussi le secret espoir que le roi se dégèlerait enfin et qu'elle en profiterait...

Chaque jour apportait un changement nouveau dans le comportement de Louis XIII. Un matin, il réclama une guitare, instrument dont il

237. La reine mère conserva toujours son accent. Et l'on raconte que Mme Beautru se fit appeler Mme de Nogent, car elle en avait assez de s'entendre nommer « Mme Beautrou »... *(Menagiana)*.

savait un peu jouer, et demanda qu'on le laissât seul. Intriguée, Anne d'Autriche demeura derrière la porte et écouta. Pendant quelques minutes, le roi gratta les cordes, puis un air gracieux naquit sous ses doigts, qu'il accompagna bientôt de paroles murmurées. Elle comprit alors qu'il composait une chanson tendre sur la beauté de Mlle de Hautefort...

L'amour du roi n'allait pas tarder à être connu de toute la cour. Le dimanche suivant, faisant ses premiers pas, Louis XIII se rendit à la messe, soutenu par la reine. On l'installa dans un confortable fauteuil, et il suivit l'office avec sa dévotion habituelle.

Au sermon, il tourna la tête vers les filles d'honneur qui, selon l'usage du temps, étaient assises à même le sol, et vit que Mlle de Hautefort écoutait le prêtre dans cette position incommode. Ému, il lui fit porter le coussin qui était sur son prie-Dieu. La cour fut stupéfaite. Jamais un roi n'avait fait preuve d'une telle galanterie dans une église. La jeune fille rougissante consulta du regard la reine, qui l'invita, par signes, à s'asseoir sur le coussin.

Mlle de Hautefort agit alors avec un tact et une délicatesse qui bouleversèrent le souverain : prenant respectueusement le présent royal, elle le posa à côté d'elle et se garda d'y toucher.

De tels actes étaient bien faits pour accroître la passion du roi. Mais, si Louis XIII était chaque jour un peu plus amoureux de Marie, il n'en demeurait pas moins à son égard d'une impressionnante réserve. Je n'en veux pour preuve que cette anecdote qui nous est rapportée par de nombreux contemporains : un jour, le roi entra dans la chambre de la favorite. Voyant qu'elle lisait une lettre, il fronça le sourcil :

— Qui donc vous a écrit ?

Pour le taquiner, la belle, d'un geste rapide, glissa le billet entre ses seins.

— Si vous le voulez, dit-elle en riant, vous le prendrez là.

Louis XIII pâlit, considéra un instant « cette gorge parfaite qui étoit une des beautés qu'on admiroit » et finalement recula.

Sa pudibonderie lui fit alors commettre un acte inouï. Il prit les pincettes de la cheminée et s'en servit pour tirer le billet sans avoir à toucher aux seins de Marie...

Henri IV dut se retourner plusieurs fois dans sa tombe.

Lorsque, le 19 octobre, le roi, complètement guéri, quitta Lyon en litière, tout le monde remarqua son air enjoué. Au moment où la reine monta dans son carrosse, il fit même un mot drôle, ce qui ne lui était jamais arrivé, et ses familiers en conclurent que Mlle de Hautefort excitait du moins son esprit...

Aux étapes, il allait la retrouver, la regardait en rougissant et l'entretenait longuement de ses chiens de chasse et des difficultés qu'il avait à tuer les écureuils.

Marie l'écoutait avec ennui. Ce genre de conversation n'a jamais passionné les femmes et le regard brillant de la favorite signifiait clairement qu'aux anecdotes sur le gibier à poil elle eût préféré une main bien placée...

Arrivé à Paris, Louis XIII s'installa rue de Tournon, dans l'ancien hôtel de Concini (car le Louvre était aux mains des maçons), et pensa que sa vie allait être désormais une suite délicieuse d'heures consacrées à Marie et à la poésie. Anne d'Autriche et Marie de Médicis devaient se charger de le ramener brutalement à la réalité.

Anne s'était installée dans un appartement fort éloigné de celui de son mari et la reine mère avait réintégré son palais du Luxembourg. Dès qu'elles eurent vidé leurs malles, elles se précipitèrent chez le roi pour lui rappeler sa promesse de renvoyer Richelieu.

— La guerre avec l'Espagne est finie, vous devez tenir votre parole.

Pendant plusieurs jours, Louis XIII résista aux attaques de sa mère, puis il se laissa convaincre et accepta de chasser le cardinal. Celui-ci, qui habitait le Petit Luxembourg, était parfaitement renseigné par sa police personnelle sur les menées de la Florentine. Il savait même qu'elle voulait le remplacer par le garde des Sceaux Michel de Marcillac, et qu'elle était aidée dans son complot par le duc de Guise. Il se tenait prêt à contre-attaquer.

Le 10 novembre, il apprit que la reine mère, enfermée dans sa chambre, était en train de parler avec le roi. Fort inquiet, il chargea sa nièce, Mme de Combalet, d'aller aux renseignements ; mais la Florentine barricada sa porte.

— Plous de cardinal ! Plous de nièces ! Plous personne ! cria-t-elle.

Le roi intervint, disant qu'on ne devait pas éveiller les soupçons de Richelieu par de ridicules maladresses, et il fit entrer la jeune femme. Marie de Médicis parvint à rester calme quelques instants : mais brusquement une fureur terrible la saisit et, nous dit Saint-Simon, « elle laissa couler un torrent d'injures qui ne sont connues qu'aux Halles »[238].

Pendant que cette scène avait lieu, le cardinal, de plus en plus angoissé, entrait au Luxembourg. Il ne voulait pas rester plus longtemps loin du lieu où se jouait son destin.

Au premier étage, il vit que l'appartement de la reine mère était verrouillé. Il secoua les huis, rôda dans les couloirs et finit par se glisser dans l'oratoire qui communiquait avec la chambre de la Florentine. Là, une porte secrète était entrouverte. Il la poussa...

Marie de Médicis, qui tapait du pied en vociférant, le vit entrer avec stupeur.

— Vous parliez de moi, je présume, dit-il. Me voici, de quoi m'accusez-vous ?

238. Marie de Médicis était très bête. D'après Tallemant des Réaux, « elle croyait que les grosses mouches qui bourdonnent entendent ce qu'on dit et le vont redire ; et, quand elle en voyait quelqu'une, elle ne disait plus rien de secret... ».

La Florentine perdit alors le contrôle d'elle-même et se mit à insulter grossièrement le cardinal.

Il était venu pour discuter ; ce vocabulaire de poissarde auquel il n'était pas habitué le décontenança tant qu'il ne put prononcer un mot.

— Jé vous chasse ! criait la reine mère. Vous n'êtes qu'oun valet ingrat !

Voyant que le roi le laissait insulter sans broncher, Richelieu comprit qu'il était perdu. Il tomba à genoux et, comme il était très émotif, il pleura.

— Pardon, bredouilla-t-il.

Marie de Médicis marchait de long en large à travers la chambre, en hurlant. Le cardinal, toujours sur les rotules, eut alors l'idée singulière de la suivre dans tous ses déplacements :

— Grâce ! Grâce ! criait-il.

Le spectacle était si grotesque que Louis XIII en fut gêné.

— Relevez-vous, monsieur de Richelieu, et sortez, dit-il sèchement.

Le cardinal se retira, secoué par de gros sanglots qui résonnèrent longtemps dans les couloirs.

Lorsqu'il eut disparu, Marie de Médicis se tourna vers son fils, l'œil pétillant.

— Qu'ést-cé qué vous vous en pensez ?

— Tout cela est bien fatigant, se contenta de dire le roi.

Après quoi il sortit, monta dans un carrosse et se fit conduire à Versailles dont il aimait le bon air.

Aussitôt, les suivantes de Marie de Médicis, qui avaient tout entendu, se précipitèrent hors du Luxembourg pour aller apprendre à la cour que le cardinal était abandonné par le roi et que sa disgrâce était imminente.

Deux heures plus tard, tous les ennemis du premier ministre étaient chez la reine et entouraient M. de Marcillac qui commençait à distribuer des charges. On se congratulait, les beaux esprits composaient des quatrains venimeux contre Richelieu qu'on prétendait en fuite, et Anne d'Autriche, dans un coin du salon, souriait en pensant que son cher Buckingham était vengé.

Or, à la même heure, le cardinal arrivait à Versailles, se prosternait devant le roi, parlait habilement et retournait la situation.

— Je vous rends toute ma confiance, disait Louis XIII, et je vous affirme que ma volonté est de vous voir à mon service comme par le passé.

Le soir même, Richelieu revenait à Paris, plus puissant que jamais, et faisait arrêter tous ceux qui s'étaient réjouis de sa disgrâce, à commencer par M. de Marcillac.

Un affolement indescriptible régna pendant toute la soirée au Luxembourg où Marie de Médicis piqua la plus belle colère de sa vie. Anne d'Autriche fut plus calme. Comprenant qu'elle allait avoir à subir de nouveau la rancœur et la haine de son soupirant évincé, elle se coucha en pleurant.

Ainsi se termina ce dimanche 10 novembre 1630, que l'on devait appeler avec raison la Journée des Dupes.

Dès le lendemain, délivré des soucis que lui causaient les harcelantes plaintes de sa mère, Louis XIII put se consacrer de nouveau entièrement à Mlle de Hautefort qui, par bonheur, n'avait pas été mêlée à l'intrigue.

Heureux, détendu, il se désintéressa quelque peu des affaires de l'État.

On le vit alors s'adonner à de curieuses occupations pour un souverain. Il se mit à faire des confitures...

En compagnie de la demoiselle d'honneur, il passait son temps devant les fourneaux et se passionnait tellement pour la cuisine qu'un soir un ambassadeur s'entendit répondre « que Sa Majesté ne pouvait le recevoir car elle étoit en train de larder... ».

Il faisait aussi de grosses farces pour amuser Mlle de Hautefort. « Un jour, nous dit Tallemant des Réaux, il coupa la barbe à tous ses officiers et ne leur laissa qu'un petit toupet au menton. » On en fit d'ailleurs une chanson :

Hélas ! ma pauvre barbe
Qu'est-ce qui t'a faite ainsi ?
C'est le grand roi Louis
Treizième de ce nom
Qui a tout ébarbé sa maison.

Chanson qu'il apprécia en connaisseur, car il composait lui-même des romances et s'enorgueillissait d'être l'auteur de nombreuses musiques de ballet. Chaque fête donnée à la cour était un petit récital des dernières œuvres de Sa Majesté...

Toutes ces distractions plaisaient certes beaucoup à Mlle de Hautefort ; mais la charmante jeune fille commençait à désirer des joies plus profondes que celles dont Louis XIII se contentait en faisant des confitures... Et, tout comme la reine, elle fut bientôt tourmentée par un désir qui, les nuits d'hiver, lui tenait lieu de chaufferette...

Pendant que le roi batifolait ainsi chastement, Richelieu se vengeait avec méthode de ceux qui avaient voulu sa perte [239]. Quand il ne resta plus devant lui que les deux reines, il fut perplexe. Toutes deux, en effet, étaient, par leur situation, hors de son pouvoir. Il devait donc user à leur égard d'armes spéciales.

Pour se débarrasser de Marie de Médicis qui le gênait particulièrement, car il craignait une nouvelle offensive de sa part, il eut recours

239. Bassompierre fut arrêté le 24 février et conduit à la Bastille où il devait rester douze ans (jusqu'à la mort du cardinal). La veille, sentant le danger, il avait brûlé plus de six mille lettres d'amour « qui auraient pu compromettre les plus grandes dames du royaume... ».

à une ruse singulière : en mai 1631, il fit courir le bruit que la police, sur l'ordre de Louis XIII, allait se saisir d'elle. La reine mère, comme une grosse mouche affolée, s'enfuit de Compiègne où elle était alors, buta contre la Flandre, rebondit en Angleterre, revint en Hollande, et finit par échouer à Cologne.

C'était une victoire, et Richelieu se frotta les mains. Restait Anne d'Autriche qu'il comptait bien faire répudier. Il convoqua Mlle de Hautefort :

— Il faut que le roi, qui vous aime tant, soit au courant de tous les actes de la reine, dit-il hypocritement. Dût-il en souffrir. J'ai pensé que vous pourriez me faire un petit rapport quotidien...

Marie de Hautefort, bien que favorite de Louis XIII, avait été gagnée par le charme d'Anne d'Autriche. Elle refusa.

Le cardinal pensa alors qu'il avait besoin d'une femme intrigante, et il autorisa la duchesse de Chevreuse, qui vivait en exil depuis l'affaire Chalais, à revenir à la cour. Ce choix était d'une habileté géniale, car il lui permettait de compter à la fois sur la reconnaissance de la jeune femme et sur celle d'Anne d'Autriche qui allait être ravie de revoir son amie.

Mme de Chevreuse, dès son arrivée à Paris, alla remercier Richelieu et lui adressa mille protestations d'amitié.

— Je n'oublierai jamais que vous m'avez tirée de l'exil, dit-elle, et je vous aiderai toujours autant que je le pourrai.

Elle tint parole. A quelque temps de là, elle parvint à détacher de la Maison d'Autriche l'un de ses amants, le duc de Lorraine, et à lui faire signer un traité d'alliance avec la France.

Richelieu, à son tour, alla la remercier. Elle le reçut avec tant de grâces, déploya tant de charme, qu'il pensa naïvement qu'elle devait être amoureuse de lui et en fut troublé.

Mme de Chevreuse, je l'ai dit, était une ravissante blonde aux yeux verts et aux mœurs dissolues qui passait le plus clair de son temps « à faire le cricon criquette » avec tous les hommes qui lui plaisaient.

De savoureuses anecdotes couraient sur elle. « J'ai ouï conter, dit Tallemant des Réaux, que, par gaillardise, elle se déguisa, un jour de fête, en paysanne, et s'alla promener toute seule dans les prairies. Je ne sais quel ouvrier en soie la rencontra. Pour rire, elle s'arrêta à lui parler, faisant semblant de le trouver à son goût. Mais ce rustre, qui n'y entendait point de finesse, la culbuta fort bien, et on dit qu'elle passa le pas sans qu'il en soit arrivé jamais autre chose. »

Cette scène agreste s'était déroulée devant quelques témoins, et l'auteur des *Historiettes* ajoute que, « quelqu'un s'étant écrié : « Ah ! la belle femme, je voudrais bien l'avoir b... », elle se mit à rire et dit : « Voilà de ces gens qui aiment la besogne faite... »

Au lit, sa technique témoignait, disait-on, d'un tempérament si généreux et d'une imagination si fertile que Richelieu résolut de vérifier par lui-même le bien-fondé de cette flatteuse réputation.

En désirant devenir l'amant de la jeune femme, le cardinal ne pensait pas seulement prendre un savoureux plaisir ; il espérait avoir le moyen de nuire efficacement à la reine. Mme de Chevreuse et Anne d'Autriche avaient, en effet, repris leurs jeux d'autrefois en compagnie de jeunes débauchés, au point que Gaston d'Orléans prétendait malicieusement qu'on avait rappelé l'exilée « pour donner plus de moyens à la reine de faire un enfant »... Elles passaient leur temps à rire, à danser, à organiser des fêtes, et s'adoraient...

Seul un homme capable d'apporter de grandes satisfactions à Mme de Chevreuse pouvait avoir assez d'autorité pour séparer les deux amies. Le cardinal eut la candide prétention de croire qu'il était cet homme-là, et fit à la belle une cour assidue. Il s'abusait. Malgré tout son talent d'homme d'État, le premier ministre n'était pas de force devant une telle femme. Celle-ci devina ses desseins et, d'accord avec la reine, mit sur pied un ingénieux complot destiné à le renverser.

Sachant que Châteauneuf, le garde des Sceaux, était amoureux d'elle, la jolie rouée excita sa jalousie en lui apprenant que Richelieu la poursuivait de ses avances. Le brave homme n'opposa aucune résistance, mais conçut immédiatement une haine très pure pour le cardinal auquel, pourtant, il devait tout.

— Tant qu'il sera premier ministre, lui susurra alors Mme de Chevreuse, j'aurai tout à craindre de lui.

Châteauneuf comprit et jura qu'il était prêt à soulever le peuple et à faire fuir définitivement Richelieu. Il ne fallait qu'un encouragement à un tel élan : la petite duchesse prit sa plume et lui écrivit cette lettre pleine de promesse :

Mon Ami,

Je crois que vous êtes absolument à moi. Je vous promets qu'éternellement je vous traiterai comme mien ; quand toute la terre vous négligerait, je saurai toute ma vie si dignement vous estimer que, si vous m'aimez véritablement, comme vous le dites, vous aurez sujet d'être content de votre fortune, car toutes les puissances de la terre ne sauraient me faire changer de résolution.

C'était plus qu'il n'en fallait pour galvaniser le pauvre garde des Sceaux qui se mit, dès lors, à passer ses nuits en conciliabules secrets avec des amis de Gaston d'Orléans.

Pendant ce temps, Richelieu devenait de plus en plus amoureux de Mme de Chevreuse. « Il lui témoignait, nous dit Louis Batifol, autant de passion qu'elle en avait lu autrefois dans le cœur de Holland. » Un matin, il vint lui rendre visite si tôt qu'il la trouva au lit. Perdant un peu de sa dignité habituelle, il se précipita sur elle et tenta de se glisser sous les draps. Elle dut le menacer d'un scandale pour s'en débarrasser [240].

240. *Conversation de maître Guillaume avec la princesse de Conti aux Champs-Élysées.* Anonyme du XVIIe siècle. (« Pièces curieuses », t. IV).

Le soir, la chose ayant été colportée par des domestiques, on ne parla, à l'hôtel de Rambouillet, que de l'inconduite du cardinal. Le salon des précieuses était, en effet, le carrefour de tous les ragots de la capitale, et les informations un peu scabreuses y remportaient toujours un grand succès. On en profita pour rappeler toutes les tares de la famille de Richelieu et l'on s'amusa à raconter que son frère, cardinal de Lyon, avait dû, au cours d'une crise de folie, être enfermé dans sa cellule par les Chartreux de Grenoble, et que sa sœur, marquise de Brézé, « croyait avoir le cul en verre et ne bougeait du lit de crainte de se le casser... [241] ».

Deux jours plus tard, les futures amies de Mlle de Scudéry se réjouirent de nouveau en apprenant que Richelieu, à la demande de Mme de Chevreuse, s'était déguisé en cavalier, avec des plumes rouges à son chapeau, et que la reine, cachée derrière une tapisserie, l'avait vu passer dans cet extravagant costume [242].

Le cardinal sut-il que sa chère duchesse s'était moquée de lui en compagnie de la reine ? C'est possible, car il tomba subitement malade et dut s'aliter.

En apprenant cette nouvelle, Châteauneuf, qui conspirait toujours avec acharnement, conçut le fol espoir d'être soutenu par le Ciel et pensa que son ennemi allait mourir. Il écrivit à Mme de Chevreuse pour se réjouir « d'être enfin délivré de ce c... pourri ». La police du cardinal était aux aguets ; elle intercepta cette charmante lettre qui fut portée à Richelieu. Le lendemain, le garde des Sceaux était arrêté et Mme de Chevreuse obligée de reprendre le chemin de l'exil.

Elle se réfugia à Tours où, pour passer le temps, elle devint la maîtresse de l'archevêque...

24

Louis XIV fut-il conçu grâce à Mlle de La Fayette ?

Il y a beaucoup d'ombre autour de la naissance du Roi-Soleil...

CHARLES NISARD

Au milieu de toutes ces intrigues, le roi demeurait fidèlement épris de Mlle de Hautefort. Quand il ne se promenait pas avec elle dans le

241. *Conversation de maître Guillaume avec la princesse de Conti aux Champs-Élysées*. Anonyme du XVIIe siècle. (« Pièces curieuses », t. IV.).

242. Cf. AMELOT DE LA HOUSSAYE : « Le cardinal de Richelieu fut assez longtemps amoureux de la duchesse de Chevreuse, veuve du connétable de Luynes : il lui faisait de beaux présents et, pour lui plaire davantage, il s'habillait quelquefois en cavalier, avec l'épée au côté et des plumes rouges au chapeau. Un jour, la duchesse, qui ne l'aimait point du tout, fit cacher la reine Anne dans un endroit secret de son appartement, pour lui donner le plaisir de voir passer le cardinal et la duchesse, qui s'entendait avec la reine, et le trahissait en tout ; au lieu qu'il avait cru la mettre dans ses intérêts en lui faisant l'amour. » *Mémoires historiques et critiques*. La Haye, 1737.

parc de son petit château campagnard de Versailles, il s'enfermait dans un cabinet pour y composer des chansons pleines d'amour[243]. L'une d'elles est parvenue jusqu'à nous. Marie s'y trouve désignée pudiquement sous le nom d'Amaryllis :

Tu crois, ô beau soleil,
Qu'à ton éclat rien n'est pareil,
En cet aimable temps
Que tu fais le printemps,
Mais quoi ! tu pâlis
Auprès d'Amaryllis.

Or que le ciel est gai
Durant ce gentil mois de mai.
Les roses vont fleurir
Les lys s'épanouir.
Mais que sont les lys,
Auprès d'Amaryllis ?

De ses nouvelles pleurs
L'aube va ranimer les fleurs ;
Mais que fait leur beauté
A mon cœur attristé,
Quand des pleurs je lis
Aux yeux d'Amaryllis.

Lorsque Louis XIII lui chantait ces couplets un peu fades, Mlle de Hautefort était profondément désolée. « Jamais, se disait-elle, il n'osera me manquer de respect. »

Elle finit par prendre une initiative hardie : un soir que son désir était trop fort, elle sauta sur le roi et tenta de l'entraîner vers un lit.

Louis XIII se débattit, parvint à se dégager et fut peiné. Il ne croyait pas qu'une jeune fille pût être attirée par des plaisirs aussi peu intellectuels, et le dit à son amie. Cela n'empêcha pas Mlle de Hautefort, travaillée en profondeur par le printemps, de revenir à la charge les jours suivants et de le « martyriser », au dire de Mme de Motteville.

Ces attaques étaient vaines d'ailleurs, car le roi défendait bien sa vertu.

C'est à cette époque qu'il dit un jour à des amis :

— Les femmes ne m'intéressent que de la tête à la ceinture !

— Dans ce cas, lui répondit quelqu'un, il faut la leur faire porter aux genoux !

Cette plaisanterie était un peu leste. Elle déplut à Louis XIII qui fit grise mine au gentilhomme pendant un mois.

Bientôt les assauts de la favorite furent si violents que le roi finit par se lasser. Il n'aimait pas être obligé de se défendre contre les

243. Cf. Mlle de Montpensier : « Il en faisait même les paroles, et le sujet n'était jamais que Mlle de Hautefort. » *Mémoires.*

entreprises d'une femme et demanda à Marie d'être plus réservée à son égard.

Le cardinal fut rapidement informé de cette mésentente et, comme il haïssait Mlle de Hautefort depuis qu'elle avait refusé de le servir contre la reine, il pensa que le moment était venu de se venger : il présenta au roi une jeune fille brune et fort maigre, qui s'appelait Louise de La Fayette.

Cette demoiselle avait une qualité qui séduisit tout de suite Louis XIII : elle chantait.

Dès le lendemain, il l'attira dans son cabinet et lui demanda d'interpréter quelques vieilles chansons. Elle obéit en rougissant et, pendant deux heures, le tint sous le charme. Pourtant il ne dit pas un mot aimable car il se méfiait, trouvant Louise trop élégante. La jeune fille, en effet, s'habillait avec recherche et suivait les excentricités de la mode. Or Dieu sait si la mode était extravagante en ce printemps 1635 ! Les femmes ne portaient que des couleurs tendres et si extraordinaires que les couturières étaient obligées d'inventer des noms pour les désigner. Il y avait les robes feuille-morte, ventre de biche, ventre de nonnain, couleur du roi, mimine, triste-amie, gris d'été, céladon, astrée, face grattée, couleur de rat, fleur mourante, vert naissant, vert brun, vert gai, vert de mer, vert de pré, merde d'oie, aurore, singe mourant, couleur de sel à dos, de veuve réjouie, de temps perdu, flammette de soufre, de constipé, singe envenimé, ris de guenon, trépassé revenu, espagnol malade, espagnol mourant, couleur de baise-moi-ma-mignonne, couleur de péché mortel, de cristallin, de bœuf enfumé, de jambon commun, de désirs amoureux, de racleur de cheminée, etc.

En voyant Mlle de La Fayette vêtue d'une élégante toilette ris de guenon ou face grattée, le roi s'inquiétait, car la coquetterie lui semblait une invitation à la débauche.

Mais il fut bien vite rassuré ; cette jeune fille, malgré son amour pour les belles parures, était aussi pure que lui. Le péché lui faisait horreur et son cœur se glaçait à la pensée des assemblages auxquels se plaisent généralement les amoureux.

Auprès d'elle, Louis XIII retrouva sa belle humeur et vécut sans crainte. Il l'emmenait parfois se promener dans les bois — même très éloignés — sachant bien qu'elle ne tenterait pas de le violer. Finalement, il tomba amoureux de cette femme si bien faite pour le comprendre et ne parla plus à Mlle de Hautefort. Alors la pauvre, qui se trouvait toujours aussi agacée par les effets du printemps, quitta la cour et emporta sa chaleur intime en province.

Richelieu, une fois de plus, se frotta les mains. Protecteur de Mlle de La Fayette, il pensait pouvoir utiliser ses bons offices pour connaître les secrets agissements de la reine. Ayant convoqué la jeune fille, il lui tint le même discours qu'à Mlle de Hautefort, mais n'eut pas plus de succès qu'avec celle-ci. Dès les premiers mots, en effet, la nouvelle favorite se cabra :

— Vous ne saurez jamais rien de moi, dit-elle sèchement.

Puis elle partit, laissant le cardinal déçu et riche d'une haine toute neuve.

Immédiatement, il chercha à se venger et utilisa un moyen peu digne de son grand génie : au cours d'un bal donné à Saint-Germain, il demanda à quelques jeunes filles de ses amies de presser des citrons à l'endroit où Louise avait dansé. Tout le monde crut qu'elle avait fait pipi sur le parquet et le scandale fut énorme.

La reine appela La Porte, son valet de chambre, et lui demanda de sentir les gouttes.

La Porte obéit, se mit à quatre pattes, flaira consciencieusement et déclara que ce n'était pas du citron...

Peut-être avait-il le nez bouché.

Quoi qu'il en soit, Mlle de La Fayette n'osa pas discuter avec Anne d'Autriche et rentra fort confuse dans sa chambre. Le lendemain, la cour chanta :

Petite La Fayette,
Votre cas n'est pas net :
Vous avez fait pissette
Dedans le cabinet.
A la barbe royale,
Et là, aux yeux de tous,
Vous avez fait la sale,
Ayant pissé sous vous.

Le roi n'attacha aucune importance à cet incident ; mais Louise, très mortifiée, en voulut férocement au cardinal qu'elle soupçonnait d'être l'auteur de cette mauvaise plaisanterie.

Sur ces entrefaites le Père Joseph, confident et conseiller de Richelieu, vint la trouver.

« Ce moine, nous dit Dreux du Radier, était d'un génie presque égal à celui du cardinal. Fatigué d'une subordination trop marquée pour sa vanité, il avoit conçu le projet de détruire son bienfaiteur et de prendre sa place. »

Son premier objectif était d'obtenir le cardinalat qui l'eût mis sur un pied d'égalité avec Richelieu.

Connaissant les sentiments de la nouvelle favorite à l'égard du premier ministre, il lui demanda son aide.

— Je ferai tout pour débarrasser le royaume de cet homme malfaisant qui vient encore de déclarer une guerre, dit-elle.

Alors le capucin lui expliqua qu'il avait offert au pape Urbain VIII de faire conclure la paix avec la Maison d'Autriche et d'établir un traité avec les protestants.

— Si je réussis, ajouta-t-il, le Saint-Père, qui déplore tous ces conflits, me donnera le chapeau de cardinal. Il faut donc que vous m'aidiez.

Mlle de La Fayette ignorait tout de la politique. Elle fut un peu effrayée en pensant au rôle qu'on voulait lui faire jouer, et demanda à réfléchir. La voyant perplexe, le Père Joseph « lui fit alors envisager habilement les choses du côté de la religion et de la piété » :

— Si vous parvenez à convaincre le roi, dit-il, vous serez l'auteur du bien de toute l'Europe en donnant une paix nécessaire à la France, et en retirant un gros poids de la conscience de Sa Majesté [244]...

Mlle de La Fayette fut ébranlée par ce discours. La grandeur de sa mission l'exalta, et elle promit de parler à Louis XIII.

Le soir même, dans la chambre du roi, elle répéta fidèlement tout ce que le capucin lui avait dit :

— Il faut arrêter la guerre contre l'Autriche, le peuple est écrasé d'impôts, les paysans se soulèvent : le cardinal doit partir...

Louis XIII écouta Louise sans l'interrompre ; mais quand elle eut fini son discours il lui demanda de bien vouloir goûter les confitures qu'il venait de faire...

Les choses s'engageaient mal.

Très ennuyée, Mlle de La Fayette quitta le roi et alla prendre conseil d'une de ses amies, Mme de Senecey, femme droite et honnête qui détestait le cardinal et étonnait la cour par sa chasteté. Elle n'avait, en effet, qu'un amant.

... Encore était-ce l'évêque de Limoges [245] !

Or, précisément, ce galant prélat était l'oncle de la favorite. Aussi Mlle de La Fayette considérait-elle Mme de Senecey comme une tante à la mode du Limousin.

Elle lui fit part des intentions du Père Joseph et lui demanda son appui. L'évêque était là :

— Pour réussir, dit-il, il faut utiliser la personne qui a le plus d'influence sur le roi, c'est-à-dire le Père Caussin, son confesseur. Je m'en charge.

Quelques jours après, le Père Caussin, gagné à la cause des conjurés (auxquels s'était jointe naturellement Anne d'Autriche), répétait à Louis XIII une leçon que Louise lui avait apprise. Cette fois, le souverain fut ébranlé. Il commença par considérer Richelieu d'un œil froid et méchant, puis il ne lui fit plus goûter ses confitures. Le cardinal s'alarma. Soupçonnant Mlle de La Fayette d'organiser un

244. DREUX DU RADIER, *op. cit.*

245. Il existait, bien entendu, des gens assez méchants et étroits d'esprit pour critiquer cette pieuse liaison. Et l'on chantait :

Senecey la sainte
Est femme d'esprit
Si elle est enceinte
C'est de l'Antéchrist
On a vu chez elle un moine bourru
Lanturlu.

(On sait que, d'après les Écritures, l'Antéchrist doit être le fils d'un prêtre.)

nouveau complot contre lui, il « acheta » le principal valet de chambre de roi, un nommé Boizenval, et le chargea de surveiller les agissements de la favorite. « Celui-ci, nous dit Dreux du Radier, promit non seulement de lui rapporter fidèlement tout ce qu'il saurait des paroles et des actes du roi et de Mlle de La Fayette, mais encore de lui remettre tous les billets qu'ils s'enverraient et dont il serait chargé. »

Il tint parole, et le cardinal put suivre au jour le jour la marche du complot destiné à le renverser. Lorsqu'il connut le nom de tous les complices du Père Joseph, Richelieu décida de rompre la liaison du roi et de Mlle de La Fayette. « Aussi occupé à cette intrigue que du gouvernement de l'État entier, nous dit Vittorio Siri [246], il passa des nuits à falsifier les lettres que s'envoyaient les deux amoureux [247].

Constatant qu'il n'obtenait aucun résultat, il eut alors une idée qui témoigne de son génie politique et force l'admiration : pour se débarrasser de Mlle de La Fayette, il imagina de lui inspirer une vocation religieuse.

Il convoqua le Père Carré, confesseur de la jeune fille, et lui demanda de jeter le bon ferment dans cette âme pieuse.

— Vous devez faire comprendre à Mlle de La Fayette qu'elle est appelée par Dieu et qu'elle doit fuir les plaisirs du siècle.

Le succès fut prodigieux : deux mois plus tard, la favorite annonçait au roi qu'elle avait l'intention d'entrer au couvent.

Louis XIII fut très abattu : il alla se coucher et pleura toute la nuit [248]. Trop pieux pour lutter contre la vocation de sa favorite, il se contenta de souffrir.

Le 23 mai 1637, *La Gazette de France*, fondée six ans auparavant par Renaudot, publia cet entrefilet :

De Paris, le 19, le roi partit de Saint-Germain et fut coucher à Versailles. Le même jour, la demoiselle de La Fayette, l'une des filles d'honneur de la reine, s'est rendue religieuse dans le monastère des Filles de la Visitation et a été grandement regrettée du roi, de la reine et de toute la cour.

La séparation avait été pathétique. Le roi était venu dire adieu à Louise dans la chambre de la reine, et là, devant Anne d'Autriche très émue, il n'avait pu retenir ses larmes.

Après quelques paroles, plus « bégayées que prononcées », il était parti et la favorite avait couru à la fenêtre pour le voir monter en

246. *Memorie recondie*, t. 8.

247. Il était pourtant fort occupé à cette époque. Non seulement il dirigeait les opérations militaires contre l'Espagne, mais encore il organisait l'Académie française. Cette compagnie doit d'ailleurs son origine à une femme : Julie d'Angennes, fille de la marquise de Rambouillet. Cette jeune précieuse, que Richelieu avait courtisée en vain, tenait un salon littéraire très couru. Pour lui retirer les écrivains les plus importants, le cardinal « officialisa » le cénacle que dirigeait le poète Conrart.

248. C'est lui-même qui l'écrit dans une lettre à Chauvigny.

carrosse. Oubliant alors l'étiquette qui interdisait de désigner Sa Majesté par un pronom, elle s'était écriée, dans un sanglot :

— Hélas, je ne *le* verrai donc plus...

Au mois de juin, elle prit le voile et devint l'humble Sœur Angélique.

Dès que Mlle de La Fayette fut sortie du siècle, Richelieu poussa un gros soupir et procéda à quelques petits règlements de comptes : le Père Joseph tomba malade et mourut subitement, le Père Caussin fut expédié à Rennes, Mme de Senecey dut quitter la cour et se retirer dans son château de Randan, et l'évêque de Limoges fut obligé de regagner son diocèse...

Louis XIII ne pouvait se consoler du départ de Louise. De temps en temps, il allait, en se cachant du cardinal, jusqu'au couvent de la rue Saint-Antoine et faisait une visite à la petite religieuse. Naturellement, Richelieu l'apprit. Pensant qu'une femme pouvait, seule, faire oublier son chagrin au roi, il fit revenir au Louvre Mlle de Hautefort. Mais la gracieuse Marie n'avait plus aucun pouvoir sur le cœur de Louis XIII. Elle s'en aperçut vite. La regardant sans la voir, demeurant muet en sa présence, le souverain semblait dans l'attente continuelle du moment où il pourrait courir rue Saint-Antoine. Deux fois par semaine, en effet, sous couleur d'aller chasser à Vincennes, il continuait de fréquenter la Visitation. A chaque visite, la petite Sœur Angélique, qui se croyait une grande pécheresse, lui faisait la morale[249] et le suppliait de se rapprocher d'Anne d'Autriche.

— Il y a vingt-deux ans que vous êtes marié, Sire, et vous n'avez pas encore donné de dauphin à la France.

Louis baissait la tête et parlait d'autre chose. Pour avoir un enfant il fallait se livrer à des actes qui lui répugnaient vraiment trop...

Un jour d'août, il arriva à la Visitation plus blême et plus triste que d'habitude.

— La reine correspond secrètement avec sa famille, dit-il à Louise, M. de Richelieu vient d'intercepter une lettre chiffrée qu'elle envoyait à Mirabel, ambassadeur d'Espagne...

— Le roi d'Espagne est son frère, dit doucement Louise.

— C'est notre ennemi, coupa le roi. La France est en guerre contre lui.

Une extraordinaire affaire commençait pour la plus grande joie de Richelieu qui espérait bien, cette fois, faire jeter la reine dans un cachot sous l'inculpation de haute trahison. La Porte, valet de chambre d'Anne d'Autriche, fut conduit à la Bastille. On saisit sur lui une lettre destinée à Mme de Chevreuse, qui, naturellement, était mêlée au nouveau complot[250]. Une perquisition eut lieu au couvent du Val-de-Grâce, où la reine avait un appartement. On ne trouva rien, car les

249. C'est elle qui détermina Louis XIII à placer son royaume, par un vœu solennel, sous la protection de la Vierge.

250. En apprenant l'arrestation de La Porte, Mme de Chevreuse, effrayée, s'habilla en homme et s'enfuit en Espagne.

religieuses avaient eu la finesse de cacher tous les papiers compromettants.

Richelieu se rendit alors à Saint-Germain pour interroger Anne d'Autriche qui, malade de peur, se voyait déjà arrêtée, répudiée et renvoyée en Espagne.

Le cardinal lui montra la lettre adressée à Mirabel.

— Puis-je me permettre, Majesté, de vous demander des explications au sujet de cette lettre ?

Après tant de manœuvres sournoises, les deux ennemis se trouvaient enfin face à face. Comme leurs regards durent se croiser avec violence lorsque la reine répondit qu'elle n'avait jamais vu ce papier.

Baissant les yeux, Richelieu sourit :

— Je vous crois, Madame, mais en toute chose il peut y avoir plusieurs vérités. Et je vous assure que, si vous dites tout ce que vous savez et jusqu'au fond des choses, le roi vous pardonnera certainement. D'ailleurs, je serai là pour vous défendre...

Pendant plus d'une heure, sur ce ton fielleux, il tortura la reine, qui finit par s'effondrer. En sanglotant, elle avoua qu'elle était l'auteur de la lettre, mais jura qu'elle n'en avait pas écrit d'autres.

— Vous savez depuis longtemps quels sentiments j'ai pour vous, dit doucement Richelieu. Je vais maintenant de tout mon cœur m'employer à vous faire absoudre par le roi.

Anne d'Autriche, elle aussi, joua le jeu :

— Ah ! monsieur le Cardinal, dit-elle, quelle bonté faut-il que vous ayez !

Et elle lui tendit la main. Mais Richelieu la refusa en feignant l'humilité et le respect...

Dès qu'il fut remonté dans son carrosse, Anne d'Autriche s'affola. Il fallait absolument que La Porte, qui allait être interrogé à son tour, fît les mêmes réponses qu'elle. Comment lui faire savoir ce qu'elle avait avoué ? Elle demanda conseil à Mlle de Hautefort qui était devenue son amie.

— Écrivez une lettre, lui dit celle-ci. Je me charge de la faire parvenir à La Porte.

Le lendemain matin, déguisée en soubrette, le visage à demi caché par une grande coiffe, la jeune fille se rendit à la Bastille et demanda à voir un de ses amis, le chevalier de Jars, qui purgeait alors une petite peine.

— Je suis la sœur de son valet, dit-elle.

Les gardes, pensant qu'il s'agissait d'une fille de joie comme il en venait souvent à la Bastille, allèrent chercher le chevalier et le laissèrent avec Marie.

Jars fut stupéfait en reconnaissant son amie.

— Vous ?...

Elle lui fit signe de se taire :

— Voici une lettre de la reine qu'il faut faire passer à La Porte. Sa chambre se trouve deux étages au-dessous de la vôtre ; c'est de la plus haute importance...

Quelques heures plus tard, le chevalier perçait son plancher, faisait passer la lettre à son voisin du dessous, et celui-ci, par le même moyen, la transmettait à La Porte.

Quand Richelieu arriva, le valet de chambre savait quelles réponses il devait faire. Anne d'Autriche était sauvée...

Ignorant qu'il avait été dupé, le cardinal jugea l'affaire moins intéressante qu'il ne l'avait cru tout d'abord et arrêta les poursuites. Alors la reine promit de ne plus écrire à sa famille et, au début de l'hiver, le roi put annoncer à Louise qu'il avait pardonné.

La petite religieuse fut ravie.

— Réconciliez-vous tout à fait, dit-elle, la France n'a toujours pas de dauphin.

Elle ne se doutait pas que le roi allait peut-être pouvoir prendre le titre de père grâce à elle.

Voici ce que nous conte à ce sujet le Père Griffet dans son *Histoire du règne de Louis XIII* :

« Au commencement de décembre, le roi partit de Versailles pour aller coucher à Saint-Maur, et en passant par Paris il s'arrêta au couvent des Filles Sainte-Marie de la rue Saint-Antoine pour rendre visite à Mlle de La Fayette. Pendant qu'ils s'entretenaient, il survint un orage si affreux qu'il ne lui fut pas possible de retourner à Versailles ni d'aller à Saint-Maur où sa chambre, son lit et les officiers de bouche étaient arrivés. Il attendit que l'orage cessât, mais, voyant qu'il augmentait au lieu de diminuer et que la nuit approchait, il parut embarrassé ; son appartement au Louvre n'était point tendu, et il ne savait où se retirer.

» Guitaut, capitaine des gardes, qui était dans l'habitude de lui parler avec assez de liberté, lui dit que, la reine demeurant au Louvre, il trouverait chez elle un souper et un logement tout préparé. Il rejeta cette proposition en disant qu'il fallait espérer que le temps changerait. On attendit encore, et l'orage étant devenu plus violent Guitaut lui proposa encore d'aller au Louvre. Il répondit que la reine soupait et se couchait trop tard pour lui. Guitaut l'assura qu'elle se conformerait volontiers à sa manière de vivre. Le roi prit enfin le parti d'aller chez la reine. Guitaut y courut à toute bride pour avertir cette princesse de l'heure à laquelle le roi voulait souper. Elle donna des ordres pour qu'il fût servi selon ses désirs. Ils soupèrent ensemble. Le roi passa la nuit avec elle *et, neuf mois après, Anne d'Autriche mit au monde un fils dont la naissance inespérée causa une joie universelle dans tout le royaume.* »

Mais on ne tarda pas à raconter dans Paris que l'orage avait été habilement exploité par la reine qui, d'après les gens bien informés, avait en effet grand besoin de voir le roi, « pour ce qu'elle venait de commettre une grosse imprudence... ».

D'ailleurs, l'insistance de Guitaut est assez singulière et de nombreux historiens s'en sont étonnés. « On a l'impression, écrit Jules Perceau, que l'officier avait reçu d'Anne d'Autriche la consigne formelle de ramener le roi coûte que coûte au Louvre. Sans doute ne fallait-il pas laisser échapper une occasion de légitimer le fruit d'un commerce coupable[251]... »

Quoi qu'il en fût, la reine eut dès lors une attitude suffisamment étrange pour que tous les racontars parussent justifiés. « A peine eut-elle fait sa déclaration de grossesse, nous dit Raspail, elle se réfugia dans le Val-de-Grâce, comme dans un fort, à l'abri et des yeux des argus *et des soupçons de son maître, qu'elle n'approcha plus.* »

Ce qui est, évidemment, une curieuse façon de se comporter à l'égard d'un époux avec lequel on vient de se réconcilier...

25

Qui fut le père de Louis XIV ?

La paternité n'est — et ne saurait être — qu'un acte de confiance.

ÉMILE GIRARDIN

Lorsque le futur Louis XIV naquit à Saint-Germain-en-Laye, le 5 septembre 1638, Louis XIII le considéra un instant de son œil triste, demeura silencieux et s'en alla après avoir refusé d'embrasser la reine.

Cette étrange attitude scandalisa la cour, et Anne d'Autriche tomba malade de chagrin.

Pourquoi le roi, dont on connaissait le désir d'avoir un fils, n'avait-il pas manifesté une plus grande joie en voyant ce bébé qui allait perpétuer la race et sauver la dynastie ?

La réponse était si simple qu'elle vint naturellement à l'esprit de tout le monde : si le roi montrait une mine aussi lugubre, c'est qu'il n'était pas le père du nouveau-né...

De nombreux historiens, de Michelet au docteur Cabanès, ont suivi dans cette voie le bon peuple dont l'intuition est souvent remarquable.

Avant de les imiter, peut-être convient-il de rechercher d'abord si la paternité de Louis XIII ne peut pas être acceptée ; car le fait de manquer de tempérament n'implique pas forcément une impossibilité d'engendrer. Il faut donc poser nettement la question : le roi était-il impuissant ?

Seul, un de ses familiers peut nous répondre.

Or, nous trouvons dans le dictionnaire de Moreri cette note sur Henri de Béringhien, premier valet de chambre de Sa Majesté :

« Henri eut, dès ses premières années, part aux bonnes grâces du roi Louis XIII. Ce prince, étant dangereusement malade à Lyon et croyant mourir, confia un secret à Béringhien avec ordre de ne le point

251. JULES PERCEAU, *Le Règne de Louis XIII*, 1885.

révéler qu'après sa mort. Le cardinal de Richelieu, qui eut vent de cette confidence, le poussa à lui dire de quoi il était question ; fidèle à son maître, il se refusa. Le roi revint en santé ; le cardinal prit de l'ascendant et força le roi d'ordonner à Béringhien de se retirer et de ne plus venir à la cour ni en France[252]... »

On se souvient qu'à Lyon, en septembre 1630, c'est d'un « abcès au bas-ventre » que le roi avait souffert. Ce mal mystérieux, sur lequel on manque de détails, l'avait-il rendu impuissant ? C'est fort possible. Ce serait alors ce secret qu'aurait confié Louis XIII, atterré, à son cher Béringhien...

Il y a plus probant encore, M. Vernadeau, dans son ouvrage *Le Médecin de la Reyne*, nous apprend qu'à la mort de Louis XIII les médecins qui autopsièrent son corps découvrirent « qu'il ne pouvait avoir d'enfant »...

Bien entendu, ce détail ne fut pas porté au procès-verbal de l'autopsie, mais fit l'objet d'un rapport secret que le médecin de la reine, Pardoux-Gondillet, laissa en 1679 à son gendre Marc de la Morelhie. Celui-ci, stupéfait d'apprendre que Louis XIV ne pouvait être le fils de Louis XIII, eut l'idée curieuse d'aller porter le rapport à La Reynie, lieutenant général de police.

Le policier courut immédiatement montrer cet étrange papier au roi qui donna l'ordre de mettre Marc de la Morelhie au secret absolu. Jamais plus on n'entendit parler de cet imprudent jeune homme qui pourrait bien être, selon certains, le Masque de Fer...

Le problème de la légitimité de Louis XIV n'a pas été seulement étudié par les historiens, il a passionné aussi les savants. Et Raspail, dans un très curieux travail, a tenté de démontrer, en comparant les traits et les particularités physiques et morales de Henri IV, de Louis XIII et de Louis XIV, que le Roi-Soleil n'avait absolument rien de son père.

Cette étude du grand savant est fort peu connue. Aussi croyons-nous intéressant de la publier ici :

PARALLÈLES PHYSIOGNOMONIQUES ENTRE LOUIS XIII ET LOUIS XIV

« 1° Dans le port, la taille, la physionomie, la coupe de figure et les propositions des lignes du visage de Louis XIII, je retrouve tout le canevas du visage de Henri IV : Louis XIII, c'est Henri IV maladif et étiolé.

» Dans l'ensemble des traits de Louis XIV, je ne retrouve rien de Louis XIII.

» 2° Louis XIV tient de sa mère les goûts de cette toilette à falbalas, à dentelles, à gazes, à rubans, à broderies sur satin, à panaches sur le chapeau, goûts qu'Anne d'Autriche avait rapportés d'Espagne, et qui

252. Cité par Jacques Deschemaeker : *L'Histoire à huis clos*, 1955.

font que ce grand roi, même devenu père et grand-père, nous paraît attifé comme une petite fille de dix ans que ses parents se plairaient à parer comme un Jésus dans sa châsse. Ce n'étaient pas les goûts basques (sic) que Louis XIII tenait de Henri IV, goûts empreints d'une simplicité dont la taille du corps faisait la seule élégance ; Louis XIII, tout maladif qu'il était, se campait avec une mâle fierté sous sa jaquette de chasse ; Louis XIV, empanaché, eurubanné, tout plissé de dentelles, ne posait qu'avec une dédaigneuse vanité.

» Louis XIII était brave et payait de sa personne, comme soldat, donnant tête baissée sur l'ennemi, à la manière de Henri IV. Louis XIV allait en carrosse au spectacle de la bataille, et y conduisait ses maîtresses pour leur montrer, aux premières loges, comment on se tuait selon les règles de l'art.

» 3° Louis XIII volait aux combats : Louis XIV posait après la plus insignifiante des victoires.

» 4° Louis XIII était élancé ; quoique petit de corps, il était bien découplé, ayant peu de hanches et pourtant la taille bien prise. Louis XIV était lourd de formes, grand de taille[253], ayant les hanches rebondies, les membres charnus.

» 5° Mais c'est la physionomie qui va nous révéler une consanguinité impossible. Placez-vous sous les yeux deux portraits, l'un de Louis XIII et l'autre de Louis XIV, tous les deux pris d'après nature, alors que l'un et l'autre avaient le même âge ; à aucun âge vous ne parviendrez jamais à saisir le moindre linéament de ressemblance entre le prétendu père et le prétendu fils. Rien dans la coupe, rien dans l'ovale, rien dans les proportions des traits, rien dans le teint, rien dans la chevelure, rien dans l'expression.

» Louis XIII, qui ressemble à ses trois sœurs tellement qu'un peintre n'aurait qu'à enlever la moustache et la royale du roi pour pouvoir substituer la tête du roi à celle de l'une quelconque de ces trois princesses, Louis XIII, dis-je, semble appartenir je ne dirai pas à tout autre famille, mais même à tout autre nation que Louis XIV.

» Par l'ensemble de la figure, Louis XIII est basque ; Louis XIV, au contraire, est parfaitement italien sous le même rapport[254]. Cela ressortira mieux sous la plume en plaçant en regard, sur deux colonnes, ces signalements respectifs des deux rois. »

LOUIS XIII	LOUIS XIV
Visage très allongé et latéralement comprimé.	Visage ovale dans le sens latéral autant que d'arrière en avant.
Front haut comme chez les Basques.	Front étroit.
Sourcils grandement arqués et sur une ligne horizontale (signe de bienveillance).	Sourcils étroits et convergents en dedans (signe du dédain).
Yeux grandement fendus comme chez les natures maladives.	Yeux ovales et vifs comme chez les tempéraments sanguins et à volonté ferme.
Nez d'une longueur et d'une grosseur qui sont en raison inverse de l'intelligence.	Nez bien conformé et aquilin comme chez les Italiens.

253. Ici, Raspail commet une erreur : Louis XIV mesurait 1,62 m.
254. Raspail croit Mazarin père de Louis XIV.

Menton très long et fuyant.	Menton court et avancé.
Lèvre supérieure haute.	Lèvre supérieure brève.
Lèvre inférieure grosse et un peu pendante.	Lèvre inférieure ascendante et bien proportionnée.
Branche antérieure de la mâchoire faisant avec la ligne du menton un angle aigu.	Même ligne faisant avec celle du menton un angle presque droit.
Occiput peu développé ; peu de cervelet — absence de virilité.	Occiput très développé, cervelet volumineux — exubérance de virilité.
Sur tous les portraits de Louis XIII, empreinte de bonté allant jusqu'aux dernières limites de la bonhomie.	Sur tous les portraits de Louis XIV, dureté de cœur, dédain de l'espèce humaine, poussés jusqu'aux dernières limites de l'égoïsme et de l'insensibilité.
Louis XIII faible jusqu'à condescendre à être cruel dans l'intérêt de la raison d'État.	Louis XIV ne voyant l'État qu'en lui-même, ne prenant conseil que de sa volonté.
Louis XIII aimant la France comme un héritage de ses pères, même alors que les factions l'obligeaient à combattre des ennemis dans ses sujets.	Louis XIV traitant la France comme un pays conquis et dédaignant les Français autant qu'Anne d'Autriche et que Mazarin même les avaient dédaignés.

Et le docteur Cabanès, qui publia l'étude de Raspail, conclut : « Tout le monde est à peu près d'accord sur la bâtardise du grand Roi ; on diffère seulement sur le nom du père putatif. »

Avant de partir à la recherche de ce personnage mystérieux il faut, je crois, répondre à une autre question : Anne d'Autriche était-elle infidèle ?

Nous l'avons vue bien près de succomber à Buckingham (qui fût sans doute parvenu à ses fins s'il ne s'était pas conduit aussi bêtement dans le jardin d'Amiens), nous n'ignorons pas qu'elle était fort coquette avec les gentilshommes de la cour et nous savons qu'elle avait subi la très mauvaise influence de la galante Mme de Chevreuse ; mais lui connaît-on de véritables — et coupables — liaisons ?

Il est bien difficile de prouver un adultère lorsqu'il n'y a pas flagrant délit ; toutefois, il semble, d'après certains témoignages, qu'elle ait été la maîtresse de Gaston d'Orléans, son beau-frère, « avec qui elle avait pris des manières très libres »[255], de Montmorency, qui fut décapité en 1632, et de quelques autres dont les noms ne nous sont pas parvenus.

Son infidélité nous est, en tout cas, prouvée par le fait qu'en 1631 elle fit une fausse couche, alors qu'elle vivait séparée du roi depuis 1625. Et Jean Guénot nous apprend « que pour éviter le châtiment de ses adultères elle se vit forcée de recourir maintes fois à l'avortement[256], son apothicaire, Danse, étant un habile praticien »[257].

Donc, elle était infidèle, et le roi impuissant...

255. « On prétendoit que le duc d'Orléans auroit eu besoin du même conseil que la duchesse d'Angoulême avoit autrefois donné à François Ier à l'égard de Marie d'Angleterre. » L. PRUDHOMME, *Les Crimes des reines de France*, 1791.

256. Ce qui ne l'empêchait pas, pour donner le change, de faire dire des messes afin que cesse sa stérilité.

257. JEAN GUÉNOT : *Les Orléans, princes et princesses* (1640-1886), 1886.

Toutes les conditions se trouvent par conséquent remplies pour que Louis XIV soit un bâtard.

Mais, alors, qui fut le père du Roi-Soleil ?

Le premier qui eut l'honneur d'être soupçonné par le peuple fut Richelieu.

On savait que le cardinal était galant homme malgré son état et qu'il avait, au moment de l'affaire La Porte, tenu la reine à sa merci. De là à conclure qu'il était entré dans le lit d'Anne d'Autriche, il n'y avait qu'un pas. Les braves gens le franchirent allégrement et des chansons malicieuses coururent Paris sur ce dauphin véritablement tombé du ciel :

Son père, le roi des Français,
Tous les jours faisait des souhaits
Pour que la reine fût enceinte.
Il priait les Saints et les Saintes
Le cardinal priait aussi
Il a beaucoup mieux réussi...

Que faut-il penser de cette accusation ? Reportons-nous en décembre 1637, époque de la conception de Louis XIV. L'affaire du Val-de-Grâce est terminée, et la reine qui n'a plus rien à craindre de Richelieu, ne se gêne pas pour montrer qu'elle le déteste et qu'elle ne lui pardonne pas d'avoir voulu la faire arrêter ; elle ne lui adresse plus la parole. Comment admettre alors qu'elle lui ait ouvert son lit ?...

Six mois plus tôt, les conditions eussent été fort différentes. Six mois plus tôt, c'est-à-dire en juin. Mais Louis XIV a bien été conçu en décembre 1637, puisqu'il est né en septembre 1638. A moins que cette dernière date ne soit fausse et que le dauphin n'ait vu le jour au mois de mars, comme certains historiens le supposent — ce qui évidemment expliquerait pourquoi il avait deux dents lorsqu'il fut présenté au public le 5 septembre à Saint-Germain-en-Laye[258].

Mais nous entrons là en plein roman, car il est impossible que la reine ait pu accoucher sans que personne ne sût rien...

D'ailleurs, si Louis XIV était né clandestinement en mars 1638, la position de ceux qui prétendent que Richelieu est le père du grand roi ne s'en trouverait pas renforcée pour autant ; il est, en effet, difficile d'admettre que la reine, même désemparée à la pensée qu'on allait l'arrêter, la répudier et la renvoyer en Espagne, se soit laissé violer par cet homme qu'elle haïssait.

Alors, Mazarin ?

Les soupçons qui pèsent sur lui paraissent beaucoup plus sérieux. Lorsqu'il arriva à la cour en 1634, Richelieu le présenta à la reine par cette phrase insolente :

— Je crois, Majesté, qu'il vous plaira, car il ressemble à Buckingham.

258. Il mordait ses nourrices au sang, et il fallut les lui changer plusieurs fois. Cf. Grotius, ambassadeur de Suède : *Correspondance*.

Anne d'Autriche avait aperçu l'Italien quelques années auparavant à Lyon. Elle le regarda mieux, vit « qu'il avait les qualités les plus charmantes » et fut séduite. De son côté, Mazarin contempla cette femme dans l'épanouissement de ses trente ans (il en avait vingt-huit) et pensa qu'il pourrait être à la fois utile et agréable de coucher avec elle.

Quand devint-il son amant ? On l'ignore. La plupart des historiens soutiennent que les choses ne se passèrent qu'après la mort de Louis XIII. D'autres affirment que tout était accompli dès 1635. Il est difficile de les départager...

Naturellement, au moment de la Fronde, le peuple, qui n'est pas à une contradiction près, accusa formellement Mazarin d'être le père de Louis XIV.

Et ceux-là même qui chantaient le couplet que j'ai cité plus haut braillaient sans aucune gêne la chanson suivante :

Où seriez-vous, roi très chrétien,
Sans le secours de Mazarin ?
Dame Anne bien apprise
Pour vous faire par ce canal
Fils aîné de l'Église
Vous eut du cardinal.

Malheureusement, il semble bien que le peuple, cette fois encore, ait commis une erreur ; car même si Mazarin était l'amant de la reine depuis 1635 il existe un empêchement majeur à sa paternité : de 1636 à 1639, il demeura à Rome.

Il est par conséquent hors de cause.

Si le père de Louis XIV n'est ni Richelieu ni Mazarin, qui est-ce donc ?

Du vivant même d'Anne d'Autriche, bien des noms furent prononcés : Rantzau, Créqui, Rochefort, Mortemart. Et, en 1693, Pierre Marteau, à Cologne, publia un ouvrage intitulé : *Les Amours d'Anne d'Autriche, épouse de Louis XIII, avec Monsieur le C.D.R., le véritable père de Louis XIV, aujourd'hui roi de France*. Un sous-titre précisait : « Où l'on voit comment on s'y prit pour donner un héritier à la couronne, les ressorts qu'on fit jouer pour cela et enfin tout le dénouement de cette comédie. »

Dans l'introduction, l'auteur nous dit : « La froideur reconnue de Louis XIII, la naissance de Louis Dieudonné, ainsi nommé parce qu'il naquit après vingt-trois ans de mariage stérile, sans compter plusieurs autres circonstances, prouvent si clairement et d'une manière si convaincante cette génération empruntée, qu'il faut avoir une effronterie extrême pour prétendre qu'elle soit la production du Prince qui passe pour en être le père. Les fameuses barricades de Paris et la formidable révolte qui se fit contre Louis XIV à son avènement au trône, et qui fut soutenue par des chefs si distingués, publièrent si hautement sa naissance illégitime que tout le monde en parlait. Et, comme la raison la confirmait, à peine y avait-il quelqu'un qui eût des doutes et des scrupules là-dessus. Il est vrai que ses dents canines croissant à mesure que croissait l'esclavage de la France, une vérité si hardie et si dangereuse fut un peu moins prônée, et on n'osait la dire qu'à l'oreille et dans le cabinet. »

D'après ce curieux ouvrage, le cardinal, fort affligé de voir la France sans dauphin et désespéré à la pensée que son œuvre politique serait détruite à la mort du roi par Monsieur, héritier présomptif de la couronne, aurait décidé de faire donner un enfant à la reine.

« Il ne s'agissait, nous dit l'auteur, que d'introduire quelque personne charitable, qui suppléât à la défectuosité conjugale du pauvre roi, et d'emprunter des étrangers ce qu'on ne trouvait pas chez soi, expédient dont on ne commence pas aujourd'hui à se servir pour soutenir une famille qui périt. »

Alors Richelieu aurait fait venir à la cour le C.D.R. (comte de la Rivière), jeune seigneur avec qui Anne d'Autriche avait dansé — et un peu flirté — au cours d'un bal donné au Palais-Cardinal[259], l'aurait pris sous sa protection et l'aurait fait nommer gentilhomme de la chambre de la reine.

A en croire l'auteur, les choses se seraient alors passées assez rapidement. Un soir, le comte de la Rivière aurait rejoint Anne dans sa chambre, se serait jeté sur elle, la tenant « embrassée avec une passion et une ardeur qu'on peut mieux penser que dire, que la raison de la reine fut tellement enchantée et sa résolution tellement vaincue, qu'elle n'eut ni yeux, ni mains, ni souffle pour lui résister. Pendant que la reine est ainsi trahie, le C. ne trouvant aucune résistance s'en donne à cœur joie et offre à l'amour plusieurs sacrifices... De sorte que, la passion de la reine s'échauffant à mesure que les embrassements continuaient, elle devint une parfaite bigote en matière de plaisirs, comme elle l'avait été en matière de religion ».

Le jeune seigneur aurait renouvelé bien entendu son exploit, et l'auteur ajoute : « Cet excessif débordement de vie continuant, la bienheureuse nouvelle de la grossesse de la reine ne fut pas longtemps à se débiter dans le royaume. On en fit des feux de joie et des illuminations qui firent retentir la France d'une joie universelle. Louis XIII même en fit rendre des actions de grâces dans tout le royaume.

» Ainsi, conclut l'auteur avec malice, naquit après vingt-trois ans de patience Louis XIV, fils de Louis XIII par transsubstantiation, à présent roi de France et auquel on a donné avec justice le fameux titre de Louis Dieudonné... »

On manque de détails sur ce comte de la Rivière ; mais il est certain qu'un officier de la reine portait ce nom, car Mme de Motteville le cite dans ses *Mémoires*.

Ce jeune seigneur plein d'allant serait-il le père que nous cherchons ?

259. Richelieu s'était fait construire, en 1635, ce palais qui est devenu le Palais-Royal.

Ce n'est pas impensable ; mais il n'existe, à l'heure actuelle, aucun document qui permette de confirmer ou d'infirmer cette hypothèse.

Reste un personnage que certains historiens proposent sans apporter d'ailleurs de meilleures preuves : c'est Antoine de Bourbon, bâtard que Henri IV eut en 1607 de Jacqueline de Bueil, comtesse de Moret, et qui fut légitimé en 1608.

Antoine de Bourbon connut le destin du colonel Chabert. Laissé pour mort à la bataille de Castelnaudary en 1632, il survécut à ses blessures et se fit ermite pour échapper à Louis XIII, son demi-frère, qui voulait le faire tuer. Après avoir vécu quelque temps en Italie, il vint se fixer en Anjou, à l'ermitage des Gardelles, près d'un domaine appartenant à Mme de Chevreuse. C'est là qu'il mourut en 1671, après avoir été l'objet de la curiosité populaire à cause de son extraordinaire ressemblance avec Henri IV...

Mme de Chevreuse le reçut-elle en 1637, à Paris, dans son hôtel qui n'était séparé du Louvre que par des jardins ? Rencontra-t-il la reine ?

On le dit. Certains mêmes le soutiennent ; pourtant rien ne permet de l'affirmer, et c'est dommage, car cette hypothèse particulièrement séduisante ferait de Louis XIV — malgré l'infidélité de la reine — un vrai Bourbon, petit-fils de Henri IV.

Mais ce n'est probablement qu'une belle légende.

En fait, on ne sait pas de qui Louis le Grand est le fils. Il s'agit d'un roi né de père inconnu[260]...

26

Pour permettre la conquête de l'Artois, Richelieu devient l'amant de Marion de Lorme

L'existence tout entière du cardinal de Richelieu a été dominée par la femme.

MAXIMIN DELOCHE

Après la naissance du dauphin, Louis XIII cessa peu à peu de rendre visite à Mlle de La Fayette et reprit de l'intérêt pour Marie de Hautefort. Pendant quelque temps, on vit de nouveau les deux amoureux se promener dans le parc de Saint-Germain-en-Laye ou dans les bois de Versailles. Malheureusement, la jeune fille, qu'une virginité

260. Selon M. André Ducasse, qui s'appuie sur les travaux de l'historien Labarre de Raillicourt, le père de Louis XIV serait le duc de Beaufort, ce frondeur impénitent que le peuple avait surnommé « le roi de la Halle ».

En 1674, pour préserver sa légitimité et mettre sa mère à l'abri des médisances, le jeune souverain aurait fait conduire le duc — disparu mystérieusement lors du siège de Candie — à la forteresse de Pignerol, le visage couvert d'un masque de velours.

Ce masque de velours dont Voltaire, on le sait, fit un masque de fer...

prolongée rendait un peu acariâtre, « harpignait » parfois désagréablement le roi.

Ces scènes bouleversaient Louis XIII, et la cour en subissait naturellement les conséquences. « C'était, nous dit Mlle de Montpensier dans ses *Mémoires*, une mélancolie qui refroidissait tout le monde, et, pendant ce chagrin, le roi passait la plus grande partie du jour à écrire ce qu'il avait dit à Mlle de Hautefort et ce qu'elle lui avait répondu : chose si véritable que, après sa mort, on a trouvé dans sa cassette de grands procès-verbaux de tous les démêlés qu'il avait eus avec ses maîtresses, à la louange desquelles on peut dire, aussi bien qu'à la sienne, qu'il n'en a jamais aimé que de très vertueuses. »

Le roi ne se contentait pas d'écrire cet étrange journal, il envoyait des lettres amères au cardinal. En voici une qui est intéressante à plus d'un titre, car Louis XIII s'y montre tout entier, avec sa mélancolie, son besoin d'affection, son désir de solitude et sa tendresse feinte pour Richelieu :

De Saint-Germain, ce 5 février 1639

J'envoie ce gentilhomme exprès pour savoir de vos nouvelles, étant en peine que la journée de hier ne vous ait fait mal.

La créature[261] *est en mauvaise humeur. On ne sait comme on se doit gouverner avec elle, trouvant mauvais tout ce qu'on fait pensant lui plaire. Pour moi, j'y perds mon latin. Si cela dure encore aujourd'hui, je m'en irai demain à Versailles chercher du repos. J'eus hier, toute la soirée, un grand mal de tête. J'ai pris ce matin quelque remède qui ne m'a pas fait grand-chose. Si le temps se fait beau, j'irai courre le cerf pour me divertir. Je vous recommande d'avoir soin de votre santé.*

Mais le roi était un inquiet. Un jour, il fut pris de scrupules et se demanda si Mlle de Hautefort n'avait pas raison de lui faire des reproches.

Devant son valet de chambre, La Chesnay, qui l'espionnait pour le compte de Richelieu, il s'écria :

— Je suis en impatience de la voir. Je l'aime plus que tout le reste du monde ensemble. Je me veux mettre à genoux pour lui demander pardon.

De tels excès déplurent au cardinal qui craignit un scandale déplorable pour le prestige royal. Désirant soustraire définitivement le roi aux tracasseries des femmes, il décida de remplacer la favorite par un favori...

Le jeune homme qu'il choisit pour tenir cet emploi difficile était un beau blond de dix-sept ans au regard un peu canaille et à la bouche gourmande, qui se nommait Cinq-Mars. Louis XIII le trouva sympathique et en fit immédiatement son compagnon de tous les instants. Bientôt, cette amitié tourna à la passion, et le roi nomma son

261. C'est ainsi que le roi appelait Mlle de Hautefort quand il était fâché. Lorsqu'elle avait été gentille avec lui, il l'appelait l'« inclination »...

jeune favori maître de la garde-robe, puis Grand Écuyer de France... Enfin, il annonça à Mlle de Hautefort qu'il ne voulait plus la voir à la cour.

— Pourquoi ? demanda la jeune fille.

— Parce que j'ai donné mon cœur à M. de Cinq-Mars [262].

Marie, un peu stupéfaite — on le serait à moins —, se retira au Mans, chez sa grand-mère [263].

Pendant des mois, Cinq-Mars fut l'objet d'un véritable amour de la part de Louis XIII, et Chavigny put écrire un jour à Mazarin : *Jamais le roi n'a eu passion plus violente pour personne.*

Faut-il en conclure que ce souverain peu attiré par les femmes venait de se découvrir des goûts d'homosexuel ?

Non. Louis XIII aimait Cinq-Mars aussi chastement qu'il avait aimé Louise de La Fayette et Marie de Hautefort. Pourtant, des observateurs superficiels auraient pu s'y méprendre, les deux hommes ayant bien souvent l'apparence d'un couple d'amants. Ils se promenaient bras dessus, bras dessous, lisaient à deux le même livre, faisaient des confitures ensemble, puis, brusquement, se disputaient, se brouillaient et ne se parlaient plus pendant trois jours. Il fallait alors que le cardinal, qui s'était pourtant cru débarrassé de ce genre de corvée, vînt les réconcilier.

Dans ces moments-là, le roi et Cinq-Mars agissaient comme des enfants : ils signaient un papier certifiant qu'ils n'étaient plus fâchés... En voici un exemple : le 26 novembre 1639, Louis XIII écrivait au cardinal :

Vous verrez, par le certificat que je vous envoie, en quel état est le raccommodement que vous fîtes hier ; quand vous vous mêlez d'une affaire, elle ne peut mal aller. Je vous donne le bonjour.

Louis.

L'extravagant certificat était joint :

Nous, ci-dessous désignés, certifions à qui il appartiendra être très contents et satisfaits l'un de l'autre, et n'avoir jamais été en si parfaite intelligence que nous sommes à présent. En foi de quoi, nous avons signé le présent certificat. Fait à Saint-Germain, ce 26 novembre 1639.

Louis.

et par mon commandement,

Effiat de Cinq-Mars.

262. Cf. Montglat : « L'amour du roi n'était pas comme celui des autres hommes ; car il aimait une fille sans dessein d'en avoir aucune faveur, et vivait avec elle comme avec un ami ; tellement que, quoiqu'il ne soit pas incompatible d'avoir ensemble une maîtresse et un ami, à son égard cela ne se pouvait accorder, parce que sa maîtresse était son unique *ami* et une confidente à laquelle il soumettait tous les mouvements de son cœur. » (*Mémoires*).

263. En 1646, elle épousa le maréchal de Schomberg, avec lequel elle vécut heureuse. Elle mourut à soixante-quinze ans, en 1691.

Une femme allait bientôt rendre ces petites brouilleries beaucoup plus sérieuses.

Cette femme était la plus grande courtisane du temps : elle s'appelait Marion de Lorme.

Lorsque tout le monde dormait à Saint-Germain-en-Laye, Cinq-Mars se glissait sans bruit jusqu'aux écuries, enfourchait un cheval et partait au grand galop la retrouver à Paris. « Il faisoit souvent tout seul ces petites courses inconnu, nous dit Montglat, de peur que le roi ne le sçût ; et ainsi il n'avoit point d'heure pour dormir, parce qu'il falloit qu'il fût tout le jour près de lui. Et ce travail, joint à celui que lui causoit toutes les nuits la demoiselle, l'avoit affaibli en un tel point qu'il en étoit en mauvaise humeur : ce qui faisoit croire au roi qu'il s'ennuyoit avec lui, et cela renouveloit leur querelle, dont le cardinal étoit toujours médiateur [264]. »

Mais, un jour, Louis XIII apprit que son favori avait une maîtresse. Il faillit en tomber malade.

Richelieu, aussitôt alerté, fut atterré. La liaison féminine de Cinq-Mars risquait d'avoir, en effet, de lamentables conséquences sur la politique. Depuis quelques mois le roi avait entrepris la conquête de l'Artois (possession espagnole) et dirigeait lui-même les opérations. Déjà il s'était emparé de Hesdin, de Mézières, d'Ivoy, de Saint-Quentin. Mais Arras, capitale de la province, résistait encore et de durs combats étaient en cours. Le cardinal, qui connaissait la sensibilité et la jalousie de Louis XIII, comprit que l'on pouvait craindre un désastre miitaire si Cinq-Mars ne rompait pas avec la courtisane. Il fit venir Marion de Lorme chez lui et, comme il n'y avait pas d'autre moyen de la détacher du favori, il se dévoua pour le bien de l'État et devint son amant.

Voici, d'après Tallemant des Réaux, comment se passèrent les deux premières rencontres entre le cardinal et la plus belle fille du XVIIe siècle :

« Le cardinal de Richelieu, dit l'auteur des *Historiettes*, ne payait guère mieux les demoiselles que les tableaux. Marion de Lorme alla deux fois chez lui. A la première visite, il la reçut en habit de satin gris de lin, en broderie d'or et d'argent, botté et avec des plumes. Elle a dit que cette barbe en pointe et ces cheveux au-dessus de l'oreille faisaient le plus plaisant effet du monde. J'ai ouï dire qu'une fois elle y entra en homme ; on dit que c'était un courrier ; elle-même l'a conté. Après ces deux visites, il lui fit présenter cent pistoles par des Bournais, son valet de chambre, qui avait fait le maquerellage. »

Plus loin, il ajoute :

« Elle disait que le cardinal de Richelieu lui avait donné une fois un jonc de soixante pistoles qui venait de Mme d'Aiguillon. »

» — Je rcgardais cela, disait-elle, comme un trophée, parce qu'il avait appartenu à Mme de Combalet, ma rivale, que je me vante

264. MONTGLAT, Amsterdam, 1727.

d'avoir vaincue et dont ce sont les dépouilles opimes, quoiqu'elle couche encore sur le champ de bataille. »

Malgré l'avarice du cardinal, Marion, flattée d'avoir été choisie par cet homme puissant et redouté, accepta de ne plus voir Cinq-Mars, et le roi se réconcilia avec son jeune ami.

C'est alors qu'ils signèrent cet extraordinaire traité de paix au style involontairement bouffon :

Aujourd'hui, neuvième de mai 1640, le roi étant à Soissons, Sa Majesté a eu pour agréable de promettre à M. le Grand[265] *que, de toute cette campagne, Elle n'aura aucune colère contre lui et que, s'il arrivait que ledit sieur le Grand lui en donnât quelque léger sujet, la plainte en serait faite par Sa Majesté à M. le cardinal, sans aigreur, afin que, par l'avis de Son Éminence, ledit sieur le Grand se corrige de tout ce qui pourrait déplaire au roi, et qu'ainsi toutes ses créatures trouvent leur repos dans celui de Sa Majesté. Ce qui a été promis réciproquement par le roi et M. le Grand en présence de Son Éminence.*

LOUIS.

EFFIAT DE CINQ-MARS.

Le roi était sauvé, la conquête de l'Artois continuait : Richelieu, satisfait, décida pour se récompenser de demeurer quelque temps l'amant de Marion. Hélas ! la belle était bavarde ; elle ne tarda pas à se vanter de sa nouvelle liaison et les mauvaises langues l'appelèrent Mme la Cardinale.

Parfois, ses amis du Marais et de la place Royale lui disaient :

— Comment pouvez-vous coucher avec un prélat ?

Elle souriait :

— Un cardinal, disait-elle, c'est bien peu de chose quand il n'a plus son chapeau rouge et sa robe écarlate.

Puis elle ajoutait que de telles amours lui vaudraient d'ailleurs certainement une indulgence plénière.

Tout Paris fut bientôt au courant de cette extraordinaire idylle, et le poète Conrart, un peu éberlué, écrivit à M. de l'Essau :

Monsieur, est-il bien vrai ce qu'on m'a voulu persuader, que notre Grand Pan *est devenu amoureux de **** (c'est Marion de Lorme), *lui qui est les yeux de son prince, qui veille incessamment pour le salut de l'État et qui gouverne le destin de toute la fortune de l'Europe ?...*

Mandez-moi, Monsieur, si je dois croire cette nouvelle si importante et si agréable. Je n'ai plus de créance qu'en celles qui me viennent de vous.

Conrart ne se trompait pas et nous allons voir qu'il pouvait sans remords surnommer Richelieu le *Grand Pan*, ce sobriquet faunesque convenant parfaitement au premier ministre...

265. On appelait ainsi Cinq-Mars depuis qu'il était Grand Écuyer de France.

Le cardinal était en effet un grand amateur de femmes, et la robe ne l'empêchait pas de courir le jupon.

Mathieu de Morgues, dans un de ses ouvrages, parle d'ailleurs très clairement des belles « non impudiques mais des plus vertueuses qui se plaignaient des attentats et violences que Richelieu avait voulu faire sur leur honneur[266] ».

Tout en dirigeant — et avec quel génie ! — les affaires de l'État, le premier ministre était constamment à l'affût des jolies filles qui vivaient à la cour. « Une fois, nous dit Tallemant des Réaux, il voulut débaucher la princesse Marie de Gonzague, aujourd'hui la reine de Pologne. Elle lui avait envoyé demander audience. Il se tint au lit ; on la fit entrer toute seule, et le capitaine des gardes fit retirer tout le monde. "Monsieur, lui dit-elle, j'étais venue pour..." Il l'interrompit : "Madame, lui dit-il, je vous promets toute chose ; je ne veux point savoir ce que c'est ; mais, Madame, que vous voilà propre. Jamais vous ne fûtes si bien. Pour moi, j'ai toujours eu une inclinaison particulière à vous servir." En disant cela, il lui prend la main ; elle la retire, et lui veut conter son affaire. Il recommence et lui veut prendre encore la main ; elle se lève et s'en va[267]. »

Peu de temps après, il tomba amoureux de Mme de Brissac, femme de son cousin le maréchal de la Meilleraye, grand maître de l'artillerie. Voici comment Tallemant des Réaux nous conte l'histoire : « Sa femme est jolie et chante bien. Le cardinal de Richelieu s'en éprit ; il avait toujours affaire à l'Arsenal... Voilà le grand maître dans une mélancolie épouvantable. La maréchale pouvait, si elle eût voulu, faire enrager le cardinal impunément ; elle, qui ne manque pas d'esprit, s'aperçut de cela ; et un beau jour, par une résolution assez rare en l'âge où elle était alors, elle va trouver le grand maître et lui dit que l'air de Paris ne lui était pas bon et qu'elle serait bien aise, s'il l'approuvait, d'aller chez sa mère, en Bretagne : "Ah ! Madame, lui dit le grand maître, vous me donnez la vie ; je n'oublierai jamais la grâce que vous me faites." Le cardinal, par bonheur, n'y songea plus ; sans doute il allait s'enflammer d'une étrange sorte. Tournons la médaille[268]. »

Mais les entreprises amoureuses de Richelieu ne se terminaient pas toujours aussi mal. Guy Patin, dans une lettre de novembre 1649, écrivait : *Le cardinal, deux ans avant de mourir* (c'est-à-dire en 1640), *avait encore trois maîtresses, dont la première était sa nièce ; la seconde était la Picarde, savoir la femme de M. le maréchal de Chaulnes ; la troisième était une certaine belle fille parisienne, nommée Marion de Lorme, tant il y a que ces messieurs les bonnets rouges sont de bonnes bêtes : Vere cardinales isti sunt carnales*[269].

Pour Marion de Lorme, nous avons vu comment les choses s'étaient

266. *Charitable remonstrance de Caton Chrestien*, 1631.
267. Tallemant des Réaux, *Historiette du cardinal de Richelieu.*
268. Tallemant des Réaux, *Historiette du maréchal de la Meilleraye.*
269. « Vraiment, ces cardinaux sont bien sensuels. »

passées. Il ne s'agissait pas d'amour, mais d'une bonne action qui avait fait naître un désir ou peut-être simplement une habitude. En février 1641, Richelieu eut cependant l'audace d'inviter sa belle amie au Palais-Cardinal en même temps que le roi, à l'occasion des fiançailles de sa nièce, Mlle de Maillé-Brézé, avec le duc d'Enghien.

On en fit des gorges chaudes, car c'était la première fois qu'un prélat recevait — du moins officiellement — une courtisane.

Ayant tâté, si j'ose dire, d'une fille qui faisait métier de vendre ses charmes, Richelieu fut mis en appétit et désira connaître l'autre « prêtresse de Vénus » du siècle : Ninon de Lenclos.

Avec une étonnante désinvolture il chargea Marion de servir d'intermédiaire et d'aller offrir cinquante mille écus à Ninon pour qu'elle acceptât ses onctueuses caresses. Mais cette offre pourtant considérable fut repoussée par Mlle de Lenclos, ainsi que nous le relate le comte de Chavaignac dans ses *Mémoires* : « Ce grand homme (Richelieu), qui venait à bout des plus hautes entreprises, échoua néanmoins à celle-ci, quoique Ninon ne se piquât de vertu ni de bienséance ; il lui fit offrir en vain par Marion de Lorme, sa bonne amie, cinquante mille écus qu'elle refusa, étant pour lors en commerce avec un conseiller du Parlement, entre les bras duquel elle s'était jetée... »

On peut d'ailleurs se demander quel rôle exact joua Marion dans cette affaire ; car elle dut être profondément vexée en voyant Richelieu offrir cinquante mille écus à sa rivale, alors qu'elle n'avait reçu, elle, que cent pistoles pour les mêmes services...

Quoiqu'il en soit, elle abandonna le premier ministre peu de temps après et retourna dans le lit du poète des Barreaux, son premier amant, qui, tout joyeux, composa des *Stances* d'une grande imbécillité, intitulées : *Sur ce que l'auteur estoit mieux auprès de sa maîtresse que M. le cardinal de Richelieu, qui estoit son rival.*

En voici une strophe :

J'aime une beauté sans seconde
A qui même les immortels
Ont soin de dresser des autels.
Laissant, pour la servir, la conduite du monde ;
J'ai de puissants rivaux, mais je dis devant tous,
Je n'en suis point jaloux ;
Tout ce qu'elle soumet, tant d'illustres victoires
Sont autant de trophées élevés à ma gloire[270].

Marion n'avait été qu'une passade ; le grand amour de Richelieu était sa nièce, Marie-Madeleine de Vignerot, veuve de M. de Combalet, duchesse d'Aiguillon.

C'était une ravissante et pulpeuse blonde de trente-sept ans, qui

270. FRÉDÉRIC LACHÈVRE : *Disciples et successeurs de Théophile de Viau. La vie et les poésies libertines de Des Barreaux* (1599-1673), Paris, 1911.

aimait se promener « la gorge découverte » pour le plus grand plaisir des amis du cardinal.

« Quand je vois Mme d'Aiguillon, dit un jour un vieux chanoine en prenant un air modeste, je me sens redevenir un enfant. »

« Voulant signifier par là, nous dit Lefèvre, dans ses *Mémoires*, qu'il considérait les appas de la belle duchesse avec les yeux purs d'un nourrisson. Mais cette hypocrisie ne trompa personne et le chanoine fut moqué pour sa friponnerie. »

Marie-Madeleine avait été mariée à seize ans à Antoine du Roure de Combalet et ne s'en était pas bien trouvée, car ce gentilhomme, « qui passait pourtant, au dire de Tallemant des Réaux, pour être le mieux fourni de la cour », n'avait pas été capable de lui faire quitter l'état de demoiselle.

Le poète Dulot s'était d'ailleurs amusé à démontrer, au moyen du jeu de l'anagramme, alors très en vogue, que le destin navrant de Mme de Combalet était écrit dans son nom de jeune fille. Avec Marie de Vignerot, il avait fait : *Vierge de ton mari...*

En 1625, le peu vigoureux gentilhomme était mort, laissant une jolie veuve désenchantée. Déçue par le mariage, déçue par les hommes, doutant de l'existence de la volupté, Marie-Madeleine avait alors songé à entrer en religion. Elle s'en était ouverte à son oncle :

— La vie mondaine ne m'intéresse pas. Je veux me faire carmélite.

Richelieu l'avait regardée et s'était aperçu qu'elle était fort jolie. Cachant son trouble, il avait baissé les yeux et répondu avec douceur :

— Votre place n'est pas au couvent, mon enfant, elle est près de moi.

Marie-Madeleine s'était donc installée au Petit Luxembourg, et le cardinal, qui avait au plus haut point l'esprit de famille, était devenu son amant.

Cet étrange ménage devait durer jusqu'à la mort du premier ministre, illuminé des joies et assombri des peines qui accompagnent généralement les vies conjugales. L'oncle et la nièce se caressaient, se disputaient, se boudaient ; mais s'aimaient sincèrement.

Bien entendu, cette liaison ne demeura pas longtemps secrète. La cour, puis tout Paris surent bientôt que Richelieu « mignottait » Mme de Combalet. Des quatrains ironiques, des chansons malicieuses circulèrent dans les rues comme dans les salons. Et Mlle de Montpensier nous conte dans ses *Mémoires* qu'en 1637 elle chantait des refrains injurieux pour le cardinal et pour sa nièce. En voici un qui eut énormément de succès :

La Combalet se plaint fort
De ce que l'on dit d'elle,
Et jure qu'on a grand tort
De l'appeler demoiselle ;
Car elle a passé son temps,
Et son oncle est trop puissant
Pour la laisser pucelle.

Louis XIII connaissait ces amours illicites et les blâmait secrètement. Ne pouvant montrer sa réprobation au cardinal qu'il craignait, il reportait toute sa mauvaise humeur sur Mme de Combalet : « Le roi est bien étrange, disait un jour la reine. Il soutient le cardinal et condamne sa nièce. Il a trouvé fort mauvais qu'elle ait osé pénétrer dans l'église Saint-Eustache alors que j'y écoutais un sermon, et a dit que c'était une impudente. »

Terme mesuré que tous ceux qui connaissaient le langage châtié de Louis XIII surent traduire, et l'on se répéta avec gourmandise que le souverain avait, en fait, traité publiquement Mme de Combalet de « franche salope »...

Naturellement, l'amour qu'il portait aux dames poussait parfois Richelieu à faire une infidélité à sa nièce. Lorsque celle-ci l'apprenait, les vitres tremblaient au Palais-Cardinal, car elle était d'une grande jalousie. Un jour, elle eut même l'intention de défigurer l'une de ses rivales.

Écoutons encore une fois Tallemant des Réaux : « Ce qui a fait le plus de bruit, ça été cette bouteille d'eau qu'on jeta à Mme de Chaulnes. Voici comment une personne qui y était l'a conté. Sur le chemin de Saint-Denis, six officiers du régiment de la Marine, à cheval, voulurent casser deux bouteilles d'encre sur le visage de Mme de Chaulnes ; mais elle mit la main devant et tout tomba sur l'appui de la portière où elle était. C'étaient des bouteilles de verre ; le verre coupe et l'encre entre dans les coupures ; cela ne s'en va jamais[271]. Mme de Chaulnes n'en osa faire aucune plainte. On croit qu'ils n'avaient ordre que de lui faire peur. Mme d'Aiguillon, par jalousie d'amour ou d'autorité, ne voulait point que personne fût si bien qu'elle avec son oncle. »

Malgré sa nièce, le cardinal parvint tout de même à devenir l'amant de Mme de Chaulnes, ainsi que le dit Guy Patin dans la lettre que j'ai citée plus haut. Et, pour lui prouver sa reconnaissance, il lui donna une abbaye de vingt-cinq mille livres de rentes aux portes d'Amiens...

En dépit de ces petites incartades, la liaison incestueuse du cardinal dura près de dix-sept ans. On prétendit même qu'elle avait été bénie par le ciel et que Marie-Madeleine était mère de plusieurs petits Richelieu.

Un jour, à la cour, le maréchal de Brézé affirma que le cardinal avait donné quatre fils à sa nièce.

Anne d'Autriche était là. Elle sourit malicieusement et dit à son entourage :

— Il ne faut jamais croire que la moitié de ce que raconte M. le Maréchal...

271. Il s'agissait de véritables tatouages.

On en conclut aussitôt que Richelieu avait eu deux enfants de Mme de Combalet.

Ce qui, somme toute, était déjà très bien pour un prélat...

On était alors en décembre 1641. Sans que personne le soupçonnât, la France vivait la fin d'une époque. Tout allait changer.

En quelques semaines, on vit mourir Sully, le duc d'Épernon et Marie de Médicis. Le règne précédent s'enfonçait un peu plus dans le passé, et l'avenir apparaissait à travers les failles d'un présent qui se craquelait. Les hommes de gouvernement donnaient des signes de fatigue. Louis XIII était malade, Richelieu, harassé, tenait debout par miracle ; tandis qu'un personnage nouveau se dressait avec des allures de successeur : Jules Mazarin venait en effet d'être nommé cardinal...

Dans l'entourage immédiat du roi, le vide allait se faire brusquement. Cinq-Mars, le favori bien-aimé, ayant conspiré contre le cardinal avec de Thou, le duc de Bouillon et Gaston d'Orléans, était arrêté le 12 juin ainsi que ses complices (sauf Monsieur, bien entendu) et décapité le 12 août à Lyon.

Tout s'effritait...

Huit jours plus tard, Richelieu, épuisé par vingt ans de travail prodigieux et d'intrigues exténuantes, se mettait au lit. Le 4 décembre 1642 à midi, celui qui, selon l'admirable expression de Mme de Motteville, « avait fait de son maître un esclave et de cet illustre esclave le plus grand monarque du monde » rendait son âme à Dieu. Il avait cinquante-huit ans.

Cette mort fut saluée dans le peuple par une explosion de joie. Louis XIII lui-même, qui pourtant devait tout à Richelieu, poussa un gros soupir de soulagement et s'amusa à mettre en musique une petite chanson composée par Miron sur le trépas du cardinal :

Il a passé, il a plié bagage,
Ce cardinal dont c'est bien grand dommage
Pour sa maison, c'est comme je l'entends ;
Car pour autrui maints hommes sont contents.
En bonne foi, ne rien voir que l'image,
Il fut soigneux d'enrichir son lignage
Par dons, par vols, par fraude et mariage,
Mais aujourd'hui ce n'en est plus le temps,
Il a passé.
Or, parlerons sans crainte d'être en cage,
Il est en bois l'éminent personnage
Qui de nos maux a ri plus de vingt ans.
Le roi de bronze en eut du passe-temps
Quand sur le pont, avec son attelage,
Il a passé.

On ne pouvait guère montrer plus d'ingratitude.

Les couplets composés par le peuple étaient naturellement beaucoup plus féroces encore. J'en citerai quelques-uns, car ils concernent les amours du cardinal et de sa nièce :

Richelieu dans les enfers,
Favori de Lucifer,
Est dans ces lieux comme en France ;
On le traite d'Éminence.
Lampons, lampons.
Camarades, lampons !

Que ne suis-je avec le roi ?
Hélas ! Qu'est-ce que je vois ?
Il prend, tant l'ardeur le presse
Proserpine pour sa nièce.
Lampons, etc.

Que diable, fais-tu ici ?
Oh ! grand Armand du Plessis,
Je suis dame Proserpine,
Et non votre concubine.
Lampons, etc.

Puis un quatrain sur la duchesse d'Aiguillon courut dans Paris :

Si la pauvre duchesse pleure.
Hélas ! pourquoi s'étonner tous ?
Ne perd-elle pas à même heure
Et le père et l'oncle et l'époux ?

Enfin, quelqu'un fit cette épitaphe :

Ci-gît le fléau de la terre,
Ce prêtre qui faisait la guerre,
Qui vécut du sang des François,
L'auteur du mal qui nous désole,
Et qui, de sa nièce autrefois,
Eut deux enfants et la vérole...

Trois mois après la mort de Richelieu. Louis XIII, rongé par la tuberculose, s'alita à son tour. Décharné, fiévreux, il ne pensait plus à composer des chansonnettes satiriques, mais s'inquiétait de l'avenir. Il voulut qu'on baptisât sans tarder le dauphin qui allait avoir cinq ans et désigna pour parrain et marraine la princesse de Condé et Mazarin.

La cérémonie eut lieu le 21 avril 1643, à Saint-Germain. En sortant de la chapelle, le petit prince se rendit au chevet de son père.

— Mon fils, comment avez-vous nom à présent ? demanda celui-ci.

— Louis XIV, mon papa, dit le dauphin.

Ce qui ne donna pas bon moral à Louis XIII.

— Pas encore, pas encore, se contenta-t-il de dire.

Le 13 mai, après avoir adjuré la reine, qui le soignait avec dévouement, de ne jamais rappeler Mme de Chevreuse à la cour, le roi bénit ses deux enfants[272] et entra en agonie. Pendant des heures, il étouffa, perdit connaissance, revint à lui, délira, eut des hallucinations... Et Mme de Motteville nous dit sans ambages « qu'il était trop long à mourir et qu'il ennuyait les spectateurs... ».

Enfin, le 14 mai à deux heures de l'après-midi, ce pauvre roi, qui n'avait aimé aucune des joies de la vie, rendit le dernier soupir.

Avec la mort de Louis XIII, un monde s'achevait : un monde encore empreint des idées de la Renaissance, et où les femmes avaient joué — souvent avec gaillardise — un rôle considérable.

A Nérac, à Coutras, à Chartres, à Saint-Denis, à Cœuvres, à Paris, à Nantes, à Landrecies, elles s'étaient montrées de souriantes auxiliaires du Destin, et le royaume que recevait en héritage le jeune Louis XIV était un peu celui qu'elles avaient fait.

Une fois de plus, l'amour devait être tenu pour responsable devant l'Histoire.

A cause du désir qu'avaient inspiré Margot, Françoise, Gabrielle, Corisande, Henriette, Charlotte, Louise, Marion, des événements stupéfiants s'étaient en effet déroulés pendant cinquante ans. Et l'on peut dire que, si le nez de ces belles avait été plus court, la face de notre pays, en 1643, eût sans doute été différente...

Mais le Grand Siècle restait à faire.

Pour collaborer à cette tâche gigantesque, des femmes aguichantes, désirables, troublantes allaient, une fois de plus, mettre leurs charmes et leurs appas au service de l'Histoire...

272. Le 21 septembre 1640, Anne d'Autriche avait accouché d'un second fils, Philippe. On pense généralement que Mazarin fut le père de ce prince.

Livre IV

LES FAVORITES DE LOUIS XIV

Les dames sont d'ordinaire les premières causes des plus grands renversements des États, et les guerres qui ruinent les Royaumes et les Empires ne procèdent presque jamais que des effets que produisent ou leur beauté ou leur malice.

Mme DE MOTTEVILLE

Dans sa cent septième Lettre persane, Montesquieu fait écrire à Rica :

« ... Lorsque j'arrivai en France, je trouvai le feu Roi absolument gouverné par les femmes, et, cependant, dans l'âge où il était, je crois que c'était le monarque de la Terre qui en avait le moins de besoin. J'entendis un jour une femme qui disait : "Il faut que l'on fasse quelque chose pour ce jeune colonel : sa valeur m'est connue ; j'en parlerai au ministre." Une autre disait : "Il est surprenant que ce jeune abbé ait été oublié ; il faut qu'il soit évêque ; il est homme de naissance, et je pourrais répondre de ses mœurs."

» Il ne faut pas pourtant que tu t'imagines que celles qui tenaient ces discours fussent des favorites du Prince ; elles ne lui avaient peut-être pas parlé deux fois en leur vie : chose pourtant très facile à faire chez les princes européens. Mais c'est qu'il n'y a personne qui ait quelque emploi à la Cour, dans Paris ou dans les provinces, qui n'ait une femme par les mains de laquelle passent toutes les grâces et quelquefois les injustices qu'il peut faire. Ces femmes ont toutes des relations les unes avec les autres et forment une espèce de république dont les membres toujours actifs se secourent et se servent mutuellement : c'est comme un nouvel État dans l'État ; et celui qui est à la Cour, à Paris, dans les provinces, qui voit agir des ministres, des magistrats, des prélats, s'il ne connaît les femmes qui les gouvernent, est comme un homme qui voit bien une machine qui joue, mais qui n'en connaît point les ressorts.

» Crois-tu, Ibben, qu'une femme s'avise d'être la maîtresse d'un ministre pour coucher avec lui ? Quelle idée ! C'est pour lui présenter cinq ou six placets tous les matins, et la bonté de leur naturel paraît dans l'empressement qu'elles ont de faire du bien à une infinité de gens malheureux qui leur procurent cent mille livres de rente.

» On se plaint, en Perse, de ce que le royaume est gouverné par deux ou trois femmes. C'est bien pis en France, où les femmes en général gouvernent, et non seulement prennent en gros, mais même se partagent en détail toute l'autorité.

» A Paris, le dernier de la lune de Chalval, 1717. »

Je ne vois vraiment pas ce que je pourrais ajouter à cette admirable lettre...

A ma sœur, Mme Maurice Wulgué.

1

Anne d'Autriche épousa-t-elle secrètement Mazarin ?

Sait-on jamais quelle bêtise peuvent faire un homme et une femme lorsqu'ils se cachent ?...

ANDRÉ FABRE

Le 20 avril 1643, Louis XIII, qui se sentait sur la fin de sa vie, fit venir dans sa chambre les membres du Parlement et leur lut, en présence d'Anne d'Autriche, une déclaration fort humiliante pour la reine :

— Pendant la minorité de mon fils, le royaume sera gouverné non par la régente seule, mais par un conseil de régence. Dans ce conseil, la reine n'aura qu'une voix et toutes les décisions devront être prises à la majorité.

Anne d'Autriche blêmit, et il y eut un silence très pénible.

On savait depuis longtemps que Louis XIII se méfiait de son épouse ; mais personne n'eût imaginé un tel désaveu public. L'assistance n'était pas au bout de ses étonnements. D'une voix faible, le roi reprit la parole et, s'adressant aux membres du Parlement, « il leur dit que la reyne gasteroit tout, s'il la faisoit régente comme feu la Reyne-mère »[1].

Cette fois, Anne d'Autriche, en larmes, se jeta à genoux sur la descente de lit. Mais Louis XIII la fit bientôt relever, car, ajoute Tallemant, « il la connaissoit bien et la méprisoit ».

La gêne s'accentua. Pour la dissiper, le souverain exigea que Monsieur[2] et Anne missent leur signature au bas du testament qu'il venait de lire. Auparavant, lui-même l'apostilla avec ces mots :

Ce que dessus est ma très expresse et dernière volonté que je veux être exécutée.

La reine signa, pensant que le moment était mal choisi pour discuter ; mais le lendemain de la mort du roi, le 15 mai, elle courut au Parlement, fit annuler le testament royal et prit « l'administration libre, absolue et entière des affaires du royaume » durant la minorité de Louis XIV « avec pouvoir de faire choix de personnes de probité et expérience, en tel nombre qu'elle jugerait à propos pour délibérer aux conseils... sans que néanmoins elle soit obligée de suivre la pluralité des voix ».

C'était un véritable coup d'État.

1. TALLEMANT DES RÉAUX, *Historiettes*.
2. Gaston d'Orléans, frère de Louis XIII.

Aussitôt, ceux qui avaient été bannis par Louis XIII[3] revinrent en foule à la cour. On revit Mme de Chevreuse, Mlle de Hautefort, La Porte, Mme de Senecy, etc. Mais tous ces anciens familiers trouvèrent la reine métamorphosée. En quelques jours, la femme indolente et frivole avait pris conscience de ses devoirs et s'était haussée au rang d'un roi.

Le pouvoir, pourtant, ne lui faisait pas envie. En annulant le testament royal, elle n'avait eu d'autre but que de mettre son amant à la tête du royaume...

Lorsqu'elle dut désigner un premier ministre, la cour et le Parlement crurent qu'elle allait choisir Augustin Potier, évêque de Beauvais, qui semblait parfaitement convenir pour cette fonction car, nous dit le cardinal de Retz dans ses *Mémoires*, c'était « une bête mitrée et le plus idiot de tous les idiots ».

Mais Anne d'Autriche nomma Jules Mazarin[4].

« Tout Paris fut comme frappé de stupeur, nous dit Sautreau de Marsy. On ignoroit les ressorts que le cardinal avait fait jouer pour se maintenir, tandis qu'il disoit publiquement qu'il vouloit s'en retourner en Italie. Quand on a lu les *Mémoires* de La Porte, valet de chambre d'Anne d'Autriche, on ne doute point que cette princesse et Mazarin ne fussent d'accord dès le premier instant. On commença dès lors à médire beaucoup de l'attachement de la reine pour ce ministre qui étoit un très bel homme[5]. »

Le peuple parisien, toujours vif dans sa manière d'exprimer les choses, allait jusqu'à dire que « chaque fois que Mazarin jouait de son "pipeau", il secouait le régime ». Et l'on chantait ce couplet irrévérencieux :

Les c... de Mazarin,
Homme fin,
Ne travaillent pas en vain ;
Car à chaque coup qu'il donne
Il fait branler la couronne[6].

Pour tout le monde, en effet, cette femme de quarante-deux ans et cet Italien qui en avait quarante et un étaient unis par de tendres liens. On en riait publiquement et les étudiants, qui de tout temps eurent leur franc-parler, appelaient la régente « la putain du cardinal ». Bientôt, cette expression quitta le quartier Latin et fut adoptée par les commères de la Halle et les petits commerçants. Alors Mlle de Hautefort crut bon de venir dire à Sa Majesté « qu'il se faisait de mauvais discours dans la ville ».

3. V. Livre III.
4. Cet aventurier italien, ancien capitaine d'infanterie des troupes pontificales, avait été découvert par Richelieu qui s'en était engoué au point d'en faire un cardinal, bien qu'il ne fût pas passé par la prêtrise.
5. SAUTREAU DE MARSY, *Le Nouveau Siècle de Louis XIV*, 1793.
6. Chanson de CLAUDE DE CHOUVIGNY, baron de Blot l'Église.

Anne d'Autriche était habile. Elle sourit et répondit :

— Tous ces bruits sont sans fondement. Pour la bonne raison que le cardinal n'aime pas les femmes. Il est d'un pays à avoir des inclinations d'une autre nature.

Ainsi la régente n'hésitait pas à accuser son amant de sodomie pour écarter définitivement les soupçons.

Pourtant, personne ne fut dupe, et La Porte, puis Mme de Brienne vinrent à tour de rôle informer Anne des fâcheuses rumeurs qui continuaient de courir dans le peuple. Si le premier n'eut pas plus de succès que Mlle de Hautefort, en revanche, la seconde reçut quelques confidences.

— Je t'avoue que je l'aime, dit la reine, « rougissant jusque dans le blanc des yeux », et je puis même dire : tendrement ; mais mes sens n'y ont point de part ; mon esprit seulement est charmé de la beauté de son esprit [7].

Après quoi, elle jura sur un reliquaire de rompre à l'avenir toute conversation avec Mazarin si celui-ci se permettait de lui parler d'autre chose que des affaires de l'État.

Mais le soir même, elle ouvrit la porte de sa chambre au cardinal qui lui donna — comme chaque soir — de bien douces satisfactions.

Se souvint-elle alors de son serment, et demanda-t-elle gravement des détails sur la victoire de Rocroi en se faisant « lutiner la corbeille », comme on disait alors joliment ?

Il est difficile de le penser...

Un matin d'octobre 1643, les Parisiens apprirent que Mazarin venait de gagner au jeu de piquet l'hôtel Tubœuf, situé sur l'emplacement actuel de la Bibliothèque nationale.

On fit aussitôt des plaisanteries peu flatteuses pour la vertu de la régente.

Mais lorsqu'on sut que le premier ministre quittait l'hôtel de Clèves, près du Louvre, pour venir habiter rue Tubœuf, le menu peuple se réjouit bruyamment.

— Le ménage ne va plus, dirent les commères en s'esclaffant. La reine et le cardinal se séparent.

Cette joie devait être courte. Le 11 octobre, Anne d'Autriche, pressée de retrouver les commodités du voisinage, abandonnait le Louvre et s'installait au Palais-Cardinal (qui devint, de ce fait, le Palais-Royal), que Richelieu avait légué au roi : Mazarin n'eut plus qu'un jardin à traverser pour aller retrouver la régente. Il fit ouvrir une porte dans le mur de clôture et put, chaque soir, « donner le picotin » à la veuve de Louis XIII.

La pauvre, qui avait été privée de tendresse pendant si longtemps, attendait ce moment avec une impatience qu'elle ne parvenait pas à dissimuler. Le front collé à la vitre, elle regardait le jardin et blêmissait

7. BRIENNE, *Mémoires*.

en entendant le bruit que faisait Mazarin en marchant dans les feuilles mortes.

Un soir, il ne vint pas. Affolée, la régente envoya rue Tubœuf son fidèle La Porte qui l'avait sauvée autrefois. Le valet de chambre rapporta une affreuse nouvelle : le cardinal avait la jaunisse.

Cette maladie amusa le peuple, car certains y voyaient un symbole, et les mauvaises plaisanteries sur la vertu d'Anne d'Autriche connurent de nouveau un grand succès.

— On n'est pas jaune sans raison, disait-on.

Anne d'Autriche, encore une fois, allait faire taire les bavards.

Avec une audace stupéfiante, elle déclara, le 19 novembre, en plein conseil, « qu'attendu l'indisposition de M. le Cardinal Mazarin et qu'il lui fallait tous les jours passer avec grand-peine au travers de ce jardin du Palais-Royal, et voyant qu'à toute heure il se présentait de nouvelles affaires à lui communiquer, elle trouvait à propos de lui donner un logement dans le Palais-Royal afin de converser plus commodément avec lui de ses affaires ».

« L'intention de la reine, écrivait le soir même Gaudin, est approuvée par MM. les ministres et avec applaudissements [8]. »

Les ministres avaient raison d'applaudir, car, cette fois, les deux amants étaient réunis et vivaient sous le même toit.

On assigna au cardinal un grand appartement « dans la cour qui a issue en la rue des Bons-Enfants » ; et, pour se rendre chez la reine, l'heureux homme n'eut plus à franchir que ce chemin secret qui existait encore du temps de la princesse Palatine et par lequel elle assure qu'il passait toutes les nuits.

Cette audace soudaine de la part d'une femme qui rougissait encore deux mois plus tôt au seul nom de Mazarin et cherchait par tous les moyens — même les plus imprévus — à cacher sa liaison étonna tellement le public qu'on murmura bientôt que les amants avaient contracté un mariage secret [9].

Un problème sur lequel allaient se pencher des générations d'historiens venait d'être posé.

Avant de nous y pencher à notre tour, voyons ce qu'en ont dit les contemporains.

Certains se contentent d'en accepter l'hypothèse :

L'auteur de *La Requeste civile*, parue en 1649, écrit, par exemple, en parlant de la reine et du cardinal : « S'il est vrai qu'ils sont liés ensemble par un mariage de conscience, et que le Père Vincent [10], supérieur de la Mission, ait ratifié le contrat, ils peuvent tout ce qu'ils font et davantage, ce que nous ne voyons pas. »

L'auteur de *La Suite du silence au bout du doigt*, ouvrage publié également en 1649, semble lui faire écho : « Pourquoy tant blasmer la

8. Lettre de Gaudin à Servien, du 19 novembre 1643, *Arch. des Affaires étrangères*.
9. « Ce lien passe la conjugale », écrivait Guy Patin.
10. Saint Vincent de Paul.

reyne de ce qu'elle ayme le cardinal ? N'y est-elle pas obligée, s'il est vray qu'ils soient mariez et que le Père Vincent ayt ratifié et approuvé leur mariage ? »

D'autres sont plus catégoriques : Pour Marc-Antoine Deroys, abbé de Lédignan, chanoine d'Alès, docteur en théologie, l'union ne fait pas de doute. Dans un curieux ouvrage intitulé : *La Muse héroïque ou le portrait des actions les plus mémorables de son Éminence, avec diverses pièces sur différents sujets*, qui parut en 1659, il présente le cardinal comme l'époux secret d'Anne d'Autriche.

Enfin la princesse Palatine est formelle. Elle écrit dans ses *Mémoires*, sans l'ombre d'une hésitation : « La reine mère, veuve de Louis XIII, non contente d'aimer le cardinal Mazarin, avait fini par l'épouser ; il n'était pas prêtre et n'avait pas les ordres qui pussent l'empêcher de contracter mariage. On en connaît maintenant toutes les circonstances. Le chemin par lequel le cardinal se rendait chaque nuit chez elle se voit encore au Palais-Royal. La vieille Beauvais, première femme de chambre de la reine mère, avait le secret de son mariage avec le cardinal de Mazarin : cela obligeait la reine de passer par tout ce que voulait sa confidente. »

Ces témoignages sont déjà troublants. Il en existe un autre plus impressionnant encore, il émane de Mazarin lui-même. Le 27 octobre 1651, le cardinal, qui se trouvait alors en exil, écrivit à la régente une lettre en langage codé où se trouvent les deux paragraphes suivants qui donnent un singulier poids aux dires de la Palatine :

Je suis persuadé que, quand tout ce qu'il y a de votre connaissance et ceux qui ont plus d'obligations à la Mer[11], *lui manqueroient et s'uniroient ensemble pour lui faire mal dans l'esprit de 44*[12], *ils n'y gagneroient rien, parce qu'enfin* ‡ *et* ★ [13] *sont unis ensemble par les liens que vous-même êtes tombée d'accord plus d'une fois avec moi qu'ils ne pouvoient être rompus ni par le temps ni par quelque effort qu'on fît.*

J'ai vu une lettre de Sérafin[14] *écrite à 46*[15], *qui s'achève d'une manière la plus obligeante qu'on puisse imaginer ; car il dit* [*il* pour *elle,* Sérafin étant du masculin] *que s'il étoit à la mort, sa dernière pensée seroit* ‡ [amour pour Mazarin]. *Vous ne sauriez croire comme cela est demeuré dans l'esprit de H*[16], *qu'il y a intérêt. Dieu doit avoir inspiré à Sérafin d'écrire de la sorte : car dans l'état où H étoit, tout étoit nécessaire pour le soulager. Il le faut compatir, car c'est une étrange chose pour cet enfant*[17] *de se voir marié et séparé*[18]

11. Dans le langage convenu des deux amants (traduit en 1834 par J. Ravenel, grâce au rapprochement des contextes), ce mot signifie : Mazarin.
12. La reine.
13. Ces signes signifient : le cœur de la reine et celui de Mazarin.
14. La reine.
15. Mazarin.
16. Mazarin.
17. Mazarin, parlant de lui-même, se nommait ainsi.
18. Le cardinal était en exil.

en même temps et qu'on poursuit toujours pour apporter des obstacles à son mariage. On espère que rien ne sera capable de l'empêcher de revoir ce qu'il souhaite plus que de vivre, à ce que dit ★.

Il semble donc que Mazarin et Anne d'Autriche aient bien été unis par un mariage secret. D'ailleurs l'attitude du clergé et des couvents peut être considérée comme une preuve supplémentaire. Anne d'Autriche était très pieuse et fréquentait régulièrement les religieuses du Val-de-Grâce. Or, nous dit Jules Loiseleur, « que ces saintes femmes pendant des années aient fermé les yeux sur une liaison dont elles avaient reçu la confidence et qu'elles considéraient comme criminelle, voilà qui doit sembler invraisemblable ».

Il faut donc penser, puisque la régente était en relation constante avec le futur saint Vincent de Paul et qu'elle n'interrompit jamais l'exercice de ses devoirs de piété, qu'un mariage secret a « régularisé la situation » des deux illustres concubins [19].

Reste à savoir pourquoi une telle union est demeurée secrète alors que sa vulgarisation aurait fait cesser tous les bruits injurieux qui couraient sur la régente. Car rien n'empêchait cette divulgation puisque Mazarin était cardinal laïque et n'avait pas prononcé de vœux. Le comte de Saint-Aulaire, faisant parler les partisans du mariage, fournit un argument qui a sa valeur : « Le secret répond à une nécessité politique : éviter un scandale cent fois pire, les gens étant beaucoup plus indulgents pour la liaison que pour le mariage de la reine avec le cardinal ; *éviter aussi que le public ne conclue à l'inamovibilité du mariage et à l'inamovibilité du ministre, ce qui l'eût rendu plus furieux encore...* [20] »

Alors ? Il semble donc à peu près certain que la régente ait pu appeler Mazarin, indifféremment, Jules, mon mari, ou Monseigneur...

2

La cour partagée par deux lettres d'amour

> Une révolution dans le cœur d'une femme annonçait presque toujours une révolution dans les affaires.
>
> M. THOMAS

Tandis qu'Anne d'Autriche et le cardinal atteignaient le ciel par des

19. Un autre argument est fourni par quelques historiens : dans la correspondance secrète qu'échangèrent Anne et Mazarin pendant des années, Louis XIV est désigné par un sobriquet : « le Confident ». « Le choix de ce surnom, disent-ils, indique sans doute que le jeune roi était au courant du mariage secret et qu'il n'avait pas à rougir de « l'intimité » de sa mère et de Mazarin. » Plus tard, on verra même Louis XIV appeler le cardinal « son père », terme qu'il n'aurait certes pas employé s'il n'y avait eu, entre la reine et son ministre, qu'une liaison coupable...

20. COMTE DE SAINT-AULAIRE, *Mazarin*.

voies que le catéchisme n'enseigne point, quelques jolies femmes transformaient la cour en un effroyable panier de crabes.

« La France, nous dit un historien du XVIIIe siècle, étoit dans l'anarchie, mais on mêloit les plaisanteries aux batailles et les vaudevilles aux factions. Alors tout se menoit par les femmes. Elles eurent toutes dans cette époque cette espèce d'agitation inquiète que donne l'esprit de parti, esprit moins éloigné de leur caractère que l'on ne pense. Les unes imprimoient le mouvement, les autres le recevoient. Chacune selon son intérêt et ses vues, cabaloit, écrivoit, conspiroit. Le temps des assemblées étoit la nuit. Une femme au lit ou sur sa chaise longue étoit l'âme du conseil. Les faiblesses secrètes préparoient les plus grands événements. L'amour présidoit à toutes les intrigues[21]. »

Une extravagante cabale montée à la fin de 1643 en apporte la preuve.

Les deux plus jolies femmes de la cour étaient alors Mme de Longueville et Mme de Montbazon. On ne pouvait rien voir d'aussi dissemblable : la première était une blonde angélique aux yeux de turquoise, la seconde une plantureuse beauté brune parlant et riant fort. Différentes au physique, elles s'opposaient encore par leurs goûts, leurs familles, leurs idées politiques. Mme de Longueville (Anne-Geneviève de Bourbon) était la fille du prince de Condé et la sœur de Louis de Bourbon, duc d'Enghien (futur Grand Condé), qui venait de remporter la victoire de Rocroi. Elle avait donc droit à toute la sollicitude de la régente et de Mazarin.

Au contraire Mme de Montbazon était la très jeune belle-mère de l'incorrigible Mme de Chevreuse qui commençait à comploter contre le cardinal. Elle appartenait donc au fameux groupe des Importants[22] qui voulait chasser — ou même tuer — Mazarin et dont la reine se méfiait à juste titre.

Enfin, les deux jeunes femmes étaient séparées par des intrigues galantes : la blonde duchesse, après avoir refusé de devenir la femme du duc de Beaufort, fils du duc de Vendôme, s'était mariée, sur l'ordre de son père, avec le vieux duc de Longueville qui avait près de trente ans de plus qu'elle. Or la brune Mme de Montbazon, qui était de tempérament volcanique et de mœurs faciles, avait à la fois pour amant le duc de Beaufort, soupirant évincé de Mme de Longueville, et M. de Longueville lui-même...

Les deux femmes se détestaient donc, bien que Mme de Longueville

21. M. THOMAS : *Essai sur le caractère, les mœurs et l'esprit des femmes dans les différents siècles*, 1772.

22. « On appelait ainsi, nous dit VICTOR COUSIN, les chefs des mécontents, à cause des airs d'importance qu'ils se donnaient, blâmant à tort et à travers toutes les mesures du gouvernement, affectant une sorte de profondeur et de sublimité quintessenciée, qui les séparait des autres hommes. Ils régnaient dans les salons, ils exerçaient une autorité considérable à la cour et dans le royaume, et ils avaient à leur tête les deux grandes maisons de Vendôme et de Lorraine. » L'un des Importants les plus notoires fut le prince de Marcillac, duc de La Rochefoucauld, auteur des *Maximes*.

n'attachât aucune importance aux frasques de son mari. Elle n'avait jamais éprouvé d'amour pour ce vieillard placé de force dans son lit et considérait même comme une aubaine le fait qu'il ait une maîtresse ; car cela lui permettait en effet d'entretenir en toute sécurité une tendre idylle avec Maurice de Coligny...

Il y avait quelque temps que durait cette situation assez compliquée lorsqu'un soir, au cours d'une réception chez Mme de Montbazon, une demoiselle d'honneur ramassa deux lettres qu'un invité avait laissées tomber par mégarde sur le tapis.

Elle les parcourut, s'aperçut qu'il s'agissait de lettres d'amour écrites par une femme et les remit à la duchesse qui s'amusa à les lire à haute voix.

Tout le monde s'esclaffa et, nous dit Mme de Motteville, « de la gaieté on vint à la curiosité, de la curiosité au soupçon, et du soupçon on passa jusqu'à décider que les lettres étaient tombées de la poche de Coligny qui venait de sortir, et qui, à ce qui se disait à l'oreille, avait de la passion pour Mme de Longueville ».

En un instant Mme de Montbazon avait eu, en effet, l'idée machiavélique de salir la réputation de sa rivale et d'atteindre ainsi la maison des Condé que jalousait le parti des Importants.

Voici les lettres :

J'aurois beaucoup plus de regrets du changement de votre conduite, si je croyois moins mériter la continuation de votre affection. Je vous avoue que tant que je l'ai crue véritable et violente, la mienne vous a donné tous les avantages que vous pouviez souhaiter. Maintenant n'espérez pas autre chose de moi que l'estime que je dois à votre discrétion. J'ai trop de gloire pour partager la passion que vous m'avez si souvent jurée, et je ne veux plus vous donner d'autre punition de votre négligence à me voir que celle de vous en priver tout à fait. Je vous prie de ne plus venir chez moi, parce que je n'ai plus le pouvoir de vous le commander.

A ce billet de rupture était jointe une autre lettre de la même écriture :

De quoi vous avisez-vous après un si long silence ? Ne savez-vous pas bien que la même gloire qui m'a rendue sensible à votre affection passée me défend de souffrir les fausses apparences de sa continuation ? Vous dites que mes soupçons et mes inégalités vous rendent la plus malheureuse personne du monde ; je vous assure que je n'en crois rien, bien que je ne puisse nier que vous m'ayez parfaitement aimée, comme vous devez avouer que mon estime vous a dignement récompensé. En cela, nous nous sommes rendu justice, et je ne veux pas avoir dans la suite moins de bonté, si votre conduite répond à mes intentions. Vous les trouveriez moins déraisonnables, si vous aviez plus de passion, et les difficultés de me voir ne feraient que l'augmenter au lieu de la diminuer. Je souffre pour trop aimer, et vous pour n'aimer pas assez ! Si je vous dois croire, changeons d'humeur ; je trouverai du repos à faire mon devoir, et vous devez y manquer pour vous mettre en liberté. Je n'aperçois pas que j'oublie la façon dont vous avez passé avec moi l'hiver, et que je vous parle aussi franchement que j'ai fait autrefois. J'espère que vous en userez aussi bien, et que je n'aurai point de regret d'être vaincue dans la résolution que j'avais faite de n'y plus retourner. Je garderai le logis trois ou quatre jours de suite, et l'on ne m'y verra que le soir ; vous en savez la raison...

Ces deux lettres nous semblent bien anodines quand on les compare aux billets enflammés et gaillards de la reine Margot.

Mais on aurait tort de s'y méprendre. L'aisance nouvelle avec laquelle on commençait — sous l'influence de l'Hôtel de Rambouillet — à manier la langue française permettait déjà, malgré un style encore tarabiscoté, de tout dire sur un ton de bonne compagnie. Et les gens de l'époque savaient très bien donner à chaque mot son véritable sens.

Une phrase telle que : *Je n'aperçois pas que j'oublie la façon dont vous avez passé avec moi l'hiver,* équivalait exactement à : *Je me souviens avec volupté des nuits exténuantes que nous avons passées ensemble sur mon lit...*

Mme de Montbazon, elle-même, n'écrivait pas autrement, et les lettres que l'on possède d'elle pourraient nous faire croire qu'elle était une petite sainte préoccupée seulement d'amour platonique, alors qu'elle se conduisait en réalité comme une furieuse gourgandine. Un exemple d'ailleurs le prouvera. Un soir, au cours d'un bal donné chez elle, rue Barbette, une demoiselle d'honneur vit un des grands rideaux de tapisserie qui ornaient la fenêtre du salon s'agiter étrangement. S'imaginant qu'un espion de Mazarin s'y cachait, elle alla demander à M. de Guise de venir avec son épée.

Le duc accourut et d'un geste brusque écarta le rideau.

Sa gêne fut immédiate.

Derrière la tapisserie se trouvaient, en effet, Mme de Montbazon en compagnie d'un « gentilhomme, tous deux faisant l'amour sans retenue, debout contre l'appui de la fenêtre »[23].

La rivale de Mme de Longueville était donc bien placée pour traduire en langage clair une lettre d'amour écrite dans le beau style de M. de Vaugelas.

Elle le fit avec esprit et méchanceté, et tout Paris se répéta le lendemain en riant que la blonde duchesse était la maîtresse de Maurice de Coligny.

On fit même une chanson[24] :

Si Madame de Longueville
Fait l'amour comme chacun dit
Peut-on condamner une fille

23. Mme DE CHAUVELIN, *Mémoires*, 1715.
24. Fonds Cousin, Sorbonne, Manuscrits.

Qui fait comme sa mère fit.

L'une est superbe et fort hautaine.
L'autre fort douce, accorte, humaine.
Mais très semblables en ce point
Qu'un amant ne leur déplaît point.

La princesse de Condé apprit avec le mécontentement qu'on imagine que Mme de Montbazon calomniait sa fille et alla s'en plaindre à la régente. Aussitôt la cour se partagea en deux groupes hostiles : tous les Importants prirent le parti de Mme de Montbazon et les amis de Mazarin prirent l'autre. Anne d'Autriche, un peu embarrassée d'avoir à intervenir dans une affaire galante, fit faire une enquête, et apprit que les lettres n'étaient pas de Mme de Longueville, mais de Mme de Fouquerolles qui les avait écrites au marquis de Maulévrier.

Pressée par le vainqueur de Rocroi et sa famille, elle décida donc que Mme de Montbazon devrait faire des excuses publiques à la princesse de Condé.

Aussitôt les Importants interprétèrent cette punition comme une brimade intolérable contre les Vendôme et les Guise, et ils envisagèrent, avec soin cette fois, de faire assassiner Mazarin...

Un complot qui pouvait être d'une extrême gravité fut organisé. Ainsi le trône risquait d'être ébranlé par deux lettres d'amour...

Au jour fixé par la reine, Mme de Montbazon, « fort parée », la tête couverte de hautes plumes rouges, les doigts chargés de bijoux et la bouche tordue par un sourire méprisant, se présenta à l'hôtel de Condé.

En voyant sa morgue, les valets, ravis, comprirent que les choses n'allaient pas se passer aisément et coururent se mettre en bonnes places pour assister à l'entrevue.

Mme de Montbazon fut conduite dans le salon où la princesse l'attendait au milieu d'une foule d'amis. Elle entra très à son aise, toisa la mère de sa rivale et, sans un salut, se mit à lire un petit mot d'excuse qui était épinglé à son éventail. « Elle le fit, nous dit Mme de Motteville, de la manière du monde la plus fière et la plus haute, faisant une mine qui semblait dire : "Je me moque de ce que je dis." »

Quand elle arriva à la phrase suivante : « Je vous supplie de croire que je ne manquerai jamais au respect que je vous dois et à l'opinion que j'ai de la vertu et du mérite de Mme de Longueville », elle fit entendre un gros gloussement qui mécontenta l'assistance.

La princesse de Condé[25], furibonde, récita en grinçant des dents les quelques phrases de réponse que lui avait soufflées Anne d'Autriche. Un silence pénible s'établit dans le salon et Mme de Montbazon, sans un mot d'adieu, sortit en ricanant.

25. Cette princesse Charlotte de Condé nous est connue. C'est pour elle, on s'en souvient, que Henri IV faillit déclarer la guerre à l'Espagne en 1610. (V. Livre III.)

Après cette scène, la princesse de Condé, fâchée par l'attitude insolente de la duchesse, obtint de la régente de ne jamais rencontrer son ennemie.

Or, à quelque temps de là, Mme de Chevreuse offrit une petite collation dans le jardin de Renard, au bout des Tuileries, où un confiseur s'était installé et où les élégantes qui revenaient du Cours-la-Reine avaient pris l'habitude de venir boire des sirops en écoutant les sérénades à la mode espagnole. Anne d'Autriche aimait beaucoup cet endroit. Elle se rendit avec plaisir à l'invitation de Mme de Chevreuse et demanda à la princesse de Condé de l'accompagner.

— Mme de Montbazon sera-t-elle présente ?

— Non, répondit la régente qui était au courant de tout, elle s'est purgée ce matin.

Naturellement, malgré la purge, Mme de Montbazon se trouvait là, faisant les honneurs avec des rires sonores et de grands éclats de voix. La princesse voulut se retirer discrètement pour ne point troubler la fête. La régente la retint et eut une idée curieuse. Appelant une de ses demoiselles, elle lui dit :

— Voulez-vous aller prier Mme de Montbazon *de se trouver mal* afin qu'on la ramène chez elle et qu'elle quitte ces lieux sans avoir à subir d'affront ?

En recevant cet ordre bizarre, la duchesse éclata de rire, se rengorgea, lança quelques insultes grossières à l'adresse de la princesse de Condé et refusa de quitter le jardin.

Anne d'Autriche, très en colère, partit immédiatement en compagnie de la princesse.

Le lendemain, Mme de Montbazon recevait l'ordre de quitter Paris et de se retirer sans délai dans sa maison de Rochefort...

Cet exil déchaîna les Importants. « Ils se crurent humiliés et affaiblis, nous dit Victor Cousin, et il n'y eut pas de violences et d'extrémités qu'ils ne rêvèrent. Le duc de Beaufort, frappé à la fois dans son crédit et dans ses amours, jeta les hauts cris ; les pensées de vengeance qui, depuis quelque temps, s'agitaient à l'hôtel de Vendôme se fixèrent ; il y eut un complot formé et arrêté pour se défaire de Mazarin ! [26] »

Cette fois, les Importants résolurent d'agir rapidement.

Un soir que Mazarin allait dîner à Maisons, chez René de Longueil, ils postèrent des tueurs sur le bord de la route avec de regrettables instructions. Les Vendôme, les Guise, Mme de Chevreuse voulaient, en effet, profiter de ce que la cour était partagée par l'affaire des lettres pour frapper un grand coup, apeurer la régente, reprendre leurs places, imposer leur ami Châteauneuf comme premier ministre et abolir l'œuvre politique de Richelieu.

Ils virent donc avec plaisir le cardinal monter dans son carrosse. Cette fois, ils allaient être, enfin, débarrassés de lui. Mais, au moment

26. VICTOR COUSIN, *Madame de Longueville*.

où un valet allait claquer la portière, Monsieur, sachant combien les repas étaient succulents chez René de Longueil, apparut l'air réjoui :

— Une seconde, je vous accompagne à Maisons, dit-il en riant. Je ne veux pas manquer un bon dîner.

Et il grimpa à côté du cardinal. Les Importants, qui assistaient au départ, furent atterrés. Quand la voiture eut disparu, ils envoyèrent bien vite un cavalier pour prier les tueurs d'annuler le massacre.

On ne pouvait, en effet, risquer d'assassiner le duc d'Orléans qui était un prince de sang. Mazarin était donc sauvé par la gourmandise de Monsieur...

Le lendemain, certains tueurs exprimèrent leur dépit assez clairement pour que la police du premier ministre fût alertée. Informé du complot ourdi contre lui, Mazarin, d'accord avec la régente, fit arrêter le duc de Beaufort ; les Vendôme furent invités à quitter Paris ; Mme de Chevreuse fut reléguée d'abord à Dampierre, puis en Anjou, Châteauneuf en Touraine, l'évêque Potier à Beauvais. Bref, le groupe des Importants avait vécu et Mlle de Montpensier nous dit que « ce fut en peu de temps un grand changement à la cour, et un trait d'autorité qui servit bien à établir principalement celle du cardinal Mazarin ».

A quelque temps de là, une aventure galante arrivée à Mme de Montbazon dans sa retraite de Rochefort fut connue de tout Paris et acheva de ridiculiser l'égérie du groupe des Importants.

Un soir que la duchesse recevait un amant dans sa chambre, M. de Montbazon, qui couchait à l'étage au-dessous, monta et ouvrit la porte :

— J'entends du bruit, dit-il, n'y aurait-il pas un rat ?

— En effet, dit Mme de Montbazon, mais n'ayez crainte, je le tiens...

Cette énormité eut un effet inattendu : elle fit éclater de rire l'amant qui se cachait sous les draps. Le malheureux dut sortir de la chambre complètement nu, poursuivi par le vieux duc fort en colère...

On aurait pu croire que l'affaire des lettres était terminée. Il restait pourtant un personnage qui n'avait rien dit jusqu'alors (sur la prière de Mme de Longueville) et qui brusquement, à la fin de décembre 1643, manifesta le désir de défendre son honneur et celui de sa « dame ». C'était Maurice de Coligny. Beaufort et les Vendôme n'étant pas disponibles, il résolut de se battre avec le seul « Important » qui restait à Paris : le duc de Guise.

Le duel eut lieu place Royale en présence de Mme de Longueville, curieuse sans doute de voir, pour ses beaux yeux, un Guise aux prises avec un Coligny... Ce dernier n'eut d'ailleurs pas de chance : blessé à un bras, il dut être amputé et le peuple de Paris chanta cette complainte :

Essuyez vos beaux yeux,
Madame de Longueville,

Essuyez vos beaux yeux,
Coligny se porte mieux.
S'il a demandé la vie,
Ne l'en blâmez nullement,
C'est pour être votre amant,
Qu'il veut vivre éternellement.

Hélas, la gangrène se mit dans la blessure de Coligny et le pauvre mourut cinq mois plus tard.

« Ainsi, nous dit Mlle de Montpensier dans ses *Mémoires*, finit la comédie qui donna une grande atteinte à l'autorité royale, et qui laissa dans le cœur de tout le monde les premières semences de discorde et de confusion... On peut dire que voilà l'origine de tous les désordres et de tous les troubles dont la France a été agitée depuis si longtemps. »

De cette cabale envenimée par deux lettres d'amour allait, en effet, sortir la Fronde...

3

Pour arrêter la Fronde, Condé veut donner un amant à Anne d'Autriche

Ce sexe prit une grande part aux événements
à l'époque de la Fronde, conjuration burlesque
qui fut presque son œuvre.

J.-A. DE SÉGUR

Au début de 1644, les critiques contre Mazarin devinrent moins violentes. Le peuple, qui n'est pas capable de haine suivie, se contentait de répéter en riant et en clignant de l'œil afin que tout le monde saisisse l'allusion, que les historiens écriraient un jour dans leurs ouvrages : « Le cardinal était premier ministre sous Anne d'Autriche. »

Plaisanterie peu spirituelle, mais d'une obscénité suffisante pour que les Parisiens demeurassent calmes pendant quatre ans.

Or, tout à coup, en 1648, la création de nouvelles taxes allait ranimer, et avec quelle force, la guerre contre celui qui partageait le lit de la reine.

Les finances étaient alors en piteux état. Mazarin, aidé de son compatriote le contrôleur général Ponticelli Emeri, aussi mauvais gestionnaire et aussi habile que lui à puiser dans les caisses de l'État, avait vidé le Trésor.

Pour faire face aux charges de la guerre et à leurs besoins propres, les deux hommes devaient sans cesse créer de nouveaux impôts dont Paris était d'ailleurs la principale victime. Après l'*édit du toisé* qui frappait toute construction élevée en dehors de l'enceinte, l'*édit du tarif* qui surtaxait tous les produits entrant dans la capitale (ce qui provoqua une hausse considérable du coût de la vie), on saisit quatre années de gages des officiers des cours souveraines.

Cette fois, ce n'était plus le peuple qui était frappé mais tous les magistrats de la Cour des comptes, de la Cour des aides, du Conseil, et jusqu'aux robins de moindre classe.

Bien qu'il fût excepté de cette mesure, le Parlement se solidarisa avec les victimes de Mazarin, qui, trouvant intolérable d'être traitées comme le vulgaire, menaient grand bruit.

Chaque jour, des mannequins à la ressemblance de l'Italien, où l'on avait attaché un écriteau orné d'épithètes diverses : « voleur », « pillard », « filou » (auxquelles certains ajoutaient à tout hasard : « assassin » et « sodomiste »), étaient promenés dans les rues par une foule braillarde qui chantait des couplets orduriers.

Ce mécontentement créait un climat de révolte dont le Parlement entendit profiter. Brusquement, il se dressa contre le premier ministre, réclama la réduction des tailles, la protection des rentes et la création d'une Chambre de justice pour « juger souverainement des abus et malversations qui étaient faits dans les finances ».

La situation était tendue. Elle n'était pas dramatique. Et tout aurait sans doute pu s'arranger facilement si quelques dames, fort excitées, ne s'en étaient mêlées. Il faut dire que les femmes, qui sont souvent, nous l'avons vu, à l'origine de grands bouleversements, paraissent plus sensibles que les hommes au vent de folie. Or il soufflait alors un furieux ouragan sur l'Europe : l'Angleterre, sous l'impulsion de Cromwell, faisait le procès de son roi, Charles Ier, qui n'allait pas tarder à être décapité, tandis que les janissaires étranglaient le sultan Ibrahim...

Comme enivrées par une bouffée d'air empoisonné, les femmes furent subitement en proie à une extraordinaire frénésie. On vit tout à coup Mme de Longueville, Mme de Chevreuse, Mlle de Chevreuse, Mlle de Montpensier, qu'une virginité prolongée rendait nerveuse, et la belle Anne de Gonzague, future princesse Palatine[27] s'occuper des affaires politiques et pousser les hommes aux pires extrémités.

Toutes les dames et demoiselles du royaume furent bientôt atteintes par cette maladie, et Sainte-Beuve nous rapporte ces propos tenus par Mazarin au premier ministre d'Espagne, don Luis de Haro, sur les Françaises du temps : « Une femme de bien ne coucherait pas avec son mari, ni une coquette avec son galant, s'ils ne leur avaient parlé ce jour-là d'affaires d'État ; elles veulent tout voir, tout connaître, tout savoir, et, qui pis est, tout faire et tout brouiller. Nous en avons trois, entre autres, la duchesse de Longueville, la duchesse de Chevreuse, la princesse Palatine, qui nous mettent tous les jours en plus de confusions qu'il n'y en eut jamais à Babylone. »

27. Qu'il ne faut pas confondre avec la princesse Élisabeth de Bavière, fille de l'Électeur Palatin, qui épousera le duc d'Orléans, frère de Louis XIV, après la mort d'Henriette d'Angleterre.

Cette confusion fut si grande qu'il est à peu près impossible de suivre l'histoire de cette extravagante guerre civile.

Poussés par quelques femmes évaporées, velléitaires ou capricieuses, des hommes comme La Rochefoucauld ou Condé passaient sans sourciller du camp gouvernemental à celui de l'opposition la plus violente et l'on assistait à tant de va-et-vient entre les deux camps qu'un historien a pu comparer la Fronde à un ballet [28]...

Les choses commencèrent après l'arrestation de Broussel, membre du Parlement, très populaire à Paris à cause de son opposition acharnée aux impôts. En quelques heures, le 26 août, les Parisiens sortirent tous les fûts vides qui se trouvaient dans leurs caves et élevèrent près de deux mille barricades [29].

Le 27 au matin, près de cent mille hommes armés tenaient la rue...

La capitale se soulevait, excitée par les agents d'un étrange ecclésiastique qui se frottait les mains dans les coulisses.

Coadjuteur de l'archevêque de Paris, il s'appelait Paul de Gondi. Mais il devait être plus connu, un jour, sous le nom de cardinal de Retz.

Cet homme, qui allait devenir l'un des plus grands agitateurs du XVIIe siècle, avait eu des débuts assez obscurs. Et — notons-le, car cela démontre une fois de plus l'importance de l'amour — sans doute serait-il demeuré dans l'ombre s'il avait eu un goût moins vif pour la galanterie. C'est en effet à une femme qu'il dut son élévation. L'histoire en est curieuse et peu connue. La voici telle qu'elle est contée par un auteur du XVIIIe :

« Les passions du célèbre cardinal de Retz se développèrent dès sa jeunesse : son valet de chambre s'en aperçut et pour gagner son amitié tâcha de lui fournir les moyens de les satisfaire. Cet indigne confident n'étoit occupé qu'à chercher et à séduire des jeunes filles pour les procurer à son maître. Enfin il engagea une misérable épinglière à lui livrer pour quinze cents livres sa nièce qui n'avoit que quatorze ans, et qui étoit d'une beauté ravissante. Cette victime de l'avarice et de l'incontinence fut conduite à Issy, où elle devoit être immolée ; et pour la préparer à l'affreux sacrifice, on mit sa sœur aînée auprès d'elle.

» Dès le lendemain, le jeune abbé de Gondi se transporte à Issy ; mais, lorsqu'il aborde cette jeune fille, il voit son visage se couvrir de rougeur, ses yeux se mouiller de larmes, son corps frémir de crainte : elle tombe sans connaissance. La vertu est toujours respectable partout où elle se trouve ; elle impose silence au vice. L'abbé de Gondi s'arrête, oublie ce qu'il est venu faire, ne songe qu'à consoler cette jeune fille, et la quitte sans lui avoir parlé de ses désirs.

» Le jour suivant, l'image de cette charmante fille se présente à son

28. Le vainqueur de Rocroi ne portait plus le titre de duc d'Enghien depuis que le prince de Condé, son père, était mort en 1646.

29. Car les barricades étaient faites alors — et c'est l'origine de leur nom — avec des barriques remplies de terre, liées entre elles par des chaînes et surmontées d'un rang de pavés.

imagination, et rallume son amour : il vole à Issy, demande avec empressement ce qu'il croit être en droit d'exiger. La jeune fille lui représente combien le ciel sera irrité contre lui s'il la force de l'offenser, combien en même temps il sera honteux pour lui de profiter de la bassesse de son indigne tante, les larmes et les soupirs arrêtent sa voix : elle tombe à ses genoux. Tant de vertu dans une fille d'un âge si tendre cause au jeune abbé une surprise mêlée de vénération : il rougit d'avoir voulu déshonorer une fille si sage et forme dans l'instant le projet de lui faire un sort digne d'elle.

» Sitôt que la nuit parut, il la mit dans son carrosse, il la conduisit chez Mme de Maignelais, sa tante, qui étoit très pieuse, lui raconta son histoire, et la pria d'en avoir soin. Cette dame la mit dans un couvent, où elle mourut dix-huit ans après en odeur de sainteté.

» La pieuse Mme de Maignelais fut si touchée du procédé de son neveu qu'elle alla, dès le lendemain, le raconter à l'évêque de Lisieux. »

On avouera que c'était là une curieuse idée. Mais sans doute avait-elle raison, car en apprenant que l'abbé avait renoncé à violer une fillette de quatorze ans le prélat fut émerveillé.

— C'est un saint homme ! s'écria-t-il. Il faut le récompenser. Tout à l'heure, j'en parlerai au roi et au cardinal de Richelieu.

Et le jour même, il alla conter l'aventure de l'épinglière à la cour.

« Louis XIII, poursuit notre auteur, qui aimoit l'honneur et la probité, conçut beaucoup d'estime et d'affection pour l'abbé de Gondi ; et, la veille de sa mort, il ordonna à la reine de lui faire expédier la coadjuterie à l'archevêché de Paris, disant qu'il avoit toujours eu ce jeune homme dans l'esprit, depuis le récit que M. de Lisieux lui avoit fait de ce qui lui étoit arrivé avec la nièce de l'épinglière. »

Et l'auteur conclut joliment : « C'est ainsi que les pleurs d'une jeune fille furent cause qu'un jeune abbé fut élevé à une dignité qui le mit à portée de déployer ses dangereux talents pour la séduction, et d'allumer la guerre civile en France[30]. »

Ces talents, le coadjuteur, qui rêvait d'être chef de parti et maître de Paris, n'allait pas tarder à les utiliser d'habile façon. Pendant que les Parisiens tendaient des chaînes en travers des rues et se baptisaient « frondeurs » du nom d'un jeu d'enfants en vogue dans les fossés de la capitale, il revêtait sa plus belle soutane et, dans le silence de son bureau de l'archevêché, cherchait un moyen de faire étriper Mazarin.

Celui-ci ne tarda pas à se douter du danger qu'il courait. Le 13 septembre, affolé, il fit ses bagages et partit à six heures du matin pour Saint-Germain-en-Laye avec Anne d'Autriche et le petit roi qui tremblait de peur.

Les Parisiens, rendus furieux par cette fuite, se vengèrent en chantant des couplets orduriers sur la régente et le cardinal. Des pamphlets d'une incroyable audace furent imprimés et distribués dans les rues.

30. *Nouvel essai sur les grands événements par les petites causes,* 1760. Le cardinal de Retz raconte lui-même cette aventure dans ses *Mémoires*. Tome I, p. 202. Coll. « Les Grands Écrivains de la France ».

L'un d'eux, *La Custode de la reine qui dit tout*, accusait Anne d'Autriche d'avoir appris de Mazarin certains vices que l'on prêtait généreusement aux Italiens :

Son crime est bien plus noir
Que l'on ne pense pas ;
Elle consent, l'infâme,
Au vice d'Italie...

Le 24 octobre, la signature du traité de Westphalie rendit un peu d'assurance et d'autorité à Mazarin. Aussitôt, il ramena la régente et le roi à Paris.

Le coadjuteur fut très ennuyé. Il lui fallait, maintenant, l'appui d'un homme possédant assez de prestige pour servir de drapeau à son parti et rassurer la bourgeoisie. Il alla solliciter Condé. Mais le vainqueur de Rocroi, qui pourtant n'aimait pas Mazarin, refusa de participer à une entreprise qui risquait d'ébranler le trône, et se rangea aux côtés de la reine.

Paul de Gondi décida alors de se faire une alliée de la sœur de Condé, Mme de Longueville, dont il savait qu'elle était pour lors la maîtresse de La Rochefoucauld (futur auteur des *Maximes*), ancien chef des Importants devenu une des têtes de la Fronde [31].

Le coadjuteur se rendit à Noisy-le-Roi, près de Versailles, où la ravissante et remuante duchesse, alors enceinte, se reposait. Il fut reçu avec enthousiasme : « Dès que j'eus ouvert à Mme de Longueville, écrit-il, le moindre jour au poste qu'elle pourrait tenir en l'état où les affaires allaient tomber, elle y entra avec des empressements de joie que je ne vous puis exprimer [32]. » Depuis longtemps, la jeune femme rêvait de voir le vainqueur de Rocroi, son frère bien-aimé, devenir régent à la place d'Anne d'Autriche. Les desseins de Gondi lui parurent être propres à réaliser ses vœux. Elle commença par entraîner dans la Fronde son mari et son frère cadet, Armand de Bourbon, prince de Conti.

Ce prince, qui n'était guère intelligent (le coadjuteur disait de lui que c'était « un zéro qui ne multipliait que parce qu'il était prince du sang »), avait, au moment de sa puberté, fixé, une fois pour toutes, les yeux sur sa sœur et en était depuis follement amoureux. Il portait au bras une de ses jarretières, et certaines personnes à la langue bien pendue n'hésitaient pas à affirmer que Mme de Longueville, émue par tant de passion, « lui avait fait parfois un petit avantage [33] ».

31. Cf. Victor Cousin : « Ce qui a séparé les princes du sang de la Couronne : l'amour inattendu de Mme de Longueville... Elle se tourna aveuglément, sous la main de La Rochefoucauld, contre cette royauté dont sa famille avait été l'appui, et qui était encore bien plus l'appui de sa famille. » *Madame de Longueville*.

32. Cardinal de Retz, *Mémoires*. Tome II.

33. Le cardinal de Retz écrit dans ses *Mémoires* : « L'amour passionné du prince de Conti pour elle donna à cette Maison un certain air d'inceste... »

La duchesse n'avait eu qu'un mot à dire pour qu'il acceptât sans discuter d'être du parti de M. de Gondi.

Restait Condé. Le coadjuteur comptait sur Mme de Longueville pour le détacher de la Couronne et l'amener à se joindre à la coalition qu'on devait appeler un jour la Fronde des Princes. Hélas ! si l'amour avait permis le ralliement de Conti, il allait empêcher celui de Condé.

Le vainqueur de Rocroi avait, lui aussi, une véritable passion pour sa sœur. Passion à ce point exclusive et jalouse qu'il ne pouvait supporter qu'un homme considérât la duchesse avec des yeux un peu trop chauds. A grand-peine, il avait dû admettre le mariage avec M. de Longueville, mais M. de La Rochefoucauld lui était insupportable. Il le haïssait. Pour rien au monde, il n'aurait appartenu à un mouvement dirigé par cet « individu » qui entrait dans le lit de sa sœur et auquel, en outre, il attribuait la paternité de l'enfant qu'elle attendait. A plusieurs reprises, il avait reproché assez vivement à la duchesse d'avoir, en somme, une liaison non incestueuse. Piquée, Mme de Longueville s'était contentée de répondre d'un ton sec qu'aucune loi n'obligeait une femme à prendre ses amants uniquement parmi les membres de sa famille.

Depuis, ils étaient en froid.

Le coadjuteur avait donc peu de chances d'amener Condé à la Fronde. Il s'en consola en pensant qu'il n'était point bredouille, loin de là, ayant pris dans ses filets deux des princes du sang. Tout heureux, il enveloppa de soins et de caresses ecclésiastiques le brave Conti qui se gonfla d'importance et Mme de Longueville qui en frétilla d'aise.

Pour flatter cette femme influente, Gondi décida même que les réunions des coalisés auraient lieu chez elle. Presque chaque soir, le maréchal de La Mothe, le duc de Bouillon, frère de Turenne, Beaufort, Conti et quelques autres se retrouvaient donc à Noisy-le-Roi.

On parlait, on badinait, chacun faisait le bel esprit, et l'on se préparait, dans un langage châtié, à mettre la France à feu et à sang...

Bien entendu, le coadjuteur ne tarda pas à s'éprendre de la duchesse aux yeux de turquoise. « La petite vérole, écrit-il, lui avait ôté la première fleur de sa beauté ; mais elle lui en avait laissé presque tout l'éclat ; et cet éclat, joint à ses qualités, à son esprit particulier, la rendait une des plus aimables femmes de France. J'avais le cœur du monde le plus propre à l'y placer entre Mme de Guéménée et de Pommereu [34]. Je ne vous dirai pas qu'elle l'eût agréé : mais je vous dirai bien que ce ne fut pas la vue de l'impossibilité qui m'en fit rejeter la pensée, qui fut même assez vive dans le commencement [35]. »

Il jugea prudent toutefois de ne pas attaquer la duchesse dont le frère, Conti, était indispensable à la Fronde, dont le mari, M. de Longueville, pouvait être utile et dont l'amant, La Rochefoucauld, n'était pas négligeable...

Pendant ce temps, Anne d'Autriche, inquiète, faisait disposer autour

34. Ses deux maîtresses du moment.
35. CARDINAL DE RETZ, *Mémoires*.

de Paris l'armée des Flandres que dirigeait Condé et, dans la nuit du 6 au 7 janvier 1649, par un vent glacial, partait de nouveau pour Saint-Germain en compagnie de Mazarin et du roi.

Les Parisiens furent très étonnés par ce départ. Le lendemain, de maison à maison, les commères s'interpellaient.

— Ils nous abandonnent pour aller faire leurs saletés à la campagne ! disaient les unes.

— En tout cas, par ce temps-là, répondaient les autres, ils ne pourront pas se mettre les fesses à l'air !

Ces propos badins n'eurent qu'un temps ; bientôt, des agents de Gondi se promenèrent dans les rues en répétant :

— La régente fait cerner Paris pour nous affamer. C'est une déclaration de guerre !

Et tout recommença.

Tapi dans la ruelle de Mme de Longueville, le coadjuteur poussa de nouveau le peuple à la guerre civile et y prit plaisir. Chaque fois qu'on lui annonçait l'assassinat d'un partisan de Mazarin, il prenait un air benoît, s'agenouillait sur son prie-Dieu et faisait une bonne prière d'action de grâces...

Son plan avait été préparé, cette fois, avec beaucoup de soin. Il possédait des troupes parfaitement armées et, connaissant le peuple parisien, faisait imprimer contre Mazarin des chansons haineuses et des libelles orduriers dont il s'excusait hypocritement auprès de ses amis... Pour payer tout cela, il s'était adressé à l'Espagne qui n'avait pas été fâchée de financer une entreprise capable d'apporter de grands désordres en France.

Cette véritable trahison n'était pas connue, bien entendu, du bon peuple qui, fanatisé par quelques chansonnettes, dressait des barricades en croyant, comme toujours, que « contre lui, de la tyrannie, l'étendard sanglant était levé »[36].

Pourtant, Paul de Gondi sentit que la guerre civile se préparait avec moins d'enthousiasme qu'il ne l'avait espéré. Inquiet, il fit faire une enquête et apprit que les Parisiens soupçonnaient ses amis de jouer un double jeu.

Pour les rassurer, le coadjuteur eut une idée géniale. Ayant envoyé le prince de Conti, le duc de Longueville, le duc de Bouillon et le maréchal de La Mothe se mettre au service du Parlement, il fit installer Mme de Longueville, la duchesse de Bouillon et leurs enfants à l'Hôtel de Ville afin qu'elles y servissent d'otages et répondissent de la fidélité de leurs époux. « Ce procédé, qui ne laissait plus lieu à aucun soupçon, nous dit Sautreau de Marsy, changea tout Paris en un instant. Tout le monde accourut en foule à la Grève et il n'y avoit personne qui ne répandît des larmes de joie en voyant ces deux dames qui, dans un intérieur négligé, et tenant chacune entre leurs bras un de leurs enfants

36. Ainsi que s'exprimera bizarrement deux siècles plus tard Claude-Joseph Rouget de Lisle.

aussi beau que leur mère, se montrèrent sur le perron de l'Hôtel de Ville[37]. »

Mme de Longueville était pour lors dans un état de grossesse avancé qui la contraignait à l'immobilité, mais ne l'empêchait pas de faire des discours et de tenir des conférences dans sa chambre. Finalement, dans la nuit du 28 au 29 janvier, tandis que les troupes de Condé investissaient la capitale, elle réunit quelques amis et accoucha avec emphase d'un garçon qu'on prénomma Pâris...

Malgré ces scènes burlesques qui annonçaient les mascarades de la grande Révolution, la guerre civile continuait.

Huit jours plus tard, Condé taillait en pièces la garnison de Charenton, faisant plus de deux mille victimes. Les dirigeants de la rébellion n'en furent pas émus. Aucun massacre ne parvenait d'ailleurs à entamer leur bon moral. Tandis que l'on s'entre-tuait aux portes de la capitale, Mme de Longueville organisait des concerts de violon dans sa chambre (où se tenait le grand conseil de la Fronde), et Mme de Bouillon dansait. Quant au coadjuteur, il retrouvait chaque soir à l'archevêché de petites lingères aux mains expertes qui lui faisaient oublier les tracas de la politique par des procédés sur lesquels il y aurait eu beaucoup à redire...

Autour de Paris, les combats durèrent pendant des semaines. Sans rien comprendre à la politique qui les opposait, les soldats de la reine et ceux de Gondi tombèrent par milliers. Les pauvres eussent été bien étonnés d'apprendre, au moment de trépasser, qu'ils étaient victimes de la beauté d'une petite épinglière...

Bientôt, le vent de Fronde souffla si fort qu'il risqua de faire tomber le trône et la couronne.

Conscient du danger, Condé eut alors une idée. Sachant que la fureur du peuple n'avait, au fond, qu'un objet : Mazarin, il résolut de faire partir l'Italien en donnant à la reine un nouvel amant. Son choix se porta sur le jeune marquis de Jarzé, petit-maître plein de fatuité qui avait ses entrées à la cour. Il le convoqua et le persuada que la reine semblait le regarder avec des yeux gourmands.

— A son âge, dit-il[38], Sa Majesté s'intéresse aux jouvenceaux. Montrez-vous galant et votre fortune est faite...

L'autre, ébloui, courut au palais, et, s'étant acquis la complicité de la première femme de chambre de la reine, Mme de Beauvais, joua à merveille son rôle de soupirant.

Tout d'abord, la régente parut flattée, et Condé se frotta les mains. Il était convaincu qu'Anne d'Autriche, dont il connaissait le sang chaud, ne pourrait résister aux yeux veloutés de Jarzé et que le règne du cardinal n'allait pas tarder à prendre fin.

Quand il crut le moment venu, il écrivit au jeune homme : « Attaquez ! »

37. SAUTREAU DE MARSY, *op. cit.*
38. La reine avait alors quarante-huit ans.

Le petit-maître n'attendait que cet ordre. Il se rendit dans un salon où se trouvait la reine, se plaça devant elle et la regarda avec insistance. Anne d'Autriche ne devina certainement pas qu'il s'agissait d'un piège tendu par Condé ; mais, profondément éprise de Mazarin, elle fut agacée par le manège du jeune homme.

— Vraiment, monsieur de Jarzé, s'écria-t-elle, vous êtes bien ridicule. On m'a dit que vous faites l'amoureux. Voyez un peu le joli galant. Vous me faites pitié. Il faudrait vous envoyer aux Petites Maisons. Mais il est vrai qu'il ne faut pas s'étonner de votre folie, car vous tenez de votre race[39] !

Mme de Motteville, qui fut témoin de la scène, ajoute, dans ses *Mémoires* : « Le pauvre fut accablé de ce coup de foudre. Il sortit pâle et défait. »

La manœuvre tentée par Condé avait raté. La régente restait fidèle au cardinal.

Et la Fronde continua.

Attisée par le coadjuteur, elle s'étendit brusquement à toute la France.

Alors la reine, conseillée par Mazarin qui commençait à trembler dans sa soutane, accepta de négocier. Le Parlement se rendit à Saint-Germain-en-Laye et, malgré les efforts de Gondi, la paix fut ratifiée le 1er avril. Anne d'Autriche capitulait. Elle fit d'énormes concessions et accorda l'amnistie générale aux Frondeurs ; mais elle ne pardonna pas à Condé d'avoir poussé vers elle le petit marquis de Jarzé. Le 18 juin 1650, elle le fit arrêter avec Conti et Longueville.

Cette arrestation fut applaudie par le bon peuple parisien dont la versatilité était déjà l'un des charmes, et Mme de Longueville dut s'enfuir en Normandie...

La Fronde parlementaire était terminée : la Fronde des Princes allait commencer.

En 1651, Mazarin, qui luttait de toutes ses forces contre les dangereuses excitées dont l'influence était considérable, fit exiler quelques comtesses. Aussitôt, des couplets composés par Blot, « bel esprit » au service de Monsieur, coururent Paris. Les voici, ils donnent une idée de la violence avec laquelle les chansonniers attaquaient alors les personnages au pouvoir.

Mazarin, ce bourgeron,
De Paris chasse les c...
C'est un renégat,
Un bougre d'ingrat
De les avoir en haine ;
Il n'eût jamais été qu'un fat
Sans celui de la reine

39. La reine faisait allusion au maréchal de Lavardin, grand-père de Jarzé, qui avait été autrefois passionnément amoureux de la reine Marie de Médicis.

Lon la
Sans celui de la reine !

Moi, je ne veux point de mal
A Monsieur le cardinal
C'est un étranger
Qui se veut venger
Je pardonne à sa haine ;
Mais je voudrois bien étrangler
Notre putain de reine
Lon la
Notre putain de reine[40] *!*

Mazarin fut très désagréablement impressionné, mais ne dit rien.

Quelques semaines plus tard, ses policiers lui apportèrent le couplet suivant :

Allez vous faire f...
Monsieur de Mazarin !
Quoi ! pour un peu de f...,
Qui sort de votre engin,
Vous embarbouillez la France.
Si Dame Anne le vouloit,
On la baiseroit
Et chevaucheroit
Bien mieux que votre Éminence,
Et si tout mieux en iroit[41].

Cette fois, le cardinal se vexa.

Il alla trouver la reine et lui déclara qu'il ne voulait plus rester à Paris, où vraiment le peuple le traitait trop mal. Anne d'Autriche éclata en sanglots.

La perspective de retomber dans les affres de la chasteté la terrorisait. Toute la nuit, elle poussa des cris stridents et se désola sur son lit ; mais le cardinal ne se laissa pas attendrir.

Le 6 février 1651, il revêtit une casaque rouge, se coiffa d'un chapeau à plumes et, dans cet extraordinaire costume, quitta le Louvre aussi subrepticement que possible. Huit jours plus tard, il était en sûreté à Bruhl, chez l'évêque de Cologne...

Restée seule, la reine s'abîma dans un désespoir qui fit sourire les courtisans et rendit le bon peuple jovial — voire un peu familier.

— Quand le cardinal n'est pas là pour lui mettre la main à la fesse, disait-on, elle se sent perdue.

Ce qui était loin d'annoncer le beau langage qu'allait inventer Racine pour exprimer les mêmes tourments.

40. Recueil Maurepas, *Mazarinades*. B.N., *Ms. fr. 12616*.

41. Cette chanson est également de CLAUDE DE CHOUVIGNY, baron de Blot l'Église, qui était au service de Gaston d'Orléans et passa sa vie à traîner dans la boue la reine, Mazarin, le pape et le clergé.

Bientôt, Anne d'Autriche conçut le projet insensé d'aller retrouver ce cher amant sans lequel elle ne pouvait vivre. Elle en fit la confidence à quelques intimes, et les Frondeurs ne tardèrent pas à être informés de son désir de fuir la capitale. Le coadjuteur de Paris, une fois de plus, alerta le peuple et une foule grondante vint entourer le Palais-Royal.

Alors une étonnante idée vint à l'esprit de la reine. Elle fit ouvrir toutes grandes les portes du Palais et ordonna aux gardes de laisser entrer tout le monde. La populace se rua dans les salons. Anne l'accueillit en souriant.

— Je vous ai fait entrer, dit-elle, parce que des ennemis m'entourent et que je ne me sens en sécurité qu'au milieu de vous.

Paroles habiles qui laissèrent la foule interdite.

Quelqu'un, pourtant, s'écria :

— On nous a dit que vous comptiez partir cette nuit et que le roi était déjà habillé. Est-ce vrai ?

Anne attendait cette question. Elle emmena la foule, tout de même un peu intimidée, jusque dans la chambre royale, écarta les rideaux du petit lit et montra le visage de Louis XIV qui dormait paisiblement.

Les manifestants, bouleversés, se retirèrent sur la pointe des pieds.

Après cette soirée, la régente comprit que son amour avait failli lui faire commettre une faute énorme et renonça à aller rejoindre Mazarin. Le cardinal parvint d'ailleurs à lui faire passer quelque temps après une lettre pleine de tendresse. La voici. Elle est datée du 10 mai 1651. On verra en la lisant combien sont bouffons ceux qui soutiennent encore que le cardinal et la régente n'ont jamais eu que des relations amicales...

Mon Dieu, que je serais heureux, et vous satisfaite, si vous pouviez voir mon cœur. Vous n'auriez grand-peine, en ce cas, à tomber d'accord que jamais n'y a eu une amitié approchante à celle que j'ai pour vous. Je vous avoue que je me fusse peu imaginé qu'elle allât jusque à m'ôter toute sorte de contentement lorsque j'emploie le temps à autre chose qu'à songer à vous.

Je crois votre amitié à toute épreuve et telle que vous me dites ; mais j'ai meilleure opinion de la mienne, car elle me reproche à tout moment que je ne vous en donne assez de belles marques, et me fait penser à des choses étranges pour cela, et à des moyens hardis et hors du commun pour vous revoir ; et si je ne les exécute, c'est que les uns sont impossibles, et les autres de crainte de vous faire préjudice. Car, sans cela, j'eusse déjà hasardé mille vies pour en pratiquer quelqu'un ; et si mon malheur ne reçoit bientôt quelque remède, je ne réponds pas d'être sage jusques au bout, car cette grande prudence ne s'accorde pas avec une passion telle qu'est la mienne.

Peut-être ai-je tort, et je vous en demande pardon, mais je crois que, si j'étais à votre place, j'aurais déjà fait grand chemin pour donner moyen à l'Ami[42] *de me revoir... Mande-moi* [sic], *vous prie, si je vous reverrai et quand : car cela ne peut durer de la sorte. Pour moi, je vous assure que cela sera, quand même je devrais périr... Le plus grand ennemi que j'ai au monde, je l'aimerais comme ma vie, et du meilleur cœur, s'il peut faire en sorte que je revoie Sérafin*[43].

Cette lettre, qui n'est pas de celles qu'écrivent habituellement les ministres à leur souveraine, se termine par un cri de douleur :

Crois-moi que depuis Adam, on n'a jamais manqué à personne comme moi.

Soyez toujours ‡ [44] *car l'Ami sera jusqu'à la mort* X [45].

Mais la Fronde continuait et Condé, qu'on venait de libérer, essayait, avec l'aide de l'aristocratie, d'écarter Anne d'Autriche du pouvoir et de reporter la majorité du roi à dix-huit ans avec l'arrière-pensée de monter sur le trône[46].

Mazarin, informé par ses agents de renseignements, suivait avec anxiété les manœuvres sournoises du vainqueur de Rocroi. Finalement, de sa petite chambre de Bruhl, il entreprit de défendre la couronne chancelante de sa bien-aimée. Les lettres d'amour qu'il lui envoya furent, dès lors, farcies de conseils politiques écrits en langage chiffré. Chaque matin, ou presque, la reine recevait à la fois sa ration de tendresse et de directives qui lui permettaient de lutter efficacement contre les factieux.

On le vit bien au mois de septembre : le 6, Condé entrait en dissidence ouverte ; le 7, Louis XIV était déclaré majeur... Cette riposte qui sauvait la France ne pouvait venir que de Mazarin...

Le 30 janvier 1652, le cardinal put enfin rentrer en France. La Fronde pourtant n'était pas finie. Condé, devenu l'allié des Espagnols, mettait la Guyenne à feu et à sang, tandis qu'à Orléans la Grande Mademoiselle (fille de Gaston d'Orléans, frère de Louis XIII) « entourée d'un état-major d'amazones, rêvait d'organiser une base contre l'armée royale et d'éclipser Jeanne d'Arc[47]. »

Hélas ! de la bonne Lorraine, elle n'avait qu'un des attributs ; aussi l'appelait-on narquoisement la Grande Pucelle d'Orléans...

Un amant eût alors suffi à éteindre les ardeurs de cette dangereuse excitée ; mais elle voulait rester pure, son rêve étant d'épouser un jour le roi (de onze ans son cadet), qu'elle appelait déjà son petit mari.

Un acte extravagant allait empêcher à tout jamais ce mariage et

42. Mazarin.
43. Dans le langage secret des deux amants (ou des deux époux), ce mot signifiait la reine.
44. « Amoureuse de moi. »
45. « Amoureux de vous. »
46. Les rois étaient alors déclarés majeurs à quatorze ans.
47. Comte de Saint-Aulaire, *op. cit.*

ancrer pour longtemps la Grande Mademoiselle dans un célibat douloureux[48].

Au début de juillet, l'armée de Condé, harcelée par les troupes royales, essaya de se retrancher dans Paris ; mais les milices bourgeoises veillaient. Le prince se heurta à des portes fermées et gardées. Faubourg Saint-Antoine, il eut la désagréable surprise de trouver en outre l'armée de Turenne qui paraissait animée des plus mauvaises intentions à son égard. Une salve de mousquetons vint d'ailleurs confirmer cette impression et un effroyable combat commença immédiatement. Pendant toute la matinée, on s'entre-tua avec beaucoup de soin, bien que les hostilités fussent coupées d'intermèdes assez curieux. Il faisait si chaud sous le soleil de juillet que, de temps en temps, les soldats s'arrêtaient de manier l'épée pour s'éponger ou retirer leurs cuirasses. On vit même Condé, « fondu de sueur », se déshabiller complètement, se jeter tout nu dans l'herbe, s'y vautrer « comme un cheval », puis se rhabiller et replonger dans la mêlée[49].

Après des heures de lutte furieuse, le prince rebelle, écrasé contre les murailles de la capitale, semblait perdu lorsque, tout à coup, le canon de la Bastille tonna...

Une grêle de boulets s'abattit sur l'armée royale, emportant un rang de cavaliers et provoquant un désordre dont Condé profita immédiatement.

Qui donc venait au secours du vainqueur de Rocroi ? La Grande Mademoiselle. Entourée de ses « maréchales de camp, Mmes de Fiesque et de Frontenac », pimpantes et empanachées, elle était montée sur la plate-forme de la Bastille et avait fait tirer le canon sur les troupes du roi...

Acte insensé, on en conviendra, de la part d'une femme qui voulait épouser Louis XIV. Mais Mlle de Montpensier, dans son extravagance, était persuadée qu'en jouant un rôle déterminant à la tête de la Fronde « la paix ne pourrait être faite sans qu'au préalable elle eût la promesse de devenir reine de France[50] ».

Le soir, elle triompha, dansa, vida des bouteilles et eut des rires de vierge folle, alors qu'elle aurait dû rentrer dans sa chambre et pleurer.

Sans doute avait-elle sauvé Condé, ajouté un chapitre pittoresque à l'Histoire de France et fourni un beau sujet aux imagiers populaires ; mais, ce jour-là, selon le mot de Mazarin, « elle avait *toué* le mari de ses rêves »...

Pendant des années, comme nous le dit de façon savoureuse Pierre Mesnard dans ses *Mémoires*, la malheureuse allait subir « les méfaits

48. La cousine du roi, malgré un visage ingrat et des allures de dragon, ne manquait pourtant pas de prétendants. Il faut dire qu'ayant perdu sa mère cinq jours après sa naissance, elle était duchesse de Montpensier, de Châtellerault, de Saint-Fargeau, et marquise, comtesse, vicomtesse ou baronne de différents autres lieux, ce qui faisait d'elle l'une des plus riches héritières d'Europe...

49. Cf. CONRART, *Mémoires*.

50. T.-P. BÉDART, *La comtesse de Frontenac*.

d'un pucelage qui lui estrangeoit le cerveau, lui envoyoit de mauvaises humeurs dans le sang et lui agrandissoit les yeux qu'elle avoit fort brillants, hagards et un peu rouges ».

La pauvre[51] !...

4

Une femme de chambre déniaise Louis XIV

On a souvent besoin d'un plus petit que soi.
sagesse des nations

Tandis qu'avaient lieu les derniers soubresauts de la Fronde, Louis XIV, indifférent à la politique, s'intéressait aux formes gracieuses des demoiselles de la cour.

Il avait quatorze ans, il est vrai, et, depuis quelque temps, « des ardeurs inconnues lui venaient ». Sa précocité était d'ailleurs si grande que la reine mère, à plusieurs reprises, avait dû intervenir pour qu'il n'entrât pas inconsidérément dans le vif de ses sujettes...

A douze ans, il avait eu une violente passion pour la maréchale de Schomberg, celle-là même que son père avait tant aimée lorsqu'elle s'appelait Mlle de Hautefort. Il l'embrassait, se faisait mettre dans son lit, lui caressait les mains et lui baisait les cheveux avec tant d'ardeur que Le Moyne avait dessiné un phénix sur un brasier avec cette devise : *Me quoque post patrem* (Moi aussi après mon père). Toutefois, malgré d'heureuses dispositions physiques qui lui eussent permis de se montrer plus galant compagnon que Louis XIII, le jeune roi n'avait pu devenir l'amant de la jolie maréchale. Anne d'Autriche, qui craignait pour la vertu de son fils, le faisait en effet surveiller continuellement, et son valet de chambre avait ordre de ne jamais le laisser seul avec une femme.

Il faut dire que toutes les dames de la cour se donnaient beaucoup de mal pour attirer le roi dans leur couche, chacune voulant avoir l'honneur — et le plaisir — de le déniaiser...

51. Après le coup d'éclat de la Bastille, la Fronde ne tarda pas à agoniser. Le 21 octobre, le prince de Condé et le duc de Lorraine quittèrent Paris. Aussitôt, Louis XIV rentra au Louvre. Affolée et craignant d'être arrêtée, la Grande Mademoiselle courut se réfugier à Pont-sur-Seine, chez une amie, Mme Bouthillier. Puis elle se retira dans son château de Saint-Fargeau où elle vécut cinq ans loin de la cour, en compagnie des comtesses de Frontenac et de Fiesque.

On devait apprendre, un jour, que le château de l'austère et prude Grande Mademoiselle abritait des amours peu orthodoxes. En 1654, le comte de Frontenac, passant dans la région, vint voir son épouse et, mû par un désir bien légitime, voulut passer la nuit avec elle. La jeune femme lui refusa son lit. Il insista. Alors, elle lui fit comprendre qu'elle préférait, pour ce genre de plaisirs, la compagnie de la petite comtesse de Fiesque, avec laquelle elle était liée, depuis quelque temps, pour le meilleur et pour le pire. En apprenant de quelle façon il était cocu, le comte de Frontenac fut comme frappé de stupeur, puis il entra dans une si violente colère que les vitres tremblèrent et que l'on dut aller chercher un prêtre pour l'exorciser...

Certaines essayaient de l'émoustiller en se promenant devant lui fort légèrement vêtues, d'autres ouvraient leur corsage « comme par mégarde », d'autres encore se permettaient, entre deux portes, des gestes précis, bien que déplacés...

L'une d'elles, la duchesse de Châtillon, se donna tant de mal pour éveiller le désir du roi, que tout le monde s'en amusa et qu'une chanson ne tarda pas à circuler à la cour :

Châtillon, gardez vos appas
Pour quelque autre conquête,
Si vous êtes prête,
Le roi ne l'est pas ;
Avec vous il cause,
Mais en vérité
Il faut autre chose
Pour votre beauté
Qu'une minorité.

Mais la belle duchesse ne s'était pas rangée à ces sages conseils et, un soir, on l'avait découverte derrière un paravent, en train de faire, avec le roi, une curieuse partie de main chaude...

Naturellement, Anne d'Autriche, alarmée, s'était empressée de soustraire son fils à ces entreprises hardies, et Mme de Châtillon avait dû s'éloigner.

Or une étrange aventure, qui nous est rapportée par La Porte, allait bientôt montrer à la reine mère que sa surveillance n'était pas suffisamment étendue.

La cour, toujours errante, se trouvait alors à Melun. Un jour de l'été 1652, le roi fut invité à dîner chez le cardinal, qui possédait une propriété dont le jardin descendait jusqu'à la Seine.

Vers six heures du soir, interrompant son tête-à-tête avec Mazarin, Louis XIV envoya dire à son valet de chambre qu'il désirait se baigner dans le fleuve.

Une demi-heure après, il sortait de la maison et se dirigeait vers la berge où tout était prêt pour le bain royal. C'est alors que La Porte remarqua qu'il avait l'air bouleversé. Tout en le déshabillant, il l'inspecta minutieusement et s'aperçut soudain d'« une chose terrible » : quelqu'un avait profité de la candeur de l'adolescent pour commettre à son endroit (si j'ose dire) un acte fort peu recommandable.

Le valet fut atterré. Après bien des hésitations, il écrivit à la reine mère la lettre suivante :

Madame,

Le roi, dînant chez le cardinal, me commanda de lui faire apprêter son bain, sur les six heures, dans la rivière... Le roi, en y arrivant, me parut plus triste et plus chagrin qu'à l'ordinaire, et, comme nous le déshabillions, l'attentat manuel *qu'on venait de commettre sur sa personne parut si visiblement que Bontemps, le père, et Moreau le virent comme moi ; mais ils furent meilleurs courtisans que moi : mon zèle et ma fidélité me firent passer par-dessus toutes les considérations qui me devaient faire taire... Votre Majesté se souviendra, s'il lui plaît, que je lui ai dit que le roi parut fort triste et fort chagrin, ce qui était une marque assurée qu'il n'avait pas consenti à ce qui s'était passé, et qu'il n'en aimait pas l'auteur. Je ne voudrais pas, Madame, en accuser qui que ce soit, parce que je craindrais de me tromper.*

La Porte ne nommait personne, mais la reine comprit qu'il soupçonnait Mazarin. Elle courut en pleurant chez le cardinal, qui se défendit naturellement d'avoir voulu violer le roi et demanda le renvoi immédiat du valet.

Chassé de la cour, La Porte se vengea en racontant l'histoire à qui voulait l'entendre, et des humoristes, prenant des mines hypocrites, accusèrent le cardinal « de vouloir élargir un peu le cercle des distractions du jeune roi »...

En fait, personne ne savait rien, et l'on ignorera toujours si La Porte a réellement constaté quelque chose d'anormal en déshabillant Louis XIV.

Quoi qu'il en soit, cette aventure assez mystérieuse devait avoir des conséquences inattendues : Anne d'Autriche craignit soudain qu'une mauvaise rencontre ne convertît son fils au « vice d'Italie » qui était si répandu à la cour, et elle pensa que le meilleur moyen pour l'empêcher de tomber dans la mauvaise voie était encore de le laisser aller vers les dames...

Aussitôt, sur son ordre, la surveillance dont l'adolescent était l'objet se relâcha. Elle se relâcha même tellement que la première femme de chambre de la régente, Mme de Beauvais, qui avait rôti le balai pendant sa jeunesse, pensa qu'elle pouvait courir sa chance ; et, un jour que le jeune roi sortait de son bain, elle l'entraîna dans sa chambre, se troussa rapidement et lui donna sa première leçon d'amour.

Il avait quinze ans, elle, quarante-deux [52]...

Les jours suivants, Louis XIV, émerveillé, retourna chez Mme de Beauvais, dont le tempérament de feu convenait parfaitement à son

52. La Palatine, belle-sœur du roi : « Elle est la première qui ait appris au roi comment il faut agir avec les dames : elle était bien au fait de la chose car elle a mené une vie déréglée. » *Correspondance de Madame*, 1716. Cf. également Primi Visconti : « On tient pour certain que c'est elle qui a eu la virginité du roi alors qu'il était tout jeune. Une fois qu'il sortait du bain, elle lui donna sa première leçon d'amour. Aussi, quand le roi la voit maintenant, il ne peut s'empêcher de rire. » *Mémoires*, 1676. Cf. enfin le chansonnier de Maurepas : « Il est certain qu'elle avoit eu le pucelage du roi Louis XIV, tout affreuse qu'elle étoit, car le prince étant fort jeune, elle lui mit un jour la main dans les chausses, l'ayant trouvé seul à l'écart dans le Louvre où, pour ainsi dire, elle le viola, ou du moins le surprit, en telle sorte qu'elle obtint ce qu'elle désiroit, le feu de la jeunesse ayant empesché le prince de réfléchir sur ce qu'il faisoit. » Bibl. Nat. *Mss. fs.* 12617.

ardeur juvénile. Puis il désira un peu de variété et, nous dit Saint-Simon, « tout lui fut bon, pourvu que ce fussent des femmes ».

Il commença d'abord par satisfaire toutes les dames qui avaient désiré lui prendre sa virginité ; après quoi, il entreprit une chasse méthodique parmi les demoiselles d'honneur qui logeaient à la cour sous la surveillance de Mme de Navailles.

Chaque soir, seul, ou avec quelques amis, Louis XIV se rendait dans l'appartement de ces jeunes filles et goûtait, avec la première qu'il rencontrait, les joies saines de l'amour physique.

Parfois, les portes étaient fermées à clé ; le roi n'hésitait pas, alors, à emprunter les toits et à courir sur les gouttières pour atteindre une fenêtre ouverte. Une nuit, il dut entrer dans ce galant sérail par la cheminée...

Naturellement, ces visites nocturnes finirent par être connues de Mme de Navailles qui fit poser des grilles devant toutes les issues. Louis XIV ne se tint pas pour battu. Il appela secrètement des maçons qui percèrent une porte donnant dans la chambre d'une des accueillantes demoiselles.

Pendant quelques nuits, le roi utilisa ce passage qui était masqué, le jour, par le dossier d'un lit. Mais la vigilante Mme de Navailles découvrit la porte et la fit murer sans rien dire. Le soir, lorsque Louis XIV voulut pénétrer chez ses belles amies, il fut bien étonné de trouver une muraille parfaitement lisse là où il y avait, la veille encore, une porte secrète.

Furieux, il rentra dans sa chambre et, sachant bien qui était responsable de sa déconvenue, envoya dire à Mme de Navailles, ainsi qu'à son mari, qu'il leur retirait toutes leurs charges et leur ordonnait de s'en aller immédiatement en Guyenne.

A quinze ans, Louis XIV n'aimait déjà pas qu'on mît obstacle à ses amours...

Peu de temps après ces incidents, le jeune monarque prit pour maîtresse la fille d'un jardinier. Voulant probablement lui prouver sa reconnaissance, celle-ci lui donna un enfant.

Anne d'Autriche apprit la nouvelle avec ennui et la cour ricana. Certains pourtant étaient choqués par la boulimie amoureuse de Louis XIV, et Benserade, au cours d'un ballet dansé par Sa Majesté, fit dire par un acteur, à l'adresse du roi qui tenait « le rôle d'un débauché », ce petit poème d'une incroyable audace :

Quel spectacle pour nous
Et d'où peut procéder en vous
Les changements qu'on y remarque ?
Sur quelle herbe avez-vous marché ?
Quoi ? Faut-il qu'un si grand monarque
Devienne un si grand débauché ?

Il n'est ni censeur ni régent

Qui ne soit assez indulgent
Aux vœux d'une jeunesse extrême,
Et pour embellir votre Cour
Qui ne trouve excusable, même,
Que vous ayez un peu d'amour.

Mais d'en user comme cela
Et de courir par-ci, par-là,
Sans vous arrêter à quelqu'une,
Que tout vous soit bon, tout égal,
La blonde autant que la brune,
Ha ! Sire, c'est un fort grand mal !

Hélas ! ces critiques émises en public ne devaient avoir aucun effet sur le roi qui allait continuer ses frasques pendant plus d'un demi-siècle...

5

Marie Mancini fait de Louis XIV le Roi-Soleil

Sans elle, il fût resté un personnage assez grossier.

PIERRE LIMBARD

Si Louis XIV avait, la nuit, pour partenaires les filles d'honneur de sa mère, le jour, ses compagnes préférées étaient les nièces dc Mazarin.

Le cardinal, qui voulait le bien de sa famille, avait fait venir d'Italie les enfants de ses deux sœurs, Mme Martinozzi et Mme Mancini. Un premier convoi de petites Italiennes était arrivé à Paris en 1647. Il comprenait Anne-Marie Martinozzi, Laure Martinozzi, Olympe Mancini et Laura Mancini. Un second convoi venait de débarquer avec trois nouvelles Mancini : Hortense, Marie-Anne et Marie dont le destin devait inspirer Racine.

Toutes ces jeunes filles étaient plutôt laides.

Les mémorialistes du temps nous les décrivent ainsi : noiraudes aux cheveux crépus, à la peau jaune, aux yeux trop grands et aux membres trop maigres. Leur groupe ressemblait à un troupeau de chèvres hallucinées...

Elles ont les yeux d'un hibou
L'écorce blanche comme un chou,
Les sourcils d'une âme damnée
Et le teint d'une cheminée

chantait-on à la cour.

Cela n'empêchait pas Louis XIV d'aimer leur compagnie. Après avoir partagé leurs jeux dans le jardin du Palais-Royal (où, un jour, on le repêcha au fond du bassin), il organisait avec elles des bals et des réjouissances qui permettaient aux jeunes gens de la cour « d'entamer un peu leur vertu sous le couvert de l'art »...

C'est alors qu'il tomba subitement amoureux d'Olympe, seconde des sœurs Mancini, qui avait le même âge que lui.

La cour eut la révélation de cette idylle à Noël 1654. Affichant sa passion sans aucune retenue, Louis XIV fit d'Olympe la reine des fêtes de fin d'année. Mme de Motteville nous dit « qu'il la menait toujours danser, qu'elle paraissait la première dans toutes les préférences que les dignités et la faveur peuvent donner ; et qu'il semblait que les bals, les divertissements et les plaisirs n'étaient faits que pour elle »[53].

Tous les familiers du Palais-Royal s'amusaient naturellement de ces marques d'affection un peu spectaculaires et l'on raconta bientôt dans Paris qu'Olympe allait devenir la reine de France.

Alors la reine mère se fâcha. Si elle fermait les yeux sur l'attachement de son fils pour la nièce de Mazarin, elle ne pouvait souffrir, nous dit curieusement Mme de Motteville, « qu'on parlât de cette amitié comme d'une chose qui pourrait *tirer au légitime* »...

Et la jeune Olympe, qui avait pris beaucoup d'empire sur le roi avec l'espoir d'y gagner un royaume, reçut l'ordre de s'éloigner de Paris.

Mazarin lui trouva rapidement un mari et elle devint l'épouse du comte de Soissons...

La fin un peu brusquée de cette idylle qui avait passionné les courtisans stupéfia tout le monde. Or, contrairement à ce qu'on aurait pu craindre, Louis XIV ne sembla pas souffrir beaucoup du départ d'Olympe. Au bout de quelques jours, il reprit ses occupations nocturnes et recommença à déshonorer les filles d'honneur avec méthode et application.

Mais les demoiselles sont des êtres secrets, mystérieux et aux ressources insoupçonnées. Celles qui présentent l'air le plus candide réservent souvent, à ceux qui les explorent, d'étonnantes surprises. C'est ainsi que le médecin Vallot fut amené à écrire, dans son *Journal de santé de Louis XIV*, les quelques lignes que voici :

« Au commencement du mois de mai de l'année 1655, un peu auparavant que d'aller à la guerre, l'on me donna avis que les chemises du roi étaient gastées d'une manière qui me donna soupçon de quelque mal, à quoi il était besoin de prendre garde. Les personnes qui me donnèrent les premiers avis n'étaient pas bien informées de la nature et de la qualité du mal, croyant d'abord que c'était ou quelque pollution ou quelque maladie vénérienne, mais, après avoir examiné toutes choses, je tombai dans d'autres sentiments et me persuadai que cet accident était de plus grande importance. »

Le brave Vallot se trompait. Le roi avait bien attrapé avec une demoiselle de la cour une de ces mauvaises maladies qui sont le revers du plaisir. Il en présentait d'ailleurs tous les symptômes. Mais le médecin qui refusait de les voir accusait le cheval.

53. Mme DE MOTTEVILLE, *Mémoires pour servir à l'histoire d'Anne d'Autriche,* 1739.

— Vous faites, dit-il au roi, trop d'équitation et de voltige. Vous éprouvez une faiblesse des parties qui servent à la génération. Vous avez besoin de grands ménagements. Cessez d'abord de monter à cheval...

Le souverain sourit en pensant à l'équitation un peu spéciale et à la voltige particulière qui étaient responsables de son mal, mais ne dit rien. Il laissa Vallot lui ordonner des remèdes anodins, et les jours passèrent. Au bout d'un mois, le mal ayant empiré, le médecin naïf finit par comprendre ce qu'avait Louis XIV.

Affolé, il lui donna un lavement, ce qui était, il faut le reconnaître, une assez curieuse thérapeutique...

Par la suite, il est vrai, le traitement se compliqua. Nous lisons dans le *Journal* de Vallot : « Sa Majesté buvait pour breuvage habituel de la décoction de raclures de cornes de cerf et d'ivoire dans laquelle j'ai fait quelquefois dissoudre deux ou trois grains de sel de Mars. » Puis on lava le ventre du malade avec de l'essence de fourmis et de l'esprit d'écrevisses. Hélas ! rien n'y fit et, pendant la campagne de Flandre, le roi, à qui Vallot faisait, à tout hasard, prendre de l'eau de pimprenelle, fut fort incommodé par son mal vénérien et ne put s'intéresser aux choses militaires autant qu'il l'aurait voulu.

Après sept mois de traitements divers et parfois extravagants, Louis XIV se trouva enfin guéri. Aussitôt, il reprit le libre usage de « ses pièces avariées » et s'occupa de nouveau des filles d'honneur...

En 1657, il eut l'idée de considérer le visage d'une de ces demoiselles dont il connaissait surtout l'endroit où les moralistes situent l'honneur et s'en éprit aussitôt. Cette privilégiée s'appelait Mlle de La Motte d'Argencourt. Mazarin, fâché de voir surgir une favorite choisie hors du groupe familial, alla raconter au roi que la petite de La Motte était la maîtresse du duc de Richelieu et qu'on les avait surpris tous les deux un soir « faisant l'amour sur un tabouret ». Ce détail déplut à Louis XIV. Il rompit avec sa belle et, pour oublier, s'en alla jouer au général d'armée dans le Nord, en ayant soin, toutefois, de se faire accompagner de M. de Turenne...

Pendant que le roi guerroyait ainsi avec prudence, il se passait à Couzières, près de Tours, de bien étranges événements.

C'était là que vivait depuis son veuvage l'ardente et belle Mme de Montbazon, ancienne rivale de Mme de Longueville. Elle avait choisi cet endroit pour être près du jeune et beau chanoine Armand-Jean Le Bouthillier de Rancé, archidiacre de Tours, dont elle était la maîtresse.

Cette liaison qui faisait quelque bruit était connue de tout le monde. Les Tourangeaux chantaient sur les amants des couplets moqueurs et le maréchal d'Hocquincourt, qui courtisait la duchesse, écrira plus tard : « La plus belle du monde commençait à me lanterner... Il y avait toujours auprès d'elle un certain abbé de Rancé qui lui parlait de la grâce devant le monde et l'entretenait *de tout autre chose* en particulier... »

Au mois d'avril 1657, Mme de Montbazon attrapa le « pourpre », sorte de rougeole maligne, et en mourut. Aussitôt, des menuisiers vinrent prendre les mesures du corps pour fabriquer un cercueil. Se trompèrent-ils dans leurs calculs ? Avaient-ils trop bu du petit vin de pays ? On ne le saura jamais ; mais, lorsqu'ils revinrent le soir pour mettre la défunte en bière, le cercueil se trouva trop court.

D'autres seraient peut-être allés faire un cercueil plus long. Mais les menuisiers de Couzières n'étaient pas gens à user du bois inutilement. Ils se regardèrent, haussèrent les épaules, crachèrent dans leurs mains et, s'armant d'une bonne scie, coupèrent la tête de Mme de Montbazon. Le corps ainsi rapetissé entra aisément dans la bière. Quand il fut en place, les braves Tourangeaux, soigneux, posèrent la tête sur une chaise et s'en allèrent. Deux heures plus tard, Rancé, qui avait appris la maladie de sa maîtresse, arrivait en courant. Ce qu'il vit dans la chambre l'épouvanta tellement que, selon la légende, il commit un acte extravagant : il s'empara de la tête qu'il avait tant aimée, l'enveloppa dans une nappe et l'emporta chez lui [54].

Cette aventure impressionna vivement le Palais-Royal. Mais il se trouva quelques mauvais esprits pour faire des plaisanteries d'un goût douteux. On rappelait que la duchesse avait fait entrer dans son lit non seulement tous les gentilshommes de la cour, tous les ambassadeurs et tous les généraux, mais encore tous les valets et tous les gardes, et l'on ajoutait qu'au souvenir d'un tel nombre d'amants il y avait bien de quoi perdre la tête au moment de mourir.

Puis on oublia Mme de Montbazon pour ne penser qu'à la guerre. Louis XIV était pour lors devant Dunkerque.

Hélas ! après s'être emparé de la place (12 juin 1658), le roi prit une forte fièvre et dut s'aliter à Calais. Pendant quinze jours, il fut en péril de mort et tout le royaume se mit en prière. Le 29 juin, il alla tout à coup si mal qu'on lui donna les sacrements.

Considéré déjà comme un moribond, il fut en quelques instants délaissé par les gens de sa suite. « A cette heure suprême, nous dit J. Lair, quand, auprès de lui, les yeux des courtisans se tournaient vers le roi à venir, ce roi mourant entrevit soudain une grande fille tout en larmes, et qui se tuait de pleurer [55]. » C'était Marie Mancini, seconde nièce de Mazarin, âgée de dix-sept ans.

Il y avait longtemps qu'elle aimait le roi sans rien dire. Du fond de son lit, les yeux brûlants de fièvre, Louis XIV la regarda. « Elle était brune et jaune, nous dit Mme de Motteville, ses yeux étaient grands et noirs, n'ayant point encore de feu, paraissaient rudes, sa bouche était

54. Rancé demeura terrassé par la douleur pendant des années. Dans son égarement, il alla jusqu'à utiliser les sciences occultes pour essayer de faire revenir sur terre sa chère maîtresse. N'y parvenant pas, il se retira en 1662, complètement désespéré, à l'abbaye de la Trappe qui lui appartenait et y opéra une réforme radicale qui fit des Trappistes le plus sévère des ordres monastiques. Dans la cellule où il vécut trente-trois ans, il y avait un crâne et l'on prétend que c'était celui de Mme de Montbazon...

55. J. Lair, *Louise de La Vallière et la jeunesse de Louis XIV*, 1907.

grande et plate, et, hormis les dents qu'elle avait très belles, on la pouvait dire alors toute laide [56]. »

Mais le roi sentit qu'elle l'aimait sincèrement et il fut ému.

C'est à ce moment qu'un médecin vint donner au malade un remède « à l'antimoine préparé au vin hémétique ». Ce breuvage étonnant fit merveille et Louis XIV, guéri, s'empressa de rentrer à Paris pour y être seul avec Marie...

En la revoyant, « les battements de son cœur et quelque autre signe » lui firent comprendre qu'il était amoureux. Toutefois, il ne dit rien et se contenta de la prier de venir avec ses sœurs à Fontainebleau où il avait décidé de passer le temps de sa convalescence.

Pendant quelques semaines, ce ne furent que promenades sur l'eau accompagnées de violons, danses jusqu'à minuit, ballets sous les arbres du parc, divertissements de toute sorte, dont Marie, chaque fois, était la reine.

Puis la cour revint à Paris. La jeune fille avait le cœur gros de bonheur. « Je connus au retour, écrit-elle dans ses *Mémoires*, que le roi ne me haïssait pas, ayant déjà assez de pénétration pour entendre cet éloquent langage, qui persuade bien plus sans rien dire que les plus belles paroles du monde. Les gens de cour, qui sont les espions ordinaires des actions des rois, avaient, aussi bien que moi, démêlé l'amour que Sa Majesté avait pour moi, et ils ne me vinrent que trop tôt confirmer cette vérité par des devoirs et des respects extraordinaires. »

Bientôt, le roi s'enhardit, fit de merveilleux présents à Marie et lui avoua qu'il l'aimait. Dès lors, on ne les rencontra plus jamais l'un sans l'autre.

Pour plaire à celle qu'il considérait déjà comme sa fiancée, Louis XIV, dont l'instruction avait été plutôt négligée, se mit à étudier. Honteux de son ignorance, il se perfectionna en français, apprit l'italien et se passionna pour les auteurs anciens. Poussé par cette jeune fille cultivée qui avait, au dire de Mme de La Fayette, « infiniment d'esprit » et connaissait par cœur des milliers de vers, il lut Pétrarque, Virgile, Homère, s'intéressa aux arts et découvrit un monde que ses lamentables maîtres ne lui avaient même pas fait soupçonner.

Mais Marie Mancini ne se contentait pas d'orner l'esprit de ce roi qui, grâce à elle, désirerait un jour construire Versailles, protégerait Molière et financerait Racine, elle s'attacha à lui donner le sens de la grandeur.

« Louis XIV avait vingt ans, nous dit Amédée René, et on lui voyait encore une soumission d'enfant pour sa mère et pour Mazarin. Rien en lui ne faisait pressentir un maître : il assistait au conseil avec ennui

56. On chanta bientôt ce petit couplet sur l'air de « O Filii » :

Que Deodatus est heureux
De baiser ce bec amoureux
Qui d'une oreille à l'autre va.
Alleluia !

et semblait vouloir laisser à d'autres tout le fardeau des affaires. Marie éveilla dans Louis XIV l'orgueil qui sommeillait encore ; elle fit souvent retentir à ses oreilles le mot de gloire ; elle lui vanta le bonheur de commander. Soit fierté d'amante, soit calcul, elle voulait que son héros sût porter dignement sa couronne[57]. »

Aussi peut-on dire que c'est l'amour qui façonna le Roi-Soleil...

6

Mazarin utilise la princesse de Savoie pour faire la paix avec l'Espagne

> On joua avec le cœur d'une princesse pour des raisons que seule la raison d'État pouvait connaître...
>
> FRANCIS THOMAS

Pendant quelques mois, Louis XIV et Marie Mancini se promenèrent dans les jardins du Palais-Royal la main dans la main, sans se soucier des sourires un peu ironiques de la cour.

Pour la première fois de sa vie, le roi était amoureux. Il frissonnait en écoutant les violons, soupirait les soirs de lune et rêvait de goûter « aux délices de la volupté » avec cette piquante Italienne qui embellissait de jour en jour.

Mais Marie était chaste. De plus, une ambition peut-être encore mal discernée la poussait à s'élever au-dessus de la foule quasi anonyme des maîtresses du jeune monarque.

Pourtant, ses sens ne demeuraient pas calmes lorsqu'elle était aux côtés de Louis XIV. Elle sentait, nous avoue-t-elle, « un je ne sais quel feu » qui lui embrasait l'intimité, la troublait énormément et l'inquiétait un peu.

Malgré ce contrôle fatigant d'une nature qui ne demandait qu'à parler, les deux jeunes gens vivaient heureux lorsque, brusquement, nous dit la nièce de Mazarin dans ses *Mémoires* « il vint une tempête qui troubla pour quelque temps la douceur de ces jours »[58].

On parla, en effet, de marier le roi avec la princesse Marguerite de Savoie, fille de Madame Royale[59].

Mazarin, qui voulait amener l'Espagne à signer la paix et à offrir la main de l'Infante Marie-Thérèse à Louis XIV, tentait là une manœuvre fort habile. Il s'agissait d'inquiéter le roi d'Espagne en lui faisant croire qu'on envisageait réellement un mariage savoyard. Naturellement, personne, pas même le roi, ne connaissait les véritables intentions du cardinal. Et Marie Mancini fut extrêmement alarmée.

Louis XIV, au contraire, accueillit la nouvelle avec sang-froid et

57. AMÉDÉE RENÉ, *Les Nièces de Mazarin,* 1856.
58. *Apologie ou Véritables Mémoires de Mme de Mancini, écrits par elle-même,* 1678.
59. Christine de France, fille de Henri IV et de Marie de Médicis, mariée à Victor-Amédée, duc de Savoie.

demanda à sa favorite de l'accompagner à Lyon, où il devait rencontrer Marguerite de Savoie[60]...

Le 25 octobre, le roi quitta Paris avec la reine mère et une suite nombreuse. Plus de vingt carrosses composaient le cortège, sans compter les chariots transportant les tapisseries, les lits et les courtines que la cour emportait avec elle selon les usages du temps. Tout cela constituait une extraordinaire cavalcade qui avançait cahin-caha au milieu des acclamations d'une foule de paysans aussi enthousiastes que leurs arrière-petits-enfants lorsqu'ils voient passer les coureurs du Tour de France cycliste...

Comme l'automne était beau, Louis XIV quitta bientôt sa voiture et monta à cheval. Marie Mancini l'imita, et tous deux firent ainsi une partie du voyage en bavardant galamment à l'écart des oreilles indiscrètes.

On arriva à Lyon le 28 novembre.

Quelques jours après, la cour était informée que les princesses de Savoie approchaient de la ville. Louis XIV, l'œil brillant, quitta aussitôt Marie Mancini, sauta sur un cheval et partit à la rencontre de Marguerite, dont il était impatient de connaître le visage.

Il avait été convenu, en effet, que le mariage ne se ferait que si le roi trouvait la princesse à son goût. Clause prudente prévue par le cardinal qui ne voulait pas imposer à Louis XIV une femme laide au cas où la manœuvre destinée à influencer les Espagnols aurait échoué.

Anne d'Autriche attendait donc le retour de son fils avec impatience. Quand il revint, nous dit Mlle de Montpensier[61], « il montrait la mine la plus gaie du monde, et la plus satisfaite ».

— Eh bien ? demanda la reine mère.

— Elle est plus petite que la maréchale de Villeroy, répondit Louis XIV, mais elle a la taille la plus jolie du monde. Elle a le teint olivâtre, mais celui lui sied bien. Elle a de beaux yeux, enfin, elle me plaît, et je la trouve fort à ma fantaisie.

Les carrosses qui amenaient les princesses de Savoie arrivèrent alors à la porte de la ville où se tenait la reine mère, et Louis XIV se montra extrêmement galant avec Marguerite.

Le soir, chacun alla se coucher de part et d'autre de la place Bellecour, et le roi, qui songeait déjà avec ravissement au moment où il entrerait dans le lit de la gracieuse Savoyarde, vit venir vers lui Marie Mancini. Sa joie s'estompa.

La pauvre fille, à qui la Grande Mademoiselle avait, par perfidie, fait part de l'impression causée sur Louis XIV par Marguerite de Savoie, pleurait doucement.

60. L'attitude du roi en cette occasion peut étonner. Son amour pour Marie était-il donc si mince qu'il acceptât sans discuter d'épouser une autre femme ? Non, certes, mais Louis XIV n'avait pas encore envisagé de se marier avec la nièce de Mazarin, qui n'était pas de sang royal...

61. Elle s'était réconciliée avec la cour en 1657 et avait accompagné le roi à Lyon.

Très ému, le roi baissa la tête et attendit l'orage. Ce que voyant, Marie reprit courage et dit avec vivacité :

— N'êtes-vous pas honteux qu'on vous veuille donner une femme si laide ?

L'entretien, qui se poursuivit fort tard dans la nuit, porta ses fruits ; le lendemain, Louis XIV se montra aussi froid avec Marguerite qu'il avait été empressé la veille.

Mme de Savoie en fut tout étourdie.

Le soir, il y avait une réception chez la reine mère. Le roi s'y conduisit avec une grossièreté stupéfiante. Il n'adressa pas une seule fois la parole à Marguerite, et demeura dans un coin du salon, à plaisanter lestement avec Marie.

Les princesses de Savoie en conçurent une inquiétude que les événements allaient justifier. En effet, le stratagème imaginé par le cardinal avait réussi. Le matin même, un envoyé du roi d'Espagne était arrivé à Lyon pour offrir la main de l'Infante.

Mme de Savoie ne tarda pas à apprendre ce qui se tramait. Elle courut chez Mazarin et lui demanda des éclaircissements.

— Je suis désolé, dit le premier ministre, mais le devoir impérieux du roi est de rendre la paix à la France et de terminer une guerre qui dure depuis vingt ans. Or le seul moyen d'y parvenir est le mariage avec Marie-Thérèse d'Espagne.

La princesse de Savoie devint livide et faillit s'évanouir.

Elle bredouilla :

— Est-ce que je peux, du moins, espérer qu'on se souviendra de ma fille si le roi n'épouse pas l'Infante ?

On le lui garantit par un papier.

Cet acte signé du roi lui fut porté le soir même, accompagné de boucles d'oreilles de diamant et d'émail noir avec quantité de bijoux, de parfums et d'éventails. Le surlendemain, les deux princesses, fort piteuses, s'en retournaient en Savoie, sans se douter qu'elles n'avaient servi qu'à faire signer un traité de paix entre la France et l'Espagne...

Quand la cour revint à Paris, au début de 1659, Marie avait acquis un tel empire sur le roi que la reine mère et Mazarin s'inquiétèrent.

Mme de Venel fut chargée par le cardinal de surveiller les amoureux et de les empêcher de se trouver seuls dans une pièce comportant un lit.

Cette brave dame prit sa tâche à cœur et, une nuit, croyant entendre un bruit insolite, elle entra dans la chambre de Marie (qui dormait toujours la bouche ouverte) et lui mit en tâtonnant un doigt dans le gosier.

La jeune fille, réveillée en sursaut, comprit qu'il s'agissait de l'espionne de son oncle et la mordit de toutes ses forces. L'autre poussa un hurlement qui réveilla l'étage et, le lendemain, toute la cour se moqua d'elle. La pauvre Mme de Venel n'avait pas besoin de cette aventure pour être ridicule. Le roi, qui voulait se débarrasser d'elle, lui faisait constamment des farces de collégien.

« Un jour, nous dit un mémorialiste, que Sa Majesté distribuait des confitures aux dames de la cour, dans des boîtes galamment ornées de rubans de diverses couleurs, Mme de Venel reçoit la sienne, l'ouvre : mais quel ne fut pas son effroi lorsqu'elle en vit sortir une douzaine de souris, sorte d'animal pour qui on savait qu'elle avait la plus grande horreur. Son premier mouvement la porta à quitter l'assemblée en fuyant. Mais aussitôt, se rappelant la promesse qu'elle avait faite à la reine de ne point perdre du vue Mlle Mancini, elle retourna sur ses pas et rentra dans l'appartement. Le roi, qui venait de s'asseoir sur un sofa auprès de Mlle Mancini, et qui se félicitait déjà du succès de son entreprise, étonné de voir si tôt revenir Mme de Venel, lui dit :

» — Quoi, madame, vous voilà si tôt rassurée ?

» — Non, sire, lui répondit-elle, c'est parce que je ne suis pas rassurée que, pour prendre du courage, j'ai cru ne devoir pas m'éloigner du fils de Mars[62]. »

Le mois suivant, Pimentel, envoyé du roi d'Espagne, vint à Paris pour préparer le traité de paix, dont la première condition était le mariage de Louis XIV avec l'Infante. Aussitôt la pauvre Marie, prise de vertige, mit tout en œuvre pour faire échouer les négociations. Chaque jour, pendant des heures, tour à tour supérieure, insinuante, tendre, elle démontrait au roi la stupidité d'un mariage où l'amour n'avait pas de place.

— Vous serez malheureux ! disait-elle.

Il le savait, mais craignait d'indisposer l'ambassadeur d'Espagne et de gêner la politique de Mazarin.

Un jour, on apprit que la cour allait partir pour Bayonne, car les conférences relatives à la paix allaient s'ouvrir à Saint-Jean-de-Luz. Marie, affolée, courut chez le roi et se jeta à ses genoux.

— Si vous m'aimez, je vous en supplie, empêchez ce voyage, dit-elle.

Et elle pleura en murmurant :

— Je vous aime ! Je vous aime...

Le roi, extrêmement ému, la releva.

— Moi aussi, je vous aime.

— Alors, il ne faut pas me quitter, dit Marie, jamais...

Louis XIV, très pâle, prit la jeune fille dans ses bras et la serra longuement contre lui.

— Je vous le promets.

Puis il alla trouver Mazarin en particulier et lui déclara tout de go qu'il voulait épouser sa nièce.

— Je ne vois pas, ajouta-t-il, de meilleur moyen de récompenser d'une manière éclatante vos longs et importants services[63] !

Mazarin fut éberlué. Ce mariage, qui pouvait faire de lui l'oncle de la

62. *Mémoire abrégé sur la vie de Mme de Venel.* Mss. Bibl. Méjane. Aix.
63. Mme DE MOTTEVILLE, *op. cit.*

reine de France, l'éblouit un instant. Oubliant son devoir et les nécessités de la politique, il se rendit chez la reine, et, d'une manière mi-badine, mi-embarrassée, lui apprit la stupéfiante démarche de son fils.

En quelques mots, Anne d'Autriche se chargea de le faire revenir sur terre.

— Je ne crois pas, monsieur le Cardinal, dit-elle d'un ton sec, que le roi soit capable de cette lâcheté ; mais, s'il était possible qu'il en eût la pensée, je vous avertis que toute la France se révolterait contre vous et contre lui, que moi-même je me mettrais à la tête des révoltés et que j'y engagerais mon second fils[64] !

Mazarin comprit son erreur. Il se retira tête basse. Alors la reine appela son fils et le gourmanda. Le roi, s'emportant, répondit qu'il ne renoncerait jamais à son amour et qu'on pouvait dire à l'Infante d'Espagne de chercher un autre mari...

L'exil de Marie Mancini fut aussitôt décidé.

Le lendemain, Mazarin annonça sèchement à la jeune fille qu'elle devait faire ses malles.

— Vous partez avec vos sœurs pour le port de Brouage[65], près de La Rochelle, car votre présence ici cause des troubles fort regrettables. Je vous prie d'aller en avertir le roi.

Marie, en larmes, courut retrouver Louis XIV dans sa chambre et lui apprit qu'on voulait la faire vivre en Vendée.

— Personne ne vous séparera de moi ! tonna-t-il.

Les gardes, qui avaient déjà l'oreille collée à la porte, reculèrent d'un pas, effrayés par les éclats de voix du roi.

Alors Louis XIV prit la jeune fille dans ses bras, et les gardes, rassurés, purent, à tour de rôle, jouir, par le trou de la serrure, d'un agréable spectacle.

Pourtant, cette fois encore, et malgré son émotion, la « Mazarinette » eut la force de se refuser. Le roi en éprouva un grand dépit et, mû par un désir qui commençait à troubler sa vie, son ouïe et même son entendement, il se précipita dans l'appartement de sa mère, s'agenouilla devant Anne d'Autriche et Mazarin et les supplia de lui laisser épouser Marie.

L'image de cette belle fille, dont il avait envie, le hantait tellement qu'il en pleura, et, à demi hagard, il embrassa les jambes de sa mère et appela le cardinal « papa »[66] ...

— Je ne peux pas me passer d'elle, cria-t-il. Je lui ai promis de l'épouser, je le ferai. Préparez-vous à rompre les pourparlers avec l'Espagne. Jamais je ne me marierai avec l'Infante. Il faut que j'épouse Marie !...

Mazarin jugea nécessaire d'interrompre cette scène émouvante. D'une voix sévère, il déclara « qu'ayant été choisi par le feu roi son père, et

64. Mme de Motteville, *op. cit.*
65. Aujourd'hui Brouage est une petite ville dans les terres. C'était alors un port où Champlain s'était embarqué pour l'Amérique.
66. Cf. Bussy-Rabutin, *La France galante.*

depuis par la reine, sa mère, pour l'assister de ses conseils, et l'ayant servi jusqu'alors avec une fidélité inviolable, il n'avait garde d'abuser de la confidence qu'il lui faisait de sa faiblesse et de l'autorité qu'il lui donnait dans ses États, pour souffrir qu'il fît une chose si contraire à sa gloire ; qu'il était le maître de sa nièce et qu'*il la poignarderait plutôt que de l'élever par une si grande trahison* »[67].

C'était beaucoup.

Dégrisé, Louis XIV se releva, quitta la pièce sans dire un mot et remonta chez Marie qui l'attendait avec impatience. Elle espérait apprendre que le départ pour Brouage était annulé et fut inconsolable lorsque le roi lui rapporta les propos de son oncle.

— Vous m'aimez, dit-elle, vous êtes roi, et pourtant je pars[68] !

Bouleversé, Louis XIV lui jura qu'elle seule monterait sur le trône de France. Puis ils se séparèrent en pleurant.

Quelques jours plus tard, le 22 juin 1659, Marie, accompagnée de Mme de Venel et de ses sœurs, Hortense et Marie-Anne, monta dans le carrosse qui devait la conduire au bord de l'Atlantique. Le roi ne pouvait se détacher de la portière. Ses larmes coulaient et il ne cherchait même pas à dissimuler sa douleur.

Marie lui baisait les mains en sanglotant. Enfin, l'ordre du départ fut donné et l'on entendit un cri que la jeune fille n'avait pu retenir.

Ivre de chagrin, elle se tourna vers ses sœurs et dit :

— Je suis abandonnée !

Longtemps, le roi regarda disparaître cette voiture qui emportait le plus grand et peut-être le seul amour de sa vie. Lorsqu'il n'eut plus devant lui qu'une route vide, il monta dans son carrosse, les yeux gonflés, rougis, et, nous dit Mme de Motteville qui fut témoin de cette extraordinaire scène : « Il partit à l'instant même pour Chantilly, où il alla passer quelques jours pour y reprendre des forces... »

Naturellement, une correspondance presque quotidienne s'établit entre le roi et Marie. Le cardinal, qui se trouvait alors à Saint-Jean-de-Luz, où il préparait le traité de paix, en fut avisé par Mme de Venel. Très inquiet, il écrivit à la reine :

Je ne saurais assez vous dire mon déplaisir, voyant l'empressement du Confident[69]*, et qu'au lieu de pratiquer les remèdes qui pourraient modérer sa passion il n'oublie rien de ce qui peut servir à l'augmenter.*

Et, comme son roman d'amour avec Anne d'Autriche durait toujours, il terminait sa lettre par des remerciements « *pour ce qui vous a plu de me dire avec une tendresse si obligeante que rien n'est capable*

67. Mme DE MOTTEVILLE, *op. cit.*

68. C'est cette phrase que Racine a mise dans la bouche de Bérénice en la modifiant ainsi :

Vous m'aimez, vous me le soutenez ;
Et cependant je pars, et vous me l'ordonnez !

69. C'est ainsi, je l'ai dit, que Mazarin désignait le roi dans le langage convenu qu'il employait avec la reine.

d'effacer de mon cœur, qui a les sentiments pour ǂ[70]*, comme les anges même pourraient souhaiter »*...

Cependant la correspondance entre Brouage et le Louvre ne ralentissait pas, au contraire, et Mazarin fut bientôt obligé d'écrire au roi :

Les lettres de Paris, de Flandres et d'autres endroits disent que vous n'êtes plus reconnaissable depuis mon départ, non à cause de moi, mais de quelque chose *qui m'appartient ; que vous êtes en des engagements qui vous empêcheront de donner la paix à la chrétienté, et de rendre vos sujets et votre État heureux par le mariage, et que si, pour éviter un si grand préjudice, vous passez outre à le faire, la personne que vous épouserez sera très malheureuse, sans être coupable. On dit que vous êtes toujours enfermé à écrire à la personne que vous aimez, et que vous perdez plus de temps à cela que vous ne faisiez à lui parler, quand elle était à la cour.*

Je sais d'ailleurs que la complaisance que j'ai eue pour vous lorsque vous m'avez fait instance de pouvoir mander quelquefois de vos nouvelles à la personne, et d'en recevoir des siennes, aboutit à un commerce continuel de longues lettres, c'est-à-dire de lui écrire chaque jour et d'en recevoir réponse ; et quand les courriers manquent, le premier qui part est toujours chargé d'autant de lettres qu'il y a de jours qu'on n'a pu les envoyer, ce qui ne se peut faire qu'avec scandale, et je puis dire, avec quelque atteinte à la réputation de la personne et à la mienne.

Enfin, Mazarin abordait le sujet qui « l'empêchait de dormir » pendant les négociations avec l'Espagne :

Ce qu'il y a de pis, c'est que j'ai reconnu, par les réponses que la même personne m'a faites, lorsque je l'ai voulu cordialement avertir de ce qui était son bien, et par les avis que j'ai aussi de La Rochelle, que vous n'oubliez rien pour l'engager toujours de plus en plus, *l'assurant que vos intentions sont de faire pour elle des choses que vous savez fort bien qui ne se donnent pas, et qu'aucun homme de votre État ne pourrait en être d'avis, enfin, qui sont, par plusieurs raisons, entièrement impossibles.*

Car, Louis XIV, en effet, promettait toujours à sa « reine » (c'est ainsi qu'il nommait Marie) de lui faire porter la couronne de France...

Pendant des semaines, Mazarin, qui voyait l'œuvre de sa vie menacée par les charmes de Marie Mancini, écrivit sans relâche au roi pour lui faire la leçon. Un jour, perdant patience, il le menaça même de quitter la France et de retourner en Italie s'il refusait d'épouser l'Infante. Mais le désir que Louis XIV avait de la petite Italienne était tel que rien au monde ne semblait capable de lui rendre la raison. La tâche de Mazarin s'en trouvait naturellement compliquée, car les négociateurs

70. Ce signe veut dire « le cœur de la reine ».

espagnols, au courant des intentions du roi, lui demandaient constamment si les pourparlers de paix n'étaient pas une comédie.

Le cardinal, faisant preuve d'une habileté prodigieuse, poursuivait néanmoins son œuvre. Lorsqu'il eut fait demander officiellement la main de Marie-Thérèse à Philippe IV, il invita la cour à se rendre à Saint-Jean-de-Luz.

Louis XIV, ne voulant pas trop mécontenter Mazarin, accepta de rencontrer les Espagnols, mais avec la ferme intention d'agir à l'égard de l'Infante comme il l'avait fait avec Marguerite de Savoie. De plus, il exigea de faire un crochet par la Vendée pour y rencontrer Marie.

Cette entrevue eut lieu à Saint-Jean-d'Angély. Les deux amoureux se retrouvèrent avec une joie qui émut tous les assistants et le roi, travaillé par le désir, promit une fois de plus à sa belle amie de rompre les pourparlers de paix pour l'épouser. Le lendemain, il reprenait la route, le cœur léger, sans se douter que Marie se préparait à le faire souffrir en lui donnant la plus belle preuve d'amour.

Tenue au courant des négociations engagées avec l'Espagne, la jeune fille, qui était aussi avertie des choses politiques que de musique et de littérature, comprit tout à coup que la passion qu'elle inspirait à Louis XIV risquait d'être désastreuse pour le royaume. Et, le 3 septembre, elle écrivit à Mazarin pour l'informer qu'elle renonçait au roi.

Cette nouvelle assomma Louis XIV. Il adressa à Marie des lettres désespérées qui demeurèrent sans réponse. Finalement, il lui envoya son petit chien préféré. L'exilée eut le courage de ne pas le remercier pour ce cadeau qui lui causait pourtant une douce joie.

Alors Louis XIV signa la paix et accepta d'épouser l'Infante. Toutes les cloches du royaume sonnèrent ce jour-là, tandis qu'à Brouage Marie sanglotait. « Je ne pouvais m'empêcher de penser, écrit-elle dans ses *Mémoires*, que cette paix dont chacun se montrait si joyeux, je l'avais chèrement payée, et nul ne songeait que sans mon sacrifice le roi n'eût peut-être pas laissé son mariage s'accomplir... »

Le sacrifice de Marie Mancini permettait à Mazarin de parachever l'œuvre de Richelieu. La Maison des Habsbourg d'Espagne était abattue, et la France recevait le Roussillon, la Cerdagne, l'Artois, plus quelques places des Flandres et du Luxembourg.

Grâce à l'amour pur et désintéressé d'une favorite, notre pays devenait ainsi la plus forte puissance de l'Europe occidentale.

Le traité avait été signé le 7 novembre 1659 alors qu'une tempête de neige soufflait sur les Pyrénées. Lorsqu'on en vint à fixer la date du mariage, Mazarin déclara qu'il était impossible d'imposer au roi d'Espagne un voyage par les routes de montagne avant la belle saison, et il fut décidé que Louis XIV épouserait l'Infante au printemps.

En attendant, il fallait l'étourdir par tous les moyens et « lui mettre les sens en repos » pour qu'il ne cherchât pas à renouer avec Marie. Mazarin n'hésita pas. Il chargea Olympe Mancini, devenue comtesse de Soissons, d'attirer de nouveau l'attention du roi. La belle s'y prit avec adresse et quelques jours plus tard avait droit, dans un grand lit carré, aux vigoureux hommages du jeune souverain tout heureux de sortir d'une chasteté qui commençait à lui monter à la tête.

Olympe était ardente et friponne : elle sut s'attacher le roi « par des liens où la tendresse n'entrait que pour la beauté de l'affaire », nous dit un mémorialiste[71]. Et Louis XIV, qui passait son temps à malmener tous les lits de son hôtel en compagnie de la nièce du cardinal, fut bientôt ivre de plaisir et pensa moins à la petite Italienne qui pleurait à Brouage.

C'est alors que, pour fuir les rigueurs de l'hiver, il résolut d'aller visiter le Languedoc et la Provence qu'il ne connaissait pas. Naturellement, Olympe accompagnait la cour, et personne ne se choquait de voir le roi prendre une maîtresse six mois avant de se marier. Anne d'Autriche, qui avait partagé les craintes de Mazarin, affichait même son contentement de façon déplacée. Et un témoin, le policier Bardet, écrivait : « La reine ne se sent pas de joie du réembarquement du roi avec Mme la comtesse de Soissons. » Ajoutant avec malice : « Je crois qu'elle serait encore plus aise si les nouvelles en volaient jusqu'à Brouage où, sans doute, elles seront bientôt[72]. »

Bardet avait raison, car Anne d'Autriche, qui détestait Marie, eut la cruauté d'ordonner à Olympe d'informer sa sœur des bonnes relations qu'elle avait avec le roi. La pauvre exilée, dont le sacrifice avait été si douloureux, ne put s'empêcher de faire entendre une plainte. Elle écrivit à son oncle la lettre émouvante que voici :

Encore que j'aie écrit il n'y a que deux jours à Votre Eminence, je ne puis m'empêcher de vous importuner encore pour vous dire tout le déplaisir où je suis et jugez un peu si j'ai raison. Mme la comtesse de Soissons m'écrit et me mande que le roi lui fait l'honneur de lui parler comme il le faisait autrefois... Je vous supplie de deux choses : l'une d'empêcher que l'on se moque de moi et l'autre de me tirer de leurs railleries en me mariant bientôt ; ce de quoi je vous supplie très humblement.

Ce n'est pas que j'aie fait connaître mon ressentiment à Mme la comtesse ; au contraire, je lui ai écrit la lettre du monde la plus obligeante, car je veux montrer en toutes choses que j'ai bien de la force sur moi-même, et ce ne sera qu'à vous que je montrerai mes faiblesses, de qui j'attends ma protection. Vous n'aurez jamais de bonté pour personne qui soit plus entièrement à vous.

MARIE.

Cette lettre émut Mazarin et l'inquiéta. Il craignit que le roi n'apprît finalement les manigances de la reine contre Marie et que le mariage espagnol ne fût remis en question. Pour éviter de nouvelles plaintes, il interdit à Olympe d'écrire à sa sœur. Puis il annonça à celle-ci qu'elle

71. Abbé DANIEL DE COSNAC, *Mémoires*.
72. Rapport du policier Bardet.

allait épouser le connétable Colonna, vice-roi d'Aragon, un des plus grands seigneurs d'Italie et d'Espagne, beau, jeune, bien fait et possédant en outre deux magnifiques palais à Rome.

Le voyage de Louis XIV dans ses provinces du Sud se poursuivit donc sans encombre.

Au printemps, la cour reprit le chemin des Pyrénées. Le 25 avril 1660, elle était à Auch et le roi dut s'arrêter quelques instants de caresser Olympe pour écrire un mot à sa fiancée. Il y mit beaucoup de politesse, ainsi qu'on va le voir :

Madame,

Je profite, avec le plus grand plaisir du monde, de la permission qui m'a été donnée d'écrire à Votre Majesté et de l'assurer moi-même de la passion que j'ai pour Elle. J'envie le bonheur que ce gentilhomme[73] *aura de la voir plus tôt que moi, et, quoique je lui aie ordonné de bien représenter à Votre Majesté à quel point je m'estimerai heureux lorsque je lui pourrai expliquer mes sentiments de vive voix, je doute fort qu'il lui soit possible de s'en acquitter selon mon désir. Enfin mon impatience est plus grande qu'elle ne se peut dire, et sans le soulagement que j'ai de voir que nous nous approchons, rien ne me pourrait empêcher de me rendre en personne auprès d'Elle. Cependant, mon plus doux entretien est de parler des perfections de Votre Majesté et d'entendre le récit qu'on m'en fait de toutes parts. C'est celui qui est entièrement à Votre Majesté*[74].

LOUIS.

Cette lettre enchanta Marie-Thérèse qui était loin de se douter que Louis XIV l'attendait en faisant des prouesses amoureuses avec la comtesse de Soissons.

Le 3 juin, le mariage fut célébré par procuration à Saint-Sébastien. Don Luis de Haro était chargé d'épouser l'Infante pour le roi de France. Simulacre qui se borna à un très léger et très innocent attouchement de doigts au cours de la cérémonie religieuse célébrée par l'évêque de Pampelune.

Le lendemain, Anne d'Autriche rencontra dans l'île des Faisans, au milieu de la Bidassoa, le roi d'Espagne, son frère, qu'elle n'avait pas vu depuis quarante-cinq ans. Ils se regardèrent en pleurant et s'assirent « environ sur la ligne qui séparait les deux royaumes »[75] ; puis Marie-Thérèse fut présentée à sa tante qui l'embrassa avec effusion.

Lorsque l'Infante dut s'asseoir, un problème surgit : devait-elle poser son séant en territoire espagnol ou en territoire français ? On en discuta longtemps. Finalement, on apporta un coussin espagnol et deux coussins français qui furent empilés en terre d'Espagne, et la jeune reine se trouva assise « d'une façon mixte convenable à sa situation ambiguë ».

73. M. de Lesseins, qui allait saluer l'Infante de la part du roi.
74. Archives des Affaires étrangères.
75. Mme DE MOTTEVILLE, *op. cit.*

Louis XIV n'avait pas été convié à cette sauterie, car l'étiquette ne permettait pas aux nouveaux époux de s'adresser la parole. Impatient de connaître sa femme, il vint pourtant rôder vers l'endroit où avait lieu l'entrevue et Mazarin l'aperçut par la fenêtre [76].

— Il y a là, dit-il, un inconnu qui voudrait bien qu'on lui ouvrît la porte.

Anne et Philippe IV se concertèrent.

— Qu'on lui ouvre, dirent-ils.

Des gardes poussèrent le battant et le roi apparut. Comme il était là incognito, Philippe IV fit semblant de le prendre pour un gentilhomme quelconque, mais adressa un signe de l'œil à Marie-Thérèse qui se tourna vers Louis XIV et devint très pâle.

Tandis que les deux époux se contemplaient en silence, le roi d'Espagne murmura à sa sœur :

— J'ai un beau gendre !

Alors Anne d'Autriche demanda à l'Infante ce qu'elle pensait du gentilhomme inconnu qui venait d'apparaître.

— Il n'est pas temps qu'elle le dise, objecta Philippe IV.

— Quand le pourra-t-elle ?

— Quand elle aura passé cette porte.

— Et que semble à Votre Majesté de cette porte ? demanda en souriant le duc d'Orléans.

Marie-Thérèse rougit comme une pivoine.

— La porte me paraît fort belle et fort bonne, murmura-t-elle [77].

Pendant ce temps, le jeune roi, satisfait de se savoir marié à une ravissante Espagnole blonde aux yeux bleus, repartait pour Saint-Jean-de-Luz où l'attendait Olympe...

Le 9 juin, les jeunes époux, qui avaient tous deux vingt-deux ans, furent bénis en l'église de Saint-Jean-de-Luz, par l'évêque de Bayonne, au cours d'une cérémonie dont la pompe annonçait déjà Versailles.

Des fêtes occupèrent tout l'après-midi et le soir arriva vite.

Mme de Motteville, qui était de la noce, nous conte avec saveur les préparatifs de la nuit nuptiale : « Leurs Majestés et Monsieur, écrit-elle, soupèrent en public sans plus de cérémonie qu'à l'ordinaire, et le roi, aussitôt, demanda à se coucher. La jeune reine dit à Anne d'Autriche, sa tante, avec des larmes dans les yeux :

» — *Es muy temprano !*(Il est trop tôt !)

» Ce fut, depuis qu'elle est arrivée, le seul moment de chagrin qu'on lui vît et que sa modestie la forçât de sentir ; mais enfin, comme on lui eut dit que le roi était déshabillé, elle s'assit à la ruelle de son lit

76. Toute cette scène est rapportée par Mme de Motteville.

77. En réalité, Louis XIV n'était pas exactement ce qui s'appelle un bel homme : il mesurait 1,59 m. Ce qui explique d'ailleurs pourquoi il exagéra la mode des souliers à talons hauts, et lança celle des perruques géantes, alors qu'une moumoute moins importante eût suffi à dissimuler la difformité de son crâne. Car il avait une loupe, on le sait. Et la nature, il faut le reconnaître, avait fait preuve de beaucoup d'humour en mettant une loupe sur la tête d'un si petit homme...

sur deux carreaux, pour en faire autant, sans se mettre à sa toilette. Elle voulut complaire au roi en ce qui même pouvait choquer en quelque façon cette pudeur qui l'avait d'abord obligée de chasser de sa chambre tous les hommes, jusqu'au moindre de ses officiers. Elle se déshabilla sans faire nulle façon, et, quand on lui eut dit que le roi l'attendait, elle prononça ces paroles :

» — *Presto ! Presto ! quel rey m'espera !* (Vite, vite, le roi m'attend.)

» Après une obéissance si ponctuelle, qu'on pouvait déjà soupçonner être mêlée de passion, tous deux se couchèrent avec la bénédiction de la reine, leur mère commune. »

Leur nuit fut convenablement remplie et donna bien de l'agrément aux valets, femmes de chambre et demoiselles d'honneur qui écoutaient, selon l'usage, derrière la porte de la chambre nuptiale...

Six jours plus tard, la cour reprenait la route de Paris. Lorsqu'elle approcha de Saint-Jean-d'Angély, le roi déclara brusquement qu'il avait une course à faire, quitta son carrosse, enfourcha un cheval et se rendit à Brouage que Marie Mancini venait de quitter pour regagner la capitale. Silencieusement, il visita la chambre de celle qu'il n'avait pas cessé d'aimer, caressa les meubles, se pencha sur un bouquet de fleurs desséchées, considéra le lit avec émotion et « eut peine à retenir ses larmes ». Après quoi, sans avoir prononcé un mot, il rejoignit sa femme.

C'est à Fontainebleau qu'il revit Marie. Présentée officiellement à Marie-Thérèse, la jeune fille vint toute tremblante faire une révérence devant la reine ; puis elle leva les yeux vers le roi. Elle rencontra alors un regard glacé qui faillit la faire s'évanouir.

Elle ignorait que c'était là la seule contenance que puisse prendre un roi pour cacher son trouble...

7

Mazarin fait de Monsieur un efféminé pour des raisons politiques

On a tôt fait de retourner un homme...
expression populaire

Le 26 août 1660, devant une foule qu'on évalua à un million de spectateurs — de braves gens venus de tous les points du royaume — , la reine Marie-Thérèse fit son entrée solennelle dans la capitale. Les fêtes organisées en cette occasion dépassèrent en faste et en magnificence tout ce qui avait été fait jusque-là. Le matin, la reine avait quitté Vincennes et s'était installée avec le roi à l'extrémité du faubourg Saint-Antoine, sur une estrade recouverte de riches tapis, où l'on avait placé un trône, afin qu'elle y pût recevoir l'hommage du peuple [78].

78. Cet endroit fut, depuis lors, baptisé barrière du Trône, puis place du Trône.

L'après-midi, précédée de plusieurs milliers de pages, mousquetaires, Suisses, trompettes, cavaliers, hérauts, elle entra réellement dans Paris, et s'engagea dans le faubourg Saint-Antoine. Son carrosse, qui semblait sorti d'un conte de fées, émerveilla les badauds. « Ce char exposé aux rayons du soleil, nous dit un témoin, jetoit un éclat qui le faisoit remarquer de loin. Dans ce trône mouvant, le fer n'avoit point été employé ; les roues et les trains estoient couverts d'or et l'argent estoit le moindre métal qui y parust. Cette machine estoit couverte dedans et dehors d'une broderie d'or sur un fond d'argent. Le dais, soutenu de deux colonnes, estoit orné de festons, de reliefs et de fleurs hiéroglyphiques. Le char estoit tiré par six chevaux danois gris perle dont le harnois répondoit à la richesse du char. »

Le roi précédait la reine de quelques pas, sur un superbe cheval d'Espagne.

Derrière les souverains venaient les princes, les ducs, les maréchaux, les chanceliers et plus de deux cents gentilshommes. « Le tout, follement acclamé par une foule plus bourdonnante qu'une ruche. »

Le cortège arriva bientôt devant l'hôtel de Beauvais. On vit alors le roi lever la tête et saluer les dames qui se penchaient aux fenêtres. Au premier étage, il y avait Anne d'Autriche, la reine d'Angleterre, la princesse Palatine et une femme borgne qui regardait le roi en souriant. Au-dessus, une jeune fille considérait cette fête avec un air désolé. Enfin, à l'étage supérieur, une jeune personne qui ne faisait point partie de la cour, mais était fort estimée pour son esprit et sa beauté, fixait Louis XIV d'un œil brillant. Le lendemain, elle devait écrire à une de ses amies « en femme qui portoit ses pensées au-delà du moment », nous dit Anquetil[79] : « La reine dut se coucher hier au soir assez contente du mari qu'elle a choisi. »

La femme borgne était Mme de Beauvais, la jeune fille, Marie Mancini, et l'épistolière, Mme Scarron, future Mme de Maintenon...

Ainsi, le jour de son entrée à Paris, Marie-Thérèse pouvait voir réunies, par un destin malicieux, la première maîtresse, le premier amour et la deuxième épouse de son mari.

Mazarin n'avait pas participé à cette fête grandiose. Cloué sur une chaise par une attaque de goutte, il avait dû se contenter d'en être le spectateur satisfait.

A cinquante-huit ans, après tant d'aventures, tant de soucis, tant d'efforts, sa santé, en effet, était fortement ébranlée. Aussi restait-il le plus souvent dans un fauteuil au milieu des magnifiques collections de livres rares, de tableaux de maîtres, de statues, de tapisseries admirables qu'il avait amassées dans son palais et sur lesquelles il veillait avec amour. Ces œuvres d'art étaient devenues sa seule passion et, quand il n'eut plus la force de monter l'escalier qui conduisait des galeries du rez-de-chaussée à la bibliothèque située au premier étage, il imagina

79. Anquetil, *Louis XIV, sa Cour et le Régent*, 1819.

un siège mû par des contrepoids et des cordes qui peut être considéré comme l'ancêtre de l'ascenseur.

Au milieu de ces merveilles, le cardinal promenait une hantise : la peur atroce d'être volé. Il faut reconnaître que le temps n'était pas à l'honnêteté. On raconte qu'un jour le cardinal Barberini, accompagné de sa suite, étant allé visiter l'atelier du peintre Du Moustier, on constata la disparition d'un livre somptueusement relié. Furieux, le peintre fouilla tous les ecclésiastiques, et le volume fut retrouvé sous la soutane de Mgr Pamphilio [80].

Sachant à quoi s'en tenir sur les mœurs de l'époque, Mazarin recevait peu de visiteurs et n'aimait pas s'éloigner de son palais. Au début de 1661, ses forces l'abandonnant, il dut pourtant se résoudre à quitter Paris et, le 7 février, une litière le conduisit à Vincennes. Le 8, Anne d'Autriche, en larmes, le rejoignit, s'installa à son chevet avec des compresses, des petites fioles, et le soigna comme une bonne épouse.

Le cardinal n'avait plus pour la reine la tendresse d'autrefois. Il se conduisait en mari grincheux. « Il la traitait, nous dit Montglat, comme si elle eût été une chambrière, et, lorsqu'on venait lui dire qu'elle montait chez lui, il renfrognait les sourcils, disant à ses valets :

» — Ah ! cette femme me fera mourir, tant elle m'importune. Ne me laissera-t-elle jamais en repos ? [81] »

Anne d'Autriche, toujours gonflée d'amour, ne s'apercevait pas de cette mauvaise humeur et continuait d'ennuyer tendrement le cardinal, qui pourtant ne se gênait guère pour la rudoyer devant témoins.

« Un jour, raconte Brienne, que je me trouvais dans sa chambre et qu'il était au lit, la reine mère, l'étant venu visiter, lui demanda comment il se portait :

» — Très mal ! répondit-il.

» Et sans dire autre chose, il jeta sa couverture, sortit sa jambe et sa cuisse nues hors du lit, et, les montrant à la reine qui en fut étonnée aussi bien que tous les spectateurs, il lui dit :

» — Voyez, madame, ces jambes qui ont perdu le repos en le donnant à l'Europe.

» En effet, sa jambe et sa cuisse étaient si décharnées, si livides et si couvertes de taches blanches et violettes que cela faisait pitié ; la bonne reine ne put s'empêcher de pousser un grand cri et de jeter quelques larmes en voyant ce déplorable état. On aurait dit Lazare sortant de son tombeau [82]. »

Au milieu de ses souffrances, Mazarin préparait avec soin le mariage de Marie et du connétable Colonna. La jeune fille, qui semblait maintenant indifférente à tout, ne mettait d'ailleurs plus aucun obstacle à cette union et, le 25 février, l'acte de mariage put être signé.

Douze jours après, le 9 mars, le cardinal expirait.

Dès qu'il eut rendu le dernier soupir, Anne d'Autriche s'écroula,

80. Ce prélat chapardeur devait, par une amusante ironie du sort, devenir pape sous le nom d'Innocent X...

81. MONTGLAT, *Mémoires*.

82. BRIENNE, *op. cit.*

presque évanouie, tandis que, dans une chambre voisine, Marie, Hortense et Philippe Mancini se regardaient et disaient simplement :

— Dieu merci, il est crevé !

Ce qui dénotait chez ces jeunes gens une saine absence d'hypocrisie.

Quelques semaines après la mort de Mazarin, le 31 mars 1661, un mariage fut célébré à la cour dans la plus stricte intimité, en raison du deuil qui frappait Anne d'Autriche. Il unissait pourtant deux personnes importantes : Monsieur, frère du roi [83], et Henriette d'Angleterre.

Dans la chapelle du Palais-Royal, tandis que l'évêque de Valence célébrait la cérémonie, les amis du nouvel époux chuchotaient des énormités.

— Pourvu qu'il ne soit pas effrayé quand elle se déshabillera, disaient-ils, un corps de femme, il n'a jamais vu cela...

La malheureuse Henriette d'Angleterre était, en effet, mal tombée : Monsieur avait le vice italien !

Or, s'il l'avait, ce n'était pas à cause d'un quelconque déséquilibre hormonal ; mais parce que Mazarin avait jugé bon qu'il en fût ainsi. Le cardinal savait que le frère d'un roi pouvait être un personnage dangereux. Il se souvenait de Gaston d'Orléans et ne voulait pas que Louis XIV connût les mêmes ennuis que Louis XIII. Sur son ordre, on s'était donc ingénié à étouffer toute espèce de virilité chez le petit prince. On l'avait habillé de robes, on lui avait donné le goût des rubans, des parfums, des toilettes, des mouches, des pendants d'oreilles. Puis on l'avait fait jouer avec un petit garçon qui présentait, lui, toutes les caractéristiques d'une petite fille manquée et qui allait devenir le célèbre abbé de Choisy. « On m'habillait en fille chaque fois que le petit Monsieur venait au logis, rapporte ce personnage équivoque, qui eut à la fois des amants et des maîtresses, et il y venait deux ou trois fois par semaine. J'avais les oreilles percées, des diamants, des mouches... Monsieur, qui aimait tout cela, me faisait cent amitiés. Dès qu'il arrivait, suivi des nièces du cardinal et de quelques filles de la reine, on le mettait à sa toilette, on le coiffait, il avait un corps [84] pour lui conserver la taille, ce corps était en broderie. On lui ôtait son justaucorps pour lui mettre des manteaux de femme et des jupes ; et tout cela se faisait, dit-on, sur l'ordre du cardinal qui voulait le rendre efféminé [85]. »

Le succès avait été complet et Louis XIV put dormir tranquille : grâce à Mazarin, Monsieur se moqua de la politique pour devenir le prince des invertis !...

Ce personnage pommadé, maquillé, qui avait l'air d'une jeune fille avec ses longues boucles d'oreilles, et dont le goût, nous dit l'abbé de Cosnac, « n'était pas tout à fait tourné du côté des femmes », venait

83. Le prince Philippe avait droit au titre de Monsieur depuis la mort de Gaston d'Orléans, père de la Grande Mademoiselle, survenue en 1660.
84. Corset.
85. Abbé de Choisy, *Mémoires*.

d'épouser la plus jolie princesse de son temps. Henriette d'Angleterre était, en effet, gracieuse, mince, élégante et son regard troublait les plus chastes. On en aura une idée, en lisant ce portrait, écrit par un saint homme pourtant, l'évêque de Valence, qui en avait subi les effets foudroyants, au grand préjudice de son éternité :

« Jamais la France n'a vu une princesse plus aimable que Henriette d'Angleterre, que Monsieur épousa : elle avait les yeux noirs, vifs et pleins du feu contagieux que les hommes ne sauraient fixement observer sans en ressentir l'effet ; ses yeux paraissaient eux-mêmes atteints du désir de ceux qui les regardaient. Jamais princesse ne fut si touchante ni n'eut autant qu'elle l'air de vouloir bien que l'on fût charmé du plaisir de la voir. Toute sa personne était ornée de charmes ; l'on s'intéressait à elle et on l'aimait, sans penser que l'on pût faire autrement. On eût dit qu'elle s'appropriait les cœurs ... [86] »

Sans doute s'était-elle approprié celui du digne ecclésiastique...

Ce sourire charmeur avait pourtant résisté à bien des tourments.

Henriette était arrivée en France, en 1646, à l'âge de deux ans, chassée avec sa mère Henriette de Bourbon, femme de Charles Ier d'Angleterre et fille de Henri IV, par la révolution que dirigeait Cromwell. Or, pendant huit ans, la cour de France, qui avait elle-même les ennuis que l'on sait avec les Frondeurs, n'avait pu venir en aide aux exilées. Les jours d'hiver, Henriette devait rester au lit, faute de feu [87], et les repas étaient constitués de quelques légumes à l'eau. La reine d'Angleterre avait dû vendre ses robes, ses pierreries, ses meubles, et il ne lui restait, nous dit Mme de Motteville, « qu'une petite tasse dans quoi elle buvait ».

A ce dénuement s'ajoutaient pour la fillette des soucis d'une autre nature : son père avait été décapité en 1649, et sa mère était venue en France avec un amant. Borné, cupide, violent, cet individu, qui s'appelait Lord Jermyn, avait parfois des colères épouvantables. Un jour, il avait donné une paire de gifles à la reine d'Angleterre qui, en bonne fille de Henri IV, s'était rebiffée et lui avait envoyé un grand coup de pied dans les tibias ; les deux amants s'étaient alors battus sous les yeux terrorisés d'Henriette...

En 1654, les affaires de France s'étant améliorées, Mazarin put de nouveau verser une pension aux exilées qui allèrent s'installer dans l'ancienne maison de plaisance du maréchal de Bassompierre, sise au sommet de la colline de Chaillot. Très pieuse, la reine Henriette-Marie transforma ce logis, qui avait vu tant de soirées galantes, en un couvent placé sous l'invocation de sainte Marie de Chaillot [88]. Puis elle chercha une abbesse et, jugeant qu'il pouvait être intéressant d'avoir une personne de connaissance, elle choisit la Mère Angélique qui, sous le nom de Louise de La Fayette, avait été la favorite de Louis XIII.

86. Daniel de Cosnac, *op. cit.*
87. Cardinal de Retz, *op. cit.*
88. Sur l'emplacement de ce couvent, dont les jardins descendaient jusqu'à la Seine, se trouve aujourd'hui le Palais de Chaillot.

Ainsi les deux femmes pouvaient-elles, les jours de pluie, deviser agréablement du cher défunt...

Parfois, la belle-sœur de l'abbesse, Mme de La Fayette, une jeune femme élégante, fine et cultivée, venait passer quelques heures au couvent. Elle n'avait pas encore écrit *La Princesse de Clèves* et ignorait, bien sûr, qu'elle aurait un jour l'idée de retracer la vie aventureuse de cette petite Henriette qui jouait à la poupée devant elle...

Enfin, le 29 mai 1658, Cromwell étant mort, Charles II, frère de l'adolescente, monta sur le trône d'Angleterre. Aussitôt, la reine Henriette-Marie partit pour Londres, en compagnie de sa fille âgée de seize ans, et organisa des fêtes éblouissantes, où seigneurs et dames galantes vinrent donner le spectacle de la plus grande licence. Au cours d'un de ces bals, le jeune duc de Buckingham tomba éperdument amoureux d'Henriette. Elle le trouvait, en tous lieux, bravant les convenances et commettant les pires extravagances pour lui prouver une passion qui, nous dit-on, « ne se laissait que trop voir à tout le monde ».

Quand elle revint en France, il renouvela les folies que son père avait commises quarante ans plus tôt pour Anne d'Autriche, et la suivit.

La reine mère, lorsqu'elle vit arriver à Paris le fils de l'homme qu'elle avait tant aimé, fut extrêmement émue. Elle déclara qu'il était sous sa protection et l'autorisa à demeurer quelque temps en France. Il finit par regagner l'Angleterre, l'esprit à jamais dérangé par la passion que lui avait inspirée Henriette...

C'était donc cette jeune fille qui troublait tous les hommes normalement constitués que Monsieur vit entrer dans son lit le soir du 31 mai 1661. Il n'en éprouva qu'un plaisir médiocre, « le miracle d'enflammer le cœur de ce prince, nous dit Mme de La Fayette, n'étant réservé à aucune femme du monde[89]. »

Pourtant, une curiosité un peu malsaine le poussa à se livrer sur son épouse à des investigations qui, au bout d'un moment, produisirent sur sa nature incomplètement dépravée un effet auquel il ne s'attendait pas. Il fut alors amené à devenir l'époux de sa femme.

Hélas ! il se lassa vite de ces plaisirs orthodoxes et s'intéressa de nouveau aux jeunes gens de la cour qui furent bientôt l'objet de ses avances publiques. L'un d'eux, le jeune Brienne, nous conte comment il faillit être la victime des « goûts opposés » du prince. « J'étais, dit-il, d'une grande beauté et d'une souplesse de corps surprenante. Un jour, Monsieur me gronda et, me patinant fort longtemps tout le corps par-dessus mes habits, me trouva à son gré. J'étais fort embarrassé de ma contenance et je rougis... Depuis, il ne me trouvait point sans s'arrêter à moi... Je voyais assez ce qu'il me demandait. Il était ému et empressé quand je lui parlais. Il s'approchait fort près de moi et me serrait de temps en temps les mains et les cuisses... J'entendais trop

89. Mme DE LA FAYETTE, *Histoire de Madame, Henriette d'Angleterre.*

bien ce manège pour m'y méprendre... Je n'en dis pas davantage. Je n'osai profiter de ma bonne fortune selon le monde, et je laissai plusieurs fois échapper l'heure du berger [90]. »

Alors, Henriette, qui restait sur sa faim après les quelques nuits passées avec Monsieur, se mit à chercher de son côté des consolations.

Elle allait en trouver facilement, n'ayant qu'à choisir dans la meute de jeunes seigneurs aux yeux chauds qui la suivait partout.

Pendant que Madame s'efforçait de tromper Monsieur, le roi vivait, avec Marie Mancini, le dernier acte de leur idylle. Depuis la mort de Mazarin, Louis XIV essayait de faire rompre le contrat qui promettait Marie au connétable Colonna, afin de permettre à la jeune fille, à laquelle il était toujours attaché, de demeurer en France. Un soir, elle vint le trouver et lui demanda sèchement de cesser ses démarches.

— Je ne veux pas, dit-elle, devenir votre maîtresse après avoir failli être votre femme.

Le roi s'inclina et, le 11 mai, on apprenait à Paris que le mariage de Mlle Mancini avec le connétable avait été signé à Rome.

Louis XIV était avec son conseil. Il interrompit les débats et courut aussitôt chez Marie.

— Madame, lui dit-il tristement, le destin qui est au-dessus des rois a disposé de nous contre nos penchants ; mais il ne m'empêchera pas de chercher, en quelque pays du monde que vous soyez, à vous donner des preuves d'estime et d'attachement...

Marie quitta la pièce sans répondre.

Quelques jours plus tard, elle partit pour Milan où son mari l'attendait. Le roi, les larmes aux yeux, l'accompagna jusqu'à son carrosse et lui fit de tendres adieux.

Ils ne devaient jamais se revoir.

Deux semaines plus tard, la nièce de Mazarin devenait la femme du connétable Colonna qui fut stupéfait de la trouver vierge et fit part de sa joie à tout le monde. « Ce mari, nous dit Hortense Mancini, qui ne croyait pas qu'il pût y avoir de l'innocence dans les amours des rois, fut si ravi de trouver le contraire, qu'il compta pour rien de n'avoir pas été le premier maître de son cœur. Il en perdit la mauvaise opinion qu'il avait, comme tous les Italiens, de la liberté que les femmes ont en France, et il voulut qu'elle jouît de cette liberté puisqu'elle savait si bien en user [91]. »

Pour oublier l'absence de Marie, Louis XIV conduisit la cour à Fontainebleau où des fêtes grandioses furent organisées. Madame était naturellement de tous les bals, gracieuse, sensuelle, éblouissante.

Le roi, qui la trouvait maigre autrefois et l'appelait méchamment « les os du cimetière des Innocents », fut émerveillé et en tomba amoureux.

Un soir, au cours d'une fête champêtre, il l'emmena dans la forêt.

90. Brienne, *op. cit.*
91. Hortense Mancini, *Mémoires*.

On ne les vit revenir qu'à trois heures du matin, l'air battu, mais content...

Henriette avait trouvé la consolation qu'elle cherchait.

Les fêtes de Fontainebleau se transformèrent alors en une espèce d'hommage quotidien rendu par le roi et la cour à Henriette d'Angleterre. « Elle disposoit, nous dit Mme de La Fayette, de toutes les parties de divertissement ; elles ne se faisoient que pour elle, et il paraissoit que le roi n'y avoit de plaisir que par celui qu'elle en recevoit. C'étoit dans le milieu de l'été. Madame s'alloit baigner tous les jours ; elle partoit en carrosse, à cause de la chaleur, et revenoit à cheval, suivie de toutes les dames, habillées galamment, avec mille plumes sur leur tête, accompagnées du roi et de la jeunesse de la cour. Après souper, on montoit dans des calèches, et au bruit des violons on s'alloit promener une partie de la nuit autour du canal [92]. »

Mais, à vingt ans, un garçon, même s'il est roi ou gentilhomme, ne se promène pas au clair de lune avec une demoiselle sans avoir bien vite, si j'ose dire, des fourmis dans les jambes. De temps en temps, toute cette jeunesse descendait donc de voiture pour s'égailler dans les bois, chacun ayant au bras « la source prochaine de son plaisir ».

Louis XIV, donnant alors le signal de la petite fête, emmenait Henriette dans un fourré : tous l'imitaient, et bientôt un tendre concert de soupirs s'élevait des fougères bellifontaines [93].

Ces ébats sylvestres duraient une partie de la nuit ; lorsque le roi était las, la jeune troupe remontait dans les calèches et rentrait au château en se contant de grasses plaisanteries.

Cette cour réputée pour être la plus policée du monde avait, en effet, un goût profond pour la gravelure. Et, contrairement à ce qu'on raconte communément, les dames, les gentilshommes et même le souverain s'exprimaient avec une grossièreté inimaginable. Un jour, au cours d'une réception, Mme de Choisy se tourna vers M. de Candale qui était là depuis une bonne heure et lui lança :

— Mais allez donc faire un tour dans l'antichambre. Vous devez avoir envie de pisser !

Les surnoms que l'on se donnait au Louvre n'avaient d'ailleurs rien de très aristocratique : la reine mère était appelée *la vieille*, Mlle de Tonnay-Charente (future Mme de Montespan), *la grosse tripière,* Mme de Beauvais, *Cateau-la-Borgnesse,* Mlle de Montalais, *la garce*, etc.

On se livrait en outre, avec délices, aux farces du plus mauvais goût. Un exemple suffira pour donner le ton. Il nous est fourni par l'un des

92. Mme DE LA FAYETTE, *op. cit.*

93. C'est à ce propos que Mme de Motteville écrit : « Les promenades jusques à deux ou trois heures après minuit dans les bois commencèrent de s'introduire et de se pratiquer d'une manière qui avoit un air plus que galant, et où la volupté paraissoit devoir bientôt corrompre une vertu (celle de Madame) qui avoit été avec sujet autant admirée qu'il était rare de la posséder à son âge. » *Mémoires pour servir à l'histoire d'Anne d'Autriche*, 1739. Laurencie fait également allusion à ces divertissements nocturnes lorsqu'il écrit : « Ils prirent même un caractère de turpitude dont il n'est pas permis à toutes les plumes de retracer l'énormité. » *Histoire des ducs d'Orléans.*

personnages les plus distingués de la cour, M. d'Estoublon, qui avait toutes les qualités pour prétendre à l'étiquette d'honnête homme. « Une fois, nous dit Saint-Simon, passant devant la chambre de Mme de Brégy qui donnait sur une galerie à Saint-Germain, il en trouva la porte entrouverte et la vit sur son lit, le derrière à l'air et une seringue appuyée au lit ; il se glisse doucement, insinue le lavement, remet la seringue et se retire. La femme de chambre, qui était allée dans la garde-robe chercher je ne sais quoi, revient et propose à sa maîtresse de se remettre en posture. Celle-ci demande ce qu'elle veut dire et ajoute enfin qu'elle rêve apparemment. Grande cacophonie entre elles. Enfin, la femme de chambre regarde la seringue, la trouve vide, et proteste tant et si bien qu'elle n'y a pas touché que la Brégy croit que c'est le diable qui lui a donné son lavement... Dès qu'elle parut chez la reine, voilà le roi et Monsieur à lui parler de son lavement, et elle, étonnée et furieuse tout ce qu'on peut l'être, apprit, la dernière de la cour, ce qu'elle devait à Estoublon[94]. »

Les repas de Louis XIV n'avaient pas non plus cette majesté et cette tenue que l'on s'imagine d'après les « contes » des historiens officiels. Marie-Thérèse parlait à table de ses petits ennuis mensuels et racontait avec force détails et gestes obscènes les phases de sa dernière nuit d'amour avec le roi. Quant à celui-ci, sa plus grande joie était de faire lever le cœur à la Grande Mademoiselle et à Mme de Thiange. « Il prenait plaisir, nous dit Saint-Simon, à leur faire mettre des cheveux dans du beurre et dans des tourtes et à leur faire d'autres vilenies pareilles : elles se mettaient à crier et à vomir, et lui à rire de tout son cœur. Mme de Thiange voulait s'en aller, chantait pouille au roi sans mesure et quelquefois, à travers la table, faisait mine de lui jeter ces saletés au nez. »

Le duc de Luynes nous apporte cet autre témoignage : « Dans les soupers de Louis XIV avec les princesses et des dames de Marly, il arrivoit que le roi, qui étoit fort adroit, se divertissoit à jeter des boulettes de pain aux dames, et permettoit qu'elles lui en jetassent toutes. M. de Lassoy, qui étoit fort jeune et qui n'avoit jamais vu ces soupers, m'a dit qu'il fut d'un étonnement extrême de voir jeter des boulettes de pain au roi, non seulement des boulettes, mais des pommes et des oranges. On prétend que Mlle de Vantois, à qui le roi avoit fait un peu de mal en lui lançant une boule, lui jeta une salade tout assaisonnée[95]. »

Après ces repas mouvementés, les messieurs allaient dans le couloir arroser familièrement les murs, tandis que les dames cherchaient un recoin d'escalier pour s'y accroupir quelques instants après avoir prestement retroussé leurs jupes...

Tout cela se passait dans la plus grande impudeur ; la seule gêne que connussent les courtisans provenant uniquement des mauvais parfums qui flottaient par-ci par-là. On aura d'ailleurs une idée de la

94. Saint-Simon, *Mémoires*.
95. Duc de Luynes, *Mémoires*.

délicieuse atmosphère qui enveloppait la cour de Louis XIV, par cette phrase de la princesse Palatine : « Tout le Palais-Royal pue le pissat à ne pouvoir tenir. »

On conçoit, dans ces conditions, que les plus grasses plaisanteries aient eu du succès à Fontainebleau lorsque souverain, dames et jeunes seigneurs se retrouvaient ensemble après « l'exaltation un peu vertigineuse du péché ». Leurs sens étaient alors si calmes, si apaisés, que les conversations pouvaient être fort lestes sans présenter le danger de rallumer chez eux inopinément quelque feu mal placé.

Hélas ! ces parties fines ne tardèrent pas à être connues de Marie-Thérèse qu'une grossesse avait retenue à Paris. La petite reine, qui aimait fort le roi, pleura abondamment et se plaignit à sa belle-mère. Anne d'Autriche, très ennuyée, courut faire d'aigres remontrances au roi qui lui répondit, pour la première fois de sa vie, assez sèchement. Furieuse, la reine mère alla trouver Monsieur, dont elle connaissait le caractère jaloux, et lui apprit que sa femme « ne se trouvoit pas aussi éloignée de la galanterie qu'il l'auroit souhaité ».

Philippe d'Orléans, tout à ses mignons, ne se doutait pas de son infortune. Il entra dans une violente colère, tança Madame et se permit d'adresser des reproches à Louis XIV. Fontainebleau fut alors le théâtre de scènes regrettables qui passionnèrent naturellement la cour, toujours friande de scandales. Le roi, qui ne voulait ni chasser son frère ni se séparer de Madame, comprit que son prestige était en danger. Il fallait une solution astucieuse. Ce fut Madame qui la trouva.

— Feignez d'aimer une autre femme, dit-elle, et les bruits qui nous gênent tant cesseront aussitôt.

« Alors, nous dit Mme de La Fayette, ils convinrent entre eux que le roi seroit l'amoureux de quelque personne de la cour et jetèrent les yeux sur celles qui paraissoient les plus propres à ce dessein. » Deux filles d'honneur de la reine retinrent d'abord leur attention : Mlle de Pon et Mlle Chémerault. Mais la première, comprenant le rôle qu'on voulait lui faire jouer, se sauva en province et la seconde, qui avait de l'ambition, crut habile de faire languir le roi. Elle en fut pour ses frais de coquetterie, car Louis XIV l'abandonna aussitôt et chercha une autre victime.

C'est alors que Madame pensa à l'une de ses filles d'honneur, une jeune oie blanche de dix-sept ans aux grands yeux bleus candides, qui pouvait parfaitement faire l'affaire.

Elle s'appelait Louise de La Vallière...

8

Louise de La Vallière responsable de la disgrâce de Fouquet

On se croit bien établi et puis, un jour,
une femme passe...
PAUL BOURGET

C'était une blonde un peu timide, qui avait quitté sa Touraine natale quelques mois auparavant et qui ne possédait pas encore la rouerie des autres demoiselles de la cour. De plus, elle boitait légèrement et Madame, un peu trop sûre de son propre charme, s'imagina que cette insignifiante petite provinciale ne présentait aucun danger.

Sans doute était-elle la seule à ne pas avoir bien regardé l'adorable Louise dont les jeunes seigneurs de Fontainebleau lorgnaient les appas, car elle aurait agi avec plus de prudence. Tous les contemporains nous parlent, en effet, de Mlle de La Vallière avec un bel enthousiasme : « Le son de sa voix allait au cœur », nous dit Mme de Caylus ; « La beauté de ses cheveux argentés augmentait celle de son visage », ajoute Mme de La Fayette, et la Palatine conclut : « Ses regards avaient un charme inexprimable. »

Aussi, lorsque le roi vit cette merveille pour la première fois, fut-il très satisfait du choix de Madame. Il sourit, s'inclina et rentra tout guilleret dans ses appartements, jugeant inutile de communiquer à sa maîtresse les aimables pensées qui commençaient à lui venir...

Le lendemain, ravi d'avoir à jouer dans cette comédie amoureuse un rôle qui lui plaisait beaucoup, il prit un air innocent et alla bavarder un moment avec Mlle de La Vallière qui ressentit un grand trouble. Leur entretien ne permit pas cependant à Louis XIV de connaître les sentiments de Louise à son égard. Il lui fallut un curieux hasard pour en être instruit. Un soir qu'il se promenait sur la terrasse de Fontainebleau, il vit quatre jeunes filles entrer dans un bosquet pour y papoter à leur aise. Il les suivit sans se faire remarquer, se cacha dans un coin d'ombre et écouta. « Les jeunes personnes, assises sur des bancs de verdure, s'entretenaient ensemble, nous dit Mme de Genlis. Elles parlaient d'une fête donnée la veille chez Madame, et du ballet dans lequel le roi et quelques hommes de la cour avaient dansé. On se demandait quel était le danseur qui avait paru le plus agréable : l'une se déclare pour le marquis d'Alincourt (depuis maréchal de Villeroy), l'autre pour M. d'Armagnac, la troisième pour le comte de Guiche. La quatrième gardant le silence, on la presse de s'expliquer ; alors la voix la plus douce et la plus touchante se fait entendre :

» — Est-il possible, dit-elle, que l'on puisse remarquer ceux dont vous parlez, quand ils sont auprès du roi ?...

» — Ah ! Ah ! il faut donc être roi pour vous plaire ?

» — Non, sa couronne n'ajoute rien au charme de sa personne, elle en diminue même le danger ; il serait trop redoutable s'il n'était pas roi ; mais, du moins, il préserve de toute autre séduction[96]. »

Très ému, Louis XIV se retira et rentra au château où il rêva toute la nuit au secret qu'il avait surpris. Au petit matin, il écrivit une lettre à Louise et, très humblement, comme un collégien, lui demanda un rendez-vous. Benserade, chargé d'aller porter le pli, revint en déclarant que la jeune fille était pure et n'accepterait jamais de recevoir le roi dans sa chambre. « Toutefois, nous dit encore Mme de Genlis, le poète promit de gagner Mlle d'Artigni dont l'appartement communiquait à celui de Mlle de La Vallière : les logements des filles d'honneur étaient situés au faîte du château, il était possible d'y parvenir par les plombs, mais, de cette manière, on ne pouvait entrer que par les fenêtres qui donnaient sur une espèce de terrasse. Il fut convenu que Mlle d'Artigni ouvrirait sa fenêtre et que, de son appartement, Louis passerait dans celui de Mlle de La Vallière. »

Ce programme, audacieux pour un souverain qui avait certes autre chose à faire et sur lequel toute l'Europe fixait les yeux, fut exécuté scrupuleusement. « Le soir même, à minuit, le roi, plein d'inquiétude et d'agitation, escalada les plombs, parvint à la terrasse, y trouva la fenêtre ouverte et entra chez Mlle d'Artigni qui le conduisit à la porte de la chambre de Mlle de La Vallière.

» Cette dernière, à peine rentrée depuis un quart d'heure, était assise dans un fauteuil et relisait la lettre du roi ; elle entend ouvrir sa porte, elle tourne la tête, aperçoit le roi, fait un cri, se soulève et retombe presque évanouie dans son fauteuil. Louis est à ses pieds, il reconnaît sa lettre qu'elle tient encore, il voit qu'elle s'occupait de lui ; il s'attendrit et cherche à la rassurer en lui protestant que ses sentiments sont aussi purs que passionnés. Mlle de La Vallière ne répond que par un torrent de larmes ; ensuite, elle ose reprocher au roi une témérité qui peut la déshonorer. Le roi répond qu'on l'ignorera toujours ; il donne sa parole de ne faire aucune démarche à l'avenir sans le consentement de Mlle de La Vallière ; enfin il l'interroge sur les sentiments qu'il inspire. On lui refuse avec fermeté l'aveu qu'il sollicite ; alors il déclare qu'il a recueilli la conversation nocturne du bosquet. Mlle de La Vallière se cache le visage avec ses deux mains et ses pleurs recommencent à couler. Louis montra tant de respect et de délicatesse qu'il parvint à la calmer un peu. Mlle d'Artigni vint avertir que le jour allait paraître : aussitôt, le roi s'échappa[97]. »

Après cette nuit décisive, Louis XIV fit une cour assidue à Mlle de La Vallière. Et un soir, au cours d'une fête aux chandelles donnée dans le parc, il emmena Madame — qui ne se doutait toujours de rien — et toutes les demoiselles de la cour vers le bosquet où Louise avait laissé échapper son secret : l'endroit était magnifiquement illuminé et décoré de guirlandes de lis... Devant cette délicate attention d'un roi

96. Mme de Genlis, *Mémoires*.
97. Id.

amoureux, Mlle de La Vallière fut extrêmement émue ; néanmoins, elle continua vaillamment de « défendre son honneur ».

Un soir, enfin, à bout de force, elle se rendit...

Alors les yeux de Madame s'ouvrirent brusquement. Sa colère et son dépit furent si grands qu'elle alla se coucher. En guise d'excuse, le roi lui expliqua qu'ils avaient joué un jeu dangereux et qu'ils avaient perdu. Ce qui n'arrangea rien, on s'en doute.

La nouvelle liaison du souverain n'intéressait pas seulement Henriette d'Angleterre. A Vaux-le-Vicomte, dans son château fastueux, le surintendant des Finances, Nicolas Fouquet, en suivait toutes les phases grâce à quelques espions qui se trouvaient à Fontainebleau.

Personnage étrange, ambitieux, intelligent, rusé, Fouquet possédait une fortune considérable grâce à d'habiles détournements dont le Trésor public était la victime. Il avait le titre de vice-roi des deux Amériques, possédait une flotte capable d'écraser la marine royale et rêvait de devenir un nouveau Richelieu.

Or, depuis quelque temps, le roi commençait à deviner les malversations du surintendant, et celui-ci, bien informé par sa police personnelle, n'était pas très rassuré...

A la fin de juillet 1661, comprenant que Mlle de La Vallière était toute-puissante sur l'esprit du roi, il décida d'en faire son alliée. Incapable de soupçonner la pureté de la favorite, le surintendant commit une énorme faute : il chargea une vieille entremetteuse, Mme du Plessis-Bellièvre, d'aller complimenter Louise sur sa beauté et de lui offrir vingt mille pistoles. Outragée, la jeune Tourangelle répondit sèchement que deux cent cinquante mille livres ne lui feraient pas faire un faux pas. Ce fait est attesté par une lettre de Mme du Plessis-Bellièvre conservée par Conrart, dans laquelle l'entremetteuse raconte à Fouquet son échec :

Je ne sais plus ce que je dis et ce que je fais lorsqu'on résiste à vos intentions. Je ne puis sortir de colère lorsque je songe que la petite demoiselle de La Vallière a fait la capable avec moi. Pour captiver sa bienveillance, je l'ai assurée sur sa beauté, qui n'est pas pourtant bien grande, et puis, lui ayant fait connaître que vous empêcheriez qu'elle manquât jamais de rien et que vous aviez vingt mille pistoles pour elle, elle se gendarma contre moi, disant que deux cent cinquante mille livres n'étaient pas capables de lui faire faire un faux pas, et elle me répéta cela avec tant de fierté, quoique je n'aie rien oublié pour l'adoucir avant de me séparer d'elle, que je crains fort qu'elle n'en parle au roi, de sorte qu'il faut prendre les devants pour cela. Ne trouvez-vous pas à propos de dire, pour le prévenir, qu'elle vous a demandé de l'argent et que vous lui en avez refusé ?

Fouquet ne suivit pas ce mauvais conseil. Il crut plus honnête — et peut-être plus habile — de prendre à part la favorite dans l'antichambre de Madame et de l'entretenir longuement des mérites du roi, pensant ainsi l'amadouer. Mlle de La Vallière ne comprit rien à ce discours, s'imagina que le surintendant lui faisait la cour par un moyen détourné et alla tout raconter à Louis XIV. Celui-ci connaissait les succès féminins de Fouquet ; il fut atteint de « la plus vive jalousie ».

« Le roi, nous disent Savine et Bournand, vit en Fouquet non point le surintendant qui faisait sa cour en mettant ses caisses à la disposition de la maîtresse royale, mais le don Juan qui prétendait se poser en rival. Quand il avait eu affaire à des maîtresses de passage qui acceptaient d'autres hommages, il ne s'en prenait qu'à elles, et son unique vengeance était de se retirer majestueusement. Cette fois, c'était une femme qu'il possédait qu'on semblait lui disputer. C'était un amour que rien de bas n'avait avili qu'on voulait ravaler au regard d'un vil marché. Il semblait que la mort seule fût capable d'expier un forfait pareil[98]. »

Louis XIV résolut la perte de Fouquet[99].

Or, à quelque temps de là, le surintendant, voulant donner le change et cacher son inquiétude, invita le roi à Vaux-le-Vicomte. En voyant ce palais somptueux dont il devait se souvenir en faisant Versailles, le monarque sentit croître sa fureur et sa jalousie. Colbert, qui détestait Fouquet, se pencha à son oreille.

— Avec une telle richesse, sire, murmura-t-il perfidement, voilà un homme qui doit avoir beaucoup de succès auprès des femmes.

Louis XIV devint blême.

Quinze jours plus tard, Fouquet était arrêté à Nantes.

9

Madame prend pour amant le « mignon » de son mari

Les amis de nos amis sont nos amis.

sagesse des nations

Louis XIV aimait tant Louise qu'il faisait de son amour, selon le mot de l'abbé de Choisy, un « mystère impénétrable ». Il retrouvait la jeune fille la nuit dans la forêt de Fontainebleau ou dans la chambre du comte de Saint-Aignan, mais se gardait, en public, de tout geste qui eût pu révéler le « secret de son cœur ».

Il fallut un orage pour que la liaison devînt officielle. Un soir, la cour se promenait quand, tout à coup, une grande pluie s'abattit sur le parc. En un instant les courtisans se dispersèrent pour chercher un abri sous les arbres. « Les deux amants, nous dit Poncet de la Grave,

98. Savine et Bournand, *Fouquet*, 1909.

99. Cf. Chéruel : « Si l'on en croit les Mémoires du temps, il ne voulait pas seulement punir les prévarications du surintendant, mais il avait appris que dans ses audacieuses tentatives Fouquet avait osé s'attaquer à Mlle de La Vallière. » *Mémoires sur Nicolas Fouquet*, 1865.

restèrent les derniers, La Vallière parce qu'elle était boiteuse, Louis parce qu'on ne va jamais plus vite que ce qu'on aime. »

On vit alors le roi garantir la favorite avec son propre chapeau et l'accompagner sous la pluie battante jusqu'au palais.

Cette façon galante de couvrir une jeune fille fit, comme bien on pense, l'objet de chansons et d'épigrammes, composées par des poètes à l'esprit mal tourné.

Mais, à quelque temps de là, la jalousie fit de nouveau sortir Louis XIV de sa réserve.

Il y avait à la cour un jeune seigneur, Loménie de Brienne, qui se montrait un peu galant avec Louise de La Vallière. Un soir, rencontrant la favorite dans une antichambre, il lui proposa de la faire peindre en Madeleine par un artiste nommé Lefebvre. Au milieu de la conversation, le roi entra.

— Que faites-vous là, mademoiselle ?

Louise, rougissante, expliqua le projet de Brienne.

— N'est-ce pas une bonne idée ? demanda celui-ci.

Le roi prit un air peu aimable :

— Non. Il faut la peindre en Diane. Elle est trop jeune pour être peinte en pénitente.

Puis il tourna le dos.

Brienne passa une nuit blanche. Le lendemain, très mal à l'aise, il courut chez le roi qui le fit entrer dans un cabinet, dont il poussa le verrou. Et l'entretien le plus étonnant commença. Le voici, rapporté par Brienne lui-même :

« Le roi se tourna vers moi :

» — L'aimez-vous, Brienne ?

» — Qui, Sire ? répondis-je, Mlle de La Vallière ?

» Le roi dit :

» — Oui, c'est d'elle dont j'entends parler.

» Alors je me remis et, me possédant extrêmement, je repartis, avec une présence d'esprit admirable :

» — Non, pas encore, sire, tout à fait, mais je vous avoue que j'ai beaucoup de penchant pour elle et que, si je n'étais pas marié, je lui ferais offre de mes services.

» — Ah ! vous l'aimez. Pourquoi mentez-vous ? dit le roi fort brusquement et presque en soupirant.

» Je répondis avec beaucoup de respect :

» — Sire, je n'ai jamais menti à Votre Majesté. J'aurais pu l'aimer, mais je ne l'aime pas encore assez, quoiqu'elle me plaise, pour dire que j'en suis amoureux.

» — C'est assez et je vous crois.

» — Mais, sire, puisque Votre Majesté me fait tant d'honneur, lui dis-je, me permettra-t-elle de lui découvrir ingénument ma pensée ?

» — Oui, dites, je vous le permets.

» — Ah ! Sire, dis-je en faisant un gros soupir, elle vous plaît encore plus qu'à moi et vous l'aimez.

» — Oh bien, dit le roi, que je l'aime ou que je ne l'aime pas, laissez là son portrait et vous me ferez plaisir.

» — Ah ! mon cher Maître, dis-je en lui accolant la cuisse, je vous ferai un plus grand sacrifice : je ne lui parlerai de ma vie et suis au désespoir de ce qui s'est passé. Pardonnez-moi cette innocente méprise et ne vous souvenez jamais de ce que j'ai fait.

» — Je vous le promets, dit le roi en souriant : mais tenez-moi votre parole et ne parlez de ceci à personne.

» — Dieu m'en préserve, personne n'a plus de respect que moi pour Votre Majesté.

» Je ne pus achever ces paroles sans m'attendrir et je versai quelques larmes, car j'ai les yeux et le cerveau fort humides. Le roi s'en aperçut et me dit :

» — Vous êtes fou, à quoi bon pleurer ?... L'amour t'a trahi, mon pauvre Brienne : avoue la dette.

» — Je m'en garderai bien, lui dis-je : je pleure de tendresse pour vous, elle n'y peut avoir aucune part.

» — Oh ! bien soit. N'en parlons plus, je t'en ai trop dit.

» — Votre Majesté m'a fait trop d'honneur, mais j'espère que je ne tomberai plus dans une faute semblable.

» Le roi eut la bonté de me laisser remettre et me fit sortir par la porte qui donne dans la salle des Gardes de la reine, sa femme [100]. »

Mais Brienne ne fut pas aussi discret qu'il l'avait promis et toute la cour apprit, avec les ricanements qu'on imagine, que le roi était amoureux, au point de perdre le sens du ridicule.

Madame, qui était obligée de garder Louise de La Vallière à son service, avait du mal à cacher ses sentiments. Pour se consoler, elle chercha un nouvel amant et choisit le plus joli garçon de la cour, Armand de Gramont, comte de Guiche.

C'était un libertin, dont le bel air et l'élégance vestimentaire s'alliaient à une grande muflerie, ainsi qu'il est habituel.

Voici un exemple de ses plaisanteries qui est rapporté par un témoin : « Se trouvant un soir au jeu de la reine, où il y a cercle, les princesses et les duchesses étant assises autour de la reine, le comte sentit que la main d'une dame, son amie, était occupée dans un endroit qu'il convient de taire par modestie et qu'il couvrait avec son chapeau. Observant que la dame tournait la tête, il leva malicieusement son chapeau. Tous les assistants s'étant mis à rire et à chuchoter, je vous laisse à penser si la pauvrette demeura confuse. Il faisait chaque jour de pareilles trahisons aux dames, et cependant elles ne cessaient de le rechercher [101]. »

Ces dames, il faut bien le reconnaître, ne se tenaient pas non plus très bien en société...

100. Brienne, *op. cit.*
101. Primi Visconti, *Mémoires de la cour de Louis XIV*.

Quand Henriette commença à s'intéresser à Guiche, ce beau garçon avait une liaison : il était l'amant de Monsieur...

Il appartenait, en effet, au groupe de mignons qui entouraient Philippe d'Orléans, dont le grand plaisir était toujours de s'habiller en femme et de s'ébattre avec des amis bien tournés.

Préféré à cause de son expérience du vice, Guiche vivait sur un pied d'égalité avec le prince et pouvait tout se permettre [102]. Un soir, au cours d'un bal travesti, nous dit Mlle de Montpensier, « le comte, faisant semblant de ne pas nous connaître, tirailla fort Monsieur dans la danse et lui donna des coups de pied au cul. Cette familiarité me parut assez grande. »

Elle l'était en effet.

Cela n'empêchait pas, toutefois, Guiche de s'intéresser aussi aux dames, et les mauvaises langues disaient de lui qu'il « usait sa chandelle par les deux bouts »...

Henriette réussit à rendre cet éphèbe amoureux d'elle et lui ouvrit gentiment son lit. Quand Monsieur apprit son infortune, il fut très fâché, tapa du pied et fit une colère. Que son mignon le trompât avec une femme, et que, de plus, cette femme fût la sienne, le conduisit à deux doigts de l'évanouissement. Un soir, il fit appeler Guiche, lui fit un scène terrible, pleura, griffa les rideaux et déclara que tout était fini entre eux. Puis il rentra dans sa chambre afin de remettre un peu d'ordre dans ses boucles d'oreilles...

La nouvelle liaison de Madame ne tarda pas à être connue et une chanson satirique courut Paris :

La princesse d'Angleterre
Dans Saint-Cloud s'en va chantant :
— Suis-je seule sur la terre
Qui ai bien passé le temps ?
A quoi vous servait, ma mère,
Le comte de Saint-Alban,
Et à vous, ma belle-mère,
Mazarin et Buckinkan ?

« Vous faites trop les bigotes
Et donnez de dures lois.
Je ne serai point si sotte.
Que d'écouter votre voix.
Laissez-moi trousser ma cotte
Comm' vous fîtes autrefois,
Et puis je serai dévote
Quand je n'aurai plus mes mois... »

— Eh bien, dit Anne d'Autriche,
Prenez donc ce grand Saucourt,

102. Guiche avait d'ailleurs de qui tenir : son père, le maréchal de Gramont, était un sodomiste distingué.

Car votre comte de Guiche
Trop souvent demeure court.
De nature, il n'est pas riche
Et l'on dit qu'il fait le sourd.
Mazarin, quoique très chiche,
Ne m'a jamais fait ce tour.

Mais on était à la veille d'un nouveau scandale.

A l'automne 1661, alors que toute la cour s'entretenait de la liaison du roi et de Mlle de La Vallière, la reine attendait calmement un bébé. Aveuglée par la tendresse qu'elle éprouvait pour Louis XIV, elle était la seule à ignorer son infortune et montrait un visage serein qui remplissait la favorite de confusion. « La vue de la reine la faisait pâlir et trembler », nous dit Mme de Motteville. La pieuse et timide Louise, en effet, était tourmentée. Elle se rendait bien compte que, si le lit du roi avait quelque agrément, ce n'était pas exactement le chemin du paradis. Et elle en souffrait.

A plusieurs reprises, elle essaya d'espacer les rencontres en inventant des malaises qui l'obligeaient à demeurer chez Madame. Mais le roi imaginait mille stratagèmes pour la rejoindre. Un jour qu'elle avait suivi Henriette à Saint-Cloud et qu'elle s'y terrait, il prit son cheval et, sous couleur de voir les travaux qui étaient en cours à Vincennes, aux Tuileries et à Versailles, il fit, dans la même journée, le tour des trois châteaux.

A six heures du soir, il se présenta à Saint-Cloud.

— Je viens dîner avec vous, dit-il à son frère.

Après le dessert, il monta dans la chambre de Louise. C'était pour la revoir qu'il avait fait trente-sept lieues, chevauchée extraordinaire dont ses contemporains demeurèrent ébahis.

Malgré cette preuve d'amour, la naïve jeune fille se mit alors à espérer que les dernières semaines de la grossesse de Marie-Thérèse rendraient quelque sagesse au roi. Elle ne pouvait supposer qu'un incident diplomatique le rapprocherait d'elle définitivement. L'amour avait souvent aidé la politique, c'était la politique qui allait, cette fois, favoriser l'amour...

Au début d'octobre, l'escorte de l'ambassadeur d'Espagne s'étant avisée, dans une rue de Londres, de disputer le pas à l'ambassadeur de Louis XIV, il s'ensuivit une échauffourée au cours de laquelle six Français furent tués.

En apprenant cette nouvelle, le roi, qui entendait que la préséance soit reconnue à la France en toute occasion et dans le monde entier, entra dans une violente colère et se permit quelques mots assez vifs à l'égard du roi d'Espagne son beau-père.

Marie-Thérèse, froissée, fit la tête, ce qui accusa la lourdeur de son menton et l'enlaidit.

— D'ailleurs, ajouta le roi, je vous interdis toute communication avec Madrid.

La reine protesta, prit la défense de son père, et il en résulta entre les deux époux une brouille qui permit au roi de se consacrer entièrement à sa maîtresse. Il ne s'en priva pas. Ainsi Louise, qui croyait pouvoir rentrer dans le droit chemin, dut-elle accepter de recevoir son amant presque tous les soirs [103], et de se livrer sur un confortable lit à des prouesses qui lui causaient à la fois bien du plaisir et bien des remords...

Le bon ton voulait qu'en cette occasion les amants laissassent les portes de leur chambre ouvertes pour qu'on ne pût soupçonner ce qui s'y passait. Mais ils ne pouvaient craindre aucun œil indiscret, car « on était plus éloigné d'entrer que si les portes avaient été fermées avec de l'airain » [104].

Le 1er novembre, la reine donna le jour à un fils qu'on prénomma Louis. Cette naissance rapprocha pendant quelque temps les époux royaux. Mais à peine le dauphin eut-il reçu le baptême que Louis XIV retourna dans le lit tiède de Mlle de La Vallière. Là où avait passé et repassé la bassinoire, la favorite connaissait mille agréments qui la transportaient d'aise tout en alarmant sa pudeur...

Ces rendez-vous secrets étaient facilités par une amie de Louise, Mlle d'Artigni, jeune effrontée qui prêtait parfois sa chambre et profitait du spectacle [105].

Lorsque le roi avait regagné le Louvre, la favorite s'enfermait dans son appartement avec une autre fille d'honneur qui était dans le secret de ses amours, Mlle de Montalais, et lui contait en rougissant quelques détails sur son idylle. En échange, Mlle de Montalais la tenait au courant de l'adultère mondain que Madame continuait de commettre avec le comte de Guiche et leur bavardage durait parfois jusqu'au matin, car elles avaient pris l'habitude de coucher dans le même lit...

Le roi, un soir, questionna Louise sur les amours d'Henriette. La favorite, qui avait juré le secret à son amie, refusa de répondre. Très irrité, Louis XIV s'en alla en claquant la porte, laissant la pauvre Louise sanglotant sur le bord de sa couche.

Or les deux amants étaient convenus dès le début de leur liaison « que, quelque brouillerie qu'ils eussent ensemble, ils ne s'endormiraient jamais sans s'écrire et se raccommoder ».

Louise attendit donc qu'un messager vînt frapper à sa porte. La nuit passa. Au petit jour, elle dut se rendre à l'évidence : le roi n'avait pas voulu se réconcilier avec elle. Alors, complètement désespérée, elle commit un acte extravagant. Prenant un vieux manteau, elle quitta les Tuileries et s'en alla en courant jusqu'au couvent des Chanoinesses de Chaillot.

En la voyant entrer, la mine défaite, les cheveux pendants, la prieure devina qu'il s'agissait d'un drame sentimental et lui demanda de rester

103. Madame avait quitté Saint-Cloud pour les Tuileries.

104. Mme DE LA FAYETTE, *op. cit.*

105. Cf. Mme DE LA FAYETTE : « Dieu l'ayant douée d'un esprit fort commode, ils ne faisaient point de façons devant elle. » *Op. cit.*

dans le parloir. Louise, fatiguée par sa nuit d'insomnie, s'écroula sur le carreau et pleura doucement.

Quelques heures plus tard, Louis XIV recevait au Louvre Cristobal de Gaviria, ambassadeur d'Espagne, sans se douter de la fuite de Louise. Une foule de gentilshommes se pressaient dans les salons. Soudain, des exclamations jaillirent et l'on entendit le duc de Saint-Aignan s'écrier :

— Quoi ? La Vallière en religion ?

« Alors, nous dit Bussy-Rabutin [106], qui rapporte cette scène, le roi, qui n'avait entendu que ce nom, tourna la tête vers eux tout ému et demanda :

» — Qu'est-ce, dites-moi ?

» Le duc lui repartit que La Vallière était en religion à Chaillot. Par bonheur, l'ambassadeur était expédié ; car, dans le transport où cette nouvelle mit le roi, il n'eût eu aucune considération. Il commanda qu'on lui apprêtât un carrosse, et, sans attendre, il monta aussitôt à cheval. La reine, qui le vit partir, lui dit qu'il n'était guère maître de lui.

» — Ah ! reprit-il, furieux comme un jeune lion, si je ne le suis de moi, madame, je le serai de ceux qui m'outragent.

» En disant cela, il partit et courut à toute bride à Chaillot.

» Son arrivée mit en émoi le couvent. Il entra d'un bond dans le parloir et trouva Louise gisant toujours sur le carrelage. Avec tendresse, il la releva.

» — Ah, dit-il, "tout fondu en larmes", vous avez peu de soin de la vie de ceux qui vous aiment !

» Elle voulut répondre, ajoute Bussy-Rabutin, mais ses larmes l'en empêchèrent : il la pria de sortir promptement. Elle s'en défendit longtemps, alléguant le mauvais traitement de Madame [107]. »

Enfin, elle consentit à suivre le roi tandis que toutes les religieuses, alignées sur le pas de la porte, sortaient leur mouchoir.

— Par ma foi, dit tout bas Roquelaure qui avait accompagné le roi, ces gens-là pleurent si agréablement qu'ils me font venir l'envie de rire [108]...

Des amis jugèrent prudent de le faire taire.

Louis ramena Louise aux Tuileries dans son carrosse et l'embrassa en public. Les braves gens qui se trouvaient au bord du chemin demeurèrent figés de stupeur... Hommes du Grand Siècle, ils n'avaient pas la belle gaillardise des sujets du Vert Galant et jugeaient avec sévérité un acte qui eût fait rire quarante ans plus tôt.

Arrivé dans l'appartement qu'occupait Madame, Louis XIV monta « par petits degrés, nous dit Mme de La Fayette, ne voulant pas laisser

106. BUSSY-RABUTIN, *La France galante*.

107. Depuis quelque temps, Henriette ne lui épargnait « ni les humiliations ni les rebuffades ».

108. DREUX DU RADIER, *Mémoires historiques, critiques et anecdotiques des reines et régentes de France*, 1775.

voir qu'il avait pleuré ». Puis il plaida la cause de Louise et obtint, non sans mal, qu'Henriette consentît à la reprendre après cette équipée... Le plus grand roi d'Europe devenait un humble solliciteur pour que Mlle de La Vallière cessât de pleurer.

Le soir, Louis retrouva Louise dans sa chambre et lui donna un « agréable picotin ». Hélas ! les voluptés nouvelles qu'elle connut alors décuplèrent ses remords. « Et des plaintes très sincères se mêlaient à ses cris de plaisir... »

Le lendemain, tout Paris s'entretenait avec véhémence de l'affaire de Chaillot. L'attitude du roi en cette occasion avait scandalisé. On trouvait généralement Sa Majesté bien désinvolte à l'égard de la reine et bien léger au moment où l'ambassadeur d'Espagne était à Paris.

Deux jours plus tard, dans la chapelle royale, un abbé nouvellement arrivé de Metz monta en chaire et s'adressa au souverain avec une hardiesse inouïe. S'élevant « contre la fausse galanterie et contre ces passions délicates qu'on appelle les vices des honnêtes gens », il conclut : « C'est là que la parole divine doit faire un ravage salutaire ; en brisant toutes les idoles, en renversant tous les autels où la créature est adorée. »

Mlle de La Vallière frissonna et Marie-Thérèse dressa l'oreille.

C'était Bossuet qui prononçait son premier sermon devant le roi...

10

Mme de Montespan fait dire une messe noire pour conquérir Louis XIV

Les femmes croient innocent
tout ce qu'elles osent.

JOSEPH JOUBERT

Seuls les poètes s'imaginent que le printemps apporte un souffle frais. En réalité, il met le feu dans les endroits que la pudeur interdit de nommer. C'est ainsi qu'au mois d'avril 1662, Olympe Mancini, devenue comtesse de Soissons, eut brusquement l'impression d'être assise sur un tison : elle émit des soupirs qui ressemblaient à des gémissements et remua les genoux en frémissant des narines. Bientôt, cette chaleur intime devenue insupportable parvint par des chemins secrets jusqu'au cœur où elle eut l'honneur de prendre le beau nom d'amour.

Olympe eut alors un regain d'intérêt pour Louis XIV et jalousa la favorite. « La comtesse de Soissons, nous dit Mme de Motteville, n'aimait point Mlle de La Vallière qui paraissait lui avoir dérobé le reste des bonnes grâces du roi. L'ambition, l'amour, la jalousie, ces trois puissantes passions de l'âme, firent beaucoup de fracas dans la sienne[109]. »

Aussitôt, elle entreprit de séparer Louis de Louise en faisant chasser celle-ci de la cour. Pour cela, il suffisait de provoquer un scandale en informant la reine de son infortune. Elle chercha un stratagème en compagnie du marquis de Vardes, dont elle était la maîtresse, et de Guiche, l'amant de Madame. Les deux hommes étaient malins. Ils imaginèrent d'écrire une lettre en espagnol et de l'envoyer à Marie-Thérèse dans une enveloppe venant de Madrid qu'ils avaient eu soin de faire chaparder dans la corbeille de la reine par un domestique.

Un matin, doña Molina, première femme de chambre de Marie-Thérèse, reçut un curieux paquet sur lequel elle reconnut l'écriture de la reine d'Espagne. Pourtant l'envoi, qui était mal ficelé, lui parut étrange. Flairant une affaire louche, elle coupa la ficelle et lut la lettre. Quelques minutes après, affolée, elle était chez Anne d'Autriche qui lui conseilla d'aller montrer ce papier au roi sans rien en dire à la reine.

Elle obéit et Louis XIV fut « outré de colère » en lisant la lettre qui dénonçait ses amours, car, nous dit Mme de Motteville, « il ne croyait pas qu'il pût y avoir personne dans son royaume d'assez hardi pour se mêler de ses affaires malgré lui ».

Décidé à démasquer promptement les coupables, le roi eut alors l'idée malheureuse de s'adresser précisément à Vardes « comme à un homme d'esprit à qui il se fiait ». En deux mots, il lui expliqua l'affaire et le chargea de retrouver les auteurs de la lettre.

On ne s'étonnera pas, dans ces conditions, que l'enquête ait un peu traîné...

Après cet échec, Olympe ne se tint pas pour battue. Elle courut chez une sorcière qui lui prépara des philtres compliqués et lui donna des formules magiques à réciter. Mais rien ne réussit. Alors elle chercha à éliminer Louise en donnant une autre maîtresse à Louis XIV : Mlle de La Motte Houdancourt.

Le roi faillit se laisser prendre. Il rencontra plusieurs fois la jeune fille qui, dûment chapitrée par la comtesse de Soissons, frétillait de son mieux. Ne voulant pas la froisser — on connaît la politesse extrême de Louis XIV avec les femmes, même les plus humbles — il l'honora un soir sur le bord d'un canapé, puis la salua et rentra chez lui.

Cela n'alla pas plus loin.

Olympe enregistra un second échec et fit une jaunisse.

Vexée, Mlle de La Motte Houdancourt tenta de relancer son amant d'un instant. Mais le roi était bien trop occupé pour avoir deux liaisons : il construisait Versailles.

Depuis des mois, il s'efforçait, en effet, avec Le Brun et Le Nôtre, d'édifier le plus beau palais du monde, et cette tâche enivrante pour un jeune roi de vingt-quatre ans lui prenait tout son temps.

109. Mme DE MOTTEVILLE, *op. cit.*

Quand il avait un moment, repoussant les plans qui encombraient son bureau, il écrivait une lettre tendre à Louise. Un soir, au cours d'une partie de cartes, il lui griffonna même un distique galant sur un deux de carreau. Mlle de La Vallière, qui avait de l'esprit, lui répondit par ce petit poème charmant :

Pour m'écrire avecque plus de douceur
Il eût fallu choisir un deux de cœur.
Les carreaux sont faits, à ce qui me semble,
Pour servir à Jupiter en courroux.
Mais deux cœurs unis tendrement ensemble
Ne peuvent rien annoncer que le doux.

Lorsque le roi revenait à Paris, il bondissait chez Louise et le plaisir de se retrouver faisait commettre aux deux amants bien des imprudences.

Le résultat ne se fit pas attendre : un soir, la favorite en larmes vint annoncer au roi qu'elle était enceinte. Louis XIV en fut si heureux qu'il sortit de sa réserve habituelle et se promena au Louvre en compagnie de sa maîtresse ; ce qu'il n'avait encore jamais fait.

La reine, qu'Anne d'Autriche isolait le plus possible, ne paraissait toujours rien savoir. Enfermée dans son appartement, elle bavardait pendant des heures avec Doña Molina et quelques intimes qui tremblaient à la pensée qu'elle pourrait un jour apprendre son infortune. Or, un soir que la porte de sa chambre était ouverte, elle vit passer Mlle de La Vallière et appela Mme de Motteville.

— *Esta doncella con la arracadas de diamantes es esta que el Rei quiere ?* (Cette fille qui a des pendants d'oreilles de diamants, c'est celle que le roi aime ?)

La foudre n'aurait pas produit plus d'effet sur les personnes présentes. Tout le monde se regarda sans rien dire. Finalement, Mme de Motteville rompit le silence : « Je tâchai, raconte-t-elle, de la persuader que tous les maris font ainsi semblant d'être infidèles pour satisfaire à la mode qui le veut ainsi. » L'explication était médiocre. La reine n'en crut rien. Elle prit un air triste, son nez parut s'allonger « et l'on comprit qu'elle était moins ignorante qu'on ne le pensait ».

Quelques mois passèrent. Louis XIV alla faire la guerre au duc de Lorraine et revint le 15 octobre 1663 couvert de gloire et suivi de ses armées triomphantes. Il était temps. Louise ne parvenait plus à cacher sa grossesse.

Un peu ennuyé, le roi appela Colbert et le chargea de trouver une demeure discrète pour sa maîtresse. Le ministre découvrit un petit pavillon à un étage, près du Palais-Royal, à la hauteur de l'ancienne rue des Bouchers, et la favorite quitta sans regret la chambre mansardée qu'elle occupait chez Madame. Aussitôt installée, elle eut une domestique grâce à Colbert qui s'occupait de tout. Écoutons-le : « Pour la nourriture de l'enfant, avec le secret que le roi m'a ordonné, j'ai disposé le nommé Beauchamp et sa femme, anciens domestiques de ma famille, demeurant rue aux Ours, auxquels j'ai déclaré qu'un de mes frères ayant fait un enfant à une fille de qualité j'étais obligé, pour sauver son honneur, de prendre soin du nouveau-né et de leur en confier la nourriture, ce qu'ils ont accepté avec joie [110]. »

Le ministre trouva également un accoucheur discret nommé Boucher et, fin prêt, attendit.

Le 19 décembre, à quatre heures du matin, il reçut ce billet de l'accoucheur : « Nous avons un garçon qui est très fort. La mère et l'enfant se portent bien. Dieu merci. J'attends des ordres. »

Les ordres furent cruels pour Louise. Écoutons J. Lair : « La mère n'eut pas trois heures pour embrasser son fils. Dès six heures précises du matin, avant qu'il fît jour, suivant l'accord pris auparavant, Boucher apporta l'enfant au travers du Palais-Royal et, conformément aux instructions reçues, le remit à Beauchamp et à sa femme "qui attendoient au carrefour vis-à-vis l'hôtel Bouillon". Le même jour, encore, le nouveau-né fut porté à Saint-Leu et, sur l'ordre secret du roi, nommé Charles, fils de M. de Lincourt et de damoiselle Élisabeth de Beux [111]. »

Louise, dont la douleur était extrême, décida de se cacher dans son pavillon et de n'en plus sortir. Mais sa femme de chambre ne tarda pas à lui rapporter les bruits qui couraient dans la ville. On commençait à murmurer que le roi venait d'avoir un bâtard. Il fallait se montrer...

Le 24 décembre, livide, les jambes flageolantes, elle assista à la messe de minuit dans la chapelle des Quinze-Vingts. Toute la cour la considéra en souriant ironiquement. Comprenant que personne n'était dupe, elle rentra chez elle en sanglotant...

Pendant tout l'hiver, Louise se terra dans son pavillon et ne reçut personne, sauf le roi, que cette retraite, d'ailleurs, chagrinait. Au printemps, il l'installa à Versailles qui était en partie achevé.

Elle prit alors figure de favorite reconnue et les courtisans l'entourèrent avec obséquiosité.

Ce triomphe ne suffit pas à Louis XIV. Au mois d'avril 1664, il décida d'offrir à Louise la plus belle fête de tous les temps et chargea le comte de Saint-Aignan de monter une suite de divertissements où seraient mêlés ballets, musique, théâtre, féerie, feux d'artifice... Le jeune seigneur prit pour thème le séjour de Roger dans l'île de l'enchanteresse Alcine, et organisa une fête extraordinaire que l'on nomma *Les Plaisirs de l'Ile enchantée*. Molière, Lulli, Benserade collaborèrent à ce spectacle resté fameux. Le roi, qui aimait jouer et danser en public, tenait le rôle de Roger. Il parut le buste serré dans une cuirasse à lames d'argent, les cuisses dissimulées sous des broderies d'or, des festons de diamants. Un casque aux longues plumes couleur de feu auréolait son visage.

En le voyant ainsi, Louise fut émue et rougissante. Toute cette fête

110. Colbert, *Mémoires*.
111. J. Lair, *op. cit.*

lui était destinée ; le roi y tenait un rôle pour lui plaire et les plus grands artistes du temps avaient travaillé pour qu'un hommage sans précédent lui fût rendu. Enfin, le 12 mai, clôturant ces journées étonnantes, l'un des plus beaux chefs-d'œuvre du théâtre français lui fut offert. Devant elle et en son honneur, Molière, en effet, créa les trois premiers actes du *Tartuffe*... Elle ne savait pas être heureuse : elle pleura. Elle eût pleuré bien davantage si elle avait su qu'un nouveau petit bâtard, conçu le mois précédent, grandissait dans son sein.

Cet enfant naquit en grand mystère le 7 janvier 1665, fut baptisé sous le nom de Philippe « fils de François Dersy, bourgeois, et Marguerite Bernard, son épouse » et confié à des gens discrets par Colbert, toujours mêlé à ces pouponnages.

La cour n'eut pas le loisir de chansonner la naissance du deuxième fils de Louise. Un énorme scandale l'occupait alors entièrement : on venait de découvrir qu'un groupe de jeunes seigneurs, amis de Monsieur, avait fondé un très curieux ordre de Templiers dont le but était de réunir les partisans de Sodome.

Le duc de Gramont, le chevalier de Tilladet et le marquis Biran étaient les grands maîtres de cette confrérie. Ils portaient entre la chemise et le justaucorps une croix d'argent doré qui représentait un homme foulant aux pieds une femme « à l'exemple des croix de saint Michel où l'on voit que ce saint foule aux pieds le démon ».

Les réunions avaient lieu dans une maison de campagne assez retirée et se terminaient chaque fois par une lamentable et infecte orgie.

Les règles de la secte parvinrent un jour à la cour et stupéfièrent les plus avertis. Les voici :

1° Avant leur entrée dans l'ordre, les nouveaux adeptes doivent être visités par les grands maîtres, pour voir si toutes les parties de leur corps sont saines, afin qu'ils puissent *supporter les austérités* ;

2° Ils feront vœu d'obéissance et de chasteté à l'égard des femmes, et, si aucun y contrevient, il sera chassé de la compagnie sans pouvoir y rentrer sous quelque prétexte que ce fût ;

3° Chacun sera admis indifféremment dans l'ordre sans distinction de qualité, laquelle n'empêchera point qu'on se soumît aux rigueurs du noviciat, qui durera jusqu'à ce que la barbe fût venue au menton ;

4° Si l'un des frères se marie, il sera obligé de déclarer que ce n'est que pour le bien de ses affaires, ou parce que ses parents l'y obligent, ou parce qu'il faut laisser un héritier. Il fera serment en même temps de ne jamais aimer sa femme, de ne coucher avec elle que jusqu'à ce qu'il en eût un, et que cependant il en demandera la permission, laquelle ne lui pourra être accordée que pour un jour de la semaine ;

5° Les Pères sont divisés en quatre classes, afin que chaque Grand Prieur en eût autant l'un que l'autre. Et qu'à l'égard de ceux qui se présentent pour entrer dans l'ordre les quatre Grands Prieurs les aient à tour de rôle, afin que la jalousie ne pût donner atteinte à leur union ;

6° Les membres de l'ordre doivent se dire les uns aux autres tout ce qui se sera passé, en particulier, afin que, quand il viendra une charge à vaquer, elle ne s'accordât qu'au mérite, lequel sera reconnu par ce moyen ;

7° A l'égard des personnes indifférentes, il ne sera pas permis de leur révéler les mystères ; quiconque le fera en sera privé lui-même pendant huit jours et même davantage, si le grand maître dont il dépend le juge à propos ;

8° Néanmoins, on pourra s'ouvrir à ceux qu'on aura espérance d'attirer dans l'ordre ; mais il faudra que ce fût avec tant de discrétion que l'on fût sûr du succès avant que de faire cette démarche ;

9° Ceux qui amèneront des frères au couvent jouiront des mêmes prérogatives, pendant deux jours, dont les grands maîtres jouissent ; bien entendu, néanmoins, ils laisseront passer les grands maîtres devant et se contenteront d'avoir ce qu'on aura desservi de dessus leur table [112].

Ce code causa un scandale retentissant. On devait apprendre, en outre, qu'un soir les membres de la confrérie, ayant attiré chez eux une courtisane, l'avaient attachée nue sur un lit puis s'étaient amusés à lui enfoncer une fusée « à l'endroit que l'on comprend ». Après mille plaisanteries immondes, l'un des grands maîtres avait mis le feu au pétard et tout le monde s'était esclaffé « en voyant un petit feu d'artifice sortir du hérisson de la demoiselle ».

La malheureuse, affreusement brûlée, alla se plaindre le lendemain et le roi, aussitôt informé, prit des mesures énergiques pour détruire cette affreuse société.

Tout le début de l'année fut occupé par cette histoire dont Louise suivait les péripéties avec effarement. De telles turpitudes passaient son imagination et le roi devait, presque chaque soir, lui renouveler ses explications...

A la longue, il se lassa et eut le désir d'une maîtresse moins naïve. C'est alors qu'il remarqua la princesse de Monaco. Cette jeune personne était ravissante, futée, spirituelle, piquante, mais possédait surtout une grande qualité aux yeux du roi : elle partageait le lit de Lauzun [113], le célèbre séducteur, ce qui devait lui avoir donné une belle expérience [114]...

Louis XIV fit une cour pressante à la princesse qui se laissa séduire avec ravissement.

Lauzun ne tarda pas à être au courant du désagrément qui lui arrivait. Il en fut très affecté et joua un fort vilain tour au souverain.

Ayant appris que Mme de Monaco avait un rendez-vous avec Louis XIV, il se rendit un peu avant l'heure dans le couloir qui

112. *La France devenue italienne,* 1666.

113. Antonin Nompar de Caumont, marquis de Puyguilhem (on prononçait alors Péguilin), puis comte de Lauzun, était un Gascon qui, bien que blondasse, petit, mufle, sale et vaniteux, plaisait aux femmes...

114. Bussy-Rabutin : « Le roi, tout élevé qu'il était au-dessus des autres hommes, n'était ni d'une autre humeur ni d'un autre tempérament que les hommes du commun. Quoiqu'il aimât passionnément Mlle de La Vallière, il se sentait épris quelquefois de la beauté de quelques dames, et était bien aisé de satisfaire son envie. C'est ainsi qu'il distingua la princesse de Monaco, que Lauzun aimait. »

aboutissait aux appartements royaux et se cacha dans un placard. Bientôt le roi rentra chez lui en laissant, à l'intention de sa belle, la clef à l'extérieur. D'un bond, Lauzun fut à la porte, donna un tour à la serrure et retira la clef. Déjà d'autres pas retentissaient dans le couloir. Il réintégra rapidement son placard et vit arriver Mme de Monaco accompagnée de Bontemps, premier valet de chambre du roi. Celui-ci, ne trouvant pas de clef, frappa.

— Qui est là ? demanda le souverain derrière la porte.

— C'est moi, dit Mme de Monaco.

Louis XIV voulut ouvrir. En vain. Alors on secoua l'huis. On se lamenta. On soupira. Et les deux amoureux fort tristes durent prendre le parti d'aller se coucher chacun de son côté, à la grande joie de Lauzun toujours dans son placard.

Mais cette histoire sembla louche à Mme de Monaco qui s'en ouvrit au roi. Pour se venger, celui-ci ordonna à Lauzun de partir inspecter un régiment dans le Béarn. Lauzun refusa. Quelques jours plus tard il était conduit à la Bastille. On devait l'y laisser six mois [115].

Au bout de trois semaines, Louis XIV se sépara d'ailleurs de la princesse de Monaco, qu'il trouvait finalement un peu trop délurée pour lui, et revint vers Mlle de La Vallière...

Vers la fin de l'été, la reine mère tomba soudain gravement malade. Les médecins, constatant qu'elle avait un cancer au sein, l'opérèrent et son état empira. Désespérée à l'idée de la grande puanteur qu'elle répandait dans sa chambre, elle traîna jusqu'à l'hiver.

— Dieu veut en cela me châtier d'avoir trop aimé la beauté de mon corps, disait-elle.

Le 20 janvier 1666, Anne d'Autriche rendit l'âme.

Avec elle disparaissait la dernière barrière pouvant retenir le roi sur le chemin de la galanterie ouverte. On ne devait pas tarder à s'en apercevoir. Sept jours plus tard, Mlle de La Vallière se trouvait aux côtés de Marie-Thérèse à la messe...

C'est alors qu'une jeune dame d'honneur de la reine, comprenant que l'instant pouvait être favorable, se fit remarquer du roi. Spirituelle, jolie, rusée, elle s'appelait Françoise-Athénaïs de Mortemart et, depuis deux ans, était l'épouse un peu légère du marquis de Montespan...

Il est facile de l'imaginer d'après le portrait que nous ont laissé ses contemporains : « Elle avait des cheveux blonds, de grands yeux bleus couleur d'azur, le nez aquilin, mais bien formé, la bouche petite et vermeille, de très belles dents [116] ; en un mot, un visage parfait. Pour le corps, elle était de taille moyenne et bien proportionnée. »

Mme de Montespan était en outre pleine de fantaisie et s'amusait à

115. A sa sortie de prison, un soir que les dames étaient, pour quelque jeu, assises sur le parquet, Lauzun s'approcha, en virevoltant d'un air innocent, fit une pirouette et écrasa sous son talon la main de Mme de Monaco. La pauvre s'évanouit de douleur.

116. Les belles dents, à cette époque où les plus élégantes jeunes femmes montraient des bouches édentées ou garnies d'effroyables chicots, étaient considérées comme un attrait tout particulier...

des jeux bizarres. Le duc de Noailles nous dit qu'elle « attelait six souris à un carrosse de filigrane et s'en laissait mordre ses belles mains »[117]. Elle élevait également des petits cochons et des chèvres sous les lambris peints et dorés de son appartement de Versailles.

Louis XIV fut rapidement séduit et, sans abandonner Louise qui était de nouveau enceinte, il papillonna autour d'Athénaïs. La tendre favorite devina bien vite qu'elle n'était plus seule à intéresser le roi. Elle accoucha discrètement, comme d'habitude, et se prépara à souffrir en cachette, dans sa retraite de l'hôtel Bignon.

Mais le futur Roi-Soleil n'aimait pas les scènes qui se passaient dans l'ombre. Pour cet amoureux du théâtre, tout devait se dérouler en public. Il fit donc organiser un spectacle à Saint-Germain, *Le Ballet des Muses*, et distribua le même rôle à Louise et à Mme de Montespan afin que l'on comprît qu'elles allaient avoir désormais les mêmes fonctions dans son lit.

Ce n'était pas d'un très bon goût, mais la cour s'amusa franchement, d'autant que la reine Marie-Thérèse, qui ne comprenait rien, applaudissait plus que tout le monde.

Louis XIV, habillé en berger, exécuta une petite danse fort gracieuse, puis vint se planter devant Mlle de La Vallière et, les yeux dans les yeux, avec une superbe muflerie, lui récita ces vers que Benserade avait écrits spécialement :

Ne pensez pas que je veuille, en ce jour,
Vous cajoler, ni vous parler d'amour.
Je sais qu'il est dangereux de le faire,
Et je craindrais plutôt votre colère.
D'autres que moi s'en acquitteront mieux.
Je baise ici vos mains et vos beaux yeux,
Et ne veux point d'un joug comme le vôtre.
Je vous le dis tout franc : j'en aime une autre.

Après une pirouette, il laissa Louise écrasée de chagrin et de honte sur le bord de la scène. Devinant les sourires ironiques des spectateurs, la pauvre continua de jouer et de danser jusqu'à la fin du spectacle. Mais, dès qu'elle put s'échapper, elle courut chez elle, se jeta sur son lit et sanglota comme elle savait bien le faire...

L'amour des dames ne faisait pas oublier au roi les devoirs de son métier. Depuis deux ans, il réclamait pour sa femme la succession de Philippe IV, mort en 1665. Le roi d'Espagne ne laissait qu'un enfant de quatre ans, Charles II, qu'il avait eu de sa seconde femme. Or, Marie-Thérèse était née d'un premier mariage et l'usage voulait dans les Pays-Bas que l'héritage paternel fût donné ou *dévolu* aux enfants du premier lit à l'exclusion de ceux du second. Louis XIV revendiquait donc ces provinces au nom de la reine.

117. Duc de Noailles, *Mémoires*.

L'Espagne refusant bien entendu d'appliquer ce droit de dévolution, le roi se prépara à faire la guerre. Tandis que Louvois mettait sur pied une armée considérable, il s'assura la neutralité de l'Angleterre et conclut une alliance avec les princes allemands. Au début de 1667, prêt sur le plan diplomatique, il alla lui-même inspecter ses troupes réunies dans les plaines de Houilles. Sachant que les spectacles militaires font toujours vibrer les femmes au bon endroit, il invita la reine et quelques dames de la cour à venir avec lui assister aux manœuvres et aux exercices.

Un camp luxueux avait été dressé. « J'ai vu une fort grande plaine avec une grande quantité de tentes placées par symétrie, écrit Mme Chatrier, attachée à la maison de Condé. Celle du roi, que je visitai, était composée de trois salles et d'une chambre avec deux robinets fort dorés ; le tout, meublé de satin de Chine, était rempli de cavalières de fort bonne mine, plus propres à attirer les ennemis qu'à leur faire peur. Cette troupe, dont Sa Majesté était le chef, se composait de Madame, de Mlle de La Vallière, de Mme de Montespan, de Mme de Rouvre et de la princesse d'Harcourt, lesquelles demeuraient sous la tente pendant la chaleur du jour et y mangeaient ; ce n'étaient pas des repas de guerre, mais d'une grande magnificence. Le soir, les dames montaient à cheval avec Sa Majesté, les troupes se mettaient sous les armes et les décharges de mousqueterie se faisaient sans néanmoins tuer personne [118]. »

Mais ces dames ne s'intéressaient pas seulement aux préparatifs de guerre. Elles papotaient. Le roi ayant fait allusion aux combats comme à un spectacle que certaines auraient l'honneur de voir, elles se demandaient quelle favorite il emmènerait avec lui en campagne. Mlle de La Vallière ou la Montespan ?

Elles n'allaient pas tarder à le savoir.

Les deux femmes étaient anxieuses. Mais, si Louise se contentait de soupirer dans sa chambre en attendant la décision de son maître, Françoise-Athénaïs essayait de mettre en œuvre des forces épouvantables pour se faire préférer du roi.

Depuis quelque temps, en effet, la descendante des Mortemart se rendait régulièrement chez Catherine Monvoisin (qu'on appelait plus simplement la Voisin), créature dont les talents de sorcière commençaient à être connus.

C'était une petite brune d'une trentaine d'années, au regard inquiétant et à l'aspect vulgaire, qui habitait une masure située sur l'emplacement actuel de la rue Beauregard, dans le quartier Bonne-Nouvelle. Au fond de son jardin, qui lui servait de cimetière, car « elle aidait, disait-on, les petits enfants à venir au monde et au besoin à en sortir », elle avait fait édifier une espèce de grotte pourvue d'un four. Là, à ses moments perdus, elle carbonisait des ossements ou distillait des crapauds.

118. Mme Chatrier, *Mémoires.*

C'est à la porte de cette charmante demeure que Françoise allait sonner de temps en temps pour demander à la Voisin quelque philtre capable de lui faire supplanter Louise[119]. Un jour de 1666, elle avait même accepté de participer à une messe noire dite dans la chapelle du château de Villeboussin, près de Montlhéry, par l'abbé Guibourg, prêtre damné, ami de la sorcière.

Le visage caché par une coiffe, mais le corps entièrement nu, elle était étendue sur l'autel où brillaient des cierges, et Guibourg avait posé sur son ventre une serviette et un calice. Puis la cérémonie s'était déroulée jusqu'au baiser que le célébrant donne ordinairement à la pierre de l'autel et que le sorcier avait posé sur la chair frissonnante de la belle marquise[120].

A la consécration, une scène horrible s'était passée. Alors que la plupart du temps les acolytes de la Voisin se contentaient d'offrir en sacrifice un avorton, cette nuit-là, on avait fait grandement les choses. Un enfant bien vivant avait été assassiné par Guibourg. Ce dernier l'avait acheté un écu, disant à la malheureuse mère, réduite à le vendre, qu'il était destiné à une femme « dont l'état des tétins nécessitait un nourrisson ».

Après un étrange *credo*, l'officiant, agenouillé, avait prononcé la conjuration :

— Astaroth, Asmodée, prince de l'amitié et de l'amour, je vous conjure d'accepter le sacrifice que je vous présente de cet enfant pour les choses que je vous demande. Je vous conjure, esprits, dont vos noms sont dans ces papiers écrits, d'accompagner la volonté et le dessein de la personne pour laquelle la messe a été célébrée[121].

Mme de Montespan, toujours couchée sur l'autel, avait alors formulé son désir :

— Je demande l'amitié du roi, et que j'obtienne tout ce que je lui demanderai pour moi et pour mes parents, que mes serviteurs et domestiques lui soient agréables, qu'il quitte et ne regarde plus La Vallière[122].

La conjuration prononcée, l'enfant avait été égorgé par Guibourg au moyen d'un canif et son sang avait coulé dans le calice. Enfin, des aides s'étaient emparés de la petite victime et lui avaient arraché le cœur et les entrailles « dont il avait été fait une seconde oblation comme devant être calcinés et réduits en poudre à l'usage de Louis de Bourbon »[123].

119. Elle n'était d'ailleurs pas la seule à demander ce service à la sorcière. Force gens de qualité cherchaient alors « à faire des pactes avec le diable et les scelloient de leur propre sang, pour détrôner Mlle de La Vallière hors d'auprès du roi pour entrer en sa place ». Ce sont les termes d'une déclaration faite au moment de l'Affaire des poisons par Lesage, l'un des associés de la Voisin. *(Archives de la Bastille.)*

120. *Archives de la Bastille.*

121. Id.

122. Id.

123. Lors de son procès, Guibourg avoua qu'il avait sacrifié cinq enfants au cours des cérémonies célébrées pour Mme de Montespan. *(Archives de la Bastille.)*

A la veille du départ de Louis XIV, Mme de Montespan alla naturellement demander le secours de la magie à la sorcière de Bonne-Nouvelle. Cette fois, la Voisin lui conseilla de voir l'abbé Mariette, prêtre de Saint-Séverin, et le magicien Lesage.

Quelques jours après, l'éblouissante marquise, qui n'avait certes pas besoin de toutes ces pratiques pour séduire le roi, se rendit donc dans une maison de la rue de la Tannerie où les sorciers avaient installé un autel dans une chambre sordide. On alluma des cierges, Lesage chanta le *Veni Creator*, puis Mariette, vêtu des ornements sacerdotaux, prononça des invocations sacrilèges devant un ciboire contenant un cœur de pigeon. Enfin, plaçant un évangile sur la tête de Mme de Montespan, qui s'était agenouillée devant lui et récitait des oraisons contre Mlle de La Vallière, il en lut un passage « de façon satanique ». Quand tout fut terminé, Françoise ajouta :

— Je demande l'amitié du roi, qu'elle me soit continuée, que la reine soit stérile, que le roi quitte son lit et sa table pour moi. Chérie et respectée des grands seigneurs, que je puisse être appelée aux conseils du roi et savoir ce qui s'y passe, et que, cette amitié redoublant plus que par le passé, le roi quitte Mlle de La Vallière, et que, la reine étant répudiée, je puisse épouser le roi [124].

Les mauvaises prières de la marquise, on le voit, s'étaient singulièrement modifiées en un an. Elle ne désirait plus seulement devenir favorite, mais reine de France...

Après cette étrange cérémonie, Françoise rentra chez elle, assurée de sa victoire. Le lendemain allait lui apporter une grosse déception. En effet, le 14 mai, vers midi, une nouvelle étonnante parvint à la cour. On apprit que le roi venait de donner le titre de duchesse de Vaujours à Mlle de La Vallière et que la fille de celle-ci, la petite Marie-Anne (les deux premiers enfants étaient morts), était légitimée.

Mme de Montespan, livide, se précipita chez la reine pour avoir des détails. Marie-Thérèse était en larmes. Autour d'elle, à voix basse, des courtisans commentaient les lettres patentes que le Parlement venait d'enregistrer. Tous s'effaraient, disant qu'il fallait remonter à Henri IV pour trouver un texte aussi cynique.

Ce texte, Françoise devait bientôt le connaître. Le voici :

« Louis, par la grâce de Dieu, roi de France et de Navarre, à tous présents et à venir, salut.

» Les bienfaits que les rois exercent dans leurs États étant la marque extérieure du mérite de ceux qui les reçoivent et le plus glorieux éloge des sujets qui en sont honorés, nous avons cru ne pouvoir mieux exprimer dans le public l'estime toute particulière que nous faisons de la personne de notre chère et bien-aimée et très féale Louise de La Vallière qu'en lui confiant (conférant) les plus hauts titres d'honneur qu'une affection très singulière, excitée dans notre cœur par une infinité de rares perfections, nous a inspirés depuis quelques années en sa

124. Texte rapporté par Lesage dans un de ses interrogatoires.

faveur. Et quoique sa modestie se soit souvent opposée aux désirs que nous avions de l'élever plus tôt dans un rang proportionné à notre estime et à ses bonnes qualités, néanmoins l'affection que nous avons pour elle et la justice ne nous permettant plus de différer les témoignages de notre reconnaissance pour un mérite qui nous est si connu, ni de refuser plus longtemps à la nature les effets de notre tendresse pour Marie-Anne, notre fille naturelle, en la personne de sa mère, nous lui avons fait acquérir la terre de Vaujours, située en Touraine, et la baronie de Saint-Christophe en Anjou, qui sont deux terres également considérables par leurs revenus et le nombre de leurs mouvances... »

Suivait la formule qui érigeait la terre de Vaujours en duché-pairie « pour en jouir ladite demoiselle Louise de La Vallière et, après son décès, Marie-Anne, notre dite fille, ses hoirs et descendants, tant mâles que femelles »...

Mme de Montespan, effondrée, courut faire une scène terrible à la Voisin qui, à tout hasard, tua des crapauds et les fit macérer dans de l'urine de jument...

Pendant ce temps, deux femmes pleuraient. Marie-Thérèse, qui ne se consolait pas de l'affront dont le roi venait de la gratifier, et Louise de La Vallière, honteuse de voir sa faute rendue publique. Une autre pensée vint bientôt la tourmenter : cet honneur que lui faisait le roi n'était-il pas l'équivalent d'un cadeau de rupture ? Une nouvelle allait confirmer ses craintes : le 15 mai, Louis XIV annonça que la reine et ses dames d'honneur (dont faisait partie Mme de Montespan) seraient seules admises à l'accompagner aux Pays-Bas.

— Et moi ? dit Louise.

— Vous resterez à Versailles.

Comprenant que la conquête des Pays-Bas allait se faire de pair avec celle de Mme de Montespan, la favorite, qui attendait un quatrième enfant du roi, rentra chez elle en sanglotant.

Le 20, Louis XIV partit pour le Nord en grand équipage, suivi de son armée, de la reine et des dames de la cour. Cette guerre commençait comme une partie de campagne.

A la même heure, à Versailles, Louise se lamentait en pensant que le roi allait se battre sans avoir rien fait pour l'enfant qu'elle attendait.

Un soir, le 24 mai, accablée de chagrin, elle écrivit cette lettre célèbre à son amie, Mme de Montausier :

Madame, les inquiétudes nouvelles causées par ma nouvelle grandeur me tiennent si fort éloignée de l'état tranquille que je pensais me préparer par cette élévation, que, m'étant impossible de la cacher plus longtemps, j'ai recours à votre confidence et veux vous communiquer, à la décharge de mon cœur, les réflexions que j'y ai faites.

C'est une coutume parmi les gens raisonnables, aux changements qu'ils font de leurs domestiques, d'en prévenir le congé par le paiement de leurs gages, ou par des reconnaissances de leurs services. J'ai peur qu'il ne m'en arrive de même, et que le roi, par son honneur si grand, ne prétende m'apprivoiser à la retraite et me jeter tant de vanité dans l'esprit que, l'ambition l'emportant sur mon amour, je souffre le mépris avec plus de modération.

Si vous prenez la peine de considérer avec moi l'état de mes affaires, vous me regarderez comme un exemple de compassion.

Le roi est mortel, il va faire la guerre ; s'il lui arrivait quelque chose de funeste, que deviendrais-je alors ?... Mais que deviendrait le sang royal dont je sens le fruit se mouvoir dans mes flancs ? Le roi le sait, et il s'est promis un garçon de ma grossesse, mais sans avoir rien fait pour l'enfant.

J'ai tous les besoins du monde de votre assistance et de votre sage conseil...

LOUISE.

Pendant ce temps, le roi, joyeux et insouciant, prenait Charleroi, Ath, Tournai, Furnes, Armentières, Courtrai « avec autant de facilité qu'il aurait pris un gros rhume »...

11

Bataille de dames devant les armées du roi

C'est une terrible chose que la guerre et
l'animosité de deux femmes qui
se disputent un cœur...

SAINT-ÉVREMONT

Marie-Thérèse, Mme de Montespan et les dames de la cour avaient été laissées par le roi à Compiègne où elles s'amusaient comme elles pouvaient en attendant d'être autorisées à se rendre auprès des armées.

— Sans doute demeurerons-nous ici longtemps, se disaient-elles avec ennui, car les troupes de Sa Majesté semblent lancées pour traverser les Pays-Bas.

Une fois de plus, l'amour allait intervenir et modifier toutes les prévisions...

Brusquement, le 9 juin, Louis XIV, qui voyait pourtant les ennemis détaler devant lui, interrompit sa marche victorieuse et revint à Avesnes, c'est-à-dire sur la frontière. L'Europe fut stupéfaite. Que signifiait cette volte-face ? Tout s'éclaira, lorsqu'on sut que le roi avait mandé à la cour de le rejoindre. Bien des gens ne se gênèrent pas alors pour reprocher au monarque d'imiter l'attitude du Vert Galant à Coutras et d'interrompre le cours de ses succès « par le seul désir de revoir Mme de Montespan ».

En apprenant la décision du roi, Françoise, qui savait bien que la campagne s'arrêtait pour elle, fut enchantée. Quant aux dames de la cour, elles se mirent à rêver aux beaux spectacles qui les attendaient dans les Flandres, chacune se plaisant à imaginer cette visite des champs de bataille comme une promenade à travers les prairies couvertes de pâquerettes et de beaux ennemis morts...

A la pensée de ces « corps pourris dans nos plaines qui allaient engraisser nos sillons », comme venait de l'écrire Boileau dans une ode dont Rouget de Lisle devait se souvenir un jour, elles se trémoussaient d'aise et préparaient leurs bagages en chantant.

L'annonce de ce voyage fut moins bien accueillie par Louise qui se morfondait à Versailles. La pauvre, si calme d'ordinaire, manifesta pour la première fois son chagrin et sa déception par une agitation qui étonna son entourage. Finalement, n'y tenant plus, elle monta dans un carrosse et donna l'ordre au cocher de la conduire dans les Flandres auprès du roi...

Le 20 juin, la reine, qui venait d'arriver à La Fère, jouait calmement aux cartes, selon son habitude, lorsqu'on vint lui annoncer que l'équipage de Mlle de La Vallière était signalé. Cette nouvelle inattendue troubla beaucoup la soirée. Tout d'abord, Marie-Thérèse qui avait l'estomac sensible rendit son dîner, puis, nous dit Mlle de Montpensier, témoin de la scène, les dames se mirent à courir en tous sens en poussant des exclamations, et l'on se coucha très énervé...

Le lendemain matin, Louise était à La Fère. En se levant, Mlle de Montpensier la trouva assise sur un coffre, harassée, n'ayant point dormi.

Elle alla en aviser Marie-Thérèse qui avait passé la nuit à s'entretenir avec Mme de Montespan de « l'étrange équipée de Mlle de La Vallière », et continuait à pleurer, à vomir et à se trouver mal [125]...

— Voyez l'état où est la reine, disait Françoise d'un ton hypocrite.

A la sortie de la messe, Marie-Thérèse ne répondit pas au salut que vint lui faire Louise et, quand arriva l'heure du dîner, elle ordonna à son premier maître d'hôtel de ne point donner à manger à la voyageuse. Mais celui-ci n'osa pas laisser sans nourriture une demoiselle qui avait l'honneur de recevoir le roi dans son lit et il lui apporta un repas en cachette...

L'après-midi, la reine remonta en carrosse avec la Grande Mademoiselle, Mme de Montausier, Mme de Montespan et repartit en direction d'Avesnes. A cent pas derrière elles, roulait la voiture de Mlle de La Vallière. Pendant tout le trajet, Françoise ne cessa d'exciter Marie-Thérèse contre Louise.

— J'admire sa hardiesse de s'oser présenter devant la reine, disait-elle, de venir avec cette diligence sans savoir si elle le trouvera bon ; assurément le roi ne l'a point mandée.

A certain moment, comme Marie-Thérèse faisait entendre un sanglot, la chipie eut le toupet d'ajouter :

— Dieu me garde d'être la maîtresse du roi ! Mais, si je l'étais, je serais bien honteuse devant la reine [126].

125. Mlle de Montpensier, *Mémoires*.
126. Id.

La naïve souveraine avait toute confiance en Mme de Montespan qui, pour lui plaire, communiait chaque matin ; elle lui prit affectueusement la main...

On coucha à Guise, dernière étape avant Avesnes, et Louise ne parut pas au dîner.

Inquiète soudain, la reine craignit que la favorite ne cherchât à la devancer auprès du roi. Elle défendit, nous dit Mlle de Montpensier, « que personne partît devant elle, et aux troupes qui étoient venues pour l'escorter de donner aucune escorte à personne ».

Louise ne put donc quitter Guise avant les autres et dut se contenter de suivre de nouveau le carrosse de la reine.

Tout se passait sans incident lorsque, en arrivant près d'Avesnes, le roi, qui venait au-devant des dames, fut signalé au haut d'un petit tertre. Alors, Mlle de La Vallière perdit la tête et commit un acte extravagant. Quittant la route, « elle fit aller son carrosse à travers champs et trotter à toute bride » en direction de Louis XIV.

La reine, qui avait la tête à la portière, vit la ruse et se mit à crier, hors d'elle :

— Arrêtez-la ! Arrêtez-la !

Des cavaliers partirent au galop. Mais ils ne purent rattraper la voiture de la favorite, qui, bondissant, cahotant sur les mottes de terre, atteignit bientôt le sommet de la butte, où elle s'arrêta devant le roi. Louise en descendit et, sans se soucier des troupes et des officiers qui la regardaient avec ébahissement, vint s'incliner toute tremblante aux pieds de son amant.

Celui-ci n'aimait pas ce genre de scène. De plus, il ne venait à Avesnes que pour voir Françoise. Rien ne pouvait donc l'importuner davantage que la présence de Louise. Il fit à la malheureuse un accueil glacial.

Honteuse, éperdue de chagrin, elle remonta dans son carrosse en poussant de longs gémissements qui amusèrent les soldats, puis elle partit se cacher jusqu'au soir.

Le lendemain, le roi, dont la colère était tombée, lui fit dire qu'elle pouvait paraître. Défigurée par une nuit d'insomnie, Louise se présenta pour accompagner la reine à la messe et, quoique le carrosse royal fût plein, Louis XIV exigea qu'elle y prît place. La reine et les dames, furieuses, durent se serrer pour lui permettre de s'asseoir, ce qui ne créa point dans les cœurs un climat propice à l'audition du saint office.

Pendant toute la messe, Mme de Montespan ne décoléra pas et l'on peut se demander quel genre de prière cette femme satanique adressa au ciel ce jour-là. Au dîner, sa jalousie devait redoubler, car Mlle de La Vallière fut invitée par le roi à s'asseoir au côté de la reine. Louise était-elle complètement rentrée en grâce ? Non, mais Sa Majesté s'amusait. Il ne lui paraissait pas sans intérêt de voir ces deux dames se haïr à cause de sa personne.

C'est ainsi que le soir même, devant Louise à peine rassérénée, le roi accompagna Mme de Montespan dans sa chambre.

Avant d'entrer, pressentant qu'il aurait sans doute besoin d'une assez grande liberté de manœuvre au cours de la nuit, il fit déplacer la sentinelle qui était de faction à son étage. Après quoi, il referma la porte et se mit au lit avec la belle Françoise dont l'ivresse ne devait pas tarder à être extrême.

Ce premier contact lui ayant plu, Louis XIV revint le lendemain sans se cacher davantage et la pauvre La Vallière dut accepter d'être le témoin de son infortune au milieu d'une cour ricanante. Tout le monde savait, en effet, que Mme de Montespan était maintenant la maîtresse du roi, tout le monde, sauf la reine, bien entendu, qui, toujours en retard d'une favorite, continuait de détester Louise...

« Un soir, en dînant, raconte Mlle de Montpensier, la reine se plaignit de quoi on se couchait tard, et se tourna de mon côté et me dit : "Le roi ne s'est couché qu'à quatre heures. Il étoit grand jour. Je ne sais pas à quoi il peut s'amuser." Il lui dit : "Je lisois des dépêches et j'y faisois réponse." Elle lui dit : "Mais vous pourriez prendre une autre heure." Il sourit, et, pour qu'elle ne le vît pas, tournoit la tête de mon côté. J'avois bien envie d'en faire autant ; mais je ne levai pas les yeux de dessus mon assiette[127]. »

Bientôt la nouvelle parvint à Versailles où elle fut accueillie par les ambassades, pour être communiquée à toutes les cours d'Europe, ce genre d'information ayant toujours passionné les gouvernements... C'est ainsi que l'ambassadeur d'Angleterre, toutes affaires cessantes, envoya cette dépêche à son souverain :

Mme de Montespan est la beauté du jour dans ce voyage et donne de grandes craintes à la dame délaissée, qui connaîtra bientôt les tortures ordinaires de la jalousie.

Quant au peuple, il accueillit la nouvelle en se moquant comme d'habitude. Sachant par les mauvaises langues que le beau comte de Frontenac avait été quelque temps auparavant l'amant de Françoise, il chantait ce petit couplet insolent :

Je suis ravi que le roi, notre Sire,
Aime la Montespan.
Moi, Frontenac, je me crève de rire,
Sachant ce qui lui pend
Et je dirai, sans être des plus lestes,
Tu n'as que mon reste, roi,
Tu n'as que mon reste...

Ce qui était vrai d'ailleurs !

127. Mlle DE MONTPENSIER, *op. cit.* Tome IV.

12

La France a trois reines

Abondance de biens nuit parfois...

sagesse des nations

Le 10 août 1667, les dames de la cour ayant regagné Compiègne, Louis XIV « s'alla poster devant Lille dont il désiroit fort s'emparer ».

Le siège devait se dérouler — malgré les indispensables petits combats qui laissent toujours des morts — sur un ton d'exquise courtoisie dont nous avons malheureusement perdu l'habitude... Tout d'abord, le gouverneur, M. de Bruay, « envoya prier le roi de ne pas trouver mauvais qu'il défendît la place jusqu'à la dernière extrémité ». Puis il demanda où se trouvait le quartier général pour ne point faire à Sa Majesté l'offense de lui tirer dessus.

— Mon quartier est partout ! répondit Louis XIV.

Enfin, M. de Bruay offrit à son agresseur tout ce qui serait nécessaire au service de sa maison et lui envoya chaque matin de la glace pour rafraîchir son vin [128].

Un jour, le roi interpella le gentilhomme qui venait la lui apporter :

— Priez M. le gouverneur de m'envoyer davantage de glace, car il fait chaud.

— Sire, répondit gravement l'Espagnol, il la ménage parce qu'il espère que le siège sera long, et il appréhende que Votre Majesté n'en manque.

On ne pouvait pas être à la fois plus digne et plus aimable [129].

Le roi sourit et le gentilhomme, ayant fait une révérence, allait se retirer lorsque le comte de Charost lui cria :

— Dites à M. de Bruay qu'il n'aille pas faire comme le gouverneur de Douai, qui s'est rendu comme un coquin.

— Êtes-vous fou, Charost ? dit le roi.

— Non, sire, mais le comte de Bruay est mon cousin...

Voilà comment on se battait en 1667.

De temps en temps, les nécessités de la guerre obligeaient bien les adversaires à tirer des coups de fusil, mais ils le faisaient fort poliment et « comme en s'excusant » ; de façon que les victimes mourussent « sans en être fâchées »...

Après dix-neuf jours de ce curieux siège, Lille capitula et les Espagnols se replièrent sans combattre sur Bruxelles et Mons.

Fier de lui, le roi quitta les champs de bataille et se rendit à

128. On conservait alors toute l'année la glace qui se formait l'hiver sur les lacs ou les étangs dans des glacières d'approvisionnement creusées dans le sol.

129. Anquetil, *op. cit.*

Compiègne où Mme de Montespan l'entraîna dans un lit pour lui prouver qu'elle savait montrer son admiration à un vainqueur...

Puis il rentra à Saint-Germain avec la reine et les dames de la cour, tandis que Louise de La Vallière, plus abattue que jamais, allait se cacher dans un appartement retiré, pour y attendre la naissance du quatrième bâtard royal...

Le 3 octobre, elle accoucha en cachette d'un fils qu'on emporta aussitôt et qui devait être appelé comte de Vermandois.

Cet événement rapprocha quelque peu le roi de la tendre La Vallière et Mme de Montespan, alarmée, retourna bien vite chez la Voisin qui lui fournit un paquet de « poudre pour l'amour » faite avec des ossements calcinés de crapaud, des dents de taupe, des poussières humaines, de la cantharide, du sang de chauve-souris, des prunes sèches et de la limaille de fer.

Le soir même, le roi de France absorbait sans s'en douter cet abominable philtre dans son potage [130].

Les résultats pourraient donner à penser que les pratiques magiques de la Voisin étaient efficaces, car Louis XIV se détourna presque instantanément de Louise de La Vallière pour revenir vers Mme de Montespan.

Au début de juillet 1668, Louis XIV, plus amoureux que jamais, voulut offrir une fête à sa nouvelle maîtresse et décida d'organiser à Versailles des réjouissances fastueuses qui dureraient huit jours.

Or, deux semaines avant le début de ces festivités, un homme au regard sombre que le roi faisait tenir éloigné de la cour arriva à Paris. C'était M. de Montespan.

Ce brave marquis, à qui Louvois, sur l'ordre de Louis XIV, avait donné une belle charge militaire dans le Roussillon, venait, sans prévenir, dire un petit bonjour à sa femme. Loin de soupçonner ce qui se passait, il ne comprit rien, tout d'abord, aux ricanements dont il était l'objet. Ce fut donc sans arrière-pensée qu'il se rendit aux fêtes de Versailles.

Le 18 juillet, assis au côté de Françoise, il applaudit même plus fort que tout le monde une comédie de Molière dont le sujet l'amusa beaucoup. Le titre en était *Georges Dandin* ou *Le Mari confondu...*

Hélas ! au bout de quelques jours, cette belle humeur tomba. Le marquis commença par remarquer que son épouse avait avec le roi des manières bien libres ; puis il s'aperçut que les courtisans rendaient à Françoise un hommage excessif pour une simple dame d'honneur de la reine. Quelques aveux arrachés à des amis confirmèrent ses soupçons.

Il était sanguin ; il n'eut pas le comportement habituel des gentilshommes auxquels le roi prenait les femmes : il devint fou furieux. Courant jusqu'à la chambre de la coupable, il fit une scène épouvantable, cria,

130. Cf. dépositions de la fille de la Voisin : « Ma mère a porté plusieurs fois à Mme de Montespan, à Saint-Germain, à Versailles, à Clagny, des poudres pour l'amour, pour faire prendre au roi. » *Archives de la Bastille*.

tempêta, donna des gifles et ne se gêna pas pour traiter le souverain de façon peu aimable[131]. Affolée, la marquise profita d'une accalmie pour s'enfuir du domicile conjugal et courir jusqu'à l'appartement de Mme de Montausier.

Alors M. de Montespan résolut d'ameuter toute la cour. Le résultat ne fut pas celui qu'il attendait. On jugea son caractère ombrageux, sa jalousie déplacée, et il fut traité de « fâcheux ». Écoutons, par exemple, Mlle de Montpensier :

« M. de Montespan, qui est un homme fort extravagant et peu content de sa femme, se déchaîna extrêmement sur le bruit de l'amitié du roi pour elle ; il alloit par toutes les maisons faire des contes ridicules. Quand il se rendoit à Saint-Germain pour y faire de ces prônes, Mme de Montespan étoit au désespoir. Il venoit fort souvent chez moi. Il est mon parent et je le grondois. Il y étoit venu un soir et m'avoit lu une harangue qu'il vouloit faire au roi, où il citoit mille passages de la Sainte Écriture, David, et, enfin, lui disoit force choses pour l'obliger à lui rendre sa femme et à craindre le jugement de Dieu. Je lui dis : "Vous êtes fou. On ne croira jamais que vous avez fait seul cette harangue. Elle tombera sur l'archevêque de Sens, qui est votre oncle et qui est mal avec Mme de Montespan." »

Par respect pour ce prélat, M. de Montespan accepta de se taire.

Le lendemain, la Grande Mademoiselle se rendit à Saint-Germain. Elle y trouva Françoise très ennuyée.

— Mon mari est ici qui fait du scandale, dit-elle. Je suis honteuse de voir que mon perroquet et lui amusent la canaille.

Quelques instants après, elle entrait chez Mme de Montausier et trouvait celle-ci tremblante de colère.

— M. de Montespan est entré ici comme une furie et m'a dit rage de madame sa femme et à moi toutes les insolences imaginables. J'ai loué Dieu qu'il n'y ait eu que mes femmes ici, car, si j'avais eu quelqu'un, je crois qu'on l'aurait jeté par les fenêtres[132].

Mais M. de Montespan ne se contentait pas de hurler sa colère. Saint-Simon nous rapporte qu'il voulut attraper une mauvaise maladie pour la donner au roi par l'intermédiaire de sa femme. Il ne réussit point car la marquise refusa de lui laisser prendre ses droits de mari. Il en fut donc pour ses frais et ses picotements...

Alors il s'habilla de noir et alla faire ses adieux au roi. Celui-ci s'étonna :

— De qui êtes-vous en deuil, monsieur de Montespan ?

— De ma femme, sire !

Une telle attitude n'était plus supportable. Le 30 septembre, Louis XIV fit conduire le mari de sa maîtresse à la prison de Fort-l'Évêque.

131. « Mme de Montespan, qui avoit pris goût aux caresses du roi, ne pouvant plus souffrir celles de son mari, ne lui voulut plus rien accorder, ce qui mit M. de Montespan dans un tel désespoir que, quoiqu'il l'aimât tendrement, il ne laissa pas de lui donner un soufflet. » *La France galante,* BUSSY-RABUTIN.

132. Mlle DE MONTPENSIER, *op. cit.*

Cette arrestation causa, nous dit Saint-Simon, « un épouvantable fracas qui retentit avec horreur chez toutes les nations ». Au bout de huit jours, Louis XIV, un peu gêné, donna l'ordre de relâcher le marquis, puis il fila à Chambord « dont le parc entouré de murs pouvait défier toute tentative de la part du forcené ».

En sortant de prison, M. de Montespan reçut l'ordre suivant :

« De part le Roy,

» Sa Majesté étant mal satisfaite de la conduite du sieur de Montespan, ordonne au chevalier du guet de la Ville de Paris, qu'incontinent, après qu'en vertu de l'ordre de Sa Majesté qui en a été expédié ledit sieur marquis aura été mis en liberté des prisons de Fort-l'Évêque où il a été détenu, il luy fasse commandement de la part de Sa Majesté, de sortir de Paris dans vingt-quatre heures pour se rendre incessamment dans une des terres appartenant au sieur marquis d'Antin, son père, situées en Guyenne, et y demeurer jusqu'à nouvel ordre, Sa Majesté lui défendant d'en sortir sans sa permission expresse, à peine de désobéissance. »

Alors M. de Montespan s'en alla.

Reçut-il, comme certains historiens le prétendent, une forte somme du roi pour le dédommager de sa honte ? Cela semble difficile à croire lorsqu'on connaît le caractère du marquis, et il n'existe aucune preuve de cet étrange marché. Saint-Simon, lui-même, pourtant toujours à l'affût du moindre ragot, n'en souffle mot, et la trésorerie royale, qui avait coutume d'exiger acquit des sommes versées par elle aux particuliers, n'en a pas conservé la trace...

Mieux vaut donc considérer cette histoire comme une légende et laisser partir le marquis le cœur gros et les mains vides vers sa Guyenne natale.

Au début de novembre 1668, il était à Bonnefont. A peine arrivé, il réunit ses parents, ses amis, ses domestiques et leur annonça le « décès » de sa femme. Après quoi il demanda à un prêtre de célébrer les « obsèques » de cette vivante à tout jamais morte pour lui. Le lendemain, un étrange convoi défila dans les cours du château. Entourant un cercueil vide que l'on avait drapé de noir, des enfants de chœur portaient des cierges et chantaient le *De Profundis*. Derrière, marchait M. de Montespan, accompagné des deux enfants que lui avait donnés la marquise...

Au moment d'entrer dans la chapelle, il fit ouvrir les grandes portes. Comme on s'étonnait de cette nouvelle extravagance, il dit à haute voix :

— Mes cornes sont trop grandes pour passer par une petite porte !

Enfin le cercueil fut mis en terre, et l'on grava le nom de Mme de Montespan sur la pierre tombale.

Quand elle parvint à Versailles, cette nouvelle ne fit pas plaisir à la favorite...

Le bruit ridicule que faisait M. de Montespan autour de son

déshonneur risquant d'ameuter le royaume, Louis XIV pensa qu'il devait rendre ses amours officielles afin de montrer avec une superbe désinvolture qu'il ne craignait aucune critique ; et, au début de 1669, il installa Louise et Françoise au château de Saint-Germain, dans deux appartements contigus, desservis par une porte unique...

En outre, il exigea que ses deux maîtresses fissent semblant d'entretenir de bonnes relations. On put alors les voir jouer aux cartes, dîner ensemble ou se promener côte à côte dans le parc en devisant aimablement.

Silencieux, le roi attendit la réaction de la cour.

Elle vint sous la forme d'une chanson, peu respectueuse, à vrai dire, pour les favorites :

L'attelage du soleil
N'aura jamais son pareil.
Il est de quatre chevaux[133]
Précédé de deux cavales.
Il est de quatre chevaux,
Qui ne sont ni bons ni beaux.

Les juments sont à deux mains
Toutes deux fortes des reins ;
L'une est maigre au dernier point[134]*,*
Toutes deux sont poulinières,
L'une est maigre au dernier point,
L'autre crève d'embonpoint[135].

Ce n'était pas très méchant et Louis XIV put croire que la partie était gagnée. Chaque soir, l'âme en paix, il se rendit donc chez les favorites et y prit bon plaisir.

« C'était, nous dit Mlle de Montpensier, ce qu'on appelait *aller chez les dames.* » Il entrait d'abord dans la chambre de Louise et, suivant l'humeur, se mettait au lit avec elle ou passait chez Françoise.

Bien entendu, Mme de Montespan avait presque toujours la préférence. Elle s'en montrait ravie, car elle aimait les « façons » du roi qui la changeaient de la déplorable brutalité de son époux. Louis XIV, qui était le plus honnête homme de la terre, la mignotait, en effet, artistement, sachant, pour avoir lu Olivier de Serres, que « le cultivateur ne doit pas labourer son champ à l'étourdie »...

Après quoi il agissait en grand seigneur.

Un tel traitement ne pouvant que porter ses fruits, Mme de Montespan accoucha à la fin de mars 1669 d'une délicieuse petite fille.

Aussitôt, le roi, qui savait que M. de Montespan avait le droit de venir s'emparer de l'enfant, chercha une gouvernante discrète et sûre. Françoise lui signala une jeune femme qui pourrait tenir ce rôle. Elle

133. Ces quatre chevaux représentent les quatre ministres : Le Tellier, Louvois, Colbert et de Lionne.
134. Mlle de La Vallière.
135. Mme de Montespan.

s'appelait Françoise d'Aubigné et vivait seule depuis la mort de son mari, le poète Scarron[136]...

Pressentie, la veuve accepta et le bébé lui fut remis. Aussitôt, elle loua une maison avec parc dans le faubourg Saint-Germain et s'y cacha, en compagnie de quelques domestiques, pour élever l'enfant royal loin des regards indiscrets ; mais des vagissements furent entendus par des passants et, nous dit Lafont d'Aussonne, « Paris sut bientôt que Mme Scarron s'acquittoit mystérieusement ou de quelque grand repentir ou de quelque grande entreprise ».

On lui fit des visites imprévues, et l'on remarqua qu'elle rougissait. Elle eut alors une curieuse idée : *elle se fit saigner abondamment pour s'empêcher de rougir*.

Mais cela ne servit à rien. « En effet, ajoute gravement Lafont d'Aussonne, ces émotions subites résidaient dans son naturel sensible, et non dans la plénitude de ses veines. Son sang eut beau remplir de nombreuses palettes, elle dépérissoit de foiblesse, et elle n'en rougissoit pas moins devant les premiers regards interrogateurs qui venaient la surprendre et la déconcerter[137]. »

Bref, tout le monde comprit de quoi il s'agissait et il n'y eut bientôt plus que la reine à ignorer qu'il existât d'autres princes au monde que monseigneur le Dauphin.

Tandis que Mme Scarron jouait les nourrices sèches, à Saint-Germain-en-Laye la vie en commun avait repris son cours non sans quelques heurts dus au venimeux caractère de Françoise. « Mme de Montespan, écrit Mme de Caylus, abusant de ses avantages, affectoit de se faire servir par Mlle de La Vallière, donnoit des louanges à son adresse et assuroit qu'elle ne pouvoit être contente de son ajustement

136. La veuve Scarron, comme on l'appelait, était la petite-fille du poète Agrippa d'Aubigné et la fille d'un faux-monnayeur renégat et assassin, Constant d'Aubigné. Elle avait vu le jour en 1635 dans une chambre de la prison de Niort, à deux pas de la cellule où son père était alors incarcéré. Tout enfant, elle avait accompagné ses parents aux Antilles où Constant d'Aubigné, désirant se faire oublier de la justice royale, était allé faire un séjour de quelques années. En 1647, on la retrouve en France où son père meurt et où sa mère l'abandonne. Recueillie par un grand-oncle qui la convertit au protestantisme, puis confiée à une parente, Mme de Neuillan, qui lui fait garder les dindons, elle est finalement placée dans un couvent où elle se reconvertit au catholicisme. Elle a quinze ans lorsqu'on la présente au poète Scarron que des rhumatismes déformants ont rendu infirme et qui dit de lui-même : « Je suis un raccourci de la misère humaine. » Ébloui par cette belle adolescente dont il admire « les deux grands yeux fort mutins, un très beau corsage, une paire de belles mains et beaucoup d'esprit », il la demande en mariage. Françoise, qui avouera un jour : « J'ai mieux aimé l'épouser qu'un couvent », accepte. Ils se marient en 1652. Mariage blanc car le poète, qui ne peut « se tourner d'un côté de son lit à l'autre », n'a alors « de mouvement libre que celui des yeux, de la langue et de la main... » Unie à cet homme à demi paralysé qui envisage de lui faire faire un enfant par son valet de chambre, la jeune femme se lie bientôt à Ninon de Lenclos, la célèbre courtisane, et ne tarde pas à partager son lit, et peut-être aussi son amant, M. de Villarceaux... Veuve à vingt-cinq ans, Françoise, toujours aussi belle, se réfugie alors dans les exercices de piété, devient prude, austère, moralisatrice et ennuyeuse... Elle a trente-quatre ans lorsque Mme de Montespan fait appel à elle.

137. Lafont d'Aussonne, *Histoire de Mme de Maintenon et de la Cour de Louis XIV*, 1814.

que si l'autre y mettoit la dernière main. Mlle de La Vallière s'y prêtoit avec tout le zèle d'une femme de chambre dont la fortune dépendroit des agréments qu'elle prêteroit à sa maîtresse. Combien de dégoûts, de plaisanteries et de dénigrements n'eut-elle pas ainsi à essuyer aussi longtemps qu'elle demeura à la cour à la suite de sa rivale [138] ! »

Le roi, qui s'attachait de plus en plus à son ardente marquise, se montrait, parfois, lui-même assez cruel envers la pauvre Louise : « Quand il rentroit de la chasse, écrit l'abbé de Choisy, il venoit se débotter, se poudrer, s'habiller chez Mlle de La Vallière : il lui disoit à peine bonjour et passoit dans l'appartement de Mme de Montespan, où il demeuroit toute la soirée. » A en croire la Palatine, il se serait conduit de façon plus odieuse encore : « Mme de Montespan, qui se moquoit publiquement de Mlle de La Vallière, la traitoit fort mal et obligeoit le roi à agir de même. Il étoit dur avec elle et ironique jusqu'à l'insulte. Comme il traversoit la chambre de La Vallière pour se rendre chez la Montespan, le roi, poussé par celle-ci, prenoit son petit chien, un joli épagneul nommé Malice, et le jetoit à la duchesse, en lui disant : "Tenez, Madame, voilà votre compagnie ! Cela vous suffira." Ce qui étoit d'autant plus dur qu'au lieu de rester chez elle, il ne faisoit qu'y passer pour aller chez l'autre [139]. »

Mme de Montespan reçut ainsi tant d'hommages qu'elle donna naissance, l'année suivante, le 31 mars 1670, à un second enfant, le futur duc du Maine. Cette fois, l'accouchement eut lieu à Saint-Germain, dans l'appartement des « dames », et Mme Scarron, que le roi n'aimait guère, n'osa pas venir chercher l'enfant. Ce fut Lanzun qui s'en chargea. Il le prit dans son manteau, l'entortilla, traversa rapidement la chambre de la reine qui ne s'aperçut de rien, gagna le parc et parvint jusqu'à la grille où l'attendait le carrosse de la gouvernante. Deux heures plus tard, le bébé était à côté de sa sœur.

Délivré de ses soucis paternels, Louis XIV résolut de faire un voyage dans les Flandres et d'emmener avec lui une suite nombreuse. A cette occasion, il inaugura une immense voiture, qui ressemblait plus à un harem roulant qu'à un carrosse puisqu'il s'y installa en compagnie de la reine, de Mlle de La Vallière et de Mme de Montespan...

Au milieu des deux femmes, Marie-Thérèse, résignée, faisait une tête longue d'une aune. Néanmoins, comme elle était d'une exquise courtoisie, « elle faisait effort sur sa peine » et adressait de temps en temps une parole aimable à ses rivales.

A Landrecies, pourtant, un incident burlesque l'irrita : une rivière ayant débordé, la cour dut passer la nuit dans une misérable maison de paysan, pourvue d'un seul lit. Rapidement, on jeta des sacs, des couvertures et des paillasses par terre.

— Quoi ! dit la reine, nous allons coucher tous ensemble ?

— Où est le mal ? répondit le roi.

138. Mme de Caylus, *Mémoires*.
139. Princesse Palatine, *Mémoires*.

Puis il mit tranquillement son bonnet de nuit et sa robe de chambre.

Tout le monde l'imita, et bientôt Monsieur, Madame, Mlle de Montpensier, la marquise de Béthune, la duchesse de Crégui, Mme de Montespan et Mlle de La Vallière se déshabillèrent en chœur et s'allongèrent tant bien que mal sur le plancher pendant que, dans l'étable voisine, les vaches, inquiètes, se mettaient à meugler à perdre haleine.

La reine, la bouche pincée, monta dans le lit et jeta un regard soupçonneux au roi.

— Vous n'avez qu'à tenir votre rideau ouvert, lui dit-il en riant, vous nous verrez tous.

Puis il s'allongea à son tour entre Mlle de Montpensier et Henriette d'Angleterre. Une heure après, toute la cour dormait pêle-mêle, dans cet étrange dortoir qu'éclairait un grand feu de bois [140]...

Dès le lendemain, l'accueil triomphal des villes que la France venait de conquérir sur l'Espagne faisait oublier cette nuit cocasse. Partout, la foule poussait des cris de joie en voyant paraître le carrosse royal, et les bons Flamands, éblouis, se montraient Marie-Thérèse, Françoise et Louise.

— Ce sont les trois reines de France ! disait-on.

Et l'on admirait la vigueur de Louis XIV.

Hélas ! cette exhibition ne fut pas du goût des Parisiens. En apprenant que le roi se promenait en compagnie de son épouse et de ses deux maîtresses, le peuple se scandalisa ; et, lorsque la cour revint à Saint-Germain, des manifestations hostiles — ce qui ne s'était jamais vu — se produisirent devant le palais.

Un jour, une femme qui avait perdu son fils, mort d'accident au cours des travaux de Versailles, vint attendre le passage de Louis XIV et l'accabla d'injures, le traitant de « roi putassier ».

« Le roi, nous dit un mémorialiste, n'en croyoit pas ses oreilles ; il demanda si elle parloit à lui, à quoy elle répliqua que ouy et continua [141]. »

Alors des gardes se saisirent de la malheureuse et la conduisirent aux Petites Maisons où elle fut fouettée publiquement. Peu après, un homme, ayant critiqué le comportement du roi et déclaré que le royaume était dirigé par un « esbigneur de c... », fut envoyé aux galères et condamné à avoir la langue coupée.

Ces rigueurs et ces supplices ne firent qu'augmenter la fureur du peuple qui perdit un peu de son respect pour le souverain et eut, pendant quelque temps, des idées en avance de cent vingt ans sur l'époque...

140. Cf. les *Mémoires* de Mlle de Montpensier, où la scène est contée en détail.
141. H. D'ORMESSON, *Journal*.

13

Les amours de Monsieur risquent de faire échouer l'alliance avec l'Angleterre

Les amours des hommes sont souvent néfastes
à la paix des nations.

LACORDAIRE

Pour comprendre l'importance des événements qui se déroulèrent à la fin de juin 1670, au château de Saint-Cloud, il faut revenir un peu en arrière.

Depuis 1667, le ménage de Monsieur et de Madame était troublé par la présence du jeune chevalier de Lorraine, gentilhomme brillant, ambitieux et « fait comme on peint les anges », dont le frère du roi était tombé amoureux. Les deux hommes ne se quittaient pas et, suivant l'expression du candide abbé Cosnac, passaient leur temps « à des plaisirs mal expliqués ».

Leur impudeur était totale. Ils ne se préoccupaient que de toilettes, essayaient des pendants d'oreilles, des coiffes, des mouches, et se fardaient. Un soir, au cours d'un grand bal donné au Palais-Royal, on vit même Philippe d'Orléans, habillé en femme, danser un menuet avec son chevalier...

Lors de la campagne de Flandre, le jeune Lorrain ayant été légèrement blessé à un pied, Monsieur, qui se battait avec un courage dont on ne l'aurait d'ailleurs pas cru capable, abandonna son régiment en pleurant, courut au chevet de son giton et se transforma en infirmière...

De retour à Saint-Cloud, les deux hommes recommencèrent leurs jeux spéciaux et peu recommandables. On les rencontrait enlacés dans les couloirs, les jardins, les fourrés et bien des gens les virent « se caresser le visage, les épaules ou les genoux avec un air heureux »...

Philippe ne quittait son compagnon que pour montrer de curieux goûts militaires : « Les dames purent remarquer, nous dit l'abbé Cosnac, qu'il avait extrêmement profité à l'armée. Il faisait mettre toutes les chaises sur une même ligne ; fortifiait les ruelles de tableaux, tablettes, plaques ; plaçait des miroirs dans des postes avantageux, flanquait chaque table de quatre guéridons, enfin disposait généralement de tout le corps de ses meubles avec un ordre merveilleux [142]. »

Pendant des jours, le sourcil froncé, l'œil conquérant, Monsieur donna des ordres, arpenta ses salons au pas de charge et joua à la petite guerre avec son mobilier.

« Je regardai cette occupation avec dépit, poursuit l'abbé Cosnac, et fis réflexion qu'on avait bien raison de dire qu'il était presque impossible de changer la nature humaine. »

142. ABBÉ COSNAC, *op. cit.*

Il n'était pas le seul à faire ces réflexions, car Madame assistait avec honte et chagrin aux frasques de son mari. Celles-ci, il faut bien l'avouer, atteignaient parfois des proportions énormes. Un jour qu'il faisait la fête avec le chevalier de Lorraine et ses habituels compagnons de débauche, le duc d'Orléans eut une idée extravagante. Un colonel du régiment de Languedoc, nommé Wallon, dont l'obésité était prodigieuse, se trouvait de la partie. « Le prince, nous conte Dulaure, pensa que ce serait une chose délicieuse de manger une omelette sur le gros ventre de ce colonel. » Tout le monde applaudit et Wallon, ayant retiré sa chemise, se coucha sur le sol. Un cuisinier vint alors déposer l'omelette brûlante sur le ventre nu et les convives commencèrent leur repas, en dépit du désordre causé par le colonel qui était chatouilleux...

Après ce dîner, Monsieur et le chevalier de Lorraine décidèrent de partir pour Paris avec leurs amis et de finir la nuit chez une courtisane fameuse, nommée La Neveu, qui tenait une maison accueillante. Ils y restèrent jusqu'au petit matin, faisant mille folies difficiles à décrire.

« Soudain, nous dit Dulaure, le prince promit un petit divertissement. Il envoya chercher un commissaire, sous prétexte qu'on faisait du bruit dans la maison. Ce commissaire arriva avec une escorte et trouva La Neveu couchée dans le même lit, entre le prince et Wallon ; le surplus de la compagnie s'était caché dans une chambre voisine.

» Le commissaire, qui ne connaissait point les deux hommes couchés, leur ordonna de sortir du lit sur-le-champ ; ils se moquèrent de son ordonnance ; alors, il commanda aux gens qui l'escortaient de les faire lever par la force. Pendant qu'on les saisissait, ceux qui étaient cachés dans la chambre voisine sortirent, saluèrent le prince de la manière la plus respectueuse, gardèrent le chapeau à la main et se mirent en devoir de l'habiller.

» Le commissaire, d'abord étonné des honneurs qu'on rendait à cet homme, fut saisi d'effroi quand il reconnut le prince aux marques de sa dignité ; il se prosterna aussitôt aux pieds de Son Altesse et implora sa bonté : "Calmez-vous, lui répondit le prince, vous en serez quitte à bon marché." Alors, il fit venir toutes les filles de la maison, les fit ranger en ligne, de manière qu'elles présentassent le derrière nu à la compagnie. Le commissaire et ceux de sa suite ne savaient pas encore à quelles peines ils étaient condamnés. On les obligea de se mettre nus, en chemise, et de venir l'un après l'autre, une bougie à la main, faire amende honorable aux postérieurs de ces demoiselles. Ce qui fut rigoureusement exécuté avec toutes les formalités ordinaires [143]. »

Voilà quelles étaient les distractions de Monsieur. On comprend que Madame en ait souffert et qu'elle ait désiré voir partir le chevalier de Lorraine, organisateur de toutes ces débauches. Mais Philippe tenait à son favori ; aux reproches d'Henriette, il répliquait par des insultes ordurières et des scènes terribles éclataient sans cesse entre les deux

143. DULAURE, *Singularités historiques*, 1825.

époux. Un soir, il eut une crise de nerfs, tapa du pied, déchira une nappe, renversa des fauteuils et cria :

— Si vous continuez à attaquer mon ami, je vous renvoie en Angleterre.

Bouleversée, Henriette courut informer le roi de cette menace. Louis XIV parut vivement contrarié.

En effet, depuis deux ans, il essayait de conclure avec Charles II d'Angleterre, frère d'Henriette, une alliance contre les Hollandais. Madame, pour qui le roi anglais avait une tendre affection, servait d'agent de liaison et s'occupait, sans que Monsieur s'en doutât, de la correspondance secrète que les deux souverains échangeaient à l'insu de leurs ambassadeurs. A plusieurs reprises, elle avait même aplani des difficultés grâce à sa fine diplomatie. Une répudiation, dans de telles circonstances, risquait d'être catastrophique : par représailles, l'Angleterre pouvait se donner définitivement à la Hollande et à l'Espagne, et provoquer ainsi une dangereuse coalition contre la France.

— C'est le chevalier de Lorraine qui dresse mon mari contre moi, dit Madame.

Ce jeune Guise agaçait Louis XIV depuis longtemps. Il le savait responsable non seulement des orgies du château de Saint-Cloud, mais encore des airs hautains et impertinents qu'affectait Monsieur lorsqu'il venait à la cour. Il chercha le moyen de débarrasser son frère d'un aussi dangereux conseiller. Un événement fort étranger aux démêlés de Madame et de son mari allait lui en fournir l'occasion.

A la fin de janvier 1670, l'évêque de Langres trépassa, laissant deux riches abbayes qui dépendaient de l'apanage d'Orléans. Monsieur les donna aussitôt à son favori, sans même consulter le roi. Celui-ci n'aimait pas ce genre d'incorrection. Il fit savoir qu'il s'opposait au don. Alors le duc d'Orléans, furieux et poussé par Guise, annonça, sur un ton qu'aucun souverain au monde n'aurait supporté, qu'il allait quitter la cour.

Pour toute réponse, Louis XIV fit arrêter le chevalier de Lorraine le 30 janvier à Saint-Germain...

En apprenant cette nouvelle, Philippe d'Orléans poussa un grand cri et s'évanouit. Immédiatement tous les mignons l'entourèrent. On lui tapota les joues, on lui fit respirer des sels, on lui mit de l'eau de senteur sur le front et il revint à lui pour fondre en larmes.

Quand il fut tout à fait remis, il commanda des flambeaux et alla, en pleine nuit, faire une scène ridicule au roi. Gesticulant, bégayant de colère, il secoua ses dentelles, gémit, pleura, devant Louis XIV impassible.

— Rendez-moi le chevalier de Lorraine.

— Non.

— Eh bien ! je m'en vais. Je me retire dans mon château de Villers-Cotterêts et j'emmène ma femme.

Le roi laissa partir son frère sans rien répliquer ; mais il était très ennuyé. Monsieur lui retirait, en effet, une amie dévouée, une associée, et surtout l'instrument principal de sa diplomatie au moment précis où il comptait l'utiliser pour mettre au point les articles les plus délicats du traité d'alliance. Dans ce dessein, Henriette, invitée par son frère, devait se rendre en Angleterre à la fin du printemps.

Naturellement, Monsieur ignorait tout de ce projet, et il était loin de se douter de l'embarras dans lequel il jetait le roi.

A l'aube du 31 janvier, il prit avec Henriette et toute sa suite la route du Soissonnais, tandis que le chevalier de Lorraine était conduit à Lyon.

A Villers-Cotterêts, Henriette, tenue pour responsable de la disgrâce du jeune Guise, mena une vie pénible. Presque chaque jour, Monsieur recevait de son favori une lettre remplie d'accusations haineuses contre elle, et les journées se terminaient généralement par des disputes effroyables et des crises de larmes. Bientôt les deux époux cessèrent de faire lit commun.

Alors on commença à s'inquiéter en Angleterre des malheurs d'Henriette, et Charles II écrivit à Louis XIV pour l'informer de son déplaisir.

Le roi, très mécontent de voir la tournure que prenaient les choses, donna l'ordre à ses gardes de conduire le chevalier de Lorraine dans un cachot du château d'If, « de l'y tenir avec une extrême rigueur » et de lui interdire toute correspondance avec le monde.

Monsieur était enfin séparé de son méchant mignon et Henriette respira.

Si elle avait su...

14

L'amour de M. de Turenne cause la mort d'Henriette d'Angleterre

Dans la rude poitrine du maréchal battait
un cœur de midinette.

ROBERT MIQUEL

Privé des lettres de son favori, Philippe d'Orléans commença par montrer une grande affliction. Étendu à plat ventre sur un lit, au fond d'une chambre close, il émettait à intervalles irréguliers des gémissements aigus qui faisaient trembler les murs et agaçaient les domestiques.

Ces manifestations de douleur durèrent une semaine, pendant laquelle le bon ton, pour les habitants du château de Villers-Cotterêts, consista à feindre de ne rien entendre.

Mais le temps passe et change toute chose. Un jour, le frère du roi se tut. Au milieu de ses sanglots, en effet, il avait réfléchi et compris que la seule façon de faire rendre la liberté au chevalier de Lorraine était de se soumettre.

Aussi, lorsque Colbert, envoyé par le roi qui avait grand besoin de sa négociatrice, vint lui demander de revenir à la cour, ne fit-il aucune difficulté.

Il arriva à Saint-Germain le 24 février, fut reçu à bras ouverts par son frère et s'installa au Château-Neuf.

Aussitôt, Madame reprit ses conférences secrètes avec Louis XIV. Tous les soirs, ils passaient plusieurs heures ensemble, penchés sur les projets, raturant, modifiant, améliorant chaque paragraphe du futur traité.

Ces moments étaient exaltants pour Henriette dont le rêve avait été, naguère, de devenir reine de France et qui avait conservé une tendresse admirative pour son ancien amant. Mais, quand elle rentrait au Château-Neuf, elle devait subir les questions de Monsieur qui, soupçonnant qu'on lui cachait quelque chose, se desséchait de jalousie.

— Qu'avez-vous fait avec le roi ?

— Nous avons parlé de la chasse.

Ces précautions étaient indispensables si l'on ne voulait pas éveiller les soupçons de la Hollande et de l'Espagne, car Philippe, au dire de Saint-Simon, « parlait comme plusieurs femmes et laissait tout échapper ».

Aussi continuait-il d'ignorer complètement les préparatifs du voyage en Angleterre. Il savait seulement que le roi devait emmener la cour visiter les provinces de Flandre nouvellement conquises. Or Louis XIV avait l'intention, en arrivant vers Dunkerque, de suggérer brusquement à Henriette d'aller saluer le roi anglais qui réclamait depuis longtemps sa visite. Grâce à cette petite ruse, Monsieur ne se douterait jamais du rôle politique joué par sa femme.

Enfin, pour le calmer tout à fait et lui retirer tout désir de retourner à Villers-Cotterêts avec Henriette, le roi envoya l'ordre de libérer le chevalier de Lorraine.

Philippe exulta et remercia son frère.

Tout semblait donc très habilement préparé. Louis XIV n'avait pas compté avec l'amour...

Le mignon ne s'attarda pas à Marseille. Gonflé de haine pour Madame qu'il rendait responsable de son incarcération, il alla s'installer à Rome, d'où il renoua sa correspondance avec le duc d'Orléans. Aussitôt, tous ses amis lui écrivirent pour le tenir au courant des événements de la cour et il put, de nouveau, tirer les ficelles de cette marionnette parfumée qu'était Monsieur.

Un jour, celui-ci entra dans le bureau du roi, sourcils froncés, l'œil mauvais

— Je viens d'apprendre, dit-il, que vous vous préparez à envoyer ma femme en Angleterre. Je sais ce que cachaient vos conciliabules, et je viens vous demander pourquoi vous ne m'avez rien dit. Suis-je un niais, un incapable ? Car je sais que ma présence n'est point prévue chez Charles II. Vous m'avez ridiculisé, je n'oublierai jamais cet affront. Si vous êtes le maître du royaume, je suis le maître de ma femme, et je lui interdis d'aller en Angleterre.

Ayant dit, Monsieur pivota, disparut en faisant claquer ses hauts talons sur les parquets cirés et laissa Louis XIV atterré. Qui donc avait pu trahir le secret ? Quatre personnes seulement étaient au courant du « dessein anglais » : Louvois, Turenne, de Lionne et Madame. Le roi accusa Madame.

Il la fit appeler :

— Ma sœur, vous m'avez trahi. Pour que mon frère sache mon secret, il faut que mon secret coure vos appartements.

Henriette jura qu'elle ne s'était confiée à personne.

Très intrigué, le roi convoqua Monsieur et entreprit de le faire parler. Pour le mettre en confiance, il lui raconta qu'un traité de commerce était sur le point d'être conclu avec l'Angleterre. Un peu amadoué par cette fausse confidence, l'autre finit par avouer que « l'avis du voyage de Madame lui venait du chevalier de Lorraine ».

— Qui donc le lui avait appris ? demanda le roi.

— Mme de Coëtquen [144] !

Louis XIV comprit tout. Cette jeune et piquante personne, qui était une ancienne maîtresse du chevalier de Lorraine [145], avait fait naître une folle passion dans le cœur du maréchal de Turenne. Le grand capitaine était amoureux au point de commettre les actes les plus insensés : c'est lui qui avait parlé. Sachant que Madame avait l'intention de se faire accompagner par une suite de jolies femmes, il avait voulu être galant en annonçant ce voyage à Mme de Coëtquen et en ajoutant qu'il allait faire en sorte qu'elle y participât...

Le roi fit appeler Turenne et l'interrogea à brûle-pourpoint.

« — Parlez-moi comme à votre confesseur. Avez-vous dit à quelqu'un ce que je vous ai confié de mes desseins sur la Hollande et sur le voyage de Madame en Angleterre ?

» — Comment, sire, répliqua M. de Turenne en bégayant, quelqu'un sait-il le secret de Votre Majesté ?

» — Il n'est pas question de cela, reprit le roi pressamment. En avez-vous dit quelque chose ?

» — Je n'ai point parlé de vos desseins sur la Hollande, certainement, répondit le maréchal ; je vais tout dire à Votre Majesté. J'avais peur que Mme de Coëtquen, qui voulait faire le voyage de la cour, n'en fût pas et, pour qu'elle prît ses mesures de bonne heure, je lui en ai dit quelque chose, et que Madame passerait en Angleterre pour aller voir le roi son frère. Mais je n'ai dit que cela, et j'en demande pardon à Votre Majesté, à qui je l'avoue.

» Le roi se mit à rire et lui dit :

» — Monsieur, vous aimez donc Mme de Coëtquen ?

144. On prononçait alors « Coaquin ».

145. Celui-ci était en effet, disait-on, « à la mode chez l'un et l'autre sexe »...

» — Non pas, sire, tout à fait, reprit M. de Turenne, mais elle est fort de mes amies.

» — Oh ! bien, dit le roi, ce qui est fait est fait ; mais ne lui en dites pas davantage ; car, si vous l'aimez, je suis fâché de vous dire qu'elle aime le chevalier de Lorraine, auquel elle redit tout et qui, de Rome, en rend compte à mon frère [146]. »

Turenne, confus, demanda pardon et s'en alla tête basse.

Un peu rassuré, puisque le secret des négociations diplomatiques n'avait pas été divulgué, le roi fit procéder aux préparatifs du voyage dans les Flandres.

La cour, suivie de trois mille personnes, quitta Saint-Germain le 28 avril 1670. Monsieur, que le Guisard continuait d'exciter par lettres contre Henriette, montrait un visage mauvais. Il était, plus que jamais, décidé à empêcher le voyage en Angleterre puisqu'on l'en éliminait, et ne cessait de se montrer désagréable. Un jour que Madame était souffrante, il déclara :

— On m'a prédit que j'aurais plusieurs femmes et je le crois car, en l'état où est Madame, *on peut croire qu'elle ne vivra pas et on lui a prédit qu'elle mourrait bientôt* [147]...

Ces propos devaient, un jour, revenir à la mémoire des gens de la cour.

A Courtrai, Henriette reçut l'invitation officielle de son frère. Charles II, qui, pour lors, feignait de se promener par hasard sur les côtes de la Manche, lui annonça qu'il serait heureux de la rencontrer à Douvres.

Monsieur tenta d'interdire à sa femme de le quitter. Mais le roi intervint :

— Madame ira en Angleterre, car je le veux absolument.

Et Henriette s'embarqua à Dunkerque, tandis que Philippe d'Orléans s'enfermait dans une chambre pour y piquer une crise de nerfs.

La traversée fut gaie, et toutes les passagères se déclarèrent enchantées. Parmi les demoiselles qui constituaient la suite de Madame, se trouvait une ravissante blonde de vingt ans nommée Louise de Kéroualle qui devait aider puissamment la négociatrice dans sa mission. Connaissant la nature voluptueuse de Charles II, le roi l'avait désignée « car il pensait, nous dit Macaulay, que le plus utile ambassadeur qu'il pût envoyer à Londres était une belle, licencieuse et rusée Française ».

Henriette demeura deux semaines en Angleterre et, le 1er juin, le traité de Douvres qui scellait l'alliance de la France et de la Grande-Bretagne contre la Hollande était signé.

C'était une grande victoire diplomatique.

Madame, fière de son œuvre, revint à Saint-Germain le 18 juin, couverte de gloire. Elle avait laissé dans le lit de son frère la jeune Louise de Kéroualle, que les Anglais devaient appeler *Madame Carwell*

146. Ce dialogue est rapporté par DANIEL DE COSNAC dans ses *Mémoires*.
147. Mlle DE MONTPENSIER, *op. cit.*

et qui continuait, d'une façon personnelle mais efficace, l'œuvre de rapprochement franco-anglais...

La signature du traité de Douvres avait ouvert les yeux à Monsieur. Découvrant qu'une fois de plus on s'était moqué de lui, et jaloux de voir Henriette mêlée intimement aux affaires de l'État, il écrivit une lettre amère au chevalier de Lorraine.

En apprenant l'importance que son ennemie prenait à la cour, celui-ci comprit qu'il ne pourrait plus jamais, dans ces conditions, retourner à Saint-Germain. Alors, il acheta un poison italien inconnu en France et le fit porter à Saint-Cloud. Le 30 juin, Madame se mourait, Madame était morte...

On connaît les circonstances de cet étrange trépas par Bossuet. Mais à l'imprécision majestueuse d'une *Oraison funèbre*, je préfère la minutie prosaïque du témoignage direct. Voici comment Mme de La Fayette nous conte le début du mal qui devait emporter Henriette d'Angleterre : « Madame quitta Boisfranc et vint à Mme de Meckelbourg. Comme elle parloit à elle, Mme de Gamaches lui apporta, aussi bien qu'à moi, un verre d'eau de chicorée qu'elle avoit demandé il y avoit déjà quelque temps ; Mme de Gourdon, sa dame d'atour, le lui présenta. Elle le but ; et, en remettant d'une main la tasse sur sa soucoupe, de l'autre elle se prit le côté, et dit avec un ton qui marquoit beaucoup de douleur : "Ah ! quel point de côté ! Ah ! quel mal ! Je n'en puis plus !"

» Elle rougit en prononçant ces paroles et, dans le moment d'après, elle pâlit d'une pâleur livide qui nous surprit tous ; elle continua de crier, et dit qu'on l'emportât, comme ne pouvant plus se soutenir.

» Nous la prîmes sous les bras : elle marchoit à peine, et toute courbée. On la déshabilla dans un instant ; je la soutenois pendant qu'on la délaçoit. Elle se plaignoit toujours, et je remarquai qu'elle avoit les larmes aux yeux. J'en fus étonnée et attendrie, car je la connaissois pour la personne du monde la plus patiente.

» Je lui dis en lui baisant les bras, que je soutenois, qu'il falloit qu'elle souffrît beaucoup : elle me dit que cela étoit inconcevable. On la mit au lit ; et sitôt qu'elle y fut elle cria encore plus qu'elle n'avoit fait, et se jeta d'un côté et d'un autre comme une personne qui souffroit infiniment. On alla en même temps appeler son premier médecin, M. Esprit : il vint, et dit que c'étoit la colique, et ordonna les remèdes ordinaires à de semblables maux. Cependant les douleurs étoient inconcevables : Madame dit que son mal étoit plus considérable qu'on ne pensoit ; qu'elle alloit mourir ; qu'on allât lui quérir un confesseur...

» Tout ce que je viens de dire s'étoit passé en moins d'une demi-heure. Madame crioit toujours qu'elle sentoit des douleurs terribles dans le creux de l'estomac. Tout d'un coup, elle dit qu'on regardât à cette eau qu'elle avoit bue ; que c'étoit du poison ; qu'on avoit peut-être pris une bouteille pour une autre ; qu'elle étoit empoisonnée, qu'elle le sentoit bien, et qu'on lui donnât du contrepoison.

» J'étais dans la ruelle, auprès de Monsieur ; et quoique je le crusse fort incapable d'un pareil crime, un étonnement ordinaire à la malignité humaine me le fit observer avec attention. Il ne fut ni ému ni embarrassé de l'opinion de Madame...[148] »

Quelques heures plus tard, après une agonie terrifiante, Madame rendait l'esprit devant les médecins, impuissants.

Malgré le caractère insolite du malaise que Mme de La Fayette a parfaitement décrit et les témoignages précis de quelques contemporains, bien des historiens nient encore qu'Henriette d'Angleterre ait été empoisonnée. Or nous savons aujourd'hui comment les choses se sont passées.

Le chevalier de Lorraine, qui était devenu à Rome l'amant de Marie Mancini (dont le tempérament s'était échauffé depuis qu'elle était la femme du connétable Colonna), fréquentait tous les aventuriers que la belle exaltée recevait chez elle. Rien ne lui fut donc plus facile que d'entrer en relation avec l'un de ces astrologues louches qui pourvoyaient en poison les aristocrates d'Italie. Car on s'empoisonnait beaucoup dans la péninsule depuis un siècle. Des milliers de femmes, de maris, d'amants, de concurrents succombaient ainsi chaque mois. A la fin des banquets officiels, il n'était pas rare de voir un homme politique s'affaisser brusquement pour avoir mangé d'un dessert vénéneux et, au moment des conclaves, les cardinaux papables tombaient comme des mouches, victimes de poudres ou d'élixirs mortels.

L'empoisonnement était devenu si courant qu'on ne le considérait plus comme un crime. C'était un moyen de vivre tranquille.

On s'efforçait pourtant de faire les choses discrètement et les alchimistes composaient des poisons redoutables dont il était impossible de trouver trace dans les organes de la victime. Quelques-uns étaient lents, comme ceux des Borgia qui faisaient mourir au jour fixé, d'autres tuaient instantanément. Ces derniers étaient préparés de façon épouvantable si l'on en croit certains auteurs. L'alchimiste empoisonnait un porc et le laissait se décomposer. Au bout de quelques jours, les liquides qui s'échappaient du cadavre en putréfaction étaient distillés et le préparateur obtenait quelques gouttes d'une liqueur dont les effets étaient foudroyants.

Le chevalier, ayant acquis l'un de ces poisons, chercha à le faire parvenir en France. Un moment, il songea à son frère, Marsan, qui était venu le rejoindre à Rome ; mais celui-ci ne pouvait rentrer à Saint-Germain sans attirer l'attention. Il fallait un inconnu.

Le chevalier de Lorraine finit par découvrir l'homme qu'il cherchait : un Provençal nommé Antoine Morel, garçon intelligent, rusé et libertin. Il le fit charger d'une mission par le Vatican afin de justifier son voyage et lui confia le poison. A ce moment, Guise, son frère et Morel

148. Mme DE LA FAYETTE, *op. cit.*

se posèrent une question. Écoutons la princesse Palatine qui connut tous les dessous de cette affaire lorsqu'elle fut devenue la seconde femme de Monsieur : « Pendant que les coquins arrêtaient le projet d'empoisonner la pauvre Madame, ils délibéraient s'il fallait en faire part à Monsieur ou non. Le chevalier de Lorraine dit : "Non, ne le lui disons pas, il ne saurait le taire. S'il n'en parle pas la première année, il nous fera pendre dix ans après." Ils ont donc fait croire à feu Monsieur que les Hollandais avaient donné à Madame un poison lent qui n'avait fait son effet qu'ici [149]. »

Lorsqu'il arriva à Paris, Morel apprit que Monsieur et Madame venaient de se rendre dans leur château de Saint-Cloud pour y passer l'été. Il donna un rendez-vous discret au marquis d'Effiat, compagnon de débauche du Guisard, lui remit le poison et disparut.

C'était à d'Effiat d'agir. Comment s'y prit-il pour faire absorber la liqueur mortelle à Henriette d'Angleterre ? Écoutons encore la Palatine : « Ce n'était pas, écrit-elle, l'eau de chicorée de Madame que d'Effiat avait empoisonnée, mais la tasse, ce qui était un raffinement d'invention, car d'autres pouvaient goûter de cette eau tandis que personne ne boit dans notre tasse. Un valet de chambre qui avait été près de Madame et que j'ai eu ensuite (il est mort depuis) m'a raconté que le matin, pendant que Monsieur et Madame étaient à la messe, d'Effiat alla au buffet et qu'ayant pris la tasse, il en frotta l'intérieur avec un papier. "Monsieur, lui demanda le valet, que faites-vous à notre armoire et pourquoi touchez-vous à la tasse de Madame ?" Il répondit : "Je crève de soif. Je cherchais à boire et, voyant la tasse malpropre, je l'ai nettoyée avec du papier." Après-midi, Madame demanda de l'eau de chicorée. Dès qu'elle l'eut bue, elle s'écria qu'elle était empoisonnée ; ceux qui étaient présents burent de la même eau, mais non pas de celle qui était dans la tasse ; voilà pourquoi ils ne furent pas incommodés. On fut obligé de porter Madame au lit, son mal empira et, à deux heures après minuit, elle mourut dans des douleurs affreuses. La tasse avait disparu quand on la demanda. Elle ne se retrouva que plus tard. Il avait fallu la faire passer au feu pour la nettoyer [150]. »

Saint-Simon accuse de la même manière et aussi nettement le marquis d'Effiat. Et un homme de la cour, le chansonnier Gaignières, dans le commentaire d'un petit poème d'actualité, précise que Madame fut empoisonnée sur l'ordre de Philippe, chevalier de Lorraine, qui « se servit d'un Provençal nommé Morel et que ce misérable vint en France, chargé de la commission d'empoisonner Madame [151]. »

Comment peut-on conserver encore des doutes sur l'empoisonnement ?

Après la mort de la duchesse d'Orléans, Louis XIV fut « pénétré de la plus grande des douleurs ». Soupçonnant un crime, il fit lui-même

149. Princesse Palatine, *Correspondance*.
150. Id.
151. Bibl. Nat. *Fonds Français Ms. 12168*.

une enquête dans la journée du 30 juin et, le soir, envoya Brissac chercher Purnon, le premier maître d'hôtel de Madame.

« Dès que le roi l'aperçut, il fit retirer Brissac et son premier valet de chambre en prenant un visage et un ton à faire la plus grande terreur.

» — "Mon ami, lui dit-il, en le regardant depuis les pieds jusqu'à la tête, écoutez-moi bien : si vous m'avouez tout, et que vous me répondiez la vérité sur ce que je veux savoir de vous, quoi que vous ayez fait, je vous pardonne, et il n'en sera jamais fait mention. Mais prenez garde à ne me pas déguiser la moindre chose, car, si vous le faites, vous êtes mort avant de sortir d'ici. Madame n'a-t-elle pas été empoisonnée ? — Oui, sire, lui répondit-il. — Et qui l'a empoisonnée ? dit le roi, et comment l'a-t-on fait ?" Il répondit que c'était le chevalier de Lorraine qui avait envoyé le poison à Beuvron et à d'Effiat. Alors le roi, redoublant d'assurance, de grâce et de menace de mort : "Et mon frère, dit le roi, le savait-il ? — Non, sire, aucun de nous trois n'était assez sot pour le lui dire ; il n'a pas de secret, il nous aurait perdus." A cette réponse, le roi, fit un grand "Ha !" comme un homme oppressé et qui tout à coup respire. "Voilà, dit-il, tout ce que je voulais savoir. Mais m'en assurez-vous bien ?" Il appela Brissac, il lui commanda de ramener cet homme quelque part où, tout de suite, il le laissera en liberté. C'est cet homme lui-même qui l'a conté, longues années après, à M. Joly de Fleury, procureur général du Parlement, duquel je tiens cette anecdote[152]. »

Ayant acquis la certitude que Madame avait été empoisonnée, le roi trembla. Il pensait, en effet, au traité de Douvres, qui risquait d'être rompu si les Anglais apprenaient le crime dont venait d'être victime leur chère princesse, et aux conséquences politiques incalculables que cela pouvait avoir. Il fallait à tout prix qu'on crût à la mort naturelle.

Il ordonna bruyamment qu'une autopsie fût pratiquée : mais, en conciliabule secret, *il interdit aux médecins de trouver du poison*.

Les praticiens furent obéissants : ils déclarèrent que Madame était morte du choléra morbus et Charles II d'Angleterre feignit de croire cette fable. Le traité de Douvres, œuvre de Madame, était sauvé...

Comme rien ne devait jamais faire soupçonner le crime, le roi n'intenta, bien entendu, aucune action contre les coupables. Au contraire, il autorisa, quelques années plus tard, le chevalier de Lorraine à revenir à la cour.

Monsieur l'accueillit tendrement...

152. SAINT-SIMON, *op. cit.*

15

Mme de Montespan fait emprisonner Lauzun

Elle poussa le Roi-Soleil à mettre
Lauzun à l'ombre...

LÉON FOUCHER

Quelques heures après la mort de Madame, Louis XIV appela Mlle de Montpensier et lui dit :

— Ma cousine, voilà une place vacante, la voulez-vous prendre ?

La Grande Mademoiselle devint pâle. Sans doute, elle était encore vierge à quarante-deux ans et cet état lui procurait des maux de tête, mais elle n'avait aucune envie de donner à un homosexuel ce qu'elle avait si farouchement gardé jusque-là. De plus, elle s'était prise d'une admiration utérine pour le jeune Antonin Nompart de Caumont, comte de Lauzun, le don Juan de l'époque, et comptait bien devenir sa femme.

Quelques jours plus tard, celui-ci vint la trouver. Feignant d'ignorer les sentiments qu'elle éprouvait à son égard, il lui dit :

— Le roi veut que vous épousiez Monsieur ; il faut lui obéir. Songez ce que c'est que Monsieur : il n'y a que le roi et M. le Dauphin devant lui ; vous, vous n'aurez que la reine : vous serez la plus considérée du monde. Le roi iroit tous les jours chez vous. Ce sera des comédies, des bals, enfin tous les plaisirs.

Mlle de Montpensier, qui avait en vue des occupations moins innocentes, pinça le bec :

— Songez, dit-elle, que je n'ai plus quinze ans et que vous me proposez des choses propres aux enfants.

Il y avait dix mois qu'elle se taisait, tourmentée par un désir furieux qui lui donnait des rêves impudiques. Elle crut bienséant de voiler son regard. Puis elle s'en fut déclarer au roi qu'elle refusait d'épouser Monsieur. Le lendemain, rencontrant Lauzun, elle lui dit en se trémoussant :

— L'affaire de Monsieur est rompue, Dieu merci, et je veux vous entretenir.

Ses yeux brillants, ses gestes gauches d'amoureuse novice avaient quelque chose de touchant. Elle ne savait comment faire comprendre à Lauzun qu'elle l'avait choisi pour époux et minaudait dans l'espoir qu'il l'aiderait en faisant les premiers pas. Le rusé, qui guignait hypocritement la fortune de sa soupirante, attendait l'aveu d'un air innocent.

La Grande Mademoiselle, s'étant tortillée comme une fillette à l'âge ingrat, s'écria soudain :

— Monsieur de Lauzun, je veux vous faire une confidence : pendant que le roi imaginait de me faire épouser Monsieur, moi je me suis choisi un mari...

— Voilà qui est très bien !

— Vous ne me demandez pas son nom ?

— Je ne me le permettrais pas.

Mlle de Montpensier éclata d'un rire nerveux.

— Je vous autorise à me poser la question...

— J'ai quelque scrupule à pénétrer dans votre intimité.

— Puisque vous n'osez pas me le demander, je vais vous le dire... C'est...

— C'est ?

— Je n'ose plus...

— Vous me le direz demain, crut poli de dire Lauzun.

La vieille pucelle de la Fronde était superstitieuse.

— Cela ne se peut pas car demain est un vendredi. Approchez, je vais souffler contre ce miroir et j'écrirai le nom.

Elle fit de la buée sur la glace et commença à tracer « C'est... » Puis, elle effaça brusquement ce mot en disant :

— Non, je ne peux pas !...

Ce badinage ridicule dura deux heures.

A minuit, bien élevé, le comte s'en alla. Alors, la Grande Mademoiselle, regrettant sa timidité, prit une feuille de papier, écrivit en haut « C'est vous » et cacheta fébrilement.

Le lendemain, elle donna ce pli à l'objet de ses rêves audacieux. Lauzun lut les deux mots, prit un air malheureux et fit mine de croire qu'on se moquait de lui. Grelottante d'émotion, Mlle de Montpensier lui jura que rien n'était plus sérieux.

Très ennuyé, le comte regarda cette vieille fille édentée, trop grande, blanchissante et ridée, dont la gorge opulente n'incitait pas à la gauloiserie, et, malgré son désir d'être aimable, ne put prononcer le moindre compliment.

Mlle de Montpensier mit cette absence d'empressement sur le compte de la timidité et commença à faire des projets d'avenir. Dès lors, les choses se précipitèrent. Quelques jours après, ayant obtenu l'accord de son « fiancé », elle écrivit au roi pour lui demander l'autorisation de se marier.

Voici sa lettre :

Votre Majesté sera surprise de la permission que je lui veux demander : c'est de me marier... C'est une chose si ordinaire de se marier que je crois que l'on ne saurait blâmer les gens qui le veulent être. C'est sur M. de Lauzun que j'ai jeté les yeux : son mérite et l'attachement qu'il a pour Votre Majesté est ce qui m'a plu davantage en lui.

On se doute bien que, dans sa dernière phrase, Mademoiselle ne disait pas toute la vérité, mais il est des choses difficiles à exprimer par lettre...

Lauzun, qui était courtisan et « bas jusqu'au valetage », dit Saint-Simon, avait toute la faveur du roi (bien qu'il ait été jadis l'amant de Mme de Montespan). Pourtant, Louis XIV fit un peu la grimace en apprenant le projet de sa cousine. Le mariage d'une princesse du sang et d'un cadet de Gascogne lui semblait inconvenant. Il fit venir la Grande Mademoiselle et lui dit :

— Vous êtes en âge de voir ce qui vous est bon ; je serois bien fâché de vous contraindre en rien. Je ne voudrois ni contribuer à la fortune de M. de Lauzun, y allant de votre intérêt, ni lui nuire. Je ne vous le conseille point ; je ne vous le défends point ; mais je vous prie d'y songer. Bien des gens n'aiment pas M. de Lauzun. Prenez là-dessus vos mesures[153].

Certes, le roi ne semblait pas enthousiasmé par ce mariage, mais il n'avait pas opposé de « non » catégorique. Cela encouragea Mademoiselle qui envoya, le 15 décembre, les ducs de Montausier et de Créquy, accompagnés du maréchal d'Albret et de M. de Guitry, demander pour elle officiellement à Louis XIV la main du petit Gascon.

Le souverain, très ennuyé, leur répondit qu'il ne pouvait pas empêcher une fille de quarante-trois ans de faire ce qu'elle voulait...

Le « oui » n'était pas prononcé, mais la phrase pouvait tenir lieu d'acceptation. M. de Montausier vint rapporter à Mademoiselle les propos du roi, et ajouta, parce qu'il était sage et connaissait bien la cour :

— Voilà une affaire faite ; je vous conseille de la laisser le moins traîner que vous pourrez, et si vous me croyez, vous vous marierez cette nuit...

Mais Mademoiselle n'écoutait pas. Elle dansait de joie en criant :

— Je vais me marier ! Je vais me marier !

Tout Paris éberlué connut bientôt la nouvelle et Mme de Sévigné put mander à sa fille « la chose la plus étonnante, la plus surprenante, la plus merveilleuse, la plus miraculeuse, la plus triomphante, la plus étourdissante, la plus inouïe, la plus singulière, la plus extraordinaire, la plus incroyable, la plus imprévue », etc., par cette spirituelle lettre que toute le monde connaît.

Furieux, les princes et princesses du sang considérèrent ce mariage non seulement comme la plus grande des mésalliances, mais encore comme un affront personnel.

Monsieur déclara que Mademoiselle était bonne « à mettre aux Petites Maisons » et le prince de Condé parla de jeter Lauzun par la fenêtre. Toutefois, personne n'était plus en colère que Mme de Montespan.

Celle-ci, en effet, ne pouvait supporter que son ancien amant devînt, en épousant la plus riche héritière d'Europe, cousin du roi, duc, pair et « possesseur de biens prodigieux », alors qu'elle n'était qu'une instable favorite...

153. Mlle DE MONTPENSIER, *op. cit.*

Le soir même, elle reprocha à Louis XIV son indulgence et lui demanda d'empêcher le mariage.

Le roi, qui était à ce moment sous le charme de cette femme éblouissante dont « les talents s'épanouissaient sous le drap », promit sans discuter.

Ce n'était pas la première fois que Mme de Montespan desservait Lauzun auprès du roi. Quelques années auparavant, ses « bons offices » avaient empêché le duc d'avoir une charge importante dans l'armée. Celui-ci l'avait appris grâce à un moyen étonnant. Écoutons Saint-Simon :

« Ne pouvant deviner d'où vient son mal, il prend une résolution incroyable si elle n'étoit attestée de toute la cour d'alors. Il couchoit avec une femme de chambre favorite de Mme de Montespan, car tout lui étoit bon pour être averti et protégé ; et il vint à bout de la plus hasardeuse hardiesse dont on ait jamais ouï parler. Parmi tous ses amours, le roi ne découcha jamais d'avec la reine, souvent tard, mais sans y manquer, tellement que pour être plus à son aise il se mettoit les après-dînées entre deux draps chez ses maîtresses. Puyguilhem [c'était alors le nom de Lauzun] se fit cacher par cette femme de chambre sous le lit dans lequel le roi s'allait mettre avec Mme de Montespan, et par leur conversation y apprit l'obstacle que Louvois avait mis à sa charge, la colère du roi de ce que son secret avoit été éventé, sa résolution de ne lui point donner l'artillerie par ce dépit [154]. Il y entendit tous les propos qui se tinrent de lui entre le roi et sa maîtresse, et que celle-ci, qui lui avoit tant promis tous ses bons offices, lui en rendit tous les mauvais qu'elle put. Une toux, le moindre mouvement, le plus léger hasard pouvoit déceler le téméraire, et alors que seroit-il devenu ? Ce sont de ces choses dont le récit étouffe et épouvante à la fois.

» Il fut plus heureux que sage, et ne fut point découvert. »

Lorsque le roi et la favorite eurent quitté le lit et la chambre, Lauzun sortit de sa cachette et alla retrouver Mme de Montespan qui se rendait à la répétition d'un ballet. Écoutons de nouveau Saint-Simon :

« Il lui présenta la main et lui demanda avec un air de douceur et de respect s'il pouvoit se flatter qu'elle eût daigné se souvenir de lui auprès du roi. Elle l'assura qu'elle n'y avoit pas manqué, et lui composa comme il lui plut tous les services qu'elle venoit de lui rendre. Par-ci, par-là, il l'interrompit crédulement de questions pour la mieux enferrer, puis, s'approchant de son oreille, il lui dit qu'elle étoit une menteuse, une friponne, une coquine, une putain à chien, et lui répéta mot pour mot toute la conversation du roi et d'elle. Mme de Montespan en fut si troublée qu'elle n'eut pas la force de lui répondre un seul mot, et à peine de gagner le lieu où elle alloit avec grande difficulté à

154. Le roi avait promis à Lauzun la charge de grand-maître de l'artillerie, en lui demandant le secret. Mais le Gascon s'était vanté de sa future promotion auprès d'un valet de chambre qui en avait informé Louvois. Le ministre de la Guerre détestait le bellâtre, il s'était opposé à sa nomination.

surmonter et à cacher le tremblement de ses jambes et de tout son corps en sorte qu'en arrivant dans le lieu de la répétition du ballet elle s'évanouit. Toute la Cour y étoit déjà. Le roi, tout effrayé, vint à elle ; on eut de la peine à la faire revenir.

» Le soir, elle conta au roi ce qui lui étoit arrivé, et ne doutoit pas que ce fût le diable qui eût sitôt et si précisément informé Puyguilhem de tout ce qu'ils avoient dit de lui dans le lit. Le roi fut extrêmement irrité de toutes les injures que Mme de Montespan en avoit essuyées, et fort en peine comment Puyguilhem avoit pu être si exactement et si subitement instruit [155]. »

Le lendemain, Lauzun, convoqué par Louis XIV, s'était conduit avec une insolence inouïe. Tirant son épée, il en avait cassé la lame avec son pied en criant qu'il ne s'en servirait plus jamais « pour le service d'un roi qui, pour une putain, lui manquait de parole ».

Louis XIV savait se contenir. Et l'on connaît son étonnante réaction (rapportée depuis trois siècles par des historiens éberlués) : ouvrant posément la fenêtre, il avait jeté sa canne dans le jardin en déclarant qu'il serait au regret « d'avoir frappé un gentilhomme »...

Depuis ce jour, Mme de Montespan attendait l'occasion de se venger. Elle la tenait enfin.

Ayant obtenu du roi qu'il empêchât le mariage de Lauzun et de Mademoiselle, elle se sentit plus légère. En revanche, Louis XIV n'était pas très fier. Il fit appeler sa cousine. Celle-ci, saisie des plus grandes craintes, vint au Louvre en tremblant. On la fit entrer dans une chambre où le roi se tenait immobile et visiblement ému. Comme il la regardait tristement, elle s'attendit au pire. Et le pire arriva. Dans le silence de la pièce, elle entendit retentir les mots qu'elle redoutait le plus au monde :

— Ma cousine, je suis au désespoir de ce que j'ai à vous dire. On m'a dit que l'on disoit dans le monde que je vous sacrifie pour faire la fortune de M. de Lauzun. Cela me nuiroit dans les pays étrangers et que je ne devois point souffrir que cette affaire s'achevât... Vous avez raison de vous plaindre de moi. Battez-moi si vous voulez. Il n'y a emportement que vous puissiez avoir que je ne souffre et que je ne mérite.

La pauvre amoureuse se jeta aux pieds du roi :

— Sire, il vaudrait mieux me tuer que me mettre en l'état où vous me mettez. Quand j'ai dit la chose à Votre Majesté, si elle me l'eût défendue, jamais je n'y aurois songé ; mais l'affaire ayant été au point où elle est venue, la rompre, quelle apparence ! Que deviendrai-je ? Où est-il, sire, M. de Lauzun ?

— Ne vous mettez point en peine, on ne lui fera rien.

— Ah ! sire, je dois tout craindre pour lui et pour moi, puisque nos ennemis ont prévalu sur la bonté que vous aviez pour lui.

Le roi se mit à genoux près de sa cousine et l'embrassa. « Nous

155. Saint-Simon, *op. cit.*

fûmes trois quarts d'heure, écrit-elle dans ses *Mémoires*, sa joue contre la mienne ; il pleuroit aussi fort que moi. »

— Ah ! dit le roi, pourquoi avez-vous donné le temps de faire des réflexions ? Que ne vous hâtiez-vous ?

— Hélas ! sire, qui se serait méfié de la parole de Votre Majesté ? Vous n'en avez jamais manqué à personne, et vous commencez par moi et M. de Lauzun ! Je mourrai, et je serai trop heureuse de mourir. Je n'avois jamais rien aimé de ma vie ; j'aime et aime passionnément et de bonne foi le plus honnête homme de votre royaume. Je faisois mon plaisir et la joie de ma vie de son élévation. Je croyois passer ce qui m'en reste agréablement avec lui, à vous honorer, à vous aimer autant que lui. Vous me l'aviez donné ; vous me l'ôtez, c'est m'arracher le cœur.

Le roi lui prit la main :

— L'obéissance que vous me rendez en une occasion qui vous est si sensible me met en état de ne vous pouvoir jamais rien refuser.

Mademoiselle éclata en sanglots :

— Ah ! sire, je ne vous demande qu'une chose... Ne vous rendez-vous point à mes larmes ?

Louis fut inflexible.

— Les rois doivent satisfaire le public, dit-il en la congédiant doucement [156].

Mademoiselle quitta le Louvre, les yeux rouges et la mèche pendante. Dans son carrosse, elle eut une crise de nerfs et cassa les vitres. Lorsqu'elle arriva chez elle, gesticulant comme une furie, les valets de pied, affolés, firent sortir tout le monde. Finalement, elle se coucha et demeura vingt-quatre heures dans un état voisin de l'inconscience. Le surlendemain, nous dit Mme de Caylus, elle criait dans son désespoir : « Il serait là, il serait là ! », et d'un geste désolé elle montrait le lit vide [157].

Quelques mois passèrent et l'on put croire, à la cour, que Mademoiselle, dont la douleur faisait peine à voir, parviendrait à fléchir le roi.

Louis XIV se contenta d'autoriser sa cousine à rencontrer Lauzun. C'était peu, mais Mademoiselle en fut réconfortée. Elle montra même bientôt un air serein qui étonna son entourage. Au point que des gens se disant bien informés murmurèrent que Mlle de Montpensier et son bel Antonin s'étaient unis par un mariage secret...

Au mois d'août 1671, alors que la cour se trouvait en Flandres, ces murmures s'amplifièrent et un journal hollandais s'en fit l'écho. Que faut-il en penser ? Un passage des *Mémoires* de la Grande Mademoiselle semble leur donner raison : « On fit courre le bruit, écrit-elle, que nous nous étions mariés avant que de partir de Paris, et la *Gazette de Hollande* le dit. On me l'apporta pour me la montrer. *Il* [Lauzun] *riait. Je ne dis rien...* »

156. Toute cette scène extraordinaire et tous ces propos sont rapportés par Mlle de Montpensier elle-même dans ses *Mémoires*.
157. Mme DE CAYLUS, *op. cit*.

Plus loin, elle écrit encore : « On continuoit de dire que nous étions mariés. Nous ne disions rien, ni lui ni moi, n'y ayant que nos amis particuliers qui nous en osassent parler, et on leur rioit au nez sans en dire davantage que : *Le roi sait ce qui en est...* »

Enfin, lors d'un voyage de Lauzun à Fontainebleau, Mademoiselle nous dit qu'elle donna au petit homme moult recommandations : « Ayez soin de mettre une calotte quand vous y serez : le serein en est mortel pour les dents. Vous qui êtes sujet à avoir mal aux yeux, à être enrhumé : cet air fait tomber les cheveux... »

Ne voilà-t-il pas des propos dignes d'une épouse attentive ?

Quoi qu'il en soit, Mademoiselle, en cette fin d'automne 1671, paraissait presque heureuse. C'est alors que, le 25 novembre, une nouvelle éclata comme un coup de tonnerre : M. de Lauzun venait d'être arrêté.

Que s'était-il passé ?

Une fois de plus, le petit Gascon avait été victime de la haine de Mme de Montespan. De sa haine et de sa peur. En apprenant que Louis XIV s'était résolu à faire la guerre aux Hollandais, la favorite avait pensé, en effet, avec effroi, que Lauzun, « qui se déchaînoit contre elle en toutes occasions », allait se trouver en contact quotidien avec Sa Majesté et en profiterait pour la desservir et, peut-être, causer sa disgrâce.

Elle s'en était entretenue avec Mme Scarron, qui avait trouvé le remède : faire emprisonner le nabot.

— Il vous suffira, ajouta-t-elle, de représenter au roi toutes les indignités dont vous savez que M. de Lauzun vous charge tous les jours pour amener Sa Majesté à vous délivrer d'un ennemi si redoutable.

Mme de Montespan était allée se plaindre à Louis XIV, et M. de Lauzun avait été arrêté.

En apprenant la nouvelle, la Grande Mademoiselle fut écrasée. « Je suis étonnée de n'en être pas morte », écrit-elle. Quelques jours plus tard, Lauzun était envoyé, sous la garde des mousquetaires du roi, dirigés par d'Artagnan, au fort de Pignerol, dans le Piémont, où moisissait déjà le surintendant Fouquet[158].

Il devait y rester onze ans. Onze ans pendant lesquels la pauvre Mademoiselle, réduite de nouveau à la chasteté, se dessécha un peu plus.

De son côté, le cadet de Gascogne ne fut pas très heureux non plus, car les conditions de vie à Pignerol étaient très dures. Il lui était interdit de correspondre avec l'extérieur et d'avoir le moindre contact avec les autres prisonniers. Cela ne l'empêcha pas d'exercer son « métier » de séducteur. Grâce à un passage secret pratiqué dans une cheminée, il profita, en effet, de la visite de Mlle Fouquet à son père pour en devenir l'amant...

158. Au moment de son arrestation, on avait trouvé dans les papiers de Lauzun des milliers de lettres de femmes, des mèches de cheveux et autres gages amoureux, soigneusement étiquetés, ainsi qu'une espèce de musée secret renfermant des portraits. L'ensemble provoqua de nombreuses brouilles dans les ménages...

Après dix ans de démarches pour faire libérer son cher prisonnier, Mlle de Montpensier eut une idée : elle se déclara prête à faire son héritier du duc du Maine, fils du roi et de Mme de Montespan.

La favorite, ravie, accepta le marché, et Lauzun sortit de Pignerol où Fouquet était mort et où se trouvait depuis peu un nouveau prisonnier : le Masque de Fer...

Les deux amants (ou les deux époux, on ne le saura jamais, quoique les historiens en discutent depuis trois siècles), ne se retrouvèrent pour la première fois qu'en mars 1682. En onze ans, Mlle de Montpensier avait bien changé. Sa ressemblance avec un capitaine de dragons s'était fortement accentuée et Lauzun, qui n'avait pas appris la galanterie à Pignerol, ne cacha pas sa déception.

De son côté, Mademoiselle, si elle parvint à ne pas faire la grimace, car elle était bien élevée, trouva son héros un peu racorni. Vêtu d'un justaucorps tout déchiré et coiffé d'une vieille perruque, il ressemblait bien peu au gentilhomme qui galopait jadis auprès du carrosse royal et dont elle avait rêvé pendant plus de quatre mille nuits...

Pourtant, elle l'attira dans le château qu'elle avait fait construire à Choisy[159]. Mais le Gascon épouvanté à l'idée d'être obligé de rendre, par-ci par-là, un petit hommage à la vieille amoureuse, trouvait chaque jour mille prétextes pour lui fausser compagnie.

Il se mit alors à courir le guilledou, troussant les filles, violant les bergères, pourchassant les petites lingères, pour rattraper le temps perdu. La Grande Mademoiselle ne tarda pas à être mise au courant de la conduite de son « cher cœur ». Courroucée, elle le battit, le griffa et le mit à la porte. Ils se brouillèrent.

Libre de nouveau, Lauzun put se consacrer entièrement aux fillettes et, en 1695, deux ans après la mort de Mlle de Montpensier, il épousa, malgré ses soixante-trois ans, la charmante Mlle de Durefort-Lorge qui en avait quatorze et qui était bien jolie.

La pauvre ne savait pas quelle vie elle se préparait. « Pendant vingt-huit ans, nous dit Marguerite Bourgoin, il lui fera supporter son exécrable humeur et, tandis qu'il laissera presque tous ses biens à sa nièce, la duchesse de Biron, sa femme n'aura de lui qu'une dernière méchanceté :

» — Je m'en vais content, vous avez dépassé la quarantaine, vous êtes maintenant assez laide et assez vieille pour ne point me donner de successeur ! »

Charmant personnage !

Il mourut le lendemain, 19 novembre 1723. Il avait quatre-vingt-six ans[160].

159. D'après certains historiens, c'est à cette époque seulement que Mademoiselle et Lauzun se seraient unis par un mariage secret.

160. La Grande Mademoiselle était morte le 5 avril 1693. Son enterrement fut troublé par un incident macabre. L'urne dans laquelle avaient été enfermées ses entrailles, éclata tout à coup, répandant dans l'église une puanteur insupportable. Des femmes s'évanouirent, d'autres s'enfuirent, terrorisées, tandis que les prêtres couraient se réfugier au fond de la sacristie.

16

Mlle de La Vallière devient sœur Louise de la Miséricorde

Il y a quelque chose d'amoureux au repentir d'une passion amoureuse.

SAINT-ÉVREMONT

Le carnaval de 1671 fut célébré à la cour avec beaucoup d'éclat. Au cours de la mascarade organisée aux Tuileries par le roi, plus de cent cinquante demoiselles, nous dit un auteur du temps, « perdirent la virginité de leur nature » et le nombre des maris trompés fut si grand qu'on ne peut le calculer, « personne ne sachant, pour cela, suffisamment d'arithmétique »...

C'est assez dire que ce fut une belle fête.

Pourtant, bien des dames eussent désiré qu'on leur accordât plus de liberté encore en ces jours où, dans sa grande sagesse, l'Église permettait à la folie et à la lubricité de trouver un exutoire, et toutes rêvaient aux désordres stupéfiants du Carnaval italien. Les ambassadeurs de Rome, en effet, ne tarissaient pas sur l'impudeur des fêtes qui se déroulaient dans la péninsule le jour du mardi gras. Les masques, après s'être longuement bombardés de dragées qu'on appelait « confetti », se livraient à la luxure en pleine rue, sur les trottoirs, dans les escaliers, sur le pas des portes et même, nous dit-on, jusque dans les clochers... Au milieu de cette foule en folie, des individus, sûrs de l'impunité, assouvissaient des rancunes qui les rendaient bilieux depuis longtemps, tuant de-ci, de-là un confrère, un rival, un concurrent... Chacun se libérait ainsi de ses désirs refoulés et retrouvait un équilibre qui lui permettait de vivre heureux pendant une année [161]...

De telles histoires allèchèrent tant les dames de la cour que certaines ne purent résister au désir d'organiser dans leurs demeures de petits « carnavals italiens » où les plus extravagants désordres étaient autorisés.

Une biographe de Mlle de Montpensier donne de ce fait une curieuse interprétation que je m'en voudrais de ne pas rapporter : « Les gens qui ne voient que l'apparence des choses, écrit-elle, dirent que l'embaumement avait été mal fait. Mais ceux qui n'ignorent pas la malice des choses, savent bien que l'urne, sentant bouillir en elle toutes les colères rentrées de Mademoiselle, enfin hors d'atteinte de l'autorité royale, *éclata pour libérer toute cette fermentation contenue si longtemps et rendre à la cour l'air empuanti que la pauvre femme y avait respiré...* » MARGUERITE BOURGOIN, *Saint-Fargeau, Mademoiselle et son château*.

161. Le caractère libérateur du Carnaval était encore reconnu en France au XVe siècle ainsi que nous le prouve la lettre suivante datée de 1444 et envoyée aux évêques par la Faculté parisienne de théologie : « Cette fête n'est que pour nous divertir suivant l'exemple de nos pères, afin que la folie née avec chacun de nous trouve au moins, une fois l'an, son exutoire. Les tonneaux trop pleins crèveraient si on ne leur ouvrait la bonde ou le fosset. Or, nous sommes de vieux muids, des barriques mal cerclées que le vin de la sagesse ferait corrompre si nous le laissions fermenter en dévotions continues... »

L'une de ces dames, Mme de Fombourg, dont le mari, il est vrai, était aux armées, battit, sans doute, tous les records. Elle invita une cinquantaine d'amis en les priant de se déguiser de telle façon que les hommes eussent l'apparence de femmes et les femmes l'apparence d'hommes. Quand tout le monde fut réuni dans son salon, elle déclara que chacun devait donner libre cours à ses instincts et oublier pour quelques heures qu'il appartenait à la race humaine.

— Pendant une nuit, dit-elle, nous n'allons être que des bêtes ardentes et voluptueuses.

La fête commença au son des violons et prit tout de suite un caractère spécial. Comme sur un mot d'ordre, les fausses femmes se précipitèrent sur les faux hommes et, d'une main habile, les déshabillèrent complètement, ne leur laissant pour tout vêtement que le loup qui cachait leur visage. Les musiciens, éberlués, virent alors ces « dames », qui leur parurent singulièrement impudiques, manifester un furieux intérêt pour les rondeurs des invitées dévêtues, et transformer en un clin d'œil le salon en alcôve. « L'agitation, nous dit-on, devint bientôt extrême et les ébats les plus compliqués furent pris en public[162]. »

Cette orgie, sur laquelle il serait difficile de s'étendre, dépassa de loin les espérances de Mme de Fombourg. Au matin, la gracieuse baronne, exténuée, dormait sans voile sur un canapé. Autour d'elle, affalés sur les tapis, les coussins, les fauteuils, ses invités reprenaient des forces, et plusieurs dames « touchées par Morphée présentaient de leur personne un aspect bien immodeste ».

C'est à ce moment que M. de Fombourg, rentrant des Flandres, pénétra dans la pièce. Le tableau le surprit. Ce rude soldat n'était pas d'un naturel très fin ; néanmoins, il comprit tout de suite que des événements insolites s'étaient déroulés chez lui. Ayant mesuré « l'étendue de son déshonneur », il se mit à pousser de si furieux jurons qu'en un instant tout le monde fut réveillé. Honteuses de leur tenue simpliste, les femmes coururent se réfugier derrière les meubles, tandis que les hommes s'enfuyaient par les fenêtres.

Mme de Fombourg, affolée, avait pris le parti de s'évanouir ; une magistrale paire de gifles la ranima sur-le-champ.

Une telle aventure était bien faite pour amuser la cour, même un mercredi des Cendres, et pendant toute la matinée on se répéta en riant les détails colportés par les musiciens.

Cette hilarité fut brusquement interrompue par une nouvelle stupéfiante : Mlle de La Vallière, ayant secrètement quitté la cour pendant le bal des Tuileries, s'était rendue, à l'aube, au couvent des Dames de la Visitation de Chaillot...

Que s'était-il passé ? Rien que de très simple : Louise, humiliée par Mme de Montespan, délaissée par le roi, submergée de chagrin et bourrelée de remords, avait pensé que la religion seule pouvait la secourir dans sa détresse.

162. M. de Montabel, *Mémoires*.

Louis XIV apprit la nouvelle alors qu'il s'apprêtait à quitter les Tuileries. Impassible, il monta dans son carrosse en compagnie de Mme de Montespan et de Mlle de Montpensier et l'on put croire que la fuite de Louise le laissait indifférent. Mais, dès que la voiture fut sur la route de Versailles, de grosses larmes coulèrent sur ses joues. Voyant cela, la Montespan éclata en sanglots convulsifs et Mlle de Montpensier, qui pleurait assez volontiers à l'Opéra, crut bon de l'imiter...

Le soir même, Colbert, sur l'ordre du roi, ramenait Louise à Versailles.

La pauvre retrouva son amant en larmes et put croire qu'il l'aimait toujours alors qu'elle n'était, comme le dit Bussy-Rabutin, « qu'un prétexte pour la marquise »...

La vie en commun reprit et avec elle toutes les humiliations. Alors une amie nouvelle se manifesta, inattendue en vérité, puisqu'il s'agissait de Marie-Thérèse. La reine, qui souffrait, elle aussi, vint, un soir, tendre gentiment la main à son ancienne rivale, et les deux femmes purent désormais pleurer avec un bel ensemble...

Pendant des mois, Louise, servant de maigre paravent aux amours du roi et de la Montespan, promena à Versailles, à Paris ou dans les Flandres, un visage défait et des yeux rougis. De temps en temps, Louis XIV, pris de pitié, venait bien la retrouver dans sa chambre ; mais ces minutes de plaisir, loin de réconforter la pieuse Louise, activaient encore ses remords.

Un dernier affront allait lui faire prendre la plus importante décision de sa vie. Le 18 décembre 1673, en l'église Saint-Sulpice, le roi l'obligea à être la marraine de la dernière fille de Mme de Montespan...

Quelques jours après, Louise se rendit au couvent des Carmélites du faubourg Saint-Jacques, se fit expliquer en détail les règles de l'ordre et demanda à être admise comme postulante. La supérieure fit la grimace. Le carmel était réservé aux jeunes filles sans tache et non aux femmes dont la vie avait été un objet de scandale...

Louise, tête basse, rentra chez elle, mais revint le lendemain et tous les jours suivants pour supplier qu'on voulût bien l'admettre. Au bout de deux mois, cette insistance émut la supérieure qui finit par l'accepter.

Folle de joie, la favorite regagna ses appartements et, secrètement, commença à porter le cilice...

Le couvent ouvrait enfin ses portes devant elle ; pourtant, il lui restait une rude tâche à accomplir avant de trouver la paix : il lui fallait aviser le roi de sa décision. « De me retirer et de me faire religieuse ne me coûte rien : de parler au roi me coûte infiniment », écrivait-elle à M. de Bellefonds.

Surmontant ses craintes, elle finit par aller trouver son amant. Leur entrevue fut brève et tous les deux pleurèrent. Après quoi elle alla faire ses adieux à la reine et, le 18 avril 1674, dîna pour la dernière fois à la cour... chez Mme de Montespan.

Le 19, après avoir assisté à la messe aux côtés du roi qui pleurait, elle monta dans un carrosse et partit vers le couvent. Là, sans l'ombre d'un regret, elle prit la robe de bure qu'elle ne devait plus quitter.

Le soir, cette duchesse qui avait logé dans les plus beaux palais du monde se retrouva dans une cellule meublée d'un grabat fait de trois planches, d'une paillasse, d'un escabeau, d'une table à ouvrage, d'une cuvette et d'un pot à eau.

Dès le lendemain, elle s'adonna avec fougue aux plus grosses tâches, fut levée à cinq heures, couchée à onze et émerveilla tout le monde par son courage et sa piété.

Le 2 juin, à trente ans, elle prit officiellement l'habit et devint sœur Louise de la Miséricorde. Nom qu'elle devait porter jusqu'à sa mort, c'est-à-dire pendant trente-six ans...

17

Les aphrodisiaques de Mme de Montespan ont-ils compromis la santé de Louis XIV ?

> On n'accorde aucune attention à ce fait pourtant capital : Louis XIV fut littéralement empoisonné de philtres luxurieux par la Montespan... et cela pendant des années.
>
> LOUIS BERTRAND

Le 10 avril, vers cinq heures de l'après-midi, Mme de Montespan quitta Saint-Germain en carrosse et se fit conduire à Versailles où douze cents ouvriers étaient présentement en train de lui édifier un château de conte de fées.

A deux pas du palais dont Louis XIV surveillait l'achèvement, la favorite allait, en effet, posséder une admirable demeure à laquelle travaillaient Jules Hardouin-Mansart et Le Nôtre [163].

Ayant constaté avec satisfaction que certains bâtiments étaient presque terminés et que les jardins se dessinaient agréablement, la marquise, ravie de ce cadeau fastueux, se rendit à la petite église de Versailles.

Elle avait besoin, pour faire ses pâques, d'un confesseur indulgent, et pensait qu'un curé de village n'oserait pas lui refuser l'absolution. S'étant agenouillée, elle murmura son nom. Le résultat ne fut pas celui qu'elle espérait.

Le vieux curé fronça les sourcils.

— Quoi ? cria-t-il, vous êtes cette marquise de Montespan qui scandalise toute la France ! Allez, madame, renoncez à vos coupables habitudes et vous viendrez ensuite à ce redoutable tribunal.

Françoise, furieuse, remonta dans son carrosse et rentra à Saint-

163. ALAIN DECAUX, dans son passionnant ouvrage *La Belle Histoire de Versailles*, nous apprend que, sur l'emplacement de ce château — rasé cent ans plus tard — se trouve actuellement la gare de Versailles-Rive droite.

Germain pour se plaindre au roi. Mais, nous dit Lafont d'Aussonne, « Louis sentit en lui-même qu'il ne haïssoit point ce confesseur-là »[164].

Depuis le début du carême, en effet, le souverain, touché par l'éloquence persuasive de Bossuet, sentait monter en lui d'embarrassants remords.

Ne sachant que répondre à Françoise, dont la nervosité l'agaçait, il en appela au prédicateur qui, naturellement, donna raison au curé de Versailles.

Mme de Montespan rentra chez elle fort mécontente.

Dès qu'elle fut partie, Bossuet, dans un chuchotement qui fit trembler la chambre, supplia le roi de mettre fin à sa liaison. Bourdaloue vint bientôt à la rescousse :

— Ah ! sire. Quel attrait ne serait-ce pas pour certains pécheurs découragés et tombés dans le désespoir, lorsqu'ils se diraient à eux-mêmes : « Voilà cet homme que nous avons vu dans la même débauche que nous, le voilà converti et soumis à Dieu. »

De telles paroles étaient habiles, car « le roi, nous dit Mme de Caylus, avait un fonds de religion qui paraissait même dans ses plus grands désordres avec les femmes ». Après une nuit de méditation, tourmenté à l'idée qu'il n'allait pas pouvoir faire ses dévotions pascales, il finit par se laisser convaincre. Pâle, défait, il fit porter à Mme de Montespan l'ordre de quitter la cour...

Françoise entra dans une colère épouvantable.

Lorsqu'elle eut détruit quelques meubles, elle convoqua Bossuet et lui promit les plus hautes dignités de l'Église et de l'État s'il faisait revenir le roi sur sa décision. Le prélat sortit de la pièce sans répondre.

Alors la favorite disgraciée quitta Saint-Germain et alla cacher son humiliation à Paris dans une maison qu'elle possédait rue de Vaugirard.

Ce départ causa une émotion considérable à la cour où les ennemis de la marquise s'amusèrent à chanter des couplets peu galants et irrévérencieux :

Pleurons, pleurons une putain
Qui dans les bois de Saint-Germain
Et partout se le faisait faire.
Laire la
Laire lan lère
Laire lan la.

Elle est à Paris maintenant
Et chacun de ses beaux amants
Se prendra pour un roi, ma chère !...
Laire la
Laire lan lère
Laire lan la.

164. LAFONT D'AUSSONNE, *op. cit.*

Après cette séparation, Louis XIV, ayant communié pour Pâques, promit à son directeur de conscience de ne plus revoir Mme de Montespan. Sa soumission semblait totale. Un matin, alors qu'il était dans la salle où son fils, âgé de quatorze ans, travaillait avec Bossuet, celui-ci, enflant la voix, dit à l'enfant :

— Méfiez-vous des attraits du plaisir. Certaines faiblesses ont perdu de grands princes !...

Ce n'était ni fin ni même de bon goût. Louis XIV, pourtant, fut très ému. Il prit le dauphin par un bras et lui dit :

— Mon fils, gardez-vous à jamais de ces coupables entraînements et gardez-vous bien de suivre en cela mon exemple.

Le souverain était décidément transformé, et les bons prêtres pouvaient se féliciter : ils venaient de remporter une grande victoire.

Hélas ! elle allait être sans lendemain...

A Paris, Mme de Montespan ne restait pas inactive. Décidée à tout pour reprendre sa place auprès du roi et combattre l'influence des gens d'Église, elle avait pensé que la meilleure solution était de signer un pacte avec le démon.

Sa vieille amie et complice, la Voisin, la fit entrer aussitôt dans une des nombreuses sociétés diaboliques qui existaient alors.

Ces sectes groupaient principalement des gens de la cour qui voulaient se débarrasser de leurs rivaux ou de leurs conjoints. Des scènes hallucinantes et dignes du sabbat, au cours desquelles ces beaux messieurs et ces belles dames imploraient Satan, avaient lieu dans des endroits secrets et se terminaient en orgies épouvantables.

Mme de Montespan fut tout de suite à son aise, on s'en doute, dans ces milieux spéciaux.

Répétant les gestes qu'elle avait accomplis huit ans plus tôt, elle assista régulièrement à des messes noires, étendit son corps nu sur un autel et participa à des immolations monstrueuses[165]. Certains soirs de pleine lune, elle alla dans des jardins clos, en compagnie de sorcières et de prêtres maudits, prononcer de mauvaises prières et invoquer les forces du mal. Enfin, elle envoya à Saint-Germain des poudres d'amour que des complices mêlèrent aux aliments du roi. Ces poudres contenant de la cantharide et autres puissants aphrodisiaques, on vit de nouveau Louis XIV rôder vers les appartements des demoiselles d'honneur, et plusieurs jeunes filles durent à cette circonstance l'inauguration de leur carrière de femme...

Enfin, le roi eut un désir violent de sa maîtresse et il demanda à Bossuet la permission de la revoir « amicalement ». Le prélat, confiant, accepta, et une rencontre fut organisée. Écoutons la malicieuse Mme de Caylus nous conter la chose : « Il restait cependant une difficulté, écrit-elle. Mme de Montespan paraîtrait-elle devant le roi sans préparation ? Il faudrait qu'ils se vissent avant que de se rencontrer en public,

165. Lors du procès de 1680, on trouva dans le jardin de la Voisin les squelettes de plus de 2 000 enfants assassinés...

pour éviter les inconvénients de la surprise. Sur ce principe, il fut conclu que le roi viendrait chez Mme de Montespan ; mais, pour ne pas donner à la médisance le moindre sujet de mordre, on convint que des dames respectables seraient présentes à cette entrevue et que le roi ne verrait Mme de Montespan qu'en leur compagnie. Le roi vint donc chez elle, comme il avait été décidé ; *puis, insensiblement, il l'attira dans une fenêtre ; ils se parlèrent bas assez longtemps, pleurèrent et se dirent ce qu'on a accoutumé de se dire en pareil cas : ils firent ensuite une profonde révérence à ces respectables matrones, passèrent dans une autre chambre, et il en advint Mlle de Blois et ensuite M. le comte de Toulouse...* [166] »

Tout se terminait bien pour Mme de Montespan, mais l'alerte avait été chaude. Fermement décidée à continuer la lutte, elle s'adressa à des sorciers normands qu'on lui avait recommandés et fit ingurgiter très régulièrement des philtres magiques et des aphrodisiaques à Louis XIV. Pendant des années, le roi de France fut ainsi drogué sans le savoir par une dangereuse nymphomane.

Tous ces excitants finirent par produire un effet plus grand que ne l'avait escompté Mme de Montespan, et bientôt le souverain fut atteint d'une telle fringale amoureuse que les demoiselles d'honneur ne surent plus où donner de la tête, si j'ose ainsi m'exprimer [167].

La première sur qui se posa le regard de Louis XIV fut Anne de Rohan, baronne de Soubise, une ravissante jeune femme de vingt-huit ans qui se laissa fort respectueusement manquer de respect. Il la rencontrait dans l'appartement de Mme de Rochefort, y prenait un plaisir extrême et s'entourait de mille précautions pour qu'on ne sût rien — car la belle était mariée.

Il avait tort de se tourmenter. M. de Soubise ne possédait pas le méchant caractère de M. de Montespan. De plus, c'était un homme d'affaires. Voyant dans son infortune une éventuelle source de profits, il n'émit aucune protestation, mais demanda de l'argent. « Pour le prix de son infâme complaisance, nous dit Grand-Carteret, ce Dandin de haut parage reçut une pluie d'or dans son manteau seigneurial, acheta l'ancien hôtel de Guise, qui devint celui de Soubise, et entassa les millions après les millions [168]. »

Lorsqu'on le félicitait de son opulence, le complaisant mari, baissant la tête, prenait un air humble.

— Tout cela vient de ma femme, disait-il, je n'en dois point recevoir le compliment...

La gracieuse Anne était aussi avide et aussi cupide que son mari. Elle fit combler toute sa famille de richesses, de dignités et d'honneurs,

166. Ces deux bâtards, nés en 1676 et 1677, furent légitimés en 1681.

167. Cf. *Les années criminelles de Mme de Montespan*. « La faute en était à Mme de Montespan qui, escomptant des poudres qu'elle avait fait passer sous le calice un renouvellement de tendresse de son amant, excitait en lui (ces poudres étant de cantharide) des appétits physiques dont bénéficiaient, à la fureur de la maîtresse en titre, des rivales fréquemment changées. » PAUL EMARD ET SUZANNE FOURNIER. 1938.

168. J. GRAND-CARTERET, *L'Histoire, la vie, les mœurs et la curiosité.*

et parvint à faire ériger en principauté la baronnie de Soubise. Devenue princesse, elle crut pouvoir considérer Mme de Montespan d'un peu haut. Mal lui en prit. La marquise, qui ne décolérait pas depuis que le roi lui était infidèle, courut chez la Voisin et se fit faire une nouvelle drogue propre à séparer Anne de Louis XIV. Est-ce ce breuvage qui fut cause de la disgrâce de la princesse de Soubise ? Il est difficile de l'affirmer, mais il faut reconnaître que le roi se lassa brusquement de sa jeune maîtresse et revint à Françoise.

« La vision de Mme de Soubise a passé plus vite qu'un éclair, écrira, quelques jours après, Mme de Sévigné. Tout est raccommodé. On croit que *Quanto* [Mme de Montespan] est toute rétablie dans sa félicité. L'autre jour, elle avait la tête appuyée familièrement sur l'épaule de son ami. On croit que cette affectation était pour dire : "Je suis mieux que jamais." »

Hélas ! les aphrodisiaques qu'elle continuait de donner au roi, s'ils lui permettaient de passer des nuits enivrantes, allaient lui causer bien vite de nouveaux déboires. A la fin de 1675, Louis XIV, ayant successivement montré son estime à Mlle de Grancey et à la princesse Marie-Anne de Wurtemberg, s'éprit de la propre femme de chambre de Françoise. Dès lors, chaque fois que le roi retourna chez la favorite, ce fut pour s'arrêter dans l'antichambre et se livrer avec Mlle des Œillets à des jeux peu recommandables.

Celle-ci, ravie de ce qui lui arrivait, ne sut pas rester discrète. Plus tard, Primi Visconti écrira dans ses *Mémoires* : « Mlle des Œillets, femme de chambre de confiance de Mme de Montespan, laissait entendre que le roi avait eu commerce avec elle par diverses fois. Elle paraissait même se vanter d'en avoir eu des enfants [169]. Elle n'est pas belle, mais le roi se trouvait seul avec elle quand sa maîtresse était occupée ou malade. La des Œillets me dit que le roi avait ses ennuis, et qu'il se tenait parfois des heures entières près du feu, fortement pensif et poussant des soupirs. »

Mme de Montespan ne tarda pas à s'apercevoir qu'elle était, une fois encore, trompée. Furieuse, elle chargea quelques amies sûres de lui trouver, auprès de sorciers auvergnats, des philtres plus efficaces que ceux de la Voisin. Des flacons mystérieux lui parvinrent bientôt, remplis de liquides peu alléchants qui allèrent se mêler aux aliments du roi.

Sur ces entrefaites, Louis XIV, qui se fatiguait vite, quitta Mlle des Œillets, et la confiance de Mme de Montespan dans les breuvages magiques s'en trouva accrue. Elle fit combiner d'autres aphrodisiaques avec l'espoir de redevenir la seule favorite et remit imprudemment du feu dans les artères royales.

Une fois de plus, le souverain ne put se contenter des charmes de sa maîtresse ; il lui fallait d'autres « savoureux corps » pour calmer sa

169. Elle en eut une, en effet, qui fut baptisée Louise et déclarée fille de Philippe de la Maison Blanche, personnage supposé.

frénésie. Il devint l'amant de Mlle de Ludres, femme extrêmement belle qui appartenait à la Chambre des filles d'honneur de la reine. Hélas ! celle-là non plus ne sut pas tenir le secret, et Bussy-Rabutin put écrire : « Mlle de Ludres fait bien du bruit à Saint-Germain et donne des alarmes à Mme de Montespan. »

La marquise, jalouse de nouveau, fit rechercher des excitants plus puissants que les précédents, et pendant quinze jours en gava le roi qui avait, il faut le reconnaître, un tempérament exceptionnellement solide pour supporter ces préparations où se mêlaient parfois poudre de crapaud, piments, œil de vipère, testicule de sanglier, artichauts, excréments de renard et urine de chat.

Un soir, sous l'effet de ces drogues, il entra chez Françoise et lui fit passer une de ces heures éblouissantes qui comptent dans la vie d'une femme. Après quoi, il rentra chez Marie-Thérèse, « fortement essoufflé ».

Comme le dit M. de Montabel : « Si le roi avait su à quelles pratiques se livrait la favorite, il aurait usé des mêmes moyens pour s'en débarrasser et se serait désenvoûté grâce à la recette suivante, qui est bien connue des sorciers de village. Je la copie dans un vieux recueil de magie : ''Si une femme a donné quelque charme à un homme pour se faire aimer, et qu'il veuille s'en défaire, il prendra sa chemise par la têtière et par la manche droite et pissera au travers. Aussitôt, il sera délivré du maléfice.'' [170] »

Mais le roi ne savait pas...

Neuf mois plus tard, le 4 mai 1677, la marquise, radieuse, accouchait d'une fille qu'on baptisa Françoise-Marie de Bourbon en attendant qu'elle fût légitimée sous le nom de Mlle de Blois.

Françoise avait-elle reconquis définitivement sa place ? Non, car la belle de Ludres, qui tenait à garder sa « situation », eut l'idée étrange de faire croire qu'elle attendait, elle aussi, un enfant du roi. « Mlle de Ludres, par ses airs étudiés, voulait que la cour crût à sa grossesse, écrit Primi Visconti. Sur la seule opinion qu'elle était aimée du roi, toutes les princesses et les duchesses se levaient à son approche, même en présence de la reine, et ne s'asseyaient que quand Mlle de Ludres leur en faisait signe tout comme cela se passait chez Mme de Montespan. Celle-ci enrageait contre la nouvelle [171]. »

Des scènes épouvantables éclataient fréquemment entre les deux femmes. « Un matin, nous dit Bussy, le roi revenant de la messe regarda Mlle de Ludres et lui dit quelque chose en passant. Le même jour, cette dame étant allée chez Mme de Montespan, celle-ci la pensa étrangler et lui fit une vie enragée [172]. »

En attendant qu'un philtre composé par des alchimistes provençaux

170. Cette recette est citée également dans le recueil de Voyer d'Argenson.
171. PRIMI VISCONTI, *op. cit.*
172. BUSSY-RABUTIN, *Correspondance*.

lui ramenât le cœur du roi, Françoise traitait sa rivale de « haillon » et racontait qu'elle avait des dartres sur tout le corps...

Enfin, une boîte pleine de poudre grise lui fut apportée par ses complices et Louis XIV, par une coïncidence curieuse, éloigna Mlle de Ludres qui alla finir ses jours au couvent des Filles-de-Sainte-Marie du faubourg Saint-Germain.

Mais le souverain, rendu galant, une fois de plus, par la drogue provençale, échappa rapidement à Françoise et, selon le joli mot de Mme de Sévigné, « cela sentit de nouveau la chair fraîche dans le pays de *Quanto* ».

Louis XIV venait de découvrir, parmi les filles d'honneur de Madame[173], une délicieuse blonde aux yeux gris, âgée de dix-huit ans. C'était Mlle de Fontanges, dont l'abbé de Choisy disait qu'elle « était belle comme un ange et sotte comme un panier ».

Le roi en eut immédiatement un désir violent. Un soir, ne pouvant plus se contenir, il quitta Saint-Germain escorté de quelques gardes du corps et se rendit au Palais-Royal où logeait Madame. Là, il gratta une porte, suivant un signal convenu, et l'une des filles d'honneur de la princesse, Mlle des Adrets, qui était complice, le conduisit jusqu'à l'appartement de ses compagnes ; « ce fut ainsi, nous dit Primi Visconti, qu'il posséda pour la première fois Fontanges »...

Malheureusement, lorsqu'il regagna Saint-Germain, au petit jour, des Parisiens le reconnurent, et Mme de Montespan fut mise au courant de cette équipée. Sa fureur fut épouvantable. Est-ce à ce moment que, pour en finir, elle envisagea de se venger en empoisonnant le roi et Mlle de Fontanges ?

C'est possible, et de nombreux complices de la Voisin l'en accuseront l'année suivante au cours du Procès des poisons.

Quoi qu'il en soit, elle alla, une fois de plus, demander une poudre à la sorcière et revint, porteuse d'un mélange affreux qui dut certainement produire plus d'effet sur l'intestin de Louis XIV que sur son cœur...

Cette visite à l'empoisonneuse devait être la dernière. La Voisin, en effet, fut arrêtée peu de temps après, le 12 mars 1679, sur l'ordre de Louvois.

Trois jours plus tard, Mme de Montespan, affolée, quittait brusquement Saint-Germain pour Paris. Les contemporains, ignorant les relations qui existaient entre la marquise et l'empoisonneuse, se méprirent sur les raisons de cette fuite et crurent à un désaccord entre les amants : « On dit, écrivait Bussy, qu'il y a quelque brouillerie dans le ménage et que cela vient de la jalousie qu'elle a d'une jeune fille de Madame, appelée Fontanges, dont le roi, dit-on, a déjà eu contentement ; il faut voir la suite, après l'aventure de Ludres ; je me méfie fort d'un bon succès à ces nouvelles amours... »

Au bout de quelques jours, Françoise, comprenant que son nom

173. Monsieur s'était remarié, en 1672, avec la princesse Palatine.

n'avait pas été prononcé par la Voisin, fut un peu rassurée et revint à Saint-Germain. En arrivant elle eut un choc : Mlle de Fontanges était installée dans un appartement qui communiquait avec la chambre du roi...

18

Mlle de Fontanges fut-elle empoisonnée par Mme de Montespan ?

Les femmes sont plus constantes en haine qu'en amour.

GOLDONI

Quelques jours plus tard, une scène étrange avait lieu dans une cave de Vitry. Trois personnages, aux mines peu sympathiques, étaient réunis autour d'une petite table sur laquelle se trouvait une statuette du roi en cire blanche.

Ces trois hommes étaient Guibourg, La Houssaye et un prêtre. Après avoir prononcé des formules d'envoûtement, ils piquèrent l'effigie en plusieurs endroits et récitèrent des prières dont le moins qu'on puisse dire est qu'elles n'étaient pas très catholiques.

Cette scène se renouvela pendant neuf jours et, lors de la dernière réunion, les trois sorciers mirent le feu à la figure de cire. On vit alors le roi vaciller, s'écrouler, fondre et devenir une plaque blanche que l'un des hommes plaça religieusement dans un coffret.

Le lendemain, le coffret parvenait à Mme de Montespan qui le cacha dans un meuble à secrets.

Depuis qu'elle avait trouvé Mlle de Fontanges à sa place, la favorite cherchait à faire mourir le roi [174]. Après quelques hésitations bien compréhensibles, elle avait d'abord imaginé de le supprimer en lui faisant remettre un placet enduit d'une poudre empoisonnée. La Trianon, une sorcière commère de la Voisin, avait préparé cette poudre « avec un venin tellement fort que Louis XIV devait être frappé de mort après avoir touché le papier ». Un contretemps avait empêché ce meurtre et la Montespan, sachant que La Reynie faisait protéger le monarque depuis la découverte des officines d'empoisonneuses, avait finalement jugé plus prudent d'abandonner les poudres et d'user de l'envoûtement.

Pourtant, elle comptait bien se servir d'un poison pour faire disparaître Mlle de Fontanges, mais d'un poison lent, afin que sa rivale « donnât l'impression de mourir de langueur et de chagrin après le trépas du roi » [175].

La découverte de ces poisons lents était le but de tous les sorciers de

174. FRANTZ FUNCK-BRENTANO : « La maîtresse abandonnée résolut de faire périr à la fois Louis XIV et Mlle de Fontanges. » *Le drame des poisons*, 1899.
175. *Archives de la Bastille*.

l'époque et Mme de Montespan, depuis longtemps, faisait faire des expériences épouvantables. Quelques années auparavant, une de ses pourvoyeuses en drogue, Madeleine Chapelain, avait, sur son ordre, empoisonné un de ses laquais. Atteint d'un flux de sang, l'adolescent avait été transporté à la Charité où sa bonne maîtresse était venue le voir quotidiennement pour juger des progrès de la maladie...

Au bout de douze jours, le malheureux était mort, ayant perdu tout son sang, et Madeleine Chapelain en avait été désolée. En effet, le poison se révélait trop rapide et dangereux à employer contre un personnage important. Cette hémorragie pouvait ne pas paraître naturelle...

Après avoir tâtonné et expérimenté de nouveaux poisons sur des domestiques, des parents, des amis, les complices de la marquise avaient réussi à mettre au point des drogues capables de faire mourir en plusieurs semaines, et sans que les médecins — toujours curieux — risquassent d'être intrigués...

Tandis que Mme de Montespan se préparait à utiliser des « substances mortelles » contre Mlle de Fontanges, le roi suivait avec horreur les interrogatoires de la Voisin et de ses complices. Lorsqu'il eut acquis la conviction que le royaume était « gangrené par tout un monde de sorciers et de magiciens », il décida d'agir avec la plus grande sévérité et, le 7 avril 1679, créa une commission spéciale « chargée de statuer souverainement et sans appel sur la question des crimes ou délits pour fait de poison ».

Cette commission, qui tint ses assises à l'Arsenal, fut dénommée Chambre Ardente — parce que les tribunaux spéciaux chargés de juger des grands crimes siégeaient, à cette époque, dans une chambre tendue de noir et éclairée de torches [176].

En apprenant la création de cette commission, Mme de Montespan trembla et se tint tranquille pendant quelques mois. Mais la haine lui fit bientôt oublier toute prudence et elle reprit ses pourparlers avec deux scélérats, nommés Roumani et Bertrand, dont elle était sûre.

Il fut décidé que le premier pénétrerait chez Mlle de Fontanges déguisé en marchand d'étoffes et que Bertrand le suivrait en qualité de valet. Toutes leurs marchandises étaient empoisonnées. Tissus, soieries, gants, avaient été « préparés » d'après les recettes des magiciens.

Au dernier moment, la marquise, avertie sans doute que La Reynie faisait surveiller ses complices, donna l'ordre de remettre la visite à la duchesse.

Il y eut alors un court répit pendant lequel les deux favorites feignirent de vivre en bonne intelligence. Mlle de Fontanges faisait des cadeaux à Françoise, et, les soirs de bal, Françoise parait de ses mains Mlle de Fontanges

Louis XIV, qui ne soupçonnait pas quel ange noir vivait à ses côtés,

176. Et non pas, comme on le prétend généralement, parce que les condamnés étaient le plus souvent envoyés au bûcher.

promenait ses deux sultanes et semblait comblé... « Le roi, nous dit Primi Visconti, vit avec ses favorites, chacune de son côté comme dans une famille légitime. La reine reçoit leurs visites ainsi que celles des enfants naturels, comme si c'était pour elle un devoir à remplir, car tout doit marcher suivant la qualité de chacun et la volonté du monarque. Lorsqu'elles assistent à la messe à Saint-Germain, elles se placent, Mme de Montespan et ses enfants, dans la tribune à gauche, vis-à-vis de tout le monde, et Mlle de Fontanges à droite ; tandis qu'à Versailles, Mme de Montespan se met du côté de l'Évangile et l'autre sur des gradins élevés du côté de l'Épître. Elles prient, le chapelet ou le livre de messe à la main, levant les yeux en extase comme des saintes. La Cour de France, en vérité, est la plus belle comédie du monde...[177] »

Derrière cette comédie, couvait un drame.

La jeunesse, la grâce de Mlle de Fontanges aigrissaient la marquise qui atteignait la quarantaine et dont la taille avait terriblement épaissi. « Son embonpoint était devenu tel, écrit encore Primi Visconti, qu'un jour, pendant qu'elle descendait de carrosse, je pus voir une de ses jambes presque aussi grosse que moi. » L'Italien, fort galamment, ajoute il est vrai : « Je dois dire, pour être juste, que j'ai beaucoup maigri. »

Il n'en reste pas moins que Mme de Montespan s'alourdissait et que sa haine s'accroissait à mesure.

Un incident allait précipiter les choses. « Au cours d'une partie de chasse, nous dit Dreux du Radier, Mlle de Fontanges parut en amazone, avec un habit en broderie, dont l'élégance assortie à celle de sa taille en faisait la beauté la plus touchante qui pût s'offrir aux regards. Sa coiffure de caprice, composée de quelques plumes, relevait l'éclat de son teint et la délicatesse de ses traits. S'étant élevé un petit vent sur le soir, elle quitta sa capeline et se fit attacher sa coiffure avec un ruban dont les nœuds retombaient sur le front. Cet ajustement, où le hasard avait plus de part que la coquetterie, plut extrêmement au roi, qui pria Mlle de Fontanges de ne pas se coiffer autrement de tout le reste de la journée. Toutes les dames ne manquèrent pas de paraître le lendemain avec une pareille coiffure et ce goût de hasard devint le dominant : de la cour, il passa à la ville, pénétra dans les provinces, et passa bientôt, sous le nom de *Fontanges*, dans les pays étrangers...[178] »

Mme de Montespan ne put supporter de voir la nouvelle favorite devenue l'arbitre des élégances. Elle reprit ses préparatifs criminels...

Tout à coup, le 23 janvier 1680, la cour et la ville apprirent avec stupeur que plusieurs personnages très importants du royaume avaient été, le matin même, « décrétés de prise de corps » et inculpés. L'Affaire des poisons commençait.

177. Primi Visconti, *op. cit.*

178. Dreux du Radier, *Mémoires historiques, critiques et anecdotiques des reines et régentes de France*, 1775.

A midi, on cita les noms : le comte de Clermont, deux des nièces de Mazarin — la comtesse de Soissons, surintendante de la reine, et la duchesse de Bouillon —, la princesse de Tinguy, la marquise d'Alluye, la comtesse du Roure, Marie de la Marck, femme du mestre de camp de cavalerie de Fontet, la duchesse de La Ferté, la marquise de Feuquières, le marquis de Thermes, enfin l'illustre capitaine, l'élève du Grand Condé, Bouteville Montmorency, duc de Luxembourg et maréchal de France...

Le soir, on apprit que la comtesse de Soissons avait pris la fuite, avouant ainsi sa culpabilité...

Le scandale fut énorme.

Les Parisiens, qui avaient pris plaisir en 1676 au spectacle de la mort de Mme de Brinvilliers — convaincue, elle aussi, d'empoisonnements —, réclamèrent des bûchers pour tous les accusés [179].

Le 20 février, la Voisin fut brûlée en place de Grève.

La Montespan ne se laissa impressionner ni par la fermeté des juges, ni par la fureur populaire. Sûre de ses poisons lents, elle commença à faire mourir Mlle de Fontanges.

Au mois d'avril, tout comme le laquais de Madeleine Chapelain, la jeune favorite, qui avait accouché en janvier, eut brusquement un « flux de sang ». Un mois plus tard, une nouvelle hémorragie vint l'affaiblir et Mme de Sévigné put signaler à sa fille « une perte de sang considérable », ajoutant : « La jeune duchesse est dans son lit avec la fièvre qui s'y est mêlée. Elle commence même à enfler, son beau visage est un peu bouffi... »

Le 14 juillet, enlaidie par son mal, désespérée, Mlle de Fontanges se retira à l'abbaye de Chelles.

Mme de Montespan, que ce contretemps ennuyait, acheta un des laquais de sa rivale pour pouvoir continuer, de loin, son œuvre criminelle et la pauvre duchesse, sous l'action du poison lent, s'éteignit doucement.

Elle mourut le 28 juin 1681, après onze mois d'agonie, à l'âge de vingt-deux ans. Aussitôt tout le monde parla d'un crime et la princesse Palatine put écrire : « Il est certain que la Fontanges est morte empoisonnée. Elle a elle-même accusé de sa mort la Montespan. Un laquais, que celle-ci avait gagné, l'a fait périr avec du lait. »

Le roi eut, bien entendu, les mêmes soupçons que la cour. Épouvanté et redoutant d'apprendre que sa maîtresse était une criminelle, il interdit l'autopsie.

La suite du procès des empoisonneuses allait lui ouvrir les yeux sur bien d'autres infamies...

179. Mme de Sévigné elle-même s'était mêlée à la foule des spectateurs pour voir brûler la Brinvilliers. Le soir, elle écrivait en riant à Mme de Grignan : « Enfin, c'en est fait, la Brinvilliers est en l'air ; son pauvre petit corps a été jeté, après l'exécution, dans un fort grand feu, et les cendres au vent : de sorte que nous la respirerons ; et, par la communication des petits esprits, il nous prendra quelque humeur empoisonnante, dont nous serons tout étonnés. » *Lettre du 17 juillet 1676.*

Un jour, M. de La Reynie, lieutenant général de la police, entra dans le bureau de Louvois. Il était blême et tenait à la main un important dossier.

— Lisez, dit-il.

Le ministre se pencha sur les papiers. Au bout de quelques minutes, il releva la tête vers La Reynie. Il tremblait.

— Cette fois, il n'y a pas de doute. Nous devons avertir le roi.

Les deux hommes se regardèrent. Jamais ils n'avaient eu en leur possession un document plus embarrassant.

Le dossier que le lieutenant général venait de communiquer à Louvois contenait, en effet, la transcription complète des aveux de Marguerite Voisin, fille de la sorcière, et ces aveux étaient autant d'accusations portées contre Mme de Montespan...

Depuis longtemps, La Reynie et Louvois soupçonnaient la favorite d'être mêlée à l'Affaire des poisons, son nom ayant été cité par plusieurs inculpés : Guibourg, Madeleine Chapelain, Françoise Filhastre, entre autres. Toutefois personne n'avait jamais donné de détails précis. Or, voici que Marguerite Voisin racontait tout : les messes noires où le corps de Mme de Montespan avait servi de table d'autel, les incantations sacrilèges contre Mlle de La Vallière, les enfants immolés, les philtres d'amour, les poisons contre le roi, les poisons contre Mlle de Fontanges... Rien n'était omis. La fille de la sorcière, qui savait tout, ne pouvait pardonner à la favorite d'avoir laissé brûler sa mère...

Louvois, avec un manque d'entrain évident, se rendit chez le roi.

Lorsque Louis XIV apprit les crimes « dont s'était souillée la femme qu'il avait le plus aimée, la femme de qui il avait fait, aux yeux de l'Europe, la reine de la cour de France, celle qui était la mère de ses enfants préférés [180] », il fut atterré et demanda à réfléchir.

Dormit-il cette nuit-là ? On peut en douter. La situation était pour lui d'une gravité incroyable. Si les ennemis de la France apprenaient qu'il avait lié sa vie à celle d'une criminelle, d'une empoisonneuse, d'une sorcière, c'en était fait de cette auréole majestueuse qui éblouissait l'Europe... Il fallait empêcher le scandale ; il fallait que les papiers compromettants fussent détruits.

Le lendemain, il suspendit la Chambre Ardente.

Puis il ordonna à M. de La Reynie de conserver chez lui, et en un endroit secret, toutes les pièces du dossier où se trouvait le nom de la marquise.

Ayant ainsi paré au plus pressé, le roi fit poursuivre très discrètement l'enquête et désira qu'une personne fréquemment mise en cause par Marguerite Voisin fût entendue. Il s'agissait d'une demoiselle d'honneur de la favorite : Mlle des Œillets, dont il était devenu l'amant quelques années auparavant dans un moment d'exaltation dû aux aphrodisiaques.

Les complices de la Voisin déclaraient qu'ils l'avaient vue à maintes reprises venir chercher des poudres chez la sorcière.

La jeune femme, interrogée, nia farouchement.

180. Frantz Funck-Brentano, *op. cit.*

Mlle des Œillets, écrivit Louvois à La Reynie, *assure avec une fermeté inconcevable que pas un de ceux qui l'ont nommée ne la connaît, et, pour m'assurer de son innocence, elle demande à être confrontée avec ceux qui ont déposé contre elle. Elle répond sur sa vie que pas un ne dira qui elle est.*

La confrontation eut lieu au château de Vincennes et tous les accusés reconnurent formellement Mlle des Œillets...

Cette fois, le roi fut accablé. Non seulement Mme de Montespan était une criminelle qui méritait le bûcher, mais Mlle des Œillets, qui lui avait donné une fille, en était la complice.

Deux empoisonneuses parmi ses maîtresses, c'était beaucoup. Il appela La Reynie et lui demanda de faire en sorte que les pièces compromettantes ne pussent être réclamées par les juges.

Or, le procès-verbal des déclarations de Françoise Filhastre était de la plus haute importance pour la suite du procès. La Reynie le savait. Cet homme droit eut un moment d'hésitation. Il ne pouvait commettre un acte qui eût risqué d'entraver la marche de la justice. D'autre part, il ne pouvait non plus « laisser éclater un scandale qui eût causé un tort irréparable à son roi ». Il trouva une solution : quelques jours plus tard, sur sa demande, le Conseil d'État rendait un arrêt ordonnant qu'une copie du procès-verbal des questions de Françoise Filhastre fût établie *déduction faite de certains passages,* « Sa Majesté, pour de bonnes et justes considérations important à son service, *ne voulant pas permettre que certains faits qui ne touchoient pas les procès qui devoient estre jugez à la chambre fussent insérés* dans les grosses et expéditions qui seroient faites desdits actes ».

Tranquillisé cette fois, Louis XIV rétablit la Chambre Ardente qui reprit ses travaux et condamna quelques personnes — dont la Filhastre — à être brûlées vives. Mais les inculpés qui avaient accusé Mme de Montespan ne comparurent pas devant les juges. En vertu de lettres de cachet, ils furent envoyés dans le Jura ou en Franche-Comté pour y terminer leurs jours dans des forteresses.

Louvois jugea prudent de prendre quelques précautions :

Tous ces gens-là, étant fort entreprenants, doivent être traités sévèrement, manda-t-il à l'intendant de Chauvelin. *Surtout recommandez à MM. les gouverneurs d'empêcher que l'on n'entende les sottises qu'ils pourront crier tout haut, leur étant arrivé souvent d'en dire touchant Mme de Montespan qui sont sans aucun fondement.*

Le 21 juillet 1682, la Chambre Ardente fut déclarée dissoute. Elle avait condamné trente-six personnes au bûcher. Pourtant, l'une des principales coupables restait en liberté.

Il faudra attendre l'exhumation des Archives de la Bastille au XIXe siècle pour que le rôle joué par Mme de Montespan dans l'Affaire des poisons soit en partie connu. En partie seulement hélas ! car Louis XIV, en 1709, un mois après la mort de La Reynie, brûla lui-même les papiers secrets du lieutenant général de police...

Obligé de se comporter avec la marquise comme s'il avait tout ignoré, le roi ne put cependant pas lui jouer la comédie de l'amour.

Tant de vices et de noirceur d'âme l'écœurait. Écartant insensiblement de lui cette femme qui avait voulu le tuer, il reprit ses pratiques religieuses et revint vers Marie-Thérèse.

Il faut reconnaître qu'il était un peu poussé dans cette voie par Mme Scarron qui, depuis quelque temps, œuvrait dans l'ombre avec beaucoup d'intelligence et d'habileté.

Louis XIV l'avait vue élever avec amour les enfants que Mme de Montespan délaissait. Il avait apprécié son esprit, son caractère droit, sa profonde honnêteté, et, sans vouloir se l'avouer, il subissait maintenant son influence.

En 1674, lorsqu'elle avait acheté la terre de Maintenon, à quelques lieues de Chartres, Mme de Montespan s'était vexée :

— Quoi ? un château pour une gouvernante de bâtards ?

— S'il est humiliant d'être leur gouvernante, avait répondu la nouvelle châtelaine, que sera-ce d'être leur mère ?

Ce qui n'avait pas arrangé les choses.

Alors, pour faire taire Mme de Montespan, le roi était venu vers Mme Scarron et, devant toute la cour ébahie, l'avait appelée Mme de Maintenon...

Dès cet instant, et sur l'ordre exprès du monarque, elle n'avait plus signé que de ce nom. Et les gens malicieux s'étaient amusés à la nommer *Mme de Maintenant*...

Les années avaient passé et Louis XIV s'était attaché à cette femme si différente de Mme de Montespan. Après l'Affaire des poisons, c'est donc tout naturellement vers elle qu'un peu désemparé il tourna les yeux.

Mais Mme de Maintenon ne voulait pas prendre la place de la favorite. « Faisant intervenir l'empire de la religion, nous dit le duc de Noailles, elle se servit des sentiments qu'elle inspirait au monarque pour le ramener dans la voie édifiante du devoir conjugal et obtenir qu'il reportât vers la reine des soins qui n'étaient dus qu'à elle [181]. »

Marie-Thérèse fut émerveillée de voir le roi venir passer les soirées avec elle et lui parler tendrement. Car, s'il lui montrait quelque estime dans l'ombre tiède du lit royal, il était à son égard assez indifférent : il y avait plus de trente ans qu'il ne lui avait pas dit un mot gentil.

On imagine donc sa joie.

Tandis que la reine connaissait une vie nouvelle, Mme de Montespan acceptait en silence son abaissement, sa disgrâce et ses humiliations. Elle avait eu si peur du bûcher qu'elle se rapprochait craintivement de la religion.

Il était bien temps...

C'est dans cette atmosphère bourgeoise, calme et chargée d'encens que la cour aurait terminé l'année 1682, si un amusant scandale n'était

181. DUC DE NOAILLES, *Mémoires*.

venu remettre un peu les choses au point. Il existait alors, à Paris, un groupe de jeunes gentilshommes qui avaient formé secrètement une très curieuse association. Chaque membre devait, une fois par semaine, réunir tout le groupe chez lui et offrir un « divertissement » galant inédit. Le premier avait fait servir un repas par des serveuses nues, ravissantes et peu farouches. Le second avait demandé à une dame de petite vertu de se déshabiller lentement au milieu des invités, créant ainsi le premier strip-tease. Le troisième avait fait présenter un énorme pâté en croûte d'où était sortie une blonde jeune fille vêtue seulement « de sa candeur ». Puis, on en était venu à des divertissements plus compliqués et plus difficiles à décrire...

Or, un soir de décembre 1682, le comte de Gemblin chez qui se réunissait cette semaine-là le groupe des jeunes émancipés, avait eu l'idée de faire circuler avec chaque plat des gravures licencieuses. Mis en verve, tout le monde s'était rendu, sitôt après le dessert, dans une des maisons les plus mal famées du quartier Saint-Antoine. C'est là qu'était arrivé l'incident. Écoutons M. de Montabel : « En entrant, M. de Gemblin avait cru remarquer qu'une jeune femme, assise sur les genoux d'un portefaix, s'était enfuie, laissant l'autre tout penaud. "Pourquoi cette fille se sauve-t-elle en nous voyant ? cria le comte. Je veux qu'elle revienne !" Une infâme matrone vint en grimaçant assurer aux gentilshommes que la fraîche créature entrevue reviendrait bientôt. On attendit. Comme rien ne venait, M. de Gemblin, fort excité, alla lui-même chercher la jeune femme dans la cuisine. Il la trouva avec une serviette sur la tête et refusant de montrer son visage. Aidé de ses amis qui l'avaient rejoint, il la ramena dans la salle commune et, à coups d'ongles, parvint à déchirer l'étoffe que l'autre tenait toujours serrée sur sa figure. Il eut bientôt réussi et demeura stupide. Cette femme était son épouse... [182] »

C'est ainsi qu'on apprit à la cour que la charmante comtesse de Gemblin avait un tempérament ardent qui la poussait parfois à se livrer à la prostitution et à chercher, chez les portefaix, ce que son libertin de mari ne pouvait lui donner...

19

Le mariage secret de Louis XIV et de Mme de Maintenon

Ils s'étaient mariés comme on fait
une chose honteuse.

PIERRE BURLIER

Au début de l'été 1683, le roi, ayant eu l'idée d'entraîner la cour dans un fatigant voyage en Alsace, ramena la reine harassée. En

182. M. DE MONTABEL, *op. cit.*

quelques jours, la pauvre fut fiévreuse, délirante et placée « aux portes mêmes de la mort ».

D'une voix faible, elle demanda Mme de Maintenon. Françoise arriva en pleurant et, nous dit Lafont d'Aussonne dans ce style qui plaisait sous le premier Empire, « s'approcha de celle qui alloit quitter la plus belle couronne de l'univers pour s'enfermer dans un cercueil [183] ».

Il y eut entre les deux femmes des phrases embrouillées, quelques larmes éparses et Marie-Thérèse, détachant sa bague, la passa au doigt de Mme de Maintenon.

Ce geste produisit une vive impression sur l'assistance. Très ému, Louis XIV s'approcha à son tour et prononça quelques mots en langue espagnole, ce dont la reine lui sut gré.

Puis il fut prié de s'éloigner, car l'étiquette interdisait au roi de France de voir la mort, et Marie-Thérèse expira. Elle avait quarante-cinq ans.

Quand on vint lui annoncer la nouvelle, Louis XIV dit simplement :

— C'est la première fois qu'elle me cause de la peine !...

On s'accorda pour dire que ce mot était charmant.

Il l'était d'ailleurs.

Pendant ce temps, Mme de Maintenon, qui avait recueilli le dernier soupir de Marie-Thérèse, se dirigeait vers sa chambre. Le duc de La Rochefoucauld était dans le couloir. Il l'arrêta d'un geste et lui montra l'appartement du roi :

— Ce n'est pas le moment de le quitter !

Ce conseil était superflu. L'ex-gouvernante des bâtards royaux n'avait pas l'intention de s'éloigner du souverain. Elle allait rapidement le prouver.

Une question se pose immédiatement. Aimait-elle Louis XIV ?

Il est difficile de l'affirmer.

Cette femme austère, pieuse, presque bigote, qui avait, d'après certains, connu une jeunesse agitée (Ne l'appelait-on pas « La Guenipe », « La Ripopée » ?), possédait à quarante-huit ans un cœur étonnamment sage. Elle vénérait le souverain, éprouvait pour lui la plus vive admiration et pensait avoir été désignée par Dieu pour l'aider à devenir ce « roi Très Chrétien » dont il n'avait, il faut le reconnaître, que la majestueuse étiquette. Mais elle n'éprouvait, semble-t-il, aucune passion.

Pendant quelques mois, elle le rencontra chaque jour, donna son avis, fit d'habiles suggestions, se mêla discrètement de tout et finit par se rendre indispensable.

Louis XIV la considérait avec des yeux brillants et « quelque chose d'un peu gourmand dans la physionomie ».

Sans doute voulait-il goûter à l'automne éblouissant de cette belle prude.

L'aimait-il ? De nombreux historiens ont répondu, un peu hâtive-

183. Lafont d'Aussonne, *op. cit.*

ment, qu'il s'agissait tout au plus d'une noble estime. Ce texte de Mme Suard montre qu'ils se trompaient :

« Le roi, écrit-elle, aimoit Mme de Maintenon autant qu'il pouvoit aimer. Il ne pouvoit plus se séparer d'elle un seul jour, presque un seul moment. Partout où elle n'étoit pas, il ne trouvoit qu'un vide insupportable. Cette femme, qui s'étoit toujours défendu d'aimer et d'être aimée, l'étoit par Louis le Grand, et c'étoit lui qui étoit intimidé devant elle [184]. »

Une lettre prouve, d'ailleurs, que le roi était amoureux.

La voici :

Je profite de l'occasion du départ de Monchevreuil, pour vous assurer d'une vérité qui me plaît trop pour me lasser de vous la dire : c'est que je vous chéris toujours, et que je vous considère à un point que je ne puis vous exprimer, et qu'enfin, quelque amitié que vous ayez pour moi, j'en ai encore plus pour vous, étant de tout mon cœur tout à fait à vous.

LOUIS.

De cette femme qui avait si bien élevé ses enfants, il lui sembla inconvenant de faire sa maîtresse. D'ailleurs, l'allure digne de Françoise d'Aubigné interdisait toute idée d'adultère. Elle n'était pas de ces dames qu'on pouvait, aisément, entraîner dans une chambre.

En faire la reine de France ? C'était délicat. N'avait-elle pas été la femme de Scarron ? Louis XIV craignait, pour elle et pour lui, les ricanements du peuple. Déjà des chansons, des épigrammes, des dessins satiriques circulaient dans Paris. On avait imaginé des boîtes de bonbons décorées de portraits où Mme de Maintenon était placée entre le roi et son poète cul-de-jatte. Sur d'autres, le roi était entre elle et Mlle de La Vallière : celle-ci mettait la main sur le cœur de Louis et Mme de Maintenon portait la sienne sur la couronne...

Il n'y avait qu'un moyen : l'épouser secrètement. Louis s'y résolut et, un matin, envoya son confesseur, le père La Chaise, en faire la proposition à Françoise.

S'y attendait-elle ? On nous dit « qu'elle fut aussi charmée que surprise et qu'elle chargea le prêtre de répondre au roi qu'elle était toute à lui »...

Le mariage eut lieu, probablement entre 1684 et 1685 (la date précise n'en a jamais été connue), dans le cabinet du roi où la bénédiction fut donnée aux nouveaux époux par Mgr Harlay de Champvallon, assisté du père La Chaise.

Pendant quelques mois, personne ne se douta de rien. Puis mille détails firent comprendre aux familiers de la cour que Mme de Maintenon n'était plus une femme comme les autres. On la vit se promener seule à Marly avec le roi ; elle occupa un appartement de plain-pied avec celui de Louis XIV qui l'appelait *Madame*, se montrait respectueux envers elle et passait dans sa chambre une partie de ses

184. Mme SUARD, *Mme de Maintenon, peinte par elle-même.*

journées ; elle se levait un très court instant lorsque Monseigneur le Dauphin ou Monsieur entrait ; mais elle ne se dérangeait pas pour les princes et les princesses du sang qui n'étaient reçus qu'après avoir obtenu des audiences ; enfin, assise dans un fauteuil, en présence du souverain, elle était admise aux réunions des ministres et aux secrets d'État...

Les gens de la cour ne surent que penser de cette intimité jusqu'au jour où le duc d'Orléans, pénétrant chez le roi, trouva celui-ci « en grand négligé » près de Mme de Maintenon.

— Mon frère, dit Louis XIV, à la manière dont vous me voyez devant Madame, vous pouvez bien penser ce qu'elle m'est...

Quelques personnes commencèrent alors à soupçonner l'union du roi et de Françoise. Mais le bruit ne s'en propagea pas, chacun semblant avoir à cœur de garder le secret. Seule, Mme de Sévigné, qui ne pouvait pas plus tenir sa plume que sa langue, écrivit : « La place de Mme de Maintenon est unique, il n'y en a jamais eu, il n'y en aura jamais de semblable...[185] »

Le peuple ne sut pas avant 1690 que son roi s'était remarié. Quand il l'apprit, des couplets insolents montèrent jusqu'à Versailles comme une bordée d'injures :

Que diroit ce petit bossu[186]
S'il se voyoit être cocu
Du plus grand roi de la terre ?
Laire la, laire lanlaire
Laire la, laire lanla.

Il diroit que ce conquérant
A tant pris, qu'à la fin il prend
Le reste de toute la terre.
Laire la, laire lanlaire.
Laire la, laire lanla[187].

Fort heureusement, pour le bon renom de l'esprit français, des couplets plus spirituels furent composés.

Celui-ci par exemple :

Au Dauphin, irrité de voir comme tout va,
« Mon fils, dit lors Louis, que rien ne vous étonne,
Nous maintiendrons notre couronne ! »
Le Dauphin répondit : « Hélas ! Maintenon l'a[188]. »

185. Plus tard, de nombreux mémorialistes firent allusion à ce mariage secret. Notamment le marquis d'Argenson qui écrivit : « Le Roi l'avait certainement épousée » et M. de Noailles qui nota dans ses *Mémoires* : « On ne doute plus du mariage secret qui l'unissait au monarque... »

186. Scarron.

187. B.N. *ms fr.* 12671.

188. Arsenal, *ms.* 3118.

Tandis que le peuple ricanait, le roi regrettait de s'être lié à cette bigote pudibonde.

Son enthousiasme, en effet, était tombé rapidement car il serait faux de dire qu'il goûtât un grand plaisir dans les bras de Mme de Maintenon. Froide, inquiète, tourmentée par l'idée du péché, elle trouvait insupportable le moindre attouchement et se montrait maintenant agacée lorsqu'il voulait, avec toute l'ardeur de ses quarante-huit ans, lui prouver qu'il était un bon mari.

Finalement, Louis XIV se plaignit au confesseur de sa femme, Mgr Godet des Marais, l'évêque de Chartres, qui, pour exhorter Françoise à accomplir son devoir conjugal, lui écrivit joliment : *Il faut servir d'asile à un homme faible qui se perdrait sans cela... Quelle grâce de faire par pure vertu ce que tant d'autres femmes font sans mérite et par passion...*

Ces savoureux encouragements ne servirent pas à grand-chose et Mme de Maintenon continua de faire, avec dégoût, ce qui plaisait tant naguère à Mme de Montespan...

Cette terrible pudibonderie se manifestait d'ailleurs dans tous les domaines et ennuyait beaucoup le roi. Un jour qu'il chantonnait des vers de Quinault, mis en musique par Lulli, elle intervint, la bouche pincée :

— Ces couplets respirent une volupté dangereuse... vous devriez demander à Quinault d'en retoucher certain passage...

Louis XIV se retourna, très irrité :

— Mais il en a toujours été ainsi ; la reine, ma mère, qui était pieuse, et la reine, ma femme, qui communiait trois fois la semaine, ont entendu tout cela comme moi, et elles n'en étaient pas choquées.

Quelque temps après, Mme de Maintenon, qui venait de fonder l'école de Saint-Cyr pour les demoiselles nobles et sans fortune, fournit une nouvelle preuve de sa pruderie.

Racine avait donné *Andromaque* à jouer aux élèves. En voyant à quel point les jeunes filles savaient exprimer les sentiments de l'amour, Mme de Maintenon fut effrayée et, sautant sur un papier, elle écrivit au poète : *Nos petites filles viennent de jouer* Andromaque *et l'ont si bien jouée qu'elles ne la joueront plus ni aucune de vos pièces.*

Une fois de plus, le roi fut navré...

Bien entendu, l'austérité de Mme de Maintenon — que Mme de Sévigné appelait « l'enrhumée » — ne tarda pas à faire sourire.

Les habitués de la cour plaignirent Louis XIV dont on connaissait le tempérament ardent, et certains murmurèrent « qu'il avait mis dans son lit une grosse vipère toute froide »...

C'est à ce moment que les protestants accusèrent Mme de Maintenon d'être une vipère moins froide qu'on ne le supposait, et pour tout dire lubrique...

On chuchota qu'elle avait pour amant un de ses valets et l'on conta des anecdotes fort peu édifiantes. Écoutons Bussy-Rabutin qui se fait un plaisir de nous les rapporter :

« Un jour, le domestique dont elle se servoit dans son exercice amoureux fut pour deux jours à la campagne avec sa permission, mais soit qu'il y rencontrât quelqu'un de connaissance, ou qu'il voulût gagner de nouvelles forces, il y demeura beaucoup plus ; et il y avoit déjà six jours qu'il étoit absent, quand Mme de Maintenon, qui n'étoit pas accoutumée à un si long jeûne, lui écrivit un billet, et le donna à sa fille confidente pour le lui faire tenir. »

Or, cette fille, affirme Bussy, était, depuis longtemps, soudoyée par un autre soupirant de la belle Françoise. Un soupirant qui n'était autre que le révérend père La Chaise, confesseur de Louis XIV...

Elle alla lui porter le mot dont voici un extrait :

Reviens donc et ne me laisse plus seule auprès du roi que je n'aime pas la dixième partie autant que toi. Et si tu ne veux pas me trouver bien mal ou morte, viens à minuit, droit dans ma chambre, je donnerai ordre que la porte soit ouverte pour te laisser entrer...

Ayant lu ce billet, l'ecclésiastique conçut immédiatement, toujours d'après Bussy, le projet d'éloigner le valet et de prendre sa place. Il écrivit au jeune homme pour l'informer que son père était gravement malade et donna rendez-vous à la fille d'honneur pour le soir même.

A minuit, il arriva chez Mme de Maintenon et trouva la suivante qui l'attendait. Écoutons Bussy nous conter la suite : « Il se déshabilla, prit la robe de chambre et le bonnet qui servoient à l'autre dans ses expéditions, après quoi, il fut introduit jusqu'au lit, où il entra doucement et, sans parler, il commença de monter à l'assaut. Quoiqu'elle fût endormie, elle le sentit bien ; et, croyant que ce fût son taureau de coutume, elle l'embrassa avec des étreintes si amoureuses, que le pauvre père pensa en expirer dans ce charmant exercice. Le jeu leur étoit trop doux pour y préférer la conversation ; ainsi, ils recommencèrent à diverses fois sans se parler et auroient peut-être passé la nuit ainsi, si le père La Chaise n'eût rompu le silence par un rhume incommode, et qui le fit tousser hors de saison. Mme de Maintenon poussa un cri, et voulut se jeter hors du lit ; mais il la retint et lui fit ses excuses... »

« Quoi qu'il en soit, ajoute Bussy, mes Mémoires portent qu'ils se raccommodèrent et poursuivirent le reste de la nuit, et ont toujours poursuivi depuis, et poursuivront encore tant qu'ils auront des forces, si nous en croyons les apparences ; car il est vrai que si elle est la mule du roi, elle est tout autant la cavale de La Chaise et la haquenée de son valet... [189] »

De telles histoires produisirent beaucoup d'effet à la cour. On se demanda pendant quelque temps si Mme de Maintenon « ne cachait pas sous ses amples jupes un feu plus brûlant que celui de l'astre qui servait d'emblème au souverain ». Et la princesse Palatine, qui

189. BUSSY-RABUTIN, *La France galante*, 1695.

reprochait au roi sa mésalliance, ne se gêna pas pour affirmer, avec la verdeur de langage qui la caractérisait, que Françoise d'Aubigné était une « franche putain »[190]...

Puis le bruit courut que Mme de Maintenon jouait auprès de Louis XIV le rôle peu délicat d'entremetteuse et que l'école de Saint-Cyr n'avait été instituée que pour fournir de jeunes maîtresses au vieux monarque. Écoutons Bussy, encore une fois : « Dans la crainte qu'étant devenue vieille et que le roi, qui a une longue jeunesse, ne se dégoûtât d'elle comme de plusieurs autres, elle fut assez fine et assez industrieuse pour ériger la congrégation des jeunes demoiselles de Saint-Cyr, afin de pouvoir en tout temps divertir le roi, et lui fournir de nouveaux objets qui pussent lui plaire. L'on peut dire, à la louange de Mme de Maintenon, qu'elle n'a jamais été de ces maîtresses importunes ni de ces femmes fâcheuses et goulues qui n'en veulent que pour elles. Je sais bien que les critiques traitent cette maison de sérail, mais ils ont tort, car plusieurs demoiselles en sortent aussi vierges qu'elles y sont entrées. Cependant Mme de Maintenon a cru par là se rendre la maîtresse des petits plaisirs du roi, et avoir trouvé un moyen de se maintenir en tout âge dans les bonnes grâces de Sa Majesté, qui, en matière d'amourettes, a toujours aimé les plus commodes. Je ne m'étudierai pas ici à rapporter tout ce qui se passe en particulier dans cette belle maison, où tout le monde n'a pas la permission d'entrer ; *mais je sais très bien, et sur de très bons rapports, qu'aussitôt que le roi a jeté les yeux sur quelque nymphe, Mme de Maintenon prend un grand soin de la catéchiser et de l'instruire de la manière qu'elle doit recevoir l'honneur que le roi lui fait.* »

Il ne reste rien aujourd'hui, bien entendu, de ces calomnies, mais à l'époque, elles firent beaucoup de bruit et la réputation de Mme de Maintenon faillit en souffrir[191].

C'est alors que l'épouse du roi, très mortifiée, désira que son mariage fût déclaré publiquement. Elle alla trouver Louis XIV et le supplia de la faire reine de France pour arrêter les bruits injurieux qui couraient à son sujet. Le souverain hésita. Peut-être eût-il accepté si Louvois n'était intervenu avec une violence extraordinaire, ainsi que nous le dit Saint-Simon : « Ce ministre avoit des espions partout ; il sut que le roi, dans un moment de faiblesse, s'étoit laissé arracher la promesse de rendre public son secret, et qu'il alloit l'exécuter. Il se rend auprès de lui, le prie de faire sortir les valets. Ils sortent en effet, mais ils laissent les portes ouvertes, de manière qu'ils entendoient tout et voyoient tout par les glaces. Louvois expose au monarque ce qui l'amène, lui rappelle qu'il lui a promis à lui-même de ne jamais, pour

190. Les comédiens italiens furent disgraciés pour avoir joué *La Fausse Prude*, comédie où la malignité publique avait vu des allusions à Mme de Maintenon, dont Saint-Simon disait qu'elle « avait rôti le balai dans sa jeunesse »...

191. On racontait aussi que Mme de Maintenon s'était fait peindre nue à l'époque où elle était encore l'amie de Ninon de Lenclos. Mais cette fois on ne mentait pas. Le tableau existe toujours au château de Villarceaux.

quelque raison que ce soit, déclarer son mariage. Il s'étend avec chaleur sur la honte et les inconvénients d'une pareille action. Louis XIV n'ose nier sa nouvelle disposition. Il s'entortille de subterfuge et se met à marcher pour gagner une autre pièce et se délivrer d'une présence importune. Louvois se jette au-devant, se précipite à ses genoux et, tirant une petite épée qu'il portoit toujours à son côté, la présente au roi par la garde :

» — Tuez-moi ! lui dit-il, afin que je ne voie pas une infamie qui va vous déshonorer aux yeux de toute l'Europe.

» Le monarque pétille d'impatience et veut s'échapper. Le ministre le serre davantage :

» — Ah ! sire, s'écrie-t-il, vous n'aurez pas plus tôt eu cette faiblesse, que vous mourrez de honte et de confusion.

» Et il obtint une seconde fois la promesse de ne jamais déclarer le mariage[192]. »

Humiliée, peinée, Françoise s'enferma dans sa chambre avec son rouet, pour la plus grande joie de Mme de Montespan qui enregistrait avec la délectation qu'on imagine les petites défaites de sa rivale.

La marquise, en effet, n'avait pas quitté la cour depuis le mariage secret et occupait toujours un appartement au château de Versailles. C'était elle qui organisait les fêtes, les bals, les amusements, et le roi, qui ne savait pas se débarrasser de ses habitudes, continuait à lui rendre visite deux fois par jour comme par le passé. Il faut dire que Mme de Maintenon avait le caractère si chagrin que Louis XIV, oubliant l'Affaire des poisons, était bien aise de retrouver l'esprit et le rire communicatif de la Montespan.

On pouvait même, en étudiant l'emploi du temps de Sa Majesté, se demander laquelle des deux était la véritable épouse. Voici ce que nous dit Dangeau :

« De neuf heures à midi et demi, le roi s'enfermait et travaillait avec ses ministres. Après la messe, qui finissait à deux heures, il allait chez Mme de Montespan jusqu'au dîner, puis il entrait un instant chez Mme la Dauphine, travaillait seul ou sortait. Le soir, à sept ou huit heures, il se rendait chez Mme de Maintenon, en sortait à dix pour souper, retournait chez Mme de Montespan, où il restait jusqu'à minuit, jouait un instant avec ses chiens en leur distribuant des biscuits, et se couchait habituellement de minuit et demi à une heure du matin[193]. »

Parfois, il lui arrivait de se relever pour aller retrouver Mme de Maintenon dans son lit. Alors la pauvre passait un mauvais quart d'heure. Si mauvais qu'un jour elle dira aux demoiselles de Saint-Cyr,

192. Saint-Simon, *op. cit.*
193. Dangeau, *Journal.*

démentant ainsi toutes les calomnies portées sur son compte : « Il est difficile de prévoir jusqu'où les maris peuvent porter le commandement. Il faut se soumettre avec eux *à des choses presque impossibles...* »

La pauvre !

20

Mme de Maintenon responsable de la révocation de l'Édit de Nantes

Il y a une femme à l'origine de toutes les grandes choses.

LAMARTINE

Un dimanche de mars 1685, après déjeuner, le roi, se sentant d'humeur folâtre, alla retrouver Mme de Maintenon dans sa chambre et lui montra par des gestes appropriés qu'il voulait lui exprimer son estime.

Elle sourit, recula un peu, puis vint l'embrasser.

— Je sais bien ce que vous voulez, dit-elle. Allons-y, cela nous fera du bien.

Et elle l'emmena aux vêpres.

Le roi fut un peu surpris.

Sans protester, il se rendit pourtant à l'église où il s'ennuya poliment pendant que Françoise, qui avait conservé de sa jeunesse huguenote le goût des chants religieux, entonnait des psaumes avec frénésie...

La semaine suivante, devant toute la cour amusée, elle réussit à l'entraîner de nouveau à ces vêpres qu'il considérait naguère comme un « office pour vieilles filles ». Puis cela devint une habitude...

Chaque dimanche, ils assistaient à cette cérémonie ; après quoi, les oreilles encore bourdonnantes du bruit des orgues et la perruque parfumée d'encens, Louis XIV se rendait dans l'appartement de Mme de Maintenon. Là, tous deux parlaient longuement de leur salut.

Au cours de ces conversations, Françoise démontrait à son époux qu'il avait vécu dans le stupre et qu'il devait « expier devant le ciel le scandale de ses amours ».

Habile et intelligente, elle savait exprimer cela en termes choisis :

— Pendant des années, disait-elle, vous avez, par l'adultère, ajouté à la malice de la fornication. Or, saint Thomas a dit que l'entrée dans un lit étranger ou la violation du lit d'autrui était un péché. Vous avez donc irrité le Seigneur. De plus, vous avez fourni un détestable exemple à votre peuple. Il faut réparer...

Ces discours finirent par troubler Louis XIV, qui se sentit mal à l'aise. L'âme tourmentée, il chercha un moyen de rentrer dans les bonnes grâces du ciel, et, sous l'influence de Mme de Maintenon qui ne reculait ni devant les grands moyens, ni devant le ridicule, il commença par interdire l'adultère dans le royaume de France...

Cette décision extravagante fit éclater de rire les cocus eux-mêmes. Écoutons Mme de Montmorency :

« C'est dans un de ces moments de ferveur que la favorite [194] a imaginé de faire signifier aux maris inconstants ou aux femmes infidèles un ordre du roi qui leur enjoint, aux uns de bien vivre avec leurs femmes, et aux autres de bien vivre avec leurs maris. Ne riez pas, je vous en conjure, et ne soupçonnez pas que c'est un conte que je vous fais à plaisir ; je vous jure que c'est la plus exacte vérité et que Mme de Maintenon est persuadée que de pareils ordres forceront les maris et les femmes de bien vivre ensemble. »

Perfidement, la bonne dame ajoute que « cette décision du roi prouve que les plus secrètes actions sont du ressort de Mme de Maintenon et que celle-ci *se souvient encore du temps où de pareils ordres auraient pu lui être envoyés...* [195] »

Cet appel à la sagesse — est-il besoin de le préciser — n'eut aucun effet sur les braves gens de France qui continuèrent, comme par le passé, à faire porter « hautes et belles cornes » à leurs conjoints. Louis XIV en fut très vexé.

Voyant qu'il était impossible de rendre son peuple moins paillard, il chercha un autre moyen de se réconcilier avec le ciel et pensa aux protestants.

Depuis quelque temps, principalement dans le Midi et dans les Cévennes, des groupes de calvinistes s'agitaient et les rapports de police les montraient tout disposés à s'allier avec l'étranger pour lutter contre le roi. Comme dit Michelet : « La France, bornée dans ses succès par la Hollande, sentait une autre Hollande en son sein, qui se réjouissait des succès de l'autre. » Louis XIV pensa qu'en les obligeant à se convertir et à rentrer dans le giron de l'Église catholique il ferait coup double, puisqu'il aiderait à créer une unité religieuse sans laquelle l'unité du pays ne pouvait exister, et gagnerait l'indulgence du ciel...

Il y eut alors un vaste mouvement de conversions. Les grandes dames de Versailles s'en mêlèrent et il fut de bon ton d'avoir « ses convertis »... Mme de Maintenon ne fut pas la dernière, on s'en doute, à traîner des protestants à la messe. Ayant abjuré elle-même, cette petite-fille d'Agrippa d'Aubigné entendait faire abjurer tous ses ex-coreligionnaires et commença par convertir une bonne partie de sa famille [196].

Ensuite, elle organisa toutes les semaines une réunion de dames à l'église de Versailles. On y priait pour que les réformés revinssent vers la vraie religion et on faisait des dons pour les pauvres.

Le brave abbé Huchon exhortait chaque fois ces dames à verser de grosses oboles. Un jour, il s'y prit mal. Il leur dit :

194. Elle ignorait encore le mariage secret du roi et de Mme de Maintenon.

195. Mme DE MONTMORENCY, *Mémoires*.

196. Dans une lettre à son frère, elle écrit : « On ne voit que moi dans les églises, conduisant quelques huguenots. »

— Mesdames, je sais bien que vous êtes très bas percées (c'était une manière de parler populaire, pour signifier que leur bourse était mal garnie) ; mais nos besoins sont si grands ! Attendrissez-vous, ouvrez-vous pour recevoir des membres roidis de froid et de misère [197].

Ces candides paroles déclenchèrent un tel fou rire que les dames durent quitter l'église. Par la suite, aucune n'osa plus reparaître et les assemblées de Mme de Maintenon s'en trouvèrent dissoutes.

Entre-temps, la campagne antiprotestante avait pris des proportions stupéfiantes. Sous l'impulsion de Louvois et de Bossuet, des missionnaires, souvent aidés de dragons armés jusqu'aux dents, convertissaient en masse et par tous les moyens les populations protestantes du Languedoc.

Des villes entières abjurèrent : Alès, Uzès, Villeneuve, Montpellier redevinrent catholiques en quelques jours. En apprenant ces succès, le roi se frottait les mains et pensait véritablement s'être racheté de ses fautes.

Il ignorait que tout ne se passait pas aussi bien qu'on voulait le lui dire et que de nombreux calvinistes refusaient de se convertir. Victimes de la brutalité des dragons, ces malheureux subissaient alors ce qu'un mémorialiste précieux appelait des « vexations ». C'est-à-dire qu'on les écartelait, qu'on les pendait ou qu'on les envoyait aux galères...

Une question dès lors se pose : quel fut le rôle de Mme de Maintenon dans cette affaire qui allait se terminer par la plus grande faute du règne de Louis XIV ? De nombreux historiens lui reprochent d'avoir inspiré les dragonnades et poussé le roi à révoquer l'Édit de Nantes. Michelet, avec son outrance coutumière, va même jusqu'à écrire qu'elle fut mise dans le lit du monarque par les jésuites en échange de la révocation...

Reportons-nous aux accusateurs du temps :

Saint-Simon nous dit que le projet de détruire le protestantisme *ne se délibéra qu'entre le confesseur, le ministre, alors unique, et l'épouse nouvelle et chérie*, c'est-à-dire entre le père La Chaise, Louvois et Mme de Maintenon.

La Palatine est, selon son habitude, beaucoup plus violente :

« Avant que cette vieille guenipe ne régnât ici, la religion étoit en France fort raisonnable : c'est le père La Chaise, ce jésuite aux longues oreilles, qui a fait le mal... Mme de Maintenon n'étoit point la maîtresse du roi, elle étoit beaucoup plus. Le diable dans l'enfer ne peut être pire qu'elle a été. Son ambition a jeté toute la France dans le malheur.

» Les maîtresses du roi n'ont pas terni sa gloire autant que cette vieille guenipe qu'il avoit épousée ; elle a occasionné la persécution des réformés, elle a fait renchérir les grains et causé la famine.

» Le roi, de lui-même, étoit bon et juste, mais la vieille femme l'avoit si bien dominé qu'il ne faisoit rien que d'après sa volonté et

197. Princesse Palatine. *Mémoires.*

celle des ministres, car il n'avoit confiance qu'en elle et en son confesseur ; et comme le bon roi n'étoit pas fort instruit, ils ont pu faire tout ce qui leur a plu... »

Un peu plus tard, Sautreau de Marsy écrira :

« Mme de Maintenon regardoit aussi depuis longtemps cette entreprise comme fort méritoire pour le salut du roi ; cependant, au fond de son cœur, elle n'auroit pas voulu qu'on employât la force. »

Sautreau de Marsy a raison. Si Mme de Maintenon désirait passionnément la conversion des calvinistes, elle réprouvait du moins les actes de violence.

Elle vint d'ailleurs, un jour, représenter au roi que les dragonnades risquaient d'aigrir les esprits.

— Ce que vous me dites, madame, répliqua Louis, me fait de la peine. Ne serait-ce point un reste d'attachement pour votre ancienne religion qui vous ferait parler ainsi [198] ?

Un peu plus tard, apprenant que d'Aubigné, son frère, cherchait à se distinguer par son ardeur à convertir les calvinistes en les opprimant, elle lui écrivit :

Soyez favorable aux catholiques et ne soyez pas cruel aux huguenots. Ils sont dans l'erreur, mais dans une erreur où nous avons été nous-mêmes, où a été Henri IV, où sont encore plusieurs grands princes. Jésus-Christ a gagné les hommes par la douceur, c'est aux prêtres à convertir. Dieu n'a pas donné aux soldats charge d'âmes.

Ces mouvements de pitié ne doivent pourtant pas nous abuser et nous faire oublier que, dès 1680, Mme de Maintenon, dont le rôle dans cette affaire est très ambigu, fit enlever de force des enfants à leurs parents pour les convertir.

Sautreau de Marsy, qui la défend généralement, est obligé de le reconnaître :

« Elle avoue dans une de ses lettres, écrit-il, que le fait d'être née calviniste l'engagea à approuver des choses fort opposées à ses sentiments. En conséquence, elle se fit zélée convertisseuse, et fut la première à solliciter des lettres de cachet pour soustraire ses jeunes parentes à l'éducation de sa famille [199]. »

Seul Voltaire essaya de la blanchir. Dans une lettre à Formey, datée de 1753, il écrivait : *Pourquoi dites-vous que Mme de Maintenon eut beaucoup de part à la révocation de l'Édit de Nantes ? Elle toléra cette persécution, comme elle toléra celle du cardinal de Noailles, celle de Racine, mais, certainement, elle n'y eut aucune part, c'est un fait certain.*

Et comme preuve, il ajoutait : *Elle n'osait jamais contredire Louis XIV.*

Or cela est faux. Mme de Maintenon avait, au contraire, la plus grande influence sur le roi. Un ambassadeur notait à son sujet :

198. Mme Suard, *op. cit.*
199. Sautreau de Marsy, *op. cit.*

« Je suis persuadé que jamais aucune autre personne n'a pris sur lui un semblable ascendant ! »

Et Françoise, pourtant si discrète, avouait, elle-même, dans une de ses lettres : « C'est à moi qu'il faut s'adresser, par qui tout passe. »

Quand on sait à quel point elle détestait, au fond, ses anciens coreligionnaires, et avec quel fanatisme de nouvelle convertie elle luttait contre le culte réformé, il est difficile d'être du même avis que Voltaire.

D'ailleurs, la plupart des historiens sont aujourd'hui d'accord pour rendre Mme de Maintenon responsable de la révocation de l'Édit de Nantes. O. Douen, auteur d'un ouvrage capital sur le sujet, écrit notamment :

« Quand il ne subsista plus qu'une quinzaine à peine des sept cent soixante lieux de culte que possédaient les Réformés, quand la plupart des protestants du Midi et du Centre eurent abjuré dans les tourments, quand il ne resta plus que la Normandie, l'Île-de-France, la Picardie et la Champagne à livrer aux dragons, le clergé, réuni en assemblée et soutenu par Mme de Maintenon, crut qu'il fallait brusquer le dénouement. Il ne s'agissait que de fixer la date de la révocation décidée en principe... »

Et il ajoute :

« Car nous partageons sur ce point l'avis des contemporains, de la princesse Palatine, de Spanheim, de Carrey, de Levassor, de Limiers, de Saint-Simon, de Rulhière, de Lemonthey, d'Henri Martin et de Michelet : Mme de Maintenon conseilla la révocation de l'Édit de Nantes. Si elle n'avait donné aux jésuites ce gage décisif, elle n'eût jamais obtenu le consentement à la chose si difficile qui faisait son sort, c'est-à-dire le mariage [200]. »

Quant à Alfred Rosset, auteur d'une thèse de théologie protestante [201], s'il minimise l'influence de Mme de Maintenon dans le domaine politique, il n'en dénonce pas moins sa responsabilité ; mais il présente celle-ci sous un aspect inattendu : il accuse l'épouse morganatique d'avoir aidé à la révocation de l'Édit de Nantes *en éloignant Louis XIV de ses amours impures.* Il écrit en effet :

« Si le roi était resté dans ses anciens désordres, le clergé aurait eu sur lui moins de prise : la révocation en eût été retardée. »

Et il ajoute :

« Elle (Mme de Maintenon) vint juste à point pour ensemencer le terrain si bien préparé par les prêtres. »

Quel que soit l'aspect sous lequel on envisage les faits, Mme de Maintenon peut donc être tenue pour responsable du funeste édit du 18 octobre 1685.

Comment s'y prit-elle pour pousser Louis XIV à commettre cet acte insensé ? Certains historiens la montrent dirigeant le souverain sur un ton autoritaire et sans réplique. Je crois qu'ils se trompent : elle était bien trop adroite. Son action auprès du roi et au sein de ce que

200. O. Douen, *La révocation de l'Édit de Nantes à Paris.*
201. Alfred Rosset, *Mme de Maintenon et la révocation de l'Édit de Nantes,* 1897.

Rulhière appelle le « triumvirat de la révocation » (formé d'elle-même, du père La Chaise et de Louvois) dut être insidieuse, feutrée, accompagnée de larmes discrètes, de pieux discours et d'effroyables images de l'Enfer. Bref, la « vieille guenipe » dut manœuvrer sournoisement. C'est d'ailleurs le mot qu'emploie M. de Montabel dans ses *Mémoires* lorsqu'il évoque le rôle joué par Mme de Maintenon dans la lutte contre les huguenots. « A une époque où toute la France désirait l'unité de la foi, écrit-il, et où le roi lui-même se posait des questions au sujet de l'"hérésie protestante", Louvois crut bon d'ordonner des massacres. Mme de Maintenon, plus habile, condamna en public ces mesures violentes mais poussa sournoisement Louis XIV à commettre un acte plus grave à notre avis : la révocation de l'Édit de Nantes [...] ce qui allait jeter tous ses anciens coreligionnaires dans l'illégalité[202]. »

Et ce qui allait faire perdre deux cent mille sujets à la France...

Une femme détruisait ainsi ce qu'une autre femme avait édifié[203]...

21

Les goûts étranges du Grand Dauphin

Il était resté très enfant.
PIERRE BOISARD

Un matin du mois de mai 1691, il se passa à Versailles une scène inattendue.

Vers dix heures, un laquais qui flânait dans les jardins entendit un curieux bruit provenant du palais. Il se précipita et vit, au premier étage, deux hommes de forte stature qui jetaient avec calme des meubles par la fenêtre d'un appartement qu'il reconnut pour être celui de Mme de Montespan.

— Vous êtes fou ? cria-t-il.

— C'est un ordre, répondirent les deux étranges déménageurs.

Et, continuant leur labeur, ils lancèrent une armoire qui vint s'écraser sur les débris de deux ravissants fauteuils.

Le laquais, affolé, courut donner l'alerte et l'on sut bientôt dans tout le palais que des individus étaient en train de vider d'une façon originale l'appartement de l'ex-favorite.

Les courtisans se précipitèrent, ravis d'assister à un spectacle qui annonçait un scandale.

Des gardes les précédaient. Arrivés sous les fenêtres, ils sommèrent

202. Il est en outre probable que cette femme d'argent n'a pas vu dans la révocation qu'un simple acte politique, mais aussi un moyen de faire quelques bons placements. Dès 1681, spéculant sur la ruine des protestants, n'écrivait-elle pas à son frère : « Employez utilement l'argent que vous allez avoir. Les terres, en Poitou, se donnent pour rien : *la désolation des huguenots en fera encore vendre*. Vous pouvez aisément vous établir agréablement... »

203. Voir Livre III.

les deux individus d'arrêter leur besogne. A ce moment, le duc du Maine parut :

— C'est moi qui leur en ai donné l'ordre, dit-il.

Ce jeune homme de vingt et un ans était un fils que Mme de Montespan avait eu du roi. Élevé par Mme de Maintenon, il vouait à sa gouvernante une tendresse extrême et n'avait en revanche que mépris pour sa mère.

L'épouse du roi l'utilisait naturellement dans la lutte sourde qu'elle menait contre son ancienne rivale. Or celle-ci, ne pouvant plus supporter les vexations et les camouflets que lui faisait subir avec douceur Mme de Maintenon, venait, dans un mouvement de dépit, de faire dire à Louis XIV qu'elle avait l'intention de se retirer au couvent de Saint-Joseph.

Le monarque, poussé par sa femme, s'était hâté de donner son accord et avait décidé d'attribuer au duc du Maine l'appartement qu'elle occupait. Cet excellent jeune homme n'avait pas attendu une seconde. Il s'était précipité chez sa mère et lui avait transmis sans ménagement l'ordre du roi[204].

Mme de Montespan ayant semblé ne pas comprendre, il était allé chercher deux hommes pour vider sur-le-champ l'appartement qu'on lui destinait[205].

Le « déménagement » avait commencé aussitôt. Et, tandis que les premiers meubles étaient venus se briser sur les pavés, Mme de Montespan avait pris à la main un maigre bagage, était montée dans un carrosse et, les yeux rouges, avait quitté presque en cachette ce palais « où elle s'était vue plus que reine... ».

« Elle s'en est retournée à Paris, note placidement Dangeau dans son *Journal* ; elle dit qu'elle n'a point absolument renoncé à la cour, qu'elle verra encore le roi quelquefois, et qu'à la vérité on s'est un peu hâté de faire démeubler son appartement. »

Mme de Montespan pouvait essayer de cacher sa défaite, toute la cour n'en savait pas moins que son règne était irrémédiablement terminé et que Mme de Maintenon triomphait.

Tapie dans un recoin de sa chambre, enfoncée dans son grand fauteuil à baldaquin, couverte de châles, d'écharpes et de mantilles, la « guenipe » savourait silencieusement sa victoire...

Elle ne laissa naturellement jamais rien paraître de sa joie.

Au contraire.

Quelques mois plus tard, comme Mme de Montespan faisait une

204. Cf. Saint-Simon, qui dit, en effet : « Il entra dans tout avec M. l'évêque de Meaux pour hâter la retraite de Mme de Montespan. Il se fit un mérite de la presser lui-même de s'en aller pour ne plus revenir à la cour. Il se chargea de lui porter l'ordre du roi, et, à la fin l'ordre très positif. Il s'en acquitta sans ménagement, et il la fit obéir, et se dévoua par là à Mme de Maintenon sans réserve. » *Op. cit.* — Mme Dunoyer confirme ; « Ce fut le fils qui eut la dureté d'annoncer à sa mère qu'il fallait sortir de la cour, et qu'on avait besoin de son appartement, où il se logea dès le lendemain. » *Mémoires*.

205. Cf. La Palatine : « Le duc du Maine fit sans délai expédier à Clagny les bagages de sa mère et jeter tous les meubles par la fenêtre. » *Op. cit.*

retraite à Fontevrault, l'abbesse écrivit à Mme de Maintenon et lui transmit le bon souvenir de l'ex-favorite. D'un ton benoît et hypocrite, Mme de Maintenon répondit :

Je suis ravie d'avoir reçu quelques marques du souvenir de Mme de Montespan. Je craignais d'être mal avec elle ; Dieu sait si j'ai fait quelque chose qui l'eût mérité et comment mon cœur est pour elle.

Du fond de sa guérite de soie rose, l'œil noir brillant entre les paupières à demi closes, l'épouse du roi tirait toutes les ficelles de Versailles.

Un jour, au cours d'un conseil, Louis XIV lui dit :

— On appelle les papes Votre Sainteté, les rois, Votre Majesté, les princes, Votre Gracieuseté ; vous, madame, on devrait vous appeler Votre Solidité.

Comme il était assez content du mot qu'il avait trouvé, il ne la nomma plus qu'ainsi. Et l'on imagine la tête que pouvaient faire les ambassadeurs étrangers en visite officielle, lorsque, après une discussion, le roi tournait la tête vers Mme de Maintenon et lui demandait :

— Qu'en pense Votre Solidité ?

A la fin de 1691, cette femme qui, décidément, s'occupait de tout, décida que Mlle de Blois, sœur de son « enfant » préféré, le duc du Maine, devait épouser Philippe, duc de Chartres, fils de Monsieur et de la princesse Palatine.

Mlle de Blois avait quinze ans, le duc de Chartres, dix-sept.

Cet adolescent, qui allait devenir l'un des plus grands libertins de notre histoire, avait déjà fort brillamment commencé sa carrière. Il est vrai qu'il était très aidé par son précepteur, l'abbé Dubois. Le soir, enveloppé dans un manteau, le brave ecclésiastique se glissait hors du Palais-Royal et allait chercher dans la rue de jeunes lingères, de savoureuses couturières ou d'ondulantes blanchisseuses pour les conduire dans l'appartement de son élève.

Le jeune duc faisait alors, une partie de la nuit, les curieux devoirs que lui enseignait son précepteur.

« A treize ans, écrit fièrement Madame, mon fils était déjà un homme, une dame de qualité l'avait instruit. »

Il s'agissait de Mme de Vieuville dont l'enseignement n'allait pas être perdu.

A quinze ans, voulant faire profiter son entourage des leçons qu'il venait de recevoir, Philippe entraîna dans sa chambre une fillette de treize ans, la petite Léonore, dont le père était concierge du garde-meubles du Palais-Royal ; hélas ! insuffisamment expérimenté, « il s'attarda, nous dit-on, dans les délices du moment, sans penser à l'avenir ».

Et il devint père.

Le concierge, un fâcheux, vint alors se plaindre à Madame qui, éclatant de rire, se déclara fort heureuse d'apprendre que son fils faisait d'aussi jolis cadeaux aux petites filles.

Comme le père de Léonore tentait de protester, elle lui lança quelques énormités dont le pauvre resta abasourdi. Enfin, pour clore gentiment le débat, elle lui dit que, « si sa fille avait gardé son abricot pour elle, rien de tout cela ne serait arrivé »...

Le concierge s'en alla, épouvanté. Jamais il n'aurait pensé qu'une princesse pût avoir un tel vocabulaire.

Mais la Palatine n'était pas une princesse comme les autres. Cette grosse Bavaroise, fille de l'électeur Palatin, ne ressemblait en rien à la fine Henriette d'Angleterre qu'elle avait remplacée dans le lit et dans le cœur de Monsieur. Voici comment elle-même se décrivait avec assez d'humour : « Ma graisse est mal placée, de sorte qu'elle me va mal. J'ai, sauf votre respect, un derrière effroyable, un ventre, des hanches et des épaules énormes, le cou et la poitrine très plats ; pour dire la vérité, je suis épouvantable, mais j'ai le bonheur de ne pas m'en soucier... »

Elle ajoutait en guise de conclusion : « Je suis carrée comme un dé à jouer... »

Cette femme n'avait pas que les biceps d'un portefaix, elle en avait le langage.

A plusieurs reprises, le roi dut même lui reprocher ses expressions un peu vertes.

Nous possédons d'ailleurs une curieuse lettre par laquelle elle se plaint d'un « savon » que lui a fait donner Louis XIV.

La voici :

Le roi a envoyé son confesseur trouver le mien, et m'a fait donner ce matin un savon épouvantable, en trois points. Premièrement, je suis trop libre en paroles, et j'ai dit à Monseigneur le Dauphin :

> *Et je vous verrais nu, du haut jusques en bas,*
> *Que toute votre peau ne me tenterait pas.*

Secondement, je permets à mes demoiselles d'avoir des galants ; troisièmement, j'ai plaisanté avec la princesse de Conti de ses galants, trois choses qui ont tellement déplu au roi qu'il m'aurait renvoyée de la cour, si je n'avais pas été sa belle-sœur. J'ai répondu que, en ce qui concerne Monseigneur le Dauphin, j'avouais, je l'ai dit car je n'aurais jamais pu m'imaginer qu'il y eût de la honte à ne pas éprouver de tentation... Et quant à lui avoir parlé librement de son... et de ses... (deux mots qu'on ne peut pas citer), *c'est la faute du roi, bien plus que de la mienne. Je lui ai ouï dire cent fois qu'on pouvait parler de tout en famille. S'il avait changé d'avis, il aurait dû m'avertir*[206]...

La Palatine ne se contentait pas de parler comme un palefrenier et d'écrire des lettres sur des thèmes licencieux. Elle se tenait très mal. Non seulement elle aimait recevoir des amis sur sa chaise percée et avoir de longues conversations sur le sujet que l'on devine ; mais, nous dit Arvède Barine : « Elle adorait jusqu'aux simples incongruités qu'il

206. Lettre de la princesse Palatine à la duchesse Sophie.

est d'usage de s'interdire en société et dont Louis XIV, pour sa part, s'était toujours fait scrupule[207]. »

Malgré cette grande liberté d'allure, la Palatine était très infatuée de son rang. Quand elle apprit que le roi et Mme de Maintenon voulaient marier le duc de Chartres avec Mlle de Blois, elle entra dans une violente colère et déclara :

— Je ne veux pas que mon fils épouse une bâtarde, fille de putain...

Et, dans un gracieux mouvement de double menton, elle ajouta :

— C'est la vieille ordure qui a eu cette idée-là.

Elle voulait parler de Mme de Maintenon...

Sa fureur était telle qu'elle alla jusqu'à « flanquer quelques horions » à Monsieur, qui avait donné son accord au roi, et que l'annonce officielle du mariage se termina par un scandale.

Saint-Simon nous conte l'affaire avec effarement :

« On alla ensuite attendre à l'ordinaire la levée du conseil dans la galerie et la messe du roi. Madame y vint. Monsieur son fils s'approcha d'elle comme il faisait tous les jours pour lui baiser la main. En ce moment, Madame lui appliqua un soufflet si sonore qu'il fut entendu de quelques pas, ce qui, en présence de toute la cour, couvrit de confusion ce pauvre prince, et combla les infinis spectateurs, dont j'étais, d'un prodigieux étonnement...[208] »

On comprend cela !

Le mariage eut lieu cependant le 18 février 1692 et le futur Régent s'aperçut vite que son épouse ne valait pas la gifle qu'il avait reçue.

Vaniteuse, ne voulant pas convenir qu'elle n'était qu'une bâtarde, elle se montrait, selon le mot amusant de Saint-Simon, « petite fille de France jusque sur la chaise percée ».

Elle était en outre d'une indolence désespérante. « Elle n'aimait, nous dit Arsène Houssaye, que son lit et son miroir. Elle demeurait presque toujours couchée ; c'était la plus altière et la plus paresseuse des femmes. Elle se levait pour aller à la messe et pour se faire belle ; mais, dès qu'elle avait prié Dieu, elle se parait comme une châsse et se couchait sur un sofa, d'où rien ne pouvait l'arracher, si ce n'est l'heure de se remettre au lit[209]. »

Cette paresse était si grande que la duchesse de Chartres redoutait les caresses de son mari. L'amour la fatiguait. Les soirs où Philippe venait la retrouver avec des « intentions dynastiques », elle prétextait la migraine et demandait d'une voix lasse qu'on voulût la laisser seule.

Le jeune duc n'insistait pas. Reprenant son chapeau, il saluait son épouse et s'en allait retrouver quelque danseuse de l'Opéra dont le tempérament ardent s'accordait mieux avec le sien.

Pendant quelque temps, il espéra qu'un jour viendrait où la duchesse

207. Arvède Barine, *Madame, mère du Régent*, 1909.
208. Saint-Simon, *op. cit.*
209. Arsène Houssaye, *La Régence*.

« aurait aussi chaud ailleurs qu'à la tête ». Mais il dut rapidement se résigner. La fille de Mme de Montespan n'avait pas hérité de la belle ardeur de sa maman...

Rejeté loin de chez lui par une femme indolente et frigide, Philippe se fit alors « collectionneur ». Il eut toutes les curiosités, tous les désirs, et l'abbé Dubois recommença à traquer de jeunes beautés dans les mansardes et les greniers pour les amener toutes frissonnantes à son ancien élève — qui en faisait bon usage.

Bientôt le duc deviendra un vicieux exemplaire. Régent, il fera de la cour un des plus mauvais lieux de France et ses orgies monstrueuses étonneront l'Europe.

La naissance de ce libertinage, qui devait marquer tout le XVIIIe siècle et tant influer sur les idées politiques, religieuses et philosophiques de la période prérévolutionnaire, avait lieu, par une réaction naturelle, à l'une des époques les plus pudibondes de notre histoire.

Sous l'influence de Mme de Maintenon qui, genoux serrés et bouche pincée, continuait son œuvre « purificatrice », Versailles devenait un endroit tellement austère que, disait-on, « même un calviniste s'y serait ennuyé »...

Il fut interdit de tenir des propos égrillards à la cour, les hommes et les femmes n'osèrent plus se parler ouvertement et les belles qu'une ardeur intime dévorait durent cacher leur tourment sous des mines dévotes.

Ce fut le règne de l'hypocrisie.

Les vêtements devinrent bien entendu sévères et strictement ajustés. Les décolletés furent bannis. Et, pour lutter contre celles qui osaient encore montrer un peu de leurs appas, le brave abbé Boileau écrivit un ouvrage intitulé *De l'abus des nudités de gorges*, dont voici un savoureux extrait : « Il y a bien de la différence entre faire voir son sein et montrer son visage. La société naturelle et la communication civile que l'on a les uns avec les autres demandent qu'on se connaisse mutuellement, et comme on ne se connaît que par le visage, elles ont donné un juste fondement à introduire la coutume parmi les hommes et parmi les femmes d'aller le visage découvert quoique les femmes doivent en user avec beaucoup plus de précaution que les hommes. Mais quelle nécessité y a-t-il qu'elles découvrent leur gorge et leurs épaules, quel motif peut les y obliger qui ne soit criminel, que peuvent-elles par là faire connaître si ce n'est ce qu'elles devraient cacher ? »

Un ennui accablant s'abattit sur Versailles, et les jeunes princes se liguèrent contre celle que la Palatine, toujours aimable, appelait « la vieille ratatinée du grand homme ». Pour réagir contre la vague d'austérité et de pruderie dont Mme de Maintenon était responsable, ils allèrent jusqu'à organiser d'extraordinaires orgies dans les maisons parisiennes.

Des jeunes filles prises dans tous les milieux étaient conviées à ces soirées libertines. Elles en sortaient riches d'expérience...

Certains beaux esprits composèrent, alors, en cachette, des chansons ironiques sur la femme du roi.

C'est ainsi qu'en décembre 1696 quelques jeunes gens, dirigés par la duchesse de Bourbon, fille de Mme de Montespan, s'amusèrent à rimer sur l'air des *Bourgeois de Châtre* (dont nous avons fait le cantique *Le Fils du Roi de gloire*) un curieux Noël de cent soixante-dix couplets qui préfigurait nos revues de fin d'année.

On y voyait tous les personnages de la cour se présenter à tour de rôle à la crèche.

Et chacun en prenait pour son grade :

On vit entrer Chevreuse
Dedans ces pauvres lieux,
Altière et glorieuse
De ses nobles aïeux.
Mais voyant un enfant
Couché dessus la paille :
« Ah ! dit-elle, sortons.
Don don
A la cour on dira
La la
Qu'ici je m'encanaille ! »

Le célèbre Racine
Après elle arriva.
D'une dévote mine,
D'abord, il s'écria :
« Seigneur, de ces pécheurs
Détourne ta colère. »
Et sa dévotion,
Don don
Chacun édifia,
La la
... Hors l'enfant et sa mère !

Après quoi défilaient le père La Chaise, Villeroy, Fénelon, etc., les uns s'accusant de sodomie ou d'inceste avec une grande bonhomie, les autres implorant pieusement une guérison pour une maladie peu avouable...

Enfin, venaient le roi et son épouse :

Le grand Louis s'avance
Avec la Maintenon,
Faisant la révérence.
Il a dit au poupon :
« Avec la Montespan,
J'ai commis des offenses,

J'ai péché tout de bon,
Don don
Mais avec celle-là
La la
Je fais ma pénitence ! »

Ce dernier couplet provoqua un immense éclat de rire. Tout Paris le répéta et la vieille « guenipe » en fut très mortifiée.

Le roi se fâcha.

Il allait avoir d'autres raisons d'être mécontent.

Le Grand Dauphin, seul survivant des enfants que lui avait donnés la reine Marie-Thérèse, menait une vie fort déréglée.

Ce gros garçon de trente-cinq ans, qui était veuf depuis 1690 de Marie-Anne de Bavière, ne pouvait apercevoir une jolie fille sans avoir le sang aux pommettes. Il tenait de son père une forte complexion amoureuse ; ce qui l'avait conduit à tromper bien souvent la malheureuse dauphine. Après son veuvage, sa plus célèbre maîtresse avait d'abord été Mme Raisin, la femme d'un comédien. « C'était une grosse et belle femme, nous dit Bois-Jourdain, ayant beaucoup de gorge et extrêmement garnie de hanches ; appas dont il paraît que ce prince était très amoureux. Il prit goût pour elle, en la voyant un jour au théâtre ; il lui fit un enfant, sans doute par distraction, car on prétend que son habitude favorite était de remplacer, par un artifice de complaisance de la part de sa maîtresse, les jouissances procréatrices, par une plus piquante que lui offraient les beaux tétons de la Raisin [210]. »

Après cette plantureuse dame, le dauphin était devenu l'amant d'une demoiselle Maurin à qui il était arrivé, en Normandie, une bien étrange aventure. Un jour qu'elle se promenait au bord de la mer, un ouragan l'avait soulevée dans les airs et portée, au-dessus d'un bois, à deux cents pas de là.

En souvenir de cet envol, le dauphin l'avait surnommée « l'ange » et les habitués de la cour avaient ajouté perfidement que cette demoiselle « avait ainsi pu savoir, une fois dans la vie, ce que c'était qu'être bien élevée »...

En 1694, l'héritier du trône avait pris pour maîtresse Mlle Émilie Choin, fille d'honneur de la princesse de Conti. Cette jeune personne devait sa fortune à son embonpoint. En parlant d'elle, la Palatine disait, en effet : « C'était une personne petite et laide. Mais elle avait la plus grosse gorge qu'on eût jamais vue ; *cela charmait Monseigneur, car il frappait dessus comme sur des timbales.* »

La liaison du prince héritier fut bientôt officielle et l'on raconta que le dauphin et Mlle Choin organisaient à Meudon, au cours de leurs

210. Bois-Jourdain (écuyer de la Grande Écurie de Louis XV). *Mélanges historiques, satiriques et anecdotiques*, 1807.

petits soupers, des « scènes de libertinage et de volupté » qui dépassaient de loin ce qu'il est permis de faire à table...

C'est alors que Mme de Maintenon intervint. Sans avoir l'air d'y attacher de l'importance, et sous couleur d'être une belle-mère compréhensive, elle poussa le dauphin à épouser secrètement Mlle Choin.

C'était une admirable ruse ; car, en plaçant son beau-fils dans la même situation que le roi, elle s'en faisait un allié et presque un complice. Il ne pouvait plus en effet s'opposer à la déclaration publique du mariage qu'elle avait contracté en cachette, elle aussi, avec Louis XIV[211]...

Tout était pesé chez Mme de Maintenon.

En apprenant ce projet d'union, le monarque, qui n'aimait pas Mlle Choin, fut très mécontent. Il donna néanmoins son accord, car, « étant devenu chaste, le concubinage de son fils l'affectait »...

C'est ainsi que de 1697 à 1711, date de la mort du prince héritier, la France eut un roi et un dauphin liés à des épouses par des mariages secrets.

Ce qui — faut-il le préciser ? — ne s'était jamais vu.

22

Mme de Maintenon veut être déclarée reine de France

> Le soleil couchant se couchait dans son lit.
>
> ROBERT DE MONTESQUIOU

Le désir d'être déclarée « épouse du roi » et reine de France allait pousser Mme de Maintenon à commettre un acte extravagant et peu connu.

Il y avait alors, à Salon, un jeune maréchal-ferrant nommé François Michel qui était apparenté par sa mère à Nostradamus. Très pieux, il allait souvent prier dans une petite chapelle située en dehors de la ville, sur la route de Marseille. Un soir qu'il revenait de faire ses dévotions, il se trouva, nous dit Saint-Simon, « investi d'une grande lumière auprès d'un arbre ».

Une femme belle, blonde et vêtue de blanc, tenant un flambeau à la main, lui apparut soudain et l'appela par son nom. D'une voix étrange, elle lui dit qu'elle était la reine Marie-Thérèse, morte quatorze ans plus tôt. François Michel, apeuré, voulut s'enfuir ; mais le « fantôme » le retint par les épaules :

— Ne crains rien. Je viens t'annoncer au nom de Dieu que tu dois

211. Cf. MAUREPAS qui affirme que le mariage du dauphin avec Mlle Choin ne fut qu'une manœuvre de Mme de Maintenon, qui « voulut faire usage de cette fille pour que Monseigneur ne s'opposât point à la déclaration du mariage qu'elle avait fait avec le roi ». *Mémoires*.

aller à Versailles pour parler au roi. Pour lui prouver que ta mission est d'origine divine, tu lui diras ceci, qu'il est seul à connaître : il y a trente ans, un jour qu'il courait le cerf dans la forêt, il rencontra un être surnaturel qui fit cabrer son cheval et qui lui demanda de renoncer à sa vie scandaleuse...

» Maintenant, je vais te donner le message que tu dois lui porter. Mais fais bien attention : tu ne dois le communiquer à personne qu'au roi. Si tu désobéis ou si tu négliges de t'acquitter de ta mission, tu seras puni de mort...

Le fantôme de la reine se pencha alors vers François Michel et lui dit ce qu'il fallait répéter à Louis XIV, au nom du Seigneur.

Très impressionné, le maréchal-ferrant, nous dit Saint-Simon, « promit tout, et aussitôt la reine disparut, et il se trouva dans l'obscurité auprès de son arbre. Il s'y coucha au pied, ne sachant s'il rêvoit ou s'il étoit éveillé, et s'en alla après chez lui, persuadé que c'étoit une illusion et une folie, dont il ne se vanta à personne.

» A deux jours de là, passant au même endroit, la même vision lui arriva encore, et les mêmes propos lui furent tenus ; il y eut, de plus, des reproches de son doute et des menaces réitérées et, pour fin, ordre d'aller dire à l'intendant de la province ce qu'il avoit vu, et l'ordre qu'il avoit reçu d'aller à Versailles, et que sûrement il lui fourniroit de quoi faire le voyage. A cette fois, le maréchal demeura convaincu ; mais, flottant entre la crainte des menaces et les difficultés de l'exécution, il ne sut à quoi se résoudre, gardant toujours le silence de ce qui lui étoit arrivé.

» Il demeura huit jours en cette perplexité, et enfin comme résolu à ne point faire le voyage, lorsque, repassant encore par le même endroit, il vit et entendit encore la même chose, et des menaces si effrayantes qu'il ne songea plus qu'à partir. A deux jours de là, il fut trouver à Aix l'intendant de la province, qui sans balancer l'exhorta à poursuivre son voyage, et lui donna de quoi le faire dans une voiture publique[212]. »

Le 9 avril 1697, François Michel arriva à Versailles et demanda à parler au roi en particulier. On lui rit au nez. Le lendemain, le surlendemain, il revint à la charge et fit tant de bruit que Louis XIV finit par en être informé.

— Allez dire à cet homme que je ne reçois pas n'importe qui.

François Michel, qui croyait en sa mission, fit répondre au roi qu'il lui dirait « des choses si secrètes et tellement connues de lui seul » qu'il verrait bien que son message venait de Dieu.

Louis XIV refusa encore.

— Alors qu'on m'envoie à l'un des ministres d'État, déclara le visionnaire de Salon.

Le souverain le fit conduire à Barbezieux. Mais François Michel éclata de rire et répondit qu'on se moquait de lui. La cour fut éblouie.

212. SAINT-SIMON, *op. cit.*

Écoutons encore Saint-Simon : « Ce qui surprit beaucoup, écrit-il, c'est que ce maréchal, qui ne faisoit qu'arriver, et qui n'étoit jamais sorti de son lieu ni de son métier, ne voulut point de Barbezieux, et répondit tout de suite qu'il avoit demandé à être renvoyé à un ministre d'État, que Barbezieux ne l'étoit point, et qu'il ne parleroit point qu'à un ministre. »

Le roi finit par être intrigué par ce provincial qui semblait si bien connaître la cour. Il donna à Pomponne l'ordre de le recevoir. Le ministre s'entretint très longuement avec François Michel et rendit compte à Louis XIV de sa conversation. Le lendemain, celui-ci reçut lui-même le maréchal-ferrant. « Il ne s'en cacha point, dit Saint-Simon ; il le vit dans son cabinet. Quelques jours après, il le vit encore de même, et à chaque fois fut près d'une heure seul avec lui, et prit garde que personne ne fût à portée d'eux. Le lendemain de la première fois qu'il l'eut entretenu, comme il descendoit pour aller à la chasse, M. de Duras, qui étoit sur le pied d'une considération et d'une liberté de dire au roi tout ce qui lui plaisoit, se mit à parler de ce maréchal avec mépris, et à dire le mauvais proverbe que cet homme-là étoit un fou ou que le roi n'étoit pas noble. A ce mot, le roi s'arrêta, et se tournant au maréchal de Duras :

» — Eh bien ! je ne suis pas noble, fit-il, car je l'ai entretenu longtemps, il m'a parlé de fort bon sens, et je vous assure qu'il est loin d'être fou.

» Ces derniers mots furent prononcés avec une gravité appuyée qui surprit fort l'assistance, et un grand silence ouvrit fort les yeux et les oreilles.

» Après le second entretien, le roi convint que cet homme lui avoit dit une chose qui lui étoit arrivée il y avoit plus de vingt ans, et que lui seul savoit, parce qu'il ne l'avoit jamais dite à personne, et il ajouta que c'étoit un fantôme qu'il avoit vu dans la forêt de Saint-Germain, et dont il étoit sûr de n'avoir jamais parlé. »

Au bout de quelques jours, François Michel fut renvoyé en Provence aux frais du Trésor. Il vécut jusqu'en 1726 ; mais on ne le revit jamais à Versailles.

Qu'avait-il dit à Louis XIV ? Toute la cour, naturellement, se le demanda. « Aucun ministre d'alors n'a jamais voulu parler là-dessus, déclare Saint-Simon. Leurs amis les plus intimes les ont poussés et tournés là-dessus, et à plusieurs reprises, sans avoir pu en arracher un mot ; et tous d'un même langage leur ont donné le change, se sont mis à rire et à plaisanter, sans jamais sortir de ce cercle, ni enfoncer cette surface d'une ligne. »

Finalement, une explication finit par s'imposer à l'esprit de quelques personnes : l'aventure du visionnaire de Salon n'était qu'une « hardie friponnerie » organisée par quelqu'un qui voulait frapper l'esprit du roi. On murmura alors que Mme de Maintenon était à l'origine de ce complot et qu'elle avait eu pour complice l'une de ses amies d'enfance,

Mme Arnoul, femme de l'intendant de Marine de Marseille. « La vision et la commission de venir parler au roi, déclare Saint-Simon, fut un tour de passe-passe de cette femme, et que ce dont le maréchal de Salon étoit chargé par cette triple apparition qu'il avoit eue *n'étoit que pour obliger le roi à déclarer Mme de Maintenon reine.* »

Dans une lettre du 21 septembre 1715, la Palatine exprime la même opinion : *J'ai toujours su,* écrit-elle, *que l'aventure avec ce forgeron étoit une histoire arrangée par cette dame* [de Maintenon], *car il n'est pas possible d'être plus artificieuse qu'elle.*

Françoise n'était pas accusée à tort. En 1750, un vieillard de Salon raconta à l'auteur du *Dictionnaire de la Provence* qu'un prêtre et Mme Arnoul avaient été, à la demande de Mme de Maintenon, les auteurs de cette mystification. Il tenait la vérité de l'ecclésiastique... « Seul, ajouta-t-il, François Michel était sincère... »

Françoise, qui avait organisé toute cette mise en scène pour être reine, en fut malheureusement pour ses frais. Louis XIV, un instant intrigué par les déclarations du jeune Provençal, n'obéit point au « message divin ». Fut-il informé du rôle joué par Mme Arnoul ? Soupçonna-t-il Françoise ? Commanda-t-il une enquête ? C'est possible.

Quoi qu'il en soit, Mme de Maintenon, après cet échec, perdit définitivement l'espoir de monter sur le trône de France...

23

Mlle Petit, galante ambassadrice du Roi-Soleil

Là où la diplomatie a échoué,
il reste la femme.
proverbe arabe

Il y avait en 1702, rue Mazarine, une maison de jeux assez louche, fréquentée par une foule de personnages pittoresques qui ne venaient pas tous uniquement pour tâter les cartes. La plupart étaient attirés dans ce tripot par les cheveux blonds de l'hôtesse, Mlle Marie Petit.

C'était une jeune femme de vingt-sept ans, extrêmement jolie, dont les yeux bleus avaient, nous dit-on, un éclat fascinant et la croupe une très fière allure.

Intimidante avec ceux qui ne lui plaisaient pas, elle déployait en revanche tout son charme avec les hommes dont elle avait envie d'être la maîtresse — ce qui évitait bien des pertes de temps. Et les historiens, qui ne sont jamais à court d'euphémismes, nous disent qu'« elle avait le talent de s'emparer des cœurs[213] ».

Elle gardait ses amants un mois, huit jours, une nuit, deux heures,

213. R. de Maulde-La Clavière, *Les mille et une nuits d'une ambassadrice de Louis XIV.*

selon le désir qu'ils lui inspiraient, tenant à demeurer en toute chose maîtresse du jeu...

Son autorité s'étendait de la table de lansquenet à son grand lit à baldaquin, et elle était aussi impitoyable pour le tricheur que pour l'amoureux « qui voulait lui prendre la fesse à tort et à travers ».

Un soir, cette charmante personne vit entrer dans son brelan un homme d'une cinquantaine d'années au regard de feu et à la langue alerte qui la séduisit immédiatement. Vers trois heures du matin, lorsque le dernier joueur fut parti, elle l'entraîna vers sa chambre. Là, elle apprit que l'homme s'appelait Jean-Baptiste Fabre et qu'il était un important négociant de Marseille. Elle ne se troubla pas. Elle se déshabilla, dénuda d'une main habile M. Fabre, l'attira dans son lit et lui proposa le plus savoureux des commerces.

Une demi-heure plus tard, mous comme chiffes, ils reprenaient leur souffle et leurs esprits. C'est alors que, dans le calme de la chambre, M. Fabre raconta sa vie. Il expliqua tout d'abord que sa famille monopolisait à Paris et en Turquie la représentation du commerce marseillais, et qu'il avait pris, lui, vers 1675, la direction d'un comptoir à Constantinople. Il décrivit sa maison, qui faisait corps avec le Palais de France, et apprit à Mlle Petit, émerveillée, que, depuis près d'un siècle, les négociants marseillais fournissaient la majeure partie des émoluments de l'ambassadeur qui, sans eux, n'aurait pas eu suffisamment d'argent pour vivre.

— Je connais le grand vizir, ajouta M. Fabre, ainsi que tous les pachas, et, naturellement, l'ambassadeur M. de Ferriol, qui est un bon ami. Avant qu'il ne soit nommé, j'ai même assumé l'intérim ; après quoi, je reçus le titre d'agent, car je suis très bien vu à Versailles.

Tout ce que le Marseillais racontait à la belle brelandière était vrai. Il omettait seulement de préciser qu'il était couvert de dettes, que des créanciers l'attendaient avec impatience à Constantinople et que sa femme était devenue la maîtresse de M. de Ferriol...

Au petit matin, M. Fabre révélait enfin à Mlle Petit que M. de Pontchartrain lui avait promis de l'envoyer comme ambassadeur auprès du Shah de Perse.

La jeune femme fut éblouie et demanda gentiment d'être du voyage.

Amusé, M. Fabre promit.

Quelques jours passèrent. Chaque soir, le négociant rentrait rue Mazarine et retrouvait Marie qui rêvait déjà, sans en parler, de palais somptueux et de voluptés orientales...

Ses rêves eussent été moins brillants si elle avait su que le futur ambassadeur se promenait dans Paris, la bourse presque vide. Un jour, pourtant, M. Fabre dut avouer à sa maîtresse qu'« il connaissait momentanément des difficultés financières ». Rusé, il lui fit comprendre que ce manque d'argent allait le gêner dans ses démarches et risquait de retarder leur départ pour la Perse.

La brave fille fut effrayée. Elle avait quelques économies, elle les donna à M. Fabre.

Bientôt, elle vendit son tripot.

— Mon argent t'aidera à remplir ta mission, dit-elle. Je te le promets.

Et, naïvement, car elle aimait Fabre et croyait en lui, elle rédigea le 2 décembre 1702, dans un style un peu relâché, cë billet qui se trouve aujourd'hui dans les archives du ministère des Affaires étrangères :

Je, soussignée, m'oblige envers J.-B. Fabre de le suivre dans ses voyages de Constantinople et ailleurs où il devra aller, soit pour le service du roi que pour ses propres affaires, et de l'assister de mes soins, sans que je puisse prétendre à aucune rétribution ni m'en dispenser en aucune manière de l'accompagner.

MARIE PETIT[214].

En signant ce billet, Mlle Petit eut l'impression qu'elle transformait sa vie.

Elle ne se trompait pas. Mais elle était bien loin de se douter des aventures qu'elle allait connaître...

Délivré de ses soucis d'argent, le négociant reprit des contacts, rencontra M. de Torcy, s'entretint avec M. de Pontchartrain, successeur de Colbert, et éblouit tous les ministres par sa connaissance des choses de l'Orient.

Le soir, il expliquait à Marie le sens de sa mission. Il s'agissait de lier partie avec la Perse qui commençait à être envahie par les compagnies de commerce anglaises, hollandaises et portugaises, d'obtenir le protectorat des chrétiens, d'implanter solidement le commerce français, de prendre des gages et de préparer les relations avec l'Inde.

Comme dit R. de Maulde-La Clavière, « le projet n'était pas nouveau, mais il fallait quelque audace pour l'aborder : toutes les tentatives avaient échoué et on se heurtait pour le moment à des difficultés matérielles plus grandes que jamais ».

En janvier 1703, M. Fabre reçut l'avis officiel de sa mission. Aussitôt, Mlle Petit, transportée de joie, prépara le départ. Pendant qu'elle emplissait les malles, Louis XIV, de son côté, dressait la liste des cadeaux qu'il comptait faire au Shah par l'intermédiaire de son ambassadeur. En voici un extrait : « 3 pendules, 24 montres dont 12 à répétition, 6 caves à liqueur en cristal taillé, 3 atlas, 2 girandoles et quelques tableaux, dont un représentant le souverain lui-même... »

La réunion de tous ces objets demanda près d'un an.

Quand tout fut prêt, on remit des lettres de créance au négociant marseillais

C'est alors que M. de Ferriol, jaloux de voir Fabre chargé d'une importante mission, envoya des lettres venimeuses à M. de Pontchar-

214. Archives du ministère des Affaires étrangères, Perse (correspondance politique).

train. Celui-ci, fort heureusement, demeura inébranlable et le nouvel ambassadeur, accompagné de son neveu Joseph Fabre et de Mlle Petit habillée en homme, partit pour Marseille à la fin de 1704.

Le 2 mars 1705, enfin, le *Toulouse*, vaisseau de haut bord, levait l'ancre, emportant dans ses flancs M. Fabre et sa suite. Personne ne savait que la jeune femme s'était embarquée.

Mais, dès que le navire eut gagné le large, le beau cavalier aux yeux bleus entra dans sa cabine et reparut bientôt en habits féminins. Dès lors, Mlle Petit ne se cacha plus et, ne pouvant contenir son enthousiasme, « affecta envers l'ambassadeur des airs de familiarité qui égayèrent fort l'équipage[215]. »

Le 8 avril, l'ambassadeur et l'ex-brelandière arrivèrent à Alexandrette. Cinq jours plus tard, ils étaient en route vers Alep où ils arrivèrent le 17 avril.

Là, Mlle Petit dut de nouveau se camoufler, car les habitants eussent trouvé curieux, et peut-être inconvenant, que le représentant de Louis XIV arrivât avec sa concubine. M. Fabre la fit donc passer pour la femme de son principal maître d'hôtel, M. du Hamel.

Hélas ! l'aimable demoiselle ne pouvait demeurer longtemps tranquille. Son tempérament exubérant la poussa à commettre quelques imprudences dont s'étonnèrent fort les pères jésuites qui se trouvaient à Alep. Le père supérieur fit alors effectuer une petite enquête et découvrit la véritable identité de la pseudo-Mme du Hamel.

Bien résolu à ne pas laisser le scandale causé par le couple adultère s'étendre en Asie Mineure et en Perse, il se rendit auprès du pacha et lui demanda d'empêcher M. Fabre de continuer sa route.

Le pacha accepta et la caravane se trouva immobilisée à Alep pendant six mois.

Mlle Petit entreprit alors de distraire la suite de l'ambassadeur en organisant chaque soir de petits soupers qui se terminaient régulièrement par des orgies tout à fait réussies. Elle avait conservé de son état de brelandière un talent certain d'animatrice, et connaissait de nombreuses chansons fort lestes. Aussi les soirées de l'ambassade donnaient-elles aux habitants d'Alep un très curieux reflet de la cour du Roi-Soleil...

Au mois d'octobre 1705, comprenant que le pacha ne changerait pas d'avis, M. Fabre et Marie quittèrent Alep secrètement, gagnèrent la mer et se rendirent à Constantinople où l'ambassadeur de Perse les cacha avant de les aider à gagner Érevan.

A peine arrivé, M. Fabre apprit que le Khan Abdelmassin n'aimait pas les Français, et il trembla. Alors Mlle Petit mit sa plus belle robe, se rendit au palais d'Abdelmassin et devint sa maîtresse.

Cet acte tout simple aplanit considérablement les difficultés. Une semaine plus tard, M. Fabre recevait d'Ispahan la reconnaissance de son ambassade.

215. R. de Maulde-La Clavière, *op. cit.*

Fière de cet heureux préambule, Mlle Petit résolut de s'engager hardiment dans les grandes voies de la diplomatie.

Elle n'allait pas tarder à s'y trouver contrainte par le destin.

Quelques jours après avoir quitté Érevan, M. Fabre tomba subitement malade. Brûlé par la fièvre, dévoré par un feu intérieur, il se mit à gémir, disant qu'on l'avait empoisonné. Le jour du 15 août il devint violet, le 16 il était mort.

Mlle Petit eut un moment de vertige. Qu'allait-elle devenir, seule, dans ce pays inconnu et au milieu d'hommes hostiles ?

Elle eut une idée stupéfiante. Une idée de génie : elle prit sur le cadavre de son amant les clefs qui ouvraient les malles contenant les papiers secrets et se proclama chef de l'ambassade « au nom des princesses de France ».

Les Français furent éberlués.

— Ma mission consiste, dit-elle, à enseigner à la reine de Perse les grandes façons françaises. Je la remplirai coûte que coûte et, si l'on veut m'arrêter, je suis prête à me faire musulmane et à chasser les jésuites...

Ce langage fit impression.

— Revenons à Érevan, ajouta la charmante demoiselle.

La petite troupe rebroussa chemin et, le lendemain, Mlle Petit se retrouvait auprès du Khan.

Deux heures plus tard, elle était allongée, complètement nue, sur un lit de fourrures en compagnie d'Abdelmassin qui la trouvait « plus douce de peau que le miel et plus brûlante en son intimité que le piment »[216]...

Elle passa quelques semaines dans cette position, « de façon à consolider sa situation diplomatique ».

La manœuvre était habile, car le Khan, satisfait du plaisir que lui donnait Marie, intervint auprès d'Ispahan pour qu'elle fût reconnue comme ambassadrice.

L'amour allait ainsi permettre au Roi-Soleil d'avoir un représentant auprès du Shah...

Mlle Petit, s'étant assuré la protection du Khan, pensa qu'il était indispensable d'avoir également un allié dans le groupe des Français. Un allié, c'est-à-dire, bien entendu, un amant.

Peu regardante, elle en prit deux.

Elle les installa avec elle dans la maison qu'on avait mise à sa disposition et commanda un grand lit.

Cela fit mauvais effet sur les gens du pays qui étaient plutôt habitués à voir un homme posséder plusieurs épouses qu'une femme posséder plusieurs maris.

On la critiqua et les jésuites, terrifiés, abandonnèrent à son égard les euphémismes chers à leur Compagnie pour employer le langage plus vigoureux et plus direct de leurs frères ennemis, les dominicains.

216. Archives du ministère des Affaires étrangères, Perse (correspondance politique).

Ils allèrent ainsi jusqu'à la traiter de putain.

Moins sévères, les gens de la mission Fabre se contentaient de rire[217].

Le chef des chrétiens de Perse, Mgr Pidou de Saint-Olon, prit les choses plus gravement. Il écrivit au Khan de Tabriz, grande ville qui commande à l'intérieur la route d'Ispahan, et le mit en garde contre Mlle Petit.

« Une seule personne a droit au titre d'ambassadeur de France, ajoutait-il, c'est le jeune Joseph Fabre, neveu du défunt. »

Le Khan, très embarrassé, se demanda quelle conduite il devait adopter. Pendant qu'il cherchait, Marie ne perdit pas son temps : elle continua de mettre le plus de monde possible dans son lit, ce qui est, on en conviendra, une excellente façon de se faire des amis.

Elle devint ainsi la maîtresse de quelques fonctionnaires importants.

Le mérite est toujours récompensé : des messages à la louange de Marie arrivèrent bientôt à Tabriz, à Erzeroum, à Ispahan, détruisant les effets déplorables qu'avaient pu avoir les lettres de Mgr Pidou de Saint-Olon.

C'est alors qu'une nouvelle navrante parvint à Érevan : M. de Ferriol, l'ambassadeur de France à Constantinople, venait, de son propre chef, d'envoyer un de ses amis, un certain Michel, âgé de vingt-huit ans, pour remplacer M. Fabre et évincer Mlle Petit.

Quelques semaines plus tard, en décembre 1706, la caravane du jeune homme était signalée.

Marie prit peur. Elle boucla ses malles précipitamment, commanda des chameaux et dit adieu à ses amants. Il fallait gagner de vitesse cet usurpateur et parvenir avant lui auprès du Shah.

Le soir, elle se dirigeait vers Ispahan.

En apprenant ce départ, Michel, furieux, décida de tenter un coup d'audace. Pensant que l'ambassade française devait voyager au rythme lent des caravanes, il résolut de la rejoindre, d'enlever Mlle Petit et de se substituer à elle. Pour agir plus librement, il laissa ses bagages, prit un cheval, partit au galop et arriva un beau soir à Nakhichevan où il apprit avec le plaisir qu'on imagine que Mlle Petit s'y trouvait depuis le matin.

Sa joie fut courte ; car ce qu'il vit le découragea : la brelandière, reconnue ambassadrice grâce aux gentillesses et aux galanteries de toute sorte dont elle s'était montrée prodigue, tenait véritablement les Persans sous son charme. Elle était d'ailleurs la maîtresse du Khan de Nakhichevan qui était, disait-on, « ensorcelé par elle ».

Bref, elle était intouchable et Michel comprit que son projet d'enlèvement était insensé.

Sans s'attarder, il gagna Tabriz et rendit visite au Khan qui avait reçu la lettre de Mgr Pidou de Saint-Olon :

217. Cf. R. DE MAULDE-LA CLAVIÈRE : « Deux Français seulement tenaient ferme pour Mlle Petit ; mais comme ils poussaient le dévouement jusqu'à ne pas quitter l'ambassadrice, même la nuit, les autres s'en moquaient. » *Op. cit.*

— C'est moi l'ambassadeur de Louis XIV, dit-il.

— Est-ce vous qui êtes M. Joseph Fabre ?

— Non, M. Joseph Fabre est un enfant qui voyage avec une aventurière.

— Eh bien ! dit le Khan, j'attendrai la visite de cet enfant. Quant à cette dame dont vous parlez, j'ai reçu des ordres à son sujet et d'ores et déjà je peux vous annoncer que je ne tolérerai contre elle aucune entreprise...

Michel baissa la tête. Il ne pensait pas que la brelandière fût aussi bien protégée.

Deux jours plus tard, la caravane française entrait dans Tabriz. Sur le principal chameau, Mlle Petit, enfermée dans une cage d'osier qui lui servait de cabine, saluait la foule. Près d'elle, un groupe de Persans, à qui, la nuit venue, elle distribuait quelques menues faveurs, l'entourait respectueusement.

Lorsqu'elle eut appris que son adversaire s'était présenté chez le Khan, elle alla le trouver et d'une voix caressante lui demanda de la laisser en paix.

Michel répondit qu'il était chargé d'une mission. Alors, nous dit-on, elle retroussa ses jupes et rajusta son bas...

La jambe était ravissante, mais le jeune diplomate ne se laissa pas prendre au piège de Marie. Il regarda par la fenêtre.

Très fâchée, elle partit en claquant la porte.

Quelques jours après, Mlle Petit prenait une éclatante revanche : elle obtenait l'autorisation officielle de se rendre à Ispahan où le souverain acceptait de la recevoir, tandis que Michel était prié de retourner à Érevan...

Elle triomphait.

L'accueil qu'on lui fit dans la capitale persane fut merveilleux. Reçue à la cour, elle offrit les cadeaux de Louis XIV, vanta les mérites de son souverain, décrivit avec esprit Versailles, Paris, la France et sut charmer le Shah.

Un palais magnifique lui fut prêté pour la durée de son séjour et une garde d'honneur fut mise à sa disposition. L'ancienne tenancière de tripot, traitée en « princesse franque », vécut là les heures les plus extraordinaires de son existence.

Devint-elle la maîtresse du Shah comme certains le prétendent ? Cela semble peu probable. Elle n'en demeura pas chaste pour autant, on s'en doute, et la douceur du printemps à Ispahan lui fit commettre, paraît-il, des extravagances qui éblouirent bien des jeunes pachas...

Tandis que tout Ispahan était amoureux des yeux bleus de Mlle Petit, Versailles recevait seulement l'annonce de la mort de Jean-Baptiste Fabre.

Sauf pour M. de Pontchartrain, elle passa complètement inaperçue. Une autre nouvelle accaparait l'attention de la cour : Mme de Montespan venait de mourir, le 27 mai 1707, à Bourbon-l'Archambault, où elle prenait les eaux, et l'on s'entretenait d'une scène épouvantable qui s'était déroulée avant les obsèques de l'ancienne favorite.

La défunte ayant eu le joli geste de léguer ses entrailles à l'abbaye de Saint-Menoux, située à deux lieues de Bourbon, un jeune paysan avait été chargé d'aller porter ce cadeau aux moines de l'endroit.

En chemin, le gamin s'était senti fortement incommodé par l'odeur pestilentielle qui s'échappait du vase. Comme on n'avait pas cru bon de lui expliquer ce qu'il transportait, il avait eu la curiosité de soulever le couvercle. Il s'était alors cru victime d'une mauvaise farce de la part du médecin qui l'avait chargé de cette commission, et, très en colère, était allé vider le vase dans un fossé où, quelques instants après, un troupeau de porcs avait fait ses choux gras des restes de Mme de Montespan[218]...

Ainsi se terminait de façon symbolique la destinée de cette femme qui avait prêté son ventre aux cérémonies les plus horribles.

Personne ne la pleura.

Un courtisan fit même un mot :

— Des entrailles ? Est-ce qu'elle en a jamais eu ?

Quant à Louis XIV, il murmura d'une voix indifférente :

— Il y a trop longtemps qu'elle est morte pour moi, pour que je la pleure aujourd'hui...

L'éblouissante marquise n'était plus : les petits cochons l'avaient mangée.

Pendant que la cour pérorait sur le trépas de Mme de Montespan, M. de Pontchartrain s'inquiétait de sa mission en Perse et, poussé par M. de Ferriol qui lui présentait Mlle Petit sous l'aspect d'une voleuse attirée par les présents destinés au Shah, il accordait les lettres de créance à Michel.

Celui-ci ne devait les recevoir qu'au début de 1708. En attendant, il moisissait à Qazvin où l'attamadoulet l'avait relégué...

Quant à Mlle Petit, se souvenant des confidences qu'elle avait reçues jadis de Fabre, elle essayait de mettre au point un traité de commerce avec le Shah.

De longs pourparlers furent engagés par cette étonnante jeune femme qui discutait avec la souplesse et la ruse d'un diplomate de carrière, et un projet fut accepté par le souverain.

La France allait enfin pouvoir concurrencer les compagnies anglaises, hollandaises et portugaises.

Malheureusement, Marie, qui donnait son corps (pour la politique de Louis XIV) avec une trop grande générosité, tomba malade et dut interrompre ses négociations. Pâle, affaiblie, elle craignit de mourir dans ce pays inconnu et eut soudain la nostalgie de la rue Mazarine.

A la fin de juin, elle fit ses bagages, coucha poliment avec tous ses amants et reprit la route de l'Europe.

Après un court séjour à Constantinople, où elle fut reçue par son

218. ALLIER ET DUFOUR, *L'Ancien Bourbonnais.*

ennemi, M. de Ferriol, qui fut ébloui par sa beauté et regretta de lui avoir causé tant de mal, elle arriva à Marseille.

Là, une surprise l'attendait : on l'arrêta sous l'inculpation de vol. Les calomnies de Michel atteignaient leur but. Accusée d'avoir détourné une partie des cadeaux destinés au Shah pour les offrir à ses amants, elle resta des mois en prison.

Pendant ce temps, le nouvel ambassadeur, muni de ses lettres de créance, arrivait à Ispahan et signait avec la Perse le traité de commerce qu'avait préparé Mlle Petit...

Il n'allait pas s'en faire gloire longtemps. M. de Pontchartrain, devançant les appréciations de l'Histoire, finit par reconnaître le rôle joué par Marie, et lui rendit la liberté. Deux ans plus tard, en 1715, la brelandière put voir l'accomplissement de ses rêves : le Shah de Perse, qui avait pour principe de ne jamais adresser de délégations aux souverains étrangers, envoya un ambassadeur au Roi-Soleil.

N'était-ce pas en souvenir de la jolie « princesse franque[219] » ?

Les fêtes organisées pour la réception de Mehemet Rizabeg, que tous les Parisiens appelaient le *marabout*, donnèrent à Louis XIV une nouvelle occasion de faire éclater sa magnificence.

Pourtant, depuis sept ans, les affaires de la France allaient mal et le Trésor était vide.

Placé, après d'effroyables revers militaires, dans une situation diplomatique épouvantable, contraint de faire porter sa vaisselle d'or à l'Hôtel de la Monnaie pour alimenter les caisses de l'État, Louis XIV voyait son règne se terminer en désastre.

Certains soirs, abattu, désespéré, il quittait la scène de Versailles où il avait été tout le jour en représentation, et rentrait dans les coulisses de ses appartements privés pour y retrouver Mme de Maintenon. Là, enfin redevenu un homme, il pleurait.

Françoise, responsable de la nomination de ministres et de maréchaux incapables, se penchait alors sur lui et tendrement, maternellement, le consolait.

Au printemps, le souverain tenta de redresser la situation, renversa sa politique, signa un traité de commerce avec l'Angleterre, prépara une alliance avec la Russie, accepta les propositions du financier Law.

Ces tractations ne pouvaient avoir de conséquences immédiates sur la vie des Français moyens et la misère continua de sévir. Le peuple, affamé, ulcéré, se déchaîna encore une fois contre Mme de Maintenon qu'il tenait pour responsable de ses malheurs et l'on chanta dans toute la France ce couplet féroce :

219. Mlle Petit a laissé un souvenir impérissable en Perse. Aujourd'hui, on trouve encore, dans certains bazars iraniens, son « portrait » sur des assiettes et des images populaires.

Peut-on, sans être satirique,
Rire d'un règne aussi comique ?
Voyez cette sainte putain,
Comme elle gouverne l'empire.
Si nous ne mourions pas de faim,
Il en faudrait crever de rire.

A la fin du printemps, une fête donnée à Versailles en l'honneur des Persans vint heureusement détendre un peu l'atmosphère.

La cour retrouva un peu de son air joyeux d'autrefois, les jeunes marquis osèrent poursuivre publiquement les demoiselles et l'on oublia pour un temps les ordres sévères de Mme de Maintenon.

Le roi lui-même parut plus gai. Il regarda les jeunes filles et l'on murmura que, malgré ses soixante-seize ans, il commettait parfois de savoureuses infidélités à son épouse...

Ce bruit se répandit bientôt dans le peuple qui, tout heureux à la pensée que Mme de Maintenon était cornette, oublia ses soucis pour chanter les couplets suivants :

Chantons les exploits inouïs
De notre invincible Louis,
Qui septuagénaire
Eh bien
S'avise encore de faire...
Vous m'entendez bien.

Quoique devenu bisaïeul
Et tout près d'entrer au cercueil
Il a fait à la nièce
Eh bien
De sa vieille maîtresse
Vous m'entendez bien.

Ceci était naturellement exagéré. Jamais Louis XIV ne fut l'amant de la jeune Françoise d'Aubigné, nièce de Mme de Maintenon ; mais il était amusant de le raconter et le bon peuple y prenait un grand plaisir.

Le 13 août, l'ambassadeur vint prendre congé du roi qui lui fit des présents considérables. Le Persan remercia, sans avouer qu'il s'était déjà choisi lui-même un très beau souvenir de France, et il quitta Paris le lendemain en emmenant la femme d'un cafetier[220]...

Alors qu'il roulait en carrosse vers Rouen avec cette Parisienne dont on n'eut plus jamais de nouvelles, Louis XIV s'alitait. L'audience en grande tenue d'apparat donnée la veille à Mehemet Rizabeg l'avait extrêmement fatigué. Sa jambe gauche, qui était enflée depuis quelque temps, le faisait souffrir. Le 15, il dut se faire porter à la messe. Le 20, terrassé par la fièvre, il se trouva si mal tout à coup que la cour

220. Pierre Narbonne, *Journal des règnes de Louis XIV et de Louis XV*.

prit peur et que Fagon, à tout hasard, le purgea. Le 26, Maréchal, premier chirurgien, donna deux coups de lancette dans la jambe malade et constata qu'elle était gangrenée jusqu'à l'os...

Ce fut une surprise pour tout le monde.

Voyant que les gens qui l'entouraient faisaient de curieuses mines, le roi demanda des explications. On lui annonça alors fort respectueusement que sa jambe était pourrie.

Il parut très contrarié.

— N'avez-vous pas là des rasoirs ? demanda-t-il. Ne pourrait-on pas la couper ?

Incapables de répondre, les médecins fondirent en larmes.

— Vais-je mourir ? dit encore Louis XIV.

On ne se permit pas de lui mentir et il prit bien la chose.

— Il y a dix ans que je suis prêt, murmura-t-il, et, très calmement, il reposa sa tête sur l'oreiller.

Les médecins, émerveillés par tant de courage, s'en furent répéter la phrase du roi dans tout le palais. On s'extasia ; mais de mauvais esprits prétendirent bientôt que c'était la perspective de quitter Mme de Maintenon qui lui remontait le moral...

Pendant que ces bruits se chuchotaient dans les couloirs, Louis XIV, immobile sur son lit de velours cramoisi brodé d'or, faisait semblant de dormir.

La main dans celle de Mme de Maintenon qui était sa compagne depuis trente ans, il attendait la mort.

Le 25, il reçut l'extrême-onction. Le 26, il fit venir Philippe d'Orléans — ex-duc de Chartres [221] — et lui dit à haute voix :

— Mon neveu, je vous fais régent du royaume. Vous allez voir un roi dans le tombeau, un autre dans le berceau. Souvenez-vous toujours de la mémoire de l'un et des intérêts de l'autre.

Ce roi au berceau était le jeune duc d'Anjou, âgé de cinq ans, seul descendant légitime de Louis XIV.

Tous les princes capables de monter sur le trône étaient en effet morts quelques années auparavant de façon assez curieuse. Le 14 avril 1711, le Grand Dauphin Louis, âgé de cinquante ans, avait été emporté subitement par la petite vérole. En 1712, son fils et sa bru, le duc et la duchesse de Bourgogne, étaient morts à quelques jours d'intervalle d'une rougeole maligne, laissant deux fils, le duc de Bretagne, âgé de cinq ans, et le duc d'Anjou qui tétait encore. Très ému, Louis XIV avait immédiatement déclaré le duc de Bretagne Dauphin de France.

Cela n'avait pas traîné : le lendemain, le pauvre enfant était tombé malade, ainsi que son frère d'ailleurs, et avait rendu l'âme.

Devant un tel amoncellement de cadavres, le peuple avait jasé, accusant Philippe d'Orléans, dont on connaissait la passion pour les sciences occultes et la chimie, d'avoir empoisonné tout le monde.

— Il rapproche ainsi sa famille du trône, disait-on.

221. Qui était duc d'Orléans depuis la mort de Monsieur, son père, survenue en 1701.

On faisait allusion à Marie-Louise-Élisabeth, sa fille aînée, qui avait épousé le deuxième fils du Dauphin, le duc de Berry, lequel ne se trouvait plus séparé du trône que par un bébé souffreteux.

— Que le petit duc d'Anjou meure, disait la foule, et la duchesse de Berry devient reine de France...

C'est alors que le duc de Berry était mort à son tour.

Les hypothèses échafaudées par le peuple s'étant ainsi effondrées, on en avait bâti d'autres.

— Il tue son gendre dans l'espoir de monter lui-même sur le trône, s'étaient écriés les braves gens, jamais à court d'arguments [222].

Philippe, très ému par ces accusations, avait demandé qu'on fit son procès. Le roi s'y était refusé et l'avait blanchi d'un mot :

— Mon neveu est un fanfaron de crimes [223]...

C'est à cet homme étrange, fin, intelligent, diplomate, cultivé, mais débauché, athée et vicieux, que Louis XIV confiait le royaume de France pendant la minorité du duc d'Anjou, futur Louis XV.

Mme de Maintenon, qui détestait Philippe, en qui elle voyait l'incarnation du mal, avait blêmi en entendant la déclaration du roi. Elle eût tant voulu, elle, que la régence fût confiée au duc du Maine, fils de Mme de Montespan. Mais Louis XIV était trop respectueux des convenances pour mettre le royaume entre les mains d'un de ses bâtards...

Le 29 août, le vieux monarque ne mangea que deux biscuits. Le 30, il perdit connaissance et Mme de Maintenon prit peur. Se sachant détestée, elle craignit d'être insultée « comme il arrive souvent à des personnes en faveur quand elles ont tout perdu » [224] et elle courut se réfugier à Saint-Cyr...

Le 31, Louis XIV entra dans le coma et le 1er septembre, à huit heures et quart du matin, il rendit l'esprit.

Il avait soixante-dix-sept ans moins quatre jours. Son règne avait duré soixante-douze ans.

Tandis que le nouveau roi était acclamé, des prêtres, des médecins, des femmes portaient le corps du défunt sur un lit d'apparat. Dans leur émotion, ces pieuses personnes ne s'aperçurent pas d'un détail savoureux qui prend l'allure d'un symbole. Écoutons Mathieu Marais nous conter la chose : « Le corps du roi fut exposé à Versailles, dans un lit à ciel magnifique : on a remarqué que ce lit à ciel est celui que Mme de Montespan avoit fait faire pour lui et que le portrait de cette dame est dans le ciel du lit ; à quoi on n'a pris garde que depuis qu'il a été tendu, de sorte que le roi a été dix jours sous ce ciel et sous ce portrait [225]. »

222. En réalité, le duc de Berry avait été empoisonné par sa femme qui voulait mener librement sa vie scandaleuse.

223. L'Histoire a entièrement lavé Philippe de ces accusations stupides.

224. Mlle d'AUMALE, *Mémoires*.

225. MATHIEU MARAIS, *Journal et Mémoires*.

Ainsi, jusqu'aux portes du tombeau, Louis XIV était poursuivi par le souvenir de ses amours adultères [226]...

La mort de ce roi qui avait régné trop longtemps fut saluée dans le peuple par un immense soupir de soulagement ; et le 9, jour des funérailles, le bord des routes qui menaient de Versailles à Saint-Denis ressemblait à une kermesse. On y vendait des rafraîchissements. Les gens chantaient, dansaient, riaient, buvaient, jouaient du violon ; tous « se livraient, nous dit Duclos, à une joie scandaleuse, et plusieurs eurent l'indignité de vomir des injures en voyant passer le char qui renfermait le corps [227] ».

Le soir, on alluma des feux sur les places publiques.

Reconnaissons que la populace ne fut pas seule à être indécente en cette occasion : les libertins, amis du Régent, célébrèrent la disparition du vieux roi en organisant, à Versailles, une orgie monstre.

Il est vrai que leur règne commençait...

24

Les étranges petits soupers du Régent

Avec les femmes, il n'y a
que les honteux qui perdent.

THÉOPHILE GAUTIER

Dès qu'on eut fermé les yeux à Louis XIV, le Parlement se rendit dans la Grande-Chambre, fit ouvrir une petite porte de fer qui masquait

226. Mme de Maintenon, retirée à Saint-Cyr, survécut quatre ans à Louis XIV. Elle mourut le 15 avril 1719, âgée de quatre-vingt-trois ans.

Ses restes devaient connaître bien des tribulations. En 1794, le Directoire ayant ordonné la destruction de l'École de Saint-Cyr, des ouvriers découvrirent sa tombe. Ils brisèrent la pierre, éventrèrent le cercueil, en arrachèrent le corps qui était parfaitement conservé et lui passèrent une corde au cou pour le traîner dans les cours. Après avoir bien ri, ils le jetèrent dans un trou. En 1802, des âmes pieuses recueillirent ce qui restait de Mme de Maintenon et lui élevèrent un petit monument. Trois ans plus tard, le général Duteil, commandant de l'École Militaire, ordonna la destruction du tombeau de « la fanatique qui avait fait signer l'acte de révocation de l'Édit de Nantes ». Le squelette de la pauvre Françoise d'Aubigné fut alors placé en vrac dans une caissette portant cette inscription : « Os de Mme de Maintenon », que l'on relégua dans un grenier. Il devait y être troublé de nouveau. « Un soir, raconte l'auteur des *Mémoires d'un conscrit de 1808*, après un dîner de camarades, un de mes amis, Paluel, voulut par bravade croquer du bout des dents un des morceaux brisés du crâne ; malgré l'opposition des convives, il gagna par surprise cet étrange gageure, mais il fut, paraît-il, malade presque aussitôt après avoir commis cette macabre plaisanterie. Il ne se consolait de son mal qu'en répétant : "C'est égal, j'ai mangé de Mme de Maintenon." Enfin, pendant la dernière guerre, les restes de Françoise furent transportés à Versailles...

227. DUCLOS, *Mémoires secrets sur le règne de Louis XIV, la Régence et le règne de Louis XV*.

un trou creusé dans le mur et s'empara d'un document cacheté de cire. C'était le testament royal.

Le Premier Président le lut et l'on s'aperçut alors avec stupeur que, contrairement à ce qu'avait dit Louis XIV à son neveu, la direction des affaires du royaume était placée entre les mains d'un conseil de régence, dont le duc d'Orléans n'était que le président.

En lisant la composition de ce conseil, le Parlement eut une deuxième surprise : parmi les membres désignés se trouvait le duc du Maine, fils du roi et de Mme de Montespan, et pupille préféré de Mme de Maintenon.

Cet acte était donc une manœuvre de « la vieille guenipe ». Comprenant que son règne serait fini si la régence était donnée à Philippe qui la détestait, Françoise avait soufflé cette décision au roi, avec la ferme intention de continuer à commander par l'intermédiaire du duc du Maine.

Quelques heures avant de mourir, regrettant sa faiblesse, Louis XIV avait désigné son neveu comme régent ; mais le testament, dans sa cachette, était resté inchangé.

Philippe ne se laissa pas abattre. « Comme il possédait au suprême degré le don de la parole, nous dit un mémorialiste, il prononça un discours très éloquent qui ne roula que sur le droit que sa naissance lui donnait à la Régence du royaume ; et laissa à l'Assemblée le soin de décider [228] » entre lui et le duc du Maine.

Après un court conciliabule, tous les membres du Parlement, qui craignaient peut-être le retour à Versailles de la peu réjouissante Mme de Maintenon, décidèrent d'annuler le testament.

Ce choix devait être d'une importance capitale. Le souvenir des années pénibles qu'avait imposées à la cour la vieille pudibonde venait de faire commettre un acte dont les conséquences allaient être incalculables. En se montrant favorable au duc d'Orléans, l'Assemblée engageait en effet la France dans la voie de la volupté, du plaisir et du libertinage. Brusquement, notre pays, pris par une véritable folie érotique, allait rompre avec la gaillarde santé des siècles précédents pour s'exténuer dans la recherche du vice.

Dès qu'il fut reconnu officiellement tuteur de Louis XV et régent du royaume, Philippe nomma conseiller d'État son fidèle abbé Dubois. Cet ecclésiastique, « abandonné aux plaisirs, victime des excès qui les accompagnent et familiarisé avec la honte qui suit certaines complaisances [229] », fut ravi. A l'abri de ses nouvelles fonctions, il allait pouvoir assouvir ses instincts en toute liberté.

Pour fêter sa nomination, il eut une curieuse idée : il résolut d'être l'amant d'une quincaillière de la rue Saint-Roch qui lui plaisait depuis

228. *Mémoires secrets pour servir à l'Histoire de la Perse* (c'est-à-dire de la France). Ouvrage à clefs attribué à Pecquet, Amsterdam, 1745.

229. *Les Fastes de Louis XV, de ses ministres, maîtresses, généraux et autres notables personnages de son règne*, 1788.

longtemps. Comme le mari de cette dame l'embarrassait un peu, il demanda l'aide d'un de ses pages.

— Tu vas te déguiser en marchand, lui dit-il, tu iras chez ce rustaud, et, pour l'éloigner de sa maison, tu l'inviteras à boire.

L'autre obéit. Après un quart d'heure d'entretien, les deux hommes se dirigèrent vers une auberge voisine, et l'abbé, caché dans un carrosse, vit avec plaisir la place devenir libre.

D'un bond, il fut dans la quincaillerie. D'un autre bond, il fut aux pieds de la belle à qui, très simplement, il expliqua ce qui l'amenait. Par chance, la quincaillière était galante. Elle le considéra un instant, amusée par l'aventure, puis l'entraîna dans l'arrière-boutique, où, sans faire d'histoires, bien gentiment, elle se laissa prendre sur un coffre à balais...

Par la suite, l'abbé préféra œuvrer chez lui. Chaque soir, il faisait venir dans son appartement un groupe de jeunes blanchisseuses assez délurées, dont il aimait, disait-il, les « espiègleries »...

Pendant ce temps, le Régent organisait, lui aussi, sa vie de façon agréable.

A neuf heures du matin, il se mettait au travail, recevait des ambassadeurs, répondait aux dépêches ou lisait des rapports jusqu'au déjeuner. Après le dessert, il revenait dans son cabinet et présidait un conseil ; mais quand sonnaient cinq heures, il saluait ses ministres, laissait là les affaires de l'État et allait se consacrer entièrement au plaisir.

Tous les huit jours, il avait une maîtresse nouvelle et s'en faisait adorer.

De tels succès féminins étonnaient d'ailleurs la princesse Palatine, qui écrivait :

Mon fils n'est ni joli ni laid, mais il n'a pas du tout les manières propres à se faire aimer ; il est incapable de ressentir une passion et d'avoir longtemps de l'attachement pour la même personne. D'un autre côté, ses manières ne sont pas assez polies et assez séduisantes pour qu'il prétende à se faire aimer. Il est fort indiscret et raconte tout ce qui lui est arrivé : je lui ai dit cent fois que je ne puis assez m'étonner de ce que les femmes lui courent follement après ; elles devraient bien plutôt le fuir. Il se met à rire et me dit : « Vous ne connaissez pas les femmes débauchées d'à présent. Dire qu'on couche avec elles, c'est leur faire plaisir ![230] »

Après avoir passé un moment de détente avec une de ses maîtresses, le Régent faisait parfois une petite promenade jusqu'au Luxembourg où habitait sa fille, la duchesse de Berry, et, à neuf heures du soir, il retrouvait ses amis au Palais-Royal pour un de ces petits soupers dont tous les historiens ont parlé avec verve et lyrisme.

« A ces soupers, nous dit l'un, assistaient pêle-mêle les amis et les

230. PRINCESSE PALATINE, *op. cit.*

maîtresses du Régent, et les maîtresses des amis, et les amis des maîtresses[231]. »

Ce cercle se composait d'une douzaine de gentilshommes dont le prince avait fait sa société ordinaire, pour la plupart scélérats dignes de la roue « et que pour cette raison, précise Saint-Simon, il ne nommoit jamais autrement que ses *roués* ».

Chaque soir, des personnes nouvelles étaient conviées : poètes, gens d'esprit, filles d'Opéra, etc. « Des courtisanes perdues arrivaient avec des comédiens et des libertins de toute sorte, apportant, avec l'habitude du langage libre, plaisant et pervers, les raffinements de la débauche et tous les secrets du vice[232]. »

Lorsque tout ce joli monde était réuni, le Régent faisait fermer les portes et ordonnait qu'on ne le dérangeât pas de toute la nuit. « Du moment, nous dit Saint-Simon, que l'heure venoit de l'arrivée des soupers, tout étoit tellement barricadé au-dehors que, quelque affaire qui eût pu survenir, il étoit inutile de tâcher de percer jusqu'au Régent. Je ne dis pas seulement des affaires inopinées et particulières, mais celles qui auroient le plus dangereusement intéressé l'État ou sa personne, et cette clôture duroit jusqu'au lendemain matin[233]. »

Derrière les portes closes, des scènes peu édifiantes se déroulaient. On commençait par dîner en buvant sec de grands verres de vin de Tokay ou de Champagne. Après quoi, nous dit encore Saint-Simon, « on s'échauffoit, on disoit des ordures à gorge déployée et des impiétés à qui mieux mieux », puis le Régent se penchait sur sa plus proche voisine et donnait le signal des inconvenances. Aussitôt, tous les convives se précipitaient sur les dames et les troussaient allégrement. Au bout d'un moment, les fauteuils, les chaises, la table, le tapis, les canapés étaient occupés par des couples agités et agissant.

Le tout constituait un tableau hardi.

Parfois, pour créer, dès le début du repas, une atmosphère agréable, les convives se mettaient à table complètement nus.

Au dessert, des jeux burlesques et fort immoraux avaient généralement lieu. Après quoi, on organisait des saynètes sur des thèmes graveleux ou de surprenants ballets accompagnés de violon...

Naturellement, toutes les dames de la cour rêvaient d'être admises à ces soupers. Mais, avant d'être invitées, elles devaient avoir fait leurs preuves, car on se méfiait des oies blanches. « Elles roulaient alors de genoux en genoux, se livrant dans leur délire à la lubricité forcenée des débauchés qui les entouraient[234]. » Lorsque leur réputation était bonne, le Régent les appelait...

Tous ces invités pénétraient par la petite porte de la rue de Richelieu. Le concierge, le brave Ibagnet, les regardait passer sans rien dire. Mais un soir qu'il avait accompagné le Régent jusqu'à la salle des orgies, celui-ci, pour s'amuser, l'invita à être de la fête.

231. AUGUSTIN CHALLAMEL, *La Régence galante*.
232. LAURENCIE, *Histoire des ducs d'Orléans*, 1832.
233. SAINT-SIMON, *op. cit.*
234. GEORGES NORMANDY ET FRANÇOIS MITTON, *Quatre maîtresses du Régent*, 1911.

Ibagnet répondit avec simplicité :

— Monseigneur, mon service s'arrête ici ; je ne vais pas en si mauvaise compagnie, et je suis fâché de vous y voir[235]...

Les convives éclatèrent de rire, sans se douter que cette réponse annonçait une révolution.

Parmi les habitués de ces petits soupers, se trouvait une comédienne nommée Charlotte Desmares. Le Régent en avait fait sa maîtresse et s'en félicitait car c'était une ardente personne.

Je n'en donnerai comme preuve que cette anecdote contée par le chevalier de Ravannes :

« Dans le commencement que le prince la vit, elle s'avisa de devenir enceinte. Le prince, réjoui et voyant qu'elle avançait heureusement, lui dit un jour, frappant sur sa bedaine :

» — Bon. Cela va bien.

» — Oui, Monseigneur, répondit-elle ; mais il y manque encore les cheveux et je vous prie de les faire l'un après l'autre.

» Cette prière, que le prince se plut à regarder plutôt comme une marque d'amour que de lubricité, l'embrasa tellement qu'il voulut la rendre efficace. Mais, déjà épuisé, il pensa mourir à la peine. La maladie qu'il eut servit à faire connaître la Messaline[236]. »

Cette jeune femme de bonne compagnie ne pouvait naturellement se contenter d'un seul amant. Aussi trompait-elle le Régent avec tous les comédiens qu'elle rencontrait, notamment avec Baron.

Heureusement, Philippe d'Orléans n'était pas jaloux.

« Il voyait d'un œil d'indifférence, dit Bois-Jourdain, qu'elle couchât avec d'autres hommes. » Même si ces hommes étaient ses propres laquais, ce qui arrivait de temps en temps.

Pourtant, lorsque la comédienne, qui lui avait donné une fille, voulut lui faire accepter la paternité d'un second enfant, il refusa :

— Non, celui-ci est trop arlequin !

Et comme elle lui demandait ce qu'il voulait dire par là, il expliqua :

— Il est fait de trop de pièces différentes !

Au cours de ces petits soupers, la Desmares faisait, bien entendu, profiter tout le monde de ses belles dispositions. Mais sa façon de s'exprimer était un peu vulgaire.

— Alors, mon gros loup, disait-elle, tu vas-t-y me ratisser la pointe ?

Et Philippe, chagriné, avait honte de sa maîtresse...

A ces fêtes galantes, il fallait une reine. Elle apparut à la fin de septembre 1715. Elle avait vingt-deux ans, une bouche attirante, des yeux « grenadins », des jambes admirables et la fesse ronde. Spirituelle et douée, en outre, d'un tempérament « de salpêtre et de lave », elle était exactement la femme qui convenait pour présider au déroulement scandaleux des petits soupers.

235. SAINT-MARC (B.) et BOURBONNE (MARQUIS DE), *Les Classiques du Palais-Royal*.
236. CHEVALIER DE RAVANNES, *Mémoires*.

Ce « beau morceau de chair fraîche », selon le mot de la Palatine, s'appelait Marie-Madeleine de La Vieuville, comtesse de Parabère.

Le Régent la remarqua un jour chez la duchesse de Berry — dont elle était dame d'atour — et fut immédiatement séduit.

— Qui est cette jeune femme ? demanda-t-il à un ami.

— Une personne qui ne peut que vous plaire, répondit l'autre. Voici la chanson qu'on vient de faire sur elle.

Et il chantonna le couplet suivant :

Sainte n'y-Touche
Près de sa mère étoit
Comme une souche
Pas un mot ne disoit.
Mais quand elle sortoit
Ou qu'elle s'éloignoit,
Autre part qu'à la bouche
Bientôt l'amant b...
Sainte n'y-Touche[237].

Le Régent fut ravi. Cette chanson était un programme qu'il entendait suivre à la lettre.

Voulant bien faire les choses, il invita Mme de Parabère dans une maison solitaire qu'il avait pris soin d'embellir. « Les meubles les plus élégants ornaient chaque pièce, nous dit Barrière ; de tous côtés des peintures voluptueuses frappaient les yeux ; les fleurs les plus fraîches embaumaient l'air de leur parfum. Sans trop se rendre compte du trouble qu'elle éprouvait, Mme de Parabère avoua que l'amour du prince n'avait pu choisir asile plus charmant et plus mystérieux. Il était aimable, il devint pressant, il fut heureux...[238] »

Lorsque tout fut consommé, il se passa une scène curieuse : tandis que Marie-Madeleine, complètement nue sur le lit, reprenait son souffle, Philippe frappa dans ses mains.

Les portes s'ouvrirent avec éclat et une douzaine de personnes, qu'il avait postées dans une antichambre, entrèrent en applaudissant joyeusement.

Alors, bien qu'il fût aussi dévêtu que Mme de Parabère, il se leva et d'un ton charmant chanta aux visiteurs ces vers qu'il avait composés pour la circonstance :

Voici la Reine.
Joyeux enfants de mon domaine
Mortels c'est vous en dire assez
Plaisirs et Jeux obéissez :
Voici la Reine.

Pendant cet intermède, Mme de Parabère s'était efforcée de voiler

237. *Recueil de Maurepas.* « Pièces libres, chansons, épigrammes et autres vers sur divers personnages des siècles de Louis XIV et Louis XV. » Leyde, 1865.

238. Barrière (F.). *Tableaux de genre et d'histoire ou morceaux inédits sur la Régence, la jeunesse de Louis XV et le règne de Louis XVI.* 1828.

l'essentiel de sa nudité avec le chapeau de Philippe. Elle n'y était parvenue qu'imparfaitement...

Lorsque le Régent eut fini, « moins fâchée que surprise, elle fut bien forcée d'avouer une défaite qui constatait l'instant de son règne »[239].

Cette première entrevue fut décisive. Philippe, très impressionné par l'ardeur et les initiatives de cette jeune femme, décida d'en faire sa favorite officielle.

Pour la mettre dans d'heureuses dispositions à son égard, il lui fit, dès le lendemain matin, un riche présent. Si riche, que la belle dut avoir recours à un stratagème pour que les soupçons de M. de Parabère ne fussent pas éveillés. Écoutons la Palatine nous conter l'affaire :

« Il est arrivé une chose plaisante. Une dame qui est jeune et jolie vint voir mon fils dans son cabinet. Il lui fit cadeau d'un diamant de deux mille louis et d'une boîte de deux cents. La dame avait un mari jaloux ; mais elle était si effrontée qu'elle vint à lui et lui dit que des gens qui avaient besoin d'argent lui offraient ces bijoux pour une bagatelle. Le mari crut tout cela, il donna à sa femme l'argent qu'elle demandait. Elle le remercia cordialement et prit l'argent ; elle mit la boîte dans son sac et le diamant au doigt, et se rendit ensuite dans une société distinguée. On lui demanda d'où provenaient la bague et la boîte. Elle répondit :

» — C'est M. de Parabère qui me les a données.

» Le mari était présent, et il dit :

» — Oui, c'est moi qui les lui ai données. Peut-on faire moins quand on a une femme de qualité qui n'aime uniquement et exclusivement que son mari ?

» Cela fit rire, car les autres personnes n'étaient pas si simples que le mari, et elles savaient bien d'où provenaient ces cadeaux...[240] »

Devenue « sultane-reine », Mme de Parabère présida tous les petits soupers du Palais-Royal. Elle y était non seulement la maîtresse de maison, mais encore la maîtresse de tous les invités, ce qui donnait aux réceptions un éclat particulier. Sa frénésie lui fit même accomplir à plusieurs reprises des exploits audacieux dont chacun eût suffi à remplir savoureusement la vie d'une honnête femme.

Sous l'influence de cette amoureuse infatigable, les orgies prirent une telle ampleur que les historiens qui se hasardent à les décrire doivent user d'euphémismes, d'images et de beaucoup de prudence...

Comparés à ces divertissements incroyables, les ébats de la reine Margot prennent l'allure de jeux de patronage...

Pour commencer, Mme de Parabère fit engager par le Régent quarante magnifiques hercules qu'on appela les « Mirebalais ». Ces hommes, choisis pour leur grande virilité, demeuraient pendant la

239. BARRIÈRE (F.), *op. cit.*
240. PRINCESSE PALATINE, *op. cit.*

durée du repas dans une antichambre, prêts à bondir au moindre signe pour prêter main-forte, si j'ose dire, aux débauchés défaillants.

En attendant ce moment, ils dînaient en parlant tranquillement des événements du jour ou de leur famille, comme de braves ouvriers avant d'aller au travail.

De l'autre côté de la porte, l'atmosphère était différente. Mme de Parabère, vêtue d'une robe transparente, faisait déguster à ses amis les plats qu'elle avait confectionnés elle-même avec le Régent, car aucun domestique ne devait paraître au cours de ces réunions nocturnes. Tout se traitait d'ailleurs sur un pied d'aimable égalité et, pour mieux oublier l'étiquette, chaque convive avait un nom de fantaisie : Broglie s'appelait *Brouillon*, La Fare, *le Gros Poupart*, Nocé, *Bracquemarde*, Canillac, *la Caillette triste*, le comte de Brancas, *la Caillette gaie*, Mme de Sabran, *l'Aloyau*, et Mme de Parabère, *le Gigot* ou *le Petit Corbeau noir*...

Meneuse de jeu dans tous les domaines, Marie-Madeleine dirigeait la beuverie, avalant verre sur verre avec une avidité stupéfiante[241]. Mais, par un curieux phénomène, les vapeurs de l'alcool ne se dirigeaient pas vers son cerveau. Quand elle était au bord de l'ivresse, en effet, nous dit un mémorialiste, « une grande chaleur lui embrasait tout à coup le rubignon »...

Elle faisait alors glisser sa mince tunique et, complètement nue, s'offrait au premier homme qu'elle avait sous la main.

L'orgie commençait.

En quelques instants, elle atteignait, selon le mot d'un auteur, le « pinacle de la luxure ». « Les maîtresses se prêtaient leurs amants, les amants se passaient leurs maîtresses. Sous les yeux de son seigneur et maître, la Parabère recevait les "hommages de tous". Et alors que les plus robustes fléchissaient, que les plus frénétiques demandaient grâce, elle, la pétulante, l'infatigable, douée d'une sorte d'"héroïsme du plaisir", restait la dernière debout, la coupe à la main et le désir au coin de son œil humide. »

C'est à ce moment que l'insatiable comtesse faisait appel aux Mirebalais. Les quarante athlètes entraient aussitôt, se ruaient sur les dames et accomplissaient soigneusement leur tâche. Mme de Parabère, à elle seule, en accaparait généralement plusieurs.

Il lui fallait cela pour retrouver enfin un peu de calme.

D'ailleurs, au bout de quelque temps, le champagne que les invités du Régent ne cessaient d'ingurgiter sous prétexte que « l'amour altère » alourdissait tellement les cerveaux que les jouteurs finissaient par ne plus pouvoir se relever.

Alors tout le monde dormait à demi nu sur les tapis.

A l'aube, les gardes transportaient chez eux les corps inertes des dames et les gentilshommes ivres morts.

241. Cf. LA PRINCESSE PALATINE : « Mon fils dit qu'il s'est attaché à la Parabère parce qu'elle ne songe à rien, si ce n'est à le divertir, et qu'elle ne se mêle d'aucune affaire. Ce serait très bien si elle n'était pas aussi ivrognesse et si elle ne faisait que mon fils bût et mangeât autant. » *Op. cit.*

Un matin, après une orgie de ce genre qui s'était déroulée au château de Saint-Cloud, le Régent, laissant Mme de Parabère, voulut regagner le Palais-Royal. « Mais il fut forcé, nous dit Cazeau de Vautibault, de descendre de voiture à mi-chemin pour rejeter le trop-plein de son ivresse. Il roula dans la poussière parmi ses gardes et ses valets. D'une voix éraillée, entrecoupée de hoquets convulsifs, il renvoya un écuyer à Saint-Cloud, avec ordre de ramener sa maîtresse pour le torcher et torchonner. La dame, étant couchée ivre morte, refusa de se lever. Las de se vautrer sur la grande route dans son ordure, le Régent consentit à ce qu'on le remît dans son carrosse, et regagna son île de Caprée, souillé de ses déjections [242]. »

La France était entre les mains d'un débauché mené par une ravissante nymphomane...

25

Mme de Parabère protège le financier Law

Elle avait toujours peur de manquer...

LOUIS FOUCONNIER

Les petits soupers ne suffirent bientôt plus à l'hygiène de Mme de Parabère. Servie par un destin aimable, elle découvrit, fort heureusement, un homme à la mesure de sa riche nature et en fit son second amant en titre. Il s'agissait du plus grand amoureux et du plus grand don Juan de la Régence : le duc de Richelieu, arrière-petit-neveu du cardinal. Il était laid, méchant, hautain et vindicatif. Mais les femmes lui pardonnaient tout, tant il avait de qualités cachées... Elles couraient après lui avec impudeur, et le duc, nous dit-on, « n'avait qu'à saisir les fruits qu'on lui offrait ».

Pour se rendre à ses rendez-vous galants dans les guinguettes ou les églises de Paris, il n'hésitait pas à se déguiser en garçon de boutique, en clerc de procureur ou en paysan. On le vit même « en galérien demandant son pain »... Lorsqu'une femme mariée lui plaisait, il louait la maison voisine de celle qu'habitait le ménage. Faisant alors percer dans le mur ce qu'il appelait un « trou-madame », il utilisait cette porte secrète pour rendre visite à sa maîtresse pendant l'absence du mari et regagner ensuite son logis sans éveiller l'attention.

Ces détails nous sont rapportés par son contemporain, M. de Bésenval...

Il recevait des centaines de lettres de femmes et les jetait sans les décacheter dans un tiroir [243]. Lorsqu'il fut emprisonné à la Bastille,

242. CAZEAU DE VAUTIBAULT. *Les d'Orléans au tribunal de l'Histoire,* 1888.

243. On a trouvé après sa mort un paquet ficelé sur lequel il avait écrit : « Lettres de femmes que je n'ai pas eu le temps de lire... »

bien des belles pleurèrent. Et l'on raconte que deux princesses, plus aventureuses — et plus impatientes — que les autres, se firent ouvrir, un soir, la porte de la citadelle et vinrent passer la nuit avec lui.

Autorisé à faire chaque jour une promenade sur la plate-forme d'une des tours, son apparition provoquait des embouteillages de carrosses dans la rue Saint-Antoine. A chaque portière, des yeux ardents guettaient le cher prisonnier qui, frisé, pomponné, répondait du haut de la Bastille à un long frémissement de mouchoirs.

Bien qu'il sût à quoi s'en tenir sur la vertu des femmes, Richelieu se maria trois fois. Il était d'ailleurs l'indulgence même. Étant entré un jour chez sa seconde épouse et l'ayant surprise dans un tête-à-tête fort vif avec son écuyer, il lui dit sans s'émouvoir :

— Songez, madame, à l'embarras où vous vous seriez trouvée si tout autre que moi fût entré chez vous.

Et il se retira.

Quelques années après, devenu veuf, il songea à épouser Mlle de Guise. La chose était encore secrète lorsque ce même écuyer vint lui demander de rentrer à son service. Le duc lui répondit avec un grand sang-froid :

— D'où tenez-vous donc *déjà* que je me remarie ?

Cet ardent et spirituel amant était vraiment fait pour Mme de Parabère. Ils accomplirent ensemble des prouesses dignes des Anciens, et la nuit, nous dit un auteur, « leur lit tanguait comme une frégate ». Au bout de quelques semaines, Marie-Madeleine s'aperçut qu'elle était enceinte.

Chacun de son côté, Richelieu et le Régent s'imaginèrent qu'ils allaient être père et furent très ennuyés. Tous deux eurent alors la même idée. Sachant que M. de Parabère était devenu, depuis son infortune conjugale, un ivrogne considérable, ils décidèrent de le faire porter dans le lit de sa femme un soir qu'il serait ivre. « Après quoi, il seroit facile de lui faire croire que, le vin l'ayant disposé à l'amour, la grossesse était le fruit de l'entrevue[244]. »

Mais M. de Parabère était la gentillesse même. Il mourut brusquement sur ces entrefaites, dispensant ainsi les terribles amants d'avoir recours au stratagème projeté.

Cette disparition arrangea bien le Régent qui avait présentement d'autres soucis. Tous les jours, ses ministres venaient, en effet, lui donner des détails affligeants sur la situation financière de l'État. Semaine après semaine, le Trésor s'amenuisant, le déficit atteignit, à la fin de 1716, 140 millions de livres.

Philippe d'Orléans fut atterré. Tous les expédients auxquels il avait eu recours : refonte des monnaies, révision des créances sur l'État, poursuite contre les « munitionnaires » et les traitants (financiers

244. FAUR, *Vie privée du maréchal de Richelieu, contenant ses amours et intrigues et tout ce qui a rapport aux divers rôles qu'a joués cet homme célèbre pendant quatre-vingts ans*, 1790.

auxquels étaient affermés les impôts indirects), s'étaient révélés insuffisants. On était à deux doigts de la catastrophe.

C'est alors que Mme de Parabère, à la demande d'un de ses nouveaux amants, M. de Nocé, qui avait quelque compétence en matière de finances, poussa Philippe à essayer le système du banquier écossais John Law[245]...

Ce système était simple : Law voulait rendre universel un usage particulier aux commerçants : l'emploi de billets remplaçant la monnaie. Pour que ces morceaux de papier pussent inspirer confiance au public, il avait imaginé de les faire signer par un organisme puissant et fortuné. Il envisagerait donc la création, avec le concours d'un certain nombre de gens riches, d'une grande banque capable d'accepter les billets des commerçants et de leur donner, en échange, des billets (signés par elle) qu'ils pourraient faire circuler comme de l'argent. Enfin, il était prévu que ces « billets de banque » seraient payables à vue ; quiconque le voudrait pourrait être remboursé séance tenante en or ou en argent[246].

Law comptait sur la confiance générale pour que de tels billets fussent considérés rapidement comme une vraie monnaie avec laquelle il pourrait payer les créanciers de l'État.

Séduit, le Régent autorisa l'Écossais à mettre sur pied son « système ». Law fonda d'abord la banque, qui eut tout de suite un immense succès, puis la Compagnie d'Occident, à laquelle fut concédé le privilège exclusif du commerce dans la vallée du Mississippi. (Les actions de cette Compagnie devaient servir de garantie aux billets de la banque.) Une habile publicité fit miroiter l'espérance de gains fabuleux aux souscripteurs, qui se ruèrent sur les guichets et s'arrachèrent les actions. « Comme une eau qui coulait tranquillement bouillonne et se précipite quand on lui ouvre une issue hors de son canal, écrit Anquetil, de même l'argent se détourna de son cours ordinaire pour arriver à la caisse de la banque. »

Sur ces entrefaites, le bruit courut que deux mines d'or avaient été découvertes en Louisiane et que, pour les prospecter, la Compagnie d'Occident — devenue Compagnie des Indes — recevrait de la Banque une avance de 25 millions en billets. Dès lors, une espèce de frénésie s'empara des esprits. Les actions passèrent de 5 000 à 25 000 livres en quelques jours. La rue Quincampoix, où se trouvait l'hôtel de Law, « fut le rendez-vous des agioteurs et le théâtre de leurs manies. On y vit des domestiques, arrivés le lundi derrière le carrosse de leur maître, s'en retourner dedans le samedi »[247].

245. Law, né à Édimbourg en 1671, était en France à cause d'une histoire d'amour. A vingt-quatre ans, il s'était battu en duel pour une femme et avait été condamné à mort. Sa peine ayant été commuée en prison à perpétuité, il était parvenu à s'évader et à quitter l'Angleterre pour venir se réfugier dans notre pays.

246. C'était encore, avant 1914, le système des billets de la Banque de France. Depuis, les choses ont été modifiées : le papier existe toujours, mais il est impossible de se le faire rembourser en or...

247. C'est là que le fameux bossu louait sa bosse, « qui allait en pente douce comme un pupitre », à ceux qui avaient quelques signatures à donner.

Toute cette agitation n'empêchait pas les Parisiens de s'intéresser à la vie intime du Régent. Un soir de mai 1718, la capitale fut bouleversée par une nouvelle à la vérité assez scandaleuse. Philippe venait de publier une édition de *Daphnis et Chloé*, illustrée de vingt-huit gravures signées de lui, et l'on affirmait que pour le personnage de Chloé, c'était sa fille, Marie-Louise-Élisabeth, duchesse de Berry, qui avait posé nue.

— Bien sûr, disaient les gens bien renseignés, puisqu'elle est sa maîtresse.

Le bruit courait en effet depuis quelque temps que le Régent mêlait sa fille aux orgies du Palais-Royal, et l'on n'appelait plus les petits soupers que des « Lotheries »... D'après certains, cette liaison incestueuse aurait eu un étrange début. Un soir, la duchesse de Berry, qui avait épousé secrètement Rioms, simple capitaine des gardes, avait invité le Régent à la Muette pour lui demander de rendre son mariage public. Pendant le dîner en tête à tête, Philippe, qui craignait les réactions de sa femme et de sa mère, avait refusé de lui donner satisfaction.

La duchesse n'avait pas insisté. Changeant de conversation, elle se serait approchée de son père et l'aurait enlacé en lui disant tendrement :

— Si vous m'aimiez, vous me diriez une chose dont je suis curieuse. Je donnerais tout pour la connaître... Qui est le Masque de Fer ?

— Personne ne le saura jamais, aurait répondu le Régent.

Toujours d'après les rumeurs, Marie-Louise-Élisabeth se serait permis d'insister, car elle avait son plan ; ce secret pouvait lui permettre en effet de dire un jour à son père : « Rendez mon mariage public, sinon je révèle l'identité du prisonnier de Pignerol. »

Mais le Régent aurait refusé.

Sans se décontenancer, la diabolique duchesse se serait alors assise sur les genoux de Philippe et lui aurait dit :

— Si vous me confiez ce secret, je deviendrai votre maîtresse.

Extrêmement troublé à la pensée de posséder cette belle fille dont il connaissait la réputation d'amoureuse, le Régent aurait livré le secret.

Après quoi Marie-Louise-Élisabeth se serait étendue sur un canapé et son père aurait agi à la façon des Anciens...

Cette histoire, dont Michelet fait grand cas, mais qui semble avoir été inventée de toutes pièces par des commères à l'imagination un peu vive, passionna le public pendant des semaines.

Lorsqu'on la leur raconta, le Régent et sa fille se contentèrent de sourire, ce qui fut interprété comme un aveu, et les bonnes gens se mirent à chanter :

La grosse Valois
Fait avec son père
Ce que fit autrefois
Œdipe avec sa mère.
Quelle fille ! Quel papa !

Ou encore :

Que notre Régent et sa fille
Commettent mainte peccadille
C'est un fait qui semble constant ;
Mais que par lui elle soit mère,
Se peut-il que, d'un même enfant,
Il soit le grand-père et le père[248] *?*

Bientôt, les écrivains s'en mêlèrent. Le 18 novembre 1718, Voltaire fit jouer *Œdipe*, pièce dans laquelle il avait placé de nombreuses allusions à l'aventure de la Muette.

Toute la cour se demanda comment Philippe, qui assistait à la représentation avec sa fille, allait réagir.

Il se comporta en grand seigneur. Lorsque l'acteur Dufresne, qui jouait Œdipe, et qui avait osé copier sa perruque et jusqu'à ses gestes, déclama :

Quand il se voit enfin, par un mélange affreux,
Inceste et parricide, et pourtant vertueux...

le Régent se mit à applaudir bruyamment, et, à la fin du spectacle, il alla féliciter Voltaire dont la pension fut portée le lendemain de quatre cents écus à deux mille livres...

Cette attitude désinvolte dérouta le bon peuple qui, ne sachant plus que penser, se consacra de nouveau entièrement aux informations provenant de la rue Quincampoix.

Les fortunes continuaient de s'y faire en quelques heures et des agioteurs habiles réalisaient des gains stupéfiants.

Naturellement, Mme de Parabère aussi jouait. Mais son habileté était si grande qu'elle ne payait même pas ses actions. Elle se les faisait offrir par le Régent ! Philippe lui donna ainsi douze titres grâce auxquels elle gagna quatre-vingt mille livres de rente et put acheter le duché de Danville au comte de Toulouse pour la somme de trois cent mille livres[249].

Un mois plus tard, elle acquérait encore pour « onze cent mille livres la terre et seigneurie du Blanc, en Berry, qui rapportait vingt-huit mille livres de rente par an[250] ».

Ces jours de folie continuèrent durant l'hiver de 1719. Brusquement, au début de 1720, on crut remarquer une certaine gêne dans les paiements de la Banque. Le duc de Bourbon, inquiet, alla se faire

248. Faisant allusion à ces calomnies, la Palatine dira un jour : « Mon fils et sa fille s'aimaient tant que malheureusement cela a fait dire de vilaines choses sur leur compte. » En fait, personne ne sait aujourd'hui ce qu'il faut penser de ces racontars. Le Régent et sa fille étaient certes assez dépravés pour être amants, mais il n'existe aucune preuve de leur liaison.

249. BUVAT (JEAN), *Journal de la Régence*, 12 novembre 1719.

250. BUVAT (JEAN), *op. cit.* 7 décembre 1719.

rembourser et emporta soixante millions dans trois voitures. Aussitôt, les bruits les plus alarmants coururent Paris, et un affolement indescriptible se produisit. « Les actions ne furent plus acceptées qu'à trente, quarante et soixante pour cent de perte. Un rôtisseur vendit une gélinotte pour deux cents livres-papier », et la Banque, qui avait émis pour trois milliards de billets sur la garantie de sept cents millions de numéraire, fut dans l'impossibilité de rembourser. La tentative de l'Écossais se terminait par une banqueroute...

La foule vint hurler des menaces de mort sous les fenêtres de Law, qu'elle encensait la veille. Des pères de famille se suicidèrent. Nocé et Mme de Parabère, soupçonnés d'avoir favorisé le financier, furent insultés en pamphlets et en chansons. Finalement, l'Écossais, fuyant la populace, dut aller se réfugier au Palais-Royal [251].

L'émeute grondait. Le Régent put le constater personnellement quelques jours plus tard. Se rendant à Asnières où habitait sa maîtresse, et traversant le village du Roule en compagnie de ses gardes, il fut hué par les habitants :

— Ah ! laou ! Ah ! laou ! criait-on. Voilà l'homme qui emporte notre papier et notre argent [252].

Quelques mois plus tard, Law dut s'enfuir de Paris, laissant la capitale presque en émeute. Alors Mme de Parabère qui, bien conseillée par Nocé, avait gagné une fortune avec le « système », craignit peut-être d'avoir à rembourser son argent et poussa le Régent à supprimer la Compagnie des Indes. Le 7 avril 1721, l'arrêt était signé. Ce jour-là, les actionnaires purent dire adieu à l'or qu'ils avaient versé et, dans son *Journal*, Mathieu Marais, avocat au Parlement de Paris, nota avec son calme habituel : « C'est une intrigue de cour et une faveur de maîtresse qui ruinent une partie des sujets du roi. *Cunnus taeterrimi belli causa.* »

Ce qui peut se traduire par : « C'est un c... qui fut la cause de la plus horrible des guerres... »

Excellente formule, qui peut résumer une grande partie de l'histoire du monde...

251. C'est à cette époque qu'un soir qu'il s'était enivré à la fin d'un repas en compagnie de Mme de Parabère, de Dubois et de Law, le Régent reçut un papier à signer. « Il voulut prendre la plume, nous dit Mathieu Marais, et ne put signer tant il était ivre. Il la donna à Mme de Parabère à qui il dit : « Signe, putain ! » Elle lui dit que ce n'était pas à elle de signer cela ; il la donna à Dubois, à qui il dit : « Signe, maquereau ! » Il la refusa aussi ; ensuite, il la donna à Law et lui dit : « Signe donc, voleur ! » Il ne signa pas non plus que les autres, et ensuite le Régent fit cette belle réflexion : « Voilà un royaume bien gouverné, par une putain, un maquereau, un voleur et un ivrogne ! » Et il signa. »

252. MATHIEU MARAIS, *op. cit.* 10 juillet 1720.

26

Une courtisane empêche le roi d'Espagne de s'emparer du trône de France

Il y a un bon fond chez ces femmes-là.

DOCTEUR PIERRE LALOY

Tandis que les Français étaient agités par l'expérience financière de Law, le petit roi Louis XV courait de gros dangers : le roi d'Espagne voulait tout bonnement lui prendre son trône.

Cette idée, il faut le reconnaître, n'était pas venue toute seule à Philippe V ; elle lui avait été soufflée par le cardinal Alberoni, son ministre, une espèce d'aventurier qui rêvait de faire régner l'Espagne sur l'Europe. Son plan était audacieux : pour commencer, il imaginait d'organiser une guerre civile en France, de s'emparer de la personne du jeune souverain, d'emprisonner le duc d'Orléans et de donner la régence à son roi.

Pour la suite, il envisageait sereinement de faire empoisonner Louis XV et de pousser Philippe V (petit-fils de Louis XIV) sur le trône de France...

Naturellement, les agents d'Alberoni, aidés par Cellamare, ambassadeur d'Espagne en France, n'eurent aucune peine à grouper des Français pour les aider. Des officiers, des aristocrates, des princes de sang — le duc et la duchesse du Maine, entre autres — entrèrent dans la conspiration et, pendant des mois, les détails du soulèvement furent soigneusement mis au point.

Lorsque tout fut prêt, Alberoni voulut voir l'ensemble des plans arrêtés et les noms de tous ceux qui devaient participer à l'affaire. Comme il était très dangereux de confier de tels documents à un courrier que le ministre favori du Régent, l'abbé Dubois, pouvait faire fouiller, le prince Cellamare imagina de charger le jeune abbé Porto Carrero et son ami Monteleon de porter les papiers en Espagne.

L'ambassadeur croyait que de tels messagers seraient à l'abri des aventures.

Il comptait sans les femmes.

Ce fut une courtisane qui fit tout découvrir. Écoutons Duclos : « Il y avait alors, à Paris, une femme nommée la Fillon, célèbre appareilleuse, par conséquent très connue de l'abbé Dubois. Elle paraissait même quelquefois aux audiences du Régent et n'y était pas plus mal reçue que d'autres. Un ton de plaisanterie couvrait toutes les indécences au Palais-Royal, et cela s'est conservé dans le grand monde.

» Un des secrétaires de Cellamare avait un rendez-vous avec une des filles de la Fillon, le jour que partait l'abbé Porto Carrero. Il y vint fort tard et s'excusa *sur ce qu'il avait été occupé à des expéditions de lettres dont il fallait charger les voyageurs.*

» Le ton du jeune homme éveilla la curiosité de la Fillon. Elle appela une fille habile et rusée :

» — Occupe-toi de ce garçon, fais-le boire, caresse-le gentiment et vois ce qu'il a dans ses poches.

» Lorsque le secrétaire fut dans le vin, la fille le fouilla et trouva dans son gousset des papiers qu'elle porta à la Fillon ; celle-ci, les ayant examinés, vit qu'ils étaient fort importants et, sur-le-champ, laissant les amants ensemble, alla les porter à l'abbé Dubois [253]. »

« Aussitôt, nous dit Duclos, on expédia un courrier muni des ordres nécessaires pour avoir main-forte. Il joignit les voyageurs à Poitiers, les fit arrêter ; tous leurs papiers furent saisis et rapportés à Paris, le 8 décembre 1718 [254]. »

Les documents arrivèrent chez l'abbé Dubois à l'heure où le Régent commençait l'un de ses petits soupers en compagnie de Mme de Parabère et de la duchesse de Berry.

Sachant qu'il était impossible de déranger Philippe pendant ses orgies, l'abbé Dubois ouvrit lui-même le paquet. Il y trouva le nom de tous les conjurés, ainsi que le détail de leurs projets les plus secrets.

Le lendemain, il se rendit chez le prince Cellamare en compagnie du garde des Sceaux Leblanc pour y diriger une perquisition. L'ambassadeur s'y montra fort désagréable. A certain moment, comme le garde des Sceaux allait ouvrir une cassette, il s'écria :

— Monsieur Leblanc, cela n'est pas de votre ressort, ce sont des lettres de femmes : laissez cela à l'abbé qui toute sa vie a été un maquereau [255]...

L'abbé Dubois sourit. Il en avait entendu d'autres...

Quelques jours après, les principaux conjurés étaient arrêtés et conduits à la Bastille.

Le complot avait échoué.

La Fillon avait sauvé la Couronne de France...

Le Régent montra une grande reconnaissance à l'abbé Dubois. Si grande que celui-ci se chercha une récompense. Il allait la trouver quelques mois plus tard...

Au début de 1720, le cardinal de la Trémoille, archevêque de Cambrai, mourut subitement à Rome, laissant vacant l'un des plus grands postes de l'Église.

Les cent cinquante mille livres de rente que rapportait cet archevêché tentèrent l'abbé Dubois. Il se rendit tout de go chez le Régent, qu'il trouva couché avec Émilie, une danseuse de l'Opéra, et lui dit :

— Monseigneur, j'ai rêvé cette nuit que j'étais archevêque de Cambrai.

253. *Nouvel essai sur les grands événements par les petites causes tiré de l'histoire.* 1760.

254. Duclos, *op. cit.*

255. Id.

Le Régent sursauta :

— Quoi, maraud ? Toi, archevêque de Cambrai ? A toi le siège de Fénelon ? Dubois mitré ! Passe pour crossé ! Et j'ai même envie de te crosser tout de suite !

Mais l'abbé sut se montrer si persuasif que le Régent finit par se laisser fléchir. Il donna l'archevêché à son compagnon de débauche. Et, nous dit Massillon, « les charmes d'Émilie furent les témoins de la parole que le Régent donnait à Dubois ».

Il y avait pourtant quelques empêchements sérieux à cette nomination. Le premier avait une importance qu'on ne peut contester : l'abbé Dubois était marié...

Cet étrange personnage, fils d'un apothicaire de Brive-la-Gaillarde, avait épousé en effet, alors qu'il était très jeune, une jolie paysanne, dans un village du Limousin. La misère les avait obligés à se séparer à l'amiable, mais ils n'en étaient pas moins toujours unis.

Le second empêchement avait aussi son importance : l'abbé Dubois n'était pas prêtre. Tonsuré seulement, il n'avait pas reçu l'ordination.

Pendant quelques jours, le nouvel archevêque échafauda des plans pour rendre son sacre possible. Or, un matin, on vint lui dire qu'une dame le demandait. Il la fit entrer : c'était sa femme. La petite paysanne, éblouie à la pensée d'être l'épouse de l'archevêque de Cambrai, venait lui demander la permission de réintégrer le domicile conjugal. Dubois lui démontra facilement que la chose était impossible, lui donna une grosse somme d'argent et la menaça de la faire emprisonner si elle ouvrait jamais la bouche sur leur mariage.

Lorsqu'elle fut partie, il pensa qu'il était nécessaire de détruire toutes les pièces prouvant son union. Il utilisa pour cette besogne l'intendant du Limousin. Et voici, d'après Mongez, comment il s'y prit :

« L'intendant du Limousin fit une tournée dans sa Généralité, et prit des arrangements pour faire casser sa voiture à quelques pas d'un village. C'était celui où le mariage de l'abbé avait été célébré et inscrit sur les registres. Ne pouvant passer outre, l'intendant demanda au curé l'hospitalité, et il passa la nuit au presbytère.

» Il s'informa pendant le souper de l'exactitude du curé à signer les registres de la paroisse : celui-ci montra l'endroit où ils étaient enfermés. Muni de ces connaissances, l'intendant fit exécuter le dessein qu'il avait formé d'enivrer le pasteur et en vint facilement à bout par le moyen d'un vin prétendu étranger (mais réellement mixtionné), qu'il portait dans ce voyage. Son valet de chambre joua la même comédie auprès de la servante, et leur sommeil fut des plus profonds. On en profita pour parcourir les registres, et en arracher la feuille sur laquelle était relaté le mariage de l'abbé Dubois[256]... »

Soulagé de ce côté, Dubois chercha un prélat assez arrangeant pour accepter de lui donner tous les ordres à la fois. Mgr Tressan, évêque de Nantes et aumônier du Régent, eut cette bonté et, un matin, l'abbé

256. MONGEZ, *Vie privée du cardinal Dubois*, 1789.

reçut, au cours d'une messe basse, le sous-diaconat, le diaconat et la prêtrise...

Après cette cérémonie, il revint au Palais-Royal pour assister au conseil de régence. Il y trouva tout le monde en joie à cause d'un bon mot du duc de Mazarin. Celui-ci avait dit :

— Il ne faut pas attendre l'abbé. Il est allé faire sa première communion...

Il fut alors décidé que la cérémonie du sacre aurait lieu le 9 juin au Val-de-Grâce.

Ce jour-là, l'abbé Dubois se montra aussi grossier, aussi libertin et aussi brutal qu'à l'ordinaire. « Il se leva de grand matin, nous dit son secrétaire, se revêtit de sa soutane violette, avec le rocher à dentelles et la mozette. Au lieu de prier, il s'amusait à reluquer une couturière qui s'habillait dans une chambre vis-à-vis, et il lui donnait des bénédictions par la fenêtre. » Un peu plus tard, son valet de chambre ne le servant pas à sa guise, il s'emporta et lui donna des coups de pied pour le faire avancer plus vite...

Tous les « roués » avaient été naturellement invités à la cérémonie par l'abbé qui voulait faire de son sacre un événement « bien parisien »...

Un seul homme titré n'avait pas reçu d'invitation, et il s'en faisait gloire : c'était le duc de Saint-Simon. Le 8 au soir, il alla trouver le Régent et lui fit part « de l'épouvantable effet que faisaient universellement une nomination si scandaleuse, une ordination si sacrilège, des préparatifs de sacre si inouïs ».

— N'y mettez pas un comble en y assistant vous-même, dit-il.

Et, quelque horreur qu'il en eût, il offrit d'aller à la cérémonie « si Philippe voulait se respecter lui-même en s'abstenant d'y paraître ».

Le Régent promit. Hélas ! la comtesse de Parabère le fit changer d'avis.

Saint-Simon nous conte la chose avec aigreur : « Le lendemain, j'appris par un coucheur favori de Mme de Parabère, qui était alors régnante, mais qui n'était pas fidèle, qu'étant couchée, la nuit qui précéda le sacre, avec M. le duc d'Orléans au Palais-Royal, entre deux draps, ce qui n'arrivait guère ainsi dans la chambre et le lit de M. le duc d'Orléans, mais presque toujours chez elle, il s'était avisé de lui parler de moi avec éloge que je ne rapporterai pas, et avec sentiment sur mon amitié pour lui, et que, plein de ce que je venais de lui présenter, il n'irait point au sacre, dont il me savait le meilleur gré du monde.

» La Parabère me loua, convint que j'avais raison, mais sa conclusion fut qu'il irait. M. le duc d'Orléans, surpris, lui dit qu'elle était donc folle.

» — Folle, soit, répondit-elle, mais vous irez.

» — Mais, reprit-il, cela est admirable, tu dis que M. de Saint-Simon a raison, pourquoi donc irais-je ?

» — Pourquoi ? Parce que.

» — Oh ! parce que, répondit-il, parce que, ce n'est pas parler. Dis donc pourquoi, si tu peux.

» Après quelque dispute :

» — Voulez-vous donc savoir ? C'est que vous n'ignorez pas que l'abbé Dubois et moi avons eu, il n'y a pas quatre jours, maille à partir ensemble, et qui n'est pas encore bien finie. C'est un diable qui furète partout ; il saura que nous avons couché ici cette nuit ensemble. Si demain vous n'allez pas à son sacre, il ne manquera pas de croire que c'est moi qui vous en ai empêché : rien ne le lui pourra ôter de la tête ; il ne me le pardonnera pas ; il me fera cent tracasseries et cent noirceurs auprès de vous, et finira promptement par nous brouiller ; or c'est ce que je ne veux pas, c'est pour cela que je veux que vous alliez à son sacre, quoique M. de Saint-Simon ait raison.

» Là-dessus, débat assez faible, puis promesse et résolution d'aller au sacre[257]. »

Et « le Régent alla du lit de la Parabère au sacre de l'abbé Dubois, afin que toute sa journée se ressemblât », nous dit Duclos.

Au Val-de-Grâce, Philippe d'Orléans s'amusa énormément. Placé dans une tribune, il ne cessa de regarder le prélat avec sa lorgnette. De temps en temps, il éclatait de rire en voyant les mines embarrassées que faisait son ancien précepteur.

L'archevêque de Cambrai avait en effet beaucoup de peine à se prosterner devant l'autel ; car, nous dit Mongez, « il était tourmenté d'une diurie pour laquelle le père Sébastien, célèbre mécanicien de l'Académie des Sciences, avait été chargé de lui faire un urinal à ressort renfermant une éponge. Le cardinal de Rohan, consécrateur, assisté des évêques de Nantes et d'Avranches, ne fut sans doute pas assez expéditif ; car le nouvel archevêque, rentrant au Palais-Royal, fut obligé de changer de vêtements, en jurant contre l'urinal qui, malgré le ressort, avait tout laissé répandre »...

Ainsi se termina ce sacre extravagant...

27

L'archevêque de Cambrai devient cardinal grâce à une femme

Les femmes ne sont quelque chose que quand
les hommes ne sont rien.

CHAUMETTE

La nomination de l'abbé Dubois au siège épiscopal de Cambrai ne donna lieu à aucune réjouissance particulière dans le Cambrésis.

En revanche, elle fut fêtée avec éclat dans la capitale. Écoutons ce que nous dit le chevalier de Ravannes : « Il n'est point de bordel dans

257. SAINT-SIMON, *op. cit.*, tome XVII.

Paris où cette nouvelle ne fît plaisir : on en célébra la fête avec les cérémonies les plus extraordinaires dont on fait usage dans ces académies de plaisir. »

La Fillon (célèbre entremetteuse dont il a déjà été question) se permit en cette occasion une démarche d'une audace et d'une impertinence incroyables. Le chevalier de Ravannes nous conte cette scène difficile à imaginer de nos jours :

« S'étant mise un matin aussi modestement que possible, la Fillon s'en alla à l'audience du prince, qu'elle trouva avec un bon nombre de ses favoris. Le Régent, qui la reconnut de loin, s'attendit certainement à quelque trait comique :

» — Ha ! Ha ! messieurs, dit-il aux spectateurs, voici du fruit nouveau : la Fillon en habits de pénitente.

» — Hélas ! oui, Monseigneur, répondit cette diablesse, qui n'était ni muette ni sourde : il y a un temps pour toutes choses.

» Le prince, qui saisissait avec avidité toutes les occasions de se réjouir, lui demanda quelle affaire la conduisait à son audience.

» — Par quel endroit, lui demanda-t-il, puis-je te fortifier dans le changement que ta modestie m'annonce ?

» — Il vous est aisé, Monseigneur, repartit cette effrontée, quoique je connaisse les pièges dont le monde est rempli, et que j'en aie même inventé pour surprendre l'innocence, je ne laisse pas de les craindre pour moi-même. J'ai donc pourvu à ma sûreté en formant le dessein de me retirer dans un couvent. *Vous êtes*, continua-t-elle, *si pitoyable envers les gens de mon caractère, que vous leur procurez des asiles sacrés*, et j'ose espérer que vous m'en assignerez un pour le reste de mes jours. Je viens donc exercer votre bonté en suppliant très humblement Votre Altesse Royale de me donner une abbaye. Personne ne sait mieux que moi conduire les demoiselles. J'espère que, consultant leur avantage et le mien, vous ne me refuserez pas.

» Tout le monde, et le prince lui-même, éclata de rire. Pour moi, j'en ris encore en me retraçant cette scène. C'est assurément une des plus impudentes saillies qui aient jamais été poussées. Son Altesse riant toujours grassement :

» — Par ma foi, lui dit-il, il faudrait épuiser l'État pour fournir à l'entretien des filles qui se rangeraient sous tes lois, si je te donnais une abbaye.

» — Pourquoi non, reprit-elle, *je suis fâchée de n'être pas du bois dont on fait les abbés, car j'oserais bien prétendre à un archevêché.*

» Le prince, qui était bon et qui aimait les tours d'imagination, la renvoya, lui disant qu'elle n'avait qu'à persister au moins un an dans une vraie pénitence, et qu'alors il lui procurerait un ermitage où elle serait servie par les deux plus vieilles et plus laides duègnes qui se trouveraient en Italie. Elle se retira d'un air effronté et bien différent de celui qu'elle avait eu en entrant, disant assez haut qu'elle allait reprendre la possession de son ancien couvent. Cette aventure vola dans un moment par la porte et par les fenêtres du palais jusqu'aux extrémités de Paris [258]. »

En sortant du Palais-Royal, la Fillon rencontra l'abbé Dubois. Devant tout le monde, elle l'interpella et lui reprocha de ne plus avoir sa visite.

— C'est dommage, ajouta-t-elle, car je viens de recevoir une jolie pucelle.

Ce langage un peu libre gêna le nouvel archevêque. Il la pria de lui parler sur un autre ton.

— Des oreilles chastes vous écoutent, lui dit-il.

La Fillon éclata de rire. « C'était bien la première fois, nous dit Mongez, qu'elle l'entendait parler aussi modestement.

» — Tais-toi. Tais-toi, sacristain de bordel. Depuis que tu es devenu maquereau du pape, tu fais bien l'entendu [259]. »

On conviendra que c'était là une curieuse façon de s'adresser à un archevêque. Dubois baissa la tête et rentra chez lui où il se laissa aller à la plus démente des colères. Il était si furieux, paraît-il, que, les mots ne sortant pas de sa bouche, il aboyait en déchirant sa soutane.

Ce qui devait constituer un assez joli spectacle...

Si une prostituée pouvait se permettre de parler ainsi au nouveau prélat, on peut se demander de quelle façon se comportait à son égard Philippe d'Orléans.

C'est bien simple : il le battait.

Voici ce que nous dit Mongez :

« Le Régent qui n'avait pas accoutumé de respecter l'abbé Dubois, n'avait garde de respecter davantage l'archevêque Dubois. Celui-ci ayant déplu un jour où, ayant fait quelques pas de clerc, S.A.R., courroucée, lui donna des coups de pied au c..., il représenta, en se serrant contre une tapisserie, qu'il était prêtre et archevêque, et qu'en cette qualité il ne devait pas être battu ; le Régent redoubla, et lui dit :

» — Tiens, voilà pour le prêtre ! Et voilà encore pour l'archevêque !

» Il est vrai que ce prélat n'avait mis aucune réforme dans sa conduite et dans ses paroles, car il sortait souvent sans croix et descendait par un escalier dérobé dans le cul-de-sac de l'Opéra, où l'attendait une chaise à porteurs, et, de là, il se faisait porter incognito chez ses anciennes connaissances. »

L'abbé Dubois avait bien raison de ne pas oublier les femmes galantes, puisque c'est par l'intermédiaire de l'une d'entre elles qu'il allait obtenir le chapeau de cardinal.

Elle s'appelait Claudine-Alexandrine Guérin de Tencin. Elle avait trente-neuf ans. Sa jeunesse s'était déroulée de façon tumultueuse. Son lit était ouvert à tous les beaux garçons et, en 1717, elle avait eu

258. Chevalier de Ravannes, *op. cit.*
259. Mongez, *op. cit.*

du chevalier Destouches Canon un enfant qu'elle s'était empressée d'abandonner sur les marches de Saint-Jean-le-Rond[260].

Bien entendu, elle avait été la maîtresse du Régent. Les choses s'étaient d'ailleurs passées de façon assez curieuse si l'on en croit Duclos : « Helvétius m'a dit comme une anecdote très sûre que Mme de Tencin usa, pour coucher avec le Régent, d'un procédé plus extraordinaire qu'il est honnête. Sans les mœurs de cette femme, il serait même invraisemblable.

» Elle engagea un valet de chambre du Régent à l'introduire dans une garde-robe par laquelle ce prince était obligé de passer nécessairement pour se mettre au lit. *Elle s'y dépouilla et se plaça toute nue* sur un piédestal où avait été une petite statue que l'on en avait ôtée pour y faire quelques réparations.

» Le Régent passa par cette garde-robe, vit cette belle chanoinesse, dont le corps était en effet un modèle, et, s'il ne lui accorda pas son estime, il ne lui refusa pas, du moins, une nuit qu'elle avait demandée aussi modestement[261]. »

Depuis longtemps, cette ardente personne était la maîtresse de l'abbé Dubois. Elle connaissait tous ses secrets, tous ses désirs, toutes ses ambitions, et savait, bien entendu, qu'il rêvait du chapeau de cardinal. Le voyant « mettre toute l'Europe en mouvement » pour l'obtenir, elle pensa qu'il pouvait être intéressant pour elle de devenir l'« ouvrière de cette nouvelle gloire ».

Or, justement, le pape venait de mourir. Elle chargea son frère, l'abbé de Tencin, qui était bien vu à Rome, de se rendre au conclave et d'y agir selon ses directives.

Elle avait conçu le plan suivant : l'abbé de Tencin devait faire savoir au cardinal de Conti, qui partait grand favori, que le cardinal de Rohan ne se déclarerait en sa faveur que s'il promettait le chapeau rouge à l'archevêque de Cambrai.

Tout se passa tel qu'elle l'avait prévu, et Conti donna sa parole.

« Mais, nous dit le duc de Richelieu, l'abbé ne s'en tint pas à une promesse ; il voulut, avant l'élection, que le cardinal de Conti promît et signât que Dubois serait fait cardinal. Conti, qui eut la faiblesse de signer, fut élu ; mais ce pape, naturellement faible et vertueux, gémissant de s'être vu arracher ce malheureux écrit, déclara à Tencin, quand il se vit sur la chaise de saint Pierre, qu'il *mourrait de douleur d'avoir, par une sorte de simonie, acheté le souverain pontificat, et déclara net que sa tranquillité ne lui permettait pas d'aggraver cette faute en élevant Dubois au cardinalat.*

» Tencin, menaçant, fougueux, pétulant et fort de son papier, dit au pape qu'il n'entendait pas ce que signifiait cette réserve et demanda le chapeau de Dubois. Le pape, en balbutiant, articulait le mot de

260. Cet enfant perdu devint l'illustre savant et philosophe d'Alembert...
261. DUCLOS, *op. cit.*

conscience, et Tencin celui d'*obligation* : ce combat dura longtemps[262]. »

Finalement, le frère de la belle Claudine alla, un matin, trouver le pauvre Innocent XIII et lui déclara que, s'il ne faisait pas Dubois cardinal, il publierait l'anecdote et le billet.

Le pape, affolé, donna immédiatement le chapeau rouge à l'ancien précepteur du Régent.

Mme de Tencin avait gagné[263].

Lorsqu'il apprit qu'il était cardinal, l'archevêque de Cambrai devint fou de joie.

Il courut chez sa maîtresse et lui demanda ce qu'elle désirait comme récompense.

La dame, nous dit-on, « aimait pousser sa famille » ; elle demanda — et obtint — pour l'abbé de Tencin le poste de « chargé des affaires de France »[264].

L'accession de Dubois au rang d'Éminence fit rire tout Paris. On chantait :

Que chacun se réjouisse
Admirons Sa Sainteté
Qui transforme en écrevisse
Un vilain crapaud crotté.

Après un si beau miracle,
Son infaillibilité
Ne trouvera plus d'obstacle
Dans aucune faculté.

Ou encore :

Or écoutez, petits et grands,
Un admirable événement,
Car l'autre jour, notre Saint-Père,
Après une courte prière,
A, par un miracle nouveau,
Fait un rouget d'un maquereau...

Ce qui, somme toute, n'était guère respectueux !...

262. DUC DE RICHELIEU, *Mémoires*.

263. Tenaillé par les remords, le malheureux pape ne tarda pas à tomber malade et mourut quelques mois plus tard.

264. Par la suite, il devint à son tour archevêque, puis cardinal...

28

Mme d'Averne est vendue au Régent par son mari

Il y en a qui font argent de tout...
propos entendus

La vie de Mme de Parabère auprès du Régent n'était ni calme ni heureuse, car Philippe d'Orléans, qui, selon le mot d'un historien, « attelait volontiers à deux », avait une autre maîtresse.

Elle s'appelait Mme de Sabran. C'était une ambitieuse, aux seins durs et bien dessinés, qui essayait périodiquement de prendre la place de la favorite en titre.

L'existence de Mme de Sabran ne fut d'ailleurs qu'un chassé-croisé perpétuel. Le Régent la prenait, la quittait, revenait à elle pour la laisser, la reprendre et l'abandonner encore.

Ces allées et venues dans le lit du duc d'Orléans durèrent si longtemps que la petite marquise finit par penser qu'elle était aimée. Les rapports entre les deux amants n'étaient pourtant pas toujours très bons ainsi que nous le prouve cette lettre un peu vive qu'elle écrivit un jour à Philippe :

J'ai été chez toi, ce matin, chienne de race, on m'a refusé ta porte ; si tu viens jamais chez moi, tu auras le même sort. Tu ne scai ni aimer ni escrire, mais tu scai lire. Lit donc. Je t'envoye mon mâtin[265]*, fais-le ton chambellan, et à l'égard du brevet de retenue, parles-en à ton nègre de garde des Sceaux*[266].

Lorsqu'elle s'aperçut qu'elle ne pourrait pas détrôner Mme de Parabère, Mme de Sabran se fit entremetteuse. « Ne pouvant demeurer la maîtresse avec un homme qui changeait d'amour comme de chemises, nous dit de Lescure, elle eut l'esprit de se choisir elle-même ses héritières, et de les choisir de telle sorte qu'elle pût encore régner sous leur nom[267]. »

Elle présenta alors au Régent un grand nombre de danseuses de l'Opéra qui ne demandaient qu'à lever la jambe dans les boudoirs du Palais-Royal.

Hélas ! la plupart de ces demoiselles étaient d'une fréquentation fort dangereuse. Philippe en eut bientôt la piquante révélation, et Mme de Parabère, qui craignait d'attraper une maladie gênante, se barricada chaque soir dans son appartement.

Cette brouille fut immédiatement connue dans Paris et Mathieu Marais écrivit dans son *Journal* : « Mme de Parabère ne veut plus

265. Mon mari.
266. *Recueil de Maurepas.*
267. LESCURE (DE), *Les Maîtresses du Régent.*

avoir affaire au Régent depuis qu'il voit des filles d'Opéra que l'on croit gâtées, et il a été prêt à la battre, après un souper, parce qu'elle n'a pas voulu faire sa volonté. Il lui a écrit une lettre menaçante ; elle lui a répondu fortement. Il cherche à placer son amour ailleurs, et il y a des dames de qualité assez indignes pour briguer cette place, et se porter héritières des chassées. On les nommera bientôt[268]. »

Mme de Parabère se retira dans son château d'Asnières.

Cette rupture dura peu. Les deux amants se raccommodèrent pour la plus grande joie de Philippe, et Mathieu Marais, toujours à l'affût de tout, nota sur ses carnets : « Le Régent se porte mieux. Cet amour est nécessaire à sa santé et à son repos, et même aux affaires, qui vont mieux quand il n'est pas brouillé. »

Philippe d'Orléans fut alors, pendant quelques mois, aux petits soins pour Mme de Parabère qui se crut tout permis. Elle donna des ordres, s'occupa des détails les plus infimes, agit au Palais-Royal, non seulement en maîtresse du Régent, mais en maîtresse de maison. Cette manie qu'elle avait de se mêler de tout provoqua d'ailleurs un très curieux incident qui nous est rapporté naturellement par Mathieu Marais : « Grande tracasserie au Palais-Royal entre le Régent et la Régente. La princesse se plaint que Mme de Parabère est venue dans son petit jardin et dans sa garde-robe, et qu'elle s'est moquée de ses pots de chambre. Elle a beaucoup pleuré et a pris le parti de se retirer à l'abbaye de Montmartre. »

La Régente était vraiment très susceptible...

Elle ressortit d'ailleurs bientôt de son couvent, car Mme de Parabère et Philippe rompirent, cette fois, définitivement.

Leur dernière entrevue fut étrange. Le Régent, ayant appris que sa maîtresse le trompait outrageusement avec Beringhem, la fit asseoir près de lui, sur un canapé et, tout en caressant ses cheveux, lui demanda si elle connaissait le mot de Mahomet II à sa favorite.

— Non, dit Mme de Parabère.

— Eh bien ! il lui dit un soir : « Voilà une belle tête. Je la ferai couper quand je voudrai !... »

Cette histoire ne fut pas du goût de la jeune femme. Elle se leva, partit en claquant la porte et se retira dans ses terres, à Beauran, près de Beaumont.

Alors Mme de Sabran, qui voulait continuer à plaire au Régent, se mit en quête d'une nouvelle favorite, et découvrit une ravissante jeune femme, Mme Ferrand d'Averne, épouse d'un lieutenant aux gardes.

Elle organisa une séance de lanterne magique un peu égrillarde et présenta la belle à Philippe qui fut immédiatement séduit.

Le lendemain, il lui offrit cent mille livres en espèces et une capitainerie des gardes pour son mari.

Ce qu'il désirait en échange n'était pas indiqué ; mais la belle, qui n'était point sotte, comprit et refusa...

268. Mathieu Marais, *op. cit.*

C'était la première fois qu'une femme ne tombait pas dans les bras du Régent. Il fut ébahi — et tout Paris avec lui. Pendant quelques jours, les braves gens ne s'entretinrent que de cet échec. « On parle beaucoup de Mme d'Averne, femme d'un officier aux gardes, qui est très belle, écrit Mathieu Marais, et que le Régent voudrait avoir. Les articles sont proposés, mais non encore acceptés, cent mille écus pour elle, une compagnie pour son mari. Tout cela ne la gagne point, et elle s'en va à Averne pour l'été. »

Ce départ était une ruse.

Le Régent s'y laissa prendre et envoya un second message très pressant, contenant « une offre additionnelle de cinquante mille livres ».

Mme d'Averne, jouant toujours les indifférentes, ne répondit pas ; mais elle revint bien vite à Paris.

Philippe s'apprêtait à attaquer de nouveau quand le mari vint le trouver et lui proposa très franchement un marché : l'abandon de sa femme contre une grosse somme d'argent et quelques avantages.

Le Régent fut un peu étonné.

— Qu'en pense votre épouse ? dit-il.

— Elle est d'accord, Monseigneur. Douée d'un cœur d'or, elle veut à la fois ma prospérité et votre bonheur...

Philippe accepta toutes les conditions qu'on lui imposait et M. d'Averne, tout heureux d'avoir vendu sa moitié, rentra chez lui d'un pied léger.

L'affaire avait été traitée comme une vente. « Il y avait seulement dans le contrat, nous dit Buvat, un avantage, c'est que l'union était résiliable à la volonté des parties[269]. »

Le lendemain matin, Philippe envoya à M. d'Averne la somme demandée et une corbeille de pierreries. Tout étant réglé, les deux étranges « fiancés » se retrouvèrent le soir même à la Roquette, dans la maison d'un nommé Dunoyer, pour y passer la nuit.

On était le 12 juin 1721. Le 13, au matin, lorsque la nouvelle favorite rentra chez son mari, celui-ci l'accueillit avec un bon sourire. Il avait eu de l'argent, une « corbeille » et un brevet de capitaine : il était ravi.

Quelque temps après, il reçut encore le gouvernement de Navarrenx, en Béarn, et le cordon rouge.

Comme le Régent demandait à celui qui avait porté tous ces présents à M. d'Averne si ce dernier était content :

— Content, Monseigneur ? dit le messager. Les cornes lui en sont venues à la tête...

Au mois de juillet, le Régent installa Mme d'Averne à Saint-Cloud, dans la maison de l'Électeur de Bavière. C'est là que se donnèrent les fameuses « Fêtes d'Adam », où les invités, hommes et femmes, dansaient complètement nus et prenaient des poses lascives à la satisfaction générale. C'est là aussi que le cardinal Dubois et Mme de

269. BUVAT (JEAN), *Journal de la Régence*.

Tencin imaginèrent les « divertissements » des Flagellants « où roués et rouées se fouettaient dans la nuit profonde ».

C'est là enfin que, le 30 juillet, le Régent donna pour sa maîtresse une fête qui scandalisa le peuple de Paris...

Écoutons Barbier : « A dix heures, on illumina le parc de la maison avec des lampions et des terrines attachés aux arbres. A minuit et quart on tira un feu d'artifice sur l'eau, qui fut beau et bien exécuté, malgré une petite pluie. J'ai vu cette fête et c'était superbe de voir un parc en feu. Tout Saint-Cloud, Boulogne et le bord de l'eau de côté et d'autre étaient remplis de carrosses avec des flambeaux, ce qui faisait un fort bel effet. Il y avait un monde épouvantable, de manière qu'hier matin les paysans de ces pays-là sont venus au Palais-Royal par députés, au nombre de dix, présenter un placet, attendu que les blés et les vignes ont été très endommagés par la foule.

» Malgré cet empressement du public pour voir cette fête, il n'y avait personne qui n'en fût indigné, et chacun aurait moins plaint ses pas si le tonnerre avait voulu s'en mêler. Effectivement, rien de plus contraire à la religion que faire ainsi triompher l'adultère et le vice publiquement ; contraire aussi à l'humanité de faire des fêtes dans un temps où tout le monde est ruiné, où personne n'a un sou. Cela s'entend pour le général. Le roi de la fête ne s'est attiré que des malédictions, même de la part des gens de sa maison. Au surplus, l'objet ne mérite pas d'être si fort éclairé, cela n'est pas poli. Cela a trop de gorge et pendante, est fort noir de corps et n'a d'éclat que par du blanc et rouge[270]. »

Barbier se trompait doublement : d'abord en disant que Mme d'Averne avait trop de gorge, ensuite en traitant le Régent de « roi de la fête ».

En réalité, le roi de la fête était le nouvel amant de Mme d'Averne : l'inévitable duc de Richelieu...

Mais Philippe d'Orléans n'en savait rien...

Cette nuit fut d'ailleurs la nuit des dupes.

Le Régent y fut berné par sa maîtresse et celle-ci fut trompée par Richelieu...

Vers onze heures, l'insatiable duc profita, en effet, d'un moment d'inattention de sa belle amie pour courir dans un bosquet avec Mlle de Mouchy « qu'il troussa et combla en un clin d'œil ».

Vers minuit, étant revenu vers Mme d'Averne qui cherchait à profiter un peu de sa présence, il réussit à s'échapper de nouveau, cette fois avec Mme de Guébriant, qu'il emmena également dans un fourré.

Lorsqu'il eut pris son plaisir, il revint, l'air innocent, vers l'hôtesse, pas pour longtemps. A une heure, il faussait une fois de plus compagnie à tout le monde et entraînait une troisième dame dans un buisson...

Bref, lorsque au petit matin on éteignit les lampions, Mme d'Averne était en larmes.

270. Barbier, *Journal historique et anecdotique du règne de Louis XV*. 1721.

Quelques jours plus tard, elle écrivait au duc : « Apparemment tout le goût que vous aviez pour moi consistait dans le plaisir de faire le Régent cocu. »

Ce qui était d'ailleurs vrai. Richelieu avait le goût des collections insolites. Comme le dit Barbier : « Incapable d'être retenu par aucun lien, il faisait consister son plaisir dans le nombre de ses maîtresses et mettait sa gloire à se faire aimer de celles du Régent [271]. »

Il les eut toutes, ou presque.

Aussi, lorsqu'on voyait Philippe d'Orléans s'engager dans un couloir, avait-on coutume de dire :

— Le duc de Richelieu n'est pas loin.

On disait aussi :

— Le Régent cocufie et Richelieu vérifie...

Plaisanterie un peu grossière mais qui amusait.

29

Le Régent meurt dans les bras de Mme de Phalaris

On ne sait jamais comment finira
un tête-à-tête...
MARCEL PRÉVOST

En août 1721, le duc d'Orléans s'intéressa brusquement à la belle Adrienne Lecouvreur. Il chargea le cardinal Dubois en personne d'aller trouver la comédienne à son domicile, rue des Marais, et de lui faire comprendre le désir qu'il avait d'elle. Le prélat accomplit sa mission avec onctuosité et beaucoup de tact. Mais Adrienne était vertueuse. Elle refusa de se rendre auprès du Régent.

— Vous remercierez infiniment Son Altesse Royale d'avoir pensé à moi, dit-elle, mais mon art me prend déjà beaucoup.

Le cardinal, très ennuyé, lui fit alors un petit sermon et, dans un beau style épiscopal, l'engagea à faire un effort pour prendre le mauvais chemin.

Adrienne était bonne chrétienne : elle s'entêta. Ce que voyant, Dubois se fit paternel, assura de son dévouement, déclara que la faute envisagée était extrêmement minime en regard du plaisir qu'on en pouvait attendre, et qu'en outre il y avait là une bonne action à faire...

— Le Régent se trouve actuellement dans un état pénible et vous seule pouvez lui apporter cette fraîcheur à laquelle il aspire...

Toutes ces bonnes paroles furent vaines. Adrienne refusa de se laisser convertir et le cardinal rentra au Palais-Royal pour s'y faire traiter de propre-à-rien.

Mais Philippe oublia vite la comédienne.

271. BARBIER, *op. cit.*

Tout son temps était pris à cette époque par une affaire extrêmement importante puisqu'il s'agissait du mariage de Louis XV.

Après l'échec de la conspiration de Cellamare, les menaces faites à l'Espagne et le renvoi du cardinal Alberoni consenti par Philippe V, les Pyrénées s'étaient de nouveau évanouies et le Régent négociait le mariage de deux princes espagnols avec deux de ses filles, et celui d'une infante avec le jeune roi âgé de onze ans.

Au début de septembre 1721, Philippe annonça à Louis XV qu'il était fiancé avec l'infante Marie-Anne-Victoire, âgée de trois ans et demi. Le roi, « que les surprises effarouchaient », demeura muet. Le Régent, le maréchal de Villeroy et M. de Fréjus, très ennuyés, lui demandèrent de répondre quelque chose, en lui expliquant qu'il fallait son consentement pour que les négociations continuassent. Le malheureux enfant, épouvanté, restait bouche close. Finalement, Villeroy se pencha et lui dit :

— Allons, mon maître, il faut faire la chose de bonne grâce !

Louis XV, la tête enfoncée dans les épaules, les yeux fixés sur ses souliers, se tut encore pendant trois quarts d'heure. Enfin, cédant aux prières des trois hommes qui ne savaient plus quoi lui promettre pour qu'il acceptât d'épouser l'infante d'Espagne, il se décida, les yeux pleins de larmes, à répondre oui « en assez basse note »[272].

La future épouse du roi arriva à Paris le 2 mars 1722, Louis XV était allé l'attendre à Bourg-la-Reine, où il l'avait embrassée sur le front, sans un mot.

Les jours suivants, alors que la petite Espagnole faisait des grâces et minaudait au milieu des fêtes données en son honneur, le roi « demeura taciturne avec une grande égalité d'humeur » et tout le monde en fut chagriné.

Un soir, l'infante, qui avait alors quatre ans, déclara :

— Mon fiancé est très beau, mais il ne parle pas plus que mes poupées.

Devant un tel « embarras », il fut décidé au début de juin que, pour rendre le sourire et la parole au roi, la cour se réinstallerait à Versailles. Louis XV adorait ce palais : il fut ravi. Et le 15, il y fit son entrée en grande pompe.

Le lendemain, Marie-Anne-Victoire le suivit, et tous deux prirent possession des appartements occupés naguère par Louis XIV et par Marie-Thérèse...

Alors, sans aucun respect pour ces deux enfants royaux, la cour se lança dans une débauche inimaginable. Ceux et celles qui, à Paris, montraient encore quelque réserve furent brusquement pris, au contact de la nature, d'une fièvre érotique qui les poussa aux plus extravagants excès. On vit même des couples se poursuivre autour des bassins et se prendre, sans pudeur, sur les pelouses...

La plus dévergondée de toutes les dames était la duchesse de Retz

272. SAINT-SIMON, *op. cit.*

(que l'on appelait, pour des raisons faciles à deviner, Mme de Fiche-le-Moi).

Elle avait un tempérament exceptionnel. Un soir, comme un de ses amants, Rioms, lui reprochait de le tromper avec tout le monde, elle lui répondit « qu'il devait lui avoir de la reconnaissance si elle l'épargnait et en prenait d'autres avec lui, car elle ne pouvait s'endormir si elle n'avait été caressée huit fois »[273].

Elle se cachait nue dans les buissons et appelait les jeunes seigneurs qui faisaient leur promenade. Comme elle était fort belle, il en résultait d'effroyables mêlées...

Un jour, dépassant en audace tout ce qu'elle avait pu faire jusqu'alors, elle causa un scandale qui stupéfia jusqu'aux « roués ». On apprit « qu'elle avait voulu séduire le roi même, qu'elle avait porté ses mains sur lui et dans des endroits très cachés »[274].

Furieux, son grand-père, le maréchal de Villeroy, qui était gouverneur de Louis XV, la fit monter dans un carrosse qui la conduisit directement au couvent de Passy d'où elle ne sortit jamais. Mais le jeune roi avait été épouvanté par l'audace de Mme de Retz et l'on craignait un choc nerveux. Il était, en effet, d'une extrême naïveté. On l'avait bien vu, un an plus tôt, lorsqu'il était devenu pubère. La manifestation de sa virilité toute neuve l'avait fort décontenancé. Et Mathieu Marais avait alors noté dans ses carnets : « Le roi a eu un mal fort plaisant et qu'il n'avait point encore senti ; il s'est trouvé homme. Il a cru être bien malade et en a fait confidence à un de ses valets de chambre qui lui a dit que cette maladie-là était un signe de santé. Il en a voulu parler à Maréchal, son premier chirurgien, qui lui a répondu que ce mal n'affligeait personne et qu'à son âge il ne s'en plaindrait pas. On appelle cela en plaisantant le *mal du Roi*... »

Louis XV, à douze ans, était un jeune garçon sensible, farouche et peu précoce.

On imagine donc le trouble qu'avait pu provoquer, chez lui, la regrettable entreprise de Mme de Retz.

C'est bien simple : il faillit se détourner à tout jamais des femmes.

Ce qui eût peut-être changé le cours de notre histoire...

Un scandale d'un autre genre éclata peu après. Un soir de juillet, le duc de Boufflers, le marquis d'Alincourt, le marquis de Rambures et M. de Même se promenaient dans un bosquet du parc de Versailles. Il faisait chaud, et les massifs de roses « chargeaient l'air de nappes voluptueuses ».

M. de Boufflers était émotif. Troublé par cette belle nuit d'été, il voulut violer M. de Rambures, qui s'y opposa. Alors, rapporte Mathieu Marais, « M. d'Alincourt dit qu'il vouloit prendre la revanche de son beau-frère de Boufflers. Cette fois, Rambures ne s'en défendit point et en passa doucement par là ».

273. *Correspondance complète de Madame, duchesse d'Orléans.*
274. Mathieu Marais, *op. cit.*

Cette aventure fut naturellement connue dès le lendemain et fit beaucoup de bruit. Villeroy obtint du Régent des lettres de cachet contre les coupables. On exila M. d'Alincourt et sa jeune femme à Joigny, M. de Boufflers et son épouse en Picardie, M. de Même en Lorraine, tandis que M. de Rambures était enfermé à la Bastille.

Le départ précipité de ces jeunes seigneurs étonna le roi qui en demanda la cause. Très embarrassé, M. de Villeroy expliqua à Louis XV que M. de Boufflers et ses amis « avaient arraché des palissades dans le jardin ».

Le souverain accepta cette explication et pendant très longtemps, à la cour, on ne nomma plus les jeunes gens de mœurs suspectes que des « arracheurs de palissades »...

Tandis que Louis XV grandissait, miraculeusement pur au milieu de ces turpitudes, le Régent, usé par le vice, s'affaiblissait de jour en jour.

« Quoiqu'il fût dans la force de l'âge, nous dit Duclos, la continuité des excès dans sa vie privée l'avait blasé. Il lui restait, tous les matins, un engourdissement de l'orgie de la nuit et, quoiqu'il reprît peu à peu ses sens, les facultés de son âme perdaient de leur ressort ; la vivacité de son esprit en était ralentie : il ne portait plus une application forte ou continue ; il fallait des plaisirs bruyants pour le rappeler à lui-même. Ses soupers, dont la compagnie était si mêlée, si différente d'états et si conforme de mœurs ; sa petite loge de l'Opéra, d'où il choisissait ses convives, tout lui manquait à Versailles. Il ne pouvait pas, même en bravant le scandale, transporter à la cour ce qui était nécessaire à son amusement. Ayant tout usé, jusqu'à la débauche, il avouait quelquefois qu'il ne goûtait plus le vin et qu'il était devenu nul pour les femmes [275]. »

Ce n'était pas tout à fait vrai. Malgré sa décrépitude, Philippe d'Orléans portait encore grand intérêt aux dames.

Ce goût finit d'ailleurs par lui coûter un œil. Un soir, qu'il voulait prendre avec la marquise d'Arpajon des « privautés invraisemblables », la jeune femme, en se débattant, lui donna un violent coup de talon.

Le lendemain, le Régent était borgne.

Cet accident ne l'éloigna pas des « personnes du sexe ». Au contraire, on le vit même s'intéresser gaillardement à la mode. Écoutons Mathieu Marais : « Depuis quelques jours, on s'est plaint des robes abattues des femmes qu'elles portent partout, et jusque dans les églises. Le Régent a répondu qu'il ne ferait jamais aucun changement sur cela ; qu'il avait toujours troussé les femmes, et qu'il ne voulait pas que, sous sa régence, on dît qu'il les avait fait trousser elles-mêmes [276]. »

Et le 25 octobre 1722, à Reims, il assista au sacre de Louis XV en compagnie de Mme Lévêque qui, pour quelques jours, tenait dans le lit ducal la place de Mme d'Averne.

275. Duclos, *op. cit.*
276. Mathieu Marais, *op. cit.*

Avec moins de brio, il faut le dire.

Le règne de celle-ci ne devait pourtant pas tarder à s'achever. Au mois de novembre, elle fut congédiée après dix-sept mois de liaison, sous prétexte « qu'il ne convenoit pas qu'elle restât à Versailles, que cela donneroit un mauvais exemple au roi ». Et le Régent la renvoya à M. d'Averne.

Il est vrai que, selon certains, il en avait tellement usé « que la pauvre ne pouvait plus guère servir qu'à coudre des boutons de tunique »...

Après le départ de Mme d'Averne, Philippe d'Orléans devint l'amant de sa cousine, Mlle de Charolais ; puis il s'intéressa à la fameuse Mlle Aïssé.

C'était une jeune et jolie Circassienne que M. de Ferriol, ambassadeur de France à Constantinople, avait achetée huit mille francs sur un marché d'esclaves avec l'intention d'en faire, un jour, sa maîtresse.

Rappelé en France, M. de Ferriol avait ramené avec lui la jeune Aïssé alors âgée de dix-huit ans. A Paris, il avait voulu devenir son amant, mais, si l'on en croit Sainte-Beuve qui défendit la mémoire d'Aïssé avec une étrange ardeur, il n'y serait point parvenu.

Lorsque le Régent la rencontra dans un salon, elle avait vingt-cinq ans.

Il en tomba amoureux et lui demanda avec sa désinvolture habituelle de venir le retrouver dans sa chambre.

L'ancienne esclave avait plus de dignité que les dames de la cour : elle répondit qu'elle ne consentirait jamais à être sa maîtresse et que, s'il insistait, elle irait se réfugier dans un couvent.

Un peu étonné, le Régent tourna les talons et se consola quelques jours plus tard avec la très belle Mlle Houel, nièce de Mme de Sabran. Elle avait dix-sept ans, elle était vierge, mais avait, nous dit-on, « le feu bien placé ». Lui, à quarante-huit ans, n'était plus qu'une ruine. Aussitôt, un couplet ironique courut Paris :

Chère Sabran, pourquoi produire
Ta nièce au feu du Régent ?
Ne devrais-tu pas l'instruire
Qu'il rate depuis longtemps
Tous les mirlitons, mirlitons, mirlitaines,
Tous les mirlitons, don, don[277] *?*

La jeune fille, peu satisfaite des services de cet amant fatigué, retourna bientôt chez sa tante. Alors Philippe rappela vers lui une femme qu'il avait connue du temps où Mme de Parabère était sa maîtresse : Mme de Phalaris.

C'était une gracieuse blonde de vingt-cinq ans, aux yeux bleus et à la cuisse alerte, qui ne reculait pas devant le « galant labeur ». Le nombre de ses amants était considérable.

Lorsqu'on apprit qu'elle devenait la favorite officielle, deux couplets

277. *Recueil de Maurepas.*

fort désagréables à la fois pour elle et pour le Régent circulèrent à la cour :

Étant près de Phalaris
Le Régent peu complaisant,
S'écria : Trop vaste Iris,
Je n'ai rien vu de si grand
Que ton lan la, landerirette,
Que ton lan la, landerira.

A ce reproche la dame,
A ce borgne trop piquant
Répondit : Bourreau sans âme
Je n'en dirai jamais tant
De ton lan la, landerirette,
De ton lan la, landerira.

Mme de Phalaris n'eut peut-être pas, avec Philippe, toutes les satisfactions intimes qu'elle espérait ; pourtant, elle ne le quitta point. Prise de pitié pour cet homme fripé, boutonneux, pourri jusqu'à la moelle, qui se traînait en tremblant de fauteuil en fauteuil, elle se transforma en garde-malade. Le soir, elle lui lisait des romans de chevalerie ou des contes de fées...

On était loin des petits soupers.

Parfois, Philippe sortait de sa torpeur pour demander quelques détails graveleux sur ses anciennes maîtresses. Une étincelle dansait alors dans son œil unique. Tous les potins croustillants l'intéressaient. Il était heureux d'apprendre que les dames de la cour étaient « gâtées » et que La Peyronnie, chirurgien du roi, passait son temps à soigner de biens mauvaises maladies.

La Régence se terminait dans la plus infecte des pourritures.

Le 8 décembre 1722, la princesse Palatine mourut à soixante et onze ans. La foule lui fit une épitaphe cruelle pour le Régent :

Ci-gît l'oisiveté, mère de tous les vices.

Philippe, très affecté par la disparition de sa mère, continua de s'affaiblir et sombra dans un tel gâtisme que le 16 février 1723, lorsque Louis XV, atteignant ses quatorze ans, devint majeur, bien des gens poussèrent un soupir de soulagement.

La Régence était finie.

On vit alors les tristes héros de cette époque peu reluisante disparaître subitement comme les personnages d'une comédie qui se termine.

Au début de l'été, le cardinal Dubois tomba malade. « Attaqué depuis longtemps d'une (*sic*) ulcère dans la vessie, fruit de ses anciennes débauches, il voyait en secret les médecins et les chirurgiens les plus habiles, non qu'il rougît du principe de sa maladie, mais par la honte qu'ont tous les ministres de s'avouer malades[278]. »

278. DUCLOS, *op. cit.*

Au mois d'août, il commit une imprudence qui fit crever un abcès intérieur. Une opération fut décidée. La Peyronnie, après s'être excusé auprès du cardinal qui pestait, lui trancha les parties naturelles qui étaient pourries.

Dubois mourut le lendemain, 10 août, en blasphémant et sans avoir la consolation, nous dit Mathieu Marais, « d'emporter ses pièces dans l'autre monde, car on lui avait coupé tout *rasibus* »...

A partir de ce moment, le Régent déclina rapidement. Apoplectique, il fallait le saigner presque tous les jours.

Le 2 décembre, écarlate et engourdi, il se trouvait dans le cabinet rose en compagnie de Mme de Phalaris. « Enfermé seul avec elle, il s'amusait en attendant l'heure du travail avec le roi ; la jeune femme, les cheveux bouclés, épars, avait posé sa tête nue sur les genoux du prince, lorsque celui-ci lui dit doucement :

» — Amie, je suis un peu fatigué, j'ai le cerveau lourd, faites-moi un de ces jolis contes que vous faites si bien, j'ai grand mal à la tête[279]. »

La duchesse leva les yeux, prit un fauteuil, s'assit à côté de son amant placé devant le feu. Tout à coup, le duc d'Orléans bascula et tomba dans ses bras. Voyant qu'il avait perdu connaissance, la jeune femme « effrayée au point qu'on peut imaginer, cria au secours de toute sa force et redoubla ses cris. Comme personne ne lui répondait, elle appuya tant bien que mal ce pauvre prince sur les deux bras contigus de deux fauteuils, courut dans le grand cabinet, dans la chambre, dans les antichambres sans trouver qui que ce soit, enfin dans la cour et dans la galerie basse »[280].

Tout en cherchant, elle répétait : « Jésus, Maria, ayez pitié de moi. » Elle finit par rencontrer quelqu'un qui alerta le palais. Bientôt, une foule arriva en courant dans le cabinet où gisait le Régent. Un valet l'étendit sur le parquet et voulut le saigner. Mme de Sabran entrait à ce moment. Toujours venimeuse, elle tenta de s'opposer à l'opération en criant :

— Il ne faut pas le saigner. Il sort de dessus sa gueuse !

Mme de Phalaris, en larmes, ne releva pas l'insulte et le valet fit la saignée. Mais, à sept heures du soir, le Régent, suffoqué par l'attaque d'apoplexie, expira sans avoir pu dire un mot.

Très affectée, Mme de Phalaris s'enfuit à Paris[281].

Le corps du Régent, tant de fois souillé, devait être curieusement profané quelques heures plus tard. Écoutons Barbier nous conter la chose : « Circonstance épouvantable et particulière arrivée après la mort du duc d'Orléans. On l'a ouvert à l'ordinaire, pour l'embaumer et pour mettre son cœur au Val-de-Grâce. Pendant cette ouverture il y avait dans la chambre un chien danois du prince ; ce chien, sans que personne ait eu le temps de l'empêcher, s'est jeté sur le cœur et en a

279. Capefigue, *Philippe d'Orléans, Régent de France.*
280. Saint-Simon, *op. cit.*
281. Le peuple de Paris fit cette épitaphe au Régent : « *Hic jacet taurus Phalaris* », ce qui signifie : « Ci-gît le taureau de Phalaris. »

mangé les trois quarts. Ceci semble marquer une certaine malédiction, car un chien comme celui-ci n'est jamais affamé, et pareille chose n'est jamais arrivée. Ce fait a été caché autant qu'on l'a pu, mais il est absolument vrai [282]. »

Ainsi disparaissait l'homme dont le libertinage et l'impiété avaient scandalisé le peuple au point d'entamer dangereusement le prestige de la monarchie. « La Régence est le prologue de la Révolution, a écrit Jean Launay ; période de transition, elle liquide tout un passé et sème les germes d'un avenir... [283] »

Les femmes avaient eu, naturellement, leur part de responsabilité dans cette liquidation.

Si Marie Mancini, par sa culture, Henriette d'Angleterre, par son sens politique, Louise de La Vallière, par sa grâce, Mme de Montespan, par sa malice, Mlle de Fontanges, par son élégance, et Mme de Maintenon, par son intelligence, avaient aidé à faire le Grand Siècle, en revanche Mlle Desmares, Mme d'Averne, Mme de Tencin, Mme de Parabère et quelques autres demoiselles à la cuisse légère avaient, par leur débauche, largement contribué au changement des esprits.

D'autres, moins insouciantes, mais tout aussi galantes et tout aussi désirables, allaient bientôt précipiter les choses. Au cours du règne de Louis XV, le pouvoir tout entier sera remis entre les mains de quelques ravissantes dames qui en useront avec une navrante légèreté.

Et la boucle sera bouclée :

Les femmes qui, par leur charme, leur grâce et leur beauté, avaient, en mille ans, joué un rôle déterminant dans l'édification du trône de France allaient aider ainsi, en soixante-six ans, par ce même charme, cette même grâce et cette même beauté, à sa fracassante destruction...

282. BARBIER, *op. cit.* 1723.
283. JEAN LAUNAY, *La Régence*.

Livre V

LE SIÈCLE DU LIBERTINAGE

L'histoire des femmes, si elle était écrite, serait l'histoire générale du monde. Il n'y a aucune révolution dans les Empires et dans les familles où les femmes ne soient entrées comme cause, comme objet ou comme moyen.

CONDORCET

A la mémoire de mon oncle, André Chenal, poète et historien du Présidial d'Orléans.

1

Une partie de campagne est organisée dans le but de faire perdre sa vertu à Louis XV

La liberté de la campagne
est une chose bien commode !

THÉOPHILE GAUTIER

Le 10 mars 1724, alors que les premières jacinthes fleurissaient à Versailles, Louis XV, enfermé dans une chambre avec une ravissante fillette, s'adonnait sans retenue à son jeu favori. Les valets qui se trouvaient dans une pièce voisine souriaient. Connaissant les goûts de leur maître, ils imaginaient sans mal la scène à laquelle ils ne pouvaient assister.

Des bruits étranges parvenaient de la chambre.

Soudain, un grand craquement se fit entendre et les domestiques pensèrent que le souverain avait tort de se livrer à ce passe-temps sur un lit.

Presque aussitôt des cris retentirent.

— Il a dû l'écraser, dit un valet.

Le plus curieux mit l'œil au trou de la serrure :

— Non, maintenant, il sait les prendre.

Louis XV et sa compagne jouaient en effet à attraper des mouches...

Cette distraction innocente peut sembler puérile pour un roi de France. Elle paraîtra normale lorsqu'on saura que le jeune monarque avait alors quatorze ans et sa partenaire tout juste six.

Depuis vingt mois, ces deux enfants étaient fiancés et la petite Marie-Anne-Victoire, infante d'Espagne, vivait avec son futur époux comme avec un frère [1].

Tous les jours, ils faisaient une « partie de mouches ». C'était la seule distraction du palais qui amusât un peu le mélancolique petit roi.

Quand ils eurent assez joué, Marie-Anne-Victoire alla chercher un chat.

— Si je vous le donne, m'embrasserez-vous ?

Louis XV hésita, car il n'aimait pas les filles.

— M'embrasserez-vous ?

— Oui, finit-il par dire.

1. Marie-Anne-Victoire était la fille de Philippe V d'Espagne, petit-fils de Louis XIV et oncle de Louis XV.

L'infante tendit l'animal et reçut un timide baiser sur le front.

Rougissante, elle regarda le roi s'éloigner.

— Vous êtes très beau, dit-elle. Vous marchez comme une perdrix...

Étrange compliment qui agaça Louis XV. Il quitta la chambre en jurant qu'il n'embrasserait plus une femme de sa vie.

D'ailleurs, il avait d'autres occupations.

Depuis la mort du Régent, il partageait son temps entre la chasse qu'il adorait et les études pour lesquelles il n'avait, il faut bien le dire, qu'un goût fort discret.

Son précepteur était M. de Fleury, l'ancien évêque de Fréjus, un homme intelligent, intègre, spirituel et doué d'un sens politique extrêmement fin. Loin d'être un débauché comme le cardinal Dubois, ce prélat vivait très sagement avec une seule maîtresse, Mme de Carignan, qui lui était d'un bon conseil[2].

Malheureusement son système d'éducation laissait un peu à désirer : il enseignait au jeune roi le jeu de piquet, le quadrille et différents tours d'adresse qui eussent fait la gloire d'un illusionniste, mais qui ne pouvaient être que d'une utilité médiocre dans la carrière d'un souverain. Prenant un paquet de cartes, il montrait parfois à son élève comment on pouvait, en un clin d'œil, faire disparaître un roi.

Ce qui était, on l'admettra, une curieuse occupation pour un précepteur royal...

Fort heureusement, d'autres professeurs venaient enseigner au petit roi des matières moins frivoles : le latin, l'histoire, la géographie, l'astronomie, les mathématiques, le dessin, les sciences naturelles et même la typographie (Louis XV possédait une petite imprimerie complète où il composait et tirait des placards et des brochures).

Mais à ces études et ces travaux, le jeune souverain préférait les exercices physiques.

Pendant des jours entiers, il allait à la chasse, galopait dans les forêts, forçait le cerf, le daim, le sanglier, le loup et le renard, développait son corps autrefois débile, s'endurcissait à la fatigue, et ramenait son monde trempé de sueur ou couvert de boue.

Cette surprenante vitalité s'alliait fâcheusement, chez Louis XV, à

2. Ce prélat avait eu d'autres aventures si l'on en croit le président Bertin de Rocheret qui écrit « qu'Anne-Marie Gayardon, épouse de Charles-Gaspard Dodun de Boulay, conseiller au Parlement, est une femme galante qui a été la maîtresse du cardinal de Fleury, alors évêque de Fréjus, et qu'un sieur du Pech, qui serait son bâtard, a reçu un emploi dans les poudres, puis a été admis parmi les quarante fermiers généraux et tué en duel par un de ses collègues ».

Argenson ajoute que Lachaise, nommé officier des mousquetaires en 1741, était également le fils de Fleury. Ses camarades l'auraient mis en quarantaine, tandis que les jeunes maîtres fredonnaient sur l'air de la marche de leur compagnie « une chanson qu'un quidam eut le triste courage de faire parvenir au cardinal qui en pleura ». En voici un couplet :

Battez tambours, jouez hautbois,
Fleury, pour nous donner des lois,
D'un de ses bâtards a fait choix.
Oh ! le grand homme que voilà !
Il fait honneur à son papa...

un caractère assez difficile. On raconte, par exemple, qu'il trouvait charmant de lasser le maréchal de Noailles par une marche prolongée, qu'il donnait des coups de pied à ses pages, lançait du fromage blanc à la tête des abbés, coupait les sourcils de ses écuyers et tirait des flèches dans le ventre de M. de Sourches...

Bien des gens étaient choqués par ces gamineries : « Un jour, écrit Mathieu Marais avec humeur, le roi prenant sa chemise des mains du duc de La Trémoille, premier gentilhomme de la Chambre, a donné un bon soufflet à Bontemps, premier valet de chambre, qui étoit proche de lui. Cette plaisanterie a paru mauvaise à toute la cour, qui a entendu le soufflet, et on n'augure pas bien de ce jeu de mains [3]. »

Malheureusement, cette façon d'agir un peu désinvolte remplissait d'aise le nouveau premier ministre, le duc de Bourbon, arrière-petit-fils du grand Condé, qui était, il est vrai, un personnage répugnant, borgne, bossu, hideux, bête et méchant.

C'était lui d'ailleurs qui s'ingéniait à développer, chez le jeune roi, l'amour de la chasse et la passion du jeu, deux vices qui allaient occuper beaucoup de place dans la vie de Louis XV avant qu'un autre ne fît son apparition... Car, par un curieux phénomène, ce garçon musclé et sanguin n'éprouvait, alors, aucune espèce d'attirance pour les femmes. Au contraire, nous dit-on, « il les fuyait comme la peste », évitant même de les regarder. « Il n'est question, écrit le maréchal de Villars, que de chasse, de jeu et de bonne chère, peu ou point de galanterie, le roi ne tournant point encore ses beaux et jeunes regards sur aucun objet. Les dames sont toujours prêtes, et l'on ne peut pas dire : *le roi ne l'est pas*, parce qu'il est plus fort et plus avancé à quatorze ans et demi que tout autre jeune homme à dix-huit ans [4]. »

La pruderie de Louis XV était si grande qu'un jour il fit chasser de Versailles un valet de chambre qui avait commis le crime de recevoir une maîtresse dans son appartement...

Cette répulsion singulière pour la femme alla jusqu'à orienter le jeune homme vers des plaisirs hétérodoxes. Et certains chroniqueurs nous parlent de la trop vive affection du roi pour le jeune duc de La Trémoille « qui avait fait de son maître son Ganymède » et semblait vouloir l'entraîner sur une mauvaise pente [5]. Les *Mémoires* du maréchal de Villars contenaient, paraît-il, sur ce point, des révélations précises qu'une censure pudique supprima.

L'incident n'eut pas de suite. Toutefois, la cour craignit que Louis XV ne retombât dans l'erreur, et au mois de juin 1724 un voyage fut organisé à Chantilly, chez le duc de Bourbon, dans le but de déniaiser le roi...

3. Mathieu Marais, *Journal et mémoires sur la Régence et le règne de Louis XV.*
4. Maréchal de Villars, *Mémoires.*
5. Cf. Mathieu Marais qui ajoute : « Ce secret amour est bientôt devenu public et l'on a envoyé le duc à l'Académie avec son gouverneur pour apprendre à régler ses mœurs. » *Mémoires.*

Dix-sept jeunes femmes qui avaient plus ou moins rôti le balai étaient du voyage.

Le 30 juin, à midi, par un soleil qui obligeait les valets à se réfugier dans les couloirs, elles montèrent dans des carrosses et quittèrent le château de Versailles, toutes frétillantes à la pensée qu'elles allaient peut-être « étrenner » ce jeune homme beau comme un amour.

En tête du cortège, dans une voiture découverte, se trouvait Louis XV qui souriait aux passants. Le pauvre était bien loin de se douter de ce qui l'attendait. Aussi ne voyait-il pas la malice briller dans les yeux des Versaillais qui savaient, bien entendu, le fin mot de l'affaire.

— Regardez, disaient-ils entre eux, l'une de ces belles dames va avoir l'honneur de dépuceler notre jeune souverain.

Alors la foule riait, et Louis XV pensait candidement qu'un peuple hilare ne pouvait être qu'un peuple heureux.

Les Versaillaises, elles, ne jetaient qu'un coup d'œil rapide sur l'adolescent ; mais elles considéraient avec envie les dix-sept jeunes femmes qui avaient reçu la mission exaltante de violer le roi de France.

Bien entendu, des raisons plus banales avaient été données pour expliquer cette expédition. Toutefois, des indiscrétions ayant été commises, de nombreuses gens, même dans la capitale, savaient la vérité. Écoutons Barbier [6] :

« On croit, dans Paris, qu'on va faire de grandes affaires à Chantilly ; mais le sujet véritable du voyage est très croustilleux ; on veut tâcher de donner au roi du goût pour les femmes, et de lui perdre son pucelage avec un c... On espère que cela le rendra plus traitable et plus poli ; en effet, il n'y a guère de jeunes gens dans ce voyage, tous ceux qui sont nommés sont d'un certain âge. C'est Mme de La Vrillière qui est chargée de la commission, ou de le faire b... la petite duchesse d'Épernon, qui est très jolie et très jeune, ou de le prendre pour elle-même. Ce dernier sera plus aisé, car la jeune duchesse ne pourra pas faire tout ce qu'il faut pour cela, au lieu que Mme de La Vrillière, qui est jolie et qui est femme d'expérience, mènera le roi dans quelques bosquets et lui fera faire l'amour... [7] »

Pendant quelques jours, à Chantilly, on organisa des repas champêtres, des promenades, des jeux dans la forêt, et les jeunes femmes s'efforcèrent d'attirer Louis XV dans un buisson. A chaque fois l'adolescent farouche leur glissait, si j'ose dire, entre les mains.

Finalement, on dut renoncer à déniaiser le roi. Et Barbier, dans les premiers jours d'août, nota dans son *Journal* : « Il ne paraît pas qu'on ait réussi dans le dessein du voyage de Chantilly. Le roi ne songe qu'à chasser, et il ne veut point tâter du c... J'avoue en mon particulier que c'est dommage, car il est bien fait et beau prince ; mais si c'est son goût, qu'y faire ? Il est en place à ne se point gêner. Tous les préparatifs des femmes qui croyaient pouvoir débaucher le roi ont donné lieu à un couplet de chanson sur l'air de *Margot la ravaudeuse :*

6. Avocat au Parlement de Paris.
7. BARBIER, *Journal*, 1708-1763.

Margot la rôtisseuse
Disoit à son ami :
"Que fait-on de ces gueuses
Qu'on mène à Chantilly ?
Quoi, pour un pucelage,
Fallait-il tout ce train
De dix-sept putains ?" »

Au retour de Chantilly, Louis XV était donc toujours puceau et les dames de la cour s'en désolaient. Toutes le considéraient avec des yeux brûlants et se tortillaient devant lui avec l'espoir d'inspirer le désir.

Mais le roi n'éprouvait toujours rien et continuait ses tours de cartes.

C'est alors qu'une jeune femme de vingt-neuf ans entreprit de réussir là où les autres avaient échoué. Il s'agissait de Mlle de Charolais, sœur du duc de Bourbon, agréable personne douée d'un tempérament assez vif et qui avait eu déjà une foule d'amants [8].

Elle commença par se livrer, nous dit-on, à des « scènes d'agaceries », sur lesquelles nous manquons de détails, et qui semblent n'avoir eu aucun résultat. Elle se fit chatte, se frotta, soupira et, un soir, poussa l'audace jusqu'à glisser dans la poche du roi ce petit poème amoureux :

Vous avez l'humeur sauvage
Et le regard séduisant
Se pourrait-il qu'à votre âge
Vous fussiez indifférent ?
Si l'amour veut vous instruire,
Cédez, ne discutez rien.
On a fondé votre empire
Bien longtemps après le sien.

Louis XV ne répondit pas. Ces entreprises ne le laissaient pourtant point indifférent. Une lente transformation finit même par s'opérer en lui et, peu à peu, sa réserve disparut. On s'en aperçut, un soir, à Rambouillet chez la comtesse de Toulouse.

Une des dames, qui était enceinte, éprouva tout à coup les premières douleurs.

— Je crois bien, dit-elle, que l'enfant a déjà la tête engagée...

On fut effrayé et l'on envoya chercher d'urgence un accoucheur. Louis XV était inquiet.

— Si l'opération presse, dit-il, qui s'en chargera ?

La Peyronnie, premier chirurgien du roi, était là.

— Sire, dit-il, ce sera moi. J'ai accouché autrefois.

— Oui, dit Mlle de Charolais, mais cet exercice demande de la pratique, vous n'êtes peut-être plus au fait.

Le chirurgien fut piqué :

8. Elle était la fille de Louis de Bourbon et de Mlle de Nantes, bâtarde légitime de Louis XIV et de Mme de Montespan.

— N'ayez aucune inquiétude, mademoiselle, répliqua-t-il, on n'oublie pas plus à les ôter qu'à les mettre.

Ces mots glacèrent l'assemblée et La Peyronnie, rouge jusqu'aux oreilles, regarda le roi.

Celui-ci éclata de rire...

Faute de mieux, Mlle de Charolais lui avait, au moins, fait perdre sa pruderie...

2

La maîtresse du duc de Bourbon fait rompre le mariage de Louis XV et de l'infante

A cause de Mme de Prie, l'Espagne s'unit
à la Maison d'Autriche.
PIERRE GIRARD

Tandis que Louis XV demeurait résolument étranger aux plaisirs qu'avaient tant aimés ses ancêtres, le duc de Bourbon, lui, s'en donnait à cœur joie avec sa maîtresse, Mme de Prie, qui était une ravissante chipie. « Avec autant de grâce dans l'esprit que dans la figure, nous dit Duclos, elle cachait, sous un voile de naïveté, la fausseté la plus dangereuse ; sans la moindre idée de la vertu, qui était à son égard un mot vide de sens, elle était simple dans le vice ; violente sous un air de douceur, libertine par tempérament, elle trompait avec impunité son amant [9]. »

Cette charmante personne avait pris sur le duc de Bourbon une si grande autorité qu'elle devint toute-puissante dans l'État [10].

Mme de Prie, animée par une ambition sans bornes, était prête à tout pour s'enrichir. Elle trafiquait sur le blé, faisait diminuer la valeur légale de la monnaie, poussait le duc à rétablir la vieille taxe féodale de joyeux avènement et recevait une pension de quarante mille livres sterling de Londres pour favoriser la politique anglaise...

A la fin de 1724, elle était en outre préoccupée par un curieux problème : celui de marier son amant.

Sachant que la duchesse de Bourbon, mère du premier ministre, voulait que son fils prît une épouse, elle avait, en effet, décidé de trouver cette femme elle-même pour être sûre de conserver sa situation...

Il fallait une jeune fille d'origine assez modeste, timide, effacée, peu ambitieuse, peu intrigante et prête en outre à exprimer à la favorite une reconnaissance éternelle.

9. DUCLOS, *Mémoires secrets sur le règne de Louis XIV, la Régence et le règne de Louis XV*.

10. « En ce moment du règne où le roi, quoique légalement majeur, ne gouverne pas, écrit Pierre de Nolhac, c'est Mme de Prie qui tient la France. » Et il ajoute : « Jamais peut-être les affaires nationales n'ont été confiées avec moins de contrôle à des mains plus indignes de les manier. » *Louis XV et Marie Leczinska*.

Cette perle, Mme de Prie l'avait trouvée. Elle vivait cachée dans une grande maison délabrée à Wissembourg, en Basse-Alsace. Son père qui avait été élu roi de Pologne en 1704, grâce à Charles XII de Suède, s'était vu chasser de son trône et avait dû, après bien des aventures, demander refuge à la France. Il était pauvre et s'appelait Stanislas Leczinski.

Elle, se nommait Marie Leczinska, et allait avoir vingt ans.

C'est sur elle que Mme de Prie avait fixé son choix. Depuis des mois, secrètement, elle était en relation avec l'ex-roi de Pologne qui, naturellement, avait accepté de voir sa petite « Manutcha » épouser le premier ministre de France.

Mais l'affaire avait traîné, pour des raisons politiques, pendant deux ans et demi.

Tout à coup, au début de 1725, les pourparlers reprirent, et Mme de Prie dépêcha Pierre Gobert à Wissembourg pour qu'il fît le portrait de la princesse.

A la fin de mars, le peintre envoya sa toile en France et toute la famille Leczinski attendit, en tremblant, le verdict du duc de Bourbon.

Les braves gens ne pouvaient deviner ce que ce portrait allait leur apporter.

Quand le tableau arriva à Versailles, Mme de Prie le regarda à peine, tant elle était tourmentée par d'autres soucis. Elle craignait de voir mourir le roi. Celui-ci chassait toujours avec une fougue inquiétante. Il pouvait rentrer un soir frissonnant, s'aliter, disparaître sans postérité, et laisser la couronne au duc d'Orléans, fils du Régent.

A cette idée, Mme de Prie avait des sueurs froides, car le duc de Bourbon, étant un Condé, n'avait pas de plus grands ennemis que les Orléans. Le pouvoir, la richesse, les châteaux, tout s'envolait par conséquent si cette famille était couronnée...

Il y avait un autre danger : le roi d'Espagne, petit-fils de Louis XIV, pouvait revendiquer la couronne de France et faire éclater une guerre civile. Là encore, le premier ministre et sa maîtresse risquaient d'être balayés.

Pour éviter une telle catastrophe, la solution était simple : il fallait que le roi eût des enfants. Malheureusement, la petite infante Marie-Anne-Victoire, que l'on avait fiancée à Louis XV en 1722, n'était pas encore en âge de se marier. Elle avait neuf ans... Alors Mme de Prie suggéra au duc de faire rompre le mariage avec l'infante et de donner à Louis XV une épouse plus âgée.

Le premier ministre hésita. Cette rupture pouvait avoir de graves conséquences. La petite infante était à Versailles depuis trois ans. Son renvoi en Espagne serait considéré par la cour de Madrid comme une gifle. La guerre pouvait s'ensuivre.

Pendant des jours, Mme de Prie, avec une habileté machiavélique, décrivit à Bourbon le sacre du duc d'Orléans et peignit leur renvoi, leur abaissement, leur humiliation, leur ruine...

Un soir, Louis XV tomba malade. Le duc qui hésitait toujours connut les plus grandes alarmes. « Comme il couchait dans l'appartement au-dessous de celui du roi, nous dit Duclos, il crut une nuit entendre plus de bruit et de mouvement qu'à l'ordinaire ; il se lève précipitamment et monte tout effrayé, en robe de chambre. Maréchal, premier chirurgien, qui couchait dans l'antichambre, étonné de le voir paraître à une telle heure, se lève, va au-devant et lui demande la cause de son effroi. M. le duc, hors de lui, ne répond que par monosyllabes : *"J'ai entendu du bruit... le roi est malade... que dois-je faire ?"* Maréchal eut peine à le rassurer et l'engagea à s'aller coucher ; mais tout en le conduisant, il l'entendit comme un homme qui croit ne parler qu'à soi-même : *"Je n'y serai pas repris... S'il en revient, il faut le marier !..."* »

Les idées de Mme de Prie triomphaient.

Quelques jours plus tard, le duc faisait adopter par le Conseil le départ de l'infante et envoyait une très jolie lettre à Madrid pour informer Philippe V qu'on lui rendait sa fille.

Les souverains d'Espagne ne s'attendaient pas du tout à une pareille nouvelle. Ils entrèrent dans une colère épouvantable et les ambassadeurs de France furent immédiatement chassés ainsi que les deux filles de Philippe d'Orléans, la veuve de Louis Ier et Mlle de Beaujolais qui devait épouser don Carlos. En outre, tous les consuls français reçurent l'ordre de quitter les ports espagnols dans les vingt-quatre heures et les ministres de Madrid en France furent rappelés, tandis que le peuple jetait au feu des mannequins représentant Louis XV.

L'Espagne, mortifiée par Mme de Prie, s'apprêtait à haïr la France pour longtemps et à s'unir à la Maison d'Autriche...

Le résultat désastreux de la rupture impressionna peu la maîtresse du premier ministre qui était, pour l'heure, fort occupée à chercher une femme pour Louis XV. Car le duc, dans sa précipitation, avait signé le renvoi de l'infante — qui partit le 5 avril 1725, sans que le roi ait montré la moindre émotion — avant d'avoir trouvé une autre future reine de France.

On fit alors établir l'*Estat général des princesses d'Europe qui ne sont pas mariées, avec leurs noms, maisons, âge et religion*[11], et l'on s'aperçut que sur les cent princesses susceptibles de monter sur le trône de France, quarante-quatre étaient âgées de plus de vingt-quatre ans et ne pouvaient convenir ; dix étaient de branches cadettes ou trop pauvres ; vingt-neuf âgées de moins de douze ans et, par conséquent, trop jeunes. Restaient dix-sept princesses, parmi lesquelles pouvait se faire le choix.

En tête se trouvait la princesse d'Angleterre. Elle fut refusée par son père, le prince de Galles, à cause de la « différence de religion ». Immédiatement le duc de Bourbon essaya de placer sa propre sœur, Mlle de Vermandois. Celle-ci eût peut-être été agréée si elle n'avait

11. Archives nationales. Monuments historiques. Carton K 139-140.

commis un soir la faute impardonnable d'insulter Mme de Prie, qu'elle ne pouvait souffrir. La favorite la regarda dans les yeux et se contenta de répondre :

— Tu ne seras jamais reine.

Et dès le lendemain elle démontra à son amant que l'Europe s'indignerait d'un choix où « l'on verrait le poids de sa volonté égoïste sur son jeune maître ». Le duc retira sa proposition et l'on continua de chercher une fiancée qui ne portât pas ombrage à Mme de Prie...

Certaines auraient pu convenir ; mais elles avaient des tares : la princesse du Portugal fut éliminée parce que son père était fou ; quant à la princesse de Hesse-Rheinfeld, on la refusa pour cette curieuse raison que sa mère, racontait-on, accouchait alternativement d'une fille et d'un lièvre [12]. Ce qui pouvait être ennuyeux pour la descendance des Bourbons...

Bref, on piétinait, et les cours d'Europe commençaient à ricaner.

C'est alors que Mme de Prie eut une idée.

Sur la première liste de princesses à marier, un nom avait été tout de suite rayé, car c'était celui d'une princesse qu'on avait jugée trop pauvre. Or cette Cendrillon était la fille de Stanislas Leczinski...

La favorite vit le parti qu'elle pourrait tirer d'une reine qui lui devrait tout. Elle demanda au duc de renoncer à sa petite fiancée polonaise et fit porter au roi le portrait qu'avait peint Pierre Gobert. Louis XV fut charmé et déclara au Conseil qu'il acceptait d'épouser Marie Leczinska. Le soir même une lettre partait pour Wissembourg.

C'est le cardinal de Rohan qui la remit à l'ex-roi de Pologne. L'ayant lue, celui-ci, complètement éberlué, courut dans la chambre où sa femme et sa fille faisaient de la couture.

— Mettons-nous à genoux, cria-t-il en entrant, et remercions Dieu.

— Ah ! mon père, s'écria Marie, vous êtes rappelé au trône de Pologne ?

— Non, ma fille, répondit Stanislas, le ciel nous est bien plus favorable. Vous êtes reine de France.

« Étouffant de joie », selon l'expression de Stanislas, les Leczinski se mirent à genoux sur le sol pour remercier Dieu de la grâce qui leur était faite.

Pendant quelques semaines, le projet de mariage fut tenu secret. Mais les allées et venues entre Versailles et Wissembourg finirent par être remarquées et l'on devina ce qui se tramait. Aussitôt la cour, le peuple, tout le monde cria à la mésalliance. Les nouvellistes, Voltaire en particulier, critiquèrent la princesse polonaise. Les bruits les plus extravagants coururent, on raconta qu'elle avait deux doigts unis l'un à l'autre et des humeurs froides...

Quant aux beaux esprits, ils se gaussèrent de cette « pauvresse » et l'un d'eux composa ce couplet peu aimable que toute la cour chanta :

12. MATHIEU MARAIS, *op. cit.*

Par l'avis de Son Altesse
Louis fait un beau lien ;
Il épouse une princesse
Qui ne lui apporte rien
Que son mirliton.

Indifférent à ces critiques, le roi annonça son mariage le 27 mai. Alors une cour s'installa à Wissembourg et Mme de Prie, pour souligner la pauvreté des Leczinski, vint offrir une douzaine de chemises à Marie — qui d'ailleurs n'en avait plus...

Pendant que la future reine de France se préparait à partir pour Fontainebleau, Fleury, toutes affaires cessantes, s'efforçait de donner à Louis XV un embryon d'éducation sexuelle. Il lui faisait voir des peintures lascives et Bachelier chargea un jeune artiste, spécialisé dans le « nu galant », d'apporter des « dessins de la nature en action ».

Comme le jeune roi ne semblait prendre qu'un intérêt minime à ces images, on alla plus loin : on rechercha des sculptures obscènes et on les lui fit palper « pour qu'il ne fût point embarrassé, lorsque la princesse polonaise, aussi neuve et aussi modeste que lui, serait dans son lit ».

Après un voyage triomphal au milieu de paysans enthousiastes, le 5 septembre, Marie arriva à Fontainebleau. La cérémonie du mariage eut lieu dans la chapelle et fut si longue que la jeune fille s'évanouit « un petit instant ». Le soir, Louis XV qui avait quinze ans se trouva enfin dans un lit avec une femme. Fut-il intimidé, gauche, pudibond ? Il ne semble pas, à en croire la lettre qu'envoya le lendemain le duc de Bourbon à Stanislas Leczinski. La voici :

Votre Majesté me permettra d'entrer dans un détail sur lequel je sais mieux que personne qu'il faut garder le silence, et dont je ne rends compte à Votre Majesté que pour lui prouver que ce n'est point langage de courtisan, quand j'aurai l'honneur de lui dire que la Reine plaît infiniment au Roi. Cette preuve est donc, si Votre Majesté me permet de le lui dire, que le Roi, ayant pris quelques amusements comme comédie et feu d'artifice, s'est allé coucher chez la Reine, et lui a donné pendant la nuit sept preuves de sa tendresse. C'est le Roi lui-même qui, dès qu'il s'est levé, a envoyé un homme de sa confiance et de la mienne pour me le dire, et qui, dès que je suis entré chez lui, me l'a répété lui-même, en s'étendant infiniment sur la satisfaction qu'il avait eue de la Reine[13].

Après avoir un peu tergiversé, Louis XV commençait bien sa carrière...

Quant à Mme de Prie, elle pouvait considérer l'avenir avec tranquillité : la petite reine venait de connaître un plaisir dont elle lui serait toujours reconnaissante...

13. Archives nationales. Monuments historiques.

3

Le cardinal de Fleury donne une maîtresse au roi pour avoir le pouvoir absolu

Le cadeau d'un prélat est toujours un don du Ciel.

FRANÇOIS MAURIAC

Pendant trois mois, Louis et Marie vécurent à Fontainebleau la plus charmante des lunes de miel.

Le roi, poussé par « une virilité précoce et longtemps retenue », allait retrouver chaque soir la reine dans son appartement et accomplissait avec elle des prouesses dont le brio remplissait d'admiration les dames de la suite et les valets de chambre qui étaient tapis derrière la porte.

Le lendemain matin, grâce à ces observateurs attentifs, deux petits mots pleins de signification volaient de bouche en bouche dans tout le palais. Les ducs, les marquises, les duchesses, les gentilshommes s'abordaient en disant : « Six fois » ou « Sept fois », ou encore « Huit fois »...

Ce qui indiquait le nombre de reprises du galant combat qui avait opposé, durant la nuit, Louis XV et son épouse dans le lit royal.

En entendant ces chiffres, bien des dames hochaient la tête d'un air pensif et enviaient la jeune reine. Quelques-unes, mises en appétit, allaient même plus loin : elles essayaient de séduire le souverain. Mais Louis XV, qui aimait Marie Leczinska, demeurait indifférent à leurs agaceries.

Cette froideur fit bientôt jaser la cour. On ne concevait pas alors qu'un prince n'eût point de maîtresse, et la fidélité était considérée comme un défaut plutôt comique.

Certains s'efforçaient de pousser vers le roi de petites jeunes femmes aux yeux vicieux et aux seins durs. Leurs entreprises échouaient régulièrement ; car, lorsqu'on essayait d'attirer son attention sur une des beautés de la cour, Louis XV se contentait de répondre :

— La reine est encore plus belle !

Si le roi prenait un goût très vif pour les charmes de Marie, celle-ci de son côté vouait à son mari une passion sans limite ; au point qu'elle écrivait naïvement à son père : « On n'a jamais aimé comme je l'aime... »

Pourtant elle avait peur de lui et redevenait, entre les nuits « où toute gloire lui était rendue », la jeune princesse timide et effacée qu'elle était à Wissembourg...

Aimable, affectueuse, elle cherchait à faire plaisir aux dames qui étaient à son service, et manifestait une reconnaissance infinie à Mme de Prie qu'elle considérait comme sa chère bienfaitrice.

La favorite du duc de Bourbon profitait de ces dispositions pour gouverner complètement Marie Leczinska. Barbier, qui fut témoin de cette influence, écrit : « Le mariage de Fontainebleau s'est passé avec un continuel empressement de la part du roi pour la reine. Il couche tous les jours avec elle, mais cette princesse est obsédée par Mme de Prie. Il ne lui est libre ni de parler à qui elle veut, ni d'écrire, Mme de Prie entre à tout moment dans ses appartements pour voir ce qu'elle fait, et elle n'est maîtresse d'aucune grâce[14]. »

Le 1er décembre, la cour quitta Fontainebleau et, par de mauvaises routes verglacées, s'en alla en une longue colonne de carrosses cahotants à Versailles pour y passer l'hiver.

En arrivant dans ce merveilleux palais, la petite reine fut éblouie et sa timidité à l'égard du roi s'en trouva accrue. Mme de Prie en profita pour placer la jeune femme entièrement sous sa coupe.

Son dessein était de se servir de la reine pour augmenter sa puissance dans le royaume et permettre à son amant, le duc de Bourbon, de trafiquer impunément.

Sans se douter du rôle qu'on lui faisait jouer, sans même comprendre les paroles qu'on lui faisait dire, la jeune femme obéissait à ses « protecteurs ». Or la pauvre eût été bien étonnée d'apprendre qu'elle était complice de deux trafiquants : le duc et sa maîtresse, en effet, étaient en train d'affamer Paris pour amasser une fortune !

L'été avait été pluvieux en Ile-de-France et le blé était rare. Au lieu d'en faire venir de certaines provinces moins éprouvées, Bourbon et Mme de Prie avaient empêché le ravitaillement de Paris pour entretenir la disette.

Quand les boulangeries furent vides et quand le prix de la farine eut centuplé, ils lancèrent sur le marché le blé qu'avait en magasin leur complice, le fameux financier Samuel Bernard.

L'opération leur rapporta neuf millions de livres...

Au printemps, ils décidèrent de se débarrasser de Fleury dont la présence les gênait, et Marie se prêta sans le savoir à leurs manœuvres contre l'ancien évêque de Fréjus. La vengeance de celui-ci fut curieuse : il demanda au roi de s'abstenir pendant un temps d'user des droits du mariage. Docile, Louis XV, nous dit le duc de Luynes, « fut dix-sept ou vingt jours à suivre exactement les leçons de son précepteur »[15].

La reine, qui avait pris goût à la chose, en fut très affligée. Elle appela le maréchal de Villars et, candidement, lui confia en pleurant que le roi ne couchait plus avec elle et que cela lui manquait. Villars connaissait le mécontentement de Fleury. Il conseilla à Marie d'abandonner le parti du duc de Bourbon et de se rapprocher de l'évêque.

14. BARBIER, *op. cit.*
15. DUC DE LUYNES, *Mémoires*.

La reine obéit. Elle eut une explication avec Fleury, et le soir même Louis XV venait lui donner ce qu'elle désirait tant...

La cour, qui avait naturellement tout connu des nuits sans amour de la reine, et qui déjà parlait d'un divorce prochain, admira la puissance de l'ancien précepteur et se détacha du duc de Bourbon.

Au mois de juin 1726, la disgrâce du premier ministre était complète. Le roi, poussé par Fleury, lui donna l'ordre de se retirer à Chantilly. Quant à Mme de Prie, elle était exilée dans sa terre de Courbépine en Normandie [16].

Cette nouvelle fut saluée dans Paris par une explosion de joie. On dansa aux carrefours et l'on colla sur les murs des placards facétieux où le nom de la favorite du duc faisait l'objet de calembours.

Voici, par exemple, le texte d'une affiche qui fut apposée à tous les coins de rues :

CENT PISTOLES A GAGNER

Il a été perdu depuis peu, sur le chemin de Paris à Chantilly, une grande jument de PRIX *qui suivait un cheval* BORGNE [17].

Et, à Versailles, tout le monde se répétait le mot d'un plaisant :

— Maintenant la cour est sans *prix* !...

Immédiatement Fleury, qui allait être cardinal au mois de septembre, devint premier ministre, sinon en titre du moins en fait, et ne laissa que peu d'initiative à Louis XV.

Celui-ci, réduit au rôle de roi fainéant, se remit à chasser et à donner du plaisir à la reine.

Le résultat de cette double activité fut, d'une part, que les menus de Versailles se composèrent généralement de gibier, et d'autre part que Marie Leczinska mit au monde deux jumelles en 1727, une fille en 1728, le dauphin en 1729, le duc d'Anjou en 1730, Mme Adelaïde en 1732, Mme Victoire en 1733, Mme Sophie en 1734, Thérèse-Félicité en 1736 et Louise-Marie en 1737.

Dès 1732, la reine éprouva une lassitude bien compréhensive. Elle répétait :

— Eh quoi ! toujours coucher, toujours grosse, toujours accoucher [18] !...

Le roi fut vexé et ne chercha pas à le dissimuler. Aussitôt, la meute féminine qui l'entourait en frétillant depuis sept ans se rapprocha pleine d'espoir ; toutes ces dames pensaient que le souverain allait se montrer enfin « homme de tout point », ce qui, dans le langage du temps, voulait dire « pourvu d'une maîtresse ».

Or très curieusement, ces « belles effrontées » n'étaient pas les seules

16. Elle devait y mourir l'année suivante, à vingt-neuf ans, dans « les convulsions du désespoir ». Certains disent même qu'elle se suicida...

17. Le duc de Bourbon avait perdu un œil.

18. Marquis d'Argenson, *Mémoires*.

du royaume qui désirassent alors voir le roi tromper la reine. Il y avait les médecins qui craignaient que Louis XV, repoussé par Marie Leczinska, « ne se congestionnât », et le gentil peuple, habitué depuis mille ans à des souverains paillards, qui n'était pas loin de considérer la fidélité royale comme une marque d'impuissance déshonorante pour la France. Les Goncourt nous le disent : « Ce n'était pas seulement Versailles, écrivent-ils, c'était son peuple même qui entourait le jeune roi de sa complicité, lui souriait, l'encourageait, comme si, habituée par la race des Bourbons à la jolie gloire de la galanterie, la France ne pouvait comprendre un souverain sans une Gabrielle, comme si, dans les amours de ses maîtres, elle trouvait une flatterie et une satisfaction de son orgueil national[19]. »

Mais Louis XV ne se décidait pas et continuait de vivre vertueusement au milieu d'une cour où les ecclésiastiques eux-mêmes étaient loin de donner l'exemple d'une vie édifiante. Ne vit-on pas l'abbé de Clermont enlever une danseuse, la fameuse Camargo, l'abbé de Vauréal, évêque de Rennes, devenir l'amant de Mlle de Charolais, et l'évêque de Luçon, pris d'indigestion, succomber dans les bras de sa maîtresse, Mme de Rouvray ?

Une anecdote suffira à donner une idée des mœurs. Elle nous est rapportée par l'auteur anonyme de la *Chronique scandaleuse* : « Un garde du roi montant le grand escalier à Versailles derrière une dame de haute qualité osa lui mettre la main sous le jupon. La dame se fâcha beaucoup ; mais le coupable lui dit sans se déconcerter :

» — Ah ! madame, si vous avez le cœur aussi dur que les fesses, je suis un homme perdu !

» L'offensée ne put s'empêcher de rire et pardonna l'indiscrétion, sans doute en faveur du compliment[20]. »

Louis XV, si timide, si effarouché devant les femmes qu'il ne connaissait pas — et, en outre, absolument dénué d'esprit —, eût été incapable d'une telle réplique.

Dans un groupe féminin, il n'était pas rare de le voir ouvrir la bouche, rougir et s'en aller sans avoir prononcé un mot. « Vous connaissez mon embarras et ma timidité, dira-t-il un jour à Mme de Mailly, à propos de la maréchale de Belle-Isle, je suis au désespoir, j'ai eu dix fois la bouche ouverte pour lui parler. »

Devant une telle absence de moyens, les femmes décidèrent de « monter à l'assaut ». La première qui attaqua fut Mlle de Charolais. N'ayant pu obtenir jadis la primeur de la virilité royale, elle espérait bien être la première à initier Louis XV aux joies de l'adultère.

Là encore, elle échoua.

Alors, une cabale se forma dans le but de donner une maîtresse à ce roi trop sage. Elle était formée de la comtesse de Toulouse, de la maréchale d'Estrées et bien sûr de Mlle de Charolais.

19. Jules et Edmond de Goncourt, *Les Maîtresses de Louis XV*.
20. *Chronique scandaleuse* ou *Mémoires pour servir à l'Histoire des mœurs de la génération présente*, 1783.

Cette cabale, à laquelle participèrent curieusement quelques hauts personnages dont je parlerai plus loin, réussit : le roi sauta le pas.

Toutes les dames, qui rêvaient de se faire « beluter » par le souverain, en eurent un soir la révélation avec l'amertume que l'on devine. Cela se passa au cours d'un souper, au château de La Muette, le 24 janvier 1732. Louis XV se leva soudain et dit :

— Je bois à la santé de l'*Inconnue* !

Puis il cassa son verre et invita tout le monde à porter le même toast.

Qui donc était cette mystérieuse inconnue, première d'une longue lignée de favorites ?...

C'était une jeune femme douce et charmante, qui avait de grands yeux noirs, un air sensuel, la cuisse bien dessinée et la fesse à l'avenant. Elle était, nous dit Bois-Jourdain, « aimable, enjouée, amusante, et connaissait les arts et la volupté sans les exagérer dans le tête-à-tête »[21].

Ce qui est la marque d'une bonne éducation.

Elle s'appelait Louise-Julie de Mailly. Elle était la fille aînée du marquis de Nesles, la femme du comte de Mailly, seigneur de Rubempré, et avait vingt-deux ans, c'est-à-dire l'âge même du roi. Celui-ci la retrouvait en cachette, tout tremblant à la pensée que le cardinal de Fleury pût deviner sa liaison.

Il eût été moins tourmenté (bien qu'un peu étonné) s'il avait su la vérité. C'était, en effet, le prélat qui lui avait choisi cette adorable maîtresse...

Or, on pense bien qu'un homme aussi digne que le cardinal ne s'était pas transformé en entremetteur pour le seul plaisir d'amuser ses amis. Il y avait été poussé par des raisons d'État : sachant que Louis XV allait, un jour ou l'autre, prendre une maîtresse et peut-être tomber sur une intrigante, il avait préféré brusquer les choses et mettre dans le lit royal une femme dénuée d'ambition et par conséquent incapable de faire courir un danger à la couronne[22].

De plus, il espérait bien qu'une favorite occuperait tous les instants du monarque et lui laisserait, à lui, la liberté de gouverner seul.

Sur ses conseils, le duc de Richelieu était donc allé trouver le roi et lui avait vanté les charmes de Mme de Mailly.

Sans doute s'était-il montré persuasif, car, le lendemain, Louis XV avait accepté de rencontrer la jeune comtesse qui était venue dans une « délicieuse parure » attendre l'assaut royal. Le souverain l'avait

21. Bois-Jourdain (écuyer de la Grande Écurie du roi), *Mélanges historiques, satiriques et anecdotiques*, 1807.

22. « Ah ! dira-t-il plus tard à Mme de Brancas, si vous saviez combien il était nécessaire que Mme de Mailly eût le cœur du roi, combien il serait funeste de le lui enlever, combien il faut le lui conserver, combien la maréchale d'Estrées eut raison, tout coupable que cela soit aux yeux de Dieu, de préparer cet engagement, de le former. Je tiens sans doute un étrange langage pour un prêtre ; mais la cour de Louis XIV, celle de Louis XV, ressemblent trop peu à celle de saint Louis. Le roi pouvait se perdre par un mauvais choix, il n'y en avait qu'un bon qui pût le sauver. Il a du moins les vertus de Mme de Mailly, laissons-les-lui... » *Fragments des Mémoires de Mme de Brancas*.

trouvée « assise sur un canapé, affectant une posture voluptueuse, montrant la plus belle jambe qu'il y eût à la cour et dont la jarretière se détachait ». Mais avec sa timidité habituelle, il s'était contenté de la saluer de la tête avant de se sauver dans une pièce voisine. « La dame, nous dit Bois-Jourdain, en fut désespérée et se plaignit qu'on l'eût exposée ainsi à une sorte d'affront. »

Une seconde entrevue avait alors été organisée par Bachelier, valet de chambre du roi, qui était aux ordres du cardinal de Fleury. Cette fois, les choses s'étaient passées de façon presque burlesque.

Mme de Mailly, à qui on avait dit d'« oublier le monarque pour ne s'occuper que de l'homme », s'était enhardie. Sautant sur Louis XV, elle avait utilisé, pour le mettre de belle humeur, « des moyens réservés aux courtisanes les plus dévergondées ».

Le roi s'était docilement laissé faire et n'avait pas tardé à ressentir un certain trouble. Mais, trop timide pour passer aux actes, il était resté sans bouger dans son fauteuil. Ce que voyant, Bachelier, qui surveillait la scène avec agacement, s'était approché de lui et, le prenant brusquement sous les aisselles, l'avait porté sur la duchesse qui attendait[23].

Alors, nous dit encore Bois-Jourdain, « le jeune homme se livra à des emportements amoureux d'autant plus violents qu'ils avaient été longtemps contraints ».

Au bout d'un quart d'heure, la jeune femme sortit du salon, les vêtements en désordre, les cheveux ébouriffés, et dit en souriant à ceux qui attendaient le résultat de sa démarche :

— Voyez comme ce paillard m'a accommodée.

Le cardinal et le clan de la comtesse de Toulouse pouvaient se frotter les mains : le roi avait une maîtresse...

Mme de Mailly rencontra d'abord le roi au château de La Muette. Elle s'y rendait nuitamment, de chez Mlle de Charolais qui habitait le petit château de Madrid, à Neuilly, et rentrait à l'aube.

Ces allées et venues faillirent d'ailleurs la faire découvrir. A plusieurs reprises, en effet, le marquis d'Argenson se promenant à cheval de grand matin remarqua, dans le Bois de Boulogne, « des traces de roues fraîches de la nuit dans certaines allées étroites et toujours fermées de barrières » qui reliaient directement Madrid à La Muette. Soupçonnant une intrigue amoureuse, il avait cherché à deviner le nom de la dame qui rejoignait ainsi le roi ; mais ses suppositions « s'étaient perdues sur toutes les femmes de la société de Mlle de Charolais ».

Par la suite, Mme de Mailly, qui était dame du palais de la reine et logeait à Versailles, rejoignit le roi à heures fixes par des escaliers dérobés qui menaient aux petits appartements. Cela dura quatre ans. Et pendant quatre ans, personne ne connut son manège.

23. Cf. le duc de Richelieu qui écrit : « Alors, Bachelier, voyant que tout était perdu sans une entreprise déterminante, prit le roi sous les aisselles et l'obligea à b..., et le roi se laissa précipiter sur Mme de Mailly par son valet de chambre. » *Mémoires*.

Certains avaient bien remarqué que Louis XV rougissait lorsqu'on prononçait devant lui le nom de Mme de Mailly ; mais cette dame était trop modeste, trop effacée et, de plus, trop proche de la reine pour qu'on la soupçonnât d'être l'Inconnue qui avait tant piqué la curiosité lors du fameux souper de La Muette.

Louis XV aimait le mystère — la correspondance secrète qu'il entretiendra plus tard avec ses agents personnels en dehors des ambassadeurs officiels le prouve amplement. Ces amours cachées ne lui déplaisaient donc pas. Au contraire.

Mais, en 1736, le clan de Mme de Toulouse pensa qu'il fallait rendre officielle la liaison du roi. Un soir, Bachelier, qui conduisait la comtesse à son maître par le salon de l'œil-de-bœuf, fit tomber, comme par mégarde, le capuchon dont elle était couverte, et deux dames l'aperçurent. Le lendemain, toute la cour savait... Et d'Argenson écrivait dans son journal : « Le roi ne pouvant s'en tenir aux seuls attraits de la reine a pris pour maîtresse depuis six mois Mme de Mailly[24]... Elle a peu d'esprit et de vues ; aussi le cardinal a-t-il consenti de bonne grâce à cet arrangement, voyant qu'il fallait au roi une maîtresse. Il lui a fait donner 20 000 livres ; et la preuve de tout cela est que son mari, qui n'avait jamais été qu'en fiacre, a un joli équipage et de bon goût. On se décèle toujours par quelque chose. Cette affaire a été menée fort secrètement, comme toutes les galanteries des princes devraient l'être. On a amené les choses de loin. Les entresols et les petits cabinets du roi ont cent issues... On assure que la reine n'en sait rien, mais qu'elle s'en doute et qu'elle se console avec M. de Nangis, tout vieux qu'il est. »

Cette dernière phrase était naturellement une calomnie. Marie Leczinska fut toujours d'une sagesse exemplaire bien qu'elle supportât parfois des plaisanteries assez gaillardes. Un jour, quelqu'un parlait devant elle des houssards qui s'avançaient jusqu'aux environs de Versailles.

— Mais si j'en rencontrais un, dit-elle, et que ma garde me défendît mal ?

— Majesté, vous courriez le risque d'être houssardée.

— Que feriez-vous, monsieur de Tressan ?

— Je défendrais Votre Majesté au péril de ma vie, répondit l'exempt des gardes.

— Mais si vos efforts étaient inutiles ?

— Alors, Madame, il m'arriverait comme au chien qui défend le dîner de son maître : *après l'avoir défendu de son mieux, il se laisse tenter d'en manger comme les autres*.

La plaisanterie était un peu leste de la part d'un exempt des gardes. Mais la reine avait ri.

Malgré cette liberté d'allure, Marie Leczinska avait une conduite

24. Dans la hâte de noter tous les bruits qui circulaient, d'Argenson se trompait. En réalité, Mme de Mailly était la maîtresse du roi depuis 1732.

irréprochable. Elle était même d'une sagesse un peu ennuyeuse. Vêtue de robes austères qui la vieillissaient, elle passait de longues heures dans sa chapelle où elle récitait des chapelets devant une tête de mort. Le soir, abandonnant le roi à sa table de jeu, elle allait se coucher coiffée d'un vieux bonnet. Au lit, son comportement n'était guère plus affriolant. « Il faut savoir, écrit d'Argenson, qu'elle avait grand peur des esprits et, quoique le roi fût couché avec elle, elle voulait avoir, auprès d'elle, une de ses femmes qui lui tînt la main pendant la nuit et lui fît des contes pour l'endormir. Et quand le roi voulait rendre le devoir conjugal, à peine cette assistante s'éloignait-elle. »

De plus, lorsque Louis XV avait soupé avec Mlle de Charolais et ses belles amies, la reine lui reprochait de sentir le champagne et le repoussait violemment ; au point qu'un soir, il tomba du lit et se fit une bosse à la tête.

Les nuits étaient d'ailleurs assez agitées. Écoutons encore d'Argenson : « La reine ne dort presque pas ; elle se relève cent fois, tantôt pour pisser, tantôt pour chercher sa chienne. Enfin, elle met de vrais matelas sur elle, tant elle est frileuse, de sorte que le roi étouffe, se lève tout en sueur sans avoir rien fait, et se retire dans sa chambre pour y dormir tout à son aise. »

Naïve et peu experte dans l'art de retenir les hommes, Marie Leczinska ne pensait pas que de telles manières pussent rebuter Louis XV. Aussi sa peine fut-elle immense quand elle apprit que le roi la trompait. Chancelante, désemparée, elle s'enferma dans sa chambre, pour pleurer. Très ennuyé, Louis XV alla, le soir même, la retrouver et, pour se faire pardonner, voulut coucher avec elle. Marie refusa. Alors, nous dit d'Argenson, « il passa quatre heures dans son lit sans qu'elle voulût se prêter à aucun de ses désirs »[25].

Il la supplia ; mais la reine, « qui s'imaginait sottement qu'il y avait du risque pour sa santé puisque Mme de Mailly avait eu accointance avec les libertins de la cour »[26], se recroquevilla dans ses couvertures et fit semblant de dormir, sourde à ses prières. Finalement, à trois heures du matin, le roi, très énervé, sauta du lit en disant :

— Ce sera la dernière fois que je tenterai l'aventure !

Et il partit en claquant la porte.

La reine était alors enceinte depuis deux mois. Elle espéra qu'un fils viendrait la réconcilier avec son mari. Mais au mois de juillet 1737, c'est à une fille qu'elle donna le jour.

Quand on vint annoncer cette nouvelle à Louis XV, quelqu'un demanda si l'enfant s'appellerait Mme Septième[27].

Le roi prit un air pincé et répondit :

— Non. Ce sera Madame Dernière !

D'où l'on conclut que la reine allait être bien négligée.

25. D'ARGENSON, *op. cit.*
26. D'ARGENSON, *op. cit.*
27. Les deux précédentes filles du roi étaient respectivement appelées : « Madame Cinquième » et « Madame Sixième ».

Elle le fut en effet, et Louis XV, abandonnant toute pudeur et toute réserve, se promena officiellement avec Mme de Mailly.

Le bon peuple ravi, et toujours prêt à rire des frasques de ses souverains, composa aussitôt quelques couplets malicieux et un tantinet grivois qui furent chantés dans les rues. Celui-ci, par exemple :

Notre monarque enfin
Se distingue à Cythère,
De son galant destin
On ne fait plus mystère.
Mailly, dont on babille,
La première éprouva
La royale béquille
Du père Barnaba[28].

C'est tout ce qu'attendait le cardinal de Fleury. Un soir, il alla sévèrement reprocher à Louis XV d'être un objet de scandale en commettant le péché avec Mme de Mailly.

Le jeune monarque, qui était très épris de sa maîtresse, tomba dans le piège et répondit d'un ton vif :

— Je vous ai abandonné la conduite de mon royaume ; j'espère que vous me laisserez maître de la mienne.

L'habile cardinal hocha la tête et s'en alla, l'air affligé. En réalité, il jubilait. Le roi venait de lui reconnaître ce qu'il désirait depuis longtemps : le pouvoir absolu...

Il allait l'exercer avec une autorité rigoureuse pendant six ans. Et Saint-Simon écrira : « Jamais roi de France, non pas même Louis XIV, n'a régné d'une manière si sûre, si absolue, si éloignée de toute contradiction et n'a embrassé si pleinement et si despotiquement toutes les affaires de l'État. »

Ce gouvernement fut d'ailleurs heureux et, nous dit Lenient, « si les Français avaient connu le dessous des cartes, ils eussent remercié Mme de Mailly d'avoir permis au cardinal de se saisir du timon des affaires et de n'en point laisser la charge aux mains d'un roi timide et timoré ». Fleury se montra, en effet, bon administrateur, sage financier, habile homme de paix. « Quelque reproche qu'on puisse lui faire, écrit Duclos, il serait à désirer pour l'État qu'il n'eût que des successeurs de son caractère. » Il ajoute : « Sans faste, avec un extérieur modeste, préférant le solide à l'ostentation du pouvoir, il en eut un plus absolu et moins contredit que Mazarin avec ses intrigues et Richelieu en coupant des têtes[29]. »

Mme de Mailly ne devrait-elle pas avoir une statue ?

28. Le père Barnaba était un capucin demeuré célèbre pour être allé un soir chez les filles et y avoir oublié sa béquille. Il inspira quantité de chansons ironiques.

29. Duclos, *Mémoires secrets sur le règne de Louis XIV, la Régence et le règne de Louis XV*.

4

Mme de Mailly fait un libertin de l'inamusable Louis XV

Toute femme a le cœur libertin.
POPE

Louis XV était triste, timide, renfermé, secret et, selon le mot d'un historien, « inamusable ». Avant de connaître Mme de Mailly, il passait des heures à compter les oiseaux qui volaient devant sa fenêtre, ce qui ne peut être considéré comme une occupation très réjouissante.

La jeune duchesse avait donc entrepris de le distraire en organisant, avec Mlle de Charolais et la comtesse de Toulouse, des soupers galants et pleins de fantaisie. Ces soupers avaient lieu dans les petits appartements récemment aménagés sur ses conseils et appelés Petits Cabinets du Roi. Il s'agissait de pièces intimes adorablement décorées qui communiquaient avec la chambre de Sa Majesté au moyen de portes secrètes. On n'y était invité que par faveur spéciale. Les femmes choisies par le roi étaient généralement averties la veille ; mais les hommes devaient se soumettre à une curieuse étiquette. « Ils se plaçaient au théâtre, nous dit Albert Meyrac, sur deux banquettes vis-à-vis des femmes invitées. Cela s'appelait *se présenter pour les cabinets*. Pendant le spectacle, le roi, qui était seul dans sa loge, dirigeait une grosse lorgnette sur ces messieurs, en même temps qu'il écrivait un certain nombre de noms [30]. » Après la représentation, les hommes qui s'étaient assis sur les banquettes se réunissaient dans une salle qui précédait les « cabinets » Alors, un huissier, tenant un bougeoir et le petit papier sur lequel le roi avait écrit les noms, entrouvrait la porte. Il appelait un par un les heureux élus qui faisaient une révérence aux autres et pénétraient dans le saint des saints.

Quand tout le monde était entré, on se mettait à table, et le roi, un verre de champagne à la main, lançait des défis à ses hôtes. Au bout d'un assez court moment, la beuverie se transformait en orgie et, quand se levait le petit jour, les domestiques venaient retirer de dessous les tables le souverain, ses invités et les jeunes femmes qui avaient donné du plaisir à la ronde.

Ces petites sauteries, qui allaient être à l'origine de sa carrière de libertin, égayaient enfin Louis XV ; pourtant, il n'en savait pas gré à Mme de Mailly. Elle n'avait droit qu'à des cadeaux dérisoires et recevait, nous dit-on, si peu d'argent du roi qu'elle se promenait dans des robes trouées [31]...

30. ALBERT MEYRAC, *Louis XV et ses maîtresses*.

31. Cf. ARGENSON : « Mme de Mailly est plus pauvre que jamais, m'a dit un homme qui la fréquente beaucoup. Ses chemises sont élimées et trouées... Elle n'avait pas, l'autre jour, cinq écus pour payer au quadrille où elle avait perdu. Elle est désintéressée au possible. » *Mémoires*.

Dénuée d'esprit d'intrigue, la pauvre n'osait pas réclamer, et son entourage se moquait d'elle. Un jour, quelqu'un se permit de lui dire que le roi faisait l'amour comme un crocheteur et payait de même. Elle rougit et répondit d'un air peiné :

— Il ne faut pas lui en vouloir. Sa Majesté a une bourse à la place du cœur !

Ce qui fut d'ailleurs mal interprété par les esprits malicieux.

En réalité, Louis XV la traitait avec beaucoup de désinvolture et manquait à son égard de la plus élémentaire galanterie ; un seul exemple suffira à le prouver : au mois d'octobre 1737, M. de Luc, ayant écrit à Mme de Mailly pour la prier de placer un homme auquel il s'intéressait, terminait sa lettre par cette phrase : « Un mot dit de la belle bouche d'une dame comme vous finira l'affaire. » Elle montra la supplique au roi, qui éclata de rire et lui dit avec muflerie :

— J'espère que vous ne vous piquez pas d'avoir une belle bouche !

La malheureuse, interloquée, courut se réfugier dans un coin de fenêtre pour cacher ses larmes. Mais les témoins de la scène allèrent colporter le mot du roi et, sur un ton de pitié un peu méprisante, on commença à comparer Mme de Mailly à Mlle de La Vallière...

De son côté, Marie Leczinska n'était pas mieux traitée. Louis XV se montrait même, avec elle, d'une étonnante goujaterie. Écoutons le duc de Luynes : « On a remarqué, dit-il, lorsque le roi arrive dans le salon, que, non seulement il ne s'approche point de la table de cavagnole où la reine joue, mais même, il y a quelques jours, la reine se tint debout assez longtemps sans que le roi lui dît de s'asseoir ; et pendant ce temps, il parlait à Mme de Mailly [32]. »

Naturellement, la pauvre Polonaise « bouillonnait » de jalousie et haïssait de toutes ses forces sa rivale. Pourtant, elle ne lui fit jamais aucun reproche. Dénuée de méchanceté, elle se contentait de souffrir et de pleurer en cachette. Une seule fois, un mot cinglant lui échappa : ce jour-là, Mme de Mailly devait accompagner le roi à Compiègne alors que sa semaine de dame du palais n'était pas achevée. Elle vint demander à la reine la permission de partir. Marie Leczinska lui répondit simplement d'un ton sec :

— Faites, madame, vous êtes la *maîtresse* !

« Mot à double sens, écrit Barbier, qui fut remarqué. » On comprend cela.

Au mois de décembre, les courtisans, toujours à l'affût des moindres événements de la vie intime du roi, eurent brusquement un beau sujet de conversation : Louis XV, revenant sur sa parole, avait passé la nuit chez Marie Leczinska et s'était, au dire des valets embusqués derrière la porte de la chambre, montré galant homme.

Tout le monde s'en étonna, le bruit courut la capitale, réjouit les braves gens du royaume, amusa les cours d'Europe et intéressa Barbier, qui nota dans son *Journal* : « Le roi a couché avec la reine vers les

32. DUC DE LUYNES, *Mémoires*.

fêtes de Noël. Comme cela n'étoit arrivé depuis longtemps, on l'a remarqué ; avec préparation de bains, dans le dessein d'avoir un prince, si cela se peut. »

Mais ce rapprochement fut sans lendemain et le roi revint vers Mme de Mailly. Au mois de janvier, toutefois, il lui fit une petite infidélité dont il ne se trouva d'ailleurs pas bien. Écoutons Barbier nous conter la chose avec cette saine verdeur des chroniqueurs du temps : « Le roi se porte mieux ; il ne va pas encore à la chasse. Le bruit court sourdement qu'il pourrait bien avoir un peu de vérole, d'autant qu'il est dit que Bachelier, son premier valet de chambre, lui a fait voir secrètement quelques filles, et l'on ne respecte point la royauté dans ce trou-là... »

Cette ennuyeuse maladie lui avait été donnée par la fille d'un boucher de Poissy qui s'était laissé contaminer, à l'issue d'un bal champêtre, par un garde du palais.

Un jour, voyant le roi maigrir et sachant que la bouchère avait rôdé autour des petits appartements, le brave fonctionnaire était allé trouver le cardinal de Fleury et lui avait parlé de son mal, ajoutant que le roi « pourrait bien en avoir autant ».

La Peyronnie, premier chirurgien, appelé en hâte, soigna Louis XV avec des remèdes de bonne femme : emplâtres de cornichons, cataplasmes de concombres et frictions de limaces écrasées...

Toute la cour s'intéressa naturellement à cette maladie et, bientôt, d'un bout à l'autre du royaume, les braves gens s'entretinrent avec un brin de malice de l'« inconvénient » du roi.

Le sort de Mme de Mailly inquiétait les courtisans. On se demandait si elle avait échappé à l'avarie ou si elle « en avait eu sa petite part »[33].

Car, au XVIIIe siècle, le peuple était au courant des moindres détails de la vie de son souverain, et celui-ci vivait véritablement dans un palais de verre.

L'aventure rapide avec la fille du boucher de Poissy ne fut pas la seule infidélité que Louis XV fit à Mme de Mailly. Il eut quelques passades avec des dames peu farouches, notamment Mme de Beuvron et Mme Amelot, et la malheureuse Louise, qui s'était attachée à son amant, devint jalouse, jaune comme un coing et acariâtre. Les Goncourt nous disent : « Elle guettait le roi partout, usait sa vie sur ses traces, montait la garde autour des cabinets pour qu'aucune femme ne soupât avec lui sans qu'elle y fût : si occupée à cet espionnage, si absorbée dans cette poursuite du roi qu'elle ne paraissait plus, le soir, chez la reine, charitable aux angoisses de sa passion et désarmée par son agitation, sa fièvre, ses larmes[34]. »

La pauvre comtesse, pourtant si vigilante, allait, sans s'en douter, ouvrir elle-même la porte de la chambre royale à une petite ambitieuse prête à tout pour la supplanter.

33. Barbier, *op. cit.*
34. Edmond et Jules de Goncourt, *op. cit.*

Cette jeune personne se trouvait, pour lors, au couvent de Port-Royal.

En apprenant l'ascension de Mme de Mailly, elle avait benoîtement conçu l'ambition d'entrer, elle aussi, dans le lit du roi. Un soir, elle s'était confiée à une chanoinesse de ses amies, Mme Duray, ajoutant :

— Il n'y a pas de raison que je ne réussisse pas là où ma sœur a réussi !

Cette demoiselle, poussée par le désir louable de s'élever, était, en effet, la sœur cadette de la favorite. Elle s'appelait Pauline-Félicité de Nesle, et était âgée de vingt-six ans.

Douée d'un esprit plus entreprenant que Mme de Mailly, elle espérait bien ne pas se borner à faire des galipettes dans un lit. Son intention, elle l'avait avoué à la chanoinesse éberluée, était, non seulement de supplanter son aînée et « d'asservir le cœur du roi », mais de chasser le cardinal de Fleury et de gouverner la France.

Programme chargé comme on le voit.

Chaque jour, elle écrivait à sa sœur pour lui demander de la faire venir à la cour, et truffait ses lettres d'anecdotes fort bien troussées avec l'espoir que le roi, séduit par son esprit, aurait le désir de la connaître. Elle réussit. A la fin de décembre 1738, Mme de Mailly sans méfiance faisait venir Pauline à Versailles.

Tout de suite, la drôlesse, bien qu'elle n'eût rien de très séduisant (« elle avait, nous dit Mme de Flavacourt, la figure d'un grenadier, le col d'une grue et une odeur de singe »), se faisait tâter la fesse et entrait dans le lit royal. Son premier but était atteint. Il lui fallait maintenant éliminer sa sœur et rendre sa liaison publique pour amener le roi à la déclarer favorite en titre. Elle se fit chatte et affola Louis XV par des caresses que les valets de chambre, l'œil collé aux trous de serrure, observèrent avec stupeur et émerveillement.

Le Nouvel An arriva. Mme de Mailly, qui ne soupçonnait pas son infortune, offrit au souverain deux beaux plats à ragoût en porcelaine de Saxe et attendit un cadeau en retour. Rien ne vint. Quand elle constata que sa sœur, seule parmi les dames de la cour à être honorée d'étrennes, recevait une tabatière en or, elle commença à ouvrir les yeux.

Pauline, naturellement, continua d'œuvrer et, se fiant à sa nature généreuse, se montra de plus en plus espiègle aux jeux du lit. Ses efforts furent récompensés. Le jour de Mardi gras 1739, on la vit paraître au bal de l'Opéra, déguisée en bergère, auprès de Louis XV qui, pour des raisons obscures, s'était habillé en chauve-souris.

Cette fois, la cour jasa. Quant à Mme de Mailly, stupéfaite et effondrée, elle alla cacher son chagrin dans une demeure parisienne.

Tandis qu'elle pleurait, Louis XV, de plus en plus amoureux, décidait de donner une position à Pauline en la mariant. On chercha pour elle un époux complaisant, et l'on pensa à Félix de Vintimille, marquis des Arcs, comte du Luc, marquis de Castelnau et petit-neveu de l'archevêque de Paris. Le mariage fut vite conclu, et le soir des noces, le nouveau couple s'installa au château de Madrid. Très gentiment, le roi vint « présenter la chemise » au marié. Après quoi, Vintimille, qui avait touché deux cent mille livres pour ce mariage blanc, fit seulement mine d'entrer dans le lit nuptial et s'en alla passer la nuit seul, tandis que Louis XV le remplaçait auprès de son épouse.

Alors, Mme de Vintimille passa à la deuxième partie de son programme. En compagnie de Mme de Mailly, qui s'était résignée à partager le cœur du roi et qu'elle avait réussi à faire entrer dans ses vues, elle commença sa lutte contre le premier ministre.

Au moment où le cardinal de Fleury s'efforçait de maintenir la paix, elle se fit la protectrice du maréchal de Belle-Isle, petit-fils de Fouquet, qui représentait le parti de la guerre contre l'Autriche, et usa de toutes les ressources de son esprit pour dresser Louis XV contre son ancien précepteur. Ses manœuvres furent efficaces. Un jour que le cardinal avait décidé d'étudier quelques dossiers avec le roi, celui-ci, nous dit-on, « ne voulut point voir sa vieille face, et, s'approchant de la table qu'on avait dressée dans le cabinet, prit le tapis de velours vert et le jeta par terre ». Geste qui stupéfia la cour et fut considéré comme annonciateur de la disgrâce de Fleury.

Mme de Mailly, dirigée par sa sœur, participait, je l'ai dit, à la lutte contre le premier ministre. Mais, moins rusée que Mme de Vintimille, elle agissait souvent avec maladresse. C'est ainsi qu'un soir, elle déclara publiquement au roi que son habitude d'aller demander conseil au cardinal « était devenue un tic ».

Le mot vexa Louis XV. Il ne fit aucune réflexion, mais, à partir de ce moment, il s'attacha davantage à Mme de Vintimille, dont il était loin de soupçonner les ambitions politiques, et s'éloigna de Mme de Mailly qui n'eut plus « que les miettes de la table »...

L'ancienne pensionnaire de Port-Royal, flattée de se voir préférer, désira bientôt connaître l'étendue de ses pouvoirs. Elle demanda au roi de changer la forme de ses perruques, de modifier le galon de ses gilets et de renvoyer un intendant qui volait du champagne. Il obéit.

Assurée de sa puissance, elle travailla, dès lors, à la chute du cardinal.

Le roi était heureux avec cette femme qui décidait pour lui. Il la comblait de cadeaux. En mai 1740, il lui offrit le petit château de Choisy où il alla désormais faire de fréquentes visites[35].

Là, les deux amants passaient leur temps au lit. Mme de Vintimille avait, en effet, un fort tempérament, et le roi, nous dit M. de Maurepas, « ne devait s'endormir qu'après avoir montré sept fois la puissance de son sceptre »[36].

Ces exploits, divulgués par les domestiques, étaient aussitôt connus dans le peuple qui s'en réjouissait. D'une maison à l'autre, tout le

35. C'est depuis cette époque que Choisy s'est appelé Choisy-le-Roi.
36. Maurepas, *Mémoires*.

monde en parlait le lendemain, et ceux-là même qui eussent préféré voir Louis XV s'occuper un peu plus activement des affaires de l'État étaient fiers à la pensée d'avoir un roi qui se tenait si bien au lit...

La joie de ces braves gens fut vraiment à son comble le jour où ils apprirent que la favorite, au cours d'une partie de plaisir, s'était fatiguée avant son amant.

Un matin, en effet, Mme de Vintimille, exténuée, avait refusé une dernière reprise en prétextant un malaise. Alors, le roi s'était levé et lui avait dit, fort en colère :

— Je sais bien, madame, le remède qu'il faudrait employer pour vous guérir ; ce serait de vous couper la tête. Cela ne vous siérait pas mal car vous avez le col assez long. On vous ôterait tout votre sang, et on mettrait à la place du sang d'agneau, et cela serait fort bien, car vous êtes aigre et méchante [37].

Mais il s'agissait là de querelles d'amoureux, et Mme de Vintimille, grâce aux bons soins du roi, accoucha, le 1er septembre 1741, d'un beau garçon qui prit le nom de comte du Luc.

En constatant la joie et l'émotion de Louis XV qui tint à poser lui-même le bébé sur un coussin de velours cramoisi, la favorite pensa sans doute qu'elle était maintenant suffisamment forte pour lancer ses dernières attaques contre le cardinal et préparer un ministère composé d'hommes à sa dévotion. Le destin allait en décider autrement.

Le 3 septembre, une fièvre maligne s'empara d'elle brusquement et la terrassa. Louis XV fut affolé. Pour atténuer le bruit des chevaux, il fit jeter de la paille tout le long de l'aile du château où languissait sa maîtresse, et donna l'ordre d'arrêter les jets d'eau. Pendant six jours, la vie de la cour fut suspendue. Enfin, le 9 septembre, à sept heures du matin, Mme de Vintimille mourut dans d'atroces douleurs.

Appelé trop tard, son confesseur arriva quand tout était fini. Bouleversé, il se précipita chez Mme de Mailly pour lui annoncer la nouvelle. Mais son émotion était trop forte : il tomba mort à l'entrée du salon.

Alors, La Peyronnie, premier médecin, se rendit chez le roi. Celui-ci était encore couché. Il demanda :

— Comment sont les nouvelles ?

— Mauvaises, répondit simplement La Peyronnie.

Louis XV comprit. Il ferma les quatre rideaux de son lit et pleura toute la journée [38].

Pendant quelques semaines, il passa son temps à relire les lettres qu'il avait écrites à sa maîtresse ou celles qu'il en avait reçues.

37. Duc de Luynes, *op. cit.*

38. Le corps de Mme de Vintimille eut bien des malheurs. Louis XV avait ordonné qu'on moulât le visage de sa favorite. Or, comme elle était morte dans une convulsion, son menton pendait, et il fallut deux personnes pour refermer la mâchoire. Ensuite, le cadavre fut transporté à l'hôtel Villeroy où il fut autopsié. Mal recousu, il demeura béant dans une chambre où chacun entrait. Alors, nous dit Argenson : « Le peuple monta, s'en saisit, et on lui jeta des pétards... »

Finalement, il revint vers Mme de Mailly ; mais il n'oublia jamais le comte du Luc, ce bambin qui lui ressemblait de façon frappante et que les courtisans, toujours bien intentionnés, surnommaient déjà le « *demi-louis* »[39]...

5

Mme de Châteauroux envoie le roi à la guerre de Flandre

> Les hommes ont beau faire, quand on les prend par les passions, on les mène où l'on veut.
>
> FONTENELLE

Au début de 1742, le roi, qui commençait à s'habituer à la famille, s'intéressa à la troisième sœur de Nesle : la duchesse de Lauraguais.

Cette jeune personne n'était pas très jolie, mais elle avait, nous dit un historien du temps, « un embonpoint favorable aux attouchements, la gorge ferme et élastique et les fesses rebondies »[40], c'est-à-dire exactement les formes de la *caillette*, ce type de femme qui plaisait au XVIIIe siècle...

Louis XV eut pour elle un engouement qui étonna les courtisans, et Argenson note dans ses *Mémoires* : « Sa Majesté s'est trouvée quelquefois assez d'appétit pour tâter de cette grosse vilaine de Lauraguais ! »...

Le souverain prit même avec elle des plaisirs moins recommandables. Un soir, il désira que Mme de Mailly vînt les rejoindre, voulant, nous dit-on, « coucher entre les deux sœurs dont les corps offraient un contraste piquant »[41].

Mme de Mailly aimait le roi. Elle accepta...

Mais Louis XV ne tira de cet intermède qu'un médiocre amusement et continua de s'ennuyer comme par le passé.

Finalement, il se lassa de la duchesse de Lauraguais qui n'avait aucun esprit et, pour s'en débarrasser tout en la gardant sous la main, il la fit nommer dame d'atours de la dauphine...

Au printemps de 1742, Mme de Mailly, à laquelle le roi, homme d'habitudes, était revenu une fois encore, se crut assez puissante pour reprendre les intrigues politiques qu'elle avait nouées du temps de Mme de Vintimille.

Hélas ! un jour, on intercepta une lettre du maréchal de Belle-Isle au maréchal de Maillebois pleine d'allusions fort claires au rôle que jouait dans l'ombre la favorite. Louis XV en fut fortement indisposé

39. Ce « *demi-louis* » devait avoir pour descendant le créateur de la presse moderne : Émile de Girardin...

40. *Vie privée des maîtresses, ministres et courtisans de Louis XV et des intendants et flatteurs de Louis XVI*, 1790.

41. BOIS JOURDAIN, *op. cit., tome II.*

et se détacha de Mme de Mailly qu'il considéra dès lors, nous dit-on, « comme un os de gigot que l'on est pressé de voir disparaître après le repas ».

Ce qui, au lit, devait lui retirer beaucoup de son allant.

Toujours aussi timide, il n'osa pas renvoyer la jeune femme. Mais il chercha une autre maîtresse...

Soucieux de continuer une série aussi bien commencée, il se tourna alors vers la quatrième sœur de Nesle qui était mariée alors au marquis de Flavacourt. Celui-ci était d'une extrême jalousie. En apprenant que Louis XV tournait autour de son honneur, il menaça sa femme de lui brûler la cervelle si elle s'avisait « d'être putain comme ses sœurs »...

Le souverain n'insista pas et tourna ses regards ailleurs.

C'est alors que Mme de Mailly allait, une fois de plus, et sans le vouloir, l'aider à mettre une dame dans son lit.

•

Le 10 septembre 1742, la duchesse de Mazarin, dame d'atours de la reine, mourut brusquement d'un mal d'entrailles. Cette mort provoqua aussitôt un grand mouvement parmi les jeunes femmes qui désiraient prendre la place laissée vacante par la défunte. La souveraine, incapable de choisir, proposait l'emploi à tout le monde, le retirait, changeait dix fois d'avis par jour et « se trémoussait comme Lucifer dans l'eau bénite ».

Finalement, Mme de Mailly, qui avait le cœur sur la main, proposa sa cinquième sœur, Marie-Anne de La Tournelle, sémillante veuve de vingt-cinq ans.

Marie Leczinska commençait à éprouver une certaine lassitude quand on lui parlait des sœurs de Nesle. Elle refusa la candidate. Mais le roi, qui avait un jour rencontré Mme de La Tournelle chez le duc d'Antin et s'était écrié : « Dieu qu'elle est belle ! », insista pour que cette intéressante personne vînt s'installer à Versailles.

Marie-Anne fut nommée.

Tout heureuse, Mme de Mailly alla annoncer la nouvelle à M. de Maurepas. Celui-ci fit la grimace :

— Vous ne connaissez pas, madame, votre sœur de La Tournelle. Vous devez vous attendre à être chassée de la cour par elle lorsque vous vous serez dépouillée de tout !

La favorite éclata de rire, mais fut ébranlée. Allait-elle être trahie, encore une fois, par une de ses sœurs ?

Elle rentra chez elle et fit appeler Marie-Anne. Dès que celle-ci parut, Mme de Mailly la saisit à bras-le-corps et lui dit, les yeux dans les yeux :

— Ma sœur, serait-il possible ?...

Mme de La Tournelle sourit :

— Impossible, ma sœur !...

Mais quelques jours plus tard, Marie-Anne ayant été conviée à un souper au château de Choisy, Mme de Mailly, alarmée de nouveau, alla trouver le roi et le supplia de lui dire la vérité. Louis XV la regarda de ses yeux vides et laissa tomber :

— Tu m'ennuies, j'aime ta sœur ! Je ne l'ai pas encore, mais je l'aurai !

Ce qui ne réconforta pas du tout la favorite.

Rentrée dans ses appartements, elle sanglota en pensant que le roi lui avait menti et qu'il était sans doute, depuis longtemps déjà, l'amant de Marie-Anne. Elle se trompait. Louis XV, que la petite rouée faisait languir, en était encore à espérer une entrevue privée. Sur les conseils du duc de Richelieu, il lui avait écrit deux fois sans obtenir la moindre réponse. Depuis, désemparé, incapable même d'aller chasser — seule activité qu'il connût — il passait son temps à écraser les mouches...

Richelieu résolut alors de décider ce roi « habitué à être servi en amour comme en toute autre chose », nous disent les Goncourt, à agir en homme.

— Mme de La Tournelle, lui dit-il, doit être une conquête. Vos généraux ne feront pas cette conquête pour vous. Elle ne sera point conquise si vous ne la conquerrez pas. François Ier, Henri IV, Louis XIV se donnèrent la peine de plaire : celle-là devrait coûter moins à Votre Majesté qu'à personne. Mais une maîtresse n'est point un portefeuille, et, si vos ministres vous apportent le leur à votre Conseil, je doute fort qu'ils puissent mettre Mme de La Tournelle dans vos bras. Il faut lui plaire et commencer par lui dire que vous en êtes épris.

Ce discours tira le roi de son indolence. Le samedi 3 novembre, il chargea Richelieu d'aller demander à Mme de La Tournelle de le recevoir.

Le duc se rendit chez Marie-Anne qui, l'ayant écouté, dit seulement :

— Et ma sœur ?

— Elle partira ce soir, si vous le voulez.

La charmante jeune femme s'épanouit :

— Dans ce cas, je consens à recevoir le roi et vous-même à une heure après minuit...

Richelieu rapporta cette conversation à Louis XV qui fit immédiatement venir Mme de Mailly et lui annonça qu'elle devait quitter la cour.

La pauvre ne s'attendait pas à ce renvoi. Elle pleura.

— Quand dois-je partir ?

— Tout de suite !

Alors, elle se jeta aux pieds du souverain et le supplia de la garder, disant qu'elle acceptait encore une fois de tout permettre, de tout souffrir et de fermer les yeux. Louis XV n'aimait pas les discussions. Il interrompit cette scène pénible par un mensonge :

Vous reviendrez après-demain, dit-il.

Un peu consolée, Mme de Mailly lui fit ses adieux. Lâchement, le souverain lui répondit :

— A lundi !

Une demi heure plus tard, elle montait dans un carrosse qui attendait sous la voûte et partait pour Paris où elle s'installa chez Mme de Toulouse [42].

Ainsi se terminaient dix ans de liaison [43].

Le soir, à minuit, Louis XV et Richelieu se rendirent chez Mme de La Tournelle. Pour tromper la surveillance des gardes, ils s'étaient déguisés en médecins, avec grande perruque, habit noir et redingote. A l'abri de cet accoutrement qui le dissimulait comme un masque, le roi osa enfin se déclarer. Étrange scène, digne de Molière, que ce souverain, en perruque carrée, bredouillant son amour à une dame du palais...

La belle accepta l'amour, mais posa ses conditions. Avant d'entrer dans le lit du roi, elle exigeait le renvoi définitif et public de sa sœur, et voulait être maîtresse déclarée au même titre que feu Mme de Montespan. Elle demandait en outre « un bel appartement digne de sa place ; de ne point aller, comme ses sœurs, dans les petits appartements, souper et coucher en cachette ; que le roi vînt hautement tenir sa cour dans le sien ; d'avoir tous les soirs dix couverts chez elle ; de nommer elle-même les personnes qui y souperaient ; de recevoir 50 000 écus de pension assurée pour sa vie ; que, quand elle aurait besoin d'argent, elle pût envoyer, sur sa signature, en quérir au Trésor royal ; qu'au bout de l'an, elle eût des lettres de duchesse vérifiées au Parlement ; enfin, que si elle devenait grosse, ce fût publiquement et sans se cacher, et que ses enfants fussent légitimés ».

Louis XV fut effaré par les conditions du marché. Sans prononcer un mot, il quitta la jeune femme et rentra chez lui.

Mais dès le lendemain, il retournait avec Richelieu — et toujours déguisés en médecins — chez Marie-Anne, pour entamer des négociations et « tenter d'obtenir la vertu de la jeune veuve au plus bas prix ». Les pourparlers durèrent un mois sans amener la moindre concession de la part de Mme de La Tournelle. Finalement, le roi accepta de se plier à toutes les exigences de la petite rouée et, le 10 décembre au matin, celle-ci pouvait, en rentrant de Choisy, montrer une tabatière aux autres dames du palais en disant négligemment :

— Tiens, Sa Majesté a oublié cela dans mon lit !

Quant à Louis XV, il exultait. Non seulement il avait enfin caressé le corps satiné de Mme de La Tournelle, mais, à l'instant culminant de son plaisir, il s'était senti soudain débarrassé d'une rage de dents qui le tenaillait depuis deux jours.

42. A l'hôtel de Toulouse (ancien hôtel de La Vrillière), où se trouve depuis 1811 la Banque de France.

43. Renvoyée de la cour où elle ne reparut jamais, Mme de Mailly se rapprocha de la religion et expia jusqu'à sa mort le scandale qu'elle avait causé. Son humilité stupéfiait tout le monde. Un jour qu'elle était entrée dans l'église Saint-Roch, l'avocat Huguet, voyant que l'on se dérangeait pour lui faire place, dit tout haut : « Voilà bien du tapage pour une catin ! » « Monsieur, lui répondit-elle avec douceur, puisque vous la connaissez, priez Dieu pour elle... » Mme de Mailly mourut en 1751, âgée de quarante et un ans, avec un cilice sur la chair.

Bref, il était comblé [44].

Dix mois plus tard, le 21 octobre 1743, la nouvelle favorite devenait, par la grâce du roi, duchesse de Châteauroux. Titre que les chambres du Parlement enregistrèrent le 17 janvier 1744.

A en croire les lettres patentes, cette donation était faite en raison des services que la jeune femme rendait à la reine. Mais personne ne fut dupe, et l'on chansonna aussitôt avec malice le tabouret de la nouvelle duchesse :

Incestueuse La Tournelle
Qui des trois êtes la plus belle,
Ce tabouret tant souhaité
A de quoi vous rendre bien fière.
Votre devant, en vérité,
Sert bien votre gentil derrière [45].

Si le gentil derrière de la nouvelle duchesse avait de quoi se poser, en revanche, la France se trouvait, pour lors, dans la situation inconfortable d'un homme assis entre deux chaises.

Le 29 janvier 1743, le cardinal de Fleury était mort. Après avoir fait de notre pays, selon le mot de Frédéric II, « l'arbitre de l'Europe », cet homme sage, qui avait voulu la paix à tout prix, laissait Louis XV avec une guerre difficile sur les bras.

La succession d'Autriche, après la disparition de l'empereur Charles VI, en 1740, avait ouvert une crise.

Des rois et des princes, qui s'étaient pourtant engagés à respecter le testament fait par le souverain (la Pragmatique Sanction) en faveur de sa fille Marie-Thérèse, avaient revendiqué une part de l'héritage de la jeune femme.

Et leur convoitise était grande : l'Électeur de Bavière avait réclamé la Bohême et la couronne impériale, l'Électeur de Saxe la Moravie, le roi de Sardaigne Milan, le roi d'Espagne Parme et Plaisance, le roi de Prusse la Silésie.

Pendant quelque temps, le cardinal de Fleury s'était efforcé de maintenir la France hors du conflit qui se préparait. Louis XV disait d'ailleurs :

— Nous n'avons qu'une chose à faire, c'est de rester sur le mont

44. Un bel esprit de la cour composa alors cette épigramme sur les sœurs de Nesle qui plaisaient tant au roi :

L'une est presque en oubli, l'autre presque en poussière.
La troisième est en pied, la quatrième attend
Pour faire place à la dernière.
Choisir une famille entière,
Est-ce être infidèle ou constant ?

45. Ce couplet fut attribué à M. de Maurepas qui s'était toujours montré hostile à la favorite et souffrait de voir, à la cour, son épouse debout, tandis que Mme de La Tournelle jouissait des *honneurs du tabouret* et pouvait s'asseoir en présence du roi. Ce privilège, réservé aux princes et aux princesses du sang, ainsi qu'aux ducs et duchesses, était naturellement des plus enviés.

Pagnotte. (Le mont Pagnotte était une petite butte de la forêt de Chantilly.)

Mais sous l'influence de Belle-Isle, le protégé de Mme de Vintimille, et du parti anti-autrichien, la France avait soutenu l'Électeur bavarois ; puis elle s'était alliée à Frédéric II de Prusse ; enfin, « prise dans l'engrenage infernal », elle avait été amenée à déclarer la guerre à Marie-Thérèse...

A ce moment, Frédéric II s'était montré amical et presque fraternel.

— Je vais jouer votre jeu, avait-il dit à notre ambassadeur. Si des as me viennent, nous partagerons.

Mais, après sa victoire de Chotusitz, en Bohême, Marie-Thérèse lui ayant donné la Silésie, il s'était retiré de la coalition[46].

Alors, l'Angleterre, nous voyant en mauvaise posture, en avait profité pour s'allier à l'Autriche et attaquer nos navires...

Depuis quatre ans, Louis XV suivait ces événements sur les cartes d'un œil las ; après quoi, il allait généralement jouer au criquon-criquette avec une dame qui lui voulait du bien.

Mais en mars 1744, la situation, soudain, s'aggrava. Les Autrichiens, qui se trouvaient dans les Flandres et au bord du Rhin, menacèrent l'Alsace. Ils pouvaient à tout moment envahir notre territoire.

C'est alors que Mme de Châteauroux, cessant de s'intéresser aux petits potins de la cour, se révéla une grande dame et agit d'une façon qui la fit comparer à Agnès Sorel par ses contemporains. Un matin, elle se rendit chez le roi et lui fit comprendre, avec beaucoup d'autorité, qu'il était temps de devenir le maître, de s'occuper un peu des événements militaires et de prendre la tête de ses armées[47].

Louis XV hésitant, elle lui écrivit cette admirable lettre :

Vous ne seriez pas roi que vous mériteriez d'être aimé pour vous-même. Jugez de ce que doivent être mes sentiments, quand vous faites rejaillir sur moi un peu de l'éclat dont vous brillez... Sire, méfiez-vous de votre bonté ; elle vous porte à juger les autres par vous-même. Un roi doit être le premier surveillant de l'autorité qu'il confie... Si votre peuple avait à se plaindre, faites en sorte que sa voix puisse approcher de vous. Si par hasard il était opprimé, ayez le courage de vouloir ce que votre cœur vous inspire, et vous ferez toujours le bien. Ah ! Sire, quelle plus douce position pour un roi que celle de n'être entouré que d'heureux... Quand j'ai osé proposer à Votre Majesté de commander son armée, j'ai été loin de l'engager à exposer ses jours. Ils sont

46. Cette volte-face avait causé, à Paris, « une stupeur indignée ». Seul, un homme s'était réjoui et avait poussé l'impudence jusqu'à écrire à Frédéric II pour le féliciter de sa trahison. Sa lettre se terminait par ces mots : « Vous n'êtes donc plus notre allié, Sire, mais vous serez celui du genre humain. Puissé-je être témoin, à Berlin, de vos plaisirs et de votre gloire ! » Cet homme était le plus plat courtisan de son siècle. Il s'appelait Voltaire.

47. Quelque temps auparavant, elle avait poussé Louis XV (qui n'avait pas donné de remplaçant à Fleury), vers son cabinet de travail.

— Vous me tuez ! s'était écrié le souverain.

— Tant mieux ! avait répondu la favorite, il faut qu'un roi ressuscite !

d'État, et un père se doit à ses enfants. Mais votre présence, Sire, inspirera les troupes, leur donnera de la confiance et les fera vaincre. Elle vaudra une armée et vous assurera tous les cœurs. Pardonnez, Sire, à ma franchise. Vous ne pouvez me faire un crime d'aimer votre gloire. Pourquoi redouter que la vérité puisse vous déplaire ? Quand on l'exige, on ne la craint pas. Si je cessais de m'intéresser à votre grandeur, je n'aurais plus d'amour...

Ce langage digne impressionna Louis XV. Un mois plus tard, s'arrachant à la mollesse de Versailles, il partait pour les Flandres prendre le commandement de ses troupes...

Toutefois, comme il ne pouvait vivre séparé de Mme de Châteauroux, il l'emmena avec lui, ce qui fit jaser.

Le peuple prétendait qu'il déshonorait l'armée et se permit de lui manifester sa désapprobation. C'est ainsi qu'à Laon il se passa une scène curieuse. Louis XV, ayant dîné chez le duc de Richelieu, voulut passer la soirée avec la duchesse. Il sortit par une porte dérobée, espérant passer inaperçu ; mais les habitants l'attendaient. En l'apercevant, ils se mirent à crier à pleine voix :

— Vive le Roi ! Vive le Roi !

Très gêné, Louis XV se glissa rapidement dans un jardin, en serrant ses basques.

Les badauds le poursuivirent, et le souverain dut courir dans une ruelle, toujours accompagné de clameurs ironiques.

D'Argenson, qui nous raconte cette aventure, ajoute : « Les gens qui l'ont vu ont dit que cela ressemblait à la scène de Pourceaugnac où on le poursuit avec un clystère[48]... »

Et, ce soir-là, Mme de Châteauroux dut coucher seule...

Pour éviter le retour de tels ennuis, Louis XV décida que les corps municipaux devaient ménager à la duchesse une maison attenante à celle qu'on lui réservait et ouvrir des communications intimes.

On vit alors, dans toutes les villes des Flandres et de l'Est, des ouvriers percer des murs en ricanant...

A Metz, malheureusement, il fut impossible de trouver deux maisons convenables qui fussent attenantes. La favorite fut logée dans l'abbaye de Saint-Arnould, tandis que le roi s'installait un peu plus loin dans la même rue. Mme de Châteauroux, qui ne pouvait longtemps se passer d'amour, ne put retenir ses larmes. L'évêque, alors, eut une idée : il fit construire une galerie en planches pour faire communiquer les deux amants.

— Cette galerie, expliqua-t-il benoîtement aux braves gens de Metz, a été faite pour que le roi pût aller facilement de son appartement à l'église !

Mais les braves gens répondirent avec impertinence qu'ils savaient fort bien que cette communication avait été faite pour permettre au roi d'aller coucher avec Mme de Châteauroux... Certains ajoutèrent

48. D'ARGENSON, *op. cit.*

que, si Louis XV était venu à Metz pour donner le mauvais exemple aux femmes de province, il aurait pu rester à Versailles.

Et, le soir, des plaisants s'attroupaient sous la galerie pour chanter ce petit couplet :

Belle Châteauroux
Je deviendrai fou
Si je ne vous baise.

Ce qui était assez désinvolte.

Bref, la campagne commençait bizarrement...

Au début du mois d'août 1744, le roi, qui se trouvait toujours à Metz en compagnie de Mme de Châteauroux, fut invité par le duc de Richelieu à un souper fin où parurent toutes les dames de la cour dont la favorite se faisait suivre.

On s'y amusa énormément. C'est ainsi, nous dit un mémorialiste, « que M. de Richelieu avait plus souvent la main à la fesse de sa voisine que dans son assiette de confiture... ».

Le roi, ravi d'oublier pour quelques heures les soucis de la guerre, montra un visage presque gai et eut un geste galant pour toutes les dames. Après le dessert, le duc de Richelieu, mis en verve, eut une idée qui devait avoir de bien fâcheuses conséquences : il fit entrer Louis XV, Mme de Châteauroux et Mlle de Lauraguais — sœur de la favorite et ex-maîtresse du souverain — dans une chambre où se trouvait un grand lit.

Bien entendu, personne ne saura jamais ce qui s'est passé cette nuit-là entre les trois personnages que Richelieu avait pris la malicieuse précaution d'enfermer ; mais, le lendemain, le roi « crachait le sang d'épuisement »[49]...

Le surlendemain, il était au lit et son médecin diagnostiquait une fièvre maligne.

Aussitôt, un affolement démesuré s'empara de la ville de Metz.

On fit des prières, on brûla des cierges, on chanta des cantiques et Louis XV, tremblant à l'idée qu'il allait peut-être mourir, appela son confesseur le père Perusseau, un rusé jésuite.

Celui-ci était du parti des princes du sang qui détestaient Mme de Châteauroux. Après s'être mis d'accord avec Fitz-James, évêque de Soissons, et bien décidé à profiter de l'occasion pour faire chasser la favorite, il se rendit au chevet du roi où il passa immédiatement à l'attaque :

— Si vous voulez recevoir les derniers sacrements, dit-il, il faut chasser votre concubine.

Un peu plus tard, l'évêque de Soissons chapitrait à son tour le malade, dont l'état empirait d'heure en heure.

— Écartez de vous les mauvais anges, dit-il.

49. BARBIER, *op. cit.*

Les deux compères se succédèrent ainsi jusqu'au soir. A sept heures, le roi, qui sentait ses forces diminuer, finit par accepter. Il murmura :

— Qu'elle parte loin, n'importe où...

Aussitôt, le prélat se précipita dans la pièce où Mme de Châteauroux et sa sœur attendaient anxieusement des nouvelles. « Elles entendirent la porte à deux battants s'entrouvrir, écrit le duc de Richelieu qui fut témoin de la scène, et virent Fitz-James, la main appuyée sur le bouton, avançant une tête mal peignée, avec des yeux étincelants et une figure animée, qui leur dit :

» — Le roi vous ordonne, mesdames, de vous en aller sur-le-champ. »

Et il se retira pour donner l'ordre d'abattre les galeries de bois qui faisaient communiquer les appartements du roi et ceux de la duchesse « afin que le peuple fût informé de la séparation ».

« Frappées des foudres de l'Église, écrit encore Richelieu, les deux favorites, immobiles et comme inanimées, ne répondirent pas un mot ; mais le duc de Richelieu [50], qui connaissait l'énergie de la passion du roi pour Mme de Châteauroux et la facilité naturelle de ce prince à suivre les impressions de ses ministres et des courtisans, leur déclara qu'il s'opposait, au nom du roi, à leur retraite, et que si elles voulaient, dans un moment de transport fébrile, rester et braver des ordres extorqués il prenait sur lui tous les événements. » En guise de réponse, l'impétueux prélat envoya des ordres à la paroisse :

— Qu'on ferme nos saints tabernacles afin que la disgrâce soit plus éclatante et que le roi soit obéi sur des ordres nouveaux !

Fitz-James ne s'en tint pas là, il déclara que le roi ne serait administré qu'après le départ des deux sœurs de Nesle.

— Les lois de l'église et nos saints canons, dit-il à Louis XV, nous défendent d'apporter le viatique lorsque la concubine est encore dans la ville. Je prie Votre Majesté de donner de nouveaux ordres pour leur départ.

Et, sournoisement, il ajouta :

— Il n'y a pas de temps à perdre. Votre Majesté mourra bientôt...

Le roi, frappé de terreur, car Fitz-James élevait la voix en prononçant le mot de « concubine », accorda tout ce qu'on voulut — même une confession publique rédigée par l'évêque dans les termes les plus avilissants — et les ordres furent si bien exécutés que le parti des princes ameuta les habitants de Metz contre les favorites. Elles ne trouvèrent pas même dans les écuries du roi un officier qui voulût donner une voiture pour qu'il leur fût possible de se soustraire à l'indignation du peuple, elles qui avaient régné en souveraines.

Tout le monde, dans ce moment de détresse, les renia. Seul, le maréchal de Belle-Isle, craignant qu'elles ne fussent lapidées et se rappelant les services qu'elles lui avaient rendus, leur donna un carrosse.

50. Richelieu, tout comme Sully et le général de Gaulle, parle de lui à la troisième personne.

Elles s'y jetèrent à la hâte en baissant les stores, pour éviter le déchaînement de la foule[51].

Lorsqu'elles furent parties, l'évêque de Soissons permit que le roi fût administré[52]...

Tandis qu'on donnait les derniers sacrements à Louis XV, Mme de Châteauroux et sa sœur fuyaient sous les quolibets, les insultes et les menaces. On leur jetait des pierres, des seaux d'eau et même « des pots de chambre pleins d'urine »...

A Commercy, la populace voulut briser leur voiture et les mettre en pièces. Sans doute y serait-elle parvenue sans l'intervention d'un notable de la ville.

Plus loin, les paysans les accablèrent de grossièretés effrayantes et leur reprochèrent d'être la cause de la maladie du roi.

Naturellement les injures les plus atroces s'adressaient à Mme de Châteauroux, et l'on chantait :

C'est à elle que nous devons
Tous les maux que nous ressentons
Sans son crédit, sans son suffrage
Le plan de guerre eût fait naufrage
Vous l'allez voir dans tout son jour
Et comme on mène ici la cour[53]...

Malgré ces insultes, Mme de Châteauroux n'alla pas jusqu'à Paris. Elle s'en expliqua d'ailleurs par une lettre au duc de Richelieu, ce confident qu'elle appelait « mon oncle ».

Je crois bien que tant que la tête du roi sera faible, il sera dans la grande dévotion, mais dès qu'il sera un peu remis je parie que je lui trotterai furieusement dans la tête, et qu'à la fin il ne pourra résister, qu'il parlera de moi et que tout doucement il demandera à Le Bel ou à Bachelier ce que je suis devenue. Comme ils sont pour moi, mon affaire sera bonne ; je ne vois point tout en noir pour la suite si le roi en revient et, en vérité, je le crois. Je ne vais plus à Paris ; après mûres réflexions, je reste à Sainte-Menehould avec ma sœur ; il est inutile de le dire, parce qu'avant qu'on le sache, il se passera au moins deux ou trois jours, et puis je peux être tombée malade en chemin, ce qui est assurément fort vraisemblable[54]...

Tandis que Mme de Châteauroux s'installait à Sainte-Menehould, la reine, fort inquiète, arrivait à Metz. En voyant le roi recroquevillé au

51. Duc de Richelieu, *op. cit.*

52. Un curieux incident avait achevé d'affoler Louis XV. Mme de Brancas nous le conte dans ses *Mémoires* : « Le roi se trouvant mal, on crut qu'il suffisait, pour le faire revenir, de mettre sous son nez du papier brûlant et de lui en faire respirer la fumée ; mais s'étant remué fortement, il se brûla et crut qu'il était en enfer !... »

53. *La culbute de Mme de Mailly,* Ms. Coll. de l'auteur.

54. Lettre adressée de Bar-le-Duc le 14 août 1744.

fond de son lit, elle éclata en sanglots et l'embrassa « pendant une heure »...

Le roi se croyait perdu. Il supporta vaillamment ces transports. Dans un moment de défaillance, il alla jusqu'à dire :

— Madame, je vous demande pardon du scandale dont j'ai été cause, des peines et des chagrins que je vous ai donnés.

Les remords eurent un effet bienfaisant sur son état. Une semaine plus tard, il allait mieux.

Cette nouvelle donna lieu dans tout le royaume à une explosion de joie. Les cloches carillonnèrent et le peuple, qui avait tant tremblé pour son roi, surnomma Louis XV : le « Bien-Aimé »[55]...

A la fin de septembre, le monarque rentra dans sa capitale. Pour l'accueillir, les Parisiens, ivres de joie, étaient grimpés sur les toits, sur les statues, sur les arbres. Les femmes pleuraient. Toutes contemplaient avec délice ce jeune souverain de trente-quatre ans redevenu beau comme un dieu.

Dans la foule se trouvait Mme de Châteauroux, fière et heureuse d'assister au triomphe de son amant. Un passant la reconnut :

— Voilà sa putain ! cria-t-il.

Et il lui cracha à la figure.

Elle rentra chez elle assez mécontente.

Quand Louis XV se fut installé aux Tuileries, Marie Leczinska s'imagina naïvement qu'il allait se rapprocher d'elle et partager son lit comme autrefois. Déjà, elle en rêvait. Elle déchanta bien vite, car, dès qu'il eut repris des forces, le roi se plaignit bien haut qu'on eût abusé de son état pour le forcer à traiter indignement « une personne qui n'était coupable à son égard que d'un excès d'amour ».

Pendant un mois, il ne pensa qu'à sa chère duchesse. Enfin, le 14 novembre à dix heures du soir, n'y tenant plus, il se glissa secrètement hors des Tuileries, passa le Pont-Royal et se rendit rue du Bac, où elle avait son domicile. « Il voulait, nous dit Richelieu, jouir de ses charmes, s'informer sans intermédiaire des conditions qu'elle exigeait pour revenir à la cour et lui faire des excuses de tout ce qui s'était passé à Metz pendant sa maladie. »

En entrant chez Mme de Châteauroux, il eut une désagréable surprise : la jeune femme était affligée d'une énorme fluxion qui la défigurait. Comme il avait quelque savoir-vivre, il feignit de ne rien voir et lui demanda de revenir à Versailles.

La belle était rancunière :

— Je ne reviendrai, dit-elle, qu'à la condition que le duc de Bouillon, le duc de Châtillon, La Rochefoucauld, Balleroy, le père Perusseau et l'évêque de Soissons soient exilés.

Le souverain, qui avait furieusement envie de sa duchesse, accorda tout ce qu'elle demandait et ils se couchèrent pour se mieux réconcilier. « Alors, conte Richelieu, Mme de Châteauroux voulut bien accorder

55. C'est le chansonnier Vadé qui, le premier, donna ce surnom à Louis XV.

ses faveurs à son amant ; et, comme une grande privation, un long voyage et des contradictions avaient attisé leurs feux, ils se trouvèrent si animés et les jouissances furent tellement immodérées que le roi la laissa avec un mal de tête violent, avec la fièvre et dans une telle situation qu'elle en tomba dangereusement malade. »

La pauvre ne devait pas s'en remettre.

Quinze jours après, elle mourait.

Car il était écrit, décidément, que l'un des deux amants devait trépasser des suites d'une nuit d'amour...

La mort de Mme de Châteauroux laissa Louis XV un peu désemparé. Ayant épuisé les ressources féminines de la famille de Nesle, il ne savait où trouver une maîtresse, et son ennui faisait peine à voir.

Les dames de la cour qui attendaient ce moment depuis longtemps passèrent à l'offensive et les couloirs de Versailles furent remplis de jeunes personnes croupillonnantes qui cherchaient par des moyens peu honnêtes à attirer l'attention du roi. Certaines faisaient craquer un décolleté, d'autres retroussaient leur jupe « comme par mégarde » pour montrer un mollet bien tourné, d'autres encore utilisaient les services de courtisans galants qui, jouant le rôle de nos modernes « public-relations », faisaient courir des bruits flatteurs sur leur expérience ou leur tempérament.

La plus acharnée était Mme de Rochechouart.

Pour avoir vécu jadis dans une sorte de familiarité affectueuse avec le roi, cette ravissante duchesse se croyait quelques droits à la succession de Mme de Châteauroux, et son audace était sans limites. Elle se cachait pendant des heures dans les coins de porte ou derrière les bosquets du parc où elle savait que devait passer le monarque, et, dès que celui-ci apparaissait, elle le contemplait avec des yeux chauds. Mais Louis XV, agacé, passait sans lui jeter un regard, et l'on disait « qu'elle était comme les chevaux de la petite écurie, toujours présentés, toujours refusés »...

Au début de février 1745, toute la meute d'aspirantes au titre de favorite fut soudain fort excitée : on venait d'annoncer qu'en honneur du mariage du dauphin avec l'infante d'Espagne un grand bal masqué serait donné à Versailles.

Ce genre de réjouissances permettant bien des libertés, il était à prévoir que le roi, ce soir-là, ferait son choix.

Les mieux informés se lancèrent dans des pronostics et des paris furent ouverts, tandis que les femmes qui se croyaient quelque chance se donnaient à des valets pour connaître le déguisement du roi.

Finalement on sut que Sa Majesté se déguiserait en « if taillé ».

Une autre information vint malheureusement attrister toutes les dames : Louis XV avait décidé que la bourgeoisie de Paris serait conviée au bal. Ce qui revenait à dire que les plus belles bourgeoises de la ville, les femmes que le roi ne rencontrait jamais et qui pouvaient avoir des charmes piquants pour un prince, seraient à Versailles...

La meute trembla.

— Ces bourgeoises, disait Mme de Rochechouart, vont agir comme des filles publiques pour entrer dans le lit du roi. Nous allons assister à des scènes ignobles...

— Quel spectacle au moment où l'Europe a les yeux fixés sur la cour de France ! répondait Mlle de Lauraguais.

Ces papotages furent interrompus vers le 15 février par un bruit étrange qui se propagea dans Paris : on prétendit que Louis XV allait courir un danger au bal masqué, et les bonnes gens se transmettaient, comme preuve, cette prophétie de Nostradamus qui semblait se rapporter à la soirée du 25 :

Peuple assemblé pour voir nouveau spectacle,
Princes et rois, par plusieurs assistants[56].
Piliers faillir, murs, mais comme miracle
Le roi sauvé, et trente des instants[57].

Les bonnes gens se trompaient, une fois de plus : ce n'étaient pas des piliers qui allaient tomber sur le roi, c'était une femme, une femme qui devait d'ailleurs être considérée par certains comme une catastrophe, puisqu'il s'agissait de la future Mme de Pompadour...

6

Un morceau de roi : Mlle Poisson

Dans le meilleur turbot, il y a des arêtes.
proverbe grec

Le soir du 25 février, toute la cour et toute la ville déguisées en arlequins, en colombines, en Turcs, en Arméniens, en Chinois, en sauvages, en bergers, en magiciens, etc., cabriolaient dans la grande Galerie au son d'une musique burlesque. Soudain, les portes de l'appartement royal s'ouvrirent et huit personnages habillés en ifs firent leur entrée...

Les jeunes femmes qui étaient venues pour tenter leur chance furent très embarrassées. Lequel était le roi ? L'une après l'autre, elles vinrent tourner autour des faux conifères...

Au bout d'un moment, l'une d'entre elles, Mme de Portail, crut reconnaître Louis XV. Elle s'approcha du personnage, retira son masque et, nous dit Soulavie, « se mit à le poursuivre et à l'agacer : cet homme M. de Briges, qui était de la garde du roi et qui la connaissait très bien, profitant de son erreur, l'entraîna dans un petit salon discret et remporta sur elle tous les avantages qu'il put désirer.

56. Ambassadeurs.
57. Barbier, *op. cit.*

Le coup fait, elle osa affecter de rentrer en désordre dans l'assemblée, fort satisfaite de l'accolade qu'elle croyait avoir reçue du roi, mais le garde du corps, qui ne se tenait pas obligé de respecter une faveur qui ne lui était pas destinée, et qui trouvait la pièce trop belle pour ne la pas divulguer, la suivit de près dans la salle, et raconta à qui voulut l'apprendre, sa bonne aventure[58] »...

Comme quoi une méprise profite toujours à quelqu'un...

Vers deux heures du matin, le roi se fit reconnaître en adressant un compliment à une jeune beauté déguisée en Diane chasseresse. Dès lors, la meute l'entoura. Mais l'on remarqua qu'une femme masquée sortie d'un groupe de bourgeoises venait le lutiner avec une insistance particulière. Louis XV, fort intrigué, la suivit en prononçant quelques paroles galantes. La belle alors se démasqua et l'on reconnut Mlle Le Normant d'Étioles.

« Par un raffinement de coquetterie, nous dit Soulavie, elle se rejeta aussitôt dans un groupe sans toutefois se laisser perdre de vue. Elle avait alors un mouchoir à la main, et, soit exprès, soit involontairement, elle le laissa tomber. Louis XV le ramassa avec empressement et, ne pouvant atteindre du bras l'endroit où elle était, le lui jeta le plus civilement qu'il put. Ce fut le premier triomphe de Mme d'Étioles. Un murmure confus se fit entendre aussitôt dans la salle avec ces mots : *Le mouchoir est jeté !* et toutes les rivales furent désespérées[59]. »

La jeune femme que le roi venait ainsi de choisir publiquement était d'une extrême beauté. Blonde aux yeux bleus, elle avait, nous dit-on, « un visage frais et délicat comme ceux qu'ont pâlis les joies de l'amour », et son regard était plein d'une adorable malice.

Un seul petit défaut gâchait un peu ce bel ensemble : les lèvres. « Elle avait, écrit Soulavie, les lèvres pâles et flétries, défaut qui provenait de l'abus qu'elle avait fait de les mordre, si souvent qu'elle en avait rompu les veines imperceptibles, d'où résultait la couleur pisseuse et sale qui s'y plaçait quand elle ne les mordait pas, ou lorsque depuis longtemps elle ne les avait point mordues. »

Mais on finissait par s'y habituer, et certains trouvaient même du charme à ces lèvres pâles...

En un instant, la jeune femme fut le point de mire d'une assemblée aux yeux pétillants de haine qui la détaillait sans pitié, car toutes les dames de la cour étaient vexées de se voir préférer une bourgeoise. Et quelle bourgeoise ! Mme d'Étioles s'appelait Jeanne-Antoinette Poisson. Née à Paris, rue de Cléry, le 20 décembre 1721, elle était la fille, non pas d'un boucher des Invalides comme on l'a souvent écrit, mais d'un petit commis attaché à l'administration des vivres de l'armée, ce qui n'était guère mieux. Son père, le sieur François Poisson, était né en 1684 d'un tisserand de Provenchères, au diocèse de Langres.

58. SOULAVIE, *Mémoires historiques et anecdotes de la Cour de France pendant la faveur de la marquise de Pompadour*. 1802.

59. SOULAVIE, *Vie privée de Louis XV*.

A vingt ans, il avait quitté la maison paternelle pour suivre comme conducteur de chevaux les munitionnaires de l'armée du maréchal de Villars. Sous la Régence, il était devenu l'un des commis principaux des frères Pâris, mais, en 1725, pendant la fameuse famine, il s'était livré à des opérations louches dont les intendants des finances avaient dû s'occuper ; et l'on murmurait qu'un exil opportun avait évité la prison au commis indélicat…

Quant à Mme Poisson, son épouse, c'était une femme qui avait eu une vie si galante que les frères Pâris et le fermier général M. Le Normant de Tournehem s'étaient longtemps disputé la qualité de « père de Jeanne-Antoinette »…

Lorsque celle-ci avait eu huit ans, Mme Poisson l'avait trouvée jolie et s'était écriée :

— C'est un morceau de roi !

Et l'on n'avait plus nommé l'enfant que Reinette…

A neuf ans, Mme Poisson avait conduit sa fille chez une diseuse de bonne aventure qui s'était montrée formelle :

— Tu seras la maîtresse du roi[60].

Prédiction qui avait réjoui toute la famille.

A vingt ans, en 1741, Jeanne-Antoinette s'était mariée avec un neveu de M. Le Normant de Tournehem, le jeune Charles-Guillaume Le Normant d'Étioles, et depuis, elle vivait l'œil fixé sur Versailles où se trouvait ce monarque qu'on lui promettait.

A plusieurs reprises, avant le bal masqué du 25 février 1745, et même du vivant de Mme de Châteauroux, Mme d'Étioles avait cherché à se faire remarquer de Louis XV. Lors des chasses royales en forêt de Sénart, elle s'était promenée, fort élégamment vêtue, dans les allées que devait emprunter le souverain. Mais ses effets de toilette n'avait produit aucun résultat.

Un soir d'orage, pourtant, Louis XV était entré au château d'Étioles et avait offert au maître de maison les bois d'un cerf qu'il venait de tuer. M. Le Normant, ravi, les avait placés dans son salon et Jeanne-Antoinette s'était réjouie, trouvant ce cadeau de bon augure…

Dès lors, elle avait fait confiance au destin.

Après le mouchoir jeté, Mme d'Étioles rencontra de nouveau le roi à Paris, le 28 février, dans la cohue et la « chienlit » (Barbier *dixit*) du bal de l'Hôtel de Ville. Louis XV avait eu, en effet, l'idée étrange de donner rendez-vous à la jeune femme dans ces salons où un petit peuple joyeux et sympathique, mais peu policé, et pratiquant plus volontiers la claque sur les fesses que le baisemain, allait venir gambiller. Un jeune colonel, qui avait conduit à la fête une dame de la cour, nous donne une idée de la soirée : « La foule était si pressée que la dame avec qui j'étais, craignant d'être ébouriffée, demanda secours au prévôt des marchands, M. de Bernages ; il nous mena dans un cabinet

60. Plus tard, Jeanne-Antoinette, devenue favorite, se souviendra de cette prédiction. On trouve dans le relevé des dépenses de Mme de Pompadour une pension de 600 livres, avec cette indication : « 600 livres à Mme Lebon, qui a prédit à Mme de Pompadour, à l'âge de neuf ans, qu'elle serait un jour maîtresse de Louis XV. »

où, à peine entré, je vis arriver Mme d'Étioles, avec qui j'avais soupé quelques jours auparavant. Elle était en domino noir, mais dans le plus grand désordre, parce qu'elle avait été poussée et repoussée, comme tant d'autres, par la foule. Un instant d'après, deux masques, aussi en domino noir, traversèrent le même cabinet. Je reconnus l'un à sa taille, l'autre à sa voix : c'étaient M. d'Ayen et le roi. Mme d'Étioles les suivit et fut à Versailles. »

Le jeune colonel va un peu vite en besogne. En réalité, après avoir sablé le champagne avec ses deux compagnons, la jeune femme se fit reconduire sagement chez sa mère...

Mais quelques jours plus tard, Louis XV la fit venir à Versailles par l'intermédiaire de son valet de chambre, Binet, dont elle était la cousine, et « le morceau de roi » se trouva bientôt dans un lit profond...

Hélas, il est des domaines où le pouvoir des monarques est sans effet. Louis XV eut une défaillance et « rata », selon l'expression de Maurepas, la belle Mme d'Étioles qui dut faire contre mauvaise fortune bon cœur...

Le lendemain, toute la cour était au courant et chantait ce couplet moqueur :

Eh quoi ! bourgeoise téméraire !
On dit qu'au roi tu as su plaire.
Et qu'il a comblé ton espoir.
Cesse d'employer ta finesse ;
Nous savons que le roi ce soir
T'a voulu prouver sa tendresse
Sans le pouvoir !

Pauvre femme qui attendait ce moment depuis l'âge de neuf ans !

Quelques jours après, fort heureusement, le roi, ayant repris des forces, fut à même de lui montrer sur un grand lit des sentiments vifs et distingués qui la comblèrent.

Louis XV, de son côté, fut enchanté de ces rencontres, car « la belle, malgré une froideur naturelle, avait, nous dit Soulavie, des audaces d'un caractère spécial » qui plaisaient généralement. Pourtant Mme d'Étioles tremblait. Sachant que toute la cour, le dauphin, le clergé et les ministres étaient contre elle, et connaissant la faiblesse du roi, elle craignait d'être rejetée avant même d'avoir été favorite.

C'est alors qu'elle eut une idée de génie : elle écrivit à Louis XV pour lui dire que son mari était extrêmement jaloux, que de méchantes gens n'allaient pas manquer de lui apprendre son infortune, qu'il la maltraiterait et qu'elle le suppliait donc de la protéger.

Candide, le roi la pria dc venir se réfugier à Versailles...

Elle s'y précipita.

Pendant qu'elle s'installait dans l'ancien appartement de Mme de Mailly, M. de Tournehem, qui était, bien entendu, son allié, alla trouver M. Le Normant d'Étioles et lui apprit que sa femme était maintenant la maîtresse du roi :

— Elle a eu, lui dit-il, un goût si violent qu'elle n'a pu y résister. Vous n'avez d'autre parti à prendre que de songer à vous en séparer.

Le pauvre époux adorait Jeanne-Antoinette. Il tomba évanoui. Revenu à lui, il prit un pistolet et cria qu'il irait à Versailles pour reprendre sa femme. On dut le désarmer et le ramener à la raison. Accablé, il finit par quitter Paris.

Débarrassée de ce fâcheux, Mme d'Étioles poussa un soupir de soulagement. Une grande étape venait d'être franchie. Il lui restait pourtant à se faire accepter à la cour ; et cela ne paraissait pas très facile. Ses attitudes un peu libres, sa façon de parler de petite Parisienne élevée « à la grivoise », comme disait Maurepas, n'étaient pas du goût de tout le monde. Et bien des gens se choquaient lorsqu'elle appelait le duc de Chaulnes *Mon Cochon*, l'abbé de Bernis *Mon Pigeon*, et Mme d'Ambrimont *Mon Torchon*...

Un jour, elle fit venir auprès d'elle un de ses cousins qui était moine, pour voir en quoi elle pourrait lui servir ; mais elle le trouva tellement borné qu'elle le renvoya en disant :

— C'est un plaisant outil que mon cousin. Que peut-on faire d'un engin comme celui-là ?

Et pendant des semaines, les méchantes langues avaient plaisanté sur l'*outil* et l'*engin* de la favorite.

Mme Poisson, bien sûr, ne soupçonnait pas les moqueries dont sa fille était l'objet. Tout heureuse à la pensée que la prédiction de la diseuse de bonne aventure s'était réalisée, elle se mit un soir au lit et, n'ayant plus rien à désirer, expira.

Son mari n'eut pas la même discrétion. Ce personnage sans éducation, sans mœurs et sans décence, était pour la favorite une source de tourments perpétuels. Un jour qu'il se présentait au palais où il avait ses entrées libres, un valet de chambre récemment engagé fit des difficultés pour l'introduire :

— Maraud ! lui cria-t-il, apprends que je suis le père de la putain du roi.

Phrase qui n'avait jamais été prononcée dans un palais royal et qui fut jugée inconvenante, même par le petit personnel.

De tels incidents achevèrent de dresser le « parti dévot » contre la favorite qui, de nouveau, se sentit menacée. Pour avoir pied à la cour et être « déclarée », il lui fallait un titre ; elle alla supplier le roi de lui en donner un.

Amant heureux, Louis XV n'avait rien à lui refuser. Il lui acheta le marquisat de Pompadour, terre de dix à douze mille livres de rente, située en Auvergne[61], la nomma dame du palais de la reine et profita du carême pour la reconnaître « favorite officielle »...

61. Barbier nous apprend, dans son *Journal,* que le roi avait d'abord pensé à donner à Mme d'Étioles le marquisat de La Ferté... Ajoutons que le destin, toujours ironique, devait faire, par la suite, du petit village de Pompadour, un « haras national »...

La nouvelle marquise fut éblouie. Ses rêves les plus extravagants se réalisaient et sans doute eût-elle remercié Dieu si elle avait eu un peu de religion.

Pourtant, le rôle de simple maîtresse du roi ne lui suffisait pas. Elle voulait s'immiscer dans les affaires du gouvernement.

Cette volonté ne se manifesta pas immédiatement, et certains purent croire que Mme de Pompadour se contenterait de mener l'existence frivole et élégante d'une favorite ordinaire.

Ils devaient déchanter.

Son action, au contraire, allait être d'une importance considérable. « Si elle ne fût point entrée à ce moment dans la vie de Louis XV, écrit Pierre de Nolhac, le règne aurait pris sans doute une tout autre orientation. La politique se serait trouvée différente dans les questions financières, dans les difficultés religieuses, et, peut-être aussi, dans les relations diplomatiques. A la date où l'on arrivait et qui devait compter dans l'histoire de la royauté française, il n'était point sans intérêt qu'une femme, supérieure par son intelligence et habile à s'en servir[62], s'emparât à nouveau d'un roi absolu, plus maître de son royaume et plus jaloux de son pouvoir que n'avait été Louis XIV lui-même[63]. »

De son côté, Henri Martin écrit : « C'était un premier ministre femelle en expectative qui arrivait à Versailles. La Pompadour était destinée à régner presque autant que Fleury ! »

Or tandis qu'en ce printemps 1745 une petite bourgeoise s'apprêtait à prendre en main le gouvernement de la France, le roi préparait son départ pour les Flandres où il devait rejoindre Maurice de Saxe.

Des armées nouvelles avaient été rassemblées grâce à quelques centaines de jolies filles installées dans tout le royaume.

Ces filles étaient les complices des racoleurs.

A Paris, elles se tenaient dans des cabarets borgnes du quai de La Ferraille ou aux Porcherons. Lorsqu'elles voyaient passer un jeune homme au visage peu ouvert, elles l'attiraient dans la salle, le faisaient boire en lui permettant toutes les familiarités et parfois se donnaient sur un banc pour la bonne cause. Alors, les racoleurs chargés de recruter des soldats pour le roi faisaient leur apparition et entreprenaient le pauvre garçon à moitié ivre !

— Veux-tu aller dans un pays rempli de belles filles comme celles-là ? Un pays où l'on a tout à gogo, de l'or, des perles, des diamants ?

L'autre acquiesçait.

— Eh bien, je peux t'y faire aller : c'est en Flandre...

Finalement, entre deux brocs de vin, le racoleur faisait signer un engagement en bonne et due forme et, une heure plus tard, le malheureux jeune homme partait en titubant, la cocarde au chapeau...

Il était soldat de Sa Majesté.

62. On verra par la suite que Pierre de Nolhac se laisse aveugler par son amour pour Mme de Pompadour...

63. PIERRE DE NOLHAC, *Louis XV et Mme de Pompadour*.

A la fin d'avril, tous ces hommes recrutés de bon gré ou de force se trouvaient devant Tournay où le roi, accompagné du dauphin, arriva bientôt.

Cette fois, Louis XV n'avait pas renouvelé la faute commise l'année précédente avec Mme de Châteauroux : il avait laissé Mme de Pompadour à Étioles. Et ce fut par un billet cacheté d'une devise galante : *Discret et fidèle,* qu'elle apprit la victoire de Fontenoy[64].

Après le retour du roi, la favorite, de plus en plus grisée, se conduisit comme la dernière des parvenues : elle voulut avoir droit à des égards particuliers.

Mme de Pompadour, nous dit le duc de Richelieu, exigea comme maîtresse ce que Mme de Maintenon avait obtenu comme épouse non déclarée... Elle lut dans les manuscrits de Saint-Simon que la favorite de Louis XIV, assise sur un fauteuil distingué, se levait à peine quand Monseigneur ou Monsieur entraient chez elle, elle ne se dérangeait point pour les princes et les princesses et ne les admettait que par audience demandées, ou lorsqu'elle les mandait pour des réprimandes. Mme de Pompadour l'imita le plus possible dans toutes ces étiquettes et se permit toutes les impertinences possibles avec les princes du sang. Ils s'y soumirent presque tous avec bassesse, excepté le prince de Conti qui lui parlait avec froideur et le dauphin qui la méprisait ouvertement[65]. »

En effet, Monseigneur et ses sœurs ne l'appelaient que *Maman Putain*, ce qui, nous dit d'Argenson, « n'était pas d'enfants bien élevés ».

Les façons de cette petite roturière faisaient ricaner toute la cour. « On ne parle, écrit encore d'Argenson, que des discours bourgeois et ridicules que tient la marquise qui affecte le plein pouvoir et le premier ministère, comme aurait fait un cardinal premier ministre. Elle dit à un ambassadeur qui prend congé : "Continuez, je suis très contente de vous ; vous savez que je suis de vos amies depuis longtemps." Elle tranche, elle décide, elle regarde les ministres du roi comme les siens. Rien surtout n'est si dangereux que l'usage que l'on fait de M. Berryer, lieutenant de police qui rend compte à cette dame de tout ce qui se passe et se dit à Paris, car toute femme, et surtout celle-ci, est vindicative, dominée par ses passions et courte de sens et de probité[66]. »

Un peu plus tard, elle exigea que son maître d'hôtel fût décoré de l'ordre royal et militaire de Saint-Louis, car, sans cordon, elle ne le croyait pas digne de la servir...

En dépit des titres, en dépit d'un certain vernis, en dépit même

64. Louis XV n'aimait pas la guerre. Le soir de la bataille, il montra à son fils la plaine jonchée de morts : « Voyez, lui dit-il, ce qu'il en coûte à un bon cœur de remporter des victoires. Le sang de nos ennemis est toujours le sang des hommes ; la vraie gloire c'est de l'épargner ! »

65. Duc de Richelieu, *op. cit.*

66. D'Argenson, *op. cit.*

d'une incontestable intelligence, Mme de Pompadour commettra toute sa vie de telles mesquineries. Jusqu'à sa mort, cette femme, dont quelques historiens passionnés ont voulu faire la plus distinguée des marquises, aura des réactions de petite parvenue...

7

La marquise de Pompadour est responsable du stupide traité d'Aix-la-Chapelle

Le gouvernement des femmes est d'ordinaire
le malheur des États.

RICHELIEU

Un jour, Mme de Pompadour désira être présentée officiellement à la reine. Elle vint faire une révérence sous le contrôle de Mme de Conti, et Marie Leczinska, qui aurait eu quelques raisons d'être prévenue contre la favorite, se montra d'une exquise amabilité. Après l'audience, elle déclara :

— Du moment que le roi a besoin d'une maîtresse, autant Mme de Pompadour qu'une autre.

Cette réflexion devait beaucoup aider la marquise dans son établissement à la cour.

Quelques semaines plus tard, pourtant, la reine ne put s'empêcher de jouer un tour malicieux à sa rivale. Celle-ci s'était présentée devant elle, les deux bras nus chargés d'une énorme gerbe de fleurs ; « la reine aussitôt, conte Mme Campan, de louer à haute voix, en termes flatteurs, le teint, les yeux et les beaux bras de la marquise, et la trouvant ainsi infiniment gracieuse, elle la prie de chanter dans cette attitude. Mme de Pompadour, fort embarrassée de son encombrant fardeau, sentait parfaitement ce que cette invitation avait de désobligeant et elle cherchait à s'excuser. Mais la reine finit par le lui ordonner. Alors la marquise entonna malicieusement le grand air du monologue d'*Armide* quand l'enchanteresse tient Renaud dans ses fers dorés :

Enfin, il est en ma puissance !...

» En voyant l'altération du visage de Sa Majesté, toutes les dames présentes à cette scène eurent à composer leurs visages [67]. »

Heureusement pour la favorite, la bonne reine était incapable de garder rancune à quelqu'un.

Le lendemain, elle avait oublié l'affront et bientôt les deux femmes vécurent dans une paix complète, ce qu'apprécia Louis XV qui avait horreur des complications...

67. Mme CAMPAN, *Mémoires*.

Installée à la cour, où le marquis de Gontaut lui apprenait les belles manières, la marquise consolida ses positions auprès du roi en organisant des fêtes, des bals et des spectacles de toutes sortes.

Elle-même jouait et chantait avec talent dans ces divertissements.

Ce goût pour le théâtre la poussait d'ailleurs à se travestir dans le privé pour fortifier les ardeurs du souverain.

Aux rendez-vous que lui donnait Louis XV, elle arrivait habillée tantôt en petite laitière, tantôt en sœur grise, d'autres fois en abbesse ou en bergère. On la vit même « en servante aux vaches » avec une jatte de lait tout chaud...

Ces efforts étaient d'autant plus méritoires que la marquise était affligée d'un tempérament très froid, et qu'elle devait se donner beaucoup de mal pour jouer les femmes déchaînées.

Aussi recourait-elle à des artifices pour se mettre au diapason du roi. Mme du Haussay, sa fidèle femme de chambre, nous indique quelques-uns des aphrodisiaques dont elle usait :

« Mme de Pompadour, s'ingéniant à plaire au roi et à répondre à ses transports voluptueux, essaya, à une époque, du chocolat à triple vanille et ambré qu'elle se faisait servir à déjeuner ; elle mangeait aussi des truffes et des potages au céleri. »

Ce régime ayant échauffé la marquise, Mme du Haussay lui fit un jour des remarques qu'elle n'eut pas l'air d'écouter. La femme de chambre en parla alors à la duchesse de Brancas qui fit part à Mme de Pompadour des appréhensions qu'elle éprouvait pour sa santé.

— Ma chère amie, lui répondit celle-ci, je suis troublée de la crainte de perdre le cœur du roi en cessant de lui être agréable. Les hommes mettent, comme vous pouvez le savoir, beaucoup de prix à certaines choses ; et j'ai le malheur d'être d'un tempérament très froid. J'ai imaginé de prendre un régime échauffant pour réparer ce défaut ; et depuis deux jours cet élixir me fait assez de bien, ou du moins j'ai cru m'en apercevoir [68].

La duchesse de Brancas regarda la drogue et la jeta dans la cheminée.

Mme de Pompadour protesta :

— Je n'aime pas à être traitée comme une enfant ! dit-elle.

Puis elle éclata en sanglots et reconnut qu'elle avait tort car ces remèdes émoustillants nuisaient à sa santé.

Lorsque Mme de Brancas fut partie, elle appela Mme du Haussay, et, les yeux pleins de larmes, s'exprima très simplement :

— J'adore le roi, je voudrais lui être agréable. Mais, hélas, quelquefois, il me trouve une *macreuse* [69]. Je sacrifierais ma vie pour lui plaire.

Ce manque de tempérament finit par être connu, et de nombreuses femmes se mirent de nouveau à tourner autour du roi.

A tout hasard

L'une d'elles, Mme de Coislin, donna quelque inquiétude à Mme de

68. Mme du Haussay, *Mémoires*.
69. Oiseau aquatique que l'on dit avoir le sang froid.

Pompadour. Un soir à Marly, les deux femmes se lancèrent des pointes qui amusèrent la galerie. La marquise rentra chez elle presque au désespoir. S'étant habillée très rapidement, elle appela Mme du Haussay et lui dit :

— Je ne crois pas qu'il y ait rien de si insolent que cette Mme de Coislin, je me suis trouvée ce soir au jeu à une table de brelan avec elle, et vous ne pouvez vous imaginer ce que j'ai souffert. Les hommes et les femmes semblaient se relayer pour nous examiner. Mme de Coislin a dit deux ou trois fois en me regardant : « *Vatout* », de la manière la plus insultante, et j'ai cru me trouver mal quand elle a dit d'un ton triomphal : « *J'ai brelan de rois !* » Je voudrais que vous eussiez vu sa révérence en me quittant.

— Et le roi, dit la femme de chambre, lui a-t-il fait bonne mine ?

— Vous ne le connaissez pas, ma bonne, reprit Mme de Pompadour, s'il devait la mettre dès ce soir dans mon appartement, il la traiterait froidement devant le monde et me traiterait avec la plus grande amitié. Telle a été son éducation[70]...

Mme de Pompadour ne se trompait pas : le roi devint l'amant de Mme de Coislin et sembla même y prendre plaisir.

Ulcérée, la favorite convoqua Janelle, l'intendant des postes qui avait organisé une espèce de cabinet noir où le courrier des particuliers était lu — et souvent copié — pour que le roi en prît connaissance.

Elle lui remit un pli et lui dit :

— Placez ce mot dans les extraits de lettres que vous remettez au roi. S'il vous demande qui l'a écrit, répondez que c'est un conseiller au Parlement et citez un nom.

Janelle, qui était tout dévoué à la marquise, emporta la lettre et, le lendemain, Louis XV la trouva sur son bureau.

La voici :

Il est juste que le maître ait une amie, une confidente comme nous tous tant que nous sommes, quand cela nous convient : mais il est à désirer qu'il garde celle qu'il a : elle est douce, ne fait de mal à personne, et sa fortune est faite. Celle dont on parle[71] *aura toute la superbe que peut donner une grande naissance ; il faudra lui donner un million par an, parce qu'elle est, à ce qu'on dit, très dépensière, et faire ducs, gouverneurs de province, maréchaux, ses parents, qui finiront par environner le roi et faire trembler ses ministres.*

Cette ruse un peu grossière réussit. Louis XV, qui était assez avare, abandonna rapidement Mme de Coislin.

Et peu de jours après, Mme de Pompadour disait à Mme du Haussay :

— Cette superbe marquise a manqué son coup, elle a effrayé le roi par ses grands airs et n'a cessé de lui demander de l'argent, et vous ne

70. Mme DU HAUSSAY, *op. cit.*
71. Mme de Coislin.

savez pas que le roi signerait sans y songer pour un million et donnerait avec peine cent louis sur son petit trésor [72].

A peine Mme de Coislin était-elle éliminée qu'un groupe de ministres ennemis de Mme de Pompadour essayait de placer la comtesse de Choiseul dans le lit du roi.

Un soir, le comte d'Argenson, ministre de la Guerre, fit venir la jeune femme dans le bureau de Louis XV, referma la porte et attendit.

Au bout d'un moment, comme rien ne semblait bouger dans la pièce voisine, il alla mettre son œil au trou de la serrure et le spectacle qu'il vit lui réchauffa le cœur : Mme de Choiseul, couchée sur un canapé, remplissait vaillamment sa mission.

Quelques instants après, la comtesse apparut, échevelée et « dans le désordre qui était la marque de son triomphe ».

— Alors, lui dit M. d'Argenson, d'un ton hypocrite, est-ce fait ?

— Oui, c'en est fait, répondit-elle, je suis aimée, il est heureux ; elle va être renvoyée, il m'en a donné sa parole.

En entendant ces mots M. d'Argenson appela les autres ministres et tous se congratulèrent.

Mais leur joie allait être courte : car Mme de Choiseul, « s'étant livrée comme une fille, fut abandonnée comme une fille ».

Alors M. d'Argenson chargea sa propre maîtresse, Mme d'Estrades, de prendre la place de Mme de Pompadour. La jeune femme se mit aussitôt à l'œuvre, et un soir que Louis XV, un peu fatigué après un bon repas, se reposait sur un canapé dans un petit salon, elle entra à pas de loup, se déshabilla entièrement et vint se coucher à côté de lui.

Le roi qui somnolait, alourdi par des vapeurs du vin de Tokay, ne tourna même pas la tête.

Agacée, Mme d'Estrades se livra alors à des voies de faits qui changèrent bien des choses dans la personne royale.

Puis elle abusa de la situation.

Hélas ! cet exploit ne devait lui être d'aucune utilité ; car le lendemain, Louis XV, dégrisé, ne se souvint de rien et passa près d'elle sans lui adresser la parole.

Le coup avait raté...

Si les manœuvres de M. d'Argenson réussissaient parfois à mettre une dame dans le lit du roi, elles n'étaient pas capables cependant d'entamer la puissance de la marquise.

Louis XV aimait follement Mme de Pompadour. Lui, si avare, la couvrait de cadeaux, lui offrait des terres, des châteaux, des bijoux, cédait à tous ces caprices et ne pouvait se passer de sa compagnie.

Lorsqu'il était trop triste, trop mélancolique, elle seule pouvait combattre son ennui. L'après-midi, elle venait le retrouver par l'escalier secret qui reliait leurs appartements et se mettait au clavecin pour lui chanter des extraits d'opéra ou quelques chansons à la mode.

72. Mme DU HAUSSAY, *op. cit.*

Le soir, c'était avec elle qu'il présidait, dans les fameux Petits Cabinets, aux soupers réservés aux intimes. Et la nuit, selon le mot d'un auteur du temps, « c'était elle la vraie reine de France »...

Marie Leczinska avait d'ailleurs fini par accepter cette situation avec l'abnégation d'une bonne chrétienne. Une anecdote le prouvera. Un soir, Mme de Pompadour jouait avec elle à la comète lorsque la pendule sonna dix coups. Un peu gênée, la favorite demanda la permission de quitter le jeu.

— Allez, lui dit la reine avec bonté.

Et Mme de Pompadour, après une révérence respectueuse, courut faire l'amour avec le roi.

Depuis quelque temps, sa puissance était si grande que les ministres eux-mêmes acceptaient de recevoir ses avis et ses directives.

Quant à Louis XV, il commençait à la considérer comme sa conseillère politique.

Or on était en août 1748, les armées de Maurice de Saxe avançaient en Hollande, prenant ville après ville, et Mme de Pompadour craignait de voir son amant repartir pour la guerre. Elle avait peur, en effet, de demeurer seule à Versailles où tant de gens la détestaient ; et, pour conserver le roi auprès d'elle, elle s'efforçait, depuis quelque temps déjà, de faire admettre l'idée d'une paix. Les événements allaient l'aider.

Après la prise de Maestricht, Marie-Thérèse et ses alliés affolés demandèrent l'arrêt des hostilités. La France, qui était maîtresse des Pays-Bas, se trouvait pour négocier dans la situation la plus favorable et pouvait se montrer difficile. Mme de Pompadour, soucieuse d'en finir avec ses craintes, conseilla au roi de n'avoir aucune exigence et de rendre toutes ses conquêtes jusqu'au matériel pris...

Et ce fut le stupide traité d'Aix-la-Chapelle qui mit le peuple en colère et dont, seul, le plus plat des courtisans, M. de Voltaire, désireux de se faire bien voir, félicita la favorite.

Il lui écrivit en effet :

Il faut avouer que l'Europe peut dater sa félicité du jour de cette paix. On apprendra avec surprise qu'elle fut le fruit des conseils pressants d'une jeune dame du plus haut rang, célèbre par ses charmes, par des talents singuliers, par son esprit et par une place enviée. Ce fut la destinée de l'Europe dans cette longue querelle, qu'une femme [Marie-Thérèse] *la commençât et qu'une femme la finît.*

Cette lettre déshonorante pour l'écrivain montre à quel point Mme de Pompadour était devenue puissante, puisqu'on la félicitait même pour ses gaffes...

A ce moment la marquise avait plus d'influence qu'un prince de sang.

« Il n'y avait, nous dit Pierre de Nolhac, qu'une seule puissance dont elle ne disposât point, puissance incertaine encore, mais déjà inquiétante, et dont le rôle, avec tant de questions graves qui se posaient dans l'État, grandissait d'année en année ; c'était l'opinion publique. D'abord favorable ou indifférente, elle se déchaînait maintenant contre la favorite et, dirigée par des gens habiles, la rendait responsable des fautes du gouvernement et du mécontentement universel[73]. »

A propos de cette paix que le peuple ne pouvait accepter, un pamphlet violent qui annonçait 1789 circula de main en main :

Lâche dissipateur des biens de tes sujets,
Toi qui comptes les jours par les maux que tu fais,
Esclave d'une femme et d'un ministre avare,
Louis, apprends le sort que le Ciel te prépare.
Si tu fus quelque temps l'objet de notre amour,
Tes vices n'étaient pas encore dans tout leur jour...
Tu verras chaque instant ralentir notre zèle
Et souffler dans nos cœurs une flamme rebelle,
De guerre sans succès fatiguant les États
Tu fus sans généraux, tu seras sans soldats...

Puis des chansons qu'on appelait « poissonnades » coururent Paris. En voici quelques exemples significatifs :

Les grands seigneurs s'avilissent,
Les financiers s'enrichissent,
Tous les Poissons s'agrandissent[74]*,*
C'est le règne des vauriens ;
On épuise la finance
En bâtiment en dépense ;
L'État tombe en décadence ;
Le roi ne met ordre à rien, rien, rien, rien.

Une petite bourgeoise,
Élevée à la grivoise,
Mesurant tout à sa toise,
Fait de la cour un taudis ;
Le roi, malgré son scrupule,
Pour elle follement brûle ;
Cette flamme ridicule
Excite dans tout Paris, ris, ris, ris.

Cette catin subalterne
Insolemment le gouverne,
Et c'est elle qui décerne
Les honneurs à prix d'argent :

73. PIERRE DE NOLHAC, *Louis XV*.

74. Le père de Mme de Pompadour avait été anobli en 1747. Le roi, sans ironie d'ailleurs, lui avait donné pour armes « un écu de gueules à deux poissons en forme de barbeaux d'or adossés »...

Devant l'idole tout plie,
Le courtisan s'humilie ;
Il subit cette infamie,
Et n'est que plus indigent, gent, gent, gent.

Mais ces insultes n'ébranlèrent pas la puissance de Mme de Pompadour qui devint à peu près l'égale d'un premier ministre...

Ce triomphe extraordinaire d'une roturière qui, deux ans auparavant, ne connaissait ni les mœurs, ni les usages, ni le langage si particulier de la cour finit par impressionner les courtisans. Peu à peu, tous acceptèrent de se soumettre et de faire bonne mine à Jeanne-Antoinette. Tous, sauf deux : Maurepas et le duc de Richelieu.

Le premier faisait sur Mme de Pompadour des poèmes satiriques. Le second cherchait à l'évincer en faisant entrer dans le lit du roi sa propre maîtresse, Mme de la Pouplinière.

C'était une brune ardente et romanesque qui se plaisait, nous dit-on, « à courir par les halliers, les cheveux au vent, habillée en Diane chasserresse ». Mariée au fermier général Le Riche de la Pouplinière, elle habitait un magnifique hôtel rue de Richelieu [75]. Sa liaison avec le duc durait depuis trois ans et avait causé un scandale en 1746. M. de la Pouplinière ayant appris qu'il était cocu s'était alors rendu chez sa femme, l'avait jetée à terre d'un soufflet bien appliqué et l'avait piétinée sauvagement.

Comme il s'était plu, dans sa colère, à « trépigner sur tout le visage de son épouse », la malheureuse était sortie du combat « avec un crâne gros comme une citrouille et bosselé à la ressemblance d'un coing ».

En outre, le fermier général lui avait interdit de revoir Richelieu.

Celui-ci, prévenu aussitôt, avait loué une maison contiguë à l'hôtel de la Pouplinière et fait établir une communication entre les deux immeubles par une plaque de cheminée qui s'ouvrait comme une porte dans la chambre de la jeune femme.

En 1748, il y avait deux ans que les amants se retrouvaient en toute sécurité, grâce à ce chemin secret, lorsque Richelieu eut l'idée de pousser sa maîtresse dans les bras du roi.

Mme de Pompadour eut-elle vent de la chose ? Désira-t-elle barrer la route à cette rivale en faisant éclater un scandale ? C'est possible. Car au début de novembre 1748, M. de la Pouplinière fut brusquement informé que sa femme continuait de recevoir M. de Richelieu.

Très intrigué il se demanda comment le duc parvenait à pénétrer dans son hôtel sans que personne s'en aperçût : un jour, pendant que Mme de la Pouplinière assistait à une revue militaire dans la plaine des Sablons, il fouilla minutieusement sa maison en compagnie du fameux physicien et inventeur d'automates Vaucanson.

Au bout d'un moment, les deux hommes arrivèrent devant la plaque de cheminée.

75. Actuellement le n° 5 de la rue.

— Exactement derrière ce mur, dit M. de la Pouplinière, se trouve la chambre de M. de Richelieu. Il suffirait d'un passage secret pour tout expliquer.

Vaucanson donna un coup de canne dans la plaque et remarqua qu'elle sonnait creux. S'approchant pour mieux l'examiner il put alors constater « qu'elle était à charnière et que la jointure en était presque imperceptible ».

— Ah ! le bel ouvrage ! s'écria-t-il avec admiration [76].

Et il glissa la lame d'un canif dans une rainure. Mue par un ressort caché, la plaque s'ouvrit aussitôt.

M. de la Pouplinière parut extrêmement contrarié.

Le soir, Mme de la Pouplinière fut jetée à la rue par son mari et toute la capitale s'amusa beaucoup de l'aventure. On chansonna la femme du fermier général et, à Noël, les camelots parisiens vendirent des jouets d'actualité qu'on s'arracha. Il s'agissait de « petites cheminées en carton, avec une plaque qui s'ouvrait, derrière laquelle on voyait un homme et une femme qui se guettaient » [77].

Mme de la Pouplinière était définitivement ridiculisée et Mme de Pompadour n'avait plus rien à craindre d'elle...

8

La vérité sur le Parc-aux-Cerfs

> L'oubli de son personnage de roi, la délivrance de lui-même, voilà ce que Louis XV demandait à l'adultère.
>
> J. et E. DE GONCOURT

Un matin de mars 1749, M. de Maurepas, ministre de la Marine, se trouvait dans le cabinet du roi. Conscient du danger que faisaient courir au royaume les dépenses somptuaires de Mme de Pompadour, il essayait d'ouvrir les yeux de Louis XV.

— Sire, la Marine a besoin d'argent. Nous manquons de bateaux, nos arsenaux sont en ruine, nos ports à l'abandon... Et je ne peux m'empêcher d'avoir le cœur serré en voyant s'élever des théâtres et des salles de ballet au moment où il faudrait des navires à Votre Majesté.

Cette allusion aux divertissements favoris de Mme de Pompadour gêna le roi, mais il ne répondit rien. Encouragé, M. de Maurepas allait continuer, lorsque la marquise, qui écoutait aux portes, entra brusquement. Elle avait l'œil brillant.

— Monsieur de Maurepas, dit-elle d'un ton sec, vous faites venir à Sa Majesté la couleur jaune qui ne lui vaut rien. Adieu, monsieur !

76. MARMONTEL, *Mémoires*.
77. BARBIER, *op. cit.*

Et elle lui montra la porte.

Le ministre, humilié, sortit sans que le roi esquissât un geste pour le retenir.

Une fois de plus, Mme de Pompadour venait d'agir en roturière parvenue.

Quelques jours après, elle récidiva, montrant la même arrogance, et le même manque de tact. Alors que le ministre était chez le roi, elle vint demander l'annulation d'une lettre de cachet.

— Il s'agit d'un ami, dit-elle. J'entends qu'on lui rende la liberté.

Et, se tournant vers Maurepas, elle lui donna des ordres. Le ministre, un peu interloqué, regarda Louis XV :

— Il faut que Sa Majesté l'ordonne, dit-il.

— *Faites ce que veut madame !* répondit sèchement le monarque.

Peiné de voir à quel point le roi était sous l'emprise de cette femme, Maurepas perdit toute réserve.

Le lendemain, la favorite, en se mettant à table, trouva sous sa serviette un quatrain d'apparence anodine :

Par vos grâces nobles et franches,
Iris, vous enchantez les cœurs.
Sous vos pas, vous semez des fleurs,
Mais, hélas ! ce sont des fleurs blanches[78].

Mme de Pompadour blêmit, et des larmes lui montèrent aux yeux. Cette épigramme visait une infirmité secrète qui l'atteignait, selon le mot de Henri Carré, « à la source même de sa fortune ». Depuis quelque temps, en effet, une mauvaise salpingite lui causait des ennuis.

Devinant que Maurepas était l'auteur du quatrain, elle alla trouver le roi et lui demanda de le châtier sévèrement. Louis XV, très ennuyé, répondit qu'on manquait de preuves.

Alors, pour frapper l'esprit de son amant, Mme de Pompadour inventa un gros mensonge : elle prétendit que M. de Maurepas voulait l'empoisonner.

Cette accusation était tellement invraisemblable que Louis XV ne put cacher son scepticisme. La marquise ne se démonta pas ; le soir et les jours suivants, elle affecta de ne manger d'un plat qu'après que les autres convives y eurent goûté. Le vendredi, cette comédie devint plus burlesque encore. Comme elle se piquait d'irréligion, on lui servait à elle seule, ce jour-là, des aliments gras. En les voyant arriver sur la table, elle poussa des cris :

— Pas aujourd'hui... Des plats spécialement préparés pour moi ne peuvent qu'être empoisonnés !

Et elle eut une crise de nerfs.

Louis XV, visiblement agacé par cette scène ridicule, rentra chez lui après avoir salué la marquise assez froidement.

Cette réaction imprévue affola Mme de Pompadour qui, changeant de tactique, décida de faire une démarche auprès de M. de Maurepas.

78. D'ARGENSON, *op. cit.*

Un matin, elle arriva dans le bureau du ministre, accompagnée d'une amie. Tout de suite, elle l'attaqua :

— On ne dira pas que j'envoie chercher les ministres, dit-elle, je me dérange pour les voir.

Maurepas se leva.

— Quand donc connaîtrez-vous enfin, monsieur, les auteurs de ces infâmes chansons qui courent les rues ?

— Quand je les connaîtrai, madame, répondit le ministre, c'est au roi que je les nommerai.

— Vous faites bien peu cas, monsieur, des maîtresses du roi.

Le ministre s'inclina :

— Je les ai toujours respectées, madame, *de quelque espèce qu'elles fussent*[79].

Mme de Pompadour n'était pas venue pour se faire insulter. Elle partit en claquant la porte.

Le soir même, chez la maréchale de Villars, dame d'honneur de la reine, quelqu'un félicita ironiquement Maurepas de la visite qu'il avait reçue.

— Celle de Mme de Pompadour ? dit le ministre en riant. Oui, mais cela lui portera malheur. Je me souviens que Mme de Mailly vint aussi me voir deux jours avant que d'être renvoyée par Mme de Châteauroux. Quant à celle-ci, on sait que je l'ai empoisonnée. Je leur porte malheur à toutes[80].

Ce propos badin, tenu devant trente personnes, monta tout droit aux Petits Cabinets, et la favorite réussit à convaincre le roi que le ministre voulait la faire disparaître.

Louis XV, cette fois, fut très ému. Il quitta la table et s'enferma dans une chambre avec la marquise. Une demi-heure plus tard, un courrier allait, en pleine nuit, chez M. d'Argenson, porteur d'un billet que le ministre de la Guerre devait remettre sans délai à M. de Maurepas.

C'était un ordre d'exil :

Vos services, monsieur, ne me conviennent plus. Vous remettrez votre démission à M. de Saint-Florentin. Vous vous retirerez à Bourges et vous n'y verrez que votre famille. Je vous dispense de toute réponse.

Rarement disgrâce avait été aussi cruellement signifiée. Maurepas, effondré, quitta Versailles.

Il allait payer de vingt-cinq ans d'exil le crime d'avoir chansonné une favorite vindicative.

Ayant abattu son ennemi, Mme de Pompadour respira. Une nouvelle fois, elle venait de prouver sa puissance au royaume tout entier. Elle ne sortait pas, toutefois, complètement indemne du combat qu'elle avait mené contre le ministre de la Marine. Les tracas, les nuits

79. Ce dialogue est rapporté par d'Argenson dans ses *Mémoires*.
80. D'ARGENSON, *op. cit.*

d'insomnie, les soucis l'avaient usée et défraîchie. Ses appas s'étaient fanés, et les chansonniers, reprenant la plume de Maurepas, composèrent ce couplet peu galant :

Les yeux froids et le cou long,
La contenance éventrée,
La peau jaune et truitée,
Et chaque dent tachetée,
Sans esprit, sans caractère,
L'âme vile et mercenaire,
Les propos d'une commère,
Tout est bas chez la Poisson.

En lisant ce pamphlet, Louis XV ne dit rien, car lui-même commençait à trouver Mme de Pompadour un peu fripée. Depuis quelque temps, d'ailleurs, la favorite n'était plus qu'une amie pour lui. Les médecins, ne parvenant pas à guérir la mauvaise salpingite de Jeanne-Antoinette, avaient interdit en effet à celle-ci « de remplir les devoirs de son état ».

Aussi, le monarque se consolait-il avec différentes demoiselles — autant que possibles vierges — que des amis obligeants lui amenaient en cachette.

La marquise ne tarda pas à être informée de ces galanteries par sa police personnelle. Comprenant le danger qu'elle courait, elle décida « de retenir Louis XV dans ses chaînes en devenant elle-même la surintendante de ses amours »...

Un curieux personnage arrivé à Paris depuis peu allait l'aider, bien involontairement d'ailleurs, dans cette aimable tâche.

C'était un Italien de vingt-cinq ans qui ne pensait qu'à séduire les demoiselles.

Il s'appelait Casanova.

Un jour, par hasard, ce jeune homme fit la connaissance d'une adorable adolescente, qui servait de modèle à Boucher. Écoutons-le nous conter la chose :

« J'étais à la foire Saint-Laurent avec mon ami Patu lorsqu'il lui vint envie de souper avec une actrice flamande nommée Morphy, et il m'engagea à être de moitié dans son caprice. Cette fille ne me tentait pas ; mais que refuse-t-on à son ami ? Je fis ce qu'il voulut. Après avoir soupé avec sa belle, Patu eut envie de passer la nuit à une occupation plus douce, et, ne voulant pas le quitter, je demandai un canapé pour y passer sagement la nuit.

» La Morphy avait une sœur, petite souillon d'environ treize ans[81], qui me dit que, si je voulais lui donner un petit écu, elle me céderait son lit. Je le lui accorde, et me voilà dans un petit cabinet où je trouve une paillasse sur quatre planches.

» — Et tu appelles cela un lit, mon enfant ?

» — Je n'en ai pas d'autre, monsieur.

81. Casanova se trompe : elle en avait quinze.

» — Je n'en veux point, et tu n'auras pas mon petit écu.
» — Vous pensiez donc à vous déshabiller ?
» — Bien sûr !
» — Quelle idée ! Nous n'avons point de draps.
» — Tu dors donc tout habillée ?
» — Non !
» — Eh bien, couche-toi comme d'ordinaire, et je te donnerai le petit écu.
» — Pourquoi ?
» — Pour te voir dans cet état.
» — Mais vous ne me ferez rien ?
» — Pas la moindre chose.

» Elle se met sur sa pauvre paillasse, où elle se couvre avec un vieux rideau. Dans cet état, l'idée des haillons disparaît ; je ne vois plus qu'une beauté parfaite, mais je voulais la voir en entier.

» En riant, elle prend toutes les positions que je lui demande, et je suis forcé d'admirer tout le charme de ce beau corps jeune, mais mûri de bonne heure. J'avais le désir de voir tous ces charmes bien propres ; et elle me demanda six francs pour se laver des pieds à la tête. »

Lorsqu'elle eut pris un bain, la petite rouée revint dans le lit où l'attendait Casanova.

« Je la trouvai alors, ajoute-t-il, disposée à me laisser tout faire, excepté la seule chose dont je ne me souciais pas. Elle me prévint qu'elle ne me permettrait pas cela, *car, au jugement de sa sœur, cela valait vingt-cinq louis*. Je lui dis que nous marchanderions une autre fois ce point capital et que, pour le moment, nous le laisserions intact. Rassurée sur ce point, tout le reste fut à ma disposition, et je lui trouvai un talent très perfectionné, quoique si précoce [82]. »

Cette experte jeune fille s'appelait Louison Morphy. Au bout de quelques jours, Casanova en fut tellement amoureux qu'il désira posséder son portrait. « J'eus envie d'avoir ce magnifique corps en peinture, écrit-il, et un peintre allemand [83] me le peignit divinement bien pour six louis. La position qu'il lui fit prendre était ravissante. Elle était couchée sur le ventre, s'appuyant des bras et des seins sur son oreiller, et tenant la tête tournée comme si elle avait été couchée aux trois quarts sur le dos. L'artiste, habile et plein de goût, avait dessiné sa partie inférieure avec tant d'art et de vérité qu'on ne pouvait rien désirer de plus beau. »

Un jour, en 1753, le peintre, ayant été appelé à Versailles, montra à M. de Saint-Quentin une copie de sa toile. Le courtisan, qui était chargé précisément de chercher des tendrons pour le lit du roi, pensa que cette jolie fille pouvait plaire à son maître. Il alla lui montrer le portrait.

Louis XV fut ébloui. Le lendemain, sur son ordre, Louison, convenablement débarbouillée par sa sœur, qui avait reçu mille écus,

82. Casanova, *Mémoires*.
83. Casanova se trompe. Il s'agit de Boucher.

lui était amenée dans un petit pavillon de Versailles. Il la prit sur ses genoux, lui fit quelques caresses et, nous dit Casanova, « s'étant assuré de sa royale main que le fruit n'avait pas encore été cueilli, il lui donna un baiser ».

Pendant cet examen, Louison le regardait attentivement avec un curieux sourire.

— Pourquoi ris-tu ? lui demanda-t-il.

— Je ris de ce que vous ressemblez à un écu de dix francs comme deux gouttes d'eau !

Cette naïveté amusa beaucoup Louis XV.

Le soir, Louison avait un appartement dans une petite maison, non loin du palais, et le souverain commençait avec délices à faire son éducation...

La petite maison dans laquelle le roi avait logé Louison allait être à l'origine d'une fable dont les écrivains de la Révolution devaient se régaler.

Je veux parler du fameux Parc-aux-Cerfs.

Depuis près de deux cents ans, les choses les plus invraisemblables ont été colportées, écrites et apprises sur ce lieu que la plupart des historiens ont présenté comme un harem, ajoutant que son nom venait des orgies monstrueuses qu'y organisait Louis XV. Lavallée, par exemple, se représente « une sorte de sérail à la façon orientale, un immense jardin avec bosquets mystérieux, pelouses fleuries, pavillons enchantés, et un essaim de biches plus ou moins timides, poursuivies par un lubrique monarque ».

C'était, en réalité, tout autre chose. Le Parc-aux-Cerfs était le nom d'un quartier de Versailles bâti au temps de Louis XIV sur l'emplacement d'un parc à bêtes fauves datant de Louis XIII.

Voici, en effet, ce que nous dit J.-A. Le Roi, qui fut en 1864 conservateur de la Bibliothèque de Versailles et qui effectua des recherches personnelles sur ce quartier.

« Quand Louis XIII acheta la seigneurie de Versailles et y fit construire un petit château, c'était surtout pour être plus facilement au milieu des bois dont ce lieu était entouré et pour s'y livrer au plaisir de la chasse, qu'il aimait passionnément. Aussi, l'un de ses premiers soins fut de faire élever près de son habitation les animaux pouvant servir à ses plaisirs. C'est pour cela qu'il choisit, dans les bois qui couvraient alors le sol de la ville, un emplacement dans lequel il pût réunir et faire élever des cerfs, des daims, et d'autres bêtes fauves. Il le fit entourer de murs, y fit construire quelques maisons de gardes, et ce lieu reçut le nom de *Parc-aux-Cerfs*[84]. »

La légende qui s'attacha à cet endroit démontre une fois de plus le pouvoir des mots ; car la réputation de Louis XV eût sans doute été différente si Louis XIII avait appelé sa réserve d'animaux sauvages le « Parc-aux-Renards » ou le « Parc-aux-Chevreuils »...

84. J.-A. Le Roi, *Curiosités historiques*.

« Le Parc-aux-Cerfs, ajoute J.-A. Le Roi, comprenait tout l'espace situé entre la rue de Satory, la rue des Rossignols et la rue Saint-Martin[85]. Ce Parc-aux-Cerfs fut d'abord conservé par Louis XIV, et la ville se composa du Vieux-Versailles et de la ville neuve, ne formant qu'une seule paroisse, celle de Notre-Dame.

» Quelques années après son séjour à Versailles, vers 1694, Louis XIV, voyant les habitations s'élever avec rapidité dans la ville qu'il venait de créer, songea à son agrandissement. Le Parc-aux-Cerfs fut alors sacrifié. Louis XIV fit abattre les murs, arracher les arbres, détruire les maisons des gardes, niveler le sol, et l'on y traça des rues et des places. Des terrains furent donnés, surtout à des gens de la maison du roi, mais l'on n'y vit cependant s'élever sous son règne que quelques rares habitations. Louis XIV mort, Versailles resta pendant quelques années comme une ville abandonnée. Aucune construction ne s'y fit. Mais lorsque Louis XV y eut de nouveau fixé son séjour et que la cour y fut revenue, on vit affluer de toutes parts de nouveaux habitants. Leur nombre qui, à la mort de Louis XIV, était de vingt-quatre mille fut presque doublé dans les quinze premières années. Les maisons se construisirent de tous côtés dans le quartier du Parc-aux-Cerfs, et les habitants de ce quartier furent si nombreux que l'on sentit la nécessité de diviser la paroisse formant aujourd'hui le quartier ou la paroisse Saint-Louis[86]. »

C'était là que tout seigneur un peu organisé possédait une maison pour y retrouver tranquillement ses petites amies et y faire des soupers fins.

Il n'est donc pas étonnant qu'en 1753, lorsque Louis XV rechercha un endroit discret pour tromper à la fois Marie Leczinska et Mme de Pompadour, son choix se soit fixé sur une habitation de ce quartier réservé aux amours illicites.

Il acheta, par l'intermédiaire d'un huissier du Châtelet de Paris, nommé Vallet, la maison de Jean-Michel Crémer, bourgeois de Versailles, située sur l'emplacement actuel du 4, rue Saint-Médéric.

C'est là qu'il installa Louison Morphy « avec une dame pour la garder et un domestique pour les servir ». La jeune fille, à qui sa bonne fortune valait le surnom flatteur de *Sirette*, resta dans cette maison près de deux ans.

Un soir de 1756, se croyant tout permis et poussée par la maréchale d'Estrées, qui n'aimait pas Mme de Pompadour, elle dit au roi :

— Et comment va la vieille coquette ?

Louis XV sursauta. Il n'admettait pas qu'on manquât de respect à la marquise.

— Qui vous a soufflé cette question ? demanda-t-il.

A la vue du souverain en colère, Louison fondit en larmes et avoua que c'était Mme d'Estrées.

85. C'est-à-dire l'espace compris actuellement entre la rue Satory, l'avenue de Sceaux, la rue Édouard-Charton, la rue Henri-de-Régnier, la rue Albert-Samain et la rue du Maréchal-Joffre.

86. C'est-à-dire le quartier qui se trouve à gauche du château lorsqu'on vient de Paris.

Trois jours plus tard, la maréchale était renvoyée dans ses terres, et Mlle Morphy, qui avait pourtant donné une fille à Louis XV, quittait pour toujours la petite maison du Parc-aux-Cerfs.

Sa sœur, Brigitte, âgée de vingt ans — une fille à parties — la remplaça, car selon le mot d'Argenson, « c'était un goût du roi d'aller ainsi de sœurs en sœurs »...

Puis la petite maison fut occupée par une demoiselle Robert, une demoiselle Fouquet et une demoiselle Hénaut...

Par la suite, Louis XV ne se contenta pas d'entretenir une seule pensionnaire. Sans atteindre aux raffinements imaginés par les auteurs des pamphlets édités pendant la Révolution, il fit acheter à leurs parents des jeunes filles souvent à peine nubiles (car il craignait la contagion de certaines maladies « dont on ne guérissait pas, comme des écrouelles », dit Le Bel, son valet de chambre) et se constitua « une réserve de tendrons ».

« Des petites filles de neuf à douze ans, lorsqu'elles avaient attiré les regards de la police par leur beauté, étaient enlevées à leur mère contre une somme d'argent et conduites à Versailles. Là, Louis XV passait plusieurs heures avec elles, s'amusait à les déshabiller, à les laver, à les lacer. Il avait le plus grand soin de les instruire lui-même des devoirs de la religion ; il leur apprenait à lire, à écrire, et à prier Dieu. Il faisait plus, lorsqu'il les avait initiées au plaisir, il priait lui-même à genoux avec elles [87]... »

Ce qui témoignait d'un bon fond.

Ces adolescentes n'étaient pas rassemblées en un même endroit. Pour les loger, le roi acheta dans le quartier du Parc-aux-Cerfs d'autres habitations qui n'ont pas toutes été identifiées. On sait seulement qu'il possédait la maison située sur l'emplacement de l'actuel 78, rue d'Anjou, celle qui porte le numéro 14 de la rue Saint-Louis, et une troisième sise avenue de Saint-Cloud... Les autres ont échappé aux recherches.

L'une de ces petites maisons, appelée l'Ermitage, appartenait à Mme de Pompadour qui s'était faite, je l'ai dit, la pourvoyeuse du roi, pour garder sa situation et son influence politique.

C'est peut-être là qu'eut lieu cet accouchement dont nous parle Mme du Haussay dans ses *Mémoires*. Écoutons la confidente de Mme de Pompadour :

« Madame (il s'agit de la marquise) me fit appeler un jour et entrer dans son cabinet.

» — Il faut, me dit-elle, que vous alliez passer quelques jours à l'avenue de Saint-Cloud, dans une maison où je vous ferai conduire. Vous trouverez là une jeune personne prête à accoucher. »

Mme du Haussay promit de s'occuper de la demoiselle « grosse d'un fruit royal », et Mme de Pompadour parla doucement de Louis XV :

« — C'est à son cœur que j'en veux, me dit-elle, et toutes ces petites

87. Sismondi, *Histoire des Français*.

filles ne me l'enlèveront pas. Je ne serais pas aussi tranquille, si je voyais quelque jolie femme de la cour ou de la ville tenter sa conquête.

» Je demandai à Madame si la jeune personne savait que c'était le roi qui était le père.

» — Je ne le crois pas, me dit-elle, mais comme il a paru aimer celle-ci, je crains qu'on ne se soit trop empressé de le lui apprendre. Sans cela, on dit à elle et aux autres que c'est un seigneur polonais parent de la reine, et qui a un appartement au château. Cela a été imaginé a cause du cordon bleu que le roi n'a pas toujours le temps de quitter, parce qu'il faudrait changer d'habit [88]. »

Le fameux harem du Parc-aux-Cerfs se réduit donc finalement à quelques petites maisons, éparpillées dans un quartier de Versailles et abritant chacune une ou deux jolies filles.

Il est une autre erreur dont se sont rendus coupables certains historiens ; c'est celle qui consiste à regarder le Parc-aux-Cerfs comme une des principales causes de la déprédation des finances. Lacretelle, par exemple, croyant sur parole les pamphlets révolutionnaires, écrit : « Les dépenses du Parc-aux-Cerfs se payaient avec des acquis au comptant. Il est difficile de les évaluer ; mais il ne peut y avoir aucune exagération à affirmer qu'elles *coûtèrent plusieurs centaines de millions à l'État*. Dans quelques libelles, on les porte jusqu'au milliard. »

Ce qui est une bagatelle à côté des trente-six millions que Mme de Pompadour a coûté à la France en dix-neuf ans.

Comme quoi, plusieurs petites filles finissent par revenir moins cher qu'une grande dame...

9

Mme de Pompadour responsable du renversement des alliances

> Son ambition la poussait à tout renverser pour arriver...
>
> JULES BELLEAU

En 1755, la favorite, qui ne remplissait plus ses « devoirs passionnels » depuis trois ans, fut brusquement prise de vertige. La situation qu'elle occupait auprès du roi était trop insolite, trop anormale pour pouvoir durer longtemps. Son activité de pourvoyeuse n'était pas suffisante pour la maintenir indéfiniment à la cour, d'autant que le roi pouvait un jour s'éprendre d'une des petites filles du Parc-aux-Cerfs et en faire sa concubine officielle.

Mme de Pompadour eut alors une idée : sachant que Louis XV détestait le travail, elle résolut de se rendre indispensable en le déchargeant des soucis du pouvoir.

88. Mme DU HAUSSAY, *op. cit.*

L'ambitieuse et rusée marquise espérait, par la même occasion, renforcer son crédit, étendre son influence au-delà des frontières et gouverner elle-même. Jusqu'alors, elle était premier ministre : elle voulut devenir le roi...

Comme rien ne l'avait préparée à cette tâche, elle alla trouver quelques amis, le garde des Sceaux Machault, le secrétaire d'État Rouillé et l'abbé de Bernis, ancien ambassadeur de France à Venise, et leur demanda, avec cette candeur désarmante qu'ont souvent les jolies femmes, de l'initier aux affaires publiques.

Ravis de plaire à la favorite, les hommes d'État ouvrirent les dossiers, expliquèrent les dessous des tractations avec les pays étrangers, étalèrent les comptes du Trésor, communiquèrent les plans militaires, commentèrent les dépêches diplomatiques...

Pendant des semaines, élève appliquée et intelligente, Mme de Pompadour s'informa, prit des notes, retint des noms, lut des rapports. Lorsqu'elle se jugea suffisamment instruite, elle convoqua dans son petit cabinet de laque rouge des généraux, des conseillers, des gens de finance, des magistrats et les étonna par ses connaissances.

Après chaque entretien, elle adressait à Louis XV — qui avait horreur qu'on lui parle de politique — une longue lettre pleine d'aperçus originaux. Le ton ferme qu'elle prenait alors en imposait au timide souverain. « A l'égard des lettres que la marquise adressait au roi, écrit l'abbé de Bernis, je n'aurais jamais cru qu'elle lui eût dit la vérité avec autant d'énergie et même d'éloquence. Je l'en aimai et l'en estimai davantage. Je l'exhortai à ne pas affaiblir son style et à continuer à dire la vérité avec force et courage [89]. »

Mme de Pompadour n'allait pas tarder à prouver son autorité.

Depuis six ans, Jésuites et Jansénistes étaient en lutte à propos de la bulle *Unigenitus*, et l'affaire prenait des proportions inquiétantes [90].

Le gouvernement, mené par les Jésuites, avait accepté cette bulle comme loi d'État ; mais le Parlement, faisant cause commune avec les Jansénistes, la repoussait.

Au début de 1752, l'archevêque de Paris, Christophe de Beaumont, ayant interdit aux prêtres de son diocèse d'administrer la communion à quiconque ne serait pas muni d'un *billet de confession* certifiant son entière soumission à la bulle, un conseiller du Châtelet s'était vu refuser les sacrements en mourant et n'avait pu être enterré au cimetière [91].

89. ABBÉ DE BERNIS, *Mémoires*.

90. En 1712, un prêtre de l'Oratoire, le prêtre Quesnel, avait publié un livre intitulé *Réflexions morales*. Les Jésuites, s'étant penchés sur cet ouvrage, reconnurent avec horreur, dans les cent une propositions qu'il contenait, les principes même du Jansénisme. A leur prière, Louis XIV s'adressa à Rome pour demander la condamnation de ces cent une propositions que déjà plusieurs évêques français avaient approuvées. Et le 8 septembre 1713, le pape, Clément XI, promulguait la bulle *Unigenitus* qui, déclarant les propositions du père Quesnel fausses, hérétiques et blasphématoires, rejetait le Jansénisme hors de l'Église.

91. L'usage voulait que la sépulture en terre chrétienne, c'est-à-dire au cimetière, fût refusée aux gens qui étaient morts sans avoir reçu — par leur faute — l'extrême-onction.

Le Parlement, immédiatement saisi de l'affaire, avait fait brûler par le bourreau les mandements des évêques, tandis qu'on saisissait le temporel de l'archevêque.

Il avait enfin forcé les prêtres, au nom de la loi, à administrer la communion à tous les malades.

Christophe de Beaumont s'était alors rendu auprès du roi pour protester contre l'immixtion de l'Assemblée dans les affaires religieuses et Louis XV, faisant preuve d'une énergie inattendue, avait exilé le Parlement à Pontoise, puis à Soissons...

Au moment où Mme de Pompadour commençait sa carrière politique, les membres de l'Assemblée venaient de rentrer. Naturellement leur hargne contre le clergé avait décuplé, et ils cherchaient un moyen de se venger. La favorite allait le leur fournir !

Athée, amie de Voltaire, des encyclopédistes et des « philosophes », elle n'avait point à intervenir dans ce débat épineux et sans doute ne s'en serait-elle jamais mêlée sans un incident d'ordre strictement personnel.

Ayant fait l'acquisition de l'hôtel d'Évreux (actuel palais de l'Élysée), elle demanda en juin 1755 à l'archevêque de Paris l'autorisation d'y faire célébrer la messe.

Christophe de Beaumont, qui protestait contre la présence scandaleuse de la favorite à la cour, s'y opposa.

Mme de Pompadour, très irritée, décida immédiatement de prendre le parti du Parlement et des Jansénistes...

Justement, le curé de Saint-Étienne-du-Mont venait de refuser les sacrements à une vieille fille, et l'Assemblée, fort émue, demandait à Louis XV d'intervenir.

Mme de Pompadour courut chez le roi.

— Vous allez convoquer ici l'archevêque de Paris, dit-elle. Mais auparavant, je voudrais vous en dire deux mots.

Souriante, venimeuse, charmante, elle parla pendant trois quarts d'heure. Et ses propos furent tels que lorsqu'elle eut terminé, le roi n'aurait pas eu un gros effort à fournir pour penser que le prélat était l'être le plus immonde que la terre eût porté...

C'est dans cet état d'esprit qu'il convoqua Christophe de Beaumont à Versailles. L'archevêque, sûr de la protection du souverain, arriva avec un sourire confiant sur les lèvres.

Il ressortit la tête basse et faisant une « grosse lippe fort vilaine à voir ».

Le roi, sur les conseils de la marquise, lui avait donné l'ordre de quitter Paris sans délai et de se rendre à Conflans.

Il était exilé à son tour...

Ayant remporté cette victoire, Mme de Pompadour, qui continuait à s'initier aux secrets des affaires de l'État, voulut consolider encore sa situation en se faisant donner une haute charge à la cour. En 1752, elle avait obtenu un tabouret de duchesse, ce qui était déjà stupéfiant quand on songe à ses origines roturières. Elle voulait plus encore : elle voulait devenir dame « de la maison de la reine »...

Connaissant la piété de Marie Leczinska, elle pensa que son irréligion pouvait être un obstacle et elle résolut de se convertir.

Sur les conseils de son ami Machault, elle prit pour guide spirituel le père de Sacy, un Jésuite fort habile qui lui demanda avant toute chose de reprendre la vie commune avec son mari. La marquise commença par faire la grimace ; puis, une idée lui étant venue, elle recopia sans discuter la lettre dont le père lui avait fait le brouillon. Écoutons le duc de Luynes qui connut l'intervention du Jésuite :

« Par son conseil, lorsqu'il a été question de la place de dame du palais, elle a écrit à M. d'Étioles pour lui proposer de retourner avec lui, s'il le voulait bien, sinon qu'elle le priait instamment de revenir avec elle et que, dans tous les cas, elle lui demandait non seulement son agrément, mais sa volonté, avant que d'accepter une place de dame du palais qu'on lui offrait [92]. »

La lettre fut portée chez M. d'Étioles, qui la lut avec l'effarement qu'on imagine.

A peine avait-il repris ses esprits qu'on lui annonça deux visiteurs. L'un était M. de Machault, l'autre, M. de Soubise. Tous deux, envoyés par Mme de Pompadour, venaient faire entendre à l'époux « qu'assurément il avait toute liberté d'agréer le retour de sa femme ; mais que le roi en pourrait être fort désobligé ».

M. Le Normant d'Étioles, qui vivait pour lors avec une adorable danseuse de l'Opéra, Mlle Rem [93], n'avait pas du tout envie de reprendre sa femme. Après en avoir assuré les deux émissaires, il lui écrivit cette admirable lettre pleine d'ironie :

Je reçois, madame, la lettre par laquelle vous m'annoncez le retour que vous avez fait sur vous-même et le dessein que vous avez de vous donner à Dieu. Je ne puis qu'être édifié d'une pareille résolution. Je ne suis point étonné de la peine que vous vous feriez de vous présenter devant moi, et vous pouvez aisément juger de celle que je ressentirais moi-même. Je voudrais pouvoir oublier l'offense que vous m'avez faite ; votre présence ne pourra que m'en rappeler plus vivement le souvenir. Ainsi, le seul parti que nous ayons à prendre l'un et l'autre est de vivre séparément. Quelque sujet de mécontentement que vous m'ayez donné, je veux croire que vous êtes jalouse de mon honneur, et je le regarderais comme compromis, si je vous recevais chez moi et que je vécusse avec vous comme ma femme. Vous sentez même que les temps ne peuvent rien changer à ce que l'honneur prescrit.

J'ai l'honneur d'être avec respect, madame, votre très humble et très obéissant serviteur.

LE NORMANT.

92. DUC DE LUYNES, *op. cit.*

93. En raison du nombre incroyable de ses amants, les esprits malicieux avaient baptisé cette demoiselle : REM PUBLICAM...

Cette lettre apporta un grand soulagement à Mme de Pompadour qui avait craint un moment d'être prise au mot par son mari ; elle lui permettait également de prouver que « le lien conjugal n'avait pas été desserré par elle... »

Pendant quelques mois, on vit la marquise lire des ouvrages de piété. Elle allait à la messe tous les jours et restait longtemps agenouillée après l'*Ite missa est*, mains jointes et coiffes baissées.

Pourtant cette comédie ne trompait personne.

Pas même le père de Sacy, qui dit un jour à la marquise :

— Je ne vous donnerai l'absolution que si vous quittez volontairement la cour.

Furieuse, elle s'adressa à un autre Jésuite, le père Desmarets, qui montra la même intransigeance que son prédécesseur.

Finalement, elle écrivit au pape dans l'espoir insensé d'obtenir le désaveu des pères. Elle précisait « qu'elle était nécessaire au bonheur de Louis XV, au bien de ses affaires, qu'elle était la seule qui osât lui dire la vérité si utile aux rois, etc. ».

Le Saint-Père n'ayant pas cru bon de lui répondre, elle fit rechercher, dans le clergé parisien, par Berryer, le lieutenant de police, un prêtre séculier d'assez bonne composition pour lui donner l'absolution « sans exiger de renoncer à la société du roi, et par conséquent, sans la réparation du scandale »[94], et le trouva...

Elle put alors communier et revint de la sainte table en manifestant une intense émotion. La bonne Marie Leczinska fut dupe de cette vilaine farce : au début de 1756, elle nomma, sur la demande de Louis XV, Mme de Pompadour, « dame de sa maison ». Toute la cour en trembla :

« L'événement inattendu, raconte M. de Croy, éclata au grand étonnement de tout le monde le dimanche 6 février : Mme la marquise de Pompadour fut déclarée dame du palais de la reine. Mais ce n'est pas tout : elle se déclara en même temps dans la dévotion. La veille, elle fit ce qu'elle ne faisait jamais : maigre au souper des Petits Cabinets, et il devint public que, depuis des mois, elle avait des conférences avec le père de Sacy. Elle retrancha sa toilette publique et, le mardi suivant, elle reçut les ambassadeurs à son métier de tapisserie ; ainsi on passa de la toilette au métier[95]. »

Une fois de plus, la marquise triomphait. Mais elle conservait contre les Jésuites une rancune tenace qui allait un jour se manifester de cruelle façon.

Tandis que Mme de Pompadour faisait son éducation politique, le roi continuait de s'occuper, avec un admirable entrain, des jeunes vierges que l'on rassemblait pour lui au Parc-aux-Cerfs.

— Notre souverain a le goût du neuf, disait-on en riant.

94. ABBÉ DE BERNIS, *op. cit.*
95. M. DE CROY, *Mémoires.*

Cette marotte fut bientôt connue dans tout le royaume, et l'on vit des parents ambitieux préserver avec soin la vertu de leurs héritières pour en faire « bon et loyal » hommage à Sa Majesté.

Des gens qui ne pensaient qu'au bien de leurs chères petites firent des bassesses pour que Louis XV devînt leur gendre de la main gauche, et une terrible concurrence s'établit.

Certains firent même des offres à la façon des commerçants, en joignant des « certificats de garantie »...

Voici, par exemple, la lettre d'un père de famille :

Animé d'un ardent amour pour la personne sacrée du roi, j'ai le bonheur d'être le père d'une fille charmante, véritable miracle de fraîcheur, de beauté, de jeunesse, de santé. Je serais bien heureux que Sa Majesté voulût bien cueillir sa virginité. Une telle faveur serait pour moi la douce récompense de mes longs et loyaux services aux armées du roi...

A cette extraordinaire lettre était joint le certificat d'un médecin attestant la virginité de la jeune personne.

Quelques jours plus tard, elle était dans une petite maison du Parc-aux-Cerfs...

Une telle prévenance de la part de ses sujets ravissait Louis XV qui avait ainsi la possibilité de venir chaque soir (sous des noms d'emprunt) « se régaler d'une savoureuse novice ».

Cette conduite ne choquait personne. A la cour, il fallait d'ailleurs que les scandales fussent singulièrement corsés pour qu'on s'y intéressât... Corsés ou piquants.

C'est ainsi qu'au mois de juin 1755 une aventure galante amusa le Tout-Versailles.

Un soir, l'abbé de Boismont, académicien et prédicateur du roi, se trouvait au lit avec une charmante duchesse. Tous deux s'efforçaient d'atteindre le ciel par des moyens profanes, lorsque la porte de leur chambre s'ouvrit lentement, livrant passage au duc qui venait retrouver son épouse.

Très ennuyé, l'abbé dit tout bas à la jeune femme :

— Feignez de dormir, nous nous tirerons d'affaire.

Le duc s'avança vers le lit et fut un peu surpris en voyant sa place occupée. Il allait manifester son déplaisir, lorsque l'académicien, mettant un doigt sur sa bouche, lui dit d'une voix étouffée :

— Chut !... Chut !... Vous en êtes témoin, j'ai gagné.

— Quoi ?

— Mon pari ! N'êtes-vous pas au courant ?

— Non !

— Chut ! Au nom de Dieu, ne faites pas de bruit. Hier, Mme la duchesse afficha la prétention d'avoir le sommeil si léger que le bourdonnement d'une mouche, selon elle, la réveillait. Sur cela, je pariai cinquante louis qu'on se coucherait auprès d'elle sans être entendu, pourvu qu'il fît du vent. Elle accepta mon pari en se moquant de moi. Il fait du vent, ce soir. Je suis venu, vous le voyez. J'ai gagné. Chut !

— Voilà un étrange pari, reprit le duc.

— Je le reconnais... Toutefois, comme madame aurait pu contester le succès de ma folle entreprise, ne me blâmez pas de vous avoir attendu avec l'impatience d'un joueur ardent à faire constater son avantage et à rendre ses droits irrécusables [96].

Tremblante, la duchesse faisait semblant de dormir, tandis que le mari, acceptant cette fable incroyable, s'asseyait tranquillement dans un fauteuil.

Ce que voyant, l'abbé s'habilla, salua sa victime et sortit sur la pointe des pieds.

Le lendemain, le galant académicien, voulant parachever sa ruse, vint rendre visite à la duchesse avant que le mari ne fût sorti. L'épouse feignit d'ignorer l'incident de la veille, le duc ne lui en ayant soufflé mot. Habilement, l'abbé amena la conversation sur le prétendu pari. Fine mouche, la duchesse soutint que son sommeil était léger et que le projet de l'académicien ne pourrait se réaliser. Elle poussa même la générosité jusqu'à lui rendre sa parole. Alors l'amant lui certifia que les conditions du pari avaient été remplies. Comme elle se récriait, il demanda au mari de témoigner.

Le duc ayant naturellement reconnu les faits, la duchesse, jouant la surprise et la mauvaise humeur, lui demanda cinquante louis et les versa à l'abbé...

C'est ainsi que le prêtre, s'inclinant, reçut des mains du cocu l'enjeu de son faux pari...

Si la cour s'amusait de ces mésaventures galantes, Mme de Pompadour ne s'y attardait pas et continuait son travail. Depuis quelques mois, en collaboration avec ses amis l'abbé de Bernis et le comte de Choiseul-Stainville, elle s'occupait activement des affaires de politique étrangère.

Or, en cette fin de juin 1755, la France se préparait à renouveler l'alliance qu'elle avait contractée avec Frédéric II de Prusse, et la favorite se flattait de mener à bien les négociations.

Pour amadouer Frédéric, elle avait envoyé M. de Voltaire à Potsdam. Celui-ci échoua complètement, ainsi qu'il l'avoua, à son retour, dans une lettre adressée à Mme Denis :

Quand je pris congé de Mme de Pompadour à Compiègne, écrit-il, *elle me chargea de présenter ses respects au roi de Prusse. On ne peut donner une commission plus agréable. Elle y mit toute la modestie possible, et des* Si j'osais *et des* Pardon de prendre cette liberté. *Il faut apparemment que je me sois mal acquitté de ma commission. Je croyais, en homme tout plein de la cour de France, que le compliment*

96. Ce dialogue est rapporté par M. DE LA GORSE. Cf. *Souvenirs d'un homme de Cour ou Mémoires d'un ancien page*, 1805.

serait bien reçu. « Je ne connais pas cette dame, me répondit sèchement le roi. Ce n'est pas ici le pays du Lignon. » Je n'en mande pas moins à la marquise que Mars a reçu comme il le devait le compliment de Vénus.

L'écrivain se garda bien, en effet, d'avouer son échec à la favorite. Mais celle-ci ne tarda pas à apprendre, par ses agents secrets, que le roi de Prusse la couvrait d'injures et la surnommait *la reine Cotillon.*

A Potsdam, tout le monde, d'ailleurs, se moquait ouvertement d'elle, et, certain soir, un bel esprit déclara « qu'il s'agissait là d'une femme d'extraction si basse qu'elle eût mieux fait de ne pas naître ».

Ces propos, lorsqu'ils lui furent rapportés, mirent la marquise fort en colère.

Quelque temps après, on lui remit la copie de cette lettre écrite par Frédéric II lui-même ; ce qui n'arrangea pas les choses :

Je ne crois pas qu'un roi de Prusse ait de ménagement à garder avec une demoiselle Poisson, surtout si elle est arrogante et manque à ce qu'elle doit de respect aux têtes couronnées.

Enfin, elle apprit que ce souverain vraiment peu galant avait poussé la raillerie et le mauvais goût jusqu'à baptiser sa chienne « Pompadour »...

La marquise, cette fois, jugea l'affront vraiment impardonnable et chercha un moyen de se venger...

Il allait lui être fourni par le comte Kaunitz, chancelier à la cour de Vienne et conseiller de Marie-Thérèse d'Autriche. Ce rusé diplomate, en apprenant l'animosité de la marquise à l'égard de Frédéric II, conçut le projet de détacher la France de la Prusse et d'en faire l'alliée de la maison d'Autriche.

Il commença par envoyer des cadeaux somptueux à Mme de Pompadour, qui en fut charmée ; puis il lui fit remettre une lettre par le comte de Stahremberg, ambassadeur de Vienne à Paris :

Madame, j'ai désiré souvent me rappeler à votre souvenir, il s'en présente une occasion qui, par les sentiments que je vous connais, ne saurait vous être désagréable. M. le comte de Stahremberg a des choses de la dernière importance à proposer au roi, et elles sont d'espèce à ne pouvoir être traitées que par le canal de quelqu'un que Sa Majesté Très Chrétienne honore de son entière confiance et qu'elle assignerait au comte de Stahremberg. Nos propositions, je pense, ne vous donneront pas lieu de regretter la peine que vous aurez prise à demander au roi quelqu'un pour traiter avec nous, et je me flatterai, au contraire, que vous pourrez me savoir quelque gré de vous avoir donné par là une nouvelle marque de l'attachement et du respect avec lequel j'ai l'honneur d'être, etc.

En recevant cette lettre, la favorite fut gonflée d'orgueil. Jamais la petite Jeanne-Antoinette Poisson n'aurait imaginé que les chancelleries d'Europe s'adresseraient un jour à elle pour obtenir son appui auprès du roi de France...

Le surlendemain, Louis XV ayant lu la lettre, l'ambassadeur de Vienne rencontrait l'abbé de Bernis au château de Babiole, charmante résidence de la marquise, située sur la colline de Meudon.

M. de Stahremberg fit part des propositions de Marie-Thérèse : si la France s'engageait à apporter son aide militaire à l'Autriche contre Frédéric II, elle recevrait en échange Mons et le Luxembourg, tandis qu'un Bourbon d'Espagne aurait le gouvernement des Pays-Bas.

L'abbé de Bernis, qui était un fin politique, se permit, après l'entrevue, de dire à Mme de Pompadour que Marie-Thérèse ne voyait dans cette alliance qu'un moyen de reprendre la Silésie à la Prusse en faisant supporter à la France les frais d'une guerre européenne.

La favorite prit très mal la chose et somma l'abbé de continuer les négociations. Depuis qu'elle avait reçu la lettre du comte de Kaunitz, elle voulait en effet remanier la carte de l'Europe...

La rencontre de l'abbé de Bernis et de l'ambassadeur de Vienne chez Mme de Pompadour ne tarda pas à être connue de Frédéric II. Fort inquiet, le roi de Prusse se hâta de conclure une alliance avec l'Angleterre qui, justement, venait de couler deux navires français.

Cette décision précipita les négociations à Paris. Au mois de mai 1756, le traité franco-autrichien était signé.

Ce *renversement d'alliances* fut applaudi par le peuple, ravi de voir un traité mettre fin à une longue hostilité. Quant aux grands, ils se congratulaient :

Il est certain, écrivait M. de Stahremberg à Vienne, *que c'est à Mme de Pompadour que nous devons tout et que nous devrons tout attendre de l'avenir. Elle veut qu'on l'estime, et elle le mérite en effet. Elle est enchantée de la conclusion de ce qu'elle regarde comme son ouvrage et m'a assuré qu'elle ferait de son mieux pour ne pas rester en si beau chemin.*

Immédiatement, M. de Kaunitz envoya ses remerciements à la marquise :

C'est à votre zèle et à votre sagesse, madame, que nous sommes redevables de l'alliance conclue. Je m'en rends parfaitement compte, et ce serait me priver d'un réel plaisir que de ne pas vous assurer de toute ma gratitude.

La favorite avait transformé l'échiquier européen.

Ce pacte, dit Voltaire, « réunissait les maisons de France et d'Autriche après deux cents ans d'une haine réputée immortelle. Ce que n'avaient pu tant de traités de paix et de mariages, un mécontentement reçu du roi de Prusse et *l'animosité de quelques personnes toutes-puissantes, que ce prince avait blessées par ses plaisanteries*, le firent en un moment »...

En somme, si Frédéric II n'avait pas appelé sa chienne *Pompadour*, la guerre de Sept Ans, qui fut la conséquence du renversement des alliances, n'eût peut-être jamais eu lieu...

10

Damiens veut tuer le roi à cause de Mme de Pompadour

C'est au beau sexe que nous sommes redevables de toutes les vertus.
G. AGRIPPA

Le peuple, qui avait applaudi le traité d'alliance franco-autrichien, ne tarda pas à déchanter.

Au mois de mai 1756, tandis que Mme de Pompadour se félicitait encore de son action politique, l'Angleterre nous déclarait la guerre, et, en août, Frédéric II, sans le moindre avertissement, faisait irruption en Saxe. Aussitôt, les Autrichiens volèrent au secours des Saxons. Mais leur intervention fut de courte durée car les Prussiens les anéantirent en Bohême. La Russie, la Suède, les Princes de l'Empire, entrèrent alors dans le combat et toute l'Europe, en un instant, fut en armes...

La France, liée par son pacte, déclara le traité de Westphalie violé, et fit entrer deux armées en campagne.

La guerre de Sept ans, une des plus désastreuses de notre histoire, commençait.

Les premières opérations militaires de la France furent couronnées de succès. Le maréchal de Richelieu, débarquant à Minorque, prit Port Mahon, ce qui permit notre installation en Corse.

Mais, pour soutenir une guerre à la fois sur terre et sur mer, il fallait beaucoup d'argent et l'on dut créer des impôts nouveaux. Le peuple, cette fois, considéra le traité franco-autrichien avec beaucoup moins de sympathie ; et les gens, dans la rue, ne se gênèrent pas pour conspuer Mme de Pompadour, responsable de l'alliance. On criait :

— Nous allons payer, à cause d'une putain [97] !

Ce qui était un propos un peu vif, mais le reflet de la vérité.

A la fin de 1756, on s'en prit à Louis XV qui, disait-on, « se faisait mener les yeux fermés par la favorite ». Des pamphlets d'une incroyable violence firent alors leur apparition. L'un d'eux disait : « Rasez le roi, pendez Pompadour, rouez Pochault. » Lorsqu'on le lut au souverain, celui-ci ne put s'empêcher de dire :

— Si cela continue, j'aurai mon Ravaillac !

Il ne se trompait pas.

Le 5 janvier 1757, comme il montait dans son carrosse pour quitter Versailles, un homme surgit dans la foule, bouscula gardes et courtisans

97. *Vie privée des maîtresses, ministres et courtisans de Louis XV et des intendants et flatteurs de Louis XV.*

et se jeta sur lui. Un instant le roi crut avoir reçu un coup de poing dans le dos ; mais ayant porté sa main à l'endroit où il avait été touché, il la retira pleine de sang et en fut très peiné...

— On m'a frappé, dit-il. C'est ce monsieur-là. Qu'on l'arrête, mais qu'on ne le tue point.

Pendant qu'on se saisissait de l'homme, deux courtisans transportèrent le roi dans sa chambre. En entrant dans la pièce où se trouvait la reine Marie, il dit d'un ton tragique qui annonçait le mélo du boulevard du crime :

— Madame, je suis assassiné !

Et la bonne reine eut une syncope.

Se croyant perdu, Louis XV se confessa à la hâte. Dès qu'il eut fini, le chirurgien La Martinière sonda la plaie. Il eut beaucoup de mal car l'assassin, ayant raté son coup à cause des vêtements épais que portait le roi en cette saison, n'avait provoqué qu'une égratignure bouffonne.

— Votre vie, sire, n'est pas en danger, dit gravement La Martinière.

Le roi respira.

Puis il demanda des renseignements sur son agresseur. On lui apprit que l'homme s'appelait Robert-François Damiens et qu'il avait trente-deux ans.

— Quelle arme avait-il sur lui ?

— Un couteau à deux lames, sire, dont l'une, en forme de canif, est longue comme la main.

En entendant ces détails, le roi réclama de nouveau un confesseur...

Au même instant, Mme de Pompadour, qui venait d'apprendre l'attentat dont le roi avait été victime, poussait des cris dans son appartement et se tordait les bras à tout hasard.

Lorsqu'elle sut que le roi faisait avec insistance l'aveu de ses péchés, elle se mit à craindre pour elle. Mme de Châteauroux, en effet, dans des circonstances analogues, on s'en souvient, avait été renvoyée sur-le-champ.

La douleur de Mme de Pompadour fut bientôt un spectacle auquel tous les gens de la cour voulurent assister. « Son appartement, nous dit Mme du Haussay, était comme une église où chacun croyait avoir le droit d'entrer. Les indifférents la regardaient avec curiosité, ses amis avec compassion, tandis que ses ennemis venaient repaître leurs yeux de spectacle de sa souffrance. »

Le fidèle abbé de Bernis lui rendit visite. « Au premier moment, écrit-il, la marquise se jeta dans mes bras avec des cris et des sanglots qui auraient attendri ses ennemis eux-mêmes, si des courtisans pouvaient être touchés. »

Pendant quelques jours, elle attendit avec anxiété l'ordre de quitter Versailles. Tremblante, elle se trouvait « au bord de l'évanouissement » à chaque fois qu'on frappait à sa porte...

Cette frayeur s'accrut bientôt, car la marquise apprit que le peuple la rendait responsable de l'attentat. Damiens, au cours de ses interrogatoires, venait de déclarer, en effet, « qu'il avait voulu effrayer le roi et le forcer à renvoyer ses ministres et la favorite ».

Des gens bien informés révélèrent alors que, quelques semaines avant l'attentat, une main inconnue avait lancé par-dessus le mur d'un collège de Jésuites le billet suivant :

Vous, mes Révérends Pères, qui avez su faire périr Henri III et Henri IV, n'auriez-vous pas quelque Jacques Clément ou quelque Ravaillac pour nous défaire de Louis et de sa putain ?

Immédiatement, le peuple accusa les Jésuites d'avoir armé Damiens et reprocha à la marquise d'être la cause du drame. On chanta sur elle des refrains orduriers et l'on promena son effigie pendue au bout d'un balai...

Pendant onze jours, Mme de Pompadour attendit que le roi voulût bien la rassurer sur son sort. Mais Louis XV, qui s'était mis à craindre tout à coup que la lame ne fût empoisonnée, restait peureusement au lit entouré de ses confesseurs.

Un jour enfin, l'amour fut le plus fort : il alla en robe de chambre, coiffé de son bonnet de nuit et appuyé sur une canne, rendre visite à la marquise...

Délivrée de ses angoisses, Mme de Pompadour s'intéressa au procès du régicide et fit demander aux hommes de justice d'être de la dernière sévérité à son égard.

Elle voulait se venger des onze jours épouvantables qu'elle venait de passer.

Damiens était à ce moment dans un cachot malsain. Ses geôliers le soumirent à un régime inhumain. On l'enserra dans une camisole de force qui ne lui laissait la liberté d'aucun mouvement. « Il était couché, disent les *Mémoires* de Sanson, sur une estrade matelassée dont le chevet faisait face à la porte, et dont le dossier se baissait et s'élevait au moyen d'une crémaillère, lorsque, brisé par cette épouvantable torture qui se prolongea pendant cinquante-sept jours, le misérable priait ses gardiens de le changer de position.

» L'appareil qui le maintenait sur sa couche vaut bien la peine qu'on le décrive. Il consistait en une espèce de réseau de fortes courroies de cuir de Hongrie qui se reliaient à des anneaux scellés dans le plancher, cinq de ces anneaux se trouvaient de chaque côté du lit et un aux pieds du prisonnier. »

Jamais mesures plus rigoureuses n'avaient été prises contre un accusé.

Le procès ne commença que le 17 mars. Le 26, la Cour rendit son arrêt contre « Robert-François Damiens, domestique sans condition ». Le coupable était condamné à une mort affreuse en place de Grève. Il devait, selon les termes du jugement, « être tenaillé aux mamelles, bras, cuisses et gros de jambes, sa main droite, tenant en icelle le couteau dont il a commis ledit parricide, brûlée de feu de soufre et, sur les endroits où il sera tenaillé, jeté du plomb fondu, de l'huile bouillante, de la poix résine brûlante, de la cire et du soufre fondus ensemble, et ensuite son corps tiré et démembré à quatre chevaux, et, ses membres et corps consumés en feu, réduits en cendres et ses cendres jetées au vent ».

En entendant ces détails, Damiens eut un mot extraordinaire. Hochant la tête, il murmura :

— La journée sera rude !

Tandis que les juges rendaient leurs sentence, des charpentiers élevaient une enceinte autour de la place de Grève pour que le public, toujours friand de ce genre de spectacle, ne vînt pas gêner l'opération.

Le 27 mars, le procureur général reçut la visite de personnages curieux. Il s'agissait de petits inventeurs qui venaient proposer avec beaucoup de gentillesse des procédés de torture de leur idée. L'un suggérait d'enfoncer des esquilles de chanvre sec et soufré sous les ongles du condamné et d'y mettre le feu ; un autre préconisait d'écorcher partiellement Damiens et de répandre un liquide corrosif sur ses muscles mis à nu ; un troisième soumit un petit instrument façonné à ses moments perdus et qui permettait de faire sauter les yeux du régicide « comme des grenouilles »...

Tous ces braves gens voulaient, suivant leurs goûts et dans la mesure de leurs moyens, apporter une aide aux bourreaux. Mais on ne retint aucune de leurs intéressantes idées...

Le 28 mars à l'aube, Damiens fut amené place de Grève. Une foule considérable, massée derrière les barrières, attendait depuis minuit. « Les toits de toutes les maisons dans la Grève, écrit Barbier, et les cheminées même, étoient couvertes de monde. Il y a même eu un homme et une femme qui en sont tombés dans la place et qui en ont blessé d'autres. On a remarqué qu'il y avoit beaucoup de femmes, et même de distinction ; qu'elles n'ont point quitté les fenêtres, et qu'elles ont mieux soutenu l'horreur de ce supplice que les hommes, ce qui ne leur a pas fait honneur [98]. »

Un autre chroniqueur note que « la peau du condamné, d'une blancheur éblouissante, a fait naître dans l'esprit de quelques-unes des femmes qui étoient là des pensées de lubricité et de désir »... Ce qui semble tout de même un peu surprenant.

A cinq heures, le supplice commença. Après avoir brûlé la main qui avait tenu le couteau, le bourreau tenailla Damiens dont les cris terribles ravirent la foule. « Ensuite, écrit calmement Barbier, il a été écartelé, ce qui a été long, parce qu'il étoit fort. On a même été obligé d'ajouter deux chevaux de plus, quoique les quatre fussent vigoureux. Comme on ne pouvoit pas parvenir à l'écarteler, on a monté à l'Hôtel de Ville demander aux commissaires la permission de donner un coup de tranchoir aux jointures ; ce qui a été refusé d'abord, pour le faire souffrir davantage ; mais à la fin, il a fallu le permettre. Il a fait des

98. Barbier, *op. cit.*

cris, mais il n'a proféré aucun jurement. Les deux cuisses ont été démembrées les premières, ensuite une épaule, et alors le patient a expiré à six heures et quart, après quoi les quatre membres et le corps ont été brûlés sur un bûcher. »

Mme de Pompadour était vengée.

Dès qu'il fut remis de ses émotions, Louis XV recommença à fréquenter les petites maisons du Parc-aux-Cerfs. Le premier jour, il y trouva une jeune fille en larmes. La pauvre, ayant deviné l'identité du faux « seigneur polonais », avait été désespérée en apprenant l'attentat de Damiens. Elle se jeta aux genoux du souverain en criant :

— Oui, vous êtes le roi de tout le royaume, mais ce ne serait rien pour moi si vous ne l'étiez pas de mon cœur ; ne m'abandonnez pas, mon cher sire. J'ai pensé devenir folle quand on a manqué de vous tuer[99].

Louis XV, très ennuyé d'être reconnu, embrassa l'adolescente qui lui tenait les jambes et parvint à quitter la pièce en reculant.

Le soir même, la jeune fille était conduite dans une maison de folles...

Pour la remplacer, Mme de Pompadour, qui s'occupait toujours des plaisirs du roi, eut une curieuse idée. Elle demanda à un artiste de peindre une « Sainte Famille » sur le lambris d'une chambre et, pour figurer la Vierge Marie, elle fournit une adorable enfant de quinze ans. Le peintre, loin de soupçonner le rôle qu'on lui faisait jouer, reproduisit fidèlement les traits de son modèle et attendit impatiemment la visite du souverain.

Lorsque celui-ci vit le tableau, il poussa un cri d'admiration :

— Qu'elle est belle !

L'artiste, candide, croyant qu'il s'agissait de la « Sainte Famille », rougit de plaisir. Mais le monarque, désignant la Vierge, demanda :

— Il s'agit d'un portrait, n'est-ce pas ?

— Oui, sire.

— J'aimerais bien en connaître le modèle.

Lugeac, que Mme de Pompadour avait placé là tout exprès, s'avança vers le roi.

— Quand vous voudrez, Sire. Il s'agit d'une demoiselle née d'un gentilhomme irlandais, réfugié en France pendant les révolutions de son pays.

— Qu'on me l'amène sans tarder ! dit Louis XV.

Le lendemain, Lugeac et Le Bel, valets de chambre du roi, se présentaient chez la mère de la jeune fille et lui racontaient l'histoire suivante :

— Votre fille, madame, a eu le bonheur de plaire à une dame de la reine. Elle veut l'élever à la cour et la doter.

La brave femme fut émerveillée. Elle se jeta à genoux pour remercier la Providence « qui se montrait si favorable à ses enfants » et, prenant

99. Mme du Haussay, *op. cit.*

l'adolescente par la main, suivit Lugeac et Le Bel dans une maison située près du palais. Après une courte absence, le valet de chambre du roi revint, l'air désolé :

— La dame est chez la reine, dit-il. Elle nous fait prier de dîner en l'attendant.

On se mit à table. « Après le dîner, nous conte Soulavie, on engagea l'infortunée mère à faire une courte promenade pour essayer si sa fille pouvait se séparer d'elle[100]. »

La brave femme accepta et sortit dans le jardin. Aussitôt, Le Bel entoura l'enfant d'un grand manteau, lui appliqua un linge sur la bouche et la conduisit dans l'appartement du roi.

Quand elle revint, la mère fut très étonnée de ne plus trouver personne et soupçonna un enlèvement. Elle frappa contre les portes, cria, tempêta jusqu'au moment où un valet fort digne vint lui dire « que sa fille était dans un lieu si privilégié que la police elle-même n'avait pas le droit d'y faire une visite ».

Et comme elle ne comprenait pas, il lui expliqua en riant que la dame dont on lui avait parlé était le roi.

La pauvre mère commença par pousser un cri de désespoir.

— Ils ont trente-deux ans de différence ! gémit-elle.

Puis elle réfléchit.

Et, comme elle aimait bien sa fille, elle s'en alla en remerciant de nouveau la Providence...

Elle avait raison d'être heureuse. Tandis qu'elle rentrait chez elle, Louis XV s'occupait en effet avec une infinie gentillesse de son enfant. Tendrement, bien que d'une manière assez ferme, il lui procurait un plaisir qu'elle n'avait jamais connu au sein de sa famille...

Cette adolescente, dont on ignore le nom, fut d'abord installée sous les combles du château de Versailles, puis rue de Satory, dans le Parc-aux-Cerfs. Louis XV l'adorait. Presque chaque soir, il venait la retrouver et la comblait de bijoux. Lorsqu'elle s'était mirée dans toutes les glaces, il la déshabillait, la posait sur un grand lit et lui enseignait des jeux fort savoureux dont elle apprenait les règles et les subtilités avec beaucoup d'intelligence.

Mme de Pompadour, informée par sa police personnelle, connaissait tout de ces soirées galantes. Elle en concevait une grande satisfaction. Pendant que le roi prenait ainsi du plaisir avec une fillette trop jeune pour avoir une influence quelconque, elle pouvait continuer à s'occuper librement de politique.

Depuis que Frédéric II avait envahi la Saxe, elle avait beaucoup de travail : elle nommait les généraux, dirigeait les armées, faisait déplacer des bataillons. Tout passait par ses mains. A la fin du printemps de 1757, impatientée par la lenteur des opérations, elle prétendit même se mêler de stratégie. Elle le fit de la façon puérile et prétentieuse qui lui était habituelle. Écoutons Mme de Genlis : « Écrivant au maréchal

100. Soulavie, *op. cit.*

d'Estrées à l'armée sur les opérations de campagne et lui traçant une espèce de plan, *elle avait marqué sur le papier avec des mouches les différents points qu'elle conseillait d'attaquer ou de défendre*[101]. »

Piqué, le maréchal d'Estrées attaqua et, par le plus grand des hasards, remporta à Hastenbeck une victoire sur les troupes du duc de Cumberland qui nous livra le Hanovre.

La marquise, débordante d'orgueil, déclara que cette victoire prouvait ses dons de stratège et elle envoya une lettre de félicitations pleine de condescendance au maréchal d'Estrées.

La faveur de celui-ci ne devait pas être longue. Ayant déplu à la marquise, il fut rappelé à Versailles quelques semaines plus tard et remplacé par Richelieu.

A la suite d'une manœuvre habile, le duc réussit pour son coup d'essai à encercler l'armée anglo-hanovrienne : mais au lieu d'anéantir cet adversaire qui se trouvait à sa merci, il accorda une capitulation. La bouillante Mme de Pompadour jugea cet acte impardonnable et fit rappeler Richelieu qu'elle remplaça par un de ses amis dévoués, le prince de Soubise.

A ce moment, la situation de Frédéric II était extrêmement critique. Un général habile pouvait en quelques semaines remporter une victoire définitive.

Hélas ! Soubise était un incapable...

Lorsqu'il rencontra, avec ses cinquante mille hommes, les vingt mille soldats du roi de Prusse à Rossbach, ce fut un désastre. Toute l'armée française, prise de panique, se sauva en désordre, et Frédéric II fit sept mille prisonniers.

Le soir de cette extraordinaire défaite, Soubise envoya un mot à Louis XV :

J'écris à Votre Majesté dans l'excès de mon désespoir ; la déroute de votre armée est totale. Je ne puis vous dire combien de vos officiers ont été tués, pris ou perdus.

En apprenant cette navrante nouvelle, Mme de Pompadour, très vexée, rentra chez elle, tandis que le dauphin criait bien haut qu'elle ne devait s'occuper que des fermiers généraux et non des généraux d'armée...

Dans le peuple, le protégé de la marquise fut l'objet de couplets malicieux.

Celui-ci peut être considéré comme l'un des plus spirituels :

Soubise, dit la lanterne à la main :
« J'ai beau chercher, où diable est mon armée ?
Elle était là, pourtant, hier matin,
Me l'a-t-on prise, ou l'aurais-je égarée ?
Ah ! je perds tout, je suis un étourdi,

101. Mme DE GENLIS, *Mémoires*.

Mais attendons au grand jour, à midi.
Que vois-je, ô ciel, que mon âme est ravie.
Prodige heureux, la voilà, la voilà !
Ah ! vendrebleu ! qu'est-ce donc que cela ?
Je me trompais, c'est l'armée ennemie... »[102]

La défaite de Rossbach avait complètement changé la situation et Frédéric II, continuant sur sa lancée, anéantit les Autrichiens à Leuthen.

Incapable de voir où elle conduisait la France, Mme de Pompadour décida de poursuivre la lutte et écrivit à M. de Kaunitz :

Je déteste plus que jamais Frédéric. Continuons tous nos efforts pour écraser le commun ennemi. Quand nous aurons atteint ce but, vous me verrez aussi heureuse que je suis aujourd'hui mortifiée.

Après quoi elle remplaça Soubise par un homme plus incapable encore : le comte de Clermont, abbé de Saint-Germain-des-Prés.

Aussitôt une chanson malicieuse courut Paris :

Vous allez commander l'armée,
Brave Clermont,
Vous avez bonne renommée,
Un très grand nom ;
Mais il faut plaire à Pompadour !
Vive l'amour !

Vous gagnerez une bataille,
En général,
Si vous ne faites rien qui vaille,
Tout est égal !
Songez à plaire à Pompadour !
Vive l'amour !

Versons pour la reine d'Hongrie
Tout notre sang !
Donnons-lui pour la Silésie
Tout notre argent ;
Elle a su plaire à Pompadour !
Vive l'amour !

Ce traité si peu raisonnable
Fait par Bernis
Nous paraît trop déraisonnable ;
Mais tout est dit :
Il a su plaire à Pompadour !
Vive l'amour !

Notre royaume périclite

102. Soubise, trois fois marié, avait été abondamment trompé par ses épouses. En apprenant que ce prince venait d'être battu à plates coutures, Louis XV murmura :
— Pauvre homme ! Il ne lui manque plus que d'être content !...

Et tout périt.
Notre roi, comme un Démocrite,
S'en fiche et dit :
Je trouve le fardeau trop lourd !
Vive l'amour !

Cette chanson exprimait bien le sentiment public.

Hélas, l'incroyable légèreté de Mme de Pompadour allait une fois de plus porter ses fruits amers : le premier engagement du comte de Clermont avec l'ennemi se termina par la défaite de Crefeld...

Au même instant, la flotte française était écrasée par les Anglais. Devant cette situation tragique, M. de Bernis vint conseiller à Mme de Pompadour de négocier la paix.

— Sa Majesté, dit-il, n'a plus ni argent, ni généraux, ni vaisseaux.

La marquise, furieuse, humiliée, le chassa en province où il put méditer, nous dit-on, « sur l'impossibilité de servir son roi et son pays avec une favorite qui traitait les affaires de l'État en enfant ».

De l'enfant, cette femme avait non seulement l'incompétence, mais encore l'entêtement. En dépit de tous les conseils, elle continua de faire « sa guerre » avec des incapables dont elle aimait les hommages.

En 1761, elle nomma Berryer, l'ancien chef de la police, à la tête de la Marine, tandis que Soubise, cher à son cœur, était promu maréchal de France.

Le résultat de ces caprices fut navrant : en 1762, tous nos vaisseaux étaient tombés entre les mains des Anglais, qui avaient en outre pris Belle-Isle, nos armées ne pensaient qu'au pillage ou aux jolies demoiselles qui allaient visiter les camps, tandis qu'au Nouveau Monde, nous perdions le Canada, et qu'aux Indes, les Anglais s'emparaient de nos possessions...

La guerre de Sept ans, qui avait été entreprise pour venger la marquise d'une plaisanterie de Frédéric II, se terminait par un affaiblissement de notre pays. « La France, écrivit Voltaire, avait perdu dans cette funeste guerre la plus florissante jeunesse, plus de la moitié de l'argent comptant qui circulait dans le royaume, sa marine, son commerce, son crédit. L'amour-propre de deux ou trois personnes avait suffi pour désoler l'Europe. »

Mme de Pompadour était, bien entendu, la principale personne visée par l'écrivain qui, après avoir été un adulateur de la favorite, hurlait maintenant avec les loups.

Le 10 février 1763, le traité de Paris vint parachever notre désastre et notre humiliation. Le seul bénéficiaire de cette guerre qui laissait exsangue la France, l'Autriche et l'Angleterre, était le roi de Prusse. Il en sortait victorieux et un État minuscule, naguère simple électorat, prenait place parmi les grandes puissances européennes.

Mme de Pompadour, qui s'était constamment trompée dans le choix des généraux et que tout le monde tenait pour responsable de l'affaiblissement de la France, continuait à se croire un grand politique. Elle poussa même l'inconscience jusqu'à faire célébrer le traité de Paris comme une victoire.

Sur son ordre, le roi, toujours aussi faible, prescrivit trois jours de réjouissances et fit inaugurer sur la place Louis XV (actuelle place de la Concorde) sa statue équestre. Une statue si lourde qu'il fallut sept grues pour l'élever sur son piédestal. Opération qui fournit au prince de Conti l'occasion de faire un mot :

— Le voilà au milieu de son conseil, dit-il.

Le peuple ricana.

Trente ans plus tard, au même endroit, Louis XVI perdait la tête dans les circonstances que l'on sait ; et l'on ne peut s'empêcher d'établir un lien entre les deux événements.

11

Louis XV envoie en mission le chevalier d'Éon travesti en femme

Ce sexe a tant de charme qu'une simple jupe
suffit à troubler les hommes.

P. SOREL

Sans doute, cette guerre qui se terminait de façon désastreuse pour la France n'aurait-elle jamais eu lieu sans Mme de Pompadour.

Toutefois, il serait injuste de passer sous silence le rôle joué dans cette affaire par un personnage « amphibie » (selon le mot de Voltaire), mystérieux et pittoresque, qui demeura longtemps une énigme pour les historiens.

Il y avait à Paris, en 1750, un beau jeune homme aux cheveux blonds, mais nullement efféminé, qui était attaché au cabinet de l'Intendant des Généralités. Marqué par le destin dès les premières heures de son existence, il s'appelait *Charles-Geneviève* d'Éon...

Intelligent, cultivé, habile à l'escrime, poète à ses heures, loué et adulé, il était pourtant très malheureux. La nature, en effet, ne lui avait donné qu'une insignifiante masculinité.

Pour dire les choses à la manière savoureuse d'un de ses biographes, « la vitalité lui ayant reflué vers le crâne avait abandonné ses extrémités »...

Bref, il était impuissant.

De nombreux amis, libertins notoires, Grégourt, Piron, Sainte-Foix, Bezenval, entre autres, essayèrent de le sortir de cette mauvaise passe en usant d'aphrodisiaques et en mettant dans son lit de pulpeuses créatures. Hélas ! nous dit-on, « le sens invoqué resta mort ».

Un incident fortuit allait heureusement permettre au chevalier de sortir de sa chrysalide. Un soir de 1755, il était près de la comtesse de Rochefort, lorsque celle-ci, gentiment, et sans penser à mal, lui passa la main dans les cheveux. Ce contact eut plus d'effet que la cantharide. Le jeune d'Éon fut comme électrisé. Tout son corps frissonna, il éprouva une sensation inconnue et brusquement, à vingt-six ans, s'épanouit...

Très gêné, rougissant, il quitta le salon où ses amis, témoins de cette transformation, le considéraient avec le plus grand plaisir. Quant à Mme de Rochefort, dont l'œil vif avait tout remarqué, elle était tombée amoureuse du jeune homme...

Quelques jours plus tard, le duc de Nivernais annonça qu'il organisait un bal costumé pour le Mardi gras. Le chevalier, qui avait la taille fine, le pied menu et la barbe rare, décida de se travestir en femme.

Très amusée par ce projet, Mme de Rochefort lui proposa une de ses robes de bal. Charles-Geneviève en fut extrêmement troublé. « L'idée seule, écrit-il dans ses *Mémoires*, de revêtir une robe de la comtesse, de sentir sur ma peau un vêtement qui avait pressé le sein de cette adorable femme, contre lequel avait battu son cœur, dont le tissu avait emprisonné et touché son beau corps, me procura à l'avance un frémissement de plaisir indicible. »

Il accepta. Et, le soir du Mardi gras, paré, maquillé, coiffé et transformé en un ravissante demoiselle par les femmes de chambre de la comtesse, il se rendit avec ses amis chez le duc de Nivernais.

Là, une assemblée brillante dansait sous les lustres en considérant du coin de l'œil deux invités de marque : le roi et Mme de Pompadour.

Mais tandis que la marquise montrait un visage épanoui, Louis XV, adossé à une colonne, promenait un regard morne sur les jeunes femmes qui gambadaient devant lui de façon impudique, dans l'espoir d'être remarquées.

L'entrée du groupe lui fit tourner la tête. Alors un phénomène curieux se produisit. Écoutons Gaillardet nous conter la chose dans son style imagé : « Mais, chut !... le boa royal, engourdi dans la digestion de ses plaisirs, a donné signe de vie... il a remué... son œil a lui, sa bouche s'est entrouverte, sa tête s'est redressée... Silence ! son regard est fixe... il est aux aguets... il a déroulé ses anneaux... Voyez comme il agite ses flancs lentement d'abord, puis plus vite... Il convoite quelque proie... Quelle est-elle [103] ? »

C'était le chevalier d'Éon à qui la robe allait vraiment à ravir.

Fasciné, le roi appela son fidèle Le Bel et le chargea de lui ménager une rencontre avec cette « demoiselle ». La valet de chambre s'approcha du groupe de jeunes gens et demanda discrètement à Sainte-Foix le nom de la personne qui les accompagnait.

— C'est ma cousine, répondit l'autre en affectant un air pincé.

— Le roi voudrait la connaître, monsieur. Et si vous voulez bien donner ce plaisir à Sa Majesté, votre fortune est faite.

Sainte-Foix, qui avait fort envie de rire, feignit d'hésiter.

— Soit, dit-il, au bout d'un moment. Que faut-il faire ?

103. Frédéric Gaillardet, *Mémoires sur le chevalier d'Éon*.

— Sa Majesté se retire dans une heure. Il vous suffit d'attirer votre cousine dans un petit salon voisin. Je me charge du reste.

Le jeune homme ayant promis, Le Bel s'en fut dire au roi que sa soirée finirait plus agréablement qu'elle n'avait commencé.

Au même instant, Sainte-Foix, qui venait d'avoir une idée diabolique, se rendait auprès du chevalier d'Éon :

— J'ai une nouvelle amusante à t'annoncer. Une grande dame du château vient de parier avec moi que tu n'étais pas un homme et s'est offerte à en recevoir la preuve à l'instant dans son boudoir. J'ai tenu le pari. La dame est partie et t'attend dans un salon que je vais t'indiquer.

Charles-Geneviève, tout ému, oublia sa chère comtesse de Rochefort et se dirigea, sans attendre, vers le boudoir où tant de félicité lui était promise.

Le Bel, qui surveillait le couloir, alla prévenir le roi. Aussitôt, celui-ci abandonna le bal pour rejoindre le chevalier. Écoutons d'Éon lui-même nous conter son étrange aventure :

« La porte s'ouvrit ; un homme, coquettement et royalement paré, s'avança à petits pas : c'était Louis XV. Je le reconnus aussitôt et reculai, frappé de terreur.

» — Ne vous effarouchez pas, ma belle, me dit-il ; n'ayez pas peur de moi.

» Et le galant monarque me caressa les joues de sa main douce et parfumée. J'ouvrais d'énormes yeux. Me croirait-il femme aussi, celui-là, me dis-je, et faudra-t-il lui prouver que je suis un homme ?

» Bientôt, il n'y eut plus pour moi de doute possible. La pensée du roi se traduisit en manifestations d'une telle évidence, que j'entrevis alors, et pour la première fois, le mauvais tour que m'avaient joué mes amis. Le cas était difficile et ma position embarrassante. Sa Majesté devenait scandaleusement entreprenante et poussait l'attaque en homme habitué à ne pas trouver de résistance. Comment faire ? Je pris mon courage à deux mains, et me plaçant en face du roi :

» — Sire, lui dis-je, on vous a trompé, et je suis victime d'un stratagème...

» Pour débiter mon improvisation et me poser convenablement, j'avais fais un pas en arrière. Je me trouvais adossé à une ottomane. Louis XV saisit l'opportunité d'un coup d'œil, ne me donna pas le temps d'achever mon exorde, et me poussa sur les coussins. Renversé à l'improviste, je jetai un cri et tentai de me relever pour éclairer d'un mot le monarque égaré ; mais il était trop tard : ce mot, Louis XV l'avait trouvé, et comme ce n'était pas celui qu'il cherchait, ses augustes bras en demeurèrent pendants de stupéfaction, sa bouche béante d'hébétement.

» — Sire, voilà ce que je voulais vous apprendre, lui dis-je confus et aussi tremblant que lui.

» Le roi, le visage crispé, marchait de long en large dans le salon. Enfin, il s'arrêta et sourit :

» — Je n'en reviens pas, dit-il en me contemplant avec une sorte d'admiration. Ainsi vous êtes un homme. C'est une métamorphose complète. Tout le monde s'y tromperait.

» Après avoir réfléchi un moment, il ajouta :

» — Mon ami, êtes-vous aussi intelligent que beau garçon, aussi discret que jolie fille ?

» — Que Votre Majesté veuille mettre mon zèle et mon dévouement à l'essai, lui répondis-je, et je lui promets de ne pas succomber sous l'épreuve !

— Eh bien, soit ! Gardez donc un silence absolu sur tout ce qui s'est passé ici. Tenez-vous prêt à exécuter mes ordres ; bientôt, vous aurez de mes nouvelles[104]. »

Au petit matin, chez la comtesse de Rochefort, le chevalier d'Éon retrouva ses amis qui, prudemment, s'étaient enfuis après leur farce.

Tous lui demandèrent ce qui s'était passé. Il refusa en riant de les renseigner et, selon sa propre expression, « de mystifié, devint mystificateur ».

Mais l'aventure qu'il venait de connaître avec le roi l'avait fortement ému et le pauvre se sentait le besoin impérieux de se prouver à lui-même qu'il était bien un homme.

Dès que ses amis furent partis, il se précipita sur Mme de Rochefort, et, riche d'un savoir tout neuf, la renversa sur le lit et agit comme l'avait fait Louis XV à son endroit.

Quelques instants plus tard, la comtesse se pâmait sans savoir ce qu'elle devait au roi de France...

Trois semaines après le bal donné par le duc de Nivernais, le chevalier d'Éon fut mandé chez le prince de Conti qui le reçut avec une grande déférence :

— Je ne sais, lui dit-il, ce que vous avez fait au roi pour captiver ses bonnes grâces ; mais Sa Majesté ne parle que de vous depuis quelque temps. Après m'avoir vanté les dehors de votre personne physique, il m'a demandé un grand nombre de renseignements sur vos qualités morales. Une enquête m'a permis de n'en donner que d'excellents. Aussi êtes-vous appelé demain à Versailles. Vous y serez chargé d'un message secret de la plus haute importance.

Le lendemain, Conti accompagna le chevalier chez le roi. Celui-ci, qui se trouvait dans son petit cabinet, en compagnie de Mme de Pompadour, les accueillit fort aimablement.

— J'ai pensé à vous, monsieur d'Éon, pour une mission extrêmement difficile. Vous savez que depuis quatorze ans nos relations avec Élisabeth de Russie sont à peine cordiales. Elles risquent d'être très mauvaises si l'impératrice, poussée par son amant Bestucheff-Riumin,

104. *Mémoires du chevalier d'Éon*. Publiés par Frédéric Gaillardet, « d'après les papiers fournis par sa famille et les matériaux authentiques déposés aux Archives des Affaires étrangères », 1836.

qui déteste la France, s'allie avec l'Angleterre. Il faut donc empêcher cette alliance et ramener la Russie dans notre camp. C'est le but principal de votre mission.

Le chevalier d'Éon avait écouté ce discours avec stupéfaction. Qu'il ait été choisi pour accomplir un tel travail lui paraissait extravagant. Pourquoi lui qui n'était pas diplomate ? Il n'eut pas besoin de poser cette question. Le roi ajouta :

— Il y a longtemps que je cherche le moyen de faire parvenir une lettre secrète à l'impératrice Élisabeth. Les ambassadeurs que j'ai envoyés jusqu'à maintenant ont tous été découverts par Bestucheff et jetés en prison. Aussi Mme de Pompadour a-t-elle pensé que seule une femme pourrait tromper la vigilance de cette brute et parvenir jusqu'à l'impératrice. Il y avait plusieurs mois que nous cherchions en vain une femme assez courageuse et assez discrète pour accomplir cette mission, lorsque je vous ai rencontré, métamorphosé en demoiselle. L'illusion était si parfaite que j'ai décidé immédiatement de vous envoyer à Saint-Pétersbourg sous des vêtements féminins.

Cette fois, le chevalier fut abasourdi.

— Vous devrez, ajouta Mme de Pompadour, vous introduire dans le palais, rencontrer l'impératrice en privé, lui remettre une lettre du roi, gagner sa confiance, et devenir l'intermédiaire d'une correspondance secrète au moyen de laquelle Sa Majesté espère rétablir l'harmonie entre les deux nations.

Le jeune d'Éon promit de se préparer et rentra chez lui perplexe.

Il devait apprendre le lendemain que sa mission était bien plus compliquée qu'il ne le pensait.

En devenant agent secret du roi, le chevalier entrait dans une organisation fort curieuse que Louis XV avait créée pour tromper ses ministres, ses ambassadeurs et — bien souvent — Mme de Pompadour elle-même. Des hommes, inconnus des diplomates, travaillaient pour lui dans toutes les capitales de l'Europe et le renseignaient par lettres chiffrées. Cet ancêtre du Deuxième Bureau, qu'on appelait le Secret, était dirigé par le prince de Conti.

Pendant quelques jours, d'Éon commanda des robes, un trousseau, des coiffures et étudia des cartes ; puis il fut convoqué par le prince de Conti qui lui expliqua la deuxième partie de sa mission :

— Vous savez que mon grand-père avait été élu roi de Pologne après la mort de Sobieski. Hélas ! un usurpateur, Auguste II, Électeur de Saxe, occupa le trône avant qu'il n'ait eu le temps d'arriver de France. Ce fut une grande déconvenue pour ma famille et pour Sa Majesté qui envisageait déjà une union très étroite entre la France et la Pologne. Le roi vient donc de m'autoriser à vous charger d'une seconde mission qui permettrait d'effacer un jour l'affront fait à mon grand-père. Il s'agit de dire à Élisabeth que je suis tombé amoureux d'elle et à l'inciter à m'épouser. Si elle refuse, vous solliciterez pour moi le commandement en chef des armées russes, fonctions qui me rapprocheraient de la Pologne...

Après quoi, le prince expliqua au chevalier qu'il voyagerait sous le nom de Mlle Lia de Beaumont et qu'il devait retrouver en route le chevalier Douglass, un Écossais travaillant pour la France. Quant au code secret, dont on lui donna une copie, il était inspiré du commerce des fourrures : *l'hermine en vogue* signifiait le parti prussien, *martre zibeline* : crédit de Bestucheff, *peaux de petits-gris* : troupes à la solde de l'Angleterre, etc.

Et, par un beau matin du mois de juin 1755, le chevalier d'Éon, vêtu d'une robe de voyage, monta dans la voiture de poste qui devait l'emmener vers le premier relais de l'est. Dans ses bagages, il y avait un livre, l'*Esprit des Lois*, de Montesquieu. Ouvrage dont la couverture à secret contenait le code et la lettre de Louis XV à Élisabeth.

Le chevalier-demoiselle traversa l'Europe sans encombre et arriva fin juin à Saint-Pétersbourg où l'attendait Douglass. Malheureusement, quelques jours après, celui-ci, démasqué par les agents de Bestucheff, était obligé de repasser la frontière. Avant de partir, il avait eu le temps, cependant, de présenter Mlle Lia de Beaumont au comte Michel Woronzow, vice-chancelier de l'empire et francophile. Or c'était sur ce grand seigneur, bien connu à Versailles, que Mme de Pompadour comptait pour que le chevalier fût introduit à la cour. « C'était à lui, nous dit Gaillardet, qu'était adressée et recommandée Mlle de Beaumont avec ses pleins pouvoirs cousus dans son corset et placés sous la sauvegarde de sa gorge virginale [105]. »

Woronzow ayant obtenu, en cachette de Bestucheff, une audience privée pour le chevalier, celui-ci rencontra la tsarine et lui remit la lettre de Louis XV.

Élisabeth trouva l'expédient amusant et rit de bon cœur. « Cependant, nous dit Gaillardet, elle ne pouvait se persuader que la *jolie chevalière* qu'elle avait devant elle fût *un beau chevalier*. En vain, celui-ci protesta-t-il, les yeux baissés, de sa qualité masculine ; en vain Woronzow exhiba-t-il à l'appui de sa déclaration les lettres confidentielles de Versailles, Élisabeth fut incrédule. »

Quoi qu'il en soit, pour faciliter les entrevues nécessaires aux négociations, l'impératrice décida que Mlle de Beaumont habiterait son palais et serait attachée à sa personne en qualité de *lectrice intime et particulière*.

En prenant cette décision, Élisabeth avait probablement une idée derrière la tête. Son air candide et pur cachait en effet un tempérament volcanique. Voici le portrait savoureux que nous fait d'elle le biographe du chevalier d'Éon : « Tantôt impie, tantôt fervente, incrédule jusqu'à l'althéisme, bigote jusqu'à la superstition, elle passe des heures entières à genoux devant une image de la Vierge, parlant avec elle, l'interrogeant avec ardeur et lui demandant en grâce dans quelle compagnie des

105. Frédéric Gaillardet, *Mémoires sur le chevalier d'Éon*.

gardes elle doit prendre l'amant dont elle a besoin pour sa journée : sera-ce dans les Préobrajinski, les Ismaëlouski, les Siméonouski, les Kalmouks ou les Cosaques ? Au reste, Élisabeth n'a pas toujours recours à l'inspiration du ciel pour faire choix de ses amants. Parfois, elle est captivée par une tournure plus ou moins martiale, une stature plus ou moins haute ; hier par de larges épaules, aujourd'hui par une main mignonne, demain ce sera par des moustaches blondes ou noires. Tout cela dépend de ses caprices et de sa fantaisie. »

Son dernier caprice, en ce jour de juillet 1755, était ce chevalier-demoiselle dont le sexe imprécis l'intriguait.

Le soir même, d'Éon fut informé que ses fonctions de lectrice commençaient immédiatement et que l'impératrice l'attendait dans sa chambre.

Il s'y rendit et fut très étonné de trouver Élisabeth couchée. C'était un traquenard.

— Approchez, lui dit-elle, nous serons mieux.

Le chevalier, voyant « une flamme impudique danser dans les yeux de la tsarine », fut pris de panique.

« Je commençai à trembler, écrit-il dans ses *Mémoires*. J'étais pris entre l'impératrice d'un côté et monseigneur de Conti de l'autre. Celui-ci m'avait bien chargé de lui négocier une femme, mais il ne m'avait pas chargé d'aller plus loin. Comment faire ? me disais-je : trahir un prince, c'est dangereux ; mais résister à une souveraine, ce l'est plus encore... Dans ma perplexité, je jetai sur Sa Majesté un regard suppliant. La tsarine avait les lèvres bleuâtres, les pommettes enluminées, les paupières enflammées et l'œil humide. En apercevant son bras nu qui pendait, sa gorge indécemment découverte, sa poitrine débraillée, ses cheveux dénoués qui s'échappaient de leur réseau et tombaient en désordre sur des épaules dépouillées de tout voile, en la considérant, haletante de volupté, pantelante de luxure, je crus voir une bacchante ivre ou affamée. Je baissai les yeux aussi vite que je les avais levés. Tout ce que m'avait raconté Woronzow de sa souveraine et de ses orgies me revint à l'esprit. Je me dis que cette femme, qui était là devant moi, avait reçu dans ses bras je ne sais combien d'hommes ramassés au hasard et dans la rue, que sa bouche, son cou, son sein avaient été maculés, flétris par des baisers de soldats. Et je reculai, devant cette ruine impériale, salie par tant de souillures, délabrée et minée par tant de désordres. »

Mais Élisabeth ne laissait jamais échapper ses proies. Elle bondit hors du lit, sauta sur le chevalier d'Éon et, d'une main preste, le troussa. Alors, nous dit celui-ci : « Je fus acculé dans mes derniers retranchements... »

Quelques instants plus tard, il était couché avec la tsarine.

Hélas ! au moment où un premier accord franco-russe allait se conclure, la virilité du jeune d'Éon se montra déficiente.

Jamais Élisabeth n'avait connu pareil désappointement. Elle commença par rester sans voix. « J'étais dans la position la plus difficile où un homme puisse se trouver, écrit le chevalier, surtout vis-à-vis d'une *souveraine absolue* ; l'embarras où me laissait la faiblesse de ma nature m'avait rendu tremblant et mortifié au-delà de toute expression ; mais, à ma grande satisfaction, la tsarine, au lieu de se fâcher comme je le redoutais, se mit à rire aux éclats et me pardonna ma faute dont, en définitive, je n'étais pas coupable, et que je réparai par la suite. »

Presque tous les soirs, en effet, le chevalier d'Éon fut dans le lit de l'impératrice.

Effort méritoire qui allait empêcher l'alliance anglo-russe et donner bien du plaisir à Élisabeth...

Si les fonctions de « lectrice intime » laissaient peu de loisirs au chevalier durant la nuit, en revanche, elles lui permettaient la plus grande liberté dans la journée.

Il en profitait pour se promener dans le palais impérial, à l'affût de tous les renseignements qui pouvaient être utiles au roi de France.

Soucieux de ne pas éveiller les soupçons de Bestucheff, il se faisait accompagner d'une des demoiselles d'honneur de la tsarine. Toujours la même, d'ailleurs : la plus jolie, une adorable adolescente de quinze ans, nommée Nadège Stein.

La pauvre petite ignorait, bien entendu, que cette charmante Française qui la prenait par les épaules et l'embrassait tendrement était un homme. D'Éon en abusait :

— Vous ne savez pas vous habiller, disait-il.

Et sous prétexte d'ajuster un corsage ou de nouer une écharpe, il lui caressait les seins.

Bientôt, la jeune fille fut prise d'une véritable passion pour son « amie ». Elle ne voulait plus la quitter, lui faisait de petits cadeaux, lui laissait des mots affectueux.

Un soir, elle lui demanda candidement de dormir avec elle.

Le chevalier fut un peu gêné. Arrêté par un fort honorable scrupule, il hésita à répondre.

« Soudain, écrit-il dans ses *Mémoires*, elle s'attache à moi, m'entraîne d'autorité dans sa chambre, et, fermant vivement la porte, elle en ôte la clef en disant :

» — Ah je te tiens ! Tu es ma prisonnière !

» La pauvre enfant triomphait de sa perte. Il fallut bien que je me soumisse. Il est des tentations auxquelles aucun homme ne saurait résister. Et, quoique plus vertueux et plus sage que tout autre peut-être par mon tempérament, je n'étais point un dieu. Je cédai donc ; mais j'étais épouvanté du bonheur auquel je succombais et je tremblais comme si j'allais commettre un crime... Déjà, Nadège, insoucieuse et riante, était presque déshabillée.

» — Eh bien ! ne te déshabilles-tu pas ? me dit-elle. Est-ce que tu m'en veux ? Oh ! pardonne-moi. Je suis si contente de coucher avec toi. Je voudrais ne te quitter ni le jour ni la nuit. C'est qu'aussi je t'aime bien, mieux que tu ne m'aimes méchante.

» Et la bonne petite était presque nue en me disant cela ; son joli sein découvert s'appuyait contre ma poitrine. J'avais le frisson, j'avais la fièvre... Je portai mes deux mains vers mes tempes et jetai sur Nadège un regard qui la mangea, la dévora par avance. Puis je retirai mes vêtements avec une promptitude, un emportement tels que Nadège, agenouillée sur son lit et s'amusant à me contempler, les bras croisés l'un sur l'autre, me demanda si je n'étais pas folle. J'étais fou, en effet, fou à en avoir le vertige [106]. »

D'Éon, terminant son numéro de strip-tease, jetait ses jupons, ses bas, ses jarretières sur le tapis. Quand il fut complètement nu, la jeune Russe, les yeux écarquillés, pensa que les Françaises étaient curieusement constituées...

Au lit, naturellement, les choses se précisèrent.

La demoiselle d'honneur finit par comprendre que sa chère amie était un monsieur et que ce monsieur désirait le lui prouver avec les moyens qu'il avait sous la main.

Elle était très troublée. Elle accepta.

C'est ainsi que le chevalier d'Éon, dont la virilité s'était longtemps fait désirer, eut en même temps deux maîtresses...

Il allait bientôt en avoir une troisième dans des circonstances savoureuses.

Parmi les Anglais qui se trouvaient alors à la cour de Russie, il y avait un personnage que prisait fort Bestucheff et qu'on appelait milord Ferrers. Premier amiral, membre de diverses académies, c'était un homme très important, et les tractations qu'il dirigeait secrètement à Saint-Pétersbourg avec le conseiller de l'impératrice pouvaient ruiner à tout jamais les espoirs de Louis XV.

Or ce Britannique austère, méprisant et profondément francophobe, tomba amoureux de Mlle Lia de Beaumont... Après bien des compliments, il l'invita un soir à souper chez lui où, sans égard pour son épouse, il lui fit une cour éhontée. Ses yeux étincelaient, ses mains se glissaient sous la table, ses genoux s'égaraient, ses pieds s'insinuaient... Après le champagne, il se leva et dit, d'un ton trop poli pour être honnête :

— Mlle de Beaumont ne peut rentrer au palais à cette heure tardive. Nous allons lui donner une chambre ; elle passera la nuit ici.

Car, nous dit Gaillardet, qui nous conte cette histoire : « Milord avait son projet. »

Le chevalier d'Éon accepta, à la condition toutefois qu'il partagerait la chambre de l'Anglaise : Ferrers, très désappointé, n'osa pas résister. Comme nous le dit encore Gaillardet dans son style impayable : « Le vieux marin avait combiné tout un plan d'attaque et de nocturne abordage contre sa belle. Ce plan était détruit par la protection que trouvait la nef convoitée sous le feu du canon conjugal. Mais il se consola en pensant que partie remise n'était point partie perdue, et

106. *Mémoires du chevalier d'Éon*.

qu'il pourrait rencontrer au large, quelque jour, celle à qui son propre lit devenait, cette fois, une forteresse et son alcôve un port. Le vieux pirate ne savait pas qu'il avait affaire à un corsaire [107]. »

Le corsaire ne perdait pas son temps, bien entendu. S'étant dévêtu discrètement, sans révéler « la véritable nature de son sexe », il se coucha près de la belle Anglaise...

« J'étais sur des charbons ardents, écrit-il. De son côté, ma compagne était pour moi d'une tendresse pleine d'expansion, comme si elle eût été excitée, à son insu, par l'influence magnétique du contact. Je répondais avec une ardeur et une vivacité non moins grandes aux caresses dont elle m'inondait, et milady prenait un plaisir de plus en plus vif à cet innocent badinage qui pour elle allait devenir plus sérieux qu'elle ne s'y attendait... J'étais en nage et le jeu me devenait de plus en plus difficile à soutenir.

» — Savez-vous, me dit tendrement ma compagne, que milord a été fort galant avec vous, ce soir ? Cela ne m'étonne pas, vous êtes si jolie.

» — Milady me flatte. Mais pour répondre à votre bonté avec franchise, ma chère amie, je vous avouerai que milord est un inconstant. Vouloir vous tromper, vous êtes si belle, si aimable, si aimante. C'est un crime sans excuse, qui crie vengeance.

» — Sans doute, répondit l'Anglaise, mais quelle vengeance ?

» — Et si j'en avais une à vous offrir ?

» Milady me regarda avec un étonnement mêlé de je ne sais quel pressentiment. Je tenais sa main dans la mienne, et je sentais son pouls battre follement. Son œil était troublé, son sein haletait, elle respirait avec peine... Que dirai-je enfin ? Milord fut puni... »

Punition qui allait avoir d'heureuses conséquences pour le roi de France...

Ces anecdotes pourraient faire croire que le chevalier-chevalière passait tout son temps à entrer frauduleusement dans le lit des dames... En réalité, il pensait aussi à sa mission diplomatique et profitait de son intimité avec la tsarine pour vanter habilement les avantages d'un accord franco-russe. Et lorsque, le 1er mai 1756, l'Autriche et la France signèrent le fameux traité d'alliance qui allait bouleverser tout l'échiquier européen, il était parvenu à rallier Élisabeth à notre pays.

Malgré Bestucheff qui cherchait toujours à lier la Russie à l'Angleterre, elle promit à d'Éon de se mettre aux côtés de la France et de l'Autriche. Puis elle lui donna une lettre pour Louis XV, écrite de sa main, dans laquelle elle demandait qu'on lui envoyât sur-le-champ un chargé d'affaires *officiel* avec les bases du traité d'alliance qu'elle était prête à signer.

Le chevalier passa une dernière nuit très agitée avec la tsarine, quelques heures avec milady, un moment avec Nadège et partit, exténué, mais joyeux, pour la cour de France.

107. Frédéric Gaillardet, *op. cit.*

Sa mission était remplie. Il ne rapportait pas, en effet, que la lettre d'Élisabeth. Il avait obtenu pour le prince de Conti la promesse du commandement en chef de l'armée russe et celle de l'investiture de la Courlande.

On imagine donc avec quels transports de joie il fut accueilli à Versailles. Immédiatement, le roi, Mme de Pompadour et le prince de Conti mirent au point le texte d'un traité. Lorsque celui-ci fut prêt, Louis XV appela le chevalier :

— Pour vous remercier, monsieur, de l'immense service que vous m'avez rendu en accomplissant avec habileté une mission singulière et difficile, je vous nomme chargé d'affaires et vous prie de retourner en Russie pour faire signer vous-même le traité à l'impératrice. Mais cette fois, votre démarche étant officielle, vous serez vêtu de vos habits d'homme. Vous vous présenterez à Saint-Pétersbourg sous votre véritable nom et, pour expliquer une ressemblance qui pourrait paraître suspecte à certains, vous vous direz le frère de Mlle Lia de Beaumont.

Le chevalier repartit aussitôt pour la Russie, malgré l'opposition du ministre des Affaires étrangères, M. Rouillé, qui, n'étant pas au courant de la précédente mission, ne comprenait pas pourquoi le roi chargeait un inconnu d'une affaire aussi importante.

A Saint-Pétersbourg, la tsarine fut ravie de revoir son amant sous un habit masculin, et Nadège rougit, fort intimidée. Quant à Milady, elle montra un tel trouble que son mari regarda attentivement le chevalier. Jamais il n'avait vu un frère ressembler autant à sa sœur et il fut pris de soupçons. Le souvenir de la nuit que sa femme avait passée avec Mlle Lia de Beaumont le tourmenta bientôt tellement qu'il ne put rester en Russie. Rendu malade par la jalousie, il quitta précipitamment Saint-Pétersbourg et retourna en Angleterre avec sa femme.

Ce départ fut des plus heureux. Le chevalier d'Éon, n'ayant plus à lutter contre l'influence de l'Anglais, eut sa tâche facilitée. Et quelques semaines plus tard, devant Bestucheff furieux, Élisabeth déclara publiquement qu'il lui plaisait de se réunir à la France et à l'Autriche. Puis elle ordonna que le traité passé entre son premier ministre et le chevalier Williams fût déchiré, *et que les quatre-vingt mille Russes rassemblés en Livonie et en Courlande, pour le service de l'Angleterre et de la Prusse, marchassent contre elles, en se joignant aux armées de Louis XV et de Marie-Thérèse.*

Après quoi, pour fêter cette alliance à sa manière, elle entraîna l'envoyé du roi de France dans ses appartements...

Au mois d'avril 1757, le chevalier d'Éon quitta Saint-Pétersbourg pour Versailles. Il rapportait à Louis XV le traité signé par Élisabeth et le plan de campagne des armées russes.

Avant de partir, il était allé faire d'ardents adieux à l'impératrice qui, toute gémissante encore, avait appelé le Grand Chancelier Bestucheff :

— Remettez à M. d'Éon trois cents ducats d'or dont je lui fais présent en remerciement de ses services.

Le chevalier aurait pu se froisser d'un tel geste. Par bonheur, il avait eu la présence d'esprit d'oublier que cet argent lui était offert par une maîtresse comblée pour ne voir là que le cadeau d'une souveraine généreuse. Et tout s'était très bien passé.

A Versailles, il fut encore mieux reçu que la première fois. Le roi le félicita longuement, lui offrit une tabatière d'or enrichie de perles, une importante gratification et le brevet de lieutenant de dragons.

Alors d'Éon ouvrit une petite serviette de cuir rouge qu'il portait sous le bras et, pour montrer à quel point la tsarine lui laissait toute liberté dans son palais, il remit à Louis XV *la copie du testament secret de Pierre le Grand*...

Le souverain, Mme de Pompadour et M. de Conti furent éblouis.

Ce document était d'une importance considérable pour qui voulait comprendre et même prévoir la politique russe.

— Vous êtes allé au-delà de votre mission, monsieur d'Éon, lui dit Mme de Pompadour, « Nous » vous en félicitons[108].

Le chevalier s'inclina et fit un compliment à la marquise. Tous deux se congratulèrent pendant quelques minutes. Et il est amusant d'imaginer face à face ces personnages certes bien différents, mais qu'une même qualité rapprochait : le goût de l'adultère. Sans cette heureuse disposition d'esprit, ni l'un ni l'autre sans doute ne se fût jamais trouvé dans le cabinet du roi...

Le chevalier d'Éon alla se reposer des fatigues du voyage chez la comtesse de Rochefort qui lui avait conservé une grande tendresse. Le premier soir, il lui arriva une curieuse aventure qui amusa beaucoup la cour.

Comme il était couché dans un grand lit où la comtesse s'apprêtait à le rejoindre, on frappa à la porte. D'un bond le chevalier se cacha sous les couvertures.

La comtesse, un peu étonnée, alla ouvrir et se trouva nez à nez avec sa camériste qu'elle avait oublié de décommander.

Craignant que la jeune fille ne se doutât de la présence du chevalier dans sa chambre et allât en faire des gorges chaudes, elle la laissa entrer et commença sa toilette de nuit.

D'Éon, recroquevillé au fond du lit, s'efforçait de respirer à petits coups pour ne point faire remuer les édredons. Au bout d'un court moment, il entendit un bruit de porte et pensa que la domestique était partie. Relevant les couvertures, il sortit de sa cachette. Ce qu'il vit alors le stupéfia.

La femme de chambre était toujours en train de dévêtir Mme de Rochefort ; mais une troisième personne se trouvait dans la pièce. C'était un jeune abbé de cour qui avait l'air de bien connaître la

108. La favorite, je l'ai dit, employait depuis longtemps déjà cet insolite pronom dans les conversations politiques sans que personne y trouvât à redire.

maison et qui, les bras ouverts, s'approchait déjà de la comtesse à demi nue.

Celle-ci, fort gênée, cherchait à faire comprendre par gestes au petit robin qu'il devait s'en aller discrètement. Alors d'Éon intervint :

— Vous voyez bien, monsieur l'abbé, que Mme de Rochefort ne veut pas vous recevoir ce soir.

Ahuri, l'ecclésiastique se retourna et vit d'Éon tout nu dans le lit. Il bredouilla :

— Qui est cet homme ?

D'Éon prit un air digne :

— Je suis le confesseur de Mme de Rochefort.

L'autre recula sans rien trouver à répliquer.

— Mais je vous prie, mon fils, ajouta le chevalier, de ne porter sur moi aucun jugement téméraire. Je suis ici pour exercer mon saint ministère. Car il y a des péchés dont on ne peut connaître la gravité qu'en les considérant de très près...

L'abbé se sauva. Quand il eut disparu, d'Éon éclata de rire et la comtesse comprit qu'il lui pardonnait son infidélité. Un instant plus tard, ils étaient couchés tous deux et commençaient à se montrer de l'intérêt, tandis que la femme de chambre, ravie de sa soirée, allait conter l'aventure à tout Versailles...

A la fin de septembre, d'Éon retourna en Russie. La tsarine fut si heureuse de le revoir qu'elle lui accorda tout ce qu'il voulait. L'envoyé de Louis XV profita largement de ces bonnes dispositions : il fit arrêter le Grand Chancelier Bestucheff qui était à la solde de Londres et déporter en Sibérie deux généraux francophobes avec leurs dix-huit cents partisans. Enfin, il fit nommer à la Chancellerie Woronzow, ami de la France...

Pendant des mois, il vécut au Palais d'Été, consacrant ses jours au service de Louis XV et ses nuits au service de l'impératrice qui finit par lui demander de demeurer attaché à la cour de Russie. D'Éon refusa respectueusement...

A la fin de 1760, laissant Élisabeth en larmes, il quitta définitivement Saint-Pétersbourg et rentra à Versailles où Louis XV lui accorda une pension annuelle de deux mille livres sur le Trésor royal et le nomma capitaine de dragons. Aussitôt, d'Éon partit pour la guerre et se battit avec courage.

Mais la mission du chevalier devait être inutile car, quelques semaines plus tard, l'impératrice Élisabeth mourait, laissant le trône à Pierre III et à Catherine qui s'empressèrent d'abandonner l'alliance franco-autrichienne...

La défection de la Russie précipita notre désastre, et la guerre de Sept ans qui nous avait coûté tant de morts se termina par le funeste traité de Paris.

Louis XV s'aperçut alors que l'influence de Mme de Pompadour —

puisque c'était elle, rappelons-le, qui avait fait éclater cette guerre — était des plus néfastes.

Seul dans son cabinet, il chercha à rétablir la situation à l'insu de ses ministres et surtout de l'encombrante marquise. Une idée de revanche lui vint. Une idée audacieuse que Napoléon et Hitler devaient un jour reprendre, puisqu'il s'agissait d'un débarquement sur les côtes sud de Grande-Bretagne. Il envisageait en outre la restauration d'un Stuart et un soulèvement de l'Irlande.

Pour mettre au point ce projet, le roi appela une fois de plus d'Éon.

— Vous connaissez, je crois, la nouvelle reine d'Angleterre, Sophie-Charlotte ?

— Oui, Sire !

— Vous avez été son amant lorsqu'elle était princesse de Mecklembourg-Strelitz ?

— Oui, Sire.

— Où l'avez-vous rencontrée ?

— En Allemagne lors de mon premier voyage en Russie.

— Pensez-vous qu'elle ait conservé à votre égard de bons sentiments ?

— Certainement, Sire.

— Parfait !

Et le roi chargea le chevalier d'une mission officielle en Angleterre, qui lui permettait de circuler librement et de noter tous les renseignements utiles à un débarquement. Mais il précisa qu'à l'exception du comte de Broglie qui dirigeait maintenant le Secret et de M. Tercier, son secrétaire confidentiel, personne, même Mme de Pompadour, ne devait être mis au courant de l'affaire.

D'Éon prit le code de correspondance, partit pour Londres où il alla présenter ses hommages à Sophie-Charlotte. La jeune reine le reçut avec une extrême gentillesse, le fit coucher au palais et poussa même, dit-on, l'hospitalité à le rejoindre, un soir, dans son lit [109]. Attitude qui allait considérablement faciliter la tâche du chevalier.

Au bout de quelques mois, Mme de Pompadour qui avait des espions partout fut informée de l'existence d'une correspondance secrète entre d'Éon et le roi. Furieuse d'être tenue à l'écart d'une affaire publique, elle mit tout en œuvre pour découvrir les lettres que recevait Louis XV. Après avoir fouillé en vain tous les placards et tous les secrétaires, il lui vint une idée. Écoutons d'Éon raconter la chose :

« Elle avait remarqué que Louis XV portait toujours sur lui une petite clef d'or, qui était celle d'un meuble élégant, en forme de secrétaire, placé dans ses appartements particuliers. Jamais la favorite, mêmes aux heures de sa plus grande influence, n'avait pu obtenir que ce meuble fût ouvert. C'était une espèce de sanctuaire ou d'arche sainte dans laquelle la volonté du souverain s'était réfugiée comme en un lieu d'asile. Louis XV ne régnait plus que sur ce secrétaire. Il

109. Certains historiens vont même jusqu'à prétendre que le roi George IV, qui naquit neuf mois après cette entrevue, était le fils du chevalier d'Éon...

n'était demeuré roi que de ce meuble ; c'était la seule partie de ses États qu'il n'eût point laissé envahir et profaner par la courtisane. "Il renferme des papiers d'État", telle avait été la réponse à toutes les demandes. Or ces papiers n'étaient autres que la correspondance du comte de Broglie et la mienne.

» La marquise s'en douta. Un soir qu'elle soupait avec son royal amant, elle fut pour lui plus prévenante, plus aimable, plus agaçante que jamais. L'épouse impudique et adultère de Le Normant d'Étioles mit au service du monarque tous ses appas et tous ses charmes qui, par parenthèse, étaient déjà passablement usés et affadis. Pour en raviver l'effet, elle eut soin de faire boire son convive, afin d'échauffer sa tête en même temps que ses yeux, et d'ajouter l'ivresse du vin à l'ivresse de la concupiscence...

» Après tous les excès d'une double intempérance, après toutes les débauches d'une orgie dans laquelle la courtisane éhontée s'était prêtée à froid à tous les emportements d'un vieillard dont elle attisait les sens et les désirs, le monarque tomba épuisé, affaissé sur lui-même, et s'abandonna à un sommeil profond, léthargique. C'était le moment qu'attendait la bacchante traîtresse. Pendant que le roi, engourdi par une sorte de torpeur animale, anéanti, énervé, dormait sous le poids du vin et des caresses dont elle l'avait gorgé, elle lui enleva la clef tant désirée, ouvrit le meuble convoité et y trouva la confirmation entière de ses soupçons. A dater de ce jour, ma perte fut résolue[110]. »

Cette histoire est confirmée par une dépêche de M. Tercier adressée le 10 juin 1763 au chevalier : « Le roi m'a appelé ce matin auprès de lui ; je l'ai trouvé fort pâle et agité. Il m'a dit d'une voix altérée qu'il craignait que le secret de notre correspondance n'eût été violé. Il m'a raconté qu'ayant soupé, il y a quelques jours, en tête à tête avec Mme de Pompadour, il fut pris de sommeil à la suite d'un léger excès, dont il ne croit pas la marquise tout à fait innocente. Celle-ci aurait profité de ce sommeil pour lui enlever la clef d'un meuble particulier que Sa Majesté tient fermé pour tout le monde, et aurait pris connaissance de vos relations avec M. le comte de Broglie. Sa Majesté la soupçonne, d'après certains indices de désordre remarqués par elle dans ses papiers. En conséquence, *elle me charge de vous recommander la plus grande prudence et la plus grande discrétion vis-à-vis de son ambassadeur, qui va partir pour Londres, et qu'elle a lieu de croire tout dévoué à M. le duc de Praslin et à Mme de Pompadour.* »

Louis XV avait bien raison de craindre la vengeance de sa favorite...

Pendant plusieurs jours, la marquise promena dans le palais de Versailles un visage mauvais qui fit trembler ministres et courtisans. Ses yeux étaient jaunes, sa bouche tremblotait, son menton était agité par des tics.

Bref, comme le dit un mémorialiste : « Elle semblait victime d'une

110. CHEVALIER D'ÉON, *Mémoires*.

mauvaise humeur animale qui lui serait remontée des parties basses vers le visage, et qui aurait changé celui-ci en un très vilain museau [111]. »

L'affaire anglaise ne constituait pas, à vrai dire, le seul sujet de mécontentement de la favorite. Depuis quelque temps, en effet, Louis XV était l'amant un peu trop assidu d'une jeune fille de Grenoble, Mlle de Romans.

Il avait installé cette jolie personne dans une maison de la grande rue de Passy et passait avec elle des nuits fort mouvementées dont tout Paris s'entretenait... « Certains soirs, nous dit-on, leurs ébats étaient même si bruyants que les chiens du quartier, pris de peur, se mettaient à aboyer. » Louis XV émerveillé par tant d'ardeur au plaisir avait bientôt délaissé les pensionnaires du Parc-aux-Cerfs pour se consacrer entièrement à Mlle de Romans.

L'amour qu'il éprouvait pour elle était si visible que de nombreux courtisans la considéraient déjà comme la future favorite officielle. On la saluait avec respect, on lui envoyait des demandes de grâces, des poèmes, des placets...

L'apparition d'une éventuelle rivale rendit Mme de Pompadour malade de jalousie. Elle perdit le sommeil, se dessécha et prit l'allure d'une bête traquée.

Or, en cette fin de 1763, ses inquiétudes se confirmaient : car l'ambitieuse Mlle de Romans était en train de manœuvrer pour faire légitimer le fils qu'elle avait eu de Louis XV. Déjà, elle avait obtenu qu'il fût déclaré au curé de sa paroisse sous le nom de Louis de Bourbon, et elle exigeait qu'on l'appelât « Monseigneur »...

Un jour, Mme de Pompadour, affolée, avait voulu voir cet enfant qui pouvait causer sa disgrâce. Elle s'était rendue au bois de Boulogne avec Mme du Haussay et, bien renseignée par son ami Berryer, lieutenant de police, elle avait fait arrêter son carrosse non loin d'un sentier où la jeune mère avait coutume de se tenir.

Cachant son visage sous des voiles et mettant un mouchoir sur sa bouche, elle était descendue avec sa confidente. Écoutons celle-ci nous conter cette curieuse scène :

« Nous nous promenâmes dans le sentier d'où nous pensions voir la dame allaitant son enfant. Ses cheveux, d'un noir de jais, étaient retroussés avec un peigne orné de quelques diamants. Elle nous regarda fixement et Madame la salua, et me poussant du coude, me dit :

» — Parlez-lui.

» Je m'avançai et lui dis :

» — Voilà un bien bel enfant.

» — Oui, me dit-elle, je peux en convenir quoique je sois sa mère.

» Madame, qui me tenait sous le bras, tremblait, et je n'étais pas trop assurée. Mlle de Romans me dit :

» — Êtes-vous des environs ?

» — Oui, madame, je demeure à Auteuil, avec cette dame qui souffre en ce moment d'un mal de dents cruel.

111. *Chronique scandaleuse*, 1783.

» — Je la plains fort, car je connais ce mal qui m'a souvent tourmentée.

» Je regardai de tous côtés dans la crainte qu'il ne vînt quelqu'un qui nous reconnût. Je m'enhardis à lui demander si le père était un bel homme.

» — Très beau, me dit-elle, et si je le nommais, vous diriez comme moi.

» — J'ai donc l'honneur de le connaître, madame ?

» — Cela est très vraisemblable.

» Madame, craignant comme moi quelque rencontre, balbutia quelques mots d'excuse de l'avoir interrompue, et nous prîmes congé. Nous regardâmes derrière nous à plusieurs reprises pour voir si l'on ne nous suivait pas, et nous regagnâmes la voiture sans être aperçues[112]. »

La marquise était revenue à Versailles bouleversée. Cette rencontre avait confirmé ses craintes : Mlle de Romans n'appartenait pas au troupeau anonyme des petites maîtresses royales, elle était aimée de Louis XV. Son assurance et son air heureux le prouvaient.

L'éventualité d'une disgrâce pouvant soudain la rejeter dans l'ombre après dix-huit ans de gloire avait donné le vertige à Mme de Pompadour. Elle s'était consolée cependant en pensant qu'il lui restait le pouvoir.

— Si le roi ne m'aime plus, confiait-elle à Mme du Haussay, du moins apprécie-t-il mon jugement, mes conseils et mon sens politique.

La découverte de la correspondance secrète entre d'Éon et Louis XV, en lui révélant la méfiance du souverain, acheva de la déconcerter. Elle se sentit au bord du gouffre et, pour reprendre sa place et prouver sa puissance à ceux qui déjà ricanaient sur son passage, elle décida de frapper un grand coup et d'abattre le chevalier d'Éon...

Quelques jours plus tard, l'un de ses bons amis, le comte de Guerchy, quittait Versailles et partait pour Londres où il venait d'être nommé ambassadeur de France.

Dès son arrivée, il signifia son congé à d'Éon :

— Vous n'avez plus rien à faire ici. Donnez-moi les papiers que le roi vous a confiés et rentrez en France.

Le procédé manquait d'habileté. D'Éon refusa de quitter l'Angleterre.

— Je ne partirai que sur l'ordre du roi.

Il reçut alors de M. de Praslin, ministre des Affaires étrangères et ami dévoué de la marquise, une lettre de rappel signée de Louis XV. Il n'en tint aucun compte et eut raison, car, le soir même, ce mot secret lui parvenait :

Je vous préviens que le roi a signé aujourd'hui, mais seulement avec sa griffe, et non de sa main, l'ordre de vous faire rentrer en France ; mais je vous ordonne de rester en Angleterre, avec tous vos papiers, jusqu'à ce que je vous fasse parvenir mes instructions ultérieures.

112. Mme du Haussay, *op. cit.*

Vous n'êtes point en sûreté dans votre hôtel et vous trouveriez ici de puissants ennemis.

LOUIS.

D'Éon resta donc à Londres.

Mme de Pompadour, fort en colère, soupçonna immédiatement une intervention personnelle du roi et décida d'en finir. Elle chargea Guerchy d'envoyer auprès du chevalier le jeune Treyssac de Vergy, un petit dévoyé qui végétait en Angleterre, avec l'ordre d'entrer *par tous les moyens* en possession des papiers secrets du roi.

Vergy commença aussitôt son « travail » en faisant absorber un somnifère à d'Éon.

Écoutons celui-ci :

« Aussitôt après le dîner, la comtesse sortit avec sa fille pour aller faire des visites. Peu de temps après, je me sentis incommodé et pris d'un grand assoupissement. Lorsque je sortis de l'hôtel, je trouvai une chaise à porteurs *que l'on m'offrit* ; je n'en voulus point. Je fus chez moi à pied, où je me mis à dormir malgré moi auprès du feu, dans un fauteuil. Je fus obligé de me coucher de bonne heure, parce que je me trouvai encore plus incommodé, comme si j'avais le feu dans le ventre. Je me couchai, et moi qui suis toujours levé à six ou sept heures, j'étais encore endormi le lendemain à midi lorsque M. de la Rozière vint m'éveiller à grands coups de pied dans la porte. Les suites m'ont fait découvrir que M. de Guerchy, qui a son chirurgien avec lui, a fait mettre au moins de l'opium dans mon vin, comptant qu'après dîner je tomberais dans un profond sommeil, que l'on me mettrait endormi dans une chaise à porteurs et que, au lieu de me porter chez moi, on me porterait sur la Tamise où vraisemblablement il y avait un bateau ou un bâtiment prêt pour m'enlever [113]. »

Après cette tentative d'enlèvement, Vergy cambriola l'appartement de d'Éon sans parvenir toutefois à découvrir les papiers.

Excédé, le chevalier écrivit alors à un ami demeuré à Versailles la lettre suivante :

La Pompadour qui imagine que Louis XV est incapable de penser sans sa permission, tous ces grands ministres de Versailles qui s'imaginent que le roi ne peut rien faire sans eux seraient grandement étonnés de me voir prouver aussi clairement qu'à la lumière du jour et par un écrit de la propre main du roi qu'il se défie d'eux comme s'il s'agissait d'une bande de voleurs, qu'il les évite comme si c'était une troupe d'espions et que, souhaitant jouir d'un peu de paix domestique, il leur permet de suivre le petit bonhomme de chemin de leur folie et s'efforce de tout réparer secrètement...

Mme de Pompadour eut naturellement connaissance de cette lettre par le service du cabinet noir.

Furieuse, elle donna l'ordre à Vergy d'attirer le chevalier dans un

113. D'ÉON, *Note secrète pour le roi*, 18 novembre 1763.

guet-apens et de l'assassiner. Le jeune aventurier refusa. Écœuré par les manœuvres de l'ambassadeur et de la favorite, il finit par aller tout révéler à d'Éon qui courut se cacher chez des amis sûrs.

Mme de Pompadour apprit avec le déplaisir qu'on devine la trahison de Vergy. Mais elle n'eut pas le temps de le remplacer. Au printemps 1764, elle tomba gravement malade et l'on murmura qu'elle était atteinte d'une fièvre putride. Malgré les soins que Louis XV lui fit donner, son état empira et elle cessa de s'intéresser à la politique pour penser à son âme... Angoissée soudain, elle qui avait toujours montré un profond athéisme appela le confesseur du roi. Elle avait beaucoup de choses à lui dire...

Le prêtre écouta sans broncher tous les secrets d'une vie que le peuple devait résumer quelques jours plus tard par cette épitaphe :

Ci-gît qui fut vingt ans pucelle
Sept ans catin et huit ans maquerelle.

et lui donna l'extrême-onction. Comme il allait se retirer, elle lui dit en souriant :

— Un moment, monsieur le curé, nous nous en irons ensemble...

A sept heures du soir, elle rendit le dernier soupir.

Et d'Éon put respirer [114]...

12

Une fille de joie qui deviendra Mme du Barry

Le trottoir mène à tout,
à condition d'en descendre...
Docteur J.-M. SERRES

Contrairement à ce que prétendent certains historiens peu soucieux d'aller se renseigner aux sources, la mort de Mme de Pompadour causa un immense chagrin à Louis XV.

Avant d'aller s'enfermer dans sa chambre, il confia à son médecin, Senac :

— Il n'y a que moi, Senac, qui sache la perte que je fais...

La marquise n'était plus sa maîtresse depuis dix ans ; mais elle avait réussi à devenir sa conseillère, son premier ministre et sa meilleure amie. Elle lui était devenue indispensable.

Le soir même du décès, en application d'une loi formelle qui

114. Le XXe siècle ne sera guère plus aimable pour Mme de Pompadour que les chansonniers de son temps. Jean Cocteau, qui voyait en elle une des responsables de la Révolution, écrivait : « Fille d'une mère galante et d'un escroc, la Pompadour amorce le travail où Mme de La Motte mettra le dernier coup de pouce. Avec le recul, elle semble une fée, mais une fée qui transforme les valets en rats et les carrosses en citrouilles !... »

interdisait de laisser un cadavre séjourner dans la demeure royale, le corps de la favorite fut emporté sur une civière jusqu'à l'Ermitage.

Deux jours plus tard, les restes de Mme de Pompadour quittaient Versailles pour Paris par une pluie battante. Louis XV, qui ne pouvait suivre le convoi, était à sa fenêtre, et la légende veut qu'il ait alors murmuré :

— La marquise n'aura pas beau temps pour son voyage.

Ce mot que tous les historiens répètent sans vérifier est faux. Voici, en effet, ce que conte un témoin de la scène, Cheverny :

« Il était six heures du soir, par un temps d'ouragan épouvantable... Le roi prend Champlost par le bras ; arrivé à la porte du cabinet intime (donnant sur le balcon qui fait face à l'avenue de la Cour), il lui fait fermer la porte d'entrée, et se met avec lui dehors sur le balcon. Il garde un silence religieux, voit le convoi enfiler l'avenue et, malgré le mauvais temps et l'injure de l'air auxquels il paraissait insensible, il le suit des yeux jusqu'à ce qu'il perde de vue l'enterrement. Il rentre alors dans l'appartement ; deux grosses larmes coulaient encore le long de ses joues et il ne dit à Champlost que cette phrase :

» — Voilà les seuls devoirs que j'aie pu lui rendre.

» Paroles les plus éloquentes qu'il put prononcer dans l'instant [115]. »

Le surlendemain, les obsèques de la marquise furent célébrées au couvent des Capucines de la place Vendôme. Le prêtre chargé de l'oraison funèbre fut, on s'en doute, fort embarrassé pour vanter les mérites de cette femme qui avait vécu dix-neuf ans en concubinage public avec le roi de France.

Il s'en tira très habilement.

— Je reçois le corps de très haute et très puissante dame, Mme la marquise de Pompadour, dame du palais de la reine, dit-il. Elle était à l'école de toutes les vertus, car la reine est un modèle de bonté, de piété, de modestie et d'indulgence...

Et, pendant un quart d'heure, à propos de la marquise, il fit l'éloge de Marie Leczinska.

Après quoi, le corps de la favorite fut placé dans le caveau qu'elle avait acheté à la famille de La Trémoille, ce qui fit dire à la princesse de Talmont :

— Ces grands os des La Trémoille doivent être bien étonnés de sentir près d'eux les arêtes des Poissons.

Le peuple fut, bien entendu, beaucoup plus cruel, et l'on chanta au coin des rues des refrains qu'il m'est impossible de publier ici...

Lorsque Mme de Pompadour fut en son caveau, le roi retourna vers ses amours volages et jamais plus il ne prononça le nom de la marquise. Personne ne s'en choqua ; sauf pourtant la bonne Marie Leczinska qui écrivit au président Henault : « Au reste, il n'est non plus question ici de ce qui n'est plus que si elle n'avait jamais existé. Voilà le monde, c'est bien la peine de l'aimer. »

115. DUFORT DE CHEVERNY, *Mémoires*.

A ce moment, Louis XV, qui venait de quitter Mlle de Romans dont les intrigues le fatiguaient, avait pour maîtresse une adorable adolescente de seize ans nommée Louise Tiercelin.

Cette jeune personne qui avait trente-six ans de moins que le roi était dotée d'un tempérament volcanique qui la poussait à de savoureuses extravagances. Louis XV lui dut de bien belles nuits...

Pourtant, cette charmante enfant ne pouvait devenir favorite en titre. Elle était bien trop jeune. Aussi, les dames de la cour s'efforçaient-elles d'attirer l'attention du roi par tous les moyens que la nature avait pu mettre à leur disposition... L'une d'elles finit par réussir et par supplanter la petite Tiercelin. Elle s'appelait Mme d'Esparbès. Le nombre de ses amants était si grand que certains la nommaient « Mme Versailles », « attendu qu'elle avait mis toute la ville dans son lit »...

L'intérêt qu'elle portait au sexe masculin se manifestait à chaque instant et sans aucune retenue. Un jour, Bouchardon l'ayant invitée à visiter son atelier, elle s'y rendit avec des amies, ravie de pouvoir admirer quelques belles anatomies... Or, pour ménager la pudeur de ses visiteuses, le sculpteur avait voilé d'une feuille de vigne la nudité des dieux de l'Antiquité qui se trouvaient chez lui.

Toutes les dames s'extasièrent sur les statues, sauf Mme d'Esparbès.

— Et vous, madame, que pensez-vous de mes œuvres ? demanda Bouchardon.

— Oh ! moi, répondit-elle, je ne pourrai me prononcer sur leur véritable beauté qu'en automne, quand les feuilles sont tombées...

En 1763, cette pétulante personne avait été la maîtresse du jeune Lauzun. Un soir, attirée par les seize ans de ce beau garçon, elle avait entrepris de l'éduquer en des jeux qu'on n'apprend pas à l'école, et l'avait reçu au lit dans un déshabillé qui laissait voir la plus jolie poitrine du monde.

— Voulez-vous me faire la lecture ?

Lauzun, les yeux hors de la tête, s'était déclaré incapable de lire une ligne.

« Mes yeux la dévoraient, écrit-il, je laissai tomber le livre ; je dérangeai, sans grande opposition, le mouchoir qui couvrait sa gorge. Elle voulut parler, ma bouche ferma la sienne ; j'étais brûlant : je portai sa main sur la partie la plus brûlante de mon corps ; tout le sien tressaillit. En me touchant, elle me fit faire un effort qui brisa tous les liens qui me retenaient. Je me débarrassai de tout ce qui pouvait cacher la vue d'un des plus beaux corps que j'aie vu dans ma vie ; elle ne me refusa rien, mais mon ardeur excessive abrégea beaucoup ses plaisirs. Je réparais cela bientôt après et souvent jusqu'au point du jour...[116] »

Ces aventures étaient naturellement connues de Louis XV.

Un matin, dans un de ces moments où les amants les plus vigoureux sont bien obligés de reprendre un peu haleine, le roi s'amusa d'ailleurs

116. LAUZUN, *Mémoires secrets*.

à railler gentiment Mme d'Esparbès sur son tempérament volage. Et, si l'on en croit Chamfort, cet étonnant dialogue fut alors échangé :

— Tu as couché avec tous mes sujets, dit Louis XV.

— Oh ! Sire !

— Tu as eu le duc de Choiseul.

— Il est si puissant !

— Le maréchal de Richelieu.

— Il a tant d'esprit !

— Monville.

— Il a une si belle jambe !

— A la bonne heure, mais le duc d'Aumont, qui n'a rien de tout cela ?

— Ah ! Sire, il est si attaché à Votre Majesté !...

Louis XV éclata de rire. Puis il se fit servir des fraises à la crème et s'amusa à les gober sur les seins nus de sa maîtresse...

Mme d'Esparbès eût peut-être été déclarée favorite en titre si Choiseul, qui la craignait, n'était intervenu.

Pour la faire chasser de la cour, il imagina un stratagème qu'on est en droit de trouver assez répugnant : il alla trouver une amie de Mme d'Esparbès et lui demanda, contre une grosse somme d'argent, d'obtenir de la maîtresse royale des détails précis sur les faits et gestes du roi pendant la dernière « nuitée » et de les lui communiquer.

Cette singulière amie accepta la proposition et fut assez habile pour obtenir de Mme d'Esparbès la description complète des caresses que les deux amants avaient échangées la veille au soir. En suite de quoi, elle s'empressa d'aller tout raconter à Choiseul. Le ministre en rédigea un rapport et courut chez le roi.

Bon comédien, il avait pris un air navré.

— Qu'y a-t-il ? demanda Louis XV.

— Sire, répondit Choiseul, il m'est pénible de vous faire connaître certains récits qui se colportent en ce moment à votre sujet.

— Je veux tout savoir. Parlez !

— Puisque Sa Majesté l'ordonne, voici le résumé de ce que j'ai entendu moi-même tout à l'heure.

Le roi prit le rapport et, légèrement embarrassé, lut le récit détaillé de ses dernières prouesses amoureuses. Quand il eut terminé, il déchira le papier, le jeta au feu et déclara d'un ton sec qu'il ne reverrait plus jamais la femme qui s'était rendue coupable d'une telle indiscrétion. Le soir même, il signait une lettre d'exil contre Mme d'Esparbès...

Mme de Gramont et Mme de Maillé Brézé la remplacèrent pendant quelques mois ; mais ces femmes, malgré leur riche expérience et leur bel entrain, ne réussirent pas « à fixer la passion du roi ».

Louis XV, blasé, ne regardait même plus les dames du palais. Il lui fallait des charmes nouveaux. Pendant des semaines, des « courtiers » circulèrent dans toutes les provinces à la recherche d'une jeune personne à la fois enfantine et perverse, capable d'émouvoir les sens royaux.

L'année 1764 se termina donc sans que le poste de favorite fût occupé, et les courtisans composèrent un Noël ironique où l'on voyait le roi se présenter à la crèche pour demander une nouvelle concubine à l'Enfant Jésus :

Privé de favorites
Notre Louis Bien-Aimé
S'en fut avec sa suite
Prier le nouveau-né.
— Donnez-moi donc, Seigneur, une belle maîtresse
Pour remplacer la Pompadour...
Jésus répondit sans détour :
— Je ne vois que l'ânesse ! [117]

Le roi n'était d'ailleurs pas seul à être visé dans ce Noël de cour qui ressemblait à une revue de fin d'année. Derrière lui, les auteurs — anonymes, bien sûr — faisaient défiler tous les personnages en vue. Et chacun prenait un coup de griffe.

On vit bientôt paraître
L'évêque d'Orléans ;
Jésus lui dit en maître :
— Paillard, sors de céans.
Tu n'y rencontreras ni nièces ni bergères ;
Nous pensons ici pieusement,
Nous y vivons très chastement ;
Vierge même est ma mère !

Après quoi, on voyait entrer en scène M. de Beaufremont célèbre pour avoir voulu violer un Suisse, ce qui n'avait pas plu :

Dans un coin de l'étable
Entendant du débat
Quelque homme charitable
Va mettre le holà.
C'était de Beaufremont, venu de sa province
Pressant un page de Melchior
Qui refusait cent louis d'or
De cet aimable prince...

Suivaient trente-deux couplets, dont certains sont d'une extravagante obscénité.

Cette chanson, qui amusa Versailles et Paris pendant les premiers mois de 1765, n'empêchait pas le bon peuple de suivre avec passion ce qu'on nommait alors poliment : « la quête d'une favorite »...

C'est alors que le comte du Barry, qui était au courant des recherches effectuées, eut l'idée de se débarrasser, au profit du roi, d'une maîtresse

117. Cette chanson se chantait sur l'air des *Bourgeois de Châtres*, dont nous avons fait *Le Fils du Roi de Gloire*.

dont il était las. Elle s'appelait Mlle Lange, avait un visage ravissant, un corps admirable et un stupéfiant savoir-faire. Elle était, en outre, de mœurs assez faciles. Un exemple suffira à le prouver : le comte du Barry la cédait à ses amis quand il ne pouvait pas leur payer ses dettes...

Cette jeune personne avait vu le jour vingt-cinq ans plus tôt à Vaucouleurs.

Née de père inconnu, elle s'appelait Jeanne comme sa tante et Bécu comme sa drôlesse de mère.

A quinze ans, alors qu'un certain feu commençait à la pousser dans le monde, elle avait pris — on ne sait pourquoi — le nom de Manon Lançon, et s'était dirigée vers la galanterie.

En 1760, elle avait réussi à entrer comme cousette dans l'atelier du sieur Labille, marchand de modes, chez qui la célèbre Gourdan — qui dirigeait le plus important « clapier » de Paris — venait parfois chercher de nouvelles « pensionnaires ».

L'entremetteuse n'avait pas tardé à l'inviter chez elle. « Je la conduisis dans mes appartements, conte-t-elle dans ses *Mémoires* ; je lui fis voir mes boudoirs galants, où tout respire le plaisir et l'amour ; je l'excitai à porter ses yeux sur des estampes qui les ornaient : c'étaient des nudités, des postures lascives, toutes sortes d'objets propres à allumer les désirs. Je voyais ma jeune grisette en repaître avidement ses regards ; elle était en feu ; je l'arrachai de là, n'ayant voulu qu'essayer ainsi si j'en avais bien jugé, si elle était propre à mon service. Je la fis ensuite passer dans une grande garde-robe, où je lui ouvris plusieurs armoires : je lui déployai des toiles de Hollande, des dentelles, des perses, des taffetas, des bas de soie, des éventails, des diamants. Eh bien, m'écriai-je, mon enfant, voulez-vous vous attacher à moi ? Vous aurez tout cela, vous mènerez la vie qui vous fait envie, vous serez tous les jours au spectacle ou dans les fêtes ; vous souperez avec tout ce que la cour et la ville ont de plus grand et de plus agréable ; et, la nuit, vous aurez des joies. Ah ! quelles joies, mon cher cœur, on n'a pu mieux les exprimer qu'en les appelant les joies du paradis. Vous verrez ici les princes, les généraux d'armée, les ministres, les gens de robe, les gens d'église ; tous ne travaillent que pour venir se délasser chez moi et se réjouir avec un tendron comme vous... Je lui mis dans la poche un écu de six francs, et je convins avec elle d'une femme que je lui dépêcherais quand j'en aurais besoin, et qui, sans lui parler, au moyen de signes arrangés, saurait se faire entendre. Elle sauta d'aise à mon cou et se retira... »

Or, quelques jours plus tard, un prélat, qu'on croit être l'évêque d'Arras, était venu demander à la Gourdan une novice à laquelle il voulait donner les premières leçons du plaisir.

Mme Lançon ayant paru propre à cette destination, l'entremetteuse l'avait fait venir et s'était employée à lui rendre les apparences de la virginité au moyen de quelques lotions astringentes de sa façon.

« Je la livrai dans cet état au prélat, écrit-elle, après avoir touché cent louis pour cette fleur. Il en fut vraisemblablement très émerveillé, puisqu'il voulait l'entretenir ; mais il fut obligé de retourner brusquement dans son diocèse ; et, d'ailleurs, ce n'était pas, à vrai dire, dans mes arrangements ; cette pucelle devait l'être encore plus d'une fois avant que je m'en défisse tout à fait. »

Manon Lançon avait ainsi travaillé pendant près d'un an chez la Gourdan, puis elle était passée, sous le nom de Mlle Vaubernier, dans un tripot où elle avait rencontré le comte du Barry. Celui-ci, ébloui par la beauté de Manon, l'avait installée chez lui et lui avait donné un nom qui lui convenait bien peu : Mlle Lange...

Pendant quelques années, ce personnage douteux avait vécu des charmes de sa protégée. Écoutons en effet le policier Marais : « La demoiselle Vaubernier et le sieur du Barry vivent toujours ensemble en bonne intelligence, ou, pour mieux dire, du Barry ne se sert de cette demoiselle que comme d'une terre qu'il afferme au premier venu en état de bien payer, se réservant cependant le droit d'aubaine, car il couche tous les jours avec elle. Pour les journées, il les lui abandonne tout entières, pourvu toutefois qu'elle se conduise par ses conseils et que le produit s'en rapporte à la masse. Aujourd'hui, c'est à M. le duc de Richelieu et à M. le marquis de Villeroy qu'il a sous-fermé les charmes de cette demoiselle, pour le jour seulement... »

C'était cette jeune prostituée que M. du Barry destinait au roi de France.

Un matin, grâce à l'appui de M. de Richelieu, le comte fut reçu par Le Bel, premier valet de chambre et « agent des plaisirs » du roi.

Il lui proposa sa maîtresse :

— Elle a des jambes ravissantes. Une poitrine ferme et bien placée. Une bouche adorable...

— Comment s'appelle-t-elle ?

— Mlle Lange.

Le Bel connaissait la demoiselle de réputation. Il fit la grimace et reconduisit sans un mot M. du Barry jusqu'à la porte.

Respectueux de Sa Majesté, le premier valet de chambre ne voulait pas faire entrer dans le lit royal une fille qui avait travaillé chez la Gourdan et chez des tenancières de tripot.

Mais M. du Barry était tenace. Dix fois, vingt fois, il revint chez Le Bel. Au bout d'un mois, celui-ci, excédé, finit par dire :

Amenez-la

Le lendemain matin, le comte présenta Manon à l'agent des plaisirs qui ne parvint pas à cacher son émerveillement. Tandis qu'il évaluait en connaisseur les charmes de la jeune femme, le comte se dirigea vers la porte et dit avec quelque hauteur :

— Je vous la laisse. Voyez, examinez, et si ce n'est pas un composé céleste, je consens à perdre mon honneur.

Et, reprenant son manchon, il rentra chez lui [118].

Seule avec Le Bel, Manon baissa les yeux et attendit. Le valet de chambre, qui avait, à la longue, pris certaines manières de son auguste maître, s'approcha, ouvrit le corsage de la jeune protégée de M. du Barry et lui baisa le bout d'un sein. Voyant qu'elle ne protestait pas, il la déshabilla, la coucha sur un canapé et, tout comme les cuisiniers pratiquaient *l'essay* avant de présenter les plats du roi, il « goûta » la jeune blonde que l'on destinait à Louis XV.

Manon, à qui le comte avait fait la leçon, eut des initiatives étourdissantes et le brave Le Bel fut ravi d'avoir trouvé un « mets » savoureux pour son maître. Quand leurs ébats furent terminés, Manon sourit, remit ses vêtements et se contenta de dire :

— Croyez-vous que cela convienne ?

Le valet, transporté, lui assura que « c'était très bien » et promit de la placer sur le passage du roi.

Le soir même, elle était mêlée aux jeunes femmes qui piétinaient dans l'espoir « de se faire une place au soleil » ; mais le monarque ne la remarqua point.

Désolée, Manon demeura toute la nuit avec Le Bel et redoubla de caresses pour être placée plus favorablement encore.

Le lendemain, le hasard la servit : le roi l'aperçut et fut fasciné. Deux heures plus tard, elle était dans son lit. Manon s'y montra éblouissante. Pour la première fois de sa vie, Louis XV eut l'impression d'être avec une femme qui le considérait comme un homme et non comme un roi. Toutes les maîtresses qu'il avait eues jusqu'alors se montraient dans les draps un peu gourmées, apprêtées, gênées par le respect. Au contraire, Manon avait œuvré en vraie fille de joie et s'était permis toutes les hardiesses.

Le style vif et énergique de la jeune femme avait fait au roi une grosse impression. Le lendemain, il ne put s'empêcher d'avouer à l'un de ses intimes, le duc de Noailles, qu'il avait connu des plaisirs nouveaux.

— Sire, lui répondit le courtisan avec une belle franchise, c'est que vous n'êtes jamais allé au b... [119].

Ce qui jeta un léger froid.

Par la suite, Manon, qui était installée dans un petit pavillon, s'ingénia à trouver chaque nuit de nouvelles agaceries capables de ranimer les sens usés du monarque et celui-ci conçut pour cette femme experte une véritable passion.

118. A cette époque, les hommes élégants portaient le manchon. Garni de fourrure l'hiver, il était, à la belle saison, de satin doublé de duvet. Les teintes les plus extravagantes étant à la mode, on en vit couleur « ventre de puce en fièvre de lait », « suie de cheminée de Londres », « entrailles de petits-maîtres » ou « boue de Paris ». Généraux, prélats, ministres portaient cet accessoire avec une grande dignité...

119. *Les Fastes de Louis XV, de ses ministres, maîtresses, généraux et autres notables personnages de son règne*, 1782.

La liaison du souverain avec une ex-pensionnaire de la Gourdan scandalisa Versailles. Un soir, Le Bel, effrayé de voir quel tour prenaient les choses, eut des remords et alla trouver Louis XV. Respectueusement, il lui dit que dans sa pensée cette jeune personne ne devait être qu'une passade et non une favorite.

Le roi prit très mal cette remarque. Il s'emporta, s'empara des pincettes et en menaça son confident :

— Tais-toi ou je t'assomme !

Le Bel était émotif. Il fut pris dans la nuit de coliques hépatiques et mourut deux jours après...

De nombreux courtisans partageaient le point de vue du valet de chambre. On se rassurait pourtant en pensant qu'il était impossible à une fille d'aussi basse extraction d'être présentée officiellement à la cour.

Un roi de France ne pouvait avoir pour maîtresse en titre une Manon Lançon ni même une Mlle Lange. Il lui fallait, suivant l'usage, une femme mariée à un noble...

Le comte du Barry qui continuait à s'occuper dans l'ombre de sa protégée eut alors une idée : ne pouvant épouser lui-même Manon, puisqu'il avait déjà une femme et cinq enfants, il décida de la marier à son frère Guillaume du Barry.

Ce frère, qui habitait Toulouse, « était une espèce de sac à vin, un pourceau se vautrant le jour et la nuit dans les plus sales débauches ». Il accepta avec empressement la proposition qui lui était faite et sauta dans un coche.

En arrivant à Paris, il trouva son frère inquiet : la bonne et douce reine Marie Leczinska venait de mourir à l'âge de soixante-cinq ans, et Louis XV montrait un grand chagrin.

Le comte craignait de voir le monarque se tourner vers la religion et chasser Manon. Mais après les obsèques, il se rassura. La jeune femme était toujours dans son pavillon et le roi continuait de lui rendre visite chaque nuit...

Le mariage de Manon et de Guillaume du Barry eut lieu le 23 juillet 1768. On avait, pour la circonstance, confectionné un faux acte de naissance dans lequel Jeanne Bécu devenait la fille d'un certain Jean-Jacques Gomard de Vaubernier...

Toute la cérémonie ne fut d'ailleurs qu'une farce. Le contrat établissait que les conjoints ne devraient jamais vivre comme mari et femme, et les notaires prirent sur eux de consacrer officiellement les titres dont s'affublaient indûment depuis des années les membres de la famille Dubarry [120].

« Ce fut alors, nous dit-on, que la maison devint illustre et qu'elle acquit une grande noblesse. Il parut tout à coup trois comtes, une

120. Puisque telle est en réalité la véritable orthographe de ce nom.

comtesse et un vicomte, à peu près comme les champignons naissent, croissent et s'étendent dans une nuit [121]. »

Doué d'une puissante imagination, le comte du Barry prétendait que sa famille descendait des Barrymore, branche cadette des Stuart...

Finalement, comme le dit un pamphlet du temps, « tous ces faux nobles firent entrer à la cour une vraie putain »...

Aussitôt mariée, Mme du Barry s'installa au château, dans un appartement situé au deuxième étage. Là, elle ne pouvait encore recevoir le roi qu'en particulier, car elle n'avait pas été présentée officiellement.

« La présentation à la cour, nous dit Jean Hervez, était un point d'autant plus essentiel pour une maîtresse du monarque, que, faute de ce cérémonial, elle n'y pouvait obtenir aucune place ; elle n'y était jamais que précairement, et dans le cas d'être expulsée d'un instant à l'autre, sans prétendre aux dédommagements dont une faveur déclarée la rendait au moins susceptible [122]. »

Or les très pudiques filles du roi, poussées par Choiseul qui eût désiré voir sa sœur dans le lit de Louis XV, s'opposaient à la présentation de Mme du Barry.

Le ministre finit par perdre la partie, et la favorite fut présentée à Sa Majesté le 22 avril 1769 par Mme de Béarn qui toucha cent mille francs pour sa complaisance...

Dès qu'elle fut maîtresse en titre, Mme du Barry constitua sa « maison ».

Et cette ancienne prostituée, qui se donnait naguère pour quelques écus sous les galeries du Palais-Royal, eut un intendant, un premier valet de chambre, un coiffeur, deux parfumeurs, trois couturières, des suisses, des postillons, des cochers, des piqueurs, des coureurs, des valets de pied, des porteurs de chaise, un maître d'hôtel, un officier d'office, des valets de garde-robe, un maître de chapelle, des femmes de chambre et même un nègre, le célèbre Zamor.

Le roi lui fit verser une pension d'un million deux cent mille francs par an, et la couvrit de bijoux.

Ce train, ces dépenses, ce luxe au moment où la misère régnait dans le royaume, irritèrent le peuple qui composa des pamphlets et des chansons cruels.

On chantait la fameuse *Bourbonnaise* que la police, aux ordres de Choiseul, contribuait à divulguer :

La Bourbonnaise
Arrivant à Paris
A gagné des Louis.
La Bourbonnaise
A gagné des Louis
Chez un marquis.

121. Procès Dubarry-Tournon.
122. Jean Hervez, *Les Maîtresses de Louis XV, le Bien-Aimé.*

Elle est gentille
Elle a les yeux fripons,
Le feu sous le jupon.
Elle est gentille,
Elle excite avec art
Un vieux paillard.

Et ce quatrain courait les rues :

France, tel est donc ton destin,
D'être soumis à la femelle.
Ton salut vint de la Pucelle,
Tu périras par la catin.

Enfin, de nombreuses estampes satiriques parurent avec des caricatures de la favorite qu'on appelait *Mme du Baril*. Cette mauvaise plaisanterie devait donner une curieuse idée au comte de Lauraguais. Un soir, il alla chercher une fille chez la Gourdan, l'installa dans son hôtel et la présenta à ses amis sous le nom de *Mme du Tonneau*...

Immédiatement, le duc de Richelieu écrivit à son ancienne maîtresse :

Mon adorable comtesse,

Vous ne sauriez trop tôt faire cesser l'insolence du comte de Lauraguais. Il vient de prendre une fille de la rue Saint-Honoré, lui a donné une maison qu'il a meublée, et l'a fait appeler hautement la comtesse du Tonneau. Vous sentez la grossière épigramme d'une pareille impertinence. Si elle durait encore quelques jours, tout Paris le saurait, et il faudrait l'arrêter dans son commencement. Le comte de Lauraguais est ami du duc de Choiseul, ainsi vous voyez d'où part le coup. Je suis, avec respect, mon adorable comtesse, le plus dévoué de vos serviteurs.

Duc de Richelieu.

Mme du Barry n'avait pas le mauvais caractère de Mme de Pompadour. Elle se contenta de rire.

Elle n'allait pas tarder à pleurer...

Pendant quelque temps, les dames de la cour feignirent d'ignorer Mme du Barry.

Quand elles la croisaient dans les couloirs, elles prenaient un air hagard qui leur semblait propre à exprimer le mépris.

Entre elles, ces charmantes personnes appelaient la favorite soit Jeanne Bécu, soit Mlle Gourdan, soit la Bourbonnaise, soit encore plus simplement la catin du roi, et personne n'aurait accepté de l'inviter ou d'être son hôte.

Mme du Barry, chez qui Louis XV soupait tous les soirs, se moquait éperdument de ces méchancetés. Elle s'amusait comme une petite fille, meublait l'appartement que son amant lui avait donné, chantait, dansait et riait à perdre haleine aux plaisanteries du roi. Celui-ci la considérait avec ravissement. Autant d'esprit, d'enjouement, de verve, d'espièglerie, le changeait des attitudes gourmées de Mme de Pompadour...

Au bout de quelques semaines, ce fut lui qui souffrit de la quarantaine dans laquelle on tenait sa maîtresse.

— Voulez-vous que j'invite quelques personnes à nos soupers ? demanda Mme du Barry.

Louis XV sourit.

— Personne ne viendra.

Le lendemain, des invitations furent portées chez une demi-douzaine de courtisans particulièrement connus pour leur hostilité. Au bas du carton, la rusée favorite avait mis : « Sa Majesté m'honorera de sa présence. »

Tout le monde fut obligé de venir.

Le même stratagème lui servit plusieurs fois et, peu à peu, les dames les plus revêches s'habituèrent à fréquenter le salon de Mme du Barry.

On ne cessa pas pour autant de la critiquer. Au contraire... D'autant que la pauvre avait conservé de sa jeunesse tumultueuse des manières libres et des expressions pittoresques qui détonnaient un peu à Versailles. Un soir qu'elle jouait au pharaon, le roi retourna la carte qui allait la faire perdre. Elle s'écria :

— Ah ! je suis frite !

Mot qui n'avait jamais retenti sous les lambris du palais. Un courtisan, prenant alors un air aimable, lui décocha ce « trait empoisonné » :

— Il faut vous en croire, madame, vous devez vous y connaître.

Allusion peu élégante à l'état de Mme Bécu, mère de la favorite, qui avait été cuisinière...

Une autre fois, le duc d'Orléans étant venu la solliciter d'être favorable à son mariage avec Mme de Montesson et d'engager le roi à reconnaître celle-ci pour duchesse d'Orléans, Mme du Barry frappa sur le ventre de son visiteur et lui dit :

— Gros père, épousez-la, nous verrons à faire mieux ensuite.

De tels propos étaient immédiatement répétés par les domestiques, et les braves gens, choqués, disaient que la nouvelle favorite avait apporté à Versailles la gaieté, le langage et les plaisirs de la Courtille.

— Il ne manque plus que Ramponneau aux petits soupers du roi, disait-on.

Bientôt, une histoire qui allait avoir un succès considérable courut dans Paris. On racontait que Louis XV, occupé à faire son café, avait été interpellé par sa maîtresse en ces termes :

— Eh ! la France, ton café f... le camp !

Cette anecdote que le clan de Choiseul se plut à répéter scandalisa tout le monde. On ne pouvait admettre, même dans le peuple, qu'une ancienne prostituée s'adressât au roi avec tant de désinvolture, d'irrespect et de vulgarité.

Les auteurs de pamphlets redoublèrent de violence, et Mme du Barry fut traînée dans la boue.

Or cette anecdote que tous les historiens ont répétée et qui devint, sous la Révolution, une sorte de leitmotiv contre la monarchie est fausse. Si Mme du Barry a bien prononcé la phrase incriminée, ce n'était pas au roi qu'elle s'adressait.

Un chercheur érudit, Charles Vatel, a prouvé que « La France » était le nom — ou le surnom — d'un valet de pied au service de la comtesse. Il a retrouvé, en effet, plusieurs mémoires du tailleur parisien Carlier qui en font foi. En voici des extraits.

Le 30 mai 1770, le tailleur se permet de rappeler « qu'il a fourni pour Augustin, *La France*, François et Étienne, valets de pied de Mme la comtesse du Barry, quatre fracks *(sic)* de baracan bleu ». Le 1er juin 1771, il demande le règlement de « quatre redingotes et huit douzaines de gros boutons à mille pointes, vestes du matin à bavaroise pour *La France*, Mathurin et Courtois. Le 3 janvier 1771, nouvelle facture d'« une veste de ratine pour *La France* ». Et le 4 janvier 1772, le tailleur annonce la livraison « des redingotes de drap gris pour *La France* et Picard »...

La cause est donc entendue.

On sait, en outre, par la correspondance qu'ils échangeaient, que le roi et sa maîtresse ne se tutoyaient pas. Enfin, Louis XV, contrairement à la légende, n'a jamais préparé son café lui-même. Il existait sous le toit du palais un petit réduit qui s'appelait « cabinet du café du roi », où se tenaient des domestiques...

Il y a quatre-vingt-dix ans que Charles Vatel a apporté ces preuves et rétabli la vérité. L'anecdote continue pourtant d'être contée dans tous les manuels d'histoire...

Les manières libres de Mme du Barry choquaient au moins autant que son langage. Elle ignorait la pudeur et se montrait souvent fort déshabillée à ses visiteurs, qui s'en retournaient chez eux éblouis.

Une telle aventure arriva un matin à un brave notaire et à deux prélats. Le roi était dans la chambre de la jeune femme qui restait au lit jusqu'à midi, quand on annonça le nonce et le cardinal de La Roche-Aymon, grand aumônier.

— Qu'ils entrent ! dit le souverain.

Les deux ecclésiastiques vinrent s'incliner devant le roi, puis saluèrent la favorite, qui leur fit, du creux de son oreiller, un petit signe amical.

Au bout d'un moment, le notaire Le Pot d'Auteuil vint présenter un contrat à signer. Le roi le fit entrer, et la même scène se renouvela. Or, tandis que le souverain apposait son paraphe, Mme du Barry, qui s'ennuyait, décida de se lever. Sans se soucier des trois personnages qui se trouvaient dans la pièce, elle sortit du lit complètement nue et se fit donner ses pantoufles par les deux prélats rougissants, mais ravis. « Ceux-ci, nous dit un historien, s'estimèrent trop dédommagés de ce vil et ridicule emploi en jetant un coup d'œil fugitif sur les charmes secrets d'une pareille beauté [123]. »

Quant au notaire, il alla décrire à tout Versailles « les paysages merveilleux que les circonstances lui avaient permis d'admirer à loisir »...

Louis XV s'était follement amusé de cette scène. Il ne songeait d'ailleurs jamais à reprocher ses incartades à Mme du Barry, et ne paraissait choqué ni par son langage, ni par sa vulgarité, ni par son impudeur. Considérant le plaisir qu'elle lui procurait, il lui pardonnait tout...

Bientôt, le peuple fit un troisième grief à la favorite : on l'accusa d'exténuer le roi par la luxure et de lui donner des remontants pour qu'il soit toujours dans d'heureuses dispositions. Le *Gazetier cuirassé*, par exemple, prétendait que Mme du Barry, non contente « de se parfumer intérieurement avec un baptême ambré », faisait ingurgiter à Louis XV des mouches cantharides, du diabolino et de l'essence de girofle.

Et l'on chantait ce couplet irrévérencieux :

Regardez le doyen des rois
Aux genoux d'une drôlesse,
Dont jadis un écu tournois
Eût fait votre maîtresse,
Faire auprès d'elle cent efforts
D'une façon lubrique
Pour faire mouvoir les ressorts
De sa machine antique [124].

L'usage des excitants était alors courant. Le roi lui-même s'en servait volontiers pour obtenir les faveurs d'une dame trop rebelle. Richelieu nous dit :

« Le vieux lubrique était forcé de recourir à de petites filles choisies expressément. Son libertinage l'obligea même quelquefois à recourir à l'art pour séduire celles qui étaient vertueuses ou fidèles à leurs amants. C'est ainsi qu'il obtint les faveurs de quelques grandes dames et qu'il gagna Mme de Sade en lui offrant des pastilles excellentes où il avait fait mettre de la poudre de mouches cantharides. Il en mangeait et en donnait à sa société qui, tourmentée de désir jusqu'à la fureur, s'abandonnait tout entière à des plaisirs qui ne peuvent se décrire. Le roi s'est permis quelquefois, à la fin de son règne, ce coupable amusement ; et plusieurs dames de la cour moururent des suites de ces honteuses orgies [125]. »

Par la suite, on accusa Mme du Barry de toutes les perversions, et l'on chanta ce petit couplet :

123. *Vie privée des maîtresses, ministres et courtisans de Louis XV, et des intendants et flatteurs de Louis XVI*, 1790.
124. Recueil Maurepas.
125. Duc de Richelieu, *op. cit.*

Que de postures,
Elle a lu l'Arétin,
Que de postures.
Elle sait en tous sens
Prendre les sens.

Un tel goût pour les jeux amoureux ravissait Louis XV, qui confia un jour à Richelieu :

— Je suis enchanté de votre Mme du Barry, c'est la seule femme de France qui trouve le secret de me faire oublier que je suis sexagénaire [126].

Naturellement, la favorite ne tarda pas à profiter de l'empire qu'elle avait sur son amant. « Empire si étonnant, nous dit-on, que nulles de celles qui l'avoient précédée n'en avoient jamais obtenu un pareil ; elle s'empara si bien de son esprit que le sceptre de Louis XV, jusque-là tour à tour le jouet de l'amour, de l'ambition et de l'avarice, devint, entre les mains de la comtesse, la marotte de la folie [127]. »

Folie dont le pauvre Louis XVI allait un jour payer fort cher les méfaits...

13

Marie-Antoinette, atout de Choiseul contre la du Barry

La meilleure arme contre une femme est encore une autre femme.

STENDHAL

Tandis que le crédit de Mme du Barry s'affirmait à la cour, le duc de Choiseul s'apprêtait à jouer une carte maîtresse contre la favorite.

Depuis quelques années, dans le but de fortifier le traité d'alliance que sa chère amie Mme de Pompadour avait fait signer en 1758 avec l'Autriche, il préparait le mariage du dauphin avec l'archiduchesse Marie-Antoinette, fille de Marie-Thérèse.

Cette union n'avait, à l'origine, qu'un but politique. Depuis l'avènement de la comtesse, M. de Choiseul en faisait une affaire personnelle. Il considérait, en effet, que la nouvelle dauphine, en lui devant tout, ne pourrait lui refuser son appui. Et c'est une guerre de femmes qu'il préparait pour demeurer en place.

Car sa situation était chancelante. Des espions bien placés lui rapportaient quotidiennement les propos que Mme du Barry tenait sur son compte ainsi que les plaintes dont elle harcelait le roi, et il savait qu'elle pouvait le faire chasser d'un instant à l'autre.

Il faut reconnaître que M. de Choiseul avait largement mérité l'inimitié de la comtesse. Ne pouvant pardonner à celle-ci d'avoir pris la place qu'il destinait à sa sœur Mme de Gramont, il la faisait insulter

126. *Vie privée du maréchal de Richelieu*, 1791.
127. *Vie privée des maîtresses de Louis XV*, 1790.

par des chansonniers à gages ou des pamphlétaires affamés, et sa dernière trouvaille consistait à faire raconter dans Paris que Mme du Barry avait institué un nouvel ordre sous l'invocation de sainte Nicole.

Ce nom faisait rire, car c'était une allusion à un nommé Nicole, charlatan très connu dans la capitale pour le traitement des maux vénériens...

On donnait naturellement des détails sur la règle et les conditions d'admission : il fallait pour les femmes, disaient les agents de Choiseul, avoir vécu avec dix hommes différents, au moins, et prouver qu'on avait été mise trois fois en quarantaine pour maladies.

Quant aux hommes, « quand bien même, disait-on, Mme du Barry ne nommerait que ceux qui avaient eu l'honneur de coucher avec elle, l'ordre de Sainte-Nicole serait plus nombreux que celui de Saint-Louis »...

On précisait enfin que la marque de l'ordre était *un concombre brodé sur la poitrine avec deux excroissances bien marquées*.

Ces grossièretés amusaient le menu peuple et horripilaient la comtesse. Sachant d'où venaient toutes ces attaques, Mme du Barry se défendait de son mieux ; et l'on se demandait lequel des deux adversaires, finalement, abattrait l'autre.

Choiseul, sûr de la petite archiduchesse, eut la faiblesse de se croire le plus fort...

Le 13 mai 1770, venant de Vienne par Strasbourg, Nancy et Châlons, la jeune Marie-Antoinette arriva en vue de Compiègne où Louis XV et le dauphin l'attendaient.

A la lisière de la forêt, elle vit un carrosse arrêté. C'était M. de Choiseul qui, par faveur spéciale, était autorisé à la saluer le premier.

Étant descendu prestement de voiture, il alla s'incliner devant l'adolescente. Marie-Antoinette, passant sa tête blonde par la portière, lui sourit :

— Je n'oublierai jamais, monsieur, que vous avez fait mon bonheur, dit-elle.

— Et celui de la France, ajouta Choiseul, dont la joie à ce moment faisait vraiment plaisir à voir.

Puis il remonta dans son carrosse et Marie-Antoinette, petite dauphine de quinze ans, qu'on avait mariée par procuration un mois plus tôt à Vienne, regarda de nouveau défiler le paysage d'Ile-de-France...

A Compiègne, tandis que le dauphin tuait le temps en attrapant des mouches, Louis XV marchait de long en large. Il était très impatient de savoir si cette jeune Autrichienne qui allait entrer dans sa famille était jolie.

A certain moment, le sieur Bouret, secrétaire du cabinet, vint lui présenter le contrat d'échange dressé à la frontière. Il s'enquit, l'œil brillant :

— Vous avez vu Mme la Dauphine. Comment est-elle ? A-t-elle de la gorge ?

L'autre répondit que la dauphine était charmante de figure et qu'elle avait de très beaux yeux.

— Ce n'est pas cela dont je parle, dit le roi vivement. Je vous demande si elle a de la gorge ?

Le sieur Bourct baissa les yeux.

— Sire, dit-il, je n'ai pas pris la liberté de regarder jusque-là.

— Vous êtes un nigaud, dit Louis XV en riant. C'est la première chose qu'on regarde chez les femmes.

Quand Marie-Antoinette fut annoncée, il se précipita et fut dans le ravissement. La plus adorable des adolescentes descendait du carrosse. Deux yeux myosotis, vifs, malicieux, des cheveux blond cendré, des traits fins, une gorge pointue et bien placée formaient un ensemble fort appétissant.

Ayant fait quelques pas d'une démarche légère, elle se jeta à genoux devant le roi.

Louis XV, un peu plus ému que les convenances ne l'eussent exigé, la releva en tremblant et l'embrassa. A le voir si nerveux et si congestionné, un témoin non informé l'eût pris pour le mari.

Pendant ce temps, le dauphin, l'œil vague, considérait avec une indifférence navrante cette charmante jeune fille qui émoustillait tant son grand-père.

Il s'approcha tout de même et l'embrassa à son tour : puis il devint écarlate, tandis qu'on remarquait la légère rougeur qui teintait le visage de Marie-Antoinette.

La foule applaudit. Cette délicieuse dauphine avait été immédiatement adoptée par le peuple. Déjà on répétait ses mots. A Strasbourg, le chef du Magistrat, croyant lui être agréable, s'était adressé à elle en allemand. Mais elle l'avait arrêté :

— Ne parlez point allemand, monsieur, avait-elle dit. A dater d'aujourd'hui, je n'entends plus que le français...

Cette réponse adroite faisait vibrer les braves gens.

Le lendemain soir, le roi, le dauphin et Marie-Antoinette, suivis de la cour, arrivèrent au château de La Muette où un souper devait être donné.

Allant d'un groupe à l'autre, Choiseul, inquiet, essayait de se rassurer. Le bruit courait en effet que le roi avait l'intention de faire paraître Mme du Barry à ce dîner de famille.

Mercy, scandalisé par tant d'impudeur, note dans son *Journal* : « Il paraît inconcevable que le roi choisisse ce moment pour accorder à sa favorite un honneur qui lui a été refusé jusqu'alors. »

Pourtant, Mme du Barry parut. Éblouissante, dans une robe blanche, brodée d'or, elle vint prendre place à table aux côtés de Mesdames, filles du roi, du dauphin, de la dauphine et de Louis XV qui surveillait tout le monde. Il y eut un moment de gêne. Mesdames piquèrent du nez dans leur assiette et le dauphin prit un air fâché. Mais Marie-

Antoinette ne s'aperçut de rien, car elle était fascinée par Mme du Barry. Elle se pencha vers sa voisine :

— Qui donc est cette dame si jolie ?

— Mme du Barry.

— Quelles sont ses fonctions à la cour ?

La voisine baissa les yeux sans répondre et la dauphine, dont l'esprit était vif, rougit de sa naïveté.

Ce soir-là, Choiseul pensa que la favorite avait marqué un point ; mais la présence de Marie-Antoinette le rassurait. Il avait remarqué le trouble du roi à l'arrivée de la dauphine et pensait que cette piquante personne n'allait pas tarder à tout diriger.

Le 16 mai, les cloches de France sonnèrent à toute volée, et Choiseul se frotta les mains. Le mariage du dauphin et de Marie-Antoinette était béni en la chapelle de Versailles.

Le soir, l'archevêque de Reims vint jeter de l'eau bénite sur le lit nuptial et tout le monde s'en alla. Malheureusement pour Marie-Antoinette, le dauphin s'en alla aussi...

Et elle dormit seule.

Le lendemain, dans le carnet où il notait ses chasses, le futur Louis XVI écrivit un mot : « Rien. »

C'est également ce que Marie-Antoinette aurait pu écrire dans son journal, car il ne s'était rien passé au cours de cette nuit de noces et elle en éprouvait un gros dépit. Les soirs suivants, le nouveau marié ne se montra pas plus ardent, et la petite Autrichienne en eut le sommeil agité.

Heureusement, les jours étaient plus gais. Le roi avait commandé une semaine de fêtes. Le 30 mai, pour clôturer ces réjouissances, un feu d'artifice fut tiré au-dessus de la Seine, devant une foule considérable massée sur la place Louis XV. Soudain, au moment où se dessinaient dans le ciel les chiffres entrelacés du dauphin et de la dauphine, une bousculade se produisit qui déclencha la panique. La foule s'écrasa. On piétina des enfants, des femmes et même des militaires.

Le lendemain matin, on devait relever cent trente-deux cadavres et des centaines de blessés.

Marie-Antoinette n'était pas spécialement superstitieuse ; mais elle ne put s'empêcher de voir là un mauvais présage. Elle s'enferma dans sa chambre et pleura. Louis XV, paternellement, vint la réconforter. Puis, tout émoustillé, il rentra dans ses appartements et commença à penser sérieusement à un projet qu'il avait depuis quelque temps. Un projet étrange puisqu'il s'agissait de devenir *le beau-frère de son petit-fils*.

Le souverain, en effet, voulant goûter aux jolis fruits qui poussaient dans la famille d'Autriche, rêvait d'épouser l'archiduchesse Élisabeth, sœur de Marie-Antoinette.

14

Mme du Barry cause la disgrâce de Choiseul

Rien ne résiste à une jolie femme.

MARCEL PRÉVOST

Au début du mois de juin 1770, le palais de Versailles fut agité par un scandale qui ouvrit les yeux de la dauphine sur les mœurs dissolues de la cour de France. Un soir, l'inséparable amie de Mme du Barry, la duchesse de Valentinois, qui organisait chez elle, de temps à autre, des réunions un peu lestes, convia une trentaine de personnes à un « dîner-surprise ».

A l'heure dite, les invités se retrouvèrent dans le salon de la jeune femme, et, « plus bourdonnants que mouches à miel », firent mille suppositions sur les plaisirs qui les attendaient.

Souriante, Mme de Valentinois se taisait. « Elle tenoit, nous dit un mémorialiste, à laisser l'impatience échauffer les esprits et placer son monde en un état propre aux plus extravagantes distractions [128]. » On se mit à table et lorsque tous les convives furent assis, la maîtresse de maison prit la parole :

— Le jeu va consister, ce soir, à retirer une pièce de vêtement, chaque fois qu'un nouveau plat sera servi. Ceux qui se trouveront entièrement déshabillés en même temps formeront des couples qui auront toute liberté. A vous de savoir vous y prendre pour « gagner » le compagnon ou la compagne de votre choix... Vous comprenez maintenant pourquoi je ne vous ai pas donné plus tôt de renseignements sur ce « dîner-surprise ». Je connais suffisamment le cœur humain pour savoir que des tricheries eussent été à déplorer et que certains invités eussent soudoyé des femmes de chambre pour connaître le nombre de vêtements de la dame de leurs rêves...

Toute l'assemblée applaudit, et l'on servit un consommé. Immédiatement, des colliers, des jabots, des écharpes de soie tombèrent sur le tapis.

Une dizaine de petits mets défilèrent ensuite sur la table, pour la plus grande joie des convives qui, dès leur apparition, se débarrassaient prestement d'un détail de leur toilette. Aussi, lorsque le premier rôti fut présenté, l'assemblée était-elle déjà presque à demi dévêtue. « On observa alors, nous dit M. de Cravon, un curieux manège : chaque homme régloit son déshabillage sur celui de la femme qu'il convoitoit, et chaque femme agissoit de même en considérant l'homme de son désir, sans que les choix correspondissent toujours. Il en résultoit bien des faux pas, bien des hésitations et bien des agaceries [129]. »

128. JEAN DE CRAVON, *Les plaisirs et les jeux secrets de la cour de Louis XV*, 1804.
129. JEAN DE CRAVON, *op. cit.*

Au dessert, il devint évident que dix messieurs se dévêtaient avec le seul espoir d'arriver au but en même temps que la maîtresse de maison qui était, de loin, la plus jolie femme du dîner. Lorsque l'apparition d'une crème au caramel lui donna l'occasion de retirer son corsage, deux seins fermes, d'une forme exquise et d'une tenue irréprochable, vinrent, nous dit-on, « ajouter leur éclat à celui des flambeaux », et tout le monde fut ébloui.

Aux fruits, quelques couples se trouvèrent réunis par leur nudité. On les applaudit à grands cris et ils allèrent s'étendre sur des sofas où ils s'occupèrent entre eux...

Finalement, au dernier compotier de cerises, Mme de Valentinois se trouva complètement nue en même temps que sept messieurs qui montraient sans pudeur leur extrême contentement...

La duchesse fut un peu effarée. Elle n'avait pas prévu, en organisant son dîner-surprise, qu'une telle abondance de biens lui échoirait. Belle joueuse, elle promit cependant à ses admirateurs de les récompenser tous de leur habileté... Et tandis que les valets, toujours imperturbables, apportaient du champagne pour permettre aux retardataires de quitter leurs derniers vêtements, Mme de Valentinois, avec une charmante simplicité, s'étendit sur un canapé et se donna en pâture aux sept gentilshommes.

Bien élevés, ceux-ci eurent à cœur de prouver leur reconnaissance. Ils y mirent un zèle qui toucha profondément la duchesse.

Le lendemain, tout Versailles, naturellement, connut les détails de cette histoire et les gens de bien s'accordèrent à trouver la conduite de Mme de Valentinois amusante, mais un peu désinvolte.

La jeune Marie-Antoinette, qui avait le cœur pur, réagit différemment : elle fut scandalisée, et son dégoût pour Mme du Barry, dont la duchesse de Valentinois était l'amie la plus intime, s'en trouva accru. Elle se confia à Mesdames, qui ne cherchèrent pas à cacher leur satisfaction.

Les trois vieilles filles (Madame Adélaïde avait trente-huit ans, Madame Victoire trente-sept ans et Madame Sophie trente-six ans) détestaient la favorite. Elles furent heureuses de faire partager leur haine à la dauphine qui, ayant été élevée dans une cour où régnait la vertu, les suivit aveuglément.

Quelques jours plus tard, Marie-Antoinette écrivit à sa mère :

Le roi a mille bontés pour moi et je l'aime tendrement ; mais c'est à faire pitié la faiblesse qu'il a pour Mme du Barry, qui est la plus sotte et impertinente créature qui soit imaginable. Elle a joué tous les soirs avec nous à Marly ; elle s'est trouvée deux fois à côté de moi, mais elle ne m'a point parlé et je n'ai point tâché justement de lier conversation avec elle.

M. de Choiseul avait l'alliée qu'il souhaitait.

Sûr de lui, il déclencha une terrible attaque contre la favorite, et ses partisans se crurent, dès lors, tout permis. On le vit bien, un soir à Choisy, lors d'une représentation donnée par les comédiens du roi. La salle étant minuscule, les dames du palais s'étaient précipitées pour occuper les premiers bancs. Quand Mme du Barry, accompagnée de ses deux fidèles amies, la maréchale de Mirepoix et la duchesse de Valentinois, arrivèrent, toutes les places étaient prises.

— Je veux un siège, dit la favorite.

La comtesse de Gramont, dame de la dauphine et belle-sœur de Choiseul, tourna la tête :

— Nous étions là bien avant vous, madame. Il est juste que nous ayons un droit de priorité...

— J'ai été retardée, dit Mme du Barry.

Mme de Gramont ricana :

— Je veux dire : nous étions *à la cour* bien avant vous...

La favorite, pour la première fois, se laissa aller à un mouvement d'humeur :

— Vous n'êtes qu'une chipie !

— Moi, madame, répliqua calmement la belle-sœur de Choiseul, je n'oserais pas prononcer le mot dont on se sert pour vous désigner.

Furieuse, Mme du Barry s'en alla se plaindre au roi qui, le lendemain, expédiait, par une lettre de cachet, Mme de Gramont à quinze lieues de Versailles...

Cet exil partagea la cour en deux clans, et, naturellement, Marie-Antoinette prit la défense de sa dame d'honneur. Mais elle eut beau cajoler Louis XV et l'appeler « mon papa », le roi ne se laissa pas attendrir. Mme du Barry lui faisait alors, avec toute la fougue de ses vingt-six ans, passer de trop belles nuits pour qu'il osât lui déplaire...

La favorite savoura sa victoire et reprit son sourire. Un soir, à Versailles, elle eut même la bonté de bavarder gentiment avec Choiseul. Mal lui en prit. Écoutons Bachaumont :

« On parle beaucoup d'un bon mot de M. le duc de Choiseul à Mme la comtesse du Barry. On sait que la chronique scandaleuse a prétendu que, quoique cette dame soit née en légitime mariage, son père véritable et physique était un abbé Gomard, ci-devant Picpus, et qui passait pour avoir été très bien avec sa mère : bruit fort accrédité par le grand soin que Mme du Barry prend de cet abbé. La conversation roulait sur les moines, de la destruction desquels on s'occupe essentiellement en France. Mme du Barry était contre eux et le duc de Choiseul en prenait la défense. Ce ministre, plein d'esprit et de finesse, mettait en avant tous les genres d'utilités de cet état et se laissait battre successivement en ruine sur tous les points. Enfin, poussé à bout :

» — Vous conviendrez au moins, madame, a-t-il ajouté, qu'ils savaient faire de beaux enfants... [130] »

Ce deuxième affront public fit rougir Mme du Barry qui jura d'abattre définitivement l'impertinent ministre. Pour y parvenir, elle

130. Bachaumont, *Mémoires secrets*.

mit tout en œuvre, ainsi que nous le prouve cette page extraite des *Mémoires* de Choiseul lui-même :

« Le mensonge et les bassesses étoient aussi faciles à l'abbé Terray [131] pour faire la cour à la dame du Barry, que l'injustice, le vol et la barbarie lui étoient naturels, pour procurer de l'argent au roi. Comme cette dame et ses entours faisoient profession de me haïr, parce qu'ils croyoient que le roi étoit attaché à ma manière de le servir, en quoi ils se trompoient infiniment [132], que d'ailleurs les entours ambitionnoient mes places, et que je les choquois par le profond mépris que je leur montrois à chaque occasion, Mme du Barry imagina d'ordonner à l'abbé Terray, esclave de sa faveur, de contrarier, autant qu'il lui seroit possible, mes idées et mon administration, soit au Conseil, soit dans les détails relatifs aux finances. Je crois même que le Chancelier Maupeou, de la part de la dame du Barry, fit faire serment à l'abbé Terray, comme une condition expresse de son élévation à la place de Contrôleur général, qu'il seroit, à tort et à travers, en opposition avec moi sur toutes les parties de l'Administration. »

Plus loin, il ajoute :

« Les personnes en qui j'avois confiance me firent faire la réflexion très juste, qu'il y auroit de l'avantage pour moi, vis-à-vis du public, à être renvoyé, et même maltraité, qu'il étoit plus noble d'être chassé par Mme du Barry que d'avoir la faiblesse de déserter après avoir combattu, et qu'en attendant l'événement qui, naturellement, devoit être fort prochain, je pourrois peut-être empêcher ou diminuer le mal que les projets du Chancelier et de l'abbé Terray pouvoient faire au royaume. »

L'événement, en effet, paraissait fort prochain, car la favorite ne cessait de harceler le roi. Tous les prétextes lui étaient bons pour manifester sa haine. Écoutons encore Bachaumont :

« Les ennemis de Mme du Barry prétendent que, trouvant qu'elle avoit un cuisinier qui ressembloit fort au ministre, elle avoit regardé cela comme un tort vis-à-vis d'elle et avoit ordonné qu'il ne parût plus en sa présence ; que, peu de temps après, elle en avoit plaisanté au souper avec le roi, et lui avoit dit :

» — Je renvoie mon Choiseul, quand renverrez-vous le vôtre ? »

Mais Louis XV hésitait, car il aimait bien le ministre. Alors, Mme du Barry fit courir sur son ennemi des bruits fort malveillants. « On insinuoit au roi, écrit Choiseul, que je me servois des fonds de mon département pour m'acquérir des créatures et former un parti, dans la propre cour du roi, contre le roi lui-même, puisque publiquement j'affectois de ne point être l'esclave de sa maîtresse Mme du Barry [133]. »

Ces accusations n'étaient pas toutes sans fondement. Depuis quelques

131. L'abbé Terray était alors contrôleur des Finances.

132. Rendu amer par l'exil, Choiseul déforme les choses. En réalité, Louis XV l'estimait énormément.

133. CHOISEUL, *Mémoires* écrits par lui-même et imprimés sous ses yeux dans son cabinet de Chanteloup, en 1778.

mois, en effet, Choiseul soutenait le Parlement qui se dressait contre l'autorité du roi...

Un jour, la sœur du ministre fut même accusée de porter des mots d'ordre aux magistrats de province en vue d'un soulèvement général des robins de France. Mme du Barry profita de l'occasion...

Et, le 24 décembre 1770, au matin, M. de La Vrillère, sortant du salon de la favorite, se fit annoncer chez le ministre. Il était porteur d'une lettre contenant de dures instructions : deux heures pour quitter Versailles, vingt-quatre pour quitter Paris et l'exil à Chanteloup, château que possédait Choiseul près d'Amboise.

Mme du Barry était victorieuse après une lutte qui avait duré quatre ans.

Le ministre fit ses bagages sans rien dire et partit. Sur le bord des routes, le peuple qui, déjà, connaissait sa disgrâce, l'acclama. En Touraine, on le reçut comme un héros... Pendant ce temps, à Versailles, Marie-Antoinette, plus seule que jamais, pleurait...

15

Un mot de Marie-Antoinette à Mme du Barry permet le partage de la Pologne

Le silence est d'or...

sagesse des nations

Dès que Choiseul eut quitté Versailles, Mme du Barry intrigua pour faire nommer ministre des Affaires étrangères le duc d'Aiguillon que les mauvaises langues présentaient comme son amant.

On assurait, en effet, que Louis XV, usé par des excès de toutes sortes, n'avait plus, dans un lit, cette belle tenue qui plaisait aux dames et qu'il lui arrivait d'éprouver des lassitudes que la poudre de cantharide ne parvenait pas toujours à dissiper. La favorite, dont le tempérament était exigeant, devait alors demander aux cuisiniers de préparer des repas un peu spéciaux. Elle-même établissait les menus et, se souvenant de ce qu'elle avait appris à ce sujet chez la Gourdan, recherchait des mets particulièrement aphrodisiaques. Ces soirs-là, le roi mangeait des truffes, des animelles de béliers, des piments, un jaune d'œuf dans un petit verre de cognac, du miel, et, naturellement, des artichauts. Les vertus érotiques de ce légume étaient si nettement établies au XVIIIe siècle que les jeunes filles n'osaient pas y goûter et que les marchands, dans les rues, les présentaient au moyen de ce cri dénué d'hypocrisie :

Artichauts ! Artichauts !
C'est pour monsieur et madame
Pour réchauffer le corps et l'âme
Et pour avoir le c... chaud.

Ces repas énervants n'avaient pas toujours les bons résultats que la favorite en attendait, et, bien souvent, Louis XV s'allait coucher la tête basse. C'est pourquoi Mme du Barry, qui ne se payait pas de promesses, avait fini, disait-on, par prendre M. d'Aiguillon pour amant...

En juin 1771, celui-ci reçut du roi la direction des Affaires étrangères. Marie-Antoinette fut atterrée, car elle savait que le nouveau ministre, par haine pour Choiseul, avait décidé de prendre en tout point le contre-pied de son prédécesseur et de saboter l'alliance franco-autrichienne, œuvre de Mme de Pompadour et de l'exilé de Chanteloup.

Pour plaire à la favorite, qui appartenait au parti anti-autrichien, M. d'Aiguillon avait d'ores et déjà négligé de nommer un ambassadeur auprès de la cour de Vienne, bien que celle-ci eût pour représentant à Paris un de ses diplomates les plus habiles, le comte de Mercy-Argenteau, et l'on pouvait redouter le pire.

A la pensée que la France pouvait être séparée de son pays, Marie-Antoinette détesta davantage encore Mme du Barry et se mit, en manière de mépris, à l'ignorer complètement. Dans les salons, dans les couloirs, elle n'eut plus un regard pour elle et, quand la favorite cherchait à attirer son attention par des mots drôles ou des éclats de rire, elle passait, la bouche pincée et l'œil fixé au plafond.

Il lui arrivait aussi de s'arrêter avec le dauphin, à quelques pas de Mme du Barry, de se tourner vers une fenêtre et là, distraitement, comme si la pièce avait été vide, de tambouriner sur la vitre en fredonnant un petit air.

Furieuse, la favorite allait s'enfermer dans son appartement.

La cour, bien entendu, suivait ce jeu avec passion. La lutte de ces deux femmes amusait tout le monde et le courage de la petite dauphine était généralement admiré.

Une telle suite d'affronts empêcha bientôt de dormir Mme du Barry. Elle alla trouver le roi et lui déclara qu'elle n'admettait pas l'attitude de Marie-Antoinette.

— Je suis quotidiennement ridiculisée. Vous devez obliger cette petite rousse [134] à m'adresser la parole. Toute la cour nous surveille. Je tiens à une marque d'estime publique...

Le roi promit et, très embarrassé, se mit à chercher un moyen d'arranger les choses.

Pendant ce temps, plus rapide, plus rusée, la favorite agissait. Elle invita Mercy-Argenteau, lui fit du charme, le retint à dîner, se montra adorable et le conquit...

Après quoi, elle alla chercher le roi et lui fit la leçon :

134. Au XVIIIe siècle, seules plaisaient les femmes blondes aux yeux bleus. Les brunes étaient dans un discrédit absolu. Quant aux rousses, elles étaient honnies ; et d'Argenson affirme que leur couleur les déshonorait. Mais Mme du Barry mentait en traitant Marie-Antoinette de « petite rousse ». La dauphine était blonde.

— Dites-lui de parler à la dauphine !...

Louis accepta sans enthousiasme et vint trouver le diplomate. Selon son habitude, il s'exprima de façon allusive et indirecte :

— Jusqu'à présent, monsieur de Mercy, vous avez été l'ambassadeur de l'impératrice ; je vous prie d'être le mien pour quelque temps. J'aime Madame la dauphine de tout mon cœur et je la trouve charmante, mais, étant vive et ayant un mari qui n'est pas en état de la conduire, il est impossible qu'elle évite les pièges que l'intrigue lui tend. Aussi, je vous serais reconnaissant d'obtenir de Madame la dauphine qu'elle voulût bien accorder à toute personne présentée le traitement que celle-ci est en droit d'attendre.

Le soir, en quelques mots, Mme du Barry rendit claires les paroles vagues et emberlificotées du souverain.

— Mon désir, dit-elle à Mercy-Argenteau, est que Madame la dauphine m'adresse une fois la parole.

Tout se résumait, en effet, à cela. Ainsi que le dit Pierre de Nolhac : « Compliments, cajoleries, audiences intimes, familiarités du roi, coquetteries de la dame, tout n'a qu'un but : obtenir que Marie-Antoinette, à n'importe quel moment, au cercle, par exemple, en faisant "son tour", dise un mot, quel qu'il soit, à Mme du Barry et reconnaisse ainsi son existence de femme de la cour [135]. »

L'ambassadeur s'engagea à essayer et s'en fut trouver Marie-Antoinette. Il lui tint ce discours :

— Si madame l'archiduchesse veut annoncer, par sa conduite publique, qu'elle connaît le rôle que joue à la cour la comtesse du Barry, sa dignité exige qu'elle demande au roi d'interdire à cette femme de paraître désormais dans son cercle ; si, au contraire, elle veut sembler ignorer le vrai état de la favorite, il faut la traiter sans affectation comme toute femme présentée et, lorsque l'occasion s'offrira, lui adresser la parole, ne serait-ce qu'une fois, ce qui fera cesser tout prétexte sérieux de récrimination.

La petite dauphine secoua la tête.

— Jamais je ne parlerai à cette femme.

L'ambassadeur fut navré. Il expliqua à la dauphine que son attitude risquait, en mécontentant Louis XV, de compromettre l'alliance franco-autrichienne. Mais cet argument fut sans effet. Le lendemain, Marie-Antoinette passa devant la favorite la bouche obstinément close.

Tandis que la dauphine continuait d'ignorer et de mépriser Mme du Barry, des événements beaucoup plus importants se préparaient à l'est de l'Europe, Catherine de Russie, Frédéric de Prusse et Marie-Thérèse d'Autriche s'apprêtaient benoîtement à dépecer et à se partager la Pologne...

L'impératrice d'Autriche était toutefois un peu inquiète. La France, qui entretenait de bonnes relations avec Varsovie, pouvait dénoncer le pacte d'alliance franco-autrichien et apporter une aide aux Polonais.

135. PIERRE DE NOLHAC, *Marie-Antoinette dauphine*.

C'est alors que, pour avoir les mains libres, Marie-Thérèse eut une idée géniale. Tenue au courant des incidents de la cour de Versailles par Mercy-Argenteau, elle résolut d'acheter la neutralité et le silence du roi de France dans l'affaire polonaise en forçant sa fille à se montrer aimable avec l'ex-prostituée du Palais-Royal. Et Marie-Antoinette reçut cette incroyable lettre de sa mère :

Un mot sur un habit, sur une bagatelle vous coûte tant de grimaces ? Je ne puis plus me taire. Après la conversation de Mercy et tout ce qu'il vous a dit que le roi souhaitait et que votre devoir l'exigeait, vous avez osé lui manquer ! Quelle bonne raison pouvez-vous alléguer ? Aucune. Vous ne devez connaître la Barry d'un autre œil que d'être une dame admise à la Cour et à la société du roi. Vous êtes la première sujette de lui, vous devez l'exemple à la Cour, aux courtisans, que les volontés de votre maître s'exécutent. Si on exigeait de vous des bassesses, des familiarités, ni moi, ni personne ne pourrait vous les conseiller ; mais une parole indifférente, de certains regards, non pour la dame, mais pour votre grand-père, votre maître, votre bienfaiteur.

La dauphine fut éberluée.

Elle n'était pas habituée à voir sa très vertueuse mère lui conseiller d'adresser la parole à une femme de mauvaise vie. Elle protesta. Et il fallut que Mercy-Argenteau vînt lui démontrer qu'en oubliant ce que faisait Mme du Barry dans le lit du roi elle travaillerait pour le bien de l'Autriche.

Marie-Antoinette, déconcertée, finit par accepter. Et le 1er janvier 1772, au cours d'une réception, elle s'approcha de Mme du Barry et dit en la regardant :

— Il y a bien du monde aujourd'hui à Versailles !

L'effet produit par cette simple phrase fut extraordinaire. Aussitôt la cour fut en révolution. On vit les gens courir « comme des rats affolés ». Des marquis partirent au galop annoncer la nouvelle dans tous les appartements. Mesdames pleurèrent de rage, et le roi, fou de joie, vint embrasser la dauphine avec effusion, tandis que les courriers allaient informer l'Europe entière de l'événement...

Mais la petite dauphine, têtue, rentra bientôt chez elle.

— J'ai parlé une fois, dit-elle à Mercy-Argenteau, venu pour la féliciter. Je suis bien décidée à en rester là. Cette femme n'entendra plus le son de ma voix.

Qu'importait ? La favorite était victorieuse. Et Louis XV, « touché au point sensible de son cœur par l'habileté de sa vieille amie[136] » Marie-Thérèse, comprit qu'il devait, en reconnaissance, se désintéresser de l'affaire polonaise. Heureux de voir sa maîtresse honorée, il laissa l'Autriche agir à sa guise...

Quelque temps après, l'impératrice s'emparait de la Galicie orientale et de la Russie rouge, soit de deux millions et demi d'habitants, parce

136. PIERRE DE NOLHAC, *Marie-Antoinette dauphine.*

que sa fille avait accepté d'adresser la parole à la concubine du roi de France.

Mme du Barry sortit de cette affaire plus puissante que jamais. Les réunions de ministres eurent lieu dans son appartement, les ambassadeurs lui présentèrent leurs hommages comme à une souveraine et les conseillers vinrent lui demander conseil...

Cette élévation insensée scandalisa bien des gens de la cour qui résolurent un beau matin de se débarrasser de la comtesse en lui donnant une remplaçante.

Ils essayèrent d'abord de faire entrer dans le lit du roi la princesse de Monaco. La jeune femme, ravie d'être choisie pour jouer ce rôle, se vêtit d'une robe généreusement échancrée qui laissait voir presque entièrement « la poitrine la plus adorable et la mieux modelée du monde » et se rendit chez Louis XV.

En voyant le roi, la jolie rouée s'inclina en une profonde révérence qui eut pour effet de faire sortir ses seins de son corsage.

Le monarque, l'œil allumé, la releva et « baisa les petites fraises que la nature avait placées sur ses appas ».

Cette entrée en matière donna bon espoir à la princesse de Monaco. Sûre de ses charmes, elle courut s'allonger sur un sofa, releva ses jupes, ferma les yeux et attendit.

Mais le roi, ce soir-là, était fatigué. Comme le dit avec beaucoup de grâce un auteur du temps, « son ressort intime n'était plus constamment tendu comme autrefois »[137], et il lui arrivait de n'avoir plus la force de se montrer galant homme avec les dames qui lui plaisaient.

Au bout de quelques minutes, comme rien ne venait, la princesse rouvrit les yeux pour voir ce que faisait le roi. Celui-ci, accablé par sa réputation, la considérait d'un air malheureux. Croyant qu'il n'osait pas attenter à sa vertu, elle lui sourit et lui lança un regard « d'une belle lubricité ».

Louis XV soupira et vint finalement s'asseoir sur le bord du sofa. Là, il se livra sur Mme de Monaco à quelques simulacres polis et anodins, puis la salua respectueusement et se retira dans ses appartements.

Atrocement vexée, la jeune femme alla sur-le-champ faire une scène épouvantable aux gens qui l'avaient exposée à cet affront. Pour toute réponse, ceux-ci lui reprochèrent de n'avoir pas su s'y prendre et cherchèrent une autre remplaçante à Mme du Barry.

Une jeune Anglaise fut alors poussée vers le souverain. Elle n'eut pas beaucoup plus de succès que la princesse de Monaco. Louis XV lui fit une politesse sur le coin d'un canapé et l'oublia aussitôt. La femme d'un musicien de la Chambre, Mme Bêche, lui succéda. Elle n'eut droit, nous dit-on, qu'à de « menus attouchements » et s'en retourna vers son mari l'amertume au cœur...

137. JEAN DE CRAVON, *op. cit.*

Ces tentatives de détournement de souverain finirent par être connues de Mme du Barry qui prit peur.

« La sultane n'étoit pas sans inquiétude. L'âge du roi et les plaisirs immodérés auxquels il étoit accoutumé depuis longtemps lui rendoient le changement nécessaire. La du Barry ne pouvoit se flatter que ses charmes, ses attraits pourroient toujours fixer un amant inconstant et usé.

» Le monarque avoit plusieurs fois parlé avec amitié à Mme la princesse de Lamballe, et il affecta d'en exalter un jour les grâces devant sa maîtresse, qui lui en fit des reproches et se plaignit des bruits qu'il laissait courir sur son dessein d'épouser cette princesse. Le roi, piqué de ce reproche, lui dit avec humeur :

» — Madame, je pourrais plus mal faire !

» La du Barry sentit la morsure et éclata en gémissements. Le roi, ennuyé par cette scène, s'en alla.

» La comtesse fit part de son chagrin à l'abbé Terray qui, en sincère ami, lui conseilla de se modeler sur Mme de Pompadour, de se prêter comme cette défunte sultane au goût changeant du monarque : d'être sa maquerelle, de lui fournir de jour à autre quelque personne jeune et aimable qui pût fixer le cœur libertin du sultan [138]. »

En faisant cette suggestion, l'abbé avait son plan. Il voulait faire d'une de ses bâtardes, Mme d'Amerval, la maîtresse du roi et supplanter la du Barry. Mais le projet échoua. Louis XV goûta de ce « morceau friand » pendant quelques jours et revint vers sa favorite.

Celle-ci ne s'endormit pas sur ses lauriers. Persuadée que les conseils de Terray étaient bons, elle résolut de s'attacher le roi en devenant, tout comme Mme de Pompadour, « la surintendante de ses plaisirs ». On vit alors la comtesse, qui avait pourtant fait fermer, en 1768, les petites maisons du Parc-aux-Cerfs, constituer un vrai harem pour son amant. Après avoir donné au roi sa propre nièce, Mlle de Tournon, elle lui amena la plupart des actrices de la Comédie-Française (entre autres la mère de Mlle Mars).

Mais ces demoiselles étaient sans imagination et, dans un lit, leur tenue laissait un peu à désirer.

Mme du Barry le déplorait car elle pensait ingénument qu'en donnant à Louis XV des maîtresses particulièrement perverses, *celui-ci, en reconnaissance, ferait d'elle une nouvelle Maintenon...*

C'est dans ce but qu'elle introduisit à Versailles la ravissante Mlle Raucourt, comédienne de son état et amoureuse par vocation.

Cette ardente demoiselle était si renommée pour ses impudicités qu'on l'appelait *la Grande Louve* ou *la Laye des bois...* C'est dire à quel point elle était douée.

Louis XV, dès la première rencontre, se montra vivement séduit par son brio et ses initiatives.

138. *Les fastes de Louis XV, de ses ministres, maîtresses, généraux et autres notables personnages de son règne*, 1782.

« Le roi, nous dit l'auteur anonyme des *Fastes de Louis XV*, se livra aux mouvements de la chair avec ce nouvel objet qui sortait comblé de bienfaits du maître et de la favorite. »

Sûre de son fait, Mme du Barry alla trouver le duc d'Aiguillon et lui demanda de faire casser son mariage en cour de Rome. Il fallait une raison. L'astucieux ministre la trouva et voici le mémoire destiné au Saint-Père, qu'il fit signer à la favorite :

« Madame du Barry représente à Sa Sainteté que peu au fait des règles canoniques, elle n'avoit su que depuis la célébration de son mariage avec le comte Guillaume du Barry, qu'il fût défendu d'épouser le frère d'un homme avec qui on a vécu. Elle avoue avec toute la douleur d'une âme repentie, *qu'elle avoit eu des faiblesses pour le comte Jean du Barry, frère de son mari*, qu'elle a été heureusement prévenue à temps de l'inceste qu'elle allait commettre et que sa conscience éclairée alors ne lui avoit pas permis d'habiter avec son nouvel époux : *qu'ainsi le crime n'est point encore commis* ; et elle supplie Sa Sainteté de vouloir bien la relever d'une alliance aussi scandaleuse. »

Cette incroyable démarche n'aboutit pas, bien entendu, et Mme du Barry en fut fort ulcérée. Elle se rendit chez le duc d'Aiguillon et, usant du vocabulaire ordurier qui était assez facilement le sien, elle lui reprocha son échec.

Vexé, le ministre décida de se venger et, quelques semaines plus tard, il introduisit dans la chambre du roi une Hollandaise d'une remarquable beauté, la baronne de Nieuwerkerke.

Cette jeune femme avait été connue quelques années auparavant sous le nom de Mme Pater. Son mari était un riche négociant de Sumatra, dont la jalousie avait eu à souffrir, car la belle Hollandaise était constamment entourée d'une meute d'admirateurs. Des propos malveillants, d'ailleurs, couraient sur sa vertu. On disait :

Pater *est dans notre cité*
Spiritus *je voudrais bien être*
Et pour former la Trinité
Filius *pourrait bien naître.*

« Son mari, nous dit le comte Fleury, trouvant qu'elle s'amusait trop pour son repos et n'ayant évité l'apanage que parce qu'elle avait trop de prétendants, voulait la ramener en Hollande. Et, en fait, c'était une véritable procession chez elle, depuis le prince de Condé jusqu'au plus petit gentilhomme de la cour. Un jour, en reconduisant les importuns, M. Pater leur avait dit :

» — Je suis très sensible, messieurs, à l'honneur que vous me faites de venir ici, mais je ne crois pas que vous vous amusiez beaucoup ; je suis toute la journée avec Mme Pater et la nuit je couche avec elle[139]. »

Ce petit discours était resté sans effet et le négociant avait dû ramener sa femme en Hollande où, finalement, les époux s'étaient séparés. Aussitôt, Mme Pater, qui avait repris son nom de baronne de

139. Comte Fleury, *Louis XV intime et les petites maîtresses.*

Nieuwerkerke, était revenue à Paris pour satisfaire l'un après l'autre tous ses admirateurs.

C'est à ce moment que le duc d'Aiguillon l'avait rencontrée. Poussé par un ami de Choiseul, le duc de Duras, qui recevait des instructions de Chanteloup, il se permit de suggérer au roi d'épouser secrètement Mme de Nieuwerkerke. Louis XV, que ses filles cherchaient à remarier, et qui avait dû renoncer à devenir le beau-frère de Marie-Antoinette, caressa un instant ce projet.

Quand elle apprit ce qui se tramait, Mme du Barry entra dans une fureur qui amusa les valets pendant une matinée. Elle insulta d'Aiguillon et alla chez le roi. Là, son comportement fut très différent. Elle se mit au lit, et se montra ardente, amoureuse, perverse, comprenant enfin qu'on n'est jamais si bien servi que par soi-même...

16

La rivalité de Mme du Barry et de Marie-Antoinette a préparé 1789

> Quelques chansons ordurières, composées par des poètes à gages, firent perdre son bon sens au peuple le plus spirituel de la terre et sa tête à Marie-Antoinette...
>
> C. LENIENT

Tandis que Mme du Barry épuisait le roi par des caresses expertes, la dauphine continuait d'ignorer les plus élémentaires plaisirs du mariage. Après trois ans de vie commune avec Louis-Auguste, elle était encore vierge et commençait à s'en affliger...

Il faut reconnaître que le pauvre dauphin avait quelques excuses, car la nature s'était montrée cruelle à son égard : l'objet qui lui eût permis de donner des espoirs dynastiques à la France était lié. Un filet l'empêchait, si j'ose dire, de sortir de sa réserve[140]...

140. Voici ce que dit à ce sujet — en termes non voilés — le comte d'Aranda, ambassadeur d'Espagne, dans une lettre du 5 août 1774 : « Les uns disent que le frein comprime tellement le prépuce qu'il ne se relâche pas au moment de l'introduction et lui cause une douleur vive qui oblige Sa Majesté à modérer l'impulsion nécessaire pour l'accomplissement de l'acte. D'autres supposent que ledit prépuce est si adhérent qu'il ne peut se relâcher assez pour permettre la sortie de l'extrémité pénienne, ce qui empêche l'érection complète de se produire.
» S'il s'agit du premier cas, pareille chose est arrivée à beaucoup de personnes et arrive encore régulièrement au moment des premiers essais ; mais comme ces personnes-là ont un meilleur appétit charnel que Sa Majesté, à cause de son tempérament ou de son inexpérience, avec l'entraînement de la passion, un gémissement *(sic)* et de la bonne volonté, le frein se rompt en entier, du moins suffisamment pour continuer à s'en servir ; ce qui, peu à peu, régularise complètement l'acte. Mais, quand les sujets sont timides, le chirurgien intervient par une petite incision et vous délivre de l'obstacle.
» Si on avait affaire au second cas, on aurait recours à une opération plus douloureuse et plus grave à son âge, puisqu'elle exige une sorte de circoncision, car si on n'arrondissait pas les lèvres de l'incision l'acte resterait impossible. »

Une petite opération chirurgicale eût rapidement remis les choses en ordre ; mais Louis-Auguste, qui avait peur, préférait attendre une délivrance naturelle...

Et le temps passait, pour le plus grand énervement de la dauphine qui attendait avec une impatience grandissante que son mari fût en mesure de lui manquer de respect...

De temps en temps, l'infortuné Louis-Auguste venait retrouver Marie-Antoinette dans sa chambre, et tentait laborieusement d'en faire sa femme. Entreprise exténuante qui se terminait par un pitoyable échec.

Honteux, il retournait alors chez lui en pleurant, laissant la dauphine dans un pénible état de surexcitation. La malheureuse « bondissait » dans son lit jusqu'au matin, sans parvenir à trouver le sommeil et conservait le lendemain une nervosité qui s'exprimait par des gestes d'impatience et des mots amers.

Un jour que ses dames lui conseillaient de ne plus monter à cheval, elle s'écria :

— Au nom de Dieu, laissez-moi en paix ! Et sachez que je ne compromets l'existence d'aucun héritier...

Blessée au fond du cœur, humiliée, déçue, Marie-Antoinette chercha à s'étourdir dans le tourbillon des fêtes. Elle dansa des nuits entières avec de belles amies et d'élégants marquis disposés à la galanterie, tandis que le dauphin, alourdi par des dîners trop copieux, dormait placidement. Elle créa un petit théâtre, joua la comédie, organisa des bals masqués et chercha « des affections où pût se dépenser le trop-plein de son cœur »[141].

Frivole, belle, aimante et inconsciente du danger, Marie-Antoinette fut bientôt entourée de soupirants respectueux, mais pressants. Situation dangereuse pour une dauphine privée d'amour.

Quelques courtisans commencèrent à jaser, et Mme du Barry, habituée à juger les autres par elle-même, ne put s'empêcher de dire un soir à Louis XV :

— Il faut prendre garde que cette rousse ne se fasse trousser en quelque coin[142]...

Si la phrase était un peu désinvolte, le risque, en effet, existait...

On n'allait pas tarder à le constater.

Parmi les compagnons de plaisir de Marie-Antoinette, deux hommes se faisaient remarquer par leur fidélité, leur prévenance et leur galanterie. C'étaient les deux frères du dauphin, le comte de Provence (futur Louis XVIII), qui avait le même âge que la dauphine, et le comte d'Artois (futur Charles X), qui était d'un an son cadet.

Les trois frères étaient extrêmement dissemblables. Le dauphin était épais, lourd, timide, hésitant, irrésolu, facile à effarer, mais sérieux,

141. Henri d'Alméras, *Les amoureux de Marie-Antoinette*.
142. Pidausat de Mayrobert, *Anecdotes sur la comtesse du Barry*.

travailleur, franc et bon. N'aimant ni les fêtes de la cour ni les conversations brillantes, il ne se plaisait que devant la forge et les enclumes installées dans ses petits appartements.

Le démontage d'une serrure ou la réparation d'une espagnolette le remplissait d'une joie simple et profonde. On le voyait aussi s'adonner à l'ébénisterie, et bien des gens se chagrinaient en le voyant fait pour s'occuper de chaises alors qu'il allait occuper un trône...

Le comte de Provence, lui, était intelligent, cultivé, spirituel ; mais sournois, égoïste, fourbe, avare et ambitieux. Au secret de son cœur, il désirait la couronne et haïssait le dauphin qui lui faisait obstacle. Sans rien laisser paraître des sentiments peu fraternels qui l'animaient, il s'efforçait de conquérir Marie-Antoinette dont il était un peu amoureux, bien qu'il eût épousé, en 1771, la fille de Victor-Amédée III de Sardaigne, Louise de Savoie...

Quant au comte d'Artois, c'était un jeune homme séduisant, frivole, frondeur, mondain, prodigue, élégant, spirituel, brillant. Ses qualités et ses défauts s'accordaient à merveille avec la légèreté et l'insouciance de Marie-Antoinette.

Aussi, la dauphine en fit-elle son compagnon élu.

Repoussant Provence qui ne lui pardonna jamais et devint son ennemi, elle accepta la présence constante à ses côtés du comte d'Artois dont le regard brillant en disait long — trop long même — sur les sentiments qui l'agitaient, bien qu'il eût épousé, lui aussi, une fille de Victor-Amédée de Sardaigne, Marie-Thérèse de Savoie...

On les vit sans cesse ensemble. Ils jouaient la comédie, couraient dans le parc de Versailles, se perdaient dans les bosquets ou bien encore se promenaient à âne...

Ces promenades dont tout Paris parlait ne tardèrent pas d'ailleurs à faire scandale, car on prétendait que d'habiles chutes permettaient à certaines grandes dames de montrer des choses qu'il est bienséant de cacher en public. Marie-Antoinette, entre autres, adorait tomber et dévoiler à tout un chacun ce que seul le dauphin eût dû connaître.

Mais j'ai dit combien le malheureux s'intéressait peu à ces choses-là...

Bien entendu, de tels jeux firent murmurer la cour, et un soir, Mme du Barry, qui jalousait de plus en plus les dix-huit ans de la dauphine, vint dire à Louis XV que ses craintes se justifiaient :

— La petite rousse se fait trousser.

— Par qui ?

— Par Artois.

Louis XV refusa de la croire.

Alors la favorite qui voulait à toute force salir Marie-Antoinette fit courir des bruits que nouvellistes et pamphlétaires colportèrent avec joie de Versailles à Paris. On raconta que le comte d'Artois retrouvait la dauphine dans des endroits secrets et que leurs parties de plaisir étaient plus que cordiales [143].

143. Cf. SOULAVIE, *Mémoires historiques et politiques du règne de Louis XVI* : « Nous

Mme du Barry, voyant qu'il y avait là un bon moyen de rendre à tout jamais Marie-Antoinette impopulaire et indigne de monter un jour sur le trône de France, continua d'inspirer les auteurs de chansons ou de brochures injurieuses.

Ces calomnies devaient faire leur chemin. On les retrouve dans la plupart des libelles qui circulèrent de 1774 à 1789, notamment dans l'ignoble *Essai historique sur la vie de Marie-Antoinette d'Autriche*. L'auteur, le policier Goupil, écrit tout d'abord : « Marie-Antoinette sembla un moment avoir jeté les yeux sur le comte d'Artois : mais on assura que ce prince, peu capable d'ailleurs de la moindre réflexion, en fit assez pour ne pas vouloir courir les risques de se donner un maître. Soit par ce motif, soit par celui de la vie trop licencieuse qu'il préférait à la nécessité de mettre de la retenue et de la délicatesse dans un pareil engagement, tout parut se réduire, entre le petit frère et la petite sœur, à des promenades nocturnes et à des jeux trop innocents pour qu'ils pussent être longtemps du goût de la bouillante Marie-Antoinette. »

Mais quelques pages plus loin Goupil se montre plus affirmatif et fait parler ainsi la dauphine : « Pour tenir perpétuellement d'Artois enchaîné à mon char, je profitai de ses précieuses leçons au point de le surpasser ; son inconstance naturelle l'emporta cependant sur mes complaisances infinies ; il ne m'abandonna pas, il me négligea ; et pour ne pas le perdre entièrement, je fus obligée de condescendre à le laisser jouir d'autres plaisirs et à paraître même y prendre part. »

Certains auteurs de pamphlets, poussés par la favorite qui ne désarmait pas, allèrent jusqu'à accuser Marie-Antoinette de vouloir empoisonner le dauphin pour permettre au comte d'Artois de monter sur le trône à la mort de Louis XV[144]. Ce qui était d'un ridicule achevé, puisque le successeur éventuel de Louis-Auguste était le comte de Provence ; mais le peuple ne s'embarrasse pas de tels illogismes lorsqu'on lui conte une histoire...

En 1779, un poème satirique d'une verve graveleuse courut Paris. Il avait pour titre : « Les amours de Charlot et de Toinette. »

Au début de la Révolution, enfin, ces accusations furent reprises dans un pamphlet qui portait un titre bien fait pour en imposer au peuple : *Confession générale de Son Altesse Sérénissime Mgr le comte d'Artois, déposée à son arrivée à Madrid, dans le sein du T.R.P. Dom Jérôme, Grand Inquisiteur, et rendue publique par les ordres de Son Altesse, pour donner à la Nation un témoignage authentique de son repentir. Imprimée dans les décombres de la Bastille. A Paris, chez le*

[illegible] cette découverte au jeu, me dit dans le temps une dame, car M. le comte d'Artois marchait sur les pieds et pinçait par distraction Mme de... en croyant pincer Marie-Antoinette... »

144. Cf. *Antoinette d'Autriche ou dialogues entre Catherine de Médicis et Frédégonde, reine de France, aux enfers, pour servir de supplément et de suite à tout ce qui a paru sur la vie de cette princesse*, 1789, Londres.

Secrétaire des Commandants de Mgr l'Archevêque de Paris, et chez tous les Supérieurs des Communautés, même de Saint-Lazare. Le 23 juillet 1789.

Il s'agissait, bien entendu, d'un faux, édifié d'après les calomnies inventées et propagées par Mme du Barry.

L'auteur de cette pseudo-confession faisait dire au comte d'Artois :

« A mesure que je perdais l'estime et la confiance publique, la rage s'accrut dans mon âme, le nom Français me devint odieux, j'abhorrai son existence et j'associai mon farouche ressentiment à la barbare R... [Reine] que le plus malheureux des rois avait prise en Germanie pour former le bonheur de ses jours.

» Nos cœurs furent bientôt unis ; le crime le plus atroce cimenta cette union. Sans égard aux droits du sang, je souillai la couche nuptiale et fis féconder la famille royale. Plus de mystère alors ; ne respirant plus tous deux que fureur et vengeance, nous nous assurâmes des ministres, nous nous défîmes des gens vertueux dont la gêne continuelle contrariait nos desseins. Nous pillâmes le Trésor royal, et le Père du peuple, obsédé de traîtres, ignorait le malheur de ses enfants et l'orage affreux qui menaçait la monarchie.

» L'exécrable Polignac, ce monstre détesté, ce monstre indéfinissable, comme quatrième furie se joignit à la cabale et se fit une gloire d'en diriger les insignes manœuvres. Adorée de la R... à laquelle elle avait fait adopter ses goûts infâmes, elle se partageait alternativement entre elle et moi et nous avions formé pour cette intime réunion le plus affreux des trios.

» Rien ne coûte à cette mégère : son âme passa dans la mienne ; le même génie nous anima ; nous épuisâmes la France ; crime léger qui ne suffisait pas à notre fureur ; la destruction totale de ses habitants était le vœu le plus ardent de notre cœur. »

Cette littérature délirante fondée sur des mensonges que le peuple dit le plus spirituel de la terre acceptait sans discuter allait faire détester à tout jamais l'imprudente Marie-Antoinette. Au pied de l'échafaud, la foule lui reprochera encore sa liaison incestueuse et lui jettera à la face des mots orduriers.

Mme du Barry peut donc être tenue pour responsable de la haine qui, un jour, poussa le peuple de France à assassiner sa reine...

Le 10 janvier 1774, il se passa à Versailles un événement auquel personne n'attacha d'importance, mais qui allait avoir des conséquences incalculables.

Marie-Antoinette avait organisé un bal et toute la folle jeunesse de la cour s'en donnait à cœur joie. Certains, doués de tempéraments sages ou dénués d'imagination, dansaient bonnement au son des violons ; mais la plupart des invités désiraient des distractions plus pimentées.

Des couples se poursuivaient dans les couloirs à la recherche d'une retraite sûre, d'autres se lutinaient dans les encoignures de fenêtre, sous prétexte de contempler le clair de lune, d'autres enfin se livraient, dans des coins sombres, à des exercices auxquels ils paraissaient trouver de grands attraits, mais qui n'avaient, avec le menuet, que de très lointains rapports...

Près de la cheminée, la dauphine, l'œil brillant, écoutait le comte d'Artois qui, selon son habitude, lui contait des anecdotes graveleuses. Marie-Antoinette adorait ce genre d'histoires. Privée d'amour, elle quémandait des détails qui lui procuraient de petits frissons bien anodins ; mais dont elle se contentait...

Tandis qu'elle riait, un personnage entra. C'était l'ambassadeur de Suède. Il était accompagné d'un jeune homme fort élégant qu'il présenta à la dauphine.

Marie-Antoinette considéra ce beau garçon qui avait son âge, dix-neuf ans, et parut éblouie.

Ce jeune Suédois s'appelait Jean-Axel Fersen.

Quelques semaines plus tard, le 30 janvier, un grand bal masqué avait lieu à l'Opéra. Fersen y assistait. Soudain, à la fin d'un quadrille, une jeune femme masquée, portant un domino blanc, s'approcha de lui :

— Bonsoir. Vous êtes-vous bien amusé ?

Le Suédois, pensant à une aventure possible, répondit en badinant.

Le domino éclata de rire et une conversation galante s'engagea. Fersen, de plus en plus ravi, pensait déjà à entraîner cette charmante et peu farouche jeune femme dans un couloir, lorsqu'il s'aperçut qu'on faisait cercle autour d'eux et que des masques semblaient attendre d'un air cérémonieux que le domino blanc eût fini de parler.

Il dit encore quelques mots, voulut prendre une main, mais la mystérieuse jeune femme le salua d'un léger signe de tête et s'éloigna vers le premier étage où elle reparut bientôt dans la loge royale...

Fersen comprit alors seulement que le domino blanc avec lequel il avait badiné était Marie-Antoinette...

Quelques jours plus tard, il quittait la France pour continuer son voyage à travers l'Europe et emportait le souvenir d'une voix fraîche, d'une silhouette gracieuse et de deux grands yeux bleus qui s'étaient faits tendres un moment pour le regarder...

Il devait en rêver pendant des années avant de revenir à Versailles.

L'imprudence de la dauphine fut naturellement connue de Mme du Barry qui la commenta avec son talent habituel.

— Cette petite rousse va maintenant jusqu'à relancer publiquement les hommes, dit-elle au roi.

Louis XV, usé, vieilli, haussa les épaules. Mais quelques jours après, la dauphine ayant traité la favorite de fille publique, celle-ci, pour se venger, organisa une nouvelle campagne de calomnies. Son but, cette fois, était de faire répudier Marie-Antoinette.

Elle n'en eut pas le temps.

Au printemps, le roi tomba dangereusement malade. Il était atteint, disait-on, de la petite vérole. D'après Bachaumont, il devait ce mal « au plaisir immodéré qu'il avait goûté à Trianon, dans une partie de débauche avec une jeune personne de seize ans, fort jolie, que la comtesse du Barry lui avait procurée et qui, sans qu'on le sût, portait déjà dans son sein le germe cruel de cette fatale maladie qu'elle lui avait communiquée, dont elle avait été frappée le lendemain que le roi était tombé malade et qui l'avait emportée elle-même en trois jours »[145].

Mais cette petite vérole n'était pas acceptée par tout le monde.

— Rien n'est petit chez les grands, murmurait le supérieur de Saint-Sulpice.

Et les braves gens attendaient en se frottant les mains que le monarque trépassât de ce monde dans l'autre.

Pendant ce temps, les médecins, au nombre de six, les chirurgiens, au nombre de cinq, les apothicaires, au nombre de trois, entouraient Louis XV, et des scènes dignes de Molière se déroulaient à Versailles.

Toutes les heures, Le Monnier, premier médecin, s'approchait du lit :

— Sire, il est nécessaire que Votre Majesté fasse voir sa langue.

Le roi « la tirait d'un pied » et la laissait sortie durant une minute. Puis il la rentrait et appelait le second médecin :

— A vous, Lassone !

Lassone s'approchait et Louis XV ressortait sa langue. Au bout d'une nouvelle minute, il en reprenait l'usage pour appeler le troisième médecin :

— A vous, Lorry !

Et l'exhibition de la langue recommençait.

Les six médecins, les cinq chirurgiens, les trois apothicaires défilaient ainsi, « témoignant chacun à sa manière la satisfaction qu'ils avaient de la beauté et de la couleur de ce précieux et royal morceau ».

Hélas ! malgré ces examens répétés, malgré les saignées, malgré les remèdes, le roi commença à décliner.

Le 4 mai, il appela Mme du Barry.

— A présent que je suis au fait de mon état, lui dit-il, il ne faut pas recommencer le scandale de Metz. Si j'avais su ce que je sais, vous ne seriez pas entrée. Je me dois à Dieu et à mon peuple. Ainsi, il faut que vous vous retiriez demain.

En entendant ces paroles, Mme du Barry se trouva mal. Ce qu'elle avait tant redouté depuis quelques jours se produisait. On dut la transporter sans connaissance.

Le soir, comprenant que tout était fini pour elle, la favorite en larmes monta dans un carrosse et partit pour Rueil[146] afin que le roi pût recevoir les derniers sacrements.

Ce départ, qui eut lieu devant une cour ricanante, ressemblait à unc fuite... Le bruit des roues sur les pavés ne tira pas Louis XV de sa

145. Bachaumont, *Mémoires secrets*.
146. Où se trouvait le château de son ami le duc d'Aiguillon.

torpeur. Il somnola toute la journée. Lorsque la nuit tomba, on le vit ouvrir les yeux. Très faiblement, il murmura :

— Allez chercher Mme du Barry.

La Borde s'approcha :

— Sire, elle est partie.

— Où est-elle allée ?

— A Rueil, Sire.

Deux larmes coulèrent sur les joues du roi.

— Ah ! déjà... soupira-t-il.

Puis il retomba dans un profond abattement.

Le 5 mai, il alla plus mal.

Le 8, il s'en alla en lambeaux.

Ses jambes pourries se détachaient, en effet, et de tout son corps se dégageait une odeur repoussante. Le 10, vers une heure de l'après-midi, il rendit l'esprit.

Aussitôt, la foule des courtisans, ravie de pouvoir quitter les appartements empuantis du défunt, courut s'agenouiller devant Louis-Auguste et Marie-Antoinette. Tous deux pleuraient, accablés par la charge qui tombait sur leurs épaules...

Le premier acte de Louis XVI fut de signifier à Mme du Barry qu'elle ne devait sous aucun prétexte reparaître à la cour.

L'ex-favorite, apeurée et soudain honteuse, alla se réfugier à Pont-aux-Dames[147].

Marie-Antoinette respira. Elle triomphait enfin.

Devenue reine, il lui semblait n'avoir plus rien à craindre de personne. Elle se trompait, bien sûr, et en eut rapidement la preuve.

Un homme la haïssait et désirait son renvoi de France. Cet homme était le comte de Provence.

Depuis qu'elle avait repoussé ses avances, il préparait sa vengeance.

Dès que Mme du Barry eut disparu, il prit la direction du groupe des calomniateurs appointés, inspira des pamphlets, lança contre Marie-Antoinette de terribles accusations et composa lui-même des chansons ordurières sur sa belle-sœur...

La jeune reine, qui se croyait à l'abri des médisances, pensa que tout allait s'apaiser avec le temps et continua de vivre étourdiment...

Par les nuits d'été, elle allait se promener dans le parc de Versailles avec des amies, pendant que Louis XVI dormait. Des musiciens cachés dans les bosquets accompagnaient ces innocentes promenades d'airs langoureux. Un soir, un jeune commis de guerre, ne reconnaissant pas la reine, lui adressa la parole. Ravie de son incognito, Marie-Antoinette parla. « La beauté de la nuit et l'effet agréable de la musique, nous dit Mme Campan, furent le motif de conversation[148]. » Au bout de

147. Par la suite, elle obtint de Louis XVI la permission d'habiter Louveciennes où elle vécut jusqu'à la Révolution en compagnie de son vieil amant, le duc de Brissac.

148. Mme Campan, *Mémoires*.

quelques instants, la reine et ses amies saluèrent le commis et continuèrent leur promenade.

Cet incident inespéré combla le comte de Provence et voici comment, sous la plume de ses libellistes à gages, l'histoire fut contée au peuple :

« Marie-Antoinette se rend presque toutes les nuits à Trianon, où, vêtue en amazone, elle se livre, avec des hommes et des femmes alternativement, aux deux espèces de jouissances qui ont toujours partagé son existence. Parmi les athlètes avec lesquels elle fait des assauts nocturnes, on distingue surtout un jeune homme d'environ dix-sept ans, beau comme on nous peint Adonis et commis au secrétariat de la Guerre, sa figure intéressante, sa peau douce et fine, son menton à peine garni de duvet qui est le symbole de la virilité, son ton, sa taille gracieuse ont allumé les désirs de la lubrique Marie-Antoinette qui l'a fait introduire dans son boudoir par son valet de chambre Campan, son confident ordinaire et l'intendant de ses plaisirs... »

Le comte de Provence s'imaginait qu'au récit de ces aventures, le roi, humilié, se fâcherait et renverrait Marie-Antoinette en Autriche.

Il se trompait.

Car depuis plusieurs mois, un événement inattendu donnait une puissance considérable à la reine.

Louis XVI était devenu amoureux de sa femme...

17

Le duc de Coigny fut-il le père de Madame Royale ?

On disait de lui : « C'est l'aide du roi... »

M. DE FROMENTIER

Si Louis XVI avait maintenant pour la reine autre chose qu'un intérêt poli, il n'en était pas plus viril pour autant. Le lit conjugal le trouvait toujours aussi démuni et, pour répondre à la curiosité bien légitime de Marie-Antoinette, il n'avait à montrer que son embarras...

Aussi, après quatre ans de mariage blanc, la pauvre commençait-elle à s'impatienter.

Elle n'était pas la seule. A Vienne, Marie-Thérèse se demandait si son gendre parviendrait enfin à remplir son devoir et régulièrement, la brave impératrice écrivait à Versailles pour demander si « la chose » était faite. En 1775, Marie-Antoinette lui répondit par ce mot qui en dit long sur son état d'esprit :

« Pour l'objet important qui inquiète la tendresse de ma chère maman, je suis bien fâchée de ne pouvoir rien lui apprendre de nouveau : *la nonchalance n'est sûrement pas de mon côté.* »

Certes non, la nonchalance n'était pas du côté de la jeune reine. Tout son être réclamait ardemment l'hommage du roi. Elle se troublait en écoutant les violons, suivait d'un regard un peu trop insistant les beaux gardes qui passaient sur la terrasse de Versailles, se couchait en soupirant et s'éveillait « le corps dévoré d'agaceries ».

S'il n'avait tenu qu'à elle !...

Hélas ! les caresses les plus raffinées laissaient Louis XVI « aussi peu viril qu'un angelot ».

Naturellement, l'impuissance du roi était connue de tout le monde. On en parlait ouvertement, aussi bien à la cour qu'à la ville, et le peuple s'entretenait de la chose au même titre que de la pluie et du beau temps.

Avec un air plus malicieux, il est vrai.

Le soir, les boutiquiers, en fermant leurs volets, ne manquaient pas, après s'être donné le bonsoir, de dire en clignant de l'œil :

— Espérons que, cette nuit, le roi pourra !...

Hélas ! chaque matin la même nouvelle filtrait du palais de Versailles : le roi n'avait pas pu.

Alors, le menu peuple s'esclaffait et c'était, à chaque fois, un peu du prestige royal qui s'en allait.

Car, dans ce pays, les souverains peu portés sur la bagatelle n'ont jamais eu la faveur du public. Chaque Français conserve, au fond, la nostalgie du Vert-Galant. Un roi chaste ennuie. Un roi « empêché » fait rire. Devant l'impuissance, la foule perd tout respect et se virilise dans la mesure même où le souverain perd ses moyens. Renversement des forces qui ouvre la porte à toutes les révolutions...

En 1775, une chanson vint réjouir les braves gens. Elle était crue. Aussi n'en citerai-je que quelques couplets :

Chacun se demande tout bas :
Le Roi peut-il ? Ne peut-il pas ?
La triste reine en désespère.

L'un dit qu'il ne peut ériger,
L'autre qu'il ne peut s'y nicher,
Qu'il est flûte traversière.

Ce n'est pas là que le mal gît,
Dit gravement maman Mouchi ;
Mais il n'en vient que de l'eau claire.

Cette chanson tomba, nous dit Bachaumont, entre les mains de la reine qui en pleura amèrement et déclara « qu'on la réduisait à craindre ce qu'elle avait désiré le plus jusque-là, d'avoir des enfants »[149].

A l'Épiphanie de la même année, un quatrain particulièrement irrespectueux courut Paris :

A Louis XVI, notre espoir,
Chacun disait cette semaine :
Sire, vous devriez ce soir,
Au lieu des rois, tirer la reine...

149. BACHAUMONT, *op. cit.*

Ce qui était assez direct...

Louis XVI eut connaissance de cette épigramme et se contenta de pâlir.

Après quoi, il mangea une grosse part de galette et parla d'autre chose.

Mais pas de se mettre au lit...

Pour oublier son triste état, Marie-Antoinette continuait de s'amuser avec la folle jeunesse de la cour. Elle était de tous les bals, se déguisait, se parait, faisait mille extravagances, et sa désinvolture finit par autoriser toutes les libertés.

Un soir de mardi gras, à l'Opéra, un masque s'approcha de la loge royale et s'écria, feignant l'indignation :

— Eh bien, Antoinette, que faites-vous ici ? Vous devriez être couchée auprès de votre bon gros mari qui ronfle en ce moment !

La reine, loin de se choquer, se baissa en souriant pour mieux répondre à l'inconnu, et les courtisans, soudain pudibonds, virent avec horreur qu'elle « lui laissait presque toucher sa gorge ».

Enfin le masque baisa la main de Marie-Antoinette et s'en alla en gambadant.

Cet audacieux était le comédien Dugazon.

Ce fut assez pour que les rimailleurs appointés par le comte de Provence en fissent l'amant de la reine.

Lorsqu'elle apprit le bruit qui courait, Marie-Antoinette fut stupéfaite :

— N'ai-je donc pas le droit de m'amuser ?

Quelqu'un lui dit :

— Méfiez-vous de votre bonté naturelle qui vous pousse à croire aimables tous ceux qui vous entourent. Or, on ne vous regarde pas, on vous épie...

Malgré ce sage conseil, la jeune souveraine allait commettre bien d'autres imprudences.

A ce moment, son amie la plus chère, la compagne de tous ses plaisirs, était une jolie veuve de vingt-cinq ans, blonde, élégante et tendre qui s'appelait Marie-Thérèse-Louise de Savoie-Carignan et qui portait le titre de princesse de Lamballe.

Elle l'entraînait dans ses promenades nocturnes sous les arbres du parc, l'enlaçait et organisait avec elle au Petit Trianon des sauteries libérées de toute étiquette.

Cette intimité fit jaser les gens et l'on accusa Marie-Antoinette d'avoir des goûts spéciaux. Abominable calomnie que les amis du comte de Provence et les pamphlétaires du parti anti-autrichien exploitèrent sans aucun scrupule.

L'amitié qui allait unir la souveraine à une autre jeune femme devait, peu de temps après, donner un nouvel aliment aux médisances. En 1776, Mme de Polignac, jolie, intrigante et peu vertueuse personne, réussit à prendre la place de Mme de Lamballe dans le cœur de Marie-Antoinette. Dès lors, et pour quinze ans, elle devint l'amie, la conseillère et « la dépositaire de toutes les pensées de la reine ».

On les vit se promener bras dessus, bras dessous, s'embrasser en public et se parler des heures entières main dans la main.

Aussitôt des pamphlets orduriers se répandirent dans le public. Certains donnaient tant de détails sur l'intimité des deux femmes qu'aujourd'hui encore une question se pose aux historiens : Marie-Antoinette fut-elle lesbienne ?

Il est bien difficile, naturellement, de donner une réponse catégorique. Pourtant, une remarque s'impose : il n'existe *aucun témoignage valable* des scènes relatées, les seuls Mémoires qui les rapportent étant apocryphes. Jusqu'à preuve du contraire, nous penserons donc que l'amitié de la reine et de Mme de Polignac était pure.

La véritable nature de ces relations si souvent déformées a été fort bien décrite par Henri d'Alméras : « Joies de se revoir et de s'isoler au milieu de cette cour indifférente ou hostile, petits secrets si insignifiants et auxquels on attachait tant d'importance, mystérieux apartés, épanchements qui, par leur exagération, ressemblaient à ceux de l'amour, effusions puériles d'une Gretchen trop sentimentale, la pauvre reine, lasse de sa grandeur et désireuse de n'être qu'une femme aimée, aimante, s'y abandonnait, s'y complaisait ingénument, sans s'apercevoir que la calomnie la guettait [150]. »

Si Mme de Polignac n'était qu'une agréable compagne pour Marie-Antoinette, elle avait en revanche un salon qui offrait bien des dangers. Les hommes les plus beaux et les plus élégants de la cour y fréquentaient et la rumeur publique prêta pour amant à la souveraine successivement M. de Guines, M. de Besenval, M. Dillon, M. de Lauzun, M. de Vaudreuil et le duc de Coigny.

Ce dernier était tombé amoureux de la reine, et Marie-Antoinette, avec son imprudence habituelle, n'avait pas résisté au plaisir de lui accorder des rendez-vous secrets. Enthousiaste et sentimentale, elle ne tarda pas à soupirer pour ce beau duc. Ils se retrouvaient la nuit venue dans des bosquets retirés et se contaient des historiettes sur un ton galant. Mais si le cœur de la reine était enflammé, tout pourtant n'était pas au duc... Les relations des deux amoureux furent absolument platoniques. Lord Holland, s'appuyant sur des propos de Talleyrand que Mme Campan avait renseigné, écrit : « Mme Campan était la confidente de Marie-Antoinette ; les amours de celle-ci ne furent ni nombreuses ni scandaleuses, ni d'une nature dégradée, mais ce furent des *amours*. Mme Campan, qui a vécu assez pour voir la Restauration, n'était point là-dessus aussi mystérieuse dans la conversation que dans ses écrits. Elle a avoué à des personnes qui me l'ont confessé qu'elle avait servi les relations du duc de Coigny avec la reine. Le duc, par

150. Henri d'Alméras, *Les Amoureux de la reine Marie-Antoinette*.

timidité de caractère et par froideur de tempérament, ne fut point fâché de renoncer de bonne heure à une intrigue aussi dangereuse[151]. »

Ceci est confirmé par le comte de Tilly, ancien page de Marie-Antoinette, dans ses *Mémoires*.

Au milieu de toutes ces intrigues, la jeune reine restait donc pure.

Sans doute le fût-elle demeurée longtemps encore si, en 1777, Louis XVI, soudain énergique, n'avait décidé de se faire opérer.

Tout réussit à merveille et le roi de France, à peine hors des mains du chirurgien, put s'épanouir, au grand ravissement de Marie-Antoinette.

Il y avait sept ans que la pauvre attendait cela.

Le lendemain matin, la reine sortit de sa chambre avec un air heureux et apaisé qui ne lui était pas habituel. Traversant les salons, elle se rendit chez Mme Campan et là, sur un ton de douce fierté, déclara :

— Je suis reine de France...

Malheureusement les bons offices du roi n'eurent pas d'effets immédiats et le peuple, toujours à l'affût, suggéra que Louis XVI, après avoir été impuissant, était peut-être stérile.

La grossesse de Marie-Antoinette, annoncée en juin 1778, ne fit pas changer d'avis les gens « bien renseignés », car ils attribuèrent l'enfant au duc de Coigny qui, depuis l'opération, se montrait, disait-on, de nouveau « fort pressant »...

Certains allaient jusqu'à donner la date de la conception...

Écoutons l'auteur des *Essais historiques sur la vie de Marie-Antoinette* : « Chacun raisonna sur cette grossesse : les femmes qu'elle avait eues, et qui l'avaient crue uniquement attachée à son sexe, ne lui pardonnèrent pas d'avoir eu un amant ; c'est l'usage des dames de cette religion. On chercha le héros, il fut aisé à trouver : on nomma le duc de Coigny, et toutes les conjectures se réunirent en sa faveur. Ce seigneur aimable, d'une belle figure, ayant les mœurs les plus douces et la tournure la plus satisfaisante, des yeux qui parlent beaucoup et une santé en tout point différente de l'expirant Dillon, avait, depuis quelque temps, fixé les regards de la reine ; il s'était conduit avec la plus grande circonspection et l'aurait ménagée si elle n'eût pas elle-même cherché la publicité par ses imprudences. On calcula l'heure, le moment et le lieu où la grossesse s'était opérée. On rappela un bal de l'Opéra où la reine s'était masquée d'une capote grise, et avait fait masquer de même plusieurs femmes de sa suite ; le duc était seul dans une loge aux secondes ; à la faveur du déguisement Antoinette se perd parmi les compagnes, se glisse dans la foule et va à la loge. Quelques minutes après, la suite, inquiète, cherche la princesse ; on la trouve sortant de la loge, et si agitée dc l'acte qu'elle venait de faire, qu'elle tomba presque évanouie sur l'escalier ; une femme marqua cet instant

151. Lord Holland, *Souvenirs diplomatiques*, 1851.

sur ses tablettes : elles circulèrent, et presque toutes les femmes de la cour l'eurent sur leurs écrits en lettres d'or. »

Ce genre de ragots a toujours son public.

Aussi lorsque le 19 décembre 1778, Marie-Thérèse-Charlotte, dite Madame Royale, naquit à Versailles, bien des gens sourirent-ils d'un air entendu, et la joie de Louis XVI en fut un peu ternie.

Le jour du baptême, il se passa un incident qui en dit long sur l'état d'esprit frondeur qui régnait à la cour. Le parrain (le roi d'Espagne) avait choisi le comte de Provence pour le représenter. Au cours de la cérémonie, le grand aumônier de France lui demanda, suivant l'usage, le nom de l'enfant.

— Monsieur, répondit calmement le frère du roi, le rituel prescrit avant tout de demander les noms et qualités du père et de la mère de l'enfant.

Le grand aumônier, très embarrassé, répondit que cette question n'avait pas sa raison d'être puisque personne n'ignorait que Madame Royale était la fille du roi et de la reine de France.

Le comte de Provence se tourna alors vers les membres de la famille et les hauts dignitaires présents et ricana.

Certains assistants n'essayèrent même pas de cacher leurs sourires et la cérémonie se termina dans une atmosphère peu recueillie.

Tous ces faits autorisèrent quelques historiens à se demander si le duc de Coigny n'était pas vraiment le père de Madame Royale. Les recherches qui ont été entreprises à ce sujet permettent de penser que Louis XVI n'eut besoin d'aucune aide pour donner ce premier enfant à la reine.

Mais il reste, bien entendu, à compter avec la fantaisie du cœur féminin...

18

Par amour pour la reine,
Fersen aide à la création des États-Unis

Les effets de l'amour sont imprévisibles...

STENDHAL

Au début de 1779, un petit hôtel de Versailles fut le théâtre d'un scandale qui devait, pour un temps, faire cesser les attaques contre Marie-Antoinette.

La marquise de Travenart, dont le robuste tempérament était bien connu à la cour, non seulement des gentilshommes, mais encore des valets, des gardes et des cuisiniers, organisait plusieurs fois par semaine de joyeuses soirées au cours desquelles la morale était quelque peu malmenée.

Au mois de mars, peu de temps avant la mi-carême, cette pétulante jeune femme dont les yeux, nous dit-on, avaient le magnétisme des prunelles de chat, fit venir chez elle un peintre de ses amis et lui demanda de dessiner sur plaques de verre des scènes lubriques avec la plus grande exactitude.

L'artiste revint quelques jours plus tard avec son œuvre.

La marquise le félicita. Chaque plaque constituait un petit tableau galant digne de figurer dans les œuvres de l'Arétin.

— Nous allons en éprouver immédiatement les effets, dit-elle.

Elle envoya chercher une lanterne magique, ferma les volets, invita trois hommes attachés aux écuries du roi et projeta sur le mur quelques-unes des scènes de débauche peintes par son ami.

Le résultat ne se fit pas attendre longtemps. Les trois palefreniers « sentant leur être pointer vers le plaisir » se jetèrent sur la marquise qui dut subir sur-le-champ « la manifestation de leur intérêt ».

Après cette séance d'essai, Mme de Travenart, fort satisfaite, invita chez elle une trentaine d'amis dont elle espérait bien, nous dit M. de Fromentier, « exciter le désir et faire parler la nature »...

Ce public composé de courtisans vigoureux et de jeunes femmes peu farouches s'installa dans un salon où tout avait été prévu pour la projection et pour ses conséquences.

Mme de Travenart fit éteindre les flambeaux et confia le maniement de la lanterne magique au duc de Lauzun. Dès les premières images, l'assistance fut conquise. Elle commença par manifester bruyamment sa joie ; mais à mesure que les images devinrent plus licencieuses, les rires cessèrent et l'on n'entendit plus que « des froissements d'étoffes »...

Enfin des couples « cherchèrent sur le mol des tapis à reproduire les scènes et les postures que le duc projetait sur le mur ; mais tous n'y parvenaient point, l'artiste, dont l'imagination était grande, ayant conçu des figures souvent difficiles à exécuter... » [152].

Mme de Travenart, qui s'était réservé un groupe d'hommes riches d'expérience, subissait avec ravissement des assauts compliqués.

Mais les forces humaines ont des limites. Au bout d'un moment, on s'aperçut que les images ne produisaient plus aucun effet sur les assistants dont le ressort intime semblait s'être détendu. Le duc de Lauzun, qui avait dû, trois fois de suite, quitter la lanterne pour « se régaler des charmes d'une spectatrice », crut bon d'annoncer que la séance allait se terminer et projeta la dernière plaque.

Dès que l'image parut sur le mur, il y eut un cri d'étonnement. La femme qui venait d'apparaître, nue et dans une posture fort inconvenante, avait les traits de Marie-Antoinette...

Cette apparition eut un résultat surprenant. Tous les hommes, retrouvant leur vigueur, se jetèrent sur leurs voisines.

On apprit ainsi qu'un grand nombre de courtisans étaient amoureux de leur souveraine...

152. M. de Fromentier, *Mémoires*.

Dès le lendemain, la soirée de Mme de Travenart fut connue dans les détails, et tout le monde s'accorda pour trouver que l'utilisation de la reine dans une telle réunion était de mauvais goût. Cet acte insensé eut d'ailleurs un effet inattendu : le peuple, épouvanté soudain par tant d'irrespect, arrêta ses attaques contre Marie-Antoinette, et certains qui la raillaient la veille se prirent à la défendre.

Cette accalmie devait être de courte durée...

Depuis la fin de l'été 1778, Axel Fersen était de retour à Paris. Au printemps 1779, il réapparut à la cour.

En le revoyant, la reine fut extrêmement troublée et le comte de Saint-Priest nous raconte que le jour où le jeune homme vint à Versailles dans son uniforme suédois, le comte de Tessé, qui donnait la main à Marie-Antoinette, « s'aperçut au mouvement de la main de cette princesse d'une forte émotion à cette première vue »[153].

Dès lors Fersen et la reine se rencontrèrent presque chaque jour. On les vit se promener dans le parc, on les surprit bavardant sur les bancs de Trianon et, un soir, Marie-Antoinette, qui jouait du clavecin, se tourna vers Axel, les larmes aux yeux, et chanta ce couplet de *Didon* :

Ah ! que je fus bien inspirée
Quand je vous reçus dans ma cour

Sir Richard Barrington a d'ailleurs narré cette scène dans ses souvenirs.

« La reine avait les yeux pleins de larmes, sa voix un peu faible était pourtant d'un timbre si exquis qu'elle faisait vibrer irrésistiblement tous les cœurs. Son doux et charmant visage rougissait pendant qu'elle fixait des regards noyés de pleurs sur Fersen, lui aussi accablé par l'émotion invincible que lui causait l'adorable folie de cette action. Il se tenait les yeux baissés, pâle jusqu'aux lèvres, écoutant la chanson dont chaque parole le faisait tressaillir au fond de l'âme. Ceux qui les voyaient à cet instant ne purent plus conserver de doute sur la nature de leurs sentiments...[154] »

Naturellement le bruit courut aussitôt que la reine était la maîtresse de Fersen. De cet amour pur et merveilleux qui les unissait, on voulut faire une liaison banale. On raconta qu'ils se retrouvaient dans une chambre secrète, et que leurs étreintes avaient eu pour témoin un valet indiscret. Tout cela, bien entendu, était faux.

Un jour, le Suédois fut informé de ces calomnies. Sa décision fut immédiate. Pour ne pas compromettre la reine qu'il aimait, il résolut de quitter la France.

Quelques semaines plus tard, il s'engageait dans le corps expéditionnaire qui allait soutenir les États de l'Amérique du Nord dans la guerre de l'Indépendance contre l'Angleterre. Il partit en mars 1780 comme

153. Comte de Saint-Priest, *Mémoires*.
154. Sir Richard Barrington, *Souvenirs*.

aide de camp du général Rochambeau, laissant Marie-Antoinette éplorée.

La cause de cet engagement fut parfois discutée par les historiens. Je pense qu'elle ne peut plus être mise en doute depuis qu'on a retrouvé cette lettre du comte de Creutz, adressée le 10 avril 1780 à Gustave III :

Je dois confier à Votre Majesté que le jeune comte de Fersen a été si bien vu de la reine que cela a donné des ombrages à plusieurs personnes. J'avoue que je ne puis pas m'empêcher de croire qu'elle avait du penchant pour lui ; j'en ai vu des indices trop sûrs pour en douter. Le jeune comte de Fersen a eu dans cette occasion une conduite admirable par sa modestie et par sa réserve et surtout par le parti qu'il a pris d'aller en Amérique. En s'éloignant, il écartait tous les dangers ; mais il fallait évidemment une fermeté au-dessus de son âge pour surmonter cette séduction. La reine ne pouvait pas le quitter des yeux les derniers jours ; en le regardant, ils étaient remplis de larmes. *Je supplie Votre Majesté d'en garder le secret pour elle et pour le sénateur Fersen*[155]. *Lorsqu'on sut le départ du comte, tous les familiers en furent enchantés. La duchesse de Fitz-James lui dit : « Quoi ! monsieur, vous abandonnez ainsi une conquête ? — Si j'en avais une, je ne l'abandonnerais pas, répondit-il. Je pars libre et malheureusement sans laisser de regrets. » Votre Majesté avouera que cette réponse était d'une sagesse et d'une prudence au-dessus de son âge. Du reste, la reine se conduit avec beaucoup plus de retenue et de sagesse qu'autrefois. Le roi n'est pas seulement tout à fait soumis à sa volonté ; mais partage aussi son goût et ses plaisirs*[156].

Le 11 juillet 1780, Fersen débarquait à New Port. Il devait rester trois ans en Amérique, soutenant Washington, participant à de nombreuses expéditions, collaborant à la prise de Yorkstown et recevant finalement l'ordre de Cincinnatus.

C'est ainsi que, par amour pour la reine de France, Axel Fersen aida paradoxalement à la création d'une république...

Tandis que Fersen guerroyait pour l'indépendance des États d'Amérique, Marie-Antoinette continuait de s'amuser en compagnie de Mme de Polignac. Les deux femmes organisaient de petites réunions où le ton était assez libre. On se racontait des anecdotes grivoises, on se montrait des gravures d'une artistique obscénité et l'on recherchait dans des livres légers les bons passages pour les lire à haute voix.

La reine adorait ce genre de littérature. Elle avait personnellement une bibliothèque remplie de livres érotiques qu'elle lisait avec délectation[157].

Ce goût toutefois paraissait n'avoir aucune espèce d'influence sur sa piété. A l'église, elle lisait avec attention les prières d'un gros missel qui ne la quittait pas et bien des courtisans admiraient la facilité avec

155. Père d'Axel Fersen.
156. Archives royales de Suède, Stockholm.
157. Joseph II, dans son *Guide moral*, parle des « saloperies dont elle s'est remplie l'imagination par ces lectures ».

laquelle Marie-Antoinette passait de la grivoiserie la plus graveleuse au style angélique.

— Cela prouve sa pureté d'âme, disaient-ils.

Un jour, ces braves gens eurent une pénible révélation. Au cours d'un office, le missel tomba. Un homme courut le ramasser et s'aperçut qu'à l'intérieur d'une couverture détachable se trouvait un livre galant. Il tendit le tout à la reine et il y eut un moment de gêne réciproque...

C'est ainsi que la cour, et bientôt le peuple, apprirent que Marie-Antoinette se régalait de textes polissons pendant les saints offices [158].

Le ton léger que la reine aimait trouver dans le salon de Mme de Polignac ne tarda pas à être adopté à Versailles. On se permit des propos lestes en sa présence et quelques courtisans, connaissant son penchant, s'efforçaient d'être fripons pour lui plaire. Une anecdote rapportée par Fournier-Verneuil le prouvera. La voici :

« Un vieux feld-maréchal qui ne parlait que par maximes fut présenté à la reine Marie-Antoinette. Pendant tout le temps de la présentation, le vieux maréchal ne parla que de ses deux chevaux de bataille qu'il affectionnait beaucoup.

» Un jour, la reine, ne sachant que lui dire, lui demanda auquel de ses deux chevaux il donnait la préférence.

» — Madame, lui répondit-il avec une gravité comique, si j'étais, un jour de bataille, monté sur mon cheval pie, je n'en descendrais pas pour monter sur mon cheval bai ; et si j'étais monté sur mon cheval bai, je n'en descendrais pas pour monter sur mon cheval pie.

» Après un moment de silence, on parla des femmes de la cour. Deux passaient pour être les plus belles et les plus jolies. La reine demanda à l'un de ses courtisans son avis. Ce courtisan, prenant le ton du maréchal et sa formule, dit avec une lenteur affectée :

» — Madame, un jour de bataille, si j'étais monté...

» — Assez, assez, cria la reine avec vivacité. »

Et elle éclata de rire.

Contre toute attente, le très pudibond Louis XVI finit par tenir, lui aussi, des propos badins. Un matin, au cours d'une réception, ce roi, qui avait été jusque-là d'une réserve inquiétante, raconta à ses invités qu'il avait, la nuit précédente, fait l'amour avec la reine et s'en était bien trouvé. Bachaumont conte d'ailleurs cette anecdote dans ses *Mémoires secrets* : « Ces jours derniers, le roi, avec sa gaîté franche, a annoncé à ses courtisans qu'il avait commencé à partager de nouveau la couche de la reine, et qu'il espérait avoir fait un Dauphin, du moins qu'il y avait travaillé de son mieux... [159] »

Une telle transformation dans l'attitude du roi surprit bien des gens.

158. Ce goût pour la gauloiserie n'empêchait pas Marie-Antoinette d'être extrêmement prude dans ses actes. Mme Campan écrit dans ses *Mémoires* qu'elle se baignait vêtue d'une longue robe de flanelle boutonnée jusqu'au sol ; tandis que ses deux baigneuses l'aidaient à sortir du bain, elle exigeait que l'on tienne devant elle un drap assez élevé pour empêcher les femmes de l'apercevoir »...

159. BACHAUMONT, *Mémoires secrets*.

Et les mauvais esprits commencèrent à raconter que Louis XVI avait été converti au libertinage par Marie-Antoinette, Mme de Polignac et le comte de Vaudreuil.

Ces ragots, qui étaient non seulement faux mais extravagants, furent naturellement acceptés sans discussions par le menu peuple toujours friand de scandale. Et l'on accusa le roi de participer à des orgies nocturnes en compagnie des « amants » de la reine.

Les gens qui se disaient bien renseignés racontaient qu'au cours de ces « nocturnales », Louis XVI et Marie-Antoinette faisaient installer un trône de fougère dans un bosquet et jouaient au clair de lune avec leurs amis à un jeu galant assez étrange. Écoutons l'auteur des *Mémoires secrets pour servir à l'histoire de Marie-Antoinette* :

« On élisait un roi... il donnait ses audiences, tenait sa cour et rendait justice sur les plaintes qui lui étaient adressées par son peuple représenté par les gens de la cour, par le roi et la reine qui venaient se dépouiller de leur grandeur au pied de ce trône factice.

» On faisait au nouveau roi des plaintes plus originales les unes que les autres : les peines et les récompenses ne l'étaient pas moins. Mais au bout de ces plaisanteries, qui ne pouvaient faire qu'un bon effet, Sa Majesté, qui était presque toujours Vaudreuil, prenait fantaisie de faire des mariages ; il mariait le roi avec une femme de la Cour, la reine avec un des hommes (on a remarqué qu'il se l'appropriait presque toujours). Il en faisait de même pour les autres hommes et femmes de la société ; il les faisait approcher par couples au pied du trône, ordonnait que chacun se prît par la main, et là... on attendait le mot sacramentel qui était *décamper*. Aussitôt prononcé, chacun avec sa chacune fuyait à toutes jambes vers un des bosquets qu'il choisissait ; défense, de par le roi des Fougères, de rentrer avant deux heures dans la salle du Trône ; défense d'aller plus d'un couple ensemble... défense de se voir, de se rencontrer, de se nuire, de se chercher, ni de se parler. On assure que ce jeu plaisait fort au roi, qui trouvait plaisant de se voir ainsi détrôner sur l'herbe par Vaudreuil. »

Ces histoires rocambolesques, qui avaient pour origines quelques jeux de société bien innocents, contribuèrent à discréditer un peu plus la famille royale. Et lorsque, le 22 octobre 1781, naquit le dauphin Louis-Joseph-Xavier-François, on murmura que cet enfant avait été conçu « sur les fougères » et que le comte de Vaudreuil en était l'heureux père[160].

Le comte de Provence, pour sa part, l'affirmait et bientôt l'épigramme suivante courut de bouche en bouche :

Louis, si tu veux voir
Bâtard, cocu, putain,
Regarde ton miroir,
La reine et le dauphin.

160. Fantin-Désodoards dit dans son *Histoire de la Révolution* que c'était à la cour et à la ville l'opinion presque générale.

Ce quatrain parvint un soir sur le bureau de Louis XVI qui le lut avec un déplaisir compréhensible. Après quoi, il rentra dans ses appartements.

En évitant, à tout hasard, les glaces.

En juin 1783, Fersen revint en France et s'installa à Paris dans un petit hôtel de la rue Matignon [161].

Son père, qui voulait le voir marié, le pressait alors d'épouser une jeune fille pourvue d'une grosse dot : Germaine Necker, la fille du banquier genevois.

Axel, qui ne pensait qu'à la reine, cherchait des prétextes pour retarder l'ouverture des pourparlers avec le financier. Il en eut bientôt un, inespéré : son ami M. de Staël tomba amoureux de la riche et pétulante héritière. Deux mois plus tard, il l'épousait...

Et c'est ainsi que Germaine Necker, qui aurait dû devenir Mme Fersen, s'appela Mme de Staël...

Alors le sénateur, déçu, suggéra à son fils d'épouser Mlle Lyell. Axel fut de nouveau très embarrassé. Fort heureusement, cette jeune fille se maria avec le vicomte de Cantalup et le Suédois soupira une seconde fois. Le jour où il fut informé de cette union, il écrivit à sa sœur Sophie :

J'en suis bien aise ; on ne m'en parlera plus. Je ne veux jamais former le lien conjugal, il est contre nature... Je ne puis pas être à la seule personne à qui je voudrais être, la seule qui m'aime véritablement, ainsi je ne veux être à personne...

Cette femme était, bien sûr, Marie-Antoinette, qu'il n'avait pas oubliée et pour qui, après trois ans d'exil, il conservait le même amour.

Depuis son retour, il l'avait vue plusieurs fois en particulier. Ils correspondaient par des voies secrètes. Elle l'appelait Rignon, il l'appelait Joséphine...

En septembre 1783, pour demeurer en France, Fersen voulut acheter le régiment *Royal Suédois* ; mais l'argent lui manqua. On vit alors Louis XVI, dans un beau geste, qui fit ricaner, le lui offrir...

Devenu colonel, Axel put continuer à venir de temps en temps à Versailles...

Entre deux voyages en Suède où le roi Gustave III le réclamait sans cesse, il retrouvait la reine.

Devinrent-ils amants ? Tout porte à croire que non. Même Michelet, qui n'est pas tendre pourtant avec Marie-Antoinette, n'ose l'affirmer.

L'amour de la reine et d'Axel Fersen peut donc être considéré comme un bijou étincelant dans la boue du XVIIIe siècle...

Au printemps 1784, Marie-Antoinette eut une idée charmante. Elle désira offrir une fête à l'homme qu'elle aimait. Elle prit pour prétexte la visite du roi Gustave III de Suède et lança des invitations pour le 21

161. A l'emplacement du 27 de l'actuelle avenue Matignon.

juin. Ce fut une soirée fastueuse. Les invités, tout de blanc vêtus selon le désir de la souveraine, commencèrent par assister au *Dormeur éveillé* de Marmontel, puis ils se rendirent par le parc illuminé jusqu'au Temple de l'Amour. Là, une foule était massée, car la reine avait permis « à toutes les personnes honnêtes » d'entrer dans le parc à condition qu'elles eussent un habit blanc.

Soudain une flamme s'éleva derrière le Temple et, en quelques secondes, le parc entier parut brûler. Des colonnes d'étincelles montaient vers la cime des arbres et les nuages s'empourprèrent. Ce brasier, nourri de milliers de fagots entourant le Temple de l'Amour, était un merveilleux symbole choisi par Marie-Antoinette pour exprimer sa passion. La foule applaudit, sans comprendre.

Au pied d'un arbre, Fersen, très ému, contemplait ce spectacle qui n'avait de signification que pour lui.

Tout à coup, une voix douce et chère murmura à son oreille :

— Êtes-vous content ?

Il se retourna. C'était la reine. Un instant, ils se regardèrent, extrêmement troublés ; puis elle lui pressa la main vivement et disparut dans la nuit...

Après l'embrasement du Temple, on servit un souper dans les pavillons du jardin français. Au petit matin, Gustave III, ravi par cette fête grandiose, remercia Marie-Antoinette.

Il ignorait, le pauvre, que, sans l'amour, la France n'eût certainement pas fait tant d'honneur à son pays...

19

Pour l'honneur de la reine d'Angleterre, le chevalier d'Éon s'habille en femme

Femmes ! Vous faites faire des folies !...

chanson fin de siècle

Tandis que Marie-Antoinette et Fersen marivaudaient joliment dans le parc de Versailles, Louis XVI se penchait sur le sexe imprécis du chevalier d'Éon.

Pour comprendre l'intérêt qui poussait le roi de France à s'occuper d'un aussi curieux sujet, il faut, comme disent les romanciers, revenir quelques années en arrière. On se souvient qu'en 1770, d'Éon, qui faisait partie du Secret du roi, était à Londres où Louis XV l'avait envoyé avec mission de préparer un débarquement français. Ce travail, pourtant délicat, ne l'occupait pas entièrement. Il passait beaucoup de temps en compagnie de la reine Sophie-Charlotte dont il était redevenu l'amant.

Or, une nuit de 1771, alors qu'il se trouvait dans l'appartement de la souveraine, le roi George III entra à l'improviste. Écoutons le chevalier d'Éon nous raconter la scène lui-même :

« Il y avait déjà quelques heures que nous étions ensemble dans une petite chambre voisine de celle où dormait l'enfant [162] et tout sommeillait dans le palais, lorsque Cokrell [163], qui était demeuré en sentinelle dans la galerie, entre soudain et nous crie, avec effroi, que la porte des appartements du roi vient de s'ouvrir, que George III en est sorti et qu'il se dirige vers la chambre où nous étions. Peindre le trouble que ces mots jetèrent parmi nous seraient impossible. Cokrell avait la tête faible et la reine plus faible encore. Il n'y eut que moi qui ne perdis pas mon sang-froid. Sophie-Charlotte était tombée presque évanouie sur sa chaise ; Cokrell courait d'une chambre à l'autre pour trouver une issue, mais il n'en existait pas d'autre que celle en face de laquelle s'avançait le roi. Pas moyen de reculer. La seule voie de salut était de faire bonne contenance à l'ennemi. Ma résolution fut prise du premier coup.

» — Courage, dis-je à la reine, ou nous sommes perdus.

» Je prends Cokrell par la main et le place près de nous. Tout cela fut l'affaire d'une seconde.

» La porte s'ouvre. En nous voyant tous trois, ou plutôt en me voyant, George III recule de surprise et jette sur la reine et sur Cokrell un coup d'œil terrible [164]. »

Pour expliquer sa présence chez la reine à deux heures du matin, d'Éon raconta qu'il connaissait un peu de médecine et qu'il avait été appelé au chevet du prince de Galles, légèrement souffrant.

Le roi d'Angleterre feignit de croire cette explication et le laissa rentrer chez lui. Mais, dès que le chevalier eut quitté le palais, il fit une scène terrible à sa femme. Cokrell, qui était resté dans le couloir, eut alors une idée pour sauver la reine. Sachant que d'Éon avait été jadis lectrice de la tsarine Élisabeth et qu'on l'avait vu parcourir les routes d'Europe sous le nom de Mlle Lia de Beaumont, il résolut de faire croire au roi que le chevalier était une chevalière.

Lorsque George III fut un peu calmé, le maître de cérémonies alla le trouver et lui dit que d'Éon, dans un moment d'abandon, lui avait fait une extraordinaire révélation :

— Sire, le chevalier m'a avoué qu'il était une femme.

Le roi d'Angleterre demeura une seconde ahuri.

— Pendant des années, poursuivit Cokrell, il a servi Louis XV comme agent secret, tantôt en robe, tantôt en habits d'homme. Mais il est du sexe féminin ainsi qu'on commence d'ailleurs à le murmurer à Londres.

George III, perplexe, finit par dire :

— Voilà une histoire bien singulière. Je vais écrire à mon ambassa-

162. Le jeune prince de Galles, âgé de huit ans, qui pourrait, d'après certains historiens, être le fils de D'Éon.

163. Maître de cérémonies de Sophie-Charlotte.

164. Chevalier d'Éon, *Mémoires*.

deur à Versailles afin qu'il sache du roi Louis XV la vérité sur ce mystère.

Cokrell fut atterré. Il courut chez la reine et lui expliqua ce qui venait de se passer.

Sophie-Charlotte éclata en sanglots.

— Il faut prévenir le roi de France.

— Je m'en charge, répondit le maître de cérémonies, nous allons rédiger un message que je ferai parvenir secrètement au duc d'Aiguillon.

Le surlendemain, deux lettres partaient pour la cour de France : l'une de George III qui posait une question, l'autre de Cokrell implorant et dictant la réponse. Écoutons d'Éon :

« En recevant les deux missives de l'époux et de l'épouse, ses frère et sœur couronnés, Louis XV se trouva dans un grand embarras. La galanterie lui disait de souscrire au désir de la reine ; mais la vérité lui faisait scrupule de mentir au roi. Ne pouvant résoudre par lui-même ce cas difficile de conscience, il fit part de ses perplexités à la du Barry. »

Naturellement, celle-ci fut d'avis de soutenir la reine d'Angleterre, d'abord « parce qu'elle pensait qu'il ne fallait pas déranger les amours » et ensuite parce qu'il valait mieux éviter un scandale où se fût trouvé mêlé un Français.

Louis XV accepta donc d'entrer dans le jeu de Sophie-Charlotte.

« Afin de mieux convaincre le roi George, poursuit d'Éon, Louis XV eut l'attention toute fraternelle de lui faire passer le dossier de l'enquête faite anciennement par le duc de Praslin à l'endroit de mon sexe qui avait eu l'honneur d'intéresser ce ministre. Il réunit aussi les lettres et dépêches ministérielles ou privées qui m'avaient été adressées ou que j'avais écrites de ma main pendant ma carrière féminine à Saint-Pétersbourg. On y joignit quelques billets de l'impératrice elle-même à sa *lectrice* intime. »

Aussitôt que George III eut reçu la réponse de Louis XV, il se hâta de la communiquer à toute la cour. Au bout de quelques jours, Londres entier fut dans la confidence. On assista alors à un curieux phénomène. « Des paris furent organisés, on engagea de part et d'autre des sommes considérables. On joua sur d'Éon à la hausse et à la baisse. Il fut coté comme une rente, négocié comme un report, pris au comptant ou à crédit comme un marché à terme. » Et Gaillardet, à qui j'emprunte ces lignes, conclut sans rire : « La sexualité du chevalier devint une affaire de bourse... [165] »

Tout ce bruit touchant son intimité déplut beaucoup à d'Éon qui n'était pas retourné au palais et ignorait la démarche de Cokrell. Il protesta, affirma qu'il était un homme et provoqua ses contradicteurs en duel.

165. FRÉDÉRIC GAILLARDET, *Mémoires du chevalier d'Éon*, publiés d'après les papiers fournis par sa famille et d'après les matériaux authentiques déposés aux Archives des Affaires étrangères, 1836.

Devant cette attitude, George III eut de nouveaux doutes. Il soupçonna une machination et se déclara prêt à rompre avec le roi de France qui l'avait trompé.

« Ainsi, nous dit Gaillardet, la cause de Louis XV et, par suite, celle de la France se trouvèrent rattachées par le lien d'une logique imprévue à celle de la reine d'Angleterre. L'un eut autant que l'autre intérêt à ce que sa foi ne fût point convaincue de félonie. Pour tous deux, il devenait nécessaire, indispensable, que le chevalier d'Éon passât réellement et sérieusement pour femme... On se décida donc à s'adresser directement au condamné pour lui notifier *l'impossibilité survenue à la continuation de son être*, et lui signifier la modification nouvelle que la nécessité et la voix de son souverain lui imposaient. Le maître des cérémonies Cokrell fut chargé des premières ouvertures sur ce sujet délicat et épineux. »

Il vint expliquer à d'Éon qu'il devait, pour l'honneur de la reine d'Angleterre et celui de Louis XV, se laisser passer pour une femme et porter désormais des vêtements féminins.

Le chevalier commença par protester ; mais, après quelques jours de réflexion, comprenant que la vie de sa maîtresse en dépendait, il écrivit au duc d'Aiguillon :

Londres, 18 août 1771.

Monsieur le duc,

Puisque la tranquillité de mon pays et celle d'une auguste personne le réclament, je consens à me laisser passer pour femme *et m'engage à me donner à homme qui vive* [166] *la preuve du contraire. Mais ce à quoi je ne puis consentir, c'est à porter les habits d'un sexe étranger, que j'ai bien pu revêtir dans ma jeunesse par obéissance à mon roi ; encore était-ce pour quelque temps seulement. Aujourd'hui, reprendre ce déguisement à toujours, ou même momentanément, serait au-dessus de mes forces ; l'idée seule m'épouvante à tel point que rien ne vaincra ma répugnance.*

Je garderai le silence sur mon sexe ; je ne nierai pas, j'avouerai même, *au besoin, s'il le faut, que je suis du genre féminin. Voilà tout ce qu'il est en mon pouvoir de faire, tout ce que l'on a humainement droit d'exiger de mon dévouement. Vouloir plus serait de la tyrannie et de la cruauté : je ne pourrais m'y soumettre.*

Je vous prie, monsieur le duc, de faire part de ma résolution à Sa Majesté, et de me croire votre très humble, etc.

LE CHEVALIER D'ÉON.

Dès lors, fidèle à l'engagement qu'il avait pris, il n'opposa plus aucune dénégation aux bruits qui couraient.

Pourtant, cette nouvelle attitude ne suffisait pas à George III.

— Si c'est une femme, disait-il, il n'a qu'à porter une robe

166. Remarquons qu'il ne dit pas « *à femme qui vive...* ».

Il devenait donc indispensable et urgent que d'Éon acceptât de porter des vêtements féminins.

Pendant des semaines, des mois, Louis XV, qui voulait à tout prix éviter une rupture avec l'Angleterre, harcela le chevalier. Et la correspondance la plus extraordinaire s'échangea entre Londres et Versailles.

Mais d'Éon, dont la force était de posséder les papiers secrets de Louis XV, refusait de céder.

Le 26 novembre 1773, le duc d'Aiguillon crut avoir enfin trouvé de bons arguments et lui envoya l'étonnante lettre que voici :

Monsieur le chevalier,

... Obéissez à votre roi, c'est le devoir d'un sujet fidèle et ce devoir devient d'autant plus sacré pour vous dans la situation présente qu'il a pour but d'assurer la tranquillité d'une auguste personne. Vous savez de qui je veux parler. *Plus cette femme est haut placée, plus elle a daigné avoir des bontés pour vous et s'intéresser à votre cause et à celle de la France, plus son bonheur et sa réputation, compromis par vous, doivent vous être chers. La reconnaissance que vous devez à cette personne, comme homme, adoucira l'obéissance que vous devez à votre roi, comme sujet.*

Réfléchissez, je vous prie, monsieur le chevalier, aux considérations que je vais vous soumettre. Elles sont dignes de toute votre attention.

Les services que vous avez rendus à votre roi et à votre patrie, tant dans la politique que sur les champs de bataille, quelque grands, quelque éminents qu'ils puissent être, n'ont rien cependant qui ne soit fort commun parmi nous. Que ces services, au lieu d'être ceux d'un homme, soient ceux d'une femme, ils grandissent aussitôt, ils s'élèvent à toute la hauteur d'une position rare, exceptionnelle. Homme ignoré, vous devenez femme célèbre. *Le premier venu de nos capitaines (et je le dis sans rien ôter à votre courage militaire) est presque votre égal ; la bravoure est chose générale en France, c'est la noblesse commune. Devenez femme, et pour trouver votre égale, il faudra remonter jusqu'aux Jeanne d'Arc, aux Jeanne Hachette. Ne vaut-il pas mieux avoir une grande renommée comme femme, qu'une petite comme homme ?*

J'ai l'honneur d'être...

LE DUC D'AIGUILLON.

La mort de Louis XV, survenue le 12 mai 1774, interrompit cette pluie de lettres. Mais Louis XVI fut bientôt mis au courant de la situation très délicate dans laquelle se trouvait la France à l'égard de George III ct reprit les négociations.

En septembre, d'Éon, sachant que le roi d'Angleterre faisait mener une vie d'enfer à son épouse, finit par accepter de prendre les habits de femme sous certaines conditions : le remboursement de l'argent que la cour de France lui devait depuis vingt et un ans et la réintégration dans ses emplois et titres politiques. Il ajoutait :

« Si je me décide à prendre les habits de femme, je veux réellement passer pour telle aux yeux du public non instruit de la vérité... C'est un habit de deuil que je vais porter, et non un habit de fête. Je veux bien me vouer au malheur, mais non au ridicule. Si le public est une fois convaincu que je suis un homme travesti, je deviens pour lui un polichinelle, un pantin, une mascarade ambulante : les enfants courront après moi et crieront à la chie-en-lit... Je mets donc pour première condition à toute conférence future entre vos agents et moi, que ces agents, quels qu'ils soient, me croient du sexe féminin ou du moins ignorent que je suis un homme. »

Louis XVI nomma un négociateur.

Il s'appelait M. de Beaumarchais...

Beaumarchais arriva à Londres en mai 1775.

Sa mission consistait à racheter la correspondance secrète de Louis XV que détenait le chevalier et à obtenir que celui-ci acceptât de porter des habits de femme.

D'Éon, décidé à tout pour abuser le négociateur sur son véritable sexe, commença par essayer d'inspirer la pitié en contant ses souvenirs militaires.

— Si vous saviez, raconta-t-il, quelle vie j'ai menée au milieu de ces hommes. Je devais, à chaque instant, leur cacher les faiblesses de mon sexe, durcir ma voix, marcher à la façon des soldats, entendre des plaisanteries qui offusquaient ma pudeur et chanter des refrains obscènes. Ce fut terrible...

Beaumarchais, touché, convint qu'il devait être bien dur pour une femme d'être capitaine de dragons...

Puis d'Éon devint tendre, pudique, et se montra « coquette » avec l'auteur du *Barbier de Séville*. Celui-ci était jeune, il se laissa prendre et écrivit à Louis XVI :

Quand on pense que cette créature tant persécutée est d'un sexe à qui l'on pardonne tout, le cœur s'émeut d'une douce compassion... J'ose vous assurer, Sire, qu'en prenant cette étonnante créature avec adresse et douceur, quoique aigrie par douze années de malheurs, on l'amènerait facilement à rentrer sous le joug et à remettre tous les papiers relatifs au feu roi, à des conditions raisonnables.

Et Beaumarchais, à la grande joie de D'Éon qui s'amusait énormément, usa de douceur, devint galant et fit sa cour...

Finalement, les deux hommes rédigèrent un curieux acte de transaction par lequel le chevalier d'Éon « abdiquait solennellement et définitivement son nom et sa qualité d'homme et s'obligeait à porter les habits du sexe féminin ».

En échange, le gouvernement de Louis XVI s'engageait à le laisser rentrer en France quand il le désirerait, à lui verser une rente viagère de douze mille livres par an et à lui remettre en outre « de fortes sommes pour l'acquittement de ses dettes en Angleterre ».

Le chevalier signa ce contrat le 5 octobre 1776. Le lendemain, il tomba malade. Le sacrifice qu'il faisait par amour pour la reine d'Angleterre l'affligeait si profondément qu'il garda le lit pendant près d'un mois.

La métamorphose était douloureuse...

Le bruit du contrat passé entre le chevalier et Beaumarchais se répandit rapidement dans Londres. Aussitôt, les esprits s'excitèrent de nouveau et les parieurs, pensant qu'ils allaient enfin connaître le fin mot de l'énigme, engagèrent des sommes énormes.

Ces jeux finirent par attirer Beaumarchais lui-même. Il résolut de miser, à son tour, sur le sexe de D'Éon. Pourtant, bien qu'il n'eût aucun doute sur le genre du chevalier, puisque Vergennes lui avait affirmé que c'était une femme, il pensa qu'il était préférable de s'en assurer personnellement.

L'entreprise n'était pas facile, car depuis qu'il se comportait en « demoiselle », d'Éon, exagérant son rôle, affectait une extrême pudibonderie. L'ex-capitaine de dragons était devenu un dragon de vertu...

L'auteur dramatique arriva un beau soir chez le chevalier, accompagné de son ami Morande, et, le trouvant de bonne humeur, lui tint ce langage singulier :

— Mademoiselle, j'ai presque terminé ma mission. Dans quelques jours, vous reprendrez probablement vos habits féminins. Or, au moment où tout s'achève, il me vient une pensée qui me gêne. *Et si vous n'étiez pas une femme ?*

D'Éon pâlit.

— Je suis une femme.

Beaumarchais se fit mielleux :

— Sans doute. Mais j'aimerais, pour que ma conscience fût tranquille, en avoir la certitude. Comprenez-vous ?

Et, très poliment, il demanda la permission, pour lui et pour son ami, de regarder et de palper...

Le chevalier se sentit perdu. S'il refusait, Beaumarchais irait faire part de ses doutes à toute la ville et Louis XVI serait déshonoré, tout comme Sophie-Charlotte... Il décida d'accepter et de mystifier les deux hommes. « Il consentit, nous dit Gaillardet, à exaucer une partie de leur demande. Il promit, non de les faire *voir*, sa pudeur ne pouvait se sacrifier jusque-là ; mais de les faire *toucher*. Il fut convenu que les lumières seraient éteintes et que chacun des deux incrédules serait admis, l'un après l'autre, *à passer seulement la main*. C'était un peu moins que saint Thomas, mais la curiosité de ceux-ci et la pudicité de celle-là s'accommodèrent de cette transaction. La modestie du chevalier demanda vingt-quatre heures pour se résigner à cette douloureuse immolation, et rendez-vous fut pris pour le lendemain [167]. »

A l'heure dite, Beaumarchais et Morande vinrent trouver d'Éon qui s'était couché. L'un après l'autre, dans l'obscurité, passèrent leur main sous le drap, palpèrent, explorèrent et *furent convaincus de la féminité du chevalier*.

Plus tard, Morande écrira : « Charles-Geneviève d'Éon m'a librement fait connaître son sexe, il m'a montré son sein, il m'a même autorisé à passer la main sous les draps de son lit. C'est une vraie femme [168]. »

Quel moyen employa donc le chevalier pour abuser ainsi Beaumarchais et son ami ? Voici, d'après Gaillardet, comment la tradition explique la chose : « Vous avez lu ce conte de La Fontaine ayant pour titre *Les Lunettes* ? dit-il. Vous savez qu'un jeune amoureux s'étant introduit dans un couvent de nonnes et ayant causé un évident dégât, la mère abbesse, qui ne croyait plus à la conception d'une nouvelle Marie fécondée par l'opération du Saint-Esprit et sans cesser d'être vierge, jura de découvrir le loup qui devait, à coup sûr, s'être glissé dans la bergerie. Ordre fut donné à toutes les nonnes de comparaître ensemble et dans l'appareil de la Vérité fraîche sortie du puits. Le gentil troupeau ainsi rassemblé et mis en rang, sous l'uniforme de la nature, la mère abbesse, ses lunettes sur le nez, commença gravement son inspection et la recherche du larron. Quel moyen imagina le faux Guillot pour ne pas faire disparate et n'être point reconnu parmi toutes ces blanches brebis toutes nues qui possédaient plus que lui en certains endroits et moins en certains autres ?

» Le bon La Fontaine va nous le dire :

Nécessité, mère de Stratagème,
Lui fit... eh bien ! Lui fit en ce moment
Lier... Eh quoi ? Foin ! je suis court moi-même ;
Où prendre un mot qui dise honnêtement
Ce que lia le père de l'enfant ?

. . . .

Il est facile, à présent, qu'on devine
Ce que lia notre jeune imprudent ;
C'est ce surplus, ce reste de machine,
Bout de lacet, aux hommes excédant.
D'un brin de fil, il l'attacha de sorte
Que tout semblait aussi plat qu'aux nonnains. »

Ce stratagème réussit à merveille. Beaumarchais et Morande furent si bien dupés, et leurs mains leur rapportèrent une conviction si profonde qu'ils se jetèrent à corps perdu dans les paris et y risquèrent des sommes considérables, jouant double ou triple pour *femme* contre homme.

Un jour, l'auteur dramatique voulut toucher les énormes enjeux des

167. Frédéric Gaillardet, *op. cit.*
168. *Annual Register*, London.

paris qu'il avait engagés. Il demanda à d'Éon de consentir à donner une preuve palpable et visible de son sexe à un jury choisi et délégué par les joueurs. Pour cette complaisance, il lui offrait huit mille louis, indépendamment de sa part aux bénéfices assurés dans les paris.

D'Éon refusa.

Alors Beaumarchais, qui ne lâchait pas sa proie, chercha une idée pour avoir raison de la pudeur de la « chevalière » et la pousser à montrer son sexe.

Il finit par trouver. Un soir, il se rendit chez d'Éon et, jouant les amoureux, il lui annonça qu'il voulait l'épouser. L'ex-capitaine de dragons eut du mal à garder son sérieux.

— J'ai quarante-sept ans, dit-il, et vous êtes un jeune homme.

— Je sais, dit Beaumarchais en lui baisant les mains, mais je vous aime...

D'Éon, qui était rusé, avait deviné les intentions de son « soupirant ». Mais comme il avait encore besoin de lui pour obtenir sa rente, il accepta de jouer le jeu pendant quelque temps. On le vit donc faire « l'attendri », soupirer et envoyer des baisers du bout des doigts. Toutefois, l'empressement de l'auteur dramatique, « qui voulait toujours promener ses mains partout », le gênait un peu. L'honneur de la reine d'Angleterre le mettait parfois dans des situations embarrassantes...

Le bruit du prochain mariage de Beaumarchais et du chevalier se répandit à Londres et fut rapidement connu à Paris. Bien des dames qui savaient, par expérience personnelle, que d'Éon était un homme éclatèrent de rire. L'une d'elles, Mme de Courcelle, lui écrivit une lettre fort spirituelle. Faisant allusion aux disputes touchant ce sexe discuté, elle concluait avec verdeur : « Dites-moi un peu, n'y a-t-il pas dans ces obstinations-là de quoi devenir folle, pour moi *qui ai vu et manié si souvent la pure vérité* ?... »

Quant à Vergennes, il fut effondré. Jamais il n'avait imaginé que l'auteur du *Mariage de Figaro* pût tomber amoureux d'un ancien militaire... Décidé à arrêter le vaudeville ahurissant qui était en train de se jouer à Londres, il chercha une solution. C'est d'Éon qui la lui fournit en demandant l'autorisation de rentrer en France.

Fatigué de jouer les vieilles filles séduites, le chevalier rêvait de se retirer loin du bruit et du monde, à Tonnerre, sa ville natale.

Vergennes l'ayant bien volontiers autorisé à rentrer, d'Éon fit ses bagages, endossa pour la dernière fois son bel uniforme de dragons et, faussant compagnie au trop bouillant Beaumarchais, il quitta Londres le 13 août 1777.

Avant de partir, il avait envoyé au *Morning Post* un effarant communiqué par lequel il annonçait au public *qu'il ne montrerait plus son sexe à personne...*

Ce qui chagrina beaucoup les Anglais.

Arrivé en France, d'Éon reçut l'ordre exprès de porter la robe. Cette fois, il obéit.

Pour le remercier, Marie-Antoinette fit faire son trousseau par la première couturière de Paris, Rose Bertin, et lui offrit un éventail.

Une nouvelle vie commençait pour l'ancien militaire.

Reniant son passé, il apprit la broderie, la pâtisserie, la tapisserie et l'art du maquillage. Après avoir été pendant quarante-neuf ans un homme trépidant, il fut, pendant trente-trois ans, une femme charmante...

Quand il mourut, en 1810, les médecins, fort intrigués, examinèrent son corps. Ils purent alors constater que, sous ses jupes, la chevalière était restée un vrai capitaine de dragons...

20

Mme de Lamballe, grande maîtresse d'une loge maçonnique

> Le seul vêtement qui convienne aux femmes
> est encore le tablier.
>
> SCHOPENHAUER

Vers 1780, Paris comptait un grand nombre de confréries étranges et secrètes où la recherche de la volupté tenait lieu de programme.

Il y avait les *Antifaçonniers*, société dont le titre indiquait clairement que les membres s'étaient débarrassés de bien des préjugés ; l'*Ordre de la Félicité* qui empruntait toutes ses règles à la marine et dont les adeptes se livraient à des orgies avec « des dames belles et ondulantes comme des caravelles »... ; la *Société du Moment*, dont le but était de rejeter tout ce que la galanterie avait mis dans l'amour ; les *Aphrodites* enfin, association de personnes des deux sexes qui ne pensaient qu'à se donner mutuellement « tous les plaisirs prévus par la nature ».

Chaque année voyait naître une nouvelle société de ce genre. C'est ainsi qu'en 1781, douze femmes charmantes, s'estimant insatisfaites par les hommes qu'elles connaissaient, eurent l'idée de créer un club pour s'assurer des partenaires « renouvelables à volonté ».

Ces inlassables amoureuses s'assemblaient trois fois par semaine chez leur présidente. On y parlait un moment de littérature, de poésie, de politique, puis l'on soupait légèrement.

Les mets présentés étaient, bien entendu, bourrés d'aphrodisiaques afin que tout le monde fût de belle humeur pour l'après-dîner.

Dès que le dessert avait été dégusté, la présidente agitait une clochette et douze hommes aimables et bien bâtis étaient introduits dans le salon. Eux aussi avaient absorbé des plats « revigorants » dans une pièce voisine. Ils étaient donc pleins d'entrain et « disposés, nous dit un mémorialiste, à toutes les impudeurs »...

Aussitôt, la présidente frappait d'un petit marteau d'argent sur la table et annonçait que « tous les caprices étaient autorisés, toutes les libertés permises, toute licence accordée »...

Ces mots provoquaient immédiatement un galant remue-ménage. Tout le monde se jetait sur le tapis qui était le principal lieu de combat et toute gêne était bannie.

D'après les statuts du club, chaque homme devait accomplir douze fois « les Travaux d'Hercule et donner pleine et entière satisfaction à chacune des belles qui étaient présentes ». Ils s'y efforçaient bravement, sous peine d'être radiés.

Bien d'autres confréries érotiques se créèrent en ce XVIIIe siècle finissant et pourrissant : associations d'invertis, sociétés de sadiques, amicales de lesbiennes...

Celles-ci, reprochant au sexe fort de s'efféminer « et de se retirer sous la tente », se réunissaient à jours fixes, et suivant des règles strictes, pour se livrer à des jeux aberrants.

Et l'on chantait sur elles :

Il est des dames cruelles,
Et l'on s'en plaint chaque jour :
Savez-vous pourquoi ces belles
Sont si froides en amour ?
Ces dames se font entre elles,
Par un généreux retour,
Ce qu'on appelle un doigt de cour.

Ce goût pour les réunions clandestines devait un jour pousser les grandes dames de Versailles à pénétrer dans la plus importante des sociétés secrètes, celle qui, alors, attirait tous les hommes bien nés... marquis, ducs, gentilshommes : la Franc-Maçonnerie...

L'engouement pour cette institution était considérable, et il existait en 1780 plus de 30 000 Maçons en France, la plupart appartenant à l'aristocratie.

Jusqu'en 1774, les femmes n'étaient pas admises dans les loges. A cette date, les Francs-Maçons français eurent la galanterie de créer des sections de femmes appelées Loges d'Adoption. « La plus parfaite moitié du genre humain, lisons-nous dans l'*Esquisse des travaux d'adoption*, ne pouvait pas être toujours bannie des lieux qu'elle devait embellir. Est-il des biens parfaits loin des grâces ? Nous avons donc admis des sœurs à participer à ceux de nos mystères auxquels elles pouvoient, elles devoient même participer, nous leur avons rappelé notre principe en leur faisant adopter notre but. »

« On se doute bien, dit de son côté Bachaumont, que c'est aux Français qu'est due cette heureuse innovation. Dans le pays de la galanterie, il n'auroit pu subsister longtemps dans tout son lustre une société dont le sexe auroit été totalement exclu [169]. »

Ces loges ou ateliers féminins étaient obligatoirement souchées sur

169. BACHAUMONT, *op. cit.*

une loge masculine qui en avait la responsabilité. Un règlement particulier fut rédigé. En voici un extrait :

ART. VI. — Nulle femme enceinte ou dans le temps critique ne pourra être admise à la réception.

ART. VII. — Nulle ne pourra être reçue avant l'âge de dix-huit ans accomplis, à moins que toute la loge, d'un commun accord, ne donne dispense...

Certains articles montrent à quel point les Maçons, qui connaissaient fort bien les sociétés érotiques, se défiaient du tempérament ardent de leurs contemporaines :

ART. XXIV. — ... La décence est particulièrement recommandée.

ART. XXVI. — Lorsqu'une sœur ne se sentira pas en état de garder la décence pendant sa réception, elle demandera à se retirer.

Un nombre considérable de femmes, attirées par le mystère et espérant trouver dans les loges des plaisirs nouveaux, entrèrent dans la Franc-Maçonnerie. La duchesse de Chartres et la duchesse de Bourbon, femme et sœur du Grand Maître, furent initiées aussitôt.

Naturellement, les Sœurs maçonnes commencèrent par introduire un peu de grâce dans les réunions. Un auteur nous dit qu'elles étaient habillées d'une robe de ville blanche, avaient un tablier de peau blanche, doublé et bordé de soie bleue, et portaient des gants blancs.

« Chacune d'elles ceignait un cordon bleu moiré, passant de gauche à droite, à l'extrémité duquel pendait un cœur enflammé contenant une pomme. Les dignitaires étaient revêtues de ce même cordon en sautoir, mais le cœur enflammé était remplacé par une truelle en or.

» De plus, toutes avaient autour du bras gauche la jarretière de l'ordre, en satin blanc, doublée de bleu, avec ces mots brodés en soie de même couleur : *Silence et vertu*[170]. »

Mais les femmes donnèrent bien vite aux rites les plus sévères un aspect frivole.

Dans certaines loges, les cérémonies ne tardèrent pas à ressembler à des scènes d'opérette. Voici, par exemple, un dialogue chanté entre un maçon et une néophyte :

Le M :

Viens Julie.
Pour la vie,
Viens adopter notre loi.
Que des Frères,
Les mystères
Nous assurent de ta foi.

Julie :

Non, la crainte,
La contrainte,

170. GEORGES BERTIN, *Madame de Lamballe*, 1894.

Pénètrent mes sens d'effroi,
La torture
Qu'on endure
Fait redouter votre loi.

Le M :

Nos épreuves,
Quoique neuves,
Ne doivent pas t'effrayer ;
Du courage
C'est le gage,
Nous devons tous le donner.

Julie :

Puis-je croire
Que ma gloire
Soit à braver le danger ;
Moi, sensible.
Vous, terrible.
Ah, vous me faites trembler !

Il n'y avait vraiment pas de quoi.

Avec ces couplets sautillants, l'initiation perdait tout aspect effrayant pour prendre un caractère aimable.

Les jeunes femmes badinaient avec leurs petites truelles et, malgré le règlement, faisaient des effets de tabliers dans le but de séduire quelques beaux « Frères »...

Bien sûr, pour passer à un degré supérieur, il fallait tout de même se plier à certains rites. Les plus désagréables consistaient à embrasser le derrière d'un petit chien...

Mais l'atmosphère des temples ressemblait fort à celle des boudoirs et les assemblées auxquelles assistaient en se trémoussant d'aise les Sœurs maçonnes prirent bientôt un ton mondain, voire puéril. On n'y discuta plus de philosophie, mais de sujets frivoles ou saugrenus comme le prouve ce procès-verbal de séance :

« La marquise de Genlis ayant accusé le F. prince de Salpicha de ce qu'il avait manqué aux ordres de la Loge en sortant du temple sans permission (quoique ce fût pour satisfaire le besoin de la nature), il a été délibéré si on le punirait de cette faute, et sur le genre de punition. Le F. Salpicha ayant été annoncé à la porte du temple, on l'a fait introduire la face tournée vers l'Occident, le Vénérable ensuite a ordonné au Frère Maître des Cérémonies de le conduire dans une chambre à part et de l'y enfermer pendant tout le temps des travaux. »

La Franc-Maçonnerie, dans les Loges d'Adoption, devenait une sorte de jeu de société...

Plus tard, elle prit un caractère moins enfantin ; mais tout aussi éloigné de son but véritable. Les femmes qui étaient venues par curiosité, délaissant les *Aphrodites* ou les *Antifaçonniers*, se mirent alors à faire dans les loges ce qu'elles faisaient si brillamment dans leurs salons. Et certaines réunions se terminèrent en orgies où, pour sauver les apparences, Frères et Sœurs étaient tenus de garder leurs petits tabliers...

Excès qui fit écrire à Bachaumont scandalisé : « La galanterie française a fait prodigieusement dégénérer ici l'Institut des Francs-Maçons. »

En fait, les femmes, par leur grâce, allaient renforcer la puissance de la Maçonnerie.

L'une des Sœurs maçonnes les plus assidues et les plus remuantes des Loges d'Adoption était la princesse de Lamballe, amie intime de Marie-Antoinette.

Le 10 janvier 1781, elle fut nommée Grande Maîtresse de toutes les loges écossaises régulières de France[171].

A ce moment, plusieurs milliers de grandes dames appartenaient à la Franc-Maçonnerie, notamment la marquise de Polignac, la comtesse de Choiseul, la comtesse de Mailly, la comtesse de Narbonne, la comtesse d'Affry, la vicomtesse de Fondoas...

Cet élément féminin, gracieux, troublant, donna un attrait nouveau aux loges. Un nombre considérable d'hommes qui ne pensaient pas à se faire maçons vinrent ceindre le petit tablier dans l'espoir de rencontrer des dames peu farouches. Et l'on peut dire que les Loges d'Adoption furent l'une des causes principales du succès et de la puissance maçonnique à la fin du règne de Louis XVI.

Toutes ces dames galantes qui quittaient Marie-Antoinette pour aller jouer les « initiées » et batifoler dans des temples en chantant des chansonnettes préparèrent donc, sans le savoir, une des forces qui allaient animer les hommes de la Révolution et renverser un régime avec lequel la France s'était identifiée pendant mille ans...

Quelques baisers sur le derrière d'un petit chien et tout un monde allait changer...

21

Les dessous galants de l'Affaire du collier

> Le cardinal de Rohan n'avait jamais été très franc du collier.
>
> PIERRE ARNAUD

Un matin de septembre 1781, deux carrosses se croisèrent sur la route de Strasbourg à Saverne. Dans le premier, se trouvait le prince

171. La dernière grande maîtresse fut l'impératrice Joséphine.

cardinal Louis de Rohan, grand aumônier de France, membre de l'Académie française et libertin accompli.

Dans l'autre, il y avait deux femmes, la marquise de Boulainvillier et une petite blonde aux yeux bleus, qui s'appelait depuis peu Mme de la Motte.

Le cardinal, ayant aperçu des visages féminins, fit arrêter sa voiture, descendit et s'approcha tout guilleret du carrosse de Mme de Boulainvillier, qui s'était également immobilisé.

La marquise connaissait le prélat de longue date. Elle lui présenta sa compagne qui souriait d'un air faussement candide :

— Mme de la Motte est pour quelque temps de passage dans la région.

Le prince cardinal, d'un coup d'œil connaisseur, remarqua que la jeune femme avait une poitrine bien dessinée, mais fort menue [172].

En revanche, il s'aperçut qu'elle avait la plus jolie croupe qu'on pût rêver, et son œil cardinalice étincela comme un petit vitrail dans le soleil...

Deux heures plus tard, les deux femmes étaient au château de Saverne, et Louis de Rohan faisait plus ample connaissance avec la charmante Mme de la Motte.

Elle lui conta sa vie qui était un vrai roman. Descendante d'un fils naturel de Henri II, son nom de jeune fille était Jeanne de Valois. Élevée par une marâtre vicieuse, elle avait mendié sur les chemins à l'âge de huit ans. Recueillie par Mme de Boulainvillier, elle avait fini par épouser un gendarme du roi, nommé Nicolas de la Motte.

Tout en l'écoutant, le cardinal la considérait avec une gourmandise évidente.

Cet ecclésiastique, qui possédait la première charge du royaume, était en effet un débauché dont les braves gens se contaient les frasques, le soir à la veillée.

Dix ans auparavant, alors qu'il était ambassadeur à la cour de Vienne, sa conduite avait même choqué horriblement Marie-Thérèse, mère de Marie-Antoinette [173]. Un jour, en rentrant d'une partie de chasse, il s'était laissé aller à rouler dans un fossé avec deux dames, ce qui avait déplu...

Libre dans ses propos comme dans ses actes, il avait offusqué les Autrichiens par ses anecdotes croustillantes. Rien d'ailleurs ne l'arrêtait, ni le lieu ni les personnages qu'il mettait en cause. Il s'était même permis, dans les salons du palais de Vienne, de suspecter la vertu de Marie-Antoinette alors dauphine, racontant qu'elle était la maîtresse du duc d'Artois et donnant des détails amusants, mais déplacés, sur les rencontres des deux « amants ».

La dauphine, l'ayant appris, avait conçu pour l'ambassadeur une

172. Cf. Beugnot, qui dit joliment : « La nature s'était arrêtée à moitié de l'ouvrage, et cette moitié faisait regretter l'autre... »

173. Pendant la Révolution, des auteurs de pamphlets écrivirent que le cardinal avait été le premier amant de Marie-Antoinette. C'est absolument faux. Il n'est arrivé à Vienne qu'en 1772, c'est-à-dire deux ans après le départ de la petite archiduchesse.

haine tenace. Écoutons Besenval : « Il est nécessaire qu'on soit instruit de la haine profonde que la reine avait contre le cardinal et qu'il avait si justement méritée, remplissant pendant son ambassade à Vienne ses lettres de choses injurieuses contre elle. Il les avait poussées au point de dire dans ses lettres *que sa coquetterie préparait à l'amant de grandes facilités pour réussir auprès d'elle* ; atrocité que la princesse avait sue ; et qu'elle ne lui a jamais pardonnée comme il est aisé de le croire [174]. »

Ce goût de la médisance, en lui aliénant à tout jamais l'amitié de Marie-Antoinette, devait être la cause de tous les malheurs du cardinal...

La rencontre de Mme de la Motte avec Louis de Rohan ne fut pas aussi savoureuse que celui-ci l'espérait. La jeune femme, qui avait pourtant la cuisse assez légère, ne se laissa pas séduire. Après une agréable conversation, elle quitta Saverne en pensant qu'elle aurait l'occasion, un jour ou l'autre, d'utiliser ce galant prélat.

Elle ne se trompait pas...

En 1783, le prince cardinal, qui était ambitieux, rêva de jouer un rôle politique et pensa, n'étant pas d'esprit compliqué, que le meilleur moyen consistait à devenir l'amant de Marie-Antoinette. Bien sûr, il était toujours en très mauvais termes avec elle, mais il comptait sur son charme puissant pour arranger les choses. « Il espérait, nous dit Henri d'Alméras, oubliant qu'il n'était plus jeune, plaire à la femme et désarmer la reine. Le rôle d'un Mazarin, sous une autre Autrichienne, et avec les mêmes prérogatives, lui semblait fait à sa taille [175]. »

Il cessa alors de recevoir les petites lingères qui venaient à la tombée de la nuit lui donner quelque ouverture sur le paradis et se mit à vivre dignement dans l'espoir de plaire à la jeune reine.

Mais Marie-Antoinette n'oubliait pas les accusations qu'il avait portées contre elle dix ans auparavant. Elle continua de tenir à l'écart de Versailles ce sémillant quinquagénaire dont le regard vert « ensorcelait, nous dit-on, les jeunes, les vieilles, les belles et les laides »...

C'est alors que le cardinal retrouva Mme de la Motte. La jeune femme et son mari connaissaient depuis quelque temps une gêne dramatique. La moitié de leur mobilier était au Mont-de-Piété [176] et les créanciers les traquaient. Pour subsister, il fallait que Jeanne fasse monter dans son petit logement des messieurs tourmentés « par le désir de la nature ». Comme elle était très jolie, elle avait une belle clientèle. « Beaucoup de messieurs comme il faut venaient alternativement faire visite à Mme la comtesse, lisons-nous dans les notes de l'avocat Target,

174. BESENVAL, *Mémoires*.
175. HENRI D'ALMÉRAS, *op. cit.*
176. Le Mont-de-Piété avait été créé en 1777 par Louis XVI, à la demande de Necker qui luttait contre les usuriers. Son nom venait du *Monte di Pietà*, créé en Italie au XVe siècle par le moine récollet Barnabé de Terni qui, un jour, à Pérouse, avait décidé de faire une quête dont le produit devait former une banque charitable, une masse, un *mont* de piété...

tandis que M. le comte allait se chauffer dans les appartements du château. Militaires et gens de robe se faisaient un plaisir de lui rendre visite et de lui laisser des marques de leur générosité. »

Mais ces expédients ne suffisaient pas à l'ambitieuse Mme de la Motte. Elle rêvait de mener la grande vie et se sentait prête à toutes les intrigues, à toutes les escroqueries.

Le cardinal, quand il la retrouva, fut enchanté, car il n'avait pas perdu l'espoir de prendre quelque plaisir avec elle.

Il l'invita dans son hôtel de la rue Vieille-du-Temple et la traita fastueusement.

Devint-elle alors sa maîtresse ?

Certains le prétendent sans apporter, bien entendu, de preuves formelles...

Il est un fait, pourtant, qui pourrait étayer cette hypothèse. C'est que Louis de Rohan confia à la jeune femme ses ambitions politiques.

— Mais pour devenir ministre, dit-il, il faut que je me réconcilie avec la reine. Et je suis prêt, puisque je connais son âme charitable, à financer ses bonnes œuvres sur ma caisse personnelle...

Cette phrase fit s'allumer l'œil bleu de Mme de la Motte.

— Je peux vous aider si vous le voulez, car Sa Majesté la reine m'honore de son amitié...

La comtesse mentait : elle n'avait jamais rencontré Marie-Antoinette de sa vie ; mais elle venait d'avoir une idée pour améliorer sa situation.

— Il faut agir avec prudence, ajouta-t-elle. Je parlerai d'abord de vos bons sentiments à la reine, puis vous me remettrez une certaine somme pour ses œuvres de charité. Je sais que sa cassette personnelle est vide. Votre geste la mettra dans d'heureuses dispositions à votre égard.

Le cardinal de Rohan fut enchanté d'avoir rencontré une aussi précieuse collaboratrice.

Quelques jours plus tard, Mme de la Motte revint le voir.

— Mes instances ont eu leur effet, dit-elle. Je suis autorisée par la reine à vous demander votre justification par écrit.

Le cardinal rédigea un petit mot plein de tendre humilité.

Le lendemain, Mme de la Motte revenait avec une réponse de Marie-Antoinette :

Je suis charmée de ne plus vous trouver coupable. Je ne puis encore vous accorder l'audience que vous désirez. Quand les circonstances le permettront, je vous en ferai prévenir. Soyez discret.

Le ton de ce billet émoustilla beaucoup le prélat qui se vit déjà dans un boudoir de Trianon en train de faire avec la reine ce qui semblait tant répugner au roi.

Le pauvre aurait été bien déçu en apprenant que cette lettre était l'œuvre d'un faussaire, un nommé Rétaux de Villette, ami de Mme de la Motte...

Quelques lettres furent encore échangées et un soir la comtesse vint dire au cardinal que la reine acceptait de le rencontrer seul, la nuit, au fond d'une allée du parc de Versailles.

Le cardinal se sentit, si j'ose dire, des fourmis dans les jambes...

22

Une femme légère trompe le cardinal de Rohan

Une soutane ne vaudra jamais une robe.

BASSOMPIERRE

Tandis que le cardinal de Rohan rêvait de faire cocu le roi de France, M. et Mme de la Motte se mirent en quête d'une femme sans scrupule qui pût, pour quelque argent, tenir le rôle de la reine.

Ils la cherchèrent, bien entendu, dans le plus mauvais lieu de Paris : au Palais-Royal, dont le jardin était devenu un véritable « clapier »...

Dès neuf heures du soir, toutes les femmes de mœurs légères s'y promenaient, l'œil accrocheur, la croupe ondulante et la bouche libertine.

Au dire de *L'Espion anglais*, « cet endroit était le centre de la volupté française. Certains concerts organisés après souper par des amateurs demeurant sur ce jardin servaient de prétexte aux voisins pour descendre dans les allées et y former une espèce de bal d'autant plus agréable qu'à la faveur de l'obscurité, on avait toute liberté »[177]. Les six cents prostituées qui rôdaient sous les galeries dansaient alors au son d'un menuet, avant de se rendre avec leur cavalier dans une haute chambre, un réduit, un couloir, un escalier ou tout simplement contre un arbre...

Il y en avait pour tous les goûts et tous les prix. Un document amusant, intitulé « Tarif des filles du Palais-Royal, lieux circonvoisins et autres quartiers de Paris, avec leurs noms et demeures », nous en fournit la preuve.

En voici quelques extraits :

Sophie et sa sœur, rue Basse-du-Rempart, pour former un trio la nuit, avec le souper .... *200 livres.*

Stainville, dite la Maréchale, rue Neuve-des-Bons-Enfants, elle et toutes ses pupilles au nombre de six .... *24 livres.*

Louise et sa compagnie, rue de Lancry, la pièce .... *7 livres 12 sols.*

Victorine, Palais-Royal, un bol de punch et Cécile Condons, vis-à-vis le Panthéon, sujet inactif et mou, une topète et .... *1 livre 4 sols.*

177. *L'Espion anglais*, 1809.

Joséphine Reculé, rue de Rohan, n° 10, chevelure noire et crépue, très agissante .... *3 livres 12 sols.*
Deverly, un peu passée, mais se donnant du mouvement .... *12 livres.*
Aspasie, fort tempérament .... *12 livres.*
Rosalie, belle gorge .... *6 livres.*
Pauline, Palais-Royal, n° 17, excellente gamahucheuse, une bouteille de sirop de vinaigre et ..... *6 livres.*
Jacob, figure agaçante, se pâmant à volonté, rue de Sartine, n° 4 .... *9 livres.*

Etc.

Ce guide facétieux ne plut pas du tout à ces demoiselles qui, se jugeant calomniées, publièrent en réponse un « véritable tarif rédigé par Mmes Rosni et Sainte-Foix, présidentes du district des Galeries », et dressèrent une liste de noms, surnoms, qualités et demeures des « bonnes filles du Palais-Royal ».

Leur texte est encore plus savoureux que celui du premier guide. En voici un extrait :

Sainte-Foix, présidente de la galerie à droite, y compris la femme de chambre .... *10 livres.*
Rosni, présidente du côté gauche, n° 50 .... *12 livres.*
Duperron et compagnie, propre à tous les genres d'exercices, n° 54 .... *12 livres.*
D'Estainville, gratis, pourvu qu'on y mange ; elle se charge de la carte ....
Aspasie, tempérament impayable.
Julie, n° 88, brune assez jolie, gros tétons, faisant de tout .... *6 livres.*
Brigitte, rue Croix-des-Petits-Champs, pour les amateurs de négresse, sans prix.
Aspasie Citron, femme nonchalante .... *6 livres.*
La Bacchante, n° 40, œil bien fendu, pour les jeunes gens .... *6 livres.*
Pour les vieillards (à cause du bras nerveux) .... *12 livres.*

C'est au milieu de toutes ces dames complaisantes et expertes que, un soir de juillet 1784, le comte de la Motte remarqua une jolie personne dont les traits rappelaient ceux de la reine. Voici son signalement d'après un rapport de police : « Fille entretenue, âgée d'environ vingt-six à vingt-sept ans, grande taille, de l'embonpoint, le visage à la romaine, le col assez long, d'assez belles dents, celles de devant fort larges, les cheveux blonds, les yeux bleus, les lèvres un peu avancées [178]. »

Cette ressemblance comblait les vœux de M. de la Motte. Il aborda

178. Archives du ministère des Affaires étrangères, *Mémoires et Documents*, France, 1785. Vol. I 399, f° 230.

la jeune fille, la suivit jusqu'à l'hôtel de Lambesc où elle habitait, se donna l'illusion de devenir l'amant de Marie-Antoinette et, sur l'oreiller, posa des questions.

La petite lui révéla qu'elle s'appelait Marie-Nicole Leguay-Dessigny et qu'elle travaillait de temps en temps comme ouvrière chez les modistes. M. de la Motte se rhabilla et s'en fut informer son épouse de la rencontre qu'il venait de faire.

Celle-ci, ravie, conseilla au comte de revoir Nicole. M. de la Motte ne se fit pas prier : tous les jours, il alla passer un moment à l'hôtel de Lambesc...

Au bout d'une semaine, il annonça à la jeune prostituée qu'une grande dame de ses amies avait l'intention de venir la voir. Le soir même, Mme de la Motte se présentait chez Nicole Leguay et lui montrait quelques lettres signées de Marie-Antoinette.

— Vous le voyez, dit-elle, j'ai toute la confiance de Sa Majesté. Elle vient de m'en donner une nouvelle preuve, en me chargeant de trouver une personne qui puisse faire quelque chose qu'on expliquera en temps opportun. J'ai jeté les yeux sur vous. Si vous voulez vous en charger, je vous ferai présent d'une somme de quinze mille livres, et le cadeau que vous recevrez de la reine vaudra encore bien davantage. Je ne veux pas me nommer à présent, mais vous saurez bientôt qui je suis.

La pauvre fille fut enchantée d'une telle aubaine. Elle accepta sans hésiter et, le lendemain, M. de la Motte venait la prendre en voiture pour la conduire à Versailles où la comtesse possédait un petit appartement.

— A partir de maintenant, lui dit Mme de la Motte, vous vous appellerez Mlle d'Oliva [179].

Le jour suivant, tout en l'habillant, elle lui apprit ce qu'elle devait faire :

— Je vous conduirai ce soir dans le parc. Un grand seigneur s'approchera de vous. Vous lui remettrez cette lettre et cette rose en prononçant cette seule phrase : « Vous savez ce que cela signifie. » C'est tout.

Convaincue que cette scène nocturne était désirée par la reine qui voulait s'en amuser, Mlle d'Oliva ne demanda pas d'autres explications et se prépara à jouer son rôle.

Le cardinal de Rohan avait été prévenu par Mme de la Motte d'avoir à se trouver le soir du 11 août à dix heures dans le parc de Versailles, près du bosquet de Vénus.

— La reine vous accordera en cet endroit solitaire l'entretien que vous désirez.

Tandis que le prélat, bouleversé, comptait les heures qui le séparaient de ce galant rendez-vous, Mme de la Motte préparait Nicole. Vêtue

179. Certains prétendent que ce nom aurait été choisi parce qu'il est une anagramme (approximative) de Valois.

d'une longue robe blanche, bordée de rouge, et coiffée d'un chapeau garni de voiles qui dissimulait en partie son visage, la petite prostituée eut bientôt l'aspect de Marie-Antoinette.

Vers neuf heures, accompagnée de la comtesse, méconnaissable sous un domino moiré de taffetas noir, elle se dirigea vers le bosquet de Vénus. Les deux femmes rencontrèrent sur la terrasse le comte de la Motte et Rétaux de Villette qui se cachèrent dans un taillis, prêts à bondir en cas d'incident.

— Et maintenant, chuchota Mme de la Motte, allez, mon cher cœur, et souvenez-vous de la phrase à prononcer...

Mlle d'Oliva continua son chemin seule. Dans le bosquet, elle aperçut un homme dissimulé sous une lévite bleue et portant un chapeau *en clabaud*, comme on disait alors, c'est-à-dire rabattu sur le visage. C'était le cardinal de Rohan qui, suivant le mot de Barras, attendait dans l'ombre, « haletant de lubricité ».

Dès qu'il vit s'approcher Nicole, il se précipita, chapeau à la main, et s'agenouilla pour baiser sa robe. Il tremblait, bégayant des mots tendres. La pensée que la reine s'était dérangée pour lui le mettait dans un état de grande exaltation amoureuse.

Alors, Mlle d'Oliva leva sa coiffe avec son éventail, lui offrit sa rose et lui dit avec un trac épouvantable qu'il prit pour de l'émotion :

— Vous savez ce que cela signifie...

Le cardinal, l'entendement troublé par le désir, s'approcha de Nicole. Comme elle ne reculait pas, perdant toute espèce de retenue, il « tâta et caressa sa gorge »[180], avec l'espoir insensé de devenir l'amant de la reine sur l'herbe tendre du bosquet de Vénus.

Nicole, que ce genre d'attouchement n'effarouchait guère, se laissait palper du haut en bas, pensant que, peut-être, la reine n'avait organisé toute cette scène que pour assister à un spectacle émoustillant.

Mais Mme de la Motte vit le danger. Au cours d'un corps à corps trop vif, le cardinal pouvait s'apercevoir de la mystification. Elle sortit de l'ombre où elle se tenait cachée et s'écria :

— Venez vite ! Venez vite !

Rétaux de Villette surgissant à son tour ajouta du ton d'un homme effrayé :

— Voici Madame et Mme la comtesse d'Artois !

Aussitôt, Mlle d'Oliva disparut dans l'obscurité.

Le cardinal, tout frémissant encore, resta là un moment, sa rose à la main, puis il rentra chez lui, le corps déçu, mais l'esprit en état d'ivresse. Croyant à l'amour de Marie-Antoinette, il baisait la rose avec extase...

Plus tard, il dira :

« Je suis sûr que j'ai parlé à la reine dans les bosquets de Versailles ; mes yeux et mes oreilles n'ont pu me tromper.

» Comment pouvoir se persuader que, pour mieux m'enfoncer dans l'erreur, cette femme aurait osé hasarder de faire jouer à une demoiselle

180. *Mémoires anecdotiques de la fin du règne de Louis XVI.*

d'Oliva le rôle de la reine dans le bosquet ? L'artifice eût été trop grossier et trop périlleux pour en faire usage... [181] »

La mystification avait donc réussi au-delà même des espérances de la comtesse. Aussi vint-elle, quelques jours après, dire au cardinal que la reine avait besoin de cent cinquante mille livres pour ses pauvres. Rohan s'empressa de donner la somme.

Dès le lendemain, le train de vie changeait considérablement chez les la Motte...

C'est alors que certaines personnes qui avaient entendu parler d'un collier merveilleux commencèrent à s'intéresser à cette jolie comtesse qui semblait avoir tant de relations...

Il y avait, parmi les amants de Mme de la Motte, un personnage assez louche nommé Laporte. Par son beau-père, Louis-François Achet, procureur général aux requêtes, il connaissait beaucoup de choses. C'est ainsi qu'il savait que les joailliers de la couronne, Boehmer et Bassenge, installés rue Vendôme, avaient, en réunissant un assortiment des plus beaux diamants en circulation dans le commerce, composé un collier à plusieurs rangs qui était certainement le bijou le plus fastueux du monde. Ce joyau avait été proposé successivement à Mme du Barry, à la cour d'Espagne et à quelques riches particuliers. Mais le prix de seize cent mille livres avait effrayé tout le monde.

Après l'avènement de Louis XVI, les joailliers, qui connaissaient la passion de Marie-Antoinette pour les parures, étaient allés présenter leur collier au roi. Celui-ci en avait parlé à la reine qui, arrêtée elle aussi par le prix, avait eu une très belle réponse — c'était l'époque où notre marine de guerre se reconstituait.

— Nous avons plus besoin d'un vaisseau que d'un bijou !

A quelque temps de là, revenant à la charge, Boehmer s'était jeté aux pieds de la souveraine, la suppliant d'acheter le collier.

— Si Votre Majesté refuse, s'était-il écrié, j'irai me précipiter dans la Seine.

L'idée d'aller se jeter dans un fleuve à cause d'une rivière avait déplu à Marie-Antoinette.

— Levez-vous, Boehmer, avait-elle dit sévèrement, je n'aime point de pareilles exclamations : les gens honnêtes n'ont pas besoin de supplier à genoux. J'ai refusé le collier. Le roi a voulu me le donner, je l'ai refusé encore. Ne m'en parlez donc jamais. Tâchez de le diviser, de le vendre, et ne vous noyez pas.

On en était là, lorsque, un soir de novembre 1784, Laporte vint informer Mme de la Motte de cette histoire. Est-ce lui qui suggéra à la comtesse l'idée d'une énorme escroquerie ? C'est possible.

Quoi qu'il en soit, la comtesse se fit montrer le collier et envoya, quelques jours plus tard, au cardinal de Rohan — qui se trouvait alors

181. Abbé Georgel, *Mémoires pour servir à l'histoire des événements de la fin du XVIIIe siècle,* 1820.

en Alsace — une lettre à tranche dorée, écrite par Villette, où Marie-Antoinette était censée dire :

Le moment que je désire n'est pas encore venu ; mais je hâte votre retour par une négociation secrète qui m'intéresse et que je ne veux confier qu'à vous. La comtesse de la Motte vous dira de ma part le mot de l'énigme...

Le cardinal, qui n'était pas un ange, aurait voulu avoir des ailes.

Il arriva à Paris par un beau matin froid de janvier.

Aussitôt, Mme de la Motte vint lui rendre visite et lui raconta que la reine avait follement envie d'un collier, mais qu'elle désirait l'acheter en cachette du roi et à crédit, car elle se trouvait pour le moment démunie d'argent.

— Sa Majesté paiera à échéance, ajouta-t-elle, de trois en trois mois. Mais, pour ce marché, elle a besoin d'un intermédiaire qui, par la haute considération dont il est environné, soit une garantie aux yeux des joailliers. La reine a pensé à vous...

Et elle donna au cardinal une lettre extravagante écrite la veille par Rétaux de Villette. « Pour me déterminer, écrit en effet Rohan, Mme de la Motte m'apporta une lettre supposée de la reine dans laquelle Sa Majesté paraissait désirer d'acquérir le collier et marquait que, n'ayant pas pour l'instant les fonds nécessaires, et ne voulant pas entrer elle-même dans le détail des arrangements à prendre, il lui serait agréable que je traitasse cette affaire, prisse toutes les mesures pour l'acquisition et déterminasse les époques de payement qui pourraient convenir. »

Le cardinal, au comble de la félicité, se vit déjà dans un lit avec Marie-Antoinette, et accepta la mission dont on le chargeait.

Pourtant, lorsque Mme de la Motte se fut éloignée, il fit venir son bon ami Cagliostro et lui demanda son avis [182].

La fameux mage répondit qu'il fallait consulter l'oracle. Alors, nous dit l'abbé Georgel, « des invocations égyptiennes furent faites pendant une nuit éclairée par une très grande quantité de bougies, dans le salon même du cardinal. L'oracle, inspiré par son démon familier, prononça "que la négociation était digne du prince, qu'elle aurait un plein succès, qu'elle mettrait le sceau aux bontés de la reine et ferait éclore le jour heureux qui découvrirait, pour le bonheur de la France et de l'humanité, les rares talents de M. le Cardinal" [183] »...

Les conseils de Cagliostro dissipèrent les craintes qui étaient nées dans l'esprit de Rohan, et, à la mi-janvier, celui-ci conclut le marché avec Boehmer pour un million six cent mille livres « payables en deux ans, par quartier de six mois en six mois ».

Ce traité, remis à Mme de la Motte, revint bientôt entre les mains

182. Le cardinal de Rohan aimait beaucoup Cagliostro. De plus, il était l'amant de sa femme.

183. ABBÉ GEORGEL, *op. cit.*

du prélat avec le mot « approuvé » et la signature « Marie-Antoinette *de France* »[184].

Le 1er février, les joailliers remirent le collier au cardinal, qui s'empressa de le donner à la comtesse.

Le soir même, Mme de la Motte, aidée de son mari et de son amant, Rétaux de Villette, dépeçait le magnifique bijou pour le revendre...

Le premier versement de quatre cent mille livres devait être fait le 1er août. Le 27 juillet, Mme de la Motte dit au cardinal que la reine était embarrassée et lui demandait d'avancer l'argent.

Rohan n'avait pas la somme.

Affolé, il s'adressa au financier Baudard de Saint-James qui refusa de l'aider.

Le 3 août, comme il n'avait aucune nouvelle du prélat, Boehmer, fort inquiet, courut à Versailles et s'efforça d'obtenir une audience de la reine. Il ne put rencontrer que Mme Campan, lectrice de Marie-Antoinette, qui, l'ayant écouté, lui dit :

— Monsieur, vous êtes victime d'une escroquerie. Jamais la reine n'a eu ce collier.

Le malheureux se retira complètement effondré et envoya, le lendemain, son associé Bassenge chez le cardinal qui le rassura en lui montrant, une fois de plus, le faux billet signé « Marie-Antoinette de France ».

Pendant ce temps, que faisait la reine ? Rien. Car, pour des raisons qui demeurent mystérieuses, elle ne fut mise au courant de la visite de Boehmer que le 8 août. Immédiatement, elle convoqua à Versailles le joaillier qui vint le 9 et lui apprit tous les détails de l'affaire. Très émue, Marie-Antoinette demanda qu'un mémoire fût rédigé pour le roi. Le 12, ce mémoire fut lu à Louis XVI par le baron de Breteuil. Le garde des Sceaux, Miromesnil, était présent. Il conseilla la prudence. Était-il nécessaire, en entamant un procès, de rendre publique une affaire d'escroquerie où le nom de la reine risquait d'être mêlé ?

C'est alors que Breteuil intervint et *poussa le roi à faire écrouer le cardinal de Rohan*.

Marie-Antoinette, qui ne décolérait pas, se montra du même avis, et Rohan fut arrêté le jour de l'Assomption, en habits pontificaux, au moment où il sortait du cabinet du roi.

Le scandale éclatait.

Le lendemain, au Parlement, un conseiller, Fréteau de Saint-Just, s'écria en apprenant la nouvelle :

— Grande et heureuse affaire ! Un cardinal escroc, la reine impliquée dans une affaire de faux... Que de fange sur la crosse et sur le sceptre ! Quel triomphe pour les idées de liberté !

184. Cette énorme faute de Rétaux de Villette aurait dû ouvrir les yeux du cardinal. Les reines ne signaient jamais que de leur prénom seul.

N'était-ce point pour cela que toute l'affaire du collier avait été montée [185] ?

Mme de la Motte ayant été arrêtée, l'instruction du procès commença. Les tentatives de subordination de témoins aussi...

Breteuil, dont on ne soulignera jamais assez l'attitude étrange dans cette affaire, envoya immédiatement son premier secrétaire, M. de Chapelle, à Boehmer, pour lui promettre « le payement entier du collier s'il voulait, dans les confrontations, ajouter à ses dépositions que le cardinal l'avait assuré qu'il avait vu la reine, qu'il lui avait parlé et qu'il tenait d'elle sa mission d'acheter le collier » [186].

Étrange démarche, en vérité, qui n'avait pas seulement pour but de perdre Rohan, mais Marie-Antoinette.

Les joailliers, très émus, allèrent conter à l'abbé Georgel, vicaire général de la grande aumônerie, la proposition qui leur avait été faite. Sans doute leur visite ne fut-elle pas assez discrète, car, deux jours plus tard, le brave abbé était exilé *sur l'ordre de Breteuil...*

Quel rôle jouait donc le baron dans cette affaire ?

Appartenait-il à quelque groupe occulte dont Mme de la Motte n'aurait été que le docile instrument ?

On l'a dit. Et certains faits curieux semblent le prouver. Lors du procès, la comtesse s'écria tout à coup :

— Je vois bien qu'il y a un complot formé pour me perdre ; mais je ne périrai qu'en révélant des mystères qui feront connaître de grands personnages encore cachés derrière le rideau.

Cette menace, on ne sait pourquoi, ne fut point mentionnée sur le registre.

Or, après le jugement, lorsqu'on vint apprendre à Mme de la Motte qu'elle était condamnée « à être fouettée nue par le bourreau, à être marquée au fer rouge de la lettre V [voleuse], à avoir la tête rasée et à être ensuite enfermée pour le reste de ses jours à la maison de correction de la Salpêtrière », elle entra dans un accès de rage et se déchaîna contre le baron de Breteuil. Les imprécations et accusations qu'elle prononça alors *furent telles que les juges durent lui faire mettre un bâillon dans la bouche...*

Étrange façon de connaître la vérité...

Un autre fait paraît fort curieux : l'extraordinaire mansuétude des juges à l'égard des accusés : Villette, qui avait imité l'écriture et la signature de la reine, n'encourut qu'une peine de bannissement, Cagliostro, dont le rôle dans cette histoire n'a jamais été clairement élucidé, fut simplement renvoyé du royaume, Mlle d'Oliva, mise « hors de cour », c'est-à-dire « acquittée avec une nuance de blâme », et le cardinal de Rohan exilé.

Seule, Mme de la Motte était condamnée. Mais, quelques mois plus

185. Le 14 juin 1794, Fréteau de Saint-Just fut décapité, victime de la « grande et heureuse affaire », de la « fange sur le sceptre » et du « triomphe de la liberté »... Au moment de monter sur la guillotine, pensa-t-il à ses paroles joyeuses de 1785 ?

186. ABBÉ GEORGEL, *op. cit.*

tard, elle réussissait, grâce à de mystérieuses et hautes protections, à s'évader et à passer en Angleterre...

Dernier fait troublant : personne ne fut puni pour cette évasion.

Il semble donc bien que, derrière Mme de la Motte et ses complices, ait existé un groupe occulte très puissant, auquel appartenaient sans doute Breteuil, Cagliostro et Laporte. Quelle était donc cette société secrète qui voulait compromettre la reine et discréditer la monarchie ? La Franc-Maçonnerie ? Certains l'ont affirmé sans preuves. Une autre société secrète ? Peut-être.

L'abbé Georgel accuse la loge créée par Cagliostro : « Le secret des motifs et de la cause de l'acquisition du collier, écrit-il, n'a jamais été révélé, ni par le cardinal, ni par Cagliostro, ni par le baron de Planta, ni par Ramon de Carbonnières, ni par les initiés à qui on en avait fait confidence... *et qui ont cru qu'il était pour eux de la plus grande importance de couvrir ce mystère du voile du silence.* Ce qui doit paraître étonnant, c'est que les confidents et les initiés, s'étant depuis divisés d'opinion, s'étant même voués, lors de la Révolution, la haine la plus active, ne se soient pas permis un mot qui ait pu faire deviner ce mystère d'iniquité. *La loge égyptienne de Cagliostro avait sans doute, comme la franc-maçonnerie, son sanctuaire impénétrable*, et le serment le plus solennel ensevelissait ses secrets. »

Un historien moderne, M. H. Légier-Desgranges, a émis une hypothèse fort séduisante. D'après lui, le parti janséniste serait à l'origine de toute l'affaire.

Connaissant la liaison de Mme de la Motte et du cardinal, ces messieurs, qui étaient hostiles à la monarchie traditionnelle, auraient vu là le moyen de jeter de la « fange sur le sceptre ». Il suffisait alors d'un homme aimable pour pousser la comtesse à monter cette extraordinaire machination.

Laporte aurait été cet homme-là.

Quel que soit le groupe occulte qui ait voulu salir Marie-Antoinette, l'amour a joué un rôle important dans ce scandale.

Car si Mme de la Motte avait eu la cuisse moins légère, et si le cardinal de Rohan n'avait pas désiré faire de la reine sa maîtresse, l'affaire du collier n'aurait pas pu exister...

23

Une femme prépare Danton à son rôle de révolutionnaire

> Sans elle, il n'eût été qu'un petit avocat sans audace, encore sans audace, toujours sans audace...
>
> JEAN-PIERRE LEMAIRE

Fersen, qui avait suivi l'affaire du collier de Landrecies, où son régiment tenait garnison, revint à Versailles après le procès.

Il trouva Marie-Antoinette transformée. La reine, qui avait passé trente ans et se trouvait vieille, menait une vie calme, délaissait les bals, n'allait presque plus au spectacle et s'occupait de ses enfants. Abandonnant la trépidante Mme de Polignac, elle passait des heures en compagnie de la nourrice du petit duc de Normandie, né en 1785 [187].

Mais ses sentiments à l'égard d'Axel n'avaient pas changé. Ceux que l'on devait appeler « les amants restreints » pour les chastes raisons que l'on devine, reprirent leurs longues promenades dans le parc de Versailles.

Parfois, ils partaient à cheval, loin de la cour, loin du monde, pour s'arrêter au bord d'un étang. Pendant une heure, ils restaient là, à savourer le plaisir d'être ensemble...

Ces escapades étaient bien innocentes.

Pourtant, dit Saint-Priest, « elles causaient un scandale public, malgré la modestie et la retenue du favori qui a été, de tous les amis de la reine, le plus discret ».

Les gens de la cour, naturellement incapables de croire à une liaison platonique, ricanaient.

Des chansons ignobles circulèrent. Rappelant la fameuse scène du bosquet de Vénus où Mlle d'Oliva avait pris la place de Marie-Antoinette, on chantait :

— Vile catin, il te va bien
De jouer un rôle de reine.
— Eh pourquoi pas, ma souveraine,
Vous jouez si souvent le mien...

Et l'on plaignait le roi d'être aveugle.

En fait, Louis XVI n'ignorait rien de l'intimité qui existait entre sa femme et Axel et ne s'en offusquait pas.

« La reine, nous dit encore Saint-Priest, avait trouvé le moyen de lui faire agréer sa liaison avec le comte de Fersen ; en répétant à son époux tous les propos qu'elle apprenait, qu'on tenait dans le public sur cette intrigue, elle offrit de cesser de le voir, ce que le roi refusa. Sans doute qu'elle lui insinuait que, dans le déchaînement de la malignité contre elle, cet étranger était le seul sur qui on pût compter... Et ce monarque entra tout à fait dans ce sentiment... »

Au printemps, Marie-Antoinette s'installait parfois pour quelques semaines au château de Saint-Cloud, où l'air était meilleur qu'à Versailles. Fersen allait lui rendre visite. Elle le recevait, souriante, en robe légère, coiffée d'un grand chapeau de paille dont le ruban se nouait sur la poitrine, et l'entraînait vers un banc d'où l'on pouvait voir couler la Seine...

Un soir qu'ils devisaient tendrement, Fersen entendit un bruit de branche cassée.

Il se leva, fit deux pas et découvrit un vieillard agenouillé au

187. Cette brave femme portait d'ailleurs un nom prometteur. Elle s'appelait Mme Poitrine...

pied d'un arbre. Cet étrange personnage, les cheveux en désordre, la cravate mal nouée, avait les mains jointes, et contemplait la reine avec extase. Comme Axel allait le chasser, Marie-Antoinette intervint doucement :

— Laissez-le en paix. Je le connais. C'est mon éternel amoureux. Castelnaux, un fou inoffensif. A Trianon, il rôde du matin au soir, le long des fossés, autour des jardins, cherchant à m'apercevoir et n'osant jamais s'approcher de moi. Le roi voulut le faire enfermer. Je l'ai défendu : « Laissez-le ! Même s'il m'ennuie, je ne veux pas qu'on lui ravisse le bonheur d'être libre... »

Après quoi, d'un geste, elle signifia au dément qu'il devait s'en aller. Castelnaux s'inclina et disparut.

Ainsi, au lendemain de l'affaire du collier, la reine, que le peuple commençait à haïr sur la foi d'ignobles calomnies, n'était aimée que de deux hommes dont l'un était fou...

Tandis que l'amour pur de Marie-Antoinette et de Fersen jetait, de façon paradoxale, un ultime discrédit sur la royauté, d'autres amours poussaient certains hommes dans des voies qui allaient les conduire à jouer un rôle important dans la Révolution...

Quelques femmes, pendant les derniers jours de la monarchie, préparaient en effet, sans le savoir, des personnages dont les discours et les actes devaient aider à renverser le régime.

La première dont je parlerai s'appelait Antoinette-Gabrielle Charpentier.

Elle avait vingt-cinq ans.

Son père était propriétaire du *Café de l'École*, situé non loin du Palais de justice. On la voyait au comptoir et les clients venaient lui dire des mots galants. Ces jeunes gens agissaient plutôt par désœuvrement d'ailleurs que par goût, car la jeune fille n'était pas jolie. On nous dit qu'elle avait des traits lourds, des yeux peu ouverts et sans esprit, une petite bouche, un nez court et épais, des cheveux mal plantés, et que sa physionomie « montrait une écrasante prédominance de la matière sur l'intelligence ».

Tout cela ne devait pas constituer une de ces femmes qui tournent la tête aux hommes.

Et pourtant... Et pourtant, il y avait, parmi les clients du *Café de l'École*, un gros garçon qui s'était épris de Gabrielle. Il est vrai qu'il était d'une laideur peu commune. Tout enfant, alors qu'il tétait au pis d'une vache, un taureau, jaloux sans doute, lui avait, d'un coup de corne, arraché la lèvre. Un peu plus tard, un autre taureau avec lequel il s'était amusé à lutter lui avait écrasé le nez... Ce personnage au gros visage ainsi défiguré et à la voix tonitruante s'appelait Georges Jacques Danton...

Il avait vingt-huit ans et était avocat. Sa truculence, ses plaisanteries un peu grosses plaisaient à Gabrielle et, lorsqu'il paraissait, le cœur de la jeune fille battait secrètement à l'abri d'une abondante poitrine.

Volumineuse Juliette penchée à son comptoir-balcon, Mlle Charpentier souriait alors à Roméo-Danton. « Elle admirait son esprit, que l'on trouvait piquant, nous dit Saint-Albin ; son âme, que l'on trouvait trop ardente ; sa voix, que l'on trouvait forte et terrible, et qu'elle trouvait douce… »

L'avocat fit bientôt la cour à Gabrielle, et un soir, de sa voix de tribun, lui murmura qu'il l'aimait…

L'héritière du *Café de l'École* ayant poussé « un tendre soupir », il alla, dès le lendemain, faire sa demande à M. Charpentier. Celui-ci trottinait entre les tables « avec sa petite perruque blonde, son habit gris et sa serviette sous le bras ». Il fut très étonné. Habitué à la laideur de sa fille, il ne la voyait plus ; en revanche, celle de Danton le gênait. Il en parla à sa femme.

— Bah ! Puisqu'il plaît à Gabrielle, répondit Mme Charpentier.

Pourtant, M. Charpentier ne pouvait donner son consentement sans connaître la situation financière du jeune avocat.

S'étant renseigné, il apprit que Danton gagnait de nombreuses sympathies dans les cafés où il jouait aux dominos, mais peu d'argent.

Aussi, d'un ton sec, le restaurateur déclara-t-il au prétendant que, pour épouser sa fille, il fallait être en mesure de mener une vie bourgeoise.

Danton, affolé à la pensée qu'il pouvait perdre Gabrielle, fit une demande pour devenir avocat aux Conseils du Roi, travailla — lui si paresseux — et prépara farouchement l'examen d'admission. Deux mois plus tard, il était reçu. Restait à prononcer un discours en latin. Le sujet imposé fut « la situation morale et politique du pays dans ses rapports avec la justice ».

Danton n'avait jamais prononcé de discours. Il fut étonné lui-même du résultat. Se laissant aller à la facilité et au talent oratoire qu'il se découvrait, il demanda « les sacrifices que la noblesse et le clergé, pourvus de grandes richesses, devaient aux besoins impérieux du pays » et conclut en disant :

— Malheur à ceux qui provoquent les révolutions, malheur à ceux qui les font…

Les vieux avocats furent fort émus par ces paroles. Quant aux jeunes, ils considérèrent cet extraordinaire orateur avec un certain respect.

En voulant devenir avocat aux Conseils du Roi pour épouser la femme qu'il aimait, Danton-tribun venait de naître…

Le 29 mars 1787, il acheta la charge de Me Huet de Passy grâce à de l'argent qu'il avait emprunté ; et le 9 juin, il épousait enfin Mlle Charpentier…

Ébloui par sa nouvelle situation, le futur révolutionnaire eut alors une curieuse idée : il pensa qu'il devait rompre avec le peuple auquel il appartenait pourtant de toutes ses fibres, et il signa d'Anton…

Avocat aux Conseils du Roi, le gendre de M. Charpentier exerçait ses fonctions dans un domaine très étendu qui « embrassait les usages, les lois et la jurisprudence de tous les tribunaux du royaume ». Les affaires ecclésiastiques et civiles, le commerce, les finances, les lois forestières, les lois domaniales, les lois criminelles, les usages maritimes, les statuts des colonies, l'agriculture, l'industrie, les manufactures, tout était de son ressort. Ce qui explique, nous dit Louis Barthou, « la variété des objets auxquels s'attachera son action politique »[188].

Le désir qu'il avait de Gabrielle le poussa donc à exercer des fonctions sans lesquelles il ne serait probablement jamais devenu l'un des grands hommes de la Révolution...

Cette jeune femme fit mieux encore : avant son mariage, Danton habitait rue des Mauvaises-Paroles, ce qui était fâcheux pour un avocat. Gabrielle voulut s'installer ailleurs. Et elle choisit un appartement Cour du Commerce, près des rues Saint-André-des-Arts et de l'Ancienne-Comédie.

C'est-à-dire en plein centre de ce qui devait être l'année suivante le fameux district des Cordeliers...

Danton était ainsi placé au cœur même du quartier qui allait lui faciliter son entrée sur la scène politique...

Un jour, il déclarera à Robespierre :

— La vertu consiste à faire l'amour toutes les nuits...

On avouera qu'il devait bien cela à Gabrielle...

24

Mirabeau député du Tiers État grâce à Mme de Nehra

Il était son greluchon...

M. DE FROMENTIER

A la fin du mois d'avril 1769, une frégate aux armes de France cinglait à pleines voiles vers la Corse. Elle emportait la légion de Lorraine que M. de Choiseul envoyait pour achever la conquête de l'île. Depuis un an, la France s'efforçait, en effet, d'arracher cette terre à la République de Gênes, et le ministre avait décidé, pour en finir, d'organiser un nouveau corps expéditionnaire destiné à renforcer les troupes qui guerroyaient contre les hommes de Paoli.

Or, sur cette frégate, qui ondulait comme une dame de petite vertu, se trouvait un curieux sous-lieutenant, âgé de vingt ans. On l'appelait M. de Pierre-Buffière, mais tout le monde savait que son nom véritable était Gabriel Riqueti de Mirabeau[189].

Il était gros, épais, désagréable, méprisant, hâbleur, cynique et fort

188. LOUIS BARTHOU, *Danton*.

189. Depuis le collège, Gabriel portait ce pseudonyme sur l'ordre de son père, le terrible marquis, qui voulait ainsi le punir de ses frasques.

en gueule. Il avait, de plus, pour parachever son attirante personne, le visage marqué par la petite vérole...

Tous ces défauts n'empêchaient pas ce charmant jeune homme d'avoir d'extraordinaires succès féminins...

Sa carrière amoureuse avait commencé à treize ans. Au cours d'une partie de cache-cache, il avait déniaisé la fille de son précepteur... Par la suite, son tempérament ardent l'avait poussé à commettre des prouesses dont la population d'Aix conservait un souvenir ému.

A dix-huit ans, cette nature gaillarde lui avait fait quitter un peu précipitamment le régiment de Berricavalerie, qui était en garnison à Saintes. Ayant, dans cette ville, promis le mariage à une jeune fille, il s'était cru autorisé aussitôt à lui trousser le jupon et à la renverser au pied d'une haie... Le scandale avait été si grand que le marquis de Mirabeau s'était fâché et avait exigé, pour l'honneur de la famille, que son fils fût enfermé un certain temps dans la forteresse de l'île de Ré.

La détention n'était pas parvenue à calmer l'entreprenant adolescent qui avait réussi à séduire la sœur du geôlier...

Mais au bout de six mois, Gabriel s'était ennuyé. Une maison où il n'y avait qu'une femme n'était pas pour lui un endroit où il faisait bon vivre. Il avait donc sollicité et obtenu la faveur de participer à l'expédition de Corse.

Son père y avait mis une condition : qu'il continuât à s'appeler Pierre-Buffière, en attendant qu'il fût digne de porter le nom de Mirabeau...

Après une traversée qui l'avait contraint à une chasteté de quelques jours, le jeune comte de Mirabeau débarqua sur le sol corse avec un air conquérant qui trompa ses officiers...

En effet, les combats militaires intéressaient très peu Gabriel et son œil ne devenait belliqueux qu'au passage des jolies naturelles de l'île. Il commença par devenir l'amant d'une charmante jeune fille, nommée Maria-Angela, dont il fait ce tableau savoureux : « Elle était si jolie, écrit-il, et par moments si tendre, qu'elle m'intéressait. Je dis, par moments, car, dans d'autres, elle était jalouse jusqu'à la rage et, ce me semblait, plus par orgueil que par amour ; alors c'était une furie et non pas une femme. Elle avait tous les genres de beauté physique mais peu de tempérament ; il était tout entier dans son imagination, et je l'ai vue aussi enflammée en me serrant à son cou, que dans l'union la plus étroite, et aussi froide dans celle-ci que dans la conversation. C'était selon que sa tête se montait... »

Tandis que les soldats de M. de Vaux se battaient contre les derniers résistants de l'île, Gabriel se consacrait à une œuvre de pacification personnelle. Tout en continuant à partager le lit de Maria-Angela, il s'intéressa d'abord à une jeune femme qui appartenait à la grande bourgeoisie corse. Un peu intimidé, il hésitait à faire sa cour, lorsque la dame prit gentiment les devants. Écoutons Mirabeau nous conter la chose :

« Jamais je ne fus si étonné qu'un soir, en passant sous ses fenêtres, de voir tomber à mes pieds un paquet où étaient un ruban et un billet écrit en corse, où l'on m'apprenait en peu de mots que j'étais aimé, et que, si je voulais parler à la personne qui m'adorait, je n'avais qu'à me trouver le lendemain, à la brune, aux Carmélites, donner le ruban à qui me montrerait un ruban semblable et m'abandonner à sa conduite. Je balançai quelques instants, mais la curiosité, peut-être aussi la vanité, l'emporta, et je me résolus à me trouver bien armé au rendez-vous. J'y trouvai une espèce de tourière fort enveloppée qui me croisa sans dire mot. Je laissai tomber mon ruban au second tour, et, marchant après elle je le lui représentai comme si elle l'eût perdu ; elle me dit qu'elle avait le pareil, et me le montra ; alors nous fûmes fort amis.

» Elle me mena par un vrai hallier au bout de l'enclos : là, il fallait grimper sur une échelle de corde dans une espèce de petit belvédère, où elle me laissa seul, car elle ne monta point. J'avoue que je rêvais un peu ; une demi-heure après, la C... arriva ; elle expliqua assez bêtement sa démarche, mais nous ne filâmes pas longtemps le parfait amour ; et malgré toutes ses façons, comme je n'étais pas d'humeur à m'être hasardé pour rien, il fallut élaguer les cérémonies. »

Car Gabriel n'était pas un sentimental.

« Pour cette fois, ajoute-t-il, je trouvai une vraie Italienne toute de feu, et si nous eussions eu d'autres voisins que des pigeons, assurément notre entrevue n'eût pas été secrète... »

Mirabeau devait apprendre bientôt que la tourière était la propre sœur de Mme C... Grâce à cette complicité, il put retrouver bien souvent l'ardente Italienne dans le petit belvédère.

Un incident allait lui permettre de prouver sa reconnaissance à cette complaisante religieuse. Un soir, en pénétrant dans le jardin, il aperçut une jeune femme juchée sur le mur de clôture. Aussitôt prévenue, la tourière grimpa rapidement à l'échelle de corde pour essayer d'identifier l'indiscrète. Il s'agissait d'une pensionnaire, venue par hasard, et qui disparut sans avoir soupçonné ce qui se préparait dans l'enclos.

Gabriel avait grimpé à l'échelle derrière la tourière et son œil fureteur s'était glissé sous les jupes. Le spectacle lui avait paru si charmant qu'il était arrivé en haut dans un fort bel état. La présence de Mme C... eut, alors, été la bienvenue... Comme elle tardait à venir, le jeune homme fit comprendre à la tourière, au moyen de gestes appropriés, qu'elle serait aimable de remplacer sa sœur.

La jeune religieuse, agile et délurée, « avait des yeux de feu ». Elle ne fit aucune difficulté pour rendre à Mirabeau le service qu'il attendait d'elle.

« Malgré la tendre amitié des deux sœurs, reprend l'infatigable séducteur, elles ne se confièrent pas ce dernier secret... »

Et la vie continua.

Hélas ! Mirabeau commit une grosse imprudence. Une nuit, Maria-Angela, avec laquelle il dormait toujours, trouva dans une de ses poches un billet de Mme C... Aussitôt elle écrivit à sa rivale et lui donna un rendez-vous. Mme C..., bien loin de se douter de ce qui l'attendait, arriva sans méfiance. On imagine sa surprise en recevant une grande paire de gifles et en s'entendant traiter de putain...

— Maintenant, lui dit Maria-Angela, en sortant deux stylets de sa poche, nous allons nous battre.

Mme C..., qui tremblait de peur, commença par refuser ; mais l'autre l'insultait tellement qu'elle finit par prendre un stylet et le combat eut lieu. Comme des furies, les deux femmes se jetèrent l'une contre l'autre. Mme C... fut blessée à la tête, puis à la gorge, mais elle parvint à enfoncer son arme si profondément dans le bras de Maria-Angela que celle-ci abandonna la partie et rentra chez elle pour s'aliter.

Mme C... alla se mettre au lit de son côté et le chirurgien major dut donner des soins aux deux combattantes...

« Mon explication avec les deux femmes, écrit Mirabeau, fut orageuse. »

On s'en doute.

Mme C... pleurait, se croyant trahie. Quant à Maria-Angela, elle voulait tuer Gabriel...

Il dut quitter précipitamment son domicile pour échapper au poignard effilé de la petite Corse. Il se réfugia à Bastia, où il rencontra l'intendante Chardon que Lauzun[190] avait aimée. Cette jeune femme passait sa vie dans un dévergondage étourdissant. On comptait sur les doigts d'une seule main les hommes de la ville qui n'avaient pas été ses amants. Mirabeau décida de la séduire par le mépris. Écoutons-le :

« Je débutai avec elle par rembarrer très fortement ses impertinences. Elle commença par me craindre. Je la traitai fort lestement : c'était le moyen de l'apprivoiser. Enfin, dans une partie de chasse, où je me trouvai, par diverses circonstances, environ une demi-heure avec elle, je mis fin à cette facile aventure... Je l'eus comme une fille ; c'était une poupée pour la légèreté de la taille ; je la chiffonnai, enfin, je l'enlevai et la mis à cheval... Cette vigoureuse lutte lui donna bonne opinion de moi. Elle me donna quelques rendez-vous dans ses jardins et je soutins ma réputation... »

Cette aventure n'eut pas de suite et Mirabeau continua « sa » conquête de la Corse... Il devint successivement l'amant d'une femme de charge, d'une veuve, d'une nouvelle mariée, de « plusieurs grisettes », d'une jolie boulangère, de la fille d'un huissier, de « plusieurs demoiselles » et de son hôtesse... Enfin, il fit la connaissance d'une Romaine, appelée Carli, qui était d'un tempérament volcanique.

« Je n'ai jamais vu une créature aussi téméraire et aussi rusée, écrit-

190. Armand-Louis de Gontant-Biron était venu en Corse l'année précédente avec les premiers bataillons envoyés par Choiseul.

il... Elle était gardée à vue et trompait tous ses espions, soit pour m'écrire, soit pour me donner des rendez-vous. La dame m'avait indiqué le confessionnal où elle allait ordinairement. Ce sont, dans ce pays, de très grandes boîtes, où il est d'usage de s'enfermer avec les confesseurs ; mais il y a des grilles comme aux nôtres ; et comme elle était la pénitente chérie du moine propriétaire elle en avait la clef. Elle savait, ou se doutait, ou espérait que le vieux moine occupé ailleurs ne viendrait pas... Une autre fois, elle m'envoya chercher comme un tailleur pour prendre mesure d'une robe... Je ne finirais pas si je disais toutes ces ruses.

» Une fois, pourtant, son mari pensa nous surprendre et je n'eus que le temps de me cacher sous le lit. Il la gronda de ce qu'elle était toujours seule... elle se plaignit d'un mal de tête terrible, et, enfin, on la laissa essayer de dormir... »

Tandis qu'il était à plat ventre sous le sommier, les soldats de la légion de Lorraine livraient leur dernière et définitive bataille. Quand Mirabeau sortit de sa cachette, la Corse était française. Il s'en réjouit bruyamment et rentra en France fort glorieux.

Il est vrai qu'à défaut de vertus militaires, il avait montré aux dames de l'île de Beauté des qualités bien françaises...

Dès son retour de Corse, Gabriel alla s'installer au château de Mirabeau où, bientôt, sa sœur Louise, mariée depuis peu au marquis de Cabris, vint le rejoindre avec son époux.

La jeune femme fut ravie de retrouver ce frère qu'elle n'avait pas vu depuis sept ans. Quant à Mirabeau, il montra un enthousiasme qui eût inquiété tout autre que le marquis. Mais celui-ci pensait, dans sa candeur, n'avoir rien à redouter de la part de son beau-frère.

Il se trompait. En revoyant Louise, Mirabeau avait été fort agréablement surpris. La fillette laide et un peu godiche dont il gardait le souvenir s'était transformée en une jeune femme adorable qu'il avait, par habitude, déshabillée d'un coup d'œil.

Après sept ans de séparation et une telle métamorphose, Louise lui semblait, en effet, suffisamment étrangère pour qu'il ne la considérât point avec des yeux fraternels. Elle lui apparaissait « avec tout l'éclat de la plus brillante jeunesse, les yeux noirs les plus éloquents, la fraîcheur d'Hébé, cet air de noblesse que l'on ne trouve plus que dans les formes antiques, et une taille comme il n'en avait point vu d'aussi belle... avec tout cela, cette souplesse, cette grâce, cette magie de séduction qui n'appartenait qu'à son sexe »[191].

Il l'emmena promener dans les bois, la prit par la main, fut tendre, affectueux, jusqu'au jour où il sentit que Louise aussi était troublée. Comme les autres femmes, elle subissait l'ascendant extraordinaire de ce séducteur-né. Alors, au coin d'une allée, il l'attira et l'embrassa d'une façon très peu familiale...

191. MIRABEAU, *Correspondance*.

Deux heures après, M. de Cabris était beaucoup plus étroitement lié à Gabriel qu'il ne le pensait...

Cet inceste — car il faut tout de même appeler les choses par leur nom — ne donna aucune espèce de remords ni à Mirabeau ni à sa sœur. Ce genre de liaison n'avait pas, à la fin du XVIIIe siècle, le mauvais renom qu'il a maintenant. « L'horreur de la chair consanguine, écrit joliment Dauphin Meunier, n'était pas aussi générale alors que de nos jours. Sans doute, en tout temps, entre frère et sœur d'une nature exceptionnelle, on a vu de ces tendresses exaltées et funestes, que leur origine même condamne à une vie brève et misérable : mais le cas en était le plus fréquent aux époques et dans les milieux où l'éducation séparait de bonne heure, comme nous l'avons vu chez les Mirabeau, filles et garçons : ceux-ci ne se revoyaient souvent que fort tard, déjà matrones et hommes faits, et il n'était pas étonnant que leur attachement vînt à se ressentir de leur surprise à se revoir aussi différents de leur attente et à se reconnaître véritablement pour la première fois, comme s'ils fussent nés étrangers. D'ailleurs, presque plus rien ne scandalisait : Diderot n'était pas le seul « philosophe » de son temps à naturaliser, pour ainsi dire, ces aberrations du cœur, de l'imagination ou des sens dont les tribus de Tahiti, suivant lui, se faisaient une innocente et recommandable coutume. L'inceste n'avait plus besoin même de l'excuse d'une méprise pour être toléré par le monde [192]. »

Pourtant la bonne société d'Aix ne tarda pas à s'émouvoir de cette passion insolite, et l'on commença à murmurer que la marquise de Cabris avait l'esprit de famille un peu trop développé. Par la suite, on la traita de dévergondée. Mais ce fut Mirabeau lui-même, avec sa muflerie naturelle, qui se montra le plus sévère. Six ans plus tard, il devait écrire en effet que Louise n'était qu'une « Messaline et une prostituée »...

Ce qui n'était guère poli.

Lorsqu'il eut épuisé les joies particulières de l'amour défendu, Gabriel quitta Mirabeau et, sans plus se soucier de celle qu'il avait déshonorée, il se rendit à Paris.

On était au début de 1771 et la folie de luxure qui régnait alors lui plut énormément. Suivant les traces de Lauzun, le seul homme qu'il se soit jamais donné pour modèle, il se lança avec frénésie à la conquête des femmes de la cour et devint l'amant d'un nombre incalculable de belles. Tout lui était bon, d'ailleurs : marquises, bourgeoises, courtisanes, chambrières... Sa soif de jouissance le poussait à renverser n'importe quelle femme possédant un corps attirant et à « éteindre pour quelques instants une flamme lubrique qui renaissait sans cesse ».

La fringale amoureuse de Mirabeau relevait, en effet, de la pathologie. Voici ce que nous dit à ce sujet Lucas de Montigny : « Sa passion effrénée pour les femmes le jeta dans des liaisons sans nombre : passion

192. Dauphin Meunier, *La vie intime et amoureuse de Mirabeau.*

funeste sans doute, mais plus funeste que vraiment coupable, car elle était en quelque sorte involontaire, ou, pour mieux dire, toute physique, et le résultat congénital d'une espèce de *satyriasis* qui le tourmenta toute sa vie, et qui se manifestait encore quelques heures après sa mort, fait étrange assurément, mais certain [193]. »

Mirabeau était donc atteint de priapisme, maladie gênante qui le mettait constamment dans de galantes dispositions et l'amenait parfois à montrer en public une virilité déplacée.

Il y avait longtemps que les dames de Versailles attendaient un homme atteint de cette merveilleuse affection. Son arrivée fut saluée par des ronronnements, et les plus farouches, les plus fidèles, les plus vertueuses, vinrent tourner autour de lui, impatientes de connaître la satiété...

Mirabeau eut alors pour maîtresses presque toutes les dames de la cour, parmi lesquelles il faut citer Mme de Guéménée, Mme de Carrouge, Mme de Bermond, Mme de La Tour du Pin, et même la très sage Mme de Lamballe...

A la fin de 1771, Mirabeau quitta Versailles, laissant soixante-sept femmes éblouies, apaisées, heureuses, et retourna en Provence où des affaires de famille l'appelaient.

« Il s'agissait, nous dit Dauphin Meunier, de départager sur l'étendue pierreuse de Mirabeau les terrains communaux d'avec les seigneuriaux et, sur ces derniers, d'ôter aux paysans la jouissance de certains droits d'usage mal définis, fondés sur une antique tolérance, et dont le maintien, même réduit, était ruineux pour le seigneur. »

Naturellement, les braves gens du pays refusèrent de renoncer à leurs droits. On vit alors le futur tribun du peuple s'armer d'un bâton et frapper les paysans qui ne voulaient pas se soumettre...

Image qui prend toute sa saveur quand on imagine Mirabeau quelques années plus tard, parlant à l'Assemblée au nom du Tiers État...

Après cet exploit peu reluisant, le jeune comte, qui manquait d'argent, pensa tout à coup qu'un riche mariage améliorerait sa situation. Et il porta ses vues sur le plus beau parti de la généralité d'Aix, Émilie de Covet, fille unique du marquis de Marignane, seigneur des îles d'Or (îles d'Hyères), qui avait vingt ans. Cette jeune fille n'était pas jolie, mais ses « espérances » faisaient tournoyer autour d'elle un nombre considérable de prétendants et l'on murmurait qu'un certain M. de La Valette était sur le point d'être agréé.

Mirabeau pensa que, pour gagner, il fallait brusquer les choses. Il rencontra Émilie, la séduisit, devint son amant et le fit savoir. « La chronique rapporte, dit Dauphin Meunier, qu'un jour, de bon matin, les palefreniers des hôtels élevés le long du cours s'entendirent interpeller d'une fenêtre de l'hôtel de Marignane, qui éclairait l'escalier sur la rue Mazarine, par un homme en manches de chemise et en caleçon, le col débraillé, qui mettait beaucoup d'ostentation à signaler à tous les

193. Lucas de Montigny, *Mémoires de Mirabeau*.

passants sa présence insolite dans l'hôtel. M. de Marignane, réveillé par le bruit, accourut et surprit le comte de Mirabeau dans cet appareil séducteur. Le comte avait soudoyé la femme de chambre d'Émilie pour qu'elle ouvrît chaque nuit la porte de l'hôtel de Marignane ; et sa voiture stationnait en vue, à proximité, afin que M. de La Valette n'en ignorât point [194]. »

Ce procédé peu élégant permit à Gabriel d'obtenir l'héritière qu'il convoitait. Le 23 juin 1772, le mariage des amants fut célébré à Aix.

Mais une telle union ne pouvait pas être heureuse. Mirabeau trompa Émilie avec toutes les femmes qui passaient à portée de sa main, et Émilie finit par prendre un amant, M. de Gassaud, jeune et beau mousquetaire...

Le ménage fut également troublé par des soucis d'argent. Pour vivre, Gabriel était obligé d'emprunter de grosses sommes à des usuriers juifs. En outre, son goût de la magnificence et son désir de briller lui faisaient acheter des vêtements somptueux, des meubles, des tapis dont il ne pouvait régler les factures. En 1773, il avait 220 000 livres de dettes, et les créanciers encombraient la cour de sa maison.

Pour s'en débarrasser, le futur tribun descendait et, de sa voix puissante, les insultait grossièrement. Enfin, sur ceux qui avaient le mauvais goût de protester, il tapait à coups de bâton...

Cette situation ne pouvait durer longtemps. Un jour, les usuriers menacèrent Mirabeau d'un décret de prise de corps. Le jeune comte fut épouvanté et perdit de sa superbe. Pour éviter le scandale d'une saisie, il fit alors solliciter contre sa personne une lettre de cachet. Cette mesure souveraine, en le plaçant sous la main du roi, le rendait intangible et arrêtait toutes poursuites.

Le ministre La Vrillère, qui délivrait les ordres du roi, était un ami de la famille. Gabriel obtint donc facilement une lettre de cachet qui l'exilait... dans le château de Mirabeau. Il y resta un moment, à l'abri de ses créanciers. Mais sa prodigalité le poussa bientôt à des actes regrettables. Pour acheter des robes à sa femme, il se mit à trafiquer du domaine paternel, vendant tout ce qui trouvait acheteur, jusqu'aux meubles.

Le marquis de Mirabeau, furieux, fit alors reléguer ce fils bavard, brouillon et malhonnête à Manosque. Gabriel n'y resta pas longtemps. Une rixe avec le baron de Villeneuve-Mouans le fit incarcérer au château d'If...

Là, l'incorrigible séducteur réussit à se donner quelque agrément en devenant l'amant de la femme du cantinier, Mme Mouret.

Celle-ci fut tellement émerveillée par les talents amoureux de Gabriel, qu'elle envisagea de s'enfuir avec lui à l'étranger. A cet effet, elle vola, d'accord avec Mirabeau, les 4 000 livres d'économies de son mari et se réfugia chez la marquise de Cabris. Mais sa retraite fut découverte...

194. DAUPHIN MEUNIER, *La comtesse de Mirabeau*.

Finalement, vers la fin du mois de mai 1775, Gabriel fut transféré au château de Joux, près de Pontarlier.

Le gouverneur de la citadelle, M. de Saint-Maurris, ayant autorisé Mirabeau à faire quelques promenades dans la campagne, le prisonnier parcourut les environs à la recherche d'une maîtresse. Quelques jours plus tard, il était l'amant d'une sémillante personne nommée Jeanne Michaud.

Cette jeune femme, qui possédait un tempérament presque aussi fougueux que celui de Gabriel, était la sœur d'un magistrat, Jean-Baptiste Michaud, procureur du roi au tribunal du bailliage de Pontarlier.

Les rencontres avaient lieu chez elle.

Mirabeau allait la retrouver dans une petite chambre située au premier étage des communs, afin de ne point éveiller les soupçons de la famille. Mais les amants avaient des transports si bruyants que les domestiques prirent bientôt l'habitude de se réunir dans la cour pour en profiter.

Chaque soir après dîner, ils s'installaient dans l'ombre et attendaient sans bouger l'entrée des « artistes ». Il s'agissait en effet, pour eux, d'un véritable spectacle. Jeanneton arrivait la première et le « parterre » admirait en silence son déhanchement prometteur. Mirabeau la suivait de près. Marchant sur la pointe des pieds, il se glissait à son tour dans la maison du procureur, passait, sans s'en douter, devant son « public », et grimpait au grenier.

Comme on était au printemps, il ouvrait la fenêtre.

C'était, pour les domestiques ravis, le lever du rideau...

Aussitôt, Gabriel jetait ses vêtements sur une chaise, portait Jeanneton sur le lit, et, sans longs préambules, l'action, si j'ose dire, se nouait...

Les « spectateurs », un peu congestionnés, en suivaient les péripéties avec une attention qui leur donnait « prunelles brillantes et souffle court ». Au bout d'un moment, les soupirs de Mirabeau et les cris de Jeanneton achevaient de mettre l'assistance en émoi. Alors, poussés par une espèce de mimétisme que le Dr Kinsey a dû expliquer, ces braves gens se mettaient à faire entre eux exactement ce que les amants faisaient dans leur chambre. Et la cour devenait le théâtre de scènes fort osées, où valets et servantes, complètement déchaînés, se culbutaient sans pudeur au clair de lune...

Bien entendu, ces orgies furent rapidement connues dans le pays, et M. de Saint-Maurris en conçut une grande tristesse. Il appela son prisonnier et lui demanda fort courtoisement d'avoir « des distractions moins vénériennes ».

Gabriel promit, selon son habitude, mais continua, comme par le passé, à donner des concerts aphrodisiaques à la domesticité du procureur Michaud.

Sans doute ces soirées mouvementées se fussent-elles renouvelées pendant tout l'été si, le soir du 25 juin, un dîner organisé par M. de Saint-Maurris en l'honneur du sacre de Louis XVI n'avait changé l'existence de Mirabeau.

A la droite du prisonnier, le commandant de la forteresse avait placé Mme Sophie de Monnier, la ravissante épouse du premier président honoraire de la Chambre des Comptes de Dole.

Dès le potage, Gabriel sentit qu'il désirait violemment sa voisine ; aux entrées, il l'avait séduite ; au rôti, il en était amoureux ; aux entremets, elle était extrêmement troublée ; au dessert, ils s'adoraient ; au champagne, et sans avoir prononcé un mot d'amour, ils étaient amants d'« intention »...

Ce coup de foudre réciproque allait rendre encore plus mouvementée la vie déjà passablement trépidante du jeune comte de Mirabeau...

Sophie, dont le mari était un septuagénaire tremblotant, vécut, dès lors, dans l'attente du jour où Gabriel ferait d'elle sa maîtresse. Ce jour — est-il besoin de le dire ? — arriva assez vite. Un après-midi, une amie de la jeune femme, Mlle Marguerite Barbaud, qui vivait seule avec sa servante à Pontarlier, prêta sa chambre aux amants pour qu'ils puissent être l'un à l'autre.

Hélas ! Gabriel et Sophie avaient à peine fermé leur porte que l'on sonnait. La bonne introduisit dans le salon, qui était voisin de la chambre, quelques familiers de la maison auxquels Mlle Barbaud dut faire bon visage. Soudain, le papotage insipide des visiteurs fut couvert par des bruits étranges qui retentissaient derrière la cloison. On entendait des soupirs, des craquements de lit, des râles, des cris. Très gênée, Mlle Barbaud fit mine de ne rien remarquer et continua de raconter les potins de la ville en prenant soin d'élever la voix. Cette précaution ne servit à rien car les amants, perdant toute espèce de retenue, se mirent bientôt à crier des phrases tendres où venait parfois s'égarer un vocable d'une extrême obscénité...

Les visiteurs, les yeux écarquillés, considéraient Mlle Barbaud avec un air sévère. Celle-ci, rouge de honte, parlait de plus en plus fort, remuait des sièges, faisait tomber des objets, secouait des boîtes de bonbons sans parvenir, bien entendu, à détourner l'attention de ses hôtes. Finalement, ceux-ci s'en allèrent, les lèvres pincées, bien disposés à raconter dans tout Pontarlier que Mlle Barbaud était une entremetteuse...

Cette scène de vaudeville fut évoquée par Mirabeau dans une lettre qu'il envoya à Sophie, lors de sa captivité dans le donjon de Vincennes. Le style en est très évocateur, ainsi qu'on va pouvoir en juger :

Maintenant chaque nuit me rappelle quelques-uns des événements passés de nos amours ; souvent l'illusion est si forte, que je t'entends, je te vois, je te touche. Il y a trois jours que j'étais chez la Barbaud, le jour même où tu consentis à me rendre heureux. Tout se retraça ou plutôt se répéta à moi, jusqu'aux plus petits détails. Ô dieux ! je frissonne encore d'amour et de volupté, quand j'y pense. La tête appuyée sur mes bras... ton beau cou, ton sein d'albâtre... livrés à mes brûlants désirs... Tes beaux yeux se ferment... Tu palpites, tu frémis... Sophie... Oserai-je ? Ô mon amie ! veux-tu faire mon bonheur ? *Tu ne réponds rien... Tu caches ton visage dans mon sein... la volupté t'enivre, et la pudeur te tourmente... Mes désirs me consument ; j'espère... je renais... Je te soulève dans mes bras... Inutiles efforts ! Le parquet se dérobe à mes pieds... je dévore tes charmes et n'en puis jouir... L'amour rendait la victoire plus difficile pour en augmenter le prix. Ah ! ces obstacles étaient bien inutiles... D'importuns voisins m'ôtaient toutes les ressources... Quels moments ! Quelles délices ! Que de contraintes ! Que de transports étouffés ! Que de demi-jouissances cueillies !... Je t'appuyais contre ce lit, qui depuis fut le témoin de mon triomphe et de ma félicité*[195]...

Cette liaison dévorante n'empêcha pas Mirabeau de se consacrer à la littérature et d'écrire un *Essai sur le despotisme* qui fut édité en Suisse. L'ouvrage ayant été jugé dangereux à cause de son esprit subversif, le lieutenant général de police en fit rechercher l'auteur. Il le trouva facilement car si Mirabeau n'avait pas signé son œuvre, tout le monde savait qu'elle était de lui.

M. de Saint-Maurris, furieux d'apprendre qu'un livre contre le gouvernement avait été écrit à son nez, à sa barbe, ordonna à son prisonnier de ne plus sortir de la forteresse.

— Je vous le promets, dit Gabriel. Mais je vous demande la permission de sortir une dernière fois après-demain soir, car M. de Monnier organise un bal et j'y suis convié. Après cette soirée, vous n'aurez plus jamais à vous plaindre de moi.

M. de Saint-Maurris accepta, et Mirabeau, qui avait son plan, se rendit à la fête où il dansa, chanta et amusa tout le monde par son entrain.

Au petit matin, lorsque les invités quittèrent la maison du premier président, il se retira l'un des derniers, rentra par une porte dérobée, se dissimula dans une salle et gagna un petit cabinet attenant à la chambre de Sophie.

Pendant plusieurs jours, il se tint dans cette cachette où sa maîtresse venait lui apporter nourriture et caresses, tandis que M. de Saint-Maurris, fou de colère, le faisait rechercher tout le long de la frontière.

Finalement, le 25 février 1776, Gabriel quitta nuitamment Pontarlier et se rendit à Dijon où Sophie alla le rejoindre. Leur bonheur fut de courte durée. Reconnu au cours d'un bal, Mirabeau, qui se faisait appeler marquis de Lancefoudras, fut arrêté comme fugitif rebelle aux ordres du roi et ravisseur. Mais dans la nuit du 24 au 25 mai, il s'évadait, quittait Dijon et se retirait à Thonon pour y préparer

195. Cette lettre a été publiée par Dauphin Meunier, dans son ouvrage : *La vie intime et amoureuse de Mirabeau.*

l'enlèvement de Sophie que M. de Monnier avait fait revenir à Pontarlier.

La jeune femme attendit ses ravisseurs pendant trois mois. Elle profita de ce temps pour dépouiller soigneusement son mari, afin de pouvoir continuer à subvenir aux besoins de Mirabeau... Prenant la clef du coffre-fort dans le gousset du marquis, « elle remplaçait, nous dit Dauphin Meunier, les rouleaux de louis enlevés par des rouleaux de jetons et remplissait de cailloux les bourses vidées ». Cet argent était ensuite confié à Mlle Barbaud qui le faisait parvenir à Gabriel. Par le même moyen, Sophie expédiait les robes de soie, les fourrures précieuses, le linge fin, les dentelles, les bijoux, les perles et les diamants qu'elle voulait porter lorsqu'elle aurait rejoint son amant.

Enfin, le 24 août, deux hommes, envoyés par Mirabeau, vinrent enlever Mme de Monnier au moment où tous les domestiques du premier président étaient réunis pour la prière du soir. Par des sentiers de montagne, elle passa la frontière et retrouva Gabriel aux Verrières.

Les effusions des amants « qui ne s'étaient point savourés depuis trois mois » prirent tout de suite un caractère un peu spécial. Affolés de désir, Gabriel et Sophie « se mettaient les mains à tous les bons endroits sans se soucier des témoins », et il ne fallut pas moins « de vingt jours et vingt nuits d'orgies voluptueuses, ajoute Pierre Bailly, pour calmer leur première ardeur »[196]...

Lorsqu'ils furent un peu rassasiés, ils se rendirent en Hollande sous le nom de marquis et de marquise de Saint-Mathieu. Au bout de quelques mois, le couple connut de telles difficultés financières que Mirabeau chercha à publier un livre. Mais sa situation illégale l'obligeant à graviter dans un milieu un peu louche, il ne réussit à entrer en relation qu'avec des éditeurs suspects ou travaillant pour des sectes politiques qui complotaient un changement de régime...

C'est ainsi que le jeune comte se lia avec les frères Van Haren, tribuns du parti avancé, publicistes et agitateurs.

Ces fréquentations eurent une influence considérable sur Gabriel. Délaissant ses travaux érotico-littéraires[197], il mit sa plume au service de ses nouveaux amis. Ceux-ci lui ayant demandé une brochure contre l'Angleterre qui recrutait des mercenaires en Allemagne, il écrivit un pamphlet intitulé : *Avis aux Hessois et aux autres peuples d'Allemagne vendus par leurs princes à l'Angleterre*. Ce petit livre, violent et persuasif, eut un si grand retentissement que les enrôlés se révoltèrent.

Et c'est ainsi que, dans ce pays où il s'était exilé à cause d'une femme, Mirabeau révolutionnaire naquit un jour de 1776...

Pendant ce temps, M. de Monnier ne restait pas inactif. Harcelant le Parlement, il finit par obtenir, au mois de mai 1777, qu'un exempt de police fût expédié en Hollande avec les ordres nécessaires pour négocier l'extradition des deux amants.

196. PIERRE BAILLY, *Mirabeau et les femmes*.
197. Il avait publié un conte polisson intitulé : *Parapilla*.

Le 14 mai, Gabriel et Sophie furent ramenés à Paris. Ils y apprirent que le tribunal de Pontarlier les avait condamnés, par contumace, l'un « à avoir la tête tranchée » pour crime de rapt et séduction, l'autre « à être enfermée la vie durant dans une maison de refuge de Besançon, rasée et vêtue comme les filles de la communauté ».

La jeune femme était enceinte. Elle obtint d'être emprisonnée jusqu'à sa délivrance dans une maison de correction située rue de Charonne.

Quant à Mirabeau, il fut conduit au donjon de Vincennes, où tout aussitôt il se mit à écrire à Sophie des lettres d'une rare impudicité. Celle-ci lui répondit de la même encre. Voici en effet ce que nous dit M. de Lomenie :

« Mirabeau a communiqué à la jeune femme la fièvre lubrique qui l'obsédait. Les obscénités auxquelles elle prête sa plume, provoquées évidemment par des lettres de Mirabeau du même ton, dépassent tout ce que l'on peut imaginer de la part d'une femme qui n'est point prostituée. »

Et il ajoute, confus : « Elles se traduisent même par des dessins, et quels dessins !... »

Comme quoi on a tort de laisser traîner sa correspondance...

Par une ironie dont il est coutumier, le destin avait réuni dans le donjon de Vincennes deux hommes dont la vie amoureuse avait de nombreux points communs...

Dans une cellule voisine de celle de Mirabeau, se trouvait, en effet, le marquis de Sade...

Contrairement à ce que l'on pourrait croire, quand Gabriel apprit que l'auteur de la *Philosophie dans le boudoir* partageait son sort, il fut vivement contrarié.

Les deux hommes, quoique parents, ne pouvaient se souffrir. La cause de leur discorde était l'amour qu'ils portaient aux femmes, car chacun voyait en l'autre un rival possible... Un jour, Mirabeau, qui n'hésitait pas à dénoncer ses compagnons de captivité, écrivit au premier commissaire de police une lettre qui donne le ton des conversations entre les deux prisonniers :

M. de Sade a mis hier en combustion le donjon et m'a fait l'honneur, en se nommant et sans la moindre provocation de ma part, comme vous croyez bien, de me dire les plus infâmes horreurs... enfin, il m'a demandé mon nom, afin d'avoir le plaisir de me couper les oreilles *à sa liberté. La patience m'a échappé et je lui ai dit : « Mon nom est celui d'un homme qui n'a jamais disséqué ni empoisonné de femmes, qui vous l'écrira sur le dos à coups de canne si vous n'êtes roué auparavant, et qui n'a de crainte que d'être mis par vous en deuil sur la Grève. » Il s'est tu et n'a pas osé ouvrir la bouche depuis. Si vous me grondez, vous me gronderez ; mais pardieu, il est aisé de patienter de loin, et assez triste d'habiter la maison qu'un tel monstre habite.*

Si M. de Sade attirait peu de sympathie, en revanche, Mirabeau était adoré du public féminin. Les Parisiennes, entre autres, se sentaient prises de pitié pour « cet infortuné jeune homme, âgé de vingt-sept ans dont cinq lettres de cachet, un mariage et une interdiction remplissaient déjà le tiers de la vie »[198].

Connaissant cet état d'esprit, Gabriel entreprit de séduire les épouses des officiers qui habitaient le fort. Comme il lui était absolument impossible de quitter sa cellule, il usa de sa voix et chanta...

Toute la journée, la tête derrière les barreaux de sa petite fenêtre, il interprétait des romances provençales, et les jeunes femmes, charmées par son organe, se rassemblaient dans la cour pour l'entendre.

Finalement, une de ces exaltées parvint à pénétrer dans la cellule de Mirabeau. Celui-ci, rendu fou par la privation, se jeta sur elle, referma la porte d'un coup de pied et, sans même avoir prononcé un mot, donna sept fois de suite à sa visiteuse la preuve qu'il n'était pas indifférent au sexe féminin...

La jeune femme, ravie d'être aussi bien traitée, revint souvent.

Ces intermèdes n'empêchaient pas Gabriel de continuer à correspondre avec Sophie qui, depuis son accouchement[199], avait été transférée au couvent des Saintes Claires de Gien.

Il lui écrivait presque chaque jour. Mais ce travail ne lui donnait aucun mal, car son goût pour le plagiat le poussait à truffer ses lettres d'amour d'anecdotes qu'il copiait ici ou là.

Un jour, Sophie s'en aperçut et lui répondit :

L'anecdote de ton commensal m'a fait rire, mais, mon ami, où l'as-tu prise ? Je l'ai lue dans des proverbes nommés La Petite Thalie ; *il y en a deux volumes de fort jolis, et celui-là est intitulé « l'officier de Bobolet », et le mot est* Dieu vous garde d'un homme qui n'a qu'une affaire. *Cela ne te va pas, mon cœur, de prendre les anecdotes des autres. Ah ! ne te pare pas des plumes du paon ; où en trouveras-tu un plus beau que toi*[200] *?*

Quand il ne contait pas d'historiettes empruntées à un almanach, Mirabeau laissait parler ses désirs...

Voici un extrait de lettre qui donnera une idée de sa correspondance avec Sophie :

J'ai beaucoup saigné du nez cette nuit, mon adorable amie, et cela m'a réveillé au milieu d'un songe bien doux. J'étais avec toi à P... Nous étions seuls ; j'humectais de mes lèvres tes paupières mourantes, où pesait le doux poids de mes baisers. Je séparais ta bouche en deux

198. BACHAUMONT, *op. cit.*

199. Elle avait eu une fille de Mirabeau.

200. Sophie était aveuglée par l'amour. En réalité, Mirabeau fut toute sa vie un plagiaire. L'*Histoire de la monarchie prussienne* qu'il signa était de son ami Mauvillon. Son *Histoire de la Corse* fut écrite grâce à un livre qu'il avait dérobé à un curé de l'île. Par la suite, il fera écrire ses ouvrages politiques et même ses discours par de « dévoués » secrétaires.

roses et, descendant toujours, je m'ouvrais un passage dans tes plus secrets appas. Je t'enveloppais de mon amour ; nos cœurs s'appelaient, se répondaient : nos haleines unies formaient de voluptueux murmures ; des soupirs entrecoupés tenaient lieu de nos voix, qui n'étaient plus ; je venais d'expirer : ton âme allait suivre la mienne... Mais, hélas ! cette illusion a fui comme une vapeur légère...

Le futur tribun aurait pu devenir un excellent auteur de roman-feuilleton...

Enfin, en 1781, après trois ans de captivité, Gabriel, qui avait réussi à faire casser le jugement de Pontarlier, fut libéré. Immédiatement, il se déguisa en colporteur et se rendit à Gien pour voir Sophie. Dans la nuit du 3 au 4 juillet, le faux marchand d'images fut introduit dans le couvent grâce à la complicité d'une religieuse et put pénétrer dans la cellule de sa chère amante...

Il la trouva bien changée et ne chercha même pas à dissimuler sa déception. Après l'avoir considérée un moment en hochant la tête, il fit la grimace et déclara qu'il avait l'intention de retourner en Provence.

Sophie pleura, ce qui l'enlaidit encore et précipita le départ de Mirabeau.

Quelques semaines plus tard, la malheureuse recevait une lettre de rupture qui la plongeait dans un désespoir infini [201]...

Un beau roman (qui n'aurait pas été à mettre entre toutes les mains) se terminait...

Libre, Gabriel chercha une nouvelle maîtresse et se lia avec une comédienne jolie et riche, la Saint Hubertin, qui l'entretint pendant quelque temps.

Cette liaison lui permit de vivre dans le luxe qu'il aimait, de ne rien faire et de régler quelques dettes. Mais dire qu'il jouissait de l'estime de ses voisins ne serait pas conforme à la vérité...

Au début de 1784, il rencontra chez une de ses bonnes amies la marquise de Saint O..., une jeune Hollandaise de dix-neuf ans, Henriette-Amélie de Nehra, qui était la fille de l'écrivain Onno Zvier Van Haren [202]. Émerveillé par la beauté de cette délicieuse personne, il la séduisit, la viola et l'emmena dans sa maison où il lui demanda, selon son habitude, de subvenir aux besoins du ménage...

Mme de Nehra, qui avait de la fortune, accepta, et Mirabeau put continuer sa vie agréable de *greluchon*.

Avec sa nouvelle maîtresse, il retourna en Hollande, puis se fixa un moment à Londres. Mais quand il voulut revenir en France, un

201. Mme de Monnier devint veuve en 1783. En 1789, elle songea à se remarier avec un capitaine de cavalerie, M. de Poterat. Hélas ! peu de temps avant les noces, ce jeune homme mourut. Effondrée, Sophie s'attacha bras et jambes et s'asphyxia au charbon de bois. Mirabeau apprit sa mort en montant à la tribune. Il ne montra aucune espèce d'émotion...

202. Nehra est l'anagramme de Haren.

désagrément l'attendait : le gouvernement avait décidé de l'arrêter à la frontière et de l'emprisonner de nouveau.

Mme de Nehra, bonne âme, prit le bateau et vint pour essayer d'arranger les affaires de son turbulent amant. Elle se rendit à Versailles, vit le baron de Breteuil, ministre de la maison du roi, parlementa, demanda des explications et apprit que la reine était fort mécontente d'un livre que Mirabeau avait publié sur l'Escaut [203].

Jour après jour, on la vit chez le ministre, usant de son charme et de sa persuasion pour obtenir une promesse. Elle réussit. M. de Breteuil lui garantit que Gabriel pouvait rentrer sans inquiétude.

Une semaine plus tard, le futur tribun promenait sa « hure » dans les rues de Paris. Aussitôt, la reconnaissance n'étant pas son fait, il trompa Mme de Nehra avec une certaine Mme Le Jay, femme d'un libraire...

Malgré cette infidélité, la douce Amélie continua d'aimer Gabriel et de l'entourer de soins. Pendant deux ans, il vécut comme un pacha, s'adonnant aux seules activités qu'il aimait : le verbiage, la paresse et le jupon...

De temps en temps, il retournait voir Mme Le Jay qui avait un tempérament ardent et « savait prendre au lit, nous dit-on, des initiatives hardies »... Mme de Nehra, naturellement, s'en montrait affectée. Alors, Mirabeau entrait dans des colères épouvantables et menaçait de la tuer.

Les six derniers mois de vie commune furent un enfer pour la malheureuse femme. Voici ce qu'elle écrivit plus tard à propos de cette époque :

Il [Mirabeau] *passait une partie de sa vie dans des accès de fureur difficiles à exprimer, le reste à pleurer à mes pieds et à maudire la personne* [Mme Le Jay] *qui mettait le trouble dans notre ménage et chez laquelle il avait la faiblesse de retourner toujours.*

Jusque-là, il s'était contenté de l'espèce d'attachement que j'avais pour lui. On *lui fit remarquer qu'il n'approchait pas de la passion qu'*on *avait ou qu'*on *feignait d'avoir pour lui... J'étais exposée alors aux plus violents orages, la mort même était présentée à mes yeux. Je savais bien qu'il n'en serait pas venu à cette extrémité ; mais enfin, quand, étendue sur mon canapé, suffoquée de mes larmes, je le voyais ne se possédant plus, le pistolet à la main, dans un accès de rage, une secousse, un mouvement involontaire, pouvait faire partir le coup et le faire mourir de remords et de regret. J'ai vécu ainsi près de six mois.*

Mirabeau s'enfonçait dans cette vie voluptueuse et déréglée lorsque, en 1788, Louis XVI décida de convoquer les États Généraux. Immédiate-

203. *Doutes sur la liberté de l'Espagne réclamée par l'Empereur (d'Autriche) sur les causes et les conséquences probables de cette réclamation.* (Londres, 1784). Livre pour lequel Mirabeau s'était fait, comme d'habitude, « aider »...

ment le jeune Provençal comprit que la politique pouvait lui fournir tout ce qu'il aimait, l'argent et la gloire, sans se donner beaucoup de mal.

Il résolut d'être député d'Aix. Encore fallait-il pouvoir assumer les frais de cette élection. Or Mirabeau n'avait pas un sou. Toujours dévouée, Mme de Nehra paya ce que nous appellerions aujourd'hui sa campagne électorale, puis, fatiguée par les scènes continuelles, elle quitta le royaume pour retourner en Hollande...

A la fin de 1788, Mirabeau était élu à la fois à Aix et à Marseille...

Grâce à une femme, il allait entrer dans l'Histoire...

25

M. Gellé lui ayant refusé sa fille, Saint-Just devient révolutionnaire

Les plus petites causes peuvent avoir des effets épouvantables.

JACQUES SIMIOT

Le 9 décembre 1785, vers midi, les rues du petit village de Blérancourt, situé à quelques lieues de Noyon, étaient remplies de gamins qui couraient vers l'église. Ces jeunes Blérancourtois n'étaient pas animés, ce jour-là, par une piété exceptionnelle. Ils espéraient simplement arriver à temps pour recevoir quelques dragées et quelques pièces de monnaie à l'occasion d'un baptême qui venait d'être célébré.

Soudain, les cloches se mirent à carillonner, la porte de l'église s'ouvrit et un groupe de paroissiens parut sous le porche. Il y avait là un brave homme du bourg, accompagné de sa femme qui tenait le bébé qu'on venait de baptiser, la marraine, Mlle Thérèse Gellé [204], fille du notaire, et le parrain, un adolescent de dix-neuf ans, au visage angélique dont les traits un peu efféminés auraient pu donner à penser des choses qui n'étaient pas.

Aux gamins, s'étaient joints des adultes qui considéraient le charmant tableau de famille avec un mélange d'ironie et de tendresse. Enfin, une commère, exprimant à haute voix ce que tout le monde pensait, s'écria :

— C'est un curieux baptême. On croirait qu'il y a deux marraines. Ne trouvez-vous pas que le jeune chevalier a tout l'air d'une demoiselle avec ses yeux de velours, et ses cheveux bouclés ?

Tout le monde s'esclaffa.

Or, ce parrain qui ressemblait à une marraine était, malgré des gestes précieux, des attitudes un peu équivoques, et un goût prononcé pour les dentelles, un vrai coq de village.

Il s'appelait Louis-Antoine de Saint-Just de Richebourg...

204. Et non Louise comme on l'appelle communément. Cf. l'ouvrage de Mme Madeleine-Anna Charmelot, *Saint-Just ou le chevalier Organt*.

Acclamé par tous les gamins, il jeta quelques sols, trois poignées de bonbons et suivit les invités jusqu'à la maison où avait lieu le « repas de baptême ».

Avant de se mettre à table, Louis-Antoine, par habitude plus que par goût, fit un brin de cour à Mlle Gellé. C'était une gracieuse personne de vingt-quatre ans, blonde au teint laiteux agrémenté de taches de rousseur.

Dès les premières paroles, la jeune fille montra un tel trouble que Saint-Just comprit qu'elle était amoureuse de lui. Il l'entraîna dans une pièce voisine de la salle à manger et entreprit sans attendre de mener une attaque rapide et vigoureuse contre sa vertu.

Thérèse n'eut pas le courage de résister aux assauts d'un aussi joli garçon. Décidant de mettre sa faiblesse sur le compte de l'émotion causée par les vapeurs d'encens, elle capitula sans discuter dans un réduit où l'on rangeait les balais...

Après un exploit dont il eût été déplacé de faire état dans une assemblée qui sortait de l'église, les deux fautifs vinrent se mettre à table en dissimulant soigneusement leur essoufflement...

Le lendemain, Louis-Antoine et Thérèse se retrouvèrent secrètement dans un bois et, le temps étant exceptionnellement doux, recommencèrent sur les fougères dorées ce qu'ils avaient si bien réussi la veille sous les plumeaux... Les jours suivants, d'autres fougères, d'autres herbes, d'autres feuilles mortes furent écrasées par les transports de Mlle Gellé et du chevalier de Saint-Just, qui transformaient le plus humble fossé et la plus triste clairière en une délicieuse alcôve.

Lorsque leurs ébats étaient terminés, les amants se promenaient dans les bois en bavardant, et Saint-Just rêvait tout haut à son avenir.

— Je serai poète, disait-il à la jeune fille qui béait d'admiration.

Et il récitait des vers d'un style redondant qui annonçaient le romantisme.

— Que c'est beau ! s'écriait Mlle Gellé.

Au bout d'une semaine, le jeune étudiant, qui considérait habituellement l'humanité entière comme un ramassis d'imbéciles incapables de le comprendre, se sentit flatté par l'intérêt que portait Thérèse à ses œuvres, et il la regarda avec une aimable condescendance.

Quelques jours plus tard, il était amoureux...

C'était la première fois que ce garçon assez froid était touché par l'amour. Jusqu'alors, les femmes qui se pâmaient devant sa beauté l'avaient agacé. Il s'amusait à les éblouir par quelques phrases sonores et les quittait bien vite pour retrouver ses livres. Saint-Just, en effet, n'aimait guère la vie. Hautain, distant, arrogant même avec les gens du peuple, il se consacrait tout entier à ses études. Élève des Oratoriens de Saint-Nicolas, près de Soissons, il travaillait avec acharnement dans l'espoir d'être un jour le plus grand poète de son temps.

Son amour lui inspira des strophes enflammées. Il allait dans la forêt les lire à Thérèse, qui, poliment, attendait le dernier vers pour s'étendre sur l'herbette et retrousser son jupon...

Depuis qu'il était amoureux, Saint-Just, en effet, faisait passer ses sentiments avant ses appétits...

A la fin du mois de décembre, le jeune homme dut quitter Blérancourt et retourner dans son collège. Avant de partir, il composa un poème pour demander à sa maîtresse de l'attendre, car il voulait l'épouser. Thérèse promit, et Louis-Antoine partit, confiant en l'avenir.

Hélas ! quelques jours plus tard, la fille du notaire lui envoyait une lettre éplorée par laquelle elle l'informait que Me Gellé, son père, ayant eu vent de leur liaison, l'obligeait à épouser immédiatement un nommé François Thorin, fils du receveur de l'enregistrement.

Saint-Just fut terrassé.

Pendant trois jours, il ne prononça pas une parole et refusa toute nourriture. Et lorsqu'un mois plus tard lui parvint la nouvelle du mariage de Thérèse, il s'enferma dans sa chambre et ses camarades craignirent pour sa santé.

Quand il reparut, ses yeux étaient plus durs, son sourire plus mauvais. Saint-Just venait de connaître un échec et un chagrin qui allaient être déterminants dans son existence[205].

Aux vacances il revint à Blérancourt où il apprit que la fille de Me Gellé n'était pas heureuse avec son mari.

Il en éprouva un plaisir profond et amer.

Pourtant cette satisfaction ne pouvait suffire au garçon orgueilleux qu'était Saint-Just. Il résolut de montrer au notaire qu'il avait eu tort de lui refuser Thérèse.

Pour cela il fallait réussir, devenir un grand poète, se faire connaître... il décida de se rendre à Paris, ville qui, de tout temps, a fait les célébrités.

Comme il manquait d'argent pour entreprendre le voyage, un soir, pendant que sa mère dormait, il cambriola la maison familiale à la lueur d'une chandelle. Après avoir entassé dans une couverture « trois tasses d'argent, une timbale à pieds dorés, une paire de pistolets garnis en or, une bague fine faite en rose et plusieurs petits clous en argent », il courut jusqu'à Noyon et sauta dans la diligence de Paris.

Là, il s'installa dans un hôtel de la rue Fromenteau jusqu'au jour où Mme de Saint-Just voulant lui donner une leçon le fit arrêter par le

205. Cf. Jules Bertaut, qui écrit : « Ce petit drame villageois va avoir un retentissement profond dans le cœur des deux jeunes gens qui en ont été les héros. Louise (Thérèse) n'oubliera jamais celui dont la beauté et les manières l'avaient séduite, elle conservera précieusement son image au plus profond d'elle-même, elle le suivra par la pensée dans les premières étapes de sa carrière politique. Quant à Saint-Just, sa jeune vanité, déjà ulcérée par la situation médiocre que lui avait faite la société, s'exaspéra encore. Il se raidira désormais dans cette attitude glacée qui sera la sienne jusque dans ses derniers jours. Qui sait si l'intransigeance inhumaine du futur conventionnel n'a pas l'une de ses sources dans cet échec sentimental de son adolescence ? C'était l'opinion de Taine, c'était aussi celle de G. Lenôtre, qui ont conté ces curieux débuts d'un des plus farouches acteurs de la Révolution. » (*Le Figaro littéraire*, 16 août 1958.)

lieutenant général de police et conduire à Picpus dans une maison de correction à l'usage des enfants prodigues...

Saint-Just profita de cette incarcération pour composer un long poème en vingt chants intitulé *Organt* qui avait pour sujet sa vie et ses déboires amoureux.

Thérèse, traitée d'infidèle, n'y était pas ménagée ; son mari non plus d'ailleurs.

En outre, le futur conventionnel avait pris un plaisir malsain à décrire en termes orduriers les nuits d'amour de son ex-maîtresse et de Thorin.

En voici un extrait fort anodin qui donnera le ton :

Le cul de Georges [Thorin] en l'air déjà s'élève
Nice [Thérèse] tremblait à ses durs mouvements
Et ripostait par des gémissements...

Mais le plus attaqué était naturellement le père, Me Gellé, qui avait dédaigné Saint-Just, trop pauvre, pour vendre sa fille à un riche héritier.

La haine inspira au jeune homme une tirade sur l'Intérêt qui témoigne de quelque humeur, mais semble avoir été écrite par un poète pour cartes postales...

La tyrannie invente des serments,
Le désespoir égale les amants ;
L'on fait des lois, et l'Intérêt amène
Le déshonneur, les forfaits et la haine.
Ah ! fallait-il, ô ciel, dans ta rigueur,
Captiver l'homme et lui laisser un cœur !

Ces vers d'une désolante platitude montrent à quel point Louis-Antoine de Saint-Just eut de la chance que la Révolution ait éclaté deux ans plus tard !...

Après un séjour de six mois à Picpus, le jeune homme devint clerc chez un procureur de Soissons, obtint un diplôme de droit et revint à Paris bien décidé à montrer son génie au notaire du bailliage de Coucy-le-Château.

L'affront qu'il avait reçu lui pesait, et il n'était pas loin de penser, comme cet autre personnage célèbre, qu'il fallait une guerre pour effacer cela...

Or on était en juillet 1789...

26

La jeunesse amoureuse de Robespierre

Il resta longtemps dans l'état du premier âge.

ALAIN TÊTE

Il y avait en 1782, à Arras, un jeune avocat au visage poupin et au regard tendre, qui occupait ses loisirs à rimailler des odes douceâtres dédiées aux jeunes filles de la ville. Ces vers révélaient un tempérament romantique, larmoyant, et exagérément sentimental.

Il faut dire que l'auteur, à vingt-quatre ans, était encore vierge...

Les dames, pourtant, ne le laissaient point indifférent.

Deux ans auparavant, il avait envoyé un poème enflammé à la Dugazon, célèbre comédienne du temps, dont il était tombé amoureux avec l'enthousiasme de la midinette qui rêve d'un jeune premier.

L'actrice n'avait d'ailleurs pas répondu, et l'avocat était retourné, le cœur gros, à ses dossiers.

Or ce jeune homme « fleur bleue » portait un nom qui, dix ans plus tard, inspirerait la terreur. Il s'appelait Maximilien de Robespierre[206]...

Le portrait que nous venons d'esquisser étonnera peut-être car les historiens présentent généralement Robespierre comme un être froid, austère et insensible au charme féminin.

De nombreux traits de la vie du jeune avocat prouvent le contraire. Voici, par exemple, une lettre qu'il adressa à l'une de ses clientes qui lui avait envoyé des serins. Le ton est enjoué, badin, galant même, et si le style est ampoulé, la faute en est à la déplorable mode littéraire de l'époque :

Mademoiselle,

J'ai l'honneur de vous envoyer un mémoire dont l'objet est intéressant. On peut rendre aux Grâces même de semblables hommages, lorsque, à tous les agréments qui les accompagnent, elles savent joindre le don de penser et de sentir, et qu'elles sont également dignes de pleurer l'infortune et de donner le bonheur.

A propos d'un objet si sérieux, Mademoiselle, me sera-t-il permis de parler de serins ? Sans doute, si ces serins sont intéressants ; et comment ne le seraient-ils pas, puisqu'ils viennent de vous ? Ils sont très jolis ; nous nous attendions qu'étant élevés par vous ils seraient encore les plus doux et les plus sociables de tous les serins. Quelle fut notre surprise lorsqu'en approchant de leur cage, nous les vîmes se précipiter contre les barreaux avec une impétuosité qui nous faisait craindre pour

206. En réalité, son nom était Maximilien Derobespierre, mais tout comme Danton qui avait cru s'anoblir en signant d'Anton, le futur jacobin, animé par le désir d'être pris pour un aristocrate, avait coupé son nom en deux...

leurs jours. Voilà le manège qu'ils recommencent toutes les fois qu'ils aperçoivent la main qui les nourrit. Quel plan d'éducation avez-vous adopté pour eux et d'où leur vient ce caractère sauvage ? Est-ce que les colombes que les Grâces élèvent pour le char de Vénus montrent ce naturel farouche ? Un visage comme le vôtre n'a-t-il pas dû familiariser aisément vos serins avec les figures humaines ? Ou bien serait-ce qu'après l'avoir vu, ils ne pourraient plus en supporter d'autres ? Expliquez-moi, je vous prie, ce phénomène. En attendant, nous les trouverons toujours aimables avec tous leurs défauts. Ma sœur me charge, en particulier, de vous témoigner sa reconnaissance pour la bonté que vous avez eue de lui faire ce présent, et tous les autres sentiments que vous lui avez inspirés.

Je suis avec respect, Mademoiselle, votre très humble et très obéissant serviteur.

DE ROBESPIERRE.

Arras, le 22 juin 1782.

Ce personnage qui s'exprimait avec la préciosité ridicule d'un petit-maître avait d'ailleurs une clientèle féminine absolument à sa dévotion. Écoutons Charlotte de Robespierre : « L'amabilité de mon frère auprès des femmes lui captivait leur affection. Quelques-unes, je crois, éprouvèrent pour lui plus qu'un sentiment ordinaire [207]. »

Maximilien, il est vrai, avait toutes les qualités qui plaisent aux femmes.

Il était charmant, il écrivait des vers, il composait des chansons, il appartenait à une société poétique, « Les Rosati », dont le but était d'honorer les roses, le vin et l'amour ; enfin, malgré sa timidité, il savait manier le madrigal avec esprit. Voici, par exemple, la fin d'un poème qu'à un retour de chasse il envoya à une dame d'Arras en lui offrant une pièce de gibier :

... Vous ne recevrez donc avec ma dédicace
Que ce matois fort peu rusé
Qui sottement s'est avisé
De venir me braver en face :
Sa chute me fait grand honneur,
Je suis, je vous l'avoue, tout fier de ma conquête,
Mais votre critique s'apprête
A railler sans pitié le héros et l'auteur,
Trouvant le don mesquin et l'épître imparfaite,
Vous allez sûrement dire d'un ton moqueur :
« Cette chasse est bien d'un poète,
» Ces vers-là sont bien d'un chasseur ! »

Ces badinages devaient donner naissance à bien des racontars. On prétendit que Robespierre était l'amant d'une jeune couturière nommée

207. CHARLOTTE DE ROBESPIERRE, *Mémoires*.

Suzanne Forber et qu'il se livrait avec elle à des plaisirs d'une excessive sensualité.

Après la Révolution, Charles Reybaud publia même des *Mémoires* attribués à Maximilien dans lesquels le début de cette liaison est conté. Voici un extrait de ce curieux ouvrage.

« Un médecin allemand était venu parmi nous, y lit-on, possesseur d'un secret merveilleux qui frappait d'étonnement tous les curieux ; c'était Mesmer, inventeur du magnétisme animal, homme divin aux yeux des uns, fripon fieffé aux yeux des autres, qui, au moyen de son baquet magique, faisait marcher les impotents, rendait l'ouïe aux sourds, la vue aux aveugles...

» Sans ajouter foi entière à toutes ces merveilles, je ne pouvais me défendre d'un certain entraînement que le temps et l'expérience n'ont pas détruit.

» Il n'était nullement nécessaire d'être médecin pour s'occuper de la grande découverte du jour, tout le monde s'en mêlait, et notre petite société, en y consacrant quelques veillées, ne faisait que suivre la mode. Notre ami, l'avocat B... nouvellement arrivé de Paris où il avait vu opérer Mesmer, nous initia dans les mystères de ses passes ; Carnot, Ruzé, Fosseur et tous les membres de la société firent des tentatives qui demeurèrent sans résultats. Je voulus essayer à mon tour ; mais désirant d'abord juger par moi seul de mon épreuve, je ne pris aucun témoin. Je voyais assez fréquemment alors une jeune fille nommée Suzanne F... ; c'était entre nous une amitié de jeune âge, du moins je le croyais ainsi, et pour ce qui me regarde je ne me trompais pas. L'innocente familiarité qui s'était établie entre nous, et que sa mère ne cherchait nullement à troubler, me permettait de rester quelquefois seul avec elle ; elle était vive et spirituelle. Nous avions souvent causé du magnétisme ; cette idée d'un moyen curatif qui serait devenu une panacée universelle souriait à son imagination jeune et hardie. Je profitai de son enthousiasme pour lui proposer une expérience sur elle ; ma demande parut l'étonner ; elle me regarda fixement, rougit, puis regarda autour d'elle, et me fit signe pour me témoigner son adhésion. Je me mis tout de suite à l'œuvre, je pris l'air d'un docteur, je promenai mes mains devant ses bras et sa figure sans y toucher ; je fixai mes yeux sur ses beaux yeux bleus ; alors je la vis un peu se troubler, jeter les bras comme quelqu'un que le sommeil va dompter, puis laisser aller sa tête et s'assoupir. *J'eus alors avec elle une étonnante scène. Jamais mes amis n'en ont connu un mot... Non, je ne la conterai point, c'est le secret de Robespierre et il doit mourir avec lui.* Tout ce que je puis dire, c'est que quelqu'un ayant ouvert la porte, elle poussa un cri, se réveilla, s'évanouit dans des convulsions violentes. Je l'interrogeai quand elle fut mieux ; elle ne se rappelait pas un mot de ce qu'elle avait dit pendant son sommeil. Toute l'impression qui lui était restée, c'était celle du malaise indéfinissable qu'elle avait éprouvé en reprenant ses sens. Le reste était pour elle plus fugitif qu'un rêve, elle n'en avait pas conservé la moindre trace. Pendant plusieurs jours, le souvenir de cette soirée ne me laissa pas de repos. J'allai chez Suzanne, et je n'avais dans la bouche que cette question : *Comment, vous ne vous souvenez pas ?* « Non. » C'était toute sa réponse, puis elle rougissait encore et me regardait. J'avais désiré renouveler mon expérience, mais elle s'y refusa obstinément. Je compris que sa pudeur avait pris l'éveil et qu'elle craignait de prendre pour son magnétiseur un sentiment trop tendre. »

Si ce texte est apocryphe, il n'en demeure pas moins fort probable que Suzanne Forber a bien existé.

Mais fut-elle la première maîtresse de Robespierre ?

Je n'en donnerais pas ma tête à couper...

En 1789, lorsque le jeune avocat fut élu député des États Généraux, il était presque fiancé avec une charmante demoiselle, Anaïs Deshorties, dont il était follement amoureux et pour qui il rimait des stances passionnées. Charlotte de Robespierre nous en parle en ces termes :

« Mlle Deshorties l'aima et en fut aimée. Le père de cette jeune personne[208] avait épousé en secondes noces une de nos tantes ; il avait du premier lit deux fils et trois filles. Lorsque mon frère fut élu député aux États Généraux, il courtisait Mlle Deshorties depuis deux ou trois ans. Plusieurs fois, il avait été question de mariage, et très probablement Maximilien l'aurait épousée, si le suffrage de ses concitoyens ne l'avait enlevé aux douceurs de la vie privée pour le lancer dans la carrière politique. Mlle Deshorties, qui lui avait juré qu'elle n'appartiendrait jamais qu'à lui, ne tint nullement compte de ce serment, et, pendant la session de l'Assemblée Constituante, donna sa main à un autre[209]. »

Dès avant son départ pour Paris, Maximilien avait compris que la douce Anaïs n'était qu'une petite rouée. Un rapport de police exhumé par J. Peuchet nous montre le futur révolutionnaire dans la position un peu ridicule d'un amoureux berné :

« ... Le faste mis en avant pour recevoir chez ses parents les députés des États Généraux entre pour beaucoup, je l'imagine, écrit l'auteur du rapport, dans les espérances qu'elle donne de temps en temps à ce timide et jaloux galantin [Robespierre]. Il a glissé dans le panneau en introduisant au sein de cette famille, qui le berne, des godelureaux plus madrés que lui, qui jouent très activement de la prunelle et font échange de billets doux. La petite est aux anges. Il affecte une réserve de prude avec cette belle enfant, peut-être pour que tous les invités l'imitent, mais il doit commencer à comprendre sa sottise. On a donné quelques bals et je ne l'ai jamais vu danser[210]. Les amoureux l'enveloppent d'habiles compères qui lui gagnent le cœur par des

208. Me Robert Deshorties, notaire à Arras.

209. CHARLOTTE DE ROBESPIERRE, *op. cit.*

210. E. Hamel assure cependant qu'il aimait les plaisirs mondains et la danse. Et il cite ce témoignage d'une vieille dame qu'il ne nomme d'ailleurs point : « C'était le valseur habituel de ma mère. »

compliments. Entre l'amour et la vanité qui le balancent, il ressemble à l'âne de Buridan[211]. »

C'est donc le cœur bien gros que le sensible Maximilien partit pour la capitale...

Les soucis de la politique ne lui firent pas oublier son amertume. Certain soir, à Versailles, il composa un poème désabusé dont voici la première strophe :

Je l'aimais tant quand elle était fidèle.
Rien ne m'était plus cher que ses appas ;
Je ne vivais chaque jour que pour elle,
J'aurais, pour elle, affronté le trépas.
Mais dites-lui qu'enfin je me dégage,
Que de l'aimer j'ai reconnu l'abus...
Dites-lui bien que je ne l'aime plus...

Ce qui était, bien entendu, une façon de lui dire qu'il l'aimait toujours...

Les semaines passèrent et, malgré les travaux de l'Assemblée, Robespierre avait toute sa pensée occupée par la volage Anaïs. Tantôt l'adorant, tantôt la détestant, il ne cessait de rêver au mariage qu'ils s'étaient promis et au bonheur qu'il espérait toujours connaître auprès d'elle.

Ce rêve devait se terminer brutalement. Un jour, Maximilien apprit que Mlle Deshorties s'était fiancée à un autre avocat d'Arras. Alors, quelque chose en lui se brisa. Son regard perdit cette douceur qu'admiraient les jeunes Artésiennes, ses traits se durcirent et sa timidité grandit.

Hanté par l'image gracieuse de la femme aimée, il devint sauvage, impitoyable, et se complut dans une solitude hautaine où il puisera les forces quasi inhumaines qui lui permettront de renverser la monarchie...

Un amour malheureux faisait surgir, en cet été 1789, sur l'échiquier de France, le principal artisan de la Révolution.

27

Fouquier-Tinville fut un procureur débauché

Il existe une magistrature couchée...

PIERRE RIGAL

Le 3 octobre 1782, Antoine-Quentin Fouquier-Tinville[212], jeune procureur au Châtelet, épousait, en la paroisse parisienne de Saint-

211. J. PEUCHET, *Mémoires tirés des Archives de la Police de Paris, pour servir à l'histoire de la morale et de la police depuis Louis XIV jusqu'à nos jours*, 1838.

212. A cette époque, le futur accusateur public s'était anobli, tout comme Robespierre et Danton. Il se faisait appeler Fouquier de Tinville...

Nicolas-des-Champs, Mlle Henriette d'Aucourt, gracieuse blonde de dix-huit ans dont la gorge pointue et la fesse ronde lui faisaient bien augurer de l'avenir...

Cette jeune personne était fort jolie et sa grâce formait un contraste caricatural avec la laideur de son époux. Celui-ci, d'après ses biographes, avait « une tête d'âne sauvage »[213], un visage criblé de petite vérole, l'attitude d'un cuistre fielleux[214], des yeux de crapaud et une physionomie bestiale...

Le tout, on en conviendra, ne constituait pas exactement ce qu'on appelle un joli garçon.

Pourtant, Fouquier-Tinville, en ce jour d'octobre 1782, se mariait pour la deuxième fois. En 1775, il s'était déjà trouvé une femme — la douce Dorothée Saugnier — pour l'épouser et lui donner toutes les marques habituelles de l'amour conjugal...

Cette gentillesse avait conduit Dorothée à mettre au monde cinq fois en sept ans des petits Fouquier-Tinville qui accusaient publiquement une ressemblance avec leur père.

La pauvre était morte des suites de son cinquième accouchement le 24 avril 1782 et le jeune procureur — âgé alors de trente-six ans — avait montré un vif chagrin.

— Jamais je ne me consolerai, avait-il dit.

Cinq mois plus tard, il sortait néanmoins de l'église Saint-Nicolas-des-Champs, souriant et l'œil lubrique, au bras de Mlle Henriette d'Aucourt...

Cette hâte à mettre une nouvelle femme dans le lit où Dorothée lui avait donné le meilleur d'elle-même pendant sept ans fut jugée sévèrement par les braves gens de la rue de Bourbon, et certains pensaient avec une calme hypocrisie que si le procureur était gêné par les ardeurs de son tempérament, il n'avait qu'à demander, pendant quelques mois encore, le secours des demoiselles de petite vertu.

Car tout le monde savait que Fouquier-Tinville, dès la mort de son épouse, s'était mis à boire, à fréquenter les tripots et à « consommer des femmes[215] ». Chaque soir, quittant son bureau et ses dossiers, le procureur s'en allait dans des maisons hospitalières, ou dans les tavernes louches. Parfois, il se rendait aussi dans des hôtels d'étudiants tenus par des dames qui offraient aux jouvenceaux ravis des leçons sur des matières que l'on n'enseignait point à la Sorbonne...

Là, Fouquier-Tinville, dont la riche nature devait un jour donner toute sa mesure, se livrait à des extravagances érotiques qui laissaient étourdie la plus blasée des prostituées...

On peut se faire une idée des maisons qu'il fréquentait en lisant les véritables reportages que nous a laissés son compère Restif de La

213. Joseph Peladan, *Revue hebdomadaire*, 28 décembre 1907.

214. Henri d'Alméras, *Les romans de l'Histoire : Émilie de Sainte-Amaranthe*.

215. Cf. P.-J.-A. Roussel : « A la passion du jeu, il joignit celle du vin et de la bonne chère, et, pour réunir tous les vices, il s'adonna aux femmes. » *Histoire secrète du Tribunal Révolutionnaire*, 1815.

Bretonne sur les mauvais lieux de Paris. Voici, par exemple, de quelles manières les choses se passaient chez une hôtesse d'étudiants en droit et en médecine dont l'établissement était situé en haut de la rue des Carmes :

« Elles étaient quatre femmes : l'aïeule, la mère et deux filles. La grand-mère était encore ragoûtante, parce qu'elle était d'un beau sang ; la mère, veuve depuis longtemps, était une belle femme ; la fille aînée était une jeune personne charmante d'environ dix-neuf ans, et Madelon, la cadette, un tendron de quatorze à quinze. La grand-mère avait les nouveaux débarqués, environ les quinze premiers jours ; telle était la règle entre ces quatre femmes ; c'était donc la grand-mère qui, ces quinze premiers jours, venait faire votre lit, pendant que vous y étiez, et vous agaçait si bien que ses beaux gestes vous tentaient. On avait grand appétit. Une gorge blanche... une jambe bien faite montrée jusqu'au genou, en se baissant, une croupe charnue, voluptueuse, lubriquement agitée... Ensuite, quand les hôtesses voyaient que vous deveniez un peu au fait de la maison, la mère venait faire votre chambre. Vous l'aviez quelque temps, et c'était la manière d'agir avec elle qui déciderait si vous auriez les filles : un *Trupelu* n'avait que l'aïeule, qui en préservait la mère ; celle-ci préservait la fille aînée de l'homme douteux. Mais après que le jeune homme comme il faut avait eu quelque temps la mère, la fille aînée, en déshabillé provocant, dessinant le nu, venait faire le lit du prédestiné. Elle faisait filer un peu l'amour ; enfin, si elle était contente de ses sentiments et de ses procédés, elle le rendait heureux... Il fallait être le chef-d'œuvre du mérite et de l'honnêteté pour parvenir au tendron de quinze ans : on arrangeait la jeune personne en habit de combat, l'heureux élu offrait une jolie collation, en fin de laquelle on lui disait :

» — Vous êtes l'ami de la maison, vous avez mérité de posséder la houri, et nous vous la laissons pour une heure[216]. »

Ces dames bien organisées recevaient parfois des invités exceptionnels. Fouquier-Tinville était de ceux-là. Il fréquentait également certaines maisons particulières où des libertins organisaient des sauteries d'un genre un peu spécial.

Bref, Mlle Henriette d'Aucourt venait d'épouser un remarquable débauché.

Elle n'allait pas tarder, hélas ! à s'en apercevoir. Quelques jours après son mariage, Fouquier-Tinville reprenait ses habitudes : « désertant le foyer, il retourna vers les lieux où l'orgie l'attendait ».

La fortune qu'il avait amassée fut alors dilapidée en quelques mois par les soins de danseuses à la cuisse légère.

En 1785, il fut au bord de la ruine.

Pour se renflouer, il se lança dans des affaires louches dont le bénéfice servait à payer les bons offices de nouvelles maîtresses, avec lesquelles, nous dit un biographe, « il se plongeait dans les sales

216. Restif de La Bretonne, *Monsieur Nicolas*.

voluptés du libertinage »[217]. Finalement, Fouquier-Tinville, « honteusement dégradé par ses rapines et la turpitude de ses mœurs »[218], dut vendre sa charge de procureur. Il ouvrit alors un cabinet d'affaires, se lia avec des personnages douteux qu'il rencontrait dans des tripots et sombra dans une misère crapuleuse.

1789 le trouva « miné par la débauche » selon le mot de Robert Nuay[219]. Depuis longtemps, il avait quitté l'appartement de la rue de Bourbon, et Henriette, victime de l'existence déréglée de son mari, devait vivre dans un logement dont les fenêtres ouvraient sur une ruelle douteuse.

Naturellement, cette misère rendait l'ex-procureur du Châtelet jaloux et hargneux. Ruiné par les femmes, il en voulait à tous les hommes.

A l'âge où il aurait dû être un bourgeois confortable, un magistrat respecté, Fouquier-Tinville n'était donc qu'un raté, prêt à tous les expédients pour vivre.

Sa « fureur vénérienne » avait fait de lui un déclassé, un être dangereux qui n'attendait qu'une occasion pour se manifester.

C'est alors que Louis XVI convoqua les États Généraux. L'ex-procureur comprit qu'une période de troubles favorable à tous les tripotages allait s'ouvrir et il en fut ravi. « Voyant s'avancer de graves événements, écrit Frédéric Fayot, il en espéra davantage, et les attendit de pied ferme : sans opinion généreuse et sans rêves, arrivé à quarante-six ans, déçu de tout, il se rangea violemment du côté des plus hardis démocrates...[220] »

Fouquier-Tinville, jeune hobereau picard qui, à vingt-quatre ans, avait envoyé une pièce de vers adulatrice au roi, devint donc révolutionnaire à cause d'un amour immodéré pour les dames...

28

Le conventionnel François Chabot fut d'abord un moine paillard

Il aurait pu être moine à Saint-Bernardin...

JEAN DELPÊTRE

Il y avait, vers 1778, dans le Rouergue, un capucin de vingt-deux ans, nommé père Augustin, qui se rendait en ville pour faire des sermons fort appréciés.

217. Cf. Desessarts qui dit « qu'entouré de dupes qu'il égarait ou de fripons dont il protégeait les ruses, il prodiguait à des courtisanes les fruits de son imposture » et « qu'il avait un goût de prédilection pour les danseuses des spectacles auxquelles il sacrifiait sa fortune sans réserve ». *La vie et les amis de Robespierre et de ses principaux complices*, An V.

218. DESESSARTS, *op. cit.*

219. ROBERT NUAY, *Le Tribunal Révolutionnaire*, 1876.

220. FRÉDÉRIC FAYOT, *Dictionnaire de la conversation et de la lecture.*

Il faut dire que ce moine prêcheur avait un langage un peu spécial.

— Filles et femmes, disait-il en chaire, nous sommes sur terre pour nous aimer. Aimons-nous. L'amour excuse toutes les fautes. Allez sans crainte vers celui qui vous attire, et prenez avec lui tout le plaisir dont vous avez envie. Les dons du ciel sont précieux et exigent du respect. Fuyez les mauvais apôtres et les prédicateurs malhonnêtes qui vous parlent de chasteté. Ces menteurs viennent pour troubler vos âmes. Si le Seigneur vous a permis de trouver une exquise jouissance dans l'acte d'amour, vous devez goûter ce plaisir. C'est un devoir sacré. Renoncer à la volupté, c'est refuser un cadeau du ciel, c'est faire une offense au Créateur, c'est pécher... Ne péchez plus, filles et femmes qui m'écoutez, ne péchez plus et soumettez-vous entièrement aux lois de l'amour...

Le père Augustin, on s'en doute, obtenait avec ses sermons un immense succès auprès des paroissiennes. Toutes l'écoutaient avec délice, savouraient ses paroles et prenaient de bonnes résolutions ; après quoi, on les voyait quitter l'église avec des yeux chauds comme braise...

Aussi le passage du moine s'accompagnait-il, dans chaque ville, de désordres fantastiques. Les adultères se multipliaient et le virus du cocuage atteignait des dames dont la vertu était depuis longtemps réputée inébranlable...

Une telle influence finit par agacer les hommes, et lorsque le père Augustin vint parler à Villefranche-de-Rouergue, un groupe de maris furieux l'attendit devant l'église, armé de gourdins...

— Si vous conseillez à nos femmes de faire l'amour avec n'importe qui, lui dirent-ils, nous vous cassons la figure...

Le père Augustin, devant un public féminin, fort déçu, parla longuement, ce jour-là, de la charité chrétienne...

Ce curieux capucin était né à La Teulière, près de Saint-Geniez (Aveyron). Son nom laïc était François Chabot. Après avoir étudié à Toulouse, à Carcassonne et à Rodez, il avait choisi l'état de frère prêcheur « pour la seule raison, nous dit un mémorialiste, qu'on y pouvait faire de succulents festins et de franches lippées chez les curés de paroisse »...

Le père Augustin, en effet, n'avait pas seulement le goût des « plaisirs du bel âge », il était également porté sur le bon vin. Et il n'était pas rare qu'après avoir fêté chez un paroissien la fin d'une série de prêches, les enfants de chœur eussent à le ramener ivre mort dans une brouette...

Une nuit, il entonna sur la place d'un village des chansons fort lestes dont le bedeau lui-même ne comprit pas toutes les paroles...

Ce goût pour la paillardise devait naturellement conduire le père Augustin à suivre les conseils qu'il donnait du haut de la chaire.

A Villefranche, où il s'était installé pour quelque temps, il rencontra une ravissante chambrière dont il fit sa capucine. Après quoi, mis en appétit, il attira dans sa chambre toutes les femmes qui fréquentaient son confessionnal et leur donna du plaisir avec une ardeur dont on ne tarda pas à parler le soir dans les chaumières.

Plus tard, ayant quitté les ordres pour devenir un virulent conventionnel, il avouera : « J'ai eu des faiblesses dans ma vie... mais le respect des lois de la nature me fera pardonner quelques écarts de mes passions bouillantes... Je suis accusé d'aimer les femmes : oui, oui, je les aime, et je fais plus, je dis : Malheur à celui qui ne les aime pas. »

Infatigable, il pouvait « montrer de l'intérêt aux dames », nous dit-on, jusqu'à huit et dix fois de suite... Comme il était avisé, il décida bientôt d'utiliser les facultés priapiques dont la nature l'avait doté pour se procurer quelque argent.

Il se mit alors à donner à des dames d'âge, possédant une fortune confortable, des « consolations qui n'avaient aucun rapport avec celles de la religion »[221].

C'est ainsi qu'il devint l'amant d'une veuve plus que mûre, mais fort riche, ce qui lui permit de ne plus aller quêter...

— Ne me quittez jamais, disait cette brave femme, éblouie par les talents du capucin.

— Je vous le promets, répondait le père Augustin avec d'autant plus de sincérité qu'il était très tendrement uni à la femme de chambre de sa maîtresse, la jeune et gracieuse Fanchon Dubut.

Mais les meilleures choses ont une fin. Un jour, la veuve succomba, épuisée par les exercices extra-religieux du moine trop ardent. Privé de ressources, celui-ci quitta Villefranche et retourna à Millau où se trouvait son couvent.

C'est là que Fanchon, quelques semaines plus tard, vint lui apporter la fortune que la reconnaissante vieille dame lui avait laissée.

Tout joyeux, le père Augustin fêta cet héritage en banquetant dans une auberge de la région avec la femme de chambre. Le soir les trouva couchés dans un grand lit carré et entièrement occupés d'eux-mêmes...

Dès le lendemain, Fanchon fut installée à proximité du couvent afin que son amant pût facilement « apaiser les impérieuses ardeurs qui le brûlaient ». Hélas ! un beau matin, la jeune fille en larmes vint annoncer au capucin qu'elle attendait un moinillon. Le père Augustin, épouvanté à l'idée d'un scandale, chercha aussitôt un mari pour sa petite maîtresse, et le trouva en la personne d'un naïf voiturier qui possédait une maison et quelques biens.

— Mlle Dubut n'est pas riche, lui dit-il, mais elle est vertueuse et jolie...

L'autre se laissa convaincre et, trois semaines plus tard, le père Augustin bénissait le mariage.

Un incident faillit tout faire rater. Au cours du repas de noces, le capucin but tellement qu'il devint grivois. Tutoyant la mariée, il lui parla de ses charmes les plus cachés et voulut finalement lui mettre la main sous la robe.

221. Louis Gastine, *Les Jouisseurs de la Révolution*.

Le voiturier n'avait pas l'esprit très ouvert. Néanmoins, une telle attitude lui sembla suspecte.

— Il y a longtemps que vous connaissez Fanchon ?... demanda-t-il au père Augustin.

— Très longtemps, mon fils ! répondit le moine en s'asseyant sur les genoux de la mariée.

Cette fois le voiturier se fâcha. Il empoigna le capucin et le jeta sur le sol. Durant quelques instants, les deux hommes se battirent devant les invités affolés. Lorsqu'ils en furent à se casser des bouteilles sur la tête, dans un style qui annonçait les meilleurs *westerns*, Fanchon, qui tremblait pour « le fruit de ses amours coupables », s'interposa. Sa douceur et son habileté parvinrent à calmer les combattants. Et le voiturier cajolé par son épouse finit par admettre que le vin avait fait divaguer le moine.

La réconciliation s'accompagna de quelques lampées qui achevèrent le père Augustin. Au petit matin le garçon d'honneur se dévoua et ramena le capucin à son couvent, dans une brouette, comme d'habitude...

Pendant quelque temps, profitant des absences professionnelles du voiturier, le moine vint réchauffer le lit de Fanchon. Puis il se lassa et chercha fortune ailleurs. Tantôt en robe de moine, tantôt en civil, il prospecta systématiquement la région et devint l'amant de toutes les femmes à peu près convenables vivant dans un rayon de quinze lieues autour du couvent. Paysannes, bourgeoises, soubrettes, tout lui était bon... « Quêtant à droite, quêtant à gauche, dit joliment Louis Gastine, *il ne semait pas que la bonne parole...*[222] »

Cette vie licencieuse finit par être connue, et les braves gens murmurèrent bientôt que le père Augustin « donnait dans le travers ».

C'est à cette époque que le futur conventionnel fit la connaissance d'une vieille comtesse veuve et fort riche dont la générosité lui permit de retrouver cette douceur de vivre qu'il aimait.

Chaque jour son couvert était mis. Chaque après-midi son lit était défait... Mais cette situation d'invité ne suffit pas au moine. Il rêva de s'installer à demeure au château et offrit de donner des leçons de latin au neveu de sa protectrice. Celle-ci accepta sans penser qu'elle avait également une jolie nièce de quinze ans...

Cette fois, l'aventure se termina par un drame qui n'est pas sans rappeler le crime du curé d'Uruffe. La fillette facilement séduite devint mère. Affolé de nouveau, le père Augustin recourut aux manœuvres abortives d'un prétendu chirurgien et la malheureuse fit une hémorragie.

Voyant qu'elle allait mourir, le capucin reçut alors sa confession et l'administra. Deux jours plus tard, c'est lui qui l'accompagna jusqu'à sa tombe.

Ignoble jusqu'au bout, le futur législateur alla ensuite soutirer à la

222. Ce même auteur dit également, dans un style savoureux, que François Chabot ne pouvait voir une femme « sans chercher à la pénétrer de sa flamme spontanée »...

vieille comtesse une forte somme afin de faire dire des messes pour le repos de la petite morte.

Argent qu'il dépensa allégrement avec quelques jolies filles du pays...

Au début de 1781, le père Augustin, qui commençait à se lasser des fillettes, eut une idée géniale. Il acheta, grâce aux larges détournements qu'il opérait sur les produits des quêtes, une grande maison située à la sortie de Millau.

— J'ai fait un héritage, expliqua-t-il hypocritement, et je veux consacrer tous mes biens aux nécessiteux.

Les braves gens s'émurent selon leur habitude.

Selon leur habitude aussi, ils avaient tort...

En réalité, le capucin était en train d'installer, pour son usage strictement personnel, une extraordinaire maison de rendez-vous.

Le recrutement des « pensionnaires » lui fut facile. Il allait rendre visite à toutes les jeunes et jolies femmes de la ville et, baissant les yeux, disait d'un ton humble :

— Je vais créer un ouvroir. Voudriez-vous venir un jour par semaine participer au soulagement d'un pauvre ?

— Bien sûr, répondait la jeune femme, fort émue.

Au jour dit, elle arrivait donc avec un sourire angélique, un chapelet et une petite trousse de couture.

Tout cela était superflu...

— Venez d'abord dans mon cabinet, disait le moine. Je vais vous parler du pauvre dont vous allez avoir à vous occuper.

La femme, sans méfiance, suivait le père Augustin. Dès qu'elle était assise, il refermait la porte et, nous dit Pierre Merlot, « cessant d'être moine, il redevenait un homme »[223]. La malheureuse voyait alors de quel petit pauvre elle devait prendre soin...

Quelques instants plus tard, elle se trouvait étendue sur un canapé où le capucin lui donnait des joies profondes...

« L'âme embrasée par le plaisir », elle sentait bientôt naître en elle une reconnaissance éperdue pour cet homme que la nature avait si généreusement doté. Et lorsque « l'heure d'ouvroir » était passée, la brave dame rentrait chez elle, bien décidée à cacher l'aventure à son mari et à revenir la semaine suivante.

Au début, le père Augustin n'eut qu'une femme par jour ; ensuite, il compliqua un peu ce qu'il appelait gentiment « ses petits travaux de couture ».

Il y eut alors deux et même trois paroissiennes pour s'occuper du même pauvre.

Liées par le secret, ces dames qui arrivaient benoîtement avec leur sac à ouvrage sous le bras se transformaient, sans aucune pudeur, en de frémissantes bacchantes pleines d'initiatives hardies. Entièrement nues, elles se livraient entre elles à des jeux interdits qui décuplaient

223. Pierre Merlot, *La Vie de François Chabot*, 1912.

leurs désirs. Des scènes bien peu édifiantes se déroulaient alors dans l'ouvroir et le père Augustin, au milieu de ces tigresses, avait, malgré sa riche constitution, parfois peine à conserver son allant...

Hélas ! tout a une fin !

Un jour, alors qu'elle était dans le vif du débat, une dame, particulièrement expansive, se mit à hurler des énormités qui furent entendues de l'extérieur. Les voisins en conclurent que les travaux de l'ouvroir s'effectuaient dans un climat singulier...

Le bruit s'en répandit vite et le père Augustin, tout penaud, dut revendre sa maison. Après quoi, il quitta précipitamment une région où, grâce à lui, presque tous les maris étaient, si je puis dire, beaux-frères...

Pour vivre, il s'associa avec l'époux de Fanchon, son ancienne maîtresse, et se fit prêcheur-contrebandier. Cette profession insolite lui convenait à merveille. Courant les routes avec le voiturier, il troussait les lingères au coin d'une haie, trafiquait sur les étoffes et s'arrêtait dans les grandes villes pour y faire des sermons à la gloire de l'amour...

A Toulouse, son talent oratoire séduisit la femme d'un conseiller au Parlement. Invité chez elle, il s'y conduisit d'une façon qui laissa un peu à désirer...

A désirer qu'il revînt, bien entendu...

La conseillère était, en effet, une dame au tempérament ardent qui aimait les manières brusques et se plaisait, disait-on, en la compagnie des palefreniers de son mari. Violée sur un coin de table par le père Augustin toujours brillant, elle devint amoureuse.

— Je dois aller à Paris, dit-elle au moine, venez avec moi...

Quelques jours plus tard, une curieuse scène se déroulait à trois lieues de Toulouse. La voiture de la conseillère traversait un bois quand une religieuse à l'aspect bizarre sortit d'un buisson et interpella le cocher.

— Je me suis égarée !...

La conseillère ouvrit la portière :

— Montez vite, ma sœur, nous allons vous ramener à votre couvent.

La religieuse remercia et monta dans la voiture avec un air humble. Mais quand les chevaux eurent repris leur trot, elle éclata de rire, retira sa cornette et embrassa la belle Toulousaine sur la bouche.

Le père Augustin partait à la découverte de la capitale...

A Paris, tandis que la conseillère rencontrait sa famille, le capucin fréquenta immédiatement les plus mauvais lieux. On le vit au Palais-Royal, dans les hôtels de filles, dans les tripots et dans les auberges où les serveuses venaient s'asseoir sans façon sur les genoux des clients...

C'est dans un de ces établissements accueillants qu'il rencontra, un jour, un gros garçon jovial et laid dont les grasses plaisanteries lui plurent. Il s'agissait de Danton...

Les deux hommes ne tardèrent pas à se lier et firent ensemble quelques parties fines dont ils devaient se souvenir plus tard.

A ce moment, le père Augustin ne s'intéressait pas à la politique. Il accomplit cependant un exploit dont se réjouirent les partisans d'un changement de régime : un soir, il devint l'amant de la marquise de Launay, femme du gouverneur de la Bastille.

Sept ans avant sa chute définitive, le symbole de la monarchie voyait ainsi son prestige entamé par un moine paillard.

Après avoir passé deux mois à Paris, le père Augustin et la conseillère revinrent à Toulouse où ils se quittèrent, « ayant épuisé entre eux toutes les joies physiques »...

Le moine se rendit alors à Montpellier. La ville universitaire lui plut. Il se mêla aux étudiants, et, un soir, se laissa séduire dans un bal costumé par une fille de joie nommée Foredville.

Mal lui en prit — c'est bien le cas de l'écrire, car il prit en effet, avec elle, une très mauvaise maladie...

Avarié, il se fit soigner par un médecin qui avait pour fille une séduisante blonde de dix-neuf ans. Incapable de résister, il la viola et l'enleva... Le scandale fut énorme, et l'épiscopat, qui avait été, il faut le reconnaître, d'une extrême indulgence à l'égard de ce capucin gourmand et lubrique, dut sévir. En 1788, Mgr Colbert, évêque de Rodez, prononça contre lui l'interdiction...

Le père Augustin redevint François Chabot.

Incapable de gagner sa vie honnêtement, il se lia aussitôt à des personnes louches qui attendaient, en vidant des brocs de vin, un bouleversement politique...

1789 le trouva sans un sou, aigri, avide de jouir du luxe et de la richesse, bref, révolutionnaire...

29

Talleyrand formé par les femmes

Elles lui apprirent le mensonge et en firent un diplomate...

LÉON MONNIER

Au mois de mai 1770, les Parisiens qui habitaient dans la rue du Pot-de-Fer[224] se régalaient tous les matins d'un bien curieux spectacle.

Vers dix heures, au troisième étage du séminaire de Saint-Sulpice, un élève ouvrait sa fenêtre et tenait à bout de bras des pancartes sur lesquelles on pouvait lire, suivant les jours : « Je vous aime », « Vous êtes ravissante ! », ou encore « J'ai envie de vous embrasser... »

Ces phrases ne s'adressaient pas, bien entendu, à une hirondelle ;

224. Actuelle rue Bonaparte.

mais à une jeune fille blonde qui habitait de l'autre côté de la rue, dans une mansarde assez misérable dont les vitres étaient remplacées par du papier huilé. Chaque matin, elle ouvrait sa fenêtre, lisait, sans broncher, les déclarations du séminariste et rentrait, l'air virginal.

— Cette petite est indifférente, disaient les commerçants du quartier. Les simagrées du futur curé ne la touchent pas !

Ils durent changer d'avis.

Un matin, dès que le séminariste apparut à sa fenêtre, la jeune blonde jaillit de sa lucarne et brandit un *cœur enflammé*...

Toute la rue du Pot-de-Fer sut ainsi que la petite Julienne Picot aimait un élève de Saint-Sulpice.

Cet élève, personne ne connaissait son nom. Il était pourtant de famille illustre puisqu'il s'appelait Charles-Maurice de Talleyrand-Périgord...

Un jour, il se souviendra de cet amour d'adolescence, et il écrira des pages pleines de tendresse et d'humour.

Elles sont peu connues.

Les voici :

« Que nous sommes une chétive espèce ! Le plus impassible guerrier a donc ses terreurs, le plus froid diplomate des émotions involontaires ! La faiblesse que je vais confesser ici ne me fera pourtant pas rougir : car Alexandre frémissait au seul toucher d'une pêche et l'on sait qu'en présence d'une araignée notre Turenne se trouvait mal.

» Il y a une boutique de rôtisseur dans la rue du Vieux-Colombier, et un tilleul encore verdoyant dans le jardin de Saint-Sulpice, que je ne pouvais jamais apercevoir sans un frémissement mêlé de plaisir.

» Ce matin encore, 19 mai 1826, en allant à la Chambre des Pairs voter contre une de leurs lois (je ne sais laquelle), n'ai-je pas tout à coup oublié cette loi, mon opinion, mes soixante-dix ans et ma goutte, parce que mon carrosse, ayant heurté une borne en tournant là rue du Gindre, j'ai levé la tête et reconnu cette maison peinte en vert qui renfermait pour moi toute beauté et tout amour en 1770 ?

» C'était là ma rue Gît-le-Cœur, comme le fut, en 1580, pour Henri IV, cette étroite venelle où demeurait Gabrielle d'Estrées, et qui mène encore du quai des Augustins à la rue Saint-André-des-Arts.

» Julienne Picot n'avait guère plus de quatorze ans, et je venais à peine d'arriver à seize, lorsque je l'aperçus pour la première fois au troisième étage d'une maison de la rue du Pot-de-Fer, à travers un carreau de papier huilé, dont la moitié avait été déchirée par le vent.

» Elle avait des joues rondes, des cheveux blonds et une belle petite camisole d'indienne à grands ramages.

» A cette époque, j'étais dévot et je la pris d'abord pour un chérubin ; je me désabusai en la voyant manger de la galette. Un de mes camarades avait une chambre dont la fenêtre donnait sur la rue du Pot-de-Fer, et j'employai pour le décider à troquer avec moi *plus de séductions et de mensonges qu'il m'en a peut-être fallu depuis pour changer deux fois la face de l'Europe*.

» Je faisais chaque jour mille sottises pour me faire mettre en retraite, et là, en face de ma divinité, dressé sur les orteils afin de mieux la voir, je lui écrivais sur de grandes pancartes que je laissais d'abord dans la gouttière, pour ne pas trop effaroucher sa pudeur, et puis pour lui donner le loisir d'en épeler les lettres. Ensuite, je tenais moi-même à deux mains mes épîtres, à peu près comme les pierrots de la pantomime, afin de lire tout de suite la réponse dans ses yeux, et le plus souvent un peu de craie dessinait sur mon manteau noir mes plus tendres protestations d'amour.

» Julienne me répondit au bout de quelques semaines par l'emblème d'un cœur enflammé !

» Elle était en apprentissage chez une raccommodeuse de dentelles ; mais je sus bientôt qu'elle était fille du plus riche rôtisseur du quartier et qu'en connaissance avec une femme employée à la buanderie du séminaire, elle venait quelquefois dans une salle basse qui tenait à notre maison, mais où nous n'avions point d'accès. C'est quand elle était là, qu'à travers une porte condamnée, où l'on avait pourtant laissé une chatière ouverte, nous nous parlions d'un peu plus près.

» Assis des deux côtés de cette porte, et sur ces dalles bien froides, et ne pouvant même pas nous voir, nous nous jurions de nous épouser avec une ardeur et une bonne foi dignes d'un autre âge. Je tenais sa petite main dans les miennes pendant des heures entières ; et j'étais plus heureux de cette faveur que je ne fus jamais des croix d'or, des cordons et des principautés[225]. »

Julienne, logeant tour à tour dans la maison de sa maîtresse et dans la maison de son père, pouvait s'absenter à la fois des deux domiciles sans éveiller aucun soupçon. Les amoureux profitèrent candidement de cette licence.

« J'avais quelque adresse, de l'argent, une vive résolution, poursuit Talleyrand ; et descendre la nuit du haut d'un mur de jardin ne me paraissait pas impraticable parce que j'étais bien amoureux. Le retour seul m'eût embarrassé ; mais une bonne amie de Julienne (car nous n'étions jamais seuls) m'aidait dans cette périlleuse expédition. Et c'était pour aller tous trois nous promener sur les boulevards déserts que nous bravions tant de périls ; c'était pour jouir au clair de lune de l'amour et de la liberté.

» Il fallait, pour rentrer dans ma prison, faire approcher un fiacre bien près de la dévote clôture, puis monter du siège sur l'impériale, de l'impériale sur le mur et atteindre les branches d'un tilleul et se laisser glisser au pied de l'arbre.

» Quelle gaieté folle et quelle touchante peur j'inspirais presque en même temps à Julienne ! Comme elle était inquiète la pauvre fille quand l'opération de retour commençait, et quels folâtres rires j'entendais de l'autre côté, dans la rue, quand pour annoncer aux deux amies le succès de mon voyage, je leur jetais, par-dessus le mur franchi,

225. Amédé Pichot, *Souvenirs intimes sur M. de Talleyrand*.

les fleurs de giroflée jaunes et les feuilles de tilleul qui m'avaient tour à tour aidé à grimper et à descendre.

» Je me blessai dans une dernière escalade : et cet accident, qui n'eût été pour un autre qu'une entorse, devait être un long mal pour moi.

» Un soir que je gémissais dans les tourments de l'absence, il me vint en tête d'essayer une distraction de gourmandise ; j'envoyai chercher quelques perdrix et une tourte de frangipane chez le père de Julienne.

» C'était un moyen que je croyais ingénieux de la rassurer sur ma santé ; et il me semblait aussi qu'un peu de bonne chère me consolerait des mésaventures de l'amour ; que les douceurs du père m'aideraient peut-être à supporter les rigueurs de l'absence de sa fille...

» Il était près de sept heures ; j'avais appétit ; j'attendais le grave patronet qui avait coutume d'apporter les succulentes réfections, quand elles étaient permises, lorsque j'entendis frapper doucement à une porte voisine de la mienne. Je me levai comme par instinct, et au lieu du grand garçon de four, étique et pâle, je vis venir l'enfant le plus charmant, mais le plus embarrassé du monde. Je le pris d'abord pour le frère de Julienne, car je savais qu'elle en avait un ; mais en touchant sa main pour l'aider dans l'obscurité du corridor, je reconnus Julienne elle-même.

» Elle entra dans ma cellule, le bonnet de coton qui couvrait sa tête blonde tomba à ses pieds et les plus beaux cheveux couvrirent en même temps tout son visage.

» — Monsieur l'abbé, me dit-elle, pensez-vous que M. Rigomier (c'était le nom du concierge) s'apercevra si je ne sors point tantôt ? Hélas ! mon Dieu ! que devenir ? J'ai dit à mon frère, en empruntant ses habits, que j'étais d'un bal de noces où je passerais la nuit avec ma maîtresse ; j'ai dit à ma maîtresse que je rentrerais chez mon père...

» Je sautai de joie malgré mon mal ; j'empêchai sa bouche de poursuivre : je comprenais bien tous les soupçons que sa bonne renommée allait subir, mais ne pouvant l'enfermer dans mon cœur, je l'enfermai dans une armoire...[226] »

Ce curieux séminariste qui recevait, sans l'ombre d'un remords, une petite blonde dans sa chambre n'avait pas, disons-le tout de suite, la vocation religieuse. Affligé d'un pied bot à la suite d'un accident dont sa nourrice était, paraît-il, responsable, ses parents l'avaient obligé à entrer dans les ordres, et il s'y morfondait. Aussi entendait-il mener sous la soutane la vie qu'il aurait connue s'il avait pu être militaire.

Et, dès seize ans, il commençait...

Si Julienne ne joua pas un rôle important dans la vie de Talleyrand, elle le délivra du moins d'un complexe. Grâce à elle, il sut qu'il pouvait

226. Amédé Pichot, *op. cit.*

plaire aux femmes malgré son infirmité. Découverte rassurante qui allait lui ouvrir bien vite de vastes horizons...

Cinq mois après avoir reçu dans sa chambre le faux « petit pâtissier », il remarqua, pendant la messe, à Saint-Sulpice, une très jolie personne dont l'air « simple et modeste » le toucha. A l'*Ite missa est,* il se posta sous le porche et attendit, bénissant le Seigneur (en qui, pourtant, il ne croyait pas) de faire tomber une grosse averse. Dès que la jeune femme apparut, il se précipita :

— Puis-je me permettre de vous abriter sous ma cape ?

Deux minutes plus tard, ils enjambaient les flaques d'eau en riant comme de vieux amis. Serrée contre le séminariste, la gracieuse paroissienne révéla son nom. Elle s'appelait Dorothée Dorinville et jouait à la Comédie-Française sous le pseudonyme de Luzy.

— On m'a forcée à être comédienne, avoua-t-elle. Or j'ai horreur du théâtre.

— Confidence pour confidence, moi, j'ai horreur de l'Église, dit Talleyrand.

Ils étaient arrivés devant le 6 de la rue Férou, où elle habitait.

— Alors montez chez moi, murmura-t-elle, nous allons parler d'autres choses.

Talleyrand monta. Une heure après, dans le grand lit confortable, ils se découvraient tous deux une même vocation que ni l'un ni l'autre n'avait l'intention de contrarier...

Dorothée Dorinville avait vingt-cinq ans et un tempérament ardent [227]. Charles-Maurice dut quitter son séminaire tous les soirs pour venir lui donner les caresses dont elle avait besoin. Leur liaison dura deux ans. Et pendant deux ans Talleyrand fut obligé de trouver chaque jour un nouveau moyen de s'échapper.

Extraordinaire apprentissage qui lui apprit à être menteur, comédien, dissimulé, machiavélique, parjure, hypocrite : qualités qui devaient l'aider un jour à être le plus grand diplomate de tous les temps...

Devenu vieux, il avouera d'ailleurs à Mme de Rémusat : « La manière dont se passent nos premières années influe sur toute la vie, et *si je vous disais de quelle façon j'ai passé ma jeunesse, vous arriveriez à vous moins étonner de beaucoup de choses...* »

D'un pied-bot, une femme avait fait un diable boiteux...

Au mois de juin 1775, Charles-Maurice, qui avait été nommé chapelain de la chapelle de la Sainte Vierge à l'église paroissiale de Reims, se rendit dans cette ville pour assister au sacre de Louis XVI.

C'est-à-dire que, pendant huit jours, il profita de l'atmosphère de liesse qui régnait sur la vieille cité pour faire la cour à toutes les jolies femmes qu'il rencontrait.

Il en connut trois : la duchesse de Luynes, la duchesse de Fitz-James et la vicomtesse de Laval. Ces femmes devaient avoir une grande

227. Juive de naissance, elle s'était convertie au catholicisme, et Sophie Arnould disait d'elle : « Elle s'était faite chrétienne quand elle a su que Dieu s'était fait homme ! »

influence sur lui. Il note d'ailleurs dans ses *Mémoires* : « C'est du sacre de Louis XVI que datent mes liaisons avec plusieurs femmes que leurs avantages dans des genres différents rendaient remarquables et dont l'amitié n'a pas cessé un moment de jeter du charme sur ma vie. »

De son côté, Léon Monnier écrit : « Cet homme fut véritablement formé, modelé par les femmes qu'il connut dans son adolescence. Femmes d'esprit, incrédules, libertines, elles marquèrent d'une empreinte indélébile un esprit encore flottant [228]. »

De retour à Paris, Talleyrand commença à fréquenter quelques salons.

— Pour réussir, lui avait dit Mme de Laval, il faut faire rire aux dépens de tout le monde.

Et comme il ne répondait pas, elle avait ajouté :

— Voulez-vous que l'on vous aime ?

— Non.

— Alors soyez méchant avec esprit. Vous serez craint et respecté...

Il profita rapidement de la leçon.

Un soir, il fut invité à dîner. Au moment où l'on passait à table, une des invitées arriva en retard. Comme elle entrait et qu'on lui présentait diverses personnes, Talleyrand fit :

— Ah ! Ah !

Au cours du repas, il ne prononça pas un mot ; mais dans la soirée, la dame vint lui demander pourquoi, à sa vue, il avait dit : « Ah ! Ah ! »

Talleyrand la regarda de son air le plus impertinent et répondit :

— Je n'ai pas dit : « Ah ! Ah ! », madame, j'ai fait : « Oh ! Oh ! »

« Ce fut sur ce mot, nous dit Louis Thomas, que commença à s'établir sa réputation d'homme d'esprit. »

Comme quoi il suffit parfois de bien peu de choses.

Reçu licencié en théologie le 2 mars 1778, Talleyrand fut ordonné prêtre le 19 décembre 1779 à Reims.

Cet événement ne l'empêcha pas de continuer à courir les salons en quête d'une jolie femme. On le vit même participer à cette époque à des dîners légers en compagnie de jeunes comédiennes faciles qui n'hésitaient pas à se dévêtir dès les hors-d'œuvre pour être agréables « à la société ». On raconte qu'un soir, au cours d'un de ces repas agrémentés d'attractions, un convive proposa un jeu assez curieux :

— Vous allez vous bander les yeux à tour de rôle avec cette serviette, dit-il aux invités. Tandis que vous serez « aveuglés », nous allons placer devant vous trois verres pleins de champagne, et trois de ces jeunes personnes qui nous ont fait l'honneur de partager notre repas viendront tremper la pointe de leurs seins dans l'un des verres. Vous devrez alors boire le champagne et identifier les trois « baigneuses » d'après le goût laissé par leurs tétons...

228. Léon Monnier, *La vie intime de M. de Talleyrand.*

M. de Talleyrand sortit vainqueur de cet étrange tournoi...

Pourtant, ces jeux ne l'amusaient guère. Il n'était pas attiré par le vice et préférait une maîtresse ardente aux désordres d'une partie galante.

Il allait être servi par le destin. En 1782, il fit la connaissance d'Adélaïde Filleul, charmante jeune femme de dix-huit ans que l'on avait mariée au comte de Flahaut, âgé de cinquante-trois ans. C'était une ravissante créature que le baron de Maricourt décrit ainsi : « Elle est mieux que jolie, elle est charmante, mise avec une élégance sans recherche qui rehausse sa démarche noble et aisée, dessine sa taille souple malgré un soupçon d'embonpoint : une étrange séduction émane de sa personne tout entière. L'ovale du visage, chez elle, est très pur et l'opulence de sa chevelure châtain, qui semble friser naturellement sous la poudre, fait ressortir la blancheur du teint éclairé par deux yeux bruns, les plus beaux yeux du monde. »

De plus, Mme de Flahaut était douée d'un tempérament ardent qu'elle avait hérité de sa mère, Irène du Buisson, dont Louis XV avait jadis apprécié les charmes au Parc-aux-Cerfs. Enfin, elle s'intéressait fort à la politique et avait créé un salon où se réunissaient des gens importants. Tant de qualités devaient attirer Talleyrand qui aimait l'amour et était ambitieux.

On le vit donc régulièrement chez Mme de Flahaut, où il arrivait chaque après-midi clopin-clopant. Il y avait quelque mérite car la jolie comtesse occupait avec son mari un appartement situé au dernier étage du Louvre et l'escalier pour y accéder était raide, sale, encombré et malcommode pour un pied-bot [229].

Naturellement Talleyrand faisait la cour à Mme de Flahaut. Leur galant manège avait lieu sous l'œil indifférent du comte qui avait renoncé à toute espèce d'exigences dans ce domaine. Et Adélaïde, privée de caresses, devint rapidement la maîtresse du chapelain...

Ils se rencontraient publiquement, soit chez elle, soit chez lui, et leur liaison prit bientôt une allure conjugale. Un jour, Governor Morris, qui devait être nommé quelques années plus tard ambassadeur des États-Unis à Paris, assista à une scène curieuse. Arrivant à l'improviste chez Mme de Flahaut, il trouva celle-ci en train de prendre un bain de pieds tandis que Talleyrand chauffait le lit de sa maîtresse avec une bassinoire. L'Américain fut ébahi : « Je regardais, écrit-il dans ses *Mémoires*, car il est assez curieux de voir un homme d'Église engagé dans cette pieuse opération... »

Tous les jours, tandis que le comte faisait la sieste, Talleyrand et

229. « Cette partie du palais était devenue, en effet, une manière de caravansérail d'artistes auxquels on avait concédé des ateliers, d'abord, puis des logements, d'autant plus recherchés que l'occupation en était gratuite. C'est ainsi que le petit papa Fragonard occupait un côté du couloir voisin de la galerie d'Apollon ayant comme voisins La Tour, Isabey, Pajou. Hubert Robert était logé dans l'autre cour, Vernet et Greuze lui faisaient face. » JULES BERTAUT, *Un amour de Talleyrand*. (Le comte de Flahaut, qui n'était pas artiste, avait obtenu cet appartement grâce à son frère M. d'Angivillier, qui était directeur des Bâtiments royaux.)

Mme de Flahaut s'ébattaient sur un grand lit. Le 21 avril 1785, le ciel récompensa de tels efforts en leur envoyant un fils : Charles-Joseph.

M. de Flahaut, en homme bien élevé, ne montra aucun étonnement et accueillit, avec bonté, cet enfant qui venait égayer son foyer[230]...

Dès lors, Talleyrand fut constamment au Louvre. Il venait jouer avec son fils, sans se cacher, puis retrouvait dans le salon de sa maîtresse les personnages influents qui devaient l'aider dans sa carrière.

Le 16 janvier 1789, enfin, le chapelain, abandonnant pour quelques heures ses devoirs de père de famille, alla se faire sacrer évêque d'Autun, en la chapelle des Sulpiciens d'Issy. Mais dès le lendemain, oubliant crosse et mitre, il revenait chanter une berceuse à son fils.

Le 15 mars, il dut se rendre à Autun, afin d'y prêter les serments rituels. Mais le 12 avril, il quittait sa ville épiscopale pour n'y jamais revenir...

Réinstallé à Paris, dans son luxueux hôtel de la rue de Bellechasse, il put reprendre sa vie « conjugale » avec Mme de Flahaut et briller de nouveau dans ce salon où il avait appris la désinvolture et l'impertinence.

Car c'est là que Talleyrand, petit abbé timide et mal assuré, s'était métamorphosé entre 1782 et 1785. Mêlé aux hommes les plus brillants de Paris, il avait aiguisé son esprit, cet esprit incisif et souvent cruel qui allait faire de lui l'homme politique le plus craint de son époque. On connaît ses mots. En voici quelques-uns qui devaient affirmer sa réputation :

Dans une des premières séances de l'Assemblée constituante, comme il s'agissait d'élire le président, Mirabeau demanda la parole pour indiquer à ses collègues les conditions de caractère et de talent qu'ils devaient chercher dans celui qui serait appelé à l'honneur de présider l'Assemblée. « Il entra dans l'énumération des qualités avec un détail de circonstances tel qu'il n'était pas possible de ne pas reconnaître l'orateur lui-même dans l'idéal qu'il présentait d'un président accompli. »

Talleyrand, craignant qu'une partie de l'Assemblée n'eût pas suffisamment compris, ajouta :

— Il ne manque qu'un trait à ce que vient de dire M. de Mirabeau : c'est que le président doit être marqué de la petite vérole...

Toute l'assemblée s'esclaffa.

Un autre jour, Talleyrand réfutait un discours de Mirabeau et celui-ci s'écria :

— Attendez ! Je vais vous enfermer dans un cercle vicieux !

— Vous voulez donc m'embrasser, repartit Talleyrand.

Cet esprit fut en toute occasion sa meilleure arme.

Un soir, dans le couloir d'un théâtre, un individu l'examinait avec

230. Charles-Joseph devait avoir une vie pleine d'aventures. Il fut successivement aide de camp de Napoléon Ier et ambassadeur sous Louis-Philippe. De ses amours avec la reine Hortense, il eut un fils, le duc de Morny, futur membre du corps législatif. C'est ainsi que deux romans d'amour firent de Talleyrand le grand-père du demi-frère de Napoléon III.

une curiosité à peine polie. A la fin, le futur diplomate, impatienté, lui en demanda la raison.

— Cela vous gêne, monsieur ? dit l'homme narquois. Un chien peut bien regarder un évêque.

— Comment savez-vous que je suis évêque ? riposta Talleyrand.

Et l'on connaît la réponse qu'il fit à une femme qui louchait de façon effroyable et qui lui demandait comment allaient les affaires :

— Comme vous voyez, madame !

Sa correspondance était le reflet de sa conversation.

A une jeune femme qui venait de perdre son mari, il envoya ce mot : *Chère madame. Hélas ! Votre dévoué.*

Quelques mois plus tard, la veuve s'étant remariée, il écrivit : *Chère madame. Bravo ! Votre dévoué...*

Mme de Flahaut avait donné à la France son plus spirituel homme d'État...

30

Camille Desmoulins rêvait de la Terreur dans le lit de sa maîtresse

Le décor importe peu au rêveur.

DOCTEUR J. SIMON

Un soir d'avril 1783, un jeune homme aux vêtements élimés se promenait au Luxembourg. Pâle, le regard mauvais, il considérait avec envie tous les gens qui profitaient du premier soleil de printemps et leur voulait du mal.

Soudain son œil jaune s'illumina : il venait d'apercevoir, sur un banc, une jeune femme dont les seins à peine voilés par une mousseline pointaient joliment vers le ciel d'Ile-de-France.

Auprès d'elle jouaient deux fillettes d'une douzaine d'années.

Le jeune homme rôda pendant quelques instants autour du banc et chercha un moyen d'aborder cette femme dont il avait brusquement une furieuse envie. Il fut servi par le hasard. Le ballon d'une des petites filles vint lui choir sur l'épaule. Il bondit, l'attrapa et le rendit à la mère, en s'efforçant de paraître aimable.

Remercié d'un sourire, il se crut autorisé à engager la conversation. Il le fit dans un style un peu emphatique qui avait été mis à la mode par Jean-Jacques Rousseau, l'écrivain helvète.

— Que la Nature est une douce mère, madame, qui fit jouer sous des arbres séculaires ces adolescentes belles comme des Hébé...

La jeune femme était habituée au langage de l'époque. Elle ne s'étonna point et prit un air flatté. Alors le garçon vint s'asseoir auprès d'elle et se présenta en bredouillant :

— Je me nomme Camille Desmoulins. Je suis étudiant et me destine au barreau...

Lorsqu'ils se quittèrent, il savait qu'elle s'appelait Annette Duplessis, qu'elle avait pour mari un vieillard qui occupait le poste de premier commis au contrôle général des Finances, qu'elle habitait rue de Tournon, qu'elle tenait un salon littéraire et qu'elle était assez libre de son temps...

— Est-ce que je peux espérer que les dieux tutélaires qui nous ont aujourd'hui réunis auront la bonté de nous rassembler bientôt en cet asile accueillant ? dit-il.

— Bien sûr, répondit simplement Mme Duplessis, à demain...

Et d'un pas léger, elle rentra chez elle suivie de ses deux fillettes dont les longs cheveux volaient dans le soleil couchant.

Camille Desmoulins la regarda s'éloigner, admira sa silhouette, pensa qu'elle devait avoir trente ans, c'est-à-dire sept ans de plus que lui, et que sa croupe était bien appétissante...

Cette idée le ravit. Malheureusement, il s'y attarda et s'en trouva gêné...

Alors, pauvre étudiant sans amie, sans maîtresse, il se dirigea vers le Palais-Royal où des filles accueillantes étaient toujours prêtes à rendre service pour quelques livres...

Lorsqu'il arriva sous les galeries, les prostituées qui le connaissaient éclatèrent de rire :

— Tiens, voilà le bafouilleux ! dit l'une d'elles.

Car les filles ne l'aimaient pas. Il avait trois défauts qui, de tout temps, ont éloigné les femmes : il était pauvre, il était laid, il était triste...

Une autre lui fit une grimace obscène :

— Reviens quand tu auras de l'argent...

Une troisième intervint :

— Laisse-le ! Il va encore piquer une crise de nerfs...

Desmoulins leur lança un coup d'œil plein de haine et pressa le pas. Pour sortir de l'état dans lequel l'avait mis la pulpeuse Mme Duplessis, il se dirigea vers les Tuileries. Là, les étreintes ne coûtaient que quelques sols et avaient lieu dans l'ombre...

Vers neuf heures du soir, il se glissa dans le jardin royal et fut bientôt accosté par une femme qui l'entraîna sans façon sur une pelouse... Tout autour d'eux, un concert de soupirs montait vers les jeunes feuilles de printemps. Les Tuileries, depuis quelques années, étaient, en effet, dès la tombée de la nuit, l'un des plus mauvais lieux de la capitale. « Les belles de nuit, nous dit l'auteur des *Sérails de Paris*, agaçaient les hommes avec une sorte d'impunité. D'un autre côté, des paillards honteux, de vieux avares, des gens mariés, des débauchés d'un genre particulier, des ecclésiastiques timides, des moines attentifs à ménager leur robe, recherchaient ces bonnes fortunes et étaient enchantés de pouvoir assouvir, dans l'ombre du mystère et dans le silence des bois, une passion qu'ils n'osaient aller satisfaire dans les lieux consacrés à cet effet. A la faveur d'un léger crépuscule, d'une lueur incertaine, les divers défauts s'éclipsent, tout ce qui porte les attributs du sexe s'embellit et acquiert le droit de plaire. Les grâces surannées reprennent leur fraîcheur, et la matrone la plus hideuse trouve encore à trafiquer de sa laideur dégoûtante. Ces femmes aident autant qu'elles le peuvent à la méprise par une toilette préparatoire : elles quittent leurs haillons, elles se parfument, elles remplissent les rides de la vieillesse avec des pommades, elles blanchissent, elles adoucissent leur peau noire, livide et tannée ; elles compriment fortement leurs appas sans fermeté ; elles réparent par des lotions astringentes les hiatus trop énormes de leurs gouffres secrets ; elles endossent une robe de taffetas consacrée à ce seul usage et donnent ainsi l'extérieur d'une nymphe propre et charmante.

» Deux choses contribuaient à mettre en vogue ces belles de nuit. D'abord, il se trouvait dans le nombre quelques honnêtes femmes, les unes guidées par une curiosité indiscrète et folle, les autres douées d'un tempérament insatiable qu'elles cherchaient à calmer, au moyen de plaisirs furtifs, qui, en leur laissant l'extérieur de la vertu, les garantissaient des suites funestes de leur fureur utérine ; et cette amorce, quoique souvent chimérique, était d'un grand attrait pour les galants[231]. »

L'ardente femme que Camille avait rencontrée n'était pas de ces donneuses de demi-plaisir. Elle lui fit tant de savoureuses caresses, qu'il se releva complètement apaisé et put rentrer dans sa petite chambre de la rue Saint-André-des-Arts et y rêver calmement de Mme Duplessis...

Le lendemain, il revit Annette et lui offrit ce poème insipide qu'il avait composé pour elle :

Chacun s'arrête et se dit qu'elle est belle
Pour moi, je ne la vis jamais
Sans demander : est-elle déesse ou mortelle ?
Pouvais-je m'y méprendre en voyant tant d'attraits
Et deux colombes auprès d'elle ?

Puis, il fut troublé et, comme la veille, se trouva contraint d'aller demander quelques apaisements à une dame des Tuileries. Le même jeu se renouvela chaque jour, et au bout d'une semaine, la modeste somme que Camille recevait tous les mois de son père ne fut plus qu'un beau souvenir.

Alors le jeune homme pensa qu'il serait plus économique de devenir l'amant de Mme Duplessis...

Il le fut par un bel après-midi de juin, alors que le premier commis au contrôle général des Finances faisait sa promenade quotidienne sur les quais...

Si Mme Duplessis consentait à entrer dans le lit de Camille, en revanche, elle n'acceptait pas que celui-ci parût dans son salon. Et le pauvre, qui était ambitieux et jaloux, en souffrait. Un soir, avec un

231. *Les Sérails de Paris*, 1802.

grand sans-gêne, il se rendit rue de Tournon sans être invité. Mme Duplessis l'accueillit très froidement.

Vexé, Camille montra une mine maussade. Il se tint mieux toutefois que chez un ami de son père où, quelques mois auparavant, il était brusquement monté sur la table et avait piétiné la vaisselle avant de s'écrouler sur le plancher en proie à une crise d'épilepsie...

Mme Duplessis était amoureuse. Le lendemain elle avait pardonné son incorrection au futur « procureur de la lanterne ».

— Revenez quand vous voudrez ! Mon mari est si candide... dit-elle.

Camille Desmoulins ne se le fit pas dire deux fois. A partir de ce jour, il vint régulièrement prendre ses repas rue de Tournon. Le dimanche, il allait retrouver la famille Duplessis à Bourg-la-Reine et jouait avec les deux fillettes Adèle et Lucile, avant de monter au grenier où la maman l'attendait...

Cette existence idyllique dura quatre ans.

En 1785, Camille devint avocat. Sa nomination fut fêtée avec enthousiasme chez les Duplessis qui donnèrent une soirée en son honneur.

— Notre ami sera demain l'un des maîtres du barreau, dit la maîtresse de maison.

Hélas ! cette prophétie, fondée sur une admiration amoureuse, ne devait pas se réaliser. Camille Desmoulins, qui bredouillait, jalousait ses semblables, et promenait sur tout le monde un regard mauvais, n'inspirait aucune confiance. Il devint un avocat sans cause...

Pour vivre, il fut bientôt contraint d'accepter des besognes humiliantes : il copia des rôles, fit des courses, prépara des dossiers pour deux de ses confrères qu'il jugeait idiots — mais qui avaient su réussir — et il s'aigrit...

A vingt-cinq ans, orgueilleux et médiocrement intelligent, ambitieux sans talent, vindicatif et jaloux, il possédait toutes les qualités qui font d'un homme un raté dangereux.

Rejeté par ses anciens condisciples, qui ne pouvaient supporter longtemps ses continuelles jérémiades, il finit par écrire des vers extrêmement polissons qui étaient vendus sous le manteau à des vieillards de peu de moyens...

Cette pornographie de bas étage lui permit de végéter. Rimaillant le matin, l'après-midi il traînait de café en café. Alors, une flamme l'animait et il discourait pendant des heures, vitupérait les gens en place, insultait le gouvernement, réclamait la justice...

Après ces parlotes, il allait, tout chaud de haine, chez Mme Duplessis. Rendu amoureux par la colère, il entraînait sa maîtresse loin de la chambre où le premier commis dormait, et lui donnait, avec une sorte de rage, des preuves multiples de sa virilité...

Or, tandis que l'ardente Annette sentait son âme s'embraser, Camille mêlait à son plaisir des idées de meurtre. Il pensait à tous les imbéciles qu'il faudrait pendre un jour et chaque nouvelle étreinte avait pour lui un goût de sang...

Au début de 1787, Camille Desmoulins s'aperçut tout à coup que l'une des filles de Mme Duplessis, la blonde Lucile, le considérait d'une façon hagarde qui lui sembla être la marque même d'un amour profond.

Intrigué, il la regarda avec des yeux neufs et vit qu'elle était belle. La petite fille qui lui avait, quatre ans plus tôt, jeté un ballon sur l'épaule au Luxembourg, et qui l'appelait *M. Honhon* à cause du grognement qui précédait toutes ses phrases, était devenue une délicieuse adolescente dont la gorge semblait vouloir succéder dignement à celle de Mme Duplessis.

Camille détailla Lucile avec soin et s'aperçut qu'elle commençait à rassembler étrangement à sa mère : mêmes yeux, même bouche sensuelle, même nez fureteur, mêmes mains longues, même cou flexible, même croupe émouvante...

Il résolut de se tromper.

Un jour, au clos Payen, à Bourg-la-Reine, où il continuait de passer ses dimanches avec la famille Duplessis, au lieu d'aller rejoindre Annette, il alla retrouver la jeune fille dans le jardin et lui proposa de jouer à colin-maillard.

Or, il est très difficile de jouer à colin-maillard lorsqu'on n'est que deux. Ou très facile, suivant le cas.

... Et ce fut le cas.

Camille Desmoulins, les yeux bandés, cherchait à tâtons une demoiselle qui ne demandait qu'à être trouvée, caressée, palpée, décoiffée, chiffonnée...

Pendant une demi-heure, les deux partenaires firent une espèce de petit ballet qui ressemblait assez aux danses nuptiales des canards de Barbarie ainsi que les décrivent les zoologistes les plus distingués.

Le jeu se termina par un tableau très romantique où l'on vit le jeune avocat à genoux sur le sable du jardin, jurant un amour éternel à Lucile assise sur un banc de pierre moussue comme il se devait.

Durant quelques semaines, les deux jeunes gens cachèrent leurs étreintes dans les taillis du clos Payen. Jusqu'au soir où Camille, se traînant devant la jeune fille, lui dit, en versant d'abondantes larmes :

— Demain, j'irai demander votre main à vos parents.

Lucile n'était pas une petite dinde. Elle se contenta de répondre :

— Mais que dira maman ?...

Camille baissa la tête. Mme Duplessis pouvait, en effet, poussée par une jalousie assez compréhensible, empêcher le mariage de son amant et de sa fille.

— Elle s'inclinera, répondit l'avocat qui n'avait pas perdu son beau style, car elle sait qu'il ne faut pas poser un bâillon sur la bouche de la Nature.

Ce langage un peu spécial transporta Lucile qui était déjà sensible à la phraséologie ampoulée dont devaient se repaître bientôt les conventionnels.

Elle posa ses lèvres humides sur celles de Camille et le jeune couple revint en titubant légèrement vers la maison familiale.

Le lendemain, rue de Tournon, Camille alla trouver M. Duplessis.

Le premier commis au contrôle général des Finances fut un peu étonné par l'air exalté du jeune homme qui, prenant son élan depuis la porte, se jeta à genoux sur le tapis.

— Que voulez-vous, mon ami ? demanda simplement M. Duplessis.

Le jeune avocat fit un geste de prière :

— Je veux la main de Lucile.

Une petite lueur ironique s'alluma dans l'œil du premier commis.

— Croyez-vous vraiment, dit-il, que je puisse en parler à Mme Duplessis ?

Cette question gêna considérablement Camille. Il bredouilla, fort désappointé de constater que décidément toute la famille Duplessis était au courant de sa liaison...

Le premier commis sourit.

— Rentrez chez vous, je vais en parler à ma femme.

Le soir même, Camille trouvait chez son logeur de la rue d'Enfer, où il avait transporté ses hardes depuis quelques mois, une lettre l'informant sèchement que Mme Duplessis refusait de lui donner sa fille...

Cet échec devait éloigner le jeune homme pendant trois ans de la rue de Tournon. Il devait, en outre, aigrir un peu plus son caractère...

On vit dès lors Camille Desmoulins hanter les bouges les plus mal famés de Paris à la recherche d'un auditoire. Lorsqu'il avait trouvé cinq ou six personnes suffisamment prises de boisson pour l'écouter, il parlait, se lançait dans des discours violents contre les riches, les avocats à succès, les nouvellistes attachés à un journal, les bien logés et même les bien mariés...

Après quoi, n'ayant rien fait de sa journée, il rentrait en maugréant, l'œil jaune de jalousie, dans sa chambre sordide...

Pendant deux ans, Camille, qui unissait « un cerveau ardent à une singulière mollesse de caractère, tomba de chute en chute jusqu'aux dernières déchéances »[232]. Ruminant sa rancœur, obsédé par l'image de Lucile, il en voulait à tout le genre humain et ses discours étaient remplis de haine.

Chaque jour, il faisait un portrait des puissants du régime qui était une description caricaturale de M. Duplessis et il reprochait publiquement aux gens en place tout ce qu'il reprochait secrètement au père de Lucile. Ses déboires sentimentaux lui permettaient ainsi de brosser un tableau très noir des personnages officiels...

Pensant à la jeune fille qu'on lui refusait, il s'écriait :

— Nous sommes entourés de tyrans ! Le royaume est rempli d'abus !...

De tels propos étaient généralement bien accueillis en cette fin de

232. Raoul Arnaud, *La Vie turbulente de Camille Desmoulins.*

1786 où tout le monde commençait à parler de coup d'État. Deux années de mauvaises récoltes avaient appauvri le pays. Les impôts écrasaient le peuple. Dans certaines régions, les paysans, qui ne mangeaient de la viande que trois ou quatre fois par an, se nourrissaient de pain trempé dans de l'eau salée, et des pamphlets violents circulaient dans tout le royaume.

Louis XVI aurait voulu agir. Paralysé par le Parlement qui refusait de supprimer les exemptions dont jouissaient certaines classes, sans autorité contre les grandes institutions armées de leurs privilèges, il décida de recourir à l'arbitrage des États Généraux...

Les lettres de convocation furent envoyées le 27 janvier 1789. Aussitôt un enthousiasme extraordinaire s'empara du peuple qui crut voir la fin de ses malheurs.

Pendant qu'on dansait au coin des rues, Camille quitta Paris et se rendit à Guise où son père, lieutenant général civil et criminel, était chargé de publier la lettre royale. L'avocat sans cause pressentait que des événements allaient lui permettre d'utiliser sa haine...

Il arriva dans une ville en liesse et en fut attristé.

Le texte de la lettre de convocation était affiché, lu en chaire par les curés et commenté avec attendrissement par les braves gens qui louaient la bonté du roi.

Le 5 mars, soixante-quinze délégués du premier degré furent nommés à Guise. M. Desmoulins et Camille étaient du nombre. Le père refusa son mandat ; mais le fils partit pour Laon où l'on devait procéder au choix des députés.

Un de ses cousins, Deviefville, fut élu. Pas lui. Plus amer que jamais, il revint à Guise, reprocha à son père de ne l'avoir point soutenu et retourna à Paris. Là, une nouvelle devait le rendre plus bilieux encore. Il apprit qu'un de ses anciens condisciples de Louis-le-Grand, qu'il jugeait bien inférieur à lui, avait été désigné par le Collège d'Arras.

Il s'agissait de Maximilien de Robespierre.

Au début de mai, Camille, qui avait pris goût aux réunions politiques, hantait Versailles où les États Généraux avaient attiré une foule de curieux. Allant de groupe en groupe, discourant selon son habitude, il finit par se faire remarquer de Mirabeau qui le prit comme secrétaire.

Ce jour-là, il eut bien envie de courir chez les Duplessis...

Mais la politique l'accaparait. La politique et les scènes de rues. Quotidiennement, en effet, des émeutes éclataient à Versailles et à Paris pour la plus grande joie de Camille...

Le dimanche 12 juillet, il était au Palais-Royal, en compagnie de quelques ratés de son espèce, Colard, l'abbé Bénard, Saint-Giniès, Saint-Huruge. « Incapables d'avoir un métier honorable, écrit Raoul Arnaud, ils se croyaient aptes à remplir toutes les fonctions et passaient leur temps à critiquer ce qui se disait, à blâmer ce qui se faisait. Ils étaient sans fortune et sans emploi et cherchaient à attirer sur eux l'attention des passants et à provoquer les applaudissements des badauds [233]. »

Ils déambulaient, ce jour-là, prêts à exciter les esprits et à provoquer le désordre.

Soudain, une nouvelle circula dans le jardin : Necker était renvoyé. Aussitôt, des gens, qui se disaient bien renseignés, prétendirent que les États Généraux allaient être dissous et la faillite déclarée. Ce fut l'affolement.

Les filles du Palais-Royal couraient en tous sens. Camille vit alors l'occasion d'effacer, par un coup d'audace, tous les affronts qu'elles lui avaient fait subir et de leur montrer ce qu'il était, lui le « bafouilleux », capable de faire.

Il monta sur une table et, comme électrisé, s'adressa à la foule.

— Citoyens, vous savez que la nation avait demandé que Necker lui fût conservé, qu'on lui élevât un monument, et on l'a chassé ! Peut-on vous braver plus insolemment ? Après ce coup, ils vont tout oser, et pour cette nuit, ils disposent peut-être une Saint-Barthélemy pour les patriotes ! Aux armes !

— Aux armes ! hurla la foule.

— Bravo ! crièrent les prostituées.

Camille, frissonnant de plaisir, savourait sa revanche.

— Aux armes ! Aux armes ! braillait-il. Et prenons des cocardes pour nous reconnaître ! Des cocardes vertes aux couleurs de l'espérance ! Une femme dénoua un ruban vert qui retenait ses cheveux et le lui tendit. Il en orna son chapeau, tandis que les gens se ruaient sur les arbres pour les dépouiller de leurs feuilles. En un instant, la foule tout entière arbora cette étrange cocarde.

Camille sembla soudain pris d'ivresse. Il tira deux pistolets de ses poches et se mit à hurler :

— On veut nous tuer ! Défendons nos libertés ! Aux armes !

Alors, le peuple, surexcité, se précipita vers les Tuileries. Deux heures plus tard, les troupes du prince de Lambesc étaient lapidées.

En faisant la roue devant quelques filles de joie qui l'avaient un jour humilié, un homme venait de jeter l'étincelle qui allait tout embraser...

La France était à la veille du plus grand bouleversement de son histoire. Et cet événement sans précédent avait, nous l'avons vu, quelques gracieuses dames pour responsables...

Sans Mme de Pompadour qui avait pris le sceptre des mains de Louis XV, sans Mme du Barry qui s'était ingéniée à salir Marie-Antoinette, sans cette jeune reine dont la légèreté et l'imprudence avaient donné lieu à d'injurieux pamphlets, la monarchie n'aurait pas vu s'effriter le prestige qui la préservait des attaques populaires depuis mille ans.

A cause de trois femmes, les Français se mirent, pour la première

233. RAOUL ARNAUD, *op. cit.*

fois, à douter de l'origine divine de la royauté. Et ce doute, auquel se mêlait une profonde, une vertigineuse déception, allait donner naissance à toutes les fureurs, à toutes les révoltes, à tous les excès...

Or, à l'instant même où le peuple de France connaissait l'amertume des amoureux déçus, une poignée de femmes — aveugles et charmants instruments du Destin — poussaient quelques hommes inconnus vers des places qui devaient leur permettre de renverser le trône et d'ébranler le pays.

L'amour, sous toutes ses formes, avait, une fois de plus, joué un rôle déterminant ; car on peut dire que ce sont des milliers de petits frissons qui amenèrent finalement la grande secousse...

Mais, pour faire cette Révolution qui s'annonçait, les hommes, dont on connaît le tempérament frivole et inconstant, avaient besoin d'être soutenus dans leur colère.

Quelques femmes libertines, ardentes, passionnées, mais toujours gracieuses, allaient s'en charger...

BIBLIOGRAPHIE

Livre I

LES AMOURS QUI ONT FAIT LA FRANCE

ANSELME (Père) : *Chronologie des rois de France,* 1674.
BÉRAULT-BERCASTEL : *Histoire de l'Église,* 1780.
BERTIN (saint) : *Annales.*
BÉVY (Dom Charles) : *Histoire des inaugurations des rois,* 1776.
BOUQUET (Dom) : *Histoire d'Aquitaine,* 1738.
BRACHET (Auguste) : *Pathologie mentale des rois de France,* 1930.
BRANTÔME : *Vie des dames galantes.*
CABANÈS : *Le cabinet secret de l'Histoire.*
— *Mœurs intimes du passé.*
CALMETTE (Joseph) : *Charles V,* 1945.
CEPE (Léon) : *Héritiers et bâtards de rois,* 1939.
— *Mariages de rois, mariages d'enfants,* 1938.
CHAMPAGNE (Thibaut de) : *Chansons et poésies,* 1742.
CHAMPION (Pierre) : *Galerie de rois,* 1934.
CHARTIER (Jean) : *Chroniques de France,* 1493, réimprimées en 1858.
— *Histoire de Charles VII,* 1493, réimprimée en 1858.
CHASTELAIN (Georges) : *Chronique des ducs de Bourgogne,* 1469.
CLERQ (Jean du) : *Chroniques.*
COCHON (Pierre) : *Chronique normande,* XVe siècle.
DOINEL (Jules-Stanislas) : *Histoire de Blanche de Castille,* 1870.
DOUBLE (Lucien) : *Le roi Dagobert,* 1879.
— *Brunehaut,* 1878.
DREUX DU RADIER : *Mémoires historiques, critiques, et anecdotes des reines et régentes de France,* 1775.
DULAURE : *Singularités historiques,* 1825.
ÉGINHARD : *Vie de Charlemagne* (IXe siècle).
FRAGER (Marcel) : *Marie d'Anjou, femme de Charles VII.*
FRÉDÉGAIRE : *Chroniques,* VIIe siècle (traduites par Guizot).
FROISSART : *Chroniques,* 1400.
GASSOT (Antoine) : *Le bal des Ardents,* 1870.
GAZEAU (M.-A.) : *Les bouffons,* 1882.
GLABER (Raoul) : *Chroniques,* XIe siècle.
GRÉGOIRE DE TOURS : *Histoire des Francs,* VIe siècle.
HALPHEN (Louis) : *Charlemagne et l'empire carolingien,* 1945.
HAUREAU (B.) : *Charlemagne et sa cour,* 1868.
HÉRON DE VILLEFOSSE (René) : *Charles le Sage, premier dauphin,* 1947.
JOINVILLE : *Histoire de Saint Louis,* XIVe siècle.

JOLLOIS (Jean-Baptiste-Prosper) : *Histoire abrégée de la vie et des exploits de Jeanne d'Arc,* 1821.
JUVÉNAL DES URSINS : *Histoire de Charles VI, roi de France,* XVe siècle.
— *Discours sur la charge de chancelier.*
KURTH : *Clovis.*
LACURNE DE SAINT-PALLAYE (J.-B.) : *Histoire littéraire des troubadours,* 1774.
LA FERTÉ (Hues de) : *Chansons,* XIVe siècle.
LE BEL (Jehan) : *Chroniques.*
LE BRETON (Guillaume) : *Histoire de Philippe Auguste,* XIIIe siècle.
LEHMANN (Andrée) : *Le rôle de la femme dans l'histoire de France au Moyen Age,* 1952.
LÉNIENT (C.) : *La satire en France au Moyen Age,* 1859.
LERNE (Emmanuel de) : *Reines légitimes et reines d'aventures,* 1867.
LE SAGE (Alphonse) : *Grande Chronique de Castille.*
LÉVIS-MIREPOIX (duc de) : *Les trois femmes de Philippe Auguste,* 1947.
MAGLOIRE (saint) : *Chroniques.*
MAGNE (Félix-V.) : *La reine Aliénor, duchesse d'Aquitaine,* 1931.
MÉZERAY : *Histoire de France,* 1643.
MICHELET : *Histoire de France.*
MONS (Gilbert de) : *Chronique de Hainaut, traduite par Godefroy de Ménilglaise,* 1874.
MONSTRELET (Enguerrand de) : *Chroniques de Charles VII,* XVe siècle.
NANGIS (Guillaume de) : *Chroniques des rois de France,* XIIIe siècle.
PARIS (Mathieu) : *Historia major Angliae,* XIIIe siècle.
PARIS (Paulin) : *Le Romancero françois,* 1833.
PIE II : *Mémoires,* XVe siècle.
PISAN (Christine de) : *Le livre des faicts du sage roy Charles,* XVe siècle.
PRUDHOMME (L.) : *Les crimes des reines de France,* 1791.
RIGORD : *Gesta Philippi Augusti,* 1207.
SADE (Marquis de) : *Histoire secrète d'Isabelle de Bavière, reine de France,* publiée en 1953.
SAINT-CIRC (Uc de) : *Chroniques.*
SAUVAL (Henri) : *Mémoires historiques et secrets concernant les amours des rois de France,* 1739.
SEYSSEL (Claude de) : *Les louanges du bon roi de France Louis XII.*
SUGER : *Vie de Louis VI,* XIIe siècle.
THÉGAN : *Vie et geste de Louis le Débonnaire.*
THIERRY (Augustin) : *Récits des temps mérovingiens.*
VALLET DE VIRIVILLE : *Nouvelles recherches sur Agnès Sorel,* 1858.
VENTADOUR (Bernard de) : *Chansons.*

Anonymes

Grandes Chroniques de Saint-Denis.
Chroniques de sire Bertrand du Guesclin, XVe siècle.
Chronique de la Pucelle, XVe siècle.
Chronique des quatre premiers Valois.
Récit d'un ménestrel de Reims au XIIIe siècle, publié en 1876.
Chroniques martiniennes.
Journal d'un bourgeois de Paris sous Charles VI et Charles VII.
Mémoires secrets de la cour de Charles VII, publiés en 1735.
Annales royales, IXe siècle.
Le sceptre de France en quenouille, 1652.
Manuscrit de l'abbaye de Lorsch.

Archives de Milan.
Gesta regis Dagoberti.
Gesta regum Fancorum.
Aimoini de gestis regum Francorum Chronicon.
Hermani monachi Chronicon.

Livre II

LES GRANDES DAMES DE LA RENAISSANCE

ALVAROTTO (Jules) : *Correspondance,* 1565.
AUBIGNÉ (Agrippa d') : *Histoire universelle,* 1626.
— *Confession catholique du sieur de Sancy.*
AUTHON (Jean d') : *Histoire de Louis XII sous l'an 1502.*
BAILLY (Auguste) : *Louis XI.*
BELCARIUS : *Commentarii rerum gallicarum.*
BELLAY (Martin du) : *Mémoires,* 1522.
BÉVY (Dom Charles) : *Histoire des inaugurations des rois,* 1776.
BOURGEVILLE : *Recherches et Antiquités sur le duché de Normandie.*
BRANTÔME : *Vie des dames galantes.*
CALVIN : *Correspondance.*
CELLINI (Benvenuto) : *Mémoires.*
CHATEAUBRIANT (Françoise de) : *Correspondance,* Mss. r. 6622. B.N.
CHERRIER (C. de) : *Histoire de Charles VIII,* 1868.
CONTARINI (Zaccari) : *Correspondance secrète.*
DIONIS : *Traité sur les accouchements,* 1696.
DREUX DU RADIER : *Mémoires historiques et critiques et anecdotes des reines et régentes de France,* 1775.
DULAURE (J.-A.) : *Singularités historiques,* 1825.
ESTIENNE (Henri) : *Dialogues entre les courtisans de ce temps.*
— *Discours merveilleux de la vie, actions et déportements de Catherine de Médicis,* 1649.
ESTOILE (Pierre de l') : *Journal du règne de Henri III.*
FAVIER-NORMAND : *La Renaissance et les femmes.*
FERRIÈRE (Hector de la) : *Trois amoureuses au XVIe siècle,* 1885.
FERRONII (Arnoldi) : *De rebus gestis Gallorum,* 1549.
FLEURANGES : *Chroniques.*
FRANÇOIS Ier : *Correspondance.*
GATTINARA (Mercurio de) : *Correspondance,* 1540.
GRÉGOIRE DE TOURS : *Chroniques.*
GUIFFREY (G.) : *Lettres inédites de Diane de Poytiers,* 1866.
— *Procès criminel de Jehan de Poytiers, seigneur de Saint-Vallier,* 1867.
HATON (Claude) : *Mémoires.*
HUTIN (Marcel) : *Histoire de la Bretagne.*
LACROIX (Paul) : *Louis XII et Anne de Bretagne,* 1882.
LA MONTAGNE (Jean de) : *Source et origine des c... sauvages et la manière de les apprivoiser,* Lyon, 1525.
LE MAIRE DES BELGES (Jean) : *Couronnes Margueritiques.*
LENIENT : *Satire sous la Renaissance.*
LERNE (Emmanuel de) : *Reines légitimes et reines d'aventure,* 1857.
LEROUX DE LINCY : *Chants historiques français du XIIIe au XVIIIe siècle,* 1842.
MALET (Antoine) : *L'Œconomie spirituelle et temporelle de la vie des nobles et*

des grands du monde, dressée sur la vie, piété et œconomie de Louyse de Lorraine, reine de France et de Pologne, 1650.
MAROT (Clément) : *Œuvres.*
MARTEAU (Pierre) : *Histoire tant merveilleuse que véridique du roy François Ier et sa cour.*
MATHIEU (Pierre) : *Histoire de France.*
MAURICE (Dom) : *Histoire de la Bretagne.*
MÉDICIS (Catherine de) : *Correspondance.*
MESLAY (Jehan de) : *Histoire de Charles VIII.*
MICHELET : *Histoire de France.*
MOLINET : *Chroniques flamandes.*
PETIT-DUTAILLIS (Charles) : *Histoire de France.*
PHILIPPON DE LA MADELAINE : *Histoire des ducs et du duché d'Orléans.*
PINKERTON : *History of Scotland,* 1797.
POITIERS (Diane de) : *Correspondance.*
PRUDHOMME (L.) : *Les Crimes des reines de France,* 1791.
RÉGNIER DE LA PLANCHE : *De l'estat de la France sous François Ier.*
SAINT-AMAND (Blaise de) : *Louise de Savoie et le connétable de Bourbon.*
SAINTE-MARTHE (Charles de) : *Oraison funèbre de Françoise d'Alençon.*
SAINT-MAURIS : *Correspondance.*
SANUTO (Marino) : *Vita dei duchi di Venezia.*
SAUVAL : *Galanteries des rois de France,* 1738.
SAVOIE (Louise de) : *Journal.*
SEYSSEL (Claude de) : *Chroniques.*
SULLY : *Mémoires.*
TAVANNES : *Mémoires.*
THIBAULT (Marcel) : *La Jeunesse de Louis XI.*
THOMAS (F.) : *Louise de Savoie et la Cour de François Ier,* 1892.
TROYES (Jean de) : *Chroniques.*
VARILLAS (Antoine) : *Histoire de François Ier,* 1685.
VESPUCCI (Agostine) : *Correspondance.*
VIELLEVILLE : *Mémoires.*
VIVET (Pierre de) : *Le XVIe siècle galant.*

Anonymes

Journal d'un Bourgeois de Paris sous le règnè de François Ier.
Le réveil-matin des François et de leurs voisins, composé par Eusèbe Philadelphie-Cosmopolite, en forme de dialogue, 1574.
Archives de l'Histoire de France, publiées par Cimber et Danjou, 1680.
Archives du Vatican.
Archivio di Stato. Dispacci dalla Francia. Modène Bta 25.
Calendar of State papers, 1563.
Mss Du Puy, 762, B.N.
Regule, constitutiones, reservationes, cancellaries, Domini nostri Leonis papae decimi, noviter edite et publicate, Rome, 1514.

Livre III

LA COUR DU VERT-GALANT

AMELOT DE LA HOUSSAYE : *Mémoires historiques et critiques,* 1737.
ANQUETIL : *L'intrigue du Cabinet sous Henri IV et Louis XIII,* 1780.

AUBIGNÉ (Agrippa d') : *Les Tragiques.*
— *Histoire Universelle.*
— *Confession catholique du sieur de Sancy,* 1660.
BAILLY (Auguste) : *Richelieu.*
BARRI (Père) : *Lettres de Paulin et d'Alexis,* 1658.
BASCHET (Armand) : *Le roi chez la reine ou Histoire secrète du mariage de Louis XIII et d'Anne d'Autriche.*
BASSOMPIERRE : *Nouveaux Mémoires.*
BATIFOL (Louis) : *La duchesse de Chevreuse,* 1913.
BOLLE (Jacques) : *Pourquoi tuer Gabrielle d'Estrées ?,* 1955.
BOUILLON (Duc de) : *Mémoires.*
BOURGEOIS (Louise) : *Récit véritable de la naissance de Messeigneurs et Dames les enfants de France,* 1652.
BRANTÔME : *Vie des dames illustres.*
— *Vie des dames galantes.*
BRIENNE : *Mémoires.*
CABANÈS : *Le cabinet secret de l'Histoire* (1re série).
CHAMPFLEURY : *Histoire de la caricature sous la Réforme et la Ligue.*
CHAULNES (Duc de) : *Narré de la mort du maréchal d'Ancre,* 1659.
CHAVAIGNAC : *Mémoires.*
CHEVERNY : *Mémoires.*
CONTI (Princesse de) : *Les amours du Grand Alcandre,* 1651.
DAVILA : *Histoires des guerres civiles de la France,* 1755.
DEBREAUX (Pierre) : *Les filles de l'Escadron Volant.*
DESCHEMAEKER (Jacques) : *L'Histoire à huis clos.*
DESCLOZEAUX : *Gabrielle d'Estrées, marquise de Montceaux, duchesse de Beaufort,* 1889.
DREUX DU RADIER : *Mémoires historiques et critiques et anecdotes des reines et régentes de France,* 1775.
DULAURE (J.-A.) : *Singularités historiques,* 1825.
DUPLEIX : *Histoire générale de France,* 1643.
DUPLESSIS-MORNAY : *Mémoires.*
DU VAIR : *Anecdotes,* 1615.
ESTIENNE (Henri) : *Discours merveilleux de la vie, actions et déportements de Catherine de Médicis, reyne mère,* 1649.
ESTOILE (Pierre de l') : *Journal.*
FRANKLIN (Alfred) : *La vie privée d'autrefois,* 1901.
GRIFFET (Père) : *Histoire du règne de Louis XIII.*
GUÉNOT (Jean) : *Les Orléans, princes et princesses,* 1886.
GUISE (Mlle de) : *Les aventures de la Cour de Perse.*
HÉROARD (Jean) : *Journal.*
LACHÈVRE (Frédéric) : *Disciples et successeurs de Théophile de Viau. La vie et les poésies libertines de Des Barreaux,* 1911.
LAMANDÉ (André) : *Lettres d'amour et de guerre du roi Henri IV,* 1928.
LA PORTE (Pierre) : *Mémoires.*
LÉNIENT (Ch.) : *La satire en France au XVIe siècle.*
LOISELEUR (Jules) : *Problèmes historiques,* 1867.
MERKI (Charles) : *La reine Margot et la fin des Valois,* 1905.
— *La marquise de Verneuil et la mort de Henri IV,* 1912.
MEYRAC (Albert) : *Charlotte de Montmorency, mère du Grand Condé.*
MEZERAY : *Histoire de France,* 1651.
MONTGLAT : *Mémoires,* 1727.
MONTPENSIER (Mlle de) : *Mémoires.*

MORERI : *Dictionnaire historique et géographique,* 1673.
MORGUES (Mathieu de) : *Charitable remonstrance de Caton Chrestien,* 1631.
— *Vrais et bons advis de François fidèle,* 1631.
MOTTEVILLE (Mme de) : *Mémoires pour servir à l'histoire d'Anne d'Autriche,* 1739.
NAVARRE (Marguerite de) : *Mémoires.*
— *La Ruelle mal assortie.*
PALMA-CAYET : *Le divorce satyrique.*
PERCEAU (Jules) : *Le règne de Louis XIII,* 1885.
PHELIPEAUX DE PONTCHARTRAIN : *Mémoires,* 1720.
PRUDHOMME (L.) : *Les crimes des reines de France,* 1791.
RETZ (Cardinal de) : *Mémoires.*
RICHELIEU : *Mémoires.*
— *Testament politique.*
RITTER (Raymond) : *Charmante Gabrielle,* 1947.
— *Lettres du cardinal de Florence sur Henri IV et la France* (1596-1598).
SAINT-FOIX (M. de) : *Essais historiques sur Paris.*
SAUTREAU DE MARSY : *Nouveau siècle de Louis XIV,* 1793.
SAUVAL : *Galanteries des rois de France,* 1752.
— *Le B...l de la Cour et de Paris.*
SCALIGER : *Mémoires.*
SIRRI (Vittorio) : *Memorie recondite (Mémoires secrets),* 1660.
SULLY : *Mémoires.*
TALLEMANT DES RÉAUX : *Historiettes.*
THOMAS (F.) : *Les intrigues de la Cour de Louis XIII,* 1680.
THOU (de) : *Histoire du règne de Henri IV,* 1617.
VAISSIÈRE (Pierre de) : *Henri IV.*
VAUNOIS (Louis) : *Vie de Louis XIII.*
VERNADEAU : *Le médecin de la reyne.*
ZELLER (B.) : *Le duc d'Alençon et les Pays-Bas,* 1887.

Anonymes

Les amours d'Anne d'Autriche épouse de Louis XIII avec M. le C.D.R., le véritable père de Louis XIV, aujourd'hui roi de France, chez Pierre Marteau, Cologne, 1693.
Les caquets de l'accouchée, 1622.
Journal du siège de Chartres.
Journal des choses advenues à Paris depuis le 23 décembre 1588 jusqu'au dernier jour d'avril, 1589.
Mœchialogia.
Ménagiana, 1693.
La conversation de maître Guillaume avec la Princesse de Conti aux Champs-Élysées (XVIIe siècle).
Négociations diplomatiques avec la Toscane.
Mémoires secrets des Rois de France.
Regrets et vie de la duchesse de Beaufort, divulguez en l'an 1597, lors de la prise d'Amiens.
Le sceptre de France en quenouille, 1652.
Le véritable Père Joseph, 1750.
Détails singuliers de ce qui se passa le soir de la consommation du mariage de Louis XIII (B.N. Mss).
Le Mercure François.
La Gazette.

Livre IV

LES FAVORITES DE LOUIS XIV

ALLIER et DUFOUR : *L'Ancien Bourbonnais.*
ANQUETIL : *Louis XIV, sa Cour et le Régent,* 1819.
ARGENSON (Marquis d') : *Mémoires.*
AUMALE (Mlle d') : *Mémoires.*
BARBIER : *Journal historique et anecdotique de la Régence et du règne de Louis XIV.*
BARINE (Arvède) : *Madame, mère du Régent,* 1909.
BARRIÈRE (F.) : *Tableau de genre et d'histoire ou morceaux inédits sur la Régence, la jeunesse de Louis XV et le règne de Louis XVI,* 1828.
BASSENNE (Marthe) : *Le chevalier de Lorraine et la mort de Madame,* 1930.
BOILEAU (Abbé) : *De l'abus des nudités de gorges,* 1675.
BOIS-JOURDAIN : *Mélanges historiques, satiriques et anecdotiques,* 1807.
BOURGOIN (Marguerite) : *Saint-Fargeau, Mademoiselle et son château.*
BRIENNE : *Mémoires.*
BUSSY-RABUTIN : *Histoire amoureuse des Gaules.*
— *La France galante.*
BUVAT (Jean) : *Journal de la Régence.*
CANON (Victor) : *Précis d'histoire de la finance française depuis ses origines jusqu'à nos jours,* 1905.
CAPEFIGUE : *Philippe d'Orléans, Régent de France.*
CARRÉ (Lieutenant-colonel Henri) : *L'enfance et la première jeunesse de Louis XIV,* 1944.
CAYLUS (Mme de) : *Mémoires.*
CAZEAU DE VANTIBAULT : *Les d'Orléans au tribunal de l'Histoire,* 1888.
CHALLAMEL (Augustin) : *La Régence galante.*
CHATRIER (Mme) : *Mémoires.*
CHAUVELIN (Mme de) : *Mémoires*, 1715.
CHERUEL : *Mémoires sur Nicolas Fouquet,* 1865.
CHOISY (Abbé de) : *Mémoires.*
CHOUVIGNY (Claude de) : *Chansons.*
CLEMENCEAU-JACQUEMAIRE (Madeleine) : *La vie sensible de Louis XIV,* 1946.
COLBERT : *Mémoires.*
CONRART : *Mémoires.*
COSNAC (Abbé Daniel de) : *Mémoires.*
COUSIN (Victor) : *Madame de Longueville.*
DANGEAU : *Journal.*
DECAUX (Alain) : *La belle histoire de Versailles,* 1954.
DEROYS (Marc-Antoine) : *La muse héroïque ou le portrait des actions les plus mémorables de Son Éminence avec diverses pièces sur différents sujets,* 1659.
DOUEN (O.) : *La Révocation de l'Édit de Nantes à Paris,* 1894.
DREUX DU RADIER : *Mémoires historiques, critiques et anecdotiques des Reines et Régentes de France,* 1775.
DUBOIS DE SAINT-GELAIS : *Histoire journalière de Paris* (1716-1717).
DUCLOS : *Mémoires secrets sur le règne de Louis XIV, la Régence et le règne de Louis XV.*
DULAURE : *Singularités historiques,* 1825.
DUNOYER (Mme) : *Mémoires.*
EMARD (Paul) et FOURNIER (Suzanne) : *Les années criminelles de Madame de Montespan,* 1938.

ESTARVIELLE (Jacques) : *Monsieur de Montespan,* 1929.
FAUR : *Vie privée du maréchal de Richelieu, contenant ses amours et intrigues et tout ce qui a rapport aux divers rôles qu'a joués cet homme célèbre pendant quatre-vingts ans,* 1790.
FUNCK-BRENTANO (Frantz) : *Le drame des poisons,* 1899.
GAZIER (Cécile) : *Les belles amies de Port-Royal,* 1930.
GENLIS (Mme de) : *Mémoires.*
GRAND-CARTERET (J.) : *L'Histoire, la vie, les mœurs et la curiosité.*
HOCQUINCOURT (Maréchal d') : *Mémoires.*
HOUSSAYE (Arsène) : *La Régence.*
LA BATUT (Guy de) : *La Cour de Monsieur, frère de Louis XIV,* 1927.
LA FAYETTE (Mme de) : *Histoire de Madame, Henriette d'Angleterre.*
LAFONT D'AUSSONNE : *Histoire de Madame de Maintenon et de la cour de Louis XIV,* 1814.
LAIR (J.) : *Louise de La Vallière et la jeunesse de Louis XIV,* 1907.
LANGLOIS (Marcel) : *Louis XIV et la Cour.*
LA PORTE (Pierre) : *Mémoires.*
LAUNAY (Jean) : *La Régence.*
LAURENCIE : *Histoire des ducs d'Orléans,* 1832.
LESCURE (de) : *Les Maîtresses du Régent.*
LOISELEUR (Jules) : *Trois énigmes historiques,* 1883.
LORRIS (Pierre-Georges) : *Le cardinal de Retz,* 1956.
MANCINI (Hortense) : *Mémoires.*
MANCINI (Marie) : *Apologie ou Véritables Mémoires de Madame de Mancini, écrits par elle-même,* 1678.
MARAIS (Mathieu) : *Journal et Mémoires.*
MAULDE-LA CLAVIÈRE (R. de) : *Les mille et une nuits d'une ambassadrice de Louis XIV.*
MESNARD (Pierre) : *Mémoires.*
MONGEZ (Antoine) : *Vie privée du cardinal Dubois,* 1789.
MONTABEL (de) : *Mémoires.*
MONTGLAT : *Mémoires.*
MONTMORENCY (Mme de) : *Mémoires.*
MONTPENSIER (Mlle de) : *Mémoires.*
MOTTEVILLE (Mme de) : *Mémoires pour servir à l'histoire d'Anne d'Autriche,* 1739.
NARBONNE (Pierre) : *Journal des règnes de Louis XIV et de Louis XV.*
NOAILLES (Duc de) : *Histoire de Madame de Maintenon.*
NORMANDY (Georges) et MITTON (François) : *Quatre maîtresses du Régent,* 1911.
ORMESSON (H. d') : *Journal.*
PALATINE (Princesse) : *Correspondance,* 1716.
— *Mémoires.*
PATIN (Guy) : *Lettres.*
PAYER (Alice de) : *Le féminisme au temps de la Fronde,* 1922.
PECQUET : *Mémoires secrets pour servir à l'histoire de la Perse,* 1745.
PRIMI VISCONTI : *Mémoires.*
RAVANNES (Chevalier de) : *Mémoires.*
RAVENEL (J.) : *Lettres du Cardinal Mazarin à la Reine,* 1836.
RENÉ (Amédée) : *Les nièces de Mazarin,* 1856.
RETZ (Cardinal de) : *Mémoires.*
RICHELIEU (Duc de) : *Mémoires.*

ROBIQUET (Paul) : *Le cœur d'une reine. Anne d'Autriche, Louis XIII et Mazarin.*
ROSSET (Alfred) : *Mme de Maintenon et la Révocation de l'Édit de Nantes.*
RULHIÈRE (Claude-Carloman de) : *Éclaircissements historiques sur la cause de la Révocation de l'Édit de Nantes,* 1788.
SAINT-AULAIRE (Comte de) : *Mazarin.*
SAINTE-BEUVE : *Portraits de femmes,* 1844.
SAINT-MARC (B.) et BOURBONNE (Marquis de) : *Les classiques du Palais-Royal.*
SAINT-SIMON : *Mémoires.*
SAUTREAU DE MARSY : *Le Nouveau Siècle de Louis XIV,* 1793.
SAVINE et BOURNAND : *Fouquet,* 1909.
SÉGUR (Jos.-Alex) : *Les femmes, leur condition et leur influence dans l'ordre social chez différents peuples anciens et modernes,* 1803.
SÉVIGNÉ (Mme de) : *Lettres.*
SUARD (Mme) : *Madame de Maintenon, peinte par elle-même,* 1810.
TALLEMANT DES RÉAUX : *Historiettes.*
THOMAS : *Essai sur le caractère, les mœurs et l'esprit des femmes dans les différents siècles,* 1772.
VALLOT (D') : *Journal de santé de Louis XIV.*
VOLTAIRE : *Le siècle de Louis XIV.*

Anonymes

Le sceptre de France en quenouille par les régences des reynes, 1652.
La Custode de la Reine qui dit tout (attribué à Blot).
Nouvel essai sur les grands événements par les petites causes, 1760.
Recueil Maurepas : Pièces libres, chansons, épigrammes et autres vers sur divers personnages des siècles de Louis XIV et Louis XV, Leyde, 1865.
Mazarinades (B. N. Ms Frs 12616 et 12617).
Mémoire abrégé sur la vie de Madame de Venel (Mss Bibl. Méjane, Aix-en-Provence).
Chronique scandaleuse ou Mémoires pour servir à l'histoire des mœurs de la génération présente, 1783.
La France devenue italienne, 1666.
Archives de la Bastille.
Archives des Affaires étrangères. Correspondances secrètes.
Fonds Cousin. Sorbonne. Manuscrits.
Bibliothèque Nationale (Ms Fr. 12671).
Arsenal (Ms 3118).

Livre V
LE SIÈCLE DU LIBERTINAGE

ALMÉRAS (Henri d') : *La Femme amoureuse dans la vie et dans la littérature.*
— *Les Amoureux de Marie-Antoinette.*
— *Les Romans de l'Histoire : Émilie de Sainte-Amaranthe.*
ARGENSON (Marquis d') : *Mémoires.*
ARNAUD (Raoul) : *La vie turbulente de Camille Desmoulins,* 1928.
BACHAUMONT : *Mémoires secrets pour servir à l'Histoire de la République des Lettres de France depuis 1762 jusqu'à nos jours,* 1780.
BAILLY (Pierre) : *Mirabeau et les femmes.*

BARBIER : *Journal.*
BARRINGTON (Sir Richard) : *Souvenirs.*
BARTHOU (Louis) : *Danton.*
BAUMANN (Émile) : *Marie-Antoinette et Axel Fersen,* 1931.
BERNIS (Abbé de) : *Mémoires.*
BERTAUT (Jules) : *Un amour de Talleyrand : Mme de Flahaut.* Figaro Littéraire.
BERTIN (Georges) : *Madame de Lamballe,* 1894.
BESENVAL : *Mémoires.*
BOIS-JOURDAIN : *Mélanges historiques, satiriques et anecdotiques,* 1807.
BRANCAS (Duchesse de) : *Mémoires.*
CABANES (Dr) : *Le cabinet secret de l'Histoire* (troisième série).
CAMPAN (Mme) : *Mémoires.*
CASANOVA : *Mémoires.*
CASTELOT (André) : *Marie-Antoinette.*
CHARMELOT (Madeleine-Anna) : *Saint-Just ou le chevalier Organt.*
CHÂTEAUROUX (Mme de) : *Correspondance.*
CHOISEUL : *Mémoires.*
CLAIRAMBAULT-MAUREPAS : *Chansonnier historique* (publié par Émile RAUNIÉ).
COISLIN (Mme de) : *Mémoires.*
COLLE (Charles) : *Journal historique,* 1807.
Correspondance secrète de Louis XV, publiée par E. BOUTARIC, 1866.
Correspondance secrète sur Louis XVI, Marie-Antoinette, la cour et la ville, de 1777 à 1792, publiée par M. de LESCURE, 1866.
Correspondance secrète entre Marie-Thérèse et le Comte de Mercy-Argenteau, publiée par Alfred d'ARNETH et A. GEOFFROY, 1874.
CRAVON (Jean de) : *Les plaisirs et les jeux secrets de la Cour de Louis XV,* 1804.
CROY (M. de) : *Mémoires.*
DAUPHIN MEUNIER : *La vie intime et amoureuse de Mirabeau.*
— *La comtesse de Mirabeau.*
DESESSARTS : *La vie et les amis de Robespierre et de ses principaux complices,* An V.
DUCLOS : *Mémoires secrets sur le règne de Louis XIV, la Régence et le règne de Louis XV.*
DUFORT DE CHEVERNY : *Mémoires.*
ÉON (Chevalier d') : *Mémoires* (publiés par Frédéric GAILLARDET), 1836.
— *Correspondance.*
FANTIN-DESODOARDS : *Histoire de la Révolution.*
FAUCHIER-MAGNAN (A.) : *Les Dubarry,* 1934.
FAYOT (Frédéric) : *Dictionnaire de la conversation et de la lecture.*
FERSEN : *Correspondance.*
FLEISCHMANN (Hector) : *Robespierre et les femmes.*
— *Les coulisses du Tribunal Révolutionnaire (Fouquier-Tinville intime).*
FLEURY (Comte) : *Louis XV intime et les petites maîtresses.*
FRIEDRICHS (Otto) : *Marie-Antoinette calomniée,* 1948.
FROMENTIER (M. de) : *Mémoires.*
GAILLARDET (Frédéric) : *Mémoires sur le chevalier d'Éon.*
GASTINE (Louis) : *Les jouisseurs de la Révolution,* 1910.
GASTINEAU (Benjamin) : *Les amours de Mirabeau et de la Marquise de Monnier.*
GAULOT (Paul) : *Un ami de la reine.*
GAXOTTE (Pierre) : *Le siècle de Louis XV.*
— *Frédéric II.*
GENLIS (Mme de) : *Mémoires.*

Georgel (Abbé) : *Mémoires pour servir à l'histoire des événements de la fin du XVIIIe siècle,* 1820.
Goncourt (J. et E. de) : *Les maîtresses de Louis XV.*
Gorse (de la) : *Souvenirs d'un homme de Cour ou Mémoires d'un ancien page,* 1805.
Haussay (Mme du) : *Mémoires.*
Hervez (Jean) : *Les maîtresses de Louis XV le Bien-Aimé,* 1924.
— *Le portefeuille d'un Talon rouge.*
— *Les Galanteries à la Cour de Louis XVI,* 1911.
— Le Parc-aux-Cerfs, 1925.
Hippeau (C.) : *Paris et Versailles, journal anecdotique de 1762 à 1789,* 1869.
Holland (Lord) : *Souvenirs diplomatiques,* 1851.
Imbert de Saint-Amand : *Marie-Antoinette et la fin de l'Ancien Régime.*
Joseph II : *Guide moral.*
Lauzun : *Mémoires secrets.*
Légier Desgranges (Henri) : *L'évasion de Mme de La Motte,* 1949.
Le Roi (J.-A.) : *Curiosités historiques.*
Leroy (Alfred) : *Madame du Barry,* 1941.
Lucas de Montigny : *Mémoires de Mirabeau.*
Luynes (Duc de) : *Mémoires.*
Marais (Mathieu) : *Journal et Mémoires sur la Régence et le règne de Louis XV,* 1838.
Marmontel : *Mémoires.*
Maugras (Gaston) : *Le Duc de Lauzun et la Cour de Marie-Antoinette.*
Maurepas : *Mémoires.*
Meyrac (Albert) : *Louis XV et ses maîtresses.*
Mirabeau : *Lettres d'amour,* publiées par Mario Proth.
Mitton (Fernand) : *Les Femmes et l'adultère de l'Antiquité à nos jours.*
Monnier (Léon) : *La vie intime de M. de Talleyrand.*
Narbonne (Pierre) : *Journal des règnes de Louis XIV et Louis XV, de 1701 à 1744,* publié par J.-A. Le Roi, 1866.
Nolhac (Pierre de) : *Louis XV.*
— *Louis XV et Marie Leczinska.*
— *Louis XV et Mme de Pompadour.*
— *Mme de Pompadour et la politique.*
— *Marie-Antoinette Dauphine.*
— *Versailles au XVIIIe siècle.*
Nuay (Robert) : *Le Tribunal Révolutionnaire,* 1876.
Oberkirch (Baronne d') : *Mémoires.*
Parnes (R. de) et G. d'Heyle : *Anecdotes secrètes du règne de Louis XV.*
— *Gazette anecdotique du règne de Louis XVI.*
Peuchet (J.) : *Mémoires tirés des Archives de la Police de Paris pour servir à l'histoire de la morale et de la police depuis Louis XIV jusqu'à nos jours,* 1838.
Pichot (Amédé) : *Souvenirs intimes sur M. de Talleyrand.*
Pidausat de Mayrobert : *Anecdotes sur la comtesse du Barry.*
Proth (Mario) : *Les lettres d'amour de Mirabeau.*
Restif de La Bretonne : *Monsieur Nicolas.*
Richelieu (Duc de) : *Mémoires.*
Robespierre (Charlotte de) : *Mémoires.*
Roussel (P.-J.-A.) : *Histoire secrète du Tribunal Révolutionnaire,* 1815.
Saint-André (Claude) : *La vie de Madame du Barry,* 1933.
Saint-Priest (Comte de) : *Mémoires.*

SARS (Comte Maxime de) : *Le cardinal de Fleury,* 1942.
SISMONDI : *Histoire des Français.*
SOULAVIE : *Vie privée de Louis XV.*
— *Mémoires historiques et anecdotes de la Cour de France pendant la faveur de la marquise de Pompadour,* 1802.
— *Mémoires historiques et politiques du règne de Louis XVI.*
STAHRENBERG : *Correspondance.*
TILLY (Comte Alexandre de) : *Mémoires.*
TOUSSAINT (François-Vincent) : *Anecdotes curieuses de la cour de France sous le règne de Louis XV,* publiées par Paul FOULD, 1908.
VALLOTTON (Henry) : *Marie-Antoinette et Fersen,* 1952.
VERLET (Pierre) : *Versailles,* 1961.
VILLARS (Maréchal de) : *Mémoires.*
VIVENT (Jacques) : *La vie privée de Talleyrand,* 1940.
VOLTAIRE : *Correspondance.*

Anonymes

Chronique scandaleuse ou Mémoires pour servir à l'Histoire des mœurs de la génération présente, 1783.
Vie privée des maîtresses, ministres et courtisans de Louis XV et des intendants et flatteurs de Louis XVI, 1790.
Les Fastes de Louis XV, de ses ministres, maîtresses, généraux et autres notables personnages de son règne, 2 volumes, 1782.
Mémoires anecdotiques de la fin du règne de Louis XVI.
L'Espion anglais, 1809.
Les Sérails de Paris, 1802.
Le Philosophe Cynique, pour servir de suite aux anecdotes scandaleuses de la Cour de France, 1777.
Antoinette d'Autriche ou dialogues entre Catherine de Médicis et Frédégonde, reines de France, aux enfers, pour servir de supplément et de suite à tout ce qui a paru sur la vie de cette princesse, Londres, 1789.
Les Amours de Charlot et de Toinette.
Vie privée des maîtresses de Louis XV, 1790.
Vie privée du maréchal de Richelieu, 1791.
Procès Dubarry-Tournon. Pièces.
Archives nationales. Monuments historiques. Carton K 139-140.
Archives du Ministère des Affaires étrangères. Mémoires et Documents. France, 1785. Vol. I 399 f° 230.
Archives royales de Suède, Stockholm.
Annual Register, London.
La Culbute de Mme de Mailly, Ms.

TABLE

Livre I

LES AMOURS QUI ONT FAIT LA FRANCE

1. *Clovis aurait pu dire : Clotilde vaut bien une messe* 9
2. *La guerre entre Frédégonde et Brunehaut met la Gaule à feu et à sang* 14
3. *Nanthilde fut la reine la plus trompée de l'Histoire* 21
4. *Charlemagne, enfant de l'amour* 26
5. *Les femmes de Charlemagne ont influencé sa politique* 29
6. *Les concubines de Charlemagne* 34
7. *Parce que Louis a aimé Judith, la France est née* 38
8. *Robert le Pieux fut excommunié pour l'amour de Berthe* .. 42
9. *Un jeune homme enlève une reine de France* 48
10. *« Enlevez-moi », dit Bertrade, et la France fut frappée d'interdit* 53
11. *Aliénor fut victime des nuits d'Orient* 58
12. *Au lendemain de leur nuit de noces, Philippe Auguste répudia Ingeburge* 71
13. *L'amour de Thibaut de Champagne pour Blanche de Castille sauva la couronne de France* 88
14. *Louis IX devait se cacher dans un escalier en colimaçon pour aimer Marguerite de Provence* 105
15. *La reine Marie de Brabant a-t-elle fait pendre un innocent ?* 121
16. *A la tour de Nesle, la reine Jeanne recevait des étudiants* .. 126
17. *Les débauches de Marguerite de Bourgogne firent exclure les femmes de la Couronne* 133
18. *Une femme est à l'origine de la guerre de Cent Ans* 147
19. *Le roi de France épouse la fiancée de son fils* 150
20. *Jean le Bon mourut prisonnier des Anglais pour l'amour d'une jeune Londonienne* 154
21. *L'amour prépare un roi fou à la France* 159
22. *La reine Isabeau et ses amants trahissent la France* 163
23. *Isabeau a-t-elle poussé les Anglais à brûler Jeanne d'Arc ?* 204
24. *Agnès fait terminer la guerre de Cent Ans* 211

Livre II

LES GRANDES DAMES DE LA RENAISSANCE

1. *Un paillard inconnu : Louis XI* 229
2. *Anne de Beaujeu, « moins folle femme de France »* 240
3. *Anne de Bretagne, fiancée de l'Europe* 246
4. *Six bourgeois assistent à une nuit de noces* 254
5. *Pour les beaux yeux de la reine, Charles VIII veut conquérir Naples* 258
6. *Les bijoux d'une femme sauvent l'armée du roi* 262
7. *L'armée de Charles VIII rapporte en France le mal de Naples* 266
8. *Pour pouvoir épouser Anne de Bretagne, Louis XII donne une femme au fils du pape* 272
9. *L'amour qu'il porte à sa femme empêche Louis XII de tomber dans le piège des Génois* 281
10. *Une galante imprudence faillit empêcher François Ier de régner* 288
11. *Mme de Châteaubriant est responsable du Camp du Drap d'Or* 296
12. *Une bataille de femmes nous fait perdre Milan* 309
13. *En luttant contre son amant, Louise de Savoie cause le désastre de Pavie et la captivité du roi* 315
14. *François Ier doit sa liberté à l'amour d'Éléonore* 322
15. *François Ier paralysé par deux favorites* 326
16. *La France et l'Angleterre unies grâce à une femme* 330
17. *Un mari berné aide François Ier à réunir la Bretagne et la France* 337
18. *Le roi donne un mari à sa maîtresse* 347
19. *Diane avait quarante ans, le dauphin dix-neuf* 352
20. *Les femmes et la Réforme* 365
21. *La France trahie par une favorite* 373
22. *Mme d'Étampes veut faire pendre Benvenuto Cellini* 383
23. *François Ier est-il mort de la Belle Ferronnière ?* 386
24. *Une femme est à l'origine du duel de Jarnac* 391
25. *Le ménage à trois du roi Henri II* 395
26. *Diane de Poitiers veut « sa guerre »* 403
27. *Marie Stuart fait mourir François II d'épuisement* 413
28. *Catherine de Médicis crée son escadron volant de jolies filles galantes* 423
29. *Marie Touchet est à l'origine de la Saint-Barthélémy* 431
30. *Un chagrin d'amour détourne Henri III des femmes* 439
31. *Jacques Clément assassine Henri III pour l'amour de Mlle de Montpensier* 450

Livre III

LA COUR DU VERT-GALANT

1. *A onze ans, la reine Margot avait deux amants* 459
2. *Des époux mal assortis* 465
3. *La reine Margot recueille la tête de son amant* 468
4. *Les amours incestueuses de la reine Margot* 474
5. *La Guerre des Amoureux* 485
6. *Margot chassée de Paris à cause de ses déportements* 495
7. *Margot séduit son geôlier* 505
8. *Une femme empêche Henri de Navarre d'exploiter la victoire de Coutras* 514
9. *Henri de Navarre renonce à faire assassiner sa femme* 518
10. *Henri IV s'empare de Chartres pour devenir l'amant de Gabrielle d'Estrées* 528
11. *Le roi trouve Bellegarde sous le lit de Gabrielle* 537
12. *Gabrielle d'Estrées pousse Henri IV à abjurer* 542
13. *L'Édit de Nantes, œuvre de Gabrielle* 560
14. *Qui a empoisonné Gabrielle d'Estrées ?* 568
15. *Le roi épouse Marie de Médicis pour liquider les dettes de la France* 578
16. *Henriette d'Entragues veut ameuter l'Europe contre le roi* 585
17. *Pour revoir Charlotte de Montmorency, Henri IV veut déclarer la guerre à l'Espagne* 593
18. *Mme de Verneuil était-elle complice de Ravaillac ?* 606
19. *L'étrange enfance de Louis XIII* 609
20. *Louis XIII fait assassiner l'amant de sa mère* 616
21. *L'ambassadeur d'Angleterre veut violer la reine de France* 622
22. *Pour revoir la reine, Buckingham pousse les Anglais à secourir les protestants de La Rochelle* 634
23. *Louis XIII n'ose pas toucher les seins de sa favorite* 640
24. *Louis XIV fut-il conçu grâce à Mlle de La Fayette ?* 648
25. *Qui fut le père de Louis XIV ?* 657
26. *Pour permettre la conquête de l'Artois, Richelieu devient l'amant de Marion de Lorme* 664

Livre IV

LES FAVORITES DE LOUIS XIV

1. *Anne d'Autriche épousa-t-elle secrètement Mazarin ?* 679
2. *La cour partagée par deux lettres d'amour* 684
3. *Pour arrêter la Fronde, Condé veut donner un amant à Anne d'Autriche* 691
4. *Une femme de chambre déniaise Louis XIV* 704
5. *Marie Mancini fait de Louis XIV le Roi-Soleil* 708
6. *Mazarin utilise la princesse de Savoie pour faire la paix avec l'Espagne* 713
7. *Mazarin fait de Monsieur un efféminé pour des raisons politiques* 724
8. *Louise de La Vallière responsable de la disgrâce de Fouquet* 734
9. *Madame prend pour amant le « mignon » de son mari* 737
10. *Mme de Montespan fait dire une messe noire pour conquérir Louis XIV* 744
11. *Bataille de dames devant les armées du roi* 756
12. *La France a trois reines* 760
13. *Les amours de Monsieur risquent de faire échouer l'alliance avec l'Angleterre* 768
14. *L'amour de M. de Turenne cause la mort d'Henriette d'Angleterre* 771
15. *Mme de Montespan fait emprisonner Lauzun* 779
16. *Mlle de La Vallière devient sœur Louise de la Miséricorde* 787
17. *Les aphrodisiaques de Mme de Montespan ont-ils compromis la santé de Louis XIV ?* 790
18. *Mlle de Fontanges fut-elle empoisonnée par Mme de Montespan ?* 797
19. *Le mariage secret de Louis XIV et de Mme de Maintenon* 804
20. *Mme de Maintenon responsable de la révocation de l'Édit de Nantes* 812
21. *Les goûts étranges du Grand Dauphin* 817
22. *Mme de Maintenon veut être déclarée reine de France* 825
23. *Mlle Petit, galante ambassadrice du Roi-Soleil* 828
24. *Les étranges petits soupers du Régent* 840
25. *Mme de Parabère protège le financier Law* 848
26. *Une courtisane empêche le roi d'Espagne de s'emparer du trône de France* 854
27. *L'archevêque de Cambrai devient cardinal grâce à une femme* 858
28. *Mme d'Averne est vendue au Régent par son mari* 863
29. *Le Régent meurt dans les bras de Mme de Phalaris* 867

Livre V

LE SIÈCLE DU LIBERTINAGE

1. *Une partie de campagne est organisée dans le but de faire perdre sa vertu à Louis XV* 877
2. *La maîtresse du duc de Bourbon fait rompre le mariage de Louis XV et de l'infante* 882
3. *Le cardinal de Fleury donne une maîtresse au roi pour avoir le pouvoir absolu* 887
4. *Mme de Mailly fait un libertin de l'inamusable Louis XV* .. 896
5. *Mme de Châteauroux envoie le roi à la guerre de Flandre* .. 902
6. *Un morceau de roi : Mlle Poisson* 914
7. *La marquise de Pompadour est responsable du stupide traité d'Aix-la-Chapelle* 921
8. *La vérité sur le Parc-aux-Cerfs* 928
9. *Mme de Pompadour responsable du renversement des alliances* 936
10. *Damiens veut tuer le roi à cause de Mme de Pompadour* ... 945
11. *Louis XV envoie en mission le chevalier d'Éon travesti en femme* 954
12. *Une fille de joie qui deviendra Mme du Barry* 972
13. *Marie-Antoinette, atout de Choiseul contre la du Barry* 986
14. *Mme du Barry cause la disgrâce de Choiseul* 990
15. *Un mot de Marie-Antoinette à Mme du Barry permet le partage de la Pologne* 994
16. *La rivalité de Mme du Barry et de Marie-Antoinette a préparé 1789* 1001
17. *Le duc de Coigny fut-il le père de Madame Royale ?* 1009
18. *Par amour pour la reine, Fersen aide à la création des États-Unis* 1014
19. *Pour l'honneur de la reine d'Angleterre, le chevalier d'Éon s'habille en femme* 1021
20. *Mme de Lamballe, grande maîtresse d'une loge maçonnique* 1030
21. *Les dessous galants de l'Affaire du collier* 1034
22. *Une femme légère trompe le cardinal de Rohan* 1038
23. *Une femme prépare Danton à son rôle de révolutionnaire* .. 1046
24. *Mirabeau député du Tiers État grâce à Mme de Nehra* 1050
25. *M. Gellé lui ayant refusé sa fille, Saint-Just devient révolutionnaire* 1066
26. *La jeunesse amoureuse de Robespierre* 1070
27. *Fouquier-Tinville fut un procureur débauché* 1074
28. *Le conventionnel François Chabot fut d'abord un moine paillard* 1077
29. *Talleyrand formé par les femmes* 1083
30. *Camille Desmoulins rêvait de la Terreur dans le lit de sa maîtresse* 1091

Composition : Nord Compo, Villeneuve-d'Ascq, Nord, France.
Impression : Richard Clay Ltd, St Ives plc, Bungay, Suffolk, Grande-Bretagne.